V

记
号

/M/A/R/K/

真知　卓思　洞见

中国妖怪故事

张 云 著

故事

全集

增订版

北京科学技术出版社

图书在版编目（CIP）数据

中国妖怪故事：全集 / 张云著 . -- 增订版 .

北京：北京科学技术出版社，2024. 10. -- ISBN 978-7-
5714-3757-2

Ⅰ . I277.3

中国国家版本馆 CIP 数据核字第 2024LD9921 号

选题策划：记　号
策划编辑：马春华
责任编辑：武环静
责任校对：贾　荣
封面设计：何　睦
图文制作：刘永坤
责任印制：吕　越
出 版 人：曾庆宇
出版发行：北京科学技术出版社
社　　址：北京西直门南大街 16 号
邮政编码：100035
电　　话：0086-10-66135495（总编室）　0086-10-66113227（发行部）
网　　址：www.bkydw.cn
印　　刷：北京顶佳世纪印刷有限公司
开　　本：710 mm × 1000 mm 1/16
字　　数：945 千字
印　　张：60
版　　次：2024 年 10 月第 1 版
印　　次：2024 年 10 月第 1 次印刷
ISBN 978-7-5714-3757-2

定　　价：198.00 元

增订版序

　　2022 年，《中国妖怪故事（全集）》顺利出版。这本书，确切地说，是为中国妖怪争一口气。我花费了十余年的时间，竭尽全力从浩瀚的中国古代典籍中搜寻中国妖怪的身影，并将其一一呈现。

　　作为中华传统文化的珍贵组成部分，中国妖怪以及中国妖怪文化的重要意义不言而喻，而目前中国妖怪文化的发展状况与日本等国家的妖怪文化相比，存在的差距众所周知。妖怪文化的根子在中国，千年的妖怪文化传承、流淌在中华民族的血脉中，从未断绝。我相信，妖怪文化的璀璨未来，也一定会在中国。

　　《中国妖怪故事（全集）》是目前国内收录妖怪最多、最全，篇幅最长、条理最清晰的妖怪研究专著。我想，它的最大意义是第一次系统整理、集中呈现中国妖怪（尤其是那些被蒙上历史烟尘即将被遗忘甚至已经被遗忘的中国妖怪），吹响中国妖怪、中国妖怪学的集结号。

　　这本书自出版以后，获得了众多专家学者的充分肯定和广大读者的厚爱，还推出了繁体中文版，从而得到了更广泛的传播，这让我特别感动，也给了我坚持做中国妖怪研究的动力。

　　研究、普及中国妖怪、中国妖怪文化，对我来说，是一项长期坚持下去的事业，是一辈子的事。这本书出版以后，我联合新锐插画师喵九推出了"讲了很久很久的中国妖怪故事"系列作品，为中国妖怪一一画像，填补了妖怪图像学的空白。接着推出了首部中国妖怪理论研究专著《妖怪说》，系统阐述了中国妖怪的相关理论问题，夯实了中国妖怪文化、中国妖怪学的理论基础。除此之外，我还创作了《作妖》《妖怪奇谭》《猫怪》等一系列妖怪小说，用文学的形式，将中国妖怪介绍给广大读者。这些书同样得到了大家的喜爱。我在深受鼓励的同时，亦诚惶诚恐。

在此期间，和以前一样，搜罗中国妖怪、给它们"上户口"的工作，我一直没有停下来。

中国古代典籍汗牛充栋，尽管《中国妖怪故事（全集）》收录了 1080 种妖怪，但是我明白这不可能涵盖全部。最近这些年，我依然埋下身，一头扎进老祖宗留下的文字记载中，沉浸在伟大而充满想象力的中国妖怪世界中。尽管这项工作十分烦琐，需要付出极大的精力，但我无怨无悔。

《中国妖怪故事（全集）》的增订版，主要做了三方面的工作。一是修正了书中存在的一些谬误（在此感谢特意来信来函提出宝贵意见的专家、读者）；二是补充了书中一些妖怪的介绍内容；三是增加了新的妖怪，中国妖怪大家族中又来了许多新面孔。

增订版在原书 1080 种妖怪的基础上，新增妖怪 839 种，一共 1919 种，体量大大增加，可谓蔚为大观。之所以增加这么多妖怪，主要有两个原因。一是在之前整理创作《中国妖怪故事（全集）》的过程中，收录的主要是典籍记载中那些有确切名字的妖怪，而对于很多形象生动、故事精彩的妖怪，因为没有名字而忍痛放弃，现在回看这个收录原则，我觉得有些不妥——这些妖怪虽然没有确切的名字，但无疑也是中国妖怪，故而在这一次的增订版中，在忠实典籍内容的前提下，我给它们起了名字并将它们悉数收录进来。我想，它们一定会欣喜异常。二是在这些年中，我查阅到了很多新的资料，在这些资料中结识了一些新的妖怪，并将它们一一收录。

增订这项工作依然艰辛、繁杂、曲折、困难，但只要想到可以将这些中国妖怪呈现给广大读者，呈现给更多喜欢它们的人，只要想到它们欢呼雀跃的样子，我便充满了动力！

当然，1919 种中国妖怪，依然不能涵盖全部的中国妖怪，肯定还会有遗漏。以后的日子，我依然会上下求索。这个近乎无尽的旅程，我依然会斗志昂扬地走下去。

感谢一直以来给我莫大鼓励的专家学者！感谢一直以来支持我的广大读者！感谢伟大而又可爱的中国妖怪！

中国妖怪故事，经过一代又一代老祖宗的讲述，它们没有断绝。这些故事也将会经过我们之手，一代代传下去，发扬光大！

毕竟，在这方面，没有任何一个民族比我们中国人更有想象力。

毕竟，我们的中国妖怪故事，是这么地精彩，是这么地美！

张　云

2023 年 11 月 10 日于北京搜神馆

推荐序

张云是我认识十多年的兄弟。

当年，一个朋友想搞电影，组织了一帮人攒剧本，我们因此常常相聚在一个窗明几净的水榭，大家天马行空地聊。十多年过去，那部电影最终没做成，但是我们却成了好朋友。

人的一生很漫长，很多事情做不成也不要紧，可以再来；人的一生其实很短，想做成一件事儿，时间完全不够。

那时，我们闲谈乱侃，张云总能说一些我们闻所未闻的奇谈怪论，有的诙谐，有的奇幻，有的波澜起伏，有的感人至深，新鲜而有趣。他坦言故事有些来源于故乡的传说，有些则来源于中国古代典籍。我们听得很带劲，常常为之惊讶、欢呼并沉浸其中。现在想来，他对中国传统文化中的志怪文化，准确地说，是中国的妖怪学，怀着无比的热爱。

《中国妖怪故事（全集）》是一本奇书，张云花了差不多十年，研究、搜集、整理有关妖怪的文字，再把文言文翻译成白话文，然后建立起一个庞大的中国妖怪体系。换句话说，这本书就是中国妖怪的百科全书。

我原来读过一些笔记小说，里面的妖怪林林总总、活灵活现，但是给妖怪树碑立传的，张云应该是第一人。这是一本开宗立派的妖怪"大辞典"，这本书绝对填补了中国妖怪学的空白，意义重大，功德无量。

我听过一个故事。很早以前，那时出境游还没有现在这么火爆，有一个人去日本旅行。由于人生地不熟，他的自由行有些艰难。一次，他在旅途中遇到了一个善良的日本老板娘，闲聊之际，日本老板娘问他，你们中国人还用筷子吗？旅行者闻言当时就愣住了，不知道如何回答。中国人用筷子，世人皆知。日本老板娘的这个问题，显然带有言外之意。我们的老祖宗留下来的很多文化遗产，被丢弃了、遗忘了，反而在日本等国，保留了下来。比如志怪研究，比如妖怪学。

张云写《中国妖怪故事（全集）》也是由于类似的原因（可以读读本书的前言）。从这个角度来说，他的这本书，是"发愤之作"，为中国人争了一口气。

我知道张云平时工作很忙，但一直笔耕不辍。他是一位很好的记者，写的小说也很棒，不过，能完成这样一本奇书还是让我很惊讶的。除了搜集材料、系统研究的艰苦，最让我吃惊的就是他那种思考的角度——那是一种看待世界的不同寻常的角度。看到这本书，我立刻想起了福柯的《疯癫与文明》。那本书另辟蹊径，从另一个角度观察、批判了理性主义，成为一部后现代哲学的经典，《中国妖怪故事（全集）》确有异曲同工之妙。

很久以前，我在一个科研单位工作，后来离开了。几年之后的一天，我坐公共汽车要去很远的一个地方。车在马路上奔驰，我在车里浮想联翩。此时，我忽然看到车窗外，当年的一个同事正飞快地骑着自行车，伴随着公共汽车一路狂奔。他皱着眉，急匆匆地赶路。他当然没看到我，我在车里也无法叫他。他先于我离开了那个单位，投身于商海。这么多年过去，我相信他一定已经取得了成绩，因为他既努力又聪明，还有勇气。

人生大概就是这样，每个人来到这个世上都有他独一无二的任务，所以，不管有没有掌声，我们都会从某一刻起狂奔而去，去做自己想做的事情。写这篇小序之前，我刚好复习了国外一个著名的快闪，有个 57 岁的老哥是达人秀节目的年度冠军，他在欧洲街头唱 *You Raise Me Up*。人们似乎不知道他是谁，他们围观，感动，然后离去，我看得眼眶潮湿……

饶有兴趣地读这本书时，我有一个小发现：在遥远的古代，先民与妖怪的关系往往是紧张的，伴随着各种冲突。这也许是先民对外部世界的不确定性感到无奈与恐惧的曲折表现。随着人类的进步和科技的发展，我们越来越了解自然，也从与自然的不断对抗逐渐发展到与其和谐共处。所以，我的期待是，在这本标新立异、研究极为扎实的"中国妖怪大百科全书"之后，张云能创作一些新的"笔记小说"，在那里，人们与妖怪不再争斗，而是在一起玩耍嬉戏，共生于天地之间。毕竟在《猫和老鼠》中，汤姆和杰瑞都和解了。

希望有这么一天，人们与妖怪相遇时，喜剧属于日常。

晓　航

著名作家、第四届鲁迅文学奖得主

导读（代序）

从“神话中国”的万年视角看妖怪

“神话中国”说与“万物皆妖”说

中国是神话大国，可是传统的国学中并没有一门神话学。而这一现状得到改变，要等到 20 世纪初年，西方的“神话”（myth）概念和神话学作为人文学科中的新兴学科，通过日本作为中介，再传播到中国。在神话学进入中国学界一百年后的 21 世纪初，伴随改革开放而兴起的文学人类学一派提出“神话中国”理论，倡导走出文学本位的神话观，认为神话思维和神话观念本是催生华夏文明的文化基因，求解“中”“国”“汉”“道”“德”这些承载核心文化观念的汉字之神话底蕴，更不用说麟凤龟龙之类的儒家神话动物符号了。一言以蔽之，按照“神话中国”说的理论观点，离开神话，则无从理解真切的中国传统，甚至无法明白这个五千年东方文明古国为什么叫“中国”，其主体民族何以称为“汉族”，其地理名称为什么不是神州、九州，就是天门、天水、天山、天柱……其对儿童的基础教育读物为什么要从“天地玄黄”和“玉出昆冈”讲起。更不用说《周易》的乾坤意象与“飞龙在天”的想象了。这一切国人早已熟悉的名目，原来全都出自神话思维的符号编码。此外，像黄帝号有熊，伏羲号黄熊，鲧和禹皆有化熊的特异本领，楚国君王谱系的二三十位王者以

"穴熊"为首，其余都叫"熊"某；虞舜的虞字和虢国的虢字都从"虎"；而《周礼》也说"熊虎为旗"，此类现象一定和先民的动物图腾神话信仰有密切关系。

一个神话大国，自然也是妖怪大国。看神话小说《西游记》描写唐僧西游途中遭遇的九九八十一难，几乎展现出一幅古代妖怪想象大全的图景。在《西游记》的影响下，我国的民众不论是读书人还是少年儿童，大都熟悉牛魔王和白骨精之类。就连以宋代社会为现实题材的小说《水浒传》，也要将宋江为首的梁山泊一百零八将视为在江西道教圣地龙虎山伏魔殿下被"镇"的妖怪群：即被封禁的三十六天罡星和七十二地煞星。对此，只要去读《水浒传》第一回"张天师祈禳瘟疫，洪太尉误走妖魔"，自会明白。由此可见，有关妖魔鬼怪的故事和知识如何弥漫在传统中国的文学和文化中。可是，在我们的国学传统中，和神话学的全面缺席一样，也从来没有出现过一门研究妖怪的妖怪学。

作为学术命题的妖怪学类似舶来的神话学，也是直接来自近代日本学界的。如果要从输入的年代上细加考量的话，则可知：妖怪学甚至比神话学更早进入中国。

神话学在日本的出现，以 1904 年高木敏雄的大著《比较神话学》为重要标志，时间为 20 世纪初年。而妖怪学在日本的出现，则以号称"妖怪博士"的井上圆了的著作为标志，时间在 19 世纪末年。井上圆了生于 1858 年，逝于 1919 年，是日本明治时期的佛学家、哲学家、教育家，妖怪学之创始者。他 1885 年毕业于东京帝国大学文学部哲学科，1887 年在东京创建哲学馆，是为东洋大学之前身。他曾三次留学欧美，以传播西方哲学和宗教学为己任，为破除日本社会的迷信而到处宣讲。自 1890 年至 1919 年，他的足迹遍及日本全国各地，听讲的民众达 120 多万人。其宣讲的主要内容就包括妖怪学，并留下《妖怪学讲义》等书，风靡一时。至少从 1899 年起，井上圆了的妖怪学就被译介到中国来。随后，他的 14 种著作都先后出版过中译本。1902 年，上海的商务印书馆推出何琪译述的《妖怪百谈》。这一年恰好有一位浙江学者去到日本，名叫蒋观云。1903 年，他在《新民丛报》发表短文《神话·历史养成之人物》，首次将作为术语的"神话"概念引入汉语学界。随后，由于鲁迅、茅盾等文学家的加入，神话学在我国学界得到了长足发展，成了民间文学、民俗学、文化人类学研究的重点对象。改革开放以来，神话学又成为新兴交叉学科文学人类学、少数民族文学研究的重镇。随着 20 世纪末期保护和抢救"口传与非物质文化遗产"运动的兴起，神话作为非物质文化遗产定义中首屈一指的大项，引起自上而下的高度关注，神话学迎来了前所未有的发展机遇。不仅在高校中设有相关的神话学专业课，还成立了全国性的学术组织——中国民间文艺家协会神话学研究专业委员会，对外简称"中国神话学会"。笔者所任教的上海交通大学，在 2017 年 12 月创建了世界第一家神话学研究院；2019 年底完成国家出版基金项目"神话学文库"，共计出版 38 部书，包括著作、文集和译著等，涵盖全球各个古文明的神话研究。

相比之下，妖怪学则没有得到学院派内部的学科名分，处于被学界大多数人遗忘的状态，任其自生自灭。除了有个别学者的相关著述，如 20 世纪末期伴随神话学研究复兴热潮而出现的《中国鬼文化》《中国精怪文化》等，并没有形成一定的规模效应。近年来，由于动漫和网络游戏的迅猛发展，在动漫创作最为发达的日本，出现了妖怪学复兴的迹象，并且在近期又一次波及我国，在高校中出现了一批以妖怪学为题的学位论文。当此之际，出版社编辑将张云先生撰写的这部《中国妖怪故事（全集）》交给笔者，希望能够为之作序。盛情难却，笔者勉为其难，仅从现代学术史的学科定位方面略陈己见，以求抛砖引玉之效。

以笔者管见，如果需要将妖怪研究发展为单独的学科门类，那么其大体的归宿还是在神话学的大范围之内，作为下属的子学科。就像当今国际上风起云涌的"女神文明"研究热潮，依然属于性别视角的神话学研究一样，就中国方面而言，要深入了解中国妖怪学和神话学研究的学术史脉络，与日本学者的前期著述相比，如今的本土学人更应该补习的入门级读物，是荷兰汉学家高延（J. J. M. de Groot, 1854—1921）研究中国宗教的系列著作。高延在 1895—1910 年完成的六卷本巨著《中国的宗教系统》，在一个多世纪后的 2018 年由花城出版社推出中译本。这部 160 万字的大书，在某种意义上也可以当成一部"中国妖怪学百科全书"来看。妖怪学的基本学术目标是要说明产生妖怪现象的一般性原理。井上圆了主要是从哲学和变态心理学方面去解释；高延审视神怪现象的学术切入点，则主要是宗教学和民间信仰方面的。在高延所生活的那个年代，最具有领先意义的理论资源是由英国人类学提供的。其一是人类学之父爱德华·泰勒（Edward Burnett Tylor）在 19 世纪末针对人类宗教起源研究所提出的"万物有灵论"；其二是英国人类学家詹姆斯·乔治·弗雷泽（James George Frazer）提出的"巫术 – 宗教"的发生系谱论。这种来自文化人类学家的重要学术影响，只要看高延著作的目录就可见一斑。他没有采用"神话学"的现成说法，而是别出心裁地采用"鬼神学"这样的命名（第二编第二部的名称），而探讨鬼神学的关键词则为"鬼怪""灵魂"和"巫术"。在讨论鬼神学的视角方面，他多采用变形神话的观点。如第二编第一部第十章题为"变兽妄想"，其内容遵循中国古典类书的编撰体例，将人变兽的神幻想象归纳出一个较为详尽的、有 13 个类目的分类清单：

　　一、变虎　　　二、变狼　　　三、变狗　　　四、变狐
　　五、变熊　　　六、变鹿　　　七、变猴　　　八、变鼠
　　九、变家畜　　十、变爬行动物　十一、变鸟　　十二、变鱼
　　十三、变虫

　　《中国的宗教系统》第二编第二部"鬼神学"的第七章，标题为"万物皆妖"。这显然是将人类学溯源人类宗教起源的新理论假说"万物有灵论"全盘照搬应用于中国文化传统后，所得出的惊人之论。其中举例论述最多的，是所谓"物妖作祟"这样的信仰观念现象。高延写道：

　　　　没有生命的物体或者死的东西能够活动这一观念在中国不会引起什么争议。万物有灵的观念自然导致一切没有生命的物体一样可以施展鬼怪一样的法术，或者说，可以萦绕人类并使之害怕。
　　　　我们发现，物怪，跟动物鬼怪一样，中国典籍中被称为"精"。它们以"精怪"的名称出现。①

---

① ［荷］高延：《中国的宗教系统》，林艾岑译，花城出版社，2018 年，第 1420 页。

　　高延还注意到，像金和玉等宝物，被中国人视为具有灵性的特殊物质——神物或圣物，和看待各种物妖一样，认为其能作祟的观念非常流行：

　　　　葛洪提到作为凶兆和邪恶性质的金子、玉石成精后，化身女人，遍布在山林之中。我们还读到石头和铁成精后变身的矮人和动物，出现又消失。①

　　由此看，所谓"万物皆妖"，要表达的是这样一种认识：不论动物还是无机物，精怪信仰的中国原理就在于——万物皆可成精，如同俗语所言"老物精"。从宗教学视野看，这是万物有灵信仰的中国版表现。从神话学视野看，则应归入"变形记"（metamophoisi）的神话类型。古罗马诗人奥维德（Ovid）撰写的神话集就题名《变形记》。20世纪的现代派小说家卡夫卡（Franz Kafka）写人变甲虫的故事，仍取名《变形记》。回到本土的国学传统看，物妖现象在中国古代知识人心目中是怎样被归类和定位的呢？笔者曾在《庄子的文化解析》一书中列有第十一章第三节"蚕与龙：变化哲学的形而下视角"，从语源学方面探究汉字"變"从丝的造字原因，讨论古人心目中的蚕变（蚕吐丝）和龙变、蛇变、鱼变、鸟变等现象，归结出"屡化如神"的本土神话原理。②这对于审视妖怪的变化，应该也是适用的。在此拟再引出古代经典中两个针对妖怪的标准说法，作进一步的阐释。

　　第一个说法具有毋庸置疑的权威性，那是出自儒家的四书之一《礼记》的《中庸》篇，书中记录的圣贤语录有这样两句：

　　　　至诚之道，可以前知。国家将兴，必有祯祥；国家将亡，必有妖孽。③

　　我们知道远古社会统治者非常关注一切带有神谕性质的"前知"，即哲学家和宗教学家所说的超自然知识。在古希腊社会中，"前知"的职责主要体现为在

---

① ［荷］高延：《中国的宗教系统》，林艾岑译，花城出版社，2018年，第1421页。
② 叶舒宪：《庄子的文化解析》，湖北人民出版社，1997年，第573~582页。
③ ［清］阮元编：《十三经注疏》，上海古籍出版社，1997年，第1632页。

阿波罗神庙中领略神谕的祭司或先知们。由于他们精通天文、地理和历法，是神圣性的祭祀朝拜一类礼仪活动的主宰者。在华夏文明中，"前知"与占卜学和星相学密切相关。甲骨文的最初使用者，即一批专门为商王占卜活动服务的神职人员，其在甲骨文时代留下的名称，就叫"贞人"。如今我们能看到新出土的十万片甲骨文字，全赖当年贞人集团兢兢业业的职业工作所赐。有了商代王室御用的这批贞人的占卜与刻字记录实践，周代留下的著名占卜书《周易》所云"元亨利贞"话语之源头问题，也就可以迎刃而解，一目了然。今人或改换名称，称之为"预测学"知识。在前现代社会里，掌管此类神秘知识的人原本地位崇高，堪称社会知识精英的原型人物。在文明国家出现以前的年代里，对此类古老的神职人员有一个统称——萨满或巫师。神秘事物代表什么样的天意或神意，只有通过他们的特殊领悟和沟通作用，才得以为社会的普通人所知晓、所领悟。从古汉语词源看，巫的职务按照性别来分类：女性称为巫，男性称为觋。巫字从工，工字的本义隐喻着天地之间的沟通工具。觋字，从巫从见，特指能够看见鬼怪的人。自史前社会到上古时期，一直有这样的现象，即巫史不分，巫医不分。当代学界的宗教史溯源研究将人类学、民族学在各个原始部落中发现的万物有灵信仰、图腾信仰和巫术信仰，再度上溯到万年以前的文化大传统的初民宗教现象，称之为萨满教。萨满教研究自 20 世纪中期以来，日渐发展为一门国际显学。萨满学的两部代表作——伊利亚德（Mircea Eliade）的《萨满教：古老的入迷术》和哈利法克斯（Joan Halifax）编著的《萨满之声：梦幻叙事概览》，都在近两年出版了中译本，这就为我们重新学习和认识标志萨满教特征的精灵信仰提供了宝贵的全球性资料和高屋建瓴的理论指引，从而为中国版的神怪思想研究带来了根本性的发生学启示。特别是对萨满幻象的研究和体认，具有给人类所有的超自然想象现象直接溯源求本的意义。这样的认识，如果能够有效结合考古学方面的大量新发现和新理论（如认知考古学），必将大大改变我们原有的历史观和知识观，给传统的文史哲研究带来史无前例的深度认知的可能性。从 2009 年提出"神话中国"说[1]，到 2019 年倡导"万年中国"说，

---

[1] 关于"神话中国"理论的来龙去脉，请参看谭佳主编：《神话中国》，生活·读书·新知三联书店，2019 年。

文学人类学派已自觉承担起引领理论与思想的时代变革的重任。立足于这种知识更新的前沿性视野，重新审视传统的妖怪文学或志怪小说，希望在认识境界上产生洞若观火一般的澄明效果。

大传统："万年中国"观

书面文学所记录的神怪形象，基本是以周秦时代为开端，一般而言有两千多年历史。图像表达的神怪形象，则至少需要上溯到北方的兴隆洼文化和南方的高庙文化以来的石雕、玉雕和陶塑形象，其年代最多可达八千年之久。这就是万年大视野给当代学人重审神怪起源期所带来的新知识。无论是兴隆洼文化的石雕兽形神怪形象，还是高庙文化的陶塑饕餮形象和河姆渡文化陶塑聚首形象、象牙雕双鸟朝阳图像，良渚文化鸟人形羽冠神徽，到石家河文化的高冠大獠牙形玉人头像，等等，妖怪学需要将发生学研究的起点大大超越汉字书写的界限，深入到文化大传统中去。

在上引《中庸》的说法中，"妖孽"作为亡国的征兆，是和兴国的符号物"祯祥"之类相对而言的。因为占卜思维是典型的二元论思维，占卜的结果不外乎用吉凶祸福的二分法来呈现，主要看的是其预兆意义的指向。对人类而言，吉凶祸福的判断用语完全采用二元对立的话语模型。所谓有"前知"能力的圣者，将超自然存在，区分为对国家有利的祯祥和对国家不利的妖孽。这样的说法代表着正统文化观中妖怪之类语词用法的贬义取向。孔子在《论语》中表明自己不语怪力乱神，现代解说者一般认为孔子不信鬼神，其实是一种误读。孔学的知识源自宗庙祭祀朝拜传统，孔圣人根本不可能是无神论者。他要回避的，也只是贬义取向的神怪之类，即邪神或凶神一类；对于褒义取向的正能量之神，他无疑是十分虔诚的。否则，怎么会说出"祭如在"这样礼敬万分的话呢？孔子在《中庸》里还明确赞颂鬼神说："鬼神之为德，其盛矣乎！"[1]

古代明确表达对妖怪类看法的第二种正宗说法，出自清代纪昀《阅微草堂

---

① ［清］阮元编：《十三经注疏》，上海古籍出版社，1997 年，第 1628 页。

笔记》一书："事出反常必有妖。"这句话常常被后人引用，大家早已司空见惯。若要推究此话的上古原版本，则见于《左传·宣公十五年》的叙事。当时有晋国臣子伯宗对晋侯讲道理，说到正反相成的自然现象，也是天下兴亡的政治征兆：

> 夫恃才与众，亡之道也。商纣由之，故灭。天反时为灾，地反物为妖，民反德为乱。乱则妖灾生。故文，反正为乏。①

伯宗的这些话意思较为明确：天地人都有其正道，有谁胆敢反弃正道，那就等于陷入邪魔之道（今人所云"邪门歪道"），结果必然导致匮乏衰败。历史的经验值得借鉴，商纣王就是这样亡国的。而妖怪的出现，完全可以作为判断正道与邪门歪道的根据。这和《中庸》里讲的判断吉凶祸福之征兆为祯祥与妖孽的二分法，显然也是如出一辙、异曲同工的。

作为妖孽对立面的祯祥，古人还有个更为常见的说法，即"祥瑞"。祥字从羊，取义为"大吉羊"。汉代画像石中常见刻画一只硕大的羊头，即用图像来表示"大吉羊"。瑞字从玉，表明古人以玉为瑞和以玉为信的神圣信念传统。汉代画像石中常见的瑞玉符号是玉璧和联璧纹、十字穿璧纹等。要问以玉为瑞的思想传统有多么深厚，依据中国境内新出土的史前玉器年代最早为一万年，就可推知，这是一个万年没有中断的精神文化传承②。从年代数据看，它至少要比甲骨文汉字书写传统更加古老，历史长达后者的三倍以上。从万年之久的"神话中国"视野出发，历史书中讲述的完璧归赵的传奇故事和卞和献玉的非凡业绩，都需要"刮目相看"，获取不同以往的再解读。同样道理，我们还必须重新思考如下关键问题：秦始皇开辟的用传国玉玺这样一件圣物符号，单独象征帝国的大一统政权的做法，为什么能够超越历朝历代，一直延续到1911年大清王朝覆灭之际呢？

中国之所以为中国，从公元前221年秦帝国建立，到1911年清朝终结，以

---

① 杨伯峻：《春秋左传注》，中华书局，2009年，第763页。
② 参看叶舒宪：《玉石里的中国》，上海文艺出版社，2019年，第三章"万年的中国"。

玉玺象征国家的传统足足延续了 2132 年之久。试问：世界上哪一个古国有如此专一而执着不断的精神文明传承呢？

不过，虽然是以美玉来代表正能量和神圣性，但这却并不意味着一成不变和一劳永逸。纪昀在《阅微草堂笔记》中用来说明"事出反常必有妖"原理的典型事例，就是一个突出的反面案例，其所表现的是：瑞玉如何变成妖灾之兆的事件。换言之，表现出在祯祥与妖孽之间互换的可能性：

> 先叔母高宜人之父，讳荣祉，官山西陵川令。有一旧玉马，质理不甚白洁，而血浸斑斑。斫紫檀为座承之，恒置几上。其前足本为双跪欲起之形，一日，左足忽伸出于座外。高公大骇，阖署传视，曰："此物程朱不能格也。"一馆宾曰："凡物岁久则为妖。得人精气多，亦能为妖。此理易明，无足怪也。"众议碎之，犹豫未决。次日，仍屈还故形。高公曰："是真有知矣。"投炽炉中，似微有呦呦声。后无他异。然高氏自此渐式微。高宜人云，此马煅三日，裂为二段，尚及见其半身。又武清王庆坨曹氏厅柱，忽生牡丹二朵，一紫一碧，瓣中脉络如金丝，花叶葳蕤，越七八日乃萎落。其根从柱而出，纹理相连。近柱二寸许，尚是枯木，以上乃渐青。先太夫人，曹氏甥也，小时亲见之，咸曰瑞也。外祖雪峰先生曰："物之反常者为妖，何瑞之有！"后曹氏亦式微。[1]

故事讲述的是山西陵川的一位县令，名叫高荣，他家有一件祖传宝物玉马。有一天，玉马一只脚居然伸出底座外面。主人见状大惊失色，叫来许多人观看。一位高人说："大凡物件年岁久了，通过吸取人的精气，久而久之就会变为妖，这也不足为怪。"也有人建议，还是打碎这件玉器为好。高荣一时拿不定主意，纠结不已。谁知到了次日，那玉马伸出的脚又缩回去了。这下高荣坐不住了，他担心这样反复无常的妖物会作祟，给家族带来不幸，于是就将玉马投入火炉中烧毁。谁知自此以后，高家的家运就一蹶不振，走向衰败。按照老子《道德

---

① ［清］纪昀：《阅微草堂笔记》卷二《滦阳消夏录二》，韩希明译注，中华书局，2014年。

经》的观点，事物的好坏、高下，命运的祸福，这些对立面都是可以相互转化的。由此看来，在瑞兆与凶兆之间，也并不一定有一道绝对分明、不可逾越的界限。玉马，本来属于贵族家庭的传家宝和祥瑞之物，但就因为传世太久，吸收了无数代活人的精气，也就可能变成物妖，能够作祟了。

出于华夏传统社会的同类信念，古人习惯把恒星构成的星相作为常态。那么，流星偶然划过天空，就会被当成物之反常的妖孽之兆。难怪一部国朝二十四史，不同年代的每位史官都需要不厌其烦地忠实记录所观察到的彗星和流星的出没情况，写下篇幅浩繁的《天文志》《五行志》。这就是我们所说的"神话中国"的特色所在。而以玉为祥瑞的思想观念，最早始于万年前的北方大地，即东北亚一带的史前文化。

从一个世纪以前的"万物皆妖"说，到如今的"神话中国"说和"万年中国"观，我们审视传统文化特质的学术视野毕竟发生了根本性的变革。对超自然力量的信仰，就这样从一开始便塑造着我们的文化格局和文化想象。对这一方面的探索远未终结。无论是代表正能量的神明祖灵，还是偏重负能量的妖魔鬼怪，都是值得反思和探究的对象。本书著者张云用十余年寒窗的功夫，写成这部洋洋洒洒的《中国妖怪故事（全集）》，主要还是从文学史的视角看待妖怪叙事。笔者在此提示的大传统和大文化视角，属于我国学界新近出现的一家之言，仅供编者和读者参考和批评。

三足鼎立妖怪学：神话学、民俗学与宗教学

妖怪这个词，在汉语中有一批同义词或近义词，如妖精、精灵、精怪、妖魔、魔怪、魔鬼、鬼怪、妖魔鬼怪、魑魅魍魉等等。若是要从学术上给妖怪问题做一个确切的知识性定位，就需要连带考察所有这些语词的语义应用范围。如果说有一个专门性研究领域或学科，其名称就叫"妖怪学"，应属于民俗学和神话学的下属分支学科。这门妖怪学肯定不是发源于我们传统的国学，而必须追溯到近代西学东渐背景下的日本学界。井上圆了，这位日本佛教哲学家对于妖怪学在东方世界的开创之功，已如前述。《妖怪学讲义》早在清朝光绪年间就被翻译为汉语，在商务印书馆出版。该书的中文译者，当时仅有 30 岁，他就是

后来赫赫有名的大师级教育家，先后做过南京国民政府教育总长和北京大学校长的蔡元培先生。蔡先生大力推崇的这部《妖怪学讲义》，其中并没有清楚地界定妖怪与神明的关系。这二者，究竟具有怎样的类属关系呢？

解答此疑问，笔者以当今日本妖怪学家、世界妖怪协会会长、著名鬼怪漫画大师水木茂《妖怪大全》中列举的山精为例，来加以说明。作为妖怪的山精或山魈，究竟应归属到哪类事物呢？

> 樵夫和猎人经常能在山间小屋中遇到山精。对山精来说，盐是不可或缺之物。它们经常会躲在小屋外，伸进手来，有时甚至会直接进来向人要盐。
>
> 山上有各种各样的妖怪，其中不得不提的是山神。山神是统治山的神明，但凡有山的地方都会有山神。
>
> 山神会因人的行为时善时恶。这里的山精就是山神的一类，还礼的行为是山神高兴的证据。①

既然这位世界妖怪协会会长明确说"山精就是山神的一类"，可知在妖怪学和神话学之间，完全不存在森严的壁垒。妖怪学所研究的对象妖怪，就是神话学所研究的神灵全体中的一类而已。不过在以上引文中还可以看出，作者将善神与恶神同样划归到妖怪之列了。在中国传统观念中，这种对超自然力量做二分法划界的规则，不仅是约定俗成的，而且自古而然。从语义学和语用学的情况看，神灵的概念要大于妖怪的概念。广义的神灵概念，可以包括妖怪精灵在内；反过来看则不同，妖怪精灵的概念总是无法涵盖神灵在内。要追问其原因，那就是由于神灵的概念蕴含较广，可以再从其内部划分为正神和邪神两类，即同时包括褒义的和贬义的用法两个方面。只有邪神才代表负能量。而妖怪的概念则相对狭隘，代表着反常即非常。这样的语词一般只用于贬义的方面，代表负能量，而不代表正能量。以上就是神灵与妖怪的基本区别。

---

① ［日］水木茂：《妖怪大全》，王维幸译，南海出版公司，2017年，第355页。

在一般的语词使用中，古人早已习惯将"鬼神"并称，不加正负面的细微区分。这种情况下的鬼神，泛指一切超自然力。如孔子《论语》所言"敬鬼神而远之"。但是孔子也有区分使用的情况，如"不语怪力乱神"这个说法。对这句话的理解，首先取决于如何断句。如果认为怪、力、乱三字都是修饰"神"的，那么这句话或指向邪神的各个种类，即包括怪物之神、暴力之神和动乱之神，总之都是灾星。孔子并不反对有关神灵的信仰，"祭如在"就是明证。如果不信神，根本就无须祭神一类行为。如此断句后，这句话反映出一个虔诚的信仰者，对邪神的威胁如何保持着高度的敏感和警惕。唯其如此，孔圣人才会说出"不语怪力乱神"的话吧。对照"敬鬼神而远之"，说话者对神的敬畏之心显而易见。只因为现代西学东渐以后，无神论教育普及，再加上张冠李戴的轴心时代说和哲学的突破说，儒家思想才被误读为某种无神论的思想，这是非常具有蒙蔽性的现代学术偏见，似是而非，需要重新解蔽和再启蒙。为此，笔者在 2011 年编成《儒家神话》一书，力图说明：中国上古历史中的主流思想，一定是有神论的，而不是无神论的。梦想凤凰和麒麟之类莫须有的神话圣物的儒家圣人们，其脑洞状态实际上要比我们想象的更加玄幻和空灵吧。正是在这个意义上，可以将中国的历史书写看成一部一以贯之的"神话历史"，也是足以见证"神话中国"理论的本土历史教本。

目前，学术界有一些汉学家的研究著述译本，从其书名或章节题目看，就是按照正负二分法来命名的。如日本神话学家伊藤清司《〈山海经〉中鬼神世界》，再如美国汉学家万志英（Richard von Glahn）所著《左道：中国宗教文化中的神与魔》。观后书第六章的标题"五通：从魔到神"，可以看出一种有趣的现象：即超自然力量的呈现是可以在正负能量之间，即在正邪之间，相互转化的。这是中国信仰文化的常见现象，并不像西方信仰中的上帝与魔鬼必然对立、英雄必须做出屠龙的伟业。

为何要说我们的传统中，神明与妖魔之间的关系不是一成不变的，而是可以相互转化的？请看西王母女神的形象吧。在先秦古籍《山海经》中，西王母根本不是什么美女神，她不仅头发蓬乱，而且以"虎齿豹尾"为外貌特征。这完全是一副令人感到狰狞恐怖的妖魔的形象。可是呢，在汉代以后的造神运动中，妖魔化的西王母照样被重新建构为祥瑞无比的王母娘娘。经过后代的道教想象之再创作，西王母升到天国里，做了玉皇大帝的配偶神，俨然成为天后，哪里还会有"虎齿豹尾"的样子呢？

为什么说妖怪学的学科研究对象应该隶属于民俗学和神话学呢？因为神灵和妖怪均属于人类想象所建构出的超自然现象，迄今的科学无法证明其为真实客观的存在。换言之，神灵和妖怪都是人类主观性的意识建构的产物。民俗学和神话学是目前学界公认的人文学科，妖怪学的倡导显得个人化色彩浓厚，见于个别学者的著述名目，并未能在高校的学科目录中占有一席之地。就日本人井上圆了的情况看，他倡导妖怪学的目的，是要用科学眼光揭示传统文化有关妖怪的种种观念和叙事的虚妄本质。如今时代条件下，妖怪学，权宜之策是作为民俗学和神话学的下属分支。有了这样的学科定位和依托，也会更便于研究的展开，以下略举例说明。

什么样的动物被视为妖魔鬼怪，什么样的动物被当成祯祥福星，这完全是由特定文化群体的文化编码规则所决定的。这也是当代研究妖怪学需要特别关注的方面，即文化人类学和民俗学提供的文化编码现象，而不宜郢书燕说、一概而论。以蛇为例，中国古语中一直有"龙蛇不分"之说。蛇因为让人联想到神龙，所以走的是神圣化路线。如《荀子》所说的"螣蛇无足而飞"。一些被今天人叫作龙的出土文物图像，其实从造型上一看就知道是表现蛇的。而苏美尔、巴比伦文明留下的世界第一部书面史诗《吉尔伽美什》，将蛇描写为盗窃英雄国君历尽艰辛取回的世间唯一的不死药的罪魁；希伯来人《圣经·创世记》的神话中，蛇被塑造成为引诱夏娃、亚当犯罪偷食智慧树禁果的恶魔化身，因此，蛇在整个西方基督教文化中被定性为上帝的对立面，即罪与恶的动物象征。从犹太教到后来的基督教，在《圣经》的传播影响下，妖魔化的蛇似乎永无翻身之日，直至今日。龙因为与蛇在外形上的相似，在基督教观念支配下的西方传统中，也是最典型的邪恶妖怪。只要读读基督教背景的圣乔治屠龙传说，就可知矣。而在中国，龙则是至高无上的神话动物和神圣动物，秦汉时代以后再演变为皇权的符号。这里拟援引日本民俗中的土瓶神即蛇妖的信仰礼俗情况，看看蛇所承载的文化蕴含：

土瓶神与"陶瓶"（附身蛇妖）是同一种妖怪，是一种头下方戴着环的小蛇。

有些人家会将这种小蛇放在宅院里。……据说，饲养这种蛇可以让家业兴旺。但是如果稍有怠慢，它就会作祟，因此也是一种可怕的妖怪。

说到妖邪附身，可以分成两种情况。一种是人类被某种灵附身后，拥有神力；另一种则是用从前在中国被称作"黑咒术"的"毒蛊"在做法。

所谓"毒蛊"，就是将各种小动物和昆虫放进壶中，令其互相残杀。直到只剩下一只，然后用活下来的这只的灵去诅咒对手。土瓶神似乎与毒蛊还有些关系。蛇、蟾蜍和蜥蜴等，都是人们在做毒蛊时喜欢使用的动物。[1]

日本妖怪学家举出的这个案例充分说明，为什么需要从民俗学和宗教学视角去理解和解说妖怪现象。华夏传统"毒蛊"实践中的各种小动物，不能按照一般的妖魔化原则去理解。俗话说，千里不同风。研究者需要因地制宜，具体情况具体对待，学会区别对待的原则。特别是要自己补习民俗性质的"地方性知识"。而此类知识，在如今以西学东渐为教育体制的大中小学教学中，却是完全缺失的。我国民间为儿童的防疫保健，习惯给小孩子戴上刻画出五种有毒性的小动物的肚兜"五蠹"，让蟾蜍、蜈蚣、蝎子等莫名其妙的生物形象伴随着孩子，其中的道理也当然和"毒蛊"思维有关。除了以民间美术为专业的人，如今很少有学院方面的人能够关注这些方面。

接下来，再举蝙蝠为典型案例，说明特定的文化观念对判别妖孽与祯祥的决定性作用。蝙蝠，可以说在整个西方文化中是代表极大恐怖的象征性动物，因为西方民俗认为蝙蝠是贪得无厌的吸血鬼。而在中国文化中，因为"蝠"这个汉字的发音与"福"构成谐音，所以蝙蝠自古就被视为吉祥幸福的符号。大户人家的进门照壁上，如果雕刻着上有蝙蝠飞舞，下有梅花鹿的图像，那就等于隐喻表达的祝福，宅子主人福禄临门的意思。达官贵人们如果腰间佩玉，有用和田玉雕刻的蝙蝠衔着钱币的造型，其通常的美妙称谓是"福在眼前"。

---

[1] ［日］水木茂：《妖怪大全》，王维幸译，南海出版公司，2017年，第502页。

　　再看梅花鹿，因为与"禄"谐音，福禄寿可以用野兽来代表。在玉雕行业中常见一种造型：在斧头上雕刻一只兽，发音上就变成了"府上有寿"。严格地说，这不是负面意义上的妖兽，而是福兽，即代表祥瑞之兽，一般的都简称为"瑞兽"。作为自然植物的葫芦，由于与"福禄"二字谐音，也被连带进来，成为我国人们心目中吉祥万分的福祉象征物。

　　最后，再以蜻蜓为例，说明民间的妖精观念如何源自万年传承的萨满教信仰。在日本的盂兰盆节期间，任何地方都禁止杀生，人们普遍相信会有红蜻蜓降生到世界上。这些低空飞行的小精灵形象并不会依照生物学或动物学原理去理解，而是按照神话观念去理解。其背后的信仰在于，

　　　　人们认为，蜻蜓是祖先的坐骑，有的地方甚至禁止追逐蜻蜓。
　　　　九州南部和冈山县就是这样。红蜻蜓被人们叫作"盆蜻蜓"。人们相信，一旦捉到红蜻蜓，盂兰盆就不会来了。
　　　　奄美群岛的喜界岛，也有一种叫作"盆蜻蜓"的蜻蜓。人们认为祖先会乘着它回来。
　　　　……不过，蜻蜓不仅是在盂兰盆节期间回来的祖先之灵的坐骑，也被人们看作是一种神。①

　　原来作为佛教节日的盂兰盆节，是民间社会祭拜逝去的祖先和一切孤魂野鬼的节日。在这种特殊宗教信仰的时空语境中，蜻蜓被妖精化或神化的关键，是地方性特有的信仰观念。要理解祖灵的观念，还需要诉诸萨满教信奉的精灵崇拜观念。就连所谓"人类被某种灵附身后，拥有神力"的现象，无疑也是出自典型的萨满教信仰。这类对精灵的信仰从发生时间看，早于所有的人为宗教所崇拜的神灵。要补习相关的宗教学、神话学知识，可以阅读《萨满之声》这部生动的书。书中提供了世界各地 36 位萨满的自述，让我们对这种异常古老、具有文化基因性质的精灵观念，有洞若观火一般的实际体认。

――――――――

① ［日］水木茂：《妖怪大全》，王维幸译，南海出版公司，2017 年，第 503 页。

以上事例，是笔者建议的妖怪学研究的三足鼎立格局，仅作为本书读者做进一步深入思考的若干学术线索。并望能与张云兄共勉。

是为序。

叶舒宪

上海交通大学资深教授、中国社会科学院研究员、

中国神话学会会长

前言

中华文明的一朵奇葩
中国的妖怪以及妖怪文化

从社会学、人类学、民族学和心理学上看，全世界恐怕很难找到一个国家像中国这般，将关于妖怪的记载、想象以及在生活中的映像形成一种深厚的文化现象和思维方式，其延续时间之长、延伸范围之广、文学作品之多，举世罕见。

中国的妖怪文化源远流长，如同基因一般，自远古先民的血液中一直延续至今，深深扎根于中国人的灵魂之中。《白泽图》《山海经》《搜神记》《玄怪录》《聊斋志异》《阅微草堂笔记》……关于妖怪的记载，横亘中国几千年的文化传承，成为中国传统文化中盛开的一朵璀璨花朵。

古时之民对自然认识有限，加之理解不了各种离奇现象引发的视觉、心理感应，便将离奇现象视为妖怪；更深层次地说，妖怪并不是简单的封建迷信，而是社会状态、人类心理、文明衍化之映射。简而言之，妖怪存在于人心和世界的缝隙之中，人妖共存，有人的地方才有妖。因为妖怪只存在于人的头脑、意识之中，反映的是人的深层次精神世界。中国的妖怪文化记录着社会变迁、先人对于世界的探索和想象，是自身世界观、价值观和生存状态的综合展现。这是秉持唯物史观的客观认识。

因此，不能简单粗暴地将中国妖怪文化视为封建迷信，应该从文化学、社会学、历史学、民族学的角度辩证地看待，综合研究、总结、归纳，将老祖宗留给我们的这一珍贵文化遗产延续下去，使其成为世界文化星空中一颗光彩夺目的星星。

什么是妖怪

研究妖怪、妖怪文化，首先要搞清楚的一个基本问题就是妖怪的定义。

"妖怪"一词约出现于距今一千八百多年前。东晋文人干宝在《搜神记》中指出："妖怪者，盖精气之依物者也。气乱于中，物变于外。形神气质，表里之用也。本于五行，通于五事，虽消息升降，化动万端，其于休咎之征，皆可得域而论矣。"

干宝不仅对妖怪的确切范畴进行了界定，解释了妖怪产生的基本原理，同时将其与人的感官、心理等联系在一起，恰当全面地解释了妖怪产生的原因。可以说，这是中国古人对妖怪最为准确的定义。

从这个角度出发，"妖怪"一词的内涵总结起来有以下三个共同特点。一是怪异、反常的事物和现象，是超越当时人类思维认知的；二是这种事物或者现象有使其存在的依附物，这种依附物可以是山石、植物、动物、器物等实体，也可以是人的身体，甚至是一种特定的符号或者称呼；三是经过人的感官、心理所展现，出现在人类可以接触的范围内，而不是人类无法证实是否存在的虚幻场所。按照这个界定，在中国浩瀚的神异、志怪记载中，关于妖怪的内容就很容易界定出来了。

笔者认为，所谓妖怪指的是：根植于现实生活中，超出人类正常认知的奇异、怪诞的事物。

值得注意的是，古人的相关记载往往比较笼统，常常将所有怪异、反常的事情和现象杂糅一处，故而研究妖怪必须要厘清几个概念。

首先，"神仙"不是妖怪。中国神灵众多，从原始人的天神崇拜、自然崇拜到本土宗教产生出来的神尊，再到佛教等宗教传播后出现的神灵形象，何止万千，相关的记载更是汗牛充栋。这些不属于妖怪的范畴（原本是妖怪，但升格为神或被视为神、以神称呼，不在此列）。

其次，"异人"不是妖怪。中国历代典籍中关于能够呼风唤雨、撒豆成兵、羽化成仙的异人的描述极多，此类也应该排除在妖怪之外。

最后，"异象"不是妖怪。典籍中记载的诸如"人生三臂""狗两头"等众多偶然的异象，虽怪异，但不属于妖怪的范畴。

综合来看，妖怪的具体范畴，应包含妖、精、鬼、怪四大类。

　　妖：人之假造为妖，此类的共同特点是人所化成或者动物以人形呈现的，比如狐妖、落头民等。

　　精：物之性灵为精，山石、植物、动物（不以人的形象出现的）、器物等所化，如山蜘蛛、罔象等。

　　鬼：魂不散为鬼，以幽灵、魂魄、亡象出现，比如画皮、银钅长等。

　　怪：物之异常为怪，对人来说不熟悉、不了解的事物，平常生活中几乎没见过的事物；或者见过同类的事物，但跟同类的事物有很大差别的，如天狗、巴蛇等。

中国的妖怪、妖怪文化及志怪小说

上古时期，人类对自然认识有限，认为万物有灵，通过向神灵、自然万物的祈祷来获得心理安慰，其间也诞生了最早的妖怪传说。

妖怪文化最重要的载体是妖怪文学。文学源于人类的思维活动，最早是口头文学，然后语言文字被用于表达社会生活和心理活动，形成了语言文字的艺术。文学在人类早期就孕育而生，尤其是原始社会人类通过巫师和天地万物沟通而产生了一系列的文学形式，和妖怪有着天然的联系。

中国妖怪文学源于志怪故事，志怪故事的源头包括上古神话传说、原始宗教传说以及地理博物传说。我国的上古神话传说极为丰富，分散于各种典籍之中，如《左传》《国语》《尚书》等。主题是先民在改造和征服自然的过程中，创造出来的创世传说、造物大神、英雄以及涌现出来的水旱灾害、毒虫猛兽，其中孕育了奇妙的神性、变异的形体，虽然幼稚、质朴，但想象丰富、生机勃勃，是形成妖怪文化的土壤。

原始宗教盛行于夏商周三代，夏代"事鬼敬神"，商代巫术大行，周代虽尊礼尚施，但同样看重星算、祭祀等。原始宗教认为世间万物有灵，人世兴衰都由上天的意志决定，人的行为不符合天意，就会出现妖灾。《左传》云："天反时为灾，地反物为妖，民反德为乱。乱则妖灾生……"所以，日月星辰、风雨闪电、山川草木、鸟兽鱼虫都会与妖灾联系在一起，加之巫术、祭祀、阴阳五行学说等的发展，同样孕育了妖怪文化。

地理学说和博物学早在春秋时期就已产生。因受到当时科学及视野的局限，人们的认识还很幼稚，所以在记载山川地理的时候，掺杂了自己的想象，包含了很多虚幻怪诞的东西。其中关于山川动植、异国异民的传说也滋养了妖怪文化的发展。

中国的妖怪文化从刚开始的口耳相传，到后来被零星分散地记载成各类文字，最终形成了志怪小说。

有一个现象值得注意，志怪小说早期并不是一种独立存在的文学体裁，而是和历史记载交织在一起的。中国重视历史记载，商代就已设置史官。作为博学之士，史官在记载历史的时候，除了重大的历史事件，也将各种怪异、传闻、传说记录在案。随着时间的推移，从史书中分化出博物志、地理书、野史、杂史、杂传等"准志怪小说"。还有的干脆就是直接从史书中脱胎而出的，比如《汲冢琐语》。也就是说，在早期，志怪小说和历史记载是一体的，后来志怪小说才单独分流出来。

普遍认为，我国最早关于妖怪的专门著作是《白泽图》。《云笈七签·轩辕本纪》记载："帝巡狩东至海，登桓山，于海滨得白泽神兽，能言达于万物之情。因问天下鬼神之事，自古精气为物、游魂为变者，凡万一千五百二十种，白泽言之，帝令以图写之，以示天下。帝乃作《祝邪之文》以祝之。"东晋葛洪《抱朴子·极言》提及："黄帝……穷神奸则记白泽之辞……"可惜的是，这本传说中的著作已佚失，仅有零散内容见于后世《淮南子》等典籍里。

春秋战国时期，妖怪的记载往往散见于各类史书、文学作品之中，如《春秋》《左传》《楚辞》等，内容朴素简洁，是当时先民关于妖怪的记录见证。也是在这一时期，志怪小说完成了从正史中分流、逐渐独立成长的过程。

志怪一词出自《庄子·逍遥游》："齐谐者，志怪者也。"意思是，齐谐这个人（也有说是一本书）记载的都是怪异的事情。后世把记异语怪的小说书称为志怪，便来源于此。

春秋战国时期，尤其是战国时期，诞生了对于志怪文学、妖怪文化最为重要的两本著作：一本是被誉为"古今记异之祖"的《汲冢琐语》，一本是被称为"古今语怪之祖"的《山海经》。

《汲冢琐语》为汲郡人盗发魏襄王墓而出，出土时十一篇，唐初就亡佚大半，如今遗文只有二十余事。《汲冢琐语》语言质朴，体例类《国语》，内容少数是历史传说，绝大多数是关于占卜、占梦、神怪一类的记载。明代胡应麟称"《琐语》博于妖"，是十分精确的评价。它的出现标志着志怪小说正式从传统的史部著作中分离出来，成为独立的志怪书。分析《汲冢琐语》的内容可以看出，作为志怪小说源头的神话传说、宗教传说、地理博物传说都被它继承，不仅是此类小说的集大成者，也是开创者。作为一种杂史体志怪，《汲冢琐语》是志怪小说的开端，直接影响了《汉武故事》《蜀王本纪》《拾遗记》等后来的一系列经典著作。

《山海经》出于战国时期，经过长时间增益、演化，最终成书于汉武帝时期。全书现存十八篇，含《五藏山经》五篇、《海外经》四篇、《海内经》五篇、《大荒经》四篇。内容主要是民间传说中的地理知识，包括山川、道里、民族、物产、药物、祭祀、巫医等，保存了夸父逐日、精卫填海、大禹治水等不少脍炙人口的远古神话传说和妖怪故事。众所周知，《山海经》具有非凡的文献价值，对于中国古代历史、地理、文化、民俗、神话等研究均有参考价值。而对志怪小说来说，它是以地理博物体形式出现的志怪书的开山之作。

与《汲冢琐语》相比，《山海经》虽然内容有些支离破碎、很少有完整的情节，但其以极其丰富的传说、神怪故事极大地扩展了妖怪文化的内涵，开辟了地理博物体志怪的先河，不仅直接影响了后来的《神异经》《海内十洲记》《博物志》《述异记》等一大批志怪经典，而且成为中国妖怪文化独一无二的宝库。它的影响和作用比《汲冢琐语》要大得多。

除了《汲冢琐语》和《山海经》，这一时期的《黄帝说》《禹本纪》《伊尹说》《归藏》等著作，也成为志怪小说以及中国妖怪文化的经典之作。

可以看出，先秦时代为妖怪文化的酝酿和初步形成时期，从史书中分流出来的志怪书虽然内容还略显幼稚，但已初露峥嵘。

这一时期的中国妖怪文化体现出四个特点。一是在来源上，主要来自上古传说、英雄、大自然的奇异物种，与现实生活距离较远；二是在数量上极为庞大，为中国妖怪构建了基础版图，犹如从旷野上长出来的茂密森林，后世的妖怪顶多只能选择从缝隙中创造，或者在原有的基础上演化；三是在形象上，这一时期的妖怪气势磅礴、半人半兽、多头多身，吞天噬地，丰富多彩，充满了雄浑的浪漫主义气息；四是在表现形式上，这一时期的妖怪记载，往往会描述其形象、出处、名字，言简意赅，关于妖怪的故事情节基本上没有或者零碎。

这一时期可以看作中国妖怪的"命名期"，中国大多数的妖怪诞生于此时。

接下来的两汉时期对妖怪文化来说是一个特殊时期。这一时期，虽然多数志怪作品仍带有杂史、杂传、地理博物体的体例特征，但内容上有了较大的发展，妖怪文化趋于成熟。从内容方面看，表现出三种形式。一种是杂史杂传体，如《列仙传》《神仙传》《汉武故事》《徐偃王志》等；一种是地理博物体，如《括地图》《神异经》《海内十洲记》等；一种是杂记体，如《异闻记》等。

两汉流行的神仙方术、谶纬学、阴阳五行学给妖怪文化提供了肥沃的土壤，出现了数目众多的新的神异传说，比如神仙传说、符命瑞应传说，杂史、杂传更加发达。而受《山海经》的影响，地理博物体志怪小说蓬勃兴起，不仅扩充了《山海经》中妖怪的内涵，而且出现了新的演绎。

这一时期的中国妖怪文化表现出以下三个特点。一是在来源上，虽然受上一时期影响，一部分来源于异域异闻、上古传说等，但更多的是新的创造；二是在形象上，开始脱离半人半兽、能力巨大的创世级妖怪，而更加趋向于大自然中存在的事物；三是在故事情节上，相当一部分与著名人物、著名故事联系起来，有了完整的情节，虽然篇幅不长，但起承转合，引人入胜。

魏晋南北朝时期是志怪的完全成熟期和鼎盛时期。关于妖怪的记载纷出，作者众多，题材广泛，包罗万象，而且有从短篇向长篇发展的趋势，成为中国妖怪文化的奇观。这一时期，道教、佛教逐渐盛行，鬼神妖怪的传说广为流布，志怪小说现存可考者有近百种，大大超过以前。如曹丕的《列异传》、祖台之的《志怪》、孔约的《孔氏志怪》、张华的《博物志》、王嘉的《拾遗记》、吴均的《续齐谐记》、王琰的《冥祥记》、干宝的《搜神记》、颜之推的《冤魂志》、陶渊明的《搜神后记》等。作品不仅数量多，而且因为作者都是饱学之士，质量也极高，不管是情节还是文字水平，都达到了新的高度，艺术想象力和表现力极为精湛。最值得注意的是，这一时期的妖怪的现实性和时代感大大增强，开始融入百姓的现实生活，或者干脆自现实生活脱胎而出，反映了社会现实的黑暗、混乱以及百姓遭受的苦难，充分体现了当时百姓的理想、愿望以及内心追求。

这一时期，诞生了中国志怪文学的不朽著作——干宝的《搜神记》。作为一部记录古代民间传说中神奇怪异故事的小说集，《搜神记》搜集民间各种关于鬼怪、奇迹、神异以及神仙方士的传说，也有采自正史中记载的祥瑞、异变等情况，其中的很多内容以妖怪为主角，在一定程度上反映了古代人民的思想感情。每个故事叙述简短精要，文学水平很高，对中国后世的妖怪文学发展影响很大。

魏晋南北朝的妖怪文化，孕育了隋唐时期中国妖怪文化的高峰。

从中国文学的发展历史来看，中国的文言小说到了唐代，发生了重要变革。唐人在继承史传文学、志怪小说的基础上，开始有意识地进行文学创作，开始比较自觉地通过小说的形式，通过故事情节和人物形象来反映创作者的理想，故事更生动，形象更典型。

表现在妖怪文化上，唐代的传奇和以前的志怪故事大不相同。以前的志怪故事，内容主要是"列异""搜神"，描写鬼怪的怪异，篇幅短小，情节粗略；但唐代的传奇让妖怪彻底走向人间，根植于大众的生活之中，《山海经》中那种创世级的妖怪基本上消失不见，取而代之的是人所化、器物所化的妖精鬼怪，血肉丰满，烟火气十足。尤其是爱情题材的妖怪传奇，呈现出前所未有的井喷之势，大量的狐精、花精等出现，为妖怪文化注入了一股温柔的清流。在篇幅上，则从以前的短篇、碎语，演变成浩繁长篇，结构曲折回荡，文笔优美，如《古镜记》《枕中记》《柳毅传》等。

在传奇之外，唐代的志怪小说，依然保持着传统体例，比如杂史杂传体的《朝野佥载》《渚宫旧事》，地理博物体的《岭表录异》《括地志》，杂记体的《集异记》《洽闻记》等。这一时期诞生的张鷟的《朝野佥载》，以及被鲁迅称为"造传奇之文，会萃为一集者，在唐代多有，而煊赫莫如牛僧孺之《玄怪录》"的《玄怪录》，更是其中优秀的代表。

宋代是中国古代文学发展的一个高峰时期，修书之风盛行，在《太平御览》《文苑英华》等典籍中，妖怪文学生机勃勃，完成了史无前例的集结。尤其是《太平广记》，其中有报应三十三卷、征应十一卷、定数十五卷、梦七卷、鬼四十卷、妖怪九卷、精怪六卷、再生十二卷、狐九卷等，吹响了妖怪文学的集结号。宋代的话本则无疑对妖怪文学起到了极大的推动和普及作用，如《唐太宗入冥记》《京本通俗小说》等，皆是妖怪活跃的舞台。

元代时，杂剧盛行，有吴昌龄的《唐三藏西天取经》等。明代，古典小说走向巅峰，尤其是神魔小说风行，所出著作之多，如满天繁星。这一时期，罗贯中编著的《三遂平妖传》是中国古典小说名著之一，也是妖怪文学的不朽之作。吴承恩的《西游记》、许仲琳的《封神演义》、冯梦龙的《喻世明言》《警世通言》《醒世恒言》、凌濛初的《初刻拍案惊奇》和《二刻拍案惊奇》，也赋予了妖怪文学新的内涵和形式。

值得注意的是，在明代，将妖怪与断案结合的公案小说开始大量涌现。这一类小说不同于以往单纯的妖怪故事，而是引入了悬念、推理等手段，对妖怪文学在市井间的流传起到了极大的推动作用。

清代，妖怪文学在继承明代神魔小说、公案小说的基础上，出现了侠义小说类型，《龙图公案》《彭公案》等的流行让妖怪与侠义小说有了密切的融合。

这一时期，同样有众多妖怪文学的笔记著作，如《阅微草堂笔记》《子不语》《三异笔谈》《萤窗异草》等。

也是在这一时期，中国妖怪文学诞生了一部里程碑式的不朽杰作——共有短篇小说四百九十一篇的《聊斋志异》，俗名《鬼狐传》。《聊斋志异》内容丰富，故事情节曲折离奇，结构布局严谨巧妙，艺术成就很高，堪称中国妖怪文学的绝响之作。

宋元明清时期，妖怪文学在作品数目、形式上均有了新的发展，可以明显地看到与前几个时期截然不同的三个特点。一是妖怪基本来源于日常生活；二是新的妖怪并没有大幅度增加，而是沿袭之前妖怪或者从以前的诸多妖怪中演化而来；三是题材单一，多数是狐妖女鬼、书生佳人的爱情故事。

民国以降，由于社会动荡以及各种复杂的历史原因，绵延几千年的妖怪文学陷入了低谷，虽偶尔有零散著作出现，但已经失去了社会影响力。自上古时流传下来的妖怪遗产逐渐被人遗忘，那些曾经脍炙人口、家喻户晓的妖怪形象也逐渐湮没在故纸烟尘中，甚为可惜，令人感叹。

妖怪文化在日本

日本与中国一衣带水，在文化上深受中国影响，妖怪文化亦是如此。

日本号称"八百万神国"，而妖怪的数量同样多不胜数。日本著名妖怪研究学者水木茂称："如果要考证日本妖怪的起源，我相信至少有 70% 的原型来自中国。除此之外的 20% 来自印度，剩下 10% 才是本土的妖怪。"由此可见中国妖怪文化对日本妖怪文化的巨大影响。若说日本的妖怪文化根植于中国妖怪文化，也不为过。

日本妖怪文化的成形在于中国唐代的文化传入。一支支遣唐使队伍以及民间文化交流，给日本带去了中国丰富悠久的传说和志怪典籍。这些传说和典籍与日本国内的文化传统相互融合，成就了日本如今的妖怪文化和妖怪文学。

日本最早的妖怪文学作品为僧人景戒的《日本灵异记》，成书于 810—824 年间。9 世纪末 10 世纪初，日本第一部物语作品《竹取物语》诞生，为典型的妖怪小说。

平安时代，日本设有两个特殊的政府部门——神祇官和阴阳寮，类似于我国古代的钦天监、太史局和司天局。这两个部门除了预报吉凶，还要帮助上层统治者解读、解决灵异事件，从事这种职业的人被称为阴阳师。平安时代被称为"人妖共存"的时代，人们相信，平安京的大街小巷白天是人活动的场所，晚上就群妖现身，因此诞生了最早的"百鬼夜行"传说。

其实所谓"百鬼夜行"同样来源于中国。

中国上古时期，黄帝的正妃嫘祖去世，黄帝就命令另一个妻子嫫母指挥祭祀，监护灵枢，并封嫫母为"方相氏"。在此之后，方相氏成了国之重位，负责国家的祭祀、驱疫等，成为驱邪的象征。

《周礼·夏官司马第四·方相氏》记载："方相氏掌蒙熊皮，黄金四目，玄衣朱裳，执戈扬盾，帅百隶而时难，以索室驱疫。"方相氏现身驱鬼的仪式称为大傩，自周代流传下来，到唐代最为兴盛。

唐时大傩，是一场大游行。最前方，是方相氏四人开路，头戴高大的冠冕，黄金做的面具上四目赫赫，披着熊皮衣服，左手持戈，右手扬盾。其后又跟随十二人，赤发白衣，各拿麻鞭，长数尺，甩鞭震耳。后跟着五百小儿，皆装扮成各种鬼怪模样，奇形怪状，张牙舞爪。方相氏引百鬼行走，带出城外，寓意驱除百鬼，世间太平。这种大傩仪式唐时流传甚广，当时的朝鲜、日本国皆引而为戏。当时日本人看到方相氏面目丑陋，身后又跟着众多鬼怪，就认为他是大鬼头，所以称这个仪式为"百鬼夜行"，后来用以统指所有的日本妖怪。

反映百鬼夜行的作品，平安时代末期诞生了《今昔物语》，共三十一卷，讲述故事一千多个，分印度、中国和日本三部分，基本上是收录各国的妖怪故事。

到了江户时代，出现了专门记载灵异鬼怪故事的《雨月物语》，发行于 1776 年，内容从我国明代瞿佑的《剪灯新话》和冯梦龙的"三言"中取材，并加以改编。一直到江户时代末期，日本的妖怪文学基本上停留在搜集、借鉴中国等国家的妖怪传说和形象上，只不过将故事内容移植于日本而已。但这种情况到了江户时代末期、明治初期，有了巨大的变化。

19 世纪末，井上圆了发起创立了"妖怪学"；1886 年，创建了"不思议研究会"；1891 年，成立"妖怪研究会"。日本由此成为世界上第一个把妖怪作为一门学问加以研究的国家。

在井上圆了、江马务、柳田国男等人的推动之下，日本从民俗学的角度对妖怪进行了系统研究和整理。他们没有认为妖怪是迷信，而是从民族心理、民族文化和民族历史的宏大角度，研究妖怪故事的传承与民众心理以及与社会发展进程之间的关系，将其视为理解日本历史和民族性格的方法之一，使得日本妖怪文学随之蓬勃发展。

真正让日本妖怪文学盛开为一朵鲜艳之花并引起世界瞩目的是小泉八云。小泉八云原名拉夫卡迪奥·赫恩，爱尔兰裔，是个地地道道的日本通，也是最早向西方介绍日本和日本妖怪的人，主要作品为《怪谈》，被称为日本新现代怪谈文学的鼻祖。

20 世纪二三十年代，日本文学家运用妖怪元素进行创作，比如芥川龙之介在他的《地狱图》《黄粱梦》《河童》等作品中广泛使用妖怪题材，使日本妖怪登上了文学殿堂并占据了重要地位。

二战结束后，日本妖怪学开始分化，呈现多元化发展。一方面，学者们遵循柳田国男的研究路线，致力于妖怪形象的考证，发表成果；另一方面，除文字方式外，还出现了漫画、动画、电影等形式，对妖怪形象进行梳理和演绎，极大地提升了日本妖怪文学的影响力。

在民俗学的研究上，井之口章次、樱井德太郎、阿部正路等一大批妖怪研究学者不断发力，不仅使日本妖怪学形成体系，而且将其上升到民族文化的高度，并取得瞩目成绩。

在绘画等艺术形式上，日本走得更远也更成功。在小泉八云之前，日本的妖怪都是以故事的形式流传开来，妖怪的具体形象五花八门。鸟山石燕从《和汉三才图会》和传统的日本民间故事中搜集到大量素材，终其一生完成《画图百鬼夜行》《今昔画图续百鬼》《今昔百鬼拾遗》《百器徒然袋》四册妖怪画卷，共描绘了二百零七种妖怪，完成了日本妖怪的形态定型，为日本妖怪的普及和传播奠定了重要基础。

二战后，更多的图文版妖怪研究著作面世，其中最为重要的代表作家就是水木茂，他的《日本妖怪大全》完成了对日本妖怪的全景式集纳总结，对日本妖怪研究和妖怪文化的发展产生了极大的影响。值得一提的是，水木茂注意到中国竟然没有与妖怪相关的集成之作，深深感到惋惜，于是编辑了《中国妖怪事典》。《中国妖怪事典》的内容很简单，搜罗的中国妖怪也十分有限，即便如此，在让我们敬佩的同时，也让我们汗颜。

此外，电影的普及使得日本妖怪文化有了新的载体。1964 年，小林正树拍摄了影片《怪谈》。1959 年，水木茂以《墓场鬼太郎》的漫画开启了他的妖怪王国，不断推出漫画、电影和电视剧。当代，在《千与千寻》《百鬼夜行抄》《夏目友人帐》《滑头鬼之孙》等海量的电影、动漫等多媒体形式的推动之下，妖怪学拓展到戏剧、音乐、雕塑等各领域，还形成了"大妖怪展"的巡回演出，使得日本妖怪走向了大众，走向了市场，走向了世界，产生了巨大的经济价值、文化价值。

在如此成熟、积极的大环境下，二战后日本妖怪文学的发展如火如荼，除了传统的文学家进行纯文学创作，妖怪通俗小说成为日本妖怪文学的主流。如梦枕貘的《阴阳师》，以平安时代的阴阳师安倍晴明为主角，将日本妖怪的形象和故事娓娓道来，获得了巨大的国际声誉。尤其值得注意的是，推理小说结合妖怪，更成为推动日本妖怪被广大民众接受、喜爱的重要助力。小野不由美、三津田信三、宫部美雪等一大批著名推理作家将妖怪元素引入小说，不仅拓宽了日本妖怪文学的范畴，还推动了日本妖怪文化的发展。

其中，不得不提的一位作家就是京极夏彦。这位独立扛起日本妖怪推理小说大旗的日本当代名家，其对妖怪文化的研究之深，截然不同于一般的推理作家。他的小说以日本的妖怪为名，将妖怪知识融入其中，使日本的妖怪形象通过小说的演绎在读者心中加深和升华，成为日本新时期妖怪热潮的重要推动因素之一。

日本的妖怪文化、文学早期受中国影响极大，经过日本两百余年间一代代学者、文学家、艺术家的集体努力，日本妖怪学成为世界闻名的显赫学说，得到世界其他国家和地区的认可和欢迎。由此产生的文学、绘画、漫画、影视作品不仅影响了全世界，也使得妖怪成为日本的文化名片之一。

中、日妖怪文化研究发展之对比

妖怪文化、妖怪文学是中华传统文化中的珍贵遗产，历史悠久，自古以来相关著作汗牛充栋，但近代以降，呈现出凋零败落之势。反观日本的妖怪文化，虽起源于中国，但经过两百年的集体努力，妖怪学不仅成为显学，更成为日本文化的代表之一，输出的文学、影视、漫画等作品影响世界。尤其在中国，如今的年轻人对日本的妖怪津津乐道，如数家珍，却不知道这些妖怪的原型起源于中国、创造于中国，实在是一件可惜、可叹、可悲之事。

造成中日妖怪文化发展程度差异之大有多种因素。

首先，在我国的传统观念中，妖怪长期被视为封建迷信，其中蕴含的丰富的民族文化及历史意义没有被人们看到，造成了人们对其轻视甚至是蔑视，导致了妖怪文化的凋零。而在日本，妖怪文化被列入民俗学、文化学范畴，甚至被提升到民族性的高度，下大力气整理、集纳、发展，最终发扬光大。妖怪学可以在高校开设课堂，还可以通过研究会、讲座、展览等诸多形式传播。

其次是在系统性上，日本妖怪在数量上远远比不上中国妖怪，但在民间传说的基础上，日本妖怪能够被系统地加以整理、传播，深入人心。中国妖怪分散于历代典籍之中，自古至今从未有过全面的收集和整理，很难形成规范和文化合力。近些年来，虽有一些相关的著作问世，但神、怪不分，形式内容单一枯燥，达不到良好的文化传播效果，以致连《中国妖怪事典》这样的著作都出自日本人之手，着实让人为之羞愧。近两年，虽有一些同人做过努力，但出版的相关著作内容基本上以《山海经》为主，不成系统。有些著作贯以"妖怪大全"之类的名头，却有些急功近利，粗糙草就。

再次是在文学演绎方法上，虽然《搜神记》《聊斋志异》等书的故事性极强，但讲述故事的方法已经不能和现代社会有机契合，需要将妖怪的形象用现代手段和方法演绎，这个工作很少有人去做。而日本妖怪文学始终是日本文学中的一股中坚力量，日本文学家尤其是推理小说家，能够用推理小说这种大众喜闻乐见的形式对日本妖怪形象进行现代包装，进而普及传播了妖怪文化。

最后是在文化推广上，当代中国的妖怪形象、妖怪文学推广手段数量少、形式单一，难以产生规模影响力，而日本则在文学、影视、漫画等方面形成了文化推广合力，自然事半功倍。

结　语

妖怪文化是中华传统文化中一条绵延至今的重要动脉，妖怪文学是中国古代文学中的灿烂瑰宝，是中华民族珍贵的文化遗产，应当从民族学、文化学、人类学、历史学、心理学、民俗学的高度加以珍惜并发扬光大。

当今的中国正在全面推进中华民族伟大复兴，这是中华民族近代以来最伟大的梦想。文化是民族生存和发展的重要力量，中华民族拥有五千多年的文明史，文艺是时代的号角，最能代表一个时代的风貌。作为中华文化的重要组成部分，妖怪文化应该得到足够重视，我们应对其加以系统整理、创造、推广，用全新的眼光、视角、高度、方法，创作出积极向上、艺术性高、人民群众喜闻乐见的作品来。

值得欣慰的是，目前的中国妖怪文化、妖怪文学研究方兴未艾，呈现出可喜的发展态势。自《白泽图》《山海经》到《搜神记》，再到《聊斋志异》，延续了几千年的中国妖怪文化一定会迎来属于它的百花齐放的绚丽春天。

笔者自幼对中国妖怪文化情有独钟，在深入研究中国传统文化尤其是志怪的分类和定义的基础上，以期厘清妖怪的内涵，花费十几年时间，从浩繁的中国历代典籍中搜集、整理各种妖怪故事，并参考各种民间传说、地方志等，结合自己的理解，将其重新加工、翻译为白话文。本书以妖怪名称加上相应故事的方式编写，按照妖、精、鬼、怪四大部，每个部分以妖怪名称汉语拼音首字母的顺序排列，每段故事文末列出典籍出处，方便读者观览。本书记录中国妖怪共计一千零八十种，是目前为止国内收录妖怪最多、最全，篇幅最长、条理最清晰的妖怪研究专著。希望本书的出版，能为中国妖怪文化的发展尽一份绵薄之力。

在中国妖怪故事的选择上，笔者已尽己所能从典籍中完备整理并标清出处，因各种原因，仍可能存在某些故事有不同版本或者在不同地区流传过程中产生细节差异的情况，欢迎广大读者来信交流并提供此类素材（个人邮箱：zhangyun1954@163.com），共同为中国妖怪学的发展添砖加瓦。因视野、知识所限，书中难免存在错漏、谬误之处，还请专家及广大读者批评指正。

张 云

2017 年 8 月 21 日于北京搜神馆

目　录

统　领

妖　部

精　部

鬼　部

怪　部

统领

白泽、方相氏在中国妖怪中的地位极为特殊。

白泽因遇黄帝而道出世间一万多种妖怪之名，世人方知之；方相氏为百妖之统领。

故而将此二妖开篇介绍。

1
白泽

传说黄帝巡狩时，在海滨遇到了一只异兽，名为白泽。它不仅能说话，而且向黄帝详细介绍了天下鬼神之事，还将自古以来精气为物、游魂为变的一万一千五百二十种妖怪详细告诉了黄帝。黄帝命人将这些妖怪画成图册，以示天下，亲自写文章祭祀它们。

黄帝命人编绘的图册便是《白泽图》（又称《白泽精怪图》）。

关于白泽的形象，向来说法不一。《三才图会》中，白泽是狮子身姿，头有两角，长着山羊胡子。在日本的图绘中，白泽的形象和《三才图会》中的形象相像，不同的是，面生三目，胁下各生有三只眼睛，头生两角，脊背上有三角，共九目五角。

白泽不仅知道天下所有妖怪的名字和形象，而且知道驱除它们的方法。所以，很早的时候，它就被当成驱妖的祥瑞来供奉。人们将画有白泽的图画挂在墙上或者贴在大门上，还有做"白泽枕"的习俗。军队中，"白泽旗"是常见的旗帜。到了中古时期，人们对白泽更加尊崇，《白泽图》极为流行，人们一旦觉得自己遇到了妖怪，就会按图查找，按照上面记载的方法加以驱除。

因为白泽，世人才得知天下妖怪的名字，所以白泽在妖怪中的地位极为特殊。

2
方相氏

方相氏，是上古时期嫫母的官位名。嫫母为黄帝的妃子，容貌极为丑陋。黄帝巡行天下时，正妃嫘祖病逝。黄帝便命令嫫母负责祀事，监护灵柩，并且授其"方相氏"的官位，利用她的相貌来驱邪。所谓"方相氏"，便是"畏怕之貌"的意思。

上古以降，方相氏都为官设，是宫廷傩祭中最重要的角色。《周礼·夏官司马第四·方相氏》："方相氏掌蒙熊皮，黄金四目，玄衣朱裳，执戈扬盾，帅百隶而时难，以索室驱疫。"

自上古到汉、唐，大傩延续不绝。汉朝"傩者……季春行于国中、仲秋行于宫禁，惟季冬谓之大傩则通上下行之也"（见《大学衍义补》）。唐时大傩场面更加宏大。《乐府杂录》载："用方相四人，戴冠及面具，黄金为四目，衣熊裘，执戈扬盾，口作傩傩之声，以逐疫也。右十二人，皆朱发，衣白画衣，各执麻鞭，辫麻为之，长数尺，振之声甚厉。"古人认为，季春的时候，世间凶气催发，与民为厉，方相氏则为家家户户驱逐邪物，作乱人间的各种鬼怪见到方相氏凶威的面目，便会心生恐怖而逃走。戴着黄金面具，上生四目，披着熊皮，双手执戈、盾，领着象征世间精怪的"百鬼"前行的方相氏，从上古的祭司逐渐演变成百姓心目中的"大妖怪"。

唐时，宫廷大傩传入日本。方相氏前行、百鬼跟随的场景，则被日本人演化成了"百鬼夜行"。

妖部

3
阿紫

古人认为，有种狐妖叫紫狐，夜间甩尾巴能够冒出火星。这种狐狸将要成为妖怪时，会头戴死人头骨对着北斗七星叩头，如果死人头骨不掉下来，它就能变成人。

东汉建安年间，沛国郡人陈羡担任西海都尉。他手下有一个叫王灵孝的人，突然无缘无故就逃跑了，怎么找也找不到。陈羡觉得王灵孝十有八九是被妖怪捉走了，于是就率领几十名骑兵，领着猎狗，在城外四处寻找。最后他们在一个空空的坟墓里发现了王灵孝。在听到人和狗的声音时，王灵孝就变得惊慌失措，四处躲避，模样很奇怪。

陈羡让人把他扶回来，回来后发现王灵孝的样子变得很像狐狸。对于周围原本熟悉的环境，王灵孝也很不适应，而且总是哭着喊着找阿紫。十几天之后，他才渐渐清醒了些。王灵孝回忆说，有一天他在屋拐角的鸡窝旁看到一位美丽的女子，自称阿紫，向他招手。如此不止一回两回，他逐渐被迷惑了，跟着阿紫离开，并且成为阿紫的丈夫。和阿紫在一起，他觉得快乐无比。

唐代，有个叫刘元鼎的人做了蔡州刺史。当时蔡州刚被攻占下来，因为战乱频繁，人烟稀少，狐狸就特别多。刘元鼎派遣手下捕捉狐狸，手下天天在球场一带放出猎犬，追逐狐狸，一年杀了有一百多只。

有一次，刘元鼎碰到了一只全身长满疥疮的狐狸，放出的五六只猎犬都不敢上前，狐狸也不跑。

刘元鼎觉得特别奇怪，认为一般的猎狗对付不了这只狐狸，就命令人去找大将军，将大将军的那只大猎狗带来。不久，手下带来了那只大猎狗，将它放出来后，那只狐狸却正眼都不看，在众目睽睽之下，穿廊走巷，到了城墙边，消失不见了。

刘元鼎知道自己碰到了紫狐，从此便不再下令捕捉狐狸。

此妖载于晋代干宝《搜神记》卷十八、唐代段成式《酉阳杂俎》前集卷十五

4
安阳亭三妖

安阳城城南有一座驿站，里头有个亭子总是闹妖，凡是晚上住在驿站里的人，都会死掉。有个书生懂得法术，路过时住在那里。亭旁的百姓见了，劝阻他说："这里不能住宿，前前后后住在这里的人没有能活下来的。"书生说："没关系，我能应付得了。"

书生住进去后，端坐读书，过了很久才躺下睡觉。到了夜半，有一个人穿着黑色单衣，在门外走来走去，呼唤亭主，亭主应答。穿黑色单衣的这个人问："亭子中有人吗？"亭主回答说："有个书生在这里读书，刚刚休息，好像还没睡着。"穿黑色单衣的人叹息一声，离开了。过了一会儿，又有一个戴着红头巾的人来，和亭主之间有问有答，和先前那个穿黑色单衣的人与亭主问答一样，接着也离开了。

书生听到了他们的对话，偷偷来到先前那两个人出现的地方，模仿他们的口吻呼唤亭主。书生问："亭中有人吗？"亭主像先前一样回答。书生又问："刚才来的穿黑色单衣的人是谁？"亭主回答："北屋的母猪。"书生又问："戴红头巾的人是谁？"亭主回答："西屋的老公鸡。"书生接着问："你又是谁？"亭主说："我是老蝎子。"书生暗记在心，回到房间不敢睡觉，一直读书到天亮。

天亮后，周围的老百姓过来，见到书生，吃惊地说："你竟然活了下来！"书生说："赶快找把剑来，我帮你们捉拿妖怪。"百姓拿来剑，书生握着剑到昨天夜里应答的地方，果然抓住了一只老蝎子。老蝎子大得像琵琶，尾巴上的毒刺长好几尺。接着，书生又到西屋抓住了老公鸡，在北屋抓住了老母猪。

众人杀死了这三个妖怪，驿站自此再也没有发生过祸事。

此妖载于晋代干宝《搜神记》卷十八

5
巴山蛇

宋代，崇仁县有个农家子，他的妻子长得很漂亮，有天妻子在屋后晒衣服时失踪了。农家子四处寻找，皆不见，便去县里告官。县令让里正负责此事，同时悬赏搜捕，忙活了半个月依然没有发现农家子妻子的下落。

农家子的家，在巴山山下十里。巴山，山势陡峭，高耸入云。一天，有个樵夫砍柴归来，在山腰歇息时看到悬崖绝壁之间有个身穿黑衣的人抱着一个女子，而那个女子看起来就是农家子的妻子。樵夫将柴火放在地上，向上攀登，离得近了，见那个黑衣人和女子退回一个深不可测的山洞之中。

樵夫将事情告诉了农家子。第二天，在樵夫的带领下，农家子和家人来到山洞。山洞实在太深，大家不敢进去，商议说："山洞深而且漆黑一片，正常人无法在里面生活，肯定有妖怪，应该找巫师来。"

这家人请来了一个姓詹的巫师。巫师披头散发，口衔着刀作法，将一条头巾扔入洞中。过了一会儿，一道如烟的青气把头巾吹了出来。巫师摘掉自己的帽子扔了进去，也被青气吹了出来。巫师不得已，赤裸身体，拿着刀进入洞中。

洞里十分宽广，有好几间屋子那么大。里头有张石床，一个女子仰面躺在上面，一条大蛇缠绕着她的身体。巫师将大蛇砍伤，抱着女子出了洞。女子面色蜡黄，双目紧闭，奄奄一息。巫师被蛇毒熏得也晕了过去，醒来后，向女子身上喷了一口水，女子才苏醒过来。当然，这个女子就是农家子的妻子。

回到家中，农家子的妻子说："之前晾衣服的时候，我被一个黑袍人引诱，不由自主地跟着他离开了。黑袍人把我带进一处豪宅之内，和我同床共枕。饿了他会给我吃的。我整天昏昏沉沉，并不知道他是妖怪。"

当地人请巫师杀掉了那条大蛇。巫师说："我只能让它不再出洞，不能杀了它。"言罢，他在洞口贴上了符咒。自此之后，这个妖怪便再也没有出现过。

此妖载于宋代洪迈《夷坚志》丁志卷第二十

6
白鸽少年

在中国古代，驯养鸽子历史悠久，而且发展出一种驯鸽文化。鸽子种类繁多。山西有"坤星"，山东有"鹤秀"，贵州有"腋蝶"，河南一带有"翻跳"，吴越一带有"诸尖"，这都是上好的鸽子品种。另外有靴头、点子、大白、黑石、夫妇雀、花狗眼等，也是有名的鸽子品种。驯鸽种类繁多，数不胜数，只有内行的人才能辨识清楚。

清代，山东邹平县的张幼量特别喜欢鸽子。他按照《鸽经》上所列的种类，四处搜求，力求搜寻到天下所有品种，是名副其实的驯鸽专家。山东一带养鸽子的人，都以张幼量为榜样。

一天夜晚，张幼量独坐在书斋中，忽然一个身着白衣的少年叩门进来。张幼量不认识这人，少年则称："我四处漂泊，听传闻说公子蓄养的鸽子最多，我也喜欢此道，因此特意前来欣赏。"张幼量就把自己蓄养的鸽子全都拿出来展示。这些鸽子，颜色各异，五光十色，璀璨如锦。少年笑着说："果然名不虚传。实不相瞒，我也养了几只鸽子，公子若是愿意观赏，可以随我走一趟。"张幼量听罢很高兴，就跟着少年去了。

少年带着张幼量来到一座道观，院子里只有两间房子。月色朦胧，少年站在院中，口里学着鸽子的叫声，引来两只鸽子，全身羽毛洁白如雪，边叫边斗，灵动异常。少年又紧噘起嘴唇，发出一种奇异的声音，又有两只鸽子飞出来，一只跟鸭子差不多大，另一只和人的拳头大小相仿；两只鸽子站在台阶上，如同仙鹤一般蹁跹起舞，发出的鸣叫声极有音律。

看了少年的鸽子，张幼量觉得先前自己养的那些简直无法与之相比，便向少年行礼，请求少年将鸽子卖给自己。少年不同意，但是耐不住张幼量软磨硬泡，只得招来那两只白鸽，对张幼量说："若不嫌弃，我就把这两只白鸽送给您吧。"

张幼量把两只白鸽接过来，在月光的映照下，只见白鸽的两只眼睛呈琥珀色，通明透亮；掀起鸽子的翅膀，只见它们肋间的肌肉如同晶莹的水晶，五脏六腑都看得清楚。张幼量乞求少年再送给他几只，少年没有答应。双方正在说话时，张幼量的家人挑着火把找过来。听到声响，少年化为一只白鸽，大如鸡，冲天飞去。原本的院落、房舍消失不见，眼前只有一座小坟墓、两棵柏树。

张幼量叹息而归，回到家中，精心饲养那两只白鸽，过了两年，这对白鸽生了小公鸽、小母鸽各三只。张幼量十分珍惜这些鸽子，即便是亲朋好友来求也不给。

张幼量的父亲有个朋友，是个大官，有一天来张家做客，碰见张幼量，问："你养了多少鸽子呀？"张幼量回了几句话后，便退下来，觉得这个大官恐怕也是喜欢养鸽子的人，而且刚才那么问，明摆着就是向自己讨要鸽子。对方是长辈，又是权贵，自己不能不送，一般的鸽子又入不了对方的法眼，思来想去，就选了两只白鸽，送给了那个大官。

过了几天，张幼量去拜访，和大官聊天的时候，问道："前几天，我送的鸽子可中意？"对方回道："很是鲜美。"张幼量大惊，说："大人您把鸽子烹了？"大官说："是呀。"张幼量惊道："这可不是平常的鸽子！"大官笑笑，道："味道也没什么特殊的。"张幼量听罢，十分懊恼地回了家。

夜里，张幼量梦见那个白衣少年来见他。少年很生气，责备他说："我原以为你能爱惜鸽子，所以把子孙托付于你。你怎么能明珠暗投，致使我的子孙死于非命！今日我就率子孙去了。"说罢，化作鸽子，将张幼量养的白鸽全部带走了。

天亮后，张幼量去看笼中的白鸽，果然都不见了。因为这事，张幼量万分自责，把其他鸽子全部赠送给自己的好友，再也不愿意养鸽子了。

此妖载于清代蒲松龄《聊斋志异》卷六

7
白骨妖

唐代有个叫姜皎的人，常常到禅定寺游玩。当时京兆一带盛行设宴聚餐，姜皎也设宴款待朋友，等到喝酒的时候，座上有一个绝美的女子献酒，却看不到她的手，大伙儿都感到很奇怪。有一位客人乘着酒兴，开玩笑说："你不会是六指吧？"就硬拉过来看。那女子被拉倒，变成了一具枯骨架。

唐代有个叫金友章的人，在蒲州中条山隐居了五年。山中有一位女子，常带着罐子到溪边打水。金友章在屋里远远望见那女子，心里很喜欢她。

一日，女子又到溪边打水，金友章调戏她说："谁家的美人打水这么勤！"女子笑着说："涧下的流水，谁都可以来取。我和你并不熟，而且我还没嫁人，寄住在姨母家，还是个大姑娘，你这么跟我说话，很没有礼貌。"金友章就说："你没有嫁人，我也没结婚，你嫁给我，行吗？"女子说："你既然不嫌我长得丑，我就嫁给你吧。晚上我就过来找你。"当天晚上，女子果然来了，成了金友章的妻子。

两个人感情很好，金友章读书常读到半夜，妻子总是陪伴着他。如此过了半年，一天晚上，金友章照常捧卷阅读，而妻子有点儿反常。金友章问她怎么了，她说没什么事，金友章就让她去睡觉。临走时，妻子说："你今晚回房的时候，千万不要拿蜡烛。"金友章觉得奇怪，就拿着蜡烛回屋上床，见他的妻子原来是一具枯骨。金友章赶紧扯过被子盖上，过了一会儿，妻子恢复了本形，对金友章说："我不是人，是山南的一个白骨妖，山北面有个叫恒明王的，是鬼的首领，平常每月我都要去朝见一次。自从嫁给你，我半年都没到他那里去了，刚才被鬼捉去打了一百铁棍，所以回来才没有变成人形，哪想到让你看到了！既然你知道了，就赶紧离开吧。这山里边，很多东西都被精魅附了身，你不走，迟早对你不利。"说完，她哭泣呜咽，接着就不见了。金友章很后悔，只能悲伤地离开了那里。

清代丽水县有很多山，当地很多人在山上开垦土地。山里面有很多妖怪，所以大家都早去早回，从来不敢夜里出去。

一年深秋，有个地主李某到乡下收租子，独自住在一栋房子里。当地人唯恐他害怕，就没有告诉他妖怪的事，只是警告他晚上不要出去。一天晚上，月华朗照，李某出去游玩，忽然看到一个白色的东西跑过来，长得很奇怪。李某赶紧回屋，那东西已经追踪而至。幸好房门有半截栅栏挡住，那东西进不来。李某胆子大，从栅栏的缝隙里往外看，发现是一具白骨在撞门，又腥又臭。过了不久，鸡叫了，李某推开栅栏，发现一堆白骨。天亮后，李某把事情告诉当地人，当地人说："幸亏你遇到的是白骨妖，如果碰到一个白发的老太婆假装开店面，必然会请你抽烟，凡是抽过烟的人，没有一个活着的！"

此妖载于唐代段成式《酉阳杂俎》前集卷四、
唐代薛用弱《集异记》、清代袁枚《子不语》卷十七

8
白鹭女

钱塘有个书生姓杜，有一天他坐船外出，当时天下大雪并已到黄昏，看见有个穿着白衣服的女子走来，书生问道："你为什么不进到船舱里来？"女子上船后，杜某就调戏她，并且把她带走了。没想到那女子后来变成一只白鹭飞走了，不久之后，杜某就生病死了。

晋代建武年间，剡县的冯法去做买卖，一天晚上船停在获塘里，看见一个穿着丧服的女人，皮肤白皙，身形矮小，请求搭船。冯法见天色晚了，便让她

上了船。第二天早晨，船正要出发，女人说："我上岸去取一下出门用的东西。"
她离开船后，冯法发现自己丢了一匹绢，这时那女人抱着两捆草回来放在船里。
那女人如此来回十次，冯法就丢了十匹绢。冯法怀疑她不是人，就捆上了她的
两只脚，那女人说："你的绢在前面的草丛中。"说完，她便变成了一只大白鹭。
冯法杀了大白鹭，煮着吃了，肉的味道并不太好。

此妖载于晋代陶潜《搜神后记》卷九、南北朝刘义庆《幽明录》

9
白水素女

晋朝时，有个名叫谢端的孤儿，很小父母就去世
了，好心的邻居收养了他。谢端忠厚老实，勤劳节俭，
到了十七八岁的时候，不想再给邻居添麻烦，就在山坡
边搭建了一间小屋子，独立生活。因为家中一贫如洗，
他一直没有娶妻。邻居们很关心他，帮他说了几次媒，但都没有成功。

谢端也没有因此而失望，仍然每天去地里耕作。一天早上，谢端照例去地
里劳动，回家后却见到灶上有香喷喷的米饭，桌子上有美味可口的鱼肉蔬菜，
壶里有烧开的热水。他想，一定是哪个好心的邻居帮他烧火煮饭。

没想到，第二天回来又是这样。三天，四天……天天如此，谢端心里觉得
过意不去，就到邻居家去道谢。他走了许多家，邻居们都说不是他们做的，何
必道谢呢，谢端心想，这一定是邻居好心肠，硬是一再致谢。邻居们笑着说：
"你一定是自己娶了妻子，把她藏在家里，为你烧火煮饭。"谢端听了心里很纳
闷，想不出个头绪来，于是想探个究竟。

第二天鸡叫头遍，谢端像以往一样，起了个大早，假装离家干活去了，没
多久，就趁着天没亮往家里赶。家里炊烟还未升起，谢端悄悄靠近篱笆墙，躲
在暗处，全神贯注地看着自己屋里的一切。不一会儿，他终于看到一个年轻美
丽的姑娘从水缸里缓缓走出，身上的衣裳并没有因水而有任何湿润。这姑娘移
步到了灶前，就开始烧火、做菜、煮饭。

谢端看得真真切切，快步走进家里，姑娘没想到谢端会在这个时候出现，
大吃一惊，又听他盘问自己的来历，便不知如何是好。年轻姑娘想回到水缸中，
却被谢端挡住了去路。经过谢端一再追问，年轻姑娘没有办法，只得把实情告

诉了他。原来，这位姑娘是天上的白水素女。天帝知道谢端从小父母双亡，孤苦伶仃，很同情他；又见他克勤克俭，安分守己，所以派白水素女下凡帮助他。白水素女又说道："天帝派我下凡，专门为你烧火煮饭，料理家务，想让你在十年内富裕起来，成家立业，娶个好妻子，那时我再回到天上去复命。可是现在我的使命还没完成，却被你知道了天机，我的身份已经暴露，就算你保证不讲出去，也难免会被别人知道，我不能再待在这里了，必须回到天庭去。"谢端听完白水素女的一番话，感激万分，心里也很后悔，再三挽留白水素女。但白水素女去意已决。临走前她对谢端说："我走以后，你的日子会艰苦一些，但你只要干好农活，多打鱼，多砍柴，生活一定会一天一天好起来的。我把田螺壳留给你，你可以用它贮藏粮食，能使米生息不尽，壳里的稻谷都不会用完。"正说话时，只见屋外狂风大作，接着下起了大雨，在雨水空蒙之中，白水素女讲完最后一句话便飘然离去。

谢端感激白水素女的恩德，特地为她造了一座神像，逢年过节都去烧香拜谢。而他自己依靠勤劳的双手和白水素女的帮助，日子一天比一天红火起来，几年之后，他娶了妻子，并当上了县令。

谢端为了感谢白水素女，为她立了庙，就是素女祠。

此妖载于晋代陶潜《搜神后记》卷五

10
白衣鹅

唐代，汝南有个姓周的人，家住在吴郡的昆山县。元和年间，周某科举中试，被朝廷任命为昆山县县尉。

周某回家乡赴任，在距离昆山县几十里的一个驿站里留宿，晚上梦见一个身穿白衣的男子，样貌端正，但是衣服上满是血，好像伤到了胸部。

男子跪倒在前，哭道："我家在林泉之中，一向不和世人打交道，所以安宁无事已经很多年了。最近，我在田野间行走，被你家的家仆抓住。我本来是个性格散漫的人，失去了自由，心里悲伤。你家的家仆又放狗咬伤了我，希望你可怜可怜我，把我放了吧，不然我只有死路一条。"周某说："我知道了。"

周某醒来后，觉得很奇怪，第二天回到家，晚上又梦到了那个白衣男子。

白衣男子对周某说："我之前拜托你的事，你答应了。现在我还被抓着呢，希望你赶紧叫人把我放了，谢谢。"周某问："你叫什么？"白衣男子说："我，鸟也。"说完便消失了。

第二天早晨，周某将梦告诉了家仆。家仆说他之前在野地里抓住一只鹅，放在笼子里拿了回来，前几天家里的狗咬伤了它的胸脯。周某一听，让家仆赶紧把鹅放了。当天晚上，周某又梦见了那个白衣男子。在梦里，白衣男子拜谢而去。

此妖载于唐代张读《宣室志》卷四

11 白鱼

吴国会稽王五凤元年（254年）四月，会稽余姚县的百姓王素，有个十四岁未出嫁的女儿，容貌美丽。乡里的少年来求亲的很多，父母因爱惜姑娘都没有同意。有一天，来了一个少年，姿态容貌像美玉一样，二十多岁，自称江郎，愿意和王素的女儿结婚。王素夫妇见少年风流倜傥，就答应将女儿许配给他。

王素询问江郎的家世，江郎说："住在会稽。"过了几天，江郎领了三四个妇女，有的年老，有的年轻，还有两个少年，来到王素家，拿来钱财作为聘礼，于是两个人结了婚。过了一年，王素的女儿有了身孕，到了十二月，生了一个像绢布做的口袋的东西，有一升那么大，在地下一动不动。王素的妻子觉得很奇怪，用刀割开它，见里面全是白鱼的鱼子，就怀疑江郎不是人，并把想法告诉了王素。王素暗中派家中仆人等江郎脱衣睡觉时，将他的衣服取来查看，发现衣服上全都有鳞甲的痕迹。王素看了很害怕，命人用大石头压住衣服。等到天亮，就听见江郎因为找不到衣服发出的咒骂声。不久，又听见有东西跌落，震动的声音传到外面。家中仆人打开门，只见床下有条白鱼，六七尺长，还没死，在地上乱跳。王素用刀砍断了白鱼，扔到了江里。女儿后来又另外嫁了人。

隋朝开皇末年，有一个叫大兴村的地方，村民设斋饭举行佛教祭祀活动。一个满头白发、穿一身白色衣裤的老头要了一点儿饭吃完就走了。大家都不认识他，就在后面跟着，想看他住在哪里。走了二里多路，老头走进一个池塘里就消失不见了。大家走近，看到水里有一条大白鱼，有一丈多长，无数条小鱼跟着它。有一个胆子大的人杀死了那条大白鱼，剖开鱼的肚子，发现里面全是粳米饭。又过了几天，漕梁河突然发大水，杀死大白鱼的那个人全家都被淹死了。

此妖载于宋代李昉等《太平广记》卷四百六十八（引《三吴记》）、卷四百六十九（引《广古今五行记》）

12 白蜘蛛

唐代有个姓韦的御史，在江夏当官，奉命回京，路上在驿站里休息，看见驿站亭子的柱子上有一只白蜘蛛拖丝而下，个头很小。韦御史说："这东西虽然小，但是如果蜇人，也会要人命。"便用手指将白蜘蛛摁死了。过了一会儿，韦御史又看到一只白蜘蛛下来，依然将其弄死。韦御史抬头看了看，见蜘蛛在上面结了很大的网，让手下用笤帚将网扫除，说："我为别人消除了一场祸患。"

第二天即将离去的时候，韦御史伸手摸了摸柱子，忽然觉得手指痛不可忍，发现被一只白蜘蛛蜇了。韦御史大惊，赶紧把白蜘蛛掸掉，很快指头肿起来，连着手臂也肿得厉害。手下抬着他到江夏，医药无救，他左臂溃烂出血，很快就死掉了。

之前，韦御史的母亲在江夏时，梦见一个白衣人对她说："我兄弟二人被你儿子所杀，我已经向上天告状，天帝答应为我洗刷冤屈。"韦母醒来后，感觉奇怪，没有向别人说。等到韦御史回到江夏，将事情告诉韦母，韦母才发现做梦的那天正好是韦御史在驿站杀死蜘蛛的那天。

此妖载于唐代张读《宣室志》卷一

13 百岁铁篦

太原有个叫王仁裕的人，家里有个老人已经两百多岁了，身体只有三四尺高，两只眼睛变成了碧绿色，吃的很少，晚上也不睡觉。每过一个多月，就消失不见，几天后才回来，没人知道她去了哪里。她的床头放着一个柳箱，只有一尺多长，一直锁着，从不让人看。老人经常告诫子孙："如果我出去了，一定不要打开这个箱子，不然我就回不来了。"

子孙中有个无赖，一日，醉酒而归，见老人不在，就来到床头，把箱子打开，里面只有一个小铁笼子。这个老人从此再也没有回来。

此妖载于宋代赵滟《养疴漫笔》

14 豹妖

徐州人李蟠有文才，闻名乡里，自己也沾沾自喜，颇为自傲。李蟠家距离徐州城一二里地。有个姓赵的老翁，居住的村子和李蟠所在村距离很近，经常和李蟠往来，二人亲密无间。

赵翁很富有，家里建造了个大院子，一半自己住，一半空着，院子布置着亭台楼阁、假山怪石、奇花异草，清静优雅。

一天，突然有个美髯老人从赵翁家的空屋里出来，自称豹仙，鹤发童颜，衣装打扮颇有古风，拉着赵翁进屋。赵翁见屋子里的家具、摆设精美无比，很是惊愕。

美髯老人笑道："老夫没有家族，也没有固定住所，停停走走，随处安身。昨天从天目山、天台山那边渡江北来，见你家这庭院环境很好，这才带着小妾和婢女住下。我也不白住你的房子，一定会给你报酬的。"说罢，美髯老人让自己的一帮小妾出来相见。这些女子个个如花似玉。

赵翁虽然惊讶，但见美髯老人十分有礼，言谈举止优雅，很快便和他相谈甚欢，成了朋友。豹仙自称在汉代得道，已经有千年寿命了，他的八个小妾，皆是狐狸所化。赵翁有时候也向豹仙叩问吉凶祸福，豹仙每次都言中，时间长了，赵翁对他尊敬异常，简直当成神仙来供奉。

李蟠知道这事后，不相信豹仙真的是神仙。一天傍晚，李蟠喝醉了，径直来到豹仙居住的庭院，大声喊："妖兽！"又训斥对方妖言惑众。豹仙则一声不吭，闭门不出。赵翁听到动静，赶紧前来相劝，让仆人把李蟠扶回去。第二天，赵翁见到豹仙，道："我的这个朋友喝醉放肆了，还请仙人你不要怪罪。"豹仙说道："这家伙不是一般人，所以我得避让他。他年满三十岁将成为天下文魁，四十六岁会位列三公，但是他生平干了两件坏事，有损阴德，会遭到天罚，而且此人性格急躁，虽然功名不错，恐怕仕途不顺。既然他道出了我的底细，我也不能再待下去了。"过了一段时间，赵翁再去拜访，发现豹仙居住的地方落红满地，空无一人。

几天后，赵翁和李蟠聊天，询问李蟠曾经干过什么坏事没有，李蟠面色不悦，露出后悔的表情。康熙三十六年（1697 年），李蟠参加科举，果然成为状元，但很快因为某些事情被革去官职，正如豹仙所说。

此妖载于清代钮琇《觚剩》续编卷三

15
鼻中人

清代有个人叫唐与鸣，一天白日里躺在椅子上睡着了，家人看到从他的鼻子里跑出来两个小人，高二寸多，在地上行走如飞。家人觉得很奇怪，想抓住他们，结果这两个小人又钻进唐与鸣的鼻子里，消失不见了。

后来，唐与鸣请教别人，才知道这两个小人应该就是自己的元神。

此妖载于清代钱泳《履园丛话》丛话十四

16
壁虱

清代有个女子梦到一个穿着黑色盔甲的人作祟。家里人很担心，问那个穿着黑色盔甲的人从哪里来，女子说从楼上来。家里的阁楼已经很久没人上去了。第二天，大家去搜索，发现柜子里有个东西，长得几乎和柜子一般大，是个大壁虱，于是放火烧死了它，从此便没有作祟的事情发生了。

也是在清代，有个人住在书斋里，身形日渐枯瘦。家人怀疑有蹊跷的事情发生，夜里取来蜡烛照看，只见一个大如碗口的壁虱趴在这个人的胸口上吸食血液，小的壁虱数以万计，围聚在他的周围。见到灯火，这些壁虱就四散开去，钻进了地基旁边的洞穴里。家人挖开洞穴，用开水将这些壁虱全部烫死，这个人很快就恢复了健康。

此妖载于清代乐钧《耳食录》二编卷二

17
变鬼人

古代，贵州一地传说有一种妖怪名为变鬼人，能魅惑人至死。有一个云游四方的僧人，在一座山寺住宿，晚上听到羊叫声，接着看见一个东西进入房间，不停闻熟睡的人。僧人感觉对方可能是妖怪，举起手中的禅杖痛击。对方仆倒在地，变成了一个裸体女子。寺里的人要将这个女子送到官府，她家里人听闻了，跑到寺里，跪在地上求饶，大家便放了这个女子。

第二天，僧人离开山寺时，看到当地人抓住那个女子，要将其活埋。僧人赶忙上前询问，当地人回答道："我们捉到了一个变鬼人。"

此妖载于明代谢肇淛《五杂俎》卷五、明代陆粲《庚巳编》卷七

18
变婆

在我国贵州东南部的从江县、榕江县一带，流传着有关变婆的传说。

有的人死后埋在土中，或三五天，或七天，会打开棺盖破土而出。容貌上看起来和生前没什么两样，但全身散发着腥臭之气，而且不能说话。

变婆刚从土中出来时，还保留着一点点人性，回到自己的家中，能够料理家务。如果是妇女变的，还能给孩子喂奶。不过很快，就会发生异变。这时，家人往往会带着一只公鸡，将变婆送到森林中，让变婆看管鸡，然后家人便偷偷跑掉。

很快，公鸡挣脱逃了，变婆就会四处寻找，便忘记了来时的路。孤零零被抛弃的变婆会在溪涧深谷中寻找蛤蟆、田螺之类的东西充饥，跋山涉水，毫无目的地游走。时间长了，变婆的形体就发生了变化——手足蜷曲，长出蹄爪，遍体生毛，有的变成了老虎，有的变成了熊，自此再也不复为人。

有一个猎户曾经打死了一只猛虎，在死去老虎的前爪上发现了一个重达八两的银镯，紧紧地箍在足腕处，才知道猛虎是变婆所化。

此妖载于《榕江县志》《从江县志》

19 鳖宝

中国人认为鳖这种动物极有灵气，年岁大的老鳖身上会发生怪异的事。

鳖宝这种东西，典籍中有很多种说法，它的样貌如何也是各有说辞。有的说这种东西比黄豆大，喜欢喝血；有的说它长得如同人一样，只不过很小。不过所有关于鳖宝的记载中有一点是一样的，就是如果用自己的身体来滋养鳖宝，就能够看到常人看不到的金银宝贝，一生享受荣华富贵。

清代四川有个人叫张宝南，他的母亲非常喜欢吃鳖。有一天，家里的厨师买了一只老鳖，长得很大。厨师砍掉了鳖的脑袋，看到一个四五寸大的小人从鳖的脖子里溜出来，绕着鳖的尸体跑动。厨师吓得昏倒在地，等大家把他救醒的时候，那个小人早已不见。后来，厨师剖开了鳖的身体，发现小人在里面，不过已经死了。这个小人戴着黄色的帽子，穿着蓝色的衣裳，靴子是黑色的。面目手脚和人一模一样。后来，有人说："这叫鳖宝，如果得到活的，割开自己胳膊上的肉，把它塞进去，它就会长在里面，靠喝人的血为生，而这个人就仿佛长了一双透视眼，能够看到地下的金银珠宝。等这个人被鳖宝喝光了血死掉，他的子孙可以继续把鳖宝放在自己的身体里，那样子子孙孙都可以享受荣华富贵。"那个厨师听说了之后，十分后悔，每每提起这件事，就会扇自己的耳光，后来竟然因此郁郁而终。

此妖载于清代纪昀《阅微草堂笔记》卷五、清代蒲松龄《聊斋志异》卷六、清代姚元之《竹叶亭杂记》卷三、清代汤用中《翼駉稗编》卷一、清代俞樾《右台仙馆笔记》卷六、清代东轩主人《述异记》卷上

20 卜思鬼

西南地区有一种女子，被称为卜思鬼，夜里能变成猫或者狗，到别人家偷盗。遇到生病的人，就会扑上去咬掉人的肉，回来吐在水里，变成水虾，然后拿出去贩卖。

此妖载于明代徐应秋《玉芝堂谈荟》卷九

21
蚕女

蚕女，又叫马头娘，关于她的传说最初流行于四川广汉一带。还在上古高辛帝的时代，四川那个地方还没有设立官长，没有统一的领导。那里的人以家族为单位居住在一起，不同家族间经常爆发冲突。

蚕女，不知道姓什么，她的父亲被邻国抢走已经一年了，只有父亲常骑的马还在家中。蚕女想到父亲远在异乡，很是难过，常常饭也吃不下。她的母亲为了安慰她，就向众人立誓说："有能把蚕女父亲找回来的，我就把这个女儿嫁给他。"不过部下的人只是听听，没人真的去找。

只有那匹马听到蚕女母亲的话后，惊喜跳跃，躁动不停，挣断缰绳跑出去了。过了几天，蚕女的父亲骑着马回来了。从这天开始，这匹马就不断地嘶叫，不肯吃草喝水。

蚕女的父亲问起这事的原因，蚕女的母亲就把向众人立誓的话告诉了他。蚕女的父亲说："是向人立誓，不是向马立誓，哪有把人嫁给马的呢？这匹马能使我脱离灾难，功劳也算是很大的，不过你立的誓言是不能在马身上兑现的。"这匹马听后，用蹄刨地刨得更厉害了。对此，蚕女的父亲很生气，用箭射死了马，并把马皮放在院子里晾晒。

一次，蚕女经过马皮旁边时，马皮骤然立起来，卷起蚕女飞走了。过了十天，马皮又停在桑树上面，蚕女已变成了蚕，吃桑叶，吐丝做茧，让人们拿来做衣被。

蚕女的父母非常悔恨，苦苦思念女儿。有一天，忽然看见蚕女驾着云彩，乘着那匹马，带着几十名侍从从天而下。蚕女对父母说："玉皇大帝因为我孝顺能达到献身的地步，并且心中念念不忘大义，所以授予了我九宫仙嫔的职位。从此我将永远在天上生活，请不要再想念我了。"说完升空而去。蚕女的家在今什邡、绵竹、德阳三地交界处。每年人们从四面八方聚集到这里，祈祷蚕茧能够丰收。道观佛寺中也都塑有女子的神像，身披马皮，人们称之为马头娘。

此妖载于晋代干宝《搜神记》卷十四、
宋代李昉等《太平广记》卷四百七十九（引《原化传拾遗》）

22
苍鹤

唐代开元年间，有一个户部令史，他的妻子长得很美，被妖怪附体，而他却不知道。他家有匹骏马，吃着加倍的草料，反而越来越瘦弱。他去请教邻近的一个胡人，胡人笑着说："马行百里尚且疲倦，何况如今行了一千多里，能不瘦吗？"令史说自己很少骑它，家里又没有别人出行，为什么会这个样子？胡人说："你每次去衙门办公，你妻子夜间就出去了，你却不知道。如果不信，你试着观察一下，就知道了。"

令史照着胡人说的话，夜间偷偷回到家中，藏在别的屋里，暗中观察。到了一更天，妻子起身梳洗打扮得很漂亮，又让女仆给马套上鞍子，走下台阶，骑上马，女仆骑着扫帚跟随在后面，逐渐升空而去，消失在夜色中。

令史非常害怕，天亮以后去见胡人，吃惊地说："妖怪的事我相信了，怎么办呢？"胡人让他再观察一个晚上。这天夜里，令史回家后藏在堂屋前的幕布后面。不一会儿妻子就来到堂屋，问女仆为什么有生人的气味。她让女仆把扫帚点上火，把屋子的四周都照一遍。令史狼狈地钻进了堂上的大坛子里面。不一会儿，妻子骑着马又要出去，因为刚才把扫帚烧了，女仆没有可骑的了。妻子说："随便有个什么都可以骑，何必一定要骑扫帚。"仓促之中，女仆骑上大坛子就跟着走了。令史在大坛子里，吓得大气都不敢出。

不一会儿，到了一座山的树林中间，地上架设着帐幕，摆着丰盛的酒席。一起喝酒的有七八个人，各自都带着一个伙伴，关系十分亲密。他们喝了很久才散席。令史的妻子骑上马，让女仆去骑大坛子。女仆吃惊地说："大坛子里有人！"妻子喝醉了，让女仆把令史推到山下去。女仆也醉了，把令史推出大坛子后就骑着大坛子走了。

等到天亮，令史寻找路径下山，山路崎岖，大约走了几十里才到山口。令史问行人这里是什么地方，对方回答说是阆州，离京城有一千多里。

可怜的令史，一路上像乞丐一样，辛辛苦苦地走了一个多月才回到家里。妻子一见，吃惊地问他为什么离家这么久，是从哪里回来的，令史编造谎话回答了妻子。令史又去找那个胡人，求他帮忙解决这个问题。胡人说："妖怪附在你妻子的身上已经成了气候，等你妻子再出去的时候，可以猛地捉住她捆上，然后再用火烧，妖怪就会死掉。"令史照着他的话做了，就听见空中有乞求饶命的声音。不一会儿，有一只苍鹤落在火中被烧死了。妻子也跟着好了。

此妖载于唐代戴孚《广异记》

23
常

唐代右监门卫录事参军张翰，有个亲戚的妻子在天宝初年生孩子，刚把生下的男孩包裹起来，就有一个没头的孩子出现在旁边蹦跳。那家人用手去抓，这个孩子就不见了，但是手一松开，孩子就又会现身。有人说，《白泽图》上曾经记录过这种妖怪，名为"常"，如果连续喊三声它的名字，它就会离开。这家人如此做了，那个妖怪果真消失了。

此妖载于宋代李昉等《太平广记》卷三百六十一（引《纪闻》）

24
赤鼠小人

唐代开元年间，有个叫李测的人，家里突然出现了许多身高仅数寸的小人，到处都是，有四五百个。李测拿起东西击中了一个，那个小人儿当即殒命。过了一会儿，其他的小人儿来到死者跟前，聚拢哭泣，很快又用车载来小小的棺材，装殓死者，身穿孝服祭吊，并且将棺材埋在了房屋西边的台阶下。李测带人向下挖掘，发现是只老鼠，通体赤色，无毛。李测又让人找到它们的巢穴，将几百只老鼠全部杀死，家中才恢复平静。

与之类似的事情，天宝末年，御史中丞毕杭的家中也曾发生过。

此妖载于唐代戴孚《广异记》

25
赤虾子

明代广西思恩县附近的一个村子，那里的树上有两个人，身高大概一尺五寸，一身打扮如同军士，穿着草鞋，行走如飞，当地人称之为赤虾子。

清代广东顺德县有个地方名叫寿星塘，那里有种东西叫赤虾子，体形很小，经常从树梢上手牵手下来，笑声、叫声和婴儿一模一样，掉在地上就消失了。

此妖载于清代王士祯《池北偶谈》卷二十三（引《双槐岁钞》《月山丛谈》）

26
犰人

在长江、汉水之间的广大区域，传说存在犰人这种妖怪。据说，它们是上古时代三苗的后代，能够变成老虎。

在长沙下面的蛮县，老百姓曾经打造兽笼来捕捉老虎。一次，将兽笼安置之后，很快就有野兽闯了进去。第二天，众人一起去查看，发现里面坐着一个亭长，戴着赤色的头冠，很是威风。猎手问："您什么时候跑到兽笼里了？"亭长十分生气地说："昨天我突然被县里的长官召唤，连夜奔走，路上避雨，不小心掉了进来，赶紧把我放出去！"猎手是个很聪明的人，想了想，问道："您既然是被县里的长官召唤，那有没有文书呢？"亭长就从怀里面掏出了文书。于是大家就把他放了出来。哪想到，亭长一出来，就变成一只满身花纹斑斓的大老虎，一溜烟儿窜进了山林中。

也有人说，犰人是老虎变成的人，往往穿着紫色的麻衣，它们的脚没有脚后跟。

此妖载于晋代干宝《搜神记》卷十二

27
慈感寺蚌

乌程慈感寺有座潮音桥，桥下水流清澈，有一个巨蚌生活在其中，经常浮出水面，吐出蚌珠，很多人都见到过。每到风雨之日，一条蛟龙就会来，想把大蚌夺走。

永乐年间，夏忠靖到当地治水，住在慈感寺里。晚上，有个皮肤白皙的黑衣人，带着一个美女前来，对夏忠靖说："我们一直住在此处，有个豪横的邻居一直想强抢我的女儿。此次前来，我想向大人求一幅字，用来镇服对方，让其不敢乱来。"夏忠靖听了，写了一首诗给二人，里面有"蚌倾心"之类的话，两个人拜谢而去。

过了不久，夏忠靖来到吴淞江，晚上有个身穿金甲的人来，说："我想娶邻居的女儿，但是他手上有大人您的墨宝，他以此为借口，不肯把女儿嫁给我。

还希望大人您改判，让他答应我的要求。"夏忠靖有些生气，圆睁双目，瞪着对方。那个人很惊慌，赶紧退下。夏忠靖恍然大悟："看来，这个穿金甲的人便是慈感寺大蚌的仇人。"于是，夏忠靖写了一篇祭文，投给海神，将事情说明。第二天，雷雨交加，一条大蛟龙死在钱溪的北面。

此妖载于明代朱国祯《涌幢小品》卷十九

28 ——翠羽童子

隋代开皇年间，赵师雄在罗浮做官。一天，天寒日暮，赵师雄喝了不少酒，躺在松林中的车子里休息。此时天色昏黑，残雪对月色，光线微明。旁边酒肆中走出来一个女子，淡妆素服，迎接赵师雄。赵师雄很喜欢这个女子，和她聊天，发现她身上芳香袭人，说出的话也文雅清丽，便和她一起进入酒肆，喝了几杯酒。过了一会儿，有个绿衣童子出来，唱歌跳舞，十分可爱。赵师雄喝醉了，倒在床铺上，觉得寒冷无比。等到天亮，赵师雄爬起来，发现自己在一棵大梅树下，上面有只翠鸟，鸣叫着，看着自己。月落参横，赵师雄惆怅而归。

此妖载于唐代柳宗元《龙城录》卷上

29 ——大青小青

庐江枞阳附近山野之中有叫大青小青的妖怪，当地人听到哭声，感觉有数十人，有男有女，披麻戴孝，如同举办丧事一样，聚在一起哭。人们跑过去看，往往找不到人。但是它们出现的地方一定会死人。如果哭声大，那么死的人就多；哭声小，死的人就少。

此妖载于晋代干宝《搜神记》卷十二

30 ——戴关寺松鼠

清代，戴关寺的松鼠经常变幻成人形，出来捣乱。有个姓龚的书生，见寺里环境清幽，想留在寺里读书。僧人将松鼠之事告诉书生，书生不以为意。

一天晚上，书生正要打开书本，忽然听到从梁上传来声响，一个身高七寸的小人穿着甲胄箭袍，跳到案头。见书生不为所动，小人很生气，一脚踢飞书生的书本，又拿起戒尺揍他，将墨汁泼在他身上。接着，又从墙缝里钻出许多小人，一起围攻书生。书生四面击打，小人应声而倒，但是小人越来越多。寺里的僧人听见动静，手持棍棒闯入，那些小人才消失不见。

第二天，书生打开箱子，见里头的衣服全都被咬坏了。

此妖载于清代吴友如《点石斋画报》

31
担水猫夫

清代道光年间，某地官署屋顶上经常出现一只猫妖，高两尺多，头戴毡笠，挑着两个小桶，装扮成挑水夫的样子，每天早晨都会从官署的屋檐上经过。看到这只猫妖的人很多，大家习以为常，并不以之为怪，后来这家伙偷吃东西，被官署的厨师杀掉了。

担水猫夫的毡笠，是用人们用坏的帽子做成的，那两个小桶，则是用小木片捆扎而成的。

此妖载于清代薛福成《庸盦笔记》卷六

32
灯花婆婆

唐代有个人叫刘积中，居住在长安附近的农庄里。有段时间，妻子病重。一天晚上，刘积中还没睡觉，忽然有个身高三尺、白发苍苍的老太婆从灯花中走出，对刘积中说："你妻子的病只有我能治，为什么不向我祈祷呢？"刘积中素来是个刚直的人，知道这个老太婆是妖怪，就呵斥她。老太婆说："你不要后悔！"说完，就消失了。

很快，妻子心口疼得厉害，眼看就要死了。刘积中不得已，向老太婆祈祷，她就出现了。老太婆坐下来，要了一杯茶，对着茶念咒，让人给刘积中的妻子喝下这杯茶，妻子的病很快就好了。

从此之后，老太婆常常出入刘家，家人也不害怕。过了几年，老太婆对刘积中说："我有个女儿刚成年，还请你为她找个丈夫。"刘积中不肯，老太婆说："我不是让你找人，而是让你用桐木雕刻个木人，就行了。"刘积中就按照她说的办了，不久，那个木人就消失了。

老太婆又说："还烦请你和你妻子为这对新人铺床，婚礼那天我会派车子来接你们。"

一天傍晚，果然有车子来到门口，刘积中和妻子没办法，就上了车。天黑后，他们来到一个地方，这个地方楼宇高大，陈设华丽，如同王公贵族的宫殿一般。刘积中夫妻恍恍惚惚参加完了婚礼。

又过了几个月，老太婆来了，拜谢说："我还有个小女儿，也成年了，还请你再给找个丈夫。"刘积中十分不耐烦，拿枕头砸过去，说："你这妖怪太骚扰人了！"老太婆就消失了。

不久，刘积中的妻子心口疼病复发，刘积中再祈祷，可是不管怎么祈祷，那老太婆也没有出现，妻子不久就死了。接着，刘积中的妹妹也出现了心口疼的症状，刘积中想搬家，但发现有东西阻拦走不了，也是无可奈何。

一日，刘积中正在读书，忽然有个叫小碧的丫鬟进来，说话的声音很像刘积中死去的朋友杜省躬，说："我刚从泰山回来，路上碰见一个妖怪拿着你妹妹的心肝，我就夺下来了！"说罢，举起袖子，刘积中发现里面有东西在跳动。然后，杜省躬又说："赶紧把东西安置了吧。"说完，屋子里刮起大风，袖子里的东西也消失了。接着，杜省躬就离开了，小碧昏倒了，醒来后根本不记得这回事。

过后不久，刘积中妹妹的病就好了。

此妖载于唐代段成式《酉阳杂俎》前集卷十五

33
地仙

清代乾隆二十七年（1762年），杭州有个姓叶的商人修造花园，挖水池的时候挖出两个缸，上下覆合。商人让人打开，发现里面有一个道士双腿盘坐，指甲有一丈多长，绕身三圈，双目闪烁，似笑非笑。商人问："你是哪个朝代的人？"道士摇头不应。商人命仆人给他茶汤、人参汤喝，他还是不说话，只是对人微笑。商人觉得可能是修炼地仙而修行未满的术师，就把缸合上，埋在地下。商人有个叫喜儿的仆人，想拿道士的指甲给别人炫耀，就私自打开了缸，剪下道士的指甲，没想到误伤了道士的身体，鲜血流出。道士潸然泪下，随即倒毙，变成了一堆枯骨。

此妖载于清代袁枚《续子不语》卷三

34
东仓使者

清代江西金溪县有个姓周的老太太，五十多岁了，丈夫死了，又没有孩子，一个人住在破屋里面，以要饭为生。

一天，忽然有个声音对她说："你太可怜了，我来帮助你吧。"周老太转过脸，却没看见有人，很是惊慌。那声音又说："你不要害怕，床头有两百文铜钱，你可以拿着到集市上去买米做饭。"周老太去床头找，果然发现那里有钱。

周老太就问对方什么来头，对方说："我叫东仓使者。"

周老太知道东仓使者的确是在帮助自己，也就不害怕了。从此之后，或者是钱，或者是米，或者是其他食物，总是会出现在周老太家里。虽然这些东西只够维持周老太一两天的吃喝用度，但只要没有了就会自动出现，偶尔还会有几件衣服，尽管是粗衣粗布，但可以让周老太穿得暖和。周老太感激东仓使者，就说："我受你的恩惠太多了，希望能见见你，这样一来，我就可以给你塑造神像祭拜你。"东仓使者说："我不是什么神灵，既然你想见我，那就在梦里相见吧。"

晚上，周老太在梦里见到了东仓使者，原来是一个须发皆白的老头。这样过了很长时间，周老太听说周围的人家里经常丢东西，就隐约知道大概是东仓使者所为。

乡邻有什么吉凶之事，东仓使者也会提前告诉周老太，并嘱咐她不要说出去。周老太发现东仓使者说的话都一一应验了。

过了几年，有个邻居发现周老太有吃有喝也不出去要饭了，就觉得奇怪，便到她家里拜访。邻居在周老太家里发现了自己先前丢的东西，认为是周老太偷的，扯着周老太不放。这时候，忽然听到有人说话："偷东西的是我，你家里富足，不愁吃穿，为何不能分一点儿给穷苦的人呢！你再这样纠缠，别怪我不客气！"说完，空中有无数的瓦砾石块飞过来，邻居吓得落荒而逃。

这事情传开了，所有人都认为周老太家里闹了妖怪，很多人还前去看热闹。来人如果对东仓使者客客气气，它也客客气气；如果对它出言不逊，那就会被它毫不留情地用瓦片砸得头破血流。不过东仓使者很听周老太的话，周老太不让它砸人，它就不砸人。

有一天，一个书生喝醉了，来到周老太家，说："是什么妖怪在这里干坏事？你敢出来和我会会吗？"如是再三，东仓使者也不露面，那书生就大摇大摆地离开了。

周老太问东仓使者："你为什么单单怕他呢？"东仓使者说："他是书生，读的是圣贤书，而且又喝醉了，我不和他一般见识。"过了几天，那个书生又过来找事，这次被东仓使者用瓦片砸得抱头鼠窜。周老太问为什么这次又出手了，东仓使者说："无缘无故来找事，一次也就算了；再来，那就是他无理，我自然砸他！"

时间长了，乡里人都觉得有个妖怪在这里终究不是什么好事，就商量去找张真人前来。

有一天，周老太突然听东仓使者哭着说："大事不妙了，龙虎山马上要派人来了。"周老太说："你怎么不逃走呢？"东仓使者说："张真人已经布下天罗地网，我逃不掉了。"说完，东仓使者痛哭流涕，周老太也急哭了。

第二天，邻居果然拿着龙虎山张天师给的符咒闯了进来，径直走到卧室，把符咒贴在墙上。周老太很生气，上前就要撕掉那符咒，忽然听见轰隆一声响，只见一只大老鼠死在了床头。它住的洞穴口比窗户还大。

从此之后，周老太又成了乞丐。

此妖载于清代乐钧《耳食录》初编卷九

35
独角人

巴郡这地方有个独角人，头顶上长着一只角，据说已经活了几百年。有时候这个人会忽然消失，几年都不见；有时候他不说话，但只要开口，说的事情都很有趣。

有一天，他和家人告别，跳入江里，变成了一条鲤鱼，鱼头上还有角。后来，他经常回来，容貌和之前一样，与子孙吃吃喝喝，往往几天后就离开了。

此妖载于南北朝祖冲之《述异记》

36
返生人

房州人解三师，住的宅子和宁秀才教书的私塾相邻。解三师有个女儿七五姐，从小喜欢读书，每天都偷偷地听隔壁那些学生念诵。时间一长，他们读的书七五姐都能暗暗背下来了。解三师信奉道教，经常将相关的书带在身边。父亲不在家时，七五姐就将父亲的这些书拿过来偷偷学习。

淳熙十三年（1186年）九月，七五姐已经二十三岁了。解三师将归州一个叫施华的人招来家里做了女婿。施华在家没住多久，就到外面做生意去了。

淳熙十五年（1188年）四月，施华给解三师写了封信，又写了一封密信给七五姐，密信里说："我在你家天天被岳父岳母打骂，这才出来做生意。但是生意不顺利，现在只能在遂宁府流浪。你在家好好等我，不要改嫁，等我生意有起色，就去接你。"七五姐读完信，痛哭流涕，无心吃喝，生了病，这年八月，就死掉了。这事儿，施华还不知道。

两个月后，施华在遂宁府的旅馆里忽然看见七五姐来了。他很吃惊，问："从房陵城到这里，千里迢迢，你一个女子，怎么跑过来了？"七五姐说："自从接到你的信，我难过得要命。父母也整天责骂我。我留了一封信给他们，说我投水自尽了，这才脱身出来，一路讨饭，历尽千辛万苦，才见到你。"

施华看见她一路奔波，衣鞋破烂，心里非常难过，抱住她就哭了起来。哭了一会儿，他拉着七五姐的手，陪她吃饭、买衣。七五姐就这样留了下来陪着施华。此后，施华的生意越来越顺利，赚了不少钱。绍熙二年（1191年）冬天，施华想带妻子一起回岳父家去，七五姐却坚决不同意。施华便将七五姐带到了归州自己的家里。

第二年冬天，解三师的邻居田乙到归州做客，遇见了施华。施华将田乙请到家里。田乙看见七五姐，十分吃惊，说："你已经死了三年了，怎么会在这里？"七五姐说："我骗父母亲说要投水，其实没死，而是偷偷出来找到施郎。"

田乙没把话说破，回到房州见着解三师，把事情跟他说了。解三师根本不信，说女儿死了这么多年，怎么可能呢。

绍熙四年（1193 年），施华与七五姐搬到了荆南。第二年，解三师听到了消息，打发儿子去看看到底怎么回事。儿子到了荆南，在七五姐家住了好几个月，带着妹妹、妹夫一起回到房州。

解三师夫妻俩很高兴，办了酒席，将亲戚们都请了过来。亲戚们对他说："七五姐死了已经七年了，你眼前的这个女儿，恐怕是妖怪变的，长此以往，怕是不妙，得想个办法。"解三师觉得亲戚们言之有理，第二天，便请来了一个法师。法师来到家里，见七五姐一点儿都不害怕，便施展法术，结果根本不奏效。法师画了一张灵官捉鬼符，七五姐则画了一张九天玄女符，又将他的法术破了。

法师没办法，拎着宝剑问七五姐："你到底是什么来头？"七五姐说："我活着的时候，读遍了父亲的道教法书，又在梦里承蒙九天玄女娘娘传授给我返生的方法，已经再生为人了。返生以来，我不曾触犯天地禁忌，更是一心向善，帮助别人。你呢，虽然是个法师，但是干的坏事不少，怎么能惩治我呢？"法师听完，灰溜溜地走了。

七五姐大大方方出来见了亲戚朋友，依旧和以往那样生活。

庆元元年（1195 年），解家到郊外游玩，经过先前安葬七五姐的地方，家人指着坟墓说："之前你就埋在这里。"七五姐哈哈大笑，大步走入山中，消失不见了。

此妖载于宋代洪迈《夷坚志》三志壬卷第十

37
蜂翁

五代时期，庐陵有个书生去应试，晚上到一户人家借宿。有个老头从屋子里出来，对书生说："我家房子太小，只能放下一张床。"老头将书生引进门，书生发现这家有一百多间房间，但是每间房间都很小，果然只能放下一张床。

过了一会儿，书生饿了。老头说："我家很穷，只有一些野菜。"说完就端上来给书生吃。书生吃了，觉得味道很鲜美，和一般的饭菜不一样。吃完了，书生就睡觉了，只是身边一直有嗡嗡嗡的声音响个不停。

第二天醒来，书生发现自己睡在田野里，身边有个大蜂巢。书生原来有头风的病，但自那以后就痊愈了，想来是因为吃了蜂翁给的东西吧。

此妖载于五代徐铉《稽神录》卷四

38/39
高八丈 / 四娘子

唐代贞元年间，道政里十字街东边有一座小宅院，经常会发生怪异的事，凡是住在里面的人都会发生凶祸。有个进士叫房次卿，租住在西院，一个多月也没发生不幸的事，于是大家说："都说这座宅院凶恶，对房次卿却没有什么，看来他是个贵人，前程不可限量。"有个叫李直方的人说道："这是因为他比那凶宅还凶。"众人大笑。

后来，这座凶宅被东平节度使李师古买了。李师古手下有五六十个人，他经常领着士兵携带鹰犬，打猎游玩。有个叫李章武的人，年轻力壮，早晨去拜访太史丞徐泽，正巧太史丞外出，他便在那宅院停马休息。

晨光之中，李章武忽然看见堂上有一个穿着褐红色衣服的驼背老头，眼睛发红而且有泪，靠着台阶晒太阳；西屋有一个穿着暗黄色裙白裆裆的老太婆，肩上担着两个笼子，盛着死人的碎骨和驴马等的骨头，她的发髻上还插着六七个人的肋骨当发钗。老头叫道："四娘子，你干吗去？"老太婆给老头施了一礼："高八丈，你万福，这个院子被李师古买去了，吵闹得很，不能住下去了，我特意来向你告辞。"说完，老头和老太婆都消失了。

自此之后，那个宅院就再也没有闹过妖怪。

此二妖载于宋代李昉等《太平广记》卷三百四十一（引《乾𦠿子》）

40
高山君

汉代，山东有个人叫梁文，喜好道家方术。他的家里有个神祠，三四间屋子，占地广大。神祠中的宝座用帷帐遮住，十几年都没有动过。后来，梁文举行了一场祭礼，突然帷帐里面有人说话。这个人自称高山君，能吃能喝，而且替人治病，药到病除。

梁文将其当作神仙看待，恭恭敬敬地侍奉。过了几年，有一天，高山君喝醉了，梁文就乞求他让自己走进帷帐之中一睹神仙的真容。

高山君说："把你的手伸过来！"

梁文把手伸进帷帐里，摸到了高山君的下巴，觉得他的胡须长得很长。梁文用力扯了一下，突然听到里面传来羊的叫声。梁文和周围的人都很惊讶。于是，大家一起把高山君从帷帐里面拽了出来。

结果，大家发现这位高山君竟然是袁公路家里的一只老羊，已经丢失七八年了。大家杀了它，从此就再也没有怪事发生了。

此妖载于晋代干宝《搜神记》卷十八

41
高唐之女

宋顺帝昇明二年（478 年），三峡人微生亮钓到一条三尺长的白鱼，放在船里，用草把它盖住。回到家，微生亮想要取鱼煮着吃，看到一个女子在草下，洁白端丽，十六七岁，自称是高唐之女，变成了鱼，被微生亮抓住。微生亮说："既然是人，能不能成为我的妻子呢？"女子说，当然可以。

微生亮和女子结婚三年后，女子说："期限到了，还请你放我回高唐。"微生亮问："你什么时候回来？"女子说："情不可忘，你只要思念我，我就会回来。"

后来，女子一年回来三四次，再后来，就不知其踪了。

此妖载于唐代李冗《独异志》卷中（引《三峡录》）

42
鸽画师

长安云花寺有个圣画殿，本地人将其中的壁画称为"七圣画"。

当初大殿刚建成，寺里的僧人招募画师，让其在墙壁上绘画。画师觉得僧人给的报酬太少，便离去了。过了几天，两个少年找上门来，说："我们擅长画画，听说寺里招募画师，愿意不要报酬来画，行不行？"僧人想看看二人的水平，问他们先前画过壁画没有。少年说："我们兄弟七个人，没有在长安画过。"僧人不信任他们，有点不愿意。

少年说："我们不要你们的钱，如果画得不好，师父你让人把墙重新粉刷就行。"僧人见他们不要报酬，也就答应了。

第二天，少年和他的六个兄弟果然来了，各自带着工具、颜料，进入大殿，并且对僧人说："我们要在里面画七天，七天之内，不要打开房门，也不需要你们送饭。麻烦师父你用泥封住大殿的门窗，不留一丝的缝隙，否则我们就不能尽心画画了。"僧人按照他们的吩咐去做了。

过了六天，里头毫无声响，僧人们觉得奇怪，相互说："肯定是妖怪，不能按照他们说的来。"于是，僧人们拆去封泥，打开大门。忽然，有七只鸽子从里头飞出来，消失不见了。再看大殿的墙壁上，色彩斑斓，只有西北角还没画好。之前的那个画师来看，大惊，赞叹道："真是神妙之笔呀！"

那些壁画因为画技实在高超，没有画师敢再去补画。

此妖载于唐代张读《宣室志》卷一

43
钩翼夫人

钩翼夫人是齐人，姓赵，小时候就喜好清静。她生病卧床六年，右手蜷曲，饮食少。汉武帝时，有会望气的人说东北方有贵人气，经推算找到了她，便召她进了宫。她颇有姿色，汉武帝唤她过来，扒开她的右手得到了玉钩，她的右手从此就能伸开了。

她也因此受到汉武帝的宠幸，生下了汉昭帝。后来，汉武帝发现她犯下了罪过便杀了她。殡殓时，她的尸体不冷而香，持续了一个月。汉昭帝即位后，为母改葬，只是棺中已无尸体，只有丝履。她的宫殿被命名为钩翼，后来避讳改为钩弋。

此妖载于汉代刘向《列仙传》卷下

44
狗头新妇

唐代有个叫贾耽的人，是滑州节度使。当地的酸枣县有个儿媳妇对婆婆不孝顺。婆婆年纪大了，双眼又瞎，吃饭的时候，儿媳妇就在饭里面混上狗屎给婆婆吃。婆婆吃了，发觉味道不对，正好出远门的儿子回来了，就对儿子说："这是儿媳妇给我的，吃着味道很怪。"儿子看着碗里的狗屎，仰天大哭。过了一会儿，天上阴云密布，雷霆降下，好像有个神人从天而降，砍掉了儿媳妇的脑袋，又用一颗狗头代替。

云开雨停之后，大家发现儿媳妇果然脖子上长了一颗狗头。贾耽就让人带着这个儿媳妇游街示众，用来警告那些不孝顺的人，当时人都叫这个儿媳妇为"狗头新妇"。

此妖载于唐代李冗《独异志》卷上

45 姑获鸟

姑获鸟是中国古代非常著名的妖怪之一，又叫夜行游女、天地女、钓星、鬼车鸟、九头鸟、苍鹕、逆鸧。

传说姑获鸟能收人魂魄，昼伏夜飞，化身为鸟的时候，身大如簸箕，九个脑袋，十八只翅膀。原本姑获鸟有十个脑袋，其中一个被天狗吃掉了，所以它飞过的地方经常会滴下鲜血，而沾染上姑获鸟血的人家就会发生灾祸。

七八月时，尤其是阴晦的天气，姑获鸟会呜咽着飞出，它脱掉羽毛落下来，就会变成女人。也有的传说称，姑获鸟是产妇死后所化，所以喜欢偷取百姓家的孩子作为自己的孩子。凡是有幼儿的人家，晚上不能晾晒小孩的衣物，否则姑获鸟会先用滴下来的鲜血做好记号，然后化身女子前来偷盗幼儿。

传说姑获鸟只有雌鸟，没有雄鸟。它还有一个习惯，就是吃人的指甲，被吃的人同样会得病发生灾祸。

唐代陆长源《辩疑志》里记载，洛阳二三月寒食节前后，晚上阴天下着小雨，天色晦暝，就会有姑获鸟发出轧轧的叫声，经过人家的庭院。老百姓见了，惊慌异常，说是九头鸟驭着鬼经过。传说，这种鸟曾经被门夹断一个脑袋，一直流血，如果它的血滴落在百姓家，这家人就会发生灾祸。一旦发现这种鸟来，老百姓会聚集在门口学狗叫，吓跑它。洛水北边有个叫张岸的人，以捕猎为生，一次听到姑获鸟的叫声，估计它距离屋子不远，便在屋顶上竖起三五丈高的大网等候，果然抓住了一只。张岸举起火把照了照，发现这妖怪长得像狐狸，但是比狐狸黑，嘴巴很长。洛阳人也称姑获鸟为渠逸鸟。

宋代淳熙初年，长沙郡守李寿翁，见姑获鸟经常在半夜鸣叫，十分厌恶，贴出榜文，招募能人捕获，并承诺，抓住一只，给钱十贯。一个飞虎营的士兵，用手弩射下来一只，将其拿到官衙。这只姑获鸟，身体大如簸箕，长着十个脖子，脖子上面有九个脑袋，其中一个脖子没有脑袋，鲜血淋淋，和传说相符。它的每个脑袋下，各长着两只翅膀，飞行时，十八只翅膀一起扇动。

此妖载于《周礼·秋官司寇第五》、晋代郭璞《玄中记》、
南北朝宗懔《荆楚岁时记》、唐代段成式《酉阳杂俎》前集卷十六、
唐代刘恂《岭表录异》卷中、唐代陆长源《辩疑志》、
宋代洪迈《夷坚志》补卷第四、宋代周密《齐东野语》卷十九、
明代李时珍《本草纲目》卷四十九

46 怪翁

汉献帝建安年间，东郡一个老百姓家里发生怪事——家里的陶罐无缘无故发出声音，嗡嗡作响，好像有人在敲击；盘子、桌案本来在眼前，转眼就不见了；鸡生的蛋，总是丢失。像这样的怪事，一直闹了好几年。

这家人十分生气，想了个办法，做了很多美味佳肴，放在房间里，然后藏起来偷看。那怪物果然又来了，像以前那样，让家里的东西发出声响。这家中的一个人走进屋里，迅速把门关上，四处寻找，却什么都没看见，便挥舞棍子到处击打。过了好久，这个人感觉在墙角处打中了什么东西，还听到了呻吟声："哎哟，哎哟，要死了！"这个人打开门，借着亮光一看，发现有个年纪有一百多岁的老头躺在地上。这老头说话很没礼貌，长得像野兽。

这个人四下打听，在几里外的村庄找到了老头的家。老头的家人又惊又喜，说："他已经走失十几年了。"可过了一年多，老头又不见了。听说陈留郡的地界上又出现了类似的怪事，人们认为肯定是这个怪老头干的。

此妖载于晋代干宝《搜神记》卷十四

47
龟甲士

宋代淳熙九年（1182年），长洲县丞周昭达运送海盐，回程经过吴江，见岸边的渔船上渔人抓住乌龟，用刀挖肉。周昭达心里不忍，问了下渔人，每个乌龟才一二文钱，便买下五六百只，装在竹筐里，待船行了一段距离，就将乌龟放还水中了。

回到家，妻子唐氏告诉周昭达："昨天我做了个梦，梦见几百个身穿盔甲的人进门，说是感谢你，之后就离去了，不知道怎么回事。"周昭达将自己救龟、放龟的事情告诉妻子，两个人相视叹息不已。自此之后，周昭达和妻子经常买下一些活物放生，坚持不懈。

此妖载于宋代周辉《清波杂志》卷十一

48
龟妖

隋文帝开皇年间，经常有人入掖庭宫挑逗宫女。司宫把这件事报告给文帝，文帝说："门卫把守得很严，人是从什么地方进来的呢？一定是个妖怪。"接着又告诫宫女说："如果那人再来，就用刀砍他。"后来那个人晚上来到宫女的床上，宫女就抽出刀来砍他，感觉就像砍中枯骨一样。那个人逃跑，宫女就在后面追赶他，后来，他跳进池水中沉下去了。第二天，文帝命令淘干水池，抓到一只一尺多长的乌龟，背上还有刀痕，命人杀了它，之后就再也没有怪事发生了。

山阴县有个叫朱法公的人，有一次出门，在台城东面的橘子树下休息时，遇到一个女子，十六七岁，端庄美丽。傍晚的时候，这女子派女仆与朱法公搭话，约定天黑以后去朱法公那里住宿。到了半夜，女子才来，她自称姓檀，住在城边。于是两人同床共枕了一晚。天快亮时，女子离开，说第二天再来。

如此过了好几个晚上，每天早晨离开的时候，女仆都来迎接她。同女仆一块来的还有个孩子，六七岁，长得很好看，女子说是她的弟弟。后来有一天早晨她离开的时候，裙子开了个口子。朱法公看见里面有龟尾和龟脚，才醒悟过来她是妖魅。到了晚上女子又来时，朱法公就点亮火想把她抓住，不过那女子很快就不见了。

此妖载于宋代李昉等《太平广记》卷四百六十九（引《广古今五行记》《续异记》）

49
蛤蟆妖

清代，有个叫宋淡山的人，在遂安县看见雷霆从天而降，击打在一户老百姓的屋子上。过了一会儿，天晴了，那户人家屋子里什么都没有损坏，唯独屋里有臭气，长久不散。几天之后，这家人的亲友相聚，发现天花板上有血水滴下，于是就打开查看，发现了一只死掉的癞蛤蟆，有三尺多长，头戴鬃缨帽，脚穿乌缎靴，穿着玄纱褙褶，如同人的形状。大家这才知道，原来天降雷霆，是为了击杀这个蛤蟆妖。

此妖载于清代袁枚《子不语》卷十二

50
海参

江浙一带，有个人喜欢吃海参，家里总是储藏几十斤海参，但这些海参经常不翼而飞。刚开始，他怀疑海参被厨师偷了，后来索性将海参放在自己的床前。一天早晨，这人蒙眬之中看见海参一个接着一个从瓮里跳出，全都变成了人，有的变成赶车的，有的变成唱戏的，不一而足，走出门去。

这人尾随着过去，到了平康里，只见这些海参被一个金甲神人捉了去。

此妖载于清代吴友如《点石斋画报》

51
旱魃

魃，在我国的传说中历史悠久。普遍认为，魃是一种能够带来旱灾的妖怪，为人的尸体所化。旱魃从刚开始的天女说，到清代的僵尸说，经过了长久的演变过程。

传说黄帝和蚩尤作战时，因为蚩尤擅长制造兵器，并且纠集了很多精怪，所以黄帝打了不少败仗。后来，黄帝派应龙和天女魃前往作战，魃穿着青色的衣服，能够发出极强的光和热，破解了蚩尤制造的迷雾，帮助黄帝打了胜仗。胜利后，魃丧失了神力，就留在了北方。她走到哪里，哪里就会干旱，所以人们诅咒她，称她为旱魃。从汉代开始，一直到明初，旱魃的形象逐渐向妖怪转变，到了明清时，旱魃逐渐变成了僵尸形象，成为极有威力的妖怪。

旱魃的形象，依汉代的典籍记载，身高二三尺，身体赤裸，眼睛长在头顶，行走如风，又叫旱鼠。对付它的手段是把它扔到厕所里，它就会死掉。

　　金代贞祐初年，洛阳大旱。登封西边的吉成村有旱魃为虐，当地人说："干旱时，如果看到莫名的火光，就是旱魃来了。"有些年轻人黄昏时登高观望，果然见火光进入农家，纷纷用大棍去击打，火焰散落，发出巨大的声响后逃走了。古人说旱魃身高三尺，其行如风，却没有过它们能发出声音的记载。

　　清代时，旱魃被分为兽魃和鬼魃。兽魃像猿猴，披头散发，长着一只脚；鬼魃则是上吊而死的人变成的僵尸，出来迷惑人。将鬼魃焚烧，可以引来大雨。

　　清代乾隆二十六年（1761年），北京一带大旱。有个叫张贵的邮差送公文到良乡，从北京城出发的时候，已经是半夜了。他走到荒无人烟的地方时，忽然刮来一股黑风，吹灭了灯笼，又下起了雨，所以只能在邮亭里面暂时歇息。这时候，有个女子提着灯笼走来，十七八岁，长得十分美丽。女子将张贵带到家里，两个人恩爱了一晚。第二天早晨，张贵醒来时发现自己躺在荒坟之中，耽误了差事。后来上司怪罪，要彻底追查，才发现那个女子原来没出嫁前就和人交往，后来羞愧上吊而死，死后经常迷惑路人。事情调查清楚之后，人们打开了女子的棺椁，果然发现里面的尸体成了僵尸，相貌如生前，但是全身长满了白毛。大家焚烧了尸体，第二天瓢泼大雨倾盆而下。

　　此妖载于汉代东方朔《神异经·南荒经》、宋代周密《癸辛杂识》别集下、清代袁枚《子不语》卷十八、清代纪昀《阅微草堂笔记》卷七

52 合鼠

　　明代成化二年（1466年），长乐书生陈丰独坐山斋，看见梁上有两只老鼠相互争斗，接着掉在地上，变成了身高五六寸的两个老头。两个老头对坐着喝酒，说话的声音像小孩子。过了一会儿，有两个女子出现，唱歌跳舞为他们助兴。她们唱的歌词是这样的："天地小如喉，红轮自吞吐，多少世间人，都被红轮误。"

　　酒喝得差不多了，两个老头合在一起，变成了一只大老鼠，向陈丰抱拳施礼而去。那两个女子又唱了歌，歌词如下："去去去，此闲不是留侬处。侬住三十三天天外天，玉皇为我养男女。"

　　此妖载于清代褚人获《坚瓠集》七集卷二

53
贺度口

贺度口，长得像男子，多出现于山洞之中，见人吐气，让人生病。这种病，会让人走路时手脚疼痛得好像折断了一样。这种妖怪，是深山中年月久远的老虎所化。

此妖载于宋代《太清金阙玉华仙书八极神章三皇内秘文》
（收录于明代张宇初《道藏》）

54
鹤女

晋怀帝永嘉年间，徐奭出门走在田野间时，看见一个女子姿色秀丽，皮肤白皙。徐奭上前和她聊天，女子吟诗道："畴昔聆好音，日月心延伫。如何遇良人，中怀邈无绪。"徐奭见其才貌双绝，十分喜欢她。

女子将徐奭带到一个屋子里，摆酒设宴招待徐奭，菜肴里有很多鱼。徐奭在女子家待了好多天没回家，他的哥哥找到湖边，见他和那女子坐在一起，便用手杖狠狠地击打了女子，结果女子化为一只白鹤，高飞而去。

徐奭被带回家后，精神恍惚，过了一年多才恢复正常。

此妖载于南北朝刘敬叔《异苑》卷八

55
鹤翁

清代有个自号草衣翁的人，交友广泛，和大家关系都很好，他平时做的很多预测都能一一应验，众人觉得他很神奇。

有个人询问他的真实姓名。草衣翁说："我是千年的仙鹤，有一次飞过鄱阳湖，看到一条大黑鱼吞下一个人。我很生气，就去啄那条大黑鱼，那条鱼头受伤死掉了。那个被吞下的人将他的姓名和身体都给了我。我现在姓陈，叫芝田，草衣翁是我的字。"

有人说想看看草衣翁的真身，他同意了，并且说："在一天夜里月明时分，你们过来。"

到了那天晚上，大家过来，看到一个道士站在空中，面色白皙，微微有须，束着角巾，穿着晋唐式样的衣服，过了很久，如烟一般消失了。

此妖载于清代袁枚《子不语》卷七

56
黑山大王

清代，天津一户姓李的人家，家中供奉了一条巨蟒，名为"黑山大王"。这个妖怪能够隐藏自己的身形，有时细如蚯蚓，有时粗如大瓮，家里有吉凶之事，它会提前告诉主人，所以李家供奉得很是虔诚。

一次，有个人来李家讨债，态度恶劣，霸道无礼，对主人破口大骂。主人隐忍，不知如何是好。当天晚上，一个身穿黑色盔甲、手拿宝剑的武士推门而入，对讨债的这个人道："我为主人除掉你这个祸害！"讨债的人吓得拔腿就跑。

过了几年，主人梦见黑甲将军拜别而去。从此之后，李家家业逐渐衰败。

此妖载于清代李庆辰《醉茶志怪》卷三

57
黑鱼

明代，相城人刘浩在一个白天睡着了，梦见一个黑衣人站在自己面前，后面跟着几个白衣人，对着自己跪拜，哭诉道："我们住在这里四五十年了，如今被你家人抓住，请你发发慈悲，把我们放了吧。"刘浩惊醒后，甚是疑惑。当天晚上，家里的奴仆用网抓住了一条几十斤重的大黑鱼以及一些小白鱼，献给他。他这才恍然大悟，赶紧将这些鱼放掉了。

以前，民间有句流传甚广的话：张天师不过归安县。这和一个妖怪有关系。

话说明代时，归安县有个知县，到任半年，有一晚和妻子睡觉时，听到敲门声。知县爬起来去看，过了一会儿，回来对妻子说："是风吹到了门，没什么。"妻子没觉得异常，只是闻到丈夫的身上有股腥味。自此之后，知县变得十分有才能，干了不少好事，而且断案如神，归安县的老百姓也过上了好日子。

几年之后，龙虎山张天师经过归安县，按照道理，知县应该出门迎接，可不知为什么，知县似乎对张天师很畏惧。张天师对人说："县里有妖气！"他让人叫来知县的妻子，问她："你还记得某年某月某日，那天晚上，有东西敲门，你丈夫出去的事吗？"妻子说记得。张天师说："你现在的丈夫，是一条大黑鱼，之前的丈夫在开门时被它吃了。"妻子大惊，请求张天师为其夫报仇。

张天师登坛作法，果然那条大黑鱼倒在祭坛之下，有好几丈长。张天师说："你这家伙按罪当斩，但是念在你这些年在归安做了很多好事，可以免你一死。"

说完，张天师命人取来一个大陶瓮，将黑鱼丢进去，又用符咒封上，埋在大堂，并且在上面堆土镇住。

大黑鱼哀求，询问张天师自己什么时候才能恢复自由，张天师说："等我下一次经过这地方，便会放了你。"为了不放出大黑鱼，也为了遵守自己的诺言，自此之后，张天师再也没有来过归安县。

清代，鄱阳湖里有一个黑鱼精作祟，有个姓许的游客坐船经过，忽然刮起一阵黑风，掀起了数丈高的大浪，上面露出一张鱼嘴，如同舂米的石臼一样大，向天空吐浪，把船打翻，船上的人全死了。姓许的游客死掉之后，他的儿子发誓要杀了这个黑鱼精为父亲报仇。许某儿子做了几年生意，攒下了许多钱财，就去龙虎山请天师。天师当时年纪大了，对许某的儿子说："想要斩妖除魔，需要纯气镇煞，我老了，而且生了病，干不了这事。不过你是个孝顺的人，我即便是死了，也会让我的儿子去制服它。"不久，老天师果然死了。

小天师接替天师的职位一年后，许某的儿子又去拜求。小天师说："父亲的遗命我不敢忘记。这个妖怪是条大黑鱼，占据鄱阳湖已有五百年，神通广大，我虽然会符咒法术，但必须找人来帮忙，才能成功。"说罢，小天师拿出一面小铜镜，交给许某的儿子，说道："你拿着这面镜子去照人，如果发现有三个影子的人，赶紧来告诉我。"

许某的儿子拿着这面铜镜，走遍江西，找了几个月，发现有个姓杨的孩子有三个影子，赶紧回来告诉小天师。小天师派人去村子，给了这个孩子的父母一大笔钱，然后带着孩子来到了鄱阳湖，在湖边建立了法坛，念诵咒语。小天师给姓杨的孩子穿上法袍，背上剑，出其不意，把他连人带剑丢进了湖里。众人目瞪口呆，尤其是孩子的父母，号啕大哭，向小天师索命。小天师笑道："没事。"

过了一会儿，只听得湖中霹雳一声响，那孩子手提着大黑鱼的脑袋，站在浪头之上。小天师派人划船将孩子接回来，发现那湖水方圆十里一片血红。

等到孩子回来，大家都争相问他到底发生了什么。孩子说："我掉进水里，就好像睡着了一样，并没什么痛苦。我看见一个穿着金甲的将军把鱼头放在我的手里，抱着我站在水上，其他的我就不知道了。"

从此之后，鄱阳湖再也没有黑鱼精为非作歹了。而这个姓杨的孩子，就是后来的漕运总督杨锡绂。

也是在清代，陕西无定河畔有个地方叫鱼河堡。当时的无定河经常改道，有时候河距离鱼河堡有三四十里远，住在堡里面的老百姓要走很远的路去取水，很麻烦。所以不少人经常去附近沙漠洼地里面的水潭里挑水。

其中有个水潭又深又大，从来没有干涸过，所以就被一个妖怪霸占了。这妖怪经常偷吃村里的牲畜，有时候还吃小孩子，村里人不得不通宵达旦地巡逻戒严。有的人看到过那个妖怪，一个又高又大的皮肤黝黑之人，有一丈多高，穿着黑色的衣服，头发很长。村里人深受其苦，却也没有办法制服它。

一天，有个八十岁左右的老道士，带着徒弟从湖南来，说是能降妖除魔。村里人就凑了一笔钱，请他们帮助除掉妖怪。老道士以年老为借口拒绝了，但是徒弟却要去。老道士说："你的法术还没到家，办不成事。"徒弟说："当年在四川，为什么我能成功呢？"老道士说："今日不同往日，四川的水十分清澈，能看得清楚。这里的水很浑浊，根本看不清下面的情况，怎么施法？"徒弟却不肯听师父的话，坚持要去。

这天，徒弟来到水潭旁边，迈着禹步，焚烧符咒，然后脱掉衣服，手持宝剑，钻入水中。很快，波涛汹涌，接着潭水血红一片，一只手臂露出水面，接着是一个人的脑袋。众人往前查看，发现徒弟已经被妖怪吃掉了。村民很害怕，吓得四散而逃。

恰巧此时，榆林总兵靳桂率领部队经过，见村民惊慌失措的样子，很是惊讶，问清情况之后，立刻派遣三百多名士兵挖开沟渠，将潭中的水抽干，抓住了一条六米多长的大黑鱼。大黑鱼嘴巴巨大，全身没有鳞片。大家把大黑鱼杀了后，当地就再也没有闹过妖怪。

此妖载于明代陆粲《庚巳编》卷四，清代袁枚《子不语》卷三、卷十三，清代和邦额《夜谭随录》卷十二

58
横公鱼

传说北方的荒野中有个石湖，方圆千里，湖水有五丈多深，常年结冰，只有夏至前后五六十天才解冻。

湖里有种横公鱼，长七八尺，样子像鲤鱼，红色，白天生活在水里，夜里会变成人。这种鱼用尖物刺不进去，

用开水煮能在开水中游得快活无比。如果往水中加入两个乌梅果，就能煮死它，吃了可以治邪病。

59
猴妖

东晋孝武帝太元年间，丁零王翟昭在自己的宫殿里喂养了一只猕猴，喂养处在歌伎住的房屋前面。住在前后两间房屋的歌伎，同时都怀了孕，并各自生下了三个孩子，这些孩子一生下来就能够跳跃奔腾。翟昭知道事情和那只猕猴有关，就把猕猴和歌伎生下的孩子们都杀死了。歌伎号啕大哭。翟昭问她们事情缘由，她们回答说："最初看见一个年轻的男子，身穿黄色的丝帛单衣，头戴白色的纱帽，前来和我们相会，此人英俊可爱，笑语如人。"

南北朝梁朝大同年间，朝廷派遣平南将军蔺钦南征，攻打到桂林时获得大胜。别将欧阳纥率领军队攻打到长乐，击败了当地军队，可谓战功赫赫。欧阳纥的妻子长得皮肤白皙，十分美丽。部下对欧阳纥说："将军怎么把如此丽人带到这里？这里有怪物，经常偷窃女子，尤其是美丽的女子，没有幸免的，你一定要小心。"欧阳纥既怀疑又害怕，便把妻子藏在密室里，又派兵日夜守护。

一天黄昏，阴雨连绵，天昏地暗。到了五更，守卫觉得有东西钻进了房间，赶紧去看，发现欧阳纥的妻子消失了。奇怪的是，房门和窗户一直都是关着的。

欧阳纥听闻这个噩耗，十分悲愤，带领部下四处寻找。找了一个多月，有人在百里之外的山林中，发现了欧阳纥妻子的一只鞋。欧阳纥赶紧带领三十个强壮的士兵，带着兵器，背着粮食，在群山中打探。又过了几个月，他们来到二百里外的一座山脚下，这里景色优美，流水飞溅。欧阳纥带着士兵们攀岩而上，发现了一扇石门，里面有十几个女子，穿着鲜艳的衣服，嬉笑玩耍。他们看到欧阳纥，问道："你从哪里来？"欧阳纥把妻子丢失的事情说了一遍，女子们叹息道："你的妻子来这里已经有几个月了，现在卧病在床。"

欧阳纥走进去，看见里面厅堂宽阔，妻子躺在一张石床上，面前摆放着美味佳肴。妻子也看见了欧阳纥，忙对他挥手，让他赶紧离开。其他的女子对欧阳纥说："这里是妖怪的居所，它力气大，能杀人，即便百余个士兵也不是它的对手。我们和你的妻子都是被它掠来的。你暂且躲避一下，只需要给我们弄两斛美酒、十几只狗的狗肉、十斤麻，我们就能想办法和你一起杀了它。十日之后的正午，你再带人来。"欧阳纥问她们怎么杀死那妖怪，一个女子说："它喜欢喝酒吃肉，我们用美酒和狗肉招待它，等它醉了，我们就用麻搓的绳子绑住它，你带人来，就可以杀了它。记住，它全身坚硬如铁，只有肚脐下几寸的地方是它的弱点。"

欧阳纥赶紧回去准备东西，然后按期赴约。女人们将欧阳纥藏起来，正午时分，那妖怪果然来了。只见这妖怪如寻常成年男子模样，高六尺多，满脸胡子，穿着白衣，拿着手杖，搂着女人们，吃着狗肉，喝着美酒，十分惬意。女子们争相灌它酒，然后扶着它走进了里面的石室。过了一会儿，欧阳纥的妻子走出来，让他赶紧进去。

欧阳纥拿着兵器进去，看见一只大白猿被绑在床脚。欧阳纥乱刀砍下，那妖怪全身坚硬，刀枪不入。欧阳纥想起之前女人们跟自己说的话，一刀刺进了它肚脐下几寸处，顿时血流如注。

妖怪长叹一声，对欧阳纥说："这是天要杀我，不是你。你的妻子已经有了身孕，还希望你不要杀孩子，孩子将来长大，会碰到圣明的皇帝，飞黄腾达。"说完，妖怪就死了。

欧阳纥从山洞里搜出无数的宝贝，还有三十多个女子，胜利而归。

后来，欧阳纥的妻子生下一个男孩，模样和那只大白猿变成的男人很像。后来欧阳纥被陈武帝所杀。杨素和欧阳纥关系很好，欧阳纥死后，杨素就收养了这个孩子。后来杨素成了隋朝的重臣，那孩子也飞黄腾达，名噪一时。

此妖载于晋代陶潜《搜神后记》卷九、宋代李昉等《太平广记》卷四百四十四（引《续江氏传》）、宋代周去非《岭外代答》卷十

60
狐妖

狐狸这种动物，古人认为极有灵性，而且"善为魅"，所以自古以来，有关狐妖的故事和记载不绝于各种典籍。可以说，狐妖几乎成了妖的代名词。关于狐妖的内容繁多，分类也林林总总，本条将狐妖总列为一条，其中特殊的一些另立条目记之。

狐狸在中国南方和北方都有分布，北方较多，有黄、黑、白三种毛色，白色的最为稀少。古代人认为狐狸是妖兽，鬼喜欢把它当作坐骑。

对付狐妖的办法有很多种，狐狸怕狗，用狗可以制服它。千年的老狐狸，狗也对付不了，只有点燃千年的枯木，用其火光照射，才能让老狐狸现出原形。除此之外，如果把犀牛角放在家中，狐狸也是不敢闯进来的。

北魏时，洛阳有个以唱挽歌为职业的人，名叫孙岩，娶妻三年，妻子一直睡觉时不脱衣服。孙岩心里很奇怪。有一回，他见妻子睡了，就偷偷解开她的衣服，见她有一条三尺长的尾巴，像狐狸尾巴。孙岩很害怕，就休了她，哪料想妻子拿起剪刀剪掉他的头发就跑了。邻居去追她，她变成一只狐狸逃跑了。从此以后，洛阳城里被剪去头发的有一百三十多人。听这些人说，狐狸先变成一位妇人，打扮得花枝招展，走在路上。那些喜欢她的人一靠近她，就被抓住剪去了头发。所以那段时间，洛阳城中凡是穿着彩色衣服的女人，人们都说是狐妖所化。

唐朝初年以来，百姓大多信奉狐神，在家中祭祀狐狸以求狐神施恩，供奉的食物和人吃的喝的一样。各家供奉的不是一样的狐神。当时有这样的谚语："无狐魅，不成村。"

传说，唐代的贺兰进明与狐狸结了婚，每到节令的时候，狐狸媳妇常常到京城的住宅去，通报姓名并住在那里，还给家人带来贺兰进明准备的礼品和问候。家人中有人见过她，相貌很美。到五月五日这天，从贺兰进明到家中的仆人，都能得到她赠予的礼物。家人认为狐妖不吉祥，不少人烧了她给的礼物。狐狸悲伤地哭泣说："这些都是真的礼物，为什么烧了它们？"以后大家再得到她给的东西，就留下使用了。后来有个人向她要一面背面上漆的金花镜，她没有，就到别人家里偷。她把镜子挂在脖子上，顺着墙往回走，结果被主人家发现后打死了。此后，贺兰进明家的怪事就再也没有发生过。

也是唐朝时的事。开元年间，彭城人刘甲被任命为河北一个县的县令。刘甲带着妻子、仆人前往河北上任，路上经过深山里的一家小店，就在那里住宿。有一个人见刘甲的妻子很美，就对刘甲说："这里有个妖怪，喜欢偷漂亮女人，凡是在这里住宿的，大多被偷去了，你一定要严加提防。"刘甲和家人们很紧张，都不敢睡觉，守在妻子身边，还用白面把妻子的头和身上涂抹了一遍。五更之后，刘甲高兴地说："妖怪干坏事一般都在夜里，现在天都快亮了，看来是不会来了。"于是他就眯了一小觉。等他醒来，发现妻子不见了。刘甲赶紧拿出钱，雇用村里人帮他寻找。大家拿着木棒，循着白面的痕迹往前走。白面一开始是从窗子出来的，渐渐过了东墙。墙外，有一座古坟，坟上有一棵大桑树，树下有一个小孔，白面到了这个小孔的地方就不见了。于是大家卖力地往下挖，挖到一丈多深，见下面有个大树洞，有一间屋子那么大，里边一只老狐狸据案而坐，旁边还有几百只小狐狸。狐狸们的前边，有十几个美女站成两行。这些女子有的唱歌有的奏乐，都是先后被偷来的女子。刘甲带领大家，把狐狸全杀了，救回了自己的妻子。

此妖载于南北朝杨衒之《洛阳伽蓝记》卷四、唐代戴孚《广异记》、宋代李昉等《太平广记》卷四百四十七（引《朝野佥载》）等

61
胡三太爷

清末，天津人供奉胡三太爷极为虔诚。听说胡三太爷十分灵验，有求必应。它的形象是个白胡子老头，珊冠翠翎，穿着黄马褂。

在邮部当官的金向宸说，他的先祖金某明末时从绍兴迁到天津，开设钱庄，以兑换为业。有个老头来了许多次，拿银子换铜钱，时间长了，便和金某熟悉了，关系融洽。金某问老头姓名，老头说姓胡，排行第三。有时候老头预存或者预支，金某都会答应。每次他来，金某都会和他聊很长时间。

一天，老头又来了，说："我要出趟远门，手头的东西无处寄放，你为人坦诚，我想放在你这里，行不？"金某答应了。

第二天，老头搬来不少箱子，里面装着白银，对金某说："这些钱，一半借给你，一半你替我经营。"金某收下钱，分为两部分，按照老头所说尽心经营，赚了大钱，在天津东门买了一处豪宅。买完宅子后，老头来了。金某问老头住在什么地方。老头说暂时住在旅店里。金某说："如果不是因为您老人家的钱，我怎么可能买下这处宅子？您不嫌弃的话，来这里同住吧。"老头答应了。

住进来后，老头吃喝拉撒如同常人。金某经常把经营状况汇报给老头。老

头说："我都知道了，你别说了。"金某想将老头的钱还给他。老头说："不用急。"过了一个多月，老头要走，金某再次提出还钱。老头说："你把银子装在箱子里，放在堂外即可。"金某算了账，将老头原来的银子加上赚来的钱，全部装了箱子，放在堂外。

第二天，日上三竿老头还没起床。金某去查看，见屋子里空空如也，那些银子还在外面。老头留下一封书信，写道："你是个厚道的人，老天要奖赏你，只不过是借我之手罢了。自此之后，你好自为之。我不会再来了。"

金家因此成为巨富之家。而那个老头，就是传说中的胡三太爷。

此妖载于民国郭则沄《洞灵小志》卷四

62
胡四太爷

旧时相传北京城的城楼上有天狐。庄蕴宽晚年久居北京，曾经有个老头来拜访，留下来名帖，想请庄蕴宽给他写一幅字，但看门人没有将此事汇报给庄蕴宽。过了十来天，老头又来了，对看门人说："不敢催促您，可这次您得跟您东家说一声。"看门人告诉了庄蕴宽。庄蕴宽说："我不认识这个人呀，他什么来头？"看门人说："老头自称胡四太爷，说北京城没人不认识他。"庄蕴宽还是没见。

第二天，庄蕴宽在酒楼和朋友聊天聊到这事，有知道底细的人说："哎呀，你竟然连他老人家都不知道！胡四太爷住在宣武门的城楼上，管辖城南所有的狐狸。我听说，以前绿营有个裨将，听说胡四太爷灵验，到城楼上焚香祷告，对胡四太爷说：'听说您灵验，希望能够现身让我看看。'当天晚上睡觉，他恍惚间听到有人说话，但是直到第二天中午，胡四太爷还没出来。第三天，他备好了美酒、水果，又上城楼祭祀，看见一个穿着道袍的白胡子老头，笑容满面，倏忽消失不见了。这事传遍了北京城。他老人家倾慕你的文采，让你写幅字，你不应该辜负他。"

庄蕴宽回来后，立刻写了一幅字，果然胡四太爷登门取走了。

此妖载于民国郭则沄《洞灵小志》卷四

63
鹄女

古代称天鹅为鹄。传说天鹅出生一百年，毛色会变为红色，五百年后变成黄色，再过五百年变成灰白色，再过五百年变成白色，寿命可以达到三千年。

晋安帝元兴年间，有一个人二十多岁还没结婚，品行很端正。一天他去田里劳作，看见一个美丽的女子。女子对他说："听说你是柳下惠那样的人，但是你不懂两情相悦的快乐，真是可惜呀。"说着女子便唱起歌来，这人稍微有点儿动心。后来，他又见到了这个女子，他就问女子的姓名。女子说："我姓苏名琼，家就在路边。"于是这人就把女子带回家，娶为妻子。后来，他的堂弟觉得那女子不对劲，趁女子不注意走过去用木杖打了过去。没想到那女子变成一只白色的雌天鹅，飞走了。

此妖载于南北朝刘义庆《幽明录》、南北朝任昉《述异记》卷上

64
虎僧

唐代长庆年间，有个叫马拯的人，淡泊名利，喜欢游山玩水。一天，马拯到衡山祝融峰拜见伏虎禅师。佛室内，道场庄严，各种水果、食物摆放在银制的器皿中。佛榻上，坐着的老僧，便是远近闻名的伏虎禅师了。此僧眉毛洁白如雪，身材魁梧，十分喜欢马拯，递给马拯的仆人一个皮袋，说："借你的仆人一用，让他去附近的集市给我买点盐和乳酪。"

马拯答应了。仆人拿着钱下了山。老僧也随即离开了。过了一会儿，一个叫马沼的人，也来到寺里。他和马拯是朋友，看到马拯，十分高兴，跟马拯说："刚才我在来的路上，看见一只老虎吃了一个人，也不知道是谁家的孩子。"

马拯问那个人穿什么样的衣服，马沼如实相告，马拯发现正是自己的仆人。马沼接着又说："我远远看见那只老虎吃完人后，脱下虎皮，穿上禅衣，变成了一个老僧。"

马拯吓得够呛。马沼见到老僧后，赶紧对马拯说："吃掉你仆人的，正是这个僧人。"

马拯对老僧道："马沼说我的仆人在半路上被老虎吃了，怎么回事？"老僧怒道："贫僧这里，山上没有老虎，草里没有毒虫，路上没有蛇虺，林里没有鸥

鸮，怎么可能发生这种事！"

马拯偷偷看了一下老僧的唇边，发现还有血迹。

当晚，马拯和马沼在寺里的食堂住下后，关紧门窗，点亮蜡烛。半夜，他们听到院子里传来老虎的吼叫声，接着听到老虎用头连续撞击门窗。幸亏门窗很结实，没有被撞破。两个人吓得要死，跪倒在地，向屋里的佛像祷告，过了一会儿，听见佛像吟诗道："寅人但溺栏中水，午子须分艮畔金，若教特进重张弩，过去将军必损心。"

他们俩听了，努力想参透这首诗的意思。他们猜测道："寅人，指的是虎；栏中，指的是井；午子，指的是我们；艮畔金，指的是银器。但是下面两句，不知道什么意思。"

天亮后，老僧来敲门，说："两位郎君起来喝粥。"

两个人开了门，喝完粥，商量道："这家伙在，咱们怎么下山？"两个人想了个主意，想办法骗老僧，说："师父，井里有异常！"老僧凑过去看，两个人一起把老僧推入井里。老僧现出原形，变成一只老虎，怒吼连连。马拯和马沼往下扔巨石，砸死了它，然后带着寺里的那些银器下了山。

天快黑时，二人碰到了一个猎人。猎人住在树上的棚子里，正在路边张弓搭箭设下机关，见到二人，说："不要触碰到我的机关！这地方有很多老虎，你们俩赶紧到棚子里来。"

马拯和马沼赶紧爬上棚子。夜深人静时，忽然有三五十个人从此路过，这些人中有僧人、道士，有男有女，还有唱歌跳舞的、杂耍卖艺的。他们走到猎人设置的机关处，怒道："早晨有两个贼人杀了禅师，我们正在追赶，竟然有人敢在此布下机关想伤害我们的将军！实在是大胆！"它们触发了机关，继续往前，走开了。

马拯和马沼问猎人这是怎么回事，猎人说："这些家伙是伥鬼，就是被老虎吃掉的人，正在为即将过来的老虎开路。"二人问猎人姓氏，猎人说："我姓牛，叫牛进。"二人闻言大喜，道："佛像说的后面那两句诗应验了！特进，指的是牛进；将军，指的就是马上要来的这只老虎！"

二人劝猎人赶紧把机关重新布置好，猎人照做了。重新布置好机关后，他们一起回到树上。不多久，果然有只老虎咆哮着来到树下，触动了机关，被一箭射穿了心脏，当即殒命。老虎死后，先前的那群伥鬼跑过来，趴在老虎的尸体旁，痛哭道："谁杀了我们的将军？"

马拯和马沼大怒，骂道："你们这帮无知之鬼，被老虎咬死，我们现在为你们报仇，你们不感谢我们，竟然还为这老虎哭，简直愚蠢至极！"

那帮伥鬼悄然无声，其中一个说："我们不知道将军是老虎，听郎君你这么一说，才恍然大悟。"伥鬼冲着老虎大骂，道谢而去。

天亮后，马拯和马沼分了一些银器给猎人，离开了。

宋代，武都有个姓徐的商人，开宝初年去四川贩卖货物。当地山路艰险，人烟稀少，猛兽横行，所以村民都会在小路上设置陷阱捕捉猎物。徐某来到一个村子，找地方住下，夜半时分，听到有人说陷阱的机关被触动了。全村人举起火把赶去陷阱，见一个年老的僧人坐在里面。此人说："我晚上来你们村子，不小心掉了下来。诸位行行好，大发慈悲，把我放出来吧。"村民将僧人放出来，结果僧人跳跃了好几下，变成了一只巨大的老虎，奔逃而去。

　　　　　　此妖载于唐代裴铏《传奇》、宋代黄休复《茅亭客话》卷八

65
虎王

唐代开元末年，慈州人稽胡以打猎为生。有一次，稽胡追逐一只鹿，进入一个石室，见有个道士模样的人，穿着一身红衣，凭案而坐。

道士见到稽胡，很惊愕，问其来由。稽胡介绍了自己，又说明了情况。道士对他说："我是虎王，天帝命我负责老虎的饮食，刚才听说你的名字，发现你命里注定应该成为我的食物。"道士的案头有朱笔及簿籍，打开给稽胡看，稽胡发现上面果然写着自己的名字。他很害怕，哀求道士放自己一条生路。道士说："我不是不想放你，可天命如此，无可奈何。如果放了你，我可是少了一顿吃的。"说完这话，道士见稽胡十分可怜，又道："你明天扎个草人，给它罩上你的衣服，再带三斗猪血、一匹绢来，或许可以免一死。"

稽胡连连称是，随后见一群老虎前来，道士站在老虎中间，一一为它们点明所吃之物，老虎才散去。第二天，稽胡按照道士的吩咐，带来了东西。道士笑道："你是个讲信用的人，很不错。"说完，道士让稽胡将草人立在庭院里，

猪血放置在草人旁边，然后又让稽胡爬到高树上。稽胡一直爬到十几丈高处，道士看了，道："可以了，不过你得用那匹绢把自己绑在树上，不然我怕你等会儿会掉下来。"稽胡依言照做。道士回到石室，变成一只斑斓大虎，来到庭院中，抬头瞅着稽胡，大声咆哮，向树上跳跃，见抓不到稽胡，才撕碎草人，吃光了猪血，回到房间，重新变成了道士。

道士让稽胡从树上下来，用朱笔在簿籍上勾掉了他的名字，稽胡这才幸免于难。

此妖载于唐代戴孚《广异记》

66
化虎

汉代时，宣城郡守封邵有一天忽然变化成一只猛虎，吃郡里的百姓。百姓叫他"封使君"。因为他一去不再回来，所以当时的人说："不要做封使君，活着的时候不管百姓死活，死了的时候还吃百姓。"

东晋义熙四年（408 年），东阳郡太末县有一个叫吴道宗的人，他从小失去父亲，和母亲住在一起，至今还没有娶上媳妇。有一天，吴道宗外出了，邻居听到他家里发出奇怪的声音，偷偷往里一看，发现他的母亲不见了，一只乌斑老虎在屋里。邻居生怕老虎吃了吴道宗的母亲，赶紧敲鼓召集乡里人过来。大家包围了住宅，闯进屋里，发现根本没有老虎，只有吴道宗的母亲。吴道宗回来之后，母亲对他说："我以前做了很多错事，理应受到上天的责罚，以后会有奇怪的事情发生。"过了一个月，他的母亲忽然失踪了。接着，县里屡屡发生老虎害人的事，都说是一只乌斑虎干的。大家一起去抓捕，好几人被这只老虎伤了。后来，终于有人成功射中了老虎，并且用戟刺中了它的肚子，但还是让老虎跑了。几天之后，这只老虎回到吴道宗家，趴在床上死了。吴道宗这才知道这只老虎是母亲所化，号啕大哭，像对待母亲一样埋葬了它。

晋代时，复阳县一个乡间百姓家的男孩经常牧牛。有一天，牛忽然舔这个孩子，舔过的地方全变成了白色。那孩子不久就死了。这家人埋葬孩子的时候，把牛杀了给宾客们做菜吃。吃到牛肉的一共有男男女女二十多人，全都变成了老虎。

也是晋代义熙年间，豫章郡有个郡吏叫易拔，请假去家里探亲，很久没回来。郡守派人去找，易拔热情地招待了来找他的人。这个人催促易拔准备上路的时候，易拔说："你看看我的脸。"来找他的人这才看到易拔的眼角张开了，而且身上有黄色斑纹。忽然，易拔竖起一只脚，径直出门而去。他跑到山脚下，就变成了一只三条腿的大老虎。而他那竖起的一只脚，变成了老虎的尾巴。

此妖载于南北朝任昉《述异记》卷上、南北朝东阳无疑《齐谐记》、
南北朝刘敬叔《异苑》卷八、唐代戴孚《广异记》

67
化马

宋代，徽州婺源人俞一公，嚣张跋扈横行乡里，经常用不正当的手段侵吞别人的财产，即便是年纪大了，也不思悔改。

绍兴十二年（1142 年），俞一公得了重病，不时发出马的嘶鸣声。一天，家人不在他旁边，外面的人听到他在房间里咆哮，进去一看，发现他的手脚全都变成了马蹄，身体和脑袋虽然还没变化，但是腰部已经软塌无力，站不起来。

他的家人生怕别人知道了这件丑事，将他放入棺材埋了。

此妖载于宋代洪迈《夷坚志》甲志卷第四

68
化犬

苏州翟秀才家里的奶妈王氏，平生不做善事，碰见人诵佛就嘲笑对方。王氏四十岁这年，屁股上长了个东西，痛得很厉害，不得不敷上膏药，结果那东西越长越大，最后竟然长成了狗的尾巴。王氏自此无法正常行走，只能双手按地，匍匐而动。猪狗吃食时，她也跟着吃，晚上跟着猪狗一块睡，过了半年便死掉了。

有个叫徐忠的人，得病也长了一条尾巴，对妻子说："我因为经常浪费食物，梦见自己进入城隍庙，城隍罚我不得吃人的食物，只能吃糠。"家人弄好了糠，他就蹲在地上吃，和狗一模一样，十几天后就死了。当时是绍兴三十五年（1165 年）五月。

此妖载于宋代洪迈《夷坚志》乙志卷第二

69
化熊

上古时，尧派鲧治理洪水，鲧没有完成任务，尧就杀了鲧。鲧的尸体在羽山变成黄熊，跑到羽河里去了。后来，会稽人到禹庙祭祀，从来不用熊肉做祭品。

南北朝元嘉三年（426年），邵陵高平有个人叫黄秀，跑进山里几个月还没回来，儿子根生去找，看见黄秀蹲在大树的树洞里，从头到腰长出长毛，跟熊一样。根生问他怎么回事，黄秀说："这是老天在惩罚我。你赶紧走吧。"根生十分伤心，哭着回去了。过了几年，有樵夫在山里看到了黄秀，不过他已经彻底变成一头熊了。

此妖载于春秋左丘明《左传·昭公七年》、南北朝刘敬叔《异苑》卷八、
南北朝任昉《述异记》卷上

70
化猿

宋代天圣年间，桂阳蓝山县有个叫曹尚的人，他的父亲已经七十八岁了，一次外出后再也没有回来。曹尚家门外都是高山深林，溪洞岩壑不计其数。曹尚入山，寻找了好多天也没有找到父亲。

有一天，曹尚的儿子进山砍柴，看见一只老猿猴在山涧中喝水，便捡起石子击打它。老猿猴站起身，说道："你是我孙子，竟然敢打我！"曹尚儿子听出来是祖父的声音，赶紧行礼说："爷爷，父亲找你好久了，你怎么跑到这里来了？"祖父哭道："我已经变成妖怪了，不想见到家里人。你告诉你父亲，让他过几天在这里等我。"

曹尚听说后，来到山涧中与父亲相认。父亲十分悲伤，说："我这辈子没做什么坏事，只是前生曾经杀了一只猿猴，才会有此报应。之所以让你来，是因为我想知道家里人是否安好。"

又过了三年，这只老猿猴不见了。

此妖载于宋代刘斧《青琐高议》后集卷三

71
化猪

宋代，常州无锡县村民陈承信，本来以贩卖猪为业，后来变得极其富有。他的母亲一生特别喜欢养猪，死于绍兴四年（1134年）。陈母死后七天，家里人正在为其做佛事，忽然听到棺材里发出声响，以为她复活了，欢天喜地打开棺材，发现她已经变成了一头老母猪。陈承信急忙盖上棺盖，第二天请来僧人作法，将母亲埋葬。

此妖载于宋代洪迈《夷坚志》甲志卷第七

72
黄鲴道人

明代宣德四年七月，宁德督银场太监周觉成来到下辖的十三都青岩，下令毒鱼。在他的命令之下，当地的民众烧制石灰，投入水中，水面爆裂沸腾，鱼鳖受惊而出，死者无数。

有一天，有个道人登门拜访，流着眼泪说："水中的鱼虫皆是性命，恳请长官你手下留情，让那些人少放些石灰，这样一来还不至于赶尽杀绝。"周觉成不听，吩咐左右招待道人一顿饭。道人无奈，含着眼泪吃下饭菜后，黯然离去。过了不久，各处的河道溪流中的水族，无论大小，被毒杀殆尽，其中有一条黄鲴鱼，极其巨大，和别的鱼迥然不同。有人将其捞上来，剖开鱼腹，发现里头竟然有蔬菜果饭。周觉成这才明白，那个登门的道人正是这条鱼。很快，周觉成生了病，恍惚间看到道人带着无数人前来索命，时间不长便死掉了。

此妖载于明代闵文振《涉异志》

73
黄鳞女

唐代大文学家柳宗元曾经被贬职出京担任永州司马，途中经过荆门时，住在一个驿站里。

这天晚上，他梦见一个穿黄衣服的妇人向他拜了又拜，哭着说："我家住在楚水，如今非常不幸，我的死期临近，就在旦夕之间，除了您谁也救不了我。如果还能够活下来，我不仅对您感恩戴德，而且能够使您加官晋爵，您想做将军还是做丞相也不是什么难事，希望您能尽力帮我一次。"在梦里，柳宗元向妇人道谢并应允了她。

醒来之后，他觉得事情很奇怪。等到再睡着时，又梦见了那个妇人，一再向他表示祈求和感谢，很久才离去。第二天早晨，有个官吏前来，说是遵照荆门主帅的命令，请柳宗元赴宴。

柳宗元吩咐准备车马之后，因为时间还早，就小睡了一会儿，结果又梦见那个妇人。妇人皱着眉头，忧心忡忡地对柳宗元说："我的性命现在就像用丝线悬挂在大风里，将要断开随风飘走，可是您仍感觉不到这件事是多么紧急，希望您能赶快想个办法，不然的话，我性命不保。请您答应我。"说完，拜谢而去。

柳宗元的心里还没有明白这是怎么回事，低头想道："我短时间内三次梦见这个妇人请求于我，话语诚恳。难道是我手下的官吏对待别人有什么不公平的行为？还是和即将参加的宴会有关系？无论如何，我倒是有心要救她。"于是就命令手下赶紧驾车到郡里去赴宴。

他把梦里的情景告诉了荆门主帅，又叫来准备宴会的手下询问。手下说："前天，有个渔夫用网捕捉到一条大黄鳞鱼，准备用来做菜，现在已经砍下了它的头。"柳宗元吃惊地说："出现在我梦里，求我救命的就是这条大黄鳞鱼呀！"就让人把鱼扔到江里去，可是鱼已经死了。这天晚上，柳宗元又梦见那个妇人，但她已经没有了头。

此妖载于唐代张读《宣室志》卷四

74
黄女

黄女，外形如同一个小女孩，头上扎着双云髻，穿着紫色衣服。

人们多在晚上看到它，和它搭话，它便会变成风将人刮走，将人吃掉。这种妖怪，乃是年月久远的狮子所化。

此妖载于宋代《太清金阙玉华仙书八极神章三皇内秘文》（收录于明代张宇初《道藏》）

75
黄雀童子

弘农人杨宝，为人善良，九岁的时候路过华阴山，看见一只黄雀被猫头鹰捕猎，掉在树下，身上伤痕很多，又被蝼蚁所困。杨宝内心不忍，把它救下，揣在怀里回到家，放在了梁上。夜里，杨宝听到黄雀叫声凄惨，爬起来看，发现很多蚊子正在吸它的血，又将它放在箱子里，精心用黄花喂食。

十几天后，黄雀长出了羽毛，能飞了，经常白天飞出去，晚上飞回来。它一直住在箱子里，过了好几年。一天，黄雀带着一群雀鸟回来，围着屋子悲伤鸣叫，几天后离去。

当天晚上，杨宝读书到三更天，有个黄衣童子前来，说："我是王母的使者，之前出使蓬莱，被猫头鹰抓伤，承蒙你心地善良，救了我，现在我受封要去南海了。"童子临别时送给杨宝四个玉环，说："你的子孙会为人清白，最终登上朝廷三公的高位，就像这些玉环一样。"

后来，杨宝因孝行闻名天下，他和儿子杨震、孙子杨秉、玄孙杨彪，四代都是天下名臣。

此妖载于南北朝吴均《续齐谐记》

76
灰虎神

灰虎神，长着灰驴的身体、老虎的脑袋，四腿，有爪，目如电光，擅长变化，能够乘风而至，好伤人命，吃小孩。这种妖怪，是年老的妇人异变所化。

此妖载于宋代《太清金阙玉华仙书八极神章三皇内秘文》（收录于明代张宇初《道藏》）

77
火妾

宋代淳熙年间，王丞的弟弟买了一个女子做自己的小妾。签卖身契的时候，小妾的父母在文书里特意加上一项条款：不许让他们的女儿接近水、火。

一次，王丞弟弟的妻子晚上想上厕所，见旁边没有其他人，便让这个小妾拿着蜡烛跟自己一起去。结果王丞弟弟的妻子还没从厕所出来，就听见小妾大叫："这回完了！"过了一会儿，大火从小妾的身上冒出来，将她烧为灰烬。

此妖载于宋代洪迈《夷坚志》支庚卷第四

78 货郎龙

云南省城有个深潭叫龙湫。传说很久以前，潭中有条龙变成人出去玩耍，将脱下来的鳞甲藏在了石头中间。有个商人在石头上休息，看到有件衣服如同龙鳞，就穿在了身上。忽然腥风四起，深潭里的水族都来迎接这个商人。过了一会儿，龙回来了，找不到它的鳞甲，就走进水里，水族不认它，将它赶走了。后来，商人就变成了龙，占据了那个深潭。当地人知道这件事后，就称其为"货郎龙"。

此妖载于清代陈梦雷《古今图书集成》卷一四六六（引《云南通志》）

79 鸡妖

南北朝时，代郡这个地方有个亭子，经常出现妖怪。有个书生身形壮硕且很英勇，想在亭子里住宿。管理亭子的小吏告诉书生这里闹妖怪，不让他住。书生说："放心吧，我能对付得了。"

到了晚上，有个妖怪拿着一支五孔笛出来，因为只有一只手，无法吹奏。书生笑道："你只有一只手，怎么能吹呢？来，我吹给你听！"妖怪说："你以为我手指头少吗？"言罢，伸出手，十几根手指头冒了出来。书生拔出剑砍了过去，发现原来是只老公鸡。

南北朝时，临淮有个叫朱综的人，在母亲去世后，长期在墓地居住，为母亲守丧。一日，听说妻子病了，朱综回去看望她。妻子说："守丧是大事，不要经常回来了。"朱综很奇怪，说："自从母亲去世，我很少回来呀。"妻子也奇怪，说："不对呀，你经常回来。"朱综知道是妖魅作怪，就命令妻子的婢女等到"他"下次再来时，立即关上门窗捉拿。

等到那装扮成他的妖怪来了，朱综立刻前去探视捉拿，这个妖怪变成了一只白色的公鸡，原来是自己家养了很多年的一只老公鸡。朱综杀了这只鸡，以后再也没有怪事发生。

唐代卫镐当县令时到乡下去，到了里正王幸在家。他打了个盹儿，梦见一个穿黑衣服的妇人领着十多个穿黄色衣裳的小孩，不停地说："请饶命！"并再三向卫镐磕头，过了一会儿又来一次。卫镐睡醒后心中烦躁，就催着快点儿吃饭。同卫镐关系好的人报告说，王幸在家穷，没有什么菜，养了一只鸡正在孵蛋，已经十多天了，王幸在想把这只鸡杀了。卫镐这才明白，黑衣妇人就是这只黑母鸡，于是告诉王幸在不要杀鸡。这天夜里他又做了一个梦，黑母鸡十分感谢他，然后高高兴兴地走了。

清代有个姓张的千总，因为嘴特别大，所以大家都叫他张老嘴。一天晚上，张老嘴到一个朋友家吃饭，喝酒喝到了二更，提着灯笼去上厕所，看见一个人赤裸着身子躺在角门下面，脸有一尺多宽，嘴角一直延伸到耳朵下面，正在呼呼大睡。张老嘴抬脚就踢，那人变成了一只黑色的大公鸡，绕墙而走，咯咯直叫。张老嘴抓住这只鸡妖，煮熟后做了下酒菜。

此妖载于南北朝刘义庆《幽明录》、唐代张鷟《朝野佥载》卷四、清代和邦额《夜谭随录》卷五

80
鸡子

东平人董瑛的父亲，担任泽州凌川县县令。凌川县很穷，县城集市里只有一家卖胡饼的。董瑛的父亲吃不到好吃的东西，深以为苦。

有一年，董瑛的姑姑出嫁，郡官送给董瑛的父亲三十枚鸡蛋。这种鸡蛋比一般的鸡蛋要大，味道十分鲜美。董瑛的父亲吃了七个，将剩下的放在篮子里，挂在屋梁上。过了不久，妹婿来走亲戚。董瑛的父亲让小妾第二天早晨做鸡蛋面招待对方。

晚上，董瑛的父亲梦见二十三个小孩从梁上下来，跪在自己面前，高呼："饶命！饶命！"这些小孩中，有个女孩，披头散发，还瘸了一条腿。

早晨起来，小妾要做鸡蛋面，将篮子取下来，数了一下，还剩二十三个鸡蛋。董瑛的父亲突然想起昨晚的梦，赶紧让小妾放好鸡蛋，找来老母鸡，将那些鸡蛋孵化。

二十三个鸡蛋都孵出了小鸡，其中的一只母鸡，腿是瘸的。自此之后，董瑛的父亲一辈子没再杀生。

此妖载于宋代洪迈《夷坚志》丁志卷第十六

81
鲫女

谢灵运担任永嘉太守的时候，一次在石门洞游玩，在沐鸡溪看到两个浣纱女子，容貌卓绝，不似人间女子，便作诗戏弄对方道："我是谢康乐，一箭射双鹤。试问浣纱娘，箭从何处落。"两个女子没搭理他。谢灵运又作诗道："浣纱谁氏女，香汗湿新雨。对人默无言，何事甘良苦。"两个女子实在忍不住，回了一首诗："我是潭中鲫，暂出溪头食。食罢自还潭，云踪何处觅。"说完，她们便消失不见了。

此妖载于清代褚人获《坚瓠集》九集卷三

82
嘉定蛤蟆人

明代，嘉定娄塘镇人王全，十分富有，个头很高，大腹便便，饭量很大，一顿饭能吃下好几个人的食物。王全走起路来一摇一晃，不能走得太快。

每次洗澡，他都会让人用东西盖住自己，妻子奴仆不能在跟前，而且还告诫别人千万不能掀开盖在他身上的东西。

一天，他洗澡时良久没传出水声，家里人觉得很奇怪，进去掀开浴桶，发现一个大如斗的蛤蟆蹲在里面，吓得赶紧重新盖上。

王全洗完澡出来后，精神恍惚，当天晚上就死了。

此妖载于明代陆粲《庚巳编》卷一

83
江黄

晋代隆安年间，丹徒这地方有个叫陈恒的人，在江边用渔网抓鱼。早晨收渔网的时候，发现渔网里面有个女子，高六尺，很漂亮，没有穿衣服，随着水流出来，躺在沙子上一动不动。

这天晚上，陈恒梦见这个女子说："我是江黄，昨天迷路掉进了你的渔网里，等潮水来了就会离去。你赶紧把我放进水里，不然我会杀了你。"陈恒害怕，没管她。潮水来的时候，那女子就离开了。过了不久，陈恒就病了。

此妖载于晋代祖台之《志怪》、唐代郑常《洽闻记》

84
鲛人

据说中国的南海之中，生活着一种名为"鲛人"的妖怪，它们生活在水里，长得像鱼，但是善于织布。它们流泪的时候，落下来的泪水会变成珍珠。

清代，有个叫景生的人，喜欢航海。有一天晚上，他发现有个人躺在沙滩上，碧眼蜷须，身体漆黑，如同鬼魅，就问对方的身份。这人说："我是鲛人，为水晶宫琼华三公主织造嫁衣，没想到失手弄坏了织布机上面的九龙双脊梭，被流放了。我现在流浪四方，无依无靠，你如果能收留我，你的恩情我定会没齿不忘！"

景生身边正好没有服侍的仆人，就收留了鲛人。这个人什么事情都干不了，平时也不说不笑，景生觉得他可怜，也就没有赶走他。

有一天，景生去寺院游玩，看到一个老婆婆带着一个漂亮的女孩拜佛。那女孩有倾国倾城之貌，景生一下子就喜欢上了。四下打听，得知女孩姓陶，小名万珠，自幼丧父，与母亲相依为命。景生觉得对方是贫困之家，就上门提亲，并且允诺会给很多钱。老婆婆看到景生一副土豪模样，十分生气，说："我女儿名叫万珠，如果想娶她，你就用一万颗珍珠当聘礼吧。"

景生哪里拿得出一万颗珍珠，垂头丧气地回来，自此害了单相思，很快一病不起。这时候，鲛人走了进来，见景生病重的模样，哭了起来。鲛人的眼泪落在地上，化为一地的珍珠。景生看了，大喜过望，一骨碌爬起来："我的病好了！好了！"

鲛人很惊讶，景生将事情的原委告诉他，并求他再多哭几场。鲛人说："寻常的哭，只能得到少量的珠子。为了主人你能够娶回意中人，你就稍等一下，让我尽情哭一场吧。"

按照鲛人的交代，景生第二天带着他登楼望海。鲛人一边喝酒，一边跳舞，看着大海，想起以前的生活，想起自己被流放无法回故乡，痛哭流涕，落下的珍珠不计其数。景生得到了足够的珍珠，就带着鲛人回来。路上鲛人忽然指着东海笑着说："你看，天边出现了赤色的云霞，升起了十二座海市蜃楼，那一定是琼华三公主出嫁。这样一来，我的流放期限已满，可以回家了！"说完，鲛人与景生告别，跳入了海中。

过了几天，景生带着一万颗珍珠来到老婆婆家，诚恳地提亲。老婆婆笑着说："看来你对我的女儿是真心的，其实我并不是不愿意把女儿嫁给你，只是想试探你一下。我又不是要卖女儿，要那么多珍珠干吗？"老婆婆把珍珠退给了景生，并把女儿许配给了他。

景生和万珠过上了幸福的生活，不久生下一个儿子，取名"梦鲛"，以此来纪念那个成全他们姻缘的鲛人。

此妖载于晋代干宝《搜神记》卷十二、清代沈起凤《谐铎》卷七

85
鲛鱼

传说有个地方的芦苇荡中，出现一种名为鲛鱼的妖怪，每五天就会变化一次。有的时候变成美丽的女子，有的时候则变成男女。它变化的形象实在太多，所以周围的人都对它有所提防，却也不敢伤害它。因为这个缘故，鲛鱼也不能谋害老百姓。

有一天，风云际会，雷电从天而降，将鲛鱼击杀，没过多久，芦苇荡也干涸了。

此妖载于南北朝祖冲之《述异记》

86
蕉童

西蜀大理少卿李泳有一次到他在郫城的宅子去，过桥时看见一个婴儿，用芭蕉叶包着。李泳看这婴儿相貌不凡，就抱回家去，当成自己的儿子抚养。这孩子六七岁时就能写字，能说会道，李泳夫妻十分疼爱他，待他比亲生儿子还要好。

到了十二岁，即便是很多没见过的经书史籍，这孩子看时都像是熟读过的一样，人们都称这孩子是神童。有一次，他在屋里独自读书，李泳和妻子偷偷在窗外看。只见有一个人拿着公文卷宗，还有两个童子接过卷宗呈递给自己的儿子，儿子就挥动大笔在公文上写上几行字，然后交给童子拿走。李泳和妻子非常惊讶。

第二天，儿子来请安，李泳就委婉地问儿子："昨天我偷偷看见了你的事情，你莫不是在处理阴曹地府的公事吗？"儿子说："是的。"李泳再问什么，儿子就只是作揖不回答了。李泳说："地府和人间是不同的，我不便追问什么，希望你多多珍重，好自为之吧。"儿子又作揖不语。

又过了六年，一天儿子忽然说："我只该给你们做十八年儿子，现在时间已经到了。明天申时，我就要回冥府去了。"说完就哭了，李泳和妻子也哭了一场。李泳问儿子："我官能做到多大？"儿子说："你只能做到现在的大理少卿，不会再升了。"第二天申时，儿子果然死了。李泳也想辞去官职，没过多久，就因为牵涉到一件公案而被罢了官。

此妖载于宋代李昉等《太平广记》卷三百一十四（引《野人闲话》）

87 捷飞

唐代长庆元年（821年），魏博节度使田弘正被叛乱的士兵所杀，镇阳大乱。有个进士名叫王泰，当时正在镇阳城中，赶紧出城南逃。城外到处都在打仗，王泰只能昼伏夜出。

这天，他进入信都地界五六里，忽然从身后跟上来一只黄狗。黄狗对王泰说："这条路很危险，你怎么夜里走？"王泰沉默良久，回答道："镇阳发生了兵乱。"黄狗说："现在你遇到我捷飞，是你的福气。如果你收我当仆人，便会平安无事。"王泰暗想："不做亏心事，不怕鬼敲门。我这个人没干过坏事，神灵我都不怕，还怕它一个妖怪吗？只要我一身正气，它也拿我没办法。"于是，王泰便答应了。黄狗忽然变作了人形，向王泰行礼说："有幸来侍奉你，不过我行动不便，腿脚不灵，请将你的仆人借我用下，我把他变作驴给我骑，这样就可以跟你一起走了。"王泰惊得说不出话来。捷飞将王泰的仆人变成了驴，骑在上面，一起赶路。王泰很害怕，但是无计可施。

走了十几里，路旁出现一个怪物，身高好几尺，头比身体大好几倍，红眼长须，对捷飞道："捷飞，你怎么和人搅和在一块了？"捷飞说："没办法，我只是委身于人而已。"大头怪物笑道："你身边这位郎君，倒是不害怕。"说完，大头怪物就走了。

又走了几里，来了一个面部很大、长着许多眼睛的怪物，身上散发出红色的光芒，对捷飞道："你怎么和人搅和在一块？"捷飞像之前那样回答它。这个怪物也离开了。捷飞对王泰说："这两个家伙，喜欢吃人，抓住人把人抛来抛去戏弄一番才吃掉。躲过它们俩，再有怪物来，我便不怕了。前面再走三五里，有个刘老头，家里很富裕，可以去他家休息下。"

时候不大，捷飞和王泰来到刘老头家。这家果然房宅连绵，家境不错。捷飞敲门，里头走出来一个七十多岁、身体硬朗的老头。刘老头高兴地说："捷飞怎么和贵客一起来了？"捷飞说："我到冀州游玩，回来时碰到了王公子，便为他做事。王公子碰到镇阳大乱，白天不敢行路，所以晚上才到这里。现在我们俩累得够呛，特意来你这里休息一下。"刘老头说："没问题。"

刘老头将他们带到客厅，摆上美味佳肴，又拿来草料喂了驴马。捷飞要了一些美酒，开怀畅饮。酒过三巡，捷飞说："喝闷酒没意思！你家中的歌姬，应该出来。"刘老头说："我怕这些山野之人不配侍奉贵客。"于是，刘老头招来一个名为宠奴的歌姬。歌姬年纪三十岁左右，姿色出众，坐在王泰的身边，不甚高兴。王泰请她唱一曲，她应邀而唱。刘老头请她唱，她则推辞拒绝。捷飞说："宠奴不肯唱歌，是因为没有陪伴的吧？附近有一个花眼，也擅长唱歌，怎么不让她来呢？"刘老头立刻派人去叫。过了一会儿，来了一个十七八岁的女子，身穿半旧的衣服，坐在宠奴的下首。老人请花眼唱歌，花眼唱了一曲，请宠奴唱，宠奴仍不唱，而且脸色更难看了。酒喝了一轮，老人执意请宠奴唱，宠奴仍不唱，老人很尴尬，笑笑说："平常请你唱歌，你从不拒绝，今天有年少客人，就把老头子我给抛弃了，可旧情还在，我还是希望你能为我唱一曲。"宠奴拂衣，站起来说："刘琨都被段匹磾杀了，我哪有心思给你这个老野狐唱歌呀？"灯火顿时熄灭，一片漆黑。

这时，外面天色微明。王泰从窗户里面爬出来，回头看刚才的厅堂，原来是一座坟墓。骑的马系在松树上，之前被变成驴的那个仆人，也站在跟前。

王泰问仆人："之前发生了什么，你还记得吗？"仆人回答说："我梦见自己变成了驴，被人骑着，与马一同吃草料。"王泰找到来时的路，往前走了十几里，天亮了，碰到耕地的农夫，问："附近有谁的坟墓？"农夫说："这十里地内，有晋朝并州刺史刘琨歌姬张宠奴的墓。"王泰这才知道就是昨晚喝酒的地方。又往前走了三里路，路边有一个腐烂的骷髅头，上面破了一个洞，里面长着野草，乍一看，像是长了四只眼睛，应该是昨晚的那个叫花眼的女子。王泰又想起之前路上遇到的大头、多眼等几个怪物，绞尽脑汁，也猜不出它们的底细。

此妖载于唐代牛僧孺《玄怪录》卷十

88
金华猫

浙江金华这地方的猫，养了三年后，每到中宵，就蹲踞在屋顶上，张嘴对着月亮，吸取月亮的精华，久而久之就变成了妖怪，总出来魅惑人，遇到女子就变美男，遇到男子就变美女。

每次到人家中，金华猫都会先在水中撒尿，人喝了这种水，就看不到它了，时间长了人就会生病。怀疑家里有金华猫的，可以在夜里用青色的衣服盖在病人身上，第二天查看，若是有毛，就证明猫妖来过。可以暗地里约猎人来，牵上几只狗，到家里来捕猫，烤它的肉喂给病人吃，病人就会痊愈。

如果男子病了捕到的是雄猫，女子病了捕到的是雌猫，病就治不好了。有一个清苦的儒学先生，姓张，有个女儿十八岁，被猫妖侵犯，头发掉光了，后来抓住了作祟的雄猫，病才好。

此妖载于清代褚人获《坚瓠集》秘集卷一

89
巨灵

汉武帝非常宠爱一个叫巨灵的女子。汉武帝有个青玉做成的唾壶，巨灵能够出入其中，逗汉武帝开心。东方朔有次见到巨灵，一直盯着她看，巨灵变成青雀飞走了。汉武帝想念巨灵，命人建起青雀台。建成后，青雀常来，却再也没见过巨灵。

此妖载于汉代郭宪《汉武帝别国洞冥记》卷四

90
撅儿

晋怀帝永嘉年间，有个姓韩的老太太在田野中发现一个大卵，就把它拿回家，结果孵化出一个婴儿，老太太便给他取了个名字叫撅儿。撅儿四岁的时候，刘渊因为修筑平阳城老是不成功，所以就招募能筑城的人。

撅儿应募后，变成了蛇。他在前面爬行，叫韩老太跟在他的后面撒上一些灰作为标记。他对韩老太说："在撒灰的地方筑城，城就可以马上筑成。"韩老太按照他说的做，果如其言。

刘渊听说了这件事，觉得奇怪，派人将蛇丢进了山洞中。蛇很长，被丢进山洞后尾巴还露出洞口几寸。人们把蛇的尾巴斩断了，接着，忽然有股泉水从山洞中流出来，汇聚成一个水池，人们就把它命名为"金龙池"。

此妖载于晋代干宝《搜神记》卷十四

91 蚵蚾

宋代，一个叫边换师的人，寄居在嘉兴。一天黄昏，有个少年带着酒前来拜访。少年虽然是个侏儒，可诙谐有趣，善解人意，带着的几个仆人，全都穿着黑色的衣服。

边换师热情款待了对方。少年满脸是疮，用翠靥贴在脸上将疮遮住，酒宴上，一直不让边换师碰他的头。天还没亮，少年就离开了。自此之后，少年经常过来。蹊跷的是，除了边换师，边家的家人从来没有看见过这个少年。边换师觉得没什么大不了，而且谢绝他人前来拜访。

边换师母亲见他天天在家里设宴，也不出去，有些生气，对他说："你每天这样吃喝玩乐，哪来的钱？"边换师说："每次少年来，都会带很多东西。"母亲十分吃惊，询问了一番，才知道少年的事。

家里人都很惊慌，认为那个少年是妖怪，便请来吴道士，让他降妖驱怪。吴道士对边换师说："明天少年再来，你将红线缝在他的衣服上。"第二天晚上，少年来了，对边换师说："相处这么久，你竟然敢怀疑我！"边换师好言好语解释，悄悄按照吴道士的吩咐，将红线缝在了少年的衣服上。

第二天一大早，吴道士带领大家去寻找，看见在边家旁边的沟渠里，有红线冒出来。吴道士让人往下挖，挖出来一个大蚵蚾，红线缀在它的背上，旁边还有十几个小蚵蚾。吴道士让人用棍棒打死了这些蚵蚾。自此之后，边家再也没有怪事发生。

此妖载于宋代洪迈《夷坚志》三志己卷第七

92 孔大娘

宋代陈州这地方有个女妖，自称孔大娘，黄昏或者夜里，就在皮鼓里头和人说话，能够知道未来的事情。丞相晏殊在陈州时，刚作完一首小词，还没修改好，孔大娘就能唱出来了。

此妖载于宋代庞元英《文昌杂录》卷一

93 枯蟹

宋代，青州益都人王德柔在北城建造新宅。宅子建成后，闹起了妖怪。哪怕是大白天，妖怪也不怕人，出来作祟。王德柔请来很多道士、法师施法，毫无效果，只能回到原来的旧宅居住。发生这等事，王德柔很不甘心，在集市上写了榜文，出重金请胆子大的人去宅子里降妖除怪。

当地有个以杀狗为生的人，叫范五，为人凶悍，跑到王德柔家，吃饱喝足，一个人住在了新宅里。

半夜，范五听到西边的屋檐下传来一声巨响，接着看见一个人从地底下跳出来。此人身矮脖短，肥胖无比，穿着红衣服，年纪有三十多岁，不停拍着两只手，在院子里唱歌跳舞。范五拎着刀追过去，那人消失在房子的东南角。范五做好标记，第二天一早向下挖掘，挖出来一只大枯蟹，体形巨大，身体赤红。范五将其捶碎，扔到水中，宅子里便再也没有妖怪出来了。

王德柔重谢了范五，带领家人顺利搬进了新家。

此妖载于宋代洪迈《夷坚志》支甲卷第二

94 兰岩双鹤

荥阳县南边一百多里处有座兰岩山，峻峭挺拔，高达千丈。山上曾经有一对鹤，羽毛洁白如雪，一起飞翔、栖息，日夜形影不离。据当地人说，从前有一对夫妻，隐居在这座山中几百年，变成了这对白鹤。后来，一只鹤被人杀了，剩下的那一只鹤整日哀叫。直到今天，那鹤鸣的回声还震荡在山谷中，没有人知道它究竟叫了多少年。

此妖载于晋代干宝《搜神记》卷十四

95
狼妖

清代乌鲁木齐有个军校叫王福，这个人说他在西宁的时候，有一次和同伴一起去山中打猎，远远地看见山腰有个妇女独自行走，后面有四只饿狼跟着。大家以为那四只狼十有八九是要吃了那个妇女，所以一起大声呼喊："你身后有狼！"但是那妇女没什么反应，好像没听见一样。

于是，有一个同伴赶紧拉开弓射狼，没想到箭射中了那个妇女。那个妇女惨叫一声，从山腰滚了下来。大家都十分懊悔，忐忑地走过去，却发现那个妇女竟然是一只狼。再看另外的那四只，早跑得无影无踪了。

此妖载于清代纪昀《阅微草堂笔记》卷十五

96
老獾

胶山乡上舍里东南的莫焦洞，有一对村民夫妇，两人很年轻，妻子颇有姿色。

乾隆三年（1738 年）三月的一天，妻子站在门口，看到一个美男子经过，彼此相悦。到了晚上，丈夫外出不在家，这个男子来到家里，和妻子同床共枕。自此之后，男子每天都来，丈夫也没有察觉。

过了不久，丈夫看到一个美女经过门口，晚上跑来和丈夫同睡，妻子也不知道。时间长了，夫妻日益消瘦，明白碰到了妖怪，但不知如何是好。村里的老人们听说此事，告诉他们村南有个古墓，墓里住着老獾，可能是它年久作妖。众人去查看，果然见墓上有獾洞，便掘开了，先往里面扔火把接着灌石灰水，但是没抓住老獾。

有个姓叶的道士，擅长法术。这对夫妇将叶道士请来作了三天法，妖怪便再也没来了。

此妖载于清代钱泳《履园丛话》丛话十六

97
老僧

老僧，形态如同一个年老僧人，手持经文，走在山谷里或者小道旁，左边的眼睛赤红，眉毛像猪鬃，见到僧人喜欢和对方交谈。凡是和它说话的人，都会被它吃掉。

这个妖怪，乃是南云山的一个老僧得了妖气所化。

此妖载于宋代《太清金阙玉华仙书八极神章三皇内秘文》（收录于明代张宇初《道藏》）

98
老鹞

宋代福州城南有片面积约十亩的莲花池，一个叫金四的人在其中种植莲藕贩卖。金四家住在南台，距离莲花池有七里地远，为了防止有人偷藕，金四经常晚上去巡逻。

一天，金四巡逻时看到一个人走在莲花池边的小路上，当时已经是二更天了。金四向来胆大，仔细观察发现对方不太像人，就去询问。那人说："我有事情才夜里赶路。"金四说："我住在南边，喝酒喝醉了。不如这样，你先背我走二里路，然后我背你走二里路，就这么相互背着，如何？"那人想了想，答应了。

于是，两个人你背我，我背你，来到家门口的时候，金四抱住那个人不放，大声喊家里人。家里人提着灯笼出来，发现那人竟然是一只老鹞变化的。金四绑住了这只老鹞，烧死了它。

此妖载于宋代洪迈《夷坚志》甲志卷第八

99
烙女蛇

唐朝广州化蒙县县丞胡亮，跟从都督周仁轨讨伐僚人，得到了一个头领的小老婆，胡亮非常喜欢她，把她带到县里纳作小妾。一天，胡亮去县衙不在家，他的妻子贺氏就用烧红的钉子烙瞎了那个小妾的双眼。小妾不堪受辱上吊死了。后来贺氏怀孕，生下了一条蛇，两只眼没有眼珠，于是贺氏就去问禅师，禅师说："你曾用烧红的钉子烙瞎了一个女子的眼睛，因为你天性狠毒，所以要用蛇来报复，这就是被你烙瞎了眼的那个女子变的。你好好喂养这条蛇，可以免除危难，不这样，灾祸就要到了。"贺氏喂养这条蛇一两年，蛇渐渐长大，但一直将它藏在衣被里，胡亮并不知道此事。有一天，胡亮掀开被子看见了蛇，非常吃惊，用刀砍杀了那条蛇。后来贺氏两眼都瞎了。

此妖载于唐代张鷟《朝野金载》卷二

100
雷祖

很久以前，雷州有个姓陈的猎户，家里养着一条狗。这条狗有九只耳朵，每次狗的耳朵动，猎户就会打到猎物。如果狗的一只耳朵动，猎户出去会打到一只猎物；两只耳朵动，就会收获两只；倘若没有耳朵动，猎户定然空手而归。

有一天，狗的九只耳朵全动了，猎户觉得会满载而归，欣喜入山。哪知道从早晨到中午，一只猎物也没打到。他无精打采正准备回来，看见这条狗对着山坳大叫，还用爪子刨地，仰起头对着猎户连连晃动。猎户很疑惑，按照狗的指示往下挖，挖出一颗大蛋，足有一斗大，便抱回来放在桌子上。

第二天早晨，雷雨大作，闪电钻进屋子里来回穿梭。猎户怀疑那颗大蛋有异常，把它放在院子里。只听得一声霹雳，蛋豁然而开，从里头蹦出一个小孩子，眉目如画。猎户大喜，将孩子收养，悉心照料。

后来，这个孩子长大了，考上了进士，做了雷州太守，明敏有才干，做了许多好事。五十七岁这一年，他的腰上长出了翅膀，腾空飞去。直到如今，雷州人还在祭祀他，称之为雷祖。

此妖载于清代袁枚《子不语》卷十二

101
狸妖

狸，也称狸子、狸猫、山猫。在古代妖怪中，狸妖因擅长变化而闻名。

晋朝时，在吴兴这个地方，有一对兄弟在田间劳作的时候，他们的父亲经常出现，还打骂他们。兄弟二人忍受不住，便把这件事情告诉了母亲。母亲询问父亲，父亲大为吃惊，知道是妖怪所为，就告诉儿子，如果下次再看到对方伪装的自己，就杀了它。第二天，兄弟二人在田间继续劳作，那妖怪却没有出现。父亲在家中坐立不安，担心儿子们被妖怪耍弄，就前往田里查看。不料想，兄弟二人以为来的是妖怪，就杀掉了父亲，埋了起来。至于那妖怪，早已经变成了父亲的容貌，悄悄地来到家里。

兄弟二人傍晚回来，一家人为杀了"妖怪"庆贺，然后过上了平静的日子。很多年之后，一个修行的法师路过，告诉兄弟二人："你们的父亲身上有股大邪气。"他们将此事告诉"父亲"，"父亲"大怒。说话时，法师闯入家门，施法，

"父亲"变成了一只老狸，逃进了床底下。兄弟二人把它杀了，这才知道多年前杀掉的那个"妖怪"，其实才是真正的父亲。安葬父亲之后，一个儿子自杀了，另一个儿子郁郁寡欢，很快也死掉了。

也是在晋朝，有一个人母亲亡故了，因为家里贫穷无法安葬，他就将母亲的棺椁放置在深山里，并在母亲的棺椁旁搭建茅舍守护，自己则以制作草鞋为生。一天，快到傍晚的时候，有个妇人抱着孩子前来借宿，孝子见其可怜，就收留了她。到了晚上，孝子正在打草鞋，妇人走过来，在火堆边睡着了，化作了一只老狸，怀里的孩子则是一只乌鸡。孝子杀了它们，扔到了屋后的大坑里。第二天，有个男人找上门，询问自己的妻子和孩子的下落。孝子说："你的妻子不是人，是只老狸，我已经把它杀了。"男子说："你无缘无故把我妻子杀了，竟然还污蔑说她是狸妖变的！我问你，如果她是狸，尸体呢？"

孝子拉着他来到大坑旁，却见到里面那只死掉的母狸，竟然又变成了昨日的妇人模样。那个男人扭送着孝子来到官衙，请县令为他做主。县令将事情详细地询问了一番，也很是为难。这时，有人出了一个主意："狸妖怕猎狗，只要放出猎狗就知道了！"县令于是叫人放出了猎狗，那个男人吓得体如筛糠，倒在地上变成了一只老狸，县令叫人射死了它。那个妇人的尸体又变成了狸尸。

东晋乌伤县有个人叫孙乞，奉命出公差，要送一封文书到郡里。当他走到石亭这个地方的时候，天下起了大雨，而且天马上就要黑了。大雨中，孙乞看到一个女子，举着一把青伞翩翩而来。女子年纪有十六七岁，穿着一身紫色的衣服，美若天仙。孙乞正想上前打个招呼，一道闪电划破苍穹，借着闪电的光芒，孙乞才发现那根本不是一个女子，而是一只大狸猫，手里拿的伞是一柄荷叶。孙乞抽出刀，杀了它。

此妖载于晋代干宝《搜神记》卷十八、南北朝刘敬叔《异苑》卷八、唐代释道世《法苑珠林》卷三十一

102 鱧女

宋代治平年间，曹元举担任福建路转运使，那时官府的院子里有个大水池，水池边有个亭子，曹元举经常去那里休息。过了一段时间，家人们觉得曹元举日渐消瘦而且精神恍惚，就

问他怎么回事。曹元举说："有个李家娘子，很漂亮，带着两个婢女，经常和我私会。"

家人觉得他被妖怪迷惑了，请来巫师作法，没有效果，只得排干了池塘的水，抓住了三条鳢鱼，一大二小。曹元举大呼："不要伤害李家娘子！"

家里人杀了三条鳢鱼，将其烧成了灰，带着生病的曹元举回到了维阳。过了一年多，曹元举便死了。

此妖载于宋代张师正《括异志》卷四

103
淋涔君

东晋孝武帝在大殿北面的窗下看见一个人，穿着白色的夹袄，黄绢单衣，自称华林园水池中的妖怪，名叫淋涔君。孝武帝拔出自己的佩刀向他砍去，然而却什么也没砍到。那妖怪愤怒地说："我应当让你知道我的厉害。"不久，孝武帝就暴毙了。

此妖载于南北朝刘义庆《幽明录》

104
龙女

唐玄宗在东都洛阳时，白天在殿中睡觉，梦见一个女子跪拜于床下。那女子容色浓艳，头梳交心髻，身着大帔广裳。

唐玄宗问她："你是何人？"她说："我是陛下凌波池中的龙女，保卫皇宫，保护圣驾。现在陛下洞晓天上的音乐，请陛下赐给我一曲，以光耀我的族类。"唐玄宗在梦中为她拉起胡琴，拾取新旧之声为她奏了一曲《凌波曲》。龙女向唐玄宗拜了两拜而去。

等到醒来，唐玄宗记得清清楚楚，命令宫中当日禁乐，亲执琵琶反复演练推敲，然后在凌波宫宴请百官，临池演奏《凌波曲》。

演奏时，池中波涛涌起，有一个女子出现在水面上，正是唐玄宗前些天梦中见到的那个女子。那个女子在水面上听了很久才沉下水去。于是，唐玄宗令人在凌波池上建了庙，每年都祭祀她。

也是在唐代，有个叫柳子华的人在成都做县令。有一天正午，忽然几个骑马的女子引着一辆牛车来到厅堂前。有一个女子上前告诉柳子华说："龙女来了。"很快，龙女从牛车里出来，在侍女的搀扶下，走上台阶，与柳子华相见。龙女对柳子华说："命中注定我和你要结成夫妇。"于是就住下了。

柳子华命人准备酒席、乐队，举行婚礼之后，龙女才离去。从此她常来常往，远近的人都知道。柳子华罢官以后，谁也不知他到哪儿去了。一般人都说他去了龙宫，成了水中仙人。

此妖载于宋代李昉等《太平广记》卷四百二十（引《逸史》）、卷四百二十四（引《剧谈录》）

105
龙天王

南北朝的郗皇后生性善妒。梁武帝刚登基，还没有来得及办理册封的事，郗皇后非常愤怒，跳进宫殿庭院里的一口井里。大伙儿跑过去救她时，她已经变成一条毒龙，烟焰冲天，谁也不敢靠近。梁武帝为此悲叹了好久，后来册封她为"龙天王"，还在井上立了供奉她的祠堂。

此妖载于宋代李昉等《太平广记》卷四百一十八（引《两京记》）

106
蝼蛄

晋代，庐陵郡太守庞企，他祖父曾因为被牵连下了大牢。庞企的祖父在牢里见到有一队蝼蛄在身旁爬行，就说："如果你们有灵，就想办法让我活命吧。"说完，他就用饭喂养它们。这队蝼蛄吃完就离开了，过了一会儿再来，身体变得很大。庞企的祖父觉得奇怪，就继续给这些蝼蛄喂饭，过了几天，每只蝼蛄都变得比小猪还要大。到了快要行刑的时候，蝼蛄在牢房的墙角上挖了一个大洞，帮助他逃跑了。后来遇到大赦，庞企的祖父就活了下来。

也是在晋代，零陵有个人叫施子然，一天有一个人前来拜会他。施子然问对方的姓名，来人说："我姓卢，名钩，家在檀溪水边。"两个人聊得很投机，交往了很久。有一天，村里有个人在溪水边的大坑里看到无数只蝼蛄，其中一只极其大。施子然这才恍然大悟："那个人说他叫卢钩，卢钩的发音，就像是蝼蛄呀！"施子然就让人将开水灌进了坑里，杀死了那些蝼蛄。自此之后，就再也没有怪事发生。

此妖载于南北朝刘义庆《幽明录》

107
鹿娘

南北朝时，常州江阴县东北有座石筏山。有个樵夫到山里砍柴，看见有只母鹿在下崽，接着听到小孩的啼哭声，走过去后发现母鹿生下一个女婴，就收养了这个女婴。等女婴长大，樵夫让她出了家，当时人都称其为鹿娘。梁武帝听说了这件事，专门给她修建了一座道观，取名为圣观。

此妖载于宋代李昉等《太平广记》卷四百四十三（引《洽闻记》）

108
鹿身戒尸

鹿身戒尸，人形，装扮成穿着白色孝服的女子模样，在水边哭泣，见到的人如果靠近和它搭话，便会被它害死。这种妖怪，是千年鲤鱼所化。

此妖载于宋代《太清金阙玉华仙书八极神章三皇内秘文》（收录于明代张宇初《道藏》）

109
鹿妖

很久以前，张盍蹋、宁成两个人在四川云台山的石洞中出家修行。一天，忽然有个穿着黄色长衫、戴着葛布头巾的人来到两人跟前，说："我想请你们两位道士帮帮忙。"二人用古镜照了一下来人，发现是一只鹿，就呵斥说："你是草中的老鹿，怎么敢口出人言？"说完，那人就变成一只鹿，跑了。

晋代时，一个下雨天，淮南人车某在家里独坐，看见两个穿着紫色衣服的少女出现在自己面前。外面雨下得那么大，这两个女子衣服完全没有湿，车某很奇怪，觉得对方肯定是妖怪。家里的墙上正好挂着一面古铜镜，车某转过头看了看铜镜，发现镜中有两只鹿站在窗前。车某举起刀砍过去，一只鹿跑了，另一只被他杀死了。他将鹿肉做成肉脯吃了，味道很好。

唐代嵩山有个老和尚，搭了个茅舍在山里修行。一天，有个小孩前来施礼，请求老和尚收下自己当徒弟。老和尚闭目念经，不搭理他，那小孩从早到晚哀求，也不离开。老和尚就问："这里荒山野岭，人迹罕至，你从哪里来？又为何求我收你为徒弟？"小孩说："我就住在前面的山里，父母都死了，只留下我一个人，想必是前世不修善果所致。如今，我愿意舍离尘俗，求师父您收下我。"老和尚见他很机敏，觉得与这孩子有缘，就收下他做了徒弟。

小孩成了老和尚的弟子后，修行精进，和别的僧人辩论佛法，经常大获全胜，老和尚很看好他。几年后的一个秋天，万木凋零，溪谷凄清。小和尚看着山川草木，有些悲伤，说："我本生长在深山里，为何要当个和尚呢？不如寻找往日的伙伴去吧！"说罢对着空谷放声大喊。过了一会儿，来了一群鹿，小孩脱掉僧衣，变成一只鹿，跳跃着和鹿群消失在莽莽群山之中。

此妖载于晋代葛洪《抱朴子》内篇卷十七、晋代陶潜《搜神后记》卷九、宋代李昉等《太平广记》卷四百四十三（引《潇湘录》）

110
鹿爷

晋代咸宁年间，鄱阳人彭世以打猎为生，每次入山都带着儿子。后来，彭世突然变成了一只鹿，跳跃而走，儿子自此终生不再打猎。彭世的孙子有次射中一只鹿，鹿的两角间有道家的七星符，还有彭世的名字以及生活的年月，孙子十分悔恨。从此之后，彭家的人都不再打猎了。

此妖载于南北朝刘敬叔《异苑》卷八

111
驴僧

宋代，武城东面的普光寺里，有个僧人名叫元晖，喝酒作乐，不守戒律。二十五岁时，他得了怪病，回到原来的家，躺在床上整整一年，浑浑噩噩。

一天，家里人围绕在他旁边，哭哭啼啼。元晖忽然昂起头，像驴那样叫，接着趴在地上。家里人问他哪里不舒服，他说："腰脊下的尾骨痛不可忍。"家人请来大夫，见有条短短的驴尾从他身上长出来。元晖的父亲怕别人看到，赶紧用衣服盖上，结果元晖痛得要死，只有拿掉衣服给人看，才会稍稍好点。

第二天，元晖的尾巴长到一尺多长，全身生毛，头和脸已经很像驴了。几天后，已经长出了驴的蹄子、鬃毛、耳朵，四肢站立，俨然成了真的驴！家里人商议，想将其杀掉。普光寺的僧人说："不可！这是上天借此警告世人，如果杀了，不仅违背天理，而且对你家也不利。"

家里人只得将这头驴养在厩中，但是没给它戴上缰绳、勒子，结果驴大叫不止且乱咬人，把缰绳、勒子给它套上，它才安静下来。这头驴能背起很重的东西，擅长走远路，一日能走二百里，十年后方才死掉。

此妖载于宋代洪迈《夷坚志》支甲卷第一

112 驴妖

唐代天宝年间，有个叫王薰的人，居住在长安延寿里。一天晚上，王薰和几个朋友在家里吃饭，忽然有一条巨大的手臂从烛火的阴暗处伸出来。大家细看，手臂颜色乌黑，还长有很多毛。有声音对王薰等人说："你们聚会，也不叫我，请给我一些肉吧。"王薰就给了对方一些肉，那手臂就消失了。过了一会儿，那手臂又伸出来要肉。如此，几次三番。王薰和朋友商量，都觉得是妖怪。等手臂再伸出来时，王薰拔出宝剑砍了下去，发现竟然是一条驴腿，那驴腿顿时血流满地。第二天大家沿着血迹追踪，来到一户人家。这户人家称，家里养了一头驴，已经二十年了，昨天晚上无缘无故少了一条腿，好像是被砍掉的。王薰将昨晚的事情告诉对方，大家就将那头驴杀掉了。

清代时，浙江慈溪县城的北门有户姓冯的人家，相传家里出现过驴妖。冯家有个小儿子得了一种怪病，常常昏厥。据小儿子说，有个耳朵长长、全身是毛的人来到床头，拿出泥团塞入自己的嘴里，他才会昏过去。大家这才知道是闹了驴妖。后来，爆发了战争，冯宅毁于战火，但是驴妖的老巢还在，驴妖时不时地还会出现。

此妖载于唐代张读《宣室志》卷二、清代俞樾《右台仙馆笔记》卷五

113
绿蜂女

清代，有个书生名叫于璟，在醴泉寺读书。一天晚上，他正在埋头苦读，忽听窗外传来一个女子的声音。女子说："于相公读书很勤快呀！"荒山野岭，怎么会有女子呢？于璟正纳闷，见女子已经推门进来，穿着绿衣长裙，长得美丽无比。于璟知道她不是人类，再三追问她家住在哪里。女子说："反正我又不能吃人，你何必寻根究底呢？"于璟心中很喜欢她，两个人郎情妾意，同床共枕。女子住了一晚，天未亮便离开了，自此之后经常来。

一天晚上，两个人一块喝酒。于璟见她很懂音律，声音又好听，便让她唱歌。女子推辞了几次，见于璟坚持，勉强唱了几曲，果真声如天籁。不过唱歌时，女子很小心，生怕被别人听见。当晚，二人躺下后，女子有些不安，说："我们之间的缘分，恐怕要到头了。"

天快亮时，女子披衣下床，刚要开门，犹豫了一会儿又返回来，说："不知什么缘故，我心里总是怕。请你送我出门。"于璟便起床，把她送出门外。女子说："你站在这里看着我，我跳过墙去，你再回去。"于璟答应下来，看着女子转过房廊，一下子便不见了。他正想回去睡觉，只听传来女子急切的呼救声。于璟奔跑过去，四下里看并没有人影，听声音像在房檐间。他抬头仔细一看，见一个弹丸大的蜘蛛，正抓住一个东西，那东西发出声嘶力竭的哀叫声，声音和绿衣女很像。

于璟挑破蛛网，除去缠在那个东西身上的网丝，发现原来是只绿蜂，已经奄奄一息了。他拿着绿蜂回到房中，放到案头上。过了会儿，绿蜂慢慢苏醒过来，开始爬动。它慢慢爬上砚台，用自己的身子沾了一身墨汁，出来趴在桌上，一边走一边用墨写出个"谢"字，然后便频频舒展双翅，穿过窗子飞走了。从此，女子没有再来。

此妖载于清代蒲松龄《聊斋志异》卷五

114
绿瓢

云南的保保人分黑保保、白保保两种，都很长寿，有的能活到一百八九十岁。等到二百岁的时候，子孙就不敢和他们一起居住了，会将其藏在山谷的树丛中，给他们留下四五年的粮食。留下来的老人渐渐地忘记了一切，只知道吃饭睡觉，全身生出绿色的苔藓一样的长毛，屁股上长出尾巴。时间长了，头发赤红，眼睛金黄，长出牙齿和爪子，攀登山石，行走如飞，抓虎豹獐鹿为食，就是大象面对它们也很恐惧，当地人称之为绿瓢。

此妖载于清代钮琇《觚剩》卷八

115
绿眼妪

清代乾隆二十年（1755年），北京城的老百姓家里生下的小孩，很容易患上惊厥、抽风的病，往往不满周岁就死了。小孩生病的时候，有一个长得如同鸺鹠的黑色东西，在灯下盘旋飞舞，飞得越快，小孩的喘息就越急促。等到小孩死了，那东西就飞走了。

有一家的小孩也生了病，有个姓鄂的侍卫向来勇猛，听说这件事很生气，就带着弓箭来到这户人家，等待怪物现身。到了晚上，果然看到那个黑色的大鸟一样的怪东西飞来，侍卫立刻拉弓射箭，正中目标。那东西惨叫一声，往外飞去，鲜血流在地上。侍卫顺着血迹追赶，翻过了两道墙，来到李大司马家的锅灶处。

李府上下都被惊动了，都过来问到底发生了什么事。侍卫和李大司马关系很好，就把事情说了一遍，李大司马立刻命人到锅灶处寻找，看到旁边的屋里有一个长着一双绿眼、如同猕猴一样的老太婆腰部中箭，倒在地上，鲜血淋漓。这个老太婆是李大司马在云南做官时带回来的女子，年纪很大，自称不记得自己有多老了。大家都怀疑她是妖怪，立刻拷问。最后老太婆说："我有咒语，念了就能变成那只奇怪的大鸟，等二更天之后，飞出去吃小孩的脑子，伤害的小孩有一百多个了。"李大司马十分生气，命人将那老太婆捆住，放火烧死。之后，北京城的小孩再也没有发生过类似的事情。

此妖载于清代袁枚《子不语》卷五

116
螺女

唐代，颍川郡有个叫邓元佐的人，喜好游山玩水，凡是特别美的风景，无不游历观赏一番。有一年，邓元佐到吴地游学，快要到达姑苏时，不小心走错了路，走了十几里，也没碰上人家，只看见丛生的蒿草。

那时天色已经晚了，邓元佐伸长脖子朝前看，忽然看见了灯光，好像是有人家的样子，就寻路走了过去。走到近前，看见一处很小的房舍，里面只有一个女子，二十多岁的年纪。

邓元佐就对女子说："我今天晚上不小心走错了路。现在夜已经渐渐深了，再往前走，担心碰上恶兽。请娘子容许我住一宿，我不敢忘记你的恩情。"女子说："父母不在家，怎么办呢？何况我家很穷，也没有好席子给你使用。"邓元佐哀求半天，女子才答应让他投宿。

女子将邓元佐领到一张泥土堆成的土床前，又在上面铺了一层软草，接着端来食物招待他。邓元佐饿得厉害，狼吞虎咽，发现食物味道不错。吃完后，他美美睡了一觉。天亮醒来，他发现自己竟然躺在泥田里，旁边有一只大田螺，有一升那么大。

一想到昨晚所吃的东西，邓元佐十分恶心，弯腰呕吐起来。而他吐出的东西，全是青色的泥。邓元佐知道昨晚那个女子是田螺变成的，但并没有伤害它。后来，他专心学习道术，再也不出去游历了。

清代，浙江宁波慈溪乌龙岭，左边山势陡峭无路，右边则是百丈深的沟壑，最深处是乌龙潭，潭中从来不会干涸。风清月白之夜，行人经常看到一个女子，飘飘似仙，十分美丽，独自在山岭上赏月，人一旦靠近她就消失得无影无踪。后来，有人在潭里看到一个巨大的螺蛳，才明白女子是其所化。当地人怕出事，想将潭水抽干除掉它，但无法办到，只好作罢。

此妖载于唐代薛用弱《集异记》、清代吴友如《点石斋画报》

117
落头民

落头民出自我国的南方，秦朝的时候有人见过，脑袋能够离体飞去，又叫"虫落"。

三国时，东吴的将军朱桓有一个婢女，每天晚上睡着之后，脑袋就会飞走。有时从墙下的狗洞里飞出去，有时从天窗出入，用两个耳朵当翅膀，等天亮了才回来。

知道这件事的人都觉得很奇怪。有天晚上，朱桓挑着灯笼来到婢女的房间，发现她身体虽然在，但头不见了，摸一摸，身体微微冰冷，还喘着气。朱桓用被子将身体裹了起来。天快亮时，婢女的头飞回来了，因为隔着被子，脑袋无法回到身体，掉在地上，似乎很是着急。朱桓扯开被子，脑袋才复原，过了一会儿，婢女安然无恙，好像什么事情都没有发生。这件事让朱桓觉得很不可思议，没多久就把这个婢女送走了。

据说，在南方打仗的将领经常会抓到落头民，有的人恶作剧，把落头民的身体盖在巨大的铜盘之下，因为飞回来的脑袋长时间回不到脖子上，落头民就会死掉。

唐朝时，岭南龙城的西南地广千里，溪流和山洞之中经常有飞来飞去的脑袋，当地人称之为飞头獠子。据说这种人脑袋飞出去的前一天，脖子上会出现一条红色的印记，妻子见了，往往夜里就会格外小心看护。到了晚上，这个人的脑袋离身而去，飞到河岸边，在湿泥里寻找螃蟹、蚯蚓之类的东西吃，天亮前飞回来。夜里发生的事情，他会觉得如同做梦一般，但是摸一摸肚子，里面可是装了不少东西，很饱呢。

此妖载于晋代干宝《搜神记》卷十二、晋代张华《博物志》卷三、唐代段成式《酉阳杂俎》前集卷四

118 卖书叟

清代，山东书生董某，品格出众，聪敏过人，熟悉他的人都认为此人将来必成大器。有个卖书的老头经常到董某读书的私塾来，老头擅长算命，对董某说："你四十岁可以成为封疆大吏，最终可以位列王侯。"董某很佩服老头的学识，将其作为自己的知己。

老头对董某很好，经常送东西给他。董某若是有疑难之事，老头也会帮忙解决，时间长了，董某对老头尊敬无比。一天傍晚，董某和老头在一起喝酒。天黑后，大雨倾盆，董某将老头留下过夜。老头嘱咐董某说："我喝醉了，睡觉时你千万别偷窥我。"董某答应了。可是老头一而再再而三叮嘱，反而让董某觉得奇怪。等老头睡着，董某按捺不住好奇心，进房间偷看，发现一只跟人差不多长的大蝎虎躺在床上，这才恍然大悟老头是妖怪，急忙抽刀将蝎虎砍死。

这天晚上，董某梦见老头愤怒无比地对他说："我本来以为你前程远大，这才打算和你做朋友，凭借你的气运来躲避雷劫，想不到你如此狠心，竟然杀了我，让我百年修行，一朝尽毁。这等切骨之仇，我一定会报！"董某醒来，内心不安，找来术士作法，又贴符诵咒。

后来，董某被白莲教迷惑，学习纸兵豆马之术，招集亡命之徒，占据数个山头，自称为王，造反作乱，被僧格林沁率领大军消灭。董某和家人一起被斩杀。

此妖载于清代李庆辰《醉茶志怪》卷一

119
猫犬

清代康熙年间，北京大兴县有个老太太信佛，佛堂里供着一盏油灯。

一天傍晚，老太太听到佛堂里传来细微的声响，觉得奇怪，就扒着门缝往里看。只见里头一只黄狗如同人一样站着，伸出两只前爪举着一只猫，猫也直立，正在偷喝佛灯里面的灯油。

猫吸了油，再低头吐到狗的嘴里，如是再三。过了一会儿，狗催促道："赶紧的！老太太马上就来了！"猫和狗都是家里养的。老太太很吃惊，推门而入，狗和猫飞奔而出，家里人四处寻找也没找到。

第二天夜里，老太太听到院子里有声音，起来查看，看见那只猫坐在狗的背上，狗匍匐而行，老太太喊了一声，狗和猫都消失了。晚上，老太太梦见一个黄衣男子和一个白衣女子前来，对她说："我们在主人你家很长时间了，你豢养我们的大恩大德不知道怎么回报。现在你发现了我们，我们就不能留下来了，就此作别吧。"两个人对着老太太跪拜，转身，变成了狗和猫，猫跳到狗的身上，骑着狗离开了。

此妖载于清代乐钧《耳食录》二编卷七

120
猫妖

清代靖江张某住在城南，房屋的拐角处有条沟，很久没有疏通了。有一年，接连很长时间下雨，沟里的水漫到了屋里。张某拿着一根竹竿去捅，捅进去一丈多长，发现竿子抽不回来，几个人一起拽，依然拽不动。大家觉得是卡住了。雨过天晴后，那竹竿却自动出来了，有一股黑气如同蛇一样，盘竿而上，顷刻之间天昏地暗。有个绿眼睛的怪物骑在黑气上，调戏张某的小妾，屡屡干出坏事。张某请道士来登坛作法，那股黑气涌到坛上，直扑道士。道士觉得好像有东西在舔自己，对方的舌头像刀一样，舔过的地方皮肉尽烂，道士吓得落荒而逃了。

道士曾经跟龙虎山的天师学过法术，就告诉张某，要除掉这个妖怪，只能请天师来。二人乘船去龙虎山，到了江中心，看到天上黑云四起。道士大喜，对张某说道："那个妖怪已经被天雷诛杀了。"张某回到家，果然看到屋角处天雷击杀了一只老猫，如同驴子一般大小。

也是清代，有个舒某喜欢唱歌，不管行立坐卧，从来不住嘴。有一天，他的朋友来拜访，两人在家里喝酒，一直到半夜，两人还高歌不停。忽然听到窗外传来歌声，声音婉转，妙不可言。

舒某有个书童觉得可疑，偷偷出去，发现一只猫如同人一样，在月光下一边唱歌一边跳舞。书童赶紧叫舒某，众人出来，猫已经跑到了墙上。大家用石头砸它，它一跃而起，消失得无影无踪，只有墙外传来的歌声，余音犹在。

此妖载于清代袁枚《子不语》卷二十四、清代和邦额《夜谭随录》卷六

121 毛女

毛女，名为玉姜，住在华阴山里，当地世世代代的猎人都见过她。毛女自称秦代的宫女，秦灭亡后，就流亡入山中。有道士教她以松叶为食，过了很久，她的身体长出了长毛，身轻如燕，到西汉时，已经一百七十多岁了。

宋代，蔡元长自长安去四川做官，经过华山，听人说当地有毛女。他的一个仆人见西岳庙烧纸钱的炉中，有个东西甚是怪异，赶紧告诉了蔡元长。蔡元长去看，见一个女子，全身长毛，身体碧绿，头发如漆，双目灼灼。女子对蔡元长说："万不为有余，一不为不足。"说完离去，迅疾如飞。

此妖载于汉代刘向《列仙传》卷下、宋代王明清《投辖录》

122
毛人

晋朝时，晋陵这个地方有个人叫周子文，年轻时喜欢打猎，经常出入深山。有一天，他在山涧中看到有个人，身高五六丈，身上长满了白如雪霜一般的长毛，手里拿着弓箭，大声叫道："阿鼠！"周子文的小名就叫阿鼠，听到之后，他不由得应了一声："哎！"那妖怪立刻拉满弓，向周子文射了一箭。周子文回到家后，失魂落魄，病了很长时间。

晋代孝武帝的时候，宣城有个人叫秦精，经常到武昌山里采茶。有一天，他遇到一个妖怪，身高一丈多，浑身长满了长毛，从山北那边过来。秦精见了，很害怕，觉得自己肯定要死掉。没想到毛人拉着秦精的手臂，带着他来到山中一大片鲜美的茶树跟前，就走掉了。秦精忙着采茶，毛人很快又回来了，从怀里掏出二十几个橘子交给秦精，那橘子十分甘甜。秦精采完茶，满载而归。

此妖载于晋代陶潜《搜神后记》卷七

123
毛婴

宋代，丁晋公丁谓还在任的时候，他的夫人窦氏生了一个男孩。男孩生下来的第三天，亲戚们前来祝贺。到了中午，奶妈解开褓褓打算给孩子洗澡，大家看到这个孩子全身都长满了毛。孩子突然跳起来，顺着床帐往上爬，坐在帐杆上往下看。

丁谓听说后，命人把孩子杀掉。亲戚们极为惊讶，但是不敢对外人说。

此妖载于宋代张师正《括异志》辑佚

124
魅

夏县县尉胡顼有一次到金城县去，住在一户人家里。这家人给他准备了吃的东西，胡顼没吃，就独自出门了。等到回来，他看见一个老太婆，二尺高，稀疏的白头发垂着，趴在桌案上正在吃东西，饼果都快被她吃光了。那家的儿媳妇出来，看到这个老太婆后很生气，揪着她的耳朵拽进了屋里。胡顼走上前去窥视，见儿媳妇把老太婆装进了笼子里。老太婆的两只眼睛向外窥望，红如丹砂。

胡顼问到底是怎么回事，儿媳妇说："这个人是上七辈的祖奶奶，已经活了三百多岁还没死。她的身形越来越小，不需要衣服，也不怕冷热，这种人已经成妖怪了，叫'魅'。家里人平时把她锁在笼子里，偶尔她也会从笼子里跑出来偷饭吃，一次能吃好几斗。"

此妖载于宋代李昉等《太平广记》卷三百六十七（引《纪闻》）

125 蒙双氏

古时高阳氏（即颛顼）的时候，有一对亲兄妹结成了夫妻，高阳氏把他们流放到崆峒山边的原野上，结果两人互相抱着死了。后来仙鸟用不死之草覆盖住他们，七年后，这对兄妹长在一起又活了，只是成了两个头、四只手、四只脚的怪物，被称为蒙双氏。

此妖载于晋代干宝《搜神记》卷十四

126 猛人

江陵这地方，有一种人叫猛人，能够变成老虎，也有人说是老虎变成了猛人。这种人喜欢穿紫色的葛衣，没有脚后跟。

此妖载于晋代张华《博物志》卷二

127 鸣蝉少年

三国时，淮南人朱诞在建安做太守，他手下有个小吏，怀疑自己的妻子和别人通奸，便躲在墙壁后头偷偷查看，发现妻子昂起头，对着一棵树有说有笑。小吏看向树上，发现上面有个青衣少年，顿时大怒，开弓放箭，射中了那个少年。只见那个少年化为一只大如簸箕的蝉，鸣叫着飞走了。

过了一段时间，小吏看到这个青衣少年在田野里和另外一个少年聊天。对方问他："怎么这么长时间没见到你？"青衣少年说："被人射了一箭，病了很长时间，幸亏有朱太守梁上的药膏涂抹，这才痊愈。"小吏将事情告诉了朱诞，说："这人偷了您的药膏，您知道吗？"朱诞说："我那药膏一直挂在梁上，怎么可能有人偷呢？"小吏请朱诞赶紧去看，发现上面的封皮依然如故。小吏不死心，道："要不打开看看？"朱诞命人打开了盒子，发现里面的药膏丢失了一半，还有刮擦的痕迹。

自此之后，那个青衣少年再也没有出现。

此妖载于明代王世贞《艳异编》续集卷十一

128
鸣鹤山老人

宋代，明州慈溪县鸣鹤村有座山寺。这年夏天，有个七八十岁的老人来寺中借宿。他卖的药效果很好，赚来的钱，不论多少都会买酒喝，喝醉了则唱歌跳舞，很像是得道之人。

老人与寺里一个年轻僧人关系很好。二人经常一起出去，早出晚归，不知道干什么去了。和年轻僧人住在一起的老僧觉得奇怪，屡次询问，年轻僧人才说："若不是师兄你对我好，我才不告诉你呢。这个老人是个老神仙，经常带着我去拜访他的师父。他师父在山洞中隐居，迟早会羽化成仙。"老僧更是惊讶，说："能带我一起去吗？"年轻僧人说："这事我得跟老人说一下，看他允不允许。如果你没有仙缘，那肯定不行。"

第二天，年轻僧人将事情告诉了老人，老人说："可以，但是只能你们两个来，人多了不行。明天我们就去。"

转天，老僧和年轻僧人跟随那个老人入山。他们一路攀岩而上，走了半天，来到一处悬崖。崖顶长着十几棵大松树。年轻僧人告诉老僧："老神仙师父住的地方，快到了。"

老人先到松树下，拿着一块石头敲了敲崖壁，发出金石之声。老僧抬头，见两个身长一丈多的大鹤雀，徐徐落到悬崖上，变成了两个道士。风吹树叶，摇摇晃晃，老僧见那个老人也变成了鹤雀，过了一会儿，又恢复了人形。

片刻之后，老人说："先生让你们过来。"老僧和年轻僧人过去，见石头上坐着两个道士，须发皆白。两个道士让两个僧人坐下，看了看他们，说："你们两个，都可以成为仙人，先回寺里沐浴，然后到我们这里吃仙丹，不过万万不可让其他人知道。"

两个僧人施礼告别。回到寺里，已经日暮。老僧宴请那个老人，酒过三巡，他取出匕首抵在老人的前胸，说："你根本不是什么仙人，而是妖怪！你们这帮家伙在山中露出原形，却自称神仙，以为我看不出来吗？！"

老人惊慌失措，说不出话来。老僧将其杀死，发现老人果然是一只大鹳雀。年轻僧人刚开始还号哭："不要伤害老先生！"等看到了鹳雀的尸体，他才明白过来。前来围观的僧人见了，叹息不已。

天亮之后，老僧带领健壮之士爬上山崖，来到先前那个地方，发现那两个道士已经消失不见。

此妖载于宋代洪迈《夷坚志》补卷第二十二

129
魔魂吞尸

魔魂吞尸，姓任，本是万年狐狸，修成人形，长得如同十六岁的女子，丹脸朱唇，绿眉红颊，目澄若秋水，体凝如脂膏，喜欢穿翠蓝色的衣服，戴着蛾华冠。

人们见了这种妖怪，往往以为是仙女，其实不然。它能变化出精美的房舍，勾引人，让人患病，迷惑人的本事十分高超。修仙学道之士，如果在山里碰见它，叫出它的名字"魔魂吞尸"，它就会应声而灭。

此妖载于宋代《太清金阙玉华仙书八极神章三皇内秘文》（收录于明代张宇初《道藏》）

130
抹脸妖

清代贵州、云南乃至湖广一带，出现了一种名为"抹脸妖"的妖怪。

这东西的穿着、言语和常人没什么区别，或数十个一起进入城市，或几个散落于野地，时隐时现，来去莫测。有的骑着马穿行于山川之间，有的变成弹丸，从屋顶掉下来，很快就变成人形。

与它们擦肩而过的人会忽然栽倒在地，等扶起来，就会发现那人脸上五官全都没有了，只剩下后脑壳。

不管是城镇还是穷乡僻壤，很多人深受其害。这种妖怪作祟长达八九个月之久，有数千人被抹掉了脸，搞得到处人心惶惶。

曾经有人看到几个妖怪扛着一个大木桶进城，兵卒上前围住，那伙妖怪立刻消失不见了。打开那个木桶，发现里面有一百多张人脸，用石灰腌着。

此妖载于清代东轩主人《述异记》卷中

131
目目童

唐肃宗的时候，尚书郎房集很有权势。闲暇之日，房集独坐在自家厅堂里，忽然有一个十四五岁、头发齐眉的小男孩，拿着一个布袋，不知从什么地方走来，站在了他的面前。

房集一开始以为是亲戚朋友家打发小孩来看望他。他问小男孩话，小男孩不回应，又问小男孩口袋里装的什么东西。小男孩笑道："是眼睛。"小男孩把口袋倒过来，从里面倒出来好几升重的眼睛！那些眼睛倒出来后，有的散落在地上，有的顺着墙爬到了屋顶上。见此情形，房集一家人惊慌失措。不过，那些眼睛很快就不见了，那个小男孩也消失了。

过了不久，房集就被处死了。

此妖载于宋代李昉等《太平广记》卷三百六十二（引《原化记》）

132
南江野人

明代末年，社会动荡。四川的老百姓，有的逃入山谷，天长日久变成了野人。南江这地方便有两个野人，能够徒手和老虎搏斗，捕捉獐子、鹿生吃，悬崖绝壁，来去自如，灵活如飞鸟，即便是家人、亲戚前来召唤，也飞走不顾。

此怪载于清代王士禛《池北偶谈》卷二十一

133
逆妇猪

清代，乾隆五十四年（1789年）十一月，常熟东南任阳乡，有个不孝顺的儿媳妇想杀死自己的婆婆，偷偷将毒药放进饼里面，自己跑到别的地方躲避起来。婆婆拿着饼刚要吃，有个乞丐上门索要。婆婆刚开始不愿意给，乞丐从袖子里掏出一件绿绫衫，与婆婆换了饼。

等到儿媳妇回来，婆婆拿出绿绫衫给儿媳妇看。儿媳妇一把夺过，自己穿在身上，怎料突然倒地不起，变成了一头猪，引得邻居纷纷来观看。猪发出儿媳妇的声音，说："我本来应该遭到天诛，但是因为今生没有别的罪过，所以老天让我变成猪，以示惩罚。"

也是清代，山东定陶县有个农家妇女，对婆婆不好，屡屡虐待。婆婆是个盲人，想喝糖汤，这个妇女将鸡屎放在汤里面。婆婆不知道，喝下去后，天雷阵阵，只听得霹雳一声，妇女变成了一头猪，跑到厕所里吃屎。当时很多人跑来看热闹。这头猪过了好几年还没死。

此妖载于清代梁恭辰《北东园笔录》四编卷三

134
佞女子

佞女子，人形，头上扎着五个发髻，有四只眼睛、四条眉毛、四只手，穿着黄色衣服，脚像鸟爪，喜欢吸人鲜血。这种妖怪，能让人睡觉时身上出现青黑色的斑点，两三天都不会消散。碰到它的人，会有小灾小祸。这种妖怪，是深山中年月久远的毒蛇所化。

此妖载于宋代《太清金阙玉华仙书八极神章三皇内秘文》
（收录于明代张宇初《道藏》）

135
牛儿

宋代宝元年间，同州冯翊村有户人家，家里的牛生下了一个小孩。这家人中有个老翁已经八十多岁了，每到晚上，这个小孩就会来和老翁聊天。

一日，小孩对老翁说："我昨天去延州与羌贼交战，我军失利，刘、石两位将领被敌人抓住了。"这话传出去，引起了轩然大波，当地官府把老翁抓起来询问。三天后，前方果真传来了兵败的消息。因为这事，县里老是找老翁打探消息，这个孩子对老翁说："我在这里，会让爷爷你家不得安宁。"

说完，小孩离开了老翁家，再也没有回来。

此妖载于宋代张师正《括异志》卷十

136 牛妇

宋代，信州玉山县七里店村，村民谢七的妻子对婆婆不孝顺，每顿饭给婆婆吃麦子，而且还不让婆婆吃饱，自己却吃白米饭。

绍兴三十年（1160 年）七月七日，谢七和妻子出门，留婆婆在家。有个僧人经过，向婆婆乞食。婆婆苦笑着说："我自己都吃不饱，没有多余的食物给你。"僧人指着盆中的白米饭，说："这饭可以给我。"婆婆说："这是儿媳妇吃的，我不敢动。否则她回来，肯定要打骂我。"僧人再三恳求，婆婆也不敢给。

不久之后，谢七妻子回来，僧人向她求饭，谢七妻子大怒，对僧人破口大骂。僧人苦苦哀求，谢七妻子说："用你身上的袈裟来换！"僧人脱掉袈裟递给她，她才把饭给僧人。

谢七妻子见袈裟做工精细，就披在自己身上。僧人忽然不见了。那件袈裟则变成牛皮，裹在谢七妻子身上，怎么脱也脱不下来。

很快，谢七妻子胸前长出一片毛，接着毛遍及四体，一半脸也变成了牛头模样。谢七跑去告诉老丈人，老丈人和丈母娘过来看时，谢七的妻子已经完全变成牛了。

此妖载于宋代洪迈《夷坚志》丙志卷第八

137 钮婆

郓州有个司法姓关，不知其名。他家中有个女佣姓钮。女佣的年龄渐渐大了，上下都叫她钮婆。钮婆有一个孙子，叫万儿，年龄只有五六岁，每次都随钮婆一起来。关司法有个儿子，叫封六，与万儿高矮相仿。这两个孩子经常在一起玩耍嬉戏。

每当封六做件新衣服，关司法的妻子必定把换下来的旧衣服送给万儿。一天早晨，钮婆忽然生气地说道："都是小孩，怎么还有贵贱之分？你们家孩子一直穿新的，我孙子总穿旧的，这太不公平了！"关司法的妻子道："这是我的儿子，你的孙子是他的奴仆。我念他和我儿子年龄相仿，因此才把衣服送给他，你怎么这么不明事理？从此以后，万儿连旧衣服也得不到了。"钮婆冷笑着对关司法的妻子说："这两个孩子有什么不同呢？"关司法的妻子说："奴仆怎么能跟主人相同呢？"钮婆说："要弄清他们同与不同，必须先试验一下。"随即，她把封六和万儿都拉到身边，用裙子一盖往地上按去。关司法的妻子惊叫一声，上前去夺，结果两个孩子都变成了钮婆的孙子，模样和衣服全都一样，怎么也分辨不出来。钮婆说："你看，他们是不是相同？"关司法的妻子吓坏了，与丈夫一起找钮婆乞求原谅，并表示从此以后，全家会好好敬待她，再也不敢像从前那样了。良久，钮婆把裙子里的两个孩子又往地上一按，他们便各自恢复了原样。

关司法把另外一间房让给钮婆居住，给她优厚待遇，不再当用人使唤了。过了几年，关司法感到十分厌烦，想暗害她。一天，他让妻子用酒将钮婆灌醉，自己趴在窗户底下，用镐头猛地一击，正中了钮婆的脑袋，她咚的一声倒在地上。关司法上前一看，原来是根栗木，有好几尺长。两口子大喜，让手下人用斧子砍碎再烧掉。栗木刚烧完，钮婆从屋子里走出来，说："为什么你要这样过分地戏要我呀？"她谈笑如故，好像不介意的样子。

不久，郓州的上上下下全知道了这件事。关司法迫不得已，想向观察使说明详情。来到观察使的下榻之处，他忽然看见已经有一个关司法，正同观察使谈话呢，"他"长得跟自己一模一样。关司法急忙回到家里，堂前已经有一个关司法先他而到，可自己的妻子竟然没有认出来。夫妻俩又向钮婆乞求救助，并痛哭流涕地跪下请罪。良久，那个假关司法渐渐向真关司法靠近，直至合为一人。

从此，关司法再也不敢加害钮婆了。过了几十年，钮婆一直住在关家，也没有什么麻烦。

此妖载于宋代李昉等《太平广记》卷二百八十六（引《灵怪集》）

138
女虎

五代十国时期，嘉陵江畔，经常有个五十来岁的妇人，自称十八姨，出入寻常百姓家，从来没人看到她吃过东西喝过水。她经常告诫别人："你们要做好事，家里要和和睦睦，而且要孝顺。我会命令三五只老虎来监督你们，如果干坏事，不要怪我不客气。"说完就会消失不见。每年，十八姨都会出现三五次，老百姓都知道十八姨是老虎所变，对她十分尊敬。

唐代有个蒲州人叫崔韬，去安徽滁州游玩，晚上到了一个叫仁义馆的驿站，要求住宿。驿站的官员告诉他："这个驿站经常闹妖怪，还是别住了。"崔韬不听，住了下来。二更，崔韬正要睡觉，忽然看见一只大老虎走进了驿站。崔韬十分吃惊，赶紧躲起来，就见那老虎来到院中，褪去兽皮，变成了一个长相美丽的女子，然后躺在了崔韬的床上。

崔韬走出来，问道："我刚才看到你是老虎变的，怎么回事？"女子回答说："你不要惊慌，我的父亲和兄长都是猎人，家里很贫穷，没有给我找人家。我夜里穿上虎皮四处游荡，知道你住在这里，就过来，想和你结为夫妻。"崔韬见那女子十分美丽，就答应了。

第二天，崔韬悄悄地把那虎皮丢进了院子后面的枯井里，带着女子离开了。

后来，崔韬当上了官，去宣城上任，带上了这个妻子，还有他们的孩子。一个多月后，又经过仁义馆，崔韬笑着说："这是你我初次相会的地方呀。"崔韬走到后院的枯井旁，看见当初丢弃的那张虎皮一点儿都没有破损，又笑着对妻子说："你看，当年你穿的那身虎皮还在。"妻子说："让人取上来吧。"

虎皮捞上来后，妻子笑着对崔韬说："我再穿上试试。"说完，妻子穿上虎皮，突然变成了一只斑斓大虎，咆哮跳跃，吃掉了崔韬和儿子，一溜烟儿跑掉了。

此妖载于唐代薛用弱《集异记》、五代杜光庭《录异记》卷五

139
槃瓠

上古时期，高辛氏有个女儿十分漂亮，还没有嫁人。当时犬戎作乱，高辛氏就许下诺言，谁能平定叛乱，就将女儿嫁给他。高辛氏有只狗，名为槃瓠。它听到这个消息后，狂奔而出，三个月时间便杀了犬戎首领，叼着罪人的脑袋回来了。高辛氏认为不能失信于民，就将女儿嫁给了这只狗。高辛氏在距离会稽东南方向两万一千里的海中，寻找到一个地方，方圆三千里，就将此地赐给了女儿和这只

狗。这对夫妻生下的男孩是狗，生下的女孩则是美女，因此这个国家的名字就叫狗民国。

此妖载于晋代郭璞《玄中记》、南北朝范晔《后汉书》卷八十六

140 皮羽女

晋代，豫章郡新喻县有个男子看见田野中有六七个女子，全都穿着羽毛做的衣服。他匍匐着靠近她们，拿到其中一个女子脱下的羽衣并藏了起来。过了一会儿，其他女子都穿上羽衣飞走了，只有一个因为没有羽衣，不能飞去。他就娶了这个女子做妻子，生了三个女儿。母亲叫女儿们问父亲，知道了自己的羽衣藏在稻谷下面，便取出穿在身上飞走了。后来，她又拿来羽衣迎接三个女儿，也都飞走了。

乌君山是建安县的一座名山，在县城西面一百里处。有个道士叫徐仲山，从少年时代就开始追求得道成仙之法，并且非常专心虔诚，生活俭朴，坚守节操，时间越长越坚定。有一次，徐仲山在山路上行走，遇上了大暴雨，很快就迷了路。忽然，借着闪电，他看见一处住宅，就走过去想避避雨。

到了门前，徐仲山看见一个穿华丽衣服的人。那人自称是监门使者萧衡，真诚地邀请他进宅。徐仲山问："自从有了这个山乡，我从未看见过有这么一处住宅。"监门说："这里是神仙的住处，我就是监门官。"不久，有一个女郎，梳着一对环形的发髻，穿着紫红色的裙子、带有青色花纹的绸衫，左手拿着金柄牛尾拂尘，走过来问："使者在外面与什么人谈话，怎么不报告呢？"萧衡回答说："来人是这个乡的道士徐仲山。"不一会儿，那女郎又招呼说："仙官请徐仲山进去。"

女郎领着徐仲山从走廊进去，到了堂屋南侧的小庭院，看见一个男子，五十多岁，身上的皮肤、胡须和头发全都是白色的，戴着纱巾围成的帽子，披着白绸布上绣着银色花纹的披肩。这男子对徐仲山说："我知道你诚心修炼了很多年，是个超越凡俗之人。我有个小女儿熟悉修道的方法，应当与你结为夫妻，今天正是好时辰。"徐仲山走下台阶拜谢，接着又请求拜见老夫人。男子阻止他说："我丧妻已经七年了。我有九个孩子，三个儿子、六个女儿。做你妻子的，

是我最小的女儿。"

婚礼结束后第三天，徐仲山参观住宅，走到一间棚屋处，看见竹竿上悬挂着十四件皮羽衣，一件是翠碧鸟的皮羽衣，其余全是乌鸦的皮羽衣。乌鸦皮羽衣中，有一件是白乌鸦的皮羽衣。他又到西南面去看，有一间棚屋，衣竿上有四十九件皮羽衣，全是鸺鹠鸟的皮羽衣。

徐仲山暗自觉得这事很怪异，悻悻地回到自己的居室。妻子见到，问他："你刚才出去走了一趟，看见了什么，竟然情绪低落地回来了？"徐仲山没有回答。他的妻子又说："神仙能够轻飘飘地升到天上去，全都是凭借翅膀的作用，否则又怎么能够在片刻之间就到了万里之外呢？"徐仲山便问："白乌鸦皮羽衣是谁的？"妻子回答："那是父亲的羽衣。"他又问："翠碧鸟皮羽衣是谁的？"妻子回答："那是经常派去通话领路的女仆的皮羽衣。"他又问其余的乌鸦皮羽衣是谁的，妻子回答："是我兄弟姐妹的皮羽衣。"他又问鸺鹠皮羽衣是谁的，妻子回答："是负责打更和巡夜的人的皮羽衣，就是监门使者萧衡一类人的皮羽衣……"

妻子的话还没说完，整个宅院的人忽然都惊慌失措起来。徐仲山问是什么原因，妻子对他说："村里的人准备打猎，放火烧山。"不一会儿，大家都说："竟没来得及给徐郎制作一件皮羽衣，今日分别，就当此前是萍水相逢一场吧。"然后众人都取来皮羽衣，四散飞去。原来看见的一片房屋，也都不见了。

从此以后，那个地方就叫乌君山。

此妖载于晋代干宝《搜神记》卷十四、
宋代李昉等《太平广记》卷四百六十二（引萧子开《建安记》）

141 仆食

传说云南当地有些人，被称为仆食。这种人不论男女，到了老年就会变形，变成狗、驴或者其他动物，跑到坟地前跪拜，里面的尸体就会出来被它们吃掉。

此妖载于明代谢肇淛《滇略》卷九

142
蛟蟧

唐代，平阳有个人叫张景，因擅长射箭做了本郡的副将。张景有个女儿，十六七岁，非常聪明。一天晚上，张女一个人在屋里睡觉，还没睡熟，忽然听见有人敲她的门，不一会儿就看见有一个人进来。

那人穿着白衣服，脸大而胖，把身体斜倚在张女床边。张女怕对方是强盗，默默地不敢转头看。白衣人又上前微笑，张女更加害怕。于是，张女斥责说："你是不是强盗？若不是的话，就不是人类。"白衣人笑道："你说我是强盗，已经是错了，还说我不是人，那就更过分了。我本是齐国曹姓人家的儿子，大家都说我仪表堂堂，你竟然不知道？今晚，我就住在你这里吧。"说完，便仰卧在床上睡了，将近天亮才走。

第二天晚上，白衣人又来了，张女更加害怕。第三天，张女把情况告诉了父亲张景。张景说："这一定是个妖怪！"于是，张景拿来一个金锥，在锥的一头穿上线，并把锥尖磨得很锋利，把它交给了女儿。"妖怪再来，用这个在它身上做标记。"张景说。

当天晚上，妖怪果然来了。张女装出很热情的样子，和妖怪聊天。快到半夜时，张女偷偷地把金锥插入妖怪的脖子中。那妖怪大叫着跳起来，拖着线逃走了。

张景带着张女和仆人顺着线找到了一棵古树下面，看到一个洞，线一直延伸下去。张景命人沿着线往下挖，挖了数尺，发现有一只大蛟蟧蹲在那里，金锥就在它的脖子上。蛟蟧，"齐国曹姓人家的儿子"，应该就是那个白衣男人了。张景当即杀死了这个妖怪，从此以后再也没有什么怪事发生。

此妖载于宋代李昉等《太平广记》卷四百七十七（引《宣室志》）

143
蛂螂人

清代，有个叫荀小令的书生，通体散发出芳兰之香，人们都喜爱他，称他"香生"。一次香生随船出海，一阵腥风将船吹到一座岛上。上岸后，香生顿时闻到岛上臭气熏天，正要转身回船，看到一个邋遢老头带着一个小孩谈笑着走过来。

老头看到香生，吃惊道："什么地方来的脏小子，简直臭死人！"老头身上散发出无边的臭气。香生被臭味熏得要死，后退好几步，询问对方的来历。老头说："我是铜臭翁孔氏，这孩子名叫乳臭小儿。因为羡慕此地仙人的洞天福地，我们从五浊村迁徙而来。承蒙鲍肆主人的喜爱，说我身上的香味与众不同，所以推荐我做了迎香大夫，命我掌管蜣螂城北大门的钥匙。你这个人遍身的臭气，赶紧离开，否则会污染这里，倘若积聚成瘟疫，那可就麻烦了！"

老头和孩子对香生身上的香味十分厌恶，呕吐不止，说完了就要走。香生想一探究竟，赶紧用手捏着鼻子跟了上去。

走了一会儿，香生看见前方有一座大城，用粪土砌墙，高高耸起像一道长城，四周爬着成千上万的屎壳郎。香生抖了抖衣服想进去，忽然听见城里有人大声叫喊："臭死人啦！大家赶紧拿些香料来堵在门外！"他斜眼远望过去，看见人们把大量的牛尿马粪堆积在门外。

香生强憋着一口气走进城去。城里人看见他，都捂着鼻子四散奔逃，连头都不敢回，还一个劲儿地吐唾沫。香生受不了他们的污秽恶臭，失足掉到了一个屎坑中，城里的这些人面露喜色地说："他怎么一下子变得这么香了，简直是化腐朽为神奇！"

他们向香生道歉，将他带到一个客馆，这里用厕所里的石头砌成台阶，用臭污泥涂刷墙壁。庭院里有个小水池，水池里的水像墨汁一样黑，气味也像粪坑一样难闻。客馆里的人将香生摁到池子里洗澡，香生觉得奇臭无比，感觉臭味透过皮肤渗到骨头里面去了，急忙跳出来，穿上衣服。

第二天，有个富商邀请香生喝酒。香生来到一处房舍，见门匾上题着"如兰"二字，旁边有一间小屋，挂着"藏垢轩"的牌子，后面的书房叫作"纳污书屋"。宴席上的菜肴，全是一些臭鱼烂肉、腐菜霉豆。说来也怪，香生自从洗澡以后，也逐渐不再觉得这些东西臭了，也能够大快朵颐了。主人鼓掌大笑说："这样就对了，你终于和我们一样了。"两个人竟成了好朋友。

香生生怕停泊的商船离开，便找到铜臭翁作别。老头举办酒宴款待香生，带着香生到后院，只见三十六个粪窖，密密麻麻排列着，里头装满金银。铜臭翁取出几个金元宝送给香生，又叫出一个女子，这女子虽然蓬头垢面却也生得国色天香，老翁笑着说："她叫阿魏，是我的女儿，你还没娶亲，让她跟着你吧。"

香生拜谢铜臭翁，带着金子和阿魏回到了船上。香生失踪了半个月，同伴们都以为他出了意外，今日看到他回来，都十分高兴。不过香生上了船，带着冲天的臭气，将大伙儿熏得够呛。等到阿魏上了船，那股臭气才消失。

回到家以后，香生外出，所到之地，人们纷纷捂着鼻子跑走。只有阿魏和他在一起时，他身上才没有臭味。香生拿出铜臭翁给的金子买东西，人们忍受不了上面的臭气，纷纷将金子扔回来。

过了三年，阿魏死了。香生因为身上的那股臭气，始终得不到人们的认可，最终忧郁成疾，搂着赤金死去。

此妖载于清代沈起凤《谐铎》卷十

144
乔如

新野这地方，河流中有巨鱼，能化为美丽女子，名曰乔如。有个李家的男子，被乔如所迷惑，三百六十日后溺死；接着一个姓宋的男子也被迷惑，同样三百六十日后溺死。有个姓杨的男子，知道乔如是妖怪，娶了她，将她关起来，不让她接触到水，乔如便无法像先前那般施展法术。

结婚三年，乔如为杨某生下了三个儿子，全都变成了鱼。六年后，杨某全身生出了鱼鳞。一天，暴风骤雨，乔如抱着杨某，二人的身体合成一个身体却各自保有一颗脑袋，腾空飞起，进入洞庭湖。有人看到日出时，杨某饮水，日落时，乔如饮水。杨某并不知道自己变成了鱼而且在水中，俨然成了不死之身。

此妖载于清代袁枚《子不语》卷二十一

145
秦毛人

湖北郧阳境内多山，其中有一座山名为房山。房山高险幽远，位置偏僻，道路阻绝，山崖四面都有巨大、幽深的石洞，洞里住着毛人。

毛人，身高一丈有余，全身长着长长的毛发。它们经常出山洞偷吃人类的鸡鸭猪狗等，如果碰到了人类，它们会和人类搏斗。这种东西即便是以土枪对付，铅弹也射不进它们的躯体。唯一能够吓跑它们的方法，就是拍着手，大声对它们喊："筑长城！筑长城！"它们听到了，就会吓得仓皇逃去。

当地人说，秦朝时四处征发民夫修长城，有的人不甘压迫又害怕被惩处，遂逃入山中，岁久不死，就成了这种妖怪。

此妖载于清代袁枚《子不语》卷六

146
青鸟童子

颜含，字弘都，他的二嫂因病失明，大夫开出药方，药方中需要蚺蛇胆。颜含到处寻找，但一无所获，整日忧心忡忡。

一天，颜含一个人在家里闲坐，忽然有个年纪十三四岁的青衣童子，递给他一个青囊。颜含将其打开，里头竟然是蚺蛇胆。颜含正要拜谢，童子走出房子，化为青鸟飞走了。得到了蚺蛇胆，抓齐了药，颜含的二嫂吃下去后，病很快好了。

此妖载于晋代干宝《搜神记》卷十一

147
青蛙神

南方长江、汉水一带，民间信奉青蛙神最虔诚。蛙神祠中的青蛙不知有几千几万，其中有像蒸笼那样大的。有人如果触犯了蛙神，家里就会出现奇异的征兆：青蛙在桌子、床上爬来爬去，甚至爬到滑溜溜的墙壁上而不掉下来，种种不一。一旦出现这种征兆，就预示着这家要有凶事。人们便会十分恐惧，赶忙宰杀牲畜，到神祠里祷告，蛙神一欢喜就没事了。

湖北有个叫薛昆生的人，自幼聪明，容貌俊美。六七岁时，有个穿青衣的老太太来到他家，自称是蛙神的使者，来传达蛙神的旨意：愿意把女儿下嫁给薛昆生。薛昆生的父亲为人朴实厚道，对这桩婚事心里很不乐意，便推辞说儿子还太小。但是，虽然拒绝了蛙神的许亲，却也没敢立即给儿子提别的亲事。又过了几年，薛昆生渐渐长大了，薛翁便与姜家定了亲。蛙神告诉姜家说："薛昆生是我的女婿，你们怎敢染指！"姜家害怕，忙退回了薛家的彩礼。薛翁非常担忧，备下祭品，到蛙神祠中祈祷，说自己实在不敢和神灵做亲家。刚祷告完，就见酒菜中浮出一层巨蛆，在杯盘里蠢蠢蠕动。薛翁忙倒掉酒肴，谢罪后返回家中，内心更加恐惧，只好听之任之。

一天，薛昆生外出，路上迎面走来了一个使者，向他宣读神旨，苦苦邀请他去一趟。薛昆生无奈，只得跟使者前去。来到一处宅院，跨过一扇红漆大门，只见其内楼阁华美。有个老翁坐在堂屋里，有七八十岁的样子。薛昆生拜伏在地，老翁命人扶他起来，在桌旁赐座坐下。一会儿，奴婢、婆子都跑来看薛昆生，乱纷纷地挤满了堂屋两侧。老翁对她们说："进去说一声薛郎来了！"几个奴婢忙奔了去。不长时间，便见一个老太太领着个少女出来。少女十六七岁，美艳无比。老翁指着少女对昆生说："这是我女儿十娘。我觉得她和你可称得上是很美满的一对，你父亲却因她不是同类而拒绝。这是你的百年大事，你父母只能做一半主，主要还是看你的意思。"薛昆生目不转睛地盯着十娘，心里非常喜爱，话也忘说了。老太太跟他说："我本来就知道薛郎很愿意。你暂且先回去，我随后就把十娘送去。"薛昆生答应说："好吧。"薛昆生告辞出来，急忙跑回家，将此事告诉了父亲。薛翁仓促间想不出别的办法，便让儿子快回去谢绝。薛昆生不愿意，父子正在争执时，送亲的车辆已到了门口，成群的青衣丫鬟簇拥着十娘走了进来。十娘走进堂屋拜见公婆。薛翁夫妇见十娘十分漂亮，不觉都喜欢上了她。当晚，薛昆生、十娘便成了亲，小夫妻恩恩爱爱，关系亲密。

从此以后，十娘的父母时常到访薛昆生家。看他们的衣着，只要穿的是红色衣服，就预示薛家将有喜事；穿白色衣服，薛家就会发财，非常灵验。因此，薛家日渐兴旺起来。只是自薛昆生与十娘结婚后，家里的门口、堂屋、篱笆、厕所，到处都是青蛙。家里的人没一个敢骂或用脚踏这些青蛙的。而薛昆生年轻任性，高兴的时候对青蛙还有所爱惜，发怒时则随意践踏，毫无顾忌。十娘虽然谦谨善良，但心中常怀愤怒，很不满意他的所作所为，只是薛昆生仍不看在十娘的分儿上有所收敛。一次，十娘忍耐不住，骂了他两句，薛昆生很生气，说："你仗着你爹娘能祸害人吗？大丈夫岂能怕青蛙！"十娘最忌讳说"蛙"字，听了薛昆生的话，非常气愤，说："自从我进了你们家门，使你们地里多产粮食，买卖多挣银子，所获也不少了。现在老老少少都吃得饱穿得暖，就要忘恩负义吗？"薛昆生更生气了，骂道："我正厌恶你带来的这些东西太肮脏，不好意思传给子孙！我们不如早点儿分手！"说完将十娘赶了出去。薛昆生的父母听说后，急忙跑来，眼见十娘已走，便斥骂薛昆生，让他快去追回十娘。薛昆生正在气头上，坚决不去。到了夜晚，薛昆生和母亲突然生了病，烦闷地不想吃饭。薛翁害怕，到神祠中负荆请罪，言辞恳切。过了三天，母子的病便好了。十娘也自己回来了。从此夫妻和好，跟以前一样。

十娘不好操持女红，天天盛妆端坐，薛昆生的衣服鞋帽全都推给婆婆做。一天，薛昆生母亲生气地说："儿子已经娶了媳妇，还来劳烦他的母亲！人家都是媳妇伺候婆婆，咱家却是婆婆伺候媳妇！"这话正好让十娘听见了，便赌气走进堂屋，质问婆婆："媳妇早上伺候您吃饭，晚上伺候您睡觉，还有哪些侍奉婆婆的事没做到？所缺的，是不能省下雇人的钱，自己找苦受罢了！"母亲哑然无言，既惭愧又伤心，禁不住哭了起来。薛昆生进来，见母亲脸上有泪痕，问知缘故，愤怒地去责骂十娘，十娘也毫不让地争辩。薛昆生怒不可遏，说："娶了妻子不能伺候母亲高兴，不如没有！拼上触怒那老青蛙，也不过遭横祸一死罢了！"又把十娘赶走了。十娘也动了怒，出门径自走了。

第二天，薛家便遭了火灾，烧了好几间屋子，桌子、床榻全成了灰烬。薛昆生大怒，跑到神祠斥责说："养的女儿不侍奉公婆，一点儿家教都没有，还一味护短！神灵都是最公正的，有教人怕老婆的吗？况且，吵架打骂都是我一人干的，跟父母有什么关系！刀砍斧剁，我一人承担，如不然，我也烧了你的老窝，作为报答！"说完，他搬来柴火堆到大殿下，就要点火。村里的人忙都跑来哀求薛昆生，他才愤愤地回了家。父母听说后，大惊失色。到了夜晚，蛙神给邻村的人托梦，让他们为女婿家重盖房子。天明后，邻村的人拉来木材，找来工匠，一起为薛昆生造屋，薛昆生一家怎么也推辞不了。每天都有数百人络绎不绝地前来帮忙，不几天，全家房屋便焕然一新，连床榻、帷帐等器具都给准备下了。刚整理完毕，十娘也回来了。到堂屋里给婆婆赔不是，言辞十分恳切。转身又朝薛昆生赔了个笑脸，于是全家化怨为喜。此后，十娘待人更加和气，连续两年家中没再闹别扭。

十娘生性最厌恶蛇。一次，薛昆生开玩笑般地把一条小蛇装到一只木匣里，骗十娘打开。十娘打开一看，吓得花容失色，斥骂薛昆生。薛昆生也转笑为怒，恶语相加。十娘说："这次用不着你赶我了！从此以后我们一刀两断！"说完径直出门走了。薛翁大为恐惧，将薛昆生怒打一顿，又到神祠里请罪。幸而这次没什么灾祸，十娘也寂然没有音讯。

过了一年多，薛昆生十分想念十娘，心里很是后悔，就偷偷跑到神祠里哀求她回来，但是没有回音。不长时间，听说蛙神又将十娘改嫁给了袁家，薛昆生大失所望，便也向别的人家提亲。但看了好几家，没有一个人能比得上十娘，于是更加想念她。去袁家看了看，见房屋收拾一新，就等着十娘来了。昆生越发悔恨不已，不吃不喝，生起病来。父母忧虑着急，不知怎么办才好。薛昆生正在昏迷中，听见有人抚摸着自己说："你这个大丈夫要和我决裂，当初气势汹汹，如今怎么又做出这种样子？"睁眼一看，竟是十娘！薛昆生大喜，一跃而起，说："你怎么来了？"十娘说："要按你以前对待我的那样，我就应该听从父命，改嫁他人。本来很早就接受了袁家的彩礼，但我千思万想不忍心舍下你。婚期就在今晚，父亲没脸跟袁家反悔，我只好自己拿着彩礼退给了袁家。刚才从家里来，父亲送我说：'痴丫头！不听我的话，今后再受薛家欺凌虐待，死了也别回来了！'"薛昆生感激她的情义，不禁抱着她痛哭流涕。家里人都高兴万分，赶紧跑去告诉了薛翁。婆婆听说后，等不及十娘去拜见她，忙跑到儿子屋里，拉着十娘的手哭泣起来。

从此以后，薛昆生变得老成起来，再也不恶作剧了。夫妻二人感情更加深厚。一天，十娘对薛昆生说："我过去因为你太轻薄，担心我们未必能白头到老，所以不敢生下后代留在人世。现在可以了，我马上要生儿子了！"不长时间，十娘父母穿着红袍来到薛家。第二天，十娘临产，一胎生下两个儿子。此后薛昆生家便跟蛙神家来往不断。居民有时触犯了蛙神，总是先求薛昆生；再让妇女们穿着盛装进入卧室，朝拜十娘。只要十娘一笑，灾祸就化解了。薛家的后裔非常多，人们给他们起名叫"薛蛙子家"。但附近的人不敢这样叫，远方的人才这样称呼。

此妖载于清代蒲松龄《聊斋志异》卷十一

148
青蛙小鬟

清代，天津城城北一个村子里有个刘寡妇，儿子年幼，在外面私塾里读书。一天，天降暴雨，儿子还没回来，刘寡妇站在门口等待，看见一个十三四岁的小丫鬟，十分美丽，穿着一身绿色衣服，走过来说："我想借婶婶你家的屋子避雨，天晴就离开。"刘寡妇喜欢这个小丫鬟，便让她进来。两个人聊得很投机。突然，电闪雷鸣，小丫鬟吓得花容失色，扑到刘寡妇怀里。

过了一顿饭的工夫，天晴雨停，小丫鬟才站起来，向刘寡妇弯腰施礼，接着就消失不见了。这时候，儿子从私塾回来，在家门口碰见小丫鬟，见她出门后，变成一只车轮大小的青蛙，跳跃而走。儿子将这件事告诉刘寡妇，刘寡妇大惊失色。

几年后，因为捻军起义，刘寡妇母子乘舟躲到了水淀。忽然波浪滔天，眼见得船要沉没，一个巨物从水里跳到船上，船才得以平稳向前。到了对岸，大家拿着行李下船，见船头一只大青蛙跳入水中。刘寡妇这才明白是当初的那个青蛙小鬟来报恩的。

此妖载于清代李庆辰《醉茶志怪》卷三

149
青鸭

有一天，汉武帝登上望月台，当时天色昏暗，从南面飞来三只青色的鸭子，落在台上，汉武帝看了很高兴。

黄昏时，青鸭在望月台休憩。天黑之后，汉武帝命人点起了灯。三只青鸭化为三个小童，都穿着青色的衣服，拿着五枚大铜钱，放在汉武帝的桌子上。身上如果携带这种铜钱，即便是你的身体不动，影子也会动，所以又叫"轻影钱"。

此妖载于汉代郭宪《汉武帝别国洞冥记》卷四

150
青羊妇

长安有户姓杨的人家，宅子里经常出现一个青衣妇人。没人知道这妇人是从哪里来的。此人不仅出言不逊，而且经常光着身子在家里晃荡，甚至将家里妇人的内衣全放在院子里。如此放肆无礼的事，层出不穷。杨家人被这个妇人搞得焦头烂额，请来巫师整治。结果巫师来了，那妇人消失不见了；巫师走了，妇人又和以前一样。杨家有个亲戚来访，听闻此事，决定挺身而出来帮忙。

这个亲戚向来胆大，他让杨家人全都出去，自己一个人张灯等待。到了夜里，妇人果然来了。这个亲戚和妇人说说笑笑，晚上两人还睡在一起。天快亮的时候，他悄悄藏起了妇人的鞋子。妇人爬起来，没找到鞋，狼狈而去。

亲戚将藏起的鞋子拿出来，发现竟然是两只羊蹄壳。他四处寻找，一直找到宅子东边的佛寺里，发现寺中有只青羊，走路一瘸一拐，蹄子上失去了蹄壳，就掏出钱从寺里买下了这只羊并把它杀掉了。自此之后，杨家的宅子里再也没有怪事发生。

此妖载于唐代戴孚《广异记》

151
青衣蚱蜢

徐邈，晋孝武帝时为中书侍郎。当他在官署值班时，明明他是单独在屋内，但下属有时会听见他与人说话。时间久了，大家都觉得很奇怪。

有一个他过去的学生，一天晚上偷偷去观察，可什么也没看到。天色微有光亮时，屋子窗户打开，学生忽然看到一个怪物从屏风后面飞出来，一直飞进院子里的一口大铁锅旁。学生追过去一看，发现大锅旁堆放的菖蒲根下有一只很大的青蚱蜢。学生怀疑是此物作怪，就摘掉了它的两只翅膀。

到了夜晚，蚱蜢托梦给徐邈，说："我被你的学生困住了，往来之路已经断绝。我们相距虽然很近，然而却有如山河相隔。"

从梦中醒来，徐邈十分伤心，知道是自己的学生所为，就对学生说："我刚来官署时，看见一个青衣女子，头上还绾着两个发髻，颇有姿色。我很喜爱她，一直沉溺在情爱之中，也不知道她是从何处来到这里的。"学生听了这话，十分害怕，就把这件事情的来龙去脉告诉了徐邈，而且从此之后再也不伤害蚱蜢了。

此妖载于宋代李昉等《太平广记》卷四百七十三（引《续异记》）

152
秋草叶

秋草叶，长得如同少女，貌润体绀，用红色的棉布包裹发髻。有时候人们会看见它们相互追逐，经常五七成群。它们能够把水变成美酒，擅长吟诵。这种妖怪多出现于池塘、偏僻的道路、寂静少人烟的山谷及花木之间。它们的本体是年月久远的拱鼠。

此妖载于宋代《太清金阙玉华仙书八极神章三皇内秘文》(收录于明代张宇初《道藏》)

153 秋姑

在北方，八九十岁以上的老太婆有的牙齿脱落之后会长出新的，能够在晚上出去，偷人家的小孩吃掉，老百姓称之为秋姑。明代历城有个姓张的人家，家里有个老太婆就是秋姑。家里人没办法，只能将她锁在屋子里。

此妖载于明代陆容《菽园杂记》卷六

154 秋胡

秋胡，又叫秋狐。云南蒙山这地方，有老人不死，长出尾巴，不食人间烟火，也认不得子女，喜欢大山，讨厌住在家里，当地人称之为秋胡，子孙以此为荣。元代时，当地有个叫罗僰的人，年纪已经超过了一百岁，子孙用毛毡裹着将他送到了深山，后来他长出尾巴，长一两寸，活了三百多岁，最后不知所终。

此妖载于明代谢肇淛《滇略》卷九、明代朱孟震《浣水续谈》

155 犬妖

晋代时，有个叫王瑚的人，住在山阳。半夜，一个穿着白色衣服戴着黑色头巾的官员模样的人前来叩门，王瑚起来迎接，没过多久，对方就消失不见了。一连几年都是这样。后来，王瑚偷偷查看，发现那个人竟然是一只白色身子、黑色脑袋的老狗变的，就杀了它。

传说有个叫王仲文的人，在河南当主簿的时候，住在缑氏县北。一天，他休息，晚上走在泥沼之中，看到车后面跟着一只白狗。王仲文很喜欢，想把那只狗逮回家。没想到，那只狗突然变成人的模样，长得如同传说中的方相氏，獠牙突出，四只眼睛赤红如火，面目可怖。王仲文和仆人一起和那怪物打斗，眼看打不过，便往家里逃，还没到家，就都倒在地上死掉了。

晋代时，秘书监温敬林死了有一年，他的妻子桓氏忽然看到温敬林回来了，于是两个人就同寝共处。但是说来奇怪，温敬林就是不肯见家里人。后来有一次，他喝多了酒，露出原形，原来是邻居家的一只大黄狗，愤怒的温家人遂打死了它。

唐代贞元年间，有个姓韩的书生，家里有一匹马，长得十分雄健。有一天清晨，这匹马变得萎靡不振，全身是汗而且气喘吁吁，好像走了很远的路一样。养马人很奇怪，就告诉书生。书生大怒："肯定是你晚上偷偷把马牵出去玩，才让它这么没精神！"养马人觉得很冤枉。第二天早晨，马又是如此。养马人觉得不正常，当天晚上，就偷偷躲起来看。他发现书生家里的一只大黑狗，来到马厩中，变成一个黑衣黑帽的男子，跳在马背上，骑着出去，到半夜才回来。

接连几日，皆是如此。养马人顺着马蹄印找过去，来到十里外的一座古墓前，于是就在墓旁边找了个地方躲起来。当晚，黑衣人骑着马来，跳入墓穴，里头欢声笑语，过了很久，黑衣人才离开，有几个人把他送出墓外。

养马人将消息打探清楚，回去禀告了书生。书生用生肉将那只大黑狗引来，打死了它，然后又带上仆人，浩浩荡荡来到古墓，掘开后，发现里面有很多狗，将其全部杀死，这才安心回家。

宋代，有个姓刘的书生，家里有处庄园在城南三十里的鲤湖。刘某经常去庄园巡视、收租子，每次去都会待上十几天，留恋不舍，不想回城。

一次，刘某到邻居家喝酒，半夜还没回来。他的一个仆人困了，躺在刘某的床上睡觉。过了一会儿，仆人见一个穿着红衫的女子从外面走进来，爬上床，见不是刘某，大骂："你是何人，竟敢睡在这里！"仆人推了女子一把，女子一溜烟儿跑出去，翻过墙头想逃。仆人跟着追，见那女子变成了一只花狗。

发生这种事，仆人怀疑刘某每次来庄园不愿意回去，是被这个妖怪迷惑了。第二天，仆人将此事告诉了邻居，结果才知道那只花狗是邻居家所养。邻居杀了花狗，发现花狗已经有了身孕。

此妖载于晋代干宝《搜神记》卷十八、南北朝刘义庆《幽明录》、
唐代张读《宣室志》卷三、宋代洪迈《夷坚志》丁志卷第十八

156
鹊妖

建康都统制王权，年轻时喜欢打猎，箭法高超，百步穿杨。

绍兴初年，王权跟随韩世忠去建州征讨范汝为时，带着弓箭到山里，看到树上有喜鹊的鸟巢，开弓射了一箭，也不知道射中了没有，接着听到有人在他身后说："如果你的眼睛被箭射中，会怎样？"

王权转过脸，见周围根本没人，这才觉得怪异，急忙爬上树，见鸟巢里一只喜鹊被射中了眼睛，死掉了。

王权又吃惊又后悔，拔出佩刀砍碎了自己的弓。过了不久，他和贼人作战，被箭射中面部，箭头距离眼睛只有寸许，贴上药，很久才愈合。

此妖载于宋代洪迈《夷坚志》甲志卷第十九

157
人蝶

东晋义熙年间，乌伤县有个叫葛辉夫的人，有一次在妻子的娘家夜宿，三更后，看到两个人举着火把来到屋前的台阶上。葛辉夫以为对方是歹徒，举着棍棒准备打过去，结果那两个人变成了蝴蝶，缤纷飞散。其中一只蝴蝶冲到了葛辉夫的腋窝下，掉在地上，很快就死了。

此妖载于晋代陶潜《搜神后记》卷八

158
人鸡

宋代绍兴初年，河南之地被金人攻陷。金人将占领的大宋领土，交给了降将刘豫，但是一些州府还在大宋朝廷手里。

当时，会稽人冯长宁担任陈州知府，奋死抵抗。刘豫久攻不下，叫来山东贼寇王瓜角，并征招宿州、亳州的民众，全力进攻。一年后，陈州城内弹尽粮绝，军民不得不投降。

王瓜角在大街上立起三面旗帜，然后传令给从宿州、亳州征招来的民众：想跟随王瓜角的，站在红色旗子下；想跟随刘豫的，站在黄色旗子下；想回家的，站在黑色旗子下。老百姓怕死，都跑到红色旗子下面，只有亳州姓王和姓魏的两个老头，觉得自己年纪大了，从军必死，索性站在黑色旗子下，但求一死。其他人看他二人如此，一片哗然。

王瓜角还算讲信用，答应了他们，让他二人回家。

两个老头约好一起离开，可王老头说要去陈州城里办事，进城之后，没有再出来。魏老头一个人回到家乡做生意，十年之后，变成了富人。

魏老头养了两只鸡，本打算过年过节时当作祭品。一天，当地的县尉经过村子，魏老头让仆人把母鸡杀了，款待县尉。过了几天，县尉回来时又经过魏老头家，魏老头又要杀掉那只公鸡，结果公鸡觉察到他的意图，窜到庄稼地里去了。魏老头拿起杆子扔过去，才抓住了公鸡。

魏老头说："你这家伙，这么能跑，怎么不上天呢？"公鸡忽然口作人言，仰头叹息说："唉，为什么非要如此对我呢？你难道忘记了我俩之间的交情了吗？"魏老头问它是谁，公鸡说："我是王老头呀！你不记得当年我俩从军的事情了？"魏老头问："之前你离开我，一个人进城，干什么去了？又死在了什么地方？"公鸡说："当初我和你在一起时，悄悄把你的财物偷了藏起来。等仗打完了，我进城将其取出，装进两个布袋里跑掉了。晚上住在一家野店，我打开布袋，清点里头的财物，被店主看见。他第二天请我喝酒，将我灌醉，然后杀了我，抢走了那些东西。我死后，孤魂无依，想着故乡没有一个亲人朋友，唯一认识的人就是你了，便和贾四娘子到你家投胎为鸡。之前杀掉的母鸡，是贾四娘子。现在你又要杀我，太狠心了。"

公鸡的话，县尉恰巧也听到了。县尉很是后悔，让魏老头把公鸡放了。回去后，县尉将事情告诉了郡守。郡守觉得事情稀奇，让魏老头带着公鸡到官衙来。魏老头照办。当地人听说了这件事，纷纷来看热闹，把官衙挤得水泄不通。那只公鸡一点儿都不怕郡守，把事情说了一遍，又说："我因为泄露了阴间之事，要死了。"说完，它把脖子伸到翅膀下面，死了。

郡守叹息不止，让人将公鸡埋在老子庙后面，还立了一块碑，上面写着：人鸡之墓。

此妖载于宋代洪迈《夷坚志》补卷第六

159
人狼

唐代太原有个叫王含的人，是振武军的都将。王含的母亲金氏本是胡人的女儿，擅长骑马射箭，很是出名，经常骑着骏马，带着弓箭、佩刀，进入深山猎取熊鹿狐兔，每每收获颇丰，所以大家都很尊敬她。金氏七十多岁的时候，说自己老了，而且生了病，就单独居住在一间房子里，不许任何人接近，天一黑就关门睡觉。有一天，关门之后，家人听到她的房间里发出奇怪的声响，看到一头狼从屋里跑了出去，天没亮，这头狼又回来了。家里人十分恐慌，就告诉了王含。

当天晚上，王含偷偷查看，果然如同家里人所说，心里很不安。天亮后，金氏把王含叫到跟前，吩咐王含去买麋鹿。王含买来，把鹿肉做熟了，先给金氏。金氏生气地说："我要的是生的！"王含没办法，又拿来生鹿肉，金氏津津有味地吃完了。

王含越想越害怕，家里所有人都惴惴不安，偷偷说这件事情。时间长了，金氏也知道了，有些羞愧。一天晚上，那头狼出去了，不过，从此之后再也没有回来。

唐代永泰末年，绛州正平县农村有个老翁生病了几个月，病好后十几天都不吃东西，到了晚上就消失不见，人们都不知道怎么回事。一天傍晚，村里有个人去采桑，被一头雄狼追逐，慌忙爬到树上。树不高，狼跳起来，咬住了农人的衣服。农人急得不行，转身用斧头砍中了狼的额头。狼倒地，过了很久才离开。农人一直待到天亮才下树，顺着狼的脚印，一直找到老翁家，将事情告诉了老翁的儿子。儿子这才明白父亲额头上的斧伤是怎么回事。为了防止老翁再伤人，大家杀死了老翁，发现他死后变成了一头老狼。当地县令听闻了这件事，倒是也没有追究。

清代，广东崖州有个姓孙的农民，母亲已经七十多岁了，忽然两臂生毛，一直延伸到腹部和背部，最后到了手掌，长出来的毛有一寸多长。母亲的身体逐渐变得佝偻，屁股上还长出了尾巴，有一天，倒在地上变成了一头白狼，跑出门去。

家里人也是无可奈何，只能听之任之。此后，每隔一个月或者半个月，白狼就会回来看看子孙，照常吃喝。这件事情被邻居知道了，想拿着刀箭把白狼杀了。儿媳妇知道后，买了猪蹄，等白狼再来，将猪蹄给白狼吃，并且叮嘱说：

"婆婆吃了这个之后，就别再来了。我们都知道婆婆你思念我们，对我们没有恶意，可是邻居讨厌你，如果把你杀了，或者伤到了，我们心里会很难过。"说完，白狼发出了悲伤的号哭声，环视家里良久，离开了。从此之后，它再也没有回来过。

此妖载于唐代张读《宣室志》卷八、唐代戴孚《广异记》、
清代袁枚《子不语》卷六

160
人石

很久以前，有夫妻二人，领着儿子进山打猎。父亲不幸从山崖上掉了下去，他的妻子和儿子到崖下要救他，三人却一起变成了三块石头，因此叫作人石。

此妖载于宋代李昉等《太平广记》卷三百九十八（引《周地图记》）

161
人鱼

人鱼，是中国古代著名的妖怪之一。《山海经》里记载，龙侯之山的决水里面就有人鱼，长着四条腿，声音如同婴儿，吃了它，就不会变得痴呆。《史记》里记载，秦始皇的陵墓里用人鱼膏来点灯。

东海里也有人鱼，传说大的长五六尺，样子像人。眉毛、眼睛、口、鼻子、手、脚和头都像美丽的女子，皮肉白得像玉石，身上没有鳞，有细毛，毛分五种颜色，又轻又柔软，毛长一两寸，头发像马尾巴一样长五六尺。人鱼的生殖器官和人一样，靠海的光棍、寡妇大多捉过海人鱼，放在池沼中养育。交合时，与人没什么两样，也不伤人。

清代，崇明岛有人抓住过一条人鱼，长得像个美丽的女子，身体和船只一样大。船工问她："你迷路了吗？"美人鱼点头，船工就放了她。

此妖载于战国《山海经》卷三、汉代司马迁《史记》卷六、
三国沈莹《临海异物志》、唐代郑常《洽闻记》、清代袁枚《子不语》卷二十四

162
三尸

三尸，指的是上尸、中尸、下尸，是人身体中的魂魄精华。三尸想让人早死，自己就能放纵四处，享受人间的祭祀之物。每年三尸都会上天，将人的罪过告诉司命，来减少人的寿命，所以求仙的人都会想尽办法斩除三尸。

传说人死后，魂升天，魄入地，只有三尸游走，四时八节，享受祭祀，如果祭祀不足，就会作祟。

三尸的形状如同小孩，也有的长得像马，都长着二寸的长毛。它们常出来作祟，形状和人一模一样，连衣着都相同。

上尸名为青姑，中尸名为白姑，下尸名为血姑。上尸在人头部，令人多思欲，令人喜欢车马；中尸在人腹部，令人好食饮、易怒；下尸在人脚部，令人好色喜杀。

此妖载于晋代葛洪《抱朴子》内篇卷六、宋代张君房《云笈七签》卷十三、唐代段成式《酉阳杂俎》前集卷二

163
僧蝇

唐代时，齐州有个人叫杜通达。贞观年间，县里接到命令让杜通达送一个僧人到北方去。杜通达见这个僧人有个箱子，心里想其中一定装的是贵重物品，就同妻子商量计策，把僧人打死。不料僧人竟然没死，只听他念了两三句咒语，然后就有只苍蝇飞到杜通达的鼻子里，闷在里面很长时间也不出来。杜通达的眼鼻立刻就歪斜了，眉毛和头发也随即掉落。杜通达迷迷糊糊也不知道怎么走路，精神不振，后来得了恶病，没过一年就死了。临死的时候，那苍蝇飞出来，又飞进他妻子的鼻子里。他妻子也得了病，一年多后也死了。

也是在唐代，河间有个人叫邢文宗，性情粗暴阴险。贞观年间，他忽然得了恶风病，十多天之内，眉毛和头发都落光了，就到寺庙里忏悔。他自己说，前几年，有一次和一个老僧一道去幽州，在路上遇到一个人，这人带着十匹绢，他就杀了这个人，将那些绢据为己有。干完这件事后，他害怕事情被人发觉，又拿起刀要杀老僧，老僧磕头说："求你保我性命，我发誓终生不对别人说。"但他根本不相信，还是把老僧杀了，还把尸体扔到荒草里。二十多天后，他归

来经过老僧死的那个地方。当时正是暑天，他认为尸体早就都烂了，想着去看一下，结果发现老僧的尸体一点儿都没腐烂，就像活着的时候一样。他就用马鞭子杆捅那老僧的尸体，忽然从尸体嘴里飞出一只苍蝇，钻到了他的鼻子里，闷在鼻子里很长时间也不飞出来。邢文宗因此得了大病，一年多后就死了。

此妖载于唐代释道世《法苑珠林》卷七十

164 山娘娘

清代临平有个孙某，刚娶的媳妇就被妖怪附了身，自称山娘娘，喜欢涂脂抹粉，穿鲜艳的衣服，光天化日就抱着孙某干伤风败俗的事情。孙某十分担忧，就请吴山的施道士来作法。

施道士设立法坛，孙某的媳妇笑着说："施道士这样的人，竟然敢来治我？"她就用手按自己的肚子，喷出来污秽的鲜血，施道士的法术果然不灵了。

施道士说："我有辟秽符在枕头里！"遂让徒弟取来，贴上，再登坛作法。孙某媳妇立刻露出害怕的表情，坐在桌子上，和施道士斗法。

斗法时，很多人看到有一个长着三只眼的神仙，抓住一只高五尺多的白色大猴子，扔在了台阶前。施道士将猴子抓过来，不断地朝地上摔，越摔越小，最后那猴子小得如同刚刚生下来的小猫一样。施道士就把它塞入瓦罐里，贴上符咒，第二天扔进了江中。孙某媳妇于是就恢复了正常。

此妖载于清代袁枚《子不语》卷十八

165 山岳孙青

山岳孙青，穿着黄色衣服，形态如老妇人，多出现于山谷幽野，左手拿着一只长有五种颜色羽毛的鸟，看到人便将鸟放出来。凡是觉得那鸟长得可爱，跑过去看的人，便会生病。这种妖怪，是幽谷中的老乌鸦所化的。

此妖载于宋代《太清金阙玉华仙书八极神章三皇内秘文》（收录于明代张宇初《道藏》）

166
鳝妖

宋代，苏州有甲、乙两个百姓，都以卖鳝鱼为业，每天能赚三百文钱。有一次，甲抓来的黄鳝还没来得及卖，梦到一个人向他哀求道："念在我有孩子的分儿上，放了我吧。"甲惊醒，见周围无人，举着蜡烛寻觅，发现声音来自水桶里。甲走过去，见一条黄鳝昂着头，嘴里念叨着这句话。甲恍然大悟，说："卖你赚钱，不是善业。"甲发愿不再卖鳝鱼，第二天，他买下乙手头的鳝鱼，背到河边将它们放生。鳝鱼昂起头，在水中久久不愿离去。甲对鳝鱼说："我因为穷才干这种事，既然放了你们，你们还不离去，是在怨恨我吗？"说完，这些鳝鱼游走了。

回来后，妻子埋怨甲。甲将事情告诉妻子，妻子不信。当夜，甲梦见几十个人，对他说："听说你需要钱做生意，快去二十里外的路上，那里有钱。"甲醒来后，将信将疑地去了那个地方，果然在草丛里找到两万枚开元通宝铜钱。甲将钱背回来，做起了生意，很快富裕了起来。

清代润州有个打鱼的人，晚上在江边停船休息，看见一个黄衣女子，年纪十三四岁，头上扎着双髻，从芦苇荡里出来，向人乞求食物，吃完就离开了。如此几天，每天晚上都这样。

打鱼的人觉得很奇怪，就悄悄跟踪，发现那女子变成一条五尺多长的黄鳝，全身金黄，双目赤红，头上长着肉角，看见人，就跳入江里消失了。

此妖载于宋代洪迈《夷坚志》丁志卷第十六、清代董含《三冈识略》卷二补遗

167
尚书犊

宋代，冀州人张存家里十分富有，考上进士后在朝廷担任要职，一直做到了尚书，后来辞官回乡。一天晚上，他家的马夫看见一头牛犊跑来偷吃马饲料，追上前就是一棍子，只见那头牛犊化为一道白光钻进了张存的房间，消失不见了。

第二天，张存生了病，说骨头痛，一连几天才好。张存拄着拐杖来到马厩，问马夫："你前几天夜里看到什么东西了？"马夫如实相告。张存说："以后再看见，不要揍它！"马夫觉得很奇怪。

过了一年多，张存病重，有人看见一头牛犊从他的屋里跑出来，消失不见

了。过了一会儿，听到张家传来哭声，原来是张存死了。

此妖载于宋代张师正《括异志》卷九

168
蛇妻

宋代，丹阳县县城十里外，有个叫孙知县的百姓，娶了同乡的一个女子为妻。妻子国色天香，喜欢画梅妆，不论寒暑，只穿一件素色衣衫，容貌姿态，简直像画中的仙子。

妻子别的都好，唯独有个癖好与众不同——每次洗澡时，一定会用帐子遮住，不允许奴婢进来，即便是擦背也是自己动手。孙知县觉得奇怪，屡次问妻子原因，妻子笑而不答。

一晃眼，孙知县和妻子成婚十年，两个人都三十岁了。孙知县一天喝醉了酒，等妻子洗澡时，从帐子的缝隙里偷看，看到一条大白蛇盘在澡盆里，吓得赶紧跑到书房中，要和妻子分床睡。

妻子似乎知道了孙知县所为，来到书房，说："这事情固然是我的不对，但你也有错。你不要有疑心，晚上乖乖跟我一起睡。"孙知县虽然害怕，但还是听话地跟妻子同床共枕。

自此之后，孙知县心里老想着看到的那一幕，如芒在背，辗转不安，快快成疾，不到一年便死了。这件事，发生在淳熙十四年（1187 年）。

也是在宋代，衡州某司户的妻子，正值盛年，姿色妖艳，性格温柔，周围的人都很喜欢她，但是她睡觉时常张开嘴吐出舌头，而且舌头还是分叉的。

时间长了，司户觉得奇怪，将事情告诉了曹掾。曹掾说："蛇的舌头才分叉，如果你妻子也这样，的确蹊跷。"某天白日里，司户的妻子睡着了，司户让曹掾来看。妻子察觉到有人偷窥，傍晚时哭着对司户说："我与你的缘分尽了，只能和你永别了。"第二天，司户妻子生了病，当天便死了。死之前，司户妻子留下遗言，说："我死之后，入殓后千万不要开棺。现在是夏天，尸体腐烂得快，开棺只能让人心生厌恶。"而且说了好几遍才咽了气。

妻子死后，司户让人将其入殓，盖棺。过了三天，丈人和丈母娘过来，说："没听说女儿生病，怎么突然就死了？"老两口怀疑女儿被人所害，要求开棺验尸。司户将妻子的遗言告诉老两口，老两口不听，坚决要求开棺。司户没办法，只得命人将棺材打开。棺材里根本没有妻子的尸首，只有一条死去的巨蛇，盘绕在内。丈人和丈母娘悲痛欲绝，让人将棺材抬出去火化了。

此妖载于宋代洪迈《夷坚志》支戊卷第二

169
蛇人

宋代，林棣县虞候张坦，为人残暴贪财，死后被埋在城外。只是他死后一个多月，他的棺材里夜夜都会发出喊叫声。村里人告诉张坦的家里人，他还没死。妻子带着儿子打开棺材，发现张坦的身体变成了巨蛇，头还是人的模样。妻子将张坦带回家，放在大篮子里，他说自己冷，妻子便拿来厚被子给他盖着。

自此之后，张坦每天吃二斤多肉，喝一斗酒，能够预测吉凶，并以此来讨要酒食。后来，见家里人无法承担自己在吃喝上的花费，他便钻进了山里。几个月后，张坦的头也变成了蛇头，渐渐不能再说人话了。

此妖载于宋代赵令畤《侯鲭录》卷七

170
蛇身妇

唐代，有个叫令因的和尚，从子午谷到金州去。路上，看到了一顶竹轿，有个女仆穿着丧服跟着。一连几天，始终看不见轿中的人，令因就暗中看那轿子，结果发现轿子里是个妇女，长着人的头、蛇的身子。令因非常吃惊，那妇女说：“我很不幸，因罪孽深重，身子忽然发生变化，你不该偷看我。”令因就问她的女仆要把她送去哪里，那女仆说：“准备把她送到秦岭上去。”

于是，令因给她诵念功德经。一直送到秦岭，也没有再看见那妇女露头。

此妖载于宋代李昉等《太平广记》卷四百五十九（引《闻奇录》）

171
蛇妖

汉武帝时，张宽担任扬州刺史。先前有两个老头为了争夺地界，到州里打官司，一连多年都没有解决。张宽到任后他们又来了，张宽暗中看那两个老头的样子不像是人，就命令士卒拿着戟把二人带进来，问："你们是什么精怪？"两个老头有些惊慌失措，想跑，张宽赶紧喊人去打他们，两个老头就变成了两条蛇。

杜预做荆州刺史镇守襄阳的时候，有时参加宴会喝得大醉，就关起书房门独自一人睡觉，不让别人到跟前来。后来又有一次喝醉了，外面的人听到书房里传来呕吐声，那声音很是痛苦。有个小官吏私自打开门看他，正好看见床上有一条大蛇，垂着头在床边呕吐。

唐代时，朱觊是陈蔡一带的游侠之士，到汝南游玩，住在客店里。当时，客店主人邓全宾家有个女儿，容貌端庄美丽，但常常被妖怪所迷惑，请了很多人给她治病，没有人能治好她。有一次，朱觊去朋友家喝酒，夜深了才回来，在庭院里休息，到二更天时，就看见一个穿着白色衣服的人，进入了邓全宾女儿的房中。不一会儿，房内传来欢声笑语，朱觊拿出弓和矢藏在暗处，等到鸡叫时，看见邓全宾女儿送一个少年出来。朱觊拉弓射向那个男子，对方就消失了。天亮后，朱觊把这件事告诉邓全宾，邓全宾就和朱觊跟着血迹，在五里外找到一个大枯树的树洞，里面有一条一丈多长的白蛇，身上插着两只箭，已经死了。之后，邓全宾就把女儿嫁给了朱觊。

此妖载于晋代干宝《搜神记》卷十九、唐代薛用弱《集异记》

172 蛇医

从前，有个人被毒蛇咬了，十分痛苦，忽然有个小孩出现在他面前，对他说："你可以拿两把刀在水里磨，然后喝这种磨刀水，对祛除蛇毒很有效果。"说完，小孩就走入墙角的坑洞中消失了。原来是一只绿螈。这个人按照小孩说的方法磨刀喝水，很快就痊愈了。所以，人们都把绿螈叫作蛇医。

此妖载于明代张岱《夜航船》卷十七（引《二酉余谈》）

173 虱人

唐代，薛嵩性格和善，不喜欢杀戮，即便是虱子这种小东西，也不会加以伤害。

一天晚上，薛嵩梦见很多虱子爬在自己的被子上，全变成了一寸多高的小人，说："我等受您的眷顾已经很久，现在您有危难，正是我等以性命相报的时候。"说完，这些小人在被子上爬来爬去，不一会儿纷纷死去。薛嵩从梦里惊醒，叫来侍从查看，见被子上有一道一尺多长的血迹，死了很多虱子。

原来，昨夜有刺客前来行刺薛嵩。刺客的飞剑来无影去无踪，杀完人见到血就会自动返回。刺客见回来的飞剑上有血，以为杀了薛嵩，便离去了，却不知道那些血是虱子的而不是薛嵩的。薛嵩想明白了这事，叹息良久。

此妖载于清代褚人获《坚瓠集》广集卷六

174
豕子

宋代绍兴年间，新喻县有个姓张的屠夫，住在一个寺庙的旁边，每天听到寺院敲钟时，他就会起来宰猪。

有一天，寺里的方丈半夜做梦，梦见四五个穿着黑衣服的男女，跪在他面前，恳求道："禀告方丈，求您大发慈悲，告诉敲钟的僧人，今天早晨不要敲钟！"

方丈醒来，觉得奇怪，再次睡着后又梦到这些男女，哭着说："我们性命危在旦夕，只需要您说一句话就能活命，还请您大发慈悲，救救我们吧！"方丈觉得事情不对劲，赶紧起床，叫来敲钟的僧人，吩咐他今天早晨不要敲钟了。

那个僧人已经穿好衣服，正要去敲钟，听了方丈的话，说："早晨敲钟，这是寺里的规矩，否则岂不是乱了戒律？"方丈说："这里头有缘由，你别管了，听我的。"僧人便没去敲钟。

天亮后，敲钟的僧人经过张屠夫家。张屠夫问他今天早晨为什么不敲钟，僧人说是方丈命令不敲的。张屠夫说："你害得我起晚了，耽误了一天的生意！我原本想宰一头母猪，结果刚才它下了五只猪崽，算一算，比我杀猪卖肉还多赚了些钱。"

僧人回来，将事情告诉了方丈。方丈到张屠夫那里，将自己梦中的事情告诉他，劝他说："那么多职业可以选择，你就别干这种杀生的事了。你如果做其他生意，我可以给你本钱。"

张屠夫听了方丈的话，再也不杀猪了。方丈给了他一百贯钱，让他改行做了别的生意。张屠夫原本无子，后来妻子生下了一个男孩，读书读得好，科举德中，当了大官。

此妖载于宋代洪迈《夷坚志》支癸卷第五

175
守宫

古人有用丹砂养壁虎的传统，就是将壁虎放在一种专门的器物中，喂满七斤重，将其风干用杵捣碎，点在女子的身上，痕迹会终身不褪，只有女子房事过后才会消失。古代用这种方法来防止淫乱，称之为守宫。

唐文宗太和末年，湖北松滋县南有个读书人，寄住在亲戚的庄园里读书。刚到的那天晚上，二更天后，他正点着灯坐在桌子前，忽然看见一个半寸高的小人，头戴葛布头巾，拄着拐杖进了门，对读书人说："你刚来这里没人陪着，恐怕很寂寞吧。"说话的声音像苍蝇似的。这个读书人向来有胆量，起先装作没看见，那小人就爬上椅子责备道："你就不讲主客之礼了吗？"又爬上桌子看书，还不停地骂，又把砚台扣到了书上。

读书人忍受不了，用笔把他打到了地上。小人叫唤了几声，出门就消失了。过了不久，来了四五个妇女，有老有少，都只有一寸高，大声喊道："贞官因为你独学无友，所以叫公子来陪你。你为何如此愚钝轻狂，还伤害他？现在你得去见见贞官。"随后来的小人前后相连络绎不绝，就像蚂蚁一般，举止粗鲁，扑向读书人，并爬上了他的身体，咬他的四肢。读书人感觉身体很疼。小人又说道："你不去，我们将弄瞎你的眼睛。"

读书人惊慌害怕，无奈只能随着他们出了门。到了堂屋的东面，远远地看见一个小门，极小。于是，读书人大叫："什么妖怪鬼魅，竟敢这样欺负人？"可怜的读书人又被小人们咬了一阵。恍惚之间，已进入小门，就看殿中站着一个人，头戴高高的帽子。台阶下有几千侍卫，全都一寸多高。殿上那人叱责读书人说："我可怜你一人独处，让我的孩子前去陪你，你为何伤害他？罪该腰斩。"于是数十人全拿着刀挽起袖子冲读书人走过来。

读书人非常害怕，忙赔罪说："恕我愚笨，肉眼不识贞官，请饶我一命。"那殿上的人才说："还知道后悔，那就饶了你吧。"于是喝令侍卫把他拉出去。

读书人不知不觉已来到小门外，等回到书房，已经五更天了，残灯犹明。等到天亮，他寻找先前的踪迹，只见东墙古台阶下，有一个小洞口，栗子大小，壁虎即由此出入。读书人就雇了几个人挖掘，挖到几丈深，看见里面有无数壁虎。有一只大壁虎，通体红色，长约一尺，大约就是它们的王。再看那松软的土，堆积成楼的样子。读书人堆起柴草烧死了它们，以后再也没出现异常情况。

此妖载于唐代段成式《酉阳杂俎》前集卷十五

176
瘦腰郎君

元代，桃源这个地方有个女子名叫吴寸趾，总是梦见和一个书生幽会。女子问他的姓名，书生说："我是瘦腰郎君。"吴寸趾当初以为是自己做梦而已，但是一个白天，那书生真的出现了，还上了她的床。幽会之后，书生出门离开，变成蜜蜂飞入了花丛中。吴寸趾捡起那只蜜蜂，收养了它。之后，它引来了很多蜜蜂到吴寸趾家中，吴家也因为出售蜂蜜变得富裕起来。

此妖载于元代林坤《诚斋杂记》

177
舒女

临城县县南四十里，有一座盖山，山脚下百余步外，有股泉水名叫姑舒泉。

相传，有一个舒姓女子，与父亲一道在这里砍柴。舒女坐在地上歇息，却怎么拉都拉不起来。父亲急忙回去叫人，等回来时，发现舒女不见了，她所坐之处出现了一股清泉。舒女的母亲说："我的女儿喜爱音乐。"有人弹起乐器歌唱，泉水就不断回旋着涌出来，里面还有一对红鲤鱼。直到现在，如果有人在这里奏乐嬉戏，泉水还会不断涌出。

此妖载于晋代陶潜《搜神后记》卷一

178
鼠夫

唐代，有户人家的女儿，十几岁时突然消失不见了，家里人找了很多年皆无影踪。

有段时间，这家人屡屡听到宅子的地下传来婴儿的啼哭声，便往下挖掘。刚开始只是一个小孔，后来越挖越大，挖出来一个一丈多宽的土穴。原先丢失的女儿坐在穴中，手里抱着孩子，她身旁有只秃毛老鼠，大如斗。女孩此时已经不认得家人。父母认为女儿是被这只大老鼠迷惑，所以击杀了它。女孩哭道："你们怎么能杀了我的丈夫呢？"

过了不久，女孩也死了。

此妖载于唐代戴孚《广异记》

179
鼠狼

清代，有个佐领喜欢吃吃喝喝，一天晚上回家，买了六七个羊蹄子，还有一壶酒，坐在炉子边一个人大快朵颐。他一边吃一边把骨头丢在地上，忽然听到墙角有声音，看见十几个五六寸高的小人，有男有女，装束都和常人一样。这些小人弯腰去捡骨头，放在背上的竹筐里。佐领有些害怕，赶紧拿起火筷子去打，一个小人倒在地上，其他的都吓得钻入了墙角的洞里。那个被击中的小人满地打滚，叽叽乱叫，不一会儿变成一只黄鼠狼逃走了。

清代，天津人梅某出远门到开州，一天晚上在房间里独坐，忽然见砖缝中冒出一个小黄人，一寸多高，转眼之间变得和人差不多高，走到跟前不由分说便和梅某打架，梅某顿时昏倒。发生了这种事，梅某很害怕，就搬到别的房间，妖怪依旧前来找碴儿。如此几次三番，梅某不堪其扰。有个朋友出了个主意，让梅某削把桃木剑，等妖怪来了，出其不意暴击对方。第二天，妖怪又来，梅某拿起桃木剑砍过去，妖怪应声倒地，变成了一只黄鼠狼。梅某杀了它，此后再也没有发生怪事。

此妖载于清代和邦额《夜谭随录》卷十一、清代李庆辰《醉茶志怪》卷二

180
鼠少年

唐代万岁通天年间，长安附近的山道上有很多盗贼，昼伏夜出，过往的行人和商旅常常被抢劫、杀害。天明后，官府派人去围捕，那帮人却消失不见了。人们惊慌失措，天一黑就不敢再赶路。

后来，有个道士听说了这件事，就跟大家说："这肯定不是人，应该是妖怪干的。"深夜，道士拿着一面古镜，躲在道路旁边。过了一会儿，果然看到一队少年前呼后拥地走过来，穿着盔甲，拿着武器。他们发现了道士，呵斥道："你这道士是什么人？不要命了！"道士用镜子去照，那些少年顿时丢盔弃甲，狼狈逃去。

道士一边念咒一边追赶，追了五六里路，看见这些少年全部钻进了一个大洞里。道士在洞口守到天亮，又找来很多人挖这个洞。等挖到深处，里头有一百多只巨大的老鼠跑了出来。大家杀了这些老鼠，长安附近的山道就再也没有发生过盗贼杀人抢劫的事情了。

宋代，建康有个人吃完鱼把鱼头丢在地上。过了一会儿，他看到墙壁下的洞口，有个小人骑着马跑了出来，小人还没有一尺高，穿着盔甲，用手里的长矛刺住鱼头，拖入洞里，来来回回，拖了四次。这人觉得奇怪，就挖开那个洞，看见好几只大老鼠在啃鱼头，那支长矛则是一根破旧的筷子，至于马和盔甲则没有找到。过了不久，这个人就死了。

此妖载于五代徐铉《稽神录》卷二、
宋代李昉等《太平广记》卷四百四十（引《潇湘录》）

181
树婴

隋文帝时，黎阳城东十五里，有个叫王德祖的人，家里有棵林檎树，树上长了个瘿子，大如斗。过了三年，树瘿朽烂，王德祖用刀剥开它的皮，发现里面有个婴儿。

王德祖收养了这个孩子。七岁时，孩子才能说话，问："谁养育了我？"王德祖如实相告。孩子问："我叫什么名字呢？"王德祖说："你因林木而生，叫梵天，后改为志，我养育了你，你可以姓王。"

王梵志长大后，成了天下闻名的诗人。

此妖载于五代严子休《桂苑丛谈》

182
水儿

零陵太守姓史，有个女儿，喜欢一个书吏，就偷偷让丫鬟取来那个书吏洗手剩下的水，自己喝了。没想到过了不久，这个女儿就怀了孕，生下一个儿子。孩子一生下来，史太守就让人把他抱出门扔了。没想到，那小孩匍匐着爬入书吏的怀中，书吏推了他一下，小孩倒在地上变成了水。太守追问女儿，才知道事情的原委。后来，太守就把女儿嫁给了这个书吏。

此妖载于晋代干宝《搜神记》卷十一

183
宋丘孤魂

宋丘孤魂，形态如同妇女，经常游荡于山林之中，潜伏在草木之下哭泣。有人碰到了询问，它便说自己是良家妇女，继而为非作歹。它的显著特征是没有左边的耳朵。这种妖怪是千年的野狸猫所化的。

此妖载于宋代《太清金阙玉华仙书八极神章三皇内秘文》（收录于明代张宇初《道藏》）

184
獭

獭这种妖怪，最擅长变化为美丽的女子或者俊俏的男子与人交往。和其他妖怪不一样，或许是因为生存条件的原因，潺潺流水赋予了獭妖别样的美丽。它们出现时，往往是荷雨蒲风，小舟丽人，富有诗情画意。它们多情，但往往总是受到伤害。

河南有个人叫杨丑奴，常常到章安湖边拔蒲草。有一天，天快黑了，他看见一个女子，虽然穿的衣服不太鲜艳，可是容貌很美。这女子划着船，船上载着莼菜，上前靠近杨丑奴。她说自己的家在湖的另一侧，天黑了一时回不了家，想停船借住一宿。她借杨丑奴的食器吃饭，吃完饭，两个人说笑起来，杨丑奴为她唱了一首歌，女子则回作了一首诗，这首诗写道："家在西湖侧，日暮阳光颓。托荫遇良主，不觉宽中怀。"二人相处得很融洽，郎有情妾有意，于是吹灯歇息。黑暗中，杨丑奴摸到女子的手，发现她的手指很短，根本不像是人的手，便怀疑女子是妖怪。女子很快察觉了杨丑奴的心思，变成一只水獭，跳到水中不见了。

南朝宋文帝元嘉十八年（441年），在广陵这个地方，张方的女儿道香送丈夫去北方。送走丈夫后，道香独自回家，见天色已晚，就在一座庙里歇息。夜间，有一个东西装扮成她丈夫的模样出现，并且说："我太想你了，所以就回来了。"道香很快就被迷惑得失去常态。当时有个叫王纂的人擅长驱邪，他怀疑道香被妖怪迷惑了。所以他来到道香的家中，刚开始施法，就看见一只水獭从道香的被子里跑出来，跳到水巷里消失不见。不久，道香也恢复了意识。

此妖载于晋代干宝《搜神记》卷十八、晋代戴祚《甄异传》、南北朝刘敬叔《异苑》卷八、南北朝刘义庆《幽明录》卷三、清代袁枚《续子不语》卷二

185
桃奴新

桃奴新，形态如同一个肤色蜡黄、水肿的妇女，穿着淡色的衣服，经常晚上出现，白天有时人们也会看到它。这种妖怪，多出现在岩洞和安静的老宅，见到它的人都会生病。它的本体，是千年蛤蟆。

此妖载于宋代《太清金阙玉华仙书八极神章三皇内秘文》(收录于明代张宇初《道藏》)

186
腾蛇白虎小耗

腾蛇白虎小耗，形态如同女子，衣服和帽子以花装饰，容貌娇美，喜欢夜里出现，有时白天出现在路边，自称是良家女子，因为身体无力走不了路，求人背自己。好心的人如果背起它，便会引来祸端。

这种妖怪是年月久远的老兔所化的。

此妖载于宋代《太清金阙玉华仙书八极神章三皇内秘文》(收录于明代张宇初《道藏》)

187
天狐

传说狐狸活五十岁就能变成妇人，一百岁就能变化成美女，或变化成神巫，有的则变化成男子去勾引女子，而且能知道千里之外的事，善于蛊惑人，使人丧失理智。狐狸活到一千岁就

能和天沟通，叫作天狐。

唐太宗曾经把一个美人赐给赵国公长孙无忌。长孙无忌对这个美人恩宠有加，但她忽然被狐狸迷住，失了心智。那狐狸自称王八，身高八尺有余，经常出入美人的住所。美人见到长孙无忌，就拿长刀砍他。

唐太宗听说这件事以后，招来术士去对付那只狐狸，前前后后好几次都失败了。后来术士们说，只有相州的崔参军能解决这件事。

崔参军收到命令，便起程来到京城。王八得知唐太宗派人去请崔参军后，悲伤地哭泣，对美人说："崔参军不久就要到了，怎么办啊？"等崔参军要到达京城的时候，狐狸吓得便逃跑了。

崔参军到达后，唐太宗让他和自己一起到长孙无忌家里去。崔参军摆放了几案，坐下写了一道符。不一会儿，宅子的井、灶、门、厕及十二辰宿等数十位神灵，或高或矮，奇形怪状，全站在院子里。崔参军呵斥他们说："你们作为这一家的家神，责任不小，为什么让一只妖狐进到家里来？"神灵们上前说道："这是一只天狐，我们的能力制不住它。"崔参军命令他们去捉拿那妖狐。片刻他们又回来了，说刚才一番苦战，还被狐狸打伤了。

崔参军又写了一道符，这道符飞上天，忽然天地间昏暗下来，半空中有兵马的声音。不一会儿，出现了五个人，皆有几丈高，来到崔参军面前，站成一排恭敬地行礼。崔参军对他们说："赵国公家里有一只妖狐，烦请各位去把它捉来。"诸神答应一声，就各自散去了。

皇帝问崔参军他们是什么神，崔参军说他们是五岳神。很快，五岳神回来了，把一只被绑的狐狸扔到墙下。长孙无忌不胜愤怒，就用长剑去砍。那狐狸一开始并不害怕。

崔参军说："这狐狸已经通神，打它没好处，自讨麻烦罢了。"他看着天狐，说道："你任意做奸淫之事，是应该被处死的，现在酌情裁决，打你五下。"狐狸一听，似乎很害怕，乞求饶命。崔参军用桃木枝打了它五下，狐狸被打得血流满地。

长孙无忌不大高兴，觉得处罚太轻了。崔参军说："五下是人间的五百下，绝对不是小刑罚。因为天府还要用它办事，杀了是不行的。"他下令从此以后不准狐狸再到长孙无忌家来。

狐狸连连答应，消失不见。不久，美人的病便好了。

清代，沧州太史刘果实，为人胸襟广阔，有晋人风骨，晚年靠教书为业，生活贫苦，粗茶淡饭，勉强度日。有一次，刘果实买了一斗多的米，放在瓦罐里，吃了一个月发现还没吃完，觉得很奇怪。这时，他忽然听到屋子里传来说话声，对方说："我是天狐，因为仰慕先生你的德操，所以才来接济你，你不要害怕。"刘果实驳斥道："你的好意我心领了，但是你不会耕种，这些稻米从何而来呢？我这个人虽然贫穷，但是不愿意吃盗来之食，以后还请你不要这样了。"天狐听了，叹息而去。

此妖载于晋代郭璞《玄中记》、唐代戴孚《广异记》、
清代纪昀《阅微草堂笔记》卷九

188 天女

传说从前有燕子飞入百姓家中，变成一个女子，高只有三寸，自称天女，能够预先知道吉凶，所以大家都把燕子称呼为天女。

有个叫程迥的人，有一天，有只燕子飞入他家里，变成一个美丽的女子，高五六寸，见到人也不害怕，小声说："我来到这里，不是作祟，如果你们能供奉我，我将会给你们带来好事。"程家就以香火供奉。这位天女能够预言凶吉，十分灵验。很多人都去程家观看，程家因此得了很多钱财。第二年，不知道为何，那天女突然飞走了。

此妖载于宋代《采兰杂志》、宋代郭象《睽车志》卷三、
明代陈继儒《珍珠船》卷一

189 田鸡

宋代，有个叫钱仲耕的人在江西做官，一天晚上在一个村庄里借宿，梦到几百个穿绿衣的人哭着求他救命。第二天，钱仲耕出门见到一个人正在卖田鸡，恍然大悟，用钱买下了这些田鸡，将它们从笼子里倒出来放掉了。这些田鸡的数量，和他梦中绿衣人的数量相同。

此妖载于宋代郭象《睽车志》卷二

190
同州白蛇

自宋哲宗元符年间开始，同州经常有妖怪祸害人，当地人都说是白蛇作怪，上至达官贵人下到黎民百姓，多受其祸，甚至有好几位太守都死于白蛇之手，以至于当时没人敢去那里当太守。

政和年间，当朝宰相的女婿因为贪图同州太守极高的俸禄，想去赴任。宰相对女婿说："那地方妖蛇实在太厉害，你最好不要以身试祸。"可女婿不听，执意要去，最后如愿成了同州太守。

上任之后，他大摆宴席请下属聚餐，正喝着酒观看舞蹈，见表演的舞女衣着奇怪，叫过来问道："我新官上任，你们应该穿着喜庆华丽的衣服跳舞庆祝，为什么要穿白色的衣服，搞得跟办丧事一样！"舞女们都不敢搭腔。宴会不欢而散。宴会结束后，他就生病了。

第二天，他跟昨天来的客人问起昨天宴会上的白衣女子。客人说："使君啊，你是不是眼花了？我们可都没看到什么白衣女子！"家里人这才觉得事情有异，赶紧派人骑马去京城告诉了宰相。宰相一听，明白是妖怪所为，马上报告给了宋徽宗。

于是，宋徽宗下诏请虚靖先生张天师出马。

张天师来到同州，发现太守不见了，于是作法召集各路神灵，询问这个妖怪在什么地方。结果那些神灵一个个神情复杂，没一个敢回答。后来，张天师把本地城隍找来。城隍跟张天师说他也不知道白蛇的巢穴。张天师被这帮神灵、城隍搞得很生气，马上招来阴兵将城隍暴揍一顿。城隍被打得受不了，只得说："这条白蛇神通广大，灵识能够上达天听，我要说出来它在哪儿的话，马上会大祸临头！"张天师说："你别担心，我有能力诛杀它，但是我现在不知道它在何处。你要是不告诉我，我就先杀了你。"城隍没法子，低着头小声向张天师报告了白蛇巢穴的位置。

张天师挑选了个黄道吉日，带人直奔白蛇巢穴，在距离巢穴三里的地方，建造了一座五层高的法坛，方圆好几十丈。然后，张天师把本地百姓和官员全都聚集起来，让他们上到坛上，同时带领很多道士开始作法。

张天师大手一挥，飞出了一道白符，周围没有任何反应。紧接着，他又飞出了一道红符，然后又飞出了一道黄符。过了很长时间，风云汇聚，电闪雷鸣，甚至下起了冰雹，涌起的黑烟弥漫在山谷中，百姓都吓坏了。过了一会儿，烟消云散。张天师还是像刚才一样，高坐法坛之上，镇定作法。

没过不久，一团浓烈的白气出现在天边，还不停变幻颜色，一会儿变成黄色，一会儿变成紫色，一直变了四五个来回。坛上的有些百姓心惊胆战，腿脚发抖，有的吓得直哭。大家以为这下肯定没命了，会被白蛇吃掉。

张天师让每人嘴里都含上一块土，他派人拿来同州府的官印放在前面，跟大家说："这白蛇好日子到头了，一会儿它会现身，如果它越过了这五层法坛，我也活不了。但如果我的法力超过它，它最多能到第三层！只要我降服了它，从此以后，你们这地方就能安宁了！"

张天师刚说完话，只见熊熊烈火从白蛇的巢穴里喷出来。伴随着这火焰，白蛇冲天而起，来到法坛边。这条白蛇太大了，张着血盆大口，感觉能把整个法坛吞下去。它的头高高昂起，超过了法坛，身体盘旋，将法坛足足围了四五圈。

张天师左手拿着同州府的官印，右手拿着一枚天师玉印，坐在那儿岿然不动。一人一蛇僵持了一段时间，白蛇沮丧无比，身体逐渐变小，好像有一座大山直接压在它的身上。它焦急万分，顺着法坛往上冲，冲到第三层就上不去了。此时，张天师抛出飞剑，将白蛇当场斩杀。

白蛇被杀后，从巢穴之中密密麻麻钻出来好几万条蛇，都巨大无比，即便是其中的小蛇，身体也有梁柱那么粗。张天师对众人说："这些都是那条母蛇的子孙。上天有好生之德，我不能一下子把它们全杀光，很多蛇确实罪孽深重，把那些罪不可恕的除掉就可以了！"张天师从百姓中找了一些胆子大的人，跟他们说："你们把自带的刀剑都解下来。"在他的指示下，这些人又杀了二十多条蛇。这些蛇好像被法力约束住了，显得服服帖帖，甘愿被杀。后来，张天师把剩下的蛇用符箓镇住，交给神将，神将把这些蛇都驱逐到外地去了。法事到此圆满结束。

几天后，张天师带着本地百姓来到白蛇精的巢穴，进去后发现洞穴里面左右两边都有石床，正中的位置是白蛇栖息的地方。洞穴里白骨如山，皆是白蛇之前吃掉的人的骸骨。张天师带着百姓彻底清理山洞，山洞里散发出来的臭气百里之外都能闻到，经过一个月才散尽。

此妖载于宋代洪迈《夷坚志》支戌卷第九

191
吞魔小直

吞魔小直，多戴金花冠，穿素色的衣服，形态如神人，能够喷出妖气变化出宫廷楼宇，拐来人间的美丽女子囚禁其中，喜欢血肉、祭祀，假装是神仙让人供奉。

这种妖怪，是老鸡所化的。

此妖载于宋代《太清金阙玉华仙书八极神章三皇内秘文》（收录于明代张宇初《道藏》）

192
蛙僧

唐穆宗长庆二年（822年）夏天，有个叫石宪的人，到太原北边做买卖。当走到雁门关一带的时候，天气正热，他便仰卧在大树下休息。忽然梦见一个和尚，眼睛像蜂眼，披着破旧的袈裟，长相很奇特。

那和尚来到石宪面前，对他说："我寄居于五台山南面，那儿有幽深的树林和水池，远离人境，是避暑的好地方。施主愿意和我一起去游览游览吗？你马上就会因病而死了，如果不跟我去，一定会后悔的。"石宪因为当时热得厉害，就对和尚说："我愿意跟师父一起去。"

于是，和尚就领着石宪向西走，走了数里，果然看见有幽深的树林和一个水池。只见不少和尚都在水里面，石宪感到奇怪，就问他们在做什么。和尚说："这是玄阴池，我的徒弟们在里面洗澡，借以消除炎热。"

石宪暗自觉得水里的和尚很奇怪，因为他们长得一模一样。天很快黑了，那和尚说："施主可以听听我的徒弟们念经的声音。"于是，石宪站在水池边，和尚们就在水中齐声念经。又过了一会儿，那和尚拉着石宪的手说："施主跟我一起在玄阴池里洗洗澡吧，千万别害怕。"

石宪进入池中，忽然觉得浑身冰凉，不禁冷得发抖，就从梦里醒了过来。这时，他发现自己躺在大树下面，衣服全湿了，浑身战栗，好像发烧了。第二天，石宪继续赶路，听到道路旁边传来了蛙鸣声，很像梦里和尚们念经的声音，于是走了过去，看见幽深的树林和水池，里面有很多青蛙。石宪一打听，那水池果然叫玄阴池。"那些和尚原来都是青蛙变的，既然能依靠变形来蛊惑人，肯定是妖怪了！"带着这样的想法，石宪把那些青蛙全都杀死了。

此妖载于唐代张读《宣室志》卷一

193
瓦陇子

宋代，有个叫洪庆善的人，他的妻子丁氏，宅心仁厚。后来，夫妻俩来到江阴，有人送了一百多个瓦陇子（一种蚶子）。丁氏不愿意杀生，就放在盆里，想第二天放回江中。

当天夜里，丁氏梦见很多乞丐，光着身体，只用两片瓦一前一后遮盖着身体，一个个却满脸欢喜。只有十几个乞丐看起来很悲伤，对伙伴说："你们高兴了，我们可要遭殃了。"

丁氏醒来想了想，觉得自己梦到的乞丐肯定是那些瓦陇子。第二天早晨起来，发现盆里面的瓦陇子被家里的小妾偷偷吃了十几个，数量正好和梦中那十几个悲伤的乞丐对应得上。

此妖载于宋代洪迈《夷坚志》甲志卷第十一

194
王玉真

王玉真，长得如同小女孩，戴着高高的冠冕，衣着华丽，秀美妖娆，穿着青色衣服、红色的鞋子，经常带着两三个侍女。这种妖怪，多在空宅、石岩、深山等人迹罕至之地迷惑年少男子，被它迷惑的人，十有八九会死掉。它的特别之处，是右边的眉毛中有一根二寸多长的青色毛发。它喜欢歌曲，擅长诗词，用词曲来魅惑人心。这种妖怪山谷里最多。

它的本体，是修行三千年的白蛇。

此妖载于宋代《太清金阙玉华仙书八极神章三皇内秘文》（收录于明代张宇初《道藏》）

195
望夫石

武昌阳新县北山上有块望夫石，外形如同站着的一个人。相传，曾经有一个妇人，丈夫去当兵，远赴国难，她带着幼小的孩子到山上送行，望着丈夫远去，就变成了石头。

此妖载于三国曹丕《列异传》

196
猬妖

南北朝时，四川有个叫费秘的人去地里割麦子，遇到暴风雨，在一块岩石下避雨，远远看到前面的路上有十几个女子，穿着红色、紫色的衣服，唱着歌走过来。费秘觉得很奇怪，荒郊野岭怎么会有如此打扮的女子呢？

这些女子从费秘身边走过时，似乎发现了他，全都停止唱歌，转过头来，露出没有耳朵、眉毛、鼻子、嘴巴的光溜溜的脸来。费秘当时就吓得昏倒在地，人事不省。

晚上，费秘的父亲见儿子没有回来，就举着火把去找，看见费秘躺在道路上，旁边聚集着十几只刺猬，刺猬看到火光，争相逃窜了。费秘回到家里，不久就死掉了。

宋代，有一次，姚安礼住在驿站，手底下的奴仆都已入睡。时值盛夏，他热得受不了，起来在屏风后面踱步。忽然，听到院子里传来簌簌的声响，他偷偷看去，发现一个老头，须发皆白，素衣顶冠，身高才一尺多，拿着拐杖，手放在额头上昂头看着月亮。

姚安礼刚开始以为对方是神仙，不敢妄动。过了一会儿，一只蟑螂从老头前面飞过，老头举起拐杖将其打落，然后弯腰捡起来吃掉了。姚安礼见状，知道老头是妖怪，拔剑追了过去。老头转过走廊，走入灌木丛中消失了。姚安礼将剑插在老头消失的地上做好标记，第二天让手下往下挖，挖出来一只大白刺猬，旁边有一个铁托、一个夹炭用的铁筷子，应该就是它戴的帽子和使用的拐杖，便杀了它。之前这个驿站经常闹妖怪，自此之后，便再无异事发生。

清代时，某地麦子即将成熟，为了防止有人偷割，农民们在田间搭了芦棚，让家里人晚上住在里面。有一家姓余的让小儿子看守麦子。余某独自一人住在棚里，日渐消瘦，父亲和兄长都觉得奇怪，问他，他也不说，于是父亲就嘱咐和余某一起看麦的同伴偷偷观察，看余某到底出了什么事。

一天黄昏时，余某的同伴在田垄上玩耍，看到一个丑女人走进了余某的芦棚，赶紧回去告诉了他的家人。余某的家人拿着锄头到了棚子，刚好看到那个女人从芦棚出来往西去了。那个女人长着巨大的嘴和眼睛，样貌恐怖。余家人追了二里多地，女人慌乱逃入乱草中。众人寻找，发现一个洞口，大如屋子，里面黑乎乎的，不知道有多深。商量之后，大家在洞口堆积枯枝败叶，点火用烟熏，时候不大，一个东西跑出来，跑了不远，就倒在地上死掉了。

众人围过去，发现是一只死刺猬。剥下来的皮有半亩地那么大，皮上的刺有二尺多长，大家分了它的肉，从此再也没有怪事发生了。

清代，天津有个书生春夜里读书，听到窗外传来籁籁的响声，走到窗边往外看，见两只刺猬旋转如风，进了后院。书生尾随过去，转过墙，发现刺猬变成了两个老头，须发苍白，身躯短小，相顾而笑。书生大声问："是谁？"两个妖怪发现有人，立刻消失不见了。

此妖载于宋代李昉等《太平广记》卷四百四十二（引《五行记》）、
宋代郭彖《暌车志》卷四、清代和邦额《夜谭随录》卷二、
清代李庆辰《醉茶志怪》卷二

197 问卜虎

丹阳县有个叫沈宗的人，在县城里以占卜为生。东晋义熙年间，左将军檀侯镇守姑孰城，喜欢打猎，经常猎虎。

一天，有个人穿着皮裤子，乘着马，带着同样穿着皮裤子的侍从，用纸包裹着十几枚铜钱，到沈宗这里来占卜，问他："我是往西边去寻找吃的好呢，还是往东边去寻找吃的好呢？"沈宗给他算了一卦，告诉那人："往东边去吉利，往西边去不吉利。"那人听后，向沈宗讨水喝，嘴巴大得好像盆子，牛饮一番后，向东走了一百多步，连同随从、马都变成了老虎。

自此之后，当地的老虎骤然变多，虎患严重。

此妖载于晋代陶潜《搜神后记》卷九

198 乌鲤

金陵有个人，挑着一担面具出售。这种面具，人们称为鬼脸子，狰狞丑陋。走到半路，天降大雨，面具都被淋湿了。这人向一户人家借宿，对方不许，他只能在屋檐下休息。半夜，这人睡不着，坐起来生起火堆，想将那些被雨淋湿的面具烤干。这人头上戴着一个面具，两手和两膝各放着面具，对着火烘烤。

三更时分，一个黑大汉走了过来。这人见了，呵斥了一声，问："你是谁呀？"黑大汉见他那模样，吓了一跳，急忙跪下来，说："我是一条大鱼，住在距离此地一里多的水塘里，与这家主人的女儿有情，每天晚上过来，想不到冒犯了您这位神灵，还请恕罪！"此人装模作样，让黑大汉赶紧离开。

第二天，此人将这件事情告诉了这户人家的主人。果然他家的女儿已经生了很久的怪病。众人排干了那个水塘，抓住了一条一百多斤重的乌鲤，将其杀了，抬了回来。

此妖载于清代褚人获《坚瓠集》秘集卷一

199 乌头太子

清代，丹徒有个姓吴的人，家里在江上的沙洲上有不少农田。

乾隆十八年（1753 年）冬天，吴某到沙洲上收租，将收来的稻子搬出去晾晒，忽然有大片的乌鸦飞过来吃稻子。吴某捡起一个土块扔过去，击中一只乌鸦。那只乌鸦掉在地上，过了很久才恢复过来，振翅飞走了。

吃完晚饭，吴某听到外面传来风雨声，推门出去，见天色深黑，大雨如注，回到房间后，发现自己的衣服上落满了乌鸦的粪便。吴某想起之前听别人说过，鸟粪着身不吉利，感觉自己恐怕也不能例外。果然，自此之后，吴某得了"雀爪风"，手足抽搐，不能动弹，连饮食都需要家人照料。吴某十分痛苦，心想："乌鸦吃我的稻谷，我才用土块驱赶。这事情不怪我，它们竟然敢让我得病。这事情，我要向神灵控诉。"这个念头屡屡在吴某心中闪现，但他并没有写诉状。

一天晚上，吴某梦见自己写下状纸，正要去城隍庙，忽然空中有两片黑云落下，变成两个青衣人，对吴某说："你先前击中的，不是一般的乌鸦，而是乌头太子。你因为得罪它，所以才会得这种病。如果你再去控告，恐怕病会更重。不如你摆上酒宴，向太子请罪，说不定它能原谅你。"吴某不听，怒道："那家伙吃我的稻子，还对我作祟，我一定要告它！"

过了一会儿，空中又落下两片黑云，变化成了两个人。其中一人是个少年的模样，穿着红色的衣服，戴着红色的帽子，另外一人则举着黑伞跟在后面。少年向吴某拱手道："你想控告乌头太子，不知道状词打算怎么写？"吴某将状纸拿出来给少年看。少年说："你之前击中太子，所以得了这病。今天才知道这是误会。我到太子跟前替你说句话，可以让你恢复如初，还是别告它了吧。"言罢，少年拿着状纸飞走了。吴某想去夺，忽然惊醒了。

自此之后，吴某的病逐渐减轻，过了两个月，恢复如初。

此妖载于清代袁枚《子不语》卷二十二

200 乌衣

唐代，金陵人王榭生于巨富之家，祖辈以航海为业。有一年，王榭准备了大船，打算去大食国做生意。大船在海上航行了一个多月，遭遇风暴，支离破碎。王榭紧紧抓住一块木板，被吹到了一座大岛上，侥幸活命。

登岸后，他看到一对穿着黑衣的老夫妻，年纪七十多岁。老夫妻见到王榭，高兴地说："这是我主人家的公子，怎么到这里来了？"王榭将自己的遭遇如实相告，老夫妻把他领回了家，端上饭菜，悉心照顾。

一个多月后，王榭的身体恢复了，老翁对他说："来到这里，必得先拜见大王，之前因为你没康复，所以拖延至今，现在得去了！"老翁领着王榭，走了三里多路，穿过热闹的村舍，经过一座长桥，来到了王宫，见到了大王。

大王高高坐在大殿上，穿着黑色的衣服，戴着黑色的帽子，旁边的侍卫都是女子。王榭急忙跪倒。大王说："你远道来此，不必多礼。"说完就把王榭请到了殿上落座。大王问王榭："我们这里是偏僻遥远的小国，你怎么会到这里来呢？"王榭说了遇到海难的事。大王又问他住在哪里，王榭也如实禀告了。

大王派人将老翁请来。老翁说："王公子是我们当年寄居之地的主人的孩子，希望大王您能多加照顾。"大王对王榭说："你暂时还住到他那里吧，有什么需要只管说。"于是，王榭又回到了老翁家中。

老翁有个女儿，端庄美丽，有时候给王榭送吃的，会偷偷看他，一点儿都不避讳。一天，王榭和老翁喝酒，酒至三巡，对老翁说："我身居异地，全靠您一家才得以存活。此等恩情，比山还高。但是我现在孤身一人，晚上睡觉睡不着，白天吃饭也吃不好，心情郁闷，生怕因此生病拖累您。"老翁说："我正想跟你说这件事。我的小女儿十七岁了，当年出生在你家，如果你不嫌弃，让她做你的妻子吧。"王榭高兴地答应了。

老翁挑了个良辰吉日，为王榭和女儿举办了隆重的婚礼。进了洞房，王榭见妻子细腰俊目，体态轻盈，妖媚多姿，很是喜欢。夫妻俩聊天，王榭问妻子这是什么国家，妻子回答说："乌衣国。"王榭说："老丈人说我是他之前主人家的公子，但是我从未见过他，这是为什么呢？"妻子说："你以后自然会知道。"

不久之后，王榭发现妻子变得心事重重、愁眉不展，十分不解，便问妻子原因。妻子说："你我夫妻一场，恐怕不久就要分离了。"王榭不以为然，说："我虽然漂泊在外，可和你结婚之后，就不想回去了。"妻子说："世事都有定数，有时候由不得你。"

几天后，大王邀请王榭赴宴。宴会上轻歌曼舞，摆满了美味佳肴。大王说："来到我国的人，从古至今只有两个。一个是汉代的梅成，一个就是你。你能否为我们写下诗词，为后人留下一段佳话？"王榭不敢怠慢，写了一首诗。大王看后，说："真是好诗！不过你不要担心，你很快就可以回家了。我虽然不能为你装上翅膀，但是可以让你跨越山海烟霞，顺利归乡。"

不久，海上风和日暖。妻子突然落泪，哭道："你回家的日子要到了。"果然，大王派人告诉王榭："请做好回家的准备。"妻子安排了酒宴，悲伤地哭泣，写给王榭一首诗，并且说："我不能渡海去北方，终生只能待在这里直到死去。如果北渡，怕你看到我的样子讨厌我，又怕看到你在那边生活幸福而产生嫉妒之心。这里的东西，你不能带走，不是我小气，而是另有原因。"说完，妻子让奴婢取来一粒丹丸，说："这粒丹丸可以招魂。死亡未超过一个月的人，将一面镜子放在死者胸口，再将丹丸放在头顶，用艾草熏烤，死者就会复生。这是海神的宝物，我把它放进昆仑玉盒里，你可以带回去。"妻子将丹丸装进玉盒，绑在王榭的胳膊上，哭着和他告别。

大王派人抬来了"飞云轩"，是一顶用鸟羽做成的软轿。王榭上了轿子，老翁夫妇在旁边扶着。大王说："闭上眼睛，很快你就能回到家中，否则就会坠入大海。"王榭依言照做，听到耳边传来风声水声，再睁开眼睛，发现坐在自己的家里，轿子和老翁夫妇都不见了，只看到梁头上有两只燕子在呢喃细语，这才明白自己去的乌衣国便是燕子国。

家里人看到王榭，十分惊喜，问："听说船在大海里沉没了，大家都以为你死了，你是怎么回来的？"王榭没有讲实话，只是说自己抱着木板得以侥幸活命。王榭有个儿子，当年离开时只有三岁，回来后一直没见到，便问家里人孩子在哪。家里人说他的儿子半个月之前死掉了。王榭取出丹丸，打开棺材，救活了儿子。

秋天时，梁上的两只老燕要返回南方了，在屋子里徘徊悲鸣。王榭招来了其中的一只，写了一首诗，绑在了燕子的腿上。诗是这么写的："误到华胥国里来，玉人终日重怜才。云轩飘去无消息，泪洒临风几百回。"

第二年，燕子捎来一封回信，内容是："昔日相逢真数合，而今暌隔是生离。来春纵有相思字，三月天南无燕飞。"读完这封信，王榭很是惆怅。自此之后，燕子再也没来过。

这件事在当地流传甚广。王榭住的地方，就是乌衣巷。刘禹锡《金陵五咏》有《乌衣巷》这首诗："朱雀桥边野草花，乌衣巷口夕阳斜。旧时王榭堂前燕，飞入寻常百姓家。"读这首诗，便知道王榭之事并非虚构。

此妖载于宋代刘斧《青琐高议》别集卷四、清代褚人获《坚瓠集》六集卷三

201 乌衣客

乐平书生许元惠的父亲，一天晚上梦到一个黑衣人对他说："我以前欠你三百文钱，现在来还你。"许父在梦里还没来得及问对方是什么人、什么时候欠自己钱，便醒了。

第二天，许父绞尽脑汁也没想出来到底是怎么回事。许家养了十几只鸭子，这天回来，鸭群中多了一只黑色的鸭子。家里的奴仆以为是别人家的，要将其赶出家门。这只鸭子下了一个鸭蛋，才离开。

自此之后，这只黑鸭子每天都会来许家下一个蛋，一连持续了一个月，下了三十个鸭蛋，接着就再也不来了。许父将鸭蛋卖了，正好卖了三百文钱。

此妖载于宋代洪迈《夷坚志》甲志卷第十四

202
乌妪

宋代，广州人潘成贩香药到成都，挑着担子到村子里卖，碰到一个道士。道士对他说："你吃饭时，如果有乌鸦跳上桌子啄你的饭，就不要再吃了，跟随它，等它落地，赶紧击打它，一定会有所收获。"

过了三天，潘成吃饭时，果然有只大乌鸦飞进来，它也不怕人，伸头到碗里吃饭。潘成想起道士的话，急忙拿起棍子打了过去。乌鸦受伤飞起，潘成跟在后面穷追不舍。乌鸦飞得很慢，距离地面只有几尺高，飞了二十里，没有了力气，掉在地上，变成了一个老太太。

潘成举着棍子又打，老太太哭着说愿意拿出金子赎命，请潘成跟自己回家取。潘成跟着她走了十几里地，来到江边的一座小山下。山下有间茅庐，一个十五六岁的女子出来迎接，设酒款待了潘成。

这家虽然地处偏僻，可是摆上的都是好酒好菜，家里用的器物全部是银子打造而成的。喝完了酒，女子捧出十两黄金给潘成。潘成大喜，接过金子就回家了。

他将这件事情告诉了旅店的店主，第二天两个人一起去找那户人家，结果到了地方，发现根本没人。

此妖载于宋代洪迈《夷坚志》补卷第二十

203
吴安王

福州海口的黄埼岸一带，怪石嶙峋，是海上行船的一大障碍。王审知在福建当观察使的时候，打算好好解决这个问题，但苦于人力不足。乾宁年间，他梦见一个穿铠甲的人，自称吴安王，答应他帮助解决这个困难的工程。梦醒后，他把这件事说给下属听，并派判官刘山甫前去祭祀吴安王。祭祀还没结束，忽然看见海上浮起许多水妖，其中有一个水妖，既不是鱼也不是龙，黄鳞红须，带领手下兴风起浪。三天后，风停云开，再一看，原先的怪石全部被清理了，眼前已经开辟出一个港湾，从此行船非常方便。

此妖载于五代孙光宪《北梦琐言》卷二

204
蜈蚣

章邑这地方有个甲某，对母亲十分孝顺，但家里很贫穷。甲某高大壮硕，每天砍柴去集市上售卖，得来的钱用来赡养母亲。一天，他挑着柴火回来，看见前面有个女子，以为是寻常行路的人，就大步超过了她。哪知，女子叫了甲某一声，向他问路。甲某转过身，发现这个女子长得很漂亮，一时间有些心神荡漾。女子问一个地方，甲某说那地方有些远，天黑之前恐怕到不了。

女子说："那我就在前面的村子借宿吧。"甲某转身就要走，女子又问："你家有空闲的房间吗？"甲某说："有是有，可我家有老母亲在，这事情得问她。"女子就说："那你先去禀告母亲，我跟着就去，如何？"

甲某答应了，回来将此事告诉了母亲。母亲觉得一个女子出门在外，能帮就帮，于是便答应了。

过了一会儿，女子来了，母亲就将女子安置在空闲的房间里。母亲看这个女子长得漂亮，和甲某说话一点儿也不害羞，就觉得有些奇怪，便训斥甲某说："对方是女的，你不要和她多说话。晚上睡觉时，一定要把门窗关好。"

甲某出来，女子就问他的房间在哪儿，还让甲某晚上不要插门，她会过来。

到了晚上，甲某按照母亲的交代，插上门睡觉。三更时，女子果然来了，叫甲某开门。甲某思量再三，还是开了门，发现不是女子，而是一个怪物，长得如同布袋，分不出脑袋和脚。幸好有砍柴的巨斧在旁边，甲某拿起斧头就砍，那怪物惨叫一声而去。点起火把，甲某发现对方被砍下来的东西是个下颚，大如蒲扇。等到白天，甲某顺着血迹寻找，来到一座山下，看见一条蜈蚣盘曲在地，有一丈多长，粗如碗口，还没有死。甲某举起斧头接连几下将其杀掉。

清代南塘张氏的墓地里，林木葱郁，里面有两条蜈蚣，都有一丈多长，夏天的夜晚悬挂在树上，吸取月华修行。

此妖载于清代解鉴《益智录》卷二、清代董含《三冈识略》卷二补遗

205
五家之神

五家之神，其实就是五种妖物，中国人称之为五大仙。

天津把女巫称为姑娘子，乡间有妇女生病，就会请她们来治疗。姑娘子来到生病的人家，会在炉中点香，很快就称有神降临在自己身上，叫顶神。这些神，有自称白老太太的，是刺猬；自称黄少奶奶的，是黄鼠狼；自称胡姑娘的，是狐狸；又有蛇和老鼠两种。合起来，称之为五家之神。

此妖载于清代俞樾《右台仙馆笔记》卷十三

206 ——五酉

五酉，是指年月久远的东西变化成的妖怪。

春秋时，孔子滞留于陈国，在馆舍里一边弹琴一边唱歌，夜里有一个高九尺多的人，穿着官吏的衣服，戴着高高的帽子，大声叫骂。孔子的弟子子路和那东西战于一处。后来还是孔子支了招儿，子路才战胜那东西，发现竟然是条大鲤鱼。孔子说："六畜，以及龟、蛇、鱼、鳖、草、木这些东西，时间长了，就能成为妖精，叫'五酉'。五是指东西南北中五方，酉的意思是老，指的是天地间年代久远的东西变成的妖精，可以杀死。"子路就将那条大鲤鱼杀了烹煮，味道很鲜美。

宋代宣和年间，丞相汪廷俊和郑资之是好朋友，一天，汪廷俊得到六条大鲤鱼，就想做成生鱼片吃。郑资之并不知道此事，就在他打瞌睡的时候，梦见六个人站在他的面前，求郑资之救命。郑资之醒来去找汪廷俊，汪廷俊说刚得了六条鲤鱼，幸好还没做生鱼片呢，于是就把鲤鱼都放了。郑资之自此之后再也不吃鱼了。

此妖载于晋代干宝《搜神记》卷十九、宋代洪迈《夷坚志》甲志卷第十一

207 ——五藏神

五藏神，指的是守护人的五脏的妖怪。

唐代开元年间，任吏部侍郎、河南黜陟使的郑齐婴回老家。路经华州时，郑齐婴忽然看见有五个人，穿着五种颜色的衣服来拜见。郑齐婴问："你们从哪儿来？"五个人回答说："我们是你身体里的五藏神。"郑齐婴说："五藏神应该在我身体里待着，为什么出来见我？"五人说："我们守护你身体里的精气，精气如果快要枯

竭了，我们自然就要散了。"郑齐婴说："这样看来，我是不是就要死了？"五人说："是的。"

郑齐婴急忙哀求暂缓死期，因为有些奏章还没写好，身后事也没有安排。五人商量一下，说："那你就到后衙去办吧。"郑齐婴为五藏神摆下酒宴，他们拜谢领受了。

郑齐婴写好奏章，洗了澡，换上新衣服，然后躺在西墙下的床上，过了一会儿就死去了。

此妖载于唐代戴孚《广异记》

208 物女

扬州北面有个地方叫雷塘乡，是当年埋葬隋炀帝的地方。清代时，出现了一种名叫物女的妖怪，经常与村里的青年交合，害死了很多人。光绪二年（1876 年）六月二十四日，中午时分，忽然天昏地暗如同夜晚，雷电大作。电光中，有一个女子，穿着白衣服，头上系着红色的抹额，手里拿着双叉和霹雳打斗，天雷竟然奈何不了她。打斗良久，忽然有雷火从地底涌出，伤了这妖怪的一条腿。接着一声巨雷击中这妖怪，声音震天，将周围观看的人全部震晕。

等雨停之后，众人爬起来，看见一个东西被震死在地，长得如同猪而没有尾巴，如同牛却没有双角，全身白毛，背部到腹部有黑毛，肚子下有一个两尺多长的肉条。

关于物女，汉代董仲舒曾经也有记载："干溪有物女，水尽则女见。"至于物女到底是什么，众说纷纭，还有种说法是螭虎。

此妖载于汉代董仲舒《春秋繁露》卷四、清代俞樾《右台仙馆笔记》卷四

209 西洛怪兽

宋代宣和七年（1125 年），京师西洛的集市里忽然出现黑色的怪兽，有的长得像狗，有的长得像驴，晚上出来，白天就消失了。人们说如果被怪兽抓住，身上就会生恶疮。有个人晚上坐在屋檐下，看见一只怪兽正好

跑进自己家里，就站起来拿起木棒痛击，那怪兽被打倒在地。这人取来灯笼照了一下，发现地上死的竟然是自己的小女儿。

第二年，京师就被金人攻破了。

此妖载于宋代洪迈《夷坚志》丁志卷第三

210
西宁侯邸妖

明代，郑翰卿在西宁侯家中做客，晚上梦到一个黄衣少年，邀请他到左边的屋檐下共饮。少年还招呼了一个女子前来助兴，女子长得十分美丽。少年站起来跳舞，唱《春游》之歌，歌词是这样的："芳草多情，王孙未归，迟我良朋，东风吹衣。"女子则唱《春愁》："老莺巧妇送春愁，几度留春更不留。昨日漫天吹柳絮，玉人从此懒登楼。"郑翰卿正看得高兴，少年忽然说："不好，文羌校尉来了！"郑翰卿抬头，见一个人，穿着绿袍，戴着高冠，踉跄而来。

郑翰卿从梦里惊醒，来到院子中，看到一朵牡丹花，婉媚绚烂，应该是梦中的那个女子。一只黄色蝴蝶翩翩而去，应该是那个黄衣少年。绿叶上，有个长二寸多的螳螂，应该是所谓的文羌校尉。

这一年，西宁侯死去，郑翰卿也离开了西宁侯府。

此妖载于清代褚人获《坚瓠集》七集卷三

211
虾王

唐代大足初年，有个书生跟随新罗使者出海，被风暴吹到一个地方。这里的人男女老少都长着长长的胡须，语言和大唐的一样，自称长须国。他们说自己居住的地方叫扶桑洲。这里人口众多，房屋楼宇、衣服的样式和大唐的不同。

书生游历了几日，当地人对他很敬重。有一天，来了几十辆车马，来人说是他们的大王要见书生，将书生带到了一座大城内。书生进了宫殿，见到了他们的大王。大王容貌威严，长了十几根长须，封书生为司风长兼驸马。书生自此身份显赫，家里有很多珠玉，但是每次看到长着胡须的媳妇儿，书生就很不高兴。过了十几年，书生和公主生下了一儿二女。

有一天，大王和群臣忧心忡忡，书生询问怎么回事，大王说："我国将逢大难，危在旦夕，只有驸马你才能搭救我们。"书生说："国家有难，我就是粉身碎骨也不敢推辞。"大王让人准备大船，又派出两个使者相随，对书生说："请你去拜会海龙王，对他说东海第三叉第七岛长须国，有难求救。"

书生上了船，很快来到了龙宫，见到了龙王。龙王听了书生的话，让手下立刻去调查。过了很久，手下人回禀："东海境内并没有这个国家。"书生诚恳哀求，说长须国在东海第三叉第七岛。龙王再次让手下去核实。过了一顿饭的工夫，手下来说："这个岛上的虾，按照计划，应该成为本月大王你的食物，前天已经抓来了。"龙王大笑，对书生说："你恐怕被虾迷惑了。我虽然是龙王，但所吃的东西都是上天安排好的，不敢私自改变。今天为了你，我少吃一些吧。"说完龙王让人带着书生去看，果然见屋子里放着十几口大铁锅，里头全是虾。其中一口锅中有五六只赤红色的大虾，见了书生便反复跳跃，像是在向他求救。带领书生的使者指着其中的一只大虾，告诉书生："这就是虾王。"书生听了，伤心得流下泪水。

龙王让人把装着虾王的那一锅虾放了，然后派出两个使者将书生送回中原。仅仅过了一天，书生便回到了家，回头再看那两个使者，竟然是两条巨龙。

此妖载于唐代段成式《酉阳杂俎》前集卷十四

212
鹗男

清代，山东长山县有个姓杨的县令，为人极其贪婪。康熙年间，朝廷在西部边疆用兵，要求各地购买民间的骡马运送军粮。杨县令以此为借口，大肆搜刮，将地方上老百姓的牲畜抢了个干净。

长山县的周村有集市，每逢赶集日，车水马龙。杨县令则率领手下，在集市上抢夺了不下百头的牲畜。大家愤怒异常，又怕杨县令报复，无处伸冤。

有一次，山东各县县令因为公务聚集在省城，益都县的董县令、莱芜县的范县令和新城县的孙县令在驿站休息，碰见两个山西商人喊冤，说他们的骡子被杨县令抢走了。三个县令看对方实在是可怜，就一起去找杨县令，希望他能把骡子还给那两个商人。

见到三个县令来，杨县令置酒款待。酒宴之上，听明三人的来意，杨县令一口拒绝，并拉着三个同僚行酒令。杨县令说："我出一个酒令，对不上的罚酒。这个酒令必须是说一个天上的东西，一个地下的东西，还要说个古人。左问手里拿什么东西，右问嘴里说什么话，随问随答。"说完，他自己先开始，说道："天上有月轮，地下有昆仑，有一古人刘伯伦。左问所执何物，答云：'手执酒杯。'右问口道何词，答云：'道是酒杯之外不须提。'"轮到范县令，范县令接着说："天上有广寒宫，地下有乾清宫，有一古人姜太公。手执钓鱼竿，道是'愿者上钩'。"第三个是孙县令，他说道："天上有天河，地下有黄河，有一古人是萧何。手执一本大清律，他道是'赃官赃吏'。"杨县令听了，脸上挂不住了，沉吟了一下，道："我又有一个酒令——天上有灵山，地下有泰山，有一古人是寒山。手执一帚，道是'各人自扫门前雪'。"其他三个县令听了，知道这家伙铁定是不打算还那两个商人的骡子了，面面相觑。

这时候，忽然有个少年从门外进来，衣着华丽整洁，对四人行礼。少年笑着说："刚才我听见各位大人正行酒令。我也凑上一个。"大家便请他说。少年说道："天上有玉帝，地下有皇帝，有一古人洪武朱皇帝。手执三尺剑，道是'贪官剥皮'！"三个县令听出少年是在讥讽杨县令，纷纷大笑。杨县令大怒，骂道："哪里来的狂徒，竟敢如此！"说完，命差役将少年抓起来。

少年纵身一跃，跳到桌子上，变成了一只鸮鸟，冲帘飞出，落到院子中的树梢上，回顾室中，哈哈大笑，接着飞走了。

此妖载于清代蒲松龄《聊斋志异》卷十二

213
小三娘

清代，麻阳县方寿山有女妖，白天在空中现形，自称小三娘，时常出来作祟，当地老百姓很害怕，很多人都搬走了。县令命人作法，女妖也不逃。

当时，苏州人蒋敬夫在辰州当知府，知道了这件事，亲自写了檄文，带领十几个衙役，拎着一只猪蹄、一坛酒，来到当地，打听那女妖。

当地人说："山北有个洞，经常听到怪异的声音，凡是去那偷窥的人都会暴死，所以大家都不敢靠近。"蒋敬夫说："当官就不能回避困难，即便是死了，也不会后悔。我是天子手下的官，而且是忠孝之后，即便是有妖怪，我也能制服它！"大家都极力劝阻他，蒋敬夫说："唐代时，韩愈为了拯救百姓，驱赶鳄鱼，我也应该为民除妖才是！"

于是，蒋敬夫带着大家来到那个山洞，将猪蹄和酒扔下去，焚烧檄文，诅咒女妖。时候不大，洞里面黑风旋起，草木呜呜作响，蒋敬夫说："你既然能作祟，那就在我面前现形，我等着你！"良久，也没看到小三娘。蒋敬夫便带着大家回了城，在路边看到一双绣鞋，大家都说："这应该是小三娘的鞋子。"蒋敬夫说："女妖已经逃跑了，百姓就不会再害怕了。"

这是康熙六十一年（1722 年）发生的事。

此妖载于清代钱泳《履园丛话》丛话十六

214
蝎魔

明代西安有一座蝎魔寺，在大殿中塑造了一个大蝎子供奉着。相传明代初年，有个女子一直很蠢笨，生病死掉后又复活了，活过来后变得十分聪明，被一个布政使娶为夫人。一天，布政使看到床上有只大蝎子，转眼间变成了女子。女子告诉丈夫说："我原本是蝎魔，被观音菩萨点化，借助原本的尸体复活，服侍于你左右。希望你能够建一座寺庙，来报答观音菩萨的恩德。"布政使答应了，就建起了蝎魔寺。后来，女子就消失了。

此妖载于明代陆粲《庚巳编》卷九

215
蝎妖

有一个贩蝎子的南方商人，每年都到临朐县收购很多蝎子。当地人拿着木钳子进入山中，掀开石块，寻找洞穴，到处搜捉蝎子出售。

一年，商人又来了，住在客店中，忽然感到心跳得厉害，十分害怕，急忙告诉店主人说："我杀生太多，现在蝎子妖发怒，要来杀我了！请快救救我！"店主人环顾室中，见有个大瓮，便让商人蹲下，拿瓮将他扣了起来。一会儿，有个人奔了进来，黄色头发，相貌狰狞丑陋，问店主人："那南方商人哪里去了？"主人回答："出去了。"那人到室内四下里看了看，又像闻什么东西一样抽动了好几次鼻子，便出门走了。店主人松了口气，说："侥幸没事了！"忙打开瓮看，那商人却已经化成血水了！

此妖载于清代蒲松龄《聊斋志异》卷十二

216
蟹妪

南北朝时，章安县附近的海边，有条河叫南溪，清澈见底，里面有螃蟹，大如竹筐。元嘉年间，有个叫屠虎的人经过这里，抓螃蟹来吃，味道十分肥美。当天晚上，屠虎梦见一个妇人对他说："你吃我，不知道你很快也要被吃了吗？"

屠虎第二天出行，果然被老虎吃了，家里人将他下葬，老虎又刨开了他的坟墓，将他暴尸荒野。从此之后，再也没人敢吃那条河里的螃蟹了。

此妖载于南北朝祖冲之《述异记》

217
熊太太

明宣宗时，神木县有个姓秦的人，从军经过五龙山，一次出去打猎迷了路。只见周围五座山峰突起，四面壁立如削，深林密箐，虎啸狐嗥。山的北面，岩石上积雪未融，有一个山洞，洞口光滑，好像有东西要出来。

秦某仓皇失措，正想离开。忽然一阵腥风袭来，一只母熊抓住了他。母熊将秦某带入洞中。洞内宽阔无比，可以看到日光，铺着厚厚的羽毛作为床铺。母熊将秦某留在洞内，用一块石头堵住洞口离开了。不久，它又带着一只鹿进来，不仅对着秦某笑，还给秦某鹿肉吃。秦某见母熊对自己似乎没什么恶意，取出火具捡拾洞外的枯枝败叶烤肉吃。母熊见了，也过来吃了一块，觉得味道比生肉好吃，甚是喜悦。当天晚上，母熊抱着秦某入睡，俨然和他做了夫妻。过了几个月，母熊产下一个男婴。这个男婴和人没什么不同，只是腰下长了许多长毛。

秦某之前并没有儿子，见母熊为自己产子，欢喜无限。母熊哺育孩子如同慈母，后来因为和秦某相处得久了，也能听懂人话，又见秦某安稳，所以搬开了原本堵在洞口的石头，任其自由出入。

秦某一直想离开，可又眷恋儿子，不能舍去。时光如梭，四年过去了，儿子长得高大结实，看上去像八九岁，行步如飞。有一天，等母熊出去，秦某带着儿子狂奔几十里，顺利回到了军营。

之前同伴见秦某入山不回，以为他死于野兽之口，如今见他不仅安然无恙，还带回来了这么一个彪悍的儿子，大喜过望，对父子俩甚是照顾。

在军营虽然生活得很好，可儿子思念熊母，屡屡想去寻找。后来儿子长大了，喜欢骑马奔驰，力大无比，神勇无敌。一天，儿子带上弓箭，纵马驰驱，竟然将熊母带了回来。

据儿子说，他费了一番功夫才找到那个山洞，进入洞中，熊母扑过来想吃他，他露出下体的长毛，熊母才认出这是自己的孩子。他想请母亲一起去军营，熊母不答应，祈求了好几天，熊母才最终同意。

熊母见到秦某，十分生气。秦某赶紧跪地道歉，儿子也一旁劝说，熊母这才原谅了秦某。一家人来到军营，熊母对秦某的同伴彬彬有礼，大家待其如人。这一年，秦某的儿子，也就是后来的秦钟岳，才十二岁。

天顺二年（1458 年），鞑靼部首领孛来领兵进犯陕西神木，秦钟岳募集乡勇在定边营抵御外敌，奋勇杀敌，追至河套，擒孛来而还，被授榆林参将。弘治年间，敌酋火筛前来犯边，秦钟岳领兵大破敌军，斩杀火筛，升左都督同知，职位可以世袭。

按照规定，秦钟岳为自己的母亲请求封诰，皇帝答应了。圣旨到的那一天，秦钟岳扶着熊母出来。熊母穿上诰命夫人的礼服谢恩，言行举止和常人一样，只是不能下跪，无法说话。

后来，皇太后听说了这件事，亲自来到秦家见了熊母，赐号"熊太君"。自此之后，人们都称呼熊母为熊太太。

此妖载于清代朱翊清《埋忧集》卷一、清代袁枚《子不语》卷十九

218

修月人

唐代太和年间，郑仁本有个表弟，不知道他的姓名为何。这个表弟曾经和一个王秀才游嵩山，攀藤越涧，来到一极幽之境时，迷失归途。将近天晚，二人不知该到什么

地方去，正踌躇间，忽然听到树丛中有打鼾的声音，便拨开丛木查看，只见一个穿洁白布衣的人，枕着一个包袱正在睡觉。

二人急忙将他唤醒，说："我们偶然来到此地，迷了路，你知道哪里有大道吗？"那人抬头看了他们一眼，不吱声又要睡。二人再三喊他，他才坐起来，转过头来说道："到这里来。"于是，二人走上前去，并问他来自何方。那个人笑着说："你们知道月亮是七宝合成的吗？月亮的形状像圆球，它的阴影多半是因为太阳光被遮蔽才产生的。在它的暗处，常常有八万二千人在那里修月，我就是其中的一个。"然后，他打开包袱，里面有斧凿等物。他拿出两包用玉屑做成的饭团子，送给二人说："分吃了这个东西，虽然不足以长生不老，但却可以免除疾病！"然后站起来，给二人指点一条岔道，说："只要从这儿向前走，就可以上大道了。"话音刚落，人已不见踪影。

此妖载于唐代段成式《酉阳杂俎》前集卷一

219 盐枭

清代山西蒲州盐池有座关帝庙，供奉着关羽、张飞的塑像，旁边还立着周仓的塑像，手里拖着铁链，锁着一根朽木。当地人称这根朽木叫盐枭。传说宋代元祐年间，盐池里面的水不能生成盐，商民就去关帝庙祈祷。晚上，众人梦见关帝说："你们的盐池被蚩尤占据了，所以烧不出盐来，我能制服蚩尤，但是蚩尤的妻子叫盐枭，我制服不了，需要我三弟张飞才可以。我已经派人去益州请他了。"第二天，大家就在庙里面塑了一尊张飞的神像。当天晚上，风雨大作，一根朽木被锁在了铁链上。从此之后，再用盐池水煮盐，出产的盐量比以前多十倍。

此妖载于清代袁枚《子不语》卷一

220 蜓蚰

苏州阊门有个叫叶广翁的人，擅长昆曲，他有个侄子，年少能文，风流放荡。一天晚上，这个侄子独坐书房，有个头绾双鬟的女子前来，自称是邻居家的女子。侄子就和这女子同床共枕，发现这个女子皮肤十分滑润，很是喜欢。女子每次离开，床上总是留下一团白色的黏液，不知道是什么缘故。过了几个月，这个侄子得病死了。

人们说，那个女子是蜓蚰所变的。

此妖载于清代钱泳《履园丛话》丛话十六

221
咬拆曲石神

咬拆曲石神，状如少女，妩媚妖艳，有时会变成人，和人往来，夺人的真气。

这种妖怪，是那些坐禅不成的修行人所化的，又叫清灵善爽之鬼。

此妖载于宋代《太清金阙玉华仙书八极神章三皇内秘文》（收录于明代张宇初《道藏》）

222
冶鸟

越地一带的深山中有一种大鸟，大如斑鸠，名为冶鸟，在大树上筑巢，巢的直径有好几寸，周围用土垒边，红白相间。伐木的人看到这种巢就会离开。如果听到这种鸟叫而不走，当天晚上就会有老虎前来吃人。

这种鸟白天看起来是鸟，晚上听它的鸣叫声也是鸟，但有时候会变成人，高三尺，到河流中找石蟹，找人借火烤着吃。人不能伤害它，否则就会发生祸事。

此妖载于晋代干宝《搜神记》卷十二、晋代张华《博物志》卷三

223
夜星子

清代时，小孩夜里哭闹不止，人们都说是"夜星子"在作祟。

有一户人家，家里的小孩夜夜哭啼，差不多持续了两个月，全家人被搞得筋疲力尽。有个老太婆说这是夜星子干的，并自称能够抓住这种妖怪。家人问她需要做什么准备，她说不难办，只需要用木头做成一个方方的笼子，四面糊上白纸，放在灶上，灶下面再放一盏油灯，点亮后，让油灯的光照在笼子的白纸上。等小孩夜里哭的时候，就在灶

前口朝下放一个粗瓷碗，碗上横放一把菜刀，然后坐在小凳子上面对灶门坐下，就可以办事了。

家人按照老太婆的吩咐，准备妥当。孩子哭时，老太婆拿着刀，嘴里嘀嘀咕咕不知道说了什么。过了一会儿，油灯突然昏暗，笼子的白纸上隐隐看到黑影，闪烁不定，那些黑影有的是人，有的是马，还有猫狗之类的动物。老太婆嘀咕的声音越来越急促，灯光也越来越暗，上面的影子更是不断出现，最后一个影子颜色黝黑，纹丝不动，形状很像棺材。老太婆举起刀，咣当一声打破了瓷碗，油灯光线突然变得明亮起来，那个黑影印在纸上，如同墨汁一般。老太婆用火烧掉了笼子，小孩的啼哭声戛然而止。

清代，北京城有个侍郎，他的曾祖父留下个小妾，已经九十多岁了，全家都叫她老姨。老姨平日里坐在炕上，不苟言笑，养了一只猫，和她形影不离。

侍郎有个儿子刚生下来不久，夜夜啼哭，于是就请来巫师捉夜星子。巫师手里拿着小弓箭，箭杆上绑着几丈长的丝线，坐在小孩的房间里。半夜，月华朗照，窗户纸上出现一个影子，好像是一个女人，高七八尺，手持长矛，骑着马。巫师低声道："夜星子来了！"说完，开弓放箭，射中对方。影子丢掉长矛逃跑，巫师带着众人顺着丝线追赶。

一直追到后院，发现丝线延伸到了老姨房间的门缝里。大家都喊老姨，里面也没反应。侍郎推开门，带着人进去寻找，一个丫鬟喊道："哎呀，不好，老姨中箭了。"众人走上去看，发现巫师射出的小箭钉在老姨的肩膀上。老姨痛苦呻吟，养的那只猫还被她骑在胯下呢。

侍郎杀死了那只猫，然后把老姨关在房间里，断了她的饮食。过了不久，老姨死了，小孩也停止了夜啼。

　　　　此妖载于清代袁枚《子不语》卷二十三、清代和邦额《夜谭随录》卷六

224
蚁兵

东晋太元年间，桓谦的家里突然出现了很多小人，这些小人身高仅仅一寸多，穿着铠甲，拿着马槊，游走于宅子里，数百为群，有人指挥，相互打架。这些家伙动作麻利，马也轻快无比，经常来到有食物的地方，用槊刺中食物，带回洞中。

蒋山道士朱应子让人烧了许多开水，灌入这些小兵的洞穴中，然后往下挖掘，挖出一斗多的巨大蚂蚁。

后来，桓谦因为作乱全家被杀了。

此妖载于南北朝刘敬叔《异苑》卷八

225
蚁王

南北朝时，富阳县有个叫董昭之的人，一日乘船过钱塘江，看到江中有只大蚂蚁趴在一根芦苇上，随波漂浮，马上就要被淹死了。董昭之不忍心，就用绳子系着芦苇，把大蚂蚁带到了岸上。

这天晚上，董昭之梦见一个穿着黑衣服的人前来感谢自己，这人说："我是蚁王，感谢你救了我。以后你如果有危难，请告诉你我。"

过了十几年，董昭之住的地方发生抢劫事件，他被官府无端定罪，指控为首犯，关押在余姚。董昭之想到之前蚁王的那个梦，就暗暗向蚁王祷告求它赶紧来救自己出去。一同被关押的人见他嘀嘀咕咕，很好奇。董昭之就将事情告诉了对方，对方听了后，说："你可以找几只小蚂蚁，放在手心里，把事情告诉它们，让它们出去给蚁王送信。"董昭之如是照办。

当天晚上，他果然梦到蚁王前来。蚁王对董昭之说："你可以逃到余杭山里，不久之后，你就会被赦免的。"深夜，有很多蚂蚁前来，咬坏了董昭之身上的刑具。董昭之就逃进了余杭山，不久之后果然被赦免了，平安回到了家里。

此妖载于南北朝东阳无疑《齐谐记》

226
蚓女

晋文帝元嘉初年，益州人王双，忽然不愿意生活在阳光之下。这家伙用水将地弄湿，挖出洞穴，将菰蒋草覆盖其上，吃喝拉撒都在里面。

据王双说，经常有个身穿青裙、头戴白色头巾的女子来和他同床共枕。后来，王双听到床底下传来奇怪的声音，找来工具往下挖，挖出来一条全身青色有白色条纹的蚯蚓，长二尺多。

王双说，那女子曾经送给他一个香盒，气味清芬，后来他发现，香盒是螺壳，里面的香粉则是菖蒲根。

此妖载于南北朝刘敬叔《异苑》卷八、清代葆光子《物妖志》

227
蝇童

前秦世祖苻坚有一次想颁布大赦令，便与王猛、苻融在甘露堂私下商议。他们屏退了左右，苻坚亲自执笔起草赦文。这时，有一只大苍蝇突然落于笔尖，听到他们的议论后就飞了出去。

不久，长安城的大街小巷，人们奔走相告："官府今天要大赦了！"

有关官员把此事禀奏皇帝，苻坚奇怪道："宫中不可能有被窃听的道理呀，事情是谁泄露出去的呢？"苻坚下令追查此事，人们都说："有个穿青衣服的小孩，在街市上大喊道：'官府今天要大赦了！'很快便不见了。"苻坚感叹道："他就是先前那只大苍蝇啊！"

此妖载于宋代李昉等《太平广记》卷四百七十三（引《广古今五行记》）

228
影

唐代道士郭采真说，人有九个影子。段成式听了，去验证，发现顶多有六七个而已。郭采真又说，人的九个影子都有名字，一名右皇，二名魍魉，三名泄节枢，四名尺鬼，五名索关，六名魄奴，七名灶，八名亥灵胎，至于第九个影子，它的名字没人知道了。宝历年间，有个人会一种奇异的法术：在某人的本命日，五更天时，挑起灯笼去照那人的影子，根据影子的状态就能够判断那人的吉凶。

清代，有个叫邓乙的人，三十岁了，一个人生活，每到晚上就觉得十分孤独。一天，邓乙对着自己的影子说道："我和你相处也有几十年了，你就不能陪我说说话吗？"没料想，影子突然从墙上跳了下来，说道："好嘞！"邓乙吓得够呛，影子却说："你看看！你让我陪你说话，我答应了，你怎么还如此慢待我？"邓乙心里稍稍安定，就说："你有什么办法让我快乐呢？"影子说："你说你想干什么？"邓乙说："我一直都是一个人，想找个好朋友，行不行？"影子说："这有什么难的！"随后，影子变成了一个少年，风流倜傥。邓乙笑道："能变成个美丽女子吗？"影子转眼间又变成个女子，风华绝代。邓乙就和女子同寝，如同夫妻一样生活在一起。

从此之后，邓乙想要什么，影子就变成什么，只有邓乙能看到它，别人都看不见。时间长了，大家发现，邓乙的影子和邓乙一点儿都不像，问他，他才把这件事告诉别人，所有人都认为闹了妖怪。

几年之后，影子忽然提出要离开。邓乙问它去哪里，影子说去一个万里之遥的地方。邓乙哭着把影子送出门外，影子凭风而起，很快就不见了。

从此之后，邓乙就变成了一个没有影子的人，别人都叫他"邓无影"。

此妖载于唐代段成式《酉阳杂俎》前集卷十一、清代乐钧《耳食录》初编卷一

229
瘿猱

安康有个戏子名叫刁俊朝，他的妻子脖子上长了一个瘤子。一开始那个瘤子只有鸡蛋大小，渐渐地长到三四升的脸盆那么大。过了五年，瘤子更是大得如同装米的斗一般，沉重得让她无法行走。更奇怪的是，瘤子里面不时发出乐器演奏的声音，符合音律，十分动听。又过了几年，瘤子上生出无数细孔。每当要下雨的时候，这些细孔里就会冒出白色的烟雾，细若蚕丝，升腾而起，积成乌云，下起雨。发生这种事，家里的人都很害怕，商议着要把她送到山上的山洞里去。

刁俊朝很爱妻子，对她说："他们都让我把你送到没人的地方，该怎么办呢？"妻子说："我的这病，的确很讨厌。你把我送出去，我也是死，把这个瘤子割掉，大不了也是死。不如你帮我把它割开，看看里面到底是个什么东西。"刁俊朝觉得妻子言之有理，磨了一把锋利的刀，砍向瘤子。只听到瘤子发出一声脆响，破了，从里面钻出一只猕猴，慌慌张张地跑掉了。刁俊朝连忙把妻子的伤口包好。妻子的瘤子虽然没有了，身体却非常虚弱，生了大病。

第二天，有个道士到他家来，说："我就是昨天从瘤子里逃走的猕猴。我本来是妖怪，擅长呼风唤雨。后来，我和汉江边鬼愁潭里的一条老蛟龙交往，与它一起破坏江面上的船只，将其弄翻，抢船上的干粮来抚养我的子孙后代。后来，天上的太一神杀了那条老蛟龙，还要杀掉它的同党，我没办法，只能躲进

你妻子的瘤子里。连累了你的妻子，我心里十分过意不去，特地去凤凰山的山神那里求取了一些灵膏，你把它涂在你妻子的伤口上，应该就可以马上痊愈了。"刁俊朝依照道士说的，把药膏涂在妻子的伤口上，妻子果然好了起来。

刁俊朝杀鸡买酒款待这个道士，道士很高兴，喝酒唱歌，最后离开了。

这件事，发生在南北朝大定年间。

此妖载于唐代牛僧孺《玄怪录》卷八

230 鱼女

唐代元和年间，有个叫高昱的处士以钓鱼为业，有次停船于昭潭，到了夜里三更天还没睡着，见潭上出现三朵红色大荷花，散发出异香，有三个女子坐在上面，穿着白衣，光洁如雪，容华艳媚，莹若神仙。

三个女子说："今天晚上阔水波澄，高天月皎，怡情赏景，适合谈玄说道。"其中一个女子说："旁边有条小船，会不会有人听到我们说话？"另外一个女子说："即便有，也不会是高人，不必担心。"三个女子相互询问修习何业，一个说修佛，一个说修道，一个说习儒。

其中一个女子说："我昨天做了一个不祥之梦，梦见子孙离开巢穴，我们遭人驱逐，举族流离失所。"其他两个女子说："不过是梦，不足为信。"

接着，三个女子推算早晨以什么东西为食。过了很久，其中一个女子说："我们吃一个僧人、一个道士、一个读书人吧。"说完，三个女子消失了。

高昱听了这些话，牢记在心。到了早晨，果然有个僧人来渡水，到了潭中间溺死了。高昱见了，大惊失色，说："看来那三个女子所言非虚。"不一会儿，有个道士要渡水，高昱赶紧去制止。道士说："僧人溺死那是偶然，我受前辈所招，有急事，不能失信于人，虽死无憾。"道士让船工摆渡，到了潭中间，也掉下去淹死了。接着，来了个书生，背着书箱要渡水。高昱说："前面僧人、道士已经死了，你千万不能再过去！"书生正色道："生死有命，今天我的家族中有人死了正在祭祀，我不能失礼。"船即将开动，高昱拉住书生，劝道："不能渡呀！"书生正要说话，只见从潭中飞出一个如同白布的东西，缠住书生，将他拖入水中。高昱和船工拉住书生的衣襟，上面满是黏液，又滑又腻，根本拉不回来。高昱长叹道："命也！顷刻之间，死了三个人！"

又过了一会儿，来了一个老头和一个少年。高昱前去打招呼，问对方的底细。老头说："我是祁阳山唐勾鳖，要去长沙拜访朋友。"高昱久闻此人是个得道之人，法术高超，于是对他以礼相待。老头听到岸边有很多人哭，是先前溺死的那三个人的亲属。

老头问怎么回事，高昱如实相告。老头怒道："竟敢如此害人！"说完，老头打开箱子，取出笔，写下符咒，递给弟子，说："拿着我这符咒入潭，把它们抓上来，快去！"

弟子捧着符咒进入水潭，如履平地。进入潭中后，弟子见有座山，山上有个大洞，如同人间的房屋，石床上睡着三头白猪。

看到这个弟子，三头白猪惊慌失措爬起来，变成白衣美女，哭泣道："果然那个梦是不祥之兆。请代我们向你的师父说明，我们在这里很久了，留恋不舍，给我们三天时间收拾东西去东海，倘若答应，我们可以献上明珠。"弟子说："我要这东西没用。"

弟子上岸，将事情告诉了老头。老头大怒，道："你告诉它们，明天早晨赶紧离开，否则，我派六丁神杀了它们。"弟子再次来到潭底传达老头的命令，三个女子哭道："听命！"

第二天，一股黑气从潭面冲天而出。过了一会儿，大风乍起，波浪滔天。三条几丈长的大鱼带着无数小鱼，沿着河流游走了。

此妖载于唐代裴铏《传奇》

231 羽人

周昭王继位二十年的时候，白天打瞌睡，梦见一个人，衣服上都是羽毛，自称羽人。梦里面，周昭王和羽人聊天，询问如何才能成仙，羽人告诉他要绝欲，并替他换了心脏。这时，周昭王惊醒了，却因此患上了心疼病。第二次做梦，他梦见羽人用仙药治好了自己的心疼病。羽人囊中的仙药，吃了可以长生不死，涂抹在脚上，可以飞出万里之外。

此妖载于晋代王嘉《拾遗记》卷二

232
袁公

越王勾践曾经向范蠡请教搏击之术，范蠡说："臣听说国中有个女子，此技精湛，国人称赞，大王你可以找她来。"勾践就让人去找越女前来。越女在来的路上，碰到一个老头，自称袁公，对越女说道："听说你剑术高超，能让我见识一下吗？"越女说："既然如此，我也不敢隐瞒，那就切磋一下吧。"袁公捡起一截竹子，要和越女比试。越女迎战，出招犀利，袁公不能抵挡，飞身上树，化为一只白色猿猴。

晋代，有个叫周群的人，游览岷山，看见一只白猿从山峰上下来，站在自己面前。周群抽出随身带的书刀，扔向白猿，白猿化为一个老头，手中拿着一块八寸长的玉板，递给了周群。周群问："老先生你是哪一年出生的？"老头说："我年纪大了，早就忘了出生年月，只记得黄帝的时候，我开始学习天文历法。"周群从那块玉板上修习推算之术，通晓阴阳五行之术，被蜀人尊为"后圣"。

此妖载于汉代赵晔《吴越春秋》卷九、晋代王嘉《拾遗记》卷八

233
鼋

东汉灵帝的时候，江夏人黄氏的母亲洗澡时变成了一只鼋，游到深渊中去了。那以后她还常常浮出水来，洗澡时戴的一支银钗，等她的化身在水面出现时，还戴在头上。

三国黄初年间，清河人宋士宗的母亲，夏天里的一天在浴室里洗澡，让家里的儿女都出去关上门。家里人心中生疑，从墙壁的孔洞中，暗中窥见浴盆里有一只鼋。于是他们就打开门，大人小孩全进到浴室里，大鼋却一点儿也不搭理他们。老太太先前戴着的银钗，仍在其头上。一家人没办法只好守着大鼋哭泣。过了一会儿，那大鼋爬出门外，爬得很快，谁也追赶不上，一家人只能眼睁睁看着它爬进河水里。过了好几天，它忽然又回来了，在住宅四周巡行，像平时一样在住宅四周巡行，一句话没说就走了。当时的人对宋士宗说应当为母亲举办丧事，宋士宗认为母亲虽然变了外形，可是还活在世上，就没有举行丧礼。

此妖载于晋代干宝《搜神记》卷十四

234
宅仙

宅仙不是仙，而是出现于家中的一种妖怪，尊之为仙而已。

清代，有个叫盛朝京的人，寄居在一户姓王的人家，半夜时听到梆子声传来，刚开始没觉得奇怪，后来听到这声音由远及近，来到屋子里，这才赶紧爬起来查看。盛朝京看到一个高三四尺的老头，手持小木棒敲击不已，走到屋子的拐角就消失不见了。到了夜里一更天左右，那老头又敲着梆子从墙角出现，缓步来到门前，从门缝里走了出去，一夜来回了四五次。

第二天，盛朝京把这件事告诉了主人，才知道是宅仙。据主人所说，这个宅仙经常照顾家里，为其家看守仓库。曾经有盗贼来偷米，第二天前来自首。有小偷前来，自己在院子里迷路，天亮就被抓住了。如此种种，都是宅仙所为。

此妖载于清代李庆辰《醉茶志怪》卷一

235
宅中白鼠

苏长史打算在京口的一个宅子里住下来，但是这个宅子是出了名的凶宅。妻子觉得不妥，劝他不要住在这里。苏长史道："你不喜欢这个凶宅，我自己去住！"

苏长史住下后，当天晚上，有三十多个身高一尺多、道士打扮、穿着褐色衣服的人前来拜见苏长史，对他说："这里是我们住的地方，你赶紧离开，否则我们让你遭遇祸事！"

苏长史大怒，举起手杖便打，这些人跑到后宅的竹林里消失了。苏长史在他们消失的地方往下挖，挖出来三十多只白色老鼠，将其全部杀掉。自此之后，宅子再也没发生怪事。

侍御史卢枢有个亲戚担任建州刺史，一个夏天的晚上独自躺在床上，见院子里月色甚好，出门赏月，忽然听到屋子西边传来说笑声。刺史偷偷走过去，看到七八个白衣人，高不超过一尺，有男有女，坐在那里喝酒，他们用的器具也都很小。酒过三巡，其中一个人说："今天晚上我们很欢乐，但是白老要来了，该如何是好？"其他人都发出叹息声。过了一会儿，他们进入排水沟，消失不见了。

过了几天，刺史被罢官。新来的刺史养了一只叫白老的猫。猫一来到官署，就在屋子西边抓住了七八只白色老鼠，将它们全部咬死了。

此妖载于五代徐铉《稽神录》卷二

236
詹草

右詹山上，尧帝的女儿变成了詹草。这种草，叶子繁茂，花朵黄色，结出的果实如同豆子，吃了的人擅长魅惑人。

此妖载于晋代张华《博物志》卷三

237
鳠男

常熟福山这个地方，有个农民生了个儿子，取名保保。保保肢体柔弱，四五岁了还不能站起来行走，整天坐在木榻上，能够预言人的福祸吉凶，而且十分灵验，家里也因此变得富裕起来。

有一天，一个龙虎山的道士从门前路过，对别人说："这户人家里肯定有妖怪！"村里的富人刘以则听说了，就把道士请到家，说："你能除掉那个妖怪吗？"道士说："这个不难。"刘以则就让道士去除妖。

这天，保保忽然对母亲说："有个道士要来了，儿子我恐怕要死了。道士来了，你给他十吊钱，说不定能保下我的性命。"母亲正觉得奇怪呢，道士已经来了，在道路旁的柳树根下焚烧符咒，保保在家里顿时吐血不止。道士继续烧符咒，有一只鳠（鲟鳇鱼）死于水面，巨大无比。这只鱼死的时候，保保也在家里死去了。

此妖载于明代祝允明《志怪录》卷一

238
张恶子

嶲州嶲县有个姓张的老头，家里就他和老伴两口人，没有儿子，靠他每天到山谷里砍柴度日。

有一天，老头砍柴时被岩缝的锋利石头碰伤了手指，流了不少血，血滴落在石上一个小坑里，老头就用树叶把小坑盖上了。过了两天，老头又经过这个地方，拿开树叶一看，发现自己的血竟变成了一条小蛇。老头把小蛇放在手掌上，喜爱地玩了半天，那小蛇也好像依依不舍地不愿离去。老头就砍了一截竹筒，把小蛇装进去，揣在怀里回家了。

以后，老头就用一些碎肉喂这小蛇，小蛇也很驯熟，从不扰乱什么。随着时间过去，小蛇越长越大。一年后，它常在夜里出来吃掉鸡、狗之类的家畜。两年后，就开始偷吃羊和猪。邻居们丢了家养的畜类，都十分奇怪，老头和老太太也不吱声。

后来，县令丢了一匹马，跟着马蹄印找到了老头家里，加紧追查之下，才知道马竟被蛇吞进肚里了。县令大惊，责骂老头怎么养了这么个恶毒的东西。老头只好认罚，想杀掉这条大蛇。

一天晚上，雷电大作，整个县突然成了一个大湖，湖水无边无际，只有老头、老太太活了下来。后来老头、老太太和大蛇也都不知道哪里去了。从此这个县就改名叫陷河县，人们把那蛇叫作"张恶子"。

后来姚苌到四川去，走到梓潼岭，在路旁休息，见有个人走过来对他说："先生最好快点儿回陕西去吧，你应该去那里统治百姓，成为他们的王。"姚苌问他的姓名，那人说："我就是张恶子，将来你别忘了我就行。"姚苌回到秦地，果然在长安称了帝。

称帝后，姚苌派人到四川寻访张恶子，没有找到，就在遇见张恶子的地方建了一座庙。后来，唐僖宗因为躲避叛乱逃到四川，张恶子在十几里外列队迎接。僖宗就解下自己的佩剑赐给他，并希望他为自己效力。不久叛乱被平息，圣驾回京，唐僖宗送给张恶子很多珍宝。

此妖载于宋代李昉等《太平广记》卷三百一十二（引《王氏见闻》）

239 丈夫民

殷商时，商王太戊派遣一个叫王英的人去西王母那里采仙药。王英长途跋涉，被困在一个地方，粮食吃完了，只能吃当地树上长出来的果实，以树皮为衣服，终生没有娶妻，却生下了两个儿子。那两个儿子都是从王英的背部钻出来的，后来繁衍出族众，称为"丈夫民"。丈夫民住的地方距离玉门两万里。

此妖载于晋代郭璞《玄中记》

240
贞女

中宿县这地方，有个贞女峡。峡西岸的江边伫立着一块石头，其形状像人，相貌酷似一个女子，当地人称其为贞女。传说，秦朝时，有几个女子到这里来捡拾水螺，突遇暴风骤雨，顿时天昏地暗，其中的一个女子就变化成了这块石头。

此妖载于晋代陶潜《搜神后记》卷一

241
知女

百岁的狼能变成女人，名为知女。知女容貌娇好，坐在道路旁边，看见男人就说："我没有父母兄弟，能不能跟你回家？"男人如果把她带回去，娶她做妻子，过了三年就会被她吃掉。喊她的名字，她就会逃走。

此妖载于唐代释道世《法苑珠林》卷四十五（引《白泽图》）

242
仲能

传说老鼠能活到三百岁，满一百岁全身的毛就会变得雪白，擅长附在人身上占卜，名为仲能，能知道一年中的凶吉和千里之外的事情。

清代四川西部，有个伙夫陈某，身形粗悍，酒量也大。一天他喝醉了，躺下后发现有东西趴在自己的肚子上，低头一看，是个老头，须发皆白，长相奇怪。陈某蒙眬中以为是同伴戏耍他，就没搭理。

此时正是初秋，天气寒冷，陈某拿起薄薄的被褥裹紧身体。到了第二天早晨整理被子的时候，发现被子里有一只白毛老鼠，三尺多长，已经被他压死了。陈某这才明白，昨晚的那个老头就是这只老鼠。陈某如果没把它压死，就可以凭借它成为能预测吉凶的占卜者。

此妖载于晋代葛洪《抱朴子》内篇卷三、晋代干宝《搜神记》卷十二、
清代袁枚《子不语》卷十六

243
鱷鱼

济南郡东北有个地方叫鱷坑。相传，北魏景明年间，当地有个人在挖井时抓到一只鱼，大如镜子。当天晚上，河水灌入此坑，居住在里面的人全部变成了鱷鱼。

此妖载于唐代段成式《酉阳杂俎》前集卷十七

244
周德大昧

周德大昧，形态如同一个成年女子，头戴七星玉珠冠，身穿彩色五花服，云鬈绀润，眉目似秋波，经常携带一个小孩的骷髅头骨，看到人，便将骷髅头骨变成一个绣囊，看见的人都会走到它跟前欣赏。它会跟人说："我本是大家闺秀，因为欣赏周边秀美的景色来到这里。"见到它的人，一旦喜欢上它的姿色，便会被其迷惑丢掉性命。

这个妖怪，印堂上有个豆子大小的斑点。它的本体，是江中老龟。

此妖载于宋代《太清金阙玉华仙书八极神章三皇内秘文》（收录于明代张宇初《道藏》）

245
猪妇人

晋代有个姓王的读书人，从曲阿回老家吴郡。一天傍晚，他在一个镇子边停船歇息，看到岸边有个十七八岁的女子，长得十分美丽，就叫来陪自己。天快亮的时候，王某掏出一个金铃铛作为礼物系在女子的手臂上，让人送她回家。到了这户人家，女子就消失不见了，众人四处寻找，发现猪圈里有一头母猪，蹄子上系着金铃铛。

唐代汝阳县有个二十多岁的美丽女子走到一个大户人家中，说："我听说你们家需要雇人来养蚕，所以特意来找工作。"主人很高兴，就让她和自己的女儿住在一起。这女子工作很卖力，收到工钱后，就去买酒喝，也买胭脂水粉，后来有一次和一个少年一起喝酒，喝醉了，在树林里睡着了，变成了一头母猪。大家都很奇怪，四处打探，发现这头母猪是一个叫元佶的人家里的，已经养了十几年，前段时间突然消失了。

唐代，越州上虞有个秀才叫李汾，喜欢幽静之地，住在四明山。山下有个张老头，家里很富裕，养了很多猪。天宝年间的一年中秋，李汾在庭院里弹琴赏月，忽然听到门外传来赞美之声，开门看见一个女子，长得倾国倾城，就是嘴巴很黑。李汾觉得很奇怪，就问她是不是神仙。她说："不是，我是山下张老头的女儿，今天父母去走亲戚了，我偷偷跑过来和你私会。"李汾很高兴，晚上就和女子住在了一起。天快亮时，女子梳妆打扮想走，李汾偷偷藏了她的一只青色的鞋。女子苦苦哀求李汾，让他把鞋子还给自己，李汾不答应，女子哭着走了。天亮后，李汾看到床前有很多血，那只青色的鞋子变成了一个猪蹄壳。他赶紧跟着血迹找到了张老头家，在猪圈里发现一头母猪，一条后腿少了蹄壳。李汾赶紧把这件事情告诉了张老头，张老头就把母猪杀了。这件事发生后，李汾就离开了四明山。

此妖载于晋代干宝《搜神记》卷十八、唐代薛用弱《集异记》、宋代李昉等《太平广记》卷四百三十九（引《广古今五行记》）

246
猪龙

濮阳郡有个叫续生的人，没人知道他从哪里来。他身高七八尺，又黑又胖，留着两三寸长的头发，连裤子都不穿，只一件破衣衫垂到膝盖而已。别人送给他财物衣服，他转脸就会送给贫穷的人。

每逢四月初八，市场上的所有游戏之处都会有一个续生在那里。郡中有个叫张孝恭的人，不相信这种事会是真的，便自己坐在一个戏场里面对着一个续生，又派仆人往各处去查看，仆人回来向他报告说好多地方都有续生。由此，他便以为续生确实是个奇异的人。

天旱的时候，续生会钻到泥土里，蜷缩伸展一阵子，肯定就下雨，当地人称他为猪龙。当地有个大坑，水流到这里就不再往外淌了，常有一群群的猪躺在里面玩耍，续生到了夜晚也来这里躺着。冬天时，雪花落在他的身上，就被他睡觉时的汗气融化蒸发了。没过多久，夜间有人看见北市场火光冲天，走到跟前一看，见一条大蟒，身子在坑中，脑袋在坑外，脑袋跟猪头一般大，并且长着两个耳朵。等到天亮一看，原来是续生，只见他拂去身上的灰就出来了。后来，不知续生到什么地方去了。

此妖载于宋代李昉等《太平广记》卷八十三（引《广古今五行记》）

247
紫盖枯骨

宋代建炎初年，安定郡王赵德麟带着家人，从京师东下，抵达泗州北城，在当地的一处驿站歇息。

晚上，赵德麟想喝热水，一个小妾端着杯子进来，用紫盖头蒙着脸。赵德麟说："在屋里面，你搞成这样干什么？"说完，上前揭下小妾的紫盖头，发现竟然是枯骨！赵德麟一点儿也不害怕，接连扇了对方几个耳光，说道："我家又不是没人使唤，要你这样的妖怪有什么用！"他大声呵斥对方，让其离去。妖怪倏忽而没。

赵德麟没将这件事告诉家人，在驿站住了一晚，第二天就正常上路了。

此妖载于宋代洪迈《夷坚志》支景卷第八

精
部

248 八哥

清代时，某人养了一只八哥，平时教它说话，驯养得很灵巧。这人很喜欢这只八哥，和它形影不离，连出门都带着它，就这样过了好几年。

一天，这人去绛州，离家很远，带的钱都花光了。他正在发愁，就听八哥说："你为什么不把我给卖了呢？卖到王爷家里，肯定能有个好价钱，就不愁回去没有路费了。"这人说："我怎么忍心呀！"八哥说："没事，你拿到了钱，赶紧走，到城西二十里的那棵大树下等我。"这人就答应了。

这人带着鸟进了城，八哥和他有问有答，引来很多人看热闹。王爷听说了，就把这人叫到了府里，问卖不卖这八哥。这人说："小人我和这只鸟相依为命，不愿意卖。"王爷问八哥："你愿意留下来吗？"八哥说："我愿意！"王爷听了，很高兴。八哥说："给他十两银子就行，别多给。"王爷听了，更加高兴，让人拿来十两银子，交给了这人。这人拿了钱，故意做出后悔的样子，离开了。

王爷买了八哥，和八哥说说笑笑，很高兴，还让人取来肉喂八哥。八哥吃完了，说："我要洗澡！"王爷就让人用金盆盛水，打开了笼子。八哥洗了澡，在屋檐外飞来飞去，与王爷说了一会儿话，大声道："我走了哈！"言罢，展翅飞走。王爷和仆人们四处寻找，也没找到那只八哥。

后来，有人在西安的集市上看到过那个人，还有那只八哥。

此精载于清代蒲松龄《聊斋志异》卷三

249 白耳

唐代有个人叫郭元振，住在山里。一天，半夜时分，有一个脸如圆盘的东西眨着眼睛出现在灯下。郭元振一点儿也没害怕，还慢慢拿起笔蘸了墨，在它的面颊上写道："久戍人偏老，长征马不肥。"写完读了一遍，那东西就消失了。

几天后，郭元振四处闲逛，发现一棵大树上有个白耳，有几斗那么大，上面有他题写的那两句诗，这才明白过来夜里出现的那张怪脸，便是此物。

此精载于唐代段成式《酉阳杂俎》前集卷十四

250
白虹精

清代，浙江塘西镇丁水桥有个叫马南箴的人，靠撑船摆渡为生。一天晚上，他撑小舟时，看见一个老妇人带着女儿，在渡口要求坐船。船里的客人催促马南箴赶紧走，马南箴说："天这么晚了，如果不接她们，她们深夜露宿在外，不好。接她们过河也算是积阴德。"于是划船过去，接上母女。

这对母女上船后，坐在船头，一声不吭。当时是初秋，北斗星璀璨，斗柄西指。老妇人指着北斗星对女儿笑道："猪郎又手指西方了，这么喜欢跟风呀。"女子说："非也，七郎君也是无奈，如果不随着时间变换方向，世人哪里能知道春秋变换呢。"船里的客人觉得这母女俩说的话奇奇怪怪，为之愕然。母女俩则毫不介意。

船到了北关门，天已经亮了。老妇人取出一升多的黄豆给马南箴以示感谢，又取出一片麻布给马南箴包裹豆子，说："我姓白，住西天门，你哪天要是想见我，脚踩这片麻布飞升到天上，就可以到我家了。"说完，母女倏忽不见。

马南箴觉得自己碰到了妖怪，把豆子撒在了野地里。

回到家，马南箴发现自己袖子里还剩下几颗豆子，竟然是黄金，十分后悔，赶紧来到丢弃豆子的地方。豆子已经不见了，但是那片麻布还在。马南箴踩在麻布上，身体冉冉上升，看见村庄、百姓在自己的脚下，很快来到一个地方，建筑华丽，简直是琼宫玉宇。有个青衣仆人等候在门外，看见他，笑道："郎君果然来了。"仆人扶着老妇人出来。老妇人对马南箴说："我和你有缘，我的那个女儿想嫁给你。"马南箴谦让不肯，老妇人说："我们在渡口呼喊你时，缘分从我们而生；你答应渡我们，缘分便从你起。既然是缘分使然，你就不要推辞了。"

说完，老妇人命人摆上酒宴，为马南箴举行了婚礼。马南箴住了一个多月，思念家中父母，问妻子如何才能回去，妻子说踩着那片麻布即可。马南箴依言行事，果然回到了家乡。乡亲们纷纷前来围观，不信他从天上来。

后来，马南箴屡次往来于天上地下，他的父母不喜欢这样，趁机烧了那片麻布。焚烧时，麻布散发出异香，几个月不散。自此之后，马南箴便不能再上天了。有的人说："那个老妇人姓白，应该是白虹精。"

此精载于清代袁枚《子不语》卷六

251
白石女

临川有个姓岑的人，一次爬山，在溪水中看到两块白石，大如莲子，相互追逐嬉戏，便将它们抓住，放在了箱子里。当天晚上，岑某梦见两个白衣美女，自称姐妹，来服侍自己。醒来后，岑某知道两个女子是白石所化，便将它们缝在了自己的衣袋之中。

后来，岑某到南昌，有个波斯国的胡人看到他，问道："你身上有宝贝吧？"岑某说："是的。"便拿出了那两块白石给胡人看。胡人出价三万钱想买。岑某虽然很稀罕这两块白石，但是觉得没用，不如钱来得实在，便卖给了胡人。胡人连声道谢而去。

岑某因此而富，但一直遗憾没问胡人买那两块白石干什么用。

此精载于五代徐铉《稽神录》卷五

252
白鼠

传说，有一种老鼠，全身毛白如雪，只有耳朵、脚和眼眶是红色的。这种老鼠是金玉之精，在它出没的地方挖下去，可以挖出金玉。有人说，五百年的老鼠就会变白，耳朵和脚不是红色的是一般的老鼠，不是白鼠。

此精载于五代杜光庭《录异记》卷九

253
白头公

三国时，桂阳太守江夏人张辽，字叔高，到鄢陵县安家居住，买了块田地。田中有一棵大树，粗有十多围，枝叶很茂盛，遮住了几亩地的阳光，地里都长不出庄稼了。

于是，张辽就派遣门客去砍掉它，门客刚用斧子砍了几下，就有六七斗红色的浆液流了出来。门客惊恐万状，回来报告给张辽。张辽十分生气地说："树老了，树浆就红了，怎么能这样大惊小怪！"于是他就自己穿好衣服亲自去砍那棵树，几斧下去，那棵树竟然有大量的鲜血流出来。张辽就让门客先砍树枝，发现树上有一个空洞，里面有个白头发老人，四五尺高，突然跳出来，直奔张辽而去。张辽抽出刀，一连砍死了四五个白头发老人。旁边的人都吓得趴在地上，而张辽的神情还像平时那样镇定。大家仔细看死去的白头发老人，既不是人，也不是野兽。最后，大家顺利地砍掉了那棵树。

这一年，张辽被司空举荐，担任了侍御史、兖州刺史。他凭借着俸禄二千石级别的尊贵身份，回到故乡，祭祀祖先，白天穿着绣衣，荣耀得令人羡慕，再也没有什么妖怪在他面前作祟。

此精载于晋代干宝《搜神》卷十八

254
白燕光

魏禅晋那一年，京城北面的城楼下有道白光，像是鸟雀的形状，经常飞来飞去。官署将这件事报告给魏帝，魏帝派人用网去捉，结果捉到一只白燕。魏帝认为它是神物，用金丝做了个笼子，放在宫内。十几天之后，白燕不知到哪里去了。有人说："这是兴盛繁荣的好兆头，从前师旷的时候，就有白燕来筑巢。"

此精载于晋代王嘉《拾遗记》卷七

255
百花大王

宋代，韩彦古镇守平江，晚上听到外面传来鼓声、笛声，喧闹无比，问手下怎么回事。一个老兵说："今天是百花大王生日，老百姓按照规矩，去庙里为其祝寿。"

韩彦古觉得这个所谓的百花大王，根本不是什么神灵，庙在省城里，很不妥，打算将庙拆掉。他虽然这么想，但是还没下令去办。

韩彦古手下的一个兵马都监，晚上做梦，梦见一个穿着紫色衣服的人，带着很多手下前来。都监说："我只不过是个小官，敢问尊驾是何人，到我这里来又有何事？"那人说："我不是人，是百花大王，一直以来，在庙里接受百姓供奉，虽然没有得到过朝廷正式册封，可我造福于民，从来没干过坏事。如今郡守想拆掉我的庙，让我和手下无依无靠。希望你能向郡守谏言，劝他打消这个念头。"都监说："你为什么不自己去跟郡守说呢？"百花大王说："我不敢冒犯他。"

都监醒来，一夜辗转难安，第二天早晨想告诉韩彦古，又畏惧韩彦古的脾气，不敢开口。都监无奈，自己算了一卦，见卦象大吉，才进官衙拜见韩彦古，问他："您要拆百花大王的庙？"韩彦古听了，大吃一惊，问："谁告诉你的？"都监将自己的梦说给韩彦古听。韩彦古觉得很奇怪，说："我不过只是夜里有这个念头，还没说出来，它就知道了，果然灵验。"于是，韩彦古便没有拆庙。

当天晚上，都监梦见百花大王来道谢。都监说："你不向郡守道谢吗？"百花大王说："他是天上的天狗星下凡，我不过是个妖怪，之前的事情还未确定，所以不敢。现在他不打算拆庙了，我自然可以去见他，向他道谢。"

第二天，都监拜见韩彦古，将自己的梦又告诉了他。韩彦古说："我也做了个梦，梦见一个人递上名帖，上面写着'百花大王立于庭下'。那人衣着打扮不凡，走到我的大厅上来。之后的事，我醒来便不记得了。"韩彦古和都监叹息良久。

此后，韩彦古命人整茸百花大王的庙，按时祭祀。

此精载于宋代洪迈《夷坚志》补卷第十五

256 板山叶

信州有座板山，山高谷深，人们在这里砍树制板，因此得名。

当地人熊乃，有一次和徒弟们进山伐木，他的弟弟跟在后面，一直到日暮也没追赶到哥哥。忽然，很多穿着盔甲的士兵从道路的东边过来，大声呼喊。熊乃的弟弟很惊慌，趴在草丛里藏起来。过了一会儿，很多人举着旗帜、穿着盔甲经过，络绎不绝，见到有行人挡路，便将其杀掉。有个人看上去像是他们的大将军，骑着马，向西奔驰而去。等他们走远了，熊乃弟弟才爬起来继续赶路。到了早晨，弟弟碰到了熊乃，将看到的事情告诉了哥哥。

熊乃和徒弟们听了，说："西边都是悬崖峭壁，没有适合人居住的地方，怎么可能有这些人呢？"一帮人便去查看究竟。走了十几里，隔着溪水见那帮人摇动旗帜，好像在打猎。熊乃的一个徒弟，胆子很大，高喝一声，那帮家伙突然消失了。大家过去，见之前的人都变化成树叶，骑的马是蚂蚁，便将树叶弄碎。这些树叶都流出血来。众人将树叶扫到一处，放火烧了。

过了不久，当时在场的人陆陆续续地病死了，熊乃也得了足肿病，不治而亡。

此精载于五代徐铉《稽神录》卷四

257
蚌气

清代，北京西郊有一座大型皇家园林，名为畅春苑，前有小溪。乾隆年间，每当云阴月黑时，当班的内侍就会看到半空中闪闪发光，如同悬着一颗星星一般。大家很诧异，就寻找过去，发现那光芒从小溪中发出，由此知道溪流中肯定有宝贝。于是，大家偷偷商议，决定去探个究竟，最终从小溪中抓到了一只大蚌，直径有四五寸，剖开得到两颗珍珠。这两颗珍珠跟枣子一般大，长在一起，像葫芦一样。大家不敢私自藏匿，献给了皇上。这两颗珍珠后来被用在了皇上的朝冠之顶上。看来这是个很吉祥的东西。

此精载于清代纪昀《阅微草堂笔记》卷十九

258
陂中板

三国的吴国，豫章这个地方有个人叫聂友。此人年轻的时候很穷，经常上山打猎。

有一天，他发现一只白色的鹿，就放箭射中了它；循着血迹追赶，但没有找到。聂友又饥又困，就躺在一棵梓树下休息。一仰脸，看到他射鹿的那支箭扎在树枝上，他觉得很奇怪，就回到家里，准备了干粮，率领子弟带着斧子来伐树。

斧子刚砍下去，树就流出血来。聂友觉得不吉利，就把它破成两块板子，扔到了河中。这两块板子常常沉下去，也常常浮上来。凡是浮上来的时候，聂友家中必然有吉事。

聂友到外地迎送宾客，也常乘坐这两块板子。有时候正处河流当中的时候，板子要沉，客人十分惊惧，聂友就呵斥那板子一番，它们就浮上来了。

后来，聂友平步青云，官位一直到了丹阳太守。一次，那两块板子忽然随他来到石头城，他大吃一惊，心想，这时两块板子来，恐怕会有不祥的事情发生，于是就解职回家了。

他把两块板子夹在胳膊下，一天就到了家中。从此后，板子再出现，就是可能要发生凶祸。

此精载于晋代陶潜《搜神后记》卷八

259 卑

年代久远的猪圈中会产生一种精灵，名为卑，长得如同美女，拿着镜子喊它的名字，能够让人知道羞愧。

此精载于唐代释道世《法苑珠林》卷四十五（引《白泽图》）

260 笔童

唐朝元和年间，博陵人崔珏侨居在长安延福里。

有一天，他在窗下读书，看见一个小孩，高不到一尺，披着头发，穿黄色衣服，从北墙根走到床前，对崔珏说："请让我寄住在你的砚台上可以吗？"崔珏不吱声。小孩又说："我很有才华，愿意供你差遣，你不要拒绝我。"崔珏还是不理睬他。

不一会儿，小孩干脆蹦蹦跳跳地上了床，拱手站着。然后，小孩从袖子里取出一份文书，送到崔珏的面前。崔珏打开一看，原来是一首诗。字小得如同小米粒，但是清晰可辨。诗是这样写的："昔荷蒙恬惠，寻遭仲叔投。夫君不指使，何处觅银钩。"

崔珏看完，笑着对他说："既然你愿意跟着我，可不要后悔呀。"小童又拿出一首诗放到几案上。诗云："学问从君有，诗书自我传。须知王逸少，名价动千年。"崔珏又说："我没有王羲之的技艺，即使得到你，又有什么用？"一会儿，小孩又投来一首诗："能令音信通千里，解致龙蛇运八行。惆怅江生不相赏，应缘自负好文章。"崔珏开玩笑说："可惜你不是五色笔。"那小孩笑着下了床，走向北墙，进入一个洞中。崔珏让仆人挖掘那下面，果然挖到一管毛笔。

崔珏拿起来写字，很好用。用了一个多月，也没有发生别的怪事。

此精载于唐代张读《宣室志》补遗

261
赑屃精

传说龙生九子，各有神通，赑屃是龙的第六个儿子，样子长得像乌龟，喜欢负重，是长寿和吉祥的象征，所以一直以来，中国人喜欢把赑屃雕成石头，当作石碑的底座。年头久了的赑屃石雕，就会作祟。

唐代，在临邑县的北面，有一块华公墓碑，碑早就不知去向了，但底座赑屃还在。传说，当初这只赑屃经常驮着石碑跑到水里，到天亮才回来，人们经常看到石碑上面有浮萍和水藻。有人偷看，果然发现它跑进河中，吓得大声叫唤起来，赑屃惊慌失措地逃走，就把石碑折断了。再后来，折断的石碑就不知其踪了。

清代，无锡有个书生，长得英俊，家住的地方距离孔庙很近。庙前有座桥，桥面很宽，很多人喜欢在上面休息。一年夏天，书生在桥上纳凉，太阳快落山的时候，回到孔庙，看到学宫间道旁有个小门，一个女子站在那里。书生心动，上前要借火，女子笑着借给了他，与他眉目传情。

第二天，书生又去，那女子已经在门口等待了。书生问女子的姓氏，女子说是学宫里面仆役的女儿，并且与书生约定晚上去他那里。

书生高高兴兴地回去，打扫房间，恭候女子。到了晚上，女子果然来了，二人同床共枕，郎情妾意，从此之后，每晚都是这样。

过了几个月，书生日渐瘦弱，他的父母偷偷来查看，发现书生和一个女子坐在屋里有说有笑，等推门进去，却并没有看到那女子。父母觉得怪异，严词询问，书生才把事情和盘托出。父母十分害怕，带着书生去学宫查看，并没有发现女子当初居住的地方；寻访学宫的人家，也没有听说谁家有这么一个女儿，于是就知道那女子恐怕是妖怪。

父母四处请僧人、道士，但都没有什么效果。后来，还是父亲有办法，给了书生一把朱砂，告诉他：“等那女子再来，你偷偷地将朱砂撒在她的身上，我们就可以根据痕迹找到她。”

女子又来了，等她睡着，书生按照父亲的交代把朱砂撒在了女子身上。第二天，父母带人循着朱砂追到了孔庙，地上的朱砂就消失了。正发愁呢，忽然听到有妇女责怪自己的孩子："刚给你换上的新裤子，怎么染得这么红？"书生父亲听了，走上前去，看到一个小孩裤子上全是朱砂。问他在哪里蹭的，孩子说刚才骑了学宫门前的石赑屃。

众人找到那个石赑屃，发现上面果然遍是朱砂，于是和学宫里面的管事商量，砸掉了赑屃的脑袋，发现碎裂的石块中有血迹。赑屃的肚子里有一块小石头长得如同鸡蛋一样，这块石头怎么捶打都不碎，就把这块小石头丢进了太湖。

过了半个月，那个女子突然闯进了书生的房间，愤怒地说："我从来没有辜负你，你为什么让人砸碎我的身体？即便如此，我也不恼怒。你父母顾虑的是你日渐消瘦，我现在求到了仙药，你吃下去就会好了。"女子拿出几枝草茎，味道极香，接着对书生说："以前我们离得很近，我可以朝夕往返，现在离得远了，不方便，我就在你这里长住了。"从此之后，即便是白天，女子也会出现，唯独不吃不喝，家里人都能看见。

书生吃下了女子给的药后，恢复了健康，精神也比以前好。父母对此事没有办法，只能听之任之。

这样又过了一年多。有一天，书生经过街道，有一个道士看到了他，对他说："你身上妖气甚重，快要死了。"书生急忙把事情告诉了道士，道士给了书生两张黄纸符咒，说："你拿着这两张符咒回去，一张贴在卧室的门上，一张贴在床上，但是不要让那女子知道。你和她的缘分还没有彻底断绝，等到八月十五的晚上，我会来你家。"当时是六月中旬。

书生回到家，按照道士说的贴上了符咒。女子发现了符咒，十分吃惊，怒道："你怎么如此薄情！不过，我可不怕符咒！"她嘴上这么说，却始终不敢进来。过了好一会儿，女子大笑着说："你把符咒取下来，我有要紧的事跟你说。"

书生取下了符咒，女子进来，跟书生说："郎君你长得英俊，我很喜欢你，那个道士也喜欢你。我喜欢你，是想和你做夫妻；那个道士喜欢你，却是想拿你当男宠。"书生恍然大悟，和女子和好如初。

到了八月十五这一天，书生和女子并坐欣赏月色。书生忽然听到有人叫自己，回头一看，见那个道士在墙头上露出了半个身子。道士对书生说："你和妖怪的缘分已尽，我特意前来为你除妖。"书生不乐意，道士给了他两道符咒，让他去把女子擒来。书生拿着符咒，十分犹豫。家里人见状夺过符咒，将女子擒住。

女子哭着对书生说："我早就知道你我的缘分已经尽了，本应该早早离去，就是为了一点儿痴情，现在惹来了祸端。我和你数年恩爱，你是知道的。现在你我要永别了，我求你把我放在墙头的阴凉处，不要让月光照到我，你能可怜可怜我吗？"

书生见女子哭得梨花带雨，不忍拒绝，就抱着女子来到了墙头下，揭开了女子的符咒。女子高高跳起来，变成一片黑云，飞走了。道士看到，也大叫一声，腾空而起，追赶而去。没人知道他们去了哪里。

此精载于唐代段成式《酉阳杂俎》前集卷十、清代袁枚《子不语》卷六

262
匾精

清代，杭州有个孙秀才，夏天晚上在书斋里读书，忽然觉得额头上有东西在蠕动，用手扫了一下，发现有无数白色的胡须从梁上的匾额上垂下来，匾上面还有张人脸，有七八个水缸那么大，有鼻子有眼，看着秀才笑。

孙秀才向来胆子很大，就用手去捋那胡须，胡须越捋越短，最后消失不见了，只有那张大脸还在匾上。秀才搬来凳子，踩上去凑近看，却发现什么也没有了。可是，从凳子上下来继续看书，那怪物又出现了。连续几天，都是如此。

有一晚，那怪物用胡须遮住了秀才的眼，不让他看书。秀才用砚台砸它，发出梆的一声响，如同敲木鱼一般。又过了几天，秀才正要睡觉，那张大脸来到枕头旁边，用胡须挠秀才的身体。秀才用枕头砸它，它在地上来回跑，簌簌有声。

家里人听了这件事，十分生气，赶紧摘了匾烧掉，怪事再也没有发生。过了不久，秀才考取了功名。

此精载于清代袁枚《子不语》卷二十四

263
宾满

打仗时，三军里面有种精灵名为宾满，长得如同人头，没有身子，赤色的眼睛。看到人，它就会旋转；喊它的名字，它就会离去。

此精载于唐代释道世《法苑珠林》卷四十五（引《白泽图》）

264

博风板女

湖北转运司的官署在鄂州，官署里普通官员办公的厅堂经常闹妖怪，甚至大白天妖怪都会露面。有个官员叫胡承议，刚刚接替前任，按照当时的规矩，需要遍访官场同僚和郡守，所以每天五更天便早早起来，准备好就出门访客。

胡承议有个儿子还没娶媳妇，跟在父亲身边，照顾父亲。这个儿子很孝顺，每当父亲早起，他都帮父亲做早饭，伺候父亲吃喝完毕，将父亲送上轿子，才回来再接着睡。

有一天，胡公子在官署看到一个女子，长得很美丽。两个人相视一笑，好像彼此都有好感，可是一眨眼，那个女子便不见了。后来，胡公子经常看见她。女子自我介绍说："我是附近店铺百姓家的女儿，因为仰慕公子你的风采，抽空偷跑出来专门看你。"

胡公子一开始很高兴，但是转念一想："不对呀，这里是官署，管理严格，外头的闲杂人等是不可能进来的。"他把这情况告诉了官署里的小吏，小吏对官署很熟悉，说："咱们官署里一直闹妖怪，这个肯定不是人。下次，她再来，你把她抓住，就知道她的底细了。"

第二天早晨天没亮，胡承议按照惯例，又出门访客。胡公子一人在家，这个女子又来到他的房间。胡公子心生一计，对女子说："你既然说爱慕我，那就好好坐一坐，我们多聊一会儿。你这来无影去无踪的，咱们没法深聊呀。"女子听了挺高兴，往前凑了凑。胡公子一把抱住她，女孩慌忙间想挣脱，胡公子越抱越紧，但是感觉女子身形逐渐缩小。他马上招呼人来，并让人点了灯。仆人挑灯过来一照，发现胡公子怀里哪里是什么女子，而是官署房檐处的一块旧博风板。

胡公子拿来斧头，把博风板劈碎后焚烧。此后，官署就不再闹妖怪了。

此精载于宋代洪迈《夷坚志》支癸卷第六

265

博钱石人

雷州官衙前面立着十二个手里拿着牙旗的石人。一天夜里，守夜的军人听到外面传来一帮人赌博的声音，起来查看，发现是那些石人因几千文钱在争执不休。第二天早晨，军人将事情告诉郡守。郡守让人检查官库，见门上的锁是锁着的，但打开官库，里头却丢失了几千文钱。郡守赶紧将石人送到城隍庙、岳庙等处，怪事才再没有发生。

此精载于明代朱国祯《涌幢小品》卷十五

266
不倒翁

清代，有个叫蒋椒山的书生去河南，经过巩县时，天色已晚，寻了一家旅店住宿。旅店的西楼极其干净，蒋椒山很喜欢，拎着行李就要过去。店主笑着说："客官你胆子大吗？这个楼里可不安生。"蒋椒山说："我自有胆量。"住进去后，蒋椒山秉烛夜坐到半夜，听到桌案下面传来水声，接着有个东西跳出来。这东西身高三寸多，穿着青衣，戴着皂冠，模样打扮跟世间的差役差不多，见到蒋椒山，瞪了瞪他，嘴里嘀嘀咕咕退下了。

过了一会儿，好几个矮人领着一个官员模样的人前来，扛的旗帜、乘坐的车马都很小。当官的戴着乌纱帽，指着蒋椒山大骂。蒋椒山毫无惧色。当官的大怒，让手下捉拿蒋椒山。一帮小人有的抱住蒋椒山的鞋，有的扯着他的袜子，根本动不了蒋椒山分毫。当官的觉得小人们无用，就自己亲自前来，被蒋椒山一把抓住。蒋椒山将其放在桌案上，发现竟然是外面集市上贩卖的那种不倒翁的玩具。剩下的那些小人纷纷跪倒在地，祈求蒋椒山将当官的还给他们。蒋椒山开玩笑道："可以，但必须拿东西来赎。"这帮小人齐声答应。过了一会儿，墙壁之中传出嗡嗡声，有的四个小人抬着一支钗，有的两个小人扛着一支簪子，很快地面上满是金银首饰。蒋椒山将不倒翁还给他们，这帮家伙才一哄而散。

天亮之后，蒋椒山听到外面店老板大呼："有贼！"出去问了一下，才知道昨晚那帮小人拿来赎不倒翁的首饰，全是从店主那里偷来的。

清代，太原人陈某寄居在天津，每天晚上都听到房间里发出轰隆隆的声音，像是一个碌碡在转动。陈某点灯刚想看看究竟是怎么回事，声音便会消失。过了半年，竟然白天也会发出响声。陈某潜伏下来偷看，发现有个长须老头，身穿彩服，身高仅仅二尺，圆鼓鼓的像个小陶瓮，在地上旋转，听到动静立刻不见。陈某留心它的去处，发现在柜子后面。一天，陈某移开柜子，看到一个纸糊的不倒翁，和怪物一模一样。陈某毁掉了它，自此之后再也没有怪事发生。

此精载于清代袁枚《子不语》卷二、清代李庆辰《醉茶志怪》卷三

267
仓啇

黄金之精名为仓啇，长得很像猪。它出现的人家，男人不容易娶到媳妇。喊它的名字，它就会离去。

此精载于唐代释道世《法苑珠林》卷四十五（引《白泽图》）

268
曹洪天眼精

曹洪天眼精，长得像女子，披头散发，只有一只脚，出没于山谷里。它见到人会抬起自己的脚，大声笑，能够乘风而飞，吐气变化，喜欢吃人。

这种妖怪，是万年枯柏所化的。

此精载于宋代《太清金阙玉华仙书八极神章三皇内秘文》（收录于明代张宇初《道藏》）

269
策牛人

宋代，太常少卿陈希亮担任宿州刺史，官衙后面有间屋子，房门上锁，说是一旦打开就会有妖怪出来。陈希亮不相信，命人去锁开门，果然有妖怪出现在房屋之中，他也不害怕。

一天，陈希亮溜达到官衙中的土地祠，见有几十个土做的泥像，怀疑作怪的是它们，命人将其打碎，扔到汴河里，官衙里的那些妖怪就消失了。

后来推断，当地每年立春时会制作土牛祭祀。祭祀结束后，当地人争相将土牛的碎块带走，撒在自家的田地里，期望能带来大丰收。负责此事的衙卒则把剩下的赶牛人的泥偶带回来放到土地祠里，这才让官衙闹了妖怪。

此精载于宋代张师正《括异志》卷二

270
槎精

葛祚是三国东吴的衡阳太守。衡阳郡境内，有一个大木筏子横在水上，兴妖作怪。老百姓没有办法，便为它修了一座庙，过往行人均向它祭拜、祈祷，那木筏子才沉下去，否则浮在水面上，过往的船只便会遭到它的破坏。

这时，葛祚即将离职而去，他想在临走之前为民解除这一忧患，便欲大动刀斧。动手前夜，听见江里人声喧闹，葛祚带人去看，只见那木筏子竟然自己移动，顺流行了好几里地，停在一个湾子里。从此，过往船只再也不用担心被颠覆沉没了。为了感谢葛祚，衡阳的老百姓为他立了碑，上面写着"正德祈禳，神木为移"。

衡山有一座白槎庙。很久以前，人们就传说，早年这儿有一个神奇的木筏子，皎然白色，向它祈祷没有不灵验的。晋代，孙盛来此任郡守，他不信鬼神，便让人毁掉它。不料，那斧子砍下去，木筏子竟然流出血来。当天夜里，水流奇迹般地将木筏子送往上游，只听鼓号声声，不知停在了什么地方。后来，这座庙便毁废了，如今还有个白槎村留存着。

此精载于晋代罗含《湘中记》、南北朝刘义庆《幽明录》

271
长鸣鸡

晋代，兖州刺史宋处宗曾经买了一只长鸣鸡，很是喜欢，就把它放在笼子里挂在窗户上。鸡忽然口吐人言，和宋处宗谈论学问，诗文歌赋无所不通，宋处宗因此学识大进。

此精载于南北朝刘义庆《幽明录》

272
长卿

蟛蜞，是海中的一种螃蟹，曾经出现在人的梦中，自称长卿，所以海边的人多以长卿称呼它。

此精载于晋代干宝《搜神记》卷十三

273
常开平遗枪

元朝末年，朱元璋起义，平定天下，建立明朝。常遇春追随明太祖，战功赫赫，死后被追封为开平王。清代初期，南京开平王府相传有精怪作祟，凡是进去的人都会死掉，所以只能贴上封条禁止出入。

有一天晚上，府中忽然火光耀眼，周围的人以为是失火，赶紧去救。开启封条进入后，发现里面殿宇沉沉，一团漆黑。众人正在疑惑之时，忽然狂风大作，雷电交加，大殿后面东北方向，一支丈八长枪拔地而起，化作龙形，蜿蜒冲天而去。

众人惊讶万分，此时一个游方道士经过，听说此事后，笑着说："开平王常遇春活着的时候，曾经提着这长枪，辅佐明太祖平定天下。当年从北平府回来，途中病危，留下遗命，将此枪埋在殿侧。这枪原本是他收服的毒龙所化，现在埋在地下五百年，应当化龙而走了。"众人问道士的姓名，道士不愿意回答，众人恳求再三，才知道对方就是张三丰。

此精载于清代朱翊清《埋忧集》卷七

274
车辐

唐代，有个人叫蒋惟岳，不怕鬼神。有一次，他独自躺在床上，听到窗外面有人说话的声音。蒋惟岳说："你如果是冤魂，可以进来相见。如果是闲鬼，不应该来惊扰我。"于是，有东西窸窸窣窣地打开窗子，想要到床上来。见蒋惟岳不怕，旋即站到墙下。数了数，一共有七个妖怪。

蒋惟岳问它们要干什么，它们立而不答。蒋惟岳用枕头击打它们，它们都跑出门去。蒋惟岳出去追赶，见它们消失在庭院里。第二天在它们消失的地方挖掘，挖到破车辐条七根。自此之后，那精怪就绝迹了。

唐代，华阴县东的一个村庄七级赵村，村里的道路因为雨水冲刷形成深沟，大家就在上面架了一座桥方便行人来往。有一天晚上，村长过桥去县里办事，看见一群小孩在桥下聚在火堆旁边做游戏。村正知道它们是妖怪，用箭射它们，只听"嘭"的一声响就像射中了木头的声音。桥下的火顿时就灭了，只听见一个声音啾啾地说："射着我阿连的头了。"村长从县里回来，又找到那地方一看，是六七根破车条，有一根上面还钉着他射出去的那支箭。

此精载于唐代戴孚《广异记》、唐代段成式《酉阳杂俎》续集卷二

275
陈狂尸驰精

陈狂尸驰精，长着老虎的脑袋、飞鸟的身体，身上有肉翅，可以在天空飞行，喜欢吃人肉。

这种妖怪，是万年江猪所化的。

此精载于宋代《太清金阙玉华仙书八极神章三皇内秘文》（收录于明代张宇初《道藏》）

276
铛精

唐代，山北从事韦某说，他年幼时在私塾读书，晚上回到家中，听到厨房里传来奇怪的声响，凑过去一看，发现一个铛，高好几寸，立在那里，一会儿高，一会儿低。韦某很害怕，跑出门，见家人聚集在走廊里正在准备祭奠亡者的物品，赶紧将事情和盘托出。家人们听了，不以为然，以为是小孩子说瞎话。过了会儿，有个煮饭的女婢，进入厨房，抱着婴儿做事，那个婴儿突然掉进了满是沸油的铛中。女婢大叫，很快大火升腾。

家里人赶紧用水去浇，结果越浇火势越大。后来，等大家用毯子等物扑灭大火，发现掉进铛中的婴儿已经死了。韦某全家人为之惊愕，那个女婢不久之后也惊吓而死。

宋代乾道六年（1170年）春天，婺源读书人汪某在常州宜兴的周参政家里当幕僚。

这年冬天的一天晚上，一个穿着皂衣、扎着双髻、姿色绝美的女子从外面进来，手上捧着美酒佳肴，对汪某说："天寒夜长，周夫人听说先生一人孤坐，让我来送酒。"汪某听了又高兴又怀疑，心想："周夫人不应该三更半夜派一个女子前来，难道是宅子里好事的人想用美色试探我的人品吗？"汪某仔细打量了女子，发现她衣服的样式像是古代的，并非当下的风格，所以更怀疑了，对着女子，不敢抬头，也不喝酒。

女子说："这酒是专门为先生你准备的，你怎么不喝？"连说了好几遍，汪

某只得喝了一些。女子则吃着水果、佳肴，不停地挑逗汪某。汪某赶紧起身，走了出去，等他再进屋，发现女子不见了。

接下来几个晚上，女子一直都来。汪某不得已，将事情告诉了周参政。周参政说："家里丢失了一个银酒壶，以为是奴婢偷的，原来是闹妖怪了。"说完，命人去搜索。来到酒室，众人看见一个古铛，里面放着那个银酒壶。周参政说："肯定是这东西作妖了。"他举起古铛看了看，发现此物乃是唐代乾封年所造。

周参政将古铛打碎，那个妖怪再也没有出现。

此精载于唐代高彦休《唐阙史》卷上、宋代洪迈《夷坚志》丁志卷第四

277 成德器

姜修在并州开了一家酒馆，他这个人平时不拘小节，嗜酒，喜欢和人家对饮，每次都喝得大醉。并州人都怕他沉湎于酒，有时他求与人同饮，人们大多躲着他，所以姜修朋友很少。

一天，忽然有一位客人，黑衣黑帽，身高才三尺，腰粗几围，到姜修这儿来要酒喝。姜修一听说饮酒就特别高兴，便和来客促膝同席而饮。

客人笑着说："我平生喜欢喝酒，但是从来没有一次喝得尽兴过。听说你也爱喝酒，就想和你做个朋友。"姜修说："你能和我有共同的喜好，真是我的好兄弟，我们应该亲密无间啊！"杯来盏去，客人喝了将近三石酒都没醉。姜修非常惊讶，认为他不是寻常人，问他家住哪里以及姓名，又问他为什么能喝这么多酒。

客人说："我姓成，名德器，我原先一直住在郊野。如今我已经老了，又自己修得道行，能喝酒，要装满肚子，得五石酒才行。如果能喝够量，我就很高兴。"姜修听了这话，又摆上酒和他喝起来。不一会儿酒喝到五石，客人大醉，发狂地唱歌跳舞，最后倒在地上。

姜修认为他醉了，让家童扶他到室内。到了室内，他忽然跳起来，惊慌地往外跑。大家追出去，发现他撞到一块石头上，"当"的一声就不见了。到了天亮一看，原来是一个多年的酒瓮，很可惜已经破了。

此精载于宋代李昉等《太平广记》卷三百七十（引《潇湘录》）

278
承云府君

京兆人董奇，家中院子里有棵大树，枝叶繁茂。

一天下着雨，董奇独自在家，忽然有个小官吏前来，说："承云府君前来拜访。"过了一会儿，这个承云府君来了，戴着通天冠，高八尺，自称是方伯的第三个儿子，十分有才学，和董奇相谈甚欢。

这样过了半年多，董奇身体变得强健无比，一家人也都健健康康没有生病。董奇后来去别的地方居住，有仆人问："院子里的那棵大树，木材可用，想砍伐卖掉，如何？"董奇就答应了。

自那棵大树被砍倒后，承云府君再也没有来过。

此精载于南北朝刘义庆《幽明录》

279
蚩

蚩，是一种海兽，传说是水精。汉武帝曾经建造柏梁殿，有大臣建议，称："蚩是水精，能辟火灾，可以雕刻它的形状，放在殿上。"这种海兽的嘴巴如同鸥鸢，所以后来人呼之为鸱吻，其实是以讹传讹了。

此精载于唐代苏鹗《苏氏演义》卷上、宋代黄朝英《靖康缃素杂记》卷一

280
蚳

蚳是水精的一种，生长在小水洼里。蚳长得很有趣，一个脑袋，两个身子，形状和蛇很像，长八尺。人如果抓住它，喊它的名字，就可以出入水中如履平地，捕捉鱼鳖，十分方便。

此精载于晋代干宝《搜神记》卷十二

281
赤苋

晋代时，有个人买了一个鲜卑的女仆，名为怀顺。怀顺说，她姑姑有个女儿，曾经被赤苋所魅惑。

据说，她姑姑的这个女儿看到一个男子，穿着红色的衣服，长相风流俊俏，自称家在厕所的北面，经常和姑姑的女儿幽会。

后来，姑姑一家人暗中跟踪，看见那人变成了一株赤苋，姑姑女儿的指环还挂在赤苋上呢。姑姑一家人砍掉了赤苋，女儿十分伤心，过了一晚上就死了。

此精载于南北朝刘敬叔《异苑》卷八

282

刍灵草偶

清代，天津一个姓梁的人，家里很有钱，修建的坟墓极其奢华，家里的房舍也精美异常。

村子里有个富户，秋天将丰收的麦子装满了粮仓，后来却发现少了许多。富户仔细勘察，见不是盗贼所为，怀疑是家里的奴仆偷盗，狠狠骂了奴仆一顿。奴仆觉得冤枉，夜里潜伏在粮仓外面一探究竟，看见两个巨人，头大如釜，身高一丈多，身披盔甲，手拿画戟，月光一照，金光闪闪。只见两个巨人跨过围墙，低头进入粮仓，双手捧起麦子大吃一顿，吃饱了才离去。

奴仆紧跟其后，发现两个巨人来到梁家的墓地倏忽不见。奴仆将事情禀告给主人，富户召集人手去墓地，搜查了一番，发现两个送葬时用茅草扎成的草偶，模样和那两个巨人很相似。大家剖开草偶的肚子，从里面取出了几十斛麦子。

大家将草偶烧了，怪事也就没再发生。

此精载于清代李庆辰《醉茶志怪》卷四

283

船山藏

五代十国时期，兵荒马乱，富贵人家经常把珍宝藏在深山大泽中，以此来躲避灾祸。后来，这些珍宝很多都找不到了，时间长了，就会变成精怪。

宋代，建州浦城县有座船山，山中经常出现身穿红色或者白色衣服的人、马以及牛羊，往往有好几千，集体出动，列成长长的队伍游玩，但是很少有人能够得到它们。山上有块石头，上面刻着一句话："船山有一藏，或在南，或在北，有人拾得，富得一国。"至今还存在呢。人们每过此处，一定会行礼祭拜才会离开。看来那些东西，都是金银珠宝变成的。

此精载于宋代章炳文《搜神秘览》卷中

284
春琼泉

春琼泉，长得像十六岁的女子，头上梳着三髻，黄衣长裙，光着脚，经常拿着火把在夜里行走，走不了几步便消失了。它是万年金苗变成的妖怪。

此精载于宋代《太清金阙玉华仙书八极神章三皇内秘文》（收录于明代张宇初《道藏》）

285
摧

宋代宣和末年，皇宫内屡次发生怪事，有一个自称"摧"的精怪经常出来作祟。到了晚上，有个巨人大声喊着："摧！"遇到人就会将人撕裂。皇宫中有胆子大的数人，聚在一起追赶这精怪。那巨人逃跑，变成了内府收藏的一个铁幞头。

此精载于宋代邵博《邵氏闻见后录》卷三十

286
村社判官

明代嘉靖年间，有个姓朱的人住在南京北门桥。朱某的妻子顾氏，貌美端庄。每天晚上都有一个巨人前来和妻子顾氏同床共枕。时间长了，顾氏变得消瘦不堪。家人告诉顾氏说："等那东西再来，你把它佩戴之物藏起来，就能知道它是什么妖怪了。"

等巨人再来，顾氏从它头上拔了一个东西，藏在床下。第二天早晨一看，竟然是乌纱帽上的一只翅子。朱某拿着这个东西找到土地庙，发现庙里的泥偶判官头上的帽翅丢了，赶紧去告官。县里上报兵马司，兵马司上报刑部，最终将判官的塑像拖到集市中，打了一百大板，砸碎了。

当时，从塑像里流出了很多血。事情过后，顾氏的身体也慢慢好了。

此精载于清代褚人获《坚瓠集》广集卷三

287
大蛤

清代，天津一户人家家里有个大水缸，年月久远，相传是明代的物品。从河里挑来的水，灌入大水缸中，不需要使用明矾，原本的浊水就能变得清澈无比，所以这家人视之为宝。

一次，一个客人在这户人家家里住下，躺在床上还未睡着，忽然有个大如栲栳、黑亮如漆的东西，旋转飞舞着来到床边。客人伸出手去摸它，只听得咔嚓一声，客人手臂折断，怪物也消失不见。

第二天，主人见客人没出屋，破门而入，发现客人昏死在床上。主人顺着血迹来到水缸跟前，往下挖，底下一潭清水，里头有个大蛤蜊，长三尺多，宽也有一尺多。主人剖开它，发现客人的那条手臂还在里面，这才明白之所以缸水清澈，是因为这个大蛤蜊在下面。

此精载于清代李庆辰《醉茶志怪》卷二

288 大鲢

湖北武昌县有个湖泊名叫狼子湖，湖里多鱼，所以许多渔人驾船汇集于此，靠捕鱼为生。

清代光绪七年（1881年）四月的一天，忽然雷雨交加，云雾中隐隐有一个东西，人们以为是龙，纷纷昂着头观看。过了一会儿，随着一声霹雳响，那东西掉入湖中，雷雨方才停歇。大家凑过去，发现是一条大鲢鱼，足足有一丈多长，似乎没有死，仰着头在水波里起伏。渔人们举起鱼叉将其捕获，持刀割肉而去。

这条大鲢鱼的肉非常肥美，除此之外，并没有其他怪异之事发生。

此精载于清代俞樾《右台仙馆笔记》卷十五

289 大钱

鄱阳人焦德一的母亲邹氏，为人善良，寡言少语，从不谈论别人是非，吃斋念佛，只生下焦德一这么一个儿子，家里虽然穷，仍然尽力供焦德一读书。

绍兴二十三年（1153年）春天，邹氏正坐在堂上，忽然有个东西从空中落到她的脚下，蹦跳不停。邹氏捡起来，发现是枚"崇宁通宝"的大铜钱，喜道："我听说有个姓张的老太太，一只斑鸠衔来一个铜钩，她随身佩戴，子孙后代有福。没想到这样的事，今天也发生在我的身上了。"于是，邹氏将铜钱牢牢绑在衣带上，从不离身。

淳熙十年（1183 年）的冬天，这枚大钱突然从邹氏的衣带里蹦出来，好像被人解了一般。邹氏觉得奇怪，不知道为什么。

第二天，太上皇后庆寿的赦书传到郡里，官员的母亲和考取科举的贡生的母亲，凡是七十岁以上的人，全部加封。当时邹氏已经八十二岁了，她的儿子焦德一庚子年科举高中，符合朝廷的规定，所以她也得到了朝廷的加封。邹氏这才明白，先前那枚大钱跳出来，原来是预示此事。

两年后的一个冬天，这枚大钱不见了。邹氏让人找了好久也没找到，闷闷不乐。第二天早晨，邹氏让儿媳妇给自己沐浴更衣，告诫陪伴在旁的儿孙要勤勉读书，然后双掌合十，平静去世。

之前，邹氏患有哮喘，发作时特别厉害，几乎喘不过来气。自从佩戴那枚大钱三十三年以来，她没犯过病，平时耳聪目明，身体硬朗，晚上还能在灯下穿针引线缝补衣服，一直忙到后半夜才休息。这样的体力，连年轻人也比不了。

此精载于宋代洪迈《夷坚志》支癸卷第九

290
岱委

玉石之精名为岱委，穿着青色的衣服，长得如同美女。如果碰见了，用桃木做成的戈刺它，并且叫它的名字，就能抓住它。

此精载于唐代释道世《法苑珠林》卷四十五（引《白泽图》）

291
盗髻

南北朝时期，琅琊费县有户人家，家里经常丢东西，刚开始以为遭了贼，但发现门窗都是好好的。主人就围着宅子巡查，发现篱笆上有个洞，大小可以容纳人的手臂通过，而且篱笆上十分滑润，像是什么东西进出过。主人留了个心眼，在洞口下了一个绳套。晚上，忽然听到外面传来怪声，走过去，发现绳子上扣住了一团头发，三寸多长。从此之后，怪事就再也没有发生过。

清代长山某人，家里经常会有个客人前来，与他谈天说地，但这个人他根本不认识，所以就有些怀疑。客人经常向村子里的人借东西，如果不借给他，东西很快就会丢失。大家怀疑他是狐狸所变。村北的古墓有个大洞，深不可测，有可能他就住在那里。有一次，大家趴在古墓旁边听，听到里面仿佛有很多人在嘀嘀咕咕。过了一会儿，有一寸多高的小人从里面跑出来，人数众多。大家赶紧跳出来，用棍棒击打。木棒打过去，会发出一团团的火光，等火光消失了，发现一团头发掉在地上，闻了闻，又臊又臭。

此精载于南北朝刘敬叔《异苑》卷八、清代蒲松龄《聊斋志异》卷三

292 冬青女

洪武初年，嘉禾人陆道判游历苏州，住在一个废弃的宅院里。这个宅子先前传说是凶宅，陆道判以很便宜的价格买了下来。刚住下没多久，一天晚上陆道判坐在屋子里，两个女子出现在他的面前，谈笑风生。陆道判知道她们是妖怪，问她们的底细。两个女子回答说："我们叫大青、小青。"说完，她们一溜烟儿出了屋子。陆道判拿起剑扔了过去，好像击中了其中一个女子的胳膊。

第二天早晨，陆道判来到院子里，看到剑所在的地方，长着两棵冬青树，便拿来斧子砍伐。两棵树木质坚硬，砍伐时发出噔噔的声响。树下有块石板，下面埋着几个陶瓮，装满了黄金和白银。陆道判因此致富，后来入赘一户姓沈的人家，生下一个孩子，便是大名鼎鼎富甲天下的沈万三。

此精载于明代朱国祯《涌幢小品》卷十九

293 斗鼎

唐代有个人叫李适之，家里富贵，为人豪爽，常把鼎摆在庭前，用它们来准备饭食。一天早晨，院中的鼎突然跳起来互相打斗，家童将此事报告给了李适之。李适之来到院中，摆酒祭祀，但鼎还是打斗不止，由于打得过于激烈，鼎的耳和脚都打落了。第二天，李适之就被罢了相，改任太子少保。当时人们觉得他的祸事还远没有停止。

不久，他被李林甫陷害，贬为宜春太守。李适之的儿子李霅，是卫尉少卿，被贬为巴陵郡别驾。李适之到了宜春，不到十天就死了。当时人们认为他是被

李林甫迫害死的。李霄到宜春要把父亲的灵柩运回京都，但是李林甫怒气未消，让人诬告李霄，在河南府把他打死了。

后来，人们觉得那些鼎相互打斗，似乎是在预示着什么。

此精载于唐代郑处诲《明皇杂录》卷上

294
斗臼

明代成化年间，武清县一个农民家中的石臼突然和邻居家的碌轴一起滚到麦地上跳跃相斗。当地百姓纷纷前去围观，有人尝试用木头隔开它们，结果这两个家伙竟然将木头折断，一直打到天黑才停止。

百姓深以为怪，将石臼沉在污池中，把碌轴沉在深塘里，两处相隔百余步，结果晚上两个家伙又从水里跑出来搏斗，搞得周边的麦田一片狼藉。打斗时，石臼和碌轴有进有退，或磕或触，声音很大，火星四冒，一直持续了三天才恢复原样。

此精载于明代施显卿《新编古今奇闻类纪》卷三

295
斗水

明代正德年间，贵州普定卫这地方有两个大水潭，一个名为滚塘寨，一个名为闹蛙池，前后相近。一天晚上，当地驻守的士兵听到两潭水声搏激，发出巨大的声响，大家急忙站在窗户边观看，见两个大潭中波涛汹涌。第二天早上，人们发现一个水潭干涸见底，一个则满溢荡漾，这才知道是两潭水相斗。

此精载于明代施显卿《新编古今奇闻类纪》卷三

296
窦氏蛇

东汉，定襄郡太守窦奉的妻子在生儿子窦武的同时，还生下了一条蛇。窦奉把蛇放归了乡野中。窦武长大后，海内闻名。他母亲去世了，亲朋好友都来吊唁。就在将要下葬时，有一条大蛇从林间草丛爬出，直接来到棺木下，头一上一下地摆动，还用头撞击棺木，血泪并流，那样子好像非常悲伤，过了一会儿才离去。人们都觉得这是窦氏家族即将发达的吉祥征兆。

此精载于晋代干宝《搜神记》卷十四

297
杜昌精

杜昌精，长得如同黑色的老鼠，喜欢游荡在宫室厅宅等处，损坏物品。人们仓库中经常有东西无故损坏，便是它所为。它的本体是千年老鼠之精。

此精载于宋代《太清金阙玉华仙书八极神章三皇内秘文》(收录于明代张宇初《道藏》)

298
碓栅

弘农有个人叫徐俭。有一天，一个客人前来投宿。客人有一匹马，半夜惊跳。客人被吵得不得安生，就骑马离去。忽然有个一丈多长的怪东西，在马后追赶，客人拉弓射箭，射中了那怪东西，发出砰砰的声响。第二天去寻找，看见被射中的竟然是一个碓栅。

此精载于南北朝刘义庆《幽明录》

299
磴精

清代有个人叫高睿功，他家的院子里闹妖怪。晚上家人在院子里行走时，经常能看见有一个一丈多高的白衣人蹑手蹑脚跟在后面，伸出手遮盖人的眼睛，它的手冰冷无比。高睿功没有办法，就把院子封闭了，在别的方向重新开了一扇门出入。没想到这妖怪变得肆无忌惮，白天也现身出来捉弄人。

有一次，高睿功喝醉了，坐在大厅上，看见妖怪站在柱子跟前，拈着胡须，双目微睁，看着天空，好像没有发现高睿功一般。

高睿功偷偷来到它的身后，挥拳打去，结果打到柱子上，手指出血。再回头，看见那个妖怪已经站在了石阶上。高睿功跑过去想继续打，哪料想被地上的苔藓滑倒，仰面朝天摔倒在地。妖怪看了哈哈大笑，伸出手要打高睿功，但它的腰没法弯下来，想伸出脚踢高睿功，可脚太长不能抬起来。于是，它变得愤怒无比，绕着台阶就想逃走。

高睿功站起身，抱住妖怪，用力把它掀翻，妖怪就倒在地上消失了。高睿功喊来家人，在妖怪消失的地方往下挖，挖了三尺，发现了一个白瓷做的旧坐礅。把它击碎之后，家里就再也没有闹过妖怪了。

此精载于清代袁枚《子不语》卷十九

300 发切

发切，是一种专门剪取人头发的精怪。

南北朝刘宋时，淮南郡有个怪物专门夜晚取人的发髻。太守朱诞说："我知道它是什么。"于是，他着人买了很多木胶涂在墙壁上。夜间有很多只蝙蝠，像鸡那么大，落在墙上，被粘住了。把它们杀死之后，就再也没有这种事发生了。屋檐下已有数百个人的发髻。

唐代贞元年间，有个离家远游的人叫木师古，一天行走在金陵一带的村落里，天晚了，到一座古庙中借宿，僧人就送他到一间简陋的屋子里安歇休息。寺院里有一间很宽敞的客房，那里原是有客厅的，却密闭着不打开。木师古觉得僧人怠慢自己，很生气，就责备僧人。

僧人说："不是我们吝惜，完全是因为从前住在这里的人全都得了重病。我到这里已经三十多年，前前后后大约伤了三十个人。客厅已经关闭了一年多，再也不敢让人住在那里了。"

木师古坚持要住，僧人只能照办。二更天，木师古忽然觉得很冷，就醒了，发现好像有东西在扇扇子一样，木师古就暗暗地抽出刀砍了过去，好像是砍中了什么东西，再没有别的什么动静了。到四更的时候，先前的扇子又扇起来，木师古又挥起刀，这次砍中了对方。

天亮后，寺里的僧人来敲门，在床边看见两只被砍死的银白色蝙蝠，翅膀长一尺八寸，眼珠又圆又大。按照《神异秘经法》说："百年的蝙蝠，从人的口里吸收人的精气，用来求得长生。活到三百岁时，变化成人形，能飞行游遍三界三十二天。"据此判断，这两只蝙蝠还不到三百岁，神力还属劣等，所以才被木师古杀死了。

此精载于南北朝刘义庆《幽明录》、唐代谷神子《博异志》

301
纺轮僧

有个姓王的人，家在华亭县的王巷。一天，王某外出，他十几岁的女儿，看到嫂子的房间里有个僧人，高只有二尺多，从床底下钻出来，拉扯自己的衣服。王某女儿十分惊慌，挣扎再三才逃出来，急忙将事情告诉了嫂子。嫂子说："你别怕，你先进去，我躲在门外。如果那个僧人再出现，你喊我，我来抓住他。"

王某女儿进了房间，僧人果然出来了，要搂抱她。王某女儿高呼："僧人出来了！"嫂子冲进去抓住对方，果然是个小僧人，但是不能说话，过了一会儿变成了一块木片。嫂子仔细一看，竟然是纺车的轮心。

王某听说了这事，将木片放在火里烧，发现这东西烧不着，便用刀将其砍碎。木片流出了不少血。王某最后将其投入水中。之后，王家的锅里经常有灰泥和一些不干净的东西出现，过了一个多月才恢复正常。

此精载于明代都穆《都公谭纂》卷下

302
飞龙

有一种山精，长得如同龙，双角赤红，名为飞龙。如果碰到它，喊它的名字，就不会受到伤害。

此精载于南北朝刘敬叔《异苑》卷三

303
飞元宝

清代，郭蒹秋去西门买米，正好碰到当地官员彭咏莪的车驾入城，便和大家站在一旁等候。这时，郭蒹秋忽然看到空中飞来三个颜色微黄的小元宝。一个小元宝仿佛是身体，剩下的两个小元宝则充当翅膀。三个东西一会儿分开一会儿聚拢，发出清脆的声响，逐渐升高飞入云中，消失不见。当时，周围的人都看到了。

此精载于民国郭则沄《洞灵小志》

304
枫鬼

传说，云南、贵州和四川一带，有一种妖怪叫枫子鬼，就是成年累月的老枫树，变成老人的模样，又叫灵枫。

南北朝时，抚州有座麻姑山，山上生长着很多古树。有棵活了几千年的老树，已经化成人形，眼、鼻、口、臂全有，但是没有脚。进山的人经常能见到它，如果有人从它身上弄掉一小块儿皮，伤口就会出血。这个妖怪就是枫鬼。

唐代，江西的山中，也有不少枫树变成的妖怪，长得像人，高三四尺。打雷下雨的晚上，它就长得和树一般高，见到人它们就立刻缩回去。曾经有人把竹笠扣到它的头上，第二天去看，竹笠居然挂到树梢上去了。旱天的时候想要求雨，用竹针扎它的头，然后举行求雨的仪式就会下雨了。人们把它从山上弄回来做成占卜用的盘子，极其灵验。

此精载于南北朝任昉《述异记》卷下、
宋代李昉等《太平广记》卷四百七（引《十道记》《朝野佥载》）

305
浮桥船

宋代，澶州有座黄河浮桥，七十多艘船连在一起，用一千多条江藤做的缆绳拴着。河中间的一艘船，经常会发出叫声，当地人都称其为"大将军"，据说已经有很多年了。一天，这艘船突然消失不见了，过了十几天，才从下游逆流而上。当地官员打了它二十棍，依然拴在原地，自此之后，它再也没有发生过怪异的事情。

此精载于宋代章炳文《搜神秘览》卷下

306
歌缶

进士李员是河东人，住在长安延寿里。元和初年的一个夏夜，李员独自躺在床上，还没睡着，听到屋子的西边传来清脆的声响，如敲击金石，久久不绝。过了一会儿，李员听到歌声传来。歌声清越，良久不息。李员仔细聆听，发现歌词是这样的："色分蓝叶青，声比磬中鸣。七月初七日，吾当示汝形。"

发生这种事，李员惊奇无比，第二天命仆人四处搜查，没有发现任何线索。当天晚上，李员一人在房间，又听到歌声，接连几个晚上都是如此。

转眼到了秋天，一天夜里下起大雨，屋子北面的墙塌了。第二天，李员听到歌声从北墙传来，过去查看，在墙下发现一个缶，只有一尺多大，用金子制成，形状古拙，与一般的金属缶不一样，灿烂有光，上面刻有文字，但是字迹有些模糊了，应该是千年之物。李员敲了敲，这缶发出的声音极其悦耳动听。他命人将缶上的尘土、苔藓清除掉，见上面刻的字全是小篆，内容是崔子玉的《古磬铭》，不知道这缶是哪个朝代制作的。

此精载于唐代张读《宣室志》补遗

307
葛大哥

元代，一天晚上，临海章安镇的蔡木匠手持斧头从外面回家，经过东山。东山这地方，是片乱坟岗子。蔡木匠喝得大醉，以为到家了，摸着一具棺材说："这是我的榻呀。"说完，爬上去就睡觉了。

半夜，蔡木匠醒了酒，虽然知道走错了地方，但见天黑无比，只能坐在上面等天亮。这时，他听到有个声音高叫，棺材里面有个声音应道："唤我何事？"那个声音说："某人家的女儿得病，是他家后园葛大哥搞的。现在他家请来法师，你和我一起去看热闹怎么样？"棺材里的声音说："我有客人到了，去不了。"

第二天，蔡木匠到了这户人家，对主人说："你家女儿的病，我能治好。"主人惊喜万分，答应如果能治好，一定重谢他。蔡木匠问主人后园有没有种葛，主人说种了。蔡木匠在后园挖出了一块巨大的葛根，砍开后，里头有血。他将这块葛根煮了，给主人的女儿吃下，治好了她的病。

此精载于元代陶宗仪《南村辍耕录》卷九

308
狗精

狗是人类较早驯养的家畜之一。自古以来，人们视狗为灵物，年岁大的老狗因熏染了人间的烟火气，往往被认为会生出蹊跷之事。

晋代时，济阳领军司马蔡咏家养了一群狗，每到晚上，群狗吠叫，喧闹异常，起来去查看，狗群随即安静下来，谁也不知道发生了什么。有一天，大家夜里藏起来偷偷地看，发现有一条狗，穿着黄色衣裳，戴着白色头巾，体长五六尺，如同人一样，其他的狗一起朝着它汪汪大叫。人们发现这条狗正是蔡咏家的老黄狗，养了许多年。后来，大家将其杀死，晚上就再也没发生过类似的事情了。

唐代开元二十八年（740年），定州的张司马半夜和妻子当庭闲坐，听到空中有什么东西飞来，那声音像翅翼飞动，来到堂屋，似乎被瓦阻碍，在屋外盘旋，不久落到檐前，又飞快逃去。张司马让人去追，追的人用脚踢那东西，结果它发出了狗的声音。捉到后用火一照，原来是一条老狗，全身赤红，毛很少，身体很长，腿很短，只有一两寸。张司马生怕它还会作怪，就让人用火烧死了它。

此精载于晋代陶潜《搜神后记》卷九、
宋代李昉等《太平广记》卷三百六十二（引《纪闻》）

309
古屏妇

唐代元和初年，有个读书人喝醉了躺在厅堂里，醒了之后，忽然看到家里一个旧屏风上原本镶嵌、描绘的妇人，在床前踏歌，这样唱："长安女儿踏春阳，无处春阳不断肠。舞袖弓腰浑忘却，蛾眉空带九秋霜。"

其中一个头扎双鬟的妇人问："如何是弓腰？"一个踏歌的妇人笑道："你难道没看见我弓腰吗？"说完，这个妇人转过脑袋，弯腰到地。

读书人吓坏了，呵斥一声，这些妇人纷纷走上了屏风。

此精载于唐代段成式《酉阳杂俎》前集卷十四

310
古石砮

宋代，鄱阳城百姓刘十二住在槐花巷东，以教书为生，性格倔强。

一年夏天的一个晚上，刘十二和妻子坐在院子里乘凉，看到一个妖怪从门外进来，长得像人，但是头如装东西的斛那么大，没有手脚，双目放光，耳朵高耸，嘴巴奇大。刘氏夫妇吓得跑掉，那个妖怪也消失了。

自此之后，妖怪每晚都来。时间长了，刘十二也不怕了。一天，他偷偷跟在妖怪后面，见它来到屋后的一棵大树下，钻进土中不见了。

第二天，刘十二在妖怪消失的地方，挖出来一个古石臼。石臼缺了很多齿，只剩下两只眼睛。刘十二用斧头砍碎了石臼，从里头流出很多血。他将碎石臼扔进江中，妖怪再也没出现过。

此精载于宋代洪迈《夷坚志》支甲卷第四

311
谷精

清代，有个人很穷，都二十岁了，还没有一点儿家业。一天，有个青衣人拉着一个白衣人来到他家，对他说："我等被人关押，幸而逃脱出来投奔你，过几天，黄兄也会来。"言罢，二人径直走进了这人的房间。这人很惊诧，进屋后也没看到那两个人。见地上有东西堆积，看了看，原来是青色的铜钱和白银，这才知道那两个人是银钱精。

几天后，又有个穿黄衣服的人来到他家，进门后就消失了，家里随后发现了几百两黄金。自此，这个人便成了富豪，开始建造房舍，购买田地，宾朋满座，挥金如土。他的儿子比他还要奢侈，铺张浪费得简直无法言说。

有一天，这个人出去游玩，看到道路旁边有堆屎，里面有几粒稻谷，忽然醒悟，说："农民辛苦耕田，好不容易才种出了它们，凡是人，日日都离不开，怎能眼看着它们被丢弃在污秽之中呢？"他就让奴仆把谷粒捡起来，用水洗干净收好。

回到家，儿子对他说："今天晌午的时候，有好多衣冠楚楚的人，成群结队从咱们家里离开了。家里的金银财宝全都不见了。"父子俩捶胸顿足，又变成了穷光蛋。

后来，这个人做了一个梦，梦见有人对自己说："我是谷精，感念你把我从污秽之中救出来，看到你穷困至此，特来帮助你。"第二天，有无数的黄色蚊子飞到这人家里，全部化成了稻谷。蹊跷的是，只要吃完了，稻谷就又会出现，一直到父子两人都离世。

此精载于清代乐钧《耳食录》初编卷二

312
鼓女

清代，常德的一个读书人，带着一个仆人从云南回老家。这天黄昏，眼见得天快黑了，找不到旅店，就到一个小村子里借宿。村里人说："我们这里没有旅馆，只有一座古庙，但是那里经常有妖怪杀人，不是住宿的地方。"读书人也没办法，只能说："我不怕。"他就向村里人要了一张桌子、一盏灯笼，进了古庙的一个房间，将笔墨纸砚放在桌子上，一边读书，一边静待其变。

过了二更，仆人睡着了，读书人看到一个红衣女子，年纪十八九岁，婀娜而来。读书人知道这女子是妖怪，就不搭理她。这红衣女子就对着读书人唱歌，歌声婉转，含情脉脉。

读书人取来笔，蘸着朱砂，在红衣女子的脸上画了一道，红衣女子大惊，慌忙逃出去消失了。

第二天，读书人将事情原委告诉了村里人。大家一起在庙中寻找，发现大殿的角落里，有一只破鼓，上面画有朱砂。大家打破那只鼓，发现里面有很多血，还有人骨。自此之后，这座庙里再也没有发生怪事。

此精载于清代乐钧《耳食录》初编卷二

313
故奴僧精

故奴僧精，形态如妇女，穿着孝服或者彩色的衣裳，夜里出现在灯下，用丝帛遮住自己的头和脸，能言善语，喜欢以人家的灯盏做戏，会掐住人的喉咙害死人，乃是扫帚之精。

此精载于宋代《太清金阙玉华仙书八极神章三皇内秘文》（收录于明代张宇初《道藏》）

314
观

井的精灵，名为观，长得如同美女，喜欢吹箫。喊它的名字，它就会离开。

此精载于唐代释道世《法苑珠林》卷四十五（引《白泽图》）

315

棺板

唐代咸通年间，陇西有个叫李夷遇的人，在邠州担任从事。李夷遇有个仆人叫李约，是他考中进士的时候就带在身边的。李约为人朴实敏捷，还善于走路，所以李夷遇经常让他去京城送信。

有一年七月，李约从京城回邠州，天没亮起来赶路，觉得很疲倦，便在一棵古槐树下休息。当时月亮映在林梢，月光还比较明亮。有一个白发老头，弯着腰拄着拐杖，也来到槐树下歇息，坐下之后还呻吟不止。过了好一会儿，他对李约说："老汉我想到咸阳去，但是脚步不灵，不能长时间走路，你要是有义心，能背我吗？"李约觉得这个老头很奇怪，坚决不答应。老头不停地哀求，李约没办法，就对他说："行，你上来吧。"

老头高兴地趴到李约的背上。李约知道他是妖怪，暗中把带在身边的木棒拿了出来，从后边把他扣住，往前走。到了城门，东方已经放亮了。老头几次要求下来，李约对他说："你之前非要骑在我背上，如今又要跑下去，这是为什么呢？"于是，他死死不放。老头急得语无伦次，苦苦地哀求，李约就是不答应。太阳出来的时候，李约忽然觉得背上变轻了，好像有东西坠落到地上，回头一看，竟然是一块烂棺材板子。

李约把它扔到里巷墙下，后来也没发生什么灾祸。

宋代时，有个人叫王仲泽，年少时去棣州求学，住在学校里。学校的厨师告诉他："我们这里有一个女人模样的妖怪，每天晚上来搅扰我们，我们睡觉都睡不安稳。"王仲泽说："今晚它如果再来，你就抓住它的衣服大声呼喊，我来帮忙！"

晚上，那妖怪果然来了。厨师抓住它的衣服不放，王仲泽和一帮学生跑去看，发现是一块年代久远的棺材板。大家烧了它，以后学校里就再也没闹过什么妖怪。

此精载于唐代皇甫枚《三水小牍》卷下、金代元好问《续夷坚志》卷二

316

棺铁钉

清代康熙年间，扬州人俞二以耕种为生。有一天，俞二到城里卖麦子，店主请喝酒，就多喝了几杯，回来时天色已晚。

经过红桥这地方，有几十个小人跳出来，拉扯俞二。俞二知道此地经常闹妖怪，他向来胆大，而且喝了酒，毫不畏惧，抢起拳头便打。那些妖怪被打得七零八落。接着，俞二听它们说："这家伙太厉害，我们打不过，得请丁大哥前来才能对付他。"说完，妖怪一哄而散。

俞二不知道它们说的丁大哥又是什么妖怪，往前走，正要上桥，见一个妖怪身高一丈多，面色青紫，狰狞恐怖，从对面走过来。

俞二心想如果出手晚了，恐怕难以逃脱，不如自己先动手，便解下腰里装着两千枚铜钱的布囊，举起来迎面打过去。那妖怪应声而倒，撞在石头上，发出清脆的声响。俞二抬脚猛踩，妖怪逐渐缩小。他取灯照看，发现竟然是棺材上的一枚大铁钉，长二尺，手指头那么粗。俞二将其放在火上烤，有血从铁钉里面冒出来。

回到家里，俞二招来朋友，笑着说："看来丁大哥的力气，比不上俞二哥我！"

此精载于清代袁枚《子不语》卷二十二

317
光化寺百合

唐代，兖州徂徕山有座寺庙叫光化寺。有个书生一心要考取功名，就在寺里面苦读。

夏季一个较凉爽的日子，书生来到寺庙的廊下观看壁画，遇上一位十五六岁、身着白衣的美丽少女。书生询问女子从哪里来，女子笑着回答说，家在山前。书生心里明知山前没有这女子，只是因为特别喜欢她，也没有怀疑她的身份。

书生和白衣女子一见钟情，情意绵绵，二人共度了一晚。白衣女子说："你没有因为我是村野之人而瞧不起我，所以我想永远留在你身边，但是今晚必须离去，再回来就可以永不分离了。"书生对女子恋恋不舍，便把平常戴在身上的一件宝贝——白玉指环，送给了她。

书生爬上寺里的门楼，远远看着白衣女子走出此门百步左右，忽然就不见了。

寺前平阔数里，都是些小树小草，很难隐藏什么。书生对这里特别熟悉，但就是找不到女子的踪迹。天将黑时，书生见草中有一株百合，白花绝美，就把它挖了出来。等拿到屋里，才发现那枚白玉指环就裹在这株百合里。

书生既惊慌又悔恨，后来一病不起，不久就死去了。

此精载于唐代薛用弱《集异记》

318
桂男

唐代，交城县南十几里，常常夜间有妖怪在人前出现，碰到的人大多惊悸而死。因为这件事，村里人很忧虑。后来有个人带着弓箭夜间行路，碰到一个像巨人一样的庞然大物。

那东西身穿红衣服，用黑头巾蒙着头，慢慢走来，跌跌撞撞，好像喝醉了似的。这人十分害怕，就拉满弓，一箭射中那个妖怪，对方就消失了。第二天，有人说县城西的一棵丹桂树上插着一支箭，箭头上沾了许多血。

这件事情被县令知道了，命人烧了那棵丹桂树。自此之后，就再也没有发生过怪事。

此精载于唐代张读《宣室志》补遗

319
锅精

有一次，蕲水人刘元载挖池塘，发现一口大锅，继续往下挖时，大锅突然自己跳出来，跑到旁边的水中，消失不见了。几年后，天降大雨，那口锅又从水中漂了上来，顺着决口的地方漂了二十里，进入大河，又漂了三十里，进了大江，然后不知其踪。

当地有个宝陀山寨，是以前的人为了避乱而建的。后来寨子里的人都被杀了。人们猜测这口锅是寨子里的人用的东西，时间久了，成了妖怪。

此精载于清代褚人获《坚瓠集》广集卷六

320
海哥

宋代嘉祐末年，有个人带着一条大鱼来到京城。这条鱼能说人话，自称"海哥"。这个人带着它游走于市井之间，那些达官显贵听说了，争相去看，甚至连宫里也召这个人觐见。因为这条鱼，这个人赚了很多钱。海哥自己还作了一首词，词是这么写的："海哥风措，被渔人下网打住。将在帝城中，每日教言语。甚时节，放我归去？龙王传语，这里思量你，千回万度。螃蟹最恓惶，鲇鱼尤忧虑。"

　　一次，这个人带着海哥去一户姓李的人家，海哥趁其不备，跳进池塘里，消失不见。那一年，黄河决口，大水灌进京师城门，冲坏几百户人家的房屋。不久，宋仁宗去世了。

此精载于宋代王明清《投辖录》

321 海陵雁媒

　　一般说来，雁群十分机警，要捕捉它们十分不容易。专门捕雁的人，会驯养一只大雁，用来吸引雁群，进而捕获它们。这种雁，被称为雁媒。

　　海陵县的东边，有个人以捕雁为生，养了一只大雁，剪去了它翅膀上的羽毛，当作雁媒。在这只雁媒的帮助下，这个人抓了很多大雁。天气渐渐转凉，雁群飞走。这只雁媒突然对这个人说："我前生欠了你的钱，现在还完了，我得走了。"说完，雁媒腾空而去。

　　从此以后，这个人再也不捕雁了。

此精载于五代徐铉《稽神录》补遗

322 旱龙

　　清代光绪年间，黄河北岸飞沙冲天，横亘半天，有白龙飞舞，有人说是旱龙。那东西仰头向日，双目炯炯，仔细看，竟然是两方芦席。

此精载于清代薛福成《庸盦笔记》卷四

323 旱獭

　　凉州这地方有很多旱獭，当地人喜欢捕捉旱獭之后将其腌制、售卖，一只一百文钱。有个叫折兰的人，人高马大，饭量比常人大许多，尤其喜欢吃旱獭。

雍正年间，折兰从军出塞，走在山丹道上时，看见十几只旱獭，像人一样站立，立刻下马追逐。这些旱獭"扑通"一声跪倒在折兰面前，异口同声说："饶命，饶命！"折兰觉得十分怪异，便放了它们。

当天晚上，折兰和同伴露宿野外，听到军帐外传来簌簌的声音，起来查看，见之前放走的十几只旱獭带着沙枣放在折兰跟前，足足有二斗多沙枣。

自此之后，折兰再也没有吃过旱獭。有人劝他吃，他就会说："我曾经收了旱獭送的礼，怎么能吃它们的同类呢？"

此精载于清代和邦额《夜谭随录》卷五

324
何首乌精

何首乌，也叫能嗣，在我国古代，被认为是一种极具灵性的植物，可以入药，为药中佳品。传说，年月久远的何首乌，根部能长成人的形状，成为妖怪，如果人吃了，可以成仙。

清代，在浙江盐官这地方，有个姓张的老太太，丈夫和儿子都是书生，因为家贫外出教书，平时家里只有张氏和儿媳妇两个人，靠纺织度日。秋天的时候，每到月华皎洁之时，两个人总能听到院子里传来孩子的追逐打闹声，起来查看，却看不到人影。儿媳妇和婆婆商量，一个人纺织，一个人趴在窗户边偷看，如此轮流监视。果然，有一天晚上，儿媳妇看见有两个孩子从墙根下的阴影里跑出来，身高不满一尺，一个男孩，一个女孩，全身赤裸，手牵着手来到院中，对着月亮跪拜，然后相互打闹玩耍。儿媳妇将事情告诉婆婆，婆婆说："恐怕是妖怪，我看还是不要搭理它们，以免惹祸上身。"

一天，张老太太有个精通医学的亲戚前来，张老太太便将事情告诉了他。亲戚说："如果真的是妖怪，恐怕你这宅子不会像现在这样安宁。依我看，恐怕是灵药所变，如果能抓住它们，蒸着吃了，你们会成仙的。"儿媳妇笑道："那两个小家伙，一听到人的声音就立刻逃跑了，怎么可能抓住呢。"亲戚说："不难，我听说稻米这东西因为是天地正气所结，能够镇服宝藏。你拿着稻米，等它们出来的时候，朝它们扔过去，如果能砸中它们，它们便跑不了。"

儿媳妇记住了这个办法，测量了从窗户到两个孩子经常出没的地方之间的距离，估计用手扔的话，稻米会随风飘扬不容易砸中，便做了一个竹筒，里面装上稻米，日夜勤加练习，很快百发百中。

这一天，月华似水，那两个孩子再次出现的时候，儿媳妇扔出了竹筒，里面的稻米撒在了两个孩子身上，它们果然一头栽倒。儿媳妇叫来婆婆，举着蜡烛来到外面，发现这两个孩子变成了两个仿佛木雕一样的东西，眉目如画，散发出浓厚的香气。

张老太太和儿媳妇将它们放在铁锅里蒸，加了五六次水，这两个东西才变得香软可食。两个人各吃了一个，觉得鲜美异常，吃下之后，肚子里饱饱的，一天都没吃别的东西。

第二天，一直到中午，二人都没有出门。邻居发现异常，跑来查看，见张老太太和儿媳妇仰卧在床上，脸和身上肿得厉害，无法说话，赶紧把张老太太的丈夫和儿子找回来。丈夫和儿子也都束手无策，只好又请来了那个精通医学的亲戚。亲戚笑道："这不是生病了，定然是按照我之前的方法，捕获了何首乌精。这种东西，一定要九蒸九晒之后才能吃，而且不能用铁锅蒸。她们二人，是中了毒。"

亲戚开了解毒药给二人服用，七天过后，张老太太和儿媳妇醒了过来。自此之后，她们身体强健，可以一个月不用吃饭。婆婆已经快六十岁了，原本头发花白，因为吃了何首乌精，白头发变成了黑头发，重新长出了牙齿，脸上皱纹消失，看上去像二十多岁的人，而且还生下了孩子。儿媳妇年近四十，变得像个十八九岁的大姑娘，一连生下了十几个孩子。两个人后来都活了一百五六十岁，无疾而终。

此精载于清代吴炽昌《续客窗闲话》卷五

325
河伯女

阳羡县有个小官吏，名为吴龛，有一天坐船过大溪，看见溪水中有一块五色的浮石，很可爱，就拿回了家放在床头。晚上，这块石头变成了一个女子，自称河伯女。

此精载于南北朝刘义庆《幽明录》、南北朝刘敬叔《异苑》卷二

326
河精

传说，大禹在黄河边时，有白面鱼身的巨人出现，称自己是河精，传授给大禹河图，告诉他治水的方法，然后消失于水中。

还有一种说法，尧命令鲧治水。鲧九年没有成功，自沉于羽渊，变成了玄鱼，经常扬须振鳞，出现在水浪之中，看见的人都称之为河精。

此精载于汉代《尚书中候》、晋代王嘉《拾遗记》卷二

327
核桃树精

石涛和尚是明朝宗室，明朝灭亡后，隐居在安徽黄山，结茅庐自住。

一天日暮，天降雨雪，石涛和尚与几个禅僧朋友坐在火炉边聊天。到了晚上，忽然看见一个人推开门径直而入。此人身材高大，蓝发紫面，嘴大如簸箕，进来后，一屁股坐在炉火边。其他的禅僧吓得一哄而散，唯独石涛和尚岿然不动。过了一会儿，石涛和尚趁其不备，用铁筷子夹起一块炙热的炭火，塞入那人嘴里，对方大叫一声，带着铁筷子跑出门。

三天后，雪停天晴，石涛出门游览，在距茅庐几里地的地方，见路边有棵核桃树，树上有个孔洞，铁筷子和炭块都在里面，才知道那天的妖怪是此树所化，当即命童仆将这棵核桃树砍倒。

此精载于清代钮琇《觚剩》续编卷三、清代钱泳《履园丛话》丛话十六

328
黑汉

古都洛阳，经常发生怪异的事情。宋代宣和年间，洛阳忽然有精怪出现，长得像人，但全身漆黑，晚上出来掠夺百姓的小孩为食，而且喜欢咬人。于是，家家户户准备棍棒防守，即便是炎热的夏天也不敢开门开窗出屋子。人们把这妖怪称为黑汉，过了一年多才平息。不久，金国来犯，北宋灭亡。

有人说，巩县有石炭坑，相传有炭精，经常出来作祟，一丈多高，全身漆黑，当地人称之为黑汉。洛阳人认为巩县的黑汉，就是洛阳城中出现的那个妖怪。

此精载于宋代蔡絛《铁围山丛谈》卷三、宋代马纯《陶朱新录》

329
黑花精

黑花精，长得如同一条狗，但是身上没有毛，皮肤红色，六只眼睛，经常潜伏在寂静偏僻的地方，看到人，远远地用气喷向人。人如果沾染上它喷出来的气，心里会突然烦闷无比，往往吐痰、吐血而死。它是房宅不正之气所化的。

此精载于宋代《太清金阙玉华仙书八极神章三皇内秘文》（收录于明代张宇初《道藏》）

330
红履柳孩

清代，有个书生夜读，听到窗户外面传来声音，抬起头，见窗纸破裂，伸进来两只小瓜一样的小手，接着一个小人跳了进来。这个小人，身穿彩衣，脚上穿着一双红鞋，双髻，眉目如画，身高只有二寸多，跑到书案上，举起笔旋转跳舞，又踩在砚上，往来奔跑，搞得书桌满是墨汁、污浊不堪。书生刚开始有些惊慌，过了一会儿，见小人似乎没什么异常，便伸手抓住了它。小人拼命挣扎，发出"呦呦"的声音，似乎在祈求。书生将其拿到蜡烛上烧死了，满屋都是枯柳的气味。

此精载于清代纪昀《阅微草堂笔记》卷二十

331
红袍爆竹

清代光绪年间，浙江奉化刘渡有一间古屋，相传为宋代时所造，居住在其中的人，往往会碰到奇怪的事。有个叫王家仁的人，借居于此，女儿中了邪，请巫问卜也不见好转。王家仁有个表弟姓葛，跟随道士学习八年，精通五雷之法，正好路过王家。

葛某将王家仁的女儿招过来询问。王家仁的女儿说有个红袍男子，头上插着一根野鸡尾羽，常来找她，每次此人来，自己便神志昏迷不能自主。葛某设坛作法，将那个红袍男子抓到祭坛前。男子立而不跪，葛某用五雷轰之，男子消失无踪，变成了一枚鞭炮，后来葛某又从梁上发现了两枚。

此精载于清代吴友如《点石斋画报》

332
侯伯

断流而且藏有金子的河川，有精灵，名为侯伯，长得像人，高五尺，穿着彩衣。喊它的名字，它就会离开。

此精载于唐代释道世《法苑珠林》卷四十五（引《白泽图》）

333
猴部头

唐昭宗曾经养了一只猴子，给它穿上乐工舞伎的衣服，称之为"猴部头"，对其十分宠爱。后来，朱温篡唐，自己称帝，命人将唐昭宗从皇帝的位子上拉了下来，坐在自己的旁边。猴部头看见了，大声呼号，撕毁了自己的衣服，拿起东西向朱温砸去。朱温气得够呛，命人将猴部头杀掉。在场的唐廷官员们见状，一个个羞愧无比。

此精载于宋代赵令畤《侯鲭录》卷四、宋代罗大经《鹤林玉露》甲编卷六

334
猴王神

宋代，福州永福县有座能仁寺，寺里有个护寺神，乃是将一只猴子活活弄死，然后在外面裹上泥，做成泥塑供奉，称为猴王。年月久了，这泥塑就变成了妖怪作祟，凡是被它作祟的人，会得寒热之病，往往致死。有人请来法师除妖，寺里的僧人就敲钟击鼓，说是来为猴王神助阵。

此精载于宋代洪迈《夷坚志》甲志卷第六

335
狐龙

骊山下有一只白色的狐狸，经常惊扰山下的百姓，但人们没办法除掉它。唐代乾符年间，忽然有一天，这只白狐到温泉里洗浴。不一会儿，水汽升腾雾气翻滚，刮起一阵大风，它变成了一条白龙，升天而去。从那以后，有时遇上阴天，常常有人看见白龙在骊山附近飞腾。

这种情况持续了三年。有一个老人，每到天刚黑时，就在山前哭泣，一哭就是好几天。有人就等在那里问他哭的原因，老人说："我的狐龙死了，所以才

哭。"有人问他："为什么叫狐龙？你又为什么哭呢？"老人说："狐龙，就是从狐狸变成了龙，三年就死去。我是狐龙的儿子。"有人又问："狐狸为什么能变成龙？"老人说："这只狐狸，因为禀受了西方的正气而生，所以是白色的。它寄住在骊山下已一千多年，后来偶然与雌龙交配，上天知道了这件事，就下命令让它变成龙。也就好比人类，从凡人变成圣人一样。"说完，老人就不见了。

此精载于宋代李昉等《太平广记》卷四百五十五（引《奇事记》）

336
胡桃

唐代大历年间，有个寡妇柳氏居住在渭南。柳氏有个儿子，十一二岁。夏天的一个晚上，儿子忽然害怕，惊悸睡不着，三更后，看见一个老头，穿着白衣服，两颗牙齿龀出唇外，走到他的床前。当时有个丫鬟已经睡着，老头就掐住丫鬟的喉咙，撕碎丫鬟的衣服，吃了丫鬟。那老头嘴大得如同簸箕，柳氏的儿子看了，大叫，老头随之消失，可怜的丫鬟只剩下了骨头。

几个月后，柳氏坐在院里乘凉，看见有只胡蜂围着自己，就用扇子扑打。胡蜂掉在地上，变成了胡桃。柳氏捡起胡桃，放在屋子里。那胡桃突然长大，刚开始如同拳头大小，然后长成了磨盘一样大，突然爆裂为二，如同飞轮一样，飞起来，"啪"的一声夹住柳氏的脑袋，将柳氏夹得脑浆迸裂，然后飞走了。

此精载于唐代段成式《酉阳杂俎》前集卷十四

337
护国大将军

宋代绍兴二十六年（1156 年），淮河流域即将秋收时，庄稼铺展如云，一派丰收景象，突然飞来蝗虫，遮天蔽日。凡是蝗虫经过的地方，庄稼被一扫而尽。

过了不久，出现很多名叫鹙的水鸟，成百上千、成群结队而来。这种鸟，长得如同野鹜但是比野鹜大，脖子下有大嗉子，可以储存好几斗的食物。它们争先恐后啄吃蝗虫，等嗉子装满了，吐出来，再吃。不过十来天，蝗虫全被这些鸟吃完了。庄稼因此得以保全，当地获得大丰收。

官府将此事报告朝廷，皇帝下令，封鹫为护国大将军。

此精载于宋代洪迈《夷坚志》支甲卷第一

338
护门草

常山北有一种草，名叫护门草。把它放到门上，夜间有人经过，它就发出呵斥声，保护主人的宅邸，不让人进来。

此精载于唐代段成式《酉阳杂俎》前集卷十九

339
花月精

唐代时，武三思家里有个姜室叫素娥，舞姿优美，被认为天下第一。武三思非常喜欢她，经常举办盛大宴会，让素娥出来亮相。

有一次，武三思举办宴会，满朝公卿大夫全都来了，只有纳言狄仁杰称病不来。武三思很生气，在席间说了些不满的话。宴会结束之后，有人告诉狄仁杰。第二天，狄仁杰去拜见武三思，道歉说："我昨天老毛病突然发作，未能来参加宴会。没有见到丽人，也是我没有这福分。以后如果还有宴会，我一定会提前拜会。"

素娥听说这件事后，对武三思说："狄仁杰是个刚毅之士，不是个轻薄狎邪之人，不喜欢这种场合，所以没必要请他来。"武三思却不这么想，说："如果他敢拒绝我的宴请，我一定杀他全家！"几天之后，武三思又办宴会，客人们还没到，狄仁杰果然先到了。武三思特意把狄仁杰迎进内室，与他慢慢地饮酒，等待众宾客。狄仁杰请求让素娥提前出来，他要领略一下素娥的舞艺。

武三思放下酒杯，摆好座榻叫素娥出来。过了一会儿，奴仆出来说，素娥藏起来了，不知她在哪里。武三思亲自进屋去叫她，也没找到。不过，他在堂屋角落的墙缝中嗅到了兰麝的香气，附耳过去，隐约听到素娥说话的声音。她的声音像丝一样细，刚刚可以辨清。她说："我请你不要找狄仁杰，现在你已经把他请来了，我不能再活了。"武三思问为什么，她说："我是花月之精，天帝派来的，要我用言语动摇你的心志，要兴李氏天下。狄仁杰是当代的正直之人，我根本不敢见他。我曾经做过你的仆妾，哪敢无情！希望你好好对待狄仁杰，不要萌生别的想法。不然，你老武家就没有传人了。"她说完，就不见了。

第二天，武三思秘密地向武则天奏明此事。武则天叹道："看来，李唐当兴，这是上天的安排呀。"

此精载于唐代袁郊《甘泽谣》

340
华表柱

晋代时，有个人在御沟岸边停船，半夜听到外面有说话声，看见一只狐狸坐在华表柱下，说："我现在已经一百岁了，所闻所见太多了，想去拜访张华丞相。"华表柱说："张华丞相是个博学家，慧眼如炬，你还是别去了吧。"狐狸说："我意已决。"华表柱说："你去可以，别连累我就行。"狐狸便离去了。

听狐狸和华表柱对话的这个人是张华的表亲，来到张华家住下。一天，他看见有个读书人来拜访张华。这个读书人坐下之后，说起话来滔滔不绝，观点新颖，连张华都为之钦佩。但是，很快张华就反应过来："这般优秀的人才，如果住在城里，早应该声名远扬了，我却不认识，一定是妖怪。"想到这儿，张华招呼手下的一个小吏过来，对那小吏说："你这家伙，是河岸东南角的那根华表柱吧？"那个读书人闻听此言，面色大变，慌张而走，变成一只老狐狸逃了。

表亲出来对张华说："之前我夜宿御沟岸边，听到了狐狸和华表柱的对话。想不到那根华表柱竟然变成了你手下的小吏。不过，刚才你提起华表柱，为什么狐狸会逃掉呢？"张华说："唯怪知怪，唯精知精，这家伙已经修行百年，我说了华表柱，它便明白我已经看破了它的底细，所以才会逃走。"

此精载于宋代刘斧《青琐高议》别集卷五

341
画精

清代，有一户人家，家中挂着一幅仙女骑鹿图。每当屋子里没人的时候，画中的仙女就会走出来，沿着墙壁行走。一天，这家人偷偷将长绳子系在画轴上，等到画中的人离开了，便将画扯了过来。那仙女就留在了墙上，刚开始，那仙女如在画上时一样，色泽鲜艳，但越来越淡，过了半天，就彻底消失了。

北魏有个叫元兆的人，在云门黄花寺抓住了一个画精，情况和上述故事类似。元兆抓住画精后问它："你被人画在纸上，没有形体，不过是虚空而已，怎么会变成妖怪呢？"画精回道："我的形体虽然是画出来的，却是按照人世间的形象画的，画师如果技艺高超，那我就会产生神志。"

听起来，画精说得很有道理，不知道元兆最后有没有放了它。

此精载于清代纪昀《阅微草堂笔记》卷十二

342
画马

山东临清的崔生，家中贫穷，院墙破败不堪。崔生每天早晨起来，总看见一匹马躺在地上，黑皮毛，白花纹，只是尾巴上的毛长短不齐，像被火燎断的一样。把它赶走，夜里又会回来，不知是从哪里来的。

崔生有一位好友在山西做官，崔生想去投奔他，苦于没有马匹，就把这匹马捉来拴上缰绳骑着去，临行前嘱咐家人说："如果有找马的，就说我骑着去山西了。"

崔生上路后，马一路疾驰，瞬间就跑了一百多里路。到了夜里马不怎么吃草，崔生以为它病了，第二天就拉紧马嚼子，不让它快跑，但马却乱踢着嘶叫不已，同昨天一样雄健。崔生只好任它奔跑，中午时便到达了山西。此后，崔生时常骑着马到集市上，看到的人无不称赞这匹马。晋王听到消息，要高价买这匹马。崔生怕丢马的人来找，不敢卖。如此过了半年，也没人找马，崔生就以八百两银子的价格将马卖给了晋王，自己又从集市上买了一匹健壮的骡子骑着回家。

后来晋王派遣校尉骑着这匹马到临清办事，刚到临清，这匹马就跑了。校尉追到崔生邻居家，进了门，却不见马，便向主人索要。主人姓曾，说确实没有见过马。校尉不相信，等进到主人的房里，看见墙壁上挂着赵孟頫的一幅画，画上的马毛色很像那匹马，尾巴上的毛被烧了一点儿。校尉这才明白过来，那匹马原来是画上的马成精了。丢了马，校尉难复王命，就状告了姓曾的，让他赔偿。这时，崔生听说了，赶紧找过来。他用当初卖马的钱做生意，家中居积盈万，自愿替姓曾的赔偿马钱，交付校尉回去复命。姓曾的很感激崔生的恩德，却不知道崔生就是当年卖马的人。

此精载于清代蒲松龄《聊斋志异》卷八

343
槐精

唐代元和年间，一个叫陈朴的人，在崇贤里北街大门外自己的家里，倚着门往外看。正是黄昏时候，他看见一些好像妇人及老狐、异鸟之类的东西，飞入一棵大槐树里。于是，他就把大槐树砍倒，想看看到底是怎么回事。大槐树一共三根杈，中间都是空的，一根杈中装有独头栗子一百二十一个，中间用布包裹着一个死孩子，一尺多长。

也是在唐代，有一个叫吴偡的礼泉县村民，家住在田野之间。他有个十来岁的女儿，一天，女儿忽然不见了。过了几天，吴偡梦见自己死去的父亲对他说："你的女儿在东北角，大概是木精作怪。"吴偡被惊醒了。到了第二天，他就到东北角彻底地查找踪迹，果然听到呼喊呻吟的声音。吴偡一看，女儿在一个洞穴里。洞穴的口很小，里边稍微宽敞。旁边有一棵老槐树，盘根错节。

于是，他就把女儿救出领回家，但是女儿变得痴痴呆呆。某天，有一个道士来到县里，吴偡就请道士用符术帮忙。女儿忽然睁开眼睛说："此地东北有一棵大槐树，槐树有精，拉着我从树肚子里走进地下的洞穴内，所以我就病了。"吴偡砍倒了那棵大槐树。几天后，女儿的病也好了。

此精载于唐代段成式《酉阳杂俎》前集卷十五、唐代张读《宣室志》卷五

344
黄河蛤蟆

宋代政和、宣和年间，黄河决口，湍流溃堤，无法堵住。河兵牢吉在溃堤旁边来回观察，想找到堵住决口的办法，突然听到有人叫自己的名字，而且一连叫了三四次。

牢吉看了看周围，根本没有人，顺着声音来到芦苇丛中，看见一只大蛤蟆，蹲在地上，有一人多高。牢吉赶紧施礼。蛤蟆问："你在这里来来回回，干什么呢？"牢吉将事情说了一遍。

蛤蟆吐出一个东西，长得如同荔枝，递给牢吉，说："吃下此物，你可以潜入水里七天七夜不出来，这样你就能找到决口的源头在哪里。如果看到什么奇怪的东西，不要惊扰对方。"接着，蛤蟆又教给了牢吉堵塞决口的办法，并且说："重新筑好大堤之后，需要建一座庙来镇水。"牢吉赶紧拜谢。蛤蟆便消失不见了。

牢吉吃下蛤蟆给的那块东西，跳入黄河，潜入河底，见决口下方有条龙正在熟睡。从水里出来，牢吉用蛤蟆教的办法成功堵住了决口，后来依照蛤蟆的嘱咐，在上面建了一座庙。

此精载于宋代郭象《睽车志》卷三

345 黄远天

黄远天，长得如同鬼，多藏在妇女的肚子里，能够隔腹与孕妇交谈。肚子里有这种妖怪的妇女，往往命不长久。它的本体，是千年的草木之精。

此精载于宋代《太清金阙玉华仙书八极神章三皇内秘文》（收录于明代张宇初《道藏》）

346 黄云妖

甘肃平凉一带，夏天五六月间，经常会有暴风，有黄云从山里来，风也是黄色的，紧接着一定会降下冰雹，冰雹大的如拳头，小的如粟米，总是砸坏地里的庄稼。当地人称之为黄妖。每每看到黄云过来，当地人赶紧敲响鼓，然后开枪放炮，黄云就会散去。如果打中黄云，会降下血雨，黄云就变得很低，钻入山洞之中。人寻找过去，围住山洞，用火药熏，妖怪就会死掉，挖出来，不是大蛇就是大蛤蟆，嘴里肚子里都是冰块。

甘肃徽县也有这种妖怪，腾云驾雾，会带来冰雹。当地有进山的人，看到山谷间有无数的蛤蟆，不论大小，嘴里面都含着冰。有个叫沈仁树的人在徽县当官，看到云层来，命人开枪，从云层里掉下来一只靴子，送到城隍庙，第二天就不知其踪，大概是妖怪的靴子。

此精载于清代刘献廷《广阳杂记》卷三、清代姚元之《竹叶亭杂记》卷八

347 挥文

年代久远的宅子里有精灵，名为挥文，又叫山冕，长得像蛇，一身两头，鳞甲五彩。喊它的名字，可以驱使它带来金银。

此精载于唐代释道世《法苑珠林》卷四十五（引《白泽图》）

348
昏形魖魖精

昏形魖魖精，长得如同鬼，身高几十尺，腰粗三五尺，双目炯炯如火，经常在黄昏或者晚上站在水边或者路旁，人看见了往往会生小病，但不至于丢掉性命。

它是水边野路一块石、一块土或枯朽之木，因为得到水湿之气，时间长了而变成的妖怪。

此精载于宋代《太清金阙玉华仙书八极神章三皇内秘文》（收录于明代张宇初《道藏》）

349
浑

有一种山精，长得像一面大鼓，红色，一只脚，名为浑。

此精载于南北朝刘敬叔《异苑》卷三

350
霍公孙

霍公孙，状若飞鸟，一个身体两个脑袋，锦毛赤嘴，大小和鸡相像，能够吸人精神，让人渐渐死亡。

这种妖怪，是千年的伏翔之精所化的。

此精载于宋代《太清金阙玉华仙书八极神章三皇内秘文》（收录于明代张宇初《道藏》）

351
麂精

清代，浙江温州西乡有户姓张的人家，夫妇俩心地善良，尤其不愿意杀生。

有一天，有个猎户追逐一只麂子到张家。张妇见麂子十分可怜，急忙用旧衣服将其盖住。猎户找不到猎物，只能离开。张妇见猎人走了，掀开衣服，放了麂子。麂子知道张妇救了自己，离开时接连四次低头，像是拜谢的样子。

第二年春天，张妇正带着孩子在堂屋玩耍，那只麂子突然闯进来，用角挑起孩子跑了出去。张妇跟跄而出，跟着就追，一直追到田里，远远看见麂子放下孩子，消失不见。张妇抱起孩子，心里抱怨："之前我救过它，它怎么不知道报恩，反而把我孩子带出来？"等到回家，发现屋后的一棵大树轰然倒下，正砸在屋上，墙瓦都碎了，屋里鸡犬皆死，这才明白麂子此举正是为了救他们母子二人。

此精载于清代梁恭辰《北东园笔录》三编卷五

352
忌 / 作器

年月久远的道路有精灵，名为忌，长得如同野人。喊它的名字，就不会迷路。

道路的精灵名为作器，长得如同精壮的男子汉，喜欢让人眩晕昏迷。喊它的名字，它就会离开。

此二精载于唐代释道世《法苑珠林》卷四十五（引《白泽图》）

353
夹浦江豚

明代万历五年（1577年），三吴地区的夹浦桥瓜泾港口出现两只大江豚，吹浪鼓风，弄翻了很多渔船。渔人们不敢下网捕捉它们，因为一旦如此就会发生祸事。

又有一只小江豚，似獭非獭，似豚非豚，夜里经常偷偷潜入老百姓家里，躺在床上呼呼大睡，老百姓也不敢驱赶。

自从出现江豚，当地连年洪水为灾，庄稼被淹没，桥梁坍塌。接着又发生了三年旱灾，这三个妖怪才消失。

此精载于清代褚人获《坚瓠集》余集卷四

354
嘉陵江巨木

阆州城靠近嘉陵江，江边上有一根大木头，长一百多尺，粗五十多尺。这木头在水上漂荡已经许多年了，谁也不知它是从哪里来的。阆州城的老年人说，相传是尧帝的时候发大水，把这根木头冲到这里来的。

襄汉节度使渤海人高元裕，太和九年（835年）从中书舍人迁任阆州牧，来到该地不久就见到了这根大木头，觉得很稀罕。忽然有一天，江边的官吏来报告说，那江中的大木头从来都是头向东，昨夜无缘无故向西了。高元裕更觉惊奇，立即和同僚们赶到江边观看。他召集周围摆船的，又叫来一些军吏百姓，用粗绳子拴住那大木头往岸上拽。一开始还没什么阻碍，大伙儿一拖，那木头就出水登岸了。但是出水大半以后，它就停在那里不动了。即使是一千个人一百头牛，也拽不动它。大家筋疲力尽，不得不放弃。从此，它便在风吹日晒之下，僵卧在河滩上。

有和尚想要把这根大木头做成大柱子，有的州吏想把大木头锯开，做木雕的原材料。高元裕因为此木奇伟异常，所以全没同意。思来想去，他打算把大木头送还到江里去，但是考虑到需要许多劳力，就犹犹豫豫一直没有定下来。

开成三年（838 年）正月十五，高元裕依照先例到开元观烧香，同僚官吏全部到了。高元裕想趁人多力众共同拉动那木头，就又弄来不少粗绳子，召集了一些有力气的人，准备把大木头送还江中。

就在大家一鼓作气准备拉它的时候，它却借着众人的声势，好像自己可以转移，很轻易地就又回到水里去了。在它离江水还有一尺来远的时候，轰然一声巨响，上百条粗绳子全都绷断，像被斩断一样。那大木头则沿着旋涡沉没了，江面上立刻出现了从来没有过的寂静。

高元裕派了几个擅长潜水的人下到水底观瞧。江水很清澈，就连一根头发也看得清。潜水的人在水底观察了许久才出来，报告说："水里另有东西方向两根木头，粗细和刚才下去的那根没什么两样，刚才下去的那根南北方向摞在那两根木头上。"

从此那木头再也没人看见过。

此精载于唐代薛用弱《集异记》

355
贾诎

生长千年的大树会生出一种虫子，名为贾诎，长得像猪，吃了有狗肉的味道。

此精载于唐代释道世《法苑珠林》卷四十五（引《白泽图》）

356
剑龙

唐代开元年间，河西骑将宋青春骁勇善战，让周围的人十分忌惮。

有一年，西方的游牧民族来犯，宋青春每次领军出战，都会亲自冲锋陷阵，挥舞宝剑，胜利而归，而且从来没有受过伤。

后来，他带兵和吐蕃作战，大胜，俘虏了几千人。统帅审问一个穿着虎皮衣袍的吐蕃俘虏："你们为什么不敢伤害宋青春呢？"对方回答说："每次他上阵，我们都能看到一条凶猛的青龙呼啸而来，我们的刀砍上去，就像砍在铜铁之上。我们怀疑他有神灵保护，所以不敢对他下手。"听了俘虏的话，宋青春才明白是自己的宝剑在作怪。

宋青春死后，这把宝剑被瓜州刺史李广琛所得，只要风雨过后，这把剑一定会发出耀眼的光芒，甚至把屋外照亮。哥舒翰听闻这把宝剑的灵异，想用其他的宝贝和李广琛交换。李广琛没同意，写了两句诗给哥舒翰，诗是这么写的："刻舟寻化去，弹铗未酬恩。"

此精载于唐代段成式《酉阳杂俎》前集卷六

357
剑蛇

干将墓在苏州城城门匠门东边数里。有个农夫在墓旁耕作时，见一条青蛇爬上了他的脚背，便挥刀砍了过去。蛇被砍为两段，上一段飞入草中不见踪影，留下来的下一段竟然变成了一截断剑。到了傍晚，农夫想把断剑带回家，结果发现找不到了。

此精载于宋代龚明之《中吴纪闻》卷五

358
焦木

某地有个五环洞水塘，水塘西边住着一个叫钟益的人，妻子年轻貌美。一天，钟益的妻子到田里送饭，遇到一个男子，两人相互喜欢，暗中来往。奇怪的是，男子每次来钟益家，家里人都看不见他。不久之后，家中发生了很多怪事——明明房子起火，扑救后发现没有任何燃烧的痕迹；有时家中的食物和用具会无缘无故消失；空中飞来砖瓦，打伤很多人，如此种种，不一而足。

这样过了三四年，起初钟益的妻子不肯吐露秘密，直到妖怪逼着她上吊，她才将事情说出来。她告诉婆婆说："妖怪来的时候，口里衔着一块火炭，把火炭吐给我，我握在手里觉得很欢乐，却不知屋里已经起了火。他生气我与丈夫同床而睡，要我自尽。"婆婆听了之后，出了一个主意，说："我听说妖怪邪物害怕污秽的东西。等他来时，你用左手抓住他，把他推进便桶里，我们埋伏在门外接应。"

一天，那个男子又来了，钟益妻子依计把他推入便桶，男子连声叫唤。外面埋伏的家人冲进来，见那男子渐渐缩小。大家用盖子把他罩住，过了很久，见男子没了声音，才把便桶拿到门外，从里头倒出来一块烧焦的柘木。

钟益家里人用斧子砍破这东西，里头流出了许多鲜血，最后一把火将其烧掉，家里的怪事便再也没有发生。

此精载于民国曹绣君《古今情海》卷二十四（引《蚓庵琐语》）

359
蕉女

宋代隆兴二年（1164年），舒州怀宁县主簿章裕带着仆人顾超前去赴任，夜宿在一间书馆。晚上，顾超看到一个穿着绿衣裳的女子前来，说是被母亲逐出家门，没有去处，见顾超在此，特来相会。顾超问她住在哪里，她说在城南紫竹园。顾超就和她同床共枕。才过了几个晚上，顾超就觉得身体虚弱，好像生病一般。章裕发现情况不对劲，就询问顾超。顾超把事情说了，章裕认为那女子肯定是妖怪，就和顾超定下计策。

第二天晚上，那女子又来，顾超拽住女子不放，章裕挑着灯前来捉拿。那女子逃窜不得，变成了一片芭蕉叶。后来他们才听说，紫竹园里面有一丛芭蕉年代久远，成了妖怪。章裕就命人把芭蕉砍了，砍的时候，芭蕉流出了很多血。这件事情发生后，顾超闷闷不乐，过了不久就死了。

明代，苏州有个书生，名叫冯汉，住在阊门石牌巷的一个小院子里。院子中种着一些花草，青翠可爱。

有一年夏天的晚上，冯汉洗完澡坐在榻上，看见一个穿着绿色衣裳的女子站在窗户边。冯汉问她姓名，女子说："我姓焦。"说完，女子走进了屋里。冯汉抬头观看，发现这女子长得十分美丽，不像凡人，就一把抓住她。女子挣脱逃跑，冯汉只撕下了她的一片裙角，就放在了床下。第二天早晨起来，发现那裙角是一片芭蕉叶。

冯汉曾经从寺庙移植过来一株芭蕉种在院子中，于是就拿着这片芭蕉叶走过去，发现那株芭蕉果然缺了一片，比对一下，与手里的这片正好能合得上。

冯汉砍了那株芭蕉，发现芭蕉流出了很多血。后来冯汉把这件事告诉了寺里的和尚。和尚说，寺里面之前的确曾经有芭蕉作怪，魅惑死了好几个僧人。

此精载于宋代洪迈《夷坚志》丙志卷第十二、明代陆粲《庚巳编》卷五

360 金精

南北朝时，安阳县有户姓黄的人家，住在古城南，祖先辈辈都很富有。有一个巫师给他家占卜，说他家的财物要离去，应该好好守护。自此之后，黄家人每夜都派人轮流看守财物。

这天晚上，家里人看到有一队人，全都穿着黄色衣服，骑着马，从北门走出来；一队人，穿着白色衣服骑着马，从西门走出来；一队人，穿着青色衣服骑着马，从东门走出来。这些人都在打听赵虞家离这里多远。

走出去的黄、白、青三队人，全都是金银钱货。当时人们都忘了财物要离去的事，三队人马离去之后才明白过来。人们非常后悔，但是已经不能去追赶了。这事情发生后，黄家很快一贫如洗。

唐代天宝年间，长安永乐里有一座凶宅，前后居住在这里的人全都遭了殃，以后便没人再敢住。有个扶风人叫苏遏，因为穷，所以即便知道这是座凶宅，还是买了下来，不过是赊账，没有交钱。

到了晚上，苏遏睡不着，出来闲逛，忽然看见东边墙根有一个红色东西，像人的形状，没有手和脚，里外透彻明亮，嘴里喊叫："烂木！烂木！"然后西边墙根下有东西回应说："在，在这里！"两个东西嘀嘀咕咕说了一会儿话，红色东西就消失了。

苏遏走下台阶，问西边墙根下的东西，那个红色的东西是什么，对方说："是金精。以前死在这里的人，都是它害的。"

第二天，苏遏借来铁锹，先在西墙下挖，挖出一根腐朽的柱子，柱子木心的

颜色像血一样。后来又在东墙下挖了两天，挖了将近一丈深，才看见一块方形石块，宽一丈四寸，长一丈八寸，上面用篆书写道："夏天子紫金三十斤，赐有德者。"又向下挖了一丈多深，挖到一个铁罐，把铁罐打开，看到紫金三十斤。

苏遏想要这些金子，却又担心自己不是什么有德的人，正在犹豫不决，那块烂木头说："这很好办呀，你改名叫'有德'不就行了嘛。"苏遏听了，大喜过望，连称这个主意好。

烂木说："我帮了你大忙，你能不能把我送到昆明池里面？我保证，以后再也不会祸害人了。"苏遏答应了它。苏遏用这笔金子还了账，然后安心闭门读书。三年后，苏遏被范阳节度使请去做幕僚。七年后，官获冀州刺史。

至于那座宅院，再没发生过什么怪事。

此精载于宋代李昉等《太平广记》卷三百六十一（引《广古今五行记》）、卷四百（引《博异志》）

361
金累

有一种山精，长得像人，身高九尺，穿着皮衣，戴着斗笠，名为金累。

此精载于南北朝刘敬叔《异苑》卷三

362
金人

唐代有个叫龚播的人，家里原本很穷，以贩卖蔬菜水果为生，住在江边的一间草房子里面。

有一天晚上，风雨大作，天昏地暗，龚播看到江对岸有火光，听到有人在对岸喊着开船过去。当时已经是半夜了，江边的人都早已上床休息。龚播划着小船，风雨中将那个人接过了河。过河之后，那人突然倒地，龚播走上去看，发现是一个四尺多高的金人。龚播把金人带回了家，不久生意越做越大，成为四川出了名的富豪。

杨行密刚刚平定扬州的时候，城中人烟稀少。有个姓康的人，以给人做工为生，住在太平坊的一座空宅里。康某早晨出去干活还没回来，他的妻子刚生下个儿子，就看见一个奇怪的人，红脸，穿着红色的衣服，戴着红色的帽子，坐在家门口。妻子很害怕，不过那个人坐了一会儿便起身往西走了。他走路的时候，发出清脆的响声。

这时候，康某正好在回家的路上，看到路旁放着五千枚铜钱，还有一些牛羊、空酒杯。康某等了一会儿，见没人来，就带着这些东西回到家里。妻子将刚才的事情告诉康某，康某往西边寻找，看到一个金子做成的人，倒在草丛里，高高兴兴地将其拖回来。自此之后，康某成了大富翁。

建安这地方，有个人经常派家中的一个小奴去城里办事。这户人家住宅的南边，有片大坟地，小奴办事时会经过这里。

有一天晚上，小奴经过坟地，碰见一个穿着黄衣的孩子，要和他摔跤。小奴因此误了时辰，回来晚了，遭到了主人的训斥。小奴觉得自己委屈，将事情原原本本告诉主人。主人觉得奇怪："那片荒坟地根本无人居住，怎么会有小孩呢？"后来，等小奴再去办事的时候，主人跟在后面，埋伏在草丛中。果然，那个黄衣小孩见到小奴，又跳出来想与小奴摔跤，主人一跃而上，将其摁倒在地，发现竟然是一个黄金铸造的小孩。主人将其拿回家，从此成了富人。

此精载于五代徐铉《稽神录》卷五、
宋代李昉等《太平广记》卷四百一（引《河东记》）

363 金兔

虞乡的山里有座道观，很是幽寂，有个涤阳的道士住在里面。

一天晚上，这个道士登坛作法，忽然看见院子里一道光芒从井里面射出来。过了一会儿，有个长得像兔子的东西随光而出，围着醮坛打转，过了很久才回到井里。自此之后，这东西每天晚上都会出来。这个道士觉得很奇怪，不敢告诉别人。

有次淘井，这个道士从井里挖出一只金兔，很小，光彩粲然，他将其放在箱子里。当时御史李戎在蒲津当官，和这个道士关系很好。这个道士便把金兔送给了李戎。

后来，李戎去忻州当刺史，这个兔子突然消失了。过了一个多月，李戎便死了。

此精载于唐代段成式《酉阳杂俎》前集卷十、唐代张读《宣室志》补遗

364
金银山

苏州人陆东皋很富有，将家中的黄金白银铸成人形，藏在密室里，名之曰金银山。这些东西很重，寻常人搬不动，所以小偷也没法偷走。一天，金银山突然消失不见。陆东皋十分诧异，私下里到处寻找也没发现其踪影。

过了几天，一个摆渡人找陆东皋要渡河费。陆东皋问他缘由，摆渡人说："有两个人说是你家奴仆，让我载着来你家，没给钱。"陆东皋将家里的奴仆全部叫来，这些奴仆都说不是自己干的。陆东皋指责摆渡人胡扯，摆渡人说："一个穿白衣服，一个穿黄衣服，刚进你家，怎么能说我胡扯呢？"陆东皋恍然大悟，把钱付给摆渡人后，来到密室，果然见金银山回来了。陆东皋拿来大斧子，砍掉了它们的脚趾。自此之后，它们再也不出去逛了。

此精载于清代褚人获《坚瓠集》广集卷六

365
鸠钩

长安有个姓张的妇女，白天一个人在房间里，忽然从外面飞来一只斑鸠，落在她的床上。张氏解开衣服说："斑鸠呀斑鸠，你如果是引来灾祸的，请你飞到梁上；如果是引福的，请到我的怀里来。"话音刚落，斑鸠飞到了张氏的怀里。张氏伸手去摸，发现竟然是一个金子做成的带钩，张氏珍惜如宝。

自此之后，张家子孙昌盛，人丁兴旺。

此精载于南北朝刘义庆《幽明录》

366
九烈君

五代时，有个叫李固言的人，科举未第时，经过一棵年月久远的大柳树下，忽然听到弹指声。李固言觉得奇怪，问对方是谁。对方回答说："我叫九烈君，是老柳精，已经用柳汁染了你的衣裳，你今年科举肯定会成功。如果考上了，别忘了拿枣糕来祭祀我。"李固言听了，很高兴，答应了。过了一段时间，他果然状元及第。

此精载于唐代冯贽《云仙杂记》卷一

367
酒虫

山东长山的刘某身体肥胖，爱好饮酒，每次独饮都要喝尽一瓮。好在他家里非常富足，并没因为爱喝酒使家境受影响。

一天，一个西域来的僧人见到刘某，说他身患奇异的病症。

刘某回答："没有。"僧人问他："您饮酒是不是不曾醉过？"刘某说："是的。"僧人说："这是因为你肚里有酒虫。"刘某非常惊讶，便求他医治。僧人说："很容易。"刘某问："需用什么药？"僧人说什么药都不需要，只是让他在太阳底下俯卧，绑住手足，离头半尺多的地方，放置一盆好酒。

过了一会儿，刘某感到又热又渴，非常想饮酒。鼻子闻到酒的香味，馋火往上烧，却又喝不到酒，十分痛苦。又过了一会儿，刘某忽然觉得咽喉中猛然发痒，"哇"地一下吐出一个东西，直落到酒盆里。解开手足一看，是一条红肉，三寸多长，像游鱼一样蠕动着，嘴、眼俱全。刘某惊骇地向僧人致谢，拿银子报答他，僧人不收，只是请求要这条酒虫。刘某问他："这玩意儿能有什么用？"僧人回答："它是酒之精，瓮中盛上水，把虫子放进去搅拌，就成了好酒。"刘某让僧人试验，果然是这样。

刘某从此厌恶酒如同仇人，身体渐渐地瘦下去，家境也日渐贫困，最后竟连饭都吃不上了。

此精载于清代蒲松龄《聊斋志异》卷五

368
酒槠

唐代时，汝阳王喜好饮酒，喝一整天也不醉，有到王府来的客人，无不从早到晚陪他喝酒。当时有个术士叫叶静能，常常到王府拜访，汝阳王逼他喝酒，他不喝，说："我有一个门徒，酒量极大，可以陪王爷一块喝。虽说他是个侏儒，但也有过人之处。明天我让他来拜见您，您可以试着与他谈谈。"

第二天早晨，有人投来名帖，上写"道士常持蒲"。汝阳王吩咐人带他进来，一看这道士才二尺高。两人坐下以后，谈论道学，常持蒲说得头头是道，接着又谈三皇五帝、历代兴亡、天时人事、经传子史，清清楚楚，了如指掌，汝阳王张口结舌不能应对。

不久，常持蒲见王爷接不上话，就更换话题，谈论一些浅显的幽默戏耍的故事，汝阳王就高兴起来了。汝阳王对常持蒲说："小道士，也常饮酒吗？"常持蒲说："听您的吩咐。"汝阳王就令左右的人搬来酒坛子。酒过数巡，常持蒲说："这样喝不带劲，请把酒移到大缸中，我和王爷自己舀着喝，量尽为止，那样才痛快！"汝阳王便按照他所说的那样，命人搬出几石醇厚的美酒，倒进大缸中，用大杯子取酒来喝。

汝阳王喝着喝着就醉醺醺的了，而常持蒲却安然不乱。又喝了很久，常持蒲忽然对汝阳王说："我只能喝这一杯了，否则要醉了。"汝阳王说："我看你的酒量根本还没有喝足，请你再喝几杯。"常持蒲说："王爷，我真的到极限了，您何必勉强我。"于是又喝尽一杯，忽然倒下了。再看常持蒲，原来是一个大酒桶，里面已经装了满满五斗酒。

沧州有个李巡官，住在洛阳的一处空宅里。他的儿子晚上读书，有个穿着黑衣又矮又胖的人拿着酒推门而入。儿子害怕要跑，黑衣人怒气冲冲地说："当年李白都和我做朋友，你怕什么？"儿子以为对方是神仙，邀请他坐下，以礼相待。黑衣人说："我这儿有酒，咱们一块喝吧。"儿子和这人开怀畅饮。李巡官从外面经过，听到声音，从窗户缝里看清了里面的情景，觉得这个黑衣人是妖怪，拿起砖头扔过去，打落了黑衣人的帽子。黑衣人拔腿就跑。李巡官上前，发现对方的帽子竟然是个酒桶的盖子。第二天，李巡官在粪堆里找到了一个大酒桶。有人说，李巡官住的这处宅子，当年李白曾经住过。

此精载于宋代李昉等《太平广记》卷七十二（引《河东记》）、五代徐铉《稽神录》补遗

369
菊美人

宋代，和州这地方有座含山别墅，四望寥廓，草木繁盛，春花秋鸟，自度岁华，景色宜人，人迹罕至。洪熙年间，书生戴君恩因为迷路，偶然经过这地方，发现一座大宅，叠叠朱门，重重绮阁，烟云缥缈，看上去简直如同画中一般。

戴君恩甚是惊讶，觉得这地方偏僻，不可能有这般的房舍。他正站在门外疑惑，从里头走出两个美丽女子，一个一袭黄衣，一个白裙飘飘，对他说："公

子风度翩翩，定然是才子，可否进宅一叙？"戴君恩甚是喜欢这两个女子，便跟着进宅。

两个女子在前面带路，穿过亭台楼阁来到中堂。坐下来后，女子奉上美味佳肴、好酒佳酿，三人吟诗作对，情真意切。酒过三巡，戴君恩说："我看家中无旁人，二位娘子定然很寂寞。"美人笑着说："万物之中，唯人最灵。我们俩的心，早已系在了公子你的身上。"三个人晚上住在一起，十分恩爱。

第二天，戴君恩告辞，两个女子依依不舍，难过得流下了眼泪。黄衣女子拿出金掩鬓，白衣女子拿出银凤钗，送给戴君恩，并说："希望郎君你睹物思人，不要忘了我们。"三人含泪而别。

戴君恩回到家后，对二人朝思暮想。第二年，戴君恩经过别墅，故地重游，却发现那豪宅和女子皆消失不见，取出女子送的金掩鬓、银凤钗，发现各自竟然变成了黄色、白色的菊花花瓣。

此精载于明代王世贞《艳异编》续集卷十九

370 巨鳜

宋代，德兴县有个大潭，潭中有一条巨鳜，出没于波浪之中，身体大如苇席，鱼鳍又长又宽。每次巨鳜出来，身后会有几十条身长三四尺的鳜鱼跟从。当地村民看惯了，不以为异。

一个道人从江西过来，对当地人说："这东西必须要除去，如果让它在这里停留久了，会为害乡里。你们如果相信我，给我一些钱，我来替你们解决这件事。"于是各村商量，承诺如果事情解决，给道人三十贯钱。道人说："你们按照我说的办，等事情办妥了，我会告诉你们。"

道人让村民们采割水草，不管新鲜的还是枯萎的，也不管是湿漉漉的还是干干的，然后让他们把这些水草放在竹笼里。几天后，水草堆满了岸边。道人让大家把水草丢进潭水中。

第二天，浓雾弥漫潭面，下起了雨，接着一声巨响，宛若霹雳从天而降，很快云开雾散。众人见潭边出现一条大沟，深、宽好几尺，那条巨鳜带着十几条小鱼想从潭里游到江中，结果搁浅在泥沙中。村民们争相跑过去，杀死巨鳜，吃了它的肉。

村民们如约将钱给了道人。道人收下钱便离开了。

此精载于宋代洪迈《夷坚志》支丁卷第一

371
军服

民国时，陆军军官学校人才辈出。

有一年，在校的学生快要毕业时，黎明时分，学生们集合起来练操。教官让他们一一报号。报到最后一个时，教官发现那个学生没有脑袋，以为自己看花了，命令大家齐步走，结果发现那个没脑袋的家伙也跟着走。

过了一会儿，太阳出来了，教官看了看，见那东西还是没脑袋，举起枪对着它开了一枪。它"扑通"一声倒在地上。教官走上前去瞅了瞅，原来是一套军服，再看上面的肩章，发现是一个请假回家的学生的练操服。

教官来到放置军装的仓库，门上的锁，锁得好好的。他绞尽脑汁也搞不明白这套军服是怎么出去又怎么能够像人那样站立、行走的。

此精载于民国郭则沄《洞灵小志》

372
空庄四精

唐代宝应年间，有个叫元无有的人，在仲春二月末，独行在扬州的郊外。当时天色已晚，风雨大作，时值兵乱，百姓逃亡，元无有只得住在一个空无一人的村庄。不久，风停雨住，天上升起一弯斜月。元无有坐在北窗下，忽然听到西廊有人行走的声音。不一会儿，他看见四个人走过来，衣服、帽子样式奇怪，互相交谈，吟诗作对。

其中一个高个子率先吟诗，道："齐纨鲁缟如霜雪，寥亮高声为予发。"第二个穿戴黑色衣冠、个子矮小丑陋的人接着道："嘉宾长夜清会时，辉煌灯烛我能持。"第三个穿着破旧的黄色衣裳的同样矮小丑陋的人，接道："清冷之泉俟朝汲，桑缥相牵常出入。"第四个穿着旧的黑色衣服的人也吟诵道："爨薪贮水常煎熬，充他口腹我为劳。"

这四个人，虽然发现了元无有，但并不惊奇，他们轮流作诗，相互称赞，对自己的诗文很是自负,认为阮籍的《咏怀》也比不上自己诗文的水平。

天亮后,四个人便消失了。元无有四下寻找,发现堂屋中只有旧杵、灯台、水桶、破锅,才知道这四个人就是这些物件所化。

此精载于唐代牛僧孺《玄怪录》卷五

373
枯树巨人

唐代太和年间,江夏有个从事,他的官舍里发生了怪异之事。每到晚上,官舍里都会出现一个巨人,全身漆黑,光溜溜的,凡是见到巨人的人都会被惊吓到,接着病死。有个叫许元长的人,擅长法术,从事将他请来帮忙。

当晚,许元长坐在官舍的西厅下,看见那个巨人来,抛出一张符咒,贴在巨人的手臂上。巨人的手臂发出一声怪响,掉在了地上。紧接着,巨人消失了。许元长走过去,发现巨人的手臂是一段枯木枝。

第二天,从事的家童告诉许元长:"官舍东边有棵枯树,先生你的符咒在上面。"许元长过去一看,发现大树有个分枝折断了,折断处恰好和先前那段枯木枝相合,便让人将枯树砍倒,一把火烧掉。

自此之后,官舍里再也没有发生怪事。

此精载于唐代张读《宣室志》卷五

374
髧顿

年代久远的破败牧场,池子里会产生一种精灵,名为髧顿,长得像牛但没有脑袋,看见人就会驱赶人。喊它的名字,它就会离去。

此精载于唐代释道世《法苑珠林》卷四十五(引《白泽图》)

375
缆将军

鄱阳湖里面的船碰到大风的时候,经常会有一条如同黑龙一样的大缆绳呼啸而来,只要它出现,定然会船毁人亡,所以人们都称呼其为"缆将军",年年祭祀它。

清代雍正年间，大旱，湖水干涸，有条腐朽的巨大缆绳搁浅在沙地上。周围的农民看见了，就架起柴火烧了它。焚烧的时候，缆绳流出了很多血。

从此之后，鄱阳湖里就再也没有出现过缆将军，船工也就不去祭祀它了。

此精载于清代袁枚《子不语》卷十八

376
狼鬼

坟墓之精，名为狼鬼，遇见人，就会和人争斗不休。脱鞋扔它是没用的，用鸥鸟的羽毛做箭羽，荆棘做箭，桃木做弓，射它，它就会变成风，飘荡而去。

此精载于唐代释道世《法苑珠林》卷四十五（引《白泽图》）

377
老蚌

明代，长洲陈湖旁边，有条河从戒坛湖北面顺流而下，流到韩永熙都宪家的墓前，汇为巨潭，深不可测。

潭中有一只老蚌，个头跟船一样大。一年十月，老蚌正躺在河滩上张开蚌壳晒太阳，有个洗衣服的妇女，以为是沉船，伸出一只脚踩在上面。忽然，老蚌合上了壳沉入水中，飞溅出的水寒冷如冰。妇女吓得要死。

曾经有条龙想夺这个老蚌体内的蚌珠，和老蚌打了好几天，风雨大作。龙抓住老蚌，飞了几丈高，然后把老蚌扔到水中。老蚌从蚌壳中喷出冰水，龙见不能战胜老蚌，便飞走了。

景泰七年（1456年），湖水上涨，淹没了这个潭，老蚌进入湖中，所到之处，冰面破碎，堆积在两旁，好像积雪一般。自此之后，老蚌再也没有回来。

此精载于明代陆粲《庚巳编》卷五

378
老段

陕西太白山中，四十多个樵夫砍完柴，晚上拿出胡琴鼓板唱秦腔作乐。当时残月初升，忽然有个身高几丈、头大如栲栳、嘴宽二三尺的巨人走过来。

樵夫们仗着人多，不害怕对方，继续唱秦腔。等樵夫唱完了，巨人大笑："唱得好！再唱一曲给俺老段听听。"樵夫们接着唱，巨人哈哈大笑。它每次笑，山鸣谷应，树木飒飒生风。樵夫里面有个恶少年，将斧子放在火堆里烧红，扔进了巨人的嘴里。巨人大叫一声，逃跑了。

第二天，樵夫们四处寻觅，看见一棵大枯树，树的缝隙中露出了那把斧头。

此精载于清代钱泳《履园丛话》丛话十六

379 老君像

杜悰小时候顽劣不堪，整天和一帮小孩在外面到处浪荡。有一天，来了一个道士，一半脸肤色正常，一半脸却紫黑无比。这个道士十分喜爱杜悰，摸着他的脑袋，谆谆教诲道："小郎君呀，你应该勤奋读书，别和这帮家伙胡混。"道士又指了指身后的道观，说："我住在这里，你有时间可以来看看我。"说完，道士便离开了。

后来，杜悰专门去了一次道观，只见道观荒凉颓败，只有一间大殿没有倒塌。大殿里有一尊老君像，有一半脸因为屋顶漏雨，颜料浸染，一片紫黑。杜悰恍然大悟——当初劝自己的那个道士正是这尊老君像所化的。

杜悰自此埋头读书，走上了人生的康庄大道。

此精载于唐代《玉泉子》

380 老面鬼

清代有个叫张楚门的人，在洞庭湖的东山教书。一天晚上，他正和一帮学生谈论诗文，忽然看到窗棂下有个鬼把脑袋伸了进来。刚开始的时候，这鬼的脸只有簸箕大小，然后变成了锅底那么大，最后大如车轮。它的眉毛如同扫帚，眼睛如同铃铛，颧骨凸出，脸上满是尘土。张楚门看了微微一笑，取来自己的著作，对它说："你认识上面的字吗？"鬼不说话。张楚门又说："既然不识字，何必装出这么大一张脸来？"说完，张楚门伸出手指弹鬼的脸，砰砰作响，大笑道："脸皮这么厚，难怪你不懂事。"鬼十分惭愧，顿时缩小得如同豆子大小。

张楚门对旁边的学生说："我看它虽然装出这么大的一张脸，却是一个不要脸皮的家伙。"说罢，张楚门抽出佩刀砍了过去，那鬼发出一声轻响倒在地上。张楚门上前拾起来，发现竟然是一枚铜钱。

此精载于清代沈起凤《谐铎》卷三

381
老蹒

清代时，山东潍县东关九曲巷，相传有个妖怪，晚上出来，蹒跚而行，有时候躺在道路中间，体大如盆，身上的毛如同刺一般，不伤人，也不干坏事，当地人都称之为老蹒，其实是一只老刺猬精。

九曲巷这里，货栈比栉，生意兴隆，是全县最繁华的地方，之前有强盗来抢劫，结果进去就迷了路。人们都说是老蹒守着这个巷子，保护着大家，不过没人知道白天它藏身何处。当地人很喜欢老蹒，相互转告："晚上碰到老蹒，可千万不要伤害它呀！"

北京也将刺猬视为财神，听说极为灵验。北京李铁拐斜街有个饭庄名叫万源堂，房屋宽敞，后面有五间房屋，里头住着几十只刺猬，最大的有脸盆那么大。老板觉得刺猬是财神，没有驱赶它们，特意蓄养。也许是这个原因，饭庄生意很好，十几年的时间赚了不少钱，家业蒸蒸日上。店里曾经有小伙计偷盗器物，刺猬便告诉老板，从此没人再敢干坏事。几十年后，老板病故，子孙不务正业，开赌场包养妓女，家里面纷争不断。一天晚上，这群刺猬离开饭庄，不知其往，这家人随之家业衰败，饭庄生意也越来越不好，最后只能关张歇业。

此精载于清代陈恒庆《谏书稀庵笔记》第四章

382
乐桥铜铃

宋代时，平江乐桥有户人家，家里女儿已经出嫁了，每天晚上都被妖怪所扰。母亲很担心，晚上就和女儿同床睡觉，想看看到底是怎么回事。

晚上，母亲看见有个人从地底下蹦出来，头上扎着双髻，穿着红色的衣服，发出很大的声音，连续好几个晚上都是这样。母亲就把这件事告诉了女婿，女婿在妖怪出现的地方挖地寻找，找到了一个铜铃，用红布带子系着。他们把这个铜铃打碎了，家里就再也没有发生奇怪的事情。

此精载于宋代洪迈《夷坚志》丙志卷第十

383
雷声急

雷声急这种妖怪，长得如同伏虎，花斑，脖子是绿色的，喜欢晚上跑到高山上游荡，不伤害人，是万年的铜矿之精所化的。

此精载于宋代《太清金阙玉华仙书八极神章三皇内秘文》（收录于明代张宇初《道藏》）

384
李童

李童，长得如同女子，容貌美丽，端庄清秀，经常在夜里出现，穿着红色的衣服，戴着高高的冠冕，擅长吟诗作曲，歌声美妙，能魅惑人。

这种妖怪的本体是年月久远的灯架。

此精载于宋代《太清金阙玉华仙书八极神章三皇内秘文》（收录于明代张宇初《道藏》）

385
立鼠

唐代宝应年间，有个姓李的人，家住在洛阳。李家几代人都不喜欢杀生，家里从来没养过猫，所以也从来没害死过老鼠。到了李某这一代，依然坚持这个家风。

有一天，李某召集亲友，在家里举办宴会。众人刚落座，忽然门外有几百只老鼠，像人那样站立起来，两只前爪鼓掌，好像很高兴的模样。家里的奴仆十分惊讶，赶紧告诉李某。李某带着亲友出门去看，等人全部出去后，屋子忽然轰然倒塌，没有一人伤亡。屋子塌后，这群老鼠也离开了。

人们都说，这是因为李家心善不杀生，老鼠前来报恩相救。

此精载于唐代张读《宣室志》卷三

386
两贵

年代久远的房屋会产生一种精灵，名为两贵，长得如同红色的狗。喊它的名字，能使人眼睛明亮。

此精载于唐代释道世《法苑珠林》卷四十五（引《白泽图》）

387
量人蛇

唐代时，有个叫邓甲的人，会法术曾经设立祭坛召唤蛇王。有一条大蛇出现，粗如人腿，一丈多长，身上色彩斑斓，后面跟着一万多条小蛇。蛇王登坛与邓甲斗法，邓甲用拐杖顶着帽子往上举，蛇王虽然竭尽全力，身体还是高不过邓甲的帽子，就倒在地上化成一摊水死了，那些小蛇也死了。有人说，如果蛇王高过了帽子，那死的就是邓甲了。

琼州这地方，有蛇名叫量人蛇，长六七尺，遇到人就将身体直立起来，和人比高矮，并且会大声叫道："我高！"人若不答应或者承认蛇高，就会被吃掉。如果人回答："我高！"蛇就会死掉。有人说，和量人蛇比高矮是有办法的。当蛇站立起来时，人可以随手拾件东西往上高高抛起，然后说："你不如我高！"蛇就会翻身躺倒，伸出一千多只小脚。这时候，人就把自己的头发散开，对蛇说："你的脚不如我的多！"量人蛇就会收起脚趴在地上。这时候，人就将身上的衣带弄断，对蛇说："我走了！"做完这些，那条量人蛇必死。

此精载于唐代裴铏《传奇》、清代梁绍壬《两般秋雨庵随笔》卷四、
清代朱翊清《埋忧集》卷四

388
裂娘

明代，信州有个人叫袁著，一天晚上经过一处荒废的宅院，遇见一个黑脸女子。这女子自称裂娘，扎着双髻，穿着红色的衣服，戴着一副金耳环，和袁著说着话，突然就不见了。

袁著既疑惑又害怕，不敢住在此处，赶紧到朋友家借宿。第二天，他来到那处废宅寻找，在灰尘里看见一件红色的衣服，拨开，找到一把剪刀，才知道昨天遇到的女子便是这把剪刀作怪。

此精载于明代刘玉《已疟编》

389
灵蛇

《搜神记》中说，蛇活上千年就能把断了的身子再接上。《淮南子》也有记载，年代久远的蛇能自己把身子弄断然后再接上。

隋炀帝曾经多次派人到岭南和海边以及大山的深处，去寻找这种蛇，然后将其带回洛阳。这种蛇大约三尺长，黄黑色，头上有锦绣一样的花纹，没有毒，只吃肉。如果想让它自己弄断身子，就先折磨让它发怒，蛇受不了折磨，就会自己断成三四截。那断的地方像刀割的一样，能看出皮、骨和肌肉的纹理，上面也有血。等时间一长，那三四截断了的身子就互相靠近连接起来，身体又像从前一样。著作郎邓隆说："这是灵蛇的一类，能自断身体，一定得是活了千年以上的。"

此精载于晋代干宝《搜神记》卷十二、汉代刘安《淮南子》卷十六、宋代李昉等《太平广记》卷四百五十七（引《穷神秘苑》）

390
陵龟

余姚县的仓库，一直以来都是贴着封条的。奇怪的是，封条一点儿没有被破坏，打开之后，却发现里头储存的粮食少了许多。后来有人偷偷查看，发现是富阳县桓王陵上的一对石龟跑来偷吃。大家将石龟的嘴巴砸坏，自此之后，仓库里的粮食再也没有少过。

此精载于南北朝刘敬叔《异苑》卷八

391
刘远横

刘远横，外形如同婴儿，擅长变化，经常附在泥偶身上。有的人家供养泥塑的偶像，突然变得灵验，往往是它所致。

这种妖怪，是年月久远的泥偶所化的。

此精载于宋代《太清金阙玉华仙书八极神章三皇内秘文》（收录于明代张宇初《道藏》）

392
柳根

清末，如皋有个邮差，经过荒野时，碰见个小孩，便一起同行。二人到了一个村子，小孩从门缝里进了一户人家。邮差觉得十分诧异，敲了这家的门，将事情告诉这家的老头。

这天，老头让三个儿媳妇准备饭菜招待家里的佃农。大儿媳捧着煮好的粥出来，忽然将粥弄洒了，问她原因，她说："刚才有个小孩解我的裙子，我伸手阻止他，所以弄洒了粥。"二儿媳去盛粥，碗掉进了锅里，连锅一起碎掉了。老头说："今天发生的事情很奇怪，肯定是家里进了妖怪，大家要镇静。"说完，老头给佃农们解释了家里的情况，让佃农们离开了。

之后，邮差晚上夜行，又碰到了这个孩子。孩子怪邮差多事。邮差说："谁让你去害人！"说完，邮差抓住那个孩子，一屁股坐在他的背上。等到天亮，邮差发现自己屁股下是一段柳树的根。

邮差将其烧掉，从柳树根里流出了很多血。

此精载于民国郭则沄《洞灵小志》

393
柳树精

唐代东都洛阳渭桥铜驼坊，有一个隐士叫薛弘机。薛弘机在渭河边上盖了一所小草舍，闭户自处。每到秋天，邻近的树叶飞落到院子里来，他就把它们扫到一块，装进纸口袋，找到那树归还。所以，薛弘机是个很有品行的隐士。

有一天，残阳西斜，秋风入户，他正披着衣衫独坐，忽然有一客人来到门前。客人的样子挺古怪，高鼻梁，花白眉，口方额大，身穿早霞裘。他对薛弘机说："先生您的性情喜尚幽静之道，颇有修养，造诣很深。我住的地方离这儿不远，一向仰慕您的德才，特意来拜见。"这个客人谈吐优雅，薛弘机一见就喜欢，正好可以和他切磋一些古今学问。于是，薛弘机就问他的姓名，他说他姓柳，名藏经。两人一起唱歌吟诗，直到夜深。

柳藏经告辞的时候，走路发出淅淅索索的声音。薛弘机望着他，见他走出门一丈多远就影影绰绰地隐没了。后来向邻居打听，大家都说没有见过这样的一个人。

之后，柳藏经经常来，二人成了很好的朋友。两人在一起时，柳藏经似乎并不喜欢薛弘机靠自己太近。有几次，薛弘机靠近他，发现柳藏经身上散发着一股朽烂木头的气味。

第二年五月，柳藏经又来了，与薛弘机吟诗作对，走的时候却很不安。这天夜里刮大风，毁屋拔树。第二天，魏王池畔的一棵大枯柳被大风刮断。这棵柳树的树洞里有很多经书，全都朽烂腐坏了。薛弘机听说之后，才知道自己的这位朋友原来是柳树精。"因为树里面有经文，所以才叫柳藏经呀！"薛弘机叹道。

也是在唐代，东都洛阳有一座旧宅子，富丽堂皇，厅堂众多，可凡是住进去的人，很多都平白无故地死去，所以空了很多年。贞元年间，有个叫卢虔的人，想买这座宅子。有人告诉他："这宅子里有妖怪，不能住。"卢虔也不听，到底还是买了。

晚上，卢虔和手下一起睡在屋里。这个手下非常勇猛，而且擅长射箭。因为听说有妖怪，所以手下就拿着弓箭坐在窗户下。快到半夜，忽然听到有人敲门，手下问是谁，声音回答："柳将军有书信要给卢官人。"卢虔睡在里面，并没有搭理。

过了一会儿，有一封书信从窗户那边塞进来。上面的字像是蘸着水写的那般，洇染得很厉害，写的是："我家在这里好多年了，亭台楼阁都是我居住的地方，家中的门户神灵也都是我的手下。你突然跑到了我家，简直岂有此理！识相的，赶紧离开，否则我可不客气了！"卢虔读完这封信后，书信就变成了灰烬飘散开去。

又过了一会儿，有声音说："柳将军愿意和卢官人见一面。"很快，出现了一个大妖怪，身高十几米，站在院子里，手里拿着一个瓢。卢虔的手下见了，立刻拿起弓箭向妖怪射去。大妖怪当胸中箭，被弓箭射得抱头鼠窜，丢下那个瓢跑了。

天明，卢虔命人寻找，一直来到宅子东边，看到一棵大柳树，上面钉着一支箭，看来就是昨晚那个自称柳将军的妖怪了。屋顶的瓦片下面有个瓢，应该就是柳将军手里的那个瓢了。

清代，杭州有个叫周起昆的人，担任龙泉县学教官。每到晚上，县学明伦堂上的鼓就会无故自鸣。周起昆觉得奇怪，就派人偷偷盯着，发现有个身高一丈多的东西，长得像人，用手击鼓。周起昆有个学生叫俞龙，胆子很大，一天晚上对着怪物射了一箭。那怪物被射中，狂奔而去，以后那面鼓深夜就再也不响了。两个月后，刮大风，县学门外一棵大柳树被连根拔起，周起昆让人把它锯断当柴火，结果发现树中有俞龙之前射的那支箭，这才知道那个妖怪是柳树所化的。

此精载于唐代张读《宣室志》卷五、宋代李昉等《太平广记》卷四百一十五（引《乾𦠿子》）、清代袁枚《子不语》卷十六

394
龙马

龙马，传说是水里的一种精怪，被认为是一种瑞兽。

汉章帝的时候，王阜在益州当太守，政绩卓著，有四匹龙马从滇池里跑出来。唐代武德五年（622年）三月，景谷县西边的水里出现了龙马，身长八九尺，龙身马头，长着鳞甲，头顶上长着两只角，白色，嘴里衔着一个长三四尺的东西，在水面上奔跑了一百多步，就消失了。

泰山到大海一带出产玄黄石，传说吃了可以长寿，唐玄宗曾经命临淄的太守每年开采上贡。开元二十七年（739年），李邕在临淄当太守。这年的秋天，李邕带人进山采玄黄石，碰到一个老头，大胡子，穿着褐色的衣服，风度翩翩，从道路旁边走出来，拉着李邕的马，说："太守你亲自采药，是不是为了给皇上延寿？"李邕说是。老头说："皇上是圣主，应当获得龙马。如此，国家就会世代延续，不需要采什么玄黄石。"李邕问："龙马在什么地方？"老头说："在齐鲁一带的荒野里，如果能得到，那就会天下太平，即便是麒麟、凤凰之类的，也比不上它。"说完，老头就不见了。

李邕就命人到齐鲁一带找龙马。开元二十九年（741年）五月，果然在一个叫马会恩的人家里找到了。龙马青白色，两肋长着鳞甲，鬃尾像是龙的鬣毛，一天可以跑三百里。李邕问马会恩这马是怎么得到的，马会恩说："我家里有匹母马，经常跑到淄水里去洗澡，后来怀孕就生下了它。"李邕把这件事上表报告给唐玄宗，唐玄宗十分高兴，让人把龙马养在宫中，并且命令画工将龙马的形象画出来，昭告天下。

明代永乐十八年（1420年）十二月，青州府诸城县的崔友谅，家里有一匹

母马，在清水潭里洗澡时，突然云雾兴腾，好像有什么怪物和它交配。之后，这匹马生下来一头马驹，颜色青黑，胸像麒麟肉像袅，龙文遍体，形态异常。当地官员将其进献给皇帝，文武百官上表恭贺，认为是龙马。洪武四年（1371年）六月，伪夏皇帝明昇投降，献来十匹好马，其中一匹白马产自贵州养龙坑，和上面说的这匹马很像，也是龙马。

此精载于唐代张读《宣室志》卷二、宋代李昉等《太平广记》卷四百三十五
（引《洽闻记》）、明代黄瑜《双槐岁钞》卷三

395 龙门鲤

龙门在河东的界内。大禹凿平龙门山，又开辟龙门，有一里多长。黄河从中间流下去，两岸不能通车马。每到晚春时，就有黄色鲤鱼逆流而上，过了龙门的就变成龙。传说一年之中，登上龙门的鲤鱼不超过七十二条。鲤鱼刚一登上龙门，就有云雨跟随着它，天降大火从后面烧它的尾巴，它就变化成龙了。

从前，有个叫子英春的人，擅长潜水。一日，他捉到一条红鲤鱼，因为喜欢鱼的颜色，就带回家去，放在池子里喂养。他经常用谷物和米饭喂鱼。一年后，鱼已长到一丈多长，并且头上长出角，身上长出了翅膀。子英春很害怕，向鲤鱼行礼并道歉。鲤鱼对他说："我是来迎接你的，你骑到我背上来，我和你一起升天。"子英春就和鲤鱼一起升天了。

此精载于汉代辛氏《三秦记》、
宋代李昉等《太平广记》卷四百六十七（引《神鬼传》）

396 庐陵石鹿

清代，每年夏季、秋季的晚上，就会有鹿跑到庐陵县的县衙里，用鹿角撞东西，发出巨大的声响。县衙里的人去追，鹿就会消失不见。

推官蔡任远被任命为庐陵县令，一天在院里准备纳凉喝酒，刚放置好的桌子就被鹿掀翻了。蔡任远问这只鹿是谁养的，小吏说这怪物已经出现二十多年了，不知道平时藏在哪里。蔡任远觉得很蹊跷，一天查

阅库藏时，看见土地庙的神案下面有只石头做的鹿，大如猫，身上干了的血迹足有一寸多厚，应该是人们祭祀土地神，将鸡血洒在上面所致。

蔡任远明白平时出现的鹿就是这只石鹿作怪，命人用铁锤将其敲碎，结果从石鹿的肚子中流出了许多血。自此之后，再也没有怪事发生。

此精载于清代褚人获《坚瓠集》秘集卷一

397
庐州火精

乾德五年（923年），庐州刺史刘威调任江西。他离开后，郡中发生大火。巡城的官吏看到有人举着火把夜行，无论如何也抓不到对方，便放箭射击。那些人中箭倒下，人们走过去看，发现都是棺材板、腐木、破旧的扫帚之类的东西。郡里的人都很害怕。几个月后，张宗来庐州当刺史，火灾才消失。

此精载于五代徐铉《稽神录》卷四

398
履精

广平人游先期，看见一个穿红裤子的人，知道是鬼怪，就用刀砍它。过了好一会儿一看，原来是自己经常穿的鞋。

此精载于南北朝郭季产《集异记》

399
马绊

马绊，也叫马判，是一种生活在水里的妖怪。

元代，冯梦弼担任八番云南宣慰司令史的时候，一天，因为公差来到一处驿站，此时已经是黄昏了。驿站的小吏说："今夜马判上岸，大人你得停留在驿站来避开它。"冯梦弼问怎么回事，小吏闭目摇头不语。冯梦弼有些生气，不听劝阻，上马而行，走了几十里，来到一条大溪旁边，忽然看到一个东西大得如同屋子，走了过来。驿站里跟来的一个手下见了妖怪，下马跪倒在地，哭泣不止。冯梦弼问他干什么，他闭目摆手不敢回答。

冯梦弼对怪物说："我是许昌人，来这里做官。若是我天命当尽，你把我吃了，否则赶紧让开路让我过去！"说完，怪物掉头进入溪水中，掀起腥风臭雾，直击人的口鼻。

冯梦弼拨马往回走，天快亮时来到之前的那个驿站。驿站的小吏听闻了这事，惊道："这位大人，胆子未免也太大了！"冯梦弼问马判到底是什么东西，小吏说："蚂蟥精。"后来，冯梦弼做官一直做到了礼部尚书。

此精载于元代陶宗仪《南村辍耕录》卷十、明代谢肇淛《五杂俎》卷十五

400
满财 / 忽 / 室童

盖了三年而不居住的房子，里面就会出现满财。这种精怪长二尺，看到人就会双手捂脸，人如果遇见它，就会带来福气。

盖了三年而不居住的房子，里面会出现名为忽的精怪，长七尺，人如果遇见它，就会带来福气。

盖了三年而不居住的房子，里面会出现一个小孩，长三尺没有头发，见到人会捂住鼻子，如果遇见，就会带来福气。日本的座敷童子，就来源于室童。

此精载于唐代释道世《法苑珠林》卷四十五（引《白泽图》）

401
蟒过岭

清代，湖北武冈州，可以从水路抵达。有个人去武冈，带着家眷从水路走，一路上两岸都是崇山峻岭、茂树密箐。

一天，船正在水中行，忽然听到河滩上有人在敲锣。

这人询问，敲锣的人说："今天蟒过岭，必须停船，否则会出现祸事。"这人就问怎么知道蟒蛇要过岭，对方说："我在这里烧山，向来都有固定的时间，蟒蛇知道，往往会提前半个月起从南边到北边，等我在北边烧山，它们就会从北边到南边去。它们来的时候，一定会有大风阻挡河上的船只，然后它们才能过河。今天早上狂风大作，所以我才知道。"这个人说："它们在什么地方过岭？"敲锣的人说："距离此处一里多路，抬头就能看见。"

过了一会儿，风越来越大，但见山上树梢的树叶都低垂了，露出一个蟒头，

大如十个石瓮，徐徐从山下的河流中过去，头已经进入北山，尾巴还在南山，身体起码有三五百丈长。一条蟒蛇过去，又来一条，也差不多长，相接而行，蟒蛇的身体也越来越小，整整一个晚上才过完。

当地人说："这些黑蟒性格温顺善良，从来不伤人。"

此精载于清代袁枚《续子不语》卷十

402 蟒精

清代乾隆年间，内阁学士札公的祖坟里有一条巨蟒，经常出来作祟。它总是和看坟人的老伴刘老婆子一起同床睡觉。据刘老婆子说，巨蟒盘曲着几乎占满了床。巨蟒一来，她就给它烧酒喝，把酒倒进大碗里，巨蟒抬头一闻，杯中的酒就减少了大半，剩下的酒就味淡如水了。

巨蟒有时候会附在刘老婆子身上给人看病，也多有灵验。一天早晨，有人要买这条巨蟒，给刘老婆子八千钱。刘老婆子让人趁着巨蟒酒醉把它抬走了。人走了后，刘老婆子忽然自言自语说："我待你不薄，你竟然卖了我，我要了你的命。"还并不停地扇自己的嘴巴。刘老婆子的弟弟跑去报告札公。札公亲自去看，也没有办法。过了几刻钟，刘老婆子就死了。这条巨蟒活了很多年，据说所在的地方在西直门一带，当地人叫红果园。

此精载于清代纪昀《阅微草堂笔记》卷十一

403 毛门

年代久远的集市会产生一种名为毛门的精灵，长得像菌，没有手脚。喊它的名字，它就会离开。

此精载于宋代李昉等《太平御览》卷八百八十六（引《白泽图》）

404 梅龙

姚江之北的梅湾湖中，有梅龙。当地人传说，之前溪边有棵古梅树，吴国时建造姑苏台，将其砍伐做了梁柱，只剩下梅树的根部，后来这地方因为出产木材，成了木厂。

湖心有一根巨木，从来不露出来，当地人称之为梅龙，应该是那棵古梅树的树根。每年秋天七八月，雷雨交加之时，梅龙便会发出巨大的声响，声闻数里，当地人称之为梅龙顾子。

《十道志》记载，当年吴国建造宫殿，取材的工人们来到明堂溪，看到一棵古梅树，将其砍伐用作梁柱，拉到都城后，发现正梁已经立好了，用不到这棵梅树，便丢在一边。一天晚上，梅树突然飞回明堂溪，人们以之为异，称之为梅君，至今还在湖中，随水浮沉。

此精载于明代朱国祯《涌幢小品》卷四

405
美人图

南北朝北齐时，有个人叫崔子武，住在外祖父扬州刺史李宪家，一天夜里梦见一个女子，姿色出众，自称是龙王的女儿，愿意同他私下交好。崔子武很高兴，牵起了她的衣袖，结果用力过大，把袖子撕破了。二人缠绵一晚，天没亮她就告辞了。临走时，崔子武在她的衣带上打了一个结。到了白天，崔子武去山祠中游玩，看到旁边的墙上挂有一个女子的画像，容貌体态就是梦中见到的那个女子，再看画上，女子的衣袖被扯烂了，而且衣带上也打了一个结。崔子武自然明白了梦中的女子，就是画上的这个女子，然后恍恍惚惚得了病。自此之后，女子每晚都出现在梦中。后来，崔子武遇到了一个医生治好了他的病，女子就不来了。

清代有个人叫秋子丰，擅长画画。有一天，秋子丰画了一个美人，看见儿子秋成站在旁边看画，就戏弄他说："等你长大了，让这美人给你做媳妇。"秋子丰把画裱起来，挂在了儿子的房间里，每到吃饭的时候，秋成就说："哎呀，不能把我媳妇饿坏了。"每顿饭前，秋成都会专门盛一碗饭放在画前供养。等到长大了，秋成尽管知道父亲在戏弄自己，却依然珍惜这幅画，上私塾读书也把这幅画带在身边。

私塾离家有点儿远，秋成早晨、中午在家吃饭，晚饭不回家吃，所以就带了干粮当晚饭。一天晚饭时，秋成发现干粮不见了，第二天还是如此。他觉得很奇怪，就偷偷趴在窗户上看，看见一个女子拿着他的食物在吃，仔细观察，这女子分明就是画上的那个女子嘛！秋成赶紧推开房门进去，发现女子不见了，那幅美人图还在墙上，以为是自己眼花了。随后的几天，食物都还在，可再过几天，食物又不见了。

这天，秋成守在门边，等那女子从画上离开，刚一落地的时候，就冲进去，一把抱住那女子，笑道："偷食物的人，今天我可算是抓住你了！"女子惊道："吓死我了，请你放开我，我的确有罪，可也绝不会畏罪潜逃。"

秋成放开了她，回头看看画，发现画上的美人还在，就问："我刚才看见你从画上下来，怎么上面还有美人呢？"女子说："我是画精，所以能离开纸呀。"秋成就问："你为什么吃我的饭呀？"女子回答说："我觉得你的食物就是我的食物，所以就吃啦。"

秋成觉得好玩，就说："原来你吃什么？"女子说："这要说起来话就长了。我既然吃了你的食物，让你没东西吃，那就给你赔罪吧。"

房间里有碗橱，原本空空如也，女子走过去，从里面取出来很多的酒菜，摆了满满一桌子。秋成惊道："怎么搞了这么多酒菜？"女子笑道："新婚初宴，当然不能马虎。"

二人吃饭间，女子说："多年前，你的父亲画了我，让我给你当媳妇，你每天都供我饭菜，我得了食气，就修炼出了形体。之前不出来见你，是因为你还年少，现在你已经长大了，我就出来和你相会啦。"秋成喜出望外，就和女子结成了夫妻。

不久，秋成母亲病故，秋成的弟弟秋收才四岁。父亲秋子丰忙里忙外，苦不堪言，就娶许氏做了继室。许氏这个人十分勤俭，但对秋收很不好。当时是冬天，秋收每次吃饭都会哭，秋子丰就说："为什么哭呀？难道是怕你的继母不喜欢你？我喂你吧。"拿起碗，发现那碗滚烫，这才明白是继母故意用热碗烫秋收。秋子丰见了，心里痛恨许氏虐待自己的孩子，但也无可奈何。许氏生下了孩子后，对秋收更加恶毒了。

秋收九岁的时候，秋成已经考取生员到县里上学了，秋子丰就让秋收给秋成当伴读，并且嘱咐秋成没事别让秋收回家。

过了不久，秋子丰死了。出殡后，秋成带着秋收回来祭祀父亲。一天，秋成出去办事回来，发现秋收不见了，询问别人，有个学生说："你继母许氏把秋收带走了。"秋成很惊慌，赶紧去家里找许氏，许氏说没看见。

秋成回来，跟妻子商量，妻子说："弟弟虽然有难，但不会有性命之忧，等到晚上，我和你一起去救弟弟。"

到了晚上，妻子带着秋成来到继母家的门口，见大门紧闭。妻子拉着秋成的手，腾空而起，翻墙而入，在地窖里发现了被捆作一团的秋收。他们把秋收带回来后，从秋收的舌头上拔出了两枚银针，但是此时的秋收已经奄奄一息了。

妻子说："我可以保全弟弟，但是必须要和你暂别了。"秋成点头答应。妻子又说："我已经怀孕了，将来会生下孩子，你给我们的孩子取个名字吧。"秋成说："名字你取就行了。"

妻子答应，然后带着秋收离开了。秋成将妻子送出门外，她就消失不见了。回来看那幅画，画上的墨迹变得极为模糊。

许氏知道秋收被秋成救走了，就想害死秋成。秋成一直躲避她，许氏给他饭菜，秋成把饭菜喂了狗，狗就被毒死了。自此秋成只说自己不饿，夜里也不敢在家里睡觉。

尽管继母对自己狠毒，但秋成依然很孝顺，每五天就一定回家看继母柴米够不够，关怀备至。许氏和秋子丰生下的孩子叫秋给，渐渐长大，秋成就想让秋给随自己一起读书，许氏生怕秋成暗害秋给，没答应。后来秋成几次三番劝说，许氏见秋成对待秋给如同亲弟弟一般，也就答应了。二人之间，关系也就越来越好。过了几年，秋成去府城参加岁考，路上听说许氏暴病死掉了，赶紧回家。不仅将许氏下葬，还尽心地抚养秋给。

后来，秋成去省里参加乡试，忽然觉得后面有人拉自己，并且说："哥哥，你去哪里呀？"回头一看，竟然是秋收！秋成大喜，带着秋收回到房间，指着秋给说："这是我们的弟弟，许氏已经死去三年多了，他留在家里无人照顾，就一起带来了。"秋收说："嫂子跟我说过。我今年就到去县学学习的时候了。"秋成问他们住在什么地方，秋收说："我现在住的地方离你有三百里，嫂子对我很好，还请名师教我，家里也很富足。对了，嫂子生下的侄子已经十三岁了。"秋成听了，十分高兴。

考完试，兄弟们一起回去，到了家，妻子出门迎接。秋成看妻子依然那么年轻，和当初没什么变化。进了屋，妻子叫来儿子给父亲行礼，儿子长得很清秀。

秋成说："你们母子在此过得不错，为什么不叫我来呀？"妻子说："许氏死掉后，我叫秋收去请你回家，没想到秋收一听到许氏的名字，吓得面如土色，所以就拖延到了现在。"

秋成就把自己和许氏的事情说了一遍。妻子说："你以德报怨，所以这次一定能金榜题名。"秋成不明白，问妻子，妻子说："等到揭榜的时候，你就知道了。"

秋成考试的卷子，阅卷的人看了之后觉得并不好，正要判他落榜的时候，忽然看到一个女鬼跪在自己面前磕头。考官大惊，取来卷子，那女鬼就消失了，再要放下，那女鬼又出现。如此几次三番，考官便把这件事报给主考官，主考官听了，接过卷子，也发生了同样的事情。主考官觉得奇怪，就对那女鬼说："你去吧，我一定让秋成考中。"女鬼连连磕头，消失了。

等到发榜的时候，秋成见自己果然考中，就去拜会考官。考官说："你之所以考中，是因为一个女鬼。"考官把事情跟秋成一说，秋成痛哭流涕："那女鬼，就是我的继母许氏呀！"因为秋成孝顺，所以大家都很敬重他。

有一天，秋成收拾箱子，看到放在里面的那幅美人图，就对妻子说："要不要挂起来？"妻子说："后辈们都在跟前，你挂这幅画不是不给我面子嘛。"秋成说："烧了怎么样？"妻子说："烧画的那一天，就是我和你永别的那一天。"

又过了很多年，秋成和妻子有了孙子，孙子百日这天，秋家祭祀祖先。秋成看见妻子拿着美人图，连同祭祀的纸钱一起烧掉。秋成大惊，跑过去和妻子争夺，但画已经烧成了灰烬。

妻子站在烟里，随风飘散，很快就不见了。

此精载于唐代丘悦《三国典略》、清代解鉴《益智录》卷八

406
门娘

宋代宣和四年（1122 年），京师汴梁一个水果商的儿子，晚上碰到一个妩媚妖艳的女子，便和这女子同床共枕，女子还将所穿的衣服送给了他。自此之后，女子每晚都来，水果商的儿子因此所获甚多。时间长了，水果商的儿子日益消瘦，家人请来大夫、巫师也治不好他的病。

当时汴梁的禁卫典首刘某，擅长降妖制鬼，因为持斋不吃东西只喝奶，被称为吃香刘太保。水果商将刘太保请来为儿子看病。刘太保仔细看了看水果商的儿子，说道："我之前就觉得这东西必定会作怪，想不到果然如此。"

说完，刘太保来到产科大夫陈媳妇的家里。陈媳妇家的门上雕刻了一个女子，用颜料画出衣物、饰品，只要颜色有些暗淡，就会重新涂绘，陈媳妇的祖父、父亲一直如此，不知道已经多少年了。刘太保让水果商的儿子来看，说门上画的那个女子，正是和水果商的儿子幽会的那个女子。

刘太保登坛作法，点起四十九根火把，将门烧掉。那个妖怪再也没有出现。

此精载于宋代洪迈《夷坚志》丁志卷第九

407
门扇

唐代乾元年间，江宁县县令韦谅在堂前忽然看见一个小精怪，用下嘴唇盖着脸，来到放灯的地方，离去了又跑回来。韦谅派人追它，它消失在台阶下。第二天早晨，韦谅让人在它消失的地方挖掘，挖到一块旧门扇，长一尺多，头像荷叶卷起的形状。

此精载于唐代戴孚《广异记》

408
盟精

古人称随葬品为盟器，这些东西因接触阴气，日久就会出现异变。

唐代有个人叫李华，小时候和五六个同伴在济源山庄读书。

半年后，有一个须发皆白的老头，每天晚上骑在院墙上，拿着一袋拳头大小的石头砸李华他们。一连几个月，李华等人深受其苦。邻居有一个姓秦的别将，以善于射箭闻名。李华拜见他，详细说了这件事。秦别将很痛快地答应帮忙，拿着弓箭来到山庄等候。晚上，那个老头又来了，和以前一样，不停地投掷石头。秦别将便在乱石的空隙中射箭，只一箭便射中了他，走近一看，原来是一个木制的陪葬器皿。

唐玄宗天宝年间，颍阳蔡四是个很有文采的人。每当他吟咏诗词的时候，就有一个妖怪来到他的床上，有时向他询问道理，有时与他一同欣赏诗词。

蔡四问它："您是什么鬼神，降临光顾我家？"妖怪说："我姓王，家里排行老大。因为羡慕你的才华品德而来。"蔡四开始很害怕，以后渐渐同他熟络起来。

蔡四的朋友有个小仆人能看见不寻常的东西，蔡四试着让他观察，小仆人吓得战战兢兢。蔡四问他那妖怪长什么样，小仆人说："我看见有个大妖怪，身高一丈多，还有几个小妖怪跟在后面。"

过了一段时间，妖怪对蔡四说："我想嫁女儿，要临时借你的房子用几天。"蔡四不得已，只能答应。过了几天，妖怪说："我们要设斋，要向你借食物器皿及帐幕等一些东西。"如此种种，经常提出各种要求。

因为家中出现妖怪，蔡四让全家人都随身带千手千眼佛的符咒，妖怪就不来了。但是如果有丰盛的荤血食物，那妖怪一定会来。

后来，蔡四在这些妖怪的后面跟踪，走了五六里，来到一处树林中的坟地时，它们不见了。蔡四记住了它们消失的地点，第二天带人去查看，发现那里是一座荒废的坟墓，墓中有几十件陪葬的器物，当中最大的陪葬人俑，脑门上有个"王"字。蔡四说："这个大概就是王大吧。"然后大家堆积柴草，将这些陪葬器物全都焚烧掉，妖怪也就从此灭绝了。

此精载于唐代戴孚《广异记》

409
鸣钱

宋代，靖安人张保义，原来是本地屠夫的儿子，因为抗金有功，当了官，家里很富有。为了储藏家里的铜钱，张保义修建了几十个仓库。

有一天，张保义听到钱库内的铜钱唧唧有声，站在门外听了一会儿，用手中的拐杖敲了敲门，大声说："你们要走，得等我死后再说！现在大惊小怪，想要干什么！"里头顿时鸦雀无声。

几年后，张保义去世。邻居们看到很多铜钱从他的钱库里飞出，像蝴蝶那样。过了不久，他家失火，房舍被燃烧殆尽。自此之后，张家便衰落了。

此精载于宋代洪迈《夷坚志》支乙卷第九

410
摩顶松

唐代，玄奘法师西天取经，一去十七年。法师启程的那一天，在齐州灵岩寺。寺庙里长着一棵松树。玄奘用手摩挲松树的枝条，说道："我西去求佛法，你可以往西生长，如果我回来了，那么树枝就朝向东，让我的弟子们知道。"

玄奘法师西行后，这棵松树的枝条年年指向西方，有一年突然转向东方，弟子们都说："师父要回来了！"他们往西边去迎接，果然看到了带着六百部佛经归来的玄奘法师。至今，人们都叫那棵松树为摩顶松。

此精载于唐代李冗《独异志》卷上

411
墨精

唐玄宗李隆基御案上用来书写的墨，称为"龙香剂"。有一天，唐玄宗看到墨块上有个小道士，大小如同苍蝇一般，在上面嬉戏。唐玄宗呵斥了一声，这东西立刻跪拜，称道："万岁，臣是墨精，也被称为黑松使者。凡是世间有文采的人，使用的墨块上都有十二个叫龙宾的守墨神灵。"唐玄宗觉得很神奇，就将墨块赏赐给了手下的文官。

此精载于唐代冯贽《云仙杂记》卷一

412
牡丹花精

清代，河南有家旅舍，院子中种着十几株牡丹，开出的花朵不仅五种颜色，而且比一般的花朵大。一天，有个人带着家眷经过此地，折下一朵花插在妻子的头发上，过了一会儿，鲜血从花茎顺着妻子的脸一直流到肩膀上。这人大惊，赶紧将花放回枝头，仔细用纸包裹好。

当天晚上，有十几个女子一起而至，对此人破口大骂，说："你伤害了我妹妹！"并且拉出一个小女孩给这人看。女孩的脖子上有伤痕，而且用纸裹着。这人赶紧道歉说："实在是抱歉，我事先不知道，也不是有意冒犯，幸好令妹伤势不太严重。我会把这事写在旅舍的墙壁上，提醒后来的人，不要再随意折断花枝了。"这些女子听了，才点点头离去。这人依照先前应允，在墙壁上写了告示。他本人之后没有发生什么祸事，只不过他妻子先前沾染到鲜血的地方生了大疮，过了很久才好。

此精载于清代俞樾《右台仙馆笔记》卷十

413
木君

海虞人王之稷官任贵阳通判，押运木材渡黄河时，其中最粗的两根巨木突然陷在泥中，成百上千的人去拽也拽不动。王之稷写了一篇文章，郑重祭祀这两根巨木，最终才拖出来。晚上，王之稷梦见巨木说："我当群木的领袖已经三千年了，终将和我的这些手下相别。你要完成皇帝下达的任务，必须用大船装载我才行。"

王之稷找来大船，命人在巨木上拴好绳，刚要拽，巨木飞跃上船。大船起航，疾行如飞，一路顺风顺水。

此精载于明代朱国祯《涌幢小品》卷四

414
木龙

鄱阳湖里有一根巨木作祟，乘风鼓浪，昂头摇摆，远远看上去就像一条龙，所以当地人都称之为木龙。凡是冒犯它的人，都会船毁人亡，向它祈祷，则会很灵验。有一次，有十几条船经过鄱阳湖，船上的人听说了这件事，都觉得是胡说八道，结果到湖中时，被木龙撞击，船全都沉没了。

此精载于清代董含《三冈识略》卷二补遗

415
木人

琅琊人秦巨伯，六十岁了，有一天晚上喝醉了酒，经过蓬山庙，忽然看见他的两个孙子来迎接他。孙子们搀扶着他走了一百多步，其中一个抓住他的脖子把他按在地上，破口大骂："老家伙，你那一天用棍棒打了我，我今天要杀了你。"秦巨伯回想起来，那一天确实是用棍棒打了这个孙子。秦巨伯倒在地上，假装死了，两个孙子便扔下他走了。

秦巨伯回到家，气得要命，叫来两个孙子要整治一番。两个孙子听完他的讲述，又惊又怕，跪在地上说："为人子孙的，怎么可能这么干呢？恐怕那两个是妖怪，您要是不相信，可以再试探试探。"秦巨伯这才恍然大悟。

过了几天，秦巨伯假装喝醉了，又到蓬山庙附近，果然看见两个孙子走过来搀扶他。秦巨伯把他们紧紧抓住，带回家中，发现原来是两个木人。他将两个木人放在火上烧，见木人的肚子和脊背烧得焦黑、裂开，便从火上取下来扔到院子里，结果两个木人拔腿跑掉。这让秦巨伯十分后悔。

一个多月之后，秦巨伯又假装喝醉了酒，揣着刀子，去蓬山庙。家里人却不知道这件事，到了深夜，见他还没回来，便让两个孙子去找。结果秦巨伯以为是那两个妖怪，取出刀子，将两个孙子杀死了。

此精载于晋代干宝《搜神记》卷十六

416
楠木大王

有个叫卢浚的人，泛舟江上，忽然起了狂风，船工赶紧跪拜，口呼："楠木大王！"卢浚问船工缘由，船工说楠木大王是水里的精怪，最能作祟。卢浚很生气，就写下檄文投入水中，请求河神制服精怪。过了三天，一根巨大的楠木浮出水面。卢浚让人把木头捞上来，正好修建学宫缺少木材，就把那根大楠木做成了柱子。

明代襄阳的襄河里，也有楠木作祟，经常撞翻船只，所以过往的船工都会祭祀它。相传是很久以前一根老木头年月久了成了精。当地人不仅向它祈祷，还建立庙宇供奉它，叫它南君。

明代，有个木商将砍伐下来的巨大楠木刻上字做好标记，沿着长江运送到芜湖。每年，芜湖的清江主事都会来商人这里买一些木材。这一年，不仅清江主事来，别的官员也来买。双方都得罪不起，商人甚是苦恼，只好将这批楠木中最粗的几根沉在江里，等这些官员离开了，再捞上来，结果其中有两根丢失了。万历元年（1573年），木商的船不小心沉没。船上有个老头，平时吃素持斋，诚实有信，沉水后，被人扶着来到一个地方。这个地方，挂着的牌匾上写着"木龙府"三个大字。坐在殿上的人，戴着冕旒，威风凛凛，脸上有黑色的疤痕，好像是当年被刻的字号。这人问老头："你还认识我吗？"老头磕头道："我知道。愿听大王你发落。"此人说："你是个好人，命不该死，赶紧回去吧。"言罢，此人命手下背起老头出去。过了一会儿，老头上岸，发现自己趴在一根大楠木上，衣服都没湿。老头上了岸，回头看时，那根楠木已经消失不见。

此精载于明代钱希言《狯园》卷十二、明代朱国祯《涌幢小品》卷四、
清代许缵曾《东还纪程》、《湖北黄冈县志》

417
囊囊

安徽桐城南门外，有个人叫章云，崇拜神佛。一次偶然经过一座古庙，看到一尊木雕神像，十分威严，就请回家虔诚供奉。夜里，梦见神像对他说："我是灵钧法师，修炼了很多年，你尊敬我，而且给我供奉香火，我很感激，以后你如果有什么请求，就焚烧法牒告诉我，我会在梦里和你相见。"从此之后，章云对它越发敬信。

章云邻居有个女儿，被妖怪缠上。这个妖怪长得十分狰狞，全身长着茸毛，像毛又不是毛，要女子给它当老婆。女子哀求它放过自己，妖怪说："我不是害你，不过是喜欢你罢了。"女子说："村里有个女子比我还美，你为什么不去缠她反而单单让我痛苦呢？"妖怪说："那个女的很正直，我不敢。"女子十分生气，骂道："她正直，难道我就不正直吗？"妖怪说："你有一天在城隍庙烧香，路边有个男子走过，你是不是偷偷看人家了？看到人家长得俊俏，你就起了花心，这样还叫正直？"女子被说得面红耳赤。

因为这件事，女子的母亲登门拜访，求章云想想办法。章云将这件事情写在法牒上，烧给家里供奉的神像。晚上，神像来到他的梦中，说："这个妖怪我也不知道是什么东西，你给我三天时间，我去打探打探。"三天之后，神像说："这个妖怪名为囊囊，神通广大，除了我，没人能除掉它。不过，还需要你挑个好日子，叫上四个轿夫，还要用纸剪成的绳索和刀斧，再用纸扎一顶轿子，都放在院子里。你到时在旁边喊：'上轿！'再喊：'抬到女家！'然后轿夫把纸轿子抬到邻居家，接着，你高喊一声：'斩！'那妖怪就会被除掉了。"

众人按照神像的意思办事，挑了一个好日子，章云高喊一声："上轿！"轿

夫抬起纸轿，觉得里面好像有什么东西，沉重无比。章云高喊："抬到女家！"
轿夫把轿子抬到了邻居家。

放下轿子，章云又喊了一声："斩！"只见绳索飞舞，纸刀盘旋如风，发出
飒飒的声响，有个东西被砍翻，扔到了墙头那边。邻居的女儿顿时觉得如释重
负，好像那个妖怪离开了。众人赶紧绕过墙头，看见一个三尺多长的蓑衣虫，
长着一千多条腿，从头到脚被砍成三段。大家把它烧了，臭味飘出了好几里还
能闻到。

桐城人不知道囊囊是什么东西，后来还是查了《庶物异名疏》这本书，才
知道蓑衣虫的另外一个名字，就叫囊囊。

此精载于清代袁枚《子不语》卷三

418
囊蛇

鄱阳余干县，有个县令赴任不久，住在一座老宅中，让人
剪除杂草、修建房屋，自己则住在堂屋。

这天晚上，二更时分，有个长得如同三斗白囊的东西来到
县令跟前，蹦到了几案上。县令胆子很大，毫无惧色，伸手
碰了碰对方，发现它像一个盛水的皮囊，就说："你能帮我把灯转移到西南角
吗？"话音刚落，灯就过去了。县令又说："你给我按摩吧。"那东西依言行事。
县令觉得好玩，又道："你能把我的床升到空中吗？"那东西又照办了，此后县
令又提出了很多要求，那东西无不一一满足，一直到天快亮了，那东西才蹦蹦
跳跳地离开，来到宅子的水池边消失不见。

天亮之后，县令来到水池跟前，看到一个洞，好像蚂蚁的巢穴。往下挖，
洞迅速变大，粗有三围，深不可测。县令命人架起许多大锅，烧了热水灌进去，
等灌了一百多斛开水，洞里发出巨大声响，声如雷鸣，接着大地震动。又灌了
百斛，才寂然无声。大家费力往下挖，发现一条大蛇，长有一百多尺，旁边还
有数万条小蛇，全都死了。县令命人将大蛇取出，做成肉脯，分给了乡亲们。

此精载于唐代戴孚《广异记》

419

泥孩

宋代，卫士钱千沿着河岸行走，看到一个泥做的小孩卧在水上，色彩斑斓。钱千将泥孩带回去，交给妻子。妻子说："你是因为我们没有生下孩子，才把这东西给我的吧。"妻子很喜欢它，为其精心制作了衣服，给它穿上，不管白天黑夜都抱在怀里，甚至晚上睡觉也抱上床。

一天晚上，妻子发现这个泥孩竟然在床上撒了尿。钱千听了，很是害怕，把泥孩丢进了沟里。当天晚上，泥孩从大门回来，哭着要喝奶，爬上了钱千妻子的床。钱千恐惧万分，找一个姓康的人占卜。康某算了一卦，说："此事要搭上三个人的性命。"钱千问康某该如何对付那个泥孩。康某说："你回去，用刀将其砍杀，它应该就会消失了。"钱千按照康某说的，准备了利刃，潜伏在黑暗中，听到泥孩的声响，一刀砍过去，点灯查看，发现泥孩不见了，而自己的妻子死在了血泊中。

第二天，官府将钱千抓过去审问，钱千说是康某教他这么做的。官吏去捉拿康某，康某害怕，上吊而死。钱千没办法说明原因，最后也被判刑问斩。

清代，安徽全椒县县令，袁枚敬称其为凯公，擅长诗文，风流倜傥，和袁枚关系很好，但是后来背上长了毒疮，死掉了。据说，当年凯公的母亲怀孕即将生下他时，凯公的祖父为内务府总管，当天晚上看到有个巨人，比屋脊都高，站在院子里。凯公的祖父就大声呵斥他，每呵斥一声，那个巨人就会缩小一些，后来凯公的祖父拔出剑追它，在树根处发现一个土偶，有一尺多长，左手缺少小指，就拾起来放在了桌子上。后来，凯公出生，左手缺了小指，而且面貌长得和那土偶很像。全家都很惊慌，就把那个土偶送到了供奉的祖庙中，一直虔诚地祭拜它。凯公死掉后，家里人把他的灵位送入祖庙，看到那个土偶因为上头的屋檐漏雨，背部被雨水滴穿了三个洞。令人感到惊奇的是，凯公死的时候，他的那三个毒疮也在背上烂成了三个洞，而且位置和土偶身上的洞的位置一模一样。家人十分后悔没有好好照看那个土偶。他们认为，如果细心照看，土偶就不会被雨水滴出三个洞，凯公也就不会死。

清代，纪昀两三岁的时候，能看到四五个小孩子，穿着鲜艳的衣服，戴着金镯子，和他玩耍，并且叫纪昀弟弟，对他十分疼爱。纪昀长大了之后，就再也没有看到过这些孩子。后来，纪昀把这件事告诉了父亲。父亲说："你的前母生前因为没有孩子，感到特别可惜，曾叫尼姑用彩丝线拴了神庙里的泥孩来，放在卧室里。她给每个泥孩都起了小名，每天都供奉果品等给它们，和养育自己的孩子一样。她去世后，我叫人把这些泥孩都埋在楼后的空院里，肯定是它们作怪。"纪昀的父亲担心这些泥孩会闹事，打算把它们挖出来，却因年头长了，已记不起埋在什么地方。

此精载于宋代刘斧《青琐高议》补遗、清代袁枚《子不语》卷十、清代纪昀《阅微草堂笔记》卷五

420 泥马

唐代洛阳有个叫王武的人，是个富豪，人品低下，攀附权贵，阿谀奉承。一次，看到有人卖一匹骏马，就让仆人多给钱，从众多买家的手中争了过来，准备献给高官。这匹马洁白如雪，如同一团美玉，鬃尾赤红，日行千里，有的人说是千里马，有的人说是龙驹。

王武准备把马献给大将军薛公，就命人给它安上金鞍玉勒，用珍珠翡翠点缀。正准备着呢，那马突然在马厩里大叫一声，变成了一匹泥马。王武很惊讶，只能把它焚烧了。

此精载于宋代李昉等《太平广记》卷四百三十六（引《大唐奇事》）

421 念佛鸟

安陆有种鸟，名为念佛鸟，比鸲鹆小，羽毛呈现青黑色，经常说："一切诸佛！"

此精载于宋代王得臣《麈史》卷下

422 念佛鱼

唐代天宝十三载（754年）三月，宣城郡当涂县刘成、李晖二人合伙做生意，用大船装着鱼虾去吴越一带贩卖。他们从新安江出发，计划到丹阳郡，船行到距离宣城四十里的下查浦这个地方时，天色将晚，二人便将船停下来。李晖登

岸去浦岩村，刘成留在船上。四下无人，刘成忽然听到船里有人连声大呼"阿弥陀佛"，惊而视之，见一条大鱼在船里摇头摆尾，像人一样大呼："阿弥陀佛！"

刘成吓得要死，赶紧藏在岸边的芦苇里。过了一会儿，船里面所有鱼全跳起来大呼："阿弥陀佛！"声动天地。刘成惊恐万分，上船将所有鱼放入江中。时候不大，李晖回来了。刘成将事情一五一十告诉李晖，李晖怒道："你这个混账东西怎么能这么干呢！"李晖骂了刘成很长时间，刘成无法为自己解释，便掏出钱补偿了李晖的损失，剩下来一百多文钱，买了十几束荻草，放在岸上。

第二天，刘成想将荻草搬到船上，发现荻草重得抬不起来，打开一看，在里头发现有十五贯铜钱，而且有张纸条，上面写着："归汝鱼直。"刘成越发觉得奇怪。当天，刘成在瓜洲把这十五贯钱施舍给了僧人。

此精载于唐代张读《宣室志》卷四

423
鸟爪树

清代，费此度随军征讨四川，经过三峡，山涧中见一棵孤零零的树，满是枯枝。士兵只要从这棵树下经过便会死掉，接连死了三个人。费此度大怒，走到跟前，见树的枝丫如同鸟爪，只要有人经过，树便伸展枝丫，好像要抓人。费此度挥剑猛砍，斩断了树枝。自此之后，经过的人全都安然无恙。

此精载于清代袁枚《子不语》卷十九

424
宁野

破旧的车子会产生一种叫宁野的精怪，形状如同辒车，能伤害人的眼睛。喊它的名字，它就不会伤人。

此精载于唐代释道世《法苑珠林》卷四十五（引《白泽图》）

425
牛龙

清代初年，安东县长乐北乡有个地方叫团墟，乡民张某家里养了一百多头水牛。一次，牛群跑进水里，张某点数时发现丢了一头。这天晚上，张某梦见那头牛对自己说："我已经变成龙了，在桑墟河和河龙打斗，打不过它，你可以在我的角上绑两把刀来帮助我吗？"

第二天起来，张某寻找牛群里哪头牛可以角上绑刀的，发现有一头牛个头最大，肚子下长着鳞片，如同龙一样，于是就找来两把刀，绑在了它的角上。

第三天，狂风暴雨，桑墟河里的龙被伤了一只眼睛，隐遁了。那头牛就跑进大河，成了龙。当地人过河，都忌讳说"牛"字。过桑墟河的时候，忌讳说"瞎"字，否则立刻就会风浪滔天。

此精载于清代钱泳《履园丛话》丛话十四

426
牛首百都精

牛首百都精，脑袋上长着一个肉角，面部青色，眼睛红色，鹰嘴，脖子像老虎，身体如人，脚像马，多在山谷里害人性命。

这种妖怪本来是狮子国的一个老马之精，得到龙珠之后，变形不正，又修得人身，八方游荡。

此精载于宋代《太清金阙玉华仙书八极神章三皇内秘文》（收录于明代张宇初《道藏》）

427
怒特

传说千年木精为青牛，名为怒特。

春秋时，武都的故道县旁边有座怒特祠。秦文公二十七年（前 739 年），士兵砍伐祠堂中的梓树，忽然狂风骤雨，梓树上被砍的地方随即复合，士兵吓得赶紧撤回。有个士兵脚受伤了，走不了路，就留在树下休息，结果听到有个鬼对梓树说："如果派三百个士兵，披头散发，穿着带花纹的衣服，用红线缠绕你，你有什么办法？"梓树默然无语。

这个士兵回营地赶紧告诉秦文公，秦文公按照那鬼的办法去办，果然伐倒了这棵梓树。梓树被砍后，有两头青牛从梓树里跳出来，钻入了旁边的大河里。后来青牛又从水中出来，秦文公让士兵去击杀。争斗间，有个士兵倒在地上，他的发鬟散开了，披着去追青牛，青牛很害怕，躲进水里，再也没出来。那两头青牛，就是怒特。

此精载于晋代干宝《搜神记》卷十八、南北朝任昉《述异记》卷上

428
炮神

江西南昌城里的官署照墙后，有几间老房子，是原来的炮局。清代咸丰三年（1853年），太平军围城，在沙井这个地方安营扎寨。当地有座文孝庙，被太平军占领，庙的墙壁非常厚，炮弹也打不穿。

一天晚上，有人经过照墙，看见十几个黑脸的人从炮局里面出来，说愿意帮助官军击退太平军。第二天，这人去炮局里找，发现里面空空荡荡，这才知道是精怪。这人将事情报告官府，官府派人从炮局的地下挖出很多尊炮来，有大有小，十三尊大炮每尊重三千斤，还有一尊重四千斤。将这些炮拉到炮台，向文孝庙发射，顿时墙倒屋塌，太平军死伤无数，退去。

后来，南昌人都称当初的那十几个黑脸人为炮神。

此精载于清代俞樾《右台仙馆笔记》卷八

429
彭侯

彭侯是树木之精，长得像一条黑狗，只是没有尾巴。

三国时期，东吴建安太守陆敬叔派人去砍伐一棵大樟树。刚砍了几斧头，就看见血从树里向外涌出。当把树砍断的时候，一个人面狗身的怪物从树里冲了出来。陆敬叔指着这个怪物对手下说："这个东西叫'彭侯'。"后来，陆敬叔把这个怪物烹了吃，味道与狗肉差不多。

此精载于唐代释道世《法苑珠林》卷四十五（引《白泽图》）、
晋代干宝《搜神记》卷十八

430
蓬蔓

唐代，山西灵石县南，夜里经常闹妖怪，所以当地没人敢晚上路过那里。

元和年间，有个叫刘皂的人在河西当官，后来辞职，入汾水关，晚上到了灵石县这个闹妖怪的地方。

刘皂看到一个人站在路旁，长得十分怪异，自己骑的马忽然惊叫连连，将他甩了下来。刘皂晕头转向，很久才爬起来。路旁的那个人就走过来解开刘皂的青色袍子自己穿上。刘皂以为对方是强盗，不敢和他打斗，就舍弃衣服逃走了。走了十几里路，碰到赶路的人，把这件事情告诉了对方。赶路的人说："那地方向来闹妖怪，不是什么强盗。"

第二天，有从县南来的人，说碰到了奇怪的事情："县南那边，野地里有株蓬蔓，长得像人形，身上穿着件青色的袍子，太奇怪了！"刘皂听了，赶紧去看，果然见那青袍正是自己被抢去的袍子。

当地人这才明白，一直闹腾的那个妖怪，竟然是蓬蔓精。大家把蓬蔓烧了，以后就再也没出现过蹊跷的事。

此精载于唐代张读《宣室志》卷五

431
皮袋

周静帝初年，居延部落的领袖勃都骨低高傲残暴，奢侈安逸，喜欢玩乐，居住的地方非常华丽。

一天，忽然有几十个人来到门前，走了进来。一个人首先介绍："我是省名部落的酋长，叫成多受。"这个部落，勃都骨低从来没听说过。接着，成多受把身旁的几十个人都一一做了介绍。"这几十个人，有姓马的、姓皮的、姓鹿的、姓熊的、姓獐的、姓卫的、姓班的，但是名字都叫'受'，只有我这个首领叫'多受'。"

勃都骨低说："你们有什么本领？"成多受说："通晓摆弄碗、珠等器物之术，生性不喜欢世俗之物，博览群书，通晓经义。"勃都骨低一听很高兴。这几十个人中，有一个唱戏的立即上前说道："我们肚子饥饿，咕噜噜地响，能不能给我们一点儿吃的？"勃都骨低就命人给他们端上饭菜。

这帮人吃饱喝足，表演了很多精彩的杂耍。第二天他们又来了，表演的把戏和昨天一样。如此一连表演了半个月。勃都骨低很烦，就不招待他们了。

这帮人很生气，说："主人，请把你的娘子借给我们试一试。"于是，他们把勃都骨低的儿女、弟妹、甥侄、妻妾等，全都吞到肚子里去。那些人在肚子里哭哭啼啼请求出来。勃都骨低十分害怕，下到阶下来磕头，哀求他们把亲属放回来。这帮人笑着说："这没关系，不要担心。"很快，他们就把人吐了出来。

勃都骨低很生气，想杀死这帮人，就派人秘密地查访，见他们走到一座古宅院的墙基处就消失了。他让人挖那墙基，挖了几尺深，在瓦砾下发现了一个大木笼，笼中有几千个皮袋。笼旁有很多谷粒和麦粒，用手一碰就变成了灰。从笼中得到一份简书，文字已经磨灭了，不能辨识。

勃都骨低知道是这些皮袋作怪，想要弄出来烧了它们，皮袋们就在笼子里哭喊道："我们是都尉李少卿的搬粮袋，在地下经过很长的岁月，现在已经有了生命，被居延山神收为唱戏的。请求你看在山神的情分上，别杀我们。从此我们不敢再骚扰你的府第了。"

勃都骨低还是把那些皮袋全烧了，它们全都发出冤枉的痛楚之声，血流满地。

后来，一年之中，勃都骨低全家都病死了。

此精载于唐代牛僧孺《玄怪录》卷五

432 平海矛

狼山把总徐正从江里面得到一根铁矛，形制古朴，不像是新做的，上面的款识看不清楚，不知写的是什么。一天，徐正渡海，拿着铁矛坐在船头。这时飓风大作，海潮突如其来，别的船上下颠簸，无法让人站立，而徐正所在的船却安稳无比。第二天，徐正将矛放在别的船上，也是如此。

此精载于明代朱国祯《涌幢小品》卷四

433 蒲人

峄山湖中产蒲草，这种草又粗又大，刚出小苗时，可以采来当菜吃，味道鲜美。刚开始，只是湖边的人家摘来吃。后来，有人把蒲草运到更远的地方卖，因为味道鲜美，蒲草成了宴席必备的珍馐，商人成捆收购贩卖。

一天，湖边的人都梦见蒲草化作人形来辞别，说："你们这些人把我们采摘得好苦，我们准备搬走不再住在这里了。"自此以后，湖中再也没有生出蒲草。

此精载于民国曹绣君《古今情海》卷十九（引《旷园杂志》）

434
漆鼓槌

东晋桓玄那时候，在朱雀门下，忽然出现两个通身黑如墨的小男孩，一唱一和地吟唱《芒笼歌》，引来路边的几十个小孩跟着唱和。他们唱的歌词是这样的："芒笼首，绳缚腹。车无轴，倚孤木。"歌声哀伤凄楚，让人不禁潸然泪下。

天已经要黑了，两个小男孩回到建康县衙，来到阁楼下，变成了一对漆鼓槌。打鼓的官吏说："这鼓槌放置好长时间了，最近常常丢失了又回来，没想到他们变成了人！"

第二年春天，桓玄兵败身死。人们这才明白，那首童谣中的"车无轴，倚孤木"，就是个"桓"字。荆州把桓玄的头颅送回来，用破旧的竹垫子包裹着，又用草绳捆绑他的尸体，沉到了大江之中，完全像童谣里唱的那样。

此精载于南北朝吴均《续齐谐记》

435
漆桶

唐朝开成年间，河东郡有一个官吏，常常半夜巡查街道。一天夜里，天清月朗，他来到景福寺前，看到一个人低头坐在那里，两手交叉抱住膝盖。这个人通身漆黑，一动不动。官吏害怕，就呵斥了他一声，那人依然不理不睬。官吏上前打了他一下，他这才抬起头。那人的相貌很特别，只有几尺高，脸色苍白，身形瘦削，非常可怕。官吏吓得栽倒在地，等苏醒过来，那人已经不见了。

官吏跑回去，仔仔细细地把这件事情告诉了身边的人。后来，重建景福寺的门时，从地底下挖到一个漆桶，有几尺高，上边有白泥封闭的桶顶，就是官吏见到的那个怪物。

此精载于唐代张读《宣室志》补遗

436
蚑

有一种山精，形似小孩，但只有一只脚，而且脚后跟在前，喜欢攻击人，名叫蚑。如果碰见了，大声喊它的名字，它就会马上逃走。蚑还有一个名字，叫超空。

此精载于晋代葛洪《抱朴子》内篇卷十七

437
棋局

古人称棋盘为"棋局"。

唐代时，马举镇守淮南，一天有一个人携带一个镶嵌着珍珠玉石的棋盘献给他。马举给了那人很多钱把棋盘收下了。过了几天，棋盘忽然不见了。马举叫人寻找，但没有找到。

一天，忽然有一个拄着拐杖的老头来到门前求见马举。老头谈论的大多是兵法，造诣很深，马举听得很入迷，就和他探讨。双方谈论了很久，老头在兵法战略、治军识人、破关打阵等多方面，谈得头头是道，让马举敬佩得五体投地。

马举询问老头是哪里人，并问他为什么在兵法上有如此深的学问。老头说："我住在南山，自幼就喜欢新奇的东西，人们都认为我胸怀韬略。因为我屡经战事，所以熟悉用兵之法。我今天所说的，都是用兵打仗的要点，希望能对你有所帮助。"说完，老头就要告辞，马举坚决挽留，把他请到馆驿休息。

到了晚上，马举叫左右的人去请老头，只看见室内有一个棋盘，就是丢失的那个。马举这才知道那老头是精怪，就命令左右的人用古镜照它。棋盘忽然跳起来，落到地上摔碎了。

此精载于宋代李昉等《太平广记》卷三百七十一（引《潇湘录》）

438
钱老

清代，内务府的东库中储藏有几十万贯铜钱，都是雍正、乾隆年间留下来的古钱，年月久远，化为妖怪。有的人称看到一个老头，须眉皆白，穿着一件淡黄袍，手持竹杖，盘坐于铜钱之上。

每次开库存钱、取钱，负责的官员一定燃供香烛，磕头作揖。有一年，有个新上任的官员，听说了这事，训斥了下属，认为这是无稽之谈，没有按惯例举行仪式，直接就让人把铜钱取了出来。

取钱时，大家发现串钱的绳索已经霉烂了，铜钱炙热无比。手下觉得奇怪，把铜钱拿给那个官员看。官员凑过去，钱忽然像蛇一样爬行并且旋转不已，他顿时昏倒。被救醒后，官员说他去看铜钱的时候，见到一个老头，怒目而视，举起手杖痛打了自己一顿，这才晕倒。发生这件事后，这个官员头痛如裂，不得不摆上祭品，虔诚地祭祀一番，病才好。

此精载于清代吴友如《点石斋画报》

439
钱蛇

明代，丰都这地方有个村子，经常有一条大蛇为非作歹，不知道从哪里来的，几丈长，吃掉人家的鸡鸭，偷人家的食物，但是从不伤人。当地人想把它杀掉，却找不到它的踪迹。

村里面有座寺庙，寺庙里有块空地，有个人租下来，在上面种植林木。一天早晨，这人正在锄草，看见那条大蛇爬了过来，举起锄头去砍，大蛇迅速钻进了洞里，结果只砍断了它的尾巴。

砍它尾巴的时候，锄头会发出当当的响声。这人走上前去查看，发现有很多铜钱散落在洞口。那人就怀疑蛇是铜钱所化，于是叫来妻子和弟弟挖开洞穴，得到了十几万枚铜钱，挑着回家，就成了富豪。

至于那条蛇，从此之后再也没有出现。

此精载于明代陆粲《庚巳编》卷四

440
蔷薇精

清代，嘉应人黄遵路，字公望，三十多岁时突然得了怪病，经过多方调理才痊愈，三年后病又复发。人们劝他吃药，他不答应。

黄遵路对家人说："我这病，吃药不管用。我开始生病时，经常看到一个白头翁，做出神鬼之状，迷惑我，让我的耳目心口皆不能自主。最近几个月，有一个十七八岁的美丽女子，天天过来找我，不知道对方是什么底细。这事情，你们不要对别人讲，否则人们会以为我品行不好。"黄遵路又将这个女子的姓名、模样告诉了家人。

之前，黄遵路的伯祖父家有一株蔷薇花，有人曾见过它变成人，让人生病。伯祖父将其移植到东偏房附近，与黄遵路家很近。家里人听了黄遵路的话后，怀疑是那株蔷薇花作祟，商量将其除去。光绪十五年（1889 年）五月十七日，中午时分，黄家人砍倒了那株蔷薇花，掘出根，将其抛弃在野地里。

黄遵路不知道这事，突然自己用刀子刺伤腹部，过几天便死掉了。

此精载于清代薛福成《庸盒笔记》卷六

441
桥祟

杭州武林门有座长寿桥，桥的左边还有一座桥，没有名字，人称其为小桥。

当地有个人，是个无赖，经常纠集同伙，拿着锄头、铁锹在无主的荒地上挖各种石头卖钱，附近不管是柱子还是台阶、雕栏，看到什么偷什么。后来周围被偷盗殆尽，这人竟然把小桥上的石栏杆给偷了，装在小船上，到附近的镇子卖了。

这人有个儿子，才七岁，这天忽然生了病，第二天越发严重。儿子说："有人打我。"这人就找来占卜的人询问，占卜的人说："是小桥作祟。"这人很吃惊，赶紧买来祭品前去祭奠，但没有什么效果。过了几天，儿子就死掉了。

此精载于清代俞樾《右台仙馆笔记》卷十六

442
琴女

宋代，苏东坡晚上住在灵隐山房，听到窗外有女子在唱歌，歌词是这样的："音音音，你负心。真负心，辜负俺到如今。记得当初低低唱，浅浅斟，一曲值千金。如今抛我在古墙阴，秋风荒草白云深，断桥流水何处寻。凄凄切切，冷冷清清。"苏东坡推开窗子，见一个女子缓缓消失在墙下。第二天，苏东坡带人去挖掘，挖到了一张古琴。

宋代，襄阳人刘过虽然是书生，但是很富有。刘过娶了一个小妾，对她十分疼爱。淳熙元年（1174 年），刘过要去参加科举考试，想念小妾，路上作了一首词，每到晚上在旅馆住宿，便让仆人唱这首词。这首词是这样写的："宿酒醺醺犹自醉，回顾头来三十里，马儿只管去如飞。骑一会，行一会，断送杀人山共水。是则青衫深可喜，不道恩情拼得未，雪迷前路小桥横。住底是，去底是，思量我了思量你。"这词写得没什么文采，不过是表达相思之意而已。

刘过到了建昌，游览麻姑山，傍晚独酌，唱了好几遍这首词，十分思念小妾，落下了眼泪。当天晚上二更过后，一个女子前来，拿着拍板对刘过说："我唱个曲子，给你助兴吧。"女子唱道："别酒未斟心先醉，忽听阳关辞故里，扬鞭勒马到皇都。三题尽，当际会，稳跳龙门三级水。天意令吾先送喜，不审君侯知得未？蔡邕博识爨桐声。君背负，只此是，酒满金杯来劝你。"

刘过听出来女子这首词，是应和自己先前写的那首词，十分高兴，将其写在纸上。刘过问女子是什么人，女子说："我本是麻姑上仙的妹妹，被贬斥住在这座山里，我听你作的词很雅致，所以特意过来。自此之后，我愿意跟随你。"

刘过便带着女子一起上路了。到了都城，刘过将女子安置下来。这一年，刘过金榜题名，被任命为金门教授，风风光光地回故乡。他到临江时，游览皂阁山，一个名为熊若水的道士求见。熊若水说："我擅长符箓，有些法术。看车子上跟随你的那个姑娘，不是人，不知道你是在什么地方结识她的。"刘过将事情一五一十地告诉道士。熊若水说："是了！今晚你和她睡觉时，我在门外作法，听到我的声音，你赶紧抱住她，别让她跑了。"

当天晚上，刘过按照熊若水的吩咐做了，抱住女子紧紧不放。等熊若水冲进来，刘过发现自己怀里抱着的，竟然是一张古琴。

后来，刘过到了麻姑山，向山上的道士打听情况。道士说："当年有个赵知军携带一张古琴经过这里，古琴不小心掉到石头上，破裂不可用。赵知军便把古琴埋在了官厅的西边。你碰到的女子，应该就是那张古琴。"

刘过来到官厅西边，往下挖，发现原本埋古琴的地方，空空如也。刘过将那张古琴取出来，然后请来道士焚香诵经，点火将它烧掉了。

此精载于宋代洪迈《夷坚志》支丁卷第六、清代褚人获《坚瓠集》四集卷一

443
青牛

山里面的古树如果超过万年（也有说是千年），就会变成青牛。

东汉时，汉桓帝有次在黄河边游玩，忽然有一头大青牛从黄河里跑出来，周围的人吓得四散逃走。陪伴皇帝的人中，有个将军，姓何，十分勇猛，冲上去，左手拉住牛蹄，右手举起斧头，砍掉了牛头。不过很快，那头牛的尸体就消失了。人们这才知道，那头青牛是万年树精所化。

晋代时，桓玄去荆州，在鹳穴遇到一个老头，赶着一群青牛。桓玄见那些牛长得十分雄健，就用自己的车子跟老头换了一头，骑着牛一路行走如风。到了灵溪，桓玄下来，牵着牛到河边喝水，那头牛走入水中就消失了。后来，桓玄请来巫师询问这件事，巫师说那头青牛乃是树精。

宋代时，京口有个人晚上到江边，看见石公山下面有两头青牛，肚子和嘴巴都是红色的，在水边嬉戏。有个三丈多高的白衣老头，拿着牛鞭站在旁边。过了一会儿，老头回头看到这个人，就举起鞭子把两头青牛赶入了水里，自己径直走上石公山，消失不见了。

此精载于晋代郭璞《玄中记》、唐代余知古《渚宫旧事》卷五、五代徐铉《稽神录》卷二、宋代李昉等《太平御览》卷九百（引《嵩高记》）

444
青雀

宋代，寿春有个农夫在田野里耕作，经常能看到五只青雀聚集在枝头，羽毛青绿，天亮时便会出现，心里觉得很是蹊跷。

一天，农夫捡起石头扔了过去，将其中一只打落在地上，走过去一看，发现是一只青铜制作的雀鸟，已经折断了。农夫在青雀出现的地方往下挖，挖出来一个铜香炉，香炉的盖子上有几只青雀，其中缺少的一只正是他打落的那只。

此精载于宋代张邦基《墨庄漫录》卷二

445
青桐

唐代时，临湍寺有一个叫智通的和尚，经常念《法华经》。他入禅、宴坐，一定找寒林静境，几乎都是没有人迹的地方。

有一天晚上，忽然有人绕着院子喊智通，直到天亮喊声才止，一连两晚都是这样。第三个晚上，喊声从窗口传进来，智通忍耐不下去了，就答应说："喊我有什么事？可以进来讲。"

接着，有一个怪物走进来，长六尺多，黑衣黑脸，睁着眼，嘴挺大。怪物见了智通，双手合十，行了礼。智通端详了它许久，说道："你冷吗？坐近来烤烤火。"那怪物就坐下了。

智通也不管它，只是念经。到了五更天，怪物闭着眼张着口，围着火炉发出鼾声。

智通见状，就用香匙取出炭火，放到怪物口中。怪物被烫得怪叫而起，跑到门外，摔了一跤，然后就消失了。

等到天明，智通在那怪物摔倒的地方拾到一块树皮。登山寻找了几里，看到一棵大青桐树，它的根部有一块凹陷的地方好像是新近弄掉的。智通把手中的树皮往上一摁，正好合上。树干中间处有一个陷窝儿，深六七寸，大概这就是怪物的嘴，里边还装着炭火。

智通把这棵树烧了，怪事也就从此绝迹。

此精载于唐代段成式《酉阳杂俎》续集卷一

446
青蛙使者

江西抚州金谿县，县城旁边有一只青蛙，长得极大，面目狰狞可怕。当地人说，这只青蛙从东晋的时候就出现了，十分灵验。商人如果去祭祀祈祷，则能财源滚滚；病人如果去虔诚相求，则可恢复健康。所以南来北往的人只要经过，都会去拜谒，将其称为青蛙使者。这只青蛙出现时间并无规律，有的人一辈子也见不到一次，有的人则能够经常碰见它。

此精载于清代董含《三冈识略》卷四补遗

447
庆忌

庆忌是水泽里的精怪。沼泽湖泊如果干涸了上百年，生长不了草木禾谷，但是其中又没有彻底断绝水，就会生出庆忌。庆忌长相和人差不多，身高四寸，穿着黄色的衣裳，戴着黄色的冠冕，打着黄色的伞盖，骑着一匹小马，奔跑起来速度飞快。人如果抓住它，喊它的名字，可以千里之外一日往返。

此精载于唐代释道世《法苑珠林》卷四十五（引《白泽图》）、
晋代干宝《搜神记》卷十二

448
曲生瓶

唐代，道士叶法善对使用符箓的法术很有研究，多次拜为鸿胪卿，朝廷给他的待遇特别丰厚。

叶法善住在玄真观，曾经有十几个朝中的官员到观中来，坐在一起想要喝酒。忽然有人敲门，说他是曲书生。叶法善派人对他说："正有朝中的同僚在此，没有时间和你交谈，希望你改日再来。"

话还没说完，就见一个衣着寒酸的读书人直闯进来。此人二十岁左右，又白又胖很好看。他笑着向各位作揖，然后坐到了末席。宴会上，书生高谈阔论，援古引今，大家都对他另眼相看。

叶法善对大家说："这家伙突然进来，又如此能言善辩，很蹊跷，你们可以拿出剑，试一试他。"

有一天，曲书生又来了，宴会上，依然和人激烈辩论，时而握住手腕，时而击掌，尖锐地提出问题。叶法善偷偷地拿起剑砍他，他的脑袋掉在地上，变成了一个瓶盖。满座人目瞪口呆，再看那个曲书生，变成了一个瓶子，里面装着好酒。大家哄堂大笑，一边喝酒，一边摸着那个瓶子说："曲书生呀曲书生，你的味道还不错嘛。"

此精载于唐代郑綮《开天传信记》

449
全全幽魂精

全全幽魂精，这种妖怪，人们看不到它的模样。碰到它的人，会听到从水底传来的哭笑之声。它能够兴云生雾，也能取人性命。

这种妖怪，天地不收，五岳不管，本体是千年的螃蟹。

此精载于宋代《太清金阙玉华仙书八极神章三皇内秘文》（收录于明代张宇初《道藏》）

450
人面瓮

清代，蒙阴有个姓刘的书生，有一次借宿在表兄家。表兄家里有妖怪，身体坚如铁石，出没无常，也不知道藏在哪里。书生一向喜欢打猎，随身带着鸟铳，对表兄说：

"无妨，如果我碰到了，用鸟铳防身，足够了。"

书斋有三间房，书生住在东间，点灯独坐，看见西房有个东西对门而立，身体、五官和人差不多，只是眼睛和眉毛之间的距离很长，足有二寸，嘴巴距离鼻子仅有一分多。书生举起鸟铳对准它，它似乎很害怕，向书生摇手吐舌。书生赶紧扣动扳机，"轰"的一声响，弹丸打在门框上，妖怪冲破烟雾逃了出去。

书生知道这家伙害怕鸟铳，后来有一次埋伏在窗户下面，见它出来，再次发射，正中妖怪。只听得当啷一声，书生走到跟前，见是一片破旧的陶瓷片，上面是儿童用毛笔胡乱画的五官。

此精载于清代纪昀《阅微草堂笔记》卷十三

451
人木

大食国西南两千里有个国家，那里有一种名为人木的精怪，是山谷间的树木之上长出人的脑袋，如同花朵一般，不会说话。人问它什么，它就笑笑，笑得多了，就会凋零落下。

此精载于唐代段成式《酉阳杂俎》前集卷十

452
仁鹿

楚元王在郁林打仗，凯旋，便在云梦泽大肆狩猎以示庆祝。当时，有上万只鹿被赶到一座山的北面，楚元王率领大军将鹿群逼进山谷里。

楚元王对手下说："现在天晚了，派兵堵住它们的去路，明天再来将这些鹿全部捕获。真是天赐这些鹿，让我犒劳大军！"等到天亮时分，楚元王派重兵围住谷口，自己拿着弓箭，准备带兵猎杀这些鹿。

此时，有一只巨鹿突围来到楚元王跟前，双腿跪地，仿佛叩拜一般，口出人言，说："我是鹿群的首领，被大王你追赶得无处可躲，现在身陷绝谷。大王想要将我们赶尽杀绝犒劳大军，我有一言，请大王裁决。"楚元王说："你有话便说。"巨鹿道："我听说，古代的贤人不竭泽，不焚山，不取巢卵，不杀年幼的小兽，正因为这样飞禽走兽才得以繁衍。舜、商汤都是如此的仁义之人。人和鹿虽然不同，可都是生灵。我想以后每天送给大王你一只鹿，大王的厨房便每日都会有鹿肉，这样我们能得以存活、繁衍，大王你呢，也能吃到鲜美的食物。如果大王执意要将我们全部杀死，我们定然举族覆灭，而大王以后也吃不到鹿肉了。若是如此，大王觉得好吗？"楚元王听完，将弓箭扔在地上，说："你是鹿王，我也是王，你爱你的部众，跟我爱护自己的子民一样。伤害了你，就是伤害了我的子民。"

于是，楚元王下令："敢杀鹿的人，和杀人同罪！"然后，楚元王对巨鹿道："你回去告诉鹿群，不要担心，我看着你们出谷。"巨鹿进入山谷，仿佛在告诉鹿群什么，接着带领鹿群鸣叫着走了出来。楚元王叹息不已，领兵回国。

后来，楚元王带领大军伐吴，不胜而还。吴王又带军打回来。楚元王与吴王交战，大败，只得坚守不出，闷闷不乐。

一天晚上，吴军周围传来巨大声响，仿佛万马奔腾。吴王以为楚元王的援军来了，赶紧带兵撤离。

天亮后，楚元王来到吴军先前的扎营地，见地上密密麻麻有无数鹿的蹄印。先前的那只巨鹿来到跟前，对楚元王说："我趁着月黑风高，带着鹿群前来吓跑吴军，以此来报答大王先前的大恩。"楚元王感激道："你们想得到什么报酬，尽管说。"巨鹿说："我是头鹿，吃野草喝溪水，要报酬何用？有一言说于大王你听：楚含九泽，包四湖，回环万里，负山背水，天下最强，加上又有山里鱼盐之利、虾蟹果栗之饶，如果大王你施行仁政，爱护老百姓，自然可以成为明君。可现在大王你不修仁德，喜欢打仗，这次吴国打过来，就是因为你先打了人家。你如果像我说的那样做，岂不是美事？"楚元王听了，叹道："说得好！我给你立庙，以此彰显你的仁德！"

于是，楚元王将之前鹿群出现的那座山改名仁鹿山，那个山谷改名仁鹿谷，并且修建了一座庙，名为仁鹿庙。

此精载于宋代刘斧《青琐高议》后集卷九

453
榕树精

清代，广东提刑按察使司衙门二堂后院有一棵榕树，树粗三人合抱也抱不过来，高七八丈，枝繁叶茂。传说，此树年月久远，已经成精，甚为灵验，所以当地人建庙立碑。上任的按察使若是虔诚祭拜，叫来戏班为榕树精唱戏，则会安然无事；若是稍有懈怠，榕树精便会显形，头戴乌纱帽，身穿大红袍，坐在公案后，降下祸事。

道光年间，乔廉访上任。有个人的书童在榕树旁边撒了尿，立刻变得疯狂起来，拿着刀四处跑，将院子里的几十株芭蕉都砍倒了。书童的主人绑着书童前来向乔廉访谢罪，这事情才算结束。乔廉访手下的一个奴仆不信，故意跑到榕树底下撒尿，很快丧失心神，进房间拔出剑插入自己脚背，看到的人无不惊呼。这个奴仆拔剑出来，发现脚上并没有流血，只有一条红色的疤痕，也不疼。乔廉访唯恐生乱，将这个奴仆打发回了原籍。

乔廉访前任的儿子，有次在院子里摆酒招待朋友，见树底下凉快，让人将酒席移到树下。很快无云而雨，雨水落在菜上，臭不可闻，宾主败兴而散。

还有个前任，家里人在榕树旁边的侧室睡觉，忽然看见云雾中有一条大蟒蛇跑到床前。他惊吓逃出，寻得一支鸟枪，装上火药要去击杀这条大蟒蛇。到了房间，没有发现大蟒蛇。估计那东西还会再来，他便躲在帐中，伺机开枪。过了一会儿，大家听到一声枪响，纷纷前去查看，见窗户破裂，那人昏迷不醒，手中的鸟枪断为两截。大家将其救醒，他说："看到那怪物，我就放了一枪，枪响后啥都不知道了。也是奇怪了，这鸟枪坚固无比，怎么就断了呢？"大家认为这家伙亵渎了榕树精，所以才会如此。

此精载于清代吴炽昌《续客窗闲话》卷一

454
肉芝

肉芝这种东西有不同的说法，但共同点是都认为其是土中之精。

有一种记载认为肉芝是万岁蟾蜍。这种蟾蜍头上长角，脖子下有好似红笔写出的双重的"八"字。传说在五月五日中午将它捉住，阴干一百天，用它的足画地，立刻就能流出水来。把它的左腿带在身上，能躲避五种兵器。如果敌人用弓箭射你，那箭头便会反过去向射箭人射去。

除此之外，还有一种记载，认为肉芝是一种生长在地下的类似肉类的东西。

唐代，兰陵有个姓萧的隐士，没有考中进士，就隐居在潭水边，跟着道士学神仙之术，勤勤恳恳十几年，头发花白，身体佝偻，牙齿也掉了不少。有一天，照镜子时，萧隐士很生气，说："我舍弃了名声和财富，隐居在田野中，辛辛苦苦学神仙之术，竟然变成了这副模样！"于是，萧隐士再也不学神仙之术了，回到城里，变成了一个商人，过了几年，成了富豪。

有一天，萧某因为修建园林挖地，得到了一个东西。这东西长得如同人的手掌，肉乎乎的，又肥又润，颜色微微泛红。萧某把这东西煮了吃，味道十分鲜美。从此之后，他耳朵越来越好使，力气越来越大，长得也越来越年轻，连先前掉了的牙齿也长了回来。

萧某觉得这事情奇怪，也不敢告诉别人。

后来，有个道士路过，看到萧某，大惊，说道："你难道得到了神仙给的仙药了吗？不然怎么会如此？"道士又给萧某把脉，然后说："你应该是以前吃了肉芝。这东西长得像人手，又肥又润，颜色微红。"萧某这才把当初的事情告诉道士。

道士说："恭喜你呀，你可与龟鹤齐寿！不过你不适合再居住于凡人之中，应该退隐山林，这样说不定可以成为神仙。"

萧某听从道士的话，离开了家，自此之后，没有人知道他去了什么地方。

明代，有一年的春天，长洲漕湖有个农妇在耕田时，见湖边有个东西，洁白如雪，走过去一看，发现是个小孩子的手，伸出地面，连着胳膊有一尺多长，下面发出唧唧的声响。

农妇吓得够呛，赶紧告诉丈夫。她的丈夫觉得奇怪，往下挖，发现手臂一直通到地下，接连不绝，便将其折断丢进湖里。《神仙感遇传》里记载兰陵人萧静之曾经从地里挖出来一个类似的东西，道士告诉他是肉芝，看来这个农妇看到的东西，也是此物。

此精载于唐代张读《宣室志》卷五、明代陆粲《庚巳编》卷四

455
三原三精

明代，三原县按察分司的官衙里有不少妖怪，凡是住在里头的人都会死掉，致使来到这里任职的官员无人敢住进去。书生梁泽，胆子很大，一向自负，对朋友说："我能住在里头。"朋友们拿出钱和他打赌，梁泽答应了。

一天晚上，梁泽住进官衙，坐在堂上。三更时，月色明朗，他听到屋里有人窃窃私语，好像有东西相互推搡，很久也没出来。梁泽大声道："还不快来！"过了一会儿，有三个人跪在庭下，一个穿青衣，一个穿白衣，一个穿黄衣。梁泽看不清他们的脸。

梁泽厉声道："你们这帮妖怪，竟然敢害人！"青衣人回答道："不是我们害人，是那些人胆子小，自己吓死的。"梁泽问："你是什么东西？"青衣人回答："我是笔。"梁泽问："藏在什么地方？"青衣人说："在仪门屋上第三个瓦沟中。"

梁泽又问黄衣人，黄衣人低头不语。青衣人说："它是金钗，在院子里的槐树下。"梁泽问白衣人，白衣人说："我是剑，在大堂东边的柱基下。"梁泽说："你们今晚过来，是想害我吗？"三人齐声说："不敢！"说完，三个人向梁泽献上一张纸，说："这是您一生的履历，现在呈给您，让您提前知晓。"梁泽收下那张纸，说："你们走吧。"三个人各自走向所在的地方，消失了。梁泽便躺下来睡觉了。

第二天早晨，朋友们以为梁泽必死无疑，前来查看，见他还活着，惊诧不已。梁泽将晚上所见告诉他们，这帮朋友不信。梁泽让人拿来工具，在那几个地方挖掘，果然挖出来这三样东西。梁泽又拿出来那张纸，发现是一张旧纸币，一个字都没有。等到晚上，上面才浮现出字迹。自此之后，官衙里再也没有闹过妖怪。

后来，梁泽考中科举，成为御史，成化年间巡按山东，因为办事不力被贬官。他的这些经历，和那张纸上记载的一模一样。

此精载于明代陆粲《庚巳编》卷九

456
桑精

清苑有个叫张钺的人，在河南郑州当官时，官署里有一株老桑树，合抱而粗，当地人称树老成精。张钺十分不喜欢，命人将树砍倒。

当天晚上，张钺的女儿在灯下看到一个人，面目手足及衣冠都是浓绿色。这个人大声骂道："你父亲太蛮横，我这次是警告，你跟他说一声！"张钺的女儿大惊失色，赶紧叫仆人。等仆人赶来，张钺的女儿已经神志不清，不久就去世了。

此精载于清代纪昀《阅微草堂笔记》卷一

457
杀木魂精

杀木魂精，形态如人，经常两三个一起在晚上出现于人的宅子里，发出蹼跷的脚步声，让人生病，尤其能够伤害小孩。

这种妖怪，是年月久远的器物所化。

此精载于宋代《太清金阙玉华仙书八极神章三皇内秘文》（收录于明代张宇初《道藏》）

458
山都

山都，是山里的精怪。在庐江的大山之中，有人能看到山都。这种精怪长得和人很像，赤裸着身体，似乎很怕人，见到人就逃走了。它们有男有女，身高四五丈，彼此呼唤，生活在幽暗深处，如同魑魅鬼怪。

在江西南康的山中，也能看到山都。这里的山都身高二尺，全身漆黑，红眼，黄而长的头发披在身上。它们喜欢在深山的树上筑巢，巢的形状和鸟蛋差不多。

南朝宋元嘉元年（424 年），袁道训、袁道虚兄弟二人把山都筑巢的树砍倒了，并且拿着它们的巢回到了家。山都很快出现在二人面前，生气地说："我在荒山野岭里住着，碍你们什么事了？能用的树山里到处都有，可这棵树上有我的巢，你们却偏偏把它砍了。为了报复你们的胡作非为，我要烧掉你们的房子！"这天二更时分，弟兄俩家的里外屋都着起了大火，烧得片瓦无存。

此精载于晋代干宝《搜神记》卷十二、南北朝祖冲之《述异记》

459
山蜘蛛

山蜘蛛，是中国古代一种著名的妖怪，体形巨大，常常潜伏在山林之中。

唐代，相传，裴旻在山里走，看见一张蜘蛛网，垂下来的丝如同布一样，上头的蜘蛛大如车轮。裴旻拉开弓射走了山蜘蛛，弄断了几根蜘蛛丝，收藏起来。山蜘蛛的蜘蛛丝很有用，如果贴在伤口上，不管伤口多大，立刻就不流血了。

五代时，泰山脚下有座岱岳观，楼房殿堂年代久远。有一天晚上刮大风，听到"轰"的一声，响声震动了山谷。等到早晨去看时，原来是观里的藏经楼倒塌了。人们在藏经楼的废址上来回查看时，找到的各种枯骨能装满一车，还发现了一只老蜘蛛，长得像腹部能装五升煎茶的鼎那么大，伸开爪子就能覆盖方圆几尺的地面。以前靠近寺观住的老百姓家常常丢失孩子，数量不少，原来全都是被老蜘蛛吃了。楼屋内有很多蛛网，如果被那黏糊糊的蛛丝束缚住，不能逃走，就会被老蜘蛛吃掉。观主让人烧死那只老蜘蛛，烧的时候，它散发出来的臭气十多里外都能闻到。

明代成化七年（1471 年），蓟州盘山有只山蜘蛛与龙争斗，为龙所杀。当地人向官府献上这只山蜘蛛的皮，大如车轮。

清代，海州马耳山上有大蜘蛛，不知修行了多少年，经常在周围的山里游走，当地人常常看到。这只蜘蛛有时候在山间飞驰，有时候跑到海里戏弄船舶。有个吴某，一天在路上行走，看见西边的林子里黝黑一片，似乎潜伏着一个庞然大物。等走到近前，忽然砂石扑面，吴某赶紧趴在地上，只听得大蜘蛛裹着疾风骤雨从头顶呼啸而过。海州城内经常大风呼啸，城外却是草木不摇，有人说也是那个蜘蛛精所为。

也是在清代，海州大伊山里传说有只千年蜘蛛，呼出来的气能够化为黑雾。周围的居民只要一看到这种黑色的烟雾，就立刻关闭门窗，走路的人则面向墙壁躲避，不敢沾染。有时候，蜘蛛会变成老人，打扮得如同私塾先生，喜欢和小孩嬉戏，人们都能看见它，习以为常，它也从来不害人。嘉庆十三年（1808 年）七月十八日，忽然雷电轰鸣，有两条龙来抓蜘蛛精，蜘蛛吐丝布网，竟然把那两条龙困住了。紧接着，天空出现了两条火龙，烧掉了蛛网，先前被困住的那两条龙才得以逃脱。过了一会儿，雨停云散，龙和蜘蛛都不见了。当地人在十里外捡到了蜘蛛丝，每一根比人的胳膊还粗，颜色灰黑，坚韧无比。

此精载于唐代段成式《酉阳杂俎》前集卷十四、宋代李昉等《太平广记》卷
四百七十九（引《玉堂闲话》）、明代黄瑜《双槐岁钞》卷九、清代乐钧
《耳食录》二编卷四、清代钱泳《履园丛话》丛话十六

460
山中人

晚上在山里见到长得像胡人的东西，那是铜铁精；见到长得如同秦人的，是百年的木精。不要害怕，它们并不伤人。

此精载于宋代李昉等《太平御览》卷八百八十六（引《白泽图》）

461
杉魅

唐代，有一个叫董观的人，有一年夏天，和表弟王生到荆楚一带游玩，然后计划着去长安。一天，二人来到商於，就在山中驿馆中住下。

晚上，王生已经睡下，董观尚未入睡。他忽然看见一个东西出现在烛光下，伸出两只手就要去遮住烛光。它伸出来的手像人手，但是没有手指。董观慌忙喊王生。王生刚起来，那两只手便消失了。

董观对王生说："小心，不要睡觉。那精怪还会再来。"于是，他就抱着棍子坐着等候。过了很久，王生说："精怪在哪？你太荒唐了！"王生就又睡下了。不一会儿，有一个五尺多长的东西，遮蔽着烛光站在那里，没有手也没有面目。董观更害怕了，又喊王生。王生生气不起来。董观就用棍子捅那东西的头，它的身躯就像用草做的，棍子一下子捅了进去，妖怪便逃走了。董观担心它会再来，直到天亮都没敢睡。

天亮之后，董观问馆吏。馆吏说："从这儿往西几里，有一棵老杉树，常常闹出诡异的事情，你看到的可能就是那东西。"于是，馆吏、董观、王生三人一起向西走，果然看见一棵老杉树，有一根棍子横穿在枝叶之间。馆吏说："人们说这棵树作妖很久了，我却不曾亲眼见过，这回我可信了。"三个人急忙取来斧子，把杉树砍了。

此精载于唐代张读《宣室志》卷五

462
鳝团

清末，吴养臣住在南京。秦淮河岸边有家叫"问柳"的酒楼，门前是街道，门后是一条小溪。酒楼每天会从市场里买一些黄鳝，养在大缸里待客。主人的女儿年纪很小，每次看到买来的黄鳝，总是会拿出几条到后面的小溪里放生。主人疼爱女儿，也不阻止。

一天晚上，秦淮河岸边发生大火，蔓延至酒楼。众人慌忙躲避，很多人掉进水里，不少人淹死了。主人的女儿也坠河，但是好像有什么东西接住了她，并且托着她漂了很远，直到被一条船上的船工救上来。船工看到女孩的身下，有很多的黄鳝聚集成团，奋力托举她，故而她才没有沉水。

吴养臣听说了这事，一辈子放生，一直坚持到八十多岁。

此精载于民国郭则沄《洞灵小志》

463
商羊

春秋时，齐国有一群一足鸟，常聚集在王宫前面。齐国的国君让人问孔子，孔子说："这种鸟，名为商羊，是水精。当年有小孩砍掉了它的一足，它跳跃唱歌：'天将大雨，商羊鼓舞。'现在在齐国出现了，应该赶紧让民众疏通沟渠，修堤坝，将来会有大水灾。"

此精载于先秦《孔子家语》卷三

464
上清童子

唐贞观年间，岑文本下了朝，多半都在山亭避暑。一日午时，刚睡醒，忽听得有人在山亭院门外敲门。药童报告说，是上清童子元宝求见。

岑文本平素喜欢道教，一听是道士求见，就急忙穿戴整齐让他进来。进来的是一个不满二十岁的小道士，仪态气质超凡脱俗，真可谓仙风道骨。穿着也与众不同，戴浅青色圆角道士帽，披浅青色圆角帔，穿青色圆头鞋。小道士的衣服轻细如雾，有名的齐纨鲁缟也不能与它相比。

岑文本和他说话。他便说："我是上清童子，从汉朝时就修成正果。本来生于吴地，后被吴王送进京城，见到汉帝。汉帝有困惑不解的都求教于我。自汉文、武二帝，直到哀帝，都喜欢我。王莽作乱，我才到了外地，无论到哪里都受到人们的喜爱。从汉成帝时起，我开始讨厌人间了，就尸解而去，或秦地或楚地，不一定在哪儿落脚。听说你好道教，所以来拜见你。"

岑文本向道士问些汉魏齐梁之间君王社稷的事，道士对答如流，事事都像他亲眼见过。二人言谈甚欢，不知不觉到了天黑，道士就告别回去了。道士刚出门就忽然不见了，岑文本便知道他的确不是平常人。

之后每次下朝，岑文本都让人等候那道士，道士一来，他们就谈论个没完没了。后来又让人暗中跟踪他，看他究竟到什么地方去。结果看到他出山亭门，往东走不几步，在墙下就不见了。

岑文本让人就地挖掘，在三尺深处挖到一座古墓。墓中没有别的东西，只有一枚古钱。岑文本恍然大悟，"上清童子"是"青铜"的意思，名"元宝"是钱上的字，"汉时生于吴"是汉朝时在吴王那里铸了五铢钱。十年之后，岑文本忽然失去了那枚古钱，便死了。

宋代，建业有个管仓库的人姓邢，他家里很穷，攒钱攒到两千就生病，如果不生病，那些钱就会不见了。他的妻子偷偷地攒钱，埋到地下。一天夜里，忽然听到有一种像小虫在飞的声音，有东西从地里钻出来的，穿过窗户飞去，有的撞到墙上然后落到地上。天亮一看，竟然都是铜钱。他的妻子就把自己埋钱的地方告诉他，挖开一看，钱全没了。

此精载于宋代李昉等《太平广记》卷四百五（引《传异志》）、
五代徐铉《稽神录》卷五

465
勺童

唐朝元和年间，国子监学生周乙夜间温习学业，看见一个小男孩，头发蓬松杂乱，二尺多高，脖子上发出细碎的像星星一样的光亮，令人厌恶。

这个小孩随意摆弄周乙的笔和砚，弄得乱七八糟也不停止。周乙向来有胆量，呵斥他，他稍微向后退了退，又靠到书桌旁边。周乙就等着看他要干什么，当小孩逼近的时候，周乙突然扑上去抓住了他。小孩连连求饶，言辞凄苦恳切。

天要亮的时候，周乙听到好像有什么东西折断的声音。一看，是一把破木勺，上面还粘了一百多个米粒。

此精载于唐代段成式《酉阳杂俎》续集卷一

466
蛇王

传说楚地一带有种妖怪叫蛇王，没有耳朵、眼睛、爪子、鼻子，但是有嘴，长得如同一个方方的肉柜，咣当咣当地行走。它经过的地方，草木都会枯萎死掉。蛇王张开嘴猛吸，周围的巨蟒、恶蛇都会被它吸入嘴里，变成汁水，它的身体就变得庞大无比。

常州有姓叶的一对兄弟去巴陵游玩，在路上看到一群蛇蜂拥而来，二人赶紧闪在一旁躲避。过了一会儿，刮起了一阵风，腥臭无比。兄弟二人害怕，就爬到了树上。

过了一会儿，看到一个方方的肉柜从东边过来。弟弟拉弓放箭，射中那柜子，对方却浑然不觉，带着羽箭走过来。弟弟跳下树，来到那东西的跟前，想再放箭，却身形摇晃，晕倒在地。哥哥下来查看，发现弟弟的尸体已经化为黑水。

有个老渔翁说："我能捉拿那个蛇王。"人们问他有什么办法。老渔翁说："制作一百多个馒头，用竹竿、铁叉送到它的嘴前，让它吸气。刚开始，馒头会因为沾染它的毒气而发霉腐烂变黑，然后再换新馒头，慢慢地耗尽它的毒气，等到馒头再也不变色的时候，大家就一起上，那时杀它就如同杀猪杀狗一般容易。它杀人，只不过依靠毒气而已。"

大家觉得有道理，按照老渔翁的办法，果然杀掉了蛇王。

此精载于清代袁枚《子不语》卷十八

467
蛇子

唐代，益州邛都县有个老妇人，家里贫穷，孤独一人，每当吃饭时，就有一条头上有个肉冠的小蛇，在碗盘之间爬动。老妇人可怜它，自己吃饭的时候也喂它吃的。后来小蛇渐渐长大，有一丈多长。县令有匹马，忽然被蛇吞吃了。县令大怒，就收押了老妇人。老妇人说："蛇在我的床下。"县令就派人去挖掘，挖得越来越深却什么也没看见，县令就杀了老妇人。那条蛇因而托梦于县令说："为什么杀我的母亲？我一定要为她报仇！"从此，当地就经常听到像下雨刮风一样的声音。一天夜里，全城及方圆四十里的地方一下子都陷下去成为一片湖泊，当地人叫它邛河，也叫邛池。只有老妇人旧宅的宅基没有被淹没。打鱼的人去捕鱼，一定会在老妇人的旧宅旁边停下住宿，那里很安全，而且水很清，湖底还能清楚地看见原来的城郭和房舍。

此精载于宋代李昉等《太平广记》卷四百五十六（引《穷神秘苑》）

468
社环孝尸精

社环孝尸精，形如红色的老鼠，身体有时大有时小，喜欢藏在黑暗之处，向人的影子喷气，凡是被喷中影子的人，会生恶疮而死。

它是年头久远的物品之精所化。

此精载于宋代《太清金阙玉华仙书八极神章三皇内秘文》

（收录于明代张宇初《道藏》）

469
参翁

人参，在古代被视为百草之王，十分珍贵，有延年益寿、起死回生之效。传说有年头的人参，会吸收日月精华，出来作祟。

南北朝时，上党这地方有人半夜听到孩子的哭声，找到哭声的源头，发现来自地下。这个人就拿起锄头往下挖掘，挖出一根人参，四肢俱全，和人一模一样。

唐代天宝年间，有个姓赵的书生，兄弟数人都读书考取了进士，当了官，唯独他生性鲁钝，虽然到了壮年，依然没有考取功名。参加宴会时，周围人都穿着红色、绿色的官服，只有他是个穿着白衣的书生，所以很是郁闷。

后来有一天，书生离开家，在晋阳山隐居，建起一间茅草屋，日夜苦学。吃的是粗茶淡饭，日子过得很清苦。可书生越是努力勤奋，进步越是不大，这让他既愤怒又痛苦。

过了几个月，有一个老翁前来拜访。老翁说："你独居深山，刻苦读书，是不是想考取功名做官呀？你学习了这么久，竟然连断句、弄懂文字的意思都不会，也太愚钝了吧。"书生说："我生来就很笨，所以没希望考取功名，只想进山苦读，不给家里丢脸，就足够了。"老翁说："你这个孩子，决心很大，我很喜欢。我老了，没什么才能，但能够帮你一把，你有时间去我那里一趟吧。"书生问老翁家住何处，老翁说："我姓段，家在山西边的一棵大树下。"说完，老翁就不见了。书生觉得这老头恐怕是妖怪，就去大山的西边寻找，果然见到有一棵大椴树，枝繁叶茂。

书生想了想，说："老翁说姓段，段和椴同音，又说住在大树下，那应该就是这里了。"于是，书生用锄头往下挖，挖出来一根一尺多长的人参，模样长得和那个老翁很像。书生想起老翁的话，就把人参吃了。从此之后，书生变得格外聪慧，过目不忘，进步神速，过了一年多，果然考取了进士，做了官。

此精载于南北朝刘敬叔《异苑》卷二、唐代魏徵等《隋书》卷二十三、
唐代张读《宣室志》卷五

470 神木

明代永乐年间，朝廷修建都城宫殿，有巨木出现于卢沟河中，礼官禀明明成祖朱棣，朱棣赐名神木。

嘉靖三十九年（1560年），凤阳府五河县有一根粗一丈五尺、长六丈六尺的杉木，突然出现于泗水沙滩中。当地的官员上奏："凤阳是中都祖陵所在，出现的这根粗杉木，既不是从黄河、洛河而来，也不是从长江、淮河而来，应该是祖宗庇佑，淮河、泗水显灵送来的祥瑞。当年成祖修建紫禁城三大殿，有巨木出现于卢沟河，赐名神木并且建了神木厂。两百年来，美事再现！"嘉靖皇帝看到奏折后，命令当地官员妥善保管。

也是嘉靖年间，永平这地方接连下了三天大雨。雨中突然出现许多火把，好像有无数人从西北过来，朝海里走去。雨停后，一根长十丈的巨木，出现在永平城下，当地人说应该是龙王采来此木送给朝廷。

明代，高邮新开运河，运送皇木，突发洪水，冲走了两根大木。过了几年，附近的湖中出现两个怪物，长得如龙，每到风雨之日，便昂首游弋，发出的声音方圆几十里都能听到。后来湖决口，二木不再出来，有人怀疑它们是进入了海里。嘉靖元年（1522年），州里的官衙年久失修快要倒塌，太守想重新建造。所有的木料都已准备齐全，唯独缺少可以充当正梁的木头。正当人们为难之时，湖中浮出一个东西，上面长满了一尺多长的苔藓，游动摇荡。当地人不敢靠近，

报告给官府。官府派人去看，发现是原先那两根巨木中的一根。将其牵引到岸上后，工人测量，发现长短和需要的梁柱尺寸正好吻合。官府虔诚祭拜，将这根巨木做成了正梁。

此精载于明代朱国祯《涌幢小品》卷四

471

升卿

如果夜里在山中见到一条大蛇，戴着头巾、头冠，其实这是一种名叫升卿的精灵。喊它的名字，会带来吉祥的事情。

此精载于晋代葛洪《抱朴子》内篇卷十七

472

绳

百姓家的锅灶之下，会有长得如同小孩的一种精怪，名为绳。人如果看到它，叫它的名字，就能发生吉祥的事情。

此精载于汉代应劭《风俗通义》卷八（引《礼纬含文嘉》）

473

圣木

始兴郡阳山县有一根樟树巨木，直径二丈，当地人称之为圣木。相传，秦时，人们砍伐樟树得到这根巨木，想做成鼓的框架，结果这根巨木突然逃跑，来到了阳山。

此精载于明代朱国祯《涌幢小品》卷四

474

十二日精

山里不同时日会碰到不同的精怪。

寅日，有称自己是"虞吏"的，是虎；称自己是"当路君"的，是狼；称自己是"令长"的，是老狸。

卯日，称自己是"丈人"的，是兔；称自己是"东王父"的，是麋；称自己是"西王母"的，是鹿。

辰日，称自己是"雨师"的，是龙；称自己是"河伯"的，是鱼；称自己是"无肠公子"的，是蟹。

巳日，称自己是"寡人"的，是社中蛇；称自己是"时君"的，是龟。

午日，称自己是"三公"的，是马；称是自己是"仙人"的，是老树。

未日，称自己是"主人"的，是羊；称自己是"吏"的，是獐。

申日，称自己是"人君"的，是猴；称自己是"九卿"的，是猿。

酉日，称自己是"将军"的，是老鸡；称自己是"捕贼"的，是野鸡。

戌日，称自己是"人姓字"的，是狗；称自己是"成阳公"的，是狐。

亥日，称自己是"神君"的，是猪；称自己是"妇人"的，是金玉。

子日，称自己是"社君"的，是鼠；称自己是"神人"的，是伏翼。

丑日，称自己是"书生"的，是牛。

如果人们能知道它们的底细，它们就不能为害。

此精载于晋代葛洪《抱朴子》内篇卷十七、
宋代李昉等《太平御览》卷八百八十六（引《白泽图》）

475
石大夫

山东章丘东陵山下有一块大石，一丈多高，经常会变化成人，四处行医。明代嘉靖年间，这块石头变成一个男子，自称石大夫，来到陕西渭南，看到一个叫刘凤池的人，对他下拜，说："你是我的父母官呀。"结果刘凤池果然考中了科举，做了章丘的县令。

后来刘凤池四处寻找石大夫，章丘人都不知道有这个人。石大夫晚上给刘凤池托梦，说："我不是人，而是东陵山下的大石。"刘凤池来到东陵山下，亲自祭祀，并且为石大夫立了庙。当地人生病，都会去庙里祈祷，石大夫就会在梦中为人医治，治好了很多人的病。

此精载于清代蒲松龄《聊斋志异》卷十二（吕湛恩注引《章丘县志》）

476
石孩

宋代，嘉禾县北门有座桥，因为桥栏四角都立着石头刻成的小孩，所以得名孩儿桥，不知道是什么时候建的。时间长了，桥上的这些石孩就出来作怪。有的石孩晚上敲打人的门窗求吃的，有的晚上到夜市上玩耍，当地人经常看见它们。一天晚上，有个胆子大的人偷偷查看，看见两三个石孩从石桥上跑下来，这人就拿着刀追赶到石桥上，砍掉了它们的脑袋，自此就再也没有怪事发生了。

此精载于宋代鲁应龙《闲窗括异志》

477
石虎

郓州官衙有一块追虎碑，被风雨吹断，掉落在地，上面记载的事情已不可考。

当地人说，当年张侍郎担任郓州知府的时候，有一次去京城的路上，听闻有老虎伤人，行旅之人不敢经过，叫来一个小吏，问："你能替我办件事吗？"小吏说："能。"张侍郎赐给小吏一壶酒，说："你拿着我写的这张符，去把那只老虎给我找来。你不去，我便杀了你。"小吏回去告别家人，说："这一次，我恐怕要成为老虎的口中之物了。"小吏痛饮一番，拿着符走了二十多里地，果然看到一只巨大的老虎，虎视眈眈朝他走过来。

小吏把符丢在地上，远远观看，见老虎用两条前腿打开符，看了看，然后用嘴衔起符，乖乖跟在小吏后面。全城人看到这情景，家家关门闭户，有胆子大的人爬到树上看热闹。

老虎来到官衙，看到张侍郎，闭上眼睛，好像戴罪之人等待审判。

张侍郎怒斥它："你这家伙怎么能占据道路伤害行旅之人呢？"说完，叫来小吏："替我惩罚它！"老虎趴在地上不敢动。张侍郎命令小吏打了老虎一顿板子，打完后，对老虎说："给你三天时间，赶紧离开这里！否则，我把你们全部杀掉。"

老虎一离开官衙，就死在了地上，变成了一块石头。其他的老虎，纷纷逃入了远山。那块石头，当地老百姓称为石虎。

此精载于宋代刘斧《青琐高议》前集卷一

478
石婆婆

广平府城东庄有两个模样像妇女的石人，当地人称之为石婆婆，其中一个腰部断了。

相传，晚上有妇人偷偷进入民家喝水，这家人用刀砍了过去，只听到"当啷"一声响，也不知道是什么东西。第二天，这家主人起来看，发现是两个石人，其中一个从腰部断为两截。

当地人觉得此物甚是奇异，很多人前来求子。每年元旦，人们会给两个石人涂抹上胭脂，然后焚香跪拜，听说十分灵验。

此精载于明代朱国祯《涌幢小品》卷十五

479 石人

晋代豫章郡戴氏有个女儿，久病不愈。一天，戴氏的女儿看见一块小石头，形状像个人，便对它说："你有人形，难道是神仙吗？如果你能把我的老病治好，我将重重地谢你。"当天夜里，她梦见有人告诉她说："我今后会保佑你的。"从此以后，她的病情渐渐好转，于是就在山下建起一座祠庙，戴氏就在那里做巫师，因此这座祠庙便被称为"戴侯祠"。

丰城县南边有块石头酷似人形，先前在罗山脚下的河中，洪水也不能将其淹没。后来，有人在河边洗衣服，将衣服挂在了它的左臂上。这时，天空忽然下起大雨，电闪雷鸣。石人的左臂被折断。不久，石人自己便从河中走到山边。当时，人们都感到惊异，共同为它修起祠堂，它常常显灵，于是大家便叫它石人神。

此精载于晋代干宝《搜神记》卷四、南北朝雷次宗《豫章古今记》

480 石狮

宋代，金华县城外三十里有个陈秀才，他的女儿长得很漂亮，已经找好了人家，正要出嫁，却被妖怪迷惑，变得神志不清。陈秀才家里富有，花了很多钱，找来许多巫师、道士作法，折腾了一年多，毫无效果。

陈秀才的邻居姓张，是个书生，一天晚上听到陈秀才的女儿那里传出欢歌笑语，觉得蹊跷，跑到陈秀才家门口，踩在他家门口大石狮的背上，往院子里窥探。

陈秀才的女儿看到了张书生，十分生气，对他说道："不关你的事，为什么要踩我？"张书生愕然，知道迷惑陈秀才的女儿的便是门口的大石狮，想第二天告诉陈秀才。

说来也巧，陈秀才听说张书生学过道术，早晨请他过去。落座之后，张书生没有说昨晚的事，对陈秀才说："我是读书人，读的是圣人书，消灭妖怪，义不容辞。我看你家门前的那个大石狮，形貌狰狞，肯定是它作怪。"

陈秀才听了，叫来工匠，把石狮砸碎，装在车上扔入河水里。他女儿很快就恢复了正常。

此精载于宋代洪迈《夷坚志》支庚卷第三

481 石占娘

黎阳有个叫纪纲的书生，有大志，十分好学。为了专心学业，他收拾修葺了一间老屋作为书社，在屋前疏渠引泉，清流见底，屋子后面高峰入云，两岸石壁，五色交辉。周边栽满翠竹，掩映着丛林，晓雾将歇，猿鸟和鸣，夕日欲颓，沉鳞竞跃，环境优雅。

纪纲在书社读书，黄卷青灯，甚是自乐。有一天，纪纲读到半夜，觉得寒冷，披上衣服独坐，忽然听到敲门声。他打开门，看见一个女子，体态盈盈，面莹如玉，美丽异常。女子笑着对纪纲说："我是邻居家的女儿，听说你是个雅士，前来拜访，还请不要怪罪。"纪纲很喜欢这个女子，急忙将其请进门，与她并肩而坐。女子不仅美丽，而且多才，二人吟诗作对，情投意合。

纪纲问女子的来历，女子说："我姓石，名占娘，和你同乡。你如果不嫌弃，明天我会再来。"纪纲很喜欢她，二人卿卿我我，一直到窗外传来三声鸡叫，女子急忙起来穿衣，对纪纲说："郎君你多多珍重，明天我会再来。"纪纲舍不得对方，握着女子的手，不让她离开。女子有些生气，道："家有父母，如果这件事被他们知道了，不但会怪罪我，而且你也会被牵连。"纪纲还是不肯放手，女子急了站起身想走，纪纲用被子将女子裹住不放。过了很久，纪纲发现女子没了动静，打开被子，发现里面是一块捣衣石和一个木棒槌。

此精载于明代王世贞《艳异编》续集卷九

482
石丈人

宋代元祐年间，韩玉汝镇守长安，想修建一座大石桥，命令手下赶紧办，但是始终找不到一块合适的大石头做桥的梁骨。

一天夜里，韩玉汝梦见一个脸上带有刺青的人来到自己跟前，自荐道："我可以做桥的梁骨。"韩玉汝问他从哪里来，这个人说："我是青州石丈人。当年有人在我脸上刻字，以此侮辱我，已经很多年了。倘若您把我从泥里弄出来，把我脸上的这些字磨掉，我愿意做桥的梁骨。"

第二天，韩玉汝带人来到梦中人说的地方，果然看到一块巨大的墓碑躺在泥中。韩玉汝命人丈量了一下，发现尺寸正好符合所用，便让人磨掉了上面刻的字，搬到河边，用其做了桥的梁骨。

此精载于明代朱国祯《涌幢小品》卷十五

483
使卖羊头精

使卖羊头精，人身，长着四只角，身体青色，喜欢在海上游荡，勾引女子。往往有的女子白天还好好的，晚上便死了，就是它所为。

这种妖怪，是千年海犬所化。

此精载于宋代《太清金阙玉华仙书八极神章三皇内秘文》（收录于明代张宇初《道藏》）

484
士田公

唐代，豫章一带，山林茂密，以出产木材著称。天宝五载（746年），有个叫杨溥的人，和很多人一起进山伐木。冬天的晚上，大雪纷飞，没有住宿的地方，众人就找了个大树洞躺了进去。有个向导进树洞前，向山林跪拜，说："士田公，今晚我们在你这里借宿，一定要保佑我们！"如是再三，才肯进来睡觉。

当天晚上，杨溥听到外面有人喊："张礼！"树上有人答应，说："在呢！"外面那人道："今晚北村有人家女儿出嫁，有酒有肉，我们一起去呗！"树上的人说："有客人在我这里，得守护他们到天亮，如果跟你去了，黑狗子那家伙恐怕要来伤害他们。"外面的人说："雪下得这么大，没事！"树上的人说："那不行，我已经接受了人家的祈请，得照顾好他们。"

一夜无事，第二天早晨大家起来，收拾铺盖时才发现下面有一条巨大的黑色蟒蛇。一帮人吓得魂飞天外，赶紧跑掉。

此精载于宋代李昉等《太平广记》卷三百三十一（引《纪闻》）

485
守财

明代时，有个御史到云南的某个地方，晚上秉烛独坐，忽然有个人出现在他的眼前，说："我不是人，是为你守财的，跟你很久了。"这人告诉御史座位下有银子。御史看了看，果然有一千两银子。

清代苏州清嘉坊有个姓潘的人，生活很穷苦，租赁屋子居住。一天晚上，潘某的妻子做饭时，看到一个面白、头发垂下的小孩，对她说："我为你们守财很久了。"说完，小孩走到锅灶下面就消失了。潘某夫妇挖开地面，得到了一瓮银子。

此精载于明代郎瑛《七修类稿》卷五十、清代李鹤林《集异新抄》卷三

486
书画之精

侍御萸生是侍郎仲恬的侄子。萸生出身名门望族，家里收藏了很多书画名品。

萸生在北京当官时，生病躺在床上，梦见很多红脸、蓝脸、绿脸的人，穿着古代的衣服，对他拱手施礼，说："我们在你家二百多年，现在缘分尽了，理应告别，特来拜谢多年来的眷顾。"萸生醒后不知道是怎么回事。过了几天，家人煮药失火。大火烧到书斋，将里面珍藏的书画全部烧掉。他这才知道先前梦见的是书画之精。

此精载于民国郭则沄《洞灵小志》

487
书神

书神不是神仙，而是书籍因为岁月久远而变成的精怪。

清代南京钞库街有个人，家里世代都是读书人。因为读书不能发财，所以他就改行做了商人。一天，他独自在店里睡觉，忽然听到床头有叹气的声音，呵斥之后，声音就会消失。一连几天都是这样。

有一晚，有个戴着方巾、穿着红鞋的人，从床后走出来，愁眉苦脸，一副闷闷不乐的样子。这人就问他是谁，他说："我是书神，自从来到你家，你的祖父、你的父亲都很喜欢我，本来也想和你做好朋友，却想不到你竟然不读书了。你看看你，现在成了金钱的奴隶，斯文丧尽，我劝你还是赶紧放弃经商一心读书吧，不然等祸事发生，你就后悔莫及了。"说完，他就消失了。

这人急忙起来，举着蜡烛四处照看，只看到有几卷破书，用钱串捆着放在床头。这人认为是旧书作祟，把书烧了。不料，火起之后，四处飞舞，将店房全都烧毁。这人也因此变成穷光蛋，没过多久就饥寒交迫地死掉了。

此精载于清代沈起凤《谐铎》卷十一

488
舒甄仲

有个姓王的读书人，一天正在书斋读书，门外有人投递名帖上门拜会，名帖上说他叫舒甄仲。这个人走了之后，王某怀疑对方不是人，拿起那张名帖仔细看了看，恍然大悟，说："此人名叫舒甄仲，将他的名字拆开组合一看，分明就是——予舍西土瓦中人！"王某命人在房屋西边的土瓦中挖掘，果然挖到一个一尺多长的铜人。

此精载于南北朝刘义庆《幽明录》

489
束少年

束少年，长得如同小孩子，戴着帽子，趿拉着鞋，穿着白色的衣服，容貌俊秀，经常日出时出现，手里拿着鸟或者鱼，在道路上玩耍。它是万年银苗变成的妖怪。

此精载于宋代《太清金阙玉华仙书八极神章三皇内秘文》（收录于明代张宇初《道藏》）

490 树乐师

清末，侍郎徐琪住在宣武南边的烂面胡同，宅子里有个名为接叶亭的小亭子，亭旁长着一棵古槐树。每到风清月朗之时，徐琪便会听到树枝间传来音乐声，喜道："我这棵树，是传说中的音声树呀！"还特意写了一首词。

当时北京人喜欢举办宴会，请来的大多是文人。一次，徐琪在酒桌上将音声树的事情告诉朋友，大家惊叹不已。其中一个客人说："难道是当年张廷玉宅子里的那个树精跑到了你家的树上？"大家没听说过这事，让他讲清楚。

这人说，北京的梧桐树很少能长成巨树，而张廷玉的宅子里有一棵北京城最古老的大梧桐树。这棵树高五丈多，阴影能够盖住整整一个院子。

嘉庆、道光年间，一个姓马的状元住在这座宅子里，晚上听到琵琶声。月亮出来时，音乐声更大。马状元有个仆人，叫逮老，一向胆大。一天，仆人们往树上扔了绳子，让逮老爬上去看看怎么回事。逮老爬到树顶，见树梢上有个小窠，好像是用枝条和树叶垒成的，里头传来音乐声，听起来不是古琴不是瑟，也不是古筝和琵琶。逮老往里头看了看，见一个猿身人面的美女站起来对他笑。逮老吓得够呛，赶紧下树，将事情告诉仆人们，搞得大家也很害怕。

一天，逮老和同伴从树下经过，忽然枝叶中落下一根红色的绳子，挂住逮老的肩膀，把他提了上去。仆人们等了很长时间，也没见逮老下来，急忙告诉马状元。马状元让仆人上去查看情况，但没人敢上去，只得让人把树砍了。树被砍倒后，上面既没有逮老，也没有看到那个小窠。

此精载于民国郭则沄《洞灵小志》

491 水君

水君，是水之精，也叫鱼伯，形状如人，骑着马，大水的时候出现，后面会跟着无数的大鱼。汉代末年，有人在黄河中看到过。

此精载于晋代崔豹《古今注》卷中

492
水木之精

清代，关东有个猎户，在荒野之中看到一个精怪，有三尺多高，戴着头巾，长着白胡子，站在马前双手作揖。猎户问它是谁，精怪摇头不说话，然后张开嘴向马吹气，马立刻受惊无法行走。然后，精怪向猎户吹气，猎户就觉得自己的脖子奇痒难耐，伸手去抓，脖子越来越长，最后软得如同蛇一般。有人说，这个精怪是水木之精。

此精载于清代袁枚《子不语》卷九

493
水太尉

宋徽宗大观年间，湖北提学李夷旷因为有事情，到湖北去。大船驶到一个驿站，李夷旷想去住宿，看到驿站前挂了一个大牌子，上面写着"水太尉占"。当时周围只有这么一个地方能住宿，李夷旷就前去拜见。

过了一会儿，里面走出来一个穿着青色衣服的少年，模样长得有点儿像庙里供奉的勾芒，一手拄着拐杖，一手牵着一只像狗但比狗高、像牛却没有角的怪物。

这个少年带着十几个美丽的女子径直进入驿站门外的大池水中，就消失了。

此精载于宋代王明清《投辖录》、宋代洪迈《夷坚志》支景卷第六

494
水银精

唐代大历年间，有个姓吕的书生住在永崇里。有一天傍晚，书生和朋友在家里吃饭。吃完了，大家正要散去歇息，忽然看到一个老太太，穿着一身白色的衣服，身高有二尺多，从屋子的北面缓缓走过来。一帮人看着她，都觉得很奇怪。老太太走到姓吕的书生跟前，说："你有宴会，怎么能不请我呢？"书生呵斥了一番，她就消失了。

第二天，书生独自一人在家，老太太又从北墙出来，书生再次骂了她一顿。第三天，也是如此。

书生心想："这肯定是个妖怪。"于是，他偷偷将一把剑放在了自己床下。

当天晚上，老太太果然再次出现，来到床前。书生拿起剑砍了过去，老太太一下子窜上了床，用胳膊击打书生的胸膛。书生举着剑乱砍，把那老太太砍成了很多段，但每一段都会变成一个一模一样的老太太。一时间，无数老太太围绕在书生周围，书生觉得全身寒冷，如同掉进了冰窟之中。

书生很害怕，不知道该怎么办。这时候，其中的一个老太太说："我们能合而为一，你看看。"说罢，无数老太太合成一处，竟然还是一个人。

书生越发害怕，说："你到底是什么妖怪？赶紧走，不然，我去请法师来！"老太太笑道："我只不过和你开个玩笑而已，并不想加害于你。如果你叫来法师，我也不怕。"

这件事发生后，书生找了一个非常厉害的姓田的法师。当天晚上，田法师和书生坐在屋子里，时间不长，老太太又来了。

田法师说："你这个妖怪，赶紧离开！"老太太说："我不是你能对付得了的。"言罢，老太太的手掉在地上，变成了一个很小的一模一样的老太太，跳入田法师的嘴里。田法师十分惊慌，忙说："我难道要死了吗？"

老太太对书生说："我跟你说了不会害你，你还找来了法师，这个法师因为你恐怕要丢掉性命。"

第二天，有人给书生出主意："这个妖怪既然是从北墙出来的，那就在北墙下面挖，说不定能有所发现。"书生觉得这个意见对，回家和仆人一起开挖，果然挖出一个大瓶子，里面装满了水银。这时书生才明白，那个老太太是水银变的。

至于姓田的法师，因为吞下水银，回家之后就死掉了。

此精载于唐代张读《宣室志》卷六

495
四徼

夜里，如果在山水间看到有东西长得像官吏，其实它是一种叫四徼的精灵。人喊它的名字，就会带来吉祥。

此精载于晋代葛洪《抱朴子》内篇卷十七、
宋代李昉等《太平御览》卷八百八十六（引《白泽图》）

496
松精

唐代时，传说茅山有个当地人看到一个使者打扮的人，穿着奇异的服装，牵着一只白羊。当地人问他住在什么地方，他说住在偃盖山。当地人跟着他，看他到了一棵古松树下，倏忽不见。那棵松树，形状果然如同偃盖，树身上长着白色的茯苓。当地人这才明白，那个使者是松精，牵的羊就是白茯苓。

清代黑水城驻军有个军官叫刘德，带着一个叫李印的手下穿山行路，看到一棵老松树长在悬崖边，树上钉着一支箭，不知道是何缘由。晚上，在驿站住下后，李印跟刘德说了这件事。据李印讲，当年他从这个地方经过时，看到一个东西骑着马飞驰而来，马是野马，上面坐着的东西似人非人，长相怪异。李印知道对方是妖怪，就拉开弓，射了一箭。羽箭射中目标时，发出嘭的一声响，跟敲钟一样，那怪物化为一团黑烟散去。这次在悬崖上看到的那支箭，正是之前自己射出的，李印说，这下能确定那个怪物是松树变成的妖怪了。

此精载于唐代冯贽《云仙杂记》卷四、清代纪昀《阅微草堂笔记》卷十七

497
宋无忌

宋无忌，也叫宋毋忌，是传说中的火精或者月精。传说宋无忌原本是个术士，本领高强，后来形体化解，成了精怪。

此精载于汉代司马迁《史记》卷二十八（引《白泽图》《老子戒经》）

498
颂赋虱

扬州人苏隐一天晚上躺在床上，忽然听到有人念《阿房宫赋》，声音急迫而且很小，赶紧起来看，发现是一只虱子，像豆子那么大，便将其杀掉了。

此精载于明代谢肇淛《五杂俎》卷九

499
桃木精

清代，嘉定外冈镇徐朝元家里，有一株桃树，已经很多年了。徐朝元的妹妹即将成年，长得非常美丽，经常在树上晒衣服。一天，忽然有个美男子出现在旁边，和妹妹

说笑。时间长了，两个人就有了感情。徐朝元的妹妹变得格外娇艳，但是精神恍惚。家里人偷偷请巫师占卜，怀疑是桃树作祟，锯断了它。锯的时候，桃树里流出很多血。怪事再也没有发生，但徐朝元的妹妹不久就死了。

此精载于清代钱泳《履园丛话》丛话十六

500
提灯小童

明代，有个姓张的老头，晚上从田野里回家，忽然看到有个小童挑着灯前来，说："我特意来接您老人家！"张老头很怀疑，伸出手扶着小童的胳膊前行，到有人家的地方，灯笼突然熄灭，小童也不见了。张老头仔细一看，自己手里面抓着的，竟然是一把破旧的笤帚。

此精载于明代郑仲夔《耳新》卷七

501
跳掷熨斗

唐代，丞相李宗闵于太和七年（833年）的夏天出镇汉中，太和八年（834年）冬天，再次拜相，回到长安。一天，李宗闵退朝回到靖安里的家中，床榻前的一个熨斗突然蹦起来，跳跃不止。李宗闵既感觉奇怪又深为不安。

当时，皇帝宠信奸臣李训、郑注，他们俩数次诬陷李宗闵。过了不久，李宗闵被贬为明州刺史，接着又被贬为潮州司户。

大家都说，那个熨斗作怪，是他接连被贬官的预兆。

此精载于唐代张读《宣室志》卷一

502
铁鼎子

唐代，有个姓韦的书生，有个哥哥很胆大，说平生没有惧怕的事物，听说哪里有凶宅，就一定会去并独自夜宿在那里。书生把这事说给同僚听，同僚中有一个人想试试他的哥哥，听说延康里西北角有座宅子，常有怪物出现，就把书生的哥哥领到那宅子里去。大家给他准备了酒肉，天黑后就全都离开了。

书生的哥哥因为喝了酒身上发热，就袒露着身体睡下了。半夜时分醒来，他看到一个小男孩，有一尺多高，身短腿长，颜色很黑，从池子里爬出，慢慢地走过来。来到跟前，小男孩绕着床走。过了一会儿，书生的哥哥就觉得那东西上床了。然后，他觉得有一双小脚爬到了自己的脚上，像铁那样冰，直凉透心。等到小男孩渐渐爬到自己的肚子上时，书生的哥哥猛地伸手，抓住对方，结果发现那小男孩变成了一个古代的铁鼎子，已经缺了一脚了。

于是，书生的哥哥用衣带把铁鼎子系在床脚上。第二天早晨，大家一起过来，他将晚上的事情说了一遍。有人用铁杵砸碎了那个铁鼎子，发现里面有血。

此精载于唐代牛僧孺《玄怪录》补遗

503
铁哥哥

清代，杭州城隍山东岳庙有尊高四五尺的铁人，当地人称之为铁哥哥。传说，这尊铁人是从江上漂来的，也有人说是李卫筑造钱塘堤坝时，挖土挖出来的。这尊铁人十分灵验。如果有人家里被偷走了财物，到铁人面前祈祷，十日之内一定能够追回失物。

钱泳在杭州做官时，寄居在涌金门外王氏祠堂，一天丢了十两银子，怀疑是烧饭的张某偷走的。钱泳盘问张某，张某不承认。钱泳恐吓他，张某没有办法，跑到这尊铁人面前说："如果十日之内还没抓住小偷，我把你扔进西湖里！"七天之后，王氏祠堂的一个看守的妻子突然发病，半天就死了，她偷的银子还没来得及使用。

张某将此事告诉了钱泳，钱泳才相信铁哥哥果真靠得住。

此精载于清代钱泳《履园丛话》丛话十四

504
铁猫

清代，天津有个商人，以贩铁为业，家里很富有。一次，有人从海里捞起四个铁猫，古色斑驳，锈花灿然，每个重数百斤，上面铸刻着贞观年号，看起来应该是唐代的古物。这个商人以很低的价格买来，打算熔化了制作成别的器皿，这样可以赚不少钱。

当天晚上，商人梦见四个老人来到他面前，个个庞眉皓首，阔服唐巾，神采俊逸。老人说："我们兄弟四个姓毛，当年唐太宗征讨高丽时，将我们留在了这地方，已经有很多年了。想不到这次被弄潮儿打捞上来，送到你这里。我们请求你将我们放回原来的地方，若是如此，定然有厚报，否则，你也不会得到什么好处。"商人醒来后，知道是那四个铁猫作怪。本来打算将铁猫丢入大海，但是商人又舍不得，最后把它们全部丢进了熔炉。

过了几年，商人家境越来越差，子孙沦落成了乞丐。

此精载于清代李庆辰《醉茶志怪》卷二

505
铁桦罗汉

余杭人陈某，梦到两个僧人跏趺坐于自己的屋子旁边。时隔不久，他在一天晚上看到屋子旁有个地方火光荧荧，正是梦中两个僧人坐的地方。陈某觉得甚是奇怪，找来工具往下挖，挖出一个破铁桦，长八尺，厚五六寸，火烧不熔。听到碧霞寺的僧人正在募集善款，准备塑造罗汉像，陈某便将这个破铁桦送了过去。寺中将其铸成两尊罗汉像。罗汉像的相貌和陈某梦中的那两个僧人一模一样。

此精载于明代朱国祯《涌幢小品》卷二十三

506
桐郎

有个人叫骞保，晚上在楼上睡觉时，看到一个穿着黄色衣服、戴着白色帽子的男子，拿着火把上楼。骞保觉得很奇怪，就躲在了柜子里。过了一会儿，有三个丫鬟带着一个女子上来，戴着白帽子的男子就和女子一起上床睡觉了。天还没亮，白帽子的男子就先离开了。

如此过了四五个晚上，一天早晨，等戴白帽子的男子离开之后，骞保问那女子戴白帽子的男子是谁。女子说："是桐郎，道路东边庙宇旁的一棵树。"

这天半夜，桐郎又来，骞保拿起斧头砍倒他，然后用绳子绑在柱子上。第二天一看，是块三尺多高的人形木头。骞保觉得这东西很稀奇，想将它送给丞相，结果乘船至江中间时，忽然风浪大起，桐郎掉入水中，才风平浪静了。

此精载于晋代祖台之《志怪》

507
铜鼓鸣蛤

岭南当地有一种乐器，名铜鼓，形如腰鼓，一头有面，鼓面直径约莫二尺，面与身相连，全部用铜铸造而成。铜鼓周身往往雕刻有虫鱼花草。鼓身厚二分多，铸造工艺精湛，堪称奇巧，敲击之后，声音响亮。

唐僖宗的时候，高州当地农村有个小孩，放牛的时候听到田地中传来蛤蟆的叫声，便去捕捉。蛤蟆跳到一个土洞中，牧童往下挖，发现是当地少数民族部落首领的坟。坟冢里没发现蛤蟆，却挖出了一面铜鼓，满是铜锈，颜色翠绿，上面刻有许多青蛙、蛤蟆之类的图案，牧童这才明白那蛤蟆的叫声就是铜鼓所化。

此精载于唐代刘恂《岭表录异》卷上

508
铜盆鲫鱼

宋代，郴州一个村庄里有片小花园，原来是达官显贵的房子，后来只剩下了宅基。花园旁边有个小池塘，塘水清澈。主人经常看见两条大鲫鱼在水里游动、嬉戏。塘里并没有其他鱼，而且这两条鲫鱼两三年后也没长大。主人撒网想抓它们，可是怎么也抓不到。

后来，主人排干了池塘里的水，从泥里挖出来一个铜盆。铜盆上铸有两条鲫鱼，和他当初看到的那两条一模一样。主人将铜盆洗干净，注满水，那两条鲫鱼就出现在水中，欢快游动。

当地县令听说此事，想将铜盆据为己有，找借口将此人抓住。这人只得将铜盆献给县令。县令给了他五千文铜钱。后来，铜盆又被郡守要去了。

此精载于宋代洪迈《夷坚志》四补卷第九

509
童子寺蒲桃

唐代，晋阳西边的荒野，有一座童子寺。贞元年间，有一个叫邓珪的人寄居在寺中。

这年秋天，邓珪与好几位朋友聚会。关门之后，忽然有一只手从窗户外伸进来，那手颜色发黄而且瘦得厉害。大伙见了，都吓得发抖。唯独邓珪不怕，反而打开窗子。这时听到有吟啸之声。邓珪不以为怪，问道："你是谁？"对方回答说："我隐居山谷有年头了。今晚任风月而游，听说先生在此，特意来拜见。实在不应该坐先生的坐席，愿能坐到窗外，听先生和客人谈话就满足了。"邓珪同意了。

坐下之后，那东西隔窗和人们谈笑风生，过了许久便告退。临走时，那东西说："明晚我再来。希望先生不要嫌弃我。"它走后，邓珪对大伙说："这一定是个妖怪。如果不追查它的踪迹，恐将成为祸患。"于是，邓珪用丝搓了一根数百寻长的绳子，等候它再来。

第二天晚上，妖怪果然来了，又把手从窗户外伸进来。邓珪就把绳子系到它的手臂上，系得很牢，没法解开。人们听到它在窗外问："我犯了什么罪你们要绑我？"说完，它拖着绳子就跑了。

等到天明，邓珪和朋友们顺着绳子一起追寻妖怪的踪迹，一直找到寺北一百多步的地方，有一棵葡萄树，枝繁叶茂，绳子就系在葡萄藤上。有一片叶子像人手，正是人们从窗户外见到的那只手。

邓珪让人挖出葡萄树的根，将它烧掉了。

此精载于唐代张读《宣室志》卷五

510
骰精

唐代，东都洛阳陶化里，有一处空宅院。太和年间，张秀才借住在这个地方修习学业，常恍恍惚惚感到不安。想到自己身为男子，应该抱有慷慨的大志，不应该软弱，于是就搬到中堂去住。

夜深了，张秀才正躺在床上，看见道士、和尚各十五人，从堂中出来，模样高矮都差不多，排成六行。他们的仪态、容貌、举止全都让人心生敬意。

秀才以为这是神仙聚会，不敢大声出气，就假装睡着了偷看。许久，另有两个东西来到地上。每个东西都有二十一只眼睛，内侧有四只眼，尖尖的，灼灼放光。

那两个东西互相追赶，目光耀眼，旋转，有碰撞的声音。突然间，和尚、道士有的奔有的跑，有的东有的西，有的南有的北，相互打斗起来。

过了一会儿，一个东西说道："行啦，停下来吧！"道士和和尚都立刻停止了打斗。

两个东西说道："这帮家伙之所以有这样的神通，都是因为我们俩调教得好！"

张秀才看到这里，才知道这两个东西是妖怪，于是就把枕头扔过去，那两个东西与和尚、道士全都吓跑了。跑的时候，它们说："赶紧跑，不然我们会被这个穷酸秀才抓住的！"

第二天，张秀才四处寻找，在墙角处找到一个烂口袋，里边有三十个赌博用的筹码，还有两个骰子。

此精载于唐代张读《宣室志》补遗

511 土羊

陇州汧源县有座土羊庙。传说当年秦始皇修建御道的时候，看到两只白羊争斗，就派人驱赶，两只白羊跑到一个地方变成了土堆。驱赶的人很惊讶，回来禀告秦始皇。秦始皇来到土堆旁，看见两个人站在路边跪拜。秦始皇问对方的底细，两个人回答说："我们不是人，乃是土羊，因为陛下你来到此地，所以特意现身相见。"说完，两个人就消失了。秦始皇就下令在当地修建庙宇，祭祀供奉。

此精载于宋代李昉等《太平广记》卷二百九十一（引《陇州图经》）

512 土玉精

土玉精，长得如同白色的老鼠，有时形态也像鬼，经常在深夜抛掷瓦砖。这种妖怪，能让人家里变得昌盛，乃是铜铁之精。

此精载于宋代《太清金阙玉华仙书八极神章三皇内秘文》（收录于明代张宇初《道藏》）

513
兔精

清代，有个人十分擅长使用鸟铳，经常跑到野地里打兔子，只要射击便百发百中，从来没有失过手。有一天，这个人遇到一只兔子，看到他拿着鸟铳，就如同人一样站立起来，双眼圆睁，死死地盯着这个人。这个人举起鸟铳射击，忽然炸膛，伤了自己的手指，而那兔子也消失得无影无踪。这个人知道是兔精报冤，从此之后再也不打兔子了。

此精载于清代纪昀《阅微草堂笔记》卷七

514
褪壳龟

清代，扬州某人，家里很富裕，养的鸡鸭狗猪等家畜经常无缘无故就不见了，全家都觉得很奇怪。一天，有个乞丐经过他家门前，仔细观察了他家的宅子，问道："你家养的东西是不是经常丢失？"这人觉得很奇怪，就问道："的确如此，你是怎么知道的？"乞丐冷笑道："你马上要遇到祸事了，赶紧做准备，不然连人都无法保障安全。"这人忙问："你有办法吗？"乞丐说："此乃妖物作祟，不知道什么来头，你要是给我一吊钱买酒，我可以试一试。"这人就答应了乞丐。

乞丐在他家里四处溜达，来到厨房，看到一口水缸，就说："应该是在这里了。"乞丐让这家人去买了一方猪肉，煮到半熟，用铁钩钩住，挂在柱子上，然后躲在旁边观看。果然大家看到从水缸下爬出来一个东西，一口咬住肉，被钩子钩住了。那东西有一尺多长，长得如同蜥蜴一样。

乞丐说："这东西名叫褪壳龟。你幸亏是遇到我，这东西刚刚完成变化，再过一年多，就能吃人了，到时候你一家老小恐怕都要被吃了。"

这人很吃惊，想起家中曾经养了一只大龟，已经消失不见很多年了，就觉得应该是那只大龟所变。四处寻找，果然在墙下的狗洞里发现了龟壳。大概是因为狗洞太小，龟不小心爬进去，壳被卡住，身体猛然向前，就从壳里钻了出来。

乞丐说："这龟壳是好东西，乃是化骨的妙药，碰到骨头、皮肉，沾染一点儿，就可以悉数化去。"说罢，乞丐将褪壳龟、龟壳剁成肉泥，连同地上的血迹也一起弄干净，装进瓦罐，埋入深山中。

第二年，这人举办酒宴，夏天天气炎热，有个客人在门前露宿。第二天早晨大家起来，发现家人身体竟然化成血水，只剩下了头发。这人因为此事吃了官司，倾家荡产。后来，那个乞丐又来了，说："这事情怪我，当时没收拾干净，在门上留下了那怪物的一些血迹，沾在了那客人的身体上，就将他化成血水了。"乞丐把这件事情禀告了官府，这人才被放出来。

此精载于清代许奉恩《里乘》卷八

515 驼精

宋代，驼坊的一个小吏晚上还没睡着，听到门外传来两个人的说话声。一个说："你明天会跋涉万里，完成任务后就脱离了苦难，而我怎么办呢？"另一个说："放宽心，悲伤有什么用？总有一天会脱离苦海的！"小吏偷偷往外看，只见两头骆驼拴在院子里。

第二天，朝廷下旨，让一头骆驼载着军衣入蜀，就是在院子里说话的其中一头。后来听说那头骆驼到了四川就死了。

此精载于宋代王明清《投辖录》

516 万人刀

相传，关云长曾经用都山铁打造了两把刀，上刻铭文"万人"。后来败走麦城，关云长爱惜这两把刀，怕落入吴军手中，将刀扔入水里。这两把刀变成两条龙飞去。

此精载于明代朱国桢《涌幢小品》卷四

517 罔象

罔象是一种水中的精怪，长得如同三岁的小儿，全身赤红，大耳，长爪。人们用绳索做成圈套可以抓住它，据说将其烹吃，会有吉祥的事发生。

据说，当年黄帝出游的时候，在水边丢失了宝贝"玄珠"。

黄帝派遣了很多人前去寻找都没有找回，最后拜求了罔象，玄珠才失而复得。罔象的本领，连黄帝都不得不叹服。

此精载于晋代干宝《搜神记》卷十二、唐代释道世《法苑珠林》卷四十五（引《白泽图》）、明代董斯张《广博物志》卷十四

518
维扬庄精

宋代，两淮地区陷入战火，有两个读书人从江南回老家，经过维扬时，天色已晚，在北门外找了个旅馆准备住下。店主招待一番，说："这里不干净，又有盗贼，你们不能住。距离这儿十里，有个庄子，既宽敞又安全，我给你们两匹马，再派两个仆人送你们过去。"

两个读书人见店主言辞真诚，加上他说的这庄子自己也熟悉，便跟着去了。店主与他们两人殷勤告别。

到了半夜，两人抵达那个庄子。庄子里的人出门迎接，说："此地有很多妖怪，你们怎能夜间行路呢？"两人将事情告诉了对方后，想要下马，见马和仆人站在黑暗中一动不动。他俩跳下来，找来火把照了一下，发现原先的马和仆人，竟然是两条大凳子和两根大枯竹。

此精载于宋代王明清《投辖录》

519
渭塘芦蓼

青浦人周士亨和江有年是朋友，一年九月，二人一起去渭塘游玩。船经过塘东，停在一栋楼下。楼不太高，上面有两个女子，一个白脸，一个红脸，靠在栏杆上说笑。

周士亨和江有年面对美景，诗兴大发，吟了一首诗："夙有烟霞癖，翛然兴不群。秋声飞过雁，水面洞行云。逸思乘时发，诗名到处闻。扁舟涉芳沚，更喜挹清芬。"二人之所以作这首诗，并不是针对两个女子，纯粹是有感而发。

楼上的那两个女子听了，笑道："船上有人作诗，咱们怎么能不回应呢？"说完，两个女子也各吟了一首。一个说："湖天秋色物凋残，花吐黄竿叶未干。

夜月一滩霜皎皎，西风双岸雪漫漫。为毡却羡渔翁乐，充絮谁怜孝子单。忘在孤舟丛里宿，晓来误作玉涛看。"另外一个女子接着道："金茎棱棱泽国秋，马兰花发满汀洲。富春山下连渔屋，采石江头映酒楼。夜月光蒙银露浴，夕阳阴暗锦鳞浮。王孙醉起应声怪，铺着红丝毯不收。"两个女子吟诵完，一起笑着将手中的莲蓬、藕梢扔在周士亨和江有年的船上。

周士亨和江有年登岸上楼，见那两个女子忽然消失不见。二人大惊，回到船上，看了看周围，只看到白色的芦花、红色的蓼花，才明白是先前那两个女子。

自此之后，周士亨给自己取了个芦汀渔叟的别号，江有年则自称蓼塘居士，以纪念这次奇遇。

此精载于清代褚人获《坚瓠集》续集卷四

520
屋棺

清末，孔广聪年轻时便跟随父亲，父亲让他统领卫队，所以练就了能文能武的一身好本事。

一天，孔广聪从开封出差回来，因为渡河耽误了不少时间，等到了北岸，天已经黑了下来。孔广聪让人点起灯笼，驾着马车前行。走了很久，拉车的马停止前进，嘶鸣不已。车夫下车探路，见地上的车辙是之前自己的车子留下来的，觉得不对劲。孔广聪远远看见半里地外有灯光，似乎是人家，命令车夫去看看。车夫去了之后，很久没回来。孔广聪又派出一个车夫去看，自己则坐在马车前头手持缰绳等待。

忽然，前面路上火光渐大，照见先前看到的那间屋子。屋子用茅草盖顶，墙壁是赤红色的，绿色的火焰从屋檐下往外喷，但是并没有点燃茅草。孔广聪觉得自己碰上了妖怪，赶紧高喊车夫，可没听到对方的回应。

孔广聪从车里取出随身带着的火枪，冲着天空放了一枪，看见那间怪屋随风旋转，跳跃着离开。之前派出的那个车夫在枪声中往回跑，说："公子赶紧再放枪，不然会被妖怪迷惑。"孔广聪又连放两枪，车夫们顺利跑了回来，而那间怪屋也离开了。

一行人往前行了二里地，听到前面传来狗叫声。车夫说："有狗叫必定有人家！"车夫快马加鞭，走了几里路，来到一个村子。村头客栈的伙计诧异道：

"我们这里距离黑风渡口不远，刚才听到三声枪响，你们肯定是碰到了蹊跷的事情了吧？"车夫将事情告诉伙计，伙计道："十年前，有个大官经过这里时死了，他的仆人买来棺材后，花光了手头的钱，把棺材放在了村外，说是去告诉大官的家里人来迎，结果去了之后再也没有回来。我们觉得人家是大官，不敢去把那棺材埋了。时间长了，棺材经常出来作祟。你们看到的，应该就是它。"孔广聪说："我想埋了这口棺材，怎么样？"店主人说："如果不连累到我们，那就太好了。"随后，店主人知道孔广聪也是官员家的公子，更是怂恿他。第二天，店主人带着村里管事的人，陪同孔广聪一起来到放置棺材的地方。

孔广聪看到深林之中，放置着一口红色的棺材，上面盖着稻草，抹着黄泥，明白就是昨晚自己看到的那间怪屋，便命人将棺材抬到林子外面空旷之地，让日头暴晒，再用火烘干，然后又出资掩埋了这口棺材。

自此之后，当地再也没有怪事发生。

此精载于民国郭则沄《洞灵小志》

521
无支祈

无支祈，又叫巫支祈，是淮河里的精怪，常被认为是淮河的主宰者。

传说大禹治水的时候，三次到桐柏，都遇到惊风迅雷，大水滔天。大禹很生气，就召集众妖，派遣应龙去调查这是怎么回事。应龙潜入淮河，发现一切都是无支祈在作祟。无支祈长得像猿猴，白色的脑袋，青色的身躯，缩额高鼻，金目雪牙，脖子有百尺长，力气巨大无比。大禹派出很多妖怪，都被打败了，后来就让庚辰去。庚辰制服了无支祈，在它的胫骨上锁上链子，在它的脖子上穿上金铃，把它囚禁在淮阳的龟山下。

到了唐代，唐玄宗经过龟山的时候，曾经命高力士带人拽住链子看过无支祈。和古代传说一样，无支祈长得像猴，毛长覆体，大吼一声，就钻进了水里。

唐代贞元年间，陇西人李公佐游览湘江和苍梧山，偶然遇见征南从事弘农人杨衡在一条古河岸边停船休息。他们就结伴在佛寺里尽情地游览。到了晚上，江面宽广空旷，水面倒映着明月，他们在船上互相讲述奇闻轶事。

杨衡告诉李公佐说："永泰年间，李汤担任楚州刺史。有个渔夫夜间在龟山下钓鱼，他的钩子被什么东西挂住了，拽不出水面。渔夫善于游泳，迅速潜到水下五十丈深的地方，看见一条大铁链，盘绕在山根下，看不到铁链的尽头，于是报告给李汤。李汤派那个渔夫及几十个善于游泳的人，去打捞那根铁链。这些人拉不动，又加上五十头牛，铁链才有点儿晃动。当时并没有大风，但是就在众人快要将铁链拉到岸上时，却突然翻滚起巨大的波浪。只见铁链的末尾有一个动物，样子像猿猴，雪白的头发，长长的脊毛，身高五丈多，蹲坐的样子也和猿猴一样。但是它的两只眼睛没睁开，似乎没有知觉地呆坐在那里一动也不动。眼睛、鼻子里像泉眼一样向外流水，口里的涎水腥臭难闻，人们不敢靠近。过了很久它才伸伸脖子，挺直身子，两眼忽然睁开，目光像闪电一样四处张望围观的人，人们吓得四散奔逃。那怪兽竟慢慢地拖着锁链，拽着牛回到水里，再也不出来了。"

此精载于晋代郭璞《山海经笺疏》、唐代李公佐《古岳渎经》、

宋代李昉等《太平广记》卷四百六十七（引《戎幕闲谈》）、

清代褚人获《坚瓠集》续集卷二、清代朱翊清《埋忧集》续集卷二

522
吴爱爱精

吴爱爱精，形态如同女子，自称出身良家，经常抱着一个小孩，有时带着一两个侍女，游荡于山谷之中，妨碍修行人。这种妖怪，左脸有个豆子大小的红色疤痕，如果不幸碰到，大喊它的小名："左脸赤盘痕吴爱爱精。"它见自己的底细被人知晓，便会消失。

这种妖怪是千年顽石所化。

此精载于宋代《太清金阙玉华仙书八极神章三皇内秘文》（收录于明代张宇初《道藏》）

523
西明夫人

进士杨祯，家住在渭桥，因为周围环境嘈杂，影响学业，所以他借住在昭应县石瓮寺的文殊院，刻苦读书。

杨祯在寺里住了一段时间后，一天晚上，有个红衣

女子过来，花容月貌，歌声动人。杨祯将她迎进门，热情相待。女子问杨祯的身世，杨祯如实相告，结果发现这个女子对自己的祖父、父亲、母亲、叔叔、兄弟等家人和亲族的底细了若指掌，感到十分奇怪，便对红衣女子说："你难道是鬼吗？"红衣女子笑道："我听闻人死后，魂归于天，身体归于地，哪来的鬼？"杨祯又问："那你是狐狸？"红衣女子笑道："狐狸一旦迷惑人，定然会给人带来灾祸。我一直积累功德，与人为利，不干那种事。"杨祯问道："那你是什么来头？"红衣女子说："我是燧人氏的后裔，始祖立下大功，镇守南方，服侍神农、帝尧，后来在西汉做事，在宋谋职。我的祖先性格威猛暴烈，人们无法亲近，被白泽抓住，尽管如此，便是世间的七岁小孩也知道我远祖的名字。汉明帝时，佛法传入，摩胜、竺法兰两个罗汉奏请朝廷，让我的十四代祖先守护佛教，他被封为长明公。魏武帝末年灭佛，长明公离世。魏文帝即位，佛法复兴，长明公的儿子继承爵位。到了开元初年，唐玄宗在骊山建造华清宫，修建长生殿，用剩下来的材料修建了现在的这座寺庙。唐玄宗和杨贵妃有一次来到这里，杨贵妃让唐玄宗将我立在大殿的西边，封我为西明夫人，赐给我琥珀膏，让我肌骨滋润，又设立珊瑚帐，让我形貌坚固，自此之后，风和蛾子便不能伤害我了。"

杨祯又向她请教了音乐之事，红衣女子回答得头头是道。杨祯对其越发敬佩。自此之后，红衣女子早晨离去傍晚过来，只有刮风下雨时例外。

如此过了半年，杨祯的一个仆人回去将事情告诉了杨祯的母亲。杨祯的母亲来到寺里，潜伏下来，发现红衣女子进了西面的大殿，变成了一盏烛火粲然的灯。杨祯母亲灭了这盏灯，自此之后，红衣女子再也没有出现。

此精载于唐代李玫《纂异记》

524 溪龙

房舍里面，有一种精灵名为溪龙，长得如同小孩，高一尺四寸，穿着黑衣服，戴着赤色的头巾、大大的头冠，拿着剑和戟。喊它的名字，它就会离开。

此精载于宋代李昉等《太平御览》卷八百八十六（引《白泽图》）

525
傒囊

傒囊为山精。

三国时，诸葛恪这个人很有名，他是诸葛亮的侄子，大将军诸葛瑾的长子，是东吴的权臣。诸葛恪曾经在丹阳这个地方当太守，经常出去打猎。有一天，他在打猎的时候，看到两座山之间有个东西像个小孩，伸出手想拉住它。诸葛恪就让它把手伸出来，拉着它离开了原来的地方，那东西很快就死了。

部下问诸葛恪这是什么缘故，诸葛恪告诉他们，这精怪名叫傒囊，《白泽图》里面有记载。"你们不要以为我神通广大，无所不知，其实只不过是你们没有看过《白泽图》而已。"诸葛恪说。

此精载于晋代干宝《搜神记》卷十二

526
犀导

晋朝东海郡的蒋潜，有一次来到不其县，见林下有一具尸体。尸体已经腐烂，乌鸦来啄食。蒋潜看到一个三尺来高的小孩前来驱赶乌鸦，如此往复好几次。蒋潜觉得奇怪，就走近去看。他看到死人头上佩戴一枚通天犀导，价值数万钱，就拔取了这枚犀导。蒋潜走后，一群乌鸦争相而来，没有人再来驱赶。

后来蒋潜把犀导献给晋武陵王。武陵王死后，犀导又被施舍给僧人，王武刚用九万钱把它买下，后来又落到褚太宰手里。褚太宰又把它送给齐国前丞相豫章王。豫章王死后，其妻江夫人就把它弄断做成钗。每天夜里，总能听见一个男孩在床头质问："你为什么要杀害我？我一定要报复！无论如何也不能忍受被这样对待！"江夫人对此既腻烦又畏惧，一个多月以后就死了。

此精载于南北朝吴均《续齐谐记》

527
喜

左右有石头，水从里面流出来，并且千年不绝，这种地方会有一种叫喜的精怪，长得如同黑色的小孩。人喊它的名字，可以驱使它带来食物。

此精载于宋代李昉等《太平御览》卷八百八十六（引《白泽图》）

528
细腰

魏郡人张奋，家里原先非常富裕，后来家业衰败，财产散失，不得不把住宅卖给了程应。程应搬进去后，全家人生病，又把住宅卖给邻居何文。何文觉得宅子里肯定有妖怪，所以买下住宅后，独自一人手持大刀，在傍晚时分来到北面的堂屋，爬到屋梁上隐藏起来，想一探究竟。

到了晚上三更时分，忽然出现了一个身长一丈有余、戴着高帽子、穿着黄色衣服的人。这人进入堂屋大声喊叫："细腰。"细腰应声作答。黄衣人问："怎么屋里有生人的气味呢？"细腰说："没人呀。"黄衣人听了，便离开了。过了一会儿，又来了一个戴着高帽子、身穿青色衣服的人；接着，又来了一个戴着高帽子、身穿白色衣服的人，他们来到堂屋，对细腰说的话，同那个黄衣人说的完全一样。

天快亮的时候，何文从屋梁下来，模仿先前那三个人的口气呼唤细腰。他问细腰："刚才穿黄衣服的人是谁？"细腰回答："那个人是黄金，住在堂屋西边的墙壁下。""穿青衣服的人是谁？"细腰回答："那是铜钱，住在堂屋前面距离井边五步远的地方。""穿白衣服的人又是谁呢？""那是白银，就住在墙壁东北角的柱子下面。""你又是谁？""我是木杵，住在灶台下面。"

天亮后，何文依照细腰所说去挖掘，挖出五百斤黄金、五百斤白银、千万贯铜钱，还把那个木杵挖了出来，将其烧掉了。因为这件事，何文变成了大富翁，而这座宅子再也没有怪事发生，从此之后安宁无比。

明代，临邑书生纪纲、穆肃在学校读书，突然有个美丽的女子翩跹而至。两人觉得对方是妖怪，趁其不注意，将针线插在她的头上，不一会儿，女子消失不见。第二天，二人顺着线找过去，在东厢房的屋檐下，发现一个破旧的杵，针线还在它的头上。二人将其焚烧，之后那个女子便再也没来。

此精载于晋代干宝《搜神记》卷十八、明代王同轨《耳谈》卷十五

529
峡山寺松

广州清远县东边的峡山寺，所在之地山川盘纡，林木茂盛。寺中有飞来殿，殿西南十几步远，一棵大松树傍崖而生，枝叶繁茂，树冠宛若伞盖。

大观元年（1107 年）十月，南昌人钱师愈罢官北还，停舟寺下。钱师愈的一个仆人，砍掉了大松树的一根树根，取松脂照明。第二年，钱师愈家族中的钱吉老从广州启程去连州，在寺下停船，晚上梦见一个须发皆白的老头对他说："我住在这里三百年，你家宗族之人，管教不严，手下的仆人用斧头砍我的膝盖，让我流血至今。希望你能够跟寺里的方丈讲一讲，给我疗伤，否则大风吹来，吹得我东摇西摆。如果你能如此，我感激不尽。"钱吉老问对方姓氏、住在哪里，老头说："我不是动物，而是植物中有灵性的那种，住在飞来殿的西南。"

钱吉老醒来，怀疑老头就是那棵大松树，想去告诉方丈，可天还没亮，寺门没开。等到天明起来，发现船夫已经开船，离开寺好几里地了。这件事，钱吉老一直记在心里，告诉了朋友建安人彭鉥。

政和二年（1112 年），彭鉥卸任回广州，经过峡山寺，前去查看，果然见大松树的根部受伤，汁液流淌不停。算一算，距离松树被砍，已经七年了。彭鉥将事情告诉方丈，和方丈一起把土堆在大松树的根部，又在外面竖起大竹遮护。

此精载于宋代洪迈《夷坚志》甲志卷第十七

530
辖凤

汉宣帝曾经将一辆黑色盖篷的马车赐给大将军霍光，马车上面的各种器具全部用金子精心制作。到了晚上，车辖上的金凤凰突然消失不见，没人知道它去了哪里，早晨又会出现在原来的地方。这种事，霍光家里的守车人亲眼看到过。

后来，南郡人黄君仲在北山上用网抓鸟，网到了一只凤凰，抓在手里，发现是一只金凤凰，长一尺多。

与此同时，守车人向霍光报告："十二日晚上，车辖上的金凤凰飞走了，以前都是早晨回来，可这次没有，恐怕是被人抓住了。"霍光觉得十分蹊跷，将此事告诉了汉宣帝。

过了几天，黄君仲向汉宣帝献上金凤凰，说："十二日这天晚上，我在北山抓鸟，抓住了这东西。"汉宣帝听了，也觉得不可思议，便让人放在承露盘上，很快金凤凰便飞走了。汉宣帝派人跟着，发现金凤凰飞入了霍光的家里，落在了车辕上，这才相信先前霍光的报告。

汉宣帝将这辆车取回来自己用。等到汉宣帝驾崩之后，金凤凰飞走了，再也没有飞回来。

此精载于南北朝吴均《续齐谐记》

531
香蝇

唐代贞元年间，蜀郡有个僧人叫志功。一天晚上在宝相寺修行诵经，忽然看见有五六只金色飞虫，大如苍蝇，飞到灯的火焰之中，有的则蹲在火焰上鼓动翅膀，和火焰一个颜色，最终消失在火焰里，一连几天都是如此。

有一天晚上，寺里的童子打落了一只，发现竟然是一截薰陆香。自此之后，它们便再没出现过。

此精载于唐代段成式《酉阳杂俎》续集卷一

532
小铜佛

清末，有个叫张小云的人，和郭则沄同在浙江当官，拿出一尊小铜佛给郭则沄看。这尊铜佛，高不满一寸，很有分量。张小云说铜佛是他祖先留下来的，十分灵验。在郭则沄的询问之下，张小云将事情一五一十说了个清楚。

张小云的祖先张某，在苏州做官，掌管厘局公务。一天晚上正在批阅公文，忽然听到求救声，让仆人出去看，发现没有人。过了一会儿，求救声越来越急迫。张某自己出去找，顺着声音来到了一家铜铺，敲门进去，见店里的伙计正在拿着一堆铜器要熔化，其中有尊小铜佛，呼救声正是从它身上传来。张某赶紧掏出钱将其买下，带回去虔诚供奉。

张小云住在北京，将小铜佛供奉在卧室里。一天，他发现小铜佛丢了。当时他刚辞退了一个女佣，怀疑是女佣把它偷走了。过了一个多月，这个女佣前来，找了个借口留宿，第二天离开后，小铜佛又回到了原先供奉的佛龛里。张小云觉得奇怪，找一个仆人打听。仆人说，那个女佣偷佛像回去后，很快生了病，梦见佛一脸怒气，说："你赶紧把我送回去！"女佣醒来，吓得够呛，自此之后，耳边老是听到这句话，发愿只要病好了就还佛像。过了一段时间，女佣的病果然好了，所以她就把佛像还了回来。

此精载于民国郭则沄《洞灵小志》

533
新妇子

唐代，京兆人韦训，闲暇之日在自己家的家学里读《金刚经》，忽然看见门外有一个穿粉红色衣裙的妇人，三丈多高，跳墙进来，远远地伸手去捉他家的教书先生。教书先生被她揪住头发搡到地上，她又伸手来捉韦训，韦训用手抱起《金刚经》遮挡身体，仓促躲开了。

教书先生被妇人拽到一户人家，韦训的家人跟在后面喊叫，妇人丢下教书先生，跑进了一个大粪堆里，消失了。教书先生被那女子勒得舌头吐出来一尺多长。家人把他扶到家学中，好长时间他才醒过来。

韦训领人挖那个粪堆，挖到几尺深时，竟挖到一个布做的新妇子（年轻貌美的女子）。韦训把它带到十字路口烧掉，那妖怪就灭绝了。

也是唐代，卢赞善家有一个瓷做的新妇子，放了几年，他的妻子开玩笑地对他说："让这瓷娃娃给你当小老婆吧！"之后，卢赞善总能看到一个妇人躺在他的帐中。时间长了，他料到这是那个瓷做的新妇子在作怪，就把它送到寺院里供养了起来。寺里有一个童子，早晨在殿前扫地，看见一个妇人。童子便问她从哪儿来，她说她是卢赞善的小老婆，被大老婆嫉妒，送到这儿来了。后来童子见卢家人来，就说起这件事。卢赞善让人把那个瓷做的新妇子打碎，发现它心头有个血块，像鸡蛋那么大。从那以后，就再也没有什么怪事发生。

唐代，越州兵曹柳崇，忽然头上生了个疮，痛得一个劲儿地呻吟。于是家里人找来术士在夜里观察，术士说："是一个穿绿裙子的女子作祟，我让她放过你，她不答应。她就在你屋子窗下，应该赶紧除掉她。"柳崇查看窗下，只看见一个瓷做的女子，很端庄。于是，柳崇把它放到铁臼中捣碎，过了不久，疮就好了。

此精载于唐代戴孚《广异记》、唐代张鹭《朝野金载》卷六

534
行釜

唐代时，阳武侯郑细被罢免了丞相之职，后来，从岭南节度使入京做了吏部尚书，住在昭国里。他弟弟郑绲是太常少卿。有一天，他和弟弟都在家，饭菜快要准备齐全的时候，厨房里的一口大锅忽然像被什么东西举着，离灶一尺多高。旁边还有十几口平底锅，在煮着东西，也开始慢慢晃动起来。

过了不久，这些锅全都动了起来。有三口平底锅架起那口大锅，跳下来，往外走，其余的排着队跟在后面，浩浩荡荡地离开厨房往外走。不仅如此，连原本破损折断脚的、废弃不用的，也都一个个一瘸一拐地跟上去，场面十分滑稽。

这些锅出了厨房，向东走过水渠。水渠旁边有个堤坝，很多锅都能过去，那些断腿的就被阻挡了下来。现场十分热闹，引来很多人观看，大家都不知道怎么办才好。

有个小男孩看见了，说道："既然锅都能作怪了，为什么断了脚的锅就不能过堤坝呢？"那些平底锅听了，就把大锅丢在地上，转过身退回来，架起那些断腿的，一起越过了堤坝。

后来，所有的锅来到了郑绲家的院子里，排队站好。天空中突然轰隆作响，所有的锅都变成了土块、煤块。过了几天，郑绲死了。不久之后，郑细也死了。

此精载于宋代李昉等《太平广记》卷三百六十五（引《灵怪集》）

535
杏精

清代，沧州有个人叫潘班，擅长书画，有一天留宿在朋友的书斋里，听到墙壁里有人小声说话："今晚没有人和你共寝，如果不嫌弃，我出来陪你吧。"潘班听了十分害怕，赶紧搬了出来。朋友听说这事，告诉他："这个书斋里有个妖怪，经常变化成一个美丽的女子，但从来不会害人。"人们都说，书斋里的这个妖怪并不是狐狸鬼怪之类的东西，比较讲究，碰到粗俗之人不会出现，反而格外看重那些落魄的读书人，因为敬佩潘班的才华，所以才会自荐枕席。果然，后来潘班一直不得志，郁郁而终。十几年后，有人听到书斋里传来哭泣声，第二天，起了大风，吹折了一棵老杏树。自此之后，书斋里的妖怪就再也没有出现过。

也是在清代，有个书生住在北京的云居寺，看到有个十四五岁的小孩，经常来寺里。书生见小孩可爱，就把他留在了自己的房间。但是时间久了，书生发现来拜访自己的朋友似乎看不到这个小孩，仿佛小孩是个透明人一般。书生怀疑小孩不是常人，便拉着他询问。小孩说道："你不要怕，我其实是杏精。"书生惊道："你难道是鬼魅，来伤害我的吗？"小孩说："精和鬼魅不同，厉鬼这些东西是干坏事的，所以叫鬼魅。千年的老树，吸取日月精华，时间长了，便会在体内结胎，就成了精，精是不会害人的。"书生又问："我听说花精都是女的，你为什么是男孩呢？"小孩说："杏树有雌雄之分，我是雄杏。至于为什么我来找你，是因为你我有缘。"虽然这个孩子说自己不会害人，但书生还是离开了他。

此精载于清代纪昀《阅微草堂笔记》卷一、卷八

536
朽木

南朝梁末年，蔡州有座空宅，传说是凶宅，不能居住。有一次，一个叫魏佛陀的军人，率领着十名兵士进入宅中，在前堂住下。日落的时候，堂屋里出现一个东西，人面狗身，没有尾巴，在堂屋里乱跳。魏佛陀挽弓搭箭射向那东西，那东西被射中后就消失不见了。第二天，他派人在堂屋里挖掘，挖到一块被箭射中的朽烂木头。木头有一尺来长，下端有凝结的血迹。从此以后，凶宅就再没有发生过什么诡异的事情。

此精载于宋代李昉等《太平广记》卷四百一十五（引《五行记》）

537
宣平坊卖油郎

唐代，长安宣平坊，有一个官人夜里归家。走进僻静之处，见个卖油的，戴着草帽，用驴驮着油桶，大摇大摆地走在路上，也不避开。官人的随从见对方十分放肆，就上去打他，结果他的头应声而落，身体的其余部分以及驴和油桶迅速跑进一座大宅院的门里。

官人觉得奇怪，就带人跟了进去，只见那人和驴跑到一棵大槐树下不见了。官人赶紧将事情告诉了这家的主人。这家主人便命人挖掘。挖到几尺深，见树

的枯根下有一只大蛤蟆，一副惊慌失措的样子。蛤蟆的两边有两个笔帽，笔帽里装满了树的汁液，还有一棵挺大的白菌，不过顶部已经掉了。

官人这才明白蛤蟆就是驴，笔帽就是油桶，白菌就是那个卖油郎了。有人一个月前就买过他的油，还奇怪他的油为什么质量好价钱便宜。等知道这件事，吃过那油的人全都呕吐起来。

此精载于唐代段成式《酉阳杂俎》前集卷十五

538
旋风

五代，江南有个人叫张瑷，一天日暮时分经过建康城的一座桥时，忽然看见一个美女，衣服敞开，气势汹汹地走在路上。张瑷觉得奇怪，就盯着她看。那女人转过脸，变成一阵旋风扑向张瑷。张瑷立刻人仰马翻，摔得不轻，一个多月才好。

清代时，有个陈某和朋友一起去讨债，走累了在路边休息，旁边还有两个陌生人。他们俩正说着话呢，忽然一阵大旋风呼啸而来，两个陌生人中的一个人说："大家看我去抓旋风里面的妖怪！"说完，这人默默念咒，旋风来到跟前，飞速旋转却无法前进。从风里掉下来一只黄鼠狼，几乎有狗那么大，背上还背着一个黄色的包裹，应该是传说中的仙家。在大家的劝说下，这个人才放过它，黄鼠狼驾风而去。过了一会儿，旋风又来了，把先前作法的这个人卷到半空中，抛下来活活摔死了。

此精载于五代徐铉《稽神录》卷二、清代李庆辰《醉茶志怪》卷三

539
雪衣女

唐玄宗天宝年间，岭南进献了一只白鹦鹉。由于养在皇宫里的时间长了，鹦鹉能听懂人的话语。宫里的人，乃至杨贵妃，全都称呼鹦鹉为"雪衣女"。因为鹦鹉的性情已经很温顺驯服了，所以大家常常放开它任其吃喝飞鸣，即便放开后它总也不离开屏风和帐幕之间。皇上让人把近代词臣的文章念着教给它，几遍后它就能背诵，十分聪明。

皇上常常和嫔妃及各位王爷下棋，只要皇上的棋稍呈败势，左右的人便呼

唤雪衣女，它一定会飞到棋盘上，鼓动翅膀搅乱棋局。有时，它还啄嫔妃以及诸王爷的手，使他们不能抢到好的棋路，唐玄宗和杨贵妃都很喜欢它。

一天早晨，雪衣女飞到杨贵妃的镜台上，说："我昨天夜里梦见被老鹰捉住，难道我的性命就要结束了吗？"皇上让杨贵妃教它念《多心经》，此后它记得特别熟练，昼夜不停地念，像是害怕遭受灾祸，进行祈祷以求免灾。

一次，皇上与杨贵妃到别的宫殿游玩，杨贵妃就把鹦鹉放在辇车上，带它一起去。到了目的地以后，皇上和随行的将校去围猎了。鹦鹉正在宫殿的栏杆上飞来飞去时，突然有一只鹰飞来，捕杀了鹦鹉。皇上和杨贵妃都很伤心，命人把鹦鹉埋在御花园中，还给它建了一座坟墓。

此精载于宋代李昉等《太平广记》卷四百六十（引《谭宾录》）

540
血尸神

血尸神，形如身上长着鸟毛的猴子，双目赤红，白眉，能变成蛇、蜘蛛、蛤蟆之类的东西，多附在妇人身上，吃人的五脏精华，喝人的鲜血，让人一天天消瘦下去最终病故，这时，它便会寻找新的目标。

这种妖怪的本体是吞毛之国的老狗精。

此精载于宋代《太清金阙玉华仙书八极神章三皇内秘文》（收录于明代张宇初《道藏》）

541
蕈童

宋代时，豫章人都喜欢吃蕈，其中有一种黄姑蕈，味道特别鲜美。

有一户人家盖房子，就准备了一些黄姑蕈，想用来招待帮着盖房的工匠们。有一个工匠在房上安放瓦片，向下看了一眼，见地上无人，有一个光着身子的小男孩绕着那锅跑，倏地跳进锅里消失了。不多时，主人把煮好的黄姑蕈摆到餐桌上，安放瓦片的工匠觉得事情怪异，就没吃，其他的工匠都吃了。到了天黑，吃蕈的人全死了，只有那个工匠活了下来。

此精载于五代徐铉《稽神录》卷六

542

烟膏叟

清代光绪年间，婺源有个叫马企良的人，喜欢抽鸦片烟。他偶然买了一杆道光年间的老烟枪，十分珍惜，时刻带在身边，但是半夜经常能听到烟枪里面传来极其微弱、细小的声音。

一天，马企良抽完烟，沉沉睡去，梦见一个一寸多高的小老头邀请他一起游玩。老头带着他走入一条又窄又暗的小道，走了大约半里路，道路陡然变得宽敞，来到一个洞中，上面有日光射入，又看见黑石叠如假山，老头告诉他这是被烟熏黑的黄金。沿着假山向上攀爬，外面房舍连绵，还有不少良田。老头让马企良留下来和自己一起修行。马企良正看得认真，忽然听到霹雳一声，天塌地陷。

惊醒后，他发现儿子将烟枪摔碎在地上，从里头滚出一个宛若人形的烟膏，这才明白那个小老头正是此物所化。

此精载于清代吴友如《点石斋画报》

543

烟龙

清代，某地有个老头喜欢抽烟，一个烟袋锅从不离手。这烟袋锅，用竹子做的烟杆有五尺多长，跟随他已经三十多年了。

有一天，有个道士从门前路过，看到老头拿的烟袋锅，说道："你这东西吸取了人的精气，因为年头长了，已经成了烟龙，治疗怯症最为有效。以后如果有人找你要，不能轻易就给对方。"后来，果然有一个商人找上门，说自己的儿子患了怯症，知道老头有老烟管，希望老头能卖给他。老头就以七十吊铜钱的价格，截掉半尺烟杆，卖给了商人。商人回到家，给儿子服下，儿子肚子里的瘵虫全部化成紫水被拉了出来，病也就好了。

有一天，那个道士又从门前过，老头把烟管拿给道士看。道士说："烟龙被伤了尾巴，不过还能活，你再抽十年，就可以用它炼化丹药了。"老头向道士求炼化丹药的方法，道士笑而不言，走掉了。

那个烟杆很多人都见过，光润无比，晚上挂在墙上，所有的毒虫、蚊蚁都不敢靠近它。

此精载于清代袁枚《续子不语》卷八

544
檐生

唐代，有个书生，路上遇到一条小蛇，便收养起来。几个月后，小蛇渐渐长大。书生很喜欢它，经常把它用衣服遮盖上，带着它四处去玩，还给蛇起名叫檐生。后来，小蛇越长越大，用衣服盖不住了，书生就把蛇放到范县东面的大泽之中去了。

四十多年以后，那条蛇长得像倒过来的船一样巨大，被人称为神蟒，凡是经过大泽的人，定会被它吞吃。书生这时已年迈，走路经过这个大泽的附近，有人对他说："泽中有条大蟒蛇吃人，你不能去。"当时正值隆冬时节，天很冷，书生认为冬月蛇都冬眠，没有现在出来吃人的道理。

走了二十多里，忽然有蛇追赶过来。书生还认识那条蛇的样子和颜色，远远地对蛇说："你不是我的檐生吗？"蛇就低下头，和书生玩耍，很久才离开。

回到范县，县令听说书生遇见蛇却没有死，认为很怪异，得知那条蛇是书生养的，十分生气，把书生押到监狱里。因为蛇吃人太多，县令就判了书生的死刑。书生私下愤恨地说："檐生，养活了你却要因你而死。"那天夜里，檐生在大泽里掀起滔天巨浪，整个县城陷为湖泊，只有监狱没有陷落，书生免了一死。

此精载于唐代戴孚《广异记》

545
魇精

唐代天宝年间，邯郸县出现了魇精，经常跑到村庄里，待上十几天才走，周围的人对它都习以为常。

有三个骑兵到一个村子投宿，一个老太太说："不是我不留你们，而是我们村子里来了魇精，虽然不会伤人，但是会给你们带来麻烦，让你们昏迷，做噩梦。"三个骑兵一向不怕妖怪，就留下歇息了。二更时分，其中两人睡着了，还有一人还没睡着。他看见有个东西从外面跑进来，长得如同老鼠，但毛是黑色的，穿着绿色的衣衫，手里拿着五六寸长的玉笏，向一个熟睡的同伴走去，同伴立刻表情十分痛苦。接着，那东西又魇了另一个睡着的同伴，然后来到未睡的人跟前，那人觉得自己身体顿时冰冷起来，跳起来，一把抓住了它。

天亮，大家一起问那东西，它也不说话。骑兵十分生气，说："你如果不告诉我们你到底是什么东西，我们就用油锅炸了你。"那东西十分害怕，才说：

"我是千年的老鼠，如果魇了三千人，就能够变成狐狸。我虽然魇人，但是从没有伤过人，还希望你们能够饶了我。"三个骑兵就把它放走了。

此精载于唐代戴孚《广异记》

546
羊魃

有一种精怪叫羊魃，长得如同小羊，长几寸，经常晚上出来到水边找吃的，但从不害人。传说它是被水浸泡多年的羊骨，吸收天地精气变成的。

此精载于清代李庆辰《醉茶志怪》卷二

547
羊骨精

清代，杭州有个人叫李元珪，在沛县给一个姓韩的人当文书。有个乡亲要回杭州，李元珪就托他带封家信。写好了信，李元珪让仆人调面糊来封信口。仆人调好了面糊，盛在碗里，李元珪封好信口，就把装面糊的碗放在桌子上。夜里，忽然听到窸窸窣窣的声响，李元珪以为是老鼠来偷吃面糊，起床来看，看到灯下有只小羊，两寸高，全身长着白毛，吃光面糊就跑走了。

李元珪以为自己眼花，第二天，特意又做了面糊放在桌子上，晚上那只小羊又来了。李元珪留了心，观察小羊的去处，发现它跑到窗外的大树下就消失不见了。

第二天，李元珪带人在树下挖，挖出了一块朽烂的羊骨头，骨腔里面的面糊还在。他将羊骨烧了，自此之后，妖怪再也没有出现。

此精载于清代袁枚《子不语》卷三

548
杨花鬼尸精

杨花鬼尸精，形态如同一个男子，穿着白色或者青色的衣服，长着四只眼睛，没有脚，经常晚上游荡在僻静的地方，发出疼痛的呼唤声，听到的人以为它生病了，和它搭话，便会死掉。

这种妖怪，乃是年月久远的棺材所化。

此精载于宋代《太清金阙玉华仙书八极神章三皇内秘文》（收录于明代张宇初《道藏》）

549
杨树精

宋代，濮州临濮县徐村农民鲍六，家里很穷，靠为富人耕作为生。一次，东家派鲍六去了东阿，鲍六两个月还没回来。

鲍六的妻子很年轻，颇有姿色，一日独自在家，忽然有两个人登门。这两个人，一个胖，一个瘦，穿着白衣，系着黑色的腰带，打扮像是学究。二人对鲍六的妻子说："我俩想赌钱，借你家用一下，行不行？"鲍六的妻子答应了。

二人到集市买来酒菜，和鲍六的妻子一起吃喝，然后就离开了。第二天二人又来了。时间长了，二人总是调戏鲍六的妻子，还给了她不少钱。鲍六的妻子十分高兴。二人对她说："我们两个人不能同时留宿，谁赢了，就留下来陪你。"从此之后，赢了的那个人，晚上便会和鲍六的妻子睡在一起。鲍六的妻子贪图二人的钱，没发觉有什么异常。

一天晚上，鲍六的妻子正和瘦子睡觉，鲍六回来了。瘦子吓得逃出来，鲍六跟着追到一棵杨树下，见那瘦子消失不见了。鲍六回来，逼问妻子，妻子不敢隐瞒，将事情一五一十说了。鲍六听完，说："肯定是妖怪！"

村里有个叫张德礼的人，擅长法术。鲍六找到他，请他出手帮忙。张德礼施展法术，发现那个瘦子是杨树精，胖子乃是狐妖。

鲍六砍了那棵杨树，挖出了树根，杨树流出了很多血。接着，他又掘了狐狸的巢穴。幸运的是，他的妻子安然无恙。

此精载于宋代洪迈《夷坚志》三补

550
姚家二婿

唐代，有个姓姚的司马，寄居汾州。他宅子旁边有条小溪，两个女儿经常在溪里面钓鱼，一直没有钓上来鱼。有一天，两个女儿各自钓到一个东西，一个像鳝鱼但是有毛，一个像鳖但是有腮。家里人觉得挺奇怪的，就把它们养在盆里面。过了一年，两个女儿精神恍惚，经常夜里点灯做针线，胡乱染衣服，也不休息。

当时，杨元卿在邠州，和姚司马关系很好，姚司马便去他那边任职。又过了半年，姚司马的两个女儿病得越发严重。家里有人张灯赌钱时，忽然见到两只小手出现在灯下，说："给我们一文钱！"家里的人训斥对方，却听见对方说："我们是你们家的女婿，你们怎么敢如此无礼！"这两个妖怪，一个自称黄郎，一个自称乌郎，时间长了，和家里的人很熟。

这件事被杨元卿知道了，便去洛阳找僧人瞻法师。瞻法师擅长驱邪治鬼，法术高超，来到姚司马家，布下红色的法绳，拿着宝剑作法，又将祭品、酒水装在盆子里放在外面。到了半夜，来了个长得像牛的怪物，低头喝酒，瞻法师举剑刺过去，怪物血流如注，带剑而走。

瞻法师带人举着火把顺着血迹寻找，在后屋里发现一个黑色的革囊，应该就是那个乌郎。瞻法师将其烧掉，散发的臭味飘出十几里地。这件事后，姚司马的大女儿病好了，但是二女儿还是老样子。瞻法师在二女儿面前作法，大声呵斥，二女儿吓得要命。瞻法师见她的衣带上有个黑色的袋子，让婢女解下来，打开，里面装着一把小钥匙。瞻法师用这把钥匙打开了一个箱子，里头全是死人用的搭帐衣，衣服只有黄色和黑色两种。当时瞻法师有事回洛阳，没能抓住这个妖怪。

第二年，姚司马辞官带着家人去洛阳，专门拜访瞻法师，请求他再次出手。又过了十几天，二女儿的手臂上肿起一个疙瘩，瞻法师用针刺破，流出来好多血，二女儿的病就好了。

此精载于唐代段成式《酉阳杂俎》续集卷二

551
野

年代久远的门有精灵，名为野，长得如同侏儒，见到人会下拜。人喊它的名字，就会很有食欲。

此精载于宋代李昉等《太平御览》卷八百八十六（引《白泽图》）

552
夜行灯

唐代开成年间，桂林裨将石从武擅长骑射。这一年，他的家人都生了恶病，全家老少很少有人幸免。每到深夜，家里人就会看见一个怪物从外边进来，身上有光亮闪烁。只要这个怪物出现，病人就呻吟得更加厉害，连医生都束手无策。

一天晚上，石从武拿着弓箭，等那怪物再来的时候，开弓放箭，一击即中。那怪物被射中后，全身的光芒如同星斗一样散开。石从武让人拿来灯烛一照，原来是家里以前使用的樟木灯架。他把这个灯架劈碎烧了，将灰扔到河里，家里的病人都不药而愈了。

宋代，光禄卿乐滋性格沉稳。他年少时，一天晚上在祖母的床榻前读书，过了二更天，灯架突然摇动起来，好像被人拿着一般，在房间里走了一圈，又回到了原来的地方。乐滋一点儿也不害怕，第二天和家里的客人说起。客人不信，晚上把这个灯架放在学舍中，明灯而坐，二更过后，果然见灯架像乐滋说的那样走动。客人吓得大叫而走。乐滋命人拿斧头劈碎这个灯架，之后便没有其他异常的事发生了。

此精载于唐代莫休符《桂林风土记》、宋代张师正《括异志》卷三

553
依倚

厕所里的精怪，名为依倚，穿着青衣，拿着白色的手杖。如果碰到了，人喊它的名字，它就会离开，否则就会被它害死。

此精载于宋代李昉等《太平御览》卷八百八十六（引《白泽图》）

554
义猴

清代，江南有个乞丐，养了一只猴子，平日里教猴子傀儡杂耍、演奏乐器，每日到集市卖艺，以此度日。每次得到食物，乞丐总会和猴子分享。严寒暑雨，他都与猴子形影不离，相依为命。

这样过了十几年，乞丐年纪大了而且得了病，不能再带着猴子卖艺了。猴子每天跪在道路两旁，向来往的行人乞讨，用讨来的钱买东西赡养乞丐。乞丐死

后，猴子悲痛无比，如同人那样捶胸顿足，然后又跪在路边，叫声凄惨，一边磕头一边伸出手掌，向人讨钱，很快便讨得好几贯。猴子带着钱来到集市，蹲在棺材铺前不走。棺材铺的老板将棺材给它，它依然不离开，等到集市中有挑夫经过，牵着挑夫的衣角，将挑夫带到乞丐的家中，让挑夫帮忙处理乞丐的后事。

挑夫将乞丐入殓、埋葬后，这只猴子在路边讨来食物祭奠乞丐。祭奠完毕，猴子从野地里捡来柴火，堆积在乞丐的墓边，将乞丐之前给它的傀儡、衣服点燃，然后长啼了几声，投身烈焰而死。

来往的行人，听闻了这只猴子的义举，深为感动，一起为猴子建了坟墓，名为义猴冢。

此篇载于清代张潮《虞初新志》卷一

555 义牛

清代，宜兴桐棺山农民吴孝先，养了一头大水牛。这头水牛力气很大而且通人性，每天耕山田二十亩，即便是饿了，也不会吃田地里的禾苗。

吴孝先很喜欢这头牛，让十三岁的儿子吴希年放牧。吴希年骑在牛背上，常常任牛所往。一天，吴希年在山涧放牛，忽然有只老虎从身后的树林中跳出来，想抓吴希年。大水牛知道老虎的心思，转过身，面对老虎，一边吃草，一边慢慢走过去。吴希年吓得要命，趴在牛背上不敢动。老虎见牛走过来，蹲下身子等待，想等牛走得近了再跳起来抓吴希年。大水牛来到老虎近前，忽然发力，猛跑，将两只犄角狠狠抵在老虎身上。老虎躲闪不及，仰面倒在山涧中。水牛抬蹄上前，将老虎的脑袋踩入水里，把老虎杀死了。吴希年赶着大水牛回去，把事情告诉了吴孝先。村里人来到山涧，将老虎抬回来，煮着吃了。

有一天，吴孝先和邻居王佛生因为争水发生了口角。王佛生这个人，很有钱但是人品不好，村里人很讨厌他。所以，吴孝先和王佛生争执时，周围的人都偏袒吴孝先。王佛生见状，更是生气，和他儿子一起打死了吴孝先。吴希年将王佛生告到官府，要求官府主持公道。王佛生则贿赂县令，诬赖吴希年。县令徇私枉法，竟然将吴希年活活打死。吴希年没有兄弟姐妹，没人为其洗刷冤情。

一天，吴孝先的妻子周氏在大水牛前哭泣，跟大水牛说："当初因为你，我的儿子没有被老虎咬死。现在他们父子俩都死于他人之手，谁能替我为他们报仇雪恨呢？"大水牛听了周氏的话，大怒，抖动身体，大吼着飞奔到王佛生家。当时王佛生父子三人正在招待朋友，大水牛径直来到堂前，用牛角先抵死王佛生，再将他的两个儿子抵死。那些拿着棍子要打大水牛的人，很多也受了伤。当地人飞奔告诉县令，县令听了，被活活吓死。

此精载于清代张潮《虞初新志》卷十一

556
义犬

三国时期，襄阳纪南人李信纯，家里养了一条狗，名字叫黑龙。李信纯很喜欢它，平时形影不离。

一天，李信纯到城外喝酒，大醉，倒在草丛里睡着了。这时，恰好当地的太守郑瑕在周围打猎，见四处的草太过茂盛，无法发现猎物，便让手下放火烧草。大火顿时熊熊而起，而李信纯正好睡在下风口。风助火威，滔天的烈焰席卷而来。

黑龙见主人即将葬身火海，赶紧咬住衣服往外拖，但是一条狗毕竟力气有限，无法拖动主人分毫。黑龙见旁边有一条小溪，距离李信纯有三五十步，立刻跳入水中，用身上的毛发蓄水，来到李信纯身边，抖动身体将水洒下，如此往来穿梭，不知跑了多少回，活活累死。李信纯酒醒，见黑龙死在自己身边，自己的身上、周围全是水，不禁觉得奇怪。等他看到周围被火烧得一片狼藉，才明白过来，是黑龙救了自己，便号啕大哭。

他的哭声引来了郑瑕。听说这件事后，郑太守深深感动，让人买来棺椁，亲自为黑龙下葬建坟，名之为"义犬冢"。

东晋太兴年间，吴地有个叫华隆的人，养了一条跑得很快的狗，取名"的尾"，一人一狗关系很好。有一次，华隆到江边割荻草，草丛中窜出一条巨蛇，缠住华隆，要吃掉他。眼见性命不保，的尾奋勇向前，与巨蛇搏斗，咬死了巨蛇。这个时候，华隆已经被巨蛇缠裹得昏迷不醒，的尾回到来时的船中，徘徊哀叫。与华隆一起来的朋友见的尾行为怪异，跟着它，找到了华隆。的尾守护着主人，不吃不喝，直到主人苏醒。这件事后，华隆对的尾当亲人一般看待。

此精载于晋代干宝《搜神记》卷二十

557

意

池塘的精灵，名为意，长得像猪。人喊它的名字，它就会离开。

此精载于宋代李昉等《太平御览》卷八百八十六（引《白泽图》）

558

银鹤

明代洪武八年（1375年），南京御库里面的银锭，每锭重好几百斤，其中的三锭突然变成三只白鹤，穿库飞走，不知其踪。

有个书生，看见一只白鹤飞入地下，觉得奇怪，在上面做好标记后，第二天一早来挖，只挖了一尺多深，就挖出来一个大银块。银块很重，书生扛不动，请来十八个人才一起把银块运出来。这些人分银子时发生争执，被官府知道了。

官府将事情禀明朱元璋，朱元璋说："御库里丢了三锭银子，这一锭看来是上天赐给那个书生的。"朱元璋命人将银子送给书生，至于那十八个人，让书生只给了他们一些工钱。

此精载于清代褚人获《坚瓠集》广集卷二

559

银精

宜春郡有个人叫章乙，家里以孝义闻名，几代人都没分过家，各房亲属都吃一个灶做出来的饭，一大家子和和睦睦。家中房舍，亭屋水竹什么都有。子弟们都喜欢收藏书籍，喜欢与方士、高僧、儒生结交往来。

一天傍晚，忽有一个妇人，年轻貌美，打扮得很漂亮，与一个小婢女一起，上门来要求留宿。章家的女人们欣然上前迎接，摆酒宴招待，直到深夜。

章家一个小伙子，是个读书人，年轻而聪明俊秀，见这妇人有姿色，就嘱咐他的乳娘另扫了一间屋子，让妇人和小婢睡下。到了深夜，他偷偷潜入室内，上床扑到妇人身上。那妇人的身体冰凉，小伙子大惊，点燃蜡烛一照，原来是两个银人，重量有千百来斤，一家人又惊又喜。

江南有个人叫陈浚，与他的伯父和叔父生活在乡间，喜欢作诗。同乡人都叫他陈白舍，拿他与白居易相比。陈白舍性情豪爽，热情好客。曾经有两个道士，一个穿黄衣，一个穿白衣，到他家求宿。他家便让两个道士住在厅堂里。

夜间，听到两个道士的床塌了，发出很大的响声。过了一会儿，又静得像没有人似的。陈白舍拿着蜡烛进去查看，见穿白衣的躺在壁下，是一个银人；穿黄衣的不知哪里去了。从此他们家就富起来了。

五代时，庐州军吏蔡彦卿，担任拓皋镇将，夏夜坐在门外纳凉，忽然看到路南边的桑树林子里有个白衣妇人在跳舞。第二天晚上，蔡彦卿带着棍棒埋伏在草里，等那个妇人出现，一棍将其打倒，发现乃是一块银子。他在妇人倒下的地方往下挖，又挖出一千两银子，自此成了富翁。

寿州有一处凶宅，当地没人敢去住。有个叫赵璘的人，胆子大，搬了进去。晚上，赵璘坐在堂屋，有个东西推他的床，说："我在这里很久了，被你压住，甚是不爽，你赶紧走！"那东西把赵璘的床搬到了院子里，赵璘踏踏实实睡了一觉。第二天，赵璘在堂屋原先放床的地方往下挖，挖出来一窖银子。自此之后，宅子里再也没有发生怪事。

清代时，纪昀的外祖父家，夜里总是能够看到有个怪物，在楼前跳舞，看到人就跑开躲避。家里人在月夜偷偷看，发现这个妖怪穿着绿色的衣服，形状如同一只巨鳖，只看到手脚却看不到脑袋，不知道是什么。家里人拿着刀杖绳索埋伏在门外，等它出现，突然上前捉拿。这精怪仓皇逃到楼梯下，大家拿起火把照去，发现墙角有件绿色棉袄，里面包裹着一艘银子做成的船，这艘船左右共有四个轮子，应该是当年小孩子玩耍的东西。看到这个，大家才明白，那个妖怪穿的绿衣服就是绿色棉袄，手脚就是四个轮子。家里人把它熔化了，称一称，足足有三十两。后来，一个年老的女仆说："我当年做婢女时，房间里丢了这个东西，老爷以为是我们偷了，还把我们打了一顿，想不到竟然成了妖怪。"

此精载于五代徐铉《稽神录》卷五、宋代李昉等《太平广记》卷四百一（引《玉堂闲话》）、清代纪昀《阅微草堂笔记》卷九

560
银杏精

清代，毕秋帆为陕西巡抚，一天到华山游览，住在僧舍里。晚上梦见一个身材高大、古代装扮的人，对着自己躬身施礼，说："我在此山中已经近千年了，最近僧人把大

铜钟挂在我的左臂上，搞得我很痛苦，还烦请巡抚您和寺院说说。"毕秋帆醒来，第二天进寺，果然看见有一口大钟挂在一棵古银杏树上，便命令僧人将大钟转移到他处。

清代，扬州钞关官署院子的东角，长着一棵银杏树，有几人合抱那么粗，直干凌霄。乾隆四十八年（1783 年）冬天，一个官员晚上梦见一个人，长身玉立，手里拿着一张纸，上面写着"甲寅戊辰甲子癸酉"八个字，说："我在这里住了一千五百多年，看到了许多王朝兴亡，你知道我吗？"官员醒来后，推算出纸上写的那八个字，应该是晋穆帝永和十年（354 年）甲寅三月三十日，从那时候起，银杏树便生长在这里。后来，官衙发生大火，一昼夜才熄灭，这棵树先是枯萎，接着又青翠如初。

此精载于清代朱翊清《埋忧集》卷九、清代钱泳《履园丛话》丛话二十二

561
樱桃精

清代时，熊本和庄令舆两个人在北京当官，是邻居，每天晚上都在一起喝酒，感情很好。

有一年的八月十二日晚上，庄令舆邀请熊本喝酒。正好有人招呼庄令舆去办事，所以只留下熊本一个人喝酒。

熊本倒了一杯酒，准备等庄令舆回来，没想到还没喝，杯子里面的酒就不见了。熊本又倒了一杯，看见一只蓝色的大手从桌子下面伸出来取杯子。熊本站起来，那蓝手也站起，原来是个长得像人的妖怪，脑袋、眼睛、脸、头发，都是蓝色。熊本大叫，仆人赶紧过来，点起蜡烛四处寻找，却没发现有什么东西。

不久之后，庄令舆回来，听了这件事，笑道："你今天晚上敢睡在这里吗？"熊本年轻气盛，就让仆人搬来床和褥子，自己一个人抱着一把剑坐在黑暗中。这把剑是当初年羹尧送的，杀人无数，煞气十足。当时，秋风萧瑟，斜月冷照。

三更时分，桌子上忽然掉下来一个酒杯，接着又掉了一个。熊本笑道："偷酒的家伙来了。"过了一会儿，一条腿从东边的窗户伸了进来，接着是一只眼睛、一只耳朵、一只手、半个鼻子、半张嘴。又过了一会儿，另外的一半从西边的窗

户进来，就像是一个人被锯成两半那样。很快，身体合而为一，全身都是蓝色。

熊本拔剑就砍，砍中了那妖怪的胳膊，那妖怪跳出窗户逃跑，熊本一直追到院子里的樱桃树下，它才消失不见。

第二天，庄令舆前来，看到窗户上有血迹，赶紧问熊本。熊本如实相告。于是，庄令舆让人砍掉了樱桃树，焚烧的时候，这树还散发着酒气。

此精载于清代袁枚《子不语》卷六

562 鹰神

刘机还是秀才的时候，他的家乡有鹰神，其实是一只猎鹰。

有一天，这只猎鹰飞到刘机家不走，刘机便让仆人喂东西给它吃。可能是因为嫌弃食物不干净，这只猎鹰狠狠地啄那个仆人，仿佛惩罚他一样。过了几天，猎鹰喊了几声刘机的名字，并说："你是个贵人，以后会有八人抬轿让你当大官。"说完它便飞走了。

后来，刘机考中进士，官至兵部尚书、参赞南京机务，跟那只猎鹰说的一模一样。

此精载于明代闵文振《涉异志》

563 于蛥

干涸的河流会产生一种精怪，叫于蛥。于蛥一头两身，形状如蛇，长八尺。如果抓住它，喊它的名字，就能驱使它抓取鱼鳖。

此精载于战国《管子》卷十四

564 鱼子

宋代乾道九年（1173 年）冬天，金谿书生何少义抓到了一条大鱼，想用它来做鲊醢。何少义剖开大鱼的肚子，掏出来一大盆鱼子，放在屋子里。夜半，何少义听到盆里唧唧有声，以为是老鼠过来偷吃，起来查看，发现是那些鱼子发出的声音，敲了敲盆，声音才消失。第二天起来，何少义将事情告诉了别人，人们劝他将鱼子投入江河。他的妻子不听，将鱼子煮熟了吃掉。第二年春天，他的妻子便死了。

此精载于宋代洪迈《夷坚志》支乙卷第十

565
玉带蛇

明代，太监曹化淳死后，家人将一条玉带放入其棺中。过了几年，人们经常能够在他的墓前看到一条白蛇。后来墓地被水浸泡，棺椁毁坏，曹家人为其改葬，发现棺材里其他陪葬品都在，唯独那条玉带不见了。人们常见的那条白蛇身上有一节节的纹路，形状像玉带，定然是其所化。

此精载于清代纪昀《阅微草堂笔记》卷二

566
玉孩

古人认为玉有五种品德，不仅是君子的象征，更具有灵性。所以年岁长远的玉器，就会成为妖怪。

清代，在一个村子里，有个男人的哥哥死了，只剩下守寡的嫂子，家里很贫穷，他外出劳作的工钱全部交给嫂子，而且对嫂子十分尊敬、孝顺。

有一天晚上，他在家里做活，忽然看到窗户的缝隙里出现了一张人脸，跟铜钱差不多大小，双目闪闪发光往屋里偷看。这个人急忙伸出手，抓住了对方，借着灯光一看，原来是一个美玉做的小玉孩，高四寸左右，雕刻得很精美，应该入过土，沁色斑斓。穷乡僻壤没有要买玉的人，所以这个人就拿着玉孩到当铺里典当了，得了四千个铜钱。

典当铺老板把玉孩放在盒子里，过几天发现不见了，所以一直担心这个人会来赎。按照典当铺的规矩，如果对方在典当期之内前来赎，而当铺拿不出来东西，要加倍赔钱。后来，这个人听说了这件事，就说："这个玉孩也是我偶然所得，怎么能够以此来要挟典当铺呢？"

典当铺老板十分感激他，经常让他来帮忙干活，给他的酬劳也比给别人的高几倍，时间长了，这个人就过上了温饱不愁的生活。

此精载于清代纪昀《阅微草堂笔记》卷十二

567
玉虎枕

曹魏咸熙二年（265年），宫中出现了一头异兽，通体白色，夜里散发出光芒，绕宫而行。宦官见了，报告给了魏元帝曹奂。曹奂听了，说："宫廷守卫严密，出现异兽，不是祥瑞之兆。"

曹奂让宦官们埋伏起来，偷偷查看，果然见一头小白虎出现在房间里。宦官们用戈攻击，击中了它的左眼，走过去发现地上有血，但是小白虎不见了。众人在宫中搜索，毫无所获，在巡查宝库的时候，发现一个玉虎头枕，眼上有伤，血痕还没干。

曹奂博学，得知这件事后，告诉众人："当年汉朝诛杀梁冀时，曾经从他家里搜出来一个玉虎头枕，相传是单池国所献。在玉虎的下巴上，有篆书，根据记载，此枕是商纣王的东西，商纣王和妲己同床共枕时，用的便是此物。乃是殷商的遗宝。"

此精载于晋代王嘉《拾遗记》卷七

568
玉精

三国时，有一个叫江严的人，在富春县清泉山游玩时，远远看到一个穿着紫衣的美女，蹒跚唱歌。江严往前走了几十步，那美女就消失了。他来到美女唱歌的地方，得到一枚紫玉，有一尺多长。

又有一个叫邴浪的人，在九田山看见一只鸟，长得如同鸡一样，红色，鸣叫声好像吹笙的声音。邴浪开弓射箭，那只鸟被射中，落入一个洞穴。邴浪挖开那个洞穴，得到了一枚如同鸟形的赤玉。

南北朝宋顺帝昇明年间，荆州刺史沈攸之的马厩里养了一群好马，这些马总是踢蹄惊叫，好像看到了什么东西似的。沈攸之让养马人等候在马厩里观察。养马人看到一匹白色小马驹，用一根绿绳系着肚子，从厩外奔来。养马人将情况详细地告诉了沈攸之，沈攸之派人夜间埋伏在马槽旁边等着。不多时见白色马驹来了，忽然又离去。大家去查看厩门，厩门还是关着的。沈攸之让人追查那白色马驹的踪迹，竟一直查到刺史所居的小楼里。当时见到白色马驹的人，都认为它是妖怪。

沈攸之又检查家人，发现只有爱妾冯月华臂上佩有一匹玉马，用绿丝绳穿着。到了晚上，她总是把玉马摘下来放在枕头边，夜间有时候丢失，到天明它就又回来了。沈攸之把玉马取来一看，见马蹄下有泥。后来沈攸之兵败，也不知那玉马哪里去了。

唐代时，执金吾陆大钧有个侄子，他的妻子夜间常常听到两件东西打斗的声音。一天早晨醒来，在枕头边摸到两个东西，急忙点灯一照，原来是两只玉雕的小猪。小玉猪有几寸长，形状精妙。她把它们当成宝贝放在枕头里珍藏。从此，这一家的钱财一天比一天多，家境优裕起来。这样过了二十年，有天夜里忽然不见了玉雕小猪，陆家也就渐渐不如从前昌盛了。

此精载于三国曹丕《列异传》、唐代张读《宣室志》卷六、
宋代李昉等《太平广记》卷四百一（引《纪闻》）

569
玉蟹

清代，洞庭湖边有户民家，门前有一块巨石，年月久远，据说已经传了几代人。

一天，有个术士来到这户人家中，说："这块石头中有东西，我愿意以三十两银子买下。"这家人觉得石头不寻常，索价三百两。术士一口答应，说："可以，我回去拿钱，这东西一定要留给我。"术士离开后，这家人生怕石头被人偷了，合力将其搬到密室之中。

过了好些日子，术士回来，看到石头，发出一声长叹。这家人问怎么回事，术士说："这块石头中有'玉蟹'，乃是日月之精、雨露之气凝结而成，只要沾着雨水便能活，实在是稀世珍宝。现在你们将它放在屋里面，少了风雨日月，时间长了，玉蟹形神枯槁，已经没用了。"言罢，术士剖开石头，果然见里面有块小石头，长得跟螃蟹一样，但是已经僵硬不动。术士依然给了这户人家十几吊钱，离开了。

此精载于清代董含《三冈识略》卷二补遗

570 玉脂灯台

明代正德八年（1513 年），琉球国进贡来一盏玉脂灯台，往里头灌一两灯油可以照十个晚上，发出来的光芒，极其明亮，可以把人的头发看得一清二楚，而且这光芒遇到风雨尘埃也依然明亮。明武宗很喜欢，走到哪里就把它带到哪里。

一次，明武宗去香山寺游玩，权臣刘瑾趁机将灯台搬到自己屋子里使用。在灯台的珠光之中，忽然出现了一张人脸，耳朵、眼睛、嘴巴、鼻子俱全。

当时刘瑾准备谋反，见状觉得应该这是件很吉利的事，对着灯台说："如果我能够行事成功，一定封你做天下光明大元帅！"话音刚落，那张人脸黯淡下来，发出叹息声，接着朝刘瑾吐了几口唾沫。唾沫落在刘瑾的衣服上，变成了一块块的油渍。刘瑾大怒，拿起旁边的金如意将灯台敲碎了。

后来，刘瑾谋反不成，被处死了。

此精载于明代王同轨《耳谈》卷十

571 鸳鸯门

汉代时，鄢县的两扇南门突然能够自己打开，一扇发出"鸳"的声音，一扇发出"鸯"的声音，早晨时打开，黄昏时闭合。事情传到了京师。后来，朝廷命人毁掉这两扇门。两扇门化为鸳鸯，相随飞去。

此精载于唐代张鷟《朝野佥载》卷四

572 元

荒废的坟墓有精灵，名为元，长得如同年老的劳役之人，穿着青色的衣服，喜欢舂米。人喊它的名字，就能带来丰收。

此精载于宋代李昉等《太平御览》卷八百八十六（引《白泽图》）

573
元绪

三国时，吴国有个永康人进山，捉到一只大龟。大龟说："出游没遇到好时候，竟被你捉住。"永康人觉得很奇怪，把大龟带出山，准备献给吴王孙权。

夜里，他把船停泊在越里这个地方，把船拴在水边的一棵大桑树上。半夜时，这人听到大桑树招呼大龟说："元绪，你很辛苦吧，什么事把你弄成这个样子？"大龟说："我被捉住了，他们恐怕会把我煮了做肉汤。不过，即使砍光了南山上所有树木当柴烧，也不能煮死我。"大桑树说："诸葛恪见识广博，必定会使你受苦。如果他命令寻找我们这一种类的树当柴烧，你又能有什么办法呢？"大龟说："子明你不要多说话，不然灾祸就将加到你的身上。"大桑树就静静地不再说话了。

孙权收到这只龟后，果然下令将其煮成肉汤，结果烧了几百车的木柴，根本烧不死大龟。诸葛恪知道了这件事，说："应该用老桑树烧火才能煮熟它。"献龟的人也说了大桑树和大龟的对话。孙权派人去砍伐桑树，用来煮龟，立刻就煮熟了。

后来，人们煮龟大多使用桑树当作柴火，老百姓把龟叫作元绪。

此精载于南北朝刘敬叔《异苑》卷三

574
园郎姑昧精

园郎姑昧精，长得如同一个男子，穿着白色或者黄色的衣服，在晚上叫人的姓名，答应的人便会死掉。人们早晨、黄昏或者晚上出去，或者在山里、房舍听到有人叫自己，叫三次，一次声音大，两次声音小，便是它在作祟。

这种妖怪，乃是年月久远的棺材板所化。

此精载于宋代《太清金阙玉华仙书八极神章三皇内秘文》（收录于明代张宇初《道藏》）

575
圆通居士

比丘海光住在庐山的石虎庵，晚上梦见一个身材清瘦、穿着斑斓衣服的人，自称圆通居士，对他说要舍身为庵里做器具。过了不久，窗外长出一个竹笋，皮、叶如同海光梦见的那个人穿的衣服。竹笋长成竹子后，六尺多高，无节，表皮黄绿洁净。江州太守听到这件事，想要将这根竹子据为己有，结果竹子在一天晚上自己倒掉了。太守告罪而去。海光便将这根竹子做成了手杖，称之为"直兄"。

此精载于宋代陶穀《清异录》卷上

576
月娘精

月娘精，状如妇女，喜欢魅惑人，经常附着在泥塑的神像之上。有的人进入庙宇，见庙中塑造的女像美丽端庄，心生爱慕，到了晚上，有长得如同所见女像的女子前来，便是这种妖怪所化。

它的本体，是泥像之精。

此精载于宋代《太清金阙玉华仙书八极神章三皇内秘文》（收录于明代张宇初《道藏》）

577
云阳

如果听到山中的大树在说话，这并不是树发出声音，而是一种名为云阳的精灵在说话。人喊它的名字，就会带来吉祥的事情。

此精载于晋代葛洪《抱朴子》内篇卷十七、
宋代李昉等《太平御览》卷八百八十六（引《白泽图》）

578
枣精

清代，有个叫汪晓园的人，寄居在阎王庙街的一个院子里，院子里长着一棵枣树，已经一百多年了。每到月明之夜，人们就能看到一个红衣女子坐在树上，抬头看着月亮，也不害怕人。如果有人走近了，她就会消失不见；但如果人后退几步，她就会出来。

有一次，汪晓园让两个人一个站在树下，一个站在屋子里，屋子里的人能看到红衣女子，站在树下的人却什么也看不见。借着月光看向地面，地上有树的影子，但看不到女子的影子。如果向她扔石块，石块破空而过，似乎并没有砸到什么。如果举起火枪对她射击，女子会应声消失，硝烟消散后又出现在树上。院子的主人说，自从买了这个宅子，就有这个妖怪，但她从来不害人，所以宅子里的人也就与她和平相处了。

草木成精是常见的事。一般来说，这些妖怪都擅长变化，唯独这个妖怪，只是坐在枝头，不知道是因为什么。汪晓园认为这毕竟是个妖怪，所以他就搬走了。后来，听说院子的主人把那棵枣树砍掉了，红衣女子就再也没有出现。

此精载于清代纪昀《阅微草堂笔记》卷四

579
藻兼

有一次，汉武帝和群臣在未央殿召开宴会，正吃吃喝喝很高兴的时候，忽然听到有人自称老臣。汉武帝四处看，也没发现这个人，抬起头，见殿梁上有个老头，高八九寸，挂着拐杖，佝偻而行。汉武帝问他话，老头下来，只对着汉武帝稽首，并没有回答，抬头看了看大殿，又指了指汉武帝的脚，就消失了。

汉武帝问东方朔，东方朔说："它叫藻兼，乃是水木之精。夏天在林子里，冬天会躲进河里。陛下你兴造宫室，砍掉了它居住的大树当殿梁，所以特来向你控诉。它刚才看了看大殿，又指了指你的脚，脚是足，是止的意思，就是告诉你，这座宫殿不要再造了，该停止了。"

汉武帝听了东方朔的话，便停止修建未央殿。过了一段时间，汉武帝到黄河游玩，听见水底传出音乐声，又看见了那个老头。老头带着很多人，从水底出来，给汉武帝奉上精美的食物。老头对汉武帝说："老臣之前冒死进谏，陛下让人停止砍伐，保全了我们的居所，所以特意前来表达谢意。"说完，老头就命令手下为汉武帝献上歌舞。

老头还献给汉武帝一枚紫螺，螺壳中有像牛脂一样的东西。汉武帝说："你有珍珠吗？"老头命人去取，旁边的一个人跳入水里，很快上来，献上了一颗直径好几寸的大珍珠，光华万道。良久，老头带着手下离开了。

东方朔告诉汉武帝："紫螺壳里的东西是蛟髓，涂抹在脸上，可以让人容颜靓丽，如果是女子用了，就不会难产。"

此精载于南北朝刘义庆《幽明录》

580
皂荚

曲阿这地方有个人叫虞晚，家里的庭院中长着一棵皂荚树，高十几丈，枝叶繁茂。虞晚让奴仆砍掉一些树枝，以免遮住家里的房子，结果奴仆掉下来摔死了。这时空中有人大骂："虞晚你个混账东西！为什么让人砍我家！"说完，扔下来无数的瓦片和石块，如此整整过了两年才消停。

此精载于南北朝刘义庆《幽明录》

581
皂角树瘤

宋代，饶州紫极观外街，东南是天宁寺后园，西北有华、赵两家的园地，地理位置偏僻，阴天、黄昏时，没人敢从那里独自经过。

绍兴元年（1131 年）三月，赵家家主让仆人元成用茅草垒墙。黄昏时，元成见一个男子背靠墙而坐，过了一会儿，又有一个拿着篮子的人过来，二人在效勇营外相遇，扭打在一起，但是没有发出任何声音。

元成看了很长时间，走到跟前劝架，先前靠墙而坐的男子离开了，那个拿着篮子的人躺在地上已经不能说话了。元成把他扶起来，发现他的嘴巴、耳朵、鼻子全部被烂泥糊住了。元成将其带到一户人家，给他喝了些水，此人才醒过来。这人说："我叫汪有三，住在双巷，早晨挑着一些瓷器去卖，买了些油酥雪糕，想回去给我娘吃，结果碰到那个男子。我根本不认识他。他要抢我的油酥雪糕，我不肯给，他就打了我一顿，而且用泥糊住我的嘴，不让我发出声音。"元成看了看汪有三的篮子里，油酥雪糕都不见了。汪有三知道自己遇到了妖怪，对元成拜谢一番，离去了。

第二天，元成继续垒墙，突然看到路边的一棵大皂角树上面长的树瘤很像鬼面，有五官眉目，嘴里还含着油酥雪糕，才明白昨天那个妖怪便是它。元成取出刀，走到跟前，狠狠砍了四五下。树瘤的伤口处，流出了不少血。黄昏回到家里，元成觉得自己浑浑噩噩，生了病。

过了三天，他的妻子出去找巫师。巫师说："这是西北方的一个妖怪在作祟，得把它除掉。"巫师让元成的妻子买来五根大铁钉，然后来到那棵树下，将大铁钉钉进了树瘤之中，顿时树瘤血流如注。元成的病很快就好了。

此精载于宋代洪迈《夷坚志》补卷第二十二

582
樟树精

郭则沄的仲叔母王夫人，年幼时在兰溪，突然得了奇怪的病，整天哭哭啼啼，精神失常，找了许多医生来看，都无济于事。

村里有个巫祠，供奉吕洞宾。家人带着王夫人去祈祷，神祠指示："让丘某借文昌帝君的马赶紧去看看情况。"丘某是神祠的一个弟子，按照指示赶紧去办。

过了三天，丘某回来说："是官衙二堂后面的老樟树作祟。"神祠判定，说："这个妖怪，交给雷部处理，于七月十三日将其除掉。"巫师写了三道符咒，让王夫人家人把符咒烧成灰，搅拌在水中给王夫人喝下。王夫人的病顿时就好了。

七月十三日，狂风大雨，那棵老樟树被雷击中，燃起大火，化为灰烬。

此精载于民国郭则沄《洞灵小志》

583
真君庙石

庐山九天使者真君庙的门外，有块石头，光滑无比而且极其洁净，经过的人都喜欢赏玩，如果有人弄脏了它，那就会被灵官推倒在石边，颇为灵异。

一天，有个居士家的小孩，戏弄这块石头，坐在石头上，然后往上面撒尿。一个叫刘敦的人，知道了这件事，就跑到官府状告这个小孩。官府派人去庙里查看，发现的确有这么回事，但是周围根本没有叫刘敦的人。

当时，毛尊师寄居在庙里，说最近有个官人刘敦，在庙前住，他曾经去拜访过，对方说话有趣，颇有古风，看来这个人就是庙门外的那块石头。

众人从那块石头往下挖，才挖了三四尺，就看见石头下面连着块大石头。大家深以为异，在上面建了个小亭子，用纱窗保护起来，防止有人再弄脏它。

此精载于五代杜光庭《录异记》卷四

584
枕精

南北朝时，中山人刘玄住在越城。天黑了，刘玄忽然看见一个穿着黑裤子的人来取火，没有眼睛、鼻子、嘴。于是，刘玄就去请巫师占卜。巫师说："这是你家长辈的东西，时间久了就变成了妖怪要杀人。趁它还没有长出眼睛，可以及早除掉它。"于是，刘玄把那个妖怪捆绑起来，用刀砍了几下，那妖怪竟变成一只枕头。原来是他祖父那时候用的枕头。

此精载于南北朝郭季产《集异记》

585
枕勺

曹魏景初年间，咸阳县县吏王臣家里出现了怪事，无缘无故地会听见拍手和呼喊的声音，留神查看却看不见什么。

王臣的母亲夜里干活干累了，就靠在枕头上睡觉。不一会儿，他母亲便又听见锅灶下有喊声说："文约，你为什么不来？"他母亲头下的枕头马上回答说："哎呀，对不起，我被枕住了，不能到你那边去。你可以到我这儿来喝水。"

到天亮一看，锅灶下跟枕头说话的，原来是饭勺。王臣就把它们放在一起烧掉了，家里的怪事从此也就没有再发生了。

此精载于晋代干宝《搜神记》卷十八

586
郑达伏

郑达伏，这种妖怪没有固定的形态，多出现在宅子里，看上去像是相互追逐的火团。

它是年月久远的门扇所化。

此精载于宋代《太清金阙玉华仙书八极神章三皇内秘文》（收录于明代张宇初《道藏》）

587
纸人

唐代，武功人苏丕，天宝年间担任楚丘县县令，女儿嫁给了一个姓李的人。

姓李的素来宠爱婢女，因而和苏丕的女儿的感情不够诚笃。

那婢女求一个术士做害人的法术，把符埋在李家宅院里的粪土中，又扎制了七个妇人形状的纸人，每个都是一尺多高，藏在东墙洞中，用泥伪装好，想用来诅咒苏丕的女儿。

但是几年之后，苏丕女儿没事，姓李的和婢女反倒相继死亡。尽管如此，害人的法术还是成了，先前扎制的纸妇人经常在宅中游走，苏丕的女儿也因为受到诅咒，时常发病昏倒。

苏家人多次访求术士，什么样的禁咒都用了，就是不能制止这件事。后来等它们再出来，苏丕就率领几十人捕捉，捉到一个。它的眉目形体全都具备，在人手中，总是不停地动。苏丕就堆起柴草烧它，它的同伴都来烧它的地方号叫，或在空中，或在地下。此后半年，苏丕陆陆续续又捉到六个，全都烧了。只有一个捉到以后又跑了，去追它，它忽然进到粪土中。大家找来工具掘粪，挖了七八尺深，发现一块桃符。符上有红色字迹，似乎还可以辨识。那上面写的是："李氏的婢女诅咒苏氏的女儿，做了七个纸人，在东壁上的土甓中，此后九年会成功。"于是，苏家人打破东壁，捉到仅剩下的那一个纸人，苏丕女儿的病很快就好了。

清代，南康县有个姓方的贡生，世代耕读，家里还算富足。有一天，方家雇用一个小名叫毛狗的小孩来放牛。毛狗来的时候，有个小人和他一起，这个小人只有一尺多高，有时候能看到，有时候就消失了。时间长了，这种小人越来越多，有的四处骂人，有的打人耳光，贡生呵斥它们，它们也不怕。

过了十四年，小人已经增加到一百多个，它们毁坏家里的东西，弄脏吃食，烧毁衣服，干了很多坏事。方家人都很苦恼，请来僧人和道士作法，都被它们打得头破血流赶走了。

贡生没有办法，来到了龙虎山，向天师求救。天师算定了日子，告诉贡生会在那天作法，让他放心回去。

贡生回到家中，那些小人依然每日嬉戏。到了法师说的这天，天空忽然电闪雷鸣，接着一道闪电霹雳而下，那些小人全都不见了。贡生让毛狗去寻找，看到很多一两寸长的纸人散落得到处都是。

此精载于唐代戴孚《广异记》、清代俞樾《右台仙馆笔记》卷十一

588
钟精

钟在古代多用于寺院等宗教场所，除此之外，民间也做计时之用，故有"晨钟暮鼓"之说。钟多为铜铁所造，故能长久流传，又因其上铸造的各种纹饰、神兽等，古人认为往往会发生蹊跷之事。

唐代开元年间，清江郡有一个老头在田间牧牛，忽然听到有一种怪异的声音从地下发出来，老头和几个牧童都吓得跑开了。回去之后，老头就生了病，发烧一天重似一天。过了十几天，病稍微好些，他梦见一个男子，穿着青色短衣，对他说："把我搬迁到开元观去！"老头惊醒了，但不知这是什么意思。

后来过了几天，他到野外去，又听到那怪异的声音。他就把这事报告给郡守，郡守生气地说："这简直就是胡说八道！"让人把老头轰了出去。这天晚上，老头又梦见那个男子，告诉他说："我寄身地下已经好长时间了，你赶快把我弄出来，不然你还会得病！"

老头特别害怕，到了天明，和他的儿子一块来到郡南，在那块地上挖，大约挖了一丈多深，挖出一口钟，青色，和梦见的那个男子的衣服颜色一样。于是，他又去报告郡守，郡守把钟放在了开元观。这一天辰时，没人敲钟，钟自己响了，声音特别响亮。郡守就把这事上奏给了唐玄宗，唐玄宗特意让宰相李林甫画下钟的样子，并告示天下。

宋代，广宁寺有口大钟。一天，寺里的和尚撞钟，发现钟不响，片刻之后在城西南桥下面传出了钟声，周围的行人听了，没有一个不被惊吓到的。有人把这件事告诉了寺里的僧人，僧人们带着法器前往桥下做了法事，第二天，寺里的这口大钟才恢复正常。

晚唐天祐年间，吉州龙兴观有一口巨大的古钟，钟上铸有一行字："晋元康年铸造。"大钟顶上有一个洞，相传武则天时，钟声震动长安，女皇不悦，令人凿坏了它。一天晚上，大钟突然丢失，第二天早晨又回到原处。但是钟上所铸的神兽蒲牢身上有血迹并挂着葛草。葛草是江南一带的水草，叶子像薤草。居住在龙兴观前长江边上的人们，有几天夜里都听到江水风浪的巨大响声。一天早晨，有一个渔人看见江心有一杆红旗，从上游漂下来，便划着小船去取红旗，看见浪涛汹涌的水中有鳞片闪着金光，渔人急忙划船回来。这才知道是神兽蒲牢咬伤了江龙。

清代，某个地方有座废弃的寺庙，传说有怪物，所以没人敢待在那里。有一伙贩羊的商人，为了躲避风雨夜宿寺中，听到呜呜的声响，看到一个怪物，臃肿肥硕，面目模糊，蹒跚而来，走得很迟缓。这伙贩羊的商人都是一些毛头小伙子，也不害怕，一起捡起砖块向那怪物砸去，那怪物向外跑去。看到那怪物没有反击的举动，这伙人胆子更大了，一起去追赶它，追到了寺门倒塌的墙前，发现竟然是一口破钟，里面有很多人的碎骨，应该是先前它吃掉的人的。第二天，这伙人把事情告诉了当地人，让他们把钟熔化了。自此之后，这座寺院再也没有怪事发生。

此精载于唐代张读《宣室志》补遗、
宋代李昉等《太平广记》卷三百七十一（引《玉堂闲话》）、
金代元好问《续夷坚志》卷三、清代纪昀《阅微草堂笔记》卷十二

589 周将军

明代崇祯十三年（1640 年）的夏天，徽州有个不孝子王某，死了父亲，家中还有老母亲。他每天早晨自己抱着媳妇睡懒觉，让母亲起来做饭。

一天，老母亲抱着孙子烧开水，不小心将孙子掉进开水里，赶紧去救。孩子的哭声吵醒了不孝子。这家伙爬起来，拿着刀要杀老母亲。母亲踉跄着跑到关帝庙里，不孝子赶到，举起刀向老母亲砍了过去。

只听当啷一声，庙中供奉的周仓将军的雕像忽然起身，用大刀挡住了不孝子的刀。不孝子大惊，掉头要走。周将军提刀追到门口将其斩杀。庙祝听到声响出来，看见周将军的塑像，一只脚站在门槛里，一只脚站在门槛外。不孝子死在地上，老母亲跪倒参拜。

庙祝将事情说了出去，当地人集资用金粉重新装饰了周将军的塑像，依然让他一脚在门里，一脚在门外，以此彰显周将军的灵验。

此精载于清代褚人获《坚瓠集》秘集卷二

590
帚精

唐代，郑余庆在梁州时，龙兴寺里有一个叫智圆的和尚，擅长用法术制邪理痛，多有效果，每天都有几十人等候在门口。智圆老了，郑余庆很敬重他，就在城东的空地上盖了一间草房给他居住，还派了一个小和尚和一个仆人侍奉他。

几年之后的一天，智圆正晒着太阳剪脚趾甲。有一个很端庄的妇人，来到阶下行礼，哭着说："我很不幸，丈夫死了，儿子还小，老母亲病得很重。知道大师您的神咒能助我一臂之力，特来求您救护。"智圆说："我本来就讨厌城里的喧闹，你的母亲病了，可到这里来，我给她调理一下。"妇人又再三哭着求情，说母亲病得危急，已经走不了路了。智圆也就答应了。妇人就说，从此向北二十多里，到一个小村，村附近有个鲁家庄，只要打听韦十娘住的地方就行了。

智圆第二天早晨起来，按照妇人说的，走了二十多里，并没有找到那个庄子，就回来了。第三天，妇人又来了。智圆责备她说："我昨天远道去赴约，没有找到你说的地方呀！"妇人说："我住的地方只离大师去的地方二三里了。大师慈悲，请您一定要再走一趟。"智圆生气地说："老僧我身老力衰，如今坚决不出去了！"妇人突然发起火来，冲上去拽智圆的胳膊。智圆怀疑她不是人，拿起小刀刺她。妇人应声而倒，智圆一看，中刀的竟然是小和尚，而且已经死掉了，赶紧和仆人把小和尚的尸体埋在水缸下。

小和尚是本村人，家离寺院十几里。事情发生的那一天，小和尚的家人在田间劳作，有一个穿黑衣、背褐色包袱的人一大早到田间来讨水喝，说了这件事。小和尚全家人哭号着来到智圆住处，找到了小和尚的尸体，扯着智圆告到了官府。

郑余庆听说之后非常吃惊，派捉拿盗贼的官吏细查此案，认为老和尚一定是冤枉的。

老和尚把事情说了一遍，又道："我一生擅长法术，用法术杀死了不少精怪，这是我欠的一笔老账，看来是报应到了，只得一死了！"智圆要求七天后再处死他，他要用这七天来念咒忏悔。郑余庆可怜他，就答应了。

智圆沐浴设坛，用法术查访那个妇人。第三天，她就出现在坛上，说："我们修行不易，你不分青红皂白，动不动就用法术杀我们，实在是太过分。小和尚并没有死，如果你发誓从此之后不再使用法术，我就把他还给你。"智圆恳切地发了誓，女子高兴地说："小和尚在城南某村的古墓里。"官吏按照她讲的去找，果然在古墓里发现了小和尚。原先小和尚的尸体，则变成了一把笤帚。从此之后，智圆就再也没有使用过法术。

明代洪武年间，本觉寺有个年轻僧人，叫湛然。湛然的僧房很僻静，一天，来了一个美丽的女子和湛然调情，两人就住在了一起。

过了一段时间，湛然变得身体枯瘦，无精打采，找了很多医生都没有治好。寺里面有个老僧对他说："我给你诊脉，发现你被邪气侵犯，赶紧说说这到底是怎么回事，否则你性命不保。"湛然不得已，把事情告诉了老僧。

等到女子再来的时候，湛然在她的头发上偷偷地插了一朵花。就在女子打算离开的时候，埋伏在外面的僧人冲进房间，那女子推门逃窜。众人跟在后面，一直追到寺里西北的厨房，那女子消失不见了。四处寻找，僧人看见一把笤帚上插着一朵花，正是湛然插的那朵。于是就把笤帚烧掉了，从此女子再也没有出现。

此精载于唐代段成式《酉阳杂俎》前集卷十四、明代吴敬所《国色天香》卷七

591
咒死鼠

三国曹魏正始年间，中山人王周南主政襄邑，有只老鼠穿着人的衣服、头戴冠冕从洞里走到厅堂上，对王周南说："周南，你某月某日当死！"王周南没搭理它，老鼠便回到了洞中。

到了这一天，老鼠换了一套衣服出来，说："周南，你中午的时候会死！"王周南照样没搭理它。老鼠缓缓回洞，过了会儿又出来，说："马上就到中午了！"接着，老鼠几次从洞里出来、进去，重复着这句话。

等到中午时分，老鼠说："周南呀周南，你不搭理我，我的本事没法施展出来呀！"说罢，老鼠一屁股坐在地上，死掉了，它身上的衣服和头冠也消失无踪。

王周南让隶卒将老鼠拿来，发现它和寻常的老鼠并没什么不同。

此精载于晋代干宝《搜神记》卷十八

592
朱眉魂

朱眉魂，有恶鬼一般的形态，两个脑袋一个身体，长着马的腿、老虎的爪子，赤裸身体，不穿衣服，身高一丈多，经常冒称神人或者土地公，不知道底细的人们用香火供奉它，时间长了，往往会被它害死。

它的本体是年月久远的树木。

此精载于宋代《太清金阙玉华仙书八极神章三皇内秘文》（收录于明代张宇初《道藏》）

593
朱藤精

清代，山东登莱青兵备道署里面有两株朱藤，乃是几百年的古物，藤蔓蜿蜒萦绕，投下来的阴影可以遮盖好几亩土地，开花时紫艳纷披，掩映户牖间，清香袭人。

相传，这两株朱藤已经成精，风清月白时，经常会化为人形。当地有人生病，会取下朱藤的花和叶子吃下，很快就能痊愈，所以大家争相来祭祀祈祷，香火不绝。官署中有几间空屋子，专门收集朱藤落下来的花朵供求医者食用。凡是新上任的官员，都会祭祀它们。

有个叫潘伟如的人，在这里上任，按照惯例祭祀后，搬出一大瓮上好的美酒浇灌在朱藤的根上。当天晚上，朱藤精现身，一个是老翁，朱颜皓首，长髯及腹；一个是妇人。官署中的人都看到了。这一年，朱藤花开得格外繁盛。

此精载于清代俞樾《右台仙馆笔记》卷八

594
珠宝精

清代嘉庆二年（1797 年）十月二十一日，乾清宫发生了大火。当时有个侍卫在大殿顶上救火，看见一缕白烟从大殿的殿脊上升起来，高有一两尺，烟中出现一个戴着头冠的人，只有一尺多高，冉冉上升，越往上变得越小，发出一声怪响，化为黑烟散去。然后又出现很多这样的人，有的是女子，有的是道士，有的是书生，还有穿着盔甲的人，一直到大殿的殿脊出现大火才消失。人们说，这些东西都是大殿里的珠宝精，因为被火烧，精气上出，火烧而散。

此精载于清代姚元之《竹叶亭杂记》卷二

595
猪善友

宋代，永宁这个地方，有个屠宰场，养了十几头肥猪。有一天，徒弟们问屠夫该宰哪一头，屠夫站在猪圈旁边看，里面那群猪吓得惊慌不已，唯独有一头猪安然不动。屠夫就指着它说："这头猪吃得少，养了很久，可以杀了。"徒弟们走进猪圈，套上绳索往外拽，那头猪一声不吭。等到杀的时候，刀子戳进去，喉咙不出血，也不死。徒弟们告诉屠夫，屠夫自己拿着刀，伸手进去试探了一下，发现这猪竟然没有心肺。屠夫大为惊慌，自此放下屠刀，再也不干杀猪的营生了。

这头猪没有死，从此安然生活在猪圈里，屠夫一家人对其呵护备至，称其为猪善友。周围的乡亲们听说了，纷纷前来观看，没有一个不惊叹的。

有一次，邻居做了一顿斋饭，请猪善友前往。这头猪哼哼两声，好像是答应的样子。第二天，邻居还没来请，猪就坐在了邻居家的门前。一连三十多天，周围的人纷纷请猪吃斋饭。

有一天，有人发现这头猪蹲在墓园里一动不动，走过去一看，发现已经死了。

此精载于金代元好问《续夷坚志》卷三

596
竹夫人

清代，有个姓王的人寄居在广东番禺。因为身体肥胖，王某很怕热，终年都要抱着竹夫人（竹夫人又叫青奴、竹奴，古代民间夏日的取凉用具，是一种圆柱形的竹制品）睡觉。

一天晚上，他梦见一个女子，容貌秀美，自称是孤竹君和湘夫人的后人。王某很喜欢她，和她同床共枕。此后这个女子每晚都来，时间长了，王某形容憔悴，奄奄一息。家人一开始不知道怎么回事，直到听了王某的梦话，才知道是竹夫人作怪。王家人烧掉了竹夫人，那个女子自此再也没出现过。

此精载于清代吴友如《点石斋画报》

597
竹叶小人

清代，丰溪人吴奉琊在福建做官，因为生病，辞官回故里。船经过南昌时，因为天气太热，吴奉琊借住在百花洲上的一座空宅中。这宅子屋宇宽敞，只是屋内外常听到蹼蹼的叫声。家里人独行，往往见到很多黑影。

一天傍晚，吴奉琊坐在院子的榻上乘凉，听到墙角芭蕉丛中有声响，接着走出很多小人，高矮胖瘦不一，都只有一尺多高。最后一个人稍稍高一些，戴着大大的斗笠，看不清面容。这些妖怪盘旋于墙上，像几十个不倒翁那样来回摇晃。吴奉琊赶紧喊家人，这些妖怪听到声音，倏忽不见，化为满地的萤火。吴奉琊趁机捉了一个，放在灯火下观看，竟然是一片竹叶。

此精载于清代袁枚《子不语》卷十九

598
柱蛇

宋代，饶州上卷街东面有座空宅，原来是王司户家的，相传里头有妖怪，二十年没人敢住。淳熙元年（1174年）夏天，德兴人姜广带着家人从外地来饶州，不晓得这回事，被牙侩诱骗，买了这座空宅，住了进去。

几天后，姜广挑灯夜读，夜半灯油即将耗尽，他出门站在屋檐下，忽然听到波浪汹涌之声。这地方离大江大湖很远，当时天气又很好，不可能有这种声音。姜广觉得蹼蹼，四下环顾，见一条粗如梁柱的大蛇，全身雪白，盘旋在天井中，从嘴中喷出水来，将他的衣服和鞋子都弄湿了。姜广赶紧回了卧室，关门睡觉。

第二天，姜广来到天井，见下面到处是水痕，应该是那条蛇吐的。发生这种事，姜广很害怕，带着家人立马搬走了。

过了八年，有个叫张曼修的人想买这宅子，朋友劝他说里面有妖怪，别买。张曼修说："我是朝廷命官，怎么能怕妖怪呢？"张曼修买下宅子住进去，又在宅子后面建了一座高楼。每到月夜，那条蛇依然出来作怪。家里人找来不少术士、巫师，都没办法解决。

淳熙十三年（1186年）夏天，张曼修晚上在楼上宴请两个朋友。当晚星斗灿烂，忽然一声霹雳从空屋里传来。张曼修赶紧去看，发现屋子中的一根粗粗的梁柱，从头到尾被雷劈得破裂不堪。

张曼修觉得此事不祥，将宅子转卖给董氏。自此之后，那个妖怪再也没有出现过。

此精载于宋代洪迈《夷坚志》支癸卷第七

599
箸斛

嘉定月浦镇有个人叫苏还，他的妻子张氏长得很漂亮。

有一天，张氏坐船停在一棵柳树下，看见一个男子，头发蓬乱，面色乌黑，看着张氏笑。张氏觉得奇怪，问身边的人，都说并没有看到这么个人。回到家中，这男子也跟了回来，而且对张氏说："我和你应该成为夫妻。"

自此之后，这人经常来找张氏，哪怕大白天也不避讳，张氏也变得昏昏沉沉，神识不清。苏还屡次找来术士作法，都没用，后来找了个法师，从井里面捞出来红漆筷子一双、斛盖一件，将其打碎、焚烧，给张氏喝下这两样东西的灰烬，张氏才恢复如常。

人们都说，是这两样东西作怪。

此精载于明代冯梦龙《情史》卷二十一

600
梓船

南康这地方，有个深潭名为梓潭。很久之前，潭边长着一棵巨梓树，枝干几丈长，垂下来的枝条覆盖好几亩地。吴王见树巨大，让人砍了做成船，并且让能歌善舞的童男童女驾船取乐，结果梓船突然沉入水中，童男童女悉数溺死，至今人们有时还能听到从潭底传出的歌唱之音。

此精载于晋代邓德明《南康记》

601
梓潼神

明代，有个叫陈孟玉的人，为人正直厚道，乡亲们都叫他大善人。

有一天晚上，陈孟玉梦见一个怪物对自己说："你为人正直忠厚，应当获得福报。我是梓潼神，在胥门线香桥一户人家的楼上，他家不知道供奉我，你赶紧去把我接回来。"醒来后，陈孟玉告诉妻子，妻子说她也做了同样的梦。陈孟玉就来到那户人家，上了楼，发现楼上供奉着一尊木像，满是尘土，就向主人要了回来，重新装饰，十分虔诚地供奉。没过多久，妻子怀孕，生下了一个儿子，后来这孩子做了大官。

此精载于明代陆粲《庚巳编》卷三

602
紫金精

唐代宝历年间，长安有个叫韦思玄的人，侨居在洛阳。韦思玄性格与众不同，喜欢神仙之术，后来游历嵩山，有个道士教导他说："喝金液能够延年益寿。你可以先学炼金，这样就可以成为赤松子、广成子一样的人了。"自此之后，韦思玄广交炼金术士，十年之中，结识数百人，依然没能学会炼金术。

有一天，有个叫辛锐的居士，清瘦无比，穿着破旧的衣服，一身寒酸样，前来拜见，对韦思玄说："我有病，穷困潦倒，听说先生你喜欢结交天下术士，特来拜谒，还请你接纳我。"韦思玄便让辛锐住下来。不久，辛锐病发，身上长满脓疮，溃烂流血，韦思玄一家人都很讨厌他。

韦思玄有次招待一些术士，没有请辛锐。酒宴开始，辛锐径自前来，坐在客人中间，在酒席上撒尿。客人们大怒，韦家的奴仆也咒骂他。辛锐见状告辞，来到院子里，忽然不见了。众人觉得十分奇怪，回头看他先前撒尿的地方，发现他的尿变成了紫金液，光彩灿烂。韦思玄也惊叹不已。

有个懂行的人说："这家伙是紫金精。这个从他的名字就能推断出来。辛，是'西方庚辛金'。锐，'兑'从金，代表西方正位。"

此精载于唐代张读《宣室志》卷七

603
紫相公

进士于则，去汧阳走亲戚，距离亲戚家还有十几里时，肚子饿了，在野店吃饭。店旁有棵紫荆树，村民为其建起祠堂，称之为"紫相公"。于则煮茶喝，顺便将一杯茶供在了树前，吃饱喝足后就离开了。

当天晚上，于则梦见一个戴着高冠、身穿紫衣的人前来，说："我是紫相公，掌管蔬菜长势，喜欢喝茶，但是村民们平时很少献茶给我。今天承蒙你赐饮一杯，感激不尽！"说完，紫相公还作诗一首："降酒先生风韵高，搅银公子更清豪。碎牙粉骨功成后，小碾当衔马脚槽。"紫相公之所以在诗里称呼于则为"搅银公子"，是因为于则煮茶时，用银匙打茶粉。

于则回去后，在家里的菜园供奉紫相公，年年丰收。

此精载于宋代陶毂《清异录》卷下

604
自行板凳

清代嘉庆十二年（1807年）冬天，有个叫袁叔野的人离开北京到位于焦家桥的旧宅子里，刚放下行李，就去厕所方便。厕所里有一条板凳，无缘无故自己动了起来。袁叔野刚开始没觉得奇怪，方便完了走出厕所，走到后园时，一回头，看见板凳跟着自己一摇一晃地走了过来。袁叔野的一个老仆人上前呵斥了一声，板凳才恢复如初。

此精载于清代钱泳《履园丛话》丛话十四

605
自行木主

所谓木主，指的是木头做的亡者的牌位。《闽志》记载，明代崇祯年间，南安有户人家，祖先的牌位突然在供案上自己行走。这样的事情，并不是孤例。

清代咸丰年间，程郁廷在宁德的一户人家开馆教书。夏天的一个晚上，三更已过，程郁廷躺在床上，热得睡不着。他住的房子，上面有层楼。忽然，他听到楼梯上传来响声，好像有人走路。程郁廷觉得奇怪，起来拿着灯走过去，见东家供奉在楼上的一排排祖先的牌位自己走了下来。等见了光，这些牌位才停止走动。

程郁廷吓得大叫。旁边的人听到声音，赶过来，发现楼上被邻居家的大火引燃。火势不可控制，众人赶紧离开。等大火熄灭了，程郁廷向这家人打听，才知道楼上根本没人居住，只供奉着这家人祖先们的牌位。

人们说，那些牌位之所以自己走下来，是在向后代示警。

此精载于民国郭则沄《洞灵小志》

606
自行石

明代，陆粲在枫桥有个宅子。此地和运河相通的水港里，有一块青石，长四五尺，应该是坟墓中的东西，不知何时到了此处，时间长了变成了妖怪。每到秋天，这块石头会自己从河里跑出来。只要它出来，一定会有船沉没。有一年，一个木材商停船在港口，木头被这块石头撑起来一尺多高。木材商大惊，接着听人说，外头刚沉没了一艘装麦子的船。

此精载于明代陆粲《庚巳编》卷五

607
自行铜炉

晋代义熙年间，庞猗任宜都太守时，他的一个马夫在田野里牧马，忽然看到一个铜炉，冒着火焰，铜炉上面带着锁，独自行走。马夫觉得很奇怪，将铜炉带回来给庞猗。

庞猗用箱子将铜炉装起来，出发去荆州。经过无都的北面时，风雨交加，他听到大叫之声，接着火光满天，径直朝他的船而来，接着，那个铜炉便不见了。

此精载于南北朝刘敬叔《异苑》卷二

608
自行熏笼

宋代，皇家宗室之人赵伯琯住在明州小溪旁，为人豪迈讲义气，有古代游侠之风，建的宅子也气势非凡。一天傍晚，赵伯琯沿着小溪散步，看到有个东西从自家宅子里出来，乃是一个熏笼，蹒跚而行，慢慢走到自己跟前。赵伯琯惊奇无比，还没来得及做出反应，那个熏笼迅疾如飞，跑到水里消失不见。过了不久，赵伯琯便死了。

此精载于宋代郭象《睽车志》卷四

609
醉石

尚书许先之，是信州贵溪人，住在鄱阳。他担任东平府知府的时候，得到一块奇石。奇石高、宽各三尺，形状像酒馆墙壁上画的喝醉了酒舞蹈的仙人一样，而且还翘起右脚。许先之将这块奇石用车子拉回来，放在大堂。

自此之后，晚上看守的仆人经常会碰到一个身材高大的男子在院子里跳舞。刚开始仆人还害怕，时间长了习以为常，便举起棍子打了过去。男子应声而倒。仆人挑灯去看，发现竟然是那块奇石。许先之听说了这事，命人砸断了它的脑袋，后来它便再不能作怪了。

绍兴初年，许先之的宅子被汪丞相买去。汪丞相知道这块石头是妖怪，让人丢弃在墙角。后来，洪迈将石头要了回去，放在草堂赏玩，十分喜爱。

此精载于宋代洪迈《夷坚志》支丁卷第五

鬼部

610
芭蕉上鬼

宋代绍兴初年，连南夫镇守广东，曹绅在其手下担任宣义郎。连南夫前后所杀海盗不计其数，有时一天杀一二百人。曹绅负责具体实施，从来不暇细问，因为有功劳，升官担任朝奉大夫，上任不久得了重病，住在净慧寺。

他的仆人听到寺后芭蕉林里传来说话声，走过去看到很多鬼坐在芭蕉叶上，即便见到人也不惊慌。仆人问对方是何人，鬼回答说："我们来向曹绅索命。我辈二十六人，分四路寻找他，我们六个人先来到这里。"

曹绅听说了这事，很害怕，焚香祈祷，承诺为这些鬼举行水陆醮设。群鬼不答应，说："只要你跟我们一起走就行！"

不久，曹绅便死去了。

此鬼载于宋代洪迈《夷坚志》甲志卷第十四

611
白骨妇

有个姓谈的书生发奋读书，没时间谈情说爱，四十岁还没有娶妻。

一天夜里，有个十五六岁的绝代佳人来找书生，主动要求做他的妻子。女子说："我和人不一样，请不要用灯光照我，三年后才可以照。"他们结婚后生了一个儿子。儿子已经两岁了，书生忍不住好奇，夜里等女子睡着了，偷偷点灯看她，只见她腰以上已经长出和真人一样的肉了，但腰以下还是白骨。

女子惊醒后发觉书生偷照自己，说："我就要复活了，你怎么就不能再忍一年才用灯光照我呢？"书生急忙赔罪，女子则哭个不停，说："我要和你永别了，只是惦念我们的儿子，你以后如果穷得养活不了他，就暂时交给我。我准备送你些东西。"书生随女子来到一间华丽的屋中，屋中陈设装饰不凡。女子拿了一件缀着珍珠的袍子赠给书生说："你把这袍子卖了吧，起码可以维持生活。"临分别时，女子撕下了书生一块衣裳下摆留作纪念。

后来书生到市场上卖珠袍，被睢阳王的人买去，得钱千万。睢阳王一看，竟是自己死去女儿的袍子，以为书生是盗墓贼，就把书生抓来拷问。

书生实话实说，睢阳王仍不信，就到女儿坟上去看，见坟墓完好如初。打开墓穴，在棺盖下发现了书生的那块衣摆。后来又看书生的儿子，果然长得像自己的女儿，睢阳王这才相信，把书生请来，认他当了女婿，后来又上表朝廷，赐给书生的儿子侍中的官衔。

此鬼载于三国曹丕《列异传》

612
白骨小儿

周济川是汝南人，有豪宅在扬州的西边。兄弟几人都好学，曾有一天夜里听完讲课，大约三更天，各自躺在床上将要睡觉，忽然听到窗外有咯咯的声音，很久都不停。周济川从窗户缝往外看，是一个白骨小孩，在院子里四面奔跑，一会儿叉手，一会儿摆臂，咯咯是骨节处摩擦的声音。周济川招呼兄弟一起看，过了很久，他的弟弟周巨川厉声呵斥对方，小孩说："阿母给我奶吃。"周巨川用手掌拍他，小孩摔倒在地，随后一跃而起，动作敏捷得像猿猴。

家里人听见了动静，都起来，拿着棍棒打那小孩。奇怪的是，那小孩的骨头一节一节地散开，接着又聚集在一起，不停地说："阿母给我奶吃。"周家人用布袋装上它，出城四五里，把它投到一口枯井里。

第二天夜里，小孩又来了，手里拿着布袋，十分得意。周家人再次将它装进布袋里，要背它走时，它在袋中仍然说："明天我还会来。"果然，第三天，小孩又来了。

周家人没办法，找来一个大木头，将中间凿空，把小孩装在里面，用大铁片覆盖两头，又用钉子钉上，简直像一具棺材，然后用一把铁锁锁了，挂上大石头，扔进江里。抬起"棺材"时，小孩在里面说："感谢用棺椁相送。"之后，那小孩就没再来了。

这是唐代贞元十七年（801 年）发生的事情。

此鬼载于唐代戴孚《广异记》

613
白猕猴

宋代有个叫刘公佐的人，被罢免了衡州太守的职位，坐船回京城。半路上，刘公佐得了病，妻子赵氏每天晚上都会悉心照顾，给刘公佐喂药。当时正是盛夏，船舱的门也没关上。一天晚上，赵氏在床边伺候，刘公佐还没睡醒。忽然有个东西，长得如同猕猴，全身洁白，从刘公佐睡觉的地方冲了出去，然后跳到岸上。赵氏不敢说话，叫儿子出来观看。那东西还在岸上，频频回顾船只，不久就消失了。

刘公佐属猴，人们都说那只猴子是刘公佐的灵魂。果然，半路上，刘公佐就死了。

此鬼载于宋代洪迈《夷坚志》乙志卷第十一

614
拜灯鬼

清末，王振声在济南买了一座宅子。这宅子年头久远，厅堂宽敞，梁柱木材结实。王振声以很低的价格买了下来，心里十分高兴，等办完了交割手续，拿到了地契，迫不及待就搬了进去。

王振声新来的一个手下，叫胡荣，是本地人。胡荣知道这座宅子里闹妖怪，晚上让同伴别睡，一边喝酒一边听外面的动静。

半夜，胡荣听到王振声的喊声，冲进屋子，见王振声坐在榻上，脸色苍白。胡荣问怎么回事，王振声半天才开口说话。

据王振声说，他和小妾躺在榻上正要睡觉，屋里的灯焰突然缩小如豆，灯火的颜色变成了暗绿色，案头上油灯的火焰也是这样。王振声看了看案边，隐约有个人影。接着，灯花爆响，刮起了一股阴风。王振声想推醒小妾，却发现自己根本无法动弹，想叫人，喉咙仿佛被掐住，发不出声音。过了一会儿，灯光变得更加昏暗，绿色的光芒迸射开去，千条万缕，结成一把伞。原本在案边那个黑影逐渐显形，像是人，但是看不清五官。这东西对着灯弯腰叩拜，每拜一下，灯光就会暗淡下去一些。王振声很害怕，知道如果灯灭的话，自己肯定也会没命。他突然想到《心经》可以辟邪，便在心里默默念诵，再看灯，灯光随之变得明亮，那把光焰之伞也缩小了几分。王振声知道念诵《心经》见效了，继续默念，后来竟然能发出声音，而且手也能举起来。他抓住一个茶杯，狠狠摔在地上，啪的一声响，灯光恢复正常，那个黑影也不见了。

王振声将事情一五一十告诉了胡荣。主仆两个面面相觑，都吓得够呛。第二天一早，王振声就搬了出去。

后来，王振声听人说，那个黑影是拜灯鬼，如果灯灭了，人就会被它害死。幸亏当时王振声念诵《心经》，才得以幸免。不过不久之后，王振声还是死了。人们觉得，可能是王振声气运衰减，才会让拜灯鬼乘虚而入。

此鬼载于民国郭则沄《洞灵小志》

615
报恩鬼

青州益都县县尉，年轻时屡次科举不中，便在郊野的一处宅院刻苦读书。

一天雨夜，有个盗贼挖通墙壁钻进来行窃。县尉说："你冒雨挖墙进来偷盗，想必也是逼不得已吧。"盗贼说："我是营卒，因为赌博输了很多钱，不敢回去，才有了此举，实在是打扰了。"县尉说："我这里有两匹绢，你拿去吧。"盗贼拜谢，接过绢，回到军营，向长官请罪，长官原谅了他。

后来，县尉快要考试时，这个营卒突然来了，说："我刚刚不幸死于军中。你对我的恩情，我一定会报答。"等到县尉参加考试时，这个营卒将考试的试题提前送给他，让他顺利登第。

营卒对他说："你考中之后，朝廷会委派官职。若是让你去益都县当县尉，你一定要答应。那里有几个杀人犯，我到时会帮助你捉拿他们。"

过了段时间，县尉果然被委派到益都县。到任不久，有人告发一伙强盗躲在某村的树林里。县尉带人去抓。县尉骑的马跑得很快，和一个小吏抢先来到林子里。那帮盗贼不知怎么回事，见到县尉，没有逃跑，老老实实让他抓住了。

此鬼载于明代朱国桢《涌幢小品》卷十九

616
报冤鬼

清代，有个叫门世荣的老仆人，有一天来到吴桥钩盘河，当时太阳快落山了，天降大雨，河水猛涨，正发愁不知什么地方才能过河，忽然看见前面有两个人骑着马，来回几趟，找到了水浅的地方。门世荣就跟着他们来到河边，正要准备过河，其中一个人忽然勒马停下，等待门世荣过来，小声说："你不要跟着我们，往左走半里多路，能看到对岸有一棵枯树，从那个地方过河。我引着同行的那个人，是要做一些事情，你不要跟着掺和。"门世荣以为对方是强盗，赶紧返回，按照他的指引往前走，一边走一边回头看那两个人。很快，门世荣见那个跟自己说话的人打马先行，后面跟着的那个人来到河中间，忽然被大水吞没，人和马都被冲走了，而先前的那个人变成一股旋风消失了。门世荣这才知道，这个人是报冤鬼，后面的那个人应该曾经是他的仇人。

此鬼载于清代纪昀《阅微草堂笔记》卷十三

617
北门邪

清代时，从琼州到崖州，所有州县北面的城门都不开。以前，这一带经常有鬼来到集市，用纸钱买东西，等发现时，那些纸钱都变成了灰烬。所以商人们在收到铜钱之后，都会放在水里面检验，如果铜钱漂在水上，那么买东西的就是鬼。有个风水先生说："要对付这种鬼，要把北门关闭，盖上真武庙镇服它们。"后来官府按照风水先生的说法办了，果然鬼就消失了，所以各个州县都这么做。

此鬼载于清代屈大均《广东新语》卷二十八

618
毕

唐代太和五年（831年）时，复州有个大夫叫王超，很善于施针给人治病。经过他医治的病人，没有治不好的。

王超曾经死过一次，但过了一夜又苏醒过来。醒来后，王超说像做了一场梦。梦中，他到了一个地方，高墙楼阁，看见一个人躺在那里。那人招呼王超上前给他诊脉，王超发现病人的左臂长了一个肿瘤，像酒杯一样大，就用针给他医治，从肿瘤里排出一升多脓水。那个病人回头对身穿黄衣的小吏说："你带他去看看'毕'吧。"

王超就跟随黄衣人走进一个门，门上标有"毕院"二字。在院子里，王超看见有数千只眼睛聚在一起，像山一样，瞬间明灭。黄衣小吏说："这些眼睛就是'毕'。"

不一会儿，有两个身材高大的人分别站在两边，扇动着巨大的扇子。扇子一动，那些眼睛就有的飞，有的跑，顷刻间消失了。王超问那些眼睛是什么，黄衣小吏说："有生之类，先死为'毕'。"黄衣人说完，王超就复活了。

此鬼载于唐代段成式《酉阳杂俎》续集卷一

619
病鬼

唐代，丹阳郡有个官员叫章授，奉派到吴郡出差。经过毗陵时，有一个三十多岁的人请求搭乘便船。这人和章授一块儿走了好几天，却不吃东西。经过的村镇，那人都要去转一转，接着就会听见村镇里传出来哭丧招魂声。过了很久那人才回到船上来。

章授起了疑心，就趁那人走后偷偷打开他的箱子，见里面有几卷文书，上面都是吴郡的一些人名，还有几百枚银针。每次那人到村镇里去都拿一些针。有一次他回来，拿了一些酒、几块肉，对章授说："感谢你帮我，我弄来了一些酒肉，来和你告别。我每次拿一些针走，都是去找那些应该得病的人，用针扎他们的灵魂。现在我去找的都是本郡人，丹阳郡另外有人去。今年得病的人会很多，你千万别去病人家。"章授向他求药，他说："我只能传病杀人，不会治病救人。"

此鬼载于宋代李昉等《太平广记》卷三百二十三（引《法苑珠林》）

620
拨厮鬼

明代，云南有户人家养过一个拨厮鬼，喜欢吃人的魂魄，凡是被它作祟的人，过一晚就会死去。这种鬼十分怕狗，听到狗叫就会逃跑。

此鬼载于明代杨慎《滇程记》

621
博泥鬼

清代，豫章有座灵官庙，地处偏僻，庙里的神像年代久远但做工精致，因为荒废已久，乞丐、无赖经常聚集在这里，晚上有很多人在这里赌博。有个叫陈一士的人赌瘾很大，经常到庙里和一帮无赖赌博，但越赌输的钱越多，去庙里的次数也就越来越多。

有一天，有个短胡须的人来赌博，穿的衣服像是衙役。这人运气很好，每次都能赢。大家问他住在哪里，他也不说。时间一长，这人把陈一士和众人的钱都赢了去。陈一士和一帮无赖设局出老千，也没赢他。陈一士觉得奇怪，就暗中跟随，发现他出了庙门就消失了。第二天，这人来的时候，众人群起攻之，那人仓皇逃跑，就再也没出现。

当时下了几个月的雨，庙门前原来有两匹泥塑的马，做了两个泥鬼牵着，其中的一个鬼长着短短的胡须。因为雨水浇淋，短须鬼牵的马塌了，肚子里掉出了很多铜钱。众人上前疯抢，发现里面足足有十几吊钱，数一数，正好是众人输的那些钱，这才明白那个短胡须的人就是这个短须泥鬼。

此鬼载于清代曾衍东《小豆棚》卷十一

622
哺儿鬼妾

宋代，汴河岸边有个卖粥的老婆婆，每日把赚来的铜钱放在一个瓦罐里，收摊的时候就用绳子串起来，奇怪的是，每天都会发现铜钱里有两枚纸钱。老婆婆怀疑有鬼来买粥，就暗中观察。

果然，老婆婆发现有个穿着青衫的女子，每天花两枚铜钱来买粥，风雨无阻。老婆婆特意将这女子的铜钱收起来，黄昏时发现变成了纸钱。一天，女子又来买粥，老婆婆就跟踪她，发现女子往北走了一里多地，来到一个荒凉的地方，四下看了看，发现没人，就走入荆棘丛中消失了。

如是这般，过了一年。一天，女子又来，对老婆婆说："我在这个地方寄居已久，如今我的丈夫要来迎接我，我即将和您告别。这些日子蒙您照顾，特来相告。"老婆婆就问怎么回事，女子说："我是李大夫的小妾，跟着他去上任途中，在这个地方病死了，他就把我埋在了荒草之中。我虽然死了，但已经怀有身孕，因为没有奶水，所以每天到您这里买粥养活孩子。我担心李大夫来挖坟的时候，听到孩子的哭声会惊慌，也担心他不愿意养育这个孩子。老人家您能不能去告诉他，让他善待我的孩子？"说完，女子交给老婆婆一支金钗，就走了。

过了一会儿，有一艘大船驶来，老婆婆询问别人，知道是李大夫的船。李大夫带人去挖掘坟地，挖出棺材的时候，听到里面传来孩子的哭声。李大夫很是害怕，老婆婆赶紧上前将事情说了一遍，然后取出金钗给李大夫看。李大夫一看，那真的是死去小妾的金钗，于是就打开棺材，把孩子抱出来，好好抚养长大。

也是宋代，汴梁有个姓侯的官员，他的一个小妾怀孕后还没生产便死了。小妾葬在城外两年，住在墓旁的人，经常看见一个女子在自家门前往来。每次回来，这个女子都带一张饼。时间长了，这人觉得蹊跷，暗地里观察，发现正是侯某的小妾，便去告诉侯某。

一次，侯某下班，半路上正好碰到这个小妾。小妾急忙逃走，侯某跟在后面追，始终和小妾隔着十几步远的距离，最后也没追上。

侯某出城，来到小妾坟地，发现坟地上并没有洞穴，心中茫然，将事情告诉了一个僧人。僧人说："可能是她还有什么心愿未了，无法解脱，得将其尸骨火化，她才能重新投胎。"

这年寒食节，侯某祭拜小妾后，命人挖开坟地，打开棺材，见小妾骨头已经腐朽，有个婴儿坐在她的脚边吃饼。众人吓得够呛，但看这个小孩的确是人，而且长得很可爱。侯某的妻子抱过去，他便能叫父母。侯某没有孩子，觉得这是上天所赐，便将孩子抱回去抚养长大。

这孩子二十岁时，发生建炎之乱，孩子随侯某南渡，与家人失散。他后来入宫成为一名御厨，得到了皇帝的赏识，当了官，人们都称其为鬼太保，一直到淳熙五年（1178 年）才去世。

此鬼载于宋代郭彖《暌车志》卷三、宋代洪迈《夷坚志》补卷第二十一

623
不净巷陌鬼

不净巷陌鬼出没于巷间小路，捡拾垃圾或肮脏的东西吃。前世给出家人吃不干净的食物，故受此报。

此鬼载于唐代释道世《法苑珠林》卷六

624
茶肆短鬼

传说，范质当年还未大富大贵之时，一次经过茶铺，有个长相丑陋的人，对他施礼道："马上就要发生战争，不过相公你不要忧虑。"范质当时手里拿着一把扇子，扇子上有题词："大暑去酷吏，清风来故人。"这人看了，说道："世间的酷吏凶狠起来比大暑还要可恶。相公你以后一定要狠狠治一治他们！"言罢，拿起范质的扇子就走了。发生这事儿，范质十分诧异，不知怎么回事。

有一次，他经过伏羲庙，见庙里一个用土木塑造的短鬼，样子和茶铺中见到的那个人极为相像，而且还拿着自己的那把扇子。

后来，范质果然大富大贵，被封为鲁国公。

此鬼载于清代褚人获《坚瓠集》八集卷一

625
产难鬼

清末，河北衡水这地方有种风俗——妇女将要生产时，先请男巫来整治屋子。巫师到了家中，持法诵咒，取来一个大陶瓮，将里面灌满水，用纸蒙上口，封上，倒挂在屋子外，但是水并不会流出来。一开始，人们并不知道巫师为什么这么干。

有一户人家的媳妇临产，按照规矩，也请巫师这般整治。第二天，他家的几个长工在田里歇息，看见一个拎着两只黑鸡的妇女，行为诡异。一个长工怀疑这

个妇女不是好人，叫住她询问。妇女说："听说这家娘子快要生孩子了，我去看看。她家宅子周围都是水，我进不去。"长工说："你怎么知道她快要生产了？"妇女默不出声。另外一个长工仔细看了看这个妇女，说："你不是某村某人家的媳妇吗？因为难产死了很久了，怎么会来这里！"说完，这个妇女就消失了。

过了不久，这户人家的媳妇生产时遭遇难产，不过有惊无险最后平安生下了小孩。大家这才知道巫师为什么会那么做。

此鬼载于民国郭则沄《洞灵小志》

626
长恩

守护书籍的鬼，名为长恩。除夕这天，人喊它的名字并且祭祀它，家里的书老鼠都不敢咬，也不会生蛀虫。

此鬼载于明代张岱《夜航船》卷十八

627
长舌鬼

清代光绪年间，无锡东街的桥边有个鬼，每到晚上就会现身，看到人便吐出长长的舌头，碰见它的人吓得要死，逃回去就会生病，必须买来纸钱到桥头焚烧后病才会好。

当地有个厨师，向来胆子大，一天晚上喝醉了酒经过桥头，碰见了长舌鬼。

鬼伸出舌头，对厨师说："你看我舌头长不长？"厨师佯装去看，趁其不备，伸手抓住它的舌头，另一只手掏出刀将其割去。鬼哀号着消失不见。厨师看了看手里的舌头，发现是一个木片，焚烧后，腥臭无比。

自此之后，那鬼再也没有出现。

此鬼载于清代吴友如《点石斋画报》

628
潮部鬼

宋代，浙江宁波有个士兵叫沈富，沈富的父亲在钱塘江溺死的时候，他才六岁，由母亲抚养长大。父亲死后，沈富经常生病，寻访巫医，巫医都说是沈富的父亲作祟。

母亲祭祀，当天晚上梦见父亲前来，说："我死了之后，被钱塘江的江神招为潮部鬼，工作就是每天去推着潮水前进，十分劳苦，急需草鞋还有木板用，你要多多烧一些给我。明年期限满了，找到一个代替我的，我才能脱离苦海。"母亲按照他说的，烧了草鞋和木板，沈富就没再生病。

也是宋代，海盐县的海边，有一对兄弟划船去海里打鱼，遇上了大风浪，全都淹死了。家人日夜哭号，一天晚上，梦到他们前来，说："我们现在成为海中的潮部鬼，每天都推着海潮，非常凄惨，你们给我们的祭品全都被其他的鬼夺去了。"

此鬼载于宋代洪迈《夷坚志》甲志卷第十四、宋代鲁应龙《闲窗括异志》

629
陈九娘

南安县大盆村，有个人叫王誧。他的妻子林氏忽然生病，有个鬼上了她的身，说："我是陈九娘，用香花来供奉我，对你家有益。"王誧听了，只能照办。陈九娘便在王家住下了，称林氏为阿姐。

陈九娘为人预测吉凶，灵验无比。过了半年，陈九娘现形，只有和她打过交道的人，才能看到她腰以下的身体。周围的人如果有事找她，无论多远，她也会和林氏一起过去。

当地人祭祀她，摆上酒食，她就会和大家说话。这个鬼很有水平，说的话让人百听不厌。两年之中，因为陈九娘，王誧家赚了不少钱。

一天，陈九娘忽然哭着对林氏说："我之前生为人女，还没成年便死了。问于地府，说我前生欠了阿姐你十万钱，所以我才来你家，偿还这笔债。等还完了，我就能托生为男子。现在我已经为你家赚够了这笔钱，请你摆酒为我送行吧。"陈九娘现出全形，姿色秀丽，言辞婉转。她呜咽着对林氏说："阿姐你保重！"说完，陈九娘便消失不见了。

此鬼载于五代徐铉《稽神录》卷三

630
陈王神

南中有一种鬼，自称陈王神，面黑眼白，长得很丑陋，如果向它祈祷，就会很灵验，但人们很讨厌它。南北朝时，陈霸先用木头雕刻这种鬼的形状，虔诚供奉，鬼和陈霸先叙旧，陈霸先尊称它为叔父。后来，陈霸先建立陈国取代梁国，就尊这种鬼为帝。

此鬼载于宋代乐史《太平寰宇记》卷一百六十九

631
持烛茗鬼

南方的海外之国，有一些幻术师，能够命令一种鬼，执烛持茶服侍客人。客人只看到灯烛和茶，却看不到鬼。有个姓孔的年轻人，前去求学，幻术师说："你给我当女婿，我才能将这法术传给你。"年轻人答应了。

当天晚上，幻术师让女儿前来和年轻人同床共枕。年轻人见幻术师的女儿十分漂亮，很是喜欢，但不知为何，两个人躺在床上，中间有阻隔，感觉像是隔着一堵墙一般，无法亲近。年轻人英俊潇洒，幻术师的女儿也很喜欢他，对他说："席中有一根红线，你把它拿掉，就没事了。"年轻人将红线丢掉，两个人终于能抱在一起。

如此这般，过了几晚，事情被幻术师知道了。幻术师很生气，要杀掉年轻人。女子将事情告诉年轻人，说："你赶紧逃吧。逃走的时候，你一手拿着一只公鸡，一手在头上顶个铁锅。我父亲会用飞剑来杀你，到时候有铁锅保护你的脑袋，你性命无忧，而飞剑斩断了公鸡的脖子，返回来，父亲见剑上有血，会以为已经杀了你。这样你就平安无事了。"年轻人说："你为何要帮我呢？"女儿说："因为我喜欢你呀。以前也有人来，父亲会让我将他们迷惑至死，他们死了，父亲就指使他们执烛持茶侍奉客人。"年轻人不得已，哭着和女子告别。女子也很伤心，说："你别思念我了，其实我不仅丑而且还老。"言罢，女儿伸手脱下了自己的面皮，就像蛇蜕皮那样。

此鬼载于清代屈大均《广东新语》卷二十八

632
斥酒博鬼

乌鲁木齐有个叫茹大业的军官说，古浪这地方有十几个家伙占据一处佛殿饮酒赌博，寺里的僧人软弱，只能任其所为，甚是苦恼。

一天晚上，这帮赌徒一边喝酒一边赌博，其中一个伸出拇指大呼："一！一！"突然从门外伸进来一个大拳头，足足有五斗栳栳那么大，伸开五指，厉声高呼："六！"接着举掌一拍，蜡烛熄灭，桌椅稀碎。这十几个家伙吓得晕倒在地，一直到天亮才醒过来，自此之后，再也不敢在此喝酒赌博了。人们都说，这是报应。

此鬼载于清代纪昀《阅微草堂笔记》卷十三

633
赤丁子

唐代，洛阳有个人叫牟颖，年少时有一次喝醉了跑到野外，半夜酒醒，在路旁歇息，看见有具尸体露出地面。牟颖见了，觉得不能不管，就将这具尸体掩埋了。

当天晚上，牟颖梦见一个身穿白衣的少年，拿着一把剑，对自己叩拜，说："我是个强盗，生前打打杀杀，杀了很多人。后来和同伙争斗，被杀死，埋在路边。最近风大雨大，所以尸体暴露，幸亏你埋了我，因此特来感谢。我生前凶勇，死后成为厉鬼，你如果能够收留我，每天晚上稍微祭祀我一下，我答应供你驱使。"

牟颖醒来之后，就祭祀它，然后暗暗祈祷。晚上，又梦到这人来，说："以后，如果你有事情让我办，就叫一声'赤丁子'，我一定会应声而至。"

牟颖从此之后就召唤这个鬼，让它去偷盗，很快就富裕起来。

有一天，牟颖见邻居家的女子十分漂亮，就让赤丁子去偷来。半夜，赤丁子将那女子带来。自此之后，差不多一年的时间，牟颖都和女子幽会。后来，女子知道了牟颖有这个法术，就跟家人商量对策。家人暗地里请了一个道士作法，在家里贴了很多符咒。

赤丁子再去带女子的时候，见她家的符咒，回来对牟颖说："她家以道法来对付我，不过还是斗不过我。我会强取这女子，带回来后，你一定不能再放走了。"过了一会儿，邻居家狂风四起，符咒全都刮飞了，连女子也不见了。

第二天早上，女子的丈夫上报官府。官府派人来牟颖家里捉拿，发现牟颖带着女子，不知道跑到什么地方去了。

此鬼载于宋代李昉等《太平广记》卷三百五十二（引《潇湘录》）

634
赤鬼

东晋时，平原人陈皋坐船路过广陵的樊梁湖，突然有个红色的鬼，有一丈来高，头戴一顶像鹿角的绛色帽子，要求搭乘，没等陈皋答应就上了船。陈皋放声唱起了南方家乡的民谣，那鬼似乎不喜欢听，又吐舌头又瞪眼睛。陈皋很生气，拿起棍子就打，鬼立刻变成一团火，把周围都照亮了。不久之后，陈皋就死了。

南北朝时，有个叫谢晦的人，在荆州看见墙角有一个红色的鬼，有三尺来高。鬼来到他面前，手里拿着一个铜盘子，里面满满一盘血。谢晦接过来，铜盘变成了纸盘，不一会儿鬼就不见了。

此鬼载于晋代荀氏《灵鬼志》、南北朝刘敬叔《异苑》卷四

635
炽然鬼

炽然鬼是地狱中的一种鬼，常无缘无故浑身着火，像被人浇上油再点着火，痛得鬼哭狼嚎，满地乱滚。这种鬼前世或为官兵，或为流贼，攻城略地，杀害百姓。按规定，此种鬼再投生为人后，还要遭别人抢掠。

此鬼载于唐代释道世《法苑珠林》卷六

636
抽筋鬼

唐代大历年间，庐州有个书吏叫王庚，请假回家。晚上，他正走在野外，忽然听到有个骑马的侍从大声呵斥他，让他退到路边。王庚十分生气，觉得对方不懂得尊重官员，就站在旁边看。

过了一会儿，只见不远处来了一支浩浩荡荡的队伍，仪仗排场很像节度使。再后面来了一辆华丽的马车，车上的人穿着紫色的衣服，十分尊贵。队伍行进

到水边，刚要渡河，骑马的侍从来到车前，对那紫衣人报告说："拉车的绳子断了。"紫衣人说："查一查书册。"后面的几个官吏拿出一本书册，查了一会儿，说："应该抽庐州一个叫张道的妻子脊背上的筋来修。"

王庚听了，很是惊讶，因为这个张道的妻子就是他姨母。

紫衣人说完，就立刻有差役飞奔而去。过了一会儿，差役回来，手里拿着两条白色的东西，都有几尺长。差役用那东西修好了绳子，一帮人过河消失了。

王庚急忙赶到他姨母家，姨母还没有生病，过了一宿，她忽然觉得背痛，半天就死了。

此鬼载于唐代段成式《酉阳杂俎》前集卷十四

637
臭鬼

宋代政和年间，清明时，有个太学士和朋友一起去郊游，看到有个白衣人跟在后面，相隔十几步。那个白衣人长得很英俊，仪表堂堂，就是全身散发出强烈的臭味。

回来后，太学士说起那个人，朋友们都说没看到，太学士觉得很奇怪。太学士回到自己的房间，发现那个白衣人就在自己屋里，呵斥他，他就消失不见，过了一会儿又出来了，而且身体散发的气味越来越臭。

太学士很害怕，就把这件事情告诉了别人。有人说："这恐怕是你遇到了冤魂野鬼，不如离开这里，对方就不缠着你了。"太学士就回到了老家。过了几年，太学士的父母督促他赶紧回去继续读书，太学士没办法，只能回来。

结果刚回来，那个白衣人又出现了，而且厉声对太学士说："这次碰到你，我可不会弄丢你了！"过了不久，太学士就病死了。

此鬼载于宋代洪迈《夷坚志》乙志卷第一

638
吹灯鬼

宋代，唐州方城县麦陂团有个王某，和当地的一个僧人关系很好。这个僧人死了好几年，王某梦见他来和自己交谈，并且赠诗而去。醒来，王某还能记得几句诗，就觉得这是不祥之兆。

有一天，王某做完事情回家，当时天快黑了。王某骑着马独自前行，把仆人甩在了后面。走了二十里地，他看见路边的荆棘丛里有七八个人聚在一起烤火，走到跟前发现都是乞丐，围坐在一起不说话。王某仔细观察，发现这些人虽然长得像人，但是有的缺胳膊，有的缺眼睛，还有没脖子的。看到王某，这些人一跃而起，吹王某手里的灯。那灯是用猪的膀胱做的罩子，吹不灭。王某吓得要死，提着灯就跑，鬼跟着就追。王某跑了二十里回到家中，大喊："有鬼追我！"家里人赶紧出去，那群鬼才散去。过了不久，王某就病死了。

宋代皇祐年间，寇立担任三司大将的时候，与同僚李某负责押运香药去广信军，完成任务后回京，路上在定州永乐驿休息。

当时正是隆冬，天气寒冷，寇立和李某烤火而坐。夜里二更后，李某去睡觉了，寇立听到屋子后面发出小猪相互追逐时发出的声响。刚开始，寇立不以为意，接着大门被推开，走进来一个二尺多高的老妇人，头发蓬乱，弯着腰走到跟前，张嘴吹灯，灯焰变得碧绿，眼见要熄灭。寇立大惊，站起来用木棍击打老妇人。老妇人逃走，寇立跟着就追，到了门前，仰面摔倒在地，站起来，又撞到了房间里的屏风，不得不大声呼叫仆从。仆从和驿站的小吏听到喊声后，举火前来，见寇立头破血流，李某吓得蒙着被子躲在床底下。寇立问驿站的小吏怎么回事，小吏说："这里有个妖怪，住在屋子后面的小洞里，经常出来。"

此鬼载于宋代洪迈《夷坚志》乙志卷第八、宋代张师正《括异志》卷九

639
促吊鬼

清代，唐县有个姓张的人，家里贫困，喜欢赌博。妻子韩氏纺织得来的钱都被他赌光了，连首饰也被他卖了。

一天，张某在一个地方赌博，输光了钱，被赶出局。

张某有个表弟萧某，是个小偷，也在赌钱。张某就跟表弟说："你嫂子有个箱子，装着三百文钱，是她卖棉线得来的。你去偷来，解我一时之急。"萧某说："我怎么敢偷嫂子的钱呢！"张某说："你怕什么，有我在，即便是你嫂子发现了，也不怪你。"萧某不得已，只能去偷。

到了张某家，韩氏不在家，萧某就进了房间，打开箱子，拿了钱正要走，韩氏回来了。萧某只能躲在梁上，心想等韩氏离开，自己再出去。

韩氏点了灯，坐下来纺线。这时，萧某看见从门缝里进来一个人，穿着绿色的袍子、青马褂，戴着帽子，站在嫂子身后。萧某心想："好呀！这肯定是嫂子的情夫，我得告诉哥哥！"看了一会儿，萧某发现那人不跟嫂子说话，嫂子好像并没有看到他，心想："这到底是人还是鬼呀？"又过了一会儿，萧某看见那人用手弄断嫂子手里的线，嫂子接上，那人又弄断，如此再三。韩氏停下来，低头抹眼泪，那人就露出欢喜的颜色。

萧某这才明白，那是鬼，不是人。

过了一会儿，韩氏站起来，找来一根绳子，挂在窗户上。那鬼见了，欢喜跳跃，为韩氏做了一个绳套，又搬来凳子给韩氏。韩氏把头伸进绳套里，眼见得要上吊了。萧某大急，叫了一声："上吊了！"然后扑通一声跳了下来。邻居也听到了动静，都赶过来。但见韩氏已经倒在地上昏迷不醒，那鬼则站在旁边不动。

邻居忙着救韩氏，看见那个鬼，就问萧某那是谁。萧某赶紧将事情说了一遍，众人知道是鬼，赶紧拿起木棒击打它。那鬼身体僵硬，木棍击打在上面发出梆梆的声响，过了一会儿，变成烟雾一般的东西，一晚上都没消散。后来，过了七天，那鬼才消失。

此鬼载于清代曾衍东《小豆棚》卷十一

640 促织

明代宣德年间，皇室里盛行斗蟋蟀，每年都要向民间征收蟋蟀。有个华阴县的县官，想巴结上司，把一只蟋蟀献上去，上司试着让它斗了一下，结果那只蟋蟀很能打斗，上级便责令他经常供应。县官又把供应的差事派给各乡的公差。于是，那些游手好闲的年轻人，捉到好的蟋蟀就用竹笼装着，喂养它，然后储存起来，当作珍奇的货物等待高价出售。

乡里的差役们狡猾刁诈，借这个机会向老百姓摊派费用，每摊派一只蟋蟀，就常常使好几户人家破产。

县里有个叫成名的读书人，长期未考中秀才，为人拘谨，不善说话，就被刁诈的小吏报到县里，叫他担任里正的差事。他想尽方法还是摆脱不掉这差事。

不到一年，成名微薄的家产都受牵累赔光了。正好又碰上征收蟋蟀，成名不愿意勒索老百姓，但又没有抵偿的钱，忧愁苦闷，想要寻死。他妻子说："死有什么益处呢？不如自己去寻找，也许还有万一的希望。"成名认为这话很对，就早出晚归，提着竹筒丝笼，在破墙脚下、荒草丛里，挖石头，掏大洞，各种办法都用尽了，最终没有成功。即使捉到两三只蟋蟀，也是又弱又小，不合规格。

县官定了限期，严厉追逼，成名在十几天中被打了上百板子，两条腿脓血淋漓，也不能去捉蟋蟀了，躺在床上翻来覆去只想自杀。这时，村里来了个驼背巫婆，能借鬼神预卜凶吉。成名的妻子准备了礼钱去求神，烧香跪拜。约一顿饭的工夫，巫婆的帘子动了，一片纸抛落下来。妻子拾起一看，并不是字，而是一幅画，当中绘着殿阁，就像寺院一样，殿阁后面的山脚下，横着一些奇形怪状的石头，长着一丛丛荆棘，一只青麻头蟋蟀伏在那里，旁边有一只癞蛤蟆，就好像要跳起来的样子。她展开看了一阵，不懂什么意思，但是看到上面画着蟋蟀，正跟自己的心事暗合，就把纸片折叠好装起来，回家后交给成名看。

成名反复思索，觉得应该是提示自己捉蟋蟀的地方。细看图上面的景物，和村东的大佛阁很相像。于是，他忍痛爬起来，拿着图来到寺庙后面的古坟旁边。

成名沿着古坟向前走，见一块块石头好像鱼鳞似的排列着，和画中的一样。他在野草中一面侧耳细听一面慢走，突然一只癞蛤蟆跳了过去。成名更加惊奇，急忙跟着癞蛤蟆的踪迹，拨开草丛去寻找，见一只蟋蟀趴在棘根下面，急忙扑过去捉住了它。

这只蟋蟀俊美健壮，尾巴长，长着青色的脖颈、金黄色的翅膀。成名特别高兴，用笼子装上提回家，全家庆贺，把它看得比价值连城的宝玉还珍贵。成名把它装在盆里，用蟹肉栗子粉喂它，爱护得周到极了，只等到了期限，拿它送到县里去交差。

成名有个九岁的儿子，一日见爸爸不在家，偷偷打开盆子来看。蟋蟀一下子跳出来，等抓到手后，蟋蟀的腿掉了，肚子也破了，没一会儿就死了。孩子害怕，就哭着告诉妈妈，妈妈听了，吓得面色灰白，大惊道："祸根，你爸爸回来，自然会跟你算账！"孩子害怕，哭着跑出去了。

不多时，成名回来，听了妻子的话，怒气冲冲地去找儿子，结果在井里找到儿子的尸体。夫妻俩呼天喊地，悲痛欲绝。到傍晚时，成名拿上草席准备把孩子埋葬，发现儿子还有一丝微弱的气息。他们赶紧把儿子放在床上，半夜里儿子苏醒过来。夫妻二人心里稍稍宽慰一些，但是孩子神情呆呆的，气息微弱，只想睡觉。

上交蟋蟀的日子马上就到了，成名愁眉苦脸，忽然听到门外有蟋蟀的叫声，起来四下寻找，看见一只蟋蟀趴在墙壁上，个儿短小，黑红色。成名见它很小，就去寻找别的。这时，墙壁上的那只小蟋蟀忽然跳到他的衣袖上。成名再仔细看它，形状像蝼蛄，梅花翅膀，方头长腿，也算是蟋蟀的优良品种。成名很高兴，收养了它，准备献给官府，但心里还是不踏实，怕不合县官的心意，他想先试着让它斗一下，看它实力怎么样。

村里一个年轻人养着一只蟋蟀，给它取名叫"蟹壳青"，每日用它跟其他少年斗蟋蟀，没有一次不胜的。他想留着它居为奇货来牟取暴利，便抬高价格，但是一直没有人买。有一天，少年直接上门来找成名，成名就想和这个年轻人斗蟋蟀。双方把蟋蟀放进斗盆里，小蟋蟀趴着不动，呆呆地像个木鸡，年轻人大笑，试着用猪鬃撩拨小蟋蟀的触须，小蟋蟀仍然不动。撩拨了它好几次，小蟋蟀突然大怒，直往前冲，腾身举足，振翅叫唤，跳起来，张开尾，竖起须，一口咬住"蟹壳青"的脖颈。年轻人大惊，急忙分开两只蟋蟀，并承认自己的蟋蟀败了。小蟋蟀抬着头，振起翅膀，得意地鸣叫着，好像给主人报捷一样。成名大喜，这时，突然来了一只鸡，直向小蟋蟀啄去，小蟋蟀一跳有一尺多远，麻利地躲开了。鸡强健有力，又大步地追逼过去，成名赶过去时，小蟋蟀已被压在鸡爪下了。成名吓得惊慌失措，不知怎么救它，急得直跺脚。忽然他看见鸡伸长脖子扭摆着头，到跟前仔细一看，原来小蟋蟀已趴在鸡冠上，用力咬着不放。成名越发惊喜，小心地捉下小蟋蟀放在笼中。

第二天，成名把蟋蟀献给县官，县官见它小，怒斥成名。成名讲述了这只蟋蟀的奇特本领，县官不信，就试着用它和别的蟋蟀搏斗，其他的蟋蟀都被它斗败了。又试着和鸡斗，果然和成名所说的一样。于是，县官就奖赏了成名，把这只蟋蟀献给了巡抚。巡抚特别喜欢，用金笼装着献给皇帝，并且上了奏本，仔细叙述了它的本领。到了宫里后，凡是全国贡献的蝴蝶、螳螂、油利挞、青丝额及各种稀有的蟋蟀，都与小蟋蟀斗过了，没有能斗过它的。小蟋蟀每逢听到琴瑟的声音，都能按照节拍跳舞，大家越发觉得出奇。皇帝更加喜欢，便下诏赏给巡抚好马和锦缎。巡抚不忘记好处是从哪来的，不久，县官也以才能卓越而闻名。县官一高兴，就免了成名的差役，又嘱咐主考官，让成名中了秀才。过了一年多，成名的儿子精神复原了。他说自己变成一只蟋蟀，轻快而善于搏斗，到这时才苏醒过来。巡抚也重赏了成名。不到几年，成名就有一百多顷田地，很多高楼殿阁，还有成百上千的牛羊。每次出门，成名身穿轻裘，骑上高头骏马，比世代做官的人家还阔气。

此鬼载于清代蒲松龄《聊斋志异》卷四

641
大鬼

古代传说中，鬼的种类纷繁众多，有一种鬼和其他的鬼很不一样，身形魁梧巨大，称之为大鬼。

清代的时候，有个叫孙太白的人，祖上在南山柳沟寺一带有产业。有一年秋天，孙太白回老家待了几个月，返程时在柳沟寺住宿。屋子里满是尘土和鸟粪，孙太白让仆人打扫干净后，躺下准备睡觉。

此时，月色满窗，万籁俱寂。忽然听到大风呼啸，吹得寺里的山门隆隆作响。很快，风声逐渐靠近屋子，不久房门被推开，传来了咚咚的脚步声。

孙太白赶紧起身，看到一个大鬼弯着腰，费力挤了进来，站在床前，脑袋伸到了梁上。这大鬼一张脸干枯褐黄，双目闪着寒光，大嘴如盆，牙齿尖利，足有三寸多长，伸出舌头，发出怪叫，震得墙壁都在动。它四处观望，好像在找什么东西。

孙太白害怕极了，想到屋子就这么大，逃也逃不掉，不如和大鬼拼了。所以，他偷偷从枕头下抽出佩刀，狠狠地刺进了大鬼的肚子里。

大鬼十分愤怒，伸出巨爪抓孙太白。孙太白闪身躲过，大鬼抓走了他的外衣，愤愤而去。

仆人听到动静，举着火把赶来，发现门窗紧闭，破窗而入，看到孙太白吓得几乎昏厥。检查周围，发现孙太白的那件外衣夹在卧室的门缝里，窗户上留下一个大如簸箕的爪子的痕迹。

天亮之后，孙太白和仆人不敢停留，离开了那里。后来问了僧人，僧人说寺里并没有发生什么怪异的事。

此鬼载于清代蒲松龄《聊斋志异》卷一

642
大浑王

宋代，秀州人闻人兴祖博学有文采，性格耿直，不拘小节，住在近郊，自称东郊耕民，官任州学录，与学谕娄虞是好朋友。

绍兴十七年（1147年）夏天，娄虞病逝。这年九月，闻人兴祖梦到一个穿着红袍、骑着马的客人来访，仔细看了看，竟然是娄虞。娄虞对他说："以后能和你共事，我很高兴。"说完，娄虞让仆人牵来一匹千里马，带着闻人兴祖来到一处官舍，说："以后这里是你的官衙。"过了一会儿，有个小孩跑出来，拉闻人兴祖的衣袍。娄虞说："你儿子已经先到了。"这个孩子，正是多年前闻人兴祖走失的儿子。转了一圈，娄虞对闻人兴祖说："你该回去了。过段时间，我去接你。"

闻人兴祖惊醒，第二天将事情告诉朋友，朋友都觉得这是不祥之事。

几天后，闻人兴祖出门办事，经过娄虞家，突然觉得毛骨悚然，回来就得了病，当天晚上就死了。

闻人兴祖死后，他的表弟陈振梦见了他。陈振问他："听说你在阴间当了官，是不是真的？"闻人兴祖说是。陈振又问："如果有人来我这里问吉凶，你能提前预测吗？"闻人兴祖说："大浑王不喜欢这种事。"陈振问："你是大浑王的手下？"闻人兴祖说："哎呀，我说多了，我说多了！"言罢，闻人兴祖哭着离开。陈振从梦中醒来，依稀还能听到闻人兴祖的哭声。

此鬼载于宋代洪迈《夷坚志》丁志卷第七

643
大力鬼

大力鬼是地狱中的一种鬼，虽有大力神通，但常由此而被役使遭受祸患。其前世皆曾拐卖人口、偷盗财物，虽然能力很大，却全用来做坏事了。

此鬼载于唐代释道世《法苑珠林》卷六

644
大罗杀鬼

大罗杀鬼，形态不定，能够预测吉凶，有时候夜里骑着鸟飞入房舍，有时让房屋发出声音，有时看着人流泪。

这种妖怪是出现之地的人家未托生的亲人的魂魄所化。

此鬼载于宋代《太清金阙玉华仙书八极神章三皇内秘文》（收录于明代张宇初《道藏》）

645
大面鬼

宋代，太学生孙恢和两个同学在上元节这天请假出游，虽然嘴里说是观景，其实心思都在女人身上。夜里四更时分，街上行人寥落，三个人看见一人骑马而来，前面有几个仆人领路。骑马的人，从身形判断，应该是个美丽女子。

三人一路尾随，见女子在一家酒店门口下马，走了进去。女子买酒独酌，和仆人们有说有笑。孙恢三人也跟着进了酒店，坐在女子旁边的位子，叫了酒，问女子能不能一块坐。女子答应了。

孙恢以为女子肯定是娼妓，见女子用丝巾蒙住脸，无法看清容貌，趁其不注意，揭开了她的丝巾，发现竟然是一个大面恶鬼。三人大呼："有鬼！"

酒店的伙计出来，见根本没什么东西，嘲笑这三个家伙得了失心疯。孙恢如实相告，伙计说："我只看到你们三个秀才进来，没看到什么女子！"

三个家伙胆战心惊，一直待在酒店直到天明才回去。

此鬼载于宋代洪迈《夷坚志》乙志卷第十五

646
大名仓鬼

宋代政和年间，有个叫王履道的人，看守大名府崇宁仓。

一天晚上，守仓的十几个士兵同时发出惊叫，声音很大。王履道不知道发生了什么事，赶紧起来去看。一个士兵说："外面有个怪物，长得十分可怕，你可不能出去！"王履道看了一眼，发现一个大鬼坐在仓库的大门上，双足踏地，双腿晃动时连屋瓦都在摇晃。过了一会儿，那大鬼走出仓库，进入对面李秀才家中消失了。

后来一打听才知道，大鬼走进去的时候，李秀才就死了。

此鬼载于宋代洪迈《夷坚志》乙志卷第十四

647
大头鬼

清代，奉天城内，每到三更时分，很多人能听到敲梆子的声音。有人爬起来偷看，看见一个东西，人形，头大如斗，嘴巴如同簸箕，张着嘴发出敲梆子的声音，全身长满黄毛。事情传开来，民众都十分惊慌。当地有无赖模仿这种声音，趁机掠夺财物，闹腾了很久。

清代咸丰年间，北京也传闻有大头鬼出现。据说，这鬼头大，碰到小门就无法通过。后来同治、光绪年间科举考试，大头鬼也出现过。有人看到，大头鬼脸上金光闪闪，长得大腹便便。看到的人，如果是当官的，一定会升官；如果是读书人，一定会中举。

清代，山东有个姓萧的人，提灯夜行，碰见一个鬼，高三四尺，头大如瓮，面色深青，双目炯炯如灯，满口尖牙，用两只手捧着脑袋，缓慢行走，见到萧某，退避到墙根。萧某向来胆子大，用手中的灯柄猛击大头鬼的脑袋。鬼怒目皱眉，做出一副痛恨的样子。回家后，萧某生病，一个多月才好。

此鬼载于清代东轩主人《述异记》卷中、清代况周颐《眉庐丛话》、
清代李庆辰《醉茶志怪》卷二

648
大小绿人

清代乾隆年间，有个叫香亭的人，和朋友邵一联进京，四月二十一日到了栾城东关。当时所有的旅店都住满了人，唯独一家新开的旅店没有客人，二人就前去投宿，邵一联睡在外间，香亭睡在内间。

半夜，两个人躺在床上隔着一堵墙聊天。忽然，香亭看到有个一丈多高的人，绿色的脸，绿色的胡须，穿着绿色的袍子，从门外进来，因为太高，他的帽子顶在梁柱上，发出嚓嚓的声响。紧接着，有个小人，还没有三尺高，长着大脑袋，也是绿色的脸、绿色的衣服，来到窗前，举起袖子上蹦下跳，如同跳舞一般。

香亭想叫，发现自己发不出声音，只能听到隔壁邵一联在说话，正惶恐不安，看到床边的桌子旁倚着一个人，满脸麻子，胡须很长，头戴乌纱帽，系着宽大的腰带，指着那个大绿人对香亭说："这个不是鬼。"然后，又指着那个小绿人说："这个才是鬼。"

麻脸人又向大小绿人挥手低语，两个绿人点了点头，向香亭拱手施礼，拱一下手，就退一步，拱了三次后，就消失了，那个麻脸人也消失了。

香亭赶紧跳起来，正要跑出房间，邵一联也发出惊呼，跑了进来。香亭问邵一联有没有看到大小绿人，邵一联摇头说："没有。我刚要睡觉，觉得你那边阴风阵阵，跟你说话，你也不搭理我，然后看见你屋里有十几张大大小小的人脸跑来跑去。刚开始我以为自己眼花了，忽然大小人脸层层叠叠垒在门框上，又有一张如同磨盘大的大脸出现，朝我笑，我这才赶紧过来，并没有看到你说的大小绿人。"

第二天，二人上路，听到有两个当地人在窃窃私语："听说他们昨天住的是鬼店，凡是投宿的，不是死了就是生病、发疯，当地县官疲于应付，只能将其关闭，已经十多年了。昨天晚上，这两位客官住了一宿没有发生什么事，难道他们天生是贵人，将来会飞黄腾达？"

此鬼载于清代袁枚《子不语》卷十一

649
大眼鬼

宋代乾道元年（1165年）八月，吉水县人张诚去潭州走亲戚，经过醴陵时，天色已晚，便在一个村子里住下。客店主人对张诚十分热情，晚上好酒好菜宴请他。张诚觉得自己和店主并不熟，见店主如此殷勤，心生怀疑，说自己不能喝酒，又说累了一天，便拒绝了酒宴，早早上床睡觉了。

良久，张诚见大堂上依旧灯火通明，起来窥探，见店主摆上酒茶跪在一幅画像前祷告。张诚隐隐约约听到店主提到自己的名字，明白店主肯定是要拿自己去祭鬼。

店主退下后，张诚端详画像，见上面画着一个眼睛如同茶杯大小的鬼。他知道自己凶多吉少，之前又听别人说过念诵《大悲咒》可以辟邪，便双手合十，念诵起来。刚念了几遍，张诚见那个大眼鬼从画上走下来，盘旋于供案上。很快，大眼鬼迸出无数的小眼，样貌吓人。

张诚回到房间，坐在床上，拼命念咒，听到有东西敲自己的房门却进不来。

等到天明，张诚来不及取行李，慌忙离开客店。出门时，他听到客店里头传来哭声，也没人追他。

走出了二里地，张诚停下来歇息，听后面过来的行人说，那个店主晚上暴死。张诚向行人打听情况，行人说那家人祖孙三代供奉大眼鬼，每年都要杀一个人祭鬼，死于他家客店的人多了去了。一旦不成功，那鬼就会祸害店主家人。

这件事发生后，张诚很少再外出了。

此鬼载于宋代洪迈《夷坚志》支癸卷第四

650
刀劳鬼

江西临川的群山之中，传闻有一种鬼怪，出现时经常风雨大作，传出巨大的呼啸之声。这种妖怪能够以各种东西射人，被射中的部位很快就会肿起来，如同中了剧毒。

这种鬼怪有公母之分，如果被公的射中，会很快死去，如果被母的射中，毒发身亡的时间稍微长一点儿。不管公母，短的半天，长的一夜，人就会死掉。当地人称之为刀劳鬼。

清代时，纪昀有个老仆人叫施祥，曾经骑着马赶夜路，来到空旷的野地，黑暗中突然有几个鬼向他扔土块、沙子，马吓得连连嘶鸣。施祥知道遇到了刀劳鬼，大声骂道："我并没有到你们的坟冢地盘，你们为什么侵犯我？"群鬼嬉笑说："我们是在恶作剧，谁和你讲道理呀！"施祥大怒，说："既然不讲理，那就来打一架吧！"于是，施祥下了马，用马鞭抽打对方。但对方数量多，施祥逐渐无法抵挡，落于下风。就在此时，施祥忽然看到一个鬼跑过来，大声喊道："你们恶作剧的人是我的好朋友，不要造次！"那群鬼听了，一哄而散，施祥就赶紧逃跑了。因为当时跑得急，施祥忘了问救自己的到底是谁，第二天带着酒菜来到与群鬼打斗的地方祭奠，算是缅怀故人之情。

此鬼载于晋代干宝《搜神记》卷十二、清代纪昀《阅微草堂笔记》卷二十二

651
地羊鬼

三国时孟获占领的地方，明代时置孟密安抚司，朝廷每年都会命令当地上贡宝石。

这地方有种鬼，名为地羊鬼，擅长用泥土或者木头换取人的五脏六腑或者肢体。它换的时候，人是不知道的，等到发作的时候，人会活活痛死，剖开肚子，发现里面全是泥土、木头。如果害人不深，就会换掉人的一只手或一条腿，让人成为残疾。

这种鬼秃头黄眼，黑脸，长得极为丑陋，除了换取人的五脏六腑或者肢体，还会换取牛马的。如果冒犯它，一定会死掉。对付这种鬼，如果人穿上青色的内衣，它就没办法了。

此鬼载于明代郎瑛《七修类稿》卷五十一、明代朱孟震《西南夷风土记》

652
叠桥鬼

清代光绪年间，苏州有个姓邢的老头，虽然年纪大了，但腿脚很灵便。

邢老头的家距离苏州城不远。一天，他从城里回家，天色已黑，有个挑着灯笼的人来到邢老头跟前，问他家在何处。邢老头告诉了这个人，这个人说和邢老头同路，于是两个人并肩而行。

过了会儿，前方出现一座桥，那人挑灯走到桥上，冲邢老头招手，让他赶紧过来。邢老头觉得有点奇怪，用手里的烟袋敲了敲桥，觉得不像是石头垒砌的，发出空空的声响，似乎是五六个人手足勾连搭叠而成。

邢老头明白这家伙是鬼，笑道："我已经七十岁了，不久之后就会死掉，变成鬼，和你们一样。你们为何这么着急让我死呢？这条路我经常走，自城外到石桥，共有三千二百五十七步，现在才走了二千八百三十九步，谁有这么大力气能将石桥移到这里来呀？分明是你们在搞鬼。"话音刚落，桥消失不见，桥上挑灯之人亦无影无踪，只能听到鬼发出啾啾的声音，不一会儿也消失在茅草之中。

此鬼载于清代吴友如《点石斋画报》

653
丁姑

丹阳有个姓丁的姑娘，十六岁时，嫁到淮南郡全椒县的谢家。婆婆是个严酷之人，每天都会分派大量的家务让她做，做不完，就拿鞭子抽打她。丁姑娘实在不堪忍受婆婆无休无止的虐待，就在九月九日那天上吊了。

丁姑娘死后，她的鬼魂对当地的巫师说："天底下的儿媳妇都非常辛苦，日夜劳作不息。九月九日这天，给她们放假吧，别让她们做事。"

吴国被平定后，丁姑娘的鬼魂想回老家。永平元年（291 年）九月七日，有人看见她穿着淡青色衣服，身旁一个婢女举着青盖，出现在牛渚津。渡口不远处，有两个男子正在驾船捕鱼。丁姑娘喊他们过来，请求渡河。两个男子大笑，调戏她，说："你要是能嫁给我们，我们就带你过去。"丁姑娘说："本来以为你们是好人，没想到竟然这样。你们会死于水中，不得超生。"

过了一会儿，有个老翁驾着船载着芦苇经过，丁姑娘上前请求老翁载她渡河。老翁说："我船上没有船篷，露天渡河的话，恐怕对你们不妥。"丁姑娘表示不要紧。于是，老翁搬出一些芦苇，腾出地方，将丁姑娘她们载过河。离开时，丁姑娘说："我是鬼，不是人，照理来说是不需要搭船也能过河的。我这么做，是想让你将此事告诉百姓们，让他们知道我的灵验。老人家你心地善良，我将厚谢你。你赶紧离开，一定会得到一些补偿的。"老翁说："我只是做了该做的而已。"

老翁驾船到西岸，见刚才的那两个男子已经淹死在水里。前行了数里，突然有上千条鱼被风吹到岸上。老翁见了，卸下船中的芦苇，装上鱼，回家了。

丁姑娘回到丹阳后，整个江南都在流传她的事迹，称呼她为丁姑。九月九日这一天，也作为儿媳妇的节日，被人们固定下来。

此鬼载于晋代干宝《搜神记》卷五

654
痘花婆

清代时，小孩出痘也叫出花。有一户人家，两个儿媳妇的儿子都出痘，大儿媳的儿子已经很危险了，小儿媳的儿子刚刚发作。

当天晚上，小儿媳梦见一个卖花的老婆婆，小儿媳就和大儿媳一起买了花，然后，小儿媳用自己手里的花，和大儿媳的花做了交换。

醒来后，小儿媳发现大儿媳的儿子病好了许多，自己的儿子反而病情严重，奄奄一息。她这才知道是因为梦里交换了卖花老婆婆的花，才会这样。

此鬼载于清代俞樾《右台仙馆笔记》卷十六

655
毒药鬼

茂州这地方，在古代是汶山郡，唐代时曾被吐蕃攻陷，人烟稀少。

茂州东行六十里，有个地方叫甘沟，西行二十里，有个地方叫打鼓石。沿途有很多旅店，里面负责招待的、主事的都是妇女。这地方长得特别漂亮的妇女，都生有一种怪病，当地人把她们称为毒药鬼。每到立春、立秋的时候，病就会发作。怪病发作的时候，这些妇女肚胀如鼓，身体肿胀，嘴里、眼里以及十指都流出黄水，每到夜里就更严重。这些妇女身边都藏有竹筒，即便是父母、丈夫也不知道里边装的什么东西。竹筒里藏着各种兽毛，狗、猪、牛、马、骡的，都有。发病时，这些妇女往往在夜里拿出一根兽毛，拿出什么毛，魂就会变成什么动物，跑到野外，迷惑行人。如果有胆大且勇猛的人抓住她们用锤子击打，她们就会哀号乞求放过；如果杀了这些魂魄变成的动物，那她们就会死掉。

她们身上流出的黄水，人只要沾上，就会中毒，也会变成毒药鬼。

此鬼载于清代俞樾《右台仙馆笔记》卷九

656
独脚鬼

清代，浙江富阳桐庐山中，有很多独足鬼，当地人称独脚仙，家家供奉，不然就会有戴着乌纱帽、穿着袍子的鬼物夜里进入家中，使人梦魇致死。这种鬼还偷窃人家的财物，有时候也变成老头拄着拐杖到人家里。如果人尊敬它，祭祀它，会有求必应，否则就会作祟。

此鬼载于清代东轩主人《述异记》卷下

657
独脚五通

宋代，方子张担任会稽仓官，租赁了一处民宅当官舍。有次，厨房里煮好了饭，婢女掀开锅，发现饭少了三分之一，做好的菜也是如此。婢女偷偷藏起来，想看看是什么人偷吃，结果一无所获。方子张的妻子认为是婢女将饭菜偷拿给了别人，狠狠揍了婢女一顿。

有个老太太来家里做客，看到一个东西，只有一只脚，吓得跑出去告诉方子张。方子张觉得事情蹊跷，打算搬家。一次偶然到邻居家，他看见邻居家供奉着一张画，画上只画了一只巨大无比的脚。方子张问邻居供奉的是什么，邻居不肯告知。方子张这才明白，偷饭的，就是这个鬼。

郡里的姚县尉擅长治鬼。方子张将这件事情告诉了他，他说："这个鬼名叫独脚五通，你想整治它吗？"方子张说："这鬼也没犯什么大错，不用杀掉它，只需要让它别再出现就行。"于是，姚县尉作法，那鬼便再也没有出现。

此鬼载于宋代洪迈《夷坚志》支景卷第二

658
肚仙

慈溪这地方有一种名为肚仙的鬼物。相传这种鬼生前欠人钱，死后就进入债主的肚子里，债主凭借鬼的力量为人招魂，以此来赚钱。等债主赚的钱能抵上这种鬼欠的债，它就会自己离开。有的债主肚子里有一个鬼，还有的有好几个鬼。

鬼刚进入人的肚子里时，人会生一场大病，每次吃饭都会剧烈呕吐。等人习惯了，鬼能从嘴里自由出入，人的病就好了。慈溪人很相信肚仙，认为很灵验。有个姓王的人，战乱中走失了儿子，就请肚仙帮忙寻找。肚仙说："你的儿子被炮火轰死了，我看到他全身如同黑炭，长相丑恶，而且一直和厉鬼在一块，已经忘掉了生前的事。招来，一定会带来祸害，还是别招他吧。"王家人不听，非要肚仙将儿子的鬼魂招来，肚仙答应了。这天，王家果然发生了祸事，一个女儿和一个老太婆暴毙，王家求肚仙把儿子的鬼魂赶走，肚仙说："这件事我自己办不到，幸亏你这肚子里还有三个鬼，大家一起，倒是可以。"说完，王家人听到空中传来激烈的打斗声，很久才平息。肚仙说："我们已经为你赶走了你儿子的鬼魂，不过刚才那一仗，可把我们累死了。"

此鬼载于清代俞樾《右台仙馆笔记》卷五

659
妒妇津

相传，晋朝泰始年间，有个叫刘伯玉的人，他的妻子段氏妒忌心强。刘伯玉曾经在她面前诵读《洛神赋》，对她说："如果能娶上这样的老婆，我就没有遗憾了。"段氏说："你为什么夸赞水神却轻慢我？我死了的话，还怕不能变成水神？"于是当天夜里，她就跳河死了。死后七天，段氏给刘伯玉托梦说："你喜欢水神，我现在已经变成水神了。"刘伯玉醒来很不舒服，于是终身不再渡此河。

有女人要渡这条河的话，都会先弄乱自己的衣服和妆容，然后才敢渡河，不然的话，河水就会起大风浪。但是丑女人即使化了妆过河也没有关系，因为段氏并不妒忌丑女人。这让很多丑女人很忌讳，于是过河前也都会自毁妆容，以避免被人嘲笑。所以当地人有这种说法："要想娶到漂亮女子，站在妒妇津那条河边，就美丑自现了。"

此鬼载于唐代段成式《酉阳杂俎》前集卷十四

660
渡船鬼

宋代绍兴元年（1131年）三月的一天，镇江西津一艘渡船快要开船，上面载了四十四个人，其中一大半是茅山道人。

一个男子带着一个十二三岁的孩子跑过来要登船，但是这个孩子死活不愿意上船。男子很生气，扇了儿子一巴掌。儿子不得已，说："你听我说……"话音未落，儿子突然昏倒在地，手脚冰凉。男子大急，抱着儿子大叫。

船上的人不愿意等待父子俩，催促船工赶紧开船。渡船还没到金山，风浪大作，船沉水中，加上船工，船上四十六人全部被淹死。

那个孩子醒来后，男子问他怎么回事。孩子说："我看见渡船上全部是鬼，面目狰狞，所以不敢上去。正要跟你说，一个鬼捂住我的嘴巴，我便什么都不知道了。"

此鬼载于宋代洪迈《夷坚志》补卷第十七

661
讹诈鬼

清代，杭州有个孙某，和妻子感情很好。妻子得病去世后，孙某很难过，一直郁郁寡欢。道光二十四年（1844年）夏天的一天，孙某到友人家里喝酒，夜半回来，手持灯笼独自行走，中途突然打了个寒战，顿觉头脑昏昏的。

回到家中，家人见孙某表情奇怪，正要问个究竟，孙某突然开口，发出了女人的声音，说：“我母女两个人同行，这家伙迎面走来，不但不避让，反而一脚把我女儿踩死了，我这才附在他身上前来索命！”

家里人知道孙某中邪了，斥责那鬼道：“你是鬼，能见到人，但人是见不到鬼的。我们家这个人乃是无心，怎么能给你女儿偿命呢？”那鬼听了，撒泼耍赖，讹诈道：“我只知道一命换一命！”

这时候，孙某一头栽倒，口吐白沫，不省人事。家人惊慌失措，突然见孙某又爬起来，发出了孙某亡妻的声音，说：“我听到这事，特意前来调解。”孙某亡妻对先前那个鬼说：“阴阳两隔，不知者不罪，你女儿不过是受伤，并没有死。如果你听我的劝，放过我丈夫，我可以让家里人给你烧纸钱，奉上酒食祭祀，否则我去城隍那里告你，让城隍治你讹诈之罪！”随后，孙某亡妻让家里人在黄纸上写下了事情的缘由，到城隍庙烧了。

先前的那个讹诈鬼顿时安静了，连连哀求。接着，孙家人烧了一千来个纸元宝，并且用食物祭奠那鬼，那鬼才离开。事情办完后，孙某醒来，一脸茫然，大病了一个多月才痊愈。

听到这件事的人，都说孙某夫妇伉俪情深。

此鬼载于清代梁恭辰《北东园笔录》三编卷六

662
鹅鬼

三国时，吴帝孙休得了病，想考验一下巫师是否灵验，杀了一只鹅埋在院子里，在上面盖了一间小屋，床几上放着女子的鞋子、衣服，让巫师前来，说：“如果你能说出这鬼的形状，重重有赏。”巫师作法后，静默无言。孙休追问，巫师才说：“臣没有看到什么鬼，只看到一只大白鹅站在墓上，怀疑是鬼神变化。我等了很长时间，希望能看到它的真身，但是一直都是一只鹅。所以不敢告诉您。”

这证明鹅也能变成鬼。

此鬼载于清代褚人获《坚瓠集》秘集卷二

663
恶毒鬼

恶毒鬼，长得像人。这种鬼，人看不见。若是人误入水中，它则会捉住人的腿脚，让人无法浮出水面而溺死。

此鬼载于宋代《太清金阙玉华仙书八极神章三皇内秘文》
（收录于明代张宇初《道藏》）

664
恩仇二鬼

古代的人特别重视科举，认为考取功名和本人以及祖先的阴德有很大关系，所以考场上鬼魂可以报德报怨。

清代考生进入考场前一晚，考官会举行祭奠，招来鬼神。请神用红色的旗子，请家人的鬼魂用蓝色的旗子，请恩仇二鬼用黑色的旗子，将三色旗子插在明远楼的四角，考官会大声喊："有冤报冤，有仇报仇！"考试时，有的考生在考场屋里上吊，有的被鬼弄脏了考卷，有的被拔掉了舌头死掉，也有的得了恩鬼的指点金榜题名。

清代有个叫张伯行的人担任江苏巡抚，当时正好碰上江宁乡试，张伯行担任监考。按照惯例，点名前要招恩仇二鬼，张伯行见了，大怒，正色道："朝廷开科取士，一切关防严肃，怎么可以允许鬼祟进考场骚扰！"那一次考试没有一个考生发生怪事。

此鬼载于清代和邦额《夜谭随录》卷六、清代钱泳《履园丛话》丛话十五

665
儿回来

开封、洛阳附近的深山中，有很多奇异的鸟，有种鸟名为"儿回来"。它叫的时候，会发出"儿回来！儿回来！娘家炒麻谁知来！"的声音。

传说，曾经有个继母，偏爱自己的亲儿子，对丈夫前妻的孩子很刻薄。有一次，继母把生麻子交给亲儿子，把炒熟的麻子交给继子，

告诉他们："把麻子种下，长出麻，才能回家。"两个孩子不知情，就拿着麻子离开了家。兄弟俩中途交换了麻子，继母的亲儿子就再也没回来。继母十分思念亲儿子，死后变成了这种鸟，召唤儿子回来。

此鬼载于清代褚人获《坚瓠集》四集卷三

666
发奴

唐代，有个叫韦讽的人，一天让奴仆清理花草、锄地，忽然看到人的头发，越往下挖头发越多，而且一点儿都不散乱。韦讽很奇怪，往下挖了几尺，发现一个妇人，肌肤容色俨然如生。那妇人爬出来对韦讽施礼，说："我是你祖父的女奴，名为丽质，你祖母嫉妒我，让人把我活埋在这个园子里。"

此鬼载于唐代《会昌解颐录》

667
方面鬼

清代，山东乐陵有个进士姓李，在京城吏部供职。一天晚上喝醉了回家，走到东安门外，迎面看到一个鬼走过来。鬼的脸长得四四方方，鼻子、嘴、眉毛、眼睛也都是四四方方的。李某醉了，也不怕，笑道："你这张方脸，世所罕见，不过不如长脸好看。"说完，李某伸出手，揉捏鬼的脸，鬼脸竟然被捏成了长脸，有几尺长。李某又笑道："太长了。"李某再用两手挤压，不想用力过猛，将鬼的脸弄成了宽一尺、长几寸。李某用手压鬼脸，把鬼的鼻子、嘴、眉毛、眼睛都弄没了，然后鬼钻入了地下。

李某回到家，酒醒之后，跟家里人说："人都说看到鬼的人就快要死掉了，与其死在京城，不如回老家去。"第二天，李某就请假回了老家。父亲见到李某，十分生气，李某把见到方面鬼的事情告诉父亲，说自己快要死了。在家一年，李某一直安然无恙，被父亲痛骂了一顿，他才灰溜溜地回到京城。

熟悉李某的人都说："这家伙性情和顺，自幼读书聪明，父亲很喜欢他，从来没骂过一句，如今因为这件事被臭骂，看来真是那鬼故意戏弄他。"

此鬼载于清代陈恒庆《谏书稀庵笔记》

668
肥妇

南北朝时，有个人家中有个仆人，屡次三番前来请假，说是要回家，这人一直没答应。过了几天，仆人在南窗下睡觉。这人看到门外有个妇人，年纪有五六十岁，十分肥胖，步履艰难，走到仆人跟前，将地上的被子捡起来给仆人盖上，然后走出门去。过了不久，仆人又把被子蹬掉了，那妇人又出现，给仆人盖上，如此几次三番。

这人觉得很奇怪，第二天，把那仆人找来，问他为什么要回家。仆人说家里的母亲病了。这人询问仆人母亲的样貌，结果发现跟那天看到的妇人很相似，就是没那么胖。这人就问："你母亲得了什么病？"仆人说："肿病。"这人就让仆人回家探病。

还没出门，仆人的家里来信，说他的母亲已经病故了。之前那人看到妇人如此肥胖，乃是仆人母亲生前得的病使人肿胀所致。

此鬼载于南北朝刘义庆《幽明录》

669
风鬼

会稽郡曾有过一个鬼，好几丈高，几十抱粗，戴着高帽子，穿着黑色衣服。郡里将要有什么吉凶福祸，这鬼会做出预兆。

谢弘道的母亲死前几个月，那鬼就早晚都来。后来谢弘道快升任吏部尚书时，那鬼又拍手又跳舞，从大门到院里来回地蹦。不久升迁喜讯便到了。

谢弘道有次经过离塘的墓地，马上就要天黑了，看见离塘里有两个火把。不一会儿，两个火把进了水中，火苗却越来越高，有好几十丈，起初火色像白绸，后来变成红色，再后来两个火把散开变成了几百个火把跟着他的马车走。在火光中，谢弘道看见了那个鬼，像喝醉了似的，头有能装五石米的大箩筐那么大，它的两旁有小鬼们搀扶着。这一年孙恩造反，会稽的人都受到牵连。所以当时的人都认为谢弘道看见的那些情景，就是天下大乱前的预兆。

据说，这种鬼叫风鬼，古时大禹在会稽召集诸侯，就是为了抵御风鬼。

此鬼载于宋代李昉等《太平广记》卷三百二十三（引《志怪录》）

670
伏尸

武周时，有个司礼卿叫张希望，移居到旧房，稍做改造后就住下了。有个人叫冯毅，能看到鬼，一天见到张希望，告诉他："在你新盖的马厩下面，埋着一具尸体，他很凶恶，你应该回避他。"张希望笑着说："我从小到大都不相信这类事，你不要多说了。"一个多月后，冯毅来了，看见鬼拿着弓箭，跟随在张希望后面。张希望刚走到台阶，鬼就放箭射中了他的肩膀，张希望觉得背痛，当天就死了。

也是在武周时，左司员外郎郑从简家里的大厅经常无缘无故地发出吵闹声，搞得全家很不安宁。郑从简请巫师到家看一看，巫师说："这里有伏尸，在大厅的地基下面。"郑从简让巫师问鬼，鬼说："你坐在我门上，我出入常碰到你，你自然就感到不好了，这不是我故意的。"郑从简命人挖地三尺，果然发现有一具年代久远的尸骨。郑从简把尸骨移出改葬别处，于是再没有鬼来吵闹了。

此鬼载于唐代张鷟《朝野金载》卷二、宋代李昉等《太平广记》卷三百二十九（引《志怪》）

671
伏尸女伤鬼

宋代，会稽有个姓张的书生，在官学读书时，他的一个同学喜欢外出游玩，经常半夜爬墙出去，五更才回来。

这天晚上，这个同学又出去浪荡，半夜归来，途中听到远处传来呵斥之声，便退到路旁屋檐下躲避，接着看见四个穿着紫色衣服的人，挑着红灯笼走在前面，队伍中间是个骑着马的无头红衣女子。

这个同学很害怕，见这些妖怪似乎和自己回去的路线一样，只得跟在后面。妖怪们来到学校前面的一处荒废的园子里，挑着灯笼的四个人站在四旁，女子站在中央，跳了一会儿舞，就消失不见了。

回来后，这个同学将事情告诉了同窗。第二天，大家去这处园子里打探情况，看到一口大井。众人问园丁："这井有什么蹊跷之处吗？"园丁说："几天前，有个回娘家的民女，在这井边洗衣服，忽然昏倒。送回婆家，婆家人赶紧找来巫师。巫师说她冲撞了井里的伏尸女伤鬼。接着，巫师做了四个挑灯笼、穿紫衣服的纸人，又做了一套女子的红纸衣服，在井边祭祀。听说昨晚祭奠后，那民女就好了。"

众人问那个女子婆家在什么地方，园丁说在蕙兰桥，正是张某那个同学昨晚路过的地方。

此鬼载于宋代洪迈《夷坚志》补卷第十七

672
腹中鬼

晋代，有个叫李子豫的大夫，虽然年轻但医术高超，神乎其神。

豫州刺史许永有个弟弟得了怪病，肚子疼了十几年，怎么治都治不好，眼见得要死了。一天晚上，许永的弟弟听到屏风后面有鬼和自己肚子里的鬼聊天。屏风后的鬼说："你怎么还不赶紧杀了这家伙呀，不然，等到李子豫经过这里，用红色的药丸打你，你就完蛋了。"肚子里的鬼说："我才不怕呢！"

第二天，许永的弟弟将事情告诉了许永。许永派人等候李子豫，李子豫果然经过这里。听闻许永的弟弟的怪病，李子豫答应为他医治。李子豫还没进门，许永的弟弟就听见肚子里传来呻吟声。李子豫查看病情后，说："这是鬼病。"随后，他从箱子里取出八毒赤丸子让许永的弟弟吃下。过了一会儿，许永的弟弟肚子里发出雷、鼓一般的响声，急忙跑去厕所，连拉了几次大便，病就好了。

此鬼载于晋代陶潜《搜神后记》卷六

673
覆舟鬼

宋代大观年间，广南有个商人出海做生意，船被大风吹到一个地方。船上的一个有经验的老水手看了看四周，大惊失色，道："这里是海外怪洋，我当年曾经漂到过这里，碰到许多出没其间的怪物，差点死掉。现在又来了，恐怕性命不保。"

等日头落下去，天空和海水变得浑浊。海中央的一座孤山，山顶大石崩裂，发出震耳欲聋的声响，石头落入海中溅起一丈多高的巨浪，接着从山中涌出黑云。黑云里，有两座红色的塔，隐隐有光。老水手赶紧让大家把船开走，说：

"这是龙怪来了！"大家拉开弓做好准备，并且敲起锣鼓，鼓噪而行。

过了一会儿，有个一丈多高的巨人，手持金刚杵，从水里浮出，逐渐靠近船。大家齐声念诵观音救苦经文，那个巨人才消失。

老水手说："船不能夜里停在海面上，得进海湾。"根据他的吩咐，水手们把船开进海湾。晚上，风停月明。老水手让大家准备很多米饭，有人觉得奇怪，问他干什么，他说："备着就好，别问了。"

二更时分，海面上来了一艘大船。等大船快要靠近时，老水手让人赶紧把准备好的米饭扔过去，而且一边吐口水一边骂。那艘大船上有很多鬼争抢米饭。此后，越来越多的船出现。大家不停地扔米饭。一直到四更时分，那些怪船才消失。老水手说："那些都是覆舟鬼。它们在月光下没有影子。如果不给东西让它们吃饱，就会把我们的船弄翻，让我们死于非命。"

天快亮时，水手们升起船帆，开动大船。海面上散发着腥臭之气，有千百条大蟒出没于波浪之中。

船随后漂到一处高高的海岸，上面生长着很多荆棘。三个年轻的水手上岸探路，走了四五里，见一座大城，城墙高百尺，两个巨人坐在城门下。巨人抓住了水手，钩起他们的头发将他们挂在树上，然后将其中一个投入火中，烤着分吃。剩下的两个水手见状割断了自己的头发，从树上掉下来，逃回了船上。

听了水手的诉说之后，大家急忙解开缆绳，离开了那片海洋。幸运的是，他们赶上了顺风，几个月后安全到家。

此鬼载于宋代洪迈《夷坚志》补卷第二十一

674 丐鬼

义宁人陈右铭在湖北做官时，聘请一个人当幕僚。此人经常说自己胆子大，和汪棣圃关系很好。一天，汪棣圃受人邀请一起游览黄鹤楼，遇到一个乞丐，样貌丑陋如鬼。汪棣圃给了乞丐一些钱，又给他换上衣服，带着回来，跟陈右铭说想让这个乞丐装扮成鬼，吓唬一下这个幕僚。

陈右铭觉得好玩，当即摆了酒宴，邀请幕僚们，并提前让这个乞丐藏在陈右铭的这个幕僚的床下，等他回去后窜出来吓他，看他胆子到底大不大。

酒宴完毕，那幕僚回到房间，坐在案头批改案牍。乞丐从床下悄悄爬出来，站在案边，一一指出此人批改案牍时的纰漏。躲在外面偷看的其他幕僚见了，觉得这个乞丐扮鬼扮得太好了。过了一会儿，大家听到乞丐的声音越来越高，那幕僚也不反驳，突然昏倒在地。大家赶紧进去，发现那个乞丐不见了，而那幕僚已经死在地上。

大家在床下搜索，找出之前送给乞丐的布袍和钱。这才明白，那个乞丐其实就是一个鬼。

此鬼载于民国郭则沄《洞灵小志》

675
———
干麂子

云南这地方有很多金矿，挖矿的矿工有的因为矿道崩塌被埋在土里面无法出来，几十年或上百年后，因为被金气滋养，尸体就不会腐烂，虽然看起来像没死，但其实已经死了，被叫作干麂子。

矿工挖矿，苦于地下黑暗，都在脑门上点上一盏油灯。矿工遇到干麂子的时候，干麂子十分欢喜，向矿工说自己很冷，乞求能给一点儿烟抽。抽完烟，干麂子就跪倒在地，求矿工把他带出去。矿工说："我来这里是为了找金子，怎么能空手而出呢，你知道金脉在什么地方吗？"干麂子就带着矿工寻找，往往能找到金脉。

快要出去时，矿工就骗他，说："我先出去，然后放篮子进来接你。"矿工出去后，放下一个篮子，干麂子爬进去，等篮子吊到半空时，矿工剪断绳子，干麂子就会被摔碎。

有个人很善良，觉得干麂子很可怜，接连拉上来七八个。那些干麂子见到风，衣服、皮肉都化为黑水，腥臭无比，凡是闻到的人，都沾染上瘟疫死掉了。

传说在地下矿洞遇到干麂子，如果人多于干麂子，人就可以把它们摁到土壁上，四面用泥土封住，上面放灯，干麂子就不会作祟了。如果人少于干麂子，那就会被它们死缠着不放。

此鬼载于清代袁枚《续子不语》卷四

676
高褐

晋代，吴县有个人叫张君林，家住东乡的杨里。隆安年间，忽然有个鬼到他家来帮忙干活。张君林家里有口破锅，已经没用了，但鬼把一个破瓮底和锅穿在一起做了一个蒸饭用的甑子。常常是家里人刚起床，鬼就把饭做熟了。

这个鬼不要报酬，只求给点儿甘蔗吃，自称高褐。有人说，这是鬼在说反话，"高褐"就是"葛号"。葛号那一带大多是丘陵，有很多古墓，这鬼可能就是从那儿来的。

这个鬼长相如同一个十七八岁的少女，青黑色的脸，穿一身黑衣服。每次看见张君林时，就让他拿一个大白罐子来，在里面装上水盖好，第二天早上起床打开，里面就会有好东西。张君林家一向很穷，有了这鬼后，就逐渐富了起来。这个鬼曾说："别讨厌我，到日子我就会走的。"后来，它果然悄悄地走了。

此鬼载于晋代戴祚《甄异录》

677
高天大将军

河内人姚元起，家住在树林边，全家人都出去种地，只留一个七岁的女儿看家，后来发现女儿日渐消瘦。父母问是怎么回事，女儿说，家里经常有个鬼来，有一丈多高，长着四张面孔，每张面孔上都有七窍，自称高天大将军。这鬼每次来都把女孩吞下去，然后又拉出来，还警告小女孩不许告诉别人，如果告诉别人，就把她永远留在肚子里。全家人一听十分害怕，赶快迁到别处去躲避起来了。

此鬼载于晋代荀氏《灵鬼志》

678
高阳哥

高阳哥，状若少女，长相丑陋，喜欢勾引人。世间有殉情的男女，死后忽然有魂附体，便是这种妖怪作祟。它的本体是死人的魂魄。

此鬼载于宋代《太清金阙玉华仙书八极神章三皇内秘文》（收录于明代张宇初《道藏》）

679
葛子坚

清代康熙十一年（1672年），有个妖怪出现在溧阳县老百姓家里，自称："我是金坛葛子坚，今年将发生大旱，蝗虫为灾。天帝让我来驱赶蝗虫。我能够让这些蝗虫不伤害庄稼。"老百姓很是疑惑。这一年，当地果然闹起蝗灾。老百姓恐惧万分，竖起牌子，在上面写着"驱蝗葛公之神"，并拿出鸡、酒祭祀，很快蝗虫就飞走了。

葛子坚名叫维屏，是顺治九年（1652年）的进士，官任兰阳县令，在康熙五年（1666年）的秋闱中担任受卷官，被监官弹劾，自尽而死。

此鬼载于清代褚人获《坚瓠集》秘集卷二

680
拱尸鬼

明代，有个叫曹蕃的人在北京，生了重病，快要死了，忽然看到一个高大的鬼，脸又白又方，穿着团花皂袍，向曹蕃弯腰抱拳施礼，很久，站起来，再次施礼。曹蕃刚开始觉得很恐怖，但习惯就无所谓了。如此过了一个多月，鬼突然不见了，过了不久，曹蕃的病就好了。后来曹蕃向别人打听，有人说这是拱尸鬼。

此鬼载于明代沈德符《敝帚轩剩语》卷下

681
贡院鬼

古代科举考试，会在贡院里举行。十年寒窗，只为金榜题名，但是考取功名的毕竟只是少数，所以贡院之中常常会有失败者的鬼魂出现。

清代乾隆年间的一次科考，有个叫冯廷的人负责监考。冯廷和同事李某坐在公堂上。当时月色微明，冯廷看见台阶下出现一个鬼，高两丈多，肚子如同粮仓那么大，全身长满了毛，双目闪闪放光，从西边的考场走出来，慢慢走进了东边的考场。

冯廷向来胆子大，看到鬼，赶紧低声叫李某，李某吓得钻到了书案下面。等鬼消失了，两个人回去休息，冯廷就敲墙吓唬李某，正有说有笑，忽然听到外面有东西大声呼叫，众人吓得够呛。冯廷和李某赶紧穿上衣服出来，让人去打听，所有人都说听到了。

这次考试，第一场原本有十七八个人考中，两个主考看了卷宗后，又从中黜落了七个人，难道是因为这七个人没被录取而招来的这个大鬼吗？

此鬼载于清代袁枚《续子不语》卷九

682
贡院将军

宋代，嘉兴贡院每次科考参加的有几千人，进入西廊第三间考试的举子，经常为鬼魅附身致死。这鬼有时候变成猫经过，有时候则是妇人的形象，肆无忌惮。

有一年，监考官梦到一个人，自称贡院将军，说："我死在这个地方，现在被升格为神了，每年举子死，都是因为鬼作祟，你可以在西北建祠堂，供奉我，举子们就会没事了。"后来，人们就修建了祠堂，考生都会到这里祭祀请求庇护。

此鬼载于宋代鲁应龙《闲窗括异志》

683
勾魂鬼

苏州有个于某，喜欢斗蟋蟀，每年秋天，下午就带着蟋蟀泥盆到城门外抓蟋蟀，一直到天快黑了才回来。

有一天回来晚了，城门已经关闭，于某不知如何是好，正在路边徘徊，看见两个穿着青色衣服的人远远走过来，脚下发出咚咚的声响。这两个人对于某笑着说："你怎么现在还不回家？我家离这里不远，到我家里去吧。"于某十分高兴地答应了。

来到二人家中，进入屋子，于某看到屋里有好几部旧书，还有一个瓷瓶、一个铜炉，打扫得很干净。

于某拿着十几个蟋蟀泥盆，坐在灯下，很饿。两个青衣人拿着酒肉过来，三个坐下吃喝。于某隐隐听到似乎有病人的呻吟声，还有嘈杂声，问那二人，二人说："是邻居家的病人。"

等到半夜，那两个人低声嘀咕道："事情可以办了。"于是，其中一人从靴子中拿出一份文书，递给于某，说："请你在纸上哈一下气。"于某不知道这是在干什么，就笑着答应了。哈完气，二人大喜，双脚跨上房梁跳舞，变成了一丈多高、两只脚都是鸡爪的模样。于某大惊，正要问，那二人已消失不见了，随后隔壁哭声大作。于某这才知道那两个人是勾魂鬼。

天亮，于某想出来，发现门从外面上了锁，于是大喊。办丧事的这家人以为遇到了贼，开了门，争相殴打于某。于某赶紧解释，才消除了误会。于某后来发现，那两个勾魂鬼带来的酒肉、盘盒，都是死人这家的东西，不知道那两个勾魂鬼怎么带进来的。

此鬼载于清代袁枚《子不语》卷十四

684
姑恶

姑恶，是一种水鸟，因为发出"姑恶、姑恶"的叫声，故而得名。古代，儿媳妇称呼婆婆为"姑"，传说姑恶是被婆婆虐待而死的儿媳妇的灵魂所化。

此鬼载于宋代苏轼《五禽言》、宋代陆游
《夏夜舟中闻水鸟声甚哀若曰姑恶感而作诗》、清代龚自珍《金侍御妻诔》

685
鬼兵

唐代，皇帝在东都洛阳。百姓说有鬼兵出现，大家惊慌失措，很多人都逃跑了。那些鬼兵从洛水之南经过，在街市上发出巨大的喧闹声，渐渐到了洛水以北，百姓们吓得逃走，相互踩踏，不少人受了伤。传说鬼兵经过的时候，天空中像有无数穿着铠甲的骑兵经过，人马嘈杂声不断，不久鬼兵就全都过去了。那段时间，每到天黑，鬼兵就会一而再地出现。皇帝非常厌恶这件事，派巫师向鬼神祝祷以消除灾祸，每晚都在洛水边摆设饮食，以此来祭祀那些鬼兵。

关于鬼兵，《北齐书》上也曾经记载过。唐代天宝年间，传说晋阳也有鬼兵出现，当地百姓击打铜铁来吓唬鬼兵，但是后来凡是这样做的人都死了。

此鬼载于宋代李昉等《太平广记》卷三百三十一（引《纪闻》）

686
鬼差

苏州城里，有一处王府遗址，传说原来是张士诚的宫殿，旁边有一条旱河，下雨时积水，天晴时便干涸。

一天晚上，有个醉鬼从此处经过，被鬼迷惑下水。河道里水很浅，这个醉鬼没死，突然看到一个挑着灯笼的人从南面过来，大声对他说："你被鬼迷惑了吗？跟着我的灯走！"

醉鬼爬起来，跟着灯走，见灯上写着"长洲县正堂"五个字，以为这人是衙门里面的人。等走到玄妙观前的巷子，醉鬼看到这人进入一户人家的门缝消失了。醉鬼敲门。过了一会儿，户主开门说："我儿子死了！"

醉鬼这才明白，挑灯的那个家伙原来是鬼差。

此鬼载于清代钱泳《履园丛话》卷十五

687
鬼打墙

清代，杭州有个人，以种菜为生，小有家财，平生极为敬惜字纸，看到街道墙壁上贴的告示、纸张有被风吹落的，就捡回家，将其放在锅灶底下烧掉，活到九十岁都是如此。一天晚上，这人走路时被鬼迷惑，一直走到三更，都被墙阻拦，俗称"鬼打墙"。正在较劲时，忽然看到有一张纸在前面飘飘忽忽，这人就取下来，发现手中发光，照见前方村里的土地庙，就上前敲门投宿，这才捡回了一条性命。

上古时，仓颉造字，天空降下粟米，鬼神夜哭，世间的每一个字都应该被珍惜、尊重。据说，珍惜十万个字，就能延长十二年的寿命。字之珍贵，可见一斑。

此鬼载于清代梁恭辰《北东园笔录》三编卷四

688
鬼大腿

宋代，琅琊太守许诚小时候和兄弟们在一起，一天晚上谈到了鬼神。兄弟中有个胆大的，说："我才不信呢，哪里有鬼！"没等说完，房檐下忽然有个鬼，垂下来两条腿。

那两条腿很粗大，长着黑毛，脚也很大。刚才说话的那个兄弟，吓得立刻逃掉并躲藏起来。

许诚的内弟单单不怕鬼，走过去抱住鬼的腿，然后脱下衣服把鬼的腿捆上。鬼想收起腿到屋檐上，因为腿被捆住，上不去，只好又下来，来来回回折腾。内弟玩够了，觉得无聊，就把鬼放走了。

此鬼载于宋代李昉等《太平广记》卷三百三十二（引《纪闻》）

689
鬼袋

唐代元和年间，光宅坊有户人家，男主人生了病，眼见要死了。家里人请来僧人念经，妻子儿女都守着他。一天晚上，大家仿佛看见一个鬼跑进屋里，于是惊起追逐，抓住它，扔进了瓮里，然后用热水烫它，结果从里面捞出了一个袋子，看模样，应该是传说中鬼用的取气袋。

过了一会儿，大家忽然听到空中有声音，说要拿回那袋子，语气哀伤恳切，并且说："把鬼袋还我吧，我去抓别人来代替你家的男主人！"家里人就把鬼袋还给了鬼，生病的男主人很快就痊愈了。

也是唐代元和年间，有个淮西军将，被派遣到汴州，住在驿馆里。夜已经深了，军将快要睡着的时候，忽然觉得有个东西压住了自己的身体。军将强壮无比，急忙爬起来，和那东西搏斗，打斗中，夺下了它手里的一个皮袋子。

那东西现身，竟然是一个鬼。鬼乞求军将，把袋子还给自己。军将对它说："要还给你也行，但是你得告诉我这东西是什么。"鬼犹豫半天，说："这叫取气袋。"军将没有将鬼袋还给对方，而是拿起砖头打跑了那个鬼。

那个皮袋子很大，能装好几升东西，大红色，材质如同藕丝一样。如果把这个皮袋子放在阳光下，是看不到影子的。

此鬼载于唐代段成式《酉阳杂俎》续集卷二

690
鬼灯

清代，桐乡这地方有个人叫徐小山，家住在偏僻的小乡村。一次从外地回来，船到永兴堰，天快黑了，忽然浓云四布，风雨交加，不能辨东西。船工十分害怕，正在彷徨时，忽然看到前方亮起一团磷火，比灯笼要大，逐渐靠近岸上，光芒耀眼，将水面照得如同白昼。船工就划着船，跟着那光前行，一直来到村子的大虹桥，那光才消失不见。徐小山算了算路程，足有三十多里。

徐小山这个人向来很善良，之前，曾经在那附近发现了很多荒坟暴露出来的骨头，就把它们重新装殓入葬。人们都说，这是徐小山的善报。

此鬼载于清代朱翊清《埋忧集》卷六

691 鬼父

南北朝时，江陵沦陷，有一个关内人叫梁元晖，他俘获了一个士大夫，姓刘。刘某先遭遇侯景之乱，家里死了很多人，身边只剩下一个小儿子，才几岁。他背着孩子逃命，当时赶上大雪，难以再往前走。梁元晖负责押着他们入关，就逼迫他把孩子扔下，可是刘某非常疼爱孩子，舍不得丢下，就请求梁元晖，说宁可自己死了也要留下孩子。梁元晖哪里肯听，强夺下孩子扔到雪地里，又对刘某棍棒交加，驱赶他快点儿走。刘某一步一回头，又哭又号，一路上辛苦困顿，再加上悲伤过度，没几天就死了。

刘某死后，梁元晖天天都看见刘某伸手向自己要儿子，因此得了病。虽然梁元晖多次表示后悔并向刘某道歉，但刘某还是一直来找他。后来，梁元晖带着病到家就死了。

此鬼载于南北朝颜之推《冤魂志》

692 鬼乖乖

清代，金陵有个葛某，喜欢喝酒，性格豪爽，但是喜欢戏弄人。一年清明节，葛某和四五个朋友游览雨花台，看见一具棺材腐朽，露出了棺材里的死者的红裙。一个朋友说："你平时喜欢戏弄人，敢戏弄棺材里的那东西吗？"葛某笑道："这有何妨！"言罢，来到棺材前，招手道："乖乖来吃酒！"如此说了好几遍。朋友皆佩服他胆子大，大笑而散。

葛某晚上回家，背后有黑影跟随，发出啾啾的声音，道："乖乖来吃酒。"葛某知道是先前那鬼跟着自己了，觉得如果逃了，反倒显得自己示弱，便对黑影招手道："鬼乖乖，随我来。"

葛某带着鬼来到一家酒楼，要上一壶酒，和鬼对饮。旁人看不见鬼，只见葛某在那里自说自话，以为他魔怔了。喝了很长时间，葛某摘下自己的帽子放在桌上，对黑影说："我下去小便，等会儿再来陪你。"黑影点头答应。葛某下楼，一路小跑回家了。

酒楼里的酒保，见葛某丢下帽子，自己偷偷把帽子藏了下来。当天晚上，这个酒保被鬼纠缠，嘴里嘀嘀咕咕，天亮时上吊而死。店主人哭笑不得，道："这个鬼乖乖，认帽不认貌，乖乖不乖。"

此鬼载于清代袁枚《子不语》卷八

693
鬼国

后梁时，青州有个商人，出海碰到风暴，漂到一个地方，远望有山川城市。船工说："我经历过很多风暴，从来没有到过这里。听说这附近有个鬼国，难道是此处？"等船靠岸，商人走向大城，见房屋、田地，和中原一模一样。看到当地人，商人向他们行礼，但是这些人似乎看不见商人，没有任何回应。到了城门口，守城的人也看不见他。

进城之后，商人来到王宫。正值国王款待大臣，他们穿的衣服、用具、乐器，也和中原差不多。商人顺着台阶往上走，来到国王的身边。过了一会儿，国王好像生病了，招来巫师询问怎么回事，巫师说："有阳间的人来到了这里，他身上的阳气让大王生了病。这个人是无心的，可以拿出饮食、车马献给他，让他走。"

这些人立刻摆上酒食，国王领着群臣祭祀。商人坐下来大快朵颐。过了一会儿，有人牵着马走过来，商人上了马，骑着回到了船里。上船后，那些鬼国人就消失不见。商人随船离开了那个地方，回到了老家。

此鬼载于五代徐铉《稽神录》卷二

694
鬼火

宋代，韩世忠的府里养着二十个小妓。韩世忠的儿子韩子温，当时十二岁，一天晚上和一个叫宁儿的小妾在东厢房下嬉戏，看见一个人走到跟前。看这人的容貌、年纪，应该也是一个小妓，但叫她她不搭理。韩子温跑过去追赶，一直追到外面的院子，这人变成了如同一匹长布的形状，迸发出无数火光，坠入阴沟消失不见。

韩子温回来告诉韩世忠，韩世忠觉得鬼火消失的地方应该有伏尸或者宝物，本想去挖，但是念及工程量太大而打消了这个念头。

此鬼载于宋代洪迈《夷坚志》乙志卷第十七

695 鬼将

清代咸丰年间，南宁人黄某在忠武军担任把总之职，骁勇异常，在横州陶旺墟之战中牺牲。过了半年，有个叫谢长腰的贼寇攻打陶旺墟，当地人十分惊恐。晚上，大家梦到黄把总，他横戈立马，像生前那样勇猛，说愿意帮助官军作战，但是手下的将士很是饥饿。

第二天，乡亲们奔走转告，发现大家做了同一个梦，觉得蹊跷，便将煮好的米浆、豆子放在山坡上，以此来犒劳黄把总和他的手下。谢长腰的队伍和官军作战，大败，经过这个山坡时，好像被什么东西滑倒，自相践踏，接着官军追来，将其全部歼灭。大家都说："这是黄把总有灵，杀了这帮贼寇。"

传说，梁国柱当年还是营卒的时候，有个鬼跟随他在军中服役，梁国柱称之为"鬼大哥"，他的同伴从来没看到过它。后来，梁国柱跟随朝廷大军进攻金川，在鬼大哥的帮助下立下大功，鬼大哥才离去。有人曾拜谒过供奉梁国柱的祠庙，他留下来的长矛很是沉重，无人能举起。他穿的短袄，用人的头发编织而成，厚一寸多。在梁国柱的牌位旁边，摆放着一个灵牌，上面写着"鬼大哥之位"，说的便是跟在他身边的那个鬼。

此鬼载于民国郭则沄《洞灵小志》

696 鬼母

南海小虞山上有鬼母，一次可以生产一千个小鬼，早上生下了，晚上就将小鬼吃掉。后来苍梧这个地方将它供奉起来，称之为"鬼姑神"，长着虎头龙足、蟒目蚊眉。

此鬼载于宋代鲁应龙《闲窗括异志》

697
鬼烧天

清代，文学家钱泳曾经在一个名为钓渚的地方寄居了十二年。这地方芦苇很多，每到初春的晚上，就能看到芦苇荡中灯光闪烁，有成百上千团灯火上升，合并成一个大灯，照得夜空通红一片，当地人称之为"鬼烧天"。

传说顺治年间，天下初定，这里有很多盗贼。有个叫席宗玉的人，带领乡兵剿匪，烧掉盗贼的上千只船，死伤无数，这些灯应该是那些人的阴魂所变的吧。

此鬼载于清代钱泳《履园丛话》丛话十五

698
鬼市

宋代有个翰林叫裴择之，六七岁的时候，伯父抱着他骑马去县东北的一个庄子。裴择之到庄外玩耍，看到那里有集市，里面的人和东西都不过二尺大，有男有女，有老有少，官员、贫民、道士、僧人，各色人等一应俱全。里面做买卖的人，有挑担子的，有牵骆驼、驴的，也有赶大车的。裴择之回来，把这件事告诉伯父，伯父以为他说谎话，不相信。不过，后来很多人都说见到过。

还有个叫周鼎的人，小时候住在农村。一天，周鼎骑着驴跟着父亲去县里赶集，当时天还没亮，他看到道路两边密密麻麻立着很多佛像，问父亲，父亲说没看见。但周鼎的的确确看到了。

这两个人看到的，就是鬼市。

宋代，欧阳修有次从夷陵到乾德，停舟在汉江岸边歇息，晚上听到男女老少的欢歌笑语之声，也有讨价还价之声，叫卖水果、蜜饯之声，好像一个大集市，一直到天快亮时声音才消失。第二天，欧阳修起来，见周围皆是野地，荒无人烟。走上岸，他看到远处有一处古城的遗址，向村民询问，说是隋朝时候的旧城。

清代，有个姓汪的太守，家中的一个仆人李五，有事需要从潞河赶去北京。这家伙怕热，所以就走夜路。半夜，他见路边有个集市，人头攒动，很是热闹。李五肚子饿得厉害，见一家店铺做好了饭，热气腾腾，便进去饱餐一顿，吃完了结账走人。等到天亮，遥遥看见北京城，他才突然想起从潞河到北京城，沿途四十里，中途只有一两家小店，根本不可能有那么热闹的集市。想到这里，李五感觉自己十分难受，弯下腰呕吐，吐出许多蛤蟆、蚯蚓，恶心得要命。过了几年，李五便死了。他当时碰见的集市，也是鬼市。

此鬼载于宋代魏泰《东轩笔录》卷十三、金代元好问《续夷坚志》卷二、清代袁枚《子不语》卷二十三

699
鬼胎

唐代时，陈惠的妻子王氏未嫁给陈惠前，表兄褚敬想和她成婚，她的父母不答应。褚敬诅咒说："如果不嫁给我，就是我做了鬼，也一定要娶她。"后来王氏嫁给陈惠，陈惠做了陵州仁寿尉，褚敬背后恨他，郁郁而终。褚敬死了之后，王氏梦见褚敬，不久就觉得有了身孕，过了十七个月也不生产。王氏忧愁害怕，于是决心念《金刚经》，昼夜不停，褚敬便永远不再来见王氏，鬼胎也就消失了。从此王氏每天念经七遍。

清代有个姓朱的奴仆，将自己的女儿嫁给主人为妾。主人去世后，这个女子经常晚上做梦，梦见和死去的主人一起睡觉，后来怀孕四五个月流产，生下来一个东西，如同紫色的烂荷叶。医生说："这是鬼胎。"后来，这个女子连续三年怀孕，都生下了这种东西。直到女子改嫁，才没有再做类似的梦或发生类似的事。

此鬼载于宋代李昉等《太平广记》卷一百三（引《报应记》）、清代钱泳《履园丛话》丛话二十二

700
鬼头妇

明代时，南京有个指挥使叫王敏，一直没有儿子。后来，王敏往北京运送粮食，经过济宁的时候买了一个小妾。小妾不仅长得漂亮还非常贤惠，王敏很喜欢她，二人很快生下一个儿子。过了不久，王敏和正室都相继死去，这个小妾抚育儿子，管理家庭，很有法度。儿子长大之后，承袭了父亲的官职，也往北京运粮。儿子几次三番询问母亲老家，这个小妾都说忘记了。

　　小妾来到王家三十多年，每天早起都在床榻上的帷幕中梳洗，不让别人看。儿子、媳妇早晨问安，也不能进房间，只能等到她出来才能上前。小妾有两个贴身丫鬟，也从来没见过她如何梳洗。

　　一天早晨，小妾梳洗的时候，两个丫鬟站在床榻跟前伺候，忽然刮起大风，吹开了帷幕，只见有个无头人坐在里面，手里拿着一个骷髅头放在腿上。看到两个丫鬟，那小妾慌慌张张举起骷髅头放在脖子上，然后扑倒在地，变成了一具枯骨。自此之后，人们都称呼王敏的儿子为"鬼头王"。

　　此鬼载于明代杨仪《高坡异纂》卷中

701 鬼眼

　　清代，有个书生姓徐，租了城东的一处民宅。他住进去之后，发现宅子里面蹊跷甚多，衣服食物经常丢失。一天晚上，他看见有人从窗户破洞往里窥探，目光炯炯，如同明镜一般。

　　书生以为是小偷，出门查看，发现外面根本没人。后来那东西又出现了，书生扔出一件东西，砸到窗户上，它才走掉。一连几天都是这样。书生后来焚烧祭品，祷告了一番，那东西才没有再来。

　　此鬼载于清代李庆辰《醉茶志怪》卷三

702 鬼爷爷

　　元代，杭州有个姓宋的人，来到大都求取功名，结果很不如人意，以至于变得穷困潦倒。他为人举止谨慎，从不敢胡作非为。这天，宋某出了齐化门，看见一个水潭，就想跳水自杀。此时，有个鬼对他说道："你阳寿未尽，不能死。"宋某四处看看，并没有看到什么东西，就默默而回。

　　回来的路上，宋某捡到一张纸，上面写着："宋某可以到吏部令史手下典吏处学习。"第二天，宋某按照纸上写的，找到这个典吏，果然找到了差事。后来，宋某屡屡得到这样的纸条，都是给他指点迷津。结果宋某很快就出人头地，家里变得很富裕，娶妻生子，生活美满。

　　宋某认为自己之所以这样，都是那鬼带来的，所以全家都祭祀它，称之为鬼爷爷。多年来，宋某从来没见过对方的样貌，只是看到一个矮小的影子而已。

有一天，宋某忽然收到一张纸条，上面写着："我要一百八十两的叶子金。"这可是一大笔钱，而且鬼要得很急。宋某不知道鬼爷爷要这么多钱干吗，很是疑惑。鬼爷爷又写了纸条："我要去扬州天宁寺供奉佛祖。"接着有一天，宋某的妻子偶然丢了金钏、金镯，宋某知道是鬼爷爷拿走了。鬼爷爷留下纸条，说："金钏和金镯在你的箱子里，我上次借了用用。"还有一次，家里丢了熟羊皮，鬼爷爷留下纸条，说："我借用了，明天还给你。"第二天，有只大绵羊自己跑进了宋某家里。这样的事情经常发生。

后来，宋某当了官，害怕家里东西都被鬼爷爷拿走了，就请了龙虎山天师的一张符咒贴在家里。第二天，发现符咒变成了四十张，全都倒过来贴着。宋某找来法师作法，也没有效果。

一天，宋某的官印丢了，他知道是鬼爷爷干的，就乞求它。鬼爷爷留下一张纸条，上面写着："在你家的一个箱子里。"打开箱子，果然有。还有一次，宋某将官印寄存在同事家里，同事也收到了纸条，上面写着："官印这种东西，应该是持有之人贴身保管，你赶紧把印还给宋某，不然我一棍打破你的脑袋！"同事很害怕，赶紧把官印还给了宋某。

后来，一个道士路过，宋某把这件事告诉了道士，道士说："我为你把它送走吧。"道士从一棵桃树上取下东南方向的枝条，做成一根棍子和一块砧板，然后钉在东南方向的土里，叮嘱宋某说："每月初五、十五、二十五，用桃木棍击打这个桃木砧板，那鬼就会消失。"宋某按照这个办法做，那鬼果然消失了。

此鬼载于元代陶宗仪《南村辍耕录》卷二十三

703

鬼鱼

宋代，鄱阳人彭仲光家里有一处养鱼湖在省城三十里外。

一年秋天，彭仲光和儿子彭大办雇人将湖里养的鱼打捞上来。渔人撒了整整一天网，没抓住一条鱼。彭仲光觉得十分奇怪。

晚上，他和儿子住在湖旁边的村子里。儿子梦见几个穿着黄衣的兵卒手持大棍，押解着几千个囚犯，有男有女，将他们驱赶到水里。这些人身体瘦弱，抱头大哭，无可奈何。儿子惊醒，将事情告诉了父亲。

第二天，渔人撒网，网网有鱼，收获颇丰。彭仲光知道这些鱼是鬼所化，不忍心吃掉。

此鬼载于宋代洪迈《夷坚志》支乙卷第七

704 过阴兵

明代，有个叫陆容的人，住在苏州娄门外。正德年间的一天傍晚，陆容靠着门站着，忽然听到隔壁传来盔甲碰撞发出的叮当声，过了不久，有几千人从面前走过。这些人腰部以上的部分看不见，只能看到腰以下，行走迅速。陆容很惊慌，大声喊了起来，全家老少出来，都看见了。过了很久，那些阴兵才消失。这一年，上海崇明海盗钮东山作乱，当地官员上奏调集京城和各个卫所的士兵讨伐，最终将其消灭。陆容看到的就是那群阴兵。

清代乾隆年间，有个叫中石湖的地方，当地人每天晚上都能听到嘈杂人声，如同数万人打仗，响彻几里地。如果居民爬起来观看，那声音就没有了，只能看到几个红点，在湖心处时隐时现。自镇江、常州乃至松江、嘉定、湖州之间，每天晚上都有灯光出现。有人说，这是阴兵作乱。

此鬼载于明代陆粲《庚巳编》卷一、清代钱泳《履园丛话》丛话十四

705 海僧尼

海僧尼，身体是鱼，头部如同女子，美丽异常，骨冠骨髻，在山水中游弋，有时也会出现于大河、海中，见到人，向人喷混水之气，中者都会死掉，所以人们经常形容它"有鱼妇人头、善能言语者"。

它的本体，是多年游荡的人的魂魄。

此鬼载于宋代《太清金阙玉华仙书八极神章三皇内秘文》（收录于明代张宇初《道藏》）

706
海渚鬼

海渚鬼住在大海孤岛上，无衣蔽体，遭受着绝非凡人所能忍受的暴寒暴热之苦。因前世曾于旷野遇到孤独无助的病弱者，巧取豪夺其财物，故受此报。

此鬼载于唐代释道世《法苑珠林》卷六

707
韩朋鸟

韩朋鸟，本是野鸭水鸟一类的鸟，生活在溪水湖泊之中。古人认为，韩朋鸟就是韩朋夫妻的灵魂所化。

古时有个人叫韩朋，他的妻子很美，被宋康王强夺到手。韩朋心中很怨恨，宋康王就囚禁了他，韩朋随即自杀了。妻子和韩朋很恩爱，被掠去之后，私下故意将衣服弄得破烂，等到和宋康王一同登上高台游玩的时候，就跳了下去。宋康王的手下想拉住她的衣服，但衣服一扯就烂，所以没拉住，韩朋的妻子掉下去摔死了。她在衣带中留下遗书说："希望把我的尸体还给韩朋，与他合葬。"宋康王很生气，把她的坟安置在韩朋的坟的对面，让他们就算变成鬼，也只能互相对望。过了一夜，忽然有梓树从二人的坟上长出，树根在地下相交在一起，树枝在地上相连，还有像鸳鸯一样的鸟，经常在树上从早到晚悲切地鸣叫。

此鬼载于晋代干宝《搜神记》卷十一、唐代刘恂《岭表录异》卷中

708
汉楚王太子

唐高宗建造大明宫宣政殿，刚刚建成的时候，每到晚上都看见数十个骑马的人行驰在大殿的左右。殿中守夜的卫兵都看见了，骑马的人的衣服非常整洁，十多天都是这样。

唐高宗让术士刘门奴问问那群人到底是什么来头，其中有一人回答说："我是汉代楚王戊的太子。"刘门奴质问他："按《汉书》的说法，楚王和七国串通谋反，汉军杀了他，平灭了宗族。怎么能有遗留的后代呢？"那人回答说："楚王谋反失败，天子顾念我，没杀我，养在宫中，后来因病而死，就埋在这个地方。天子可怜我，用一双玉鱼为我陪葬，现在放在正殿的东北角。史官漏掉了

这些事，所以不见于史书。"

刘门奴说："现在皇帝在此，你怎敢在院中骚扰？"鬼太子回答说："这是我过去住的地方。现在既然在天子宫中，行动很受拘束，我请求改葬在高敞美丽的地方，但是你们千万不要拿走我的玉鱼。"

刘门奴向唐高宗奏明了这件事，启高宗命令改葬。后来，挖开这个地方，果然有一古墓，棺木已经腐朽了，尸体的旁边有一双精致的玉鱼。唐高宗下令换了棺材，把这位太子移葬在宫外，并将玉鱼随葬。

此后，大明宫就再也没有鬼出现了。

此鬼载于唐代戴孚《广异记》

709 合魂

唐代天宝末年，有一位姓郑的书生进京赶考。走到郑州西郊的时候，天快黑了，书生就到一户人家里借宿。

这家主人问他姓什么，他说姓郑。这时里屋忽然出来一个婢女对郑生说："我家娘子应该是你的堂姑哩。"接着就见一个老妇从堂屋里出来，郑生连忙向堂姑问安，二人坐着聊了很久。堂姑问郑生结婚没有，郑生说尚没结婚，堂姑就说："我有个外孙女在这里，姓柳，她父亲是淮阴县令，和你门第相当，我想把她许给你为妻，你看如何？"郑生不敢推辞，就答应了。

这天晚上，郑生和柳氏就举行婚礼，入了洞房，彼此都称心如意。郑生住了几个月后，堂姑对郑生说："你可以带着你媳妇去一趟柳家看看你岳父母。"郑生就带着柳氏去了淮阴。

到淮阴后，郑生派人先去柳氏家通报，柳家人一听都十分惊愕。柳氏下车后慢慢走进院中，柳家走出来一个一模一样的女子，两个人在院中相遇之后，忽然合成了一个。郑生的岳父追查这件事，才知道原来是自己死了很久的岳母把她外孙女柳氏的魂许给了郑生。

后来郑生再去寻找郑州西郊他曾投宿过的地方，那里已什么都没有了。

唐代大历年间，在宫内尚衣局（掌管皇帝衣服）当侍御的韦隐，娶了宫内将作府（负责宫廷土木建筑）的少匠韩晋卿之女为妻。

后来韦隐奉诏出使新罗国，走了一段路程后，安顿在一处，他心里觉得很难过，就睡下休息了。醒来后，韦隐忽然发现妻子在帐外，惊讶地询问她怎么会来这里。妻子说："你渡海远行我实在不放心，所以跑来跟你一起走，别人不会知道的。"韦隐就骗手下人说他收了个婢女在身边侍候他，人们都没怀疑。

两年后，韦隐带着妻子回到家中，一看屋里还有个妻子。两个妻子走近后，合成了一体。原来跟韦隐去新罗的，是妻子的魂魄。

此鬼载于宋代李昉等《太平广记》卷三百五十八（引《灵怪录》《独异记》）

710
合皂大鬼

宋代，临江军合皂山下有个姓张的人，富甲乡里。绍兴十四年（1144 年），张某的家仆早晨起来开门，一个身高一丈多、全身黑色的巨人，径直走进门，坐在大堂上，问它话它不搭理，骂它它也不理会，拽它它也不动。

家仆急忙报告张某。张某叫来一众仆人，让他们拿起大棍击打。棍棒打在巨人身上，铿然作响，但它依然端坐不动。仆人用矛刺，用刀砍，甚至用开水浇，也没能伤它分毫。

当地多盗贼，每户人家都备有一面大鼓，碰到急事，便会敲鼓聚人。张某命人敲鼓，发现鼓竟然无法发出响声。张某没办法，知道斗不过这个大鬼，跪下磕头求饶。大鬼徐徐起身，四处查看张家，屋舍、水井、灶台都看了，甚至进了张某藏钱的地方。看完了之后，大鬼回来又坐在大堂上。天黑，张某命人点上蜡烛，可火怎么也点不着。全家人惶恐不安。

张某去山上王笤观请来道士作法，一连七日，大鬼才消失不见。自此之后，张家逐渐败落，最后一贫如洗。

此鬼载于宋代洪迈《夷坚志》乙志卷第十七

711
黑暗鬼

黑暗鬼是地狱中的一种鬼，它们的眼睛看不见东西，住在布满毒蛇的黑暗地方，被蛇咬得疼痛不堪，天天发出凄惨的哀鸣。前世多为赃官，贪赃枉法，将无辜的人打入牢狱。

此鬼载于唐代释道世《法苑珠林》卷六

712
黑水将军

弋阳郡的东南有条黑水河，河岸上有座黑水将军祠。

唐代太和年间，薛用弱调任弋阳郡守，一天晚上，梦见黑水庙的执事说黑水将军到了，就赶快将它请了进来。一看，黑水将军是一个身材魁梧的大丈夫，而且十分威严，穿着铠甲，腰挎箭袋。薛用弱请他坐下后，黑水将军说："我生前是在黑水河里淹死的，一生秉正刚直讲求仁义，就向天帝请求放还。天帝说我在阴界的官运很盛，就任命我当了黑水将军。请郡守大人在河岸上给我立座祠庙，我就可以佑护这一带的百姓。"薛用弱答应后就醒了，于是下令建庙设祭。从此不论水旱灾害，凡是到庙里祈祷都很灵验。

薛用弱有一把葛谿宝剑，黑水将军托梦说很喜欢这把剑，薛用弱就把剑赠给了他，让人在庙里的柱子上挖了个槽，把宝剑装在匣子里放进柱子，外面设个小门，用锁锁上。

乾符五年（878 年），大理少卿徐焕因执法公正办案有功，被任命为弋阳刺史。秋天七月，徐焕出京赴弋阳上任，赶上连绵的秋雨，道路十分泥泞。徐焕经崤山、函谷关，过东周一直走到许蔡，天仍不放晴。后来渡过淮河住在嘉鹿的旅店，这就算到了弋阳的西边县境。

当时仍然是凄风苦雨不断袭来，仆从和侍卫们都冻得受不了。徐焕就到黑水庙去祭祀，当晚就雨过天晴了。徐焕因此对黑水将军更加崇敬。上任后，春秋两次大的祭典，徐焕都亲自参加。

第二年冬天，有几千名叛军来攻打弋阳城，徐焕带人坚守，叛军始终攻不下来，只好转向西面去攻义阳。当时有个无赖，把薛用弱将宝剑藏在黑水神庙的事告诉了叛军的副将。副将就带着人进庙，劈开柱子把宝剑拿走了。拂晓时，这股叛军四处烧杀抢掠，突然被弥天大雾困住，不知道该往哪里走。忽然遇见一个砍柴的少年，叛军就抓住少年，让他带路。少年带着叛军翻过山后，浓雾顿时消散，一看竟来到平叛的义军将领张周的军营前。张周率领义军杀出营来，把叛军全部消灭，并活捉了叛军为首的那个副将，缴获了那把宝剑，又送回庙里。现在黑水将军庙的香火仍然终年不断。据说那个砍柴少年，就是黑水将军变成的。

此鬼载于宋代李昉等《太平广记》卷三百一十二（引《三水小牍》）

713
红袖

清代，有个叫台布的人，晚上上厕所，把灯笼挂在墙上，过了一会儿，听到外面传来窸窸窣窣的声响，看到一个红色的衣袖伸了进来，有一尺多宽，缓缓上升，遮住了灯笼。台布呵斥一声，红袖缩回去，过了一会儿又来。如此三四回，台布害怕了，赶紧站起来，挑着灯笼四处查看，没发现有什么。

他回来告诉夫人，夫人向来胆子大，就带着丫鬟去厕所查看。来到厕所门口时，丫鬟害怕不敢进去，夫人骂道："就你的命金贵！怕被吓死呀！"于是，夫人夺过灯笼，走了进去，结果看到有个人蹲在厕所的拐角，近前看，是个红衣女子，脸色惨白，龇牙咧嘴。夫人大声呵斥道："你是鬼吗？想干什么？"她用手去扇，结果对方不见了。

台布听见动静，前来扶着夫人回到房间，见夫人吓得面无血色。

过了不久，台布就病死了，他死了两天后，夫人也突然死掉了。

此鬼载于清代和邦额《夜谭随录》卷十一

714
狐鬼

清代，纪昀的老师赵横山，少年时在西湖边读书，见一座山寺楼台幽静，便搬进去居住。

一天夜里，赵横山听见屋里发出窸窸窣窣的声响，好像有人走路，便大声呵斥，问对方是狐狸还是鬼。过了一会儿，对方回答说："我是狐，也是鬼。"赵横山觉得奇怪，道："鬼是鬼，狐是狐，怎么能混为一谈呢？"对方说："我本来是一百多岁的老狐，炼成了内丹，不幸被同类所杀，夺走了我的内丹。自此之后，我就成了狐鬼。"赵横山问："既然如此，为何不向阎罗王控诉对方呢？"狐鬼回答说："内丹有两种。一种是吐纳导引而成，这种内丹与血气融合在一起，是夺不走的。另外一种，则是采补而成，可以被人夺去。我魅惑人，取其精气，害死了不少性命，犯下了大罪，即便是死了，去投诉也不会有结果。所以只能幽居在这个房子里。"赵横山又问："你在这里干什么呢？"狐鬼说："本来是想在这里修炼太阴炼形之法，可先生你为人正直，一身正气，让我阴魂不安，所以这才向你祈求，能不能离开这里让我安心修炼？"说完，狐鬼再也没有说话。

第二天，赵横山便搬了出去。

此鬼载于清代纪昀《阅微草堂笔记》卷九

715
虎伥

古代，传说被老虎吃了的人，死后会变成虎伥，无法托生，被老虎逼着干坏事。

唐代开元年间，渝州多次发生老虎吃人的事件，猎人们设了有机关的陷阱，总也没有捉到它。一个有月光的夜晚，有个猎人爬到树上张望，见有一个虎伥，长得像一个七八岁的小男孩，光着身子轻手轻脚地行走。他全身是碧色的，来到陷阱处便发现了那里边的机关。等他走过，树上的这个人又下来重新装好机关。不一会儿，一只老虎径直走来，掉进陷阱里死了。又过了一会儿，小男孩哭着走回来，钻了老虎的口中。等到天明，猎人们打开陷阱一看，有一块鸡蛋大的碧玉卡在老虎的喉咙里。

天宝末年，宣州有一个小男孩，他的家靠近大山。每天到了夜晚，他总能看见一个鬼领着一只老虎来追他，如此已经十多次了。小男孩对父母说："鬼领着老虎来，我就一定会死。世人都说，人被老虎吃了，就会变成虎伥。我死了肯定得当伥。如果老虎让我给它领路，我就把它领到村里来。村里应该在主要道路上挖陷阱来等着，那就可以捉到老虎了。"几天之后，小男孩果然被老虎吃了。过了几日，他的父亲梦见他。他对父亲说，他已经给老虎当伥了，明天就领着老虎到村里来，请父亲在偏西的路上赶快挖一个陷阱。他的父亲就和村里人开始在小男孩说的地方挖陷阱。陷阱挖成之后，果然捉到了老虎。

清代，有个樵夫在山里伐木，累了休息，远远看见有个人拿着一堆衣服，一边走一边丢弃，模样很奇怪。樵夫就偷偷跟着，发现这个人走路很快，相貌也跟人不一样，就怀疑这个人是鬼怪。樵夫顺着丢弃的衣服往前走，来到一个山坳，看到一只老虎蹲伏在那里，才知道刚才看到的那个人是虎伥，丢弃衣服是为了引人到老虎这边，给老虎吃掉。樵夫吓得够呛，连柴火都不要，赶紧跑下了山。

此鬼载于唐代戴孚《广异记》、清代纪昀《阅微草堂笔记》卷十七

716
虎鬼

五代时，有个人叫陈褒，隐居在一个草庐之中，窗户外面就是旷野。一天晚上，陈褒临窗而坐，忽然听到有人马之声传来，看过去，发现有个妇女骑着老虎从窗下经过，径直走入了西屋。楼下有个奴婢，正在睡觉，那妇人取来细竹枝从墙壁的缝隙中刺奴婢，奴婢觉得肚子疼，开门去上厕所。陈褒刚想要开口提醒，那个奴婢就走出了门，结果被老虎抓住。陈褒赶紧出去，救下了奴婢。后来，听周围的乡亲们说，当地一直有这个东西，名为虎鬼。

宋代，永新州有个郎中叫林行可，医术高超。一天傍晚，有个老婆婆前来，请他给家里人看病。林行可觉得天晚了，想第二天早晨再去。老婆婆不答应，林行可就只能跟着过去。走了五里，来到东岳庙前，老婆婆说："你在这里等着。"说完，老婆婆走到庙前的一个坟墓旁边就消失了。林行可觉得奇怪，赶紧爬上东岳庙的亭楼，关上门窗，从窗户缝隙里偷看，见老婆婆引着一只老虎前来，四下看了看，不见林行可的踪影，就抚摸着老虎的背，说："真是可惜了！我三年才给你谋得这份肉，想不到让他跑了！"天亮之后，林行可才敢下楼回家。

此鬼载于五代徐铉《稽神录》补遗、宋代《异闻总录》卷一

717
护界五郎

宋代，扬州有个僧人去江州，傍晚时路过一个村子，见路旁有座小庙，就在里面住下了。到了半夜，僧人看见一帮无赖少年抓着一个人来，杀了这人祭祀，然后就离开了。僧人天亮赶路，走了几里，看见一座庙宇甚是雄伟，上面写着"护界五郎"，里面有无数的白骨。僧人知道一定是鬼，就用锡杖击碎了庙里的神像。当天晚上，有五个鬼前来向僧人索命，僧人持诵《大悲咒》，一夜安然无恙。

到了江州，僧人寄居在普贤寺，那五个鬼又站在门外，身体有门楣那么高，宽约两丈。寺里的方丈让僧人念《火轮咒》，这咒语只有七个字。僧人念咒，五个鬼身体逐渐缩小，等到只剩下一寸高的时候，五个鬼跪地求饶，僧人不答应，继续念。过了一会儿，旋风四起，将那五个鬼化为灰烬飘散。

此鬼载于宋代洪迈《夷坚志》三补

718
花魄

清代，婺源有个谢某，在张公山读书。早晨起来，听到树林中鸟鸣婉转，好像是鹦鹉或者八哥，走上前去，发现是个美女，五寸多高，赤裸无毛，通体洁白如玉，表情似乎很愁苦。

谢某把美女带回来，养在了笼子里，用饭喂养她。美女也跟人说话，但是谢某听不懂她说的是什么。过了几天，被太阳照射，她竟然干枯而死。

当地有个叫洪麟的孝廉听说这件事，跟谢某说："这叫花魄，如果一棵树上吊死过三个人，树上的冤苦之气就能凝结生出它来。把它泡在水里，可以活过来。"谢某如是照办，花魄果然活了。

周围很多人前来看热闹，谢某把它又送回了树上。不过没多久，一只大怪鸟飞过来，衔着它飞走了。

此鬼载于清代袁枚《子不语》卷二十四

719
花烛童子

四川人杜某，乾隆二年（1737 年）考中进士，官至工部郎，五十多岁时，续弦娶了一个襄阳女子为妻。结婚时，同僚前来庆祝，场面热闹。婚礼完毕，杜某进了婚房，见花烛上有一个童子，高三四寸，坐在灯盘上，用嘴吹气，似乎是想把蜡烛吹灭。杜某大喝一声，童子应声而走，两支蜡烛骤然而熄。杜某见之，失神变色，汗如雨下。新娘扶杜某上床，杜某则指着屋子上下说："全是人头！"接着，杜某全身冷汗，口不能言，当天晚上便死掉了。

此鬼载于清代袁枚《子不语》卷一

720
华严井鬼

宋代，刘彦适科举中试，和弟弟一起在永宁寺泗州院设水陆斋，结束后，留宿院里。

僧人继登和徒弟们收拾器具，见一个房间房门大开，责问奴仆。奴仆说刘彦适和他的弟弟早就关门睡觉了。继登觉得奇怪，拿着蜡烛进屋，见里头空无一人，连被子都不见了，刚开始怀疑他们出去了，而这个时候寺里早就关上了大门，这才明白过来，大叫："一定是华严井鬼！"说罢，继登拿着铃杵法器四处寻找。

之前，寺里的华严院有个行者，吊死在院后井边的一棵栗树上，自此之后，经常出来作怪。

继登找到西边，看到被子丢在地上，到了华严院的墙下，又找到了一只鞋。继登径直来到井边，见刘氏兄弟对坐在井上，相互谦让。继登命人将他们扶回房间，等他们清醒了，问怎么回事。刘氏兄弟说："这一天累得要死，正要睡觉，有个行者来，说请我们喝茶。我们跟着他穿墙而过，接着听到女子的歌声、笑声，看见一片大宅。行者让我们进去，我们兄弟俩相互谦让之时，那大宅突然消失了。如果不是您相救，我们肯定坠入井中而死。"

此鬼载于宋代洪迈《夷坚志》丙志卷第十一

721
化成寺鬼

宋代，有个叫沈持要的人，绍兴二十四年（1154年）六月，去临江这个地方。到了湖口县，沈持夜宿在化成寺里，和方丈聊天，方丈说起化成寺里闹鬼一事。

原本，寺里停放了很多棺材，去年一个旅客前来投宿，晚上看到一具棺材放光，就爬起来观看，觉得光芒之中好像有人在动。旅客很害怕，赶紧跑到佛殿的帷幕后面，伸出脑袋来看。那棺材里面的鬼掀开棺盖，也伸出脑袋来。旅客伸出一只脚，鬼也伸出一只脚。旅客收回脚，鬼也收回脚。旅客吓坏了，拔腿就跑，鬼跟着就追。旅客绕着大殿跑，一边跑一边大声叫寺里的僧人。僧人们出来，旅客已经昏厥在地，那鬼撞到柱子上，走过去一看，变成了一地的枯骨。

此鬼载于宋代洪迈《夷坚志》甲志卷第十六

722
化蝶

宋代，杨昊娶江氏为妻，婚后接连生了几个孩子。后来，杨昊客死异乡的第二天，有一只巴掌大的蝴蝶，飞到杨家院子中，围着江氏徘徊，一连好几天不离开。过了几天，杨昊的死讯传来，一家人痛哭流涕。那只蝴蝶又来到江氏身边，和她形影不离。人们都说杨昊留恋少妻幼子，所以死后才变成蝴蝶回来。

也是宋代，杨大芳娶妻谢氏。谢氏刚死还未入殓时，有只扇子大小的紫褐色蝴蝶，翩翩飞舞，落在窗户上，好多天才离去。

此鬼载于宋代周密《癸辛杂识》前集

723
画皮

太原王生早上出行，遇见一个女郎，怀抱包袱，独自赶路，步履艰难。王生急跑几步赶上她，原来是个十六七岁的美貌女子。王生非常喜欢她，就问女子："为什么天色未明你就一个人孤零零地出行？"女子说："你也是行路之人，不能解除我的忧愁，哪里用得着你费心问我。"王生说："你有什么忧愁？或许我可以帮上忙，我绝不推辞。"女子黯然说："父母贪财，把我卖给大户人家做妾。正妻十分妒忌，早晚都辱骂责打我，我不堪忍受，就逃了出来。"王生问："那你打算去什么地方？"女子说："在逃亡中的人，哪有确定的去处。"王生说："我家不远，你跟我回家吧。"女子很高兴，就听从了王生的话。

王生带着女子一同回家，女子四面看看室中没有别人，就问："你怎么没有家眷？"王生回答说："这是书房。"女子说："这地方很好。但还请你一定要保守秘密，不要泄露消息。"王生答应了她。

王生把女子藏在密室中，过了几天才把情况大略地告诉了妻子。妻子陈氏怀疑女子是大户人家的陪嫁侍妾，劝王生发女子走。王生不听。

一天，王生去集市，遇见一个道士。道士回头看见王生，十分惊愕，就问他："你是不是碰到了什么不干净的东西？"王生回答说："没有。"道士说："你身上有邪气萦绕，怎么说没有？"王生又尽力辩白。道士这才离开，说："糊涂啊！世上竟然有死到临头而不醒悟的人。"王生因为道士的话奇怪，有些怀疑那女子，转而又想，明明是漂亮女子，怎么至于是鬼怪，猜想道士肯定是借作法驱妖来骗取食物，就没放在心上。

没过多久，王生偶然去书房，发现门从里面锁上了，推不开。王生有点儿怀疑，就翻过残缺的院墙，蹑手蹑脚走到窗口窥看，只见一个面目狰狞的鬼，翠色面皮，牙齿长而尖利，像锯子一样。鬼在榻上铺了张人皮，手拿彩笔正在人皮上绘画。不一会儿扔下笔，举起人皮，像抖动衣服的样子，把人皮披到身上，变成了那个女子。

看到这种情状，王生十分害怕，到处寻找那个道士，找到后，跪在道士面前乞求他解救自己。道士说："这鬼也很苦，刚刚找到替身，我也不忍心伤害它的性命。"于是把手里的蝇拂交给王生，令王生把蝇拂挂在卧室门上。临别时，二人约定在青帝庙再见。

王生回去，不敢进书房，于是睡在内室，在门上悬挂了蝇拂。一更左右，听到门外有牙齿磨动的声音，王生不敢去看，叫妻子去窥看情况。只见到女子来了，远远望见蝇拂不敢进门，站在那儿咬牙切齿，很久才离去。过了一会儿又来，女子取下蝇拂扯碎，撞坏卧室的门进来，一直登上王生的床，撕裂王生的肚腹，掏取王生的心后离去。

王生的妻子号啕大哭，婢女进去用灯照着一看，发现王生已死，血流得到处都是。

陈氏害怕，不敢出声，天亮后，叫王生的弟弟二郎跑去告诉道士。道士听了，十分生气，说："我本来同情它，想不到竟然如此大胆！"说完，道士跟随二郎一起来到王家。那鬼已经不知道到哪里去了。道士仰首向四面眺望，说："幸好逃得不远。"又问："南院是谁家？"二郎说："是我住的地方。"道士说："现在在你家里。"二郎十分惊愕，认为家中没有。道士问道："是否有一个不认识的人来？"二郎回答说："我实在不知道，你稍等一下，我去问问。"二郎去了一会儿又返回来，说："果然有个这样的人。早晨一名老姬来，想要为我们家做仆佣，我妻子留下了她，现在还在我家。"道士说："这就是那个鬼。"于是道士和二郎一起回了家。

到了二郎家中，道士拿着木剑，站在庭院中心，喊道："孽鬼！赔偿我的蝇拂来！"老姬在屋子里，十分慌张，出门想要逃跑。道士追上去击打老姬。老姬仆倒，人皮哗的一声脱落，变成了恶鬼，躺在地上像猪一样地嚎叫。道士用木剑砍下恶鬼的脑袋。鬼身旋绕在地，成为一团浓烟。道士拿出一个葫芦，拔去塞子，把葫芦放在浓烟中，葫芦瞬息便将浓烟吸尽。道士塞住葫芦口，把葫芦放入囊中。大家一同去看人皮，只见皮上眉目手足，没有一样不具备。道士把人皮卷起来装入囊中，告别想要离去。

陈氏跪在门口，哭着求道士复活王生。道士推辞无能为力。陈氏更加悲伤，伏在地上不肯起来。道士沉思之后说："我的法术尚浅，实在不能起死回生。你们去找一人，去求他一定会有效果。"陈氏问："什么人？"道士说："集市上有个疯子，常常躺在粪土中。你试着哀求他。"二郎陪同嫂嫂一起去找那个疯子。

在集市上，二人见到一个乞丐疯疯癫癫地在道上唱歌，鼻涕拖了三尺长，全身肮脏得不能靠近。陈氏跪下来苦苦哀求。乞丐调戏陈氏，殴打她，陈氏都默默忍受，后来乞丐复活了王生。

此鬼载于清代蒲松龄《聊斋志异》卷一

724
画妻

温州有个监郡，女儿貌美而聪慧，刚成年，还未出嫁便得病死了。监郡平时十分疼爱女儿，让画工画了女儿的一幅画像，过年时挂在屋子里祭奠，平时则收藏起来。监郡任满离去，忘了将画带走。

新来的监郡住进了这座宅子。他的儿子还没结婚，看到这幅画像，心想："如果能娶到这样的妻子，一辈子也值了。"他便将画像挂在自己的卧室里。

一天晚上，女子从画像上走下，来到监郡儿子的床前。两个人同床共枕，无比恩爱。

过了半年，监郡见儿子日渐消瘦，觉得奇怪。一番逼问之下，儿子才如实相告，说："她每晚来，五更时分离开，有时候带来水果给我吃，我给她饼，她却不吃。"监郡让儿子将女子赶走。儿子照做，女子哭哭啼啼，到了天明也没离去，变得和正常人一样，只是不能说话。监郡的儿子便和女子成了真夫妻，而他的病也好了。

此鬼载于元代陶宗仪《南村辍耕录》卷十一

725
还魂

在中国古代，有人死了会还魂的说法。

到还魂这天，家里的人都会出去躲避，即便是富贵大族，也会如此。那一天，家人会打扫死去的人的房间，在地上撒上锅灰，铜钱也要用白纸封上，恐怕鬼见了害怕。还会在炕头摆上一个案子，上面放上一杯酒，煮几个鸡蛋，点一盏灯，然后关闭房门。

第二天，回家前敲响铁器，打开屋子，发现灰土上会有鸡爪、虎爪、马蹄等印记，有的还会发现蛇爬过留下的痕迹，大概和死去的人的属相有关，属相是什么，就会留下什么样的痕迹。家里的鸡、狗之类的家畜，也经常会有碰到还魂而死掉的。

有个读书人，弟弟死掉了，他向来不相信有还魂，半夜，偷偷跑到窗户下偷看。屋子里只有一盏灯，发出昏黄的光线，并没有什么东西出现。接着，忽然看到一股小旋风降临，有一个黑色的渔网一样的东西，罩在桌案上，灯光马上变得惨绿一片，暗淡无比。读书人站在外面，顿时觉得全身僵硬，无法动弹。过了一会儿，灯光恢复先前的明亮，他才觉得能喘过气来。因为这件事，这个读书人很久才恢复正常。

清代乾隆年间，王砚庭担任安徽灵璧县的县令。县里有个村子，村中死了一个姓李的妇女。这个妇女三十多岁，又瞎又丑，生了怪病，肚子奇大无比，跟母猪的肚子一般。妇女死后，丈夫进城买来棺材，正要入殓的时候，这个妇女又活了过来，不仅双眼能看到东西，而且肚子也不大了。

丈夫很欢喜，走过去想亲近一番，那妇女却严词拒绝，哭着说："我是某村的人，姓王，还没有结婚，你怎么能对我这般无礼？我的父母姐妹在什么地方？"

丈夫吓得够呛，赶紧到她说的那个村子里找到姓王的人家。那家人正在为刚刚埋葬的女儿哭泣呢，听到他如此说，大家赶紧来到他家里。那个妇女抱着亲人哭诉，所说的事和王家女儿生前经历的丝毫不差。后来，两家人为这个女子打官司，王砚庭做主，把这个女子判给了原本的丈夫，也算是天作之合了。

此鬼载于清代袁枚《子不语》卷一、清代和邦额《夜谭随录》卷六

726
黄大王

黄大王，是黄河之主。

相传，黄大王生前是河南人，明代时出生于农家，很小的时候就死了父亲，由母亲抚养长大。三岁的时候，母亲替人洗衣服，从井里提水。黄大王在井边玩耍，看到井里出现自己的影子，就跳了进去。母亲吓坏了，赶紧让人来救，结果发现他坐在水上，两手拍着自己的影子嬉戏，身体根本就没沉下去。

到了七八岁，母亲也死去了。他的姑姑嫁给打鱼的，没有儿子，就将他抱过去收为养子。黄大王跟着姑父姑姑打鱼，更是以水为乐。

姑父屡次叮嘱黄大王不要玩水，他也不听。一天，姑父躺在船头，被黄大王击水弄湿了衣服，姑父很生气，一脚将黄大王踹下船，黄大王随波逐流而去。姑姑见了，大急，喊道："你怎么把我儿踢进水里了？黄家要绝后了，我老了也无所依靠了！"夫妻两个正在争吵，从下游来了一条船，船主人询问之后，说："没事儿，下游十里地，有个孩子正在玩水呢，估计是你家的，赶紧去带回来吧。"姑姑赶紧去找，发现黄大王抱着一条大鱼从水波里走出来。

后来，黄大王渐渐长大，姑姑就让他为人放牛，然后送入私塾读书，黄大王很是聪慧，过目不忘。

等黄大王成年，姑父姑姑也病逝了。时值明末，天下大乱，到处都是盗贼，黄大王被王爷招揽。接着，起义军进入陕西，围困太原，黄大王知道贼势甚大，不能抵抗，就买了十几条小船，沿黄河而上，最终救下王爷还有很多人。黄大王安置了王爷，就回家教书了。

后来，清兵入关，平定山西，治理黄河决口的堤防。黄大王前去，指挥筑堤，决口即将合拢时，水流甚急，官府选了四个壮汉，让他们抱着木桩去堵决口，那四个人都不敢去。黄大王见了，流下眼泪说："你们四个人如果因此死去，就会立下大功，享受千年的祭祀；如果不答应，同样会被处死。既然都是死，为什么不去呢？"四个壮汉听了，都觉得黄大王所言甚是，于是大醉一场，抱着木桩用生命筑成了大堤。

官府论功行赏，黄大王拒绝，说："我生是明朝人，死是明朝鬼，之所以前来筑堤，是为了百姓，不是为了功名。"说完他就离开了。

后来，黄河决堤，洪水四处泛滥，淹死了很多人。治理黄河的官员招来黄大王，黄大王登高，看着滔滔的洪水，选定日子，然后说："那天，所有人都回避，我一个人去办。"

这一日，风雨雷电交加，只见云雾中一条黑龙下来，天地震动，黄河咆哮，一连持续了三天三夜。风平浪静之后，大家前去观看，发现决口已经堵上，但是黄大王已经死了。河官上奏朝廷，封其为黄河之主，称"黄大王"，为他修建寺庙祭祀他。

古话说，生而为英，死而为灵，黄大王之凛然正气，当为世间所知。

此鬼载于清代吴炽昌《续客窗闲话》卷一

727 黄父鬼

在南朝宋的黄州地区，有黄父鬼的传说。黄父鬼穿一身黄衣服，闯入人的家里张开嘴笑，很快这家人就一定会得瘟疫。这种鬼身高多变，百姓家里的篱笆有多高，它就会有多高。

孝建年间，庐陵人郭庆之的家里有个叫采薇的丫鬟，年轻俊俏。忽然有一个人，自称山灵，一丈多高，手臂和脑门上都有黄色，相貌端正，风度翩翩，和采薇私会。据采薇说，它经常来，但一般都隐身。它有时候也现形，但变化无常，时大时小，有时像一股烟，有时又变成一块石头，有时变成小孩、女子，有时又变成鸟或兽。黄父鬼的脚印像人的脚印，但有二尺长。有时它的脚印又像鹅掌，有盘子那么大。这鬼来时，门窗自开，神不知鬼不觉就进屋了，和采薇说笑调戏。

据说，黄父鬼以鬼为饭，喝露水，也叫尺郭、食邪、赤黄父。

此鬼载于汉代东方朔《神异经·东南荒经》、
宋代李昉等《太平广记》卷三百二十五（引《述异记》）

728 黄河大小

黄河大小，经常是三五个或者七八个一起追逐，有的没有脑袋、手脚，有的没有嘴巴、鼻子，有的没有眼睛、耳朵，有的没有手臂。它们有时候会在黄昏聚集在火堆旁，人见了大多会生病。

这种妖怪是年月久远、无主飘浮的饿鬼所化。

此鬼载于宋代《太清金阙玉华仙书八极神章三皇内秘文》（收录于明代张宇初《道藏》）

729
黄毛骨

清代，苏州有个书生名叫尤敬庭，博览群书，为人正直，即便是穷困，也能坚守其志。尤敬庭早年在南禅寺读书，这座寺院地处偏远，荒草丛生，建筑多有倒塌，阴雨晦暝时，经常能听到鬼叫。

院子里有三间屋子，先前有一个人租住在这里，不久头疼病死，接着又有人赁居，又心疼而死，后来便被人视为凶宅。尤敬庭觉得房价便宜，不顾别人的阻拦，租下来，带着书籍住了进来。

夜半，他听到有人敲门，开门发现是个长得特别妖艳的女子。女子说："我是邻居家的小妾，被正妻嫉妒，经常遭到鞭打。我知道你没有妻室，私奔前来，希望你能收留我。"尤敬庭当即拒绝，连连斥责，对方这才离开。

第二天晚上，女子又来，而且拿出黄金，说："我知道你贫穷，刚刚偷了家里的黄金，想送给你，希望你能够收留我，带着我离开这个伤心地。"尤敬庭再次严词拒绝，将黄金抛到门外，说："我是个读书人，不想干预别人家里的事。"趁着女子出门捡金子，尤敬庭将房门关上，可一转脸，发现女子不知何时进到了房间，变成了一个面目狰狞的丑鬼，站在床上，对尤敬庭说："跟你说实话吧，我是一个鬼，修炼法术，只要吃七个人的心和脑子，便能复生，所以才以财色诱惑你。可你这家伙，心如木石，不可诱惑，既然如此，我便只有强取了！"言罢，女子伸出手掌，大如蒲扇，来抓尤敬庭。尤敬庭吓得够呛，慌乱中抓了桌上的书籍，胡乱扔过去，女子应声而灭。

等到天亮，尤敬庭将这件事告诉宅子的主人，大家一起从院子的地下挖出一具长满黄毛、鲜血淋淋的白骨，赶紧用火烧成了灰，这才明白之前的那两个人因何而死。

此鬼载于清代梁恭辰《北东园笔录》三编卷四

730
黄魔神

湖北秭归县归州镇西边二里地，有条咤溪，经过此处时，水流湍急，有礁石横布，水势汹涌，声若雷霆。船行驶到这里，经常会触礁翻掉，所以这地方被叫作人鲊瓮。

历史上，出入三峡的历代文人，在诗文中经常把这地方和鬼门关对应，可见其险恶。

传说唐代咸通年间，有个叫林兰陵的翰林，要去贵州，八月的时候，从三峡经过，来到秭归时，江水高涨，水势滔天，奔涌呼啸。林兰陵担心船只会遇到险情，在床上辗转反侧，忽然梦到一个大鬼，头发赤红如火，瞳孔呈现碧青色，对林兰陵说："你不要害怕，尽可以放心过。"林兰陵醒来，觉得很奇怪，等再次睡着，又梦到了这个大鬼，对自己说："我是黄魔神，将保护你安全渡过这处险滩。"

自此之后，人们就管这片险滩叫黄魔滩了。

此鬼载于宋代乐史《太平寰宇记》卷一百四十八，宋代范成大《吴船录》卷下，清代沈云骏、刘玉森《光绪归州志》

731
黄孝白面

黄孝白面，长得如同小蛇，鳞片红色，生有五只脚，经常游荡在水井边。人见了它，会神志昏乱，往往投井而死。

这种妖怪是投井的冤魂所化。

此鬼载于宋代《太清金阙玉华仙书八极神章三皇内秘文》（收录于明代张宇初《道藏》）

732
魂灵灯笼

丹阳人商顺娶了京兆少尹张昶的女儿为妻。张昶死后葬在浐水东面，坟墓距离他在乡下的庄园十里地。商顺在长安准备考试，过了一段时间，妻子让家中的奴仆进城接商顺回庄园来。

傍晚，商顺和奴仆一起出城，奴仆喝醉了，走着走着和商顺失散了。当时城门已关闭，商顺无可奈何，只能骑着驴独自去张家的庄园。天色渐黑，而且雨雪齐下，商顺迷了路，走了数十里，不见人烟，又走了一段路，看见有灯火，来到一户人家求宿，对方严词拒绝。

商顺问张家庄园距离这里还有多远，对方回答往西南四五里便是。商顺觉得庄园很近，便告别上路，结果又走了十几里，依然不见庄园的影子。

雨雪越下越大，天气奇寒，商顺觉得自己肯定会被冻死，找到一棵大桑树，下了驴，坐在树下，黯然神伤。过了一会儿，商顺突然看到一个东西晃晃悠悠过来，好像是一个大灯笼，光照数丈，一直来到自己跟前。商顺刚开始还觉得害怕，后来见灯笼似乎是冲着自己来的，觉得应该是老丈人的魂灵前来搭救自己，起身施礼，说："如果您真的是老丈人，还请给女婿我指明道路。"灯笼悠悠而行，商顺见光下有路，乘驴跟随，行了六七里，看见有人举着火把迎过来。这个时候，灯笼才消失不见。

等火把近了，商顺发现来人是张昶的守墓奴。商顺问对方为何前来，守墓奴道："刚才听到死去的郎君喊我，让我前来接你。说了好几遍，我这才赶紧过来。"商顺松了一口气，晚上住在守墓奴的家中，捡了一条性命。

此鬼载于唐代戴孚《广异记》

733 魂蛇

宋代，饶州有个姓严的桶匠，住在城外和众坊里，有三个儿子，三个儿子都各自娶了媳妇。严桶匠死了几年后，他的妻子也在淳熙七年（1180 年）四月去世。

三个儿子有孝心，将母亲的棺材放在家中，七天后，举办斋会，亲戚云集。突然，有条长五六尺的蝮蛇从棺材下钻出来，并无伤害人的意思。看到的人很是惊讶。蛇昂起头，向儿子们不停点头，眼中有泪，好像有什么话要说。

有人举起棍子要打，儿子们赶紧狙拦。邻居老太太问蛇："你是严婆吗？"蛇点头。老太太问："你的灵座在什么地方？"蛇爬进棺材，很久才出来。老太太问："你三个儿媳的房间在哪里？"蛇又去了三个儿媳的房间。问儿子的房间，它也能找到。等问完了话，蛇缓缓爬进院子里，消失不见。

此鬼载于宋代洪迈《夷坚志》支甲卷第四

734

镬身鬼

镬身鬼是地狱中的一种鬼，该下油锅或投到开水中煮，因为它们前世曾以杀生为业，包括刽子手和屠夫之类；还有的是因为生前有人托他们寄存财物，他们见财起意，拒不归还。

此鬼载于唐代释道世《法苑珠林》卷六

735

鸡鬼

苏州娄门有个人叫陈元善，为人风流潇洒，尤其喜欢道家之说，学习过一些法术，自称洞真，往来于嘉定的一些豪门大户之间，和其中一户姓谈的人家关系不错。

谈家有一只鸡，已经养了十八年。一天，陈元善正和主人聊天，那只鸡从庭院里飞到他跟前，舒翅伸颈，死在了地上。

当天晚上，陈元善睡在谈家的书房，有个女子面带笑容开门进来，自称是主人之女，倾慕于陈元善的风采，特来相会。陈元善问她年纪，她说十八岁，属鸡。自此之后，陈元善来谈家，女子都会来见他。不过每次陈元善和她相处，都觉得昏沉如梦，一离开谈家，就恢复正常。如此过了一年多，陈元善有些怀疑，便将这事情告诉了主人。

主人听后，大惊，说："我家里没有这样的女儿，肯定是妖怪。她说她十八岁，属鸡，算一算，这个年纪和生肖并不吻合！我家里养的那只老鸡，正好十八年，难道是它作怪？"陈元善害怕，赶紧请了一张符咒藏在袖子里。

女子再来，见到陈元善，大怒，道："你竟然敢怀疑我！"它伸出手夺去了符咒。

陈元善的朋友听闻了这件事，让他将一本《周易》放在身上。女子想夺走这本书，无果，只能离去。

一天晚上，陈元善和朋友们同宿。朋友们聚精会神，等待女子出现。过了很久，突然听到陈元善讲梦话，看到一团黑气笼罩在陈元善身上。大家立刻站起来大声追逐，那团黑气离开床帐，发出鸡的声音，飞走了。

陈元善没办法，只得请一个法师来作法，想驱除女子。女子前来，对陈元善说："你别驱赶我了，过几天，我要托生去无锡。你别送我去井里，可以在旷野中将我送走。"陈元善吩咐法师将符水、祭物送到城外几里地的荒僻处。从此之后，女子再也没来。

此鬼载于明代王世贞《艳异编》续集卷十一

736
鸡笼鬼

清代，纪昀有个奴仆名叫刘四，一天请假回家探亲，驾着牛车和媳妇同行。

离家三四十里地，已经夜半了，拉车的牛突然停下。

刘四媳妇惊呼道："车前有个鬼，脑袋大得如同个陶瓮！"刘四看去，见一个又黑又矮的妇人，头罩着一个破鸡笼，一边跳舞一边喊着："来，来！"刘四掉转车头往回走，那鬼又跳到牛前且舞且呼，四面旋转，一直到天亮，才笑道："夜凉无事，我拿你们夫妇消遣，开个玩笑。我离开后你们别骂我，否则我还来。这个鸡笼是前面村子某家的东西，你们替我还了。"言罢，这鬼将鸡笼扔在车上，消失了。

天亮后，刘四和媳妇回到家，吓得昏昏沉沉。不久后，刘四媳妇病死了，留下刘四孤苦伶仃一个人过日子。人们都说，刘四夫妇气运衰败，所以鬼才会出现。

此鬼载于清代纪昀《阅微草堂笔记》卷二

737
疾行鬼

疾行鬼是地狱中的一种鬼，平时总以肮脏的东西为食物，吃进以后，突然全身燃着，烧得鬼死去活来。这些鬼前世为僧人，身着法衣，四处化缘，假说为病人看病，但是化缘过来的钱，全买成好吃的独自吃了。这是破戒之报。

此鬼载于唐代释道世《法苑珠林》卷六

738
家鬼

晋代元兴年间，东阳太守朱牙之有个姓董的小妾。有一天，有个穿着黄色衣服、戴着帽子的老头从小妾的床底下钻出来，和小妾关系很好，有什么吉凶，往往会提前告诉小妾。有一次，朱牙之的儿子生了病，老头说："这病得用虎卵才能治愈。"朱牙之就上山杀了老虎，取来虎卵给儿子吃下，儿子的病果然好了。

小妾给老头梳头发时，发现老头的头发如同野猪毛。朱牙之后来专门祭祀了老头，老头就消失不见了。有人说，这个老头是朱牙之家里的鬼。

此鬼载于南北朝刘敬叔《异苑》卷六

739
嘉夫

嘉夫，长得如同少女，穿着白色孝服，经常出现在厅堂。夜里，它有时哭笑，有时唱歌，有时独自行走，有时二三个一起出来。这个妖怪出现的地方，人都会死掉。

它的本体，是老宅里的伏尸之鬼。

此鬼载于宋代《太清金阙玉华仙书八极神章三皇内秘文》(收录于明代张宇初《道藏》)

740
煎饼鬼

传说夜里做煎饼，就会招来鬼魂。宋代有个读书人经过衢州，晚上在一个叫崇福院的寺庙住宿，有个鬼对他说："昨晚寺里做煎饼，我吃掉了煎饼，打翻了鼎器，把肉羹和灰都埋在了花栏下面。"

还有一个煎饼鬼，在一户人家没有得到煎饼，就把女主人的丫鬟推入火中，说："我能治疗烧伤，但你得给我煎饼。"

据说，有个女子晚上做煎饼，从窗户外忽然伸进来一只巨大的青色的手，拿走煎饼就消失了。

此鬼载于宋代曾慥《类说》卷四十三(引《北梦琐言》)

741
剪衣鬼

宋代时，光州定城有个主簿姓富，任职期满带着家人回家，途经合肥，因为有朋友在此处，就停下来歇息几日，住在佛寺里。

一天晚上，富某睡觉时听到装着行李的箱子里发出细碎的声音，以为是老鼠，就没太在意。第二天打开箱子，发现里面的几支金钗都被剪断了，其他箱子里的衣服都被剪成了布条。富某大惊，赶紧询问寺里的僧人。僧人说："也不知道是什么蠢鬼！以前从来没发生过这种事情。"话音刚落，僧人的僧衣也被剪得稀巴烂。

第二天，富某去老朋友那里赴宴，将事情说了一遍，道："那鬼将我的东西全剪坏了，幸好我的衣服还没遭毒手。"说完，富某发现自己身上的衣服也被剪得七零八落。富某害怕得要命，赶紧告辞而去。

此鬼载于宋代郭彖《暌车志》卷三

742
剪烛鬼

清代，有个姓宋的人，是当地的富豪。家里的太夫人深夜独坐，叫丫鬟把蜡烛的火头剪掉，熄灯睡觉。结果一个妇女掀开帘子走了进来。这女子用白布裹头，穿着一身孝服，舌头从嘴里长长地伸出来，披头散发，号啕大哭，剪掉火头消失了。太夫人吓了一跳，不久生了病，很快死掉了。自此之后，这一家也慢慢变得贫苦起来。

此鬼载于清代李庆辰《醉茶志怪》卷二

743
聻

古人认为，人死了就会变成鬼，但鬼也是会死的，鬼死了就会变成聻。鬼怕聻，就像人怕鬼一样。所以，从唐代开始，老百姓就喜欢在一张纸上写上"聻"字，贴在门上，用来镇祛鬼祟。

现在，我国江浙个别地区还有"埋聻砖"的习俗，就是把一块刻有"聻"字的石砖砌入房子，达到防鬼、祛邪的目的。端午时，民间的庙宇或是正一派的散居道士会向周围的百姓发放一张祛邪的符，有的是红底黑墨，但多数是黄底黑墨，上书"聻"字，也是镇压鬼祟的。

河南卫辉府的戚生，有胆量。当时一个大户人家有巨宅，因为白天见鬼，家里人相继死去，愿意把宅子低价卖掉。戚生贪图价廉，便买了下来。两个多月后，家里就死了一个丫鬟。没过多久，戚生的妻子也死了。戚生一人孤苦伶仃，后来来了一个女鬼，自称阿瑞，和戚生情意殷切。

戚生思念去世的妻子，就让阿瑞招来了妻子的亡魂相见。阿瑞让戚生烧了不少纸钱，贿赂了前来捉拿亡魂的鬼差，让戚生和妻子欢聚了不少时间。

过了一年多，阿瑞忽然病得昏沉沉的，烦躁不安，神志不清，像是见了鬼的样子。戚生的妻子抚摸着她说："她这是被鬼弄病的。"戚生说："阿瑞已经是鬼了，又有什么鬼能使她生病呢？"妻子说："不然。人死了变成鬼，鬼死了变成聻。鬼害怕聻，犹如人害怕鬼一样。"尽管戚生和妻子想了很多办法，阿瑞还是变成了一堆白骨。

后来，戚生的妻子说，阿瑞死去的丈夫变成了聻，听说她和戚生的事，很愤怒，要报复阿瑞。戚生就请了很多僧人，做了法事，超度阿瑞，让她转世投胎，摆脱了聻的复仇。

此鬼载于唐代段成式《酉阳杂俎》续集卷四、金代韩道昭《五音集韵》卷七、清代蒲松龄《聊斋志异》卷五

744
江伥

江河里往往会有一种名为江伥的水鬼，喜欢呼唤人的名字，答应的人必会被淹死。

有个叫李戴仁的人，有次乘船在湖北枝江县的曲浦游玩，晚上把船停在江边。这夜月色皎洁，忽见江面上冒出一个妇女和一个男人，他俩四下看了看，吃惊地说："这里有生人！"接着就在江面上跑了起来，就像在平地上一样，很快跑到岸上，消失了。

当阳县令苏沔住在江陵时，有一天夜里回家，月光下见一个美女披散着头发，身上的衣裙都是湿的。苏沔就开玩笑说："你莫不是江边的伥鬼？"那女子大怒说："你竟然说我是鬼！"说罢她就追赶苏沔。苏沔吓得落荒而逃，直到遇见一个巡夜的更夫才得救。回头看那女子，只见她悻悻地顺着原来的路走入了江中。

此鬼载于宋代李昉等《太平广记》卷三百五十二（引《北梦琐言》）

745
僵尸

凤翔的西面，有一种民俗：人死了之后不立刻下葬，而是让尸体暴露，等待尸体血肉都腐烂再埋，否则就会闹僵尸。据说，如果尸体还没腐烂就下葬，一旦得了地气，三个月之后，尸体就长满毛成为僵尸。长白毛的称为白僵，长黑毛的称为黑僵，会跑进人家里干坏事。

有个姓孙的人，挖沟挖出一道石门，打开，见里面墓道森森，陪葬品都是陶器，墓室里面悬着两口棺材，旁边有几个男人和女人，被钉在墙上，应该是古代殉葬的人，尸体还没腐烂。但风吹进来后，尸体就成为几堆粉末。还有的人，从地下挖到尸体，头和四肢都有，但是没有眼睛和耳朵。

清代，浙江石门县，有个叫李念先的人，到乡下去催讨租子。他晚上进入一个荒村，远远看到一家茅屋亮着灯，就想着前去投宿。走到跟前，看见有破篱笆挡着门，里面传来呻吟声。李念先叫了几声，里头没人答应。他往里看，但见屋里一地的稻草，稻草中有个病人，枯瘦僵硬，脸如同用纸糊的一样，长五寸多，宽三寸多。李念先喊了几声，那病人才低声说："你自己推门进来吧。"

李念先进去之后，那人告诉他说："我染上了瘟疫，全家都快死了。"听起来很凄惨。李念先想喝酒，就让他出去买酒，那人坚持不去。李念先给了他两百个铜钱，他才勉强爬起来，拿着钱走了。

屋里的油灯很快熄灭了，李念先困极了，想睡觉，忽然听见稻草中传来沙沙的声响，赶紧拿来火石取火，看见一个披头散发的人，比先前那个人更恐怖，如同僵尸一般。问对方话，对方也不可答。李念先赶紧往后退，想跑出去，他退一步，僵尸就往前走一步。

李念先害怕极了，推开门跑了出去，僵尸紧追不放。李念先跑了好几里地，闯进一家酒馆，大喊救命，然后就昏倒了，后面追着的僵尸也倒了。酒馆里的伙计用姜汤把李念先灌醒。李念先问了之后才知道，那个村子全村都闹瘟疫，追他的僵尸就是病人的妻子，死了还没入殓，因为感受到了生人的阳气，才会走尸。酒馆里的人去寻找那个病人，发现他拿着李念先的两百个铜钱，倒在一座小桥的旁边，也死了，距离酒馆还有四五十步远。

清代，杭州有个人叫刘以贤，擅长给死人画遗像。邻居有父子两人，这一天，父亲死了，儿子出去买棺材，就请刘以贤给父亲画遗像。刘以贤进了屋子，发现没有人，以为死者在楼上，就爬梯子上了楼，坐在尸体的旁边拿出笔。正要画，尸体突然哗啦一下站了起来，刘以贤知道闹了僵尸，坐在原地一动不动。尸体也不动，但是闭着眼，张着嘴，呼呼喘着气。刘以贤知道自己跑，僵尸肯定会追，就继续拿起笔给尸体画遗像。他做什么动作，僵尸就做什么动作。

过了一会儿，儿子买棺材回来了，见到父亲变成了僵尸，吓得晕倒在地。又有一个邻居来了，见这情形，吓得落荒而逃。

刘以贤和僵尸待在一起，不知如何是好。后来，抬棺材的人来了，刘以贤突然想起僵尸都怕笤帚，就大声喊："你拿笤帚过来！"抬棺材的人一听，就知道楼上闹僵尸了，拿着笤帚上楼，打在僵尸身上，僵尸就倒下了，这才将尸体放入棺材中入殓。

此鬼载于清代袁枚《子不语》卷五

746
交道鬼

交道鬼是地狱中的一种鬼，常遭飞来的神锯肢解，死而复生。它饥渴不得食，只有十字路口有祭祀时，才能吃些祭品。其前世拦路抢劫，夺取路人随身携带的财物和口粮。

此鬼载于唐代释道世《法苑珠林》卷六

747
结竹村鬼

宋代，弋阳县结竹村有个人叫吴庆长，吩咐奴仆晚上去看守稻子。奴仆发现夜晚有人来偷割稻子，怎么抓都抓不住，白天去看稻子，却发现稻子并没有少。这个奴仆向来胆大，就准备好长矛等待。第二天晚上，那东西果然又来了，奴仆大步追赶，举矛刺去，发现是一截破旧的杉木。

第三天，奴仆想烧掉它，被村里的巫师知道了。巫师说，这是能变化的鬼，烧了不能制服它，需要先砍成碎片，然后放在小锅里煮。奴仆按照巫师所说的做了，结果听到锅里面传来那鬼的哀求声："你饶了我吧，我再也不敢来骚扰你了，如果你不放我，我一定找巫师向你索命！"奴仆就打破了锅，把木片扔到田野里，那鬼果然就不来了。

此鬼载于宋代洪迈《夷坚志》乙支卷第十四

748 借尸鬼

元代末年，有个叫叶宗可的人去淮阳躲避兵灾。这一年，盗贼横行，尸横遍野，叶宗可只能昼伏夜行。一天晚上，他见前方有很多强盗，估计无法通过，就躺在尸体之中。半夜，月光下遥遥看见有人提着灯笼走过来，走到跟前，发现是一个道士、一个童子。

道士用灯笼照尸体，看见妇人、老头、小孩以及瘦弱的尸体都没兴趣，手提起来就扔了，如同扔一片叶子那样随意。过了一会儿，道士发现了一个壮汉的尸体，很是高兴，赶紧脱下衣服，面对面抱着壮汉的尸体，对其嘴里吹气。这般过了很长时间，道士气息逐渐虚弱，那壮汉的尸体站起来，睁开眼，推开道士的尸体，带着童子，飘然而去。

此鬼载于明代祝允明《志怪录》卷二

749 金龙大王

金龙大王，姓谢，名绪，是东晋太傅谢安的后代，因为死后显灵，被后人尊为运河河神。

宋代，金兵南攻，谢绪愤懑不已，隐居在金龙山，建造望云亭自处。咸淳年间，浙江发生大饥荒。谢绪疏散家财，买来粮食供应给饥民，救了很多人。后来，元军进攻临安，俘虏宋朝太后、少主北去。谢绪听闻后，不愿意做元军的臣子，跳入大江而死。乡亲们见谢绪尸体僵而不腐烂，便将其埋在了祖庙旁边。

明代，朱元璋兴起义军，谢绪屡次示梦，说要护佑圣主。当时，傅友德和元左丞相在徐州吕梁洪交战，士兵见空中出现一个身披盔甲之人前来助战，元军因而大败，战后人们才知道那是谢绪显灵了。

永乐年间，朝廷开凿会通渠，为谢绪建造祠堂。隆庆年间，大司空潘季驯监督漕运，运河堵塞不流，便写下祭文，指责谢绪，但是运河依然不通。潘季驯手下的一个书吏黄昏时分经过谢绪的祠庙，被捉入其中。谢绪坐在堂上，斥责书吏说："当官的不能不讲道理，运河堵塞，是天数，并不是我作祟。你告诉大司空，我已经向天帝请示，运河将在某天可以通行。"书吏将事情告诉潘季驯，果然如同谢绪所说，那天，堵塞的运河真的通行顺畅。潘季驯因此也越发尊敬谢绪。

传说，金龙大王会化身金色小蛇，彰显灵异，运河各地纷纷建造祠堂供奉。其中，东昌祠香火特别旺盛。每次金龙大王降临，当地都会唱大戏。唱戏的人拿着戏本走上前去，金龙大王变成的小蛇会爬到纸上，用头点在某出戏的名字上，唱戏的人便高喊："大王点了这出戏！"

清代光绪年间，东昌河决口。河兵想了各种办法也堵不上，负责的官员十分忧虑，虔诚地向金龙大王祈祷。一天，金龙大王降下旨意，说："明天，我让杨四将军来帮助你们。"第二天，杨四将军果然来了，变成了一只青蛙。众人急忙准备干净的水盆，让将军入浴。一次，杨四将军外出归来后，跳到水盆里，众人看到它的一条腿似乎有伤，流出了不少血。过了一会儿，这只青蛙呱呱大叫，吐出来一个像麻雀但长着三条腿的东西。这东西已经死掉了。大家知道，肯定是将军抓到的水怪，于是赶紧拿起工具来到决口处，很快将决口堵上了。等大水退去，大家发现河底有很多三足鸟爪印，大如栲栳，明白河堤决口是这怪物所为，而杨四将军吃掉的，正是这个水怪。

此鬼载于明代朱国祯《涌幢小品》卷十九、民国郭则沄《洞灵小志》

750
精媚鬼

精媚鬼，专给坐禅人捣乱，破坏其精进修行。它专迷惑禅定者，它或变成美貌少女，以色相动摇禅定者心意；或变成老弱病残之人，声色凄苦，使人产生怜悯之意；或化作狰狞恐怖的形象，使人心生畏惧。禅定者只要心里一乱，则前功尽弃。这种鬼一般在子时活动。坐禅者如见到这样的鬼在子时出现，大声叫出"鼠"字，它便立刻消散。

此鬼载于隋代智者大师《释禅波罗蜜次第法门》卷四

751
精卫

发鸠山上生长着茂密的柘树。山中有一种禽鸟，形状像一般的乌鸦，却长着花脑袋、白嘴巴、红足爪，名为精卫。精卫鸟原是炎帝的小女儿，名叫女娃。女娃到东海游玩，淹死在东海里，就变成了精卫鸟，常常衔着西山的树枝和石子，用来填塞东海。

此鬼载于战国《山海经》卷三

752
镜姬

清代时，有个叫俞逊的人在别人家当上门女婿，妻子沈氏很是貌美，喜欢打扮。沈家有面古镜，说是唐宋年间的物品，在沈氏手里，不轻易示人。俞逊听说了，想看看，就向妻子索取，几次都被妻子拒绝了，很不甘心。有一天晚上，盗贼进了家中，什么东西都没丢失，唯独少了那面镜子，家人很奇怪。

过了一段时间，俞逊在集市上看到一个卖镜子的老头，拿着一面镜子，看起来很古老，就上前买下，带回家，得意扬扬地对妻子说："你们家先前的那东西，不过是块废铜，还视若珍宝！你看看我这面镜子，在集市上买的，才花了一百文钱，多好！"妻子拿过来，惊呼道："这正是我丢失的那面镜子呀！你从哪里得来的？"俞逊把事情说了一遍，妻子拿着镜子照了照，忽然变得很害怕，大声喊道："你是何人？"镜子也发出声音："你是何人？"过了一会儿，镜子又说："我是郎君的小妾，应当做正室。"

俞逊也很吃惊，拿来镜子，看见里面站着一个美人，容貌绝代，妻子和她完全不能比。俞逊就问对方的来头，镜姬说："我是五代时朱全忠宠爱的小妾，后来死于乱军之中，遇到仙师，用我的血铸造这面镜子，我的灵魂便附于其中。听说郎君你风雅无比，我愿意做你的小妾。"俞逊问："你会带来祸害吗？"镜姬说："不敢为祸，我只想伺候你，也不会与正室争宠。"

俞逊很高兴，就问镜姬会什么，镜姬说歌舞很好。于是，俞逊就把镜子立起来，夫妻两个一起听镜姬唱歌，果然是余音绕梁。自此之后，夫妻两个就和那镜姬一起生活。

过了一段时间，俞逊和沈氏都病了，而且十分严重。俞逊的老丈人听说后，拿来镜子，大骂镜姬，将镜子锁在铁箱之中。接着，老丈人又找来医生医治俞逊夫妇，过了半年，俞逊夫妇的病才好。后来，岳父死了，那镜子也就不知所在了。

此鬼载于清代长白浩歌子《萤窗异草》二编

753
酒鬼

所谓酒鬼，就是让人嗜酒的一种鬼。

清代，有个人在师父家求学，晚上还没睡觉，忽然听到窗户外面有人说话，打开窗户，看见一个披头散发的鬼站在师父门外，自称酒鬼，和门神聊天。门神说："主人不喝酒，你进来干吗？"酒鬼从怀里掏出一张纸，递给门神看，然后走进了师父的屋子。

师父向来讨厌喝酒，家里既没有酿酒的东西，也没有酒杯，可第二天就让人买酒，自此嗜酒如命，很快连书都不教了，家里也变得困顿起来。

此鬼载于清代李鹤林《集异新抄》卷四

754
拘魂鬼

李兰生当年主管云南电报局时，手底下有个年轻人经常出去夜游。一天晚上，这个年轻人从城外回来，看到一个身高好几丈的巨人，抬脚跨过城墙，然后落在城中，身体变成了常人大小。年轻人吓了一跳，赶紧躲在屋檐底下远远窥探。

这个妖怪进了一户人家，过了一会儿，有好多一尺高的、穿着衣服戴着帽子的小人送它出来。接着，这个妖怪进了隔壁邻居的宅子，拎着一个须发皆白、身体很小的人出来，走掉了。

很快，这座宅子里传来哭声。年轻人去打听，原来是这家的老主人刚刚死掉，这才明白那个妖怪是拘魂鬼。

此鬼载于民国郭则沄《洞灵小志》

755
举扇鬼

平阳县的县衙里多鬼。县令郑栎年喜欢喝酒，一天晚上，喝醉了回来，被一个女婢扶到中堂，坐在榻上。郑栎年让女婢举扇子给自己扇风。扇了好几下，女婢突然将扇子扔在地上，说："我才没这闲工夫呢！"说完，女婢消失不见。郑栎年这才知道对方是鬼。

此鬼载于清代褚人获《坚瓠集》秘集卷二

756
君

君，是我国水族群众口中流传的一种鬼，为单身汉的亡灵所变。此鬼不作祟时可保牲畜按时归家或者平安吃草，当其心境不顺时就会作祟，使放牧于野外的牲畜失踪。如果家里牲畜不见了，人们就备酒食到牧场附近祭奠此鬼，被其藏起来的牲畜很快就能找到。放牧之人在野外烧火，灭火时习惯留一根带烟的柴供此鬼继续享用，如果全灭掉，往后放牧牲畜易被鬼藏起来或自然走失。

此鬼载于当代徐华龙《中国鬼文化大辞典》

757
考场鬼

有个人叫郭承嘏，把一卷字帖当作宝贝一样珍惜，常常随身携带。有次郭承嘏参加考试，写完试卷，见天色还早，就把卷子放到随身携带的书箱中。到了交卷时，他从书箱中拿出试卷交上，回到家，想取出那卷字帖欣赏，发现竟然是试卷，这才发现自己错把字帖当作试卷交了。

郭承嘏十分焦急，想把字帖换回来，来到考场门外，见看守严密，根本进不去，没有办法，急得团团转。这时候，走过来一个老书吏，见郭承嘏这样，就问他怎么回事。郭承嘏把事情说了一遍，老书吏说："我能给你换回来，可是我家贫穷，住在兴道里，如果能给你换成，希望你给三万钱作为酬劳。"郭承嘏答应了他。

老书吏从郭承嘏手里接过试卷，进了考场，过了一会儿，走出来，把字帖交给郭承嘏，说事情办完了。

第二天，郭承嘏拿着三万钱，亲自送到兴道里，找到了老书吏的家。老书吏的家人听郭承嘏说完后，十分惊讶："我父亲已经死了三个月了，因为家里很穷，一直没有下葬。"郭承嘏也很震惊，才知道在考场门口碰到的，竟然是一个鬼。尽管如此，郭承嘏还是遵守承诺，把三万钱给了那鬼的家人。

宋代，有个叫鲁璪的人，考试交完试卷，即将离开考场时，突然想起刚才写的诗有个地方押错了韵，赶紧回去想重写，结果发现试卷混在一起，而且周围都是人，只能沮丧地叹气。这时候，一个年老的官吏走过来，询问原因后说："我能把试卷给你带出来。"鲁璪大喜，愿意送给老吏二十贯钱作为酬谢。

老吏走进屋里，时候不大，将鲁璪的试卷拿出来。鲁璪修改完毕，让老吏还回去。老吏办完了事，叮嘱鲁璪说："你把钱送到吴山坊某人家，就是我家。"

三天后，鲁璪带着钱去吴山坊，发现这个老吏已经死去十几天了。他向人打听老吏的相貌，发现就是在考场帮助自己的那个鬼。鲁璪惊愕无比，但还是将钱给了那家人。后来，他也顺利考中。

此鬼载于宋代李昉等《太平广记》卷三百四十五（引《尚书谈录》）、宋代郭彖《睽车志》卷四

758
坑三姑

坑三姑，原名叫何丽卿，莱阳人，是李景的小妾，后来被李景的妻子于正月十五杀死在厕所里，被民间祭祀为厕神。传说这一天，用草制作出她的形体祭祀，占卜一年养蚕、庄稼的收获，一定会得到回应，十分灵验。

此鬼载于清代褚人获《坚瓠集》秘集卷一

759
空心鬼

清代，杭州有个人叫周豹先，家住在东青巷。家里的大厅中每天晚上都会出现一个人，穿着红色的袍子，戴着乌纱帽，方脸，满脸胡子。这个人旁边还有两个随从，尖嘴猴腮，矮小猥琐，穿着青色的衣服，听其使唤。这个人从胸口到肚子都是透明的，人可以隔着他的肚皮，看到后面墙上挂的画。

周豹先有个儿子才十四岁，生病卧床，听到这个戴乌纱帽的人和随从在一起商量道："怎么样才能害了他呢？"随从说："明天，他要吃下卢浩亭的药，我们两个变成药渣混入他的碗里，等他吃了之后，我们就可以让他死掉。"

第二天，郎中来给周家儿子看病，名字果然叫卢浩亭，给周家儿子开了药。周家儿子说什么也不肯吃药，把昨天听到的话告诉了家人。家里人买了一幅钟馗画挂在堂上，想借此镇鬼。不料想，那三个鬼一点儿都不怕，反而嘲讽说："这位近视眼先生，老目昏花，人和鬼都分不清，有什么可怕的？"

过了一个多月，两个随从又凑在一起说："这一家人气运并没有彻底衰竭，我们闹腾半天也不会有收获，不如到别家去。"戴乌纱帽的说道："如果这样就放过他们家，以后都这样，不行了就走掉，那怎么得到血食呢？今年是猪年，可以找一个属猪的索命。"

不久，周家果然有一个属猪的仆人死掉了，而周家儿子的病也痊愈了。周家人称呼这三个鬼为空心鬼。

此鬼载于清代袁枚《子不语》卷五

760 孔大姐

宋代庆历、皇祐年间，陈州通判的官衙里晚上经常有个女子出来和人谈笑风生，长得十分美丽。人们询问她的姓名，她说："我叫孔大姐，本来是石太尉家的女奴，因为有过错被杀。"人们问她为什么不到别的地方去，她说："这地方比别处好。"

当时，晏殊在宛丘，他往往刚写好词，孔大姐就在外面将其吟唱出来。

有时，人们早晚都在官衙工作，孔大姐会故意吓唬人，见人受惊，她就哈哈大笑。有个兵卒老是被她惊吓到，就随身带了一把刀，等孔大姐再出来，挥刀砍了过去。接连几天，人们听到孔大姐说："不过是和你开玩笑，你为何伤我呢？"自此之后，孔大姐便消失了。

此鬼载于宋代张师正《括异志》卷九

761

叩门鬼

宋代，鄱阳和风乡杨五郎家，自庆元二年（1196年）十月以后，每到半夜就会传来敲门声，家里的奴仆去开门，发现外面根本没人。如此过了好几个月，庆元三年（1197年）二月的一个晚上，杨五郎躲在门口从门缝里偷看，见一个穿着布衫、身高五尺多的鬼来敲门。杨五郎带着奴仆，举着棍子，开门追过去。那鬼飞快地逃掉了。第二天又来。

第三天晚上，杨五郎提前让十几个壮汉躲在门外篱笆下，用苇席遮身，等鬼来。果然鬼晃晃悠悠又出现了。众人里外夹击，抓住了它。这个鬼拼命挣扎，身高达到一丈，满身黑毛，两臂比人大腿还要粗。大家举刀将其杀了，但鬼没有血。剖开它的肚子，里头也没有肠胃。鬼的脸上，长有三只眼睛。

天亮后，众人把鬼扔进热油里，它变成了一摊黑水。

此鬼载于宋代洪迈《夷坚志》三志己卷第四

762

骷髅

南朝宋泰始年间，有个叫张乙的人，因为被鞭打了一顿，生了疥疮，十分痛苦。有人告诉他，如果烧死人的骨头，用骨头粉末敷在伤口处，就能痊愈。张乙就带着家中的小仆人在荒山野岭找到了一个骷髅，烧成粉末疗伤。

当天晚上，家里突然出现一团火焰，追着小仆人烧他的手，而且好像还有什么东西，将小仆人的脑袋按向火焰，大骂："你为什么烧我的脑袋？现在我也要烧你的头！"小仆人大叫："是张乙烧你的！"那声音回答说："如果不是你拿给张乙，张乙怎么会烧？"

小仆人的脑袋被按在火里面很长时间，头发烧光，皮肉焦烂。张乙十分害怕，赶紧将剩下的骨头送回埋葬，并且做了一场法事，才躲过灾难。

清代时，有个人赶集回来，遇到暴雨，看到路边有座古墓，就躲在碑楼下避雨。这人无聊，看到土中有个骷髅，就拿起来，将湿泥涂在骷髅上，捏作五官，又把买来的枣子和大蒜塞入骷髅的嘴里。雨停，这人也就回家了。

过了几年，附近的村子出现了诡异的事情——每天晚上，有东西如同红色的灯笼飞进飞出，而且大喊："枣很好吃，但是蒜太辣了！"这东西四处追人，被它追上了，就会得病。

这人听说了此事，惊道："难道是那个骷髅？"赶紧来到当初避雨的地方，见那个骷髅还在原地，脸上生毛，如同长出了头发。大家赶紧把骷髅毁坏了，打碎的时候，骷髅还发出嘤嘤的叫声。自此之后，再也没有发生什么怪事。

此鬼见于唐代释道世《法苑珠林》卷四十六、清代李庆辰的《醉茶志怪》卷二

763
骷髅神

南宋理宗嘉熙年间，有术师拐偷人家的小男孩，刚开始给他吃饱饭，后来每日减少，时间长了不给食物，每天用醋从头到脚浇淋，关节经络都钉入钉子。等小孩死后，将枯骨收敛，拘其魂魄使用，能为术师占卜吉凶，称之为骷髅神。

此鬼或于元代《湖海新闻夷坚续志》前集卷二

764
旷野鬼

旷野鬼是地狱中的一种鬼，常患饥渴，被天火烧身。其前世曾霸占旷野中的湖池，不许过往人饮用，并口出恶言。

此鬼载于唐代释道世《法苑珠林》卷六

765
傀儡鬼

宋代，宜兴人陈宰冕出差经过富阳，在一家旅店里住宿。晚上，烛火昏暗，行将熄灭之时，陈宰冕看到墙壁上有个人影，举着手，跟傀儡木偶一般，大惊，抓起枕头扔了过去。店主人听到声响，进来，为他加了灯油，让灯明亮起来，那个影子也消失了。第二天，陈宰冕向店主人打听。店主人说，几天前，有个傀儡艺人死在他住的这个房间。

此鬼载于宋代郭彖《睽车志》卷三

766
蓝鬼

清代时，有个山东人刘某寄居在天津，夜里躺着抽烟，忽然觉得冷风阵阵，起了一身鸡皮疙瘩。刘某觉得奇怪，睁开眼发现床前站着一个蓝脸大鬼，穿着的衣服、戴着的帽子也是蓝色的，几乎和屋子一样高，面目狰狞，很是吓人。这鬼向刘某吹气，刘某顿时觉得如坠冰窟。

刘某这人向来十分勇猛，拔出佩刀去砍鬼，鬼跑出屋子消失了。刘某回来躺倒，又觉得身体发冷，抬头发现那鬼又来了，只得拔刀又砍。如此一夜反复多次，到天明才消停。

如此这般，一连好多天。有人劝刘某赶紧搬家，刘某不愿意，就喊来仆人跟自己睡在一起，鬼果然不来了。但是仆人一走，那鬼就来。后来，仆人留宿时鬼也来，但是仆人看不见鬼，只觉得寒冷而已。

过了一段时间，刘某形销骨立，打不过鬼，生了病，卧床不起。

一天晚上，鬼又来，刘某看见死去的母亲站在自己床前，替自己抵挡那鬼吹气，可惜母亲太矮，那鬼伸过头去，依然能对着自己吹气。刘某见自己连死去的母亲都连累了，不由得失声痛哭。

那蓝鬼如此缠了刘某半年后，刘某就死了。

此鬼载于清代李庆辰《醉茶志怪》卷一

767
懒妇鱼

水中有一种鱼，名叫懒妇鱼。相传，有个杨家的媳妇，被婆婆溺死，死后变成了这种鱼。懒妇鱼的脂肪可以点灯，如果鸣琴博弈这种吃喝玩乐的时候点灯，灯光会异常明亮；如果纺织劳作时点灯，灯光就会变得昏暗无比。

此鬼载于清代褚人获《坚瓠集》余集卷一

768
老吊爷

河南开封城有所谓老吊爷，原本是个吊死鬼，生前姓张，背着几匹布到集市上贩卖，被贼偷走了，便愤而上吊自杀了。县里的捕役都供奉它，尊它为老吊爷，而且特意为它建了庙。凡是抓不到的盗贼，捕役就会到庙里向老吊爷祷告查问，老吊爷就会告诉他们盗贼的下落，十分灵验。

老吊爷的像高二尺多，站立着，手里拿着雨伞，背着几匹布，看上去就是个很平凡的老头。

此鬼载于清代俞樾《右台仙馆笔记》卷六

769
雷鬼

唐代，有个御史叫杨询美，住在广陵郡，他的几个儿子都还年幼，正是上学的年纪。有一天黄昏，电闪雷鸣，好像马上就要下雨。几个儿子走出屋子往上看，一边笑一边说："听说雷霆里面有鬼，不知道是不是真的，如果真有的话，我们找机会杀死它。"说话间，雷声越来越大，树木都在抖动。忽然咔嚓一声，天雷打在屋子旁边。几个儿子吓得魂飞魄散，赶紧跑进屋子里，贴着墙壁站着，不敢动。又听见雷声围着屋子游走，房舍摇动，过了很长时间，雷电才消失。几个儿子出了屋子，见院子里的大槐树被雷劈得七零八落。

这时候，几个儿子都觉得大腿很疼。他们把这件事情告诉了父亲。杨询美让仆人拿来蜡烛，看到儿子们的大腿上都有红色的痕迹，就如同被廷杖打过一般。"这就是你们冒犯雷鬼的下场呀。"杨询美说。

唐代，润州府延陵县有个叫茅山界的地方，元和年间的一个春天，一天狂风暴雨，农民徐㓦亲眼看到从天上掉下个怪物。这怪物身长两丈多，黑色，脸像猪，角长五六尺，肉质的翅膀一丈多长，长着豹子尾。它穿着红裤子，腰间缠豹皮，手脚和爪子全是金色，手里抓着一条红蛇，用脚踩住，瞪着眼睛要吃蛇，声音如雷。这事很快就被报到县里，县令立即亲自前往查看，并命人把它画下来。一会儿又来了雷雨，那怪物便展开翅膀飞走了。人们都说，那就是雷鬼。

宋代，有个姓毕的人，被征召去当兵，在路过长安附近的时候，碰上大雷雨，就停下来休息。等雨小了，看见前方一百多人围着山坡，议论纷纷。毕某问他们发生了什么，他们都说："刚刚大风大雨，有个东西掉下来落到了山坡。"毕某骑着马往前走，看见一个鬼，脸上长着四只眼睛，头发赤红，背如一口钟那样鼓起，皮肤深蓝，手脚上长着锋利的爪子，嘴如同鹰嘴，有二三尺高，手里面拿着两个槌子，嘴里流出紫色的黏液，又腥又臭。毕某要杀了它，被一个老头阻止了。老头说："这是雷鬼，杀了会引来祸事。"过了一会儿，又下起大雨，那鬼就消失了。

此鬼载于唐代张读《宣室志》卷七、五代杜光庭《录异记》卷九、

宋代章炳文《搜神秘览》卷上

770
棱睁鬼

杀人以祭祀鬼这种事，湖北最多，祭祀的对象叫棱睁鬼。当地人认为，官员和读书人，杀了以祭祀，一个可以抵三个；僧人和道士，可以一抵二；小孩和妇女，一个就算一个了。

福州有个读书人少年登科，来到湖北的一个地方，看到森林之中有一块特意设置的石头，好像是供人歇脚的，就坐在上面休息，打发仆人先回去，自己随后跟上。仆人等了很久，也不见读书人回来，就去寻找，后来在深山中找到他的尸体，发现五脏六腑都被人割去祭祀用了。

此鬼载于宋代洪迈《夷坚志》三志壬卷第四

771
黎丘

安徽望江县令李某，任满后住在舒州。他有两个儿子，十分聪明。有一次李某晚上在外喝了酒回家，离家几百步时，看见两个儿子来接他。走到跟前后，两个儿子突然抓住他狠揍起来。李某又惊又怒，大喊起来，但周围没有人，两个儿子一边走一边打，到了家门口，都逃走了。进门以后，李某看见两个儿子都在家里，问他们，他们说自己根本没出门。

一个多月后，李某到朋友家喝酒，并向朋友说了上次挨打的事。当时已经很晚了，李某不敢回家，就在朋友家住下了。这时他的两个儿子怕父亲回来晚了再挨打，就出门迎接，半路上遇见父亲，父亲大怒说："谁让你们晚上出来！"说罢，李某让随从打两个儿子，两个儿子费了很大劲才逃脱。

第二天，李某回家后听儿子们说起这事，心里更加害怕。过了没几个月，李某父子就都死了。郡里的人说，李某父子碰到的是一种名为黎丘的恶鬼，擅长变化成人形来欺骗人、干坏事。

此鬼载于五代徐铉《稽神录》卷二

772
炼形鬼

清代，科尔沁汗王达尔有个仆人，有次在路边捡到两个皮口袋，一个装满人的牙齿，一个装满了人的手指和脚趾。仆人十分诧异，就把皮口袋丢进了水里。过了一会儿，一个老太太慌慌张张过来，左顾右盼，似乎在寻找什么，见到仆人，问有没有看到两个皮口袋，仆人说没见到。老太太猜到肯定是仆人捡到了，愤怒地捡起一根木棍打他。仆人和老太太打斗，发现她的衣裳很柔脆，就像草一样，她的肌肉虚松，如同干瘪的莲蓬，用手抓一下，就皮开肉绽，但很快就能够自动愈合。

两个人打了很久，不分胜负，老太太掉头走掉了，并且告诉仆人："少则三个月，多则三年，我一定回来夺去你的魂魄。如果超过三年不来，那就是你的运气好。"

有人告诉仆人，这个老太太就是传说中的炼形鬼，因为修炼不足，不能凝结出实体，所以收集人的牙齿、手指、脚趾还有其他东西，用来炼化身体。

至于那个仆人后来怎么样，那就没人知道了。

此鬼载于清代纪昀《阅微草堂笔记》卷二十三

773
两林青面

两林青面，身穿白衣，披头散发，经常让人家的门、窗户发出蹊跷的声响，让人房宅不安。

这种妖怪，乃是深宅中的伏尸所化。

此鬼载于宋代《太清金阙玉华仙书八极神章三皇内秘文》（收录于明代张宇初《道藏》）

774
灵哥灵姐

灵哥灵姐是明清时期极为流行的一种鬼怪。传说有人会将人杀死，拘其魂魄，称为灵哥灵姐，供自己驱使。另外一种传言，则是用男女天灵盖各四十九个磨成粉，半夜用油煎成黑豆，拘在木人上，一百天就炼成一对。

此鬼载于明代谢肇淛《五杂俎》卷六、明代祝允明《语怪四编》、
清代袁枚《子不语》卷十四

775
灵侯

南平国有士兵在姑孰这个地方，被鬼附身。鬼的声音又细又低，有的时候出现在屋里，有的时候出现在院子里的树上。每次占卜的时候，鬼会索要琵琶，一边弹着琵琶一边说吉凶，十分灵验。当时有个叫郄倚的人是这里的长史，问鬼自己会不会升官，鬼说不久他会加官晋爵，果然很快他就当了校尉。当地有人说这种鬼名为灵侯。

此鬼载于南北朝刘敬叔《异苑》卷六

776
流尸

宋代，有个叫魏良佐的人，从长沙返回老家，距离老家还有十几里的时候，天黑了，就在岸边停船休息。

晚上月华似水，船上的人都睡着了，魏良佐听到船尾有声音，担心是盗贼，就爬起来查看，只见有个人手里拖着一截木头，想爬上船。魏良佐举起船篙打，那人扔掉木头破口大骂，声音恐怖而奇怪。魏良佐这才发现对方是鬼，赶紧叫醒大家开船逃离。

那东西跟着船，穷追不舍，一边追一边骂。河水很深，到了中间，那人露出上半身，魏良佐才发现竟然是一具流尸，一直跟了两三里才离开。

回到家不久，魏良佐就病死了。

此鬼载于宋代郭彖《睽车志》卷五

777

龙泉鬼

江西庐陵有个商人叫田达诚，很有钱，但并不吝啬，经常周济穷人。他在新城这地方造了一所宅院，阔大清幽。有天夜里有人敲大门，他开门看却没有人，这样反复了几次后，田达诚就问："敲门的是人还是鬼呀？"好半天才听到对方回答："我不是人，原住在龙泉，家里被洪水淹了，你家的宅子又大又好，求你收留我暂住几天，等我家房子盖好我就走。"

碰到这种事，田达诚当然不同意，说人和鬼怎么能住在一起呢。对方说："哎呀，我只是借宿几天，绝不会祸害你，而且我是听说你十分有义气，才来投奔你的。"

田达诚想了想，还是答应了对方，毕竟自己不是那么小气的人。鬼很高兴，问让它住在哪里，田达诚说："你就住在堂屋里吧。"鬼千恩万谢之后，消失了。

过了几天，这个鬼再次现身，说："老田呀，我已经在你家堂屋里住下了，你该干啥干啥，只是你要告诉家里人注意管好火，不然万一出了意外发生了火灾，你会以为是我干的。"田达诚答应了，让人把堂屋收拾干净供它居住。

有一次，田达诚诗兴大发，作了几首诗。鬼忽然说："想不到老田你还能作诗。我也喜欢作诗，咱俩一起作几首，怎么样？"

田达诚顿时觉得找到了知己，便摆上酒，把纸、笔摆好。鬼也的确有点本事，谈论起作诗的道理十分精通，但桌上的酒和纸笔却一点儿也没动。过了一会儿，田达诚发现桌子上的酒被喝完了，纸上已写好了诗句，而且写了好几首，都很有新意，字是柳体，笔锋遒劲。

相处久了，田达诚对鬼挺好奇的，就问对方的名字。鬼说："你问这么多干吗呀，如果我说出我的名字，将会对你不利。我还是把名字写进诗中，你自己猜吧。"紧接着，鬼写了这样一首诗："天然与我一灵通，还与人间事不同。要识吾家真姓字，天地南头一段红。"田达诚研究了一番，可能自己才疏学浅，搞不懂鬼的名字叫什么。

又一天，鬼告诉田达诚说："老田，我得麻烦你一件事。我有个小儿子，要娶樟树神的女儿为妻，将要办喜事，想借你的后厅用三天。你放心，我也不白用，我会报答你的。"田达诚说："都是朋友，你别客气。"他立刻让家中的仆人把后厅腾出来，用布幔围上给鬼用。

三天后，鬼对田达诚说："我家喜事已办完，后厅还给你。你对我真是太客气了。但你家的那个老女仆，你得打她一百板子。"田达诚知道肯定是老女仆得罪了鬼，就向鬼赔礼，并把那个老女仆叫来打了板子。刚打了几下，鬼就劝道："打她几下，让她知错也就算了。"这事完了之后，田达诚私下找来这个老女仆，问她到底干了什么事得罪了鬼。老女仆说，她曾在后厅的布幔缝中向厅内偷看，见里面办喜事的宾客礼仪和一切陈设酒宴，和人间完全相同。

过了一年多，那鬼找到田达诚，告辞走了。鬼走了之后，田达诚的生活虽然恢复了平静，但是失去了这么个好朋友，他一直郁郁寡欢。

后来，田达诚到广陵去办事，去了很久没回来，家里人十分着急。这时那个鬼又来了，说："你们是不是挂念老田的安危？我可以去看看。"第二天，鬼回来，对老田的家人说："别担心，你们家老田在扬州，一切平安，快回来了。他新纳了个小妾，和她同住，我把他们的帐子给烧了，和他开了个玩笑。"说罢，鬼大笑着消失了。

田达诚回家后，家里人问他在外的事，他说的和鬼所说的完全一样。后来田达诚专门到那个鬼的家乡龙泉去打听它的住址，始终没有打听到下落。

此鬼载于五代徐铉《稽神录》卷二

778
砻谷鬼

宋代，有个漳浦人叫林昌业，博览群书，研究术数，性格高雅，七十多岁隐居在龙溪县关额山。他家中有数顷良田，本想舂谷为米，载到集市上卖，还没开始干活，就有一个三十多岁扎着双髻的男子前来拜访。林昌业问他是什么人，他只是微笑，不回答。林昌业知道他是鬼，就让家人给他端来酒菜，他吃饱后就离开了。

第二天，忽然听到仓库里传来砻谷声。林昌业去看，发现是昨天的那个鬼取来稻谷舂米，林昌业问他怎么无缘无故干活，他笑而不答。干完活儿，给他吃饭，虽然只有粗茶淡饭，但鬼吃得很香。如此过了一个多月，鬼舂米五十多石，拜辞而去，就再也没有来过。

此鬼载于五代徐铉《稽神录》卷三

779
聋鬼

乾隆四十九年（1784 年），杭州半山陆家牌楼河中漂来一具浮尸，村民霍茂祥平日里喜欢做好事，自己掏钱买来棺材将浮尸装殓了。

晚上，霍茂祥梦见一个身穿蓝衣的人对他说："我是临平人，姓张，生前是个私塾先生，不幸失足落水而死。我们俩素不相识，你掏钱为我买了棺材，我十分感激。我这个人，能够提前预知吉凶，替人禳解灾祸。为了报答你，你可以把我的事情告诉乡亲们，乡亲们如果有难题，可以来找我。这样，我得到祭祀，你也能收到一些香火钱。"

霍茂祥醒来后，将事情告诉乡亲们。有人找这个鬼办事，果然有求必应。很快，霍茂祥家里香火旺盛。有天晚上，霍茂祥又梦见这个鬼。它对霍茂祥说："我左耳聋了，凡是来求我的人，让他们趴在棺材的右边跟我说话。"以后，乡亲们都趴在棺材的右边向鬼通禀。

因为聋鬼十分灵验，村民十分尊敬它，称其为灵棺材。霍茂祥因为收取香火钱，很快成了富翁。过了不久，仁和县令杨某经过，见前来烧香的人太多了，十分生气，命人将棺材烧掉，自此之后，那鬼也便消失了。

此鬼载于清代袁枚《子不语》卷十二

780
庐山君

三国时，吴国的顾邵任豫章太守，兴建学校，禁止民间私自祭祀鬼神，毁掉了很多不正规的祠庙。到了庐山这地方，顾邵不顾当地人的劝阻，毁掉了庐山庙。当天晚上，顾邵听到敲门声，觉得奇怪，忽然看到有个大鬼，径直来到跟前，面目如同方相，说自己是庐山君。

顾邵也不害怕，邀请鬼坐下。顾邵精通《左传》，鬼就和他谈论《春秋》，整整一个晚上，顾邵都无法驳倒对方。鬼原本想对顾邵动手，见顾邵大义凛然便放弃了，反复向顾邵请求恢复自己的庙宇，顾邵笑而不答。鬼怒气冲冲离开，说："今天不能向你报仇，三年之内，你一定会生病，到时候我再来！"说完，鬼消失不见。

后来顾邵果然生病，病得很严重，梦见这个鬼来击打自己。身边的人劝顾邵恢复它的庙宇，顾邵不听，说："邪不胜正。"

不久之后，顾邵就死了。

此鬼载于南北朝殷芸《殷芸小说》卷六

781
鹿母

宋代，台州临安县有个僧人叫如皎，他的母亲叶大嫂，与大儿子一起住在北村。如皎经常从寺里回家探视母亲和兄长。

淳熙十三年（1186年）春天，叶大嫂病故。第二年，如皎为母亲设斋祭奠，完事后回到寺庙继续守丧，晚上梦见母亲哭着对他说："我因为平生不做善事，死后变成了鹿，就在附近的山里，被鹰犬追赶。你出去如果看到我，出钱把我赎下，别忘了。"如皎醒来，想起梦中的母亲，十分悲伤。

第二天天刚亮，如皎就带着几个仆人在庙外等待。上午，果然有个猎人追逐一只鹿前来。鹿径直跑到寺里。如皎拿出五千文铜钱给猎人，将鹿留下来精心饲养。

三年后，如皎又梦见母亲对他说："我赎罪的时间已经足够了，没有以禽兽之躯被人吃掉，都是因为你的孝心。"早晨起来，如皎发现那只鹿死了，便将其埋在母亲的坟墓旁边。当地人称之为鹿母冢。

此鬼载于宋代洪迈《夷坚志》支丁卷第三

782
驴鬼

唐代时，有个农民向僧人献上供品，求僧人传授给他修行的密宗咒语。僧人随口说："驴。"

这个农民回到家中，一天到晚念着："驴，驴，驴……"就这样过了几年，有一次站在水边，忽然看到自己的背上趴着一个鬼，长得像一头青色的毛驴。自此之后，凡是有被鬼怪侵犯的人，只要找到他，立刻能解决难题。后来，农民知道僧人当初是戏弄自己，念的这个咒也不灵了。

此鬼载于唐代段成式《酉阳杂俎》续集卷三

783/784
绿郎 / 红娘

清代，广州当地的女子成年时，有不少人因为被绿郎这种鬼怪侵犯而死掉，即便是茅山的法师前来驱除，也没有多少效果。所谓绿郎，传说是车中之鬼，又叫天绿郎、驸马。广州当地的男子没结婚的，也有很多人因为犯了红娘这种鬼怪而丢掉性命的，所以当地人有"女忌绿郎，男忌红娘"的谚语。

此二鬼载于清代屈大均《广东新语》卷六

785
绿毛鬼

清代乾隆六年（1741 年），湖州有个叫董畅庵的人到山西芮城县当幕僚。县里面有座庙，供奉着刘、关、张三座神像。寺门用铁锁常年锁着，只有春秋举行祭祀的时候才会打开。传言，庙里有妖怪，就连僧人也不敢住。

一天，有个贩羊的陕西商人，赶着一千多只羊经过。当时天快黑了，因为找不到住的地方，商人就想住在庙里。周围的人告诉商人庙里闹妖怪，商人觉得自己力气大，说："没关系。"

于是，商人把羊赶进了庙，自己拿着羊鞭在屋子里躺下。三更时分，商人还没睡着，忽然听见神像的底座下方传来声音，一个东西跳了出来。商人借着烛光看去，发现这怪物高七八尺，长着人的脸，双目深黑有光大如核桃，脖子以下长满了绿毛。怪物伸出尖爪扑向商人，商人抡起手里的鞭子就抽。那怪物一点儿都不怕，夺过鞭子放在嘴里咬断。商人很害怕，急忙逃出庙外，怪物跟在后面就追。

跑到一棵古树下，商人爬上了树，怪物上不去，就在下面等待。过了很久，天亮了。商人从树上下来，发现那怪物不见了，于是赶紧告诉周围的人。大家一起在神像底座下面寻找，发现旁边的一条石缝往外冒着黑气，没人敢掀开，就报告了官府。

芮城县的县令姓佟，命人移开神像底座挖掘，往下挖了一丈多深，看到一口腐朽的棺材，里面有一具尸体，衣服都毁坏了，全身长满绿毛，跟商人晚上看到的怪物一模一样。大家将那具尸体烧掉，发出"吱吱"的声响，鲜血流溢。

从此之后，那座庙就平静了。

此鬼载于清代袁枚《子不语》卷十

786
掠剩大夫

掠剩大夫，是掠剩鬼的长官，又名掠剩真君。

宋代，扬州节度推官沈某，为人刚直，死后，官府派遣十几个人护送他的灵柩回老家。道路旁边的行人，看到一个穿着绿袍的官人坐在棺材上，手里拿着一根木棒左看看右看看，如果护送的人懈怠了，这人就拿木棒打他们的脑袋。护送的这些人看不见这个绿袍官人，只觉得脑袋疼得要命。后来棺材送到老家，沈某的鬼魂告诉家人："我如今成为掠剩大夫，有权有势，不要挂念我了。"

此鬼载于宋代洪迈《夷坚志》丙志卷第十

787
掠剩鬼

广陵法云寺有个和尚叫珉楚，曾和中山县的商人章某是好友，后来章某死了，珉楚为他设斋念经，超度亡灵。

几个月后，珉楚突然在街上遇见了章某。当时珉楚还没吃饭，章某就请他进了饭馆，买了几个烧饼。两个人吃饭时，珉楚问道："你已经死了，怎么能出现在这里呢？"章某说："是的。我因为生前一点儿不大的罪而受到阴府惩罚，发配我到扬州当掠剩鬼。"

珉楚很奇怪，就问他什么叫"掠剩鬼"。鬼说："凡是商贩，他们的利润都有一定的数目，超过了这个数目就是不该得的，就叫'剩余'，我就可以把这些剩余的钱物据为己有。现在派到人间和我一样的掠剩鬼很多。"说着就指着路上的一些男女说某人就是掠剩鬼。

不一会儿，有一个和尚从他们面前走过，章某指着和尚说："他也是个掠剩鬼。"说完就把和尚叫到跟前谈了半天。

吃完饭，他们一块往南走，遇见一个卖花女人，章某说："这卖花女也是鬼，她卖的花也是鬼用的。"章某掏钱买了一束花给珉楚，说："凡是看见这花就笑的，都是鬼。"说完告辞而去。

那束花红艳芳香，拿着很重，珉楚捧着花昏昏沉沉地往回走，一路上还真有些人看见花就笑的。

到了寺庙北门，珉楚心想我和鬼在一起游了半天，手里又拿着鬼花，这怎么行，就把花扔到了水沟里。回来后，庙里的人都觉得他脸色很不正常，以为是中了邪。珉楚说了他遇见鬼的经过，大家就到水沟里去找那束花，捞上来一看，竟是一只死人的手。

此鬼载于五代徐铉《稽神录》卷三

788
罗刹

罗刹为传说中的一种恶鬼，吃人血肉，擅长钻天遁地，而且速度极快。男罗刹相貌极丑，女罗刹则容貌娇美。

晋代咸宁年间，渤海郡有个叫张融的人，儿媳生了个男孩。

这孩子起初一切正常，到七岁时就聪明过人。有一次张融带孙子去射箭，箭射出后叫人去把箭拾回来，那人走得太慢，半天才把箭拾回来。这时张融的小孙子说："我去给爷爷拾回来。"

张融刚把箭射出去，那孩子就起跑，竟和箭跑得一样快，和箭同时到达靶棚，转眼间就把箭拿回来了，全座人都大为惊异。从射箭场回来的第二天，孩子暴病而死。将要出殡前，张融请来些和尚，这时有一个和尚对张融说："请快快把你孙子装殓埋掉吧，他是个罗刹，会吃你们家人的。"张融看见取箭的事已经怀疑孙子不是人类，这时立刻盖上棺材，果然听见里面有折腾撞击的声音，家人都很害怕，赶紧抬出去埋掉了。后来那罗刹又几次现形，张融请人做了法事，它才没再出现。

唐代，泰州赤水店，有个郑家庄。庄里有一个年轻男子，二十多岁，日暮时分，走在驿道上，看见一个青衣女子独自走路。女子姿容特别美丽。他上前打招呼，女子说要到郑县去，正在等两个婢女，婢女还没来。这个年轻人让女子到庄上住宿，把她安置在厅中，供给她酒饭，拿来衣被与她同寝。到天明，门很久不开，家人喊他他也不应。家人从窗子往里看，见他只剩下头骨，其余身体都被吃完了。家人破窗而入，在梁上的黑暗处见到一只大鸟，大鸟冲着门飞出去。有的人说，那个女子就是罗刹鬼。

清代，有个叫魏藻的人，为人轻浮，喜欢偷看妇女。有一天，魏藻在村外碰到一个少女，长得十分美丽。魏藻上前调戏他，女子对他眉目传情，低声说："这里人多眼杂，你傍晚去我家，我家离这里很近，你往西走，看到有户人家东屋墙外有棵枣树，树下拴着一头老牛，就是我家了。"魏藻按照女子的指示寻找，天快要黑的时候，果然看到一户人家如女子的描述。魏藻十分高兴，偷偷地走到东屋，从窗户偷看，发现那女子突然转身，变成了一个罗刹鬼，锯牙钩爪，面色铁青，双目闪烁着凶光。魏藻吓得掉头就跑，狂奔了二十里，后来卧床了几个月。大家都说，这是对魏藻平日偷看女人的惩罚。

此鬼载于南北朝刘义庆《宣验记》、唐代张鷟《朝野佥载》卷六、唐代段成式《酉阳杂俎》前集卷三、清代纪昀《阅微草堂笔记》卷三

789
罗刹鸟

清代雍正年间，北京内城有户人家为儿子娶媳妇，对方也是豪门大户，住在沙河。新娘上了轿，迎亲队伍经过一座古坟时，突然一阵大风从坟里面出来绕着花轿飞卷，飞沙走石，迎亲的人一个个东倒西歪。

风停之后，众人这才重新上路。很快，到了新郎家，轿子停在大厅上，迎亲的人从花轿里扶出新娘子。不料从轿子里又出来一个新娘子，衣服妆容和第一个一模一样，根本看不出哪一个是真的，哪一个是假的。

两个新娘被扶到屋里，一家人无可奈何，只能让新郎站中间，两个新娘一左一右拜天地。新郎觉得自己一下子娶了两个妻子，高兴得不得了，当天晚上，美滋滋地左拥右抱入了洞房。

劳累了一天，家里人刚睡下，忽然听到洞房里传来惨叫声。大家赶紧前去，发现满地是血，新郎、新娘倒在血泊中，另外一个新娘消失无踪。

家里人打着灯笼寻找，发现梁上落着一只大鸟，全身灰黑，爪子、嘴巴却雪白。众人纷纷抽出刀剑、长矛、弓箭要杀死那鸟，鸟却张开翅膀发出恐怖的声音，目光如同燃烧的青色磷火，灼灼放光，冲出房门，飞走了。

众人回过头来费力救醒新郎和新娘，新郎说："当时，我正要解衣就寝，忽然左边的新娘挥了挥袖子，我的两只眼睛就被掏了出去，痛得昏倒，不知道它

怎么变成了鸟。"再问新娘，新娘说："丈夫惨叫时，那鸟也来啄掉了我的双眼，我也昏倒了。"

后来，夫妻二人都治好了，感情很好，但都瞎了眼，真是可悲。

传说坟地之中，阴气太重，积尸之气时间长了就会变成罗刹鸟，如同灰色的仙鹤、大枭，擅长变化干坏事，而且喜欢吃人的眼睛。

此鬼载于清代袁枚《子不语》卷二

790 马陂大王

元明时期，江南有很多祠堂，供奉一种名为马陂大王的鬼。这种鬼生前是死于斗殴的人，死后怒气不消变成厉鬼。小偷经常去祭祀，如果祭品丰厚，就能偷盗成功。

此鬼载于元代陶宗仪《说郛》卷十九（引《因话录》）

791 马鬼

母党这地方有个姓阚的老头，邻居家里的一匹良马在沙湖塘失足坠水而死。自此之后，每到风雨阴晦之日，人们会看到这匹马奔驰在水塘上，只要靠近，就消失不见。人们都说，这是马鬼。

此鬼载于明代陆粲《庚巳编》卷一

792 马元师子

马元师子，弟兄五人，形状像鬼，赤裸身体，不穿衣服。其中，一个鬼拿着一把扇子，一个鬼拿着一个小葫芦，一个鬼拿着一个气袋。它们擅长使用风沙，附着在人的身体上，人的身体便一会儿冷一会儿热，染上恶疾。

它们是五方五耗之鬼。

此鬼载于宋代《太清金阙玉华仙书八极神章三皇内秘文》（收录于明代张宇初《道藏》）

793

买棺鬼

明代成化年间，苏州瘟疫横行，乡村中更是严重。五溇泾这个地方，有一户人家七口人死得干干净净，没人收尸下葬。有一天，有个人来到棺材铺买七口棺材。棺材铺的老板问他要钱，他说："你拉到我家，我给你钱。"老板就装上棺材和他一起走，快到家门口的时候，这人说："我先回家，开门迎你。家中没有钱，只有二十斛麦子，算作棺材钱吧。屋后西北有一户人家，是我的亲家，还麻烦你帮我找来。"说完，这人走入家中。

棺材铺老板进入这户人家，看到家中横躺着七具尸体，买棺材的那个人就在里面。老板很是害怕，赶紧找到这人的亲家，把事情说了一遍。亲家前来，果然在家中发现二十斛麦子，就将麦子给了老板，将这家人的尸体放入棺材下葬了。

此鬼载于明代祝允明《志怪录》卷一

794

卖花娘子

鄂州有个人，本来是个农家子弟，后来当了官，想娶豪族的女儿，就让人杀了自己的妻子，把尸体丢在江边，连妻子的婢女都没幸免。然后，这人跑到家里，哭着喊妻子被盗贼杀了，周围的人都没有怀疑。

这人就娶了豪族的女儿，飞黄腾达。过了几年，这人去广陵做官，晚上住在一个驿馆，看到有个卖花的女子，很像多年前被杀的妻子的婢女，走过去一看，果然是那个婢女。这人就问："你是人是鬼？"婢女说："是人。当年被强盗袭击，幸亏没死，醒了之后，嫁给一个商人。如今在这里，和夫人卖花为生。"那人就问："我娘子在什么地方？"婢女说："就在附近。"

然后这个人就跟着婢女去见原先的妻子。婢女领着他，来到一条小巷子里，指着一间贫寒的屋子，说："就在里面。"婢女先进去，过了一会儿，这人的妻子也出来了。妻子见到这人，痛哭流涕，诉说这些年的苦楚。这人就让仆人买来酒菜，和妻子、婢女喝酒。仆人在外面等到了傍晚，主人还不出来，就走进去看，结果发现主人变成了一具白骨，衣服都毁坏了，血流满地。

后来，邻居过来说："这地方是荒宅，早就没人住了。"

此鬼载于五代徐铉《稽神录》再补

795
卖诗秀才

宋代，中原人张季直等待湖北漕幕的官缺，寓居在豫章的龙兴寺。

一个大白天，张季直躺在床上，恍惚间听到有人拍掌笑着说："休休得也冈，云深处高卧斜阳。"张季直大惊，爬起来看了看四周，并没有看到人。躺下去后，又听到这个声音。

张季直出门向寺里的僧人打听。僧人说："当年有个秀才，卖诗为生，病死在你住的那个房间里。你碰到的，恐怕就是那个鬼。"张季直不禁感觉毛骨悚然，不到半年就死了，死后被葬在西山，地名正是"得也冈"。

此鬼载于宋代洪迈《夷坚志》丁志卷第十八

796
猫鬼

隋代，有个人叫独孤陀，字黎邪。隋文帝时，他是延州刺史。独孤陀这个人喜欢邪门道术。他外祖父家姓高，以前供奉猫鬼，已经害死了他的舅父郭沙罗，于是猫鬼就被独孤陀招入家里。

独孤陀的姐姐是皇后，病得很严重。隋文帝招来御医，御医说皇后的病是因为猫鬼作祟。隋文帝怀疑是独孤陀干的，暗中下令让独孤陀的哥哥独孤穆找他旁敲侧击询问，又派左右的大臣去劝他，独孤陀并不承认。隋文帝很不高兴，就降了独孤陀的官职，独孤陀由此心生怨恨。

后来，隋文帝派左仆射高颍、纳言苏威、大理正皇甫孝绪、大理丞杨远一同去审查。独孤陀的婢女徐阿尼供认，她本来是从独孤陀的母亲家来的，曾经侍奉猫鬼，常常在子日的夜间祭祀猫鬼。

猫鬼这种鬼怪，不但可以杀人，还可以将被害者家里的财物暗中移到养猫鬼的人家。

隋文帝向众公卿询问这件事应该怎么办，有个叫牛弘的人说："妖由人兴，杀了那个人，妖也就可以灭绝了。"隋文帝决定处死独孤陀，但因为独孤陀家人求情，最终还是免他一死。

不过，这件事情发生后，独孤陀很快就死了。

此鬼载于唐代李延寿《北史》卷六十一

797
猫毛神

猫毛神，长得如同三十多岁的男子，穿着黑色衣服，光着脚，手脚如同鸡爪。这种妖怪喜欢伪装成神，善知未来之事，经常附身在巫婆身上，原本是强魂枉死之人。

此鬼载于宋代《太清金阙玉华仙书八极神章三皇内秘文》（收录于明代张宇初《道藏》）

798
猫祟

清代，阳春县修官衙。一天，有个工匠正在忙活筑墙，还没来得及吃饭，有只猫跑过来，偷吃了工匠的饭和汤。工匠十分生气，抓住了猫，将其活活砌在墙里。

完工后，官衙里的人老是觉得心神不宁，而且死了不少儿童和仆人。官员找巫师前来占卜，巫师说是一只死去的猫作祟，并指出了死猫的藏尸地。

官员命人拆了墙，果然发现了猫尸，赶紧祭奠一番，葬在荒野。官衙自此之后便安宁了。

此鬼载于民国徐珂《清稗类钞》

799
毛鬼

唐代建中二年（781 年），江淮一带传言有厉鬼从湖南来。有的人说是毛鬼，这种鬼变化无常。当时人都说，这个鬼喜欢吃人心，尤其喜欢抓少男少女。老百姓很害怕，只得凑在一起居住，夜间点燃火把不敢睡觉，拿着弓箭大刀以备不测。每当鬼进入一户人家，各家都击打木板和铜器制造声响，响声震天动地。有的人碰到了鬼，被活活吓死，连官府也无可奈何。

前兖州功曹刘参有六个儿子，都英勇好斗，原先住在淮泗，后举家迁徙到广陵去。路过闹鬼的地方，为防不测，家中女眷都留在屋里，刘参带领他的儿子们操持弓箭守夜。

后半夜，天色昏暗，忽然听到屋内惊叫。儿子们想冲进去，发现门从里面插上，无法进入，只能从窗户往里窥探。

他们看到一个怪物，长得方方的，有点儿像床，身上有着仿佛刺猬身上的那种长长的刺，高有三四尺，四面有脚，在屋内转跑。怪物的旁边还有一鬼，身上长满了长长的又黑又密的毛，爪子和獠牙无比尖利。鬼把刘参的小女儿放在那个像床的怪物的身上，接着去抓二女儿。

情况紧急，刘参的儿子们破墙而入，用箭射鬼和那个怪物。一会儿，鬼消失了，怪物中箭数百，钻出屋，向东跑去。刘参的一个儿子扑上去，抓住了它，相互扭打在一起，最后都掉到了河里。儿子喊："快来，我抱住它了！"大家跑过去，举起火把，发现这个儿子抱着的是一根桥上的柱子。

这场恶斗中，刘参的儿子们都被抓伤了，小女儿也被丢在路上。

过了几天，军营中有个士兵，夜里看见那个毛鬼在屋顶飞奔，士兵拉弓射箭，没射中，惊动了很多人。那个毛鬼后来自己消失了，也不知道到底是怎么回事。

此鬼载于宋代李昉等《太平广记》卷三百三十九（引《通幽记》）

800
毛家姑妈

湖北咸宁这地方，一个村里有户姓毛的人家，家里有个女儿，没有出嫁就和人私通。父母生气就杀了她，将她的尸体埋在野地里，不久她就成了僵尸，出来追逐行人。毛家人听了，就掘开坟墓，烧了尸体。

传说焚烧僵尸的时候，一定要先用渔网裹住再烧，那样就会彻底除掉僵尸。但是毛家人焚烧女儿尸体时，并没有裹上渔网。过了不久，果然有恶鬼出来作祟，凡是长得白净端庄的男女，往往都会被它害死，所以大家都称之为毛家姑妈。

凡是被毛家姑妈作祟的男女，刚开始并不告诉父母，而是让父母给自己准备上衣、裤子、鞋袜，等准备妥当了，就跟父母说："毛家姑妈招我去。"说完就死了。

因为闹得很凶，各村都为其立庙祭祀，但依然不能禁止。咸宁县令听说了，十分生气，将这些庙宇全部捣毁，又让人去龙虎山请人施法，后来就没有再发生祸事了。

此鬼载于清代俞樾《右台仙馆笔记》卷五

801
毛老人

南京有个玄武湖，明代的时候，在湖中建立黄册库，收藏全国的户口黄册，严令禁止烟火。

明太祖朱元璋的时候，有个姓毛的老人献黄册。朱元璋觉得黄册库最怕的就是闹老鼠，怕老鼠咬坏那些黄册，这个人姓毛，毛和猫同音，于是就将毛老人活埋在库里，命令他死后驱赶老鼠。从那之后，黄册库里一只老鼠都没有，纸张也不曾被咬坏。朱元璋专门命人给毛老人设立祠堂，春秋时节都祭祀他。

此鬼载于明代张岱《夜航船》卷十八、清代褚人获《坚瓠集》续集卷三

802
毛手鬼

邹忌子游说齐王，齐王非常欣赏他，于是任命他为丞相。几个月过去，没有人称赞邹子的政绩。

艾子和淳于髡聊天，问他："邹子做丞相那么久了，为什么没有人称赞他呢？"淳于髡说："我听说齐国有一个毛手鬼，但凡有人做丞相，它一定用手打那个人，于是那个人就忘了平生的忠直，只是默默无闻地做事罢了。"艾子说："您说错了，那个毛手鬼只挑选有血性的人来打。"

此鬼载于宋代苏轼《艾子杂说》、清代翟灏《通俗编》卷十九

803
冒失鬼

古代传说，如果一个人瞳孔是青色的，就能看到妖怪，如果瞳孔是白色的，就能看到鬼。

杭州三元坊石牌楼旁边，住着一个老太婆叫沈氏，她就能看到鬼。沈氏说，十年前曾经看到一个蓬头鬼，有一丈多高，藏在牌楼上的石绣球里面，拿着纸钱当飞镖，看到有人从下面经过，就偷偷地用纸钱打人家的脑袋。被打到的人，立刻打寒战，全身冰冷，回到家就会生病。如果想恢复健康，就必须向空中祈祷，或者举行祭祀时献上祭礼。蓬头鬼凭借着这个伎俩，享受供奉和香火。

有一天，有个高大的男子，昂头挺胸，背着一个钱袋从牌楼下经过。蓬头

鬼故技重演，扔纸钱砸那男子。男子头上突然冒出火焰，烧掉纸钱。蓬头鬼从牌楼上掉下来，一直打喷嚏，最后化为黑烟散去，而那个男子却好像什么都不知道。从此之后，石牌楼再也没有发生过怪事。后来，有人说："即便是当鬼害人，也得看对方是谁。这个蓬头鬼，就是人们常说的'冒失鬼'呀。"

此鬼载于清代袁枚《子不语》卷八

804
梅女

宋代嘉熙年间，宜兴县衙前面有一棵红梅，枝叶繁茂，投下的树荫有半亩之多。每年红梅开花，知县便会和朋友们在树下喝酒。

一天晚上喝完酒后，知县在明月花影下散步，看到一个红衣女子，轻妙绰约，从自己的面前经过，走了数十步消失不见。从此之后，知县变得精神恍惚，有时唱歌，有时自言自语，有时呆呆坐着，家人很是忧虑。

县里一个老卒知道隐情，说："当年有个知县，女儿长得很漂亮，还没出嫁就死了。他家在湖北，距离这里太远，便将女儿埋在这里，在上面种了这棵红梅树。"

知县命人发掘，见红梅树根下果然有具棺材。棺材有些腐朽了，上面有个铜钱大小的坑洞。打开棺材，里面的女子尸体一点儿没腐烂，颜貌如玉，国色天香。

知县见了，为之心醉，将尸体放进密室，用被子裹上。女子身体柔软，并不像死去之人。因为接触到了人气，女子竟然活了过来，但是气息微弱。一次，知县家人趁着知县外出，将女子一把火烧了。知县不久也生病死了。

此鬼载于宋代周密《齐东野语》卷十八

805
煤山白发鬼

北京城的煤山，是明代崇祯皇帝吊死的地方。

清代时，每当皇帝、皇后死的前一两个月，肯定会有一个穿着古代服装的白发老头，夜深人静之时，在煤山上呜呜哭泣。有时候，这老头还会来到宫里头，一边走一边哭。宫里很多人都看见过。有好事的人尾随或者拿着大棒追赶，这个白发鬼就会行走如飞，顷刻不见。它穿白衣服出现时，皇帝会驾崩；它穿红衣服出现时，皇后会死掉。

此鬼载于民国徐珂《清稗类钞》

806
美人首

有几个商人一同寓居在京城一家房舍中。房屋相连，中间隔着一层木板壁，板上有块松节脱落了，洞有杯子大小。一天晚上，忽然有个女子从板壁洞中把头伸了过来，绾着凤髻，美丽无比，随即伸过一条手臂来，洁白如玉。众人害怕她是妖怪，想捉住她，但她已缩了回去。一会儿，美人头又露出来，只是隔着板壁看不见她的身子。等到人跑过去，美人头就又缩了回去。

有一个商人持刀藏到板壁下。待美人头再伸出来，商人突然用刀砍去。美人头随刀而落，血溅满地。众人惊告主人。主人害怕，带着美人头去告了官。官府逮捕了这些商人并审问他们，认为这事很荒唐。官府把他们羁押了半年，终究没问出合理的供词来，也没人因人命来告状，这才释放这些商人，掩埋了这颗美人头。

此鬼载于清代蒲松龄《聊斋志异》卷六

807
蒙衣鬼

清代，有个人叫赵三官，在一家绸缎店做伙计，年轻胆大，只要听人说某地方有鬼，他便去骂鬼，毫无畏惧。

一天，赵三官老丈人过寿，他特意借了东家的一件新袍子，打扮一番去拜寿。寿宴过后，赵三官喝得醉醺醺的，非要回去，老丈人劝他歇息一晚再走，他也不听，踏月而归。

走到一处坟地，突然有一面墙挡在赵三官面前。赵三官左右前后转了一圈，发现四面都是墙，恍然大悟："这里是野地，怎么可能有墙呢，肯定是鬼在戏弄我。"于是，这家伙拔出佩刀，对着墙戳了一刀，觉得墙很软，而且听到外面有声音说道："厉害，你刚刚杀了一个鬼。"赵三官大喜，举起刀连连刺戳，不知戳了多少刀，那墙才消失。

回来后，赵三官向家人说起刚才发生的事情，夸耀自己杀掉了很多鬼，是多么的勇敢。家人看了看他，问："你穿着新袍子出去，怎么回来变成短衣了？"赵三官低头一看，见新袍子下面有无数的空洞，简直成了乞丐服，这才明白那鬼用袍子蒙住了自己，假赞自己勇猛，诱惑自己毁掉了袍子。袍子是从东家那里借来的，赵三官悔恨无比却也无可奈何。

此鬼载于清代吴炽昌《客窗闲话》

808
迷途鬼

苏州有个人姓顾，住在乡村。有一天他早晨离开家，走了十几里地，忽然听到西北有声响，抬起头，看见四五百个穿着红色衣服、高两丈的鬼飞奔而来，围住自己。

顾某被围，觉得喘不过气来，一直到太阳快落山了，还没有解围，只能在心中向北斗祈祷。过了一会儿，那帮鬼相互说："这家伙心中有神，只能舍弃掉了。"说完，众鬼消散。

顾某回到家中，筋疲力尽，躺在庆上，发现家门前点燃了一个火堆，那帮鬼有的围着火堆说说笑笑，有的跑进来钻进他的被子，还有的跳上了他的脑袋。

一直到第二天早晨，这帮鬼才消失。

此鬼载于南北朝刘义庆《幽明录》

809
面然

面然，也叫面燃，或者饿鬼王，是地狱中的饿鬼之王，传说是观音菩萨所化。四川嘉定州乌尤山上有乌尤寺，相传观音菩萨到这个地方，见有很多鬼哀号，就变成了鬼王，名为面燃，镇服它们。

此鬼载于清代陈祥裔《蜀都碎事》卷二

810
面衣鬼

陆余庆年轻时，有次冬天夜行于徐州、亳州之间，碰见一群鬼围绕火堆而坐。当时天寒地冻，陆余庆冷得厉害，便下马和那些鬼一起烤火。过了一会儿，陆余庆觉得有些奇怪，明明火焰很大，但是并不暖和，便对旁边的鬼说："怎么火这么冷？你帮我把靴子脱掉。"群鬼没说话，纷纷低头大笑。陆余庆仔细看了看，这才发现这些鬼脸上都戴着面衣。陆余庆吓得要死，急忙跳上马，疾驰而去。

当地人告诉他："这地方有很多鬼作祟，以往碰到的人大部分会没命。郎君你有惊无险，必有后福。"后来，陆余庆果然大富大贵。

此鬼载于清代褚人获《坚瓠集》余集卷三

811
面鱼

傅子儒年幼时，和兄弟们一起在邓某的私塾上学。邓某出身名门大户，他教书的私塾后面有栋小楼，小楼上了锁，很多年不曾打开。

一天，放学后，傅子儒见楼门的锁已经腐朽了，将其扭开，偷偷溜了进去。他和小伙伴们进了屋，刚进屋，见很多小孩从地上冒出脑袋来，瞪着眼睛看人，不过看不见它们的身体。傅子儒顽皮得很，对着它们撒了一泡尿，这些小人便消失了。过了一会儿，又出现了几个戴乌纱帽、手里捧着玉笏的人，穿着古代的衣服，胡须有的黑有的白，穿的衣服有的青色有的红色。傅子儒和小伙伴们拿起砖瓦扔过去，那几个人一动不动，有的微笑，有的则假装生气。

趁着邓某不在，这几个妖怪跟着孩子们来到私塾，拿起戒尺敲击桌子，好像要责罚大家。孩子们哈哈大笑。听到邓某回来了，它们才消失。

中秋这天，傅子儒得到了一些枣脯，放在了楼前供奉那些妖怪，晚上枣脯都不见了。第二天早晨，楼前放了很多鸡蛋糕，应该是妖怪们回赠的。孩子们不敢吃，过了一段时间，鸡蛋糕不见了。

有个客人来拜访邓某，将妖怪的事情告诉邓某。邓某说："勿面谀。"意思是："别当着我的面胡扯八道。"孩子们在门外听到了，搞不清楚邓某的意思，自此之后称呼那些妖怪为"面鱼"。有一次，傅子儒听到门外有人喊了几声"面鱼"，出门一看，是一个穿着红袍的妖怪。

后来，邓某将那栋楼重建并且上了大锁，这些妖怪才消失。傅子儒听主人说，明代末年，有个布政参议在此为国殉节，穿的便是红袍。

此鬼载于民国郭则沄《洞灵小志》续志卷四

812
庙鬼

新城秀才王启后，有一天看见一个又胖又黑、相貌丑陋的妇人走进屋里，嬉笑着靠近他坐到床上，样子很放荡。王秀才赶她，妇人却赖着不走。从此，王秀才不论坐着躺着，总看见那妇人在跟前。他拿定主意，绝不理她。那妇人恼羞成怒，抬手将王秀才的脸打得啪啪作响，王秀才也没觉得怎么痛。妇人又将带子系在梁上，揪住王秀才的头发，逼他与自己一起上吊。王秀才身不由己地跟到梁下，将头伸进圈套里，做出上吊的姿势。有人目睹王秀才脚不沾地，直挺挺地立在半空，却吊不死。

从此，王秀才就患了疯癫病。一天，他忽然说："她要和我跳河了！"说完就朝河边猛跑，幸亏有人发现才把他拖回来。天天如此，百般折腾，一天发作数次。家中人请巫抓药，都不见效。

一天，忽见有个士兵模样的人，拿着铁锁链，怒气冲冲地进来，对那个妇人呵斥道："你怎敢欺扰这样朴实忠厚的人！"随后就用铁链套住妇人的脖子，硬把她从窗棂中拉了出去。拖到院子里，妇人就变成一个目如闪电、血盆大口的怪物。有人忽然想起城隍庙里的四个泥鬼中，有一个很像这个怪物。从此王秀才的病便好了。

此鬼载于清代蒲松龄《聊斋志异》卷二

813
冥卒

明代，吴山西黄村匠人王某，晚上回家，路上碰到一个身穿青衣、打扮如同隶卒的人。王某问他去哪里，他说去西黄村。王某高兴地说："我也回西黄村，咱俩结伴而行，甚好。"

两个人一起走了好几里地，隶卒指着一户民家，对王某说："你想吃酒菜不？我能给你取来。"王某说："好！"隶卒进了这家的门，时候不大，拿着一壶酒、一只鸡出来，和王某一起坐在地上大快朵颐。吃喝完了，隶卒对王某说："你留在这里，我去这户人家办差。"王某站在柴火堆旁等候。

过了一会儿，有个手脚被绑住的人从窗户里被扔出来，接着隶卒也从窗户里跳出来，背着那个人一溜烟儿走掉了。随后，这户人家传来哭声。

王某这才知道那个隶卒不是人，惊慌失措地回家了。

第二天，他去那家打探，得知那家的老翁昨晚死了。王某问这家人丢失了什么东西没有，这家人说："昨天祭祀五圣，丢了一壶酒、一只鸡。"王某将昨晚所见告诉了这家人，他们根本不信。王某没办法，把昨晚的酒壶和吃剩下的鸡骨头拿出来，大家才明白那个隶卒原来是冥卒。

此鬼载于明代陆粲《庚巳编》卷九

814
磨刀小儿

有个叫徐元礼的人，女儿即将出嫁。徐元礼的叔祖父和同母异父的兄长孔正阳一起去参加婚礼。两个人在路上看到有个小孩，全身赤裸，拿着一把五六寸长的刀，正坐在一堵土墙上磨刀。然后，这个小孩又跳到徐家门前的桑树下磨刀。

第二天，徐元礼的女儿穿上嫁衣，坐在车里。只见那个小孩拿着刀闯进去，举刀就刺，徐元礼女儿被刺倒。家里人赶紧将女儿扶回来，解开衣服，只见小肚子上有一片如酒盅大小的紫色，过了一会儿，女儿就死了。

此鬼载于晋代祖台之《志怪》

815
魔罗身鬼

魔罗身鬼又称杀身恶鬼，此鬼应属于魔中之死魔，能伤人性命。《大智度论》卷六十八说："魔，秦言能夺命者。虽死魔实能夺命，余者亦能作夺命因缘，亦夺智慧命，是故名杀者。"其前世皆信邪教，行邪法，扰乱佛法智慧，故受此报。

此鬼载于唐代释道世《法苑珠林》卷六

816
木鬼

北魏时，洛阳阜财里有座开善寺，原来是京城人韦英的住宅。韦英很早就死了，他的妻子梁氏没有办理丧事就改嫁了，接纳黄河西的向子集为丈夫。虽说她已改嫁，但仍然居住在韦英的房宅里。韦英得知梁氏改嫁，在一天白天，带领几个人，骑着马赶回来，在院门外高喊："阿梁，你忘了我啦！"向子集惊慌害怕，拉开弓用箭射韦英。韦英中箭倒地，变成了桃木人，骑的马变成了茅草马，跟随的几个人也都是蒲草扎的。梁氏很害怕，便舍弃房宅捐作了寺院。

唐代，长安有一个穷和尚，衣服非常破旧，到处卖一只小猿猴。这只小猿猴善解人意，人可以驱使它做事。虢国夫人听说了，急忙让和尚到宅院里来。和尚到了之后，夫人见了小猿猴，就问这猿猴的来由。

和尚说："贫僧本来住在西蜀，在山中住了二十多年。偶然有一次一群猿猴路过，丢下了这只小猿猴。我可怜它，就把它收养了。才养了半年，这小猿猴就能明白人的意思，又会人的语言，和人心意相通，让它干吗它就会干嘛，实在和一个弟子没什么两样。贫僧昨天才到城里来，很缺钱，没有办法保住这小猿猴了，所以就到市上把它卖了。"夫人一听就买下了小猿猴。

小猿猴从早到晚陪在夫人左右，夫人非常喜欢它。半年后，杨贵妃赠送给虢国夫人一株灵芝草，夫人喊小猿猴让它观赏。小猿猴竟然倒在地上，变成了一个小男孩。小男孩的容貌端庄秀美，年龄有十四五岁。夫人很奇怪，就问他这是怎么回事。

小男孩说："我本姓袁，偶然跟着父亲进山采药，在林中住了三年，我父亲常拿一些药草给我吃。有一天，我忽然变成了猿猴。父亲害怕，就把我扔了，后来我被那和尚收养，然后到了夫人这里。自从受到夫人的恩育，很想和夫人说说心里话。没想到今天竟然变回人身，还请夫人不要丢弃我。"夫人觉得很奇怪，就命人拿来衣服给他穿，吩咐任何人不能泄露这件事。

又过了三年，因为小男孩容貌特别好看，杨贵妃常常关注他。夫人怕他被夺走，就不让他出来，另外安排他住在一个小屋里。小男孩嗜好药物，夫人让侍婢经常供给他药食。忽然有一天，小男孩和这个侍婢都变成了猿猴。夫人感到怪异，让人射杀它们，才发现那小男孩原来是个木头人。

此鬼载于南北朝杨衒之《洛阳伽蓝记》卷四、宋代李昉等《太平广记》卷三百六十八（引《大唐奇事》）

817
耐重鬼

唐宪宗元和三年（808 年）五月，太原人王煌从洛阳到猴氏庄去。走出建春门二十五里，道路旁边有座新坟，坟前有个身穿孝服的女子正在祭拜。这个女子，十八九岁，长得花容月貌，旁边跟着两个婢女，除此之外，并没有男人陪同。

王煌走上去询问，一个婢女回答说："我家娘子是陕西人，嫁给河东裴直，两年后，裴郎来洛阳便音信全无。小娘子带着我们找到这里，发现裴郎已经死了，只能在此祭拜。"王煌问："既然如此，你们打算去哪里呢？"婢女回道："小娘子孤苦伶仃，现在没有家人，哪还有地方可以去？只能找个人改嫁了。"王煌听到这里，忙道："我有官职在身，而且年少没有娶媳妇，住在猴氏庄，家里很富裕，你家小娘子嫁给我怎么样？"

婢女走到白衣女子身边，将王煌的话告诉白衣女子，白衣女子听罢，哭得更悲切了。婢女拉着她的衣袖安慰道："今日天色将晚，野外无法留宿，回到老家也无处谋生，现在有幸遇到这位郎君，吃穿住行都不缺，过了这个村可就没这个店了！就算你留恋旧情，也得先找个安身之处再另做打算吧，怎能不听别人好言相劝呢？"白衣女子说："我嫁给裴郎，和他情意深厚，他尸骨未寒，我怎么能改嫁呢？你别说了，我们先回洛阳。"婢女没办法，只得将这话转述给王煌。王煌说："你们回到洛阳也无地可住，不如先跟着我去猴氏庄。再说，我也没有坏心思，你们不要担心。"

婢女再次传话。白衣女子见天色已晚，只得抹干了眼泪，拜谢王煌，答应跟他去猴氏庄。王煌令仆从牵过一匹好马，带着白衣女子行了十余里路，最后到彭婆店住宿，又为她单开一间房屋住下，以礼相待。第二天，王煌带着她来到自己家。白衣女子大哭了一场后，答应和王煌成亲。结婚之后，两个人十分恩爱。

几个月后，王煌到洛阳办事，碰到了一个叫任玄言的道士。任玄言见到王煌，大惊失色："你究竟发生了什么事，怎么形神如此衰败？"王煌说他刚结婚不久。任玄言说："你娶的不是人，定然是鬼。赶紧和它断绝关系，否则再过一二十天，只有死路一条，便是我，到时也无能为力。"王煌听了很不高兴，回到家中依然和白衣女子恩爱如常。

过了十天，王煌在洛阳又碰到了任玄言。任玄言拉住他的手，说："看你这脸色，必死无疑了。明天午时，它再来找你，你就要死了。"说罢，任玄言很悲伤。王煌很是困惑。任玄言说："你如果不信，把我的这道符放在怀里，它找你时，你将这符扔向它，它就会露出原形。"任玄言悄悄对王煌的仆人交代说："到时你看一下那个鬼，那东西不是青脸，就是红脸。它一定会让你家主人死掉。到时你仔细看，你家主人一定是坐着死的。"

第二天午时，女子恨恨地夺门而入。王煌就把那道符投了过去。女子立刻变成了一个青面獠牙的鬼。它抓住王煌，对仆人道："你竟然听从道士之言，让我现形！"说罢，将王煌丢在床上，一脚踩过去，王煌脊骨折断，顿时气绝。

仆人赶紧跑去找任玄言，将事情告诉了他。任玄言问："看清它的原形了吗？"仆人说："看到了。"任玄言说："那个鬼，是北天王右脚下的耐重鬼，三千年才能找到替身。这个鬼到了期限，所以才变成人形找人替代它。王煌死在它手里，如果是坐着死，变成耐重鬼也得三千年找人替代，可他死的时候是躺着死的，就失去了轮替资格，将永远被北天王踩在脚下！"任玄言说完，便哭着离开了。

此鬼载于唐代牛僧孺《玄怪录》卷十一

818 泥魖

清代，七里海边有水鬼，名为泥魖，长得如同小孩，高二尺多，通体红色，经常用湿泥砸人，被打中的就会生病。这种鬼怕金铁，听到金铁交鸣的声音，就会跑掉。

此鬼载于清代李庆辰《醉茶志怪》卷二

819 溺死鬼

溺死鬼，乃淹死于水中之人死后所化。这种鬼只有找到代替者，才能托生。

宋代，泽州有个裁缝，有一天正在干活，忽然看到有个人从河边过来，一边走一边笑："明天有人来接替我了！"裁缝就问："谁来接替你呀？"对方回答："一个从真定来的，肩上扛着伞、带着书的人。"裁缝走出门，见那人消失了，才知道对方是鬼。

第二天，裁缝早早地就站在门口，果然看到有一个人过来，把伞和书交给裁缝看管，说要去河里洗澡。裁缝问对方从哪里来，那人说从真定来。裁缝不忍看着这人淹死，就说："城里有浴室，我给你搓背钱，你去那里洗吧。"真定人问其中的缘故，裁缝把昨天所见所闻告诉了他。真定人十分感激，拜谢而去。

当天晚上二更，那个溺死鬼出现了，往裁缝家里扔砖瓦石头，大骂道："我好不容易才找到接替我的人，你竟然坏我好事！我发誓，一定要把你拽进水里淹死！"

第二天，裁缝开门，见院子里满是砖瓦碎石。

溺死鬼一连好几天干这样的事，裁缝不得已，干脆搬了家。

此鬼载于金代元好问《续夷坚志》卷二

820 捻胎鬼

南宋，有个人叫周必大，长得十分丑陋，参加科举考试前，做了一个梦。他梦见自己来到阴间，看见判官正在拷打一个捻胎鬼，指着他对捻胎鬼说："这个人以后能当宰相，只是相貌丑陋，怎么办？"捻胎鬼就请判官答应自己为周必大做"帝王须"，判官答应了。捻胎鬼站起来，在周必大的脸上摸来摸去，为周必大种上了胡须。

传说人在投胎前的模样，都是由捻胎鬼捏出来的。

此鬼载于元代《湖海新闻夷坚续志》前集卷二

821 孽僧

清代，顺邑有个姓李的书生，闲游野寺，看见篱笆上挂着一个大葫芦，又圆又白十分可爱，就摘下来塞入怀里。半路上书生小便，不小心葫芦掉在地上，摔出一条缝隙，里头有个东西，像是个鸡蛋。书生打破葫芦，取出鸡蛋，发现里面有个小和尚，神色慌张，转眼之间身体就变大，如同常人。

和尚对书生说："你不要害怕，我是孽僧。当年化缘得来的财物都用来吃喝嫖赌，寺里面的木佛像我都拆碎了当柴火烧，结果报应来了，身上长了毒疮而死。死后，魂灵在地下的洞穴中游荡，孤苦伶仃，又怕再次受到惩罚，就躲进这个葫芦里，不想被你摘了，看来，我的惩罚马上就要来了。"说完，和尚长叹一声，消失了。

此鬼载于清代李庆辰《醉茶志怪》卷二

822
狺瞪神

宋代政和年间，京城有几十个少年，成群结队，为非作歹，经常三五年就会抓住一个美少年，将其放入油锅烹炸，用来祭祀他们供奉的鬼。那鬼名为狺瞪神。据说他们抓少年的时候，会先摆案祭祀，喊出少年的名字，然后请求狺瞪神的指示，狺瞪神答应了，他们就会动手。

此鬼载于宋代洪迈《夷坚志》丁志卷第十

823
牛鬼

山海关以东，有个深山庄，庄里农民都养牛，耕完地，就把它们赶到深山中放牧。村里雇了一个人看守。牛群在山里，最怕遇上老虎。每一次，只要老虎出现，牛群里面总会有一头牛出来和老虎打架，即便如此，也不能胜过老虎，需要放牛的人去驱赶。有一天，放牛的这人赶牛进山，忽然窜出来一只大老虎，牧人大叫道："老虎来了！"话音刚落，一头公牛跑出来，直奔老虎而去。

那头公牛和老虎搏斗。老虎虽然爪牙锋利，但公牛的犄角和蹄子也十分厉害，打了许久，不分胜负，老虎就跑了。公牛停下来赶紧吃草，牧人知道公牛饿了，害怕老虎等一会儿再来，就赶紧拿麦麸喂它。公牛吃饱了，老虎果然又来，公牛精神抖擞，再次和老虎搏斗，竟然把老虎打败了。

牧人大喜过望，自此之后，进山就跟着公牛。只要有老虎出现，公牛就能把对方赶走。后来，牧人就把这件事告诉了主人，说这头公牛厉害，希望他再买一头牛代替公牛耕田，主人就同意了。

一天，牧人在山里放牛，梦见这头公牛对他说："快点儿醒来！我之前因为吃了灵芝，所以有点儿能耐，今天晚上我就要死了。我死后，你把我的两只牛角收好，以后有大用处。如果你以后在山上遇到麻烦，就喊'牛鬼'数声，我一定出来救你。"牧人醒来，发现是个梦，以为不可信，早晨起来，发现牛果然死了。按照规矩，牛死在山上，必须剥掉牛皮给主人，这样主人才会相信牛真的死了。牧人认为这头公牛很灵异，就收了它的两只牛角后把它埋了。公牛的主人听说公牛死了，又没看到牛皮，以为牧人骗他，就将牧人辞退了。

牧人丢掉工作，就进山采人参。一天，牧人和几个同伴在树下歇息，牧人爬到树上乘凉，忽然来了几只老虎，将同伴都咬死了。牧人吓得够呛，本来想下树，又怕老虎再来，想起曾经做过的那个梦，就大喊了几声"牛鬼"，喊完，只见从东面来了一个人，身躯硕大，状如公牛，抬头看着牧人，说："你赶紧下来，有我在，保你安全。"牧人下树，那人说："跟我来！"这人带着牧人来到一个院落，房舍坚实牢固。

牧人很奇怪，心想："这肯定就是我叫的牛鬼了。"就问对方的姓名，那人说："你不要问了。"过了一会儿，那人拿出酒肉供牧人吃喝。吃饱喝足，那人说："你来山里，是采人参的吧，有个地方人参很多，你跟着我去采。"说罢，倒地变成了公牛。牧人骑着公牛来到一个地方，果然挖出数百斤人参。

此鬼载于清代解鉴《益智录》卷四

824
牛僵尸

清代，江宁铜井村有个人养了一头母牛，十几年间生下二十八头牛犊，让主人赚了不少钱。后来，母牛老了，不能再耕地，有宰牛的前来购买，主人不忍心，让仆人好生喂养，母牛死之后，将母牛埋了起来。

一天晚上，这家人听到门外有撞击的声音，而且一连几天都是如此。刚开始主人没多想，但过了一个多月，动静越来越大，还能听到牛的叫声和蹄声。于是，全村的人都怀疑是这头母牛在作怪。大家来到埋葬母牛的地方挖开地面，只见母牛的尸体并没有腐烂，双目闪闪，如同活着一般，四个蹄子之间夹着稻苗，好像是夜里曾经破土而出过。母牛的主人大怒，拿来刀砍断了母牛的四蹄，剖开母牛的肚子，并且用粪便之类的脏东西灌进去，重新埋上。

过了一段时间，再挖开查看，发现母牛已经腐烂了。怪事再也没发生过。

此鬼载于清代袁枚《子不语》卷十四

825
牛头阿旁

南北朝时，有个人叫何澹之，官拜刘宋的大司农，向来不相信佛法，做了很多残害生灵的事。

永初年间，何澹之得了重病，看见一个大鬼，长得又高又壮，牛头人身，手持铁叉，昼夜看着他。何澹之十分恐惧，请人作法，依然如故。后来，何澹之让人请来和尚慧义，并将事情告诉了慧义。慧义说："这个大鬼，是牛头阿旁。它之所以出现，是因为你做了很多恶事。如果你诚心信佛，忏悔自己的罪过，这个鬼就会自动消失。"何澹之不信，过了不久就死了。

此鬼载于唐代释道世《法苑珠林》卷八十三

826
牛疫鬼

宋代绍兴六年（1136年），有个叫余干村的村庄，有户人家姓张。一天晚上家里人都睡觉了，在牛圈里的牧童忽然听到有人敲门，爬起来看，发现有几百个壮汉，都穿着五彩的盔甲，戴着红色的头盔，冲进牛圈就不见了。第二天，牛圈里的五十头牛全死了。人们都说那些壮汉其实就是牛疫鬼。

此鬼载于宋代洪迈《夷坚志》丙志卷第十一

827
女尸

天帝有个女儿死了，名曰女尸，变成了姑媱山上的瑶草，吃了可以魅惑人。

此鬼载于战国《山海经》卷五

828
疟鬼

疟，指的是一种周期性发冷发热的急性传染病，在古代，一旦沾染上，死亡概率极大，古人常常认为这是有疟鬼在作怪。

清代，有个叫陈齐东的人，年轻时和张某寄居在太平府的关帝庙里。张某染上了疟疾，陈齐东和他住在一起，午后疲倦，躺在床上休息，看到屋外站着一个小孩，皮肤白皙，衣服鞋袜都是深青色，探头看着张某。陈齐东刚开始以为是庙里的人，也就没有过问。过了一会儿，张某疟疾就发作了。等疟疾停歇，那小孩就离开了。又一天，忽然听到张某大叫，痛苦地吐痰，那个小孩站在窗前，手舞足蹈，十分得意。陈齐东知道这就是疟鬼，上前扑倒了它。接触到它的时候，感觉手上十分寒冷。小孩逃了出去，发出欶欶的声响，陈齐东一直追到院子中，它才消失。过了不久，张某痊愈，但是陈齐东的手上却出现了黑气，如同烟熏火燎一般，好几天才消失。

也是在清代，平阳这地方有个赵某，夏天睡觉的时候，看到一个妇人掀开帘子走了进来，穿着白衣麻裙，面色黄肿，一副愁眉苦脸的样子，看了让人害怕。那妇人走到窗前，用手摁住赵某的胸口，赵某就觉得自己喘不过气来，一会儿冷一会儿热。到了晚上，疟疾就发作了，过了几天稍稍恢复，那妇人又来，疟疾又严重了。如此过了一个月，赵某形容枯槁，即便是盛夏也穿着棉衣。

有人告诉赵某，用桃木剑钉在床的四个拐角，在墙壁上贴上符咒，可以阻止疟鬼。赵某依照吩咐布置。妇人再来，十分愤怒地盯着赵某，但不敢近前。赵某大声呼喊，妇人悻悻而去，再也没来，赵某的疟疾也就逐渐好了起来。

此鬼载于清代袁枚《子不语》卷七、清代李庆辰《醉茶志怪》卷三

829
喷水妪

莱阳人宋玉叔在任四川按察使时，租的宅院十分荒凉。两个丫鬟陪宋玉叔的老母亲住在客厅里，一天夜里突然听到院子里有一阵阵噗噗的喷水声，如同裁缝在喷衣服一般。

老夫人催促丫鬟起来，戳开窗户纸偷偷向外查看。丫鬟看到有一个老婆子身材矮小而且驼背，一头白发如同扫帚一般，头上盘了一个发髻，高两尺左右，围着院子转圈，伸长脖子迈着鹤步一边走一边喷水。

丫鬟回来报告老夫人，老夫人听后很吃惊，坐起来由两个丫鬟扶着来到窗前。她们聚在一起观看那老婆子时，对方忽然逼近窗户，一口水直喷在窗棂上，窗纸破裂，老夫人和两个丫鬟一起倒在地上。

早晨家里人打开门进了屋，发现老夫人和一个丫鬟死在一起，另一个丫鬟胸口还有点儿温热，扶起来给她灌水，过了一阵才醒过来，她便把她所看见的一切说了出来。宋玉叔得知赶来时，悲愤欲绝，便下令挖开院子里的地，深挖

到三尺左右时，渐渐露出白发，接着挖出一具尸首，如同丫鬟所见的那个老婆子的样子，脸部肥肿如同活人。宋玉叔让手下击打那具尸体，骨肉皆烂，肉皮里都是清水。

此鬼载于清代蒲松龄《聊斋志异》卷一

830
蓬头小鬼

宋代，云门寺里面有个鬼怪，经常出来吓唬人。

一次，有个客人来寺里拜访，住在方丈邦彦位于山旁的小屋里。当时天寒地冻，客人烤着火，不知不觉眯瞪了起来，醒来后看见一个高三尺的蓬头小鬼坐在对面，吓得大叫，跑出去找邦彦。邦彦哈哈大笑，说："没什么，没什么，不过是个蓬头小鬼。"

麻源巡检邓琄在寺里修了个小亭，住在山里。他的表兄王三锡告诫他说："深山多怪异，你得多带几个奴仆以防不测，或者到僧房歇息，不能独自睡在外面。"邓琄不信。一天，邓琄神色慌张跑来找王三锡。王三锡问怎么回事，邓琄说："都是因为不听表兄你的话。昨天晚上，我只带了一个小吏进山。晚上睡在大床上，忽然听到有人拿着东西敲我的床，起来叫那个小吏，结果那家伙早被吓跑了。我赶紧逃回来，现在还惊魂未定。"

此鬼载于宋代洪迈《夷坚志》支景卷第二

831
披麻鬼

会稽有个叫照诞的人，驾船入海采紫菜，收获颇丰，便在一座海岛的山上晾晒。晚上，照诞忽然看到一群鬼，个个披麻，双目圆睁、咬牙切齿前来。照诞拔刀与群鬼奋力搏斗。群鬼见打不过照诞，向他哀求，问能不能给点紫菜。照诞觉得它们甚是无理，没答应。

此鬼载于南北朝郭季产《集异记》

832
披麻煞

清代，安徽新安有个姓曹的老太太，孙子当了官，并且和一个女子订了婚，马上要娶亲。老太太命人大扫除，收拾新房给新娘新郎住，新房距离老太太的房间有十几步远。

这天黄昏，老太太独自坐在楼下，听到楼上传来脚步声，刚开始以为是丫鬟，后来觉得不对头，怀疑是小偷，站起来推开门，看到一个人，戴着麻冠，穿着麻鞋，手里拿着桐杖，站在楼上。看到老太太，对方转身退走。老太太向来胆子大，不管对方是人是鬼，就上前捉拿，对方狂奔到新房中，化为一缕青烟消失了。老太太这才知道对方是鬼，本想告诉别人，可想到明天就是大婚之日，暂且忍住没说。

第二天，将新娘迎进门，一切如常。老太太想起之前的事，睡不着觉，去看新娘，发现她已经梳妆打扮好了，而且和孙子郎情妾意，也就放了心。

过了一段时间，新娘想上楼。老太太想起楼上的那东西，不情愿，问新娘要去干什么，新娘说上厕所。新娘上去之后，很长时间不下来，老太太就让仆人提着灯上去，结果发现新娘不见了。

老太太大惊。丫鬟说："是不是到厨房去了？"老太太说："我一直坐在楼梯旁，没看到她下来。"事情传开了，全家都很惊慌。这时候，一个丫鬟在楼上喊："在这里！"

众人上去，发现新娘蜷缩在一把小漆椅下，四肢如同被捆绑了一样。扶着出来，新娘满嘴白沫，奄奄一息。用水灌醒后，新娘说："我碰到了一个披麻的人作祟。"老太太哭道："错在我。"于是把之前的事情说了。

当天晚上，新郎新娘在房间，丫鬟也在。到了五更，丫鬟睡着了，新郎困得不行，刚一闭眼，有一个全身披着麻布的人破窗而入，手指在新娘脖子上掐了三五下。新郎赶紧上前救护，披麻人纵身跳出窗户，速度快如飞鸟。新郎呼喊新娘，新娘不应声，再一看，已经气绝身亡了。

很多人说，这家人犯了披麻煞。

此鬼载于清代袁枚《子不语》卷三

833
皮场大王

河南人席旦，宋徽宗时担任御史中丞，后来两次镇守四川，政和六年（1116年），死于长安。

席旦的儿子席大光守完丧后，调任京师。当时京师皮场庙十分灵验，很多人前去祭拜。席大光有次到庙里，看到皮场大王的塑像穿着父亲入殓时的一只鞋，大惊。

回来后，席大光梦见父亲对他说："我死了之后，成为皮场大王，很有权势。知道你没钱，给你五百贯。"席大光醒来，听到敲门声，开门，见几个士兵拉着一辆车，车上插着一面小黄旗。士兵对席大光说："这是皮场大王送给席相公你的钱。"说完，将钱放在地上离去了。席大光开始还不相信，第二天起来，发现那些钱是真钱。

因为听到当时那几个士兵称呼自己"席相公"，所以自此之后，席大光很是自负，认为自己一定能成为宰相。绍兴初年，席大光被任命为参知政事，后来以大学士的官衔镇守四川，四川人称之为席相公。过了不久，他的母亲福国太夫人病逝，席大光守完丧后也死掉了。

此鬼载于宋代洪迈《夷坚志》甲志卷第五

834
婆女

釜甑鬼，名为婆女。凡是遇到釜甑鸣叫，喊婆女的名字，就不会发生祸事。

此鬼载于明代徐应秋《玉芝堂谈荟》卷十三

835
魄炭

传说，上吊而死的人，在其上吊的地方往下挖，有时会挖出来一个如同炭的东西。有人说，这是死者的魄。将这个东西磨成粉末，放在清水中，给病死的人喝下，可以让死者复活。

此鬼载于清代佟世思《耳书》

836
七姑子

赣州有种妖怪，名为七姑子，应该是山鬼的一种。当地城乡村落，有很多专门供奉七姑子的祠堂。七姑子的形象，是七个妇女，十分灵验。

宋代淳熙十年（1183年），临安人王大光出门办事，看门人说："今天早晨刚开门不久，几个妇女从咱们宅子里出来，叫住卖豆浆的人，买了豆浆，说：'你在这里等着，一会儿我们拿钱给你。'结果良久没人出来，也不知道是谁。"王大光听了之后，吓得够呛，说："我家里没人早晨买豆浆！如果有，那肯定是鬼！可大白天的，不应该出这种事呀！"

看门人觉得应该是七姑子干的，于是去了供奉她们的祠堂，见豆浆摆在香案上，还热乎着呢。后来，王大光为她们付了钱。

此鬼载于宋代洪迈《夷坚志》支甲卷第六

837
七爷八爷

七爷八爷，是我国台湾地区盛传的一种鬼，又叫长爷短爷，当地人习惯以谢范二将军或者大爷二爷称呼。

相传七爷名为谢必安，因为身高面白，所以有长爷、白无常的叫法。八爷名为范无救，身矮面黑，所以有矮爷、黑无常的叫法。

七爷和八爷都是福建福州人，自幼结义，情同手足。一天，二人走到南台桥下，天将下雨，七爷回家取伞，要八爷等待。不料七爷走后，天降大雨，河水暴涨，八爷不肯离去，终因身矮被水淹死。七爷取伞回来，知八爷已死，亦自缢于桥柱。阎王觉得二人坚守信义，令二人在城隍府中捉拿不法鬼魂。有人说，七爷八爷均无子女，故喜爱儿童，经常化身儿童，走入人群，保其平安。

此鬼载于当代仇德哉《台湾之寺庙与神明》

838
漆漆小耗

漆漆小耗，长得像一个女子，用素色的丝带扎结发髻，穿着红色的衣服、红色的鞋子，花容月貌，擅长唱歌，好吟风月，出没于月夜、黄昏之时，经常对碰见的人说："我是你邻居的女儿。"年轻的男子喜欢它，和它交往，时间长了便会生病死掉。

这种妖怪，是还未出嫁的女子的魂魄所化。

此鬼载于宋代《太清金阙玉华仙书八极神章三皇内秘文》（收录于明代张宇初《道藏》）

839
齐女

蝉，古代又叫齐女。传说齐王的王后愤懑而死，死后尸体变成了蝉，在高树上愤怒地鸣叫，所以古人称呼蝉为齐女。

此鬼载于晋代崔豹《古今注》卷下

840
奇相

奇相为长江之主。传说上古时期，震蒙氏的女儿因偷盗黄帝的玄珠，沉江而死，死后化为奇相。传说奇相为龙的身体，长着马头。

此鬼载于三国张揖《广雅》卷九、清代张澍《蜀典》（引《山海经》）

841
棋鬼

清代，扬州督同将军梁公，罢任后在乡间闲居，每日带着围棋和美酒，在郊野游玩。九月九日这一天，梁公登高，与朋友对弈。忽然有个人走了过来，在棋局边徘徊，观看两人下棋，不舍离去。这人看起来虽然贫寒俭朴，穿着一身缝满补丁的旧衣裳，但举止温文尔雅。梁公对他很客气，道："先生一定精于此道，何不对一局呢？"他推辞了半天，才开始对局。不过这人棋技似乎不太好，老是输，而且越输越下，从清晨直到太阳偏西，桠瘾很大。

下到某一局棋的时候，这人正和对手争论谁先下的时候，忽然离开座位，惊恐地站了起来，神色凄惨沮丧，对着梁公跪了下来，拼命磕头，求救。梁公非常惊讶，将他扶起来说："不过是游戏嘛，何至于此？"书生说："请你嘱咐马夫，不要捆我的脖子。"梁公问："是哪个马夫？"书生答："马成。"

原来，梁公有个马夫叫马成，常去阴司充任鬼吏，经常是每隔十来天去一次，携带冥府文书做勾魂使。梁公见这人如此说，才知道他是个鬼，便派人去看马成的情况，而马成已经躺在床上两天了。

一天后，马成苏醒，梁公把他喊来盘问。马成说："这个人是南方人，爱棋成癖，家产荡尽。他父亲很担心，把他关在书房里。他却跳墙出来，偷偷地跑到空地方，找人下棋。父亲知道后臭骂了他一顿，他仍旧不知悔改。父亲抑郁苦闷含恨而死。阎王因为他品行不端，减了他的寿数，罚他进饿鬼狱，到今天已经七年了。适逢东岳泰山凤楼建成，东岳大帝发下文书到各地府，征集文人写一篇碑记。阎王把他从狱中放出来，让他应召作文，以便赎罪。不料他在路上拖延，大大地误了期限。东岳大帝派当值的功曹向阎王问罪，阎王大怒，派我搜捕他。不过我听从您的命令，没敢用绳子捆绑。"梁公问："他现在怎么样？"马成说："还是交给了狱吏，永远没有转生的机会了。"梁公为之叹息不止。

此鬼载于清代蒲松龄《聊斋志异》卷四

842
乞诗鬼

明代的名臣、军事家于谦年轻的时候，有一天在房中读书，突然窗外出现一个巨人，手里拿着一把扇子，乞求于谦给他在上面题诗。于谦当时喝了酒，有些醉了，当即挥笔写下两句诗："大造乾坤手，重扶社稷时。"借此抒发自己的胸中之志。那鬼看了，大叫一声，跳跃而起。扇子掉在地上，变成了一片芭蕉叶。

此鬼载于清代赵吉士《寄园寄所寄》卷五（引《尧山堂外纪》）

843
墙女

隋代末年，修筑汾州城时，城墙的西南角总是出问题，早晨建成晚上就倒塌，一连四五次都是这样。城中有个小女孩，年龄十二三岁，对家里人说："如果不把我筑入城中，此城最终便难以合拢。"家里人不相信，邻居们也讥笑她。

之后修筑城墙，仍像之前一样，朝成夕倒。小女孩就说："我今天就要死了，死后你们用坛子盛殓我，埋在筑墙之处，城墙就没问题了。"说完，小女孩就死了。

人们就像她说的那样埋葬了她。葬毕，大家立即开始筑墙，那墙便再也不倒了。

此鬼载于宋代李昉等《太平广记》卷三百七十四（引《广古今五行记》）

844
窃婴鬼

吴郡有个姓任的书生，能够看到鬼。

一天，任某和一个姓杨的书生还有三四个同伴，乘船去虎丘寺游玩，在船上谈及鬼神之事，杨某怀疑任某的能力。任某笑着说："鬼很多，人不认识而已，唯独我能认识。"说罢，任某指着岸上一个穿着青色衣服的女子说："那就是鬼，怀抱着的孩子，是婴儿的魂魄。"

任某站起来，对那女子大声呵斥道："你是鬼，为何偷窃别人家的孩子？你要去哪里？"那女子听到了，十分惊慌，赶紧往回跑，跑了十几步，就消失不见。

第二天，大家从虎丘寺回来，来到原来的地方，发现岸边有一户人家在举办法事。杨某去询问，巫师说："昨天乡里面有个婴儿突然死掉，后来又复活了。"

看那户人家的婴儿，果然和昨天那个女子手中抱着的婴儿一模一样。众人十分惊讶，对任某佩服得五体投地。

此鬼载于唐代张读《宣室志》卷四

845
钦鸮

钟山有一种大鹗，形状像普通的雕、鹰，却长有黑色的斑纹、白色的脑袋、红色的嘴巴，还有和老虎一样的爪子，发出的声音如同晨鹄鸣叫。传说它是钦鸮所化，曾经和钟山山神的儿子鼓联手在昆仑山南面杀死天神葆江。天帝因此将鼓与钦鸮诛杀。钦鸮一出现会有大的战争。

此鬼载于战国《山海经》卷二

846
琴鬼

嵇康有一次在灯下弹琴。忽然有个鬼进了屋子，高一丈多，穿黑衣服，腰扎皮带。嵇康盯着它看了一会儿，一口吹灭了灯，说："和你这样的鬼同在灯光下，我真感到羞耻！"

还有一次，嵇康出门远行，走到离洛阳几十里的地方，住在月华亭里。有人告诉他，这里过去常有人被杀。嵇康为人潇洒旷达，一点儿也不怕。一更时，他在亭中弹琴，接连弹了好几首曲子，琴声悠扬动听。忽听到空中有人叫好。嵇康边弹边问："你是谁呀？"对方回答说："我是鬼，死在这里很久了，听你的琴弹得清新悠扬，我以前也爱弹琴，所以来欣赏。我生前没得到妥善的安葬，形象损毁了，不便现形和你见面。然而我十分喜欢你的琴艺。如果我现形，你不要害怕。你再弹几首曲子吧。"嵇康就又为鬼弹琴，鬼和着琴声打拍子，很高兴。嵇康说："夜已深了，你现形见我吧，你的形象再可怕我也不会在意的。"鬼就现了形，用手捂着自己的脸说："听你弹琴，我感到心情舒畅，仿佛又复活了。"于是鬼就和嵇康谈论琴艺方面的理论。鬼向嵇康要过琴来，自己弹了一首著名的古曲《广陵散》。嵇康要求鬼把这首曲子教给他，鬼就教了。天亮时，鬼告别说："虽然我们只交往了一夜，但友情可以胜过千年啊！现在我们要永远分别了。"他们心里都十分悲伤。

后来，南北朝的时候，有个会稽人叫贺思令，琴弹得很好。有一天，他在月朗风清的院中弹琴，忽然有一个身材魁梧、戴着刑具的鬼来到院中，看脸色很凄惨。这鬼十分欣赏贺思令的琴艺，贺思令就和对方聊天。这鬼自称嵇康，对贺思令说："你左手的指法太快，这不合乎古代的弹奏技法。"然后就把《广陵散》教给了贺思令。贺思令学会了，使《广陵散》得以流传下来。

此鬼载于晋代荀氏《灵鬼志》、南北朝刘义庆《幽明录》

847
青楼鬼

清代，八国联军侵华战争后，北京街道萧条寥落。有个人，晚上经过火神庙夹道，看到路边有座青楼，灯火通明。

这人走进去，见里头的妓女鱼贯而出，个个长得国色天香。这人刚坐下，妓女们突然容貌大变，有的高，有的矮，有的丑，有的凶，样貌不一，狰狞恐怖。

这人吓得大叫一声，昏死过去。夜巡的警察经过，将他救醒，又叫来车子把他送回家。这人休养了一个多月，才恢复健康。

此鬼载于民国郭则沄《洞灵小志》

848 穷鬼

唐代，有个叫郭鄩的人被罢免了栎阳县县尉的职位，很久未被朝廷任用，穷困潦倒住在京城，日子过得很窘迫。经常有两个鬼，长得像猿猴，穿着蓝色衣服，跟在他左右，出入起卧，形影不离。

因为这两个鬼，郭鄩干什么事情都不顺利，亲朋好友见了他就像见了仇人一样，避之不及。如此，一连过了好几年。一天晚上，这两个鬼忽然向他告别，说："我俩趁你遭厄运，相随已经很久，明早我们就走了，不再回来了。"郭鄩很庆幸它们离开，就问它们到哪里去。它们说："世间像我俩这样的鬼很多，只是寻常人看不见罢了。现在我们要到胜业坊一个姓王的富人那里，去败坏他的家财。"郭鄩说："他家家财万贯，怎么能很快耗尽呢？"两个鬼回答说："只要从安品子那里找到突破口，其他的不难。"天快亮时，这两个鬼消失不见。

郭鄩起来洗漱，便觉心胸开阔，以前的愁闷荡然全无。他试着去拜访亲友，亲友对他态度很好，十分欢迎。过了几天，郭鄩去拜见宰相，顺利得到了通事舍人的职位。

郭鄩有个表弟姓张，是个金吾卫佐，交往的都是豪侠之人，听说了这事，并不相信，就去那户姓王的人家查看情况。这个人很有钱，但为人很有节制，家中有很多歌舞艺伎，其中长相端庄秀丽的很多，她们身穿华丽衣服，姿容娇艳俏丽，但王某从来不会贪图享受。

一天，王某和朋友经过鸣珂曲，有一个妇人浓妆艳抹站在门口，不知为什么，他勒马停步，流连忘返，喜形于色，召集亲朋摆酒设宴，寻欢作乐。郭鄩的这个表弟也去参加了，暗中打听，这个女子就叫安品子。安品子善于唱歌，这天唱了几支曲子，王某拿出很多财物馈赠。在座的人对他这样出手阔绰的行为，感到很惊讶。自此之后，王某花钱如流水，没过几年，就变得贫困不堪。

此鬼载于唐代康骈《剧谈录》卷上

849
—
取宝鬼

海南有种鬼，似人非人，似兽非兽，高不足三尺，能听懂人的话。这种鬼能够进入大山寻取沉香以及其他的宝贝，所以海南有很多人购买它，让它去寻宝。

寻宝前，鬼会伸出指头，和主人约定时间，一般都是几年，如果它不愿意，就会摆手。主人交给它斧头、锯子，用水果喂饱它，鬼就拎着工具离开了，往往会按照约定时间带回来宝贝。不过约定时间一过，这鬼就会投靠新的主人，不能挽留。

此鬼载于明代郑仲夔《耳新》卷六

850
—
取发鬼

溆浦人杨师亮乘船出海，忽然天空昏暗，一个青面鬼跳入船中，接着一个美丽的女子也上了船，向大家讨要头发。船里的人都说没有。女子让鬼自己去拿。青面鬼从船舱里取出一个笼子，打开，里面满是头发。女子从中拿了几束，离开了。

此鬼载于宋代周密《癸辛杂识》续集上

851
—
取物鬼

丹阳有个人叫张承先，家里有个鬼，能够为他获取各色物品。

有一次，张承先举办宴会招待客人，需要二斗莼菜、二十条鳢鱼，交代给鬼，让它赶紧去办。鬼带着一个小儿，让其拿着篮子来到骠骑街十字路口，吩咐小儿睡觉。等小儿醒过来，发现需要的莼菜和鱼早已装满了篮子。

还有一次，鬼给了张承先一个箭筒，嘱咐他千万别到新亭这个地方去游猎骑射，因为这个箭筒是当地一个姓陶的人的东西。后来，张承先把箭筒借给了一个朋友，鬼很生气，破口大骂，扬言要烧掉张承先家里的房屋。张承先没办法，赶紧去把箭筒要回来，鬼这才罢休。

此鬼载于南北朝郭季产《集异记》

852
犬鬼

宋代，平江城有个屠夫张小二。绍兴八年（1138 年），张小二去十五里地之外的黄埭柳家买狗。柳家的那条狗见到张小二，似乎十分欢喜，径直走到他身边。张小二花三千文钱买下了它，狗自己跟着张小二回来了。

到了齐门的时候，张小二觉得不对劲，就想用绳子把狗拴上。狗忽然说："我是你爹，又不欠你的债，你不能杀我！"张小二就直接把狗带回了家。

回到家，狗看见张小二的媳妇，就说："儿媳妇，过来，我是你公公。七八年不见你们夫妻俩，现在回来了。原先我欠柳家三千文钱，如今已经还了。你们不能杀我。你丈夫，也就是我儿子，寿命很短，还有一两年就会死，你赶紧准备改嫁吧。我很饿，快拿饭给我吃。"张小二的媳妇赶紧把丈夫的饭分一半喂狗，不过狗说的话并没告诉张小二。

吃饭时，张小二发现自己的饭少了，十分生气，媳妇这才把刚才的事情说了一遍。张小二很害怕，留下那条狗，不敢杀。过了三天，那条狗跑出去咬人，被人杀了。张小二自此之后改行去一家油坊做了伙计。

此鬼载于宋代洪迈《夷坚志》甲志卷第七

853
人面疮

江左有个商人，左胳膊上长了一个人面疮，虽然长了疮，但并不痛苦。这疮长着人脸，也有五官，很有趣。商人有时候戏弄它，滴酒在它嘴里，它喝醉了，脸就会变得通红；给它东西吃，它也能津津有味地吃下。如果吃多了，胳膊上的筋肉就会鼓胀，就跟它的胃一样。

医生让商人喂它吃草木金石各种药，都没事，唯独给它贝母吃，它就皱着眉头不肯张嘴。商人大喜，说："这味药肯定能制服它！"于是，强行给它灌下去，很快人面疮就结痂脱落了。

有的书记载，人面疮是晁错的冤魂所化。当年晁错提出让汉景帝削藩，引起了七国诸侯举兵反叛，喊出"请诛晁错，以清君侧"的口号，汉景帝没办法，将晁错腰斩了。

此鬼载于明代谢肇淛《五杂俎》卷十一

854
杀

传说人死后的几天，会有一种鸟从棺椁之中飞出，这种鸟名为杀。

唐代太和年间，有个姓郑的书生，经常在隰川这个地方的野地里捕鸟。有一次，他用猎网抓住了一只大鸟。这只大鸟全身青色，有五尺多高。把网解开后，却发现里面空空如也，那只大鸟竟然消失不见了。

书生很惊讶，就向周围的村民打听。有个村民对他说："村里有个人死了好几天了，巫师说，今天是'杀'离开的日子。死者的家人偷偷在一旁看，发现有一只青色的大鸟从他的棺材里面飞了出去。你捕捉到的，是不是这个？"书生十分震惊地离开了。

据说，京兆尹崔光远也曾经遇到过这样的一只鸟，发生的事情也差不多。

此鬼载于唐代张读《宣室志》补遗

855
山鬼

四川的山道上有很多山鬼。有个小吏，与同行的几个人外出去迎接上级官员。日暮时分，看见道路旁边有个妇女，拎着水罐站在溪流边。小吏很渴，就走上前去讨水喝，还调戏那个妇女。

妇女并没有反抗，所以小吏就越发肆无忌惮，双手伸进她的衣服里，发现这女子胸口长着几寸长的青毛，而且寒冷如冰。小吏吓得大叫。那妇女大笑，拎着水罐走了。

宋代，南城县东百余里有座龙门山，山顶的一座寺院，幽僻孤寂，人迹罕至，只有一个僧人居住在里头。一天，有个行脚僧来借宿，住的房间距离僧人的僧房挺远。晚上，行脚僧刚躺下，听到门外有人大叫，不敢起来。过了一会儿，门自己开了。行脚僧更加害怕，下床想要逃走，发现门被巨石堵住。行脚僧大叫救命，良久，寺里的僧人在外面回应，石头忽然不见了。行脚僧吓得要死，不敢再睡，和寺里的僧人挤在一个房间里，向其打听怎么回事。寺里的僧人说："这种事情是山鬼干的，前前后后发生过许多次。不过，它从来不伤害人。"

此鬼载于宋代郭象《睽车志》卷四、宋代洪迈《夷坚志》丁志卷第十九

856
善爽鬼

善爽鬼，是生前有善行的鬼魂，或者当官清正廉洁，或者生前有功，可以改世重生，也可以成为地下的主宰。

此鬼载于唐代段成式《酉阳杂俎》前集卷二

857
伤魂

晋惠帝的时候，常山郡献上伤魂鸟，长得像鸡，羽毛的颜色如同凤凰。晋惠帝不喜欢它的名字，没有接纳，但是很喜欢它的羽毛。当时，有人说黄帝杀蚩尤的时候，他有只老虎误咬了一个女子，七天后才咽气。黄帝很哀伤，最后就用重棺石椁将她安葬，有鸟落在坟上，叫着："伤魂，伤魂！"此鸟便是那女子的魂魄。

此鬼载于晋代王嘉《拾遗记》卷九

858
赏月鬼

清代，江苏无锡北乡胡家渡村，有个私塾先生在这里教书。每天傍晚都会有个货郎挑着担子到村子里卖东西，私塾先生和学生们都会买点儿，时间长了，大家彼此熟悉。

但是货郎有两个月没来，私塾先生觉得奇怪，等他再来时问其原因。货郎说碰到了两个鬼，生了一场大病。

原来，货郎的家距胡家渡约十里地，有天卖完东西后，从胡家渡回家。当时已是夜晚，月明如昼，经过一座桥时，货郎忽然看到有两个人趴在栏杆上赏月。这两人，身高不到三尺，头发和眉毛都白了，相互说着话，但是货郎听不懂。货郎知道对方是鬼，四下看了看，发现没有别的路可走，只能挑着担子上桥。到了桥上，货郎说："请先生让一让。"其中一个鬼说："这家伙太可恶，打他！"货郎当即晕倒，连人带担子直直坠落桥下，一直到五更，有夜行的人发现了，才将他唤醒送回家。货郎回去，病了两个月才好。

此鬼载于清代薛福成《庸盦笔记》卷六

859
上床鬼

清代，有一对夫妻，妻子夜里睡觉喜欢说梦话，一天晚上，丈夫实在忍受不了，怒气冲冲地离开了家。妻子知道丈夫出去了，也不问，埋头继续睡觉，恍惚间觉得有人进了屋子，上了床。妻子以为是丈夫，就翻身向床里面，给丈夫留出空当。

对方上了床，很久都没有发出声音，不像平时丈夫的所作所为。妻子凑过去，摸到对方的手臂，感觉对方的身体寒冷如冰，知道是鬼不是人，大惊呼救。邻居听到了，急忙挑着灯笼跑过来。只见那鬼物从床上滚下来，颜色漆黑，身形肥胖，倏忽不见。第二天丈夫回来，人们都说夫妻不和，所以晚上鬼才趁机而入。从此之后，这对夫妻感情就变得很好了。

此鬼载于清代乐钧《耳食录》初编卷二

860
烧食鬼

烧食鬼是地狱中的一种鬼，生前极吝啬贪婪，乃至从僧人口中夺食，死后先下地狱，出地狱后转生鬼道，常被大火烧身。

此鬼载于唐代释道世《法苑珠林》卷六

861
蛇鬼

清代，有个姓赵的武官，十分讨厌蛇，只要碰见蛇就会将蛇杀死，人们称其为斩蛇将。一天，赵某在野地里见到一条大蛇，便拔刀砍断蛇头，蛇立刻卷曲死掉。赵某回营后，头晕目眩，身体不太舒服，急忙坐着轿子回家。

夜里睡觉时，赵某觉得有个冰冷的东西横搭在自己肚子上，急忙叫唤母亲。老母亲点火照了照，发现是那条没有脑袋的大蛇盘在床上，弄得被褥上全是血。母亲惊呼不已，大蛇消失不见。赵某叹了一口气，道："看来我要死了。"

母亲找来巫师作法，给蛇奉上祭品。蛇鬼附在巫师身上说："杀我抵命！谁稀罕你的祭品！"过了不久，赵某便死掉了。

此鬼载于清代李庆辰《醉茶志怪》卷一

862
蛇瘟妇

宋代庆元元年（1195年）五月，湖州南门外，一个肤色白皙的女子，穿着黑色弓鞋，叫来小船，说是去易村。登船之后，女子躺在床上，抓来苇席盖在自己的身体上。

船工划船走了一段，见女子无声无息，掀开席子，看到下面有几千条长一尺多的小乌蛇，相互盘绕，聚集在一起，吓得直冒冷汗，赶紧把席子盖上。

又前行了六十里，到达易村岸边，船工敲船告知女子到地方了。女子从席子底下爬起来，递给船工二百文铜钱，当作船费。船工不敢要。女子问原因，船工说："我刚才掀开席子看你那样，哪敢要你的钱？"女子笑着说："这事你不要告诉别人。我从城里来，到此处散播蛇瘟，一个月后回去。"说完，女子上岸，走入竹林，消失不见。

易村有七八百户人家，这年夏天，死了一半。

此鬼载于宋代洪迈《夷坚志》支景卷第二

863
设网鬼

有一个小孩，带着几个伙伴在野地里放牛，忽然看见一个鬼在草地上到处设网，似乎是想用网捉人。这帮小孩偷偷取下了网，反而把鬼逮住了。

此鬼载于南北朝刘义庆《幽明录》

864
社公

古代以二十五家为一社，所以社是乡里组织的最小单位。社公，就是掌管一社的鬼怪，也被视作神，与土地公公类似。

晋代时，会稽人贺瑀生了病，梦见自己被一个小吏领着上天，看见一个架子，上层有印，中层有剑，任凭他取。贺瑀拿了剑，并没有拿印。小吏叹息说："可惜了，你没有拿印。如果你拿了，可以驱使一切精怪神灵，现在只拿了剑，就只能驱使社公了。"醒来，贺瑀的病就好了。过了不久，果然有鬼来，自称社公，甘愿为贺瑀驱使。

此鬼载于晋代干宝《搜神记》卷十五、宋代程大昌《演繁露续集》卷六

865
摄人鬼

明代，上虞有个八十多岁的老太婆，夏季的一天风雨大作之后，突然消失了。儿子寻找七八天也没结果，后来还是一个樵夫在山顶上看到老太婆坐在荆棘之中，才叫儿子将她带回家里。老太婆神志不清，几个月才恢复如初。

余姚郭家有个老女仆，在厨房里做饭，忽然也消失了。郭家四处寻找，后来在山中发现了她。老女仆说，她被三四个鬼拖抱，从屋脊上飞过，来到山中。郭家把她带回来，后来她又被鬼带走了。

此鬼载于明代田艺蘅《留青日札》卷二十八

866
参洞鬼

清代嘉庆年间，吉林有个参客进山采人参，来到天池，见有个山洞，觉得里头肯定有大人参，便钻了进去。走了几十步，里头黑暗无比，参客想返回，忽然看到光，便匍匐而进，里面顿时豁然开朗。

他远远看到几里之外，有两三间茅屋，走得跟前，见一个老头，穿着古代的衣服。老头说出的话，参客听不懂。老头指了指西边，他便往西走。

走了十几里，来到一处深涧，里面开满了鲜花，到处是人参。参客大喜，四处开挖，将人参装满了自己的背篓，正要往前继续采，忽然从沟里面走出来一个少女。少女生气道："青天白日，你这家伙竟敢偷我园子里的人参！背篓满了，还贪心不足！"说完，少女抓起一把沙子迎面撒过来。参客两眼被迷，看不见东西，知道少女是鬼，跪下来哀求。少女说："我不杀你，你赶紧走！要是碰到我母亲，你早没命了！"参客站起来，发现自己的眼睛好了，少女也不见了。他一口气跑了好几里，听到水声，找到了来时的路，明白自己已经在洞外。看了看背篓，里头的人参还在。

参客回去之后，卖掉人参，发了一笔大财。之后，他带着几个人想再次进入那个山洞，发现根本找不到了。

此鬼载于民国徐珂《清稗类钞》

867
神像鬼

南康郡有座宫亭庙，里头有座神像非常灵验。

东晋孝武帝在位时，有一个僧人来到庙前，庙里的神像看见他，睁开了眼睛。僧人很奇怪，就问神像。神像说："我认识你呀。"神像说出自己的名字，僧人发现竟然是自己死去的好朋友。

神像说："我罪孽深重，才会寄身在这个木偶里，你能不能帮助我早日解脱？"僧人当即为它斋戒诵经，并说："我能看看你的真身吗？"神像说："我长得很丑，不可现原形呀。"僧人再三请求，神像变成一条蛇，有好几丈长，把头垂在房梁上，聚精会神地听僧人诵经。后来，这蛇的眼睛里冒出血来，过了七天七夜，它就死了。

不久之后，这座庙也关了门。

此鬼载于南北朝刘义庆《幽明录》

868
生魂神

宋代，何薳与朋友许师正经过平江，晚上在一个村子中借宿，听到村人敲鼓聚集在一起举办赛神会，便去看热闹。这个神，号称"陆太保"，实际上是隔壁村子一户姓陆人家的儿子，是个正常人，但是每次有人相招，他的魂便会前来，所以也称之为"生魂神"。

他的灵魂来了之后，村民向其询问自身病情。即便是离几百里，他的灵魂也能飞到问诊的人家中探查情况。

许师正的妻子余氏去雪川探望母亲，结果生了病。许师正很担心，便跟着村民一起向生魂神祷告。生魂神答应了，并说："我已经到了你媳妇家，家人正在请僧人念《法华经》呢。屋子里诸佛降临，双手合十，气氛肃穆，我进不去。过了一会儿，邻居的妇女来看，举着两支蜡烛，那两支蜡烛是用牛脂做的，闻起来血腥无比，诸佛不喜离开，我才敢进屋。你妻子已经能吃点饭了，不必担心。"许师正听了，并不太相信，后来回到家检验一番，发现生魂神说的完全是对的。

此鬼载于宋代何薳《春渚纪闻》卷一

869
食毒鬼

食毒鬼是地狱中的一种恶鬼，先堕入地狱道，刑满后转生鬼道，饥饿时只能吃一种毒火，受烧身之痛。其前世曾在食物中下毒，而致人死命。

此鬼载于唐代释道世《法苑珠林》卷六

870
食法鬼

食法鬼是地狱中的一种鬼，常年饥渴不堪，瘦得皮包骨，只有靠听僧人说法解些许饥渴，维持精气不散。这是因为前世以营利为目的为人讲说佛法。

此鬼载于唐代释道世《法苑珠林》卷六

871
食风鬼

食风鬼是地狱中的一种鬼，常十分饥渴，但只能喝西北风，因前世见僧人来乞食，非但不给，反而作弄一番。

此鬼载于唐代释道世《法苑珠林》卷六

872
食火鬼

食火鬼是地狱中的一种鬼，饥渴时所食所饮立即化为烈火，被烧得痛苦号叫。其前世曾断人食粮，令人饿死。

此鬼载于唐代释道世《法苑珠林》卷六

873
食精气鬼

食精气鬼是靠吃人的精气为生的厉鬼。其前世为军官或士兵，战斗前与亲友相约，互相救护，实际上眼看他人苦战而亡也不救护，反依靠他人的掩护才逃得性命。

此鬼载于唐代释道世《法苑珠林》卷六

874
食鬘鬼

食鬘鬼是地狱中的一种鬼。有人用鲜花进行祭祀时，此鬼便于此时食花，虽身常饥渴，但也不能吃其他东西，因其前世偷盗装饰佛像的"华鬘"（鲜花编制成串的装饰物）来打扮自己。

此鬼载于唐代释道世《法苑珠林》卷六

875
食梦兽

食梦兽，也叫伯奇，是一种喜欢在人熟睡时，偷吃人做的噩梦的鬼怪。

伯奇是周宣王辅臣尹吉甫和前妻生下的孩子。后来尹吉甫娶了后妻，也生下了孩子，后妻就向尹吉甫说伯奇的坏话。伯奇很孝顺，不愿意去辩白，就跳进了江里。后来，尹吉甫知道伯奇是冤枉的，就射杀了后妻。

食梦兽，就是伯奇的冤魂所化。

此鬼载于南北朝范晔《后汉书》志第五、唐代段成式《酉阳杂俎》前集卷八、宋代赞宁《物类相感志》卷六

876
食气鬼

食气鬼是地狱中的一种鬼，常感到饥渴，但不能吃喝。其前世总是自己独享美食，不顾妻子儿女。

此鬼载于唐代释道世《法苑珠林》卷六

877
食肉鬼

食肉鬼是地狱中的一种鬼，此鬼奸诈而且相貌丑陋，为人憎恶。只能吃供祭的杂肉，不能吃别的东西。其前世为屠夫，将动物肢解切碎而称重售卖，并常常缺斤短两，或挂羊头卖狗肉。

此鬼载于唐代释道世《法苑珠林》卷六

878
食尸鬼

南北朝元嘉年间，南康县有个人叫区敬之，和儿子一起乘船出远门。傍晚时停船靠岸，来到一个人迹罕至的地方，在一所房子里歇息。

半夜区敬之突然发病猝死。儿子点着一堆火，守着尸体，忽然听到有哭声，有人喊着："阿舅！阿舅！"儿子又惊慌又疑惑，抬起头，看见那人已经走到跟前。对方披头散发，看不见脸，说是前来吊唁。儿子十分恐惧，就假装离开去找柴火，并暗暗观察。

只见那人坐在区敬之的尸体旁边大哭，用自己的脸覆盖住尸体的脸，尸体的脸部立刻皮肉皆无，很快尸体就变成了一具白骨，皮肉都没了。

此鬼载于南北朝祖冲之《述异记》

879
食水鬼

食水鬼是地狱中的一种鬼，心中焦渴异常，拼命喝水也不能缓解。其前世是曾以烈酒为水骗人上当，或不持斋戒的人。

此鬼载于唐代释道世《法苑珠林》卷六

880
食炭鬼

食炭鬼是地狱中的一种鬼，常不自觉地吞进火炭，烧得半死。其生前曾主管刑狱，虐待犯人，让他们忍饥挨饿。

此鬼载于唐代释道世《法苑珠林》卷六

881
食吐鬼

食吐鬼是地狱中的一种鬼，吃喝后会立即吐出。这大多是妇人的果报，生前其夫乐善好施，劝妇人施舍钱财，但妇人吝惜，积财不施。

此鬼载于唐代释道世《法苑珠林》卷六

882
食唾鬼

食唾鬼是地狱中的一种鬼，常感饥渴，又时常被扔入汤锅烧煮，只能食人的唾液和脏东西，因其前世以不干净食物打发乞食僧人所致。

此鬼载于唐代释道世《法苑珠林》卷六

883
食香鬼

食香鬼是地狱中的一种鬼，以香的烟气为食。其前世曾以劣质香当作优质香卖，赚取高额利润。

此鬼载于唐代释道世《法苑珠林》卷六

884
食小儿鬼

食小儿鬼是常吃婴幼儿的厉鬼。其前世曾假装做咒术，骗人财物，并无缘无故地虐杀猪羊；死后先下地狱，服满刑期，又堕入鬼道。

此鬼载于唐代释道世《法苑珠林》卷六

885
食血鬼

食血鬼是地狱中的一种鬼，只能于祭祀时，吃些带血的祭品，因其前世宰杀牲畜只自己吃肉，不给妻子儿女吃。

此鬼载于唐代释道世《法苑珠林》卷六

886
守金鬼

清代，湖北人戴香树跟着父亲游幕浙江。父亲死后，戴香树穷困潦倒，不能送父亲灵柩归乡，只能继承父亲的职业，做个刀笔小吏，后经父亲的旧友推荐，在丽水为人做幕僚。

一天，碰到一桩大案子，上司让戴香树起草文稿。戴香树水平有限，觉得自己写不好，想着以此为借口，辞职不干回老家。早晨起来收拾文稿，他惊讶地发现文稿被人修改过，写得极为周到详细。戴香树将文稿呈上去，上司大为欣赏，认为他是个人才，专门置办酒宴奖赏他。

戴香树喝得醉醺醺地回来，三更天酒醒，口渴无比，起来点灯，发现一个老头，庞眉皓首，坐于他的案子前，正在为他批文牍。戴香树仔细打量一番，发现并没有见过这个老头，赶忙问询。老头说："你不要惊讶，我是湖北人，和你是老乡，死在这里已经三十多年了。生前我在床底下埋了一千两银子，因为要守护这些钱，所以我并没有托生。如今见到老乡你是个诚实忠信的人，所以这才帮忙替你处理公文。如果你有一天要回去，还请你把这些银子交给我的儿子。以后的公文，你别管了，由我代劳。"戴香树赶紧拜谢，回去上床后，看见书房里磷光闪烁。

第二天，戴香树从床底下果然挖出了一千两银子。自此之后，老头每夜都出现，替戴香树处理公务。过了三年，戴香树因为差事办得不错，赚了不少钱，便带着积蓄以及床底下的一千两银子还有父亲的灵柩回到了湖北，并且如约将这笔钱交给了老头的儿子。

此鬼载于清代梁恭辰《北东园笔录》三编卷三

887 守桥鬼

守桥鬼，流传于广西、湖南、贵州等地的山区。民间认为，凡是建木结构的风雨桥或者石桥，附近村寨必有人去世后化为守桥鬼。

守桥鬼为善鬼，守护桥梁。因此每逢架桥，村寨里的独生子都远离本村和建桥工地。尤其是在立桥柱吉时之前的三四点钟，有独子之家就会打发独子出村寨，独子拼命奔跑，不能慢跑，更不能停步，直跑到听不见工地的架桥打锤声之处方能停下，等到桥梁架成方能回村寨。

此鬼载于当代徐华龙《中国鬼文化大辞典》

888 梳女

唐代，有个叫范俶的人，在苏州开酒馆。一天晚上，有个女子从门前经过，长得十分美丽。范俶就让那个女子住下来，女子刚开始不肯，后来就答应了。范俶点亮蜡烛，见女子用头发盖住脸，面对黑暗而坐。范俶抱住她，晚上和她幽会。天还没亮，女子说自己丢了梳子，离去了。离开之前，在范俶的手臂上咬了一口。天亮之后，范俶在床前发现了一把纸做的梳子，心里很惊慌。不久，范俶身体疼痛红肿，过了六七天就死了。

此鬼载于唐代戴孚《广异记》

889
鼠魂

岳松禅师，姓毕，在新城这地方的寺庵中修行，有一次听到轻微的响声，好像是苍蝇扇动翅膀发出的声音一般，吓了一跳，便得了怪病，终日将自己关在房内，吃喝拉撒都不愿意出来，而且不能说话。他得病两年多，虽然找了很多大夫，皆束手无策。

康熙四十年（1701年）秋天，平湖有个叫崔维岩的大夫来到新城行医，有人将岳松禅师的怪病告诉了崔维岩。崔维岩说："猫抓老鼠，突然蹦出，老鼠吓得丢了魂，趴在地上不动，猫才能手到擒来。有时候，人在旁边，老鼠的魂钻进了人的身体，代替了人的魂魄，就会生这种怪病。"崔维岩开了一些药给岳松禅师吃，禅师的病很快便好了。

此鬼载于清代钮琇《觚剩》续编卷四

890
树下住鬼

树下住鬼，住在树中，饱受热寒之苦。前人栽树，后人乘凉，本来是积阴德的事，但此类鬼前世偏心怀恶意，盗伐众人乘凉的大树而换取钱财。

此鬼载于唐代释道世《法苑珠林》卷六

891
双髻疟童

清代，苏州一个姓李的妇女，寄居在天津，不幸得了疟疾。

一天，李氏恍恍惚惚中看见一个如同猫的东西，跳到了自己的床上。仔细一看，是一个小童子，穿着绿色上衣、红色裤子，脚上一双红色的鞋子，头上扎着双髻，冲她笑。很快疟疾发作，李氏的身体一会儿冷一会儿热。这样过了几天，李氏觉得对方肯定是疟鬼，想把它赶走，但是又没办法。

一天晚上，李氏见童子跳到床上后，面露畏惧之色，往后退。她觉得奇怪，转过脸，见窗上放着一把西瓜刀，猜想这家伙怕刀。

第二天，李氏把西瓜刀放在自己旁边，童子果然不敢靠近。李氏拿起刀扔过去，童子发出吱吱的叫声跑掉了。李氏的病，也便好了。

此鬼载于清代李庆辰《醉茶志怪》卷四

892
双髻翁鬼

清源人杨某，担任清源郡防遏营副将。一天早晨，杨某前一天离家还未回，家里人正在吃饭，看见一只大鹅背着纸钱从大门进来，径直走入西边的房子中。

家里人很奇怪，说："这鹅难道是从神祠里来的？"家里人让奴仆去将其赶跑。奴仆进入房间，看见一个头扎双髻、胡子花白的老头坐在里面，回来禀告，一家人吓得够呛。

杨某回来，听说这件事，大怒，举起木棍向老头打过去。哪料想，那个鬼变化多端，根本打不到。杨某更加生气，道："我先去吃饭，吃饱了我再找你算账！"鬼双手叉腰，说："行！"

杨某有两个女儿。大女儿到厨房切肉给杨某准备食物，结果肉从砧板上掉下去就不见了。大女儿拿着菜刀跑出来，对杨某说："从砧板下伸出一只长满黑毛的手，跟我说：'请砍！'吓死我了。"大女儿随后生了病。

二女儿去大陶瓮里取盐，有只猴子突然从陶瓮里钻出来，跳到二女儿的背上。二女儿跑到屋外，猴子消失不见，二女儿也生病了。

杨某无奈，找来巫师，立起法坛要整治那个鬼。可那个鬼竟然也立坛作法，本事比巫师还要大。巫师无奈，只能离开。不久之后，杨某的两个女儿和妻子都死掉了。

后来，有个法术高深的人，叫明教，前来念了一晚上的经，那鬼大骂而去，从此再也没来。这一年，杨某也死了。

此鬼载于五代徐铉《稽神录》卷三

893
双石尸

双石尸，披头散发，头发赤红，穿着绯红色衣服，双目碧色，身高一丈多。它经常出现在山里，叫人的姓名，喜欢在石堆险峻处，让山崖崩塌滚下石头砸伤、砸死人。

这种妖怪，本体是死于山中崩石的孤魂，天地不收，江河不拘，多害生灵，损人性命。

此鬼载于宋代《太清金阙玉华仙书八极神章三皇内秘文》（收录于明代张宇初《道藏》）

894
水鬼箅

清代，有个米客到嘉兴贩米，经过黄泥沟，因为里面淤泥太深，就骑着水牛过去。刚走到沟中间，有一只黑手从泥里伸出来，抓住了他的脚。米客把脚缩回来，那黑手就去扯牛的腿，让牛无法动弹。米客很害怕，叫路上的行人来拉牛，牛也不起来。没办法，他用火把烧牛的尾巴，牛忍受不了疼痛，使尽全力从泥里跑出来，肚子下有把破箅帚，又腥又臭。米客用木棍击打箅帚，箅帚发出啾啾的响声，滴下的都是黑色的血。大家取来柴火把那把箅帚烧掉，附近臭了几个月。从此之后，黄泥沟再也没有淹死过人。

想来，那箅帚就是水鬼所化吧。

此鬼载于清代袁枚《子不语》卷二

895
水莽鬼

水莽，是一种毒草，藤蔓如同葛，开出的花紫色，像扁豆花，人如果误食立刻就会死亡，而且死后会成为水莽鬼。相传，水莽鬼不能轮回，必须有再被毒死的人代替它才行。所以楚地桃花江一带，水莽鬼很多，经常出来蛊惑人吃下水莽。

人如果被水莽鬼骗着吃下了水莽，知道鬼的姓名，只要找到这个鬼生前的旧衣服，放进水里面煮，然后喝下煮过的水，就能痊愈。

此鬼载于清代蒲松龄《聊斋志异》卷二

896
丝绵鬼

清代，婺源有个人叫汪启明，迁居到上河的一处院子，这院子是家族中一个进士的旧宅。

乾隆三十九年（1774年）四月，一天晚上，汪启明梦魇，十分痛苦，过了很久醒过来，看见一个鬼站在自己的睡帐前，高与屋齐。汪启明向来勇猛，站起身要抓鬼。鬼急忙向门外逃去，撞到墙，狼狈不堪。汪启明追过去，一把抱住鬼的腰。这时候，阴风四起，灯被吹灭。汪启明看不见鬼的面目，只觉得对方腰粗如陶瓮，全身冰冷。他大声呼喊家人，同时觉得抱着的那鬼，身体迅速缩小。

家人举着灯火赶来，发现汪启明手里握着一团腐败的丝绵。这时，窗外飞来无数的瓦砾，家人害怕，劝汪启明赶紧把鬼放走。汪启明大笑道："那些瓦砾不过是鬼党吓唬人，如果放掉了鬼，将来它们还会作祟，不如杀了此鬼，以一儆百！"言罢，汪启明左手握着那团腐败的丝绵，右手取来火把焚烧。腐败的丝绵碰上火，鲜血迸射，臭不可闻。等到天亮，邻居们闻到臭味，全都捂住自己的鼻子。烧鬼的地方，地上的血厚有一寸多，又腥又腻。

此鬼载于清代袁枚《子不语》卷五

897
死人头

新野有个叫庾谨的人，母亲得了重病，兄弟三个人都在跟前服侍。忽然听到母亲的床头有狗争斗的声音，家里人赶紧去看，没看到狗，发现一颗死人头在地上，有血，而且两只眼睛还能动。家里人很害怕，就在后院挖了一个坑把它埋了。第二天早晨家人去看，发现死人头钻了出来。再埋，又跑出来。后来，用砖头把这颗死人头埋了，它再也没出来。过了几天，庾谨的母亲就死了。

此鬼载于南北朝刘义庆《幽明录》

898
死煞

唐代，青龙寺有个禅师叫仪光，修为极其高深。开元十五年（727年），有个施主的妻子死了，请仪光到他家举行法事。仪光就在这个施主家里住了几天，给施主的亡妻举行了法事。

当时有种风俗——家里如果有人死了，都要向巫师询问死煞出现的时日，到了死煞出现的时候，家里人都会出去躲避。到了巫师说的死煞出现的那天夜里，这个施主的家人都出去了，但忘了告诉仪光。

仪光待在房间里，突然听到外面传来开门的声音，看见一个妇人走出正屋，好像是到厨房里准备吃的，接着打水弄火。

仪光以为是这家里的人，就没有在意。等到快要天亮时，妇人吃完饭，端着盘子上前来，只戴着面纱，光着脚，对仪光施礼说："这次请师父你来做法事，真是辛苦了。今天晚上家里人都出去了，所以弟子我来给你送饭。"仪光看了她一眼，就知道这是死去的那个人，接过她的饭，开始诵经。

正在这时，听到正屋北门有声响，死煞变得很恐慌，说："儿子来了。"说完，赶紧跑进了正屋。过了一会儿，仪光听到哭声，施主的家人接着前来见他，问他有没有事。看见碗里的粥，施主问仪光："我们全家昨天晚上去躲避死煞了，忘记告诉师父你，家里没有别人，这粥是谁做的呢？"仪光笑而不答。

这时，婢女惊慌失措地前来禀报，说："死去的女主人尸体横卧，手上有面迹，脚上沾有泥土，不知道怎么回事。"仪光指着那碗粥，把事情说了一遍，那家人非常惊讶。

此鬼载于宋代李昉等《太平广记》卷三百三十（引《纪闻》）

899
四目肉

唐代大历年间，有个叫韦滂的人，膂力过人，胆子也大，经常走夜路，丝毫不害怕。韦滂擅长骑马射猎，常常把弓箭带在身上，不仅猎取飞鸟走兽煮烤而食，就连蛇、蝎、蚯蚓、蛞蝓、蝼蛄之类也不放过。

一次，韦滂离开长安去拜访朋友，眼看天快黑了，朋友家还很远，就想去找地方投宿。正不知去往何处，忽然望见有户人家，子弟正要锁门，搬出去。韦滂上前去求宿。主人说："邻居家有丧事，今天是头七，所以我们全家都要到附近找地方躲一躲，明天再回来。"韦滂说："我不怕，只求在你家住一晚。"主人就把他领进宅子，安排他住下。

韦滂让仆人把马拴到马槽上，在堂中点上灯，又让仆人到厨房做饭。吃完饭，他让仆人睡在另外的屋里，自己把床摆在堂中，打开两扇门，熄了灯，拉开弓，坐在那里。

快到三更的时候，韦滂忽然看到一团光亮，像大盘子，从空中飞下来，来到厅北的门扇下面，光芒耀眼。韦滂拉满了弓射过去，一箭正好射中，那东西发出巨响，一抽一抽地好像在动。韦滂连射三箭，光亮渐渐减弱，最后不能动了。韦滂喊仆人拿灯烛来一照，发现原来是一团肉。肉的四面都有眼睛，眼一睁开，就会放光。韦滂笑着让仆人把这四眼肉给煮了，没想到吃起来鲜美无比，便给主人也留了一块。

天亮了，主人回来，见到韦滂没事，很高兴。韦滂将昨晚杀鬼的事情说了一遍，又献上留给主人的肉，主人惊叹不已。

此鬼载于宋代李昉等《太平广记》卷三百六十三（引《原化记》）

900 伺便鬼

伺便鬼是地狱中的一种鬼，浑身毛发常常自燃，以食旁人排出的秽气而存活，皆因前世诈骗钱财，不修福业而致。

此鬼载于唐代释道世《法苑珠林》卷六

901 伺婴儿便鬼

伺婴儿便鬼是地狱中的一种鬼，以食婴儿大小便为生，而且常加害婴儿。其前世曾杀害婴儿，性情暴躁。

此鬼载于唐代释道世《法苑珠林》卷六

902 送凉鬼

清代，崇明人李杜诗，已经七十多岁了，带着几个学生去参加科举考试。他们从崇明来到苏州时，已是黄昏，找不到住宿的地方，便在东南门柏家厅的一栋楼中栖身。

当时是六月下旬，天气炎热。学生们舟车劳顿，早早躺下睡觉了。李杜诗睡不着，听到楼下传来窃窃私语声。一个声音说："这么热的天，楼上的这些人难道不热吗？我们晚上无事，不如上楼为他们消暑，如何？"接着听到楼梯响，好像有人上来。

李杜诗向来胆子大，也不害怕，偷偷观察。过了一会儿，一群鬼来到床前，每个鬼手中拿着一把蕉扇。这些鬼，有的没有头，将扇子插在脖子上，不停像点头那样扇风；有的没有手臂，将扇子插在肩膀上，围着床猛跑，借此扇风。几十个鬼里面，没有一个是四肢俱全的。

又过了一会儿，其中一个鬼说："房间里有个进士，我们要不要先去给他送清凉？"接着有鬼说："某某虽然是个秀才，但是你们也不能狗眼看人低，我来为他驱暑！"

这群鬼忙来忙去，唯独不为李杜诗扇风。等它们扇完了，快要下楼时，忽然齐声道："哎呀！忘了给老贡生扇风了！"说完，每个鬼高举着扇子，呼啸而去。

李杜诗将学生们叫醒，问："今天晚上，是不是很凉爽？"学生们都说是。李杜诗将事情告诉学生们，学生们很是吃惊，不敢再睡了。

第二天早晨，李杜诗向当地人打听情况。一个老头说："明末兵乱时，有一百多个百姓，藏在此楼中，被清军屠杀殆尽。一百多年来，这栋楼一直闹鬼。"

当天，李杜诗和学生们便离开了这栋楼，搬到别处住宿了。

此鬼载于清代钱泳《履园丛话》丛话十五

903
诵佛鬼

宋代熙宁初年，崔禹臣担任潍州北海知县。冬天的一个夜晚，他坐在房里读书，听到窗外小花园里传来环佩叮当之声，又听到有人在诵佛经。

当时月华朗照，崔禹臣往外看，见一个东西身高七尺多，全身长满白毛，嘴里念念有词，赶紧命人将其抓住，竟然是个鬼，脸色乌黑，头发蓬乱，身上挂满了水草，草叶上有很多冰凌，走起来发出叮当的响声。

崔禹臣用木棍揍它，鬼大叫："你有灾，我特意前来为你诵经消灾，你为什么揍我呀？"崔禹臣不听，让手下人持棍一起打，甚至用刀砍、用火烧，也杀不死这鬼。鬼越来越小，最后只有三尺多高。天亮后，崔禹臣将鬼扔进了水里，鬼跳起来一丈多高，身材恢复如旧，接着消失得无影无踪。

这一年，崔禹臣摊上了官司，被罢了官。

此鬼载于宋代张师正《括异志》卷九

904
苏小妖

苏小妖，形态如同一个年轻的男子，出现的时间不定，有时在黄昏，有时在黎明，碰到人便会背着身子而走，凡是见到的人，都会生病死掉。

这种妖怪，乃是死于伤寒的人所化。

此鬼载于宋代《太清金阙玉华仙书八极神章三皇内秘文》（收录于明代张宇初《道藏》）

905
肃霜之神

河南郡有个叫阳起的人，字圣卿，小时候患疟疾，在土神庙祭祀时得到了一部书，书名叫《谴劾百鬼法》。后来他做了日南郡的太守。一日，他的母亲在厕所里看见一个鬼，光脑袋就有好几尺长。母亲回来后告诉了阳起，阳起说："这是肃霜之神呵。"随即阳起将它喊来。

这个肃霜之神就变作了一个仆人，去京城送信，早晨出发傍晚就回来了。它发威时可以抵挡千人之力。有个人跟阳起有过节，它便派肃霜之神深夜赶到那人床前，张开两手，眼睛瞪得通红，大舌头拖拉到地上，差一点儿把那人吓死。

此鬼载于南北朝刘义庆《幽明录》

906
獭鬼

长洲人徐某，虽然富有但是极为吝啬，即便是亲友前来借钱，也从来不会答应。徐某的儿子还未成年，心地很好，经常私底下拿出钱接济前来求助的人。徐某知道此事后，十分生气，说儿子不孝，等借钱的客人来了，当面用棍子打儿子，以此断绝儿子和人往来。

过了不久，儿子生病，医药难治，有人说用獭肝可以治好。徐某花重金买了一只小獭，取下它的肝脏，还没给儿子吃，獭鬼便来索命。徐某找了不少人前来作法，毫无效果。后来儿子病重而死，他家也变得一贫如洗。

此鬼载于清代钱泳《履园丛话》丛话十六

907
踏歌鬼

唐代长庆年间，有人在河中舜城北鹳鹊楼下见到两个鬼，各高三丈许，穿着青衫白裤，相互挽着手，唱着歌："河水流涓涓，山头种荞麦。两个胡孙门底来，东家阿嫂决一百。"唱完了，二鬼隐然而没。

此鬼载于宋代李昉等《太平广记》卷三百四十六（引《河东记》）

908
螳螂鬼

清代乾隆末年，苏州忽然出现飞虫，夜里出来伤人，尤其是孩子，一见到昆虫就哭泣不止，不少孩子因此生病死掉。此事闹得人心惶惶，家家一到晚上关门闭户，不敢外出。

黄鹂坊有个姓张的老太太，寡居多年，膝下只有一个小孙子，爱之如命。小孙子刚刚十岁，看到一只螳螂，受到惊吓，患病而死。张老太悲痛欲绝，每天去外面购买螳螂，回到家中举起棒槌击杀。

有一天，她又从集市上购买了许多笼螳螂，正要捶死来祭奠亡孙，听到笼子里传来小孩的哭泣声。张老太惊讶万分，打开笼子，发现小孙子站在里面，哭着说："奶奶你别杀螳螂了，阴间因为我好杀虫所以才让我死掉，现在奶奶你又因为我杀了这么多螳螂，搞得我罪孽深重，阴司罚我五百劫内都要成为螳螂。"说罢，小孙子拉着张老太的手，放声大哭。

张老太很难过，忍不住抚摸着小孙子的头，发现孙子不见了，只有一只螳螂落在自己的衣袖上，昂着头看着自己。

此鬼载于清代梁恭辰《北东园笔录》三编卷三

909
讨债鬼

清代，常州有个学究，靠在私塾里教书为生。学究有个儿子，儿子三岁时，他的妻子就死掉了。家中没有其他人看护儿子，学究就带着儿子在私塾里养育。等到儿子四五岁时，就教他识字读书。十五六岁时，儿子已经把四书五经背得滚瓜烂熟。学究多年辛辛苦苦，省吃俭用，见儿子长大了，就想给儿子找个媳妇。

正要去下聘礼，儿子忽然生了大病，赶紧把学究喊来。学究问："你喊我干吗？"儿子说："你前世和我合伙做买卖，借了我二百多两银子，有件事扣掉一些，现在还应该还我五千三百文钱，赶紧还我，我得走了！"说完，儿子就死掉了。

人们都说，这孩子是个讨债鬼。

此鬼载于清代钱泳《履园丛话》丛话十五

910
踢球鬼

清代，方苞有个仆人名胡求，三十多岁，经常服侍在方苞左右。方苞奉旨在武英殿修书，胡求跟着前往，住在裕德堂。

深夜，胡求见两个大鬼出现在堂外的台阶下，通体青黑色，身上的衣服有些小，不太合体，袖子也短。胡求害怕，掉头想跑。东边的那个大鬼，穿着红袍，头戴乌纱帽，身高一丈多，一脚将胡求踢倒，胡求滚向西边。西边的那个大鬼，穿着打扮和东边的那个一样，又一脚将胡求踢到东边来。两个大鬼一来一往，将胡求当球踢着玩，一直到五更鸡叫才离开。胡求被发现时，昏迷不醒，全身青肿，体无完肤，几个月后才痊愈。

此鬼载于清代袁枚《子不语》卷一

911
天池庙主

宋代，麟州、府州二州为西北屏障，朝廷命王氏守麟州、折氏守府州，世代延续。

麟州城外有座天池庙，殿堂雄伟，郡守每个月都会亲自前往祭奠。宣和末年，王家一个子弟官任团练，按照朝廷规定，接了长辈的班，担任郡守。

一日，王某到庙里参拜，忽然让随从们离去，独自进庙，关上了大门。随从们觉得奇怪，偷偷趴在门上听动静，听见里面传来歌舞声、觥筹交错之声，似乎有宴会，欢声笑语。王某出庙后，喝了不少酒，上马回家，告诉妻子："我已受命担任天池庙主，等庙没了，才能上任。"

一个月后，天池庙发生大火，一百五十间房屋悉数被烧毁。

王某对家人说："我要死了。死后，你们不要再建庙，只需建三间大殿，也不要装修，在屋里立起帐幕就行。每个月初一来祭拜我，有什么吉凶我会提前告诉你们。一年之后，才能为我塑像。三年之后，你们才能盖别的殿堂、屋舍。"这天晚上，王某果然死了。

家里人按照他说的办。王某虽然死了，但是仍待在大殿的帐幕之中，说话和没死时一样，能够提前预测吉凶，灵验无比。

一天，王某突然悲伤地对子孙说："形势不好，我要离开了。我们家不能在麟州待了，你们赶紧收拾东西，逃得远远的。只有这样，全家人才能活命。"家人问："逃到什么地方去呢？"王某说："只有四川好。"

家里人迟迟下不了决心，王某再次出现，怒道："怎么还不动身！再不走，大祸就要来了！我今天就走了！"子孙赶紧答应，正要退下，看见火从香炉中升起，很快将那三间大殿烧毁。

于是，王家人当天启程，离开麟州，赶往四川。果然，这一年，麟州被西夏攻破。

此鬼载于宋代洪迈《夷坚志》支庚卷第三

912 挑生鬼

挑生鬼是蛊鬼的一种。清代，广东东部许多山区的县邑，当地人精通下蛊，蛊鬼中的挑生鬼，能够改变货物的轻重，它钻入货物就能让货物的重量增加，跑出来就会让货物的重量减轻，以此来坑害货商，为主人谋取利益。商旅投宿时，如果发现对方家中十分整洁，便知道有挑生鬼存在，就会在吃饭喝水前嚼甘草，这样挑生鬼便无法作祟。

广西有一种巫术，对鱼肉作法，让人吃下，鱼肉就能够在人的肚子里生长，让人死掉。相传死掉的人会变成挑生鬼，供主人驱使。破解这种巫术的办法也很简单，如果吃下鱼肉，觉得肚子里不舒服，赶紧吃下一升的麻油或者郁金，就能好。

此鬼载于宋代周去非《岭外代答》卷十、清代屈大均《广东新语》卷二十四

913
条了精鬼

条了精鬼，经常带着三四个打扮成差役的小孩，会变化成各种形象，有时是驴首人身，穿着黄色衣服，脸色赤红，拿着一个皮囊，里头带着邪气，喜欢到处乱跑，散布邪气，让人生瘟疫。

这种鬼，出自五行不正之气，是人的强魂所化。

此鬼载于宋代《太清金阙玉华仙书八极神章三皇内秘文》（收录于明代张宇初《道藏》）

914
铁臼

东海人徐甲，前妻许氏，生下一个男孩，取名铁臼。生下孩子不久，许氏就死了。徐甲又娶了陈氏，陈氏凶狠残暴得很，总想杀死前妻的孩子。陈氏后来生了一个男孩，刚生下来就暗自祈祷说："你若不除掉铁臼，就不是我的儿子。"因此她给孩子取名叫铁杵，想要用铁杵捣碎铁臼。

陈氏常常捶打铁臼，用各种办法让铁臼受苦，饿了不给吃的，冷了不给穿的。

徐甲生性糊涂软弱，又多半时间不在家，陈氏虐待铁臼更加肆无忌惮。后来，可怜的铁臼又冷又饿，被陈氏用木棍打死了，死时才十六岁。

死后十多天，铁臼变成鬼回家，登上陈氏的床说："我是铁臼，我实在没有什么过错，无故被你残害。我的母亲上天诉冤，得到天官的命令，来洗刷我的冤仇。该当让铁杵得病，和我遭受一样的痛苦。我自有要走的时候，但我现在要住在这儿等待。"家里的人看不见铁臼的形体，但都能听到他说话。

　　陈氏跪着道歉，一次又一次地祭奠。鬼说："不用这样，让我挨饿、打死我，怎么是一顿饭就能补偿得了的呢？"陈氏在半夜时暗自提起这些事，鬼就应声说："为什么说我，我现在要锯断你的屋子。"接着家人就听到锯声，木屑也随着落下来，哗啦一声响，就好像屋子真的崩塌了一样。全家吓得都跑出来，拿来蜡烛照着一看，没有一点儿异样。

　　鬼又骂铁杵说："杀了我，你安安稳稳地坐在屋子里高兴了吗？我该烧你的屋子。"接着，大家就见火燃起来，火越烧越大。屋子内外一片混乱，不一会儿又自己灭了。茅草还同以前一样，不见一点儿减少或是损坏。

　　鬼每天都责骂他们，有时还唱歌，歌声非常悲伤凄凉。那时铁杵六岁，鬼来时，他就生病了，肚子大，喘不上来气，吃不下饭。鬼还经常打他，被鬼打的地方就有青色的印记，一个多月后就死了。鬼也从此安静了。

此鬼载于南北朝颜之推《冤魂志》

915
偷吃鬼

　　东晋义熙年间，刘遁在家为母亲守丧，有一个鬼来到家里住下了。这鬼又搬桌椅又挪床，常把器具打翻损坏，又骂又叫，又哭又闹，还好偷吃，家里的仆人都不敢得罪它。有一次，刘遁让弟弟看家，回来一看弟弟的头被绳绑着吊在房梁上，慌忙跑去解下来。弟弟已丢了魂，一个多月后才好转。刘遁每次做饭，饭刚要熟就没了。于是刘遁就偷偷买来毒药野葛，煮成粥。鬼又来偷吃，接着刘遁就听见屋子北面鬼在呕吐，从此鬼就没了。

　　有个叫刘他的人，有天忽然有个鬼来到他家里。那鬼和人一样，穿着白布裤。从那以后，几天就来一次，也不隐形，还不走。这鬼爱偷吃东西，虽然不害人，但也很讨厌，刘他又不敢骂它，只能默默忍受。

　　有个叫吉翼子的人，和刘他关系很好，为人正直不信鬼，听说这件事后，就到刘家来，说："你家的鬼在哪里，把它叫来，我替你骂它！"这时就听见屋梁上有声音。当时还有很多客人在，大家一齐抬头看，鬼就扔下一个东西来，正好扔到吉翼子的脸上，拿下来一看，是刘他的妻子的内衣，惹得大家都笑起来。吉翼子非常羞愧，洗了脸跑了。

有人对刘他说："可以下毒药药死鬼！"刘他煮了二升野葛汁，偷偷拿回来，让妻子拌在肉粥里，放在桌上，用盆盖好。不一会儿，夫妻俩就见鬼从外面进来，揭开盆子取肉粥。鬼吃了几口就把盆摔破跑出去了，然后就听见鬼在房外呕吐，而且愤怒地敲打窗户。刘他事先已有防备，就和鬼打斗起来。鬼始终没敢再进屋，到四更时分，终于逃掉了，从此再也没来。

此鬼载于晋代陶潜《搜神后记》卷六、
宋代李昉等《太平广记》卷三百一十九（引《广古今五行记》）

916
偷儿鬼

唐代开元年间，东京洛阳安宜坊有个书生，夜里关门整理书籍，忽然看见从门缝里露出个脑袋。书生喝问对方是什么人，对方回答说："我是鬼，想和你一起玩玩。"鬼邀请书生出门，书生就跟着它出去了。不过，书生留了个心眼儿，从出门开始，一边走一边用脚在地上画十字，留下记号。

走出安宜坊，到了寺门铺，不久，又到了定鼎门，鬼领着书生一直走到了五桥，道旁有一座房子，窗户发出光亮。鬼就背着书生来到房顶，从天窗往下看，但见一个妇女，对着生病的小孩啼哭，丈夫在旁边哈欠连天。

鬼从天窗跳进屋里，用手遮挡灯光。妇女十分害怕，拉着丈夫说："儿子现在快要死了，你怎么还忍心贪睡？家里好像进来了什么东西，你赶紧把灯弄亮！"丈夫起来添灯油，鬼趁机拿出一个布袋，将那个孩子装在里面，背了出来。

鬼将书生送回家，十分感激地说："我奉地下阎王的命令，来偷这个小孩。要完成这事，必须要有活人做伴，所以这次麻烦你了。"说完，鬼就离开了。

第二天，书生把这件事情告诉了朋友，朋友都不信。书生就带着他们顺着地上的记号找到了那家人，果然，那家人的儿子在昨晚不见了。

唐代有个叫裴盛的人，白天睡觉时感觉自己的灵魂忽然被一个鬼拉走。鬼说："跟我走，陪我去偷一个小孩。"鬼领着他，来到一户人家，看见父母把儿子夹在中间。鬼挥了挥手，孩子的父母就都睡去了。鬼让裴盛抱孩子出来，接过孩子后，鬼伸出手使劲一推，裴盛就觉得自己的灵魂跌入了身体，醒了过来。

此鬼载于唐代戴孚《广异记》

917
土伯

土伯是传说中阴间幽都的统治者。幽都位于阴森恐怖的幽冥世界，《山海经》曾记载：北海之内，有一座山，叫幽都山。黑水从那里流出，上面有黑鸟、黑蛇、黑豹、黑虎、黑色蓬尾的狐狸。土伯的样子很可怕，手上拿着九条绳子，头上长着尖锐的角，隆背血手，飞快地追逐着人，三只眼，老虎头，身如牛，把人当美味。

此鬼载于战国屈原等《楚辞》

918
兔鬼

司农卿杨迈年轻的时候喜欢打猎，有一次，他在长安放鹰狩猎，远远看见草丛中有一只兔子跳跃前行。鹰看见了，从天空中飞下去捕捉，可扑下去后，发现那只兔子消失了。

杨迈收了鹰，正准备离开，回头看了一下，那只兔子又出现了，放出鹰，又没抓住兔子，如是再三。杨迈觉得奇怪，走到兔子出现的地方，割除了厚厚的野草，发现下面有一具兔骨，原来碰到了兔鬼。

宋代，洪迈妻子的叔叔张宗正，家住在方城的麦陂，喜欢打猎。张宗正家的祖坟旁边，林木茂密，禽兽成群，他和徒弟拉起名叫漫天网的大网，一网能捕获几百只动物。有时候来不及拾取，有些无赖骑马奔驰，压死动物无数。如此狩猎，即便是风雪天张宗正也不停止。

靖康之难后，张宗正逃往南方。绍兴九年（1139年），他和哥哥一起住在无锡，依然醉心于打猎。

一次，他在明阳观旁边打到一只耳朵上有伤的小兔子，随即得了癫狂病，将自己的猎具全部焚烧丢弃，然后建了一间屋子独自住在里面。不久，张宗正看到两个兔鬼口作人言，一个说："我已经三百岁了，住在张家东坟。"另外一个说："我一百八十岁，住在明阳观旁边，曾经被老鹰抓伤了耳朵，不久前被张宗正打死。现在，他得偿命！"当时很多人都听到了这两个兔鬼的话。

张宗正得病几个月，渐渐恢复，但是精神恍惚如废人，十年后死去。

此鬼载于五代徐铉《稽神录》卷二、宋代洪迈《夷坚志》甲志卷第十六

919
瓦溺鬼

清代，广州甜水巷有个旗人姓丁，一天在集市上买了个尿壶，带回来放在床旁边。

晚上丁某起来小便，见壶口被封住了，拿起来很沉重。

他觉得奇怪，仔细查看，发现壶口内外都用黄蜡密封着。丁某打破尿壶，看见有个三寸高的小黑人跳跃而出，顷刻之间长成了八九尺高，穿着黑色的布袍，手里拿着利刃，想要杀丁某的妻子。丁某拔剑和它搏斗，到鸡叫时，对方才消失不见。

第二天晚上，那鬼怪又出现，丁某再次和它搏斗。一连十几天都是如此。

邻居听说了这件事，就告诉丁某的妻子："我听说五仙庙法师擅长制服妖怪，你赶紧去请法师来。"这天晚上，那鬼怪来到邻居家，大声骂道："我和丁某的妻子有三世的孽仇，一直打官司打到阴曹地府，她的父母兄弟都死了，只有她还活着，我要将她家的人杀光，才能报仇雪恨！这件事和你无关，你怎么能让她找法师来对付我呢！"骂完，这鬼怪将邻居家的所有东西都砸坏，愤愤出门，消失不见了。

从那之后，它再也没来，丁某的妻子也安然无恙。

此鬼载于清代钮琇《觚剩》续编卷四

920
亡人瓮

会稽人朱宗之，经常去参加葬礼，发现尸体入殓时，距离尸体头部三尺多的地方，有个青色的状如倒扣的陶瓷的东西，如果有人站在那个地方，它则消失，人离开了，它又出现。朱宗之说，人入殓时，鬼都会回来。

此鬼载于南北朝刘义庆《幽明录》

921
亡人衣

衣服是人的贴身之物，古代传说人死之后，尤其是有怨念的人，灵魂就会附在衣服上作祟。人即将死的时候，因为阳气衰竭，自己的衣服也会作祟。

张华是西晋时期著名的政治家、文学家，是张良的十六世孙，是唐朝张九龄的十四世祖，后来赵王司马伦发动政变，把他杀害了。张华被处死前，刮了一阵大风，吹走了衣架上的衣服，其中有六七件，像人一样直立地靠在墙壁上。

清代，有个叫张衣涛的人，即将把女儿嫁出去。家里人把嫁衣放在床上，嫁衣忽然自己坐起来，如同里面有人穿着一般。女儿吓得跑走，衣服跟在后面穷追不舍，家人听到动静赶过来，衣服才突然倒地。女儿没出嫁就死掉了。

也是清代，有个叫郭式如的人，在北京的市场上买了一件丝绸袍子，放在凳子上，那衣服突然如同人一样坐起来。郭式如检查那件衣服，发现领子上有血痕，大概是曾经被处死刑的人穿过的衣服，就丢弃了。

清代有个叫傅斋的人，在集市上买了一件绿色的袍子。有一天，傅斋锁门出去，回来的时候发现钥匙不见了，以为丢在床上，就站在窗边往里看，结果看到这件袍子竟然直直地站立在屋中，就如同有人穿着一般。傅斋吓得大叫起来，急忙叫来仆人。大家商量，觉得还是把这件袍子烧掉为好。

有个叫刘啸谷的人，这时候正好在傅斋的家里。他说："这肯定是亡人衣。人死掉了，魂附在衣服上。鬼是阴气凝结所成，见到阳光就会散去，放在阳光下暴晒就好了。"于是，傅斋让人把这件袍子放在太阳底下反复晒了几天，再放在屋子里，让人偷偷地查看，发现衣服没有直立起来，也再没有发生什么怪异之事。

> 此鬼载于南北朝刘义庆《幽明录》、清代李庆辰《醉茶志怪》卷二、
> 清代纪昀《阅微草堂笔记》卷六

922
魍魉

魍魉是一种很有名的鬼，在中国古代传统文化中，有时成了鬼的代名词。

传说上古时颛顼氏有三个儿子，死后都成了鬼：一个居住在江水，叫疟鬼；一个居住在若水，叫魍魉鬼；一个喜欢跑到人家里，惊吓小孩，所以叫小儿鬼。

根据记载，魍魉喜欢吃死人的肝脏，惧怕老虎和柏树，所以坟墓旁边多种植柏树，并且雕刻老虎的石像，就是为了赶走它。

山西山阴县有个进士姓高，在他没有考中进士之前，他的父亲靠当佣人为

生。有一天，高父傍晚回来，看到一个个子十分高大的鬼在路边，身体靠着人家的屋子，腰倚在屋檐上。这个鬼手里捧着一个孩子，对孩子说："我本来是想吃掉你，但你命中注定会当上九品官，有三千亩的田地、很多屋舍，而且你还会有两个儿子，所以我不忍心了。"说完，大鬼把孩子放在屋瓦上，转身离开时，看到了高进士的父亲。

高父喝了酒，也不怕，心想："这个鬼连孩子都不忍心吃，恐怕就更不会吃我了。"于是，高父对鬼说："我听说长得很高的鬼，叫魖魖，能让人富贵。我求求你，让我也变得有钱吧。"鬼不答应，让高父马上离开。高父一个劲儿地恳求。魖魖没有办法，从袖子里掏出一根绳子，上面绑着一根竹竿，交给高父，就拂袖而去了。

高父回来告诉妻子，搬来梯子，将魖魖丢弃的婴儿抱了下来。第二天，听说乡里有个姓冯的人丢了儿子，到处寻找。高父将孩子交给姓冯的人，并且把魖魖的话告诉了他。姓冯的人很高兴，拜高父为干爹。后来，这个小孩果然长大当官，成为山西巡检。正如魖魖所言，高家也因此致富，子孙都考取了功名。

此鬼载于晋代干宝《搜神记》卷十六、南北朝任昉《述异志》、唐代段成式《酉阳杂俎》前集卷十三、清代袁枚《续子不语》卷七

923
喂儿鬼

宋代，卢知原担任某处知州时，当地有个军卒的妻子生下孩子后没过一年便死了。奇怪的是，下葬后，军卒的妻子每晚都回来给孩子喂奶，军卒跟她说话，她也不搭理。

军卒说："生死异路，孩子喝死人的奶，恐怕不太好。"亡妻听了，还是没说话。

时间长了，军卒既害怕又怀疑，心想："不一定是我死去的妻子，或许是别的鬼干的。如果不除掉，恐怕对我的孩子不利。"于是，军卒暗自将一把刀放在席下，等晚上对方来了，举刀砍了过去，对方应声而灭。

第二天，军卒睡觉还没起来，听到敲门声，打开门，是捕快。捕快抓住他，说："你杀了人！"原来，捕快发现他家门口有血迹，顺着血迹一路追踪，找到军卒亡妻的墓上，见一具尸体趴在上面，腰上中刀，血流满地。

军卒说他并没有杀人，跟着捕快去看那具尸体，见的确是死去的妻子。军卒将事情禀明官府，邻居也作证说他的妻子的确是病死的，而且已下葬多日。官府命人挖开坟墓，打开棺材，里头空无一物。

此鬼载于宋代郭彖《暌车志》卷四

924
瘟鬼

古人认为，瘟疫是由鬼怪传播而生的。天府中有瘟部，其中有瘟神和行瘟之鬼。它们经过的地方，就会传染瘟疫。

宋代乾道元年（1165 年），江西豫章南边数十里有个叫生米渡的渡口，有个僧人告诉把守渡口的官吏："一会儿会有五个穿着黄色衣服带着竹笼的人过来，一定不要让他们渡河，否则会招来大祸！"说完，僧人写下三个奇怪的字，交给官吏，告诉他，如果对方非要过河，那就把字给他们看。

晌午时分，果然有五个穿着黄色衣服背着两个竹笼的人走过来，要求登舟过河。官吏不答应，这五个人就破口大骂。官吏将僧人写下的那张纸给他们看，五个人看了，把竹笼丢在岸边，狼狈离开。

官吏打开竹笼，发现里面有五百具小小的棺材。官吏让人把棺材烧了，又把僧人写的那张符咒传给周围的家家户户。那一年，周围发生了瘟疫，唯独这一带没有。有懂行的人，说那五个人就是瘟鬼。

清代乾隆年间，有个叫徐翼伸的人到湖州拜访朋友。天气炎热，徐翼伸在书斋里洗澡，忽然发现窗外有人喷气，案头上的鸡毛掸子盘旋不已。徐翼伸大喝一声，茶杯、浴巾都飞出窗外。徐翼伸很是害怕，急忙叫仆人来，看见一团黑影，在屋顶的瓦片上盘旋，很久才消失不见。

徐翼伸坐在床上，很快，鸡毛掸子又动了起来，而且发出熏天的臭气。徐翼伸抓住它，发现鸡毛掸子十分冰冷。过了一会儿，有人说话，如同鹦鹉学语一样，对方说："我叫吴中，从洪泽湖来，被雷吓到了，所以躲在你这里，还请你把我放回去。"徐翼伸问："现在我们这里出现了瘟疫，你是不是瘟鬼？"对方说："是。"徐翼伸说道："既然你是瘟鬼，我就不能放你了，以免你出去害人。"瘟鬼说："有药方可以避开瘟疫，我可以把这个药方献给你。"

徐翼伸记下了药方，本想放了在鸡毛掸子里藏身的瘟鬼，又怕放了之后它出去干坏事，就把鸡毛掸子封进一个大罐里，丢进了太湖。

瘟鬼留下的药方是这样的：雷丸四两，飞金三十张，朱砂三钱，明矾一两，大黄四两，水法为丸，每服三钱。后来，苏州太守赵文山向徐翼伸要这个药方，救济当地得了瘟疫的人，凡是服下药的人都痊愈了。

此鬼载于宋代洪迈《夷坚志》乙志卷第五、清代袁枚《子不语》卷七

925 乌鬼

唐代，裴度任江陵节度使的时候，派军将谭弘受、王稹出使岭南。走到桂林馆，二人被一群乌鸦的噪声所困扰，王稹用石头打它们，一只乌鸦被击中头部，坠下来死在了竹林里。同行的谭弘受忽然生了病，头疼不能前行，让王稹先走，并嘱托王稹通知自己的家人前来接自己回去。

过了不久，裴度做了个梦，梦见谭弘受说："我在途中被王稹杀了，他抢了我的财物，把我的尸体埋在了竹林里。两天内，王稹应该到达，希望长官你将他依法查办。"两天后，王稹果然来了。裴度将其交给官府，严刑拷问，结果过了十来天，谭弘受也回来了。大家十分诧异，等知道了王稹击杀乌鸦的事情，才知道是乌鸦的鬼魂蒙骗裴度，想借刀杀人为自己报仇。

此鬼载于唐代李肇《唐国史补》卷上

926 於菟大鬼

清代，天津人王小亭借住在武遂盐馆，他嫌弃房子太小，见后院有一栋三层小楼甚是宽敞，便搬进去住。这栋楼久无人居，传说有怪异，王小亭倒是不以为意。

过了几天，王小亭梦见和一个美丽女子同床共枕，而且一连几天都是如此，心中觉得怪异。一天晚上，他假装入睡，见一个女子姗姗而来，掀开他的被子。王小亭一把将其抱住，发现对方就是出现在自己梦中的那个女子。尽管知道女子是妖怪，可王小亭喜欢她的美貌，依然和她相处。

一段时间后，王小亭得了重病，医药无效，眼见得就要死了，对女子道：

"我们两个感情很好，你看，我现在就要死了，为了我的性命着想，咱们不要往来了吧。"女子听了，愤怒地说道："你还想活？告诉你吧，我才不想来，是因为上司逼迫才这样，为的就是取你的性命。"这个女子依然如故，不久后，王小亭死在屋里。

得知王小亭的死讯，王小亭的妻子悲痛欲绝，她梦见王小亭对自己说："我居住的楼上，有个老妖名为於菟大鬼，性格悍暴，每天都要派手下的妖怪四出采精，供其补炼。我就是死在它的手下。还请贤妻你为我报仇。"王小亭的妻子醒来后，十分生气，开始绝食，任谁劝说也不听。奄奄一息之际，她对家里人说："我的魂魄刚才去了武遂盐馆一趟，见楼上有个青脸红须的厉鬼，旁边站着几个妖怪奴婢。看到我，这帮家伙一哄而散，我抓住一个女婢诘问，正是害死我丈夫的那个。现在我把它捉过来，你们闻闻看。"大家果然觉得房间里血腥扑鼻，问接下来该如何是好。王小亭的妻子说："我捉它去阎罗王那里，让阎罗王为我做主！"过了几天，王小亭的妻子便去世了。

此鬼载于清代李庆辰《醉茶志怪》卷三

927
无常鬼

清代，易郡有个人叫吴可久，一次晚上走在道路上，远远地看见前方有一道白光，飘飘忽忽。过了一会儿，那道白光来到近前，原来是一个穿着白衣白裤的巨人，比大树都高，来回踱步。吴可久很害怕，赶紧掉头离开了。有人说，那东西是无常鬼。

也是清代，乌程这地方有个姓江的人，在直隶青县当知县，偷偷从救济款中拿了七八万两银子，以生病为借口，回到老家。刚到家，就看见一个巨大的鬼，几丈高，青面高鼻红眼，穿着白衣，手里拿着铁枪，闯进来。江某很害怕，赶紧叫家人出来，那鬼就不见了。接着，外面传言官府要查抄江家，江某害怕，就将赃款全部埋了起来。过了不久，江某得了中风，整天瘫在床上。从此之后，家里经常出现鬼，江某很快就死了。

清代文学家吴炽昌的老家，有个朱桥镇，里头有布市。买卖布匹的人，夜里五更时分在这里聚集，黎明就散去。有一天，大家突然相互通知："桥左边有个大鬼，身高一丈多，帽子和衣服都是白色的，披头散发，手持扇子，眉毛、眼睛下垂，口鼻流血，应该是人们常说的无常鬼。凡是见到它的人无不丢下财物抱头鼠窜，躲避不及的，往往被惊吓而死，可得注意了。"

有个农民叫王二，家里急需钱用，不得已，挑着灯笼背着布去贩卖，到了桥边，遥遥看见那个无常鬼昂首而来。王二吓坏了，赶紧丢掉布匹，吹灭灯笼躲进桑林，爬到树上。当时月色朦胧，大鬼没看见布匹，来到桑林里，叹了口气，道："刚才明明看见一个人来，怎么突然就不见了呢？难道是妖怪？"话还未说完，又有一个大鬼过来，打扮、模样和之前的这个大鬼一模一样，来到跟前，向先前这个大鬼拱了拱手，快速经过。先前的这个鬼道："噫！我等费尽心机追人到此，恐怕是被你得到了货物，你应该拿出来和我们分了。"说完，大声叫住后面来的这个鬼，要求分货物。后面来的这个鬼转身，怒目直视，伸出大掌，拦腰一击，前面这个鬼倒在地上，断为两截。后面来的这个鬼弯下腰，捏了捏，有两股青烟升起，将此鬼用袋子装了，长啸而去。

王二在树上不敢下来，一直等到天亮，见路上有行人经过，才大声呼救。大家聚集在一起，走过来，发现躺在地上的根本不是鬼，而是用纸、木头做成的傀儡，傀儡里上面一个人，下面一个人，都已经死了。人们这才明白，原来这两个人装成无常鬼吓唬人以拾取人们丢下的财物，没想到碰到了真鬼，被真鬼杀死。大家都说这是报应。

此鬼载于清代长白浩歌子《萤窗异草》初编、清代钱泳《履园丛话》丛话十五、清代吴炽昌《客窗闲话》

928
无颏鬼

宋代，白石村有个村民，为十里外的一户人家织布，晚上背着织布机回家。当时月华朗照，有个人前来，对这个村民说："我胆子很小，听说这里经常有鬼出来，我能不能跟你一起走？"村民就答应了。

那人就说："如果碰到鬼，怎么办？"村民说："如果我见了鬼，就用织布机打它！我腰里还有大镰刀，也可以杀了它！"那人听了，很吃惊。

过了一会儿，村民听到那人在自己身后说："人都说鬼没有下巴，你看看我有没有？"村民知道那人是鬼，举起镰刀转身就砍。那鬼果然没有下巴，睁着双眼，被砍中，就消失了。

此鬼载于宋代洪迈《夷坚志》乙志卷第八

929 无头鬼

豫章太守贾雍有神奇的法术，一次出州讨伐贼寇时被杀死。他的头掉了，身子仍然上马奔回营房，用胸腔说话。他说："我战斗失利，被贼寇杀了。各位看有头好呢，还是没有头好呢？"将士们哭着说："有头好。"贾雍说："不然。没头也很好。"说完他才死去。

宋代，抚城委巷有个剃头匠叫杨五三，擅长为人主持婚礼。一个冬天的晚上，杨五三替一个大户人家操办完婚礼，回来已经是深夜。

他喝得有点多，灯笼被风吹灭，走在黑暗中，心里惴惴不安。来到兵马司跟前，杨五三见门外有一队兵卒围绕在火堆旁，就走到跟前，一屁股坐下，伸出手烤火，突然发现这队兵卒全都没有头，吓得跳起来，提着灯笼就跑。

这时，天下起了雨，杨五三在黑暗中跌跌撞撞地跑，碰到一个挑着担子卖小吃的人。杨五三见状，大喜，走过去一边将刚才见到无头鬼的事告诉对方，一边伸手去拿对方灯笼里的蜡烛想把自己的灯笼点上，结果发现这个挑担子的人也没有头！

杨五三吓得昏倒在地，过了很久才醒来，连忙跑回家，衣裳破裂，鼻青脸肿，过了三天就死了。

此鬼载于南北朝刘义庆《幽明录》、宋代洪迈《夷坚志》三志壬卷第四

930 无头鸟

隋代，鹰扬郎将姜略，年轻时喜欢狩猎，擅长放鹰捕鸟，所杀甚多。后来，姜略生了一场大病，看见上千只鸟，全都没有脑袋，围绕在他的床头，大声鸣叫，高呼："快点还我头来！"姜略顿时头疼如裂，昏厥过去。家里人许诺做法事为这些鸟祈福。这些鸟答应了，才飞去。做了法事后，姜略病愈，自此

之后终生不吃酒肉，再也不敢杀生了。

此鬼载于唐代唐临《冥报记》卷下

931
五道庙鬼

北京城南有座五道庙，不知道供奉了什么神灵。当地人说庙里有鬼。

郭则沄年轻时，有天晚上在绚春堂喝酒，坐着骡车回家经过这里。突然，拉车的青骡子耳朵竖起，高声嘶鸣。车夫说："它肯定是见到了鬼。"郭则沄当时年轻气盛，不以为意。

唱戏的王瑶卿对郭则沄说过这么一件事：他的一个朋友周某，一向胆子很大。一天晚上，周某从五道庙去韩家潭，看见前面有个人拦住自己的去路。这个人，背对着周某站立，穿着蓝色的布衣、青色的裤子，垂下来粗粗的辫子。等他转过来，周某发现他的正面、左边和右边，全都是头发和辫子，根本看不到他的脸。周某吓得大叫一声，掉头回来，惊悸成疾，一个多月才好，自此之后，晚上出去都小心翼翼。

此鬼载于民国郭则沄《洞灵小志》

932
五方鬼帝

五方鬼帝，指的是位于冥界五个方向统治众鬼的鬼王，分别是：东方鬼帝蔡郁垒，在桃丘山；北方鬼帝张衡、杨云，在罗酆山；南方鬼帝杜子仁，在罗浮山；中央鬼帝周乞、嵇康，在抱犊山；西方鬼帝赵文和、王真人，在嶓冢山。

此鬼载于晋代葛洪《枕中书》

933
五郎鬼

钱塘女巫四娘，身上有个自称五郎的鬼，有人问吉凶，鬼便会回答，借此赚取钱财。有的人想考验这个鬼，询问它千里之外的事情，它也能说得准确无误。

咸安王的哥哥韩世良让人招女巫进府，结果五郎鬼没有降临在女巫身上。女巫十分惊慌，只能出府离开。后来，女巫到灵隐寺，五郎鬼叫住她。女巫问为什么那天它不出来，五郎鬼说："当时我被韩府的门神拦在门外，进不去。"

此鬼载于宋代洪迈《夷坚志》甲志卷第十一

934
五老人

明代，俞琳刚被授予行人的官职不久，奉命去周王府办差，坐船经过归德，生了重病，仰天长叹："大丈夫志在四方，可我现在眼见得要客死异乡。虽然这是命，但是我死了，老母亲怎么办？"说罢，他痛哭流涕。

这天晚上，俞琳梦到五个须发皆白的老头，对他说："你母亲高寿，你的寿命也很长。病很快会好，不要担心。"俞琳问他们的姓名。五个老头说："我们是这地方的五老人。"第二天早晨，俞琳向当地人打听，才知道所谓五老人，指的是：宋太子少保杜衍，侍郎王涣，司农卿毕世长，郎中朱贯、冯平。五个人都活了八十岁，死后当地人为他们立庙，祭祀他们。

此鬼载于明代朱国祯《涌幢小品》卷二十三

935
五通

传说柳州这地方原来有鬼，名为五通。五通善于变化，魅惑人，能让人暴富，所以一些人喜欢供奉。如果供奉的人稍稍违背了五通鬼的意愿，它就会离开去别的人家。盛夏的时候，五通鬼喜欢贩卖林木，别人见了，知道是鬼也不敢说。五通鬼性情淫荡，有的变成美男子，有的随着人的心意变化形体，魅惑人。有的人见过它的本体，形如猴子、蛤蟆或者龙。

吴地一带，五通又叫五圣、五显灵公等，当地人以神敬之。

五通庙在徽州婺源县，这座庙为所有五通庙的祖庙。传说，五通兄弟五人，本姓萧。每年四月八日，人们从四面八方而来，到此庙朝礼。

此鬼载于宋代洪迈《夷坚志》丁志卷第十九、明代陆粲《庚巳编》卷五、
清代惠栋《九曜斋笔记》卷二（引《方舆胜览》）

936
五通大鬼

自汉代以后，有五通大鬼，分别是王翦、白起、韩章、乐阳、楚狂，又有郝景、女娲、祝融三万九千个人，各率领八亿万个人。五个大鬼，各自率领十二万鬼，天下小鬼都要投靠其下，耗动万民，给人带来疾病、口舌、官司、水灾、火灾。

此鬼载于晋代《太上洞渊神咒经》卷七

937
五统私神之鬼

五统私神之鬼，长得如同一个美男子，只有一只脚，游荡世间，喜欢勾引良家妇女。此鬼原本是一户人家的家奴，死后拥有了五统之力。世间妇女，倘若突然怪笑怪哭、忽死忽生、自言自语又或者对着虚空说话，好像和什么人私好，定然是此鬼作祟。

此鬼载于宋代《太清金阙玉华仙书八极神章三皇内秘文》（收录于明代张宇初《道藏》）

938
西单牌楼鬼

清代，北京西单牌楼还没被拆除时，相传这地方有个鬼，凡是车马经过，往往会碰到。

有个叫黄桐生的人，能看到鬼，曾经和朋友经过西单牌楼，指着一辆马车道："这辆车子马上就要翻车。"过了一会儿，那辆马车果然翻了个底朝天。

安善甫和陈峨卿同坐汽车从牌楼下经过，车子忽然无法前进。司机强行踩油门，结果翻车，两人受了伤，司机伤得特别重。二人去医院，包扎完了，又租了一辆车回家。上了车，见司机良久没发动，说："怎么还不开车？"司机说："跟着你们的那个女客人还没上车。"安善甫诧异道："只有我们两个人，哪来的女客人？"司机也诧异，不敢回答，赶紧开车。

过了几天，有两个客人乘坐马车经过牌楼，拉车的马突然受惊，车翻轮坏。巡警将二人救起，问他们住所，为他们租来一辆车子后，又问："你们的这个女朋友，要去哪？也需要租车子吗？"那两个客人愕然。巡警说："那个穿红衣服的女子，不是你们的朋友吗？"两个客人直摇头，说根本就没有这样的朋友。

安善甫听到了这件事，将先前那个司机叫过来询问。司机说："你们从医院出来上车后，我的确看到一个红衣女子跟着你们上来。等你们下车了，那个女子消失不见，我才明白碰见了鬼。"

自此之后，凡是从此地经过的人，心里都是惴惴不安，很多人宁愿绕远路。也有人说，几年前有个女子在这里被车轧死，故而在此作祟。

此鬼载于民国郭则沄《洞灵小志》

939
吸烟鬼

清末，陈蹁公入京参加科举考试，他的一个叫何锡九的朋友也来参加科举考试，住在贾家巷归德会馆。

一个下雨天，陈蹁公来拜访何锡九。何锡九正在抽烟，灯突然熄灭了，而且烟吸不到嘴里，往外飘散。何锡九说："肯定有鬼！我的这套烟具用了很多年，一旦吸烟鬼来，便会这样。"说完，何锡九将两个烟丸扔在地上，还是没法点亮灯，再扔两个，才把灯点亮。

陈蹁公不信有鬼。何锡九让他去找自己刚才丢的烟丸。陈蹁公去找，发现烟丸消失不见。大概这些烟丸已经被鬼享用了。

赵元礼说，他有个朋友叫路蕴明，是青县人，因为生病，在东亚医院住院。路蕴明烟瘾很大，到了晚上，看到一个人，穿着灰色的袍子、青色裤子，脑袋后面垂着一根辫子，对他说："你吸烟吗？我来伺候你。"路蕴明没说话。良久，这个人还不离去。路蕴明的外甥在旁边陪床，赶紧起来，拿出十几个烟丸扔出去，那个人才消失。第二天扫地，并没有看到烟丸。显然，那人也是吸烟鬼。

此鬼载于民国郭则沄《洞灵小志》

940
希望鬼

希望鬼是地狱中的一种鬼，经常感觉饥渴。其生前是做买卖的商人，买卖东西的时候在价格上欺骗顾客。

此鬼载于唐代释道世《法苑珠林》卷六

941
吓人鬼

三国东吴赤乌三年（240 年），句章人杨度乘船去余姚，晚上有个抱着琵琶的少年请求上船，杨度就答应了。少年弹了十几曲琵琶，弹完了，双目圆睁吐出舌头，吓得杨度失声大叫，接着少年就消失了。又往前行了二十多里，有个老头请求上船，杨度心好，答应了。上船后，杨度对老头说："刚才我碰到一个鬼，琵琶弹得很好听，就是太吓人了！"老头说："我也能弹呀！"说完，他双目圆睁吐出舌头，就是刚才的那个鬼！

杨度吓得几乎要死掉！

此鬼载于南北朝《录异传》

942
先圣大王

明代正统元年（1436 年）春天，发生蝗灾，朝廷命令大臣分赴各地救灾。按照分工，工部右侍郎邵旻去保定。

保定城西北四十五里是满城县，县南门有座先圣大王祠。当地人说，往年遇到蝗灾，去祠里祈祷，蝗灾很快就会消失。当时已经很长时间没下雨了，遍地都是蝗虫，越抓越多。邵旻没办法，只得听从人们的劝告，去祠里叩拜祈祷。十几天后，蝗灾果然没有了。邵旻刻石为先圣大王记功。

所谓先圣大王，叫项托，鲁国人，八岁的时候见到孔子，孔子对他赞叹不已，十岁的时候死掉，当时人们以其为"小儿神"。

此鬼载于明代黄瑜《双槐岁钞》卷六

943
闲鬼

阳寿未尽却死掉的人，死后不能还阳，成了不能进入轮回的野鬼，也被称为闲鬼，往往三五百年都无法托生。

此鬼载于唐代戴孚《广异记》

944
相柳氏

相柳氏，原来是共工的臣子，有九颗头，九颗头分别在九座山上吃食物。相柳氏所触动之处，便会成为沼泽和溪流。大禹杀死了相柳氏，相柳氏的血流过的地方发出腥臭味，不能种植五谷。

此鬼载于战国《山海经》卷八

945
萧山青面

萧山县学上面是个城楼，经常有妖怪出没，没人敢上去。魏骥当年还是个书生时，和同学打赌住了进去。当晚，魏骥坐在楼上读《易经》，那些同学则躲在楼下的书斋里远远观望。

二更时分，从城楼南面传来声响，一个头长双角的青面鬼穿着奇怪的衣服、戴着帽子，坐在轿中摇摇晃晃而来，跟随在后的仆从有一百多个。距离城楼几十步远，鬼卒看到上面有人，向青面鬼禀告说："魏尚书在那里。"青面鬼露出不悦的表情，说："家去！"众鬼抬着它折回，走入一户姓周的人家消失了。

第二天，魏骥安然无恙归来，将当时的情景告诉了同学们，大家十分佩服他的胆量。魏骥去那户姓周的人家，问他家平时是不是供奉了什么东西。周家家主说："我的女儿刚刚成年，就被一个妖怪占据，昨天它说今晚要和女儿成亲，要我们准备花烛，我们只能照办。"魏骥说："我能整治这个妖怪。"周家家主大喜，说："如果是这样，我愿意将女儿嫁给你。"

魏骥要来笔墨，在周家女儿的被子上写了一行字：魏尚书夫人周氏。当天晚上，青面鬼从城楼上下来，车马众多，华丽无比。周家大堂，装扮得喜气洋洋。青面鬼握着周女的手，说："请丈人和丈母娘出来相见吧。"周家家主和夫人不得已，只能出来相见。等青面鬼和周女拜完堂，入了洞房，看到被子上的那行字，大惊。鬼卒禀告说："上午，周家老贼已经把女儿许配给了魏尚书！"青面鬼大骂，上了轿子离开了。

青面鬼离开后，周女也恢复了神志。周家家主遵守诺言，将女儿嫁给了魏骥。

后来，魏骥考中科举，到南京担任吏部尚书，周女也被封为二品夫人。

此鬼载于清代褚人获《坚瓠集》秘集卷一

946
魈鬼

五代时，有个叫全清的僧人擅长画符念咒使唤鬼。有个姓王的人，儿媳妇被鬼侵犯，请全清前去驱除。全清扎了一个一尺多高的草人，给它穿上五彩的衣服，念了很长时间的咒，那鬼便哭哭啼啼求饶。全清问对方的底细，那鬼说自己叫魈鬼，春天的时候在禹庙前看见王某的儿媳妇，才附上了身。

全清取来一个土瓮，把鬼赶进去，拿到桑林下面埋了，叮嘱王某家人不要打开。过了五年，闹兵灾，人们都逃跑了。有人发现了那个土瓮，以为里面装了财宝，就打破了。这人看见一只野鸡从里面飞出来，站在桑树的树梢上，说道："今天才见到阳光！"

此鬼载于五代陈纂《葆光录》卷中、明代彭大翼《山堂肆考》卷一百五十一

947
小儿鬼

宋代，无为郡指使李遇，往城西迎接新郡守，走了十几里地，听说新郡守还离得很远，便调转马头回家。忽然有一百多个小孩从路边出来，每个都四五岁的样子，大叫着，一起来打李遇。李遇刚开始并不害怕，和这些小儿打在一起，每拳能打倒十来个。但是这些小儿被打倒了就爬起来，无休无止，甚至跳上李遇肩头，摘下他的头巾，揪住他的头发打。

有道是双拳难敌四手，见对方势众，李遇一边打一边退，忽然看到一个老头，一身布袍，脚上穿着草鞋，不知道从哪里冒了出来。老头对那群小儿道："这个官人经常念诵《法华经》，你们伤害他，岂不是要连累我！赶紧散了！"说完，那帮小儿四散而去，老人也不见了。

李遇回到家，昏迷不醒。几个儿子掀开他的衣服，见他遍体鳞伤，满是青痕。家人到那群小儿鬼出现的地方为他招魂，又让僧人念经。过了半年多，李遇才能拄着拐杖出门。那个老头，有人怀疑是土地神。这是绍兴二十八年（1158 年）发生的事。

此鬼载于宋代洪迈《夷坚志》丁志卷第十三

948
孝鬼草

清代，无锡有个人叫姚舜宾，为人忠厚老实，乡里人都很尊敬他。姚舜宾虽然贫穷，但为人孝顺，母亲七十岁了，还恭敬对待，从来不给母亲脸色看，穿衣、吃饭都悉心照顾。

乾隆五十年（1785 年），此地发生了大饥荒。姚舜宾家里本来就穷，见供养不了母亲吃食，他忧郁过度，就病死了，死后被埋在屋后的空地上。第二天，埋葬姚舜宾的地方忽然长出一片草，跟山药一样，结出很多果实，吃起来十分香甜，如同糯米。他的妻子采摘了吃掉，发现吃一顿一天都不饿，就赶紧给婆婆吃。这种草高四五尺，早晨采了，中午就会再次生长出来，取之不竭。

母亲听说了，知道是儿子灵魂所化，抚摸着这些草，号啕大哭。周围的人听说了，很多人都来观看，称赞姚舜宾孝顺。

此鬼载于清代梁恭辰《北东园笔录》三编卷二

949
心头小人

安丘有个张贡士，因生病仰躺在床上。忽见从自己的心窝里钻出来一个小人，身长仅有半尺。小人戴着读书人的帽子，穿着读书人的衣服，动作像个歌舞艺人，唱着昆曲，声音清澈动听，说出的姓名、籍贯都和张贡士一样，所唱的故事内容也都是张贡士生平所经历的事情。四折戏文都唱完，小人又吟了一首诗，才消失不见了。

此鬼载于清代蒲松龄《聊斋志异》卷九

950
新鬼

有个新死的人变成了鬼，形色憔悴身体消瘦，忽然又遇见一个鬼，是他死了二十多年的朋友。这个鬼又肥又胖，就问新鬼："你怎么弄得这副样子啊？"新鬼说："饿的呀，你以为我愿意这样吗？老兄这么胖，大概知道不少窍门，教教我好吧？"友鬼说："太简单啦，你只要到人家里去作怪，他们一害怕，就会给你吃的。"

新鬼就来到一个大村庄东头的一家，这家人信佛。西厢房里有一盘磨，新鬼就像人那样推起磨来。这家主人看见后就对他的儿子们说："佛可怜咱们家穷，派来一个鬼为咱家推磨了！"于是就弄来很多麦子往磨上续。新鬼磨了好几十斗麦子，累得跑掉，去找友鬼骂道："你这家伙怎么骗我？"友鬼说："你再去一家，保证能行。"

新鬼又到村西头的一家，这家信道教。门旁有个舂米的石碓，新鬼就上了碓捣起谷子来。这家主人说："昨天鬼帮助村东头那家推磨，今天来帮咱家捣米啦，快给它多运点谷子来！"主人还让婢女跟着又簸又筛。新鬼一直干到天黑，累坏了，也没混上一口吃的。

晚上回去见到那友鬼，新鬼大发脾气说："咱俩在人世时还是姻亲呢，非同一般交情，你怎么总骗我？我白帮人干了两天活，连一口吃喝也没混上！"友鬼说："老兄，你也太不凑巧了，这两家不是信佛就是信道，都不怕鬼怪。你再到平常百姓家去作怪，保你能成。"

新鬼就又去了一家。这家门口有竹竿。新鬼进了门，看见一群女子在窗前吃东西，到了院子里看见一只白狗，新鬼就把白狗举起来在空中走。家里人看见后大惊，说从来没见过这样的怪事，请来巫师掐算。巫师说："有个外来的鬼到你家讨吃的，你们把狗杀掉，再多备些酒饭果品，放在院子里祭祀，就什么事也不会有了。"这家人照着办了，新鬼饱餐了一顿。

从此新鬼常常作怪，这都是鬼朋友教的。

此鬼载于南北朝刘义庆《幽明录》

951
星吒婆

星吒婆，形体如同一团黑气，盘旋于水井的上空，见到的人会落井而死。

它是死于水井中的冤魂所化。

此鬼载于宋代《太清金阙玉华仙书八极神章三皇内秘文》（收录于明代张宇初《道藏》）

952

秀州厅鬼

宋代，秀州司录厅的官衙里有很多妖怪。有个妖怪，穿着青巾布袍，身体又矮又胖，走起路来十分缓慢。还有个妖怪，经常变成妇女出来，诱惑打更的吏卒。

洪迈的父亲洪皓在此地当官时，洪迈的堂兄才九岁，有一天堂兄白天好像看到了妖怪，双目圆睁，大叫："水！水！"两天后，洪皓晚上回来，小妾接过他的官服走在后面，忽然大叫倒地。洪皓听说妖怪怕腰带，便用腰带捆住小妾，扶回房间。

良久，小妾发出鬼的声音，说："您这个小妾向来不信鬼神，她右手拿着您的官服，上面有腰带，我虽然怕这玩意，但是可以从左边过来，进入她的身体。现在被您抓住了，希望您放开我，咱们井水不犯河水。"洪皓问对方是什么人，鬼不肯说话。再三询问，鬼才说："我是嘉兴县的农人，叫支九。与同乡水三，两家九口人，去年水灾都被饿死了。我住在宅后的大树上，前天小官人看到的，是水三。"

洪皓问："我家供奉真武大帝，这里又供着佛像、土地神、灶神，你怎么能到这里呢？"支九说："佛是善神，不管闲事。真武大帝每天晚上披发仗剑，在屋上飞，我只能躲避。宅后的土地神，不称职，只有我经过他的小庙时他才会呵斥我。刚才我去厨房，灶神呵斥我，问我去哪，我说闲逛，他不让我过，我才来到这里。"

洪皓又问："还有两个妖怪经常出现，是什么来头？"支九说："那个青巾长袍的，是石精，我们叫它石大郎，住在书院窗户外篱笆下三尺多的地下。女子，叫秦二娘，住在这里很久了。"洪皓说："我每个月的十五都会烧纸钱供给土地神，他怎么还能让你们这些妖怪肆虐呢？你去代我问问，否则明天我拆了他的祠庙！"支九说："您是个当官之人，应该知道钱虽然有用，可管不了肚子饿这种事情。我每次从人家得到食物，都会分给土地神一些，所以他才会放纵我。"

过了一会儿，支九又说："我刚刚把您的话转告给了土地神，土地神十分生气，说我多嘴，举起拐杖把我打了出来。"洪皓问："你以前见到过我家里供奉的祖先吗？"支九说："您家每次祭祀，我也会去观看，闻到你们祭祀的食物，香得很，但就是吃不着。您家的祖先，有的来了，有的没来，唯独有个穿着黄衫的夫人，每次看见我就很生气。"

　　洪皓让支九去问问这个黄衫夫人是谁，支九过了一会儿气喘吁吁地说："刚到门口，被夫人揍了一顿。她说是您的曾祖母纪国夫人。"洪皓问支九需要些什么，支九说："我一直饿得很，想吃一顿饱饭。若是得到好酒肥鹅，那便拿出来和大家一起吃，如果没有，瘦鸡也能凑合。"说到这里，支九停顿了一下，接着说："土地神暴怒，将我和水三两家逐出此地，只能暂时栖身城头。您赶紧放了我吧，我再也不来了！"

　　洪皓解开腰带，支九离开小妾身体。小妾昏睡了一整天才醒。

　　　　　　　　　　　　　此鬼载于宋代洪迈《夷坚志》乙志卷第八

953
绚娘

宋代，有个书生寄居在三衢佛寺，晚上一个女子来到他的房间。书生问女子从哪里来，女子说家住在附近。书生问其姓名，女子不答，说："我倾慕你的才华才来见你，不要怀疑我。"书生很是疑惑。

　　自此之后，女子每晚都来。过了一个多月，见书生老是问，女子才说："我说出来，你不要害怕。我不是人，是此地之前的太守马伴的女儿，小名叫绚娘，死后棺材放置在你隔壁的房间。因为和你相处得久了，如今我的尸体已经复苏，即将复活。你带着工具，晚上去打开我的棺材，把我带出来。开棺之后，我就像睡着一样，你凑近我的耳朵，喊我的名字，我要是微微睁开眼睛，你便用被子裹住我，将我放在床上，给我喝酒，我很快就能活过来。你若是能让我复生，我愿意一辈子侍奉你。"书生依言照办，绚娘果然复活了。

　　绚娘对书生说："此地不可久留。"她摘下了自己手臂上的金环，让书生卖掉，买来衣物，一起逃走。二人辗转多地，过了几年生下了两个儿子。

　　后来，马伴来迁葬女儿，看到棺材破损，里头又没有女儿的尸体，大惊失色，告到官府。官府将寺里的僧人全部抓起来审问，僧人也不知道缘由。马伴怀疑是盗贼偷盗棺材中的财物，但是转头一想，如果是这样，那女儿的尸体不应该没了。有个僧人说几年前有个读书人在这里，后来不告而别。马伴立刻让人去搜查，最终找到了书生。

抓捕的人问书生娶何人为妻，书生说妻子是马氏之女。绚娘知道是父亲派人前来，写了一封信交给抓捕的人，说："把这封信交给我父亲。我现在已经成为别人的妻子，让他们不要牵挂。"马倅看了信后，发现的确是女儿的笔迹，又派了家中的一个老仆去核查，才相信。

不过马倅不喜欢这种怪事，没有亲自去见女儿，只是让人送上了一些财物。

此鬼载于宋代郭彖《暌车志》卷四

954
鸭鬼

浙江鉴湖西边，有个地方是唐代诗人贺知章的故居。这里幽静偏僻，渔人驾着小船，经常在夜里看见鸭子一边鸣叫一边拍着翅膀，去抓则消失不见，过了一会儿，又出现如初。如果人一直追着不放，鸭子会将渔船引到险滩上，让船沉没。当地人称之为鸭鬼，并且立起了木牌，告诉人不要捕捉它们。

此鬼载于清代褚人获《坚瓠集》秘集卷二

955
烟鬼

鸦片烟毒害无穷，祸害万家。清代，有对夫妻对着灯吸鸦片，到半夜忽然良心发现，叹息说："我们两个人，如今骨瘦如柴，人不像人鬼不像鬼，倾家荡产，都是因为吸鸦片烟，但是戒烟很痛苦，继续吸下去，一定会死，怎么办？"说完，夫妻二人忽然听到有喘息的声音，抬起头，看见一个人站在床边，面黄肌瘦，耸着肩，脑袋耷拉在胸前。夫妻二人吓了一跳，忙问对方是谁。

对方说："我是烟鬼，鸦片烟的门道我太清楚了，有言相劝：无瘾不必吸，有瘾不必忌。要想戒掉这玩意儿，恐怕只有圣贤才能办到，可如果是圣贤，肯定不会吸这东西。"言罢，那鬼将灯吹灭而去。

此鬼载于清代解鉴《益智录》卷十

956
阎罗王执杖鬼

阎罗王执杖鬼是地狱中的一种鬼，供阎罗王役使，执杖奔走。其前世皆谄谀国王，阿附权贵，弄权窃国，多行暴恶。

此鬼载于唐代释道世《法苑珠林》卷六

957
雁翎刀鬼

山东文登县靠近大海，康熙二十二年（1683 年）秋天，经常有鬼怪出现，居民惊慌失措，每到天黑就关门闭户。过了两个月，大家不得不上报官府。

县令有个仆人叫高忠，向来勇猛，就跟县令说："鬼怪扰民，消灭它是大人你的职责，也是我这个仆人的分内事，希望你给我一匹良马、一支长矛，我去把它除掉。"县令答应了。

高忠骑着马，拿着长矛，一个人来到海边。晚上，新月初上，照得海滩上的沙子如同雪花一般洁白。等到二更，高忠看见一个一丈多高的蓝脸大鬼，头上长着角，利齿如钩，腿上长着毛，背上长着鳞甲，坐在沙滩上，面前放着五只鸡、十瓶酒，一边喝酒一边吃鸡。

高忠骑着马到跟前，举起长矛刺中了鬼。鬼十分惊慌，逃到了海里。高忠下马，坐在沙滩上喝酒吃鸡。过了一会儿，海水涌动，那个鬼骑着一头怪兽出来，拿着刀和高忠搏斗。

高忠迎战，双方打了很久。高忠用长矛刺中鬼的肚子，鬼丢下刀，消失了。高忠捡起那把刀，回去献给县令。刀上刻着"雁翎刀"三个字。县令让人把那把刀收藏在仓库里。从此之后，那鬼再也没有出现。

此鬼载于清代钮琇《觚剩》续编卷四

958
殃

有个人叫彭虎子，年轻有力气，常说世上没有鬼神。母亲死后，巫师告诫他的家人说，殃会要到家来，见人就杀，最好出去躲避一下。

全家老少都逃出去躲避，只有虎子不走。半夜，听到有人推门进来，到东屋西屋都没找到人，就直接到虎子的屋里。虎子吓坏了，看见床头有个大瓮，就跳进瓮里去，用块板子盖着头，后来觉得死去的母亲坐在板子上。有声音问板子下有没有人，听得母亲说："没有。"然后，殃就领着母亲走了。

此鬼载于南北朝刘义庆《幽明录》

959 ── 羊鬼

宋代，宣和年间的一天，董秀才在州学上厕所，看见一个白衣女子在自己面前徘徊。董秀才问她怎么回事，白衣女子说："我住在菜园，死了丈夫，无依无靠。"

董秀才和白衣女子聊了会儿天，告诉她自己的住所。到了晚上，白衣女子前来，和董秀才同床共枕。

不久之后，董秀才生了病。他的一个同学听说了这事，告诉了老师。老师来到董秀才的房间，责备他说："你一个读书人，怎么能和妖怪交往呢？"老师问这个白衣女子有什么东西留下来没有，董秀才取出一件白衣女子的内衣。老师让人将这件内衣投入火中，然后派学生们去打探妖怪的下落。

找到菜园时，一个老头说："之前有个小孩在这附近放羊，一头母羊掉进了井里。小孩见没办法把羊拽出来，之后便只取了它的羊皮。难道是这个羊鬼作怪？"

老师请来道士作法。道士念诵咒语，将黑豆投入井里，妖怪便再也没有出现。不过董秀才最后还是死了。

此鬼载于宋代洪迈《夷坚志》丙志卷第十一

960 ── 妖鬼

宋代，湖南一带有种风俗，喜欢供奉一种称为妖鬼的鬼物。妖鬼每年都要杀一个人，否则供奉的人自己就会死掉。供奉妖鬼的人家会在大堂上悬挂妖鬼的画像。妖鬼眼如盏大，要吃人的时候，就从画像上下来，盘旋舞动，眼睛崩出无数的小眼，形象很恐怖。

此鬼载于宋代彭乘《墨客挥犀》卷二、宋代洪迈《夷坚志》支癸卷第四

961
药鬼

药鬼是蛊鬼的一种，通常这种蛊鬼都由妇女所下。药鬼附身的妇女都不得自由，世代相传。

此鬼载于清代屈大均《广东新语》卷二十四

962
夜叉

夜叉是一种恶鬼，也叫捷疾鬼、能咬鬼。这种鬼长着两只翅膀，身上会出现各种颜色，人身兽头，或牛头或马头。有的夜叉一只眼睛长在脑门上，一只眼睛长在下巴上。民间传说夜叉是阴间独有的鬼怪生物，为阴间的鬼差，全身皆黑。有些画里，夜叉的头部如驼峰状，无发，手持铁叉，狰狞恐怖。

唐代名将哥舒翰少年时就很有志气，在京城长安结交了很多豪杰志士，家住新昌坊。有个爱妾叫裴六娘，容貌出众，家住崇仁里。哥舒翰十分宠爱裴六娘。

后来，哥舒翰因公事到京郊巡视，几个月后才回来。裴六娘已病死，哥舒翰十分悲痛，就来到她的住所。当时裴六娘还没有下葬，停尸在堂屋里。哥舒翰来了没有别的屋子可住，就在停尸的堂屋里住下，独自睡在床帐中。

夜深人静时，哥舒翰看窗外皎洁的月光，倍感凄凉，不能入睡，忽然看见外面大门和影壁墙之间有一个东西在探头探脑，左右徘徊，然后进到院子里，再仔细一看，原来是个夜叉。

这夜叉有一丈多高，穿着豹皮裤，披散着长发，牙像锯齿，接着又有三个鬼跟着进来。它们一起扯着红色的绳子在月光下跳舞，边跳边说："床上的贵人怎么样了？"其中一个说："已经睡了。"说罢，它们就走上庭院的台阶，进入停尸的堂屋，打开棺材盖，把棺材抬到外面月光下，把尸体取出来切割后，围坐着吃起来，尸体的血流在院子里，死者的尸衣被撕扯了一地。

哥舒翰越看越怕，也十分痛心，暗想："这些鬼怪刚才称我为'贵人'，我现在如果打它们，大概不会有什么意外。"于是，他就偷偷抄起帐外一根竿子使劲扔出去，同时大叫："打鬼呀！"

果然，夜叉们吓得四散而逃。哥舒翰趁势追到院子西北角，鬼怪纷纷翻墙而逃。有一个鬼跑在最后，没来得及上墙，被哥舒翰打中，这鬼勉强爬上墙，墙上留下了血迹。

这时家里人听见外面闹哄哄的，跑出来相助。哥舒翰就说了刚才的事，大家七手八脚收拾被夜叉撕碎的尸体，刚要搬进堂屋，却见里面的棺椁完好无损，尸体上被鬼撕咬过的地方也毫无痕迹。哥舒翰恍恍惚惚以为是做了一场梦，但验看墙上有夜叉留下的血迹，院里也有鬼走过的痕迹，谁也弄不明白是怎么回事。几年之后，哥舒翰官居显位，做了大将军，果然成了贵人。

唐代，有个人叫杜万，他的哥哥是岭南县尉，刚要去上任，妻子遇上毒瘴得了热病，几天就死了。当时正是盛夏，杜万的哥哥一时找不到棺材盛殓，只能暂时用一领苇席把妻子的尸体卷起来停放在一个悬崖边，然后就匆匆上任去了。

上任后由于事务繁忙，杜万的哥哥没来得及重新去埋葬妻子。后来他回北方时路过那悬崖，就想上去收取妻子的骨骸。到了岩畔一看，只剩了苇席。他试着找寻妻子的尸骨，来到一个石洞里，发现妻子浑身赤裸、面貌狰狞地住在里面，她怀中抱着一个小孩，旁边还跟着一个小孩，都长得像夜叉。妻子此时已经不会说话，用手在地上写字说："我被夜叉捉来，这两个孩子就是夜叉和我生的。"妻子一面写一面哭："你快走吧，夜叉回来后定会杀了你。"

杜万的哥哥问妻子能不能跟他走，妻子就抱上一个孩子随杜某上了船。船开以后，突然看见夜叉抱着大儿子赶到岸边，望着船大声号叫，并把手中的孩子举在手上示意。看着船走远了，那夜叉气得把抱着的孩子撕成几十片才走。妻子手里抱的那个小孩，相貌也像夜叉，但能听懂人话，母子又活了很多年。

此鬼载于唐代戴孚《广异记》、
宋代李昉等《太平广记》卷三百五十六（引《通幽录》）

963 夜察鬼

清代，山西介休有个书生，晚上从邻村归来，看到田地间躺着两个大鬼，身体覆盖了一大片田地，青面，红色胡须，长得狰狞可怕。书生就拿出纸笔，写了一封信，在城隍庙跟前烧了，说人鬼殊途，阴阳有别，既然是鬼，就应该藏在私密的地方，现在出现在田野，容易吓到人。

第二天，书生又经过那个地方，看到这两个大鬼长跪不起，对他说："我们是夜察鬼，昨天因为贪杯，喝醉了酒才躺在田地里。你写了信之后，城隍已经上报天庭，要处罚我们，还希望先生你再写一封信，饶了我们吧！你的大恩大德，我们一定牢记！"

此鬼载于清代李庆辰《醉荼志怪》卷四

964
一目五先生

传说在浙江有一种奇怪的鬼。这种鬼由五个鬼组合而成，四个鬼是瞎子，唯独有一个鬼长着一只眼睛，其他的鬼都靠这个鬼看东西，所以称之为一目五先生。

发生瘟疫的时候，五个鬼就会联袂而行，等待人睡熟了，就用鼻子去闻那个人。一个鬼闻，那个人就会生病。如果五个鬼一起闻，那个人就会死掉。这种情况，四个鬼都不敢做主，要听那个长着一只眼睛的鬼的号令。

有个钱某夜宿旅店，其他的客人都睡了，他失眠睡不着，忽然看到灯光越来越暗，一目五先生跳跃而至。四个鬼想要闻一个客人，一目五先生说："不行，这个人是大善人！"四个鬼要闻旁边的一个人，一目五先生说："不行，这个人是个有福气的人！"四个鬼又要闻一个客人，一目五先生说："更不行了，这个人是个有名的大恶人，招惹他会引来麻烦。"四个鬼很不耐烦，说："那今天的晚餐怎么办？"一目五先生看了看，指着两个客人说："这两个家伙，不善也不恶，无福也无禄，就他俩了！"五个鬼一起去闻，那两个客人的喘息声逐渐就听不到了，而五个鬼的肚子却鼓胀起来，看来是吃饱了。

此鬼载于清代袁枚《子不语》卷九

965
一足鬼

南北朝元嘉年间，有个叫宋寂的人，白天看到一个鬼，长着一只脚，高三尺，自此之后，鬼就被宋寂驱使。

也是元嘉年间，张承吉的儿子张元庆，十二岁，看到一个高三尺的鬼，长着一只似鸟爪的脚，背上有鳞甲，来召唤张元庆。

此鬼载于南北朝刘敬叔《异苑》卷六

966
医鬼

有个叫刘松的人，在家里时，突然看见一个鬼，就举起剑砍了过去。鬼逃走，刘松跟着就追。后来他看见鬼在一块大石头上躺着，周围还有很多鬼，正在为那鬼疗伤。刘松拎着剑跑过去，群鬼四散逃走，留下药杵臼还有一些药，刘松就把这些药带回了家。从此之后，凡是有人受伤，刘松就拿一撮药，放在那臼里捣碎给人服下，药到病除。

此鬼载于南北朝刘义庆《幽明录》

967
义鬼

清代，东光县南乡，有个姓廖的人捐资为一些义士修建了一座坟冢，很多村民都来帮忙，最终顺利安葬了义士们。

雍正年间，东光县发生瘟疫，来势汹汹，死了很多人。一天，姓廖的人做了一个梦，梦见一百多个人站在自己家门外，其中有一个人走到自己跟前说："瘟疫是疫鬼带来的，求你焚烧十面纸做的旗子，再做一百多把木刀，上面裹上银箔，一起烧给我们。我等义士愿意和疫鬼打一仗，把瘟疫赶跑，以此来报答你和全村人的恩德。"姓廖的人醒来之后，把这件事告诉了村里的人，大家一起做了纸旗和木刀，焚烧了。

几天后的一个晚上，村里人忽然听到外面野地里喊杀声震耳欲聋，一直到天亮才消失。那场瘟疫，别的地方死了很多人，唯独这个村子一个人也没有染病。

乾隆五十三年（1788年），苏州闹起了饥荒，饿殍满地。有个叫李连玉的人，不忍见饿死者尸骨暴露于野，便捐献自己位于西郊的土地为义冢，请人收敛埋葬这些饿死者。

一天晚上，李连玉到乡下收租，来不及进城，停舟歇息于港口。半夜，有一群盗贼登船抢劫，李连玉持刀要与强盗拼命，危急关头，突然听到岸上有无数人呐喊，盗贼听了，吓得狼狈逃窜。周边是荒地，并无一人。李连玉知道这是那些被自己埋葬的义鬼前来报恩，第二天特意买来酒食前去祭奠。

此鬼载于清代纪昀《阅微草堂笔记》卷四、清代梁恭辰《北东园笔录》续编卷五

968
易鼻鬼

宋代，莱州有个姓徐的人，后来做了郎中。乾兴年间，徐郎中来到武陵的一个驿站休息，驿站里的驿卒说："这里面有个妖怪，没人敢住，你最好还是换个地方吧。"徐郎中不以为意，就住下了。

当天晚上，他睡在大厅的屏风后面，半夜梦见一个大鬼，身材魁梧，气宇轩昂，手里拎着一个竹篮，里面都是人的鼻子。大鬼呵斥徐郎中，说："你是什么人，竟敢睡在这里，挡我的路！"徐郎中很害怕，就赶紧赔罪。大鬼仔细看了看他，说："你面相不好，鼻子不直，我给你换一个吧。"说完，大鬼从篮子里挑选了一个鼻子，先割掉徐郎中的鼻子，然后把那个鼻子给徐郎中安上。虽然是在梦中，徐郎中也觉得很疼。安好后，大鬼笑着说："不错，好一个正郎鼻呀！"

徐郎中的鼻骨弯曲、低塌，但是梦醒之后，鼻子变得又高又直。

此鬼载于宋代张师正《括异志》卷三

969
易容鬼

南北朝元嘉二十年（443 年），有个叫王怀之的人，母亲去世了。埋葬母亲以后，他忽然看见树上有一个老太婆，头戴假发，身穿白罗裙，双脚并没有踩在树枝上，而是凌空站着。王怀之回家向家人说了这件事后，他的女儿就突然得了急病，面孔变成了刚才树上那个老太婆的样子。王怀之拿来一点儿麝香让女儿吃下去，女儿的面孔才恢复原来的模样。世人都说麝香能避邪恶，这就是一个很灵验的例证。

唐代贞元初年，河南少尹李则死了，还未下葬。有一个穿红衣的人来，投上名片来吊唁，自称苏郎中。进屋后，苏郎中哀伤恸哭。过了一会儿，李则的尸体突然站起来，与苏郎中打斗。全家人都吓得跑出了屋。二人关门打斗，到晚上才平息。过了很久，李则的儿子才敢进去，见两具尸体一起躺在床上，高矮胖瘦、姿态容貌、胡须衣服，没有一点儿差别。全家人都不能辨别，于是同棺埋葬了他们。

此鬼载于南北朝刘敬叔《异苑》卷六、唐代李冗《独异志》卷上

970
易腿鬼

清代，杭州长庆街有个人失业在家，染上重病，行将不治。

一天晚上，他昏昏睡去，恍惚间看见一个又黑又矮的汉子走过来，对他说："我从清波门外来，为你换一条腿。"说完，这个汉子拿出刀砍掉了此人的左腿，将带的腿给他装上。此人害怕极了，高声呼喊家人。妻子和女儿上楼，点灯照看，见这人一条腿粗一条腿细。

此鬼载于清代吴友如《点石斋画报》

971
缢鬼

缢鬼，就是吊死鬼。古人认为上吊而死的人，带有强烈的怨气，故而化为厉鬼。一般说来，吊死鬼只有找到替代者，才能顺利托生。

清代，杭州北关外，有间屋子屡屡闹鬼，没人敢居住。有个姓蔡的书生把屋子买了下来。一天夜里，他正在看书，有个女子缓缓而来，穿着一身红衣服，先是向他叩拜，然后在梁上拴好绳子，将脖子伸进去。姓蔡的书生一点儿都不害怕。女子又在梁上挂一根绳子，招引书生。姓蔡的书生把脚伸进绳套。女子说："你错了，应该把头伸进去。"姓蔡的书生笑着说："你当年把头伸进去才是错了，我现在并没有错。"女鬼大哭，跪在地上向姓蔡的书生磕头，然后离开了。后来，姓蔡的书生考中了科举。

清代，乌鲁木齐有个虎峰书院，以前有个犯罪的妇人吊死在书院的窗棂上。书院的山长、前巴县县令陈执礼晚上看书，忽然听到窗户那边发出簌簌的声响，抬起头，看到一个女子的两只小脚从上面徐徐垂下，逐渐露出身体来。陈执礼怒道："你因为犯了罪才上吊自杀，这是要害我吗？我和你无冤无仇，而且我一生为人正直，从不寻花问柳，你敢下来，我定然不会放过你！"那双小脚又徐徐而上，女子发出叹息声。又过了一会儿，女子露出一张脸，长得十分美丽。陈执礼对其吐口水，骂道："真是不知羞耻！"那女子羞愧地消失不见了。

此鬼载于清代袁枚《子不语》卷一、清代纪昀《阅微草堂笔记》卷四

972
缢女虫

缢女虫，也叫蜴，长一寸左右，长着红色的头、黑色的身子，嘴里吐出丝，看起来像上吊一样。

传说当年齐国有个叫东郭姜的女子，迷惑齐庄公。有个叫庆封的人杀了她的两个儿子，她也上吊自杀了。后来，东郭姜的尸骸就变成了这种虫，所以叫缢女虫。

此鬼载于南北朝刘敬叔《异苑》卷三

973
臆中鬼

唐代天宝年间，渤海有个书生，姓高，生了病，十分严重，胸中痛不可忍。家人请来郎中，郎中说："有个鬼在你的胸中，我有药可以治它。"郎中煎了药，给书生服下。

高生觉得自己身体里翻江倒海，过了一会儿，往外吐黏涎，吐了几乎有一斗，吐出来一个东西，看起来十分坚硬。

高生用刀剖开这个硬物，从里面跳出来一个鬼，开始很小，但很快长到几尺高。高生被这东西害得十分难受，本想抓住它，让它也尝点儿苦头，但那鬼跑下台阶立刻不见了。

此鬼载于唐代张读《宣室志》卷十

974
阴摩罗鬼

郑州有个进士叫崔嗣复，进京的路上，晚上住在一座佛寺里，忽然听到叱咤之声，惊慌地爬起来，看到一个东西长得如同鹤，颜色苍黑，双目炯炯放光，张开翅膀，大声鸣叫。崔嗣复很害怕，就躲了起来。第二天，崔嗣复把事情告诉了寺里的僧人。僧人说："我没见过这个东西，之前有棺材放在大堂里，恐怕是那东西作怪。"

后来，崔嗣复又把这件事情告诉了开宝寺的僧人，僧人说："佛经上有记载，那东西是死去不久的人的尸气所变，名为阴摩罗鬼。"

此鬼载于宋代廉布《清尊录》

975
银伥

人们都知道老虎身边有虎伥，却不知道银子也有银伥。

清代，有个叫朱元芳的福建人，在山谷中挖到一个坛子，里面装满银子，就把银子全都带回了家。没想到，那些银子突然发出浓重的臭气，闻到的人都抽搐昏倒。有个年纪大的人告诉他："流贼强盗埋藏银子的时候，经常会折磨一个人，让这个人求生不得求死不能，然后问他：'你愿意为我守护银子吗？'这个人只能答应。于是，就把这个人和银子一起埋起来。凡是得到这种银子的人，一定要先祭拜超度亡魂，才能顺利得到银子。"

朱元芳听了这番话，立刻向银子祈祷，说："我如果能够顺利得到这笔银子，一定超度你。"说完，臭气就消失了，得病的人也好了。

此鬼载于清代袁枚《续子不语》卷四

976
影娘

某地有座清莲山，景色优美。有个书生春天在山里游玩，在水边捡到一支玉钗，拿在手中把玩，忽然看到水中有一个美丽女子的影子，转过脸，发现身后无人，但是再看水中，女子依然在。过了一会儿，微风吹来，水面泛起涟漪，影子就消失了。

书生怅然若失，回到家中，没想到照镜子的时候，那女子出现在镜子里，对书生眉目传情。书生取出玉钗问是不是那女子的，女子摇头微笑，离开了。书生翻过镜子，见后面空空如也，只听到空中传来咯咯的笑声。过了一会儿，又听见女子说："你只要焚烧沉香，在桌子上供上玉钗，我就会出现在镜子里和你相会。"书生依言，果然如此。

从这以后，书生和女子频频在镜子里相会，十分快乐。家里人发现了，以为镜子是妖怪，就把镜子摔在地上。书生很伤心，但是女子又出现在其他的镜子里，家里人只得把家里所有的镜子都藏起来。

书生长吁短叹，一天看到案头放了一朵芍药花，不知道从哪里来的，继而听到耳边有人说话："你到西边的池塘，我要和你告别了。"书生赶紧到池塘边，看见女子在水中，随后就不见了。

书生相思成病，不吃不喝。家里请来了一个道士，道士问玉钗在什么地方，又给书生吃下一颗丹药，书生的病才好。

道士说："你前世也是个书生，经过邻居家，邻居的女儿叫影娘，把玉钗掉在了窗户下，你捡起来还给她，自此两情相悦。后来影娘死了，但是你们的情缘还没了，所以她就来找你了。"道士给了书生一个小瓶，对他说："你去青莲山，会看到一棵梅花树附近有千百只翠鸟在飞翔，你就捧着瓶子面向西，大喊三声：'来来来！'就会有事情发生。"

书生按照道士说的做了，看见一缕紫烟飞入瓶中，紧接着，听到瓶子里有人说话："来了！"

书生捧着瓶子回来，放在屋里。很快，瓶子变大，从里面走出来一个女子，正是影娘。这时候，道士来了，要回瓶子，笑着说："差点儿把我瓶子弄坏了。"说完，道士收了瓶子就消失了。

影娘告诉书生："这个道士大概就是申元之吧。"

此鬼载于清代乐钧《耳食录》二编卷一

977 永日亭鬼

宋代乾道二年（1166年），吕彦升担任镇江府知府，亲戚李伯鱼来访，吕彦升便让他在锦波堂西边开馆教书。

这年四月初，李伯鱼开窗夜坐。当时永日亭两边的樱桃熟了，他看到月光下，有人在偷吃樱桃。李伯鱼以为是打更的兵卒，呵斥对方，结果从树梢上下来两个白色的东西，每个高一丈多，竟然是两个鬼。李伯鱼喊来众人，一起追逐，两鬼向西南跑了十几步，消失不见。

第二天早晨，李伯鱼将事情告诉吕彦升。吕彦升命道士王洞先将铁符埋在鬼消失的地方，自此之后，鬼再也没有出现。

此鬼载于宋代洪迈《夷坚志》支景卷第三

978
游光

游光是古代传说中的一种厉鬼，经常在夜晚出现，据说它出现就意味着将发生大瘟疫。不过，或许因为游光太过厉害，反而成为老百姓崇敬的对象。据说呼喊它的名字，就能够驱除恶鬼。

古代在荆楚一带，端午节这一天，人们都会将艾草扎成一个人形，挂在门上，用来避开邪气，还会在胳膊上系五色的彩线，来躲避恶鬼，让人免染瘟疫。人们经常嘴里念"游光厉气"四个字，恶鬼听到了，就会远远避开。

清代有个叫庄怡园的人，在关东见到一个猎人用木板箍住自己的脖子，觉得很奇怪，就问他。猎人说："我们兄弟二人，骑着马打猎，经过一片荒芜之地，忽然看到一个三尺多高、胡子花白的人，拦在马前，向我们作揖。我哥哥问他是谁，那人摇头不说话，张开嘴吹哥哥的马，那匹马受到惊吓，就不走了。哥哥很生气，拉开弓箭射他。那人逃跑，哥哥就追，很久也没有回来。我去找哥哥，来到一棵树下，看到哥哥倒在那里，脖子长了几尺，怎么叫他也不醒。我正惶恐不安的时候，那个人从树里面出来，又张开嘴吹我，我觉得脖子很痒，就伸手挠，越挠脖子越长，变得跟蛇一样。我害怕极了，赶紧逃回来，捡了一条性命。但是脖子已经恢复不了了，就用木板箍住。"

有人说，这个猎人碰到的，就是游光。

此鬼载于南北朝宗懔《荆楚岁时记》、清代袁枚《子不语》卷九

979
游鬼

明代，新安有一群书生，同在私塾学习。其中，有个书生学过招鬼的法术，就在私塾里展示，结果很快来了一个鬼，问它吉凶之事，鬼一一相告。这个书生只会招鬼的法术，却不会送鬼的符咒，所以鬼不肯离开。

大家问鬼，鬼说："我叫游鬼，替城隍送信，路上被你们召唤过来，你们现在不给我遣送的符咒，我怎么能走呢？"这群书生都不知道如何是好。鬼无法离开，就每天晚上哀号，一群书生吓得作鸟兽散。过了一个多月，有个道士经过，写了一道符咒烧掉，那鬼才走。

此鬼载于明代谢肇淛《五杂俎》卷十五

980
鱼白水耗

鱼白水耗，出没于凶险的池塘，经常变成一个溺水漂浮的人。人见了，往往会去相救，它便趁机让人溺死。

这种妖怪，本体是溺死于水中的人的魂魄。

此鬼载于宋代《太清金阙玉华仙书八极神章三皇内秘文》（收录于明代张宇初《道藏》）

981
鱼陂畈疠鬼

宋代有个叫洪洋的人，从乐平这个地方回老家，来到老家南边五里一个叫鱼陂畈的地方，已经是二更天了。当时微微有月光，他忽然听到巨大的声响传来，而且越来越近。洪洋一开始以为是老虎，但是仔细听又不像，就和几个仆人一起躲避起来。有个东西缓缓走来，身高三丈，从头到脚都是灯，来到洪洋和仆人跟前。仆人吓得要死，洪洋赶紧念《大悲咒》，念了几百遍，那东西还是站着不动。洪洋一直念，那鬼稍稍后退，然后说："我走了！"接着，那鬼跑到旁边一户人家中，消失了。

洪洋回来就生了病，一年才痊愈。仆人也生了病，死了两个。后来洪洋打听到那东西进入的人家，那家五六口人都死于瘟疫，这才知道那东西是疠鬼。

此鬼载于宋代洪迈《夷坚志》乙志卷第十四

982/983
语忘 / 敬遗

语忘、敬遗，是两个鬼的名字。妇女快要生孩子的时候，喊它们的名字，它们就会出现。这两个鬼不伤害人，高三寸三分，穿着黑色的衣裤，可以帮助孕妇生产。

还有一种说法是妇女快要生产的时候，用黄纸写本县知县的名字，倒贴在床上，然后让人喊语忘、敬遗的名字，就不会难产。

此二鬼载于唐代段成式《酉阳杂俎》前集卷十四、清代青城子《志异续编》卷四

984
浴池鬼

清代，金陵城北面有个白石澡堂，不管多少人去洗澡，到了晚上，浴池的水都会变得清澈无比，一点儿也不脏。人们都说浴池里面有个浴池鬼，每年需要吃一个人。澡堂的主人最忌讳谈论这件事。澡堂每年肯定有一天会闭门，那天澡堂里面会多出一套衣服和一双鞋子。

有一天，有群洗澡的人谈论这件事，到了晚上，谈论的人中就少了一个，不知去向。

此鬼载于清代采蘅子《虫鸣漫录》卷二

985
欲色鬼

欲色鬼是一种恶鬼，混迹于人间，与人类交合，靠兴妖作怪维持生存。此类鬼前世多行淫乱之事，靠卖淫谋财。

此鬼载于唐代释道世《法苑珠林》卷六

986
冤辱

五代后梁的彭城王刘知俊镇守同州时，从墙里面挖出一个东西，重八十多斤，形状如同一个油囊。刘知俊就招来手下询问，有的说是地囊，有的说是飞廉，有的说是金神七杀，唯独一个姓刘的参谋，说这东西叫冤辱。

这种怪物一般出现在年代久远的监狱之下。当年，一个叫王充的人据守洛阳，在修河南府的大牢时，就曾经发现过这种东西，乃是冤枉的囚徒死后魂魄入地，凝结而成的。这种东西刀枪不入，水火不浸，千百年都不会腐烂。唯一能化解的方法，就是在晴朗的夜里，祭祀酒食，允诺替它们申冤，它才会变成冲天的黑气消失。这并不是祥瑞之兆。

刘知俊按照刘参谋的话去验证，果然如他所说。

此鬼载于五代何光远《鉴戒录》卷九

987
摘头鬼

清代，河北人申某在福建做幕僚，一天晚上和朋友在官衙里赌博。散了赌局之后，申某回到寝室，见有个房间里头灯火通明，很是纳闷，趴在窗户上往里看，见一个没有头的女子将脑袋放在桌子上梳理头发。

申某惊慌失措，赶紧回到赌博的地方，见三个朋友还在那里赌钱，便将事情一五一十地告诉他们，让他们一起去看个究竟。三个朋友听完，哈哈大笑，说：“你也太少见多怪了，这种本事，我们也会。”言罢，这三人也将自己的脑袋摘下来，放在桌子上。申某吓得魂飞魄散，奔出官衙。

天亮，贼兵攻城。城破，整个官衙的人全部遇难，只有申某逃过一劫。

此鬼载于清代李庆辰《醉茶志怪》卷二

988
战场鬼

安徽宿州自符离至灵璧一带，秦末楚汉大战，流血漂橹，多为古战场。

康熙十二年（1673年）冬天，有个湖北的客商去山东做生意，从徐州到符离，当时天色已晚，刮起北风，天寒地冻。客商见道路旁边酒肆里灯火通明，进去请求喝点酒，然后住宿。店里的人面露难色，其中一个老头可怜客商，说：“我们正打算招待远归之士，没酒给你喝，不过右边的房间，你可以暂时歇息。”

客商跟着老头进了房间，又渴又饿，睡不着，突然听到外面传来人马之声，爬起来从门缝里往外看，见店中到处都是军士。这些人坐在地上聊天，过了一会儿，听到有人喊：“主将来了！”军士们纷纷起身迎接。

时候不大，十几个灯笼飘摇而至。一个满脸胡须、身材魁梧的大汉下马，入店上座，其他人在外面伺候。店主人拿来酒肉，大汉大快朵颐，对那些军士说：“你们这帮家伙出远门太久了，各自归队。我在这里休息一晚，等文书来了，咱们再走。”众军士应声而散。大汉又说：“阿七，来！”有个少年军士带着大汉进了客店左边的房间。

客商觉得好奇，跑到左边的房间偷看，见房内有竹床，并没有被褥、枕头，灯放在了地上。大汉进去后，双手取下自己的脑袋，放在床上。阿七帮忙卸下了他的左右手臂，分别放在床内外。大汉躺在床上，阿七摇晃他的身体，他的身体在腰的位置裂为两段。这时候，灯黯然而灭。

客商见状，害怕极了，赶紧跑到自己的房间，用衣服盖住自己脑袋，辗转反侧。也不知道过了多久，听到鸡叫，客商觉得寒冷无比，爬起来，见天色微明，自己躺在树林里，周围根本没有房屋。客商走了三里多路，看见有店铺，敲门，将事情告诉了店主人，并且问他自己昨晚住的是什么地方。店主人说："我们这一带，全是古战场呀。"

此鬼载于清代袁枚《子不语》卷二

989
张彦最

张彦最，长得如同女子，穿着红色的衣服，披头散发，喜欢进入人家的房舍偷盗物品，有的人会看到它。
这种妖怪是奴婢的冤魂所化。

此鬼载于宋代《太清金阙玉华仙书八极神章三皇内秘文》（收录于明代张宇初《道藏》）

990
樟柳神

樟柳神并不是神，而是一种身世极为可怜、悲惨的鬼魂。古代有一种术士用巫术害死小孩，拘其魂魄来帮助预测吉凶，小孩的魂魄往往附在樟树或者柳树雕刻的木人上，因此明清时代称之为樟柳神。

清代吴越一带，有的江湖术士会杀死年幼的小孩，利用他们的生辰八字，将其魂魄封在木人上，对人说那东西叫樟柳神，从事占卜的人会争相来买，得到的人据说为人推算，十分灵验。乾隆年间，有个人走在荒野里，听到小孩的声音，找了一番，从草里面捡到一个小木人，就是所谓这种樟柳神。

也是在清代，有个姓焦的孝廉，娶妻金氏。有个算命瞎子从家门前经过，金氏就叫过来试探了一下，发现算命瞎子说的事情很是灵验，就给了他一些钱财。当天晚上，金氏肚子里有个声音说道："我师父走了，我借你的肚子住几天。"金氏怀疑是樟柳神，就询问。肚子里的东西说："我师父让我在你的肚子里作祟，吓唬你，骗取你的钱财。"说完，它就撕扯金氏的肠肺，金氏痛不欲生。

　　焦孝廉千方百计寻找那个算命瞎子，几天后，总算是找到了，就把他带回家，答应只要去除妻子肚中的樟柳神，就给他一大笔钱。算命瞎子答应，对着肚子喊："二姑，赶紧出来吧。"喊了几声，肚子里有声音回答说："我不出去。我生前姓张，做了一户人家的小妾，后来被这户人家的妻子凌辱致死，这个妻子转生为金氏。我之所以投靠师父你成了樟柳神，就是等待这一天报仇雪恨。现在进了金氏的肚子，一定要取她性命。"

　　算命瞎子大惊，说："既然是如此的孽缘，我也没办法了。"说完，连钱也不要就走了。

　　焦孝廉四处求医，都没有效果，每当郎中来，肚子里的鬼就说："这是个庸医，开的药拿我没办法。"如果碰到好郎中，它就会捏住金氏的喉咙，让她把药吐出来。金氏被折磨得如同万箭穿心，跪地哀号，最后痛苦死去。

　　此鬼载于清代钱泳《履园丛话》丛话二十四、清代袁枚《子不语》卷十四

991
招戏鬼

　　明代弘治年间，湖州有户姓俞的人家，请戏班唱戏。晚上戏班演完戏，有两个青衣女子挑着灯笼前来，说："我们是严尚书家里的人，今晚招你们去唱戏。"说完，女子拿出半锭银子。

　　戏班的人收拾行头，跟着二人来到一座大宅，里头雕梁画栋，豪华无比，宴席上摆满了山珍海味。主人出来见了戏班的人，吩咐说："今晚适合演赵盾的故事。"戏班的人听命卖力表演，过后在府中休息。

　　等第二天醒来，大家发现睡在古庙里，四下打听，才知道这地方当年有个严尚书，生前特别喜欢来这里游玩。

　　此怪载于明代施显卿《新编古今奇闻类纪》卷十

992
昭灵夫人

　　小黄县，就是宋地的黄乡。当年沛公刘邦带着军队在野外战斗，母亲就死在这里。

　　天下平定以后，刘邦派使者用帝后的灵柩在荒野里

为母亲招魂，有条红蛇在水里，自己往身上弄水洗澡，洗完后进到灵柩里。蛇洗澡的地方有掉落的头发，所以刘邦母亲的谥号为昭灵夫人。

此鬼载于晋代江微《陈留风俗传》

993
针口臭鬼

针口臭鬼是地狱中的一种鬼，又称为针口饿鬼，咽喉食管如针尖一样细小，别说吃饭，连咽一滴水也不能通过，因前世雇凶杀人所致。

此鬼载于唐代释道世《法苑珠林》卷六

994
阵亡鬼

清代乾隆五十三年（1788年），清军平定作乱，所有杭州、京口、江南的阵亡士兵，按照惯例，将发辫带回原籍，进行抚恤。

负责押运这些阵亡将士发辫的官员，叫韩兴祖。押运队伍走到同安这地方时，在一家客店投宿。因为客店很小，韩兴祖住在另外一家旅店里。当天晚上，有无数鬼出来闹腾，有个差役胆子大，大喊道："我们这帮人带着你们的灵位和你们的发辫回老家，你们为何出来喧闹？"有一个鬼回答："韩老爷不在这里，我们出来说说话，有什么关系！"

第二天，韩兴祖知道了这件事，自此之后，不管是在水上还是在陆地上，都和大家一起住宿，那群鬼就再也没出来闹腾。

当时，军需局设立在厦门的天后宫，前临大海。每到晚上，就会听到海中有鬼哭，如同有百万军鼓在响，夜夜如此，后来撤兵了，海中鬼哭就消失了。

此鬼载于清代钱泳《履园丛话》丛话十五

995
争壶小儿

南北朝元嘉年间，一天天降大雨，散骑常侍刘俊看到自家门前有三个小孩，都有六七岁，一起戏耍，衣服却一点儿都没湿。刘俊就怀疑这三个小孩不是人。过了一会儿，这三个小孩争抢一把瓠壶。刘俊就用弹弓打了过去，当啷一声打中瓠壶，三个小孩立刻不见了。

刘俊得到了那把瓠壶，就挂在楼上。第二天，有个妇人来到他的家中，对着那把瓠壶哭泣。刘俊询问，那妇人说："这是我家死去的小儿的东西，不知道为何在这里？"刘俊把昨日之事说了一遍，妇人就把瓠壶埋在了儿子的墓前。

又过了一天，刘俊看见之前的一个小孩来到门前，拿着壶，笑着对他说："你看，瓠壶又在我手里了！"说完，小孩就消失不见了。

此鬼载于南北朝刘义庆《幽明录》

996
掷钱鬼

南北朝大明三年（459年），有个叫王瑶的人在京城病故。王瑶死后，有一个鬼，细高个儿，浑身黑色，上身光着，下穿一条犊鼻形裤子，常常到王瑶家来，有时唱歌，有时大叫，有时学人说话，还常常把粪便等脏东西扔进食物里。

后来这鬼又跑到王瑶家东边邻居庾家去祸害人，和在王家时一模一样。庾某就对鬼说："你拿泥土石块打我，我才不怕呢。你要是拿钱打我，那我可真受不了。"鬼就拿了几十个新钱打下来，正打在庾某的额头上。庾某又说："新钱打不痛我，我只怕旧钱。"鬼就拿旧钱打庾某，前后打了六七次，庾某一共得了一百余钱。

此鬼载于南北朝祖冲之《述异记》

997
掷鸭鹅鬼

清代雍正末年，东光城内，有一天晚上，忽然狗叫声此起彼伏。人们纷纷出来，见月光下有个东西，披发至腰，蓑衣麻带，手里拿着一个大袋子，袋子里传出鸭鹅的叫声。这鬼站在一户人家的屋脊上，过了一会儿又转移到别家去。第二天，凡是它站立过的人家，都有三只鸭、三只鹅落在院子中。有的人将鸭、鹅煮着吃，味道和寻常的鸭、鹅没什么不同。后来，这些人家每家都有人死掉。

此鬼载于清代纪昀《阅微草堂笔记》卷八

998
滞魄

宋代和州这地方，一个将军修建房舍。房舍修建好之后，将军就带着全家入住。

第二天，日上三竿还不见将军家开门，而且叫门也没人答应，手下都觉得很奇怪。众人撞开门窗进去，发现里面杯盘狼藉，将军和家人全部死在屋里。

众人都很害怕，上报了官府。官府命人在房间里往下挖，挖了几尺，看到两块长长的条石，条石下面，有两具白骨。有人说，这是滞魄作祟。

此鬼载于宋代郭彖《睽车志》卷三

999
忠孝鬼

义门郑氏供奉了一个大鬼，每次祭奠它，它一定会来到家中。大鬼曾经现形说："我是天地间的忠孝鬼，曾经在江州的陈氏家里接受供奉，现在来到你们家，你们不要为非作歹，不然就会发生祸事。"说完，大鬼就消失了。

郑家人对这个鬼十分敬重，专门建了阁楼供奉，郑家家族人丁兴旺，都依赖这个大鬼的帮助。

此鬼载于明代王圻《稗史汇编》卷一百三十三

1000
钟馗

钟馗，唐代安徽灵璧人，传说长相极为丑陋，且十分贫穷。后来钟馗参加科举，考中了功名却因为长得丑被除名，愤懑自杀，死后成鬼。

唐玄宗有一次白天睡觉，梦见一个小鬼，一脚穿鞋，一脚光着，将一只鞋别在腰上，来偷自己身上的香囊，唐玄宗就呵斥它，问道："你是谁？"小鬼说："我叫虚耗。"唐玄宗大怒，正要叫高力士，忽然看见一个大鬼，戴着破帽子，穿着蓝色袍子，系着鱼袋，穿着朝靴，走上去抓住了那小鬼，先挖掉它的眼睛，然后将它撕开吃了。

唐玄宗问大鬼是谁，大鬼回答："我是进士钟馗。由于皇帝嫌弃我的长相丑陋，决定不录取我，一气之下我就在宫殿的台阶上撞死了，死后我就从事捉鬼的事。"

唐玄宗醒后，命令当时最有名的画家吴道子把梦中钟馗的形象画下来，并且对他进行了封赏，从此之后钟馗就成了中国人供奉的打鬼驱邪的神灵。

此鬼载于明代张岱《夜航船》卷十八

1001
冢间食灰土鬼

冢间食灰土鬼，常吃死人，常住在被焚烧的尸体热灰上。其前世以盗卖寺庙花果为生，故受此报。

此鬼载于唐代释道世《法苑珠林》卷六

1002
重病鬼

唐代长庆年间，裴度担任北部留守，手下有个姓赵的部将，病得很严重。赵部将的儿子在屋里将药材放在鼎中，生火熬药。赵部将见一个黄衣人从门外进来，停在药鼎旁。黄衣人从身上的皮袋里取出一些白色的如同面粉一样的药屑，撒到药鼎中，然后离去。

赵部将将看到的事情告诉了儿子，儿子说："难道是鬼？它这么干，是想加重父亲你的病情！"儿子将药倒掉，重新熬药，结果黄衣人又来，再次将药屑撒进鼎里。赵部将很是不高兴，让儿子把药倒掉。

第二天白天，儿子熬药时，赵部将不小心睡着了，没发现黄衣人又来撒药屑。喝下儿子端上来的药后，赵部将病情加重，没过几天就死掉了。

此鬼载于唐代张读《宣室志》卷四

1003
舟幽灵

宋代四明人郑邦杰，以海运经商为业，经常往来于高丽、日本之间。有一天，商船正在海上航行，忽然听到铙鼓之声传来。那声音越来越近，等到跟前，发现声音来自一艘长长的船，上面旗帜飘扬，坐着很多人，敲锣打鼓。

这船上的人似乎对郑邦杰等很畏惧，离得近了，船突然沉入水下，过了半里地才又浮出海面，船上的人接着敲锣打鼓。

有人告诉郑邦杰，那是鬼船，船上的人都是先前淹死之人的幽灵。

此鬼载于宋代郭象《睽车志》卷三

1004
朱蛇白面

朱蛇白面，具有鬼的形态，多游荡在水边，发出要人相替的声音。人距离它十几步远，它便能用气喷人，人就失去神志，身不由己投身水中。

这种妖怪，乃是溺死鬼的魂魄所化。

此鬼载于宋代《太清金阙玉华仙书八极神章三皇内秘文》（收录于明代张宇初《道藏》）

1005
猪角白腹鬼

猪角白腹鬼，长得如同七八岁的孩子，穿着紫色的衣服，双脚乌黑，经常变成谷物或是水，人如果吃下或是喝下去，便会生病。生病的人，一直到死都不能说话，所以此病称为"不语病"。

它的本体，是死于生产之人的强魂。

此鬼载于宋代《太清金阙玉华仙书八极神章三皇内秘文》（收录于明代张宇初《道藏》）

1006
蛛鬼

唐代开成年间，有个叫金刚仙的西域僧人，住在清远峡的山寺里。此人能说梵语，懂梵文；法术高超，擅长咒物、降妖除魔；摇动锡杖，就能招来雷电霹雳。

一天，有个叫李朴的人，拿着斧头上山砍伐大树，准备运回来加工成木船。在山顶时，李朴看见一块大石头，上面有个洞。洞里有只大蜘蛛，脚宽一丈多，咬碎草木堵塞洞口。一会儿，他听到树林里传来吼叫声，急忙爬到树上，见一条双头大蛇，长有几十丈，气冲冲地爬了过来，团团围住蜘蛛洞。大蛇昂起西边的脑袋，把洞口的草团吸得干干净净，然后又掉转东边的脑袋，瞪眼张嘴，去吸洞里的蜘蛛。蜘蛛跑了出来，用脚按住洞口，吐出毒丹，烧大蛇的喉咙，又烧蛇的眼睛。毒蛇昏迷后醒过来，将蜘蛛吸入肚子里，很快毒发身亡。蜘蛛从蛇的肚子里跳出，用丝裹起毒蛇的牙齿，又回到了洞中。

李朴看得心惊胆战，回去将事情告诉了金刚仙。

金刚仙让李朴带路，来到蜘蛛洞口，摇动锡杖，口诵咒语，蜘蛛从洞里跳出来。金刚仙用锡杖打死了它。这天晚上，金刚仙梦到一个老头捧着丝布来到跟前，说："我就是那只蜘蛛，织了这些布，送给师父你，给你做福田衣吧。"金刚仙醒来，发现丝布放在身边，材料稀奇，做工精巧，非是凡品。金刚仙用这丝布做成了衣服，穿在身上，一点儿灰尘都不沾。

几年后，金刚仙要去番禺，想从那里乘船去天竺。经过金锁潭时，他在岸边摇动锡杖大声念着咒语，潭水立即分开露出潭底，他将瓶子口对准潭底，一只三寸左右长的泥鳅跳进了瓶子里。金刚仙对众僧说："这是一条龙。我要到海门，用药把它熬成膏，然后涂在脚上，渡海的时候就可以像走平道一样了。"

这天夜里，有个白衣服老头提着个酒壶，找到峡山寺僧人傅经说："我知道金刚仙好喝酒，这个酒壶里一边装着美酿，一边装着毒药，当年晋代皇帝毒死牛将军用的就是这个东西。我送一百两黄金给你，你拿着它去毒死金刚仙。他无缘无故抓走了我儿子要去熬成药膏，我对他恨之入骨，但是又拿他没办法。"

傅经很高兴，收了黄金与酒壶，学会酒壶里面机关的操作方法，便去见金刚仙。金刚仙端起酒杯刚凑到嘴边，突然有个几岁的小孩跳了出来，用手捂住酒杯说："这里面的酒是龙拿来要毒死师父你的。"金刚仙大为吃惊，质问傅经。傅经不敢隐瞒，只好如实相告。

金刚仙问小孩："你是谁？为什么要救我？"小孩说："我是当年的那只蜘蛛。师父你杀死了我，让我摆脱了作恶，现在托生成人，已经七年了。我的魂魄和常人不同，知道师父你有难，特地飞离身体前来相救。"说完，小孩消失不见。

寺里的僧人听了这事，一同拜见金刚仙，请求他放了小龙。金刚仙没办法，只能照办。后来，金刚仙渡海去了天竺。

此鬼载于唐代裴铏《传奇》

1007
注油鬼

宋代，清漳人杨汝南少年时去临安参加科举考试，在旅馆晚上梦到有人将油浇到他的脑袋上，惊吓醒来。等考完放榜，杨汝南名落孙山。这样的事情，一连发生了三次，让杨汝南觉得很是蹊跷。

绍兴十五年（1145年），杨汝南又一次参加考试，害怕再次做那个梦，就在揭榜的头一天晚上，招来朋友将事情告诉他们，并且买来酒菜，找来赌钱的用具，打算整晚不睡觉，这样就不会再做那个奇怪的梦了。

夜半，周围一片死寂。杨汝南的仆人刘五，躺在房间的西边，发出呻吟声，像是梦魇一般。杨汝南抓住他的胳膊，摇醒他。刘五说，刚才忙了一通，见杨汝南没别的吩咐了，他偷偷睡觉，忽然看到两个鬼扛着油鼎过来，左顾右看，像是找什么，见杨汝南坐在那里，便将油浇在杨汝南身上，他就和这两个鬼争执，才梦魇。

杨汝南听了刘五的话，大哭："我赶了两千里路来考试，这一次恐怕又要落榜了！"朋友们也是叹息不已。

第二天，杨汝南勉强去看榜，发现自己竟然中了！杨汝南仔细查看，见榜上自己的名字处有一块暗斑，用衣袖擦了擦，竟然是油渍。

此鬼载于宋代岳珂《桯史》卷二

1008
自赞鬼

苏州上方山有座寺庙，扬州人汪某寄宿其中，白天听到房间外的石阶下好像有人在喃喃自语。汪某招其他的寄客来听，也是如此。大家以为有鬼申冤，叫来寺里的僧众向下挖掘五尺，挖出来一具棺材，里头只有一具枯骨，别无他物，便原地掩埋。

过了一会儿，大家又听到地下有说话声，而且声音好像就是从棺材里面传出来的。大家仔细听，依然听不出那鬼在说什么。

有个僧人说："德音禅师修行高深，能够听懂鬼话，让他来试试。"众人请来禅师，禅师趴在地上听了一会儿，气道："不要理它！这家伙生前是个大官，喜欢听别人拍马屁，死后无人奉承它，它自己在棺材里夸奖自己。"众人大笑而散，那声音也越来越小，最终寂然而没。

此鬼载于清代袁枚《续子不语》卷二

1009
棕三舍人

棕三舍人，其实是一条巨大的棕缆。明太祖朱元璋曾经在鄱阳湖和陈友谅大战，死者数十万。战争结束后，朱元璋命人放了一条缆绳在湖中。后来，冤魂附于其上，时间长了，就出来作祟。凡是遇到这东西，渔人都会祭祀，不然就会船毁人亡。

清代，有个叫徐孟夌的人去岭南，经过鄱阳湖，正要升帆开船，船工赶紧让徐孟夌祭祀棕三爷爷。徐孟夌就问棕三爷爷是什么东西，船工摆手不说。

后来，等徐孟夌归来的时候，那个船工来迎他，竟然没有祭祀。徐孟夌就问怎么回事。

船工说："当年明太祖和陈友谅大战鄱阳湖，陈友谅船上有一条巨大的棕缆绳，断成三截掉入湖中。其中两截变成蛟龙随风雨而去，剩下一截在湖里作祟，不祭祀，就会船毁人亡。今年湖干了，那东西游进浅水河湾里出不来，后来搁浅在沙滩上。大家去看，发现它满身都是水藻，上面长出了鳞甲和鬃毛。大家报官，官府派人烧掉了，烧的时候，流出很多血，又腥又臭。从此之后，就再也没东西出来作祟了。"

此鬼载于明代陆粲《庚巳编》卷十、清代东轩主人《述异记》卷中

1010
走尸

清末，有个叫徐紫庭的人，他的一个朋友死了还没入殓。徐紫庭前去吊唁，痛哭流涕。忽然，朋友的尸体一只手动了起来，然后脚也开始动。这家人急忙和徐紫庭一起到院子里躲避，同时让仆人查看情况。

尸体徐徐站起来，过了一会儿，跑到了院子里。它的两只手臂能摆动，双腿跳跃前行，而且蹦得很高，几乎蹦到了墙头上。众人吓得要死，捡起砖头、石块扔过去。尸体仿佛感觉到了，转身回到房间里。

有胆大的人凑过去看，见尸体躺在床上。大家赶紧用绳子捆住它，将它放进了棺材。

此鬼载于民国郭则沄《洞灵小志》

1011
祖母鬼

清代乾隆二十五年（1760 年），有个叫李福的人，四十多岁了，只有一个五岁的儿子，家里十分贫困。李福在北京干活，积攒了二十两银子，就回家去。

李福晚上赶路，看到路边有户农舍，有灯光，就去借火吃烟。这户人家中只有一个老太太守着一个生病的孩子，看着十分凄惨。李福询问，老太太说："我家就只有这么一个孙子，现在病危，需要二两银子治病，但是我没有那么多钱。"李福听了，就拿出二两银子，送给了老太太。

等到了家，李福看见儿子十分瘦弱，好像大病初愈。李福的媳妇说："儿子生病，快要死了，一天晚上梦见祖母，给他喂了一碗药，喝下去就好了。"李福算了算日子，儿子梦见祖母这一晚，正好是他给那老太太二两银子的时候。

李福打开自己的钱袋，发现钱袋里二十两银子一点儿不少。

此鬼载于清代曾衍东《小豆棚》卷十六

1012
祖宗鬼

南北朝时，大概是在元嘉十年（433 年），有个叫徐道饶的人，忽然看见一个鬼，自称是他的祖先。当时，天气晴朗，徐家将很多稻子堆在屋檐下，这个祖先鬼就对徐道饶说："明天你可以把稻子运到场上晒一晒，天要下雨了，后头再没有晴的时候。"徐道饶觉得它是自己的祖先，肯定不会害自己，就听从鬼的指教，把稻子运出来晒上，鬼也帮着他运。日后，果然下起了连绵大雨。

清代有个叫何大金的佃户，夜里看守麦田，有个老头走过来，坐在他旁边。何大金见老头面生，以为他是路过的行人。老头口渴，何大金就把自己的水罐给他。两人闲聊，老头问何大金姓什么，又问何大金的爷爷是谁，何大金都回答了。老头听了，脸上露出悲伤的神情，说："你不要害怕，我是你的曾祖父，不会害你。"老头问了很多何大金家里的事，而且问得很详细，一会儿高兴，一会儿难过，临走的时候，嘱咐何大金："成了鬼之后，除了想得到一些祭祀之外，最放不下的就是子孙后代。有的鬼听说自己的后代人丁兴旺，就会很高兴，有的鬼听说子孙零落，就会很难过。现在我听你说你们的日子过得还不错，心里很是欣慰，你以后一定要好好做人，要努力呀。"说罢，很舍不得地告别了何大金。

此鬼载于南北朝刘敬叔《异苑》卷六、清代纪昀《阅微草堂笔记》卷四

1013
左守全邪

左守全邪，形态如同一个天神武夫，经常手持利刃，带着一颗人头在山中大叫，发出虎吼、裂石之声。碰见它的人，绝难活命。

这种妖怪，是死于山中的雄魂所化。

此鬼载于宋代《太清金阙玉华仙书八极神章三皇内秘文》（收录于明代张宇初《道藏》）

1014
作歌鬼

庐江人杜谦在诸暨当县令的时候，县城西边的一座山下有个鬼。此鬼高三丈多，穿着红褐色的衣裤，在草里伸展身体按照节拍跳舞，然后又脱下上衣扔在草上，作《懊恼歌》，当地很多人都看到了。

此鬼载于晋代陶潜《搜神后记》卷六

怪部

1015
艾虎

海城这地方有种怪兽，名字叫艾虎，身体只有人的拳头大，身形、毛发和寻常的老虎一模一样，而且能够发出老虎那样的吼叫声，威风凛凛。晚上，艾虎喜欢睡在小扁葫芦里。夏天，房间里要是有它，苍蝇蚊子都会飞得远远的。因此，当地人在举办宴会或者是聚集之地，喜欢将它放在旁边。一些文人格外乐意将它养在书房。这东西价格不贵，但是要想把它驯养得很听话，是件很困难的事。

此怪载于民国徐珂《清稗类钞》

1016
猿狙

三危山方圆百里，山上有一种野兽，形状像普通的牛，却长着白色的身子和四只角，身上的硬毛又长又密，好像披着蓑衣，名为猿狙，能吃人。

此怪载于战国《山海经》卷二

1017/1018
媪／鸡宝

秦穆公的时候，陈仓的一个人挖地，在土地中发现一个东西，长得像羊又不是羊，像猪又不是猪，于是便牵着它，准备去献给秦穆公。

路上，陈仓人遇到两个童子。其中一个童子对他说："你挖到的这个东西叫媪，生活在地下，吃死人的脑子。如果想要杀它，可以用柏树枝插进它的头里。"这时候，媪突然说话了。它对陈仓人说："这两个童子名叫鸡宝。如果你捉到雄的，就能成为王；捉到雌的，就能成为伯。"陈仓人就放开媪，去追赶两个童子。两个童子变成野鸡，飞进了树林中。

陈仓人把这件事告诉了秦穆公。秦穆公派人捕猎，捉到了那只雌鸡宝，但是它变成了一块石头。秦文公时为这块石头建了祠堂，称这块石头为陈宝。至于那只雄鸡宝，据说飞到了南阳，后来就不知道哪里去了。

此二怪载于三国曹丕《列异传》、晋代干宝《搜神记》卷八

1019
巴蛇

巴蛇是传说中的一种巨蛇，能吞下大象，吞吃大象后三年才吐出骨头。有才能品德的人吃了巴蛇的肉，就不患心痛或肚子痛之类的病。巴蛇的颜色是青色、黄色、红色、黑色混合间杂的，还有一种说法认为巴蛇是黑色身子、青色脑袋。

唐代有个叫蒋武的人，魁梧雄壮，独自一人住在山里，以打猎为生，遇到狗熊、老虎、豹子之类的猛兽，也能一箭射死。有一天，他忽然听到急促的敲门声，开门见一只猩猩骑在一头大象身上。

蒋武就问："你和大象敲我的门干什么？"猩猩说："大象有难，知道我能说人话，所以来找你。"蒋武就让它们说明来由，猩猩说："这座山南面两百里的地方有一个大山洞，里面住着一条巴蛇，长数百尺。经过山洞的大象都会被它吞下，已经死了一百多头大象。我们知道你善于射箭，恳求你把那条巴蛇射死。若是如此，我们一定报答你的恩情。"猩猩说完，大象跪倒在地，泪如雨下。

蒋武答应下来，带着毒箭进入了大山洞，果然看见里面有一条巴蛇，一双眼睛光芒四射。蒋武拉弓射中了巴蛇的眼睛，然后大象驮起蒋武就跑。

过了一会儿，山洞中发出打雷一般的叫声，巴蛇窜出来，碾压了方圆几里的树木。等巴蛇死后，蒋武来到山洞中，看见地上大象的骨头和牙齿堆积如山。

有十几头大象用长鼻子卷起象牙，献给蒋武。蒋武带着象牙回家，从此变成了大富豪。

此怪载于战国《山海经》卷十、唐代裴铏《传奇》

1020
白蝙蝠

楚州刺史李承嗣的小儿子李禅，住在广陵宣平里的一所大宅子里。一天，李禅在院子里躺着，看见一只白蝙蝠绕着庭院飞。家里的仆人争相用笤帚扑打，都没有打中。

良久，白蝙蝠飞出院门，又飞出外门，消失不见。

这一年，李禅的妻子过世。她的灵车经过的路线，便是白蝙蝠飞过的地方。

此怪载于五代徐铉《稽神录》卷四

1021
白角栉

唐代，有个叫张应的人，要从荥阳郡到河内郡办事，经过九鼎渡的时候，所骑的小马忽然受惊。上了河岸后，张应看到小马的后腿上缠着一个怪物，长得跟大蚂蟥一样，通体赤红，便抽出佩刀将其砍断在地。不料想，这东西竟然自己又连接起来，缩成白角梳子的模样。张应将其捡起来，放在包裹中。

办完了事，张应从河内郡返回，再次渡河，到了河阴，在田地里休息，和一个老头说起这事，将这个东西放在水盆中。忽然黑气冲天，浓云聚集，电闪雷鸣，大雨和冰雹齐下，过了半天才停歇。风雨过后，那个白角梳子连水盆一起都消失了。

此怪载于唐代皇甫枚《三水小牍》卷上

1022
白蚖

据清代文学家钱泳所说，他的老家乡间经常有白蚖为患。

每到白露、秋分节气，稻子刚刚成熟，四更天时会忽然起大雾，漫空遍野。雾中有一条或者两三条白气，隐隐如白龙，没有头尾，行走如飞，当地人称之为白蚖。只要这东西出来，庄稼就歉收，转熟为灾。

这东西只出现在苏州、常州、嘉兴、湖州一带，其他地方是没有的。

此怪载于清代钱泳《履园丛话》丛话十四

1023
白马大王

宋代淳熙年间，南岳庙发生大火。大火后皇帝下令让潭州官府重修庙宇，同时命湘潭县县令薛大圭负责施工。

重修南岳庙，工程量巨大，需要很多木材，尤其是正殿的大梁，必须使用高五丈、直径五六尺的巨木才行。薛大圭带人奔走于高山深谷之间，也没找到合适的大树。

有一个人说，湘潭境内黄冈白马大王庙前有棵巨杉，高耸入云，南岳庙正殿的大梁非此木不可。但是白马大王灵验无比，而且脾气大，没人敢去砍这棵树。

薛大圭打听一番，见情况和这人说的一样，便写下祭文，派手下王以宁在白马大王庙前烧了。然后，王以宁带领上百个工匠去砍树。来到大树前，众人看见一条大蛇盘踞在树根处。工匠们吓得两股战战，不敢下手。

王以宁急报薛大圭。薛大圭骑马来到白马大王庙，献上祭品酒醴，说："此地属于南岳大帝的管辖范围，现在要重修南岳庙，需要这棵大树做正梁，区区一木，你有什么可吝啬的？"说完，薛大圭占了一卦，显示大吉，便命令工匠砍树。百斧并进时，大树发出剑戟之声，工匠们听得害怕要停止，薛大圭不同意。

第二天，树根流出鲜血，流的满地都是，而且发出如雷的声响。树断了之后，盘空旋绕，并没有倒下。薛大圭让工匠们避开，又对白马大王说："你既然已经答应我，那就别发出怪声吓唬人！"过了一会儿，大树轰然倒地。薛大圭到庙里拜谢，发现白马大王的塑像遍体都是裂纹。

当时围观的人个个胆战心惊，怀疑那条大蛇便是白马大王的精魂。

此怪载于宋代洪迈《夷坚志》支景卷第五

1024
白面妇

明代时，北京皇城西安门内建了十座仓库，称为西十库，向来都有士兵看守。

有一天有个人和十几个同伴值守仓库，一直喝酒到深夜，所有人都醉了。二更过后，这人出去上厕所，走到仓库旁边的巷子里，月光下看到有个穿着红色衣服的女人，蹲在墙边，好像在撒尿。

这人喝醉了，就想去调戏对方，于是偷偷走过去，抱住了她。女子转过头来，脸上光溜溜的竟然没有五官，就如同白面糊上去的一般。这人吓得昏倒在地，等到被同伴发现救醒后，他才把这事情说了一遍。

此怪载于清代和邦额《夜谭随录》卷四

1025
白牛

兖州有个人坐船出行，忽然看见水面上有一把浮锁，很是好奇，便双手向上牵扯。拽出来数丈长后，浮锁尽头出现一头白牛，长得与一般牛没什么两样，但是格外光鲜可爱。

这个人知道白牛乃是灵异之物，就放掉了它。白牛入水，锁随其去。

此怪载于南北朝郭季产《集异记》

1026
白砂神

宋代时，传说浙江东阳的南边有一种妖怪，当地人称之为白砂神。当地人对其十分敬畏，经常祭祀。每年三月，都会有大风大雨从白砂兴起，一直持续到东阳城。有人说白砂神是一种海龙，每年都要到东南地区作祟，毁坏百姓的房屋。

此怪载于宋代钱俨《吴越备史》卷四

1027
白特

唐代时，有人在洛水边看见一个童子在河边洗马，突然从河中窜出一条像白绸带似的东西，光亮晶莹，在童子的脖子上缠绕三两圈后，童子就跌倒在河里死了。

凡是有河流和湖泊的地方都有这种怪物。有的人认为在洗澡和洗马时而死的人，都是被鼋拖进水的，其实并非如此。这种怪物名叫白特，应当小心提防它，它是蛟一类的怪物。

此怪载于唐代张鷟《朝野佥载》卷四

1028
百足蟹

善苑国曾经进贡一只螃蟹，长九尺，长着一百只足、四只螯，所以得名百足蟹。它的壳煮过之后，得到的东西比黄胶还要好，称之为螯胶，也胜过凤喙之胶。

此怪载于汉代郭宪《汉武帝别国洞冥记》卷三

1029
百嘴虫

唐代，有个诗人叫温会，有一次他在江州观鱼，忽然看见一个渔夫从水里爬上岸，发狂一样到处奔走。温会问怎么回事，渔夫已经无法说话，伸手指着自己的背部。

温会见渔夫头、脸、背部呈现紫黑之色，情况有些不妙，仔细观察，发现他的背上贴着一个东西，形状如同荷叶，有一尺多大，长满了眼睛，死死咬住渔夫不放。

温会赶紧让人用火烤，那东西才掉下来。怪物的每一只眼睛下面都有一张嘴，仿佛银针一样。渔夫的背上流了好几斗血，很快便死了。

此怪载于明代张岱《夜航船》卷十七

1030
柏枕

焦湖庙管香火的庙祝有个柏枕，已经用了三十多年了，枕头后面破了一个小洞。

有个叫汤林的人做生意时路过焦湖庙，进来祈祷。庙祝问："你成婚了吗？"汤林说没有。庙祝说："你进枕头的小洞里，体验一下。"汤林走进洞里，只见里面朱门琼宫，亭台楼阁，十分富贵。其中有个赵太尉，招汤林做了女婿，成亲后汤林与妻子生了六个孩子，四男二女，后来汤林做了秘书郎，平步青云。汤林在枕头里根本就没有出来的想法，但不久后因犯罪被逐出。这时，汤林才发现在枕头里那么多年，外面不过一瞬间而已。

此怪载于南北朝刘义庆《幽明录》

1031
坂鼻

剑利这地方有一种蛇，长三尺，粗如陶瓮，小的也有柱子粗，兔头蛇身，脖子以下为白色。这种蛇想害人，便会从山上像车轮一样滚下，咬死行旅之人，从人的腋下钻进去喝血。此蛇名为坂鼻，藏在洞穴里，会露出鼻子发出声音，声若牛吼，方圆几里都能听到。当地人冬天烧荒，有时会烧死它，可能是因为这种蛇体内脂肪甚多的原因。

此怪载于五代杜光庭《录异记》卷五

1032
蚌夜叉

清代，有个人在福建的一处出海口附近砍柴，来到一座山上，看见山涧里到处是蚌，大的有一丈，小的也有几尺，层层叠叠，密密麻麻。

这个人觉得很奇怪，正要走，忽然看见一个蚌张开了，里面躺着一个夜叉一般的蓝脸人。看到樵夫，夜叉想起身捉住他，不料无法脱身，大概是因为它的身体长在蚌壳上，所以不能脱壳而出吧。过了一会儿，这些蚌都张开了，里面都有这样的夜叉。樵夫仓皇逃跑，听到身后传来噼里啪啦的声音，回头一看，那些蚌都跟了过来。

樵夫逃到海边，遇到一艘船，船上的人提着大斧头去捉这些蚌，捉到了一个大蚌，敲碎壳，里面的夜叉也死掉了。樵夫带回来给别人看，没人知道这玩意儿是什么。

此怪载于清代袁枚《子不语》卷十八

1033
薄鱼

女烝山上没有花草树木，石膏水从这座山发源，然后向西流入禹水。水中有很多薄鱼，形状像一般的鳝鱼，却只长着一只眼睛，发出的声音如同人在呕吐。它们一出现天下就会发生大旱灾。

此怪载于战国《山海经》卷四

1034
宝母

唐代，有个姓魏的书生，原本出身官宦之家，家里十分富裕，后来因为结交一些狐朋狗友，变得穷困落魄。为了躲避安史之乱，他带着妻儿老小到岭南避乱，等到战乱平息后，全家乘船回归故里。船经过虔州时，天降暴雨，不得不停下。魏生在岸上闲逛，忽然看到沙滩中露出一道光芒，有十丈那么高。他觉得很奇怪，走到跟前看到一个石片，大如手掌，仿佛玉一样，一半青色一半红色。魏生觉得稀奇，便将其收下，装在箱子里。

等回到家乡，宅子早已毁于战火，又没有钱财贿赂官员获取官职，魏生只能租赁房屋，生活清苦。原先那些和他熟识的朋友听说他的境况，十分同情，都送给他一些财物接济他。

魏生先前认识一个胡商，每年都会举行"宝会"。所谓宝会，就是大家拿出自己珍藏的珍宝，相互欣赏、评价，谁的宝贝好、多，谁便可以被列为上座。这一年的宝会，魏生也被邀请参加。在场的人纷纷亮出宝贝，有的人甚至拿出了四颗大明珠，每颗直径有一寸多，光芒万丈。其他的人也不甘示弱，拿出的宝贝都不是凡品。

很快，轮到魏生了。在场的人知道魏生穷困潦倒，想戏弄他，故意问他："你也有宝贝吗？"魏生说："有的。"说完，拿出了自己先前得到的那个石片，他知道自己完全是滥竽充数，忍不住自嘲地笑起来。哪料想在座的三十多个胡人看到石片后纷纷站起来，扶着魏生让他坐在最上面的位置，其中一个年老的胡人激动得甚至流下了泪水。

胡人们想买下这个石片，让魏生报价。魏生忐忑地说："要不就给百万文钱？"胡人们很生气，大声道："这么点钱，简直是轻辱了此宝！"最后竟然给了魏生一千万文钱。魏生十分诧异，问此物的底细。一个胡人说："这是我们的国宝，战乱中丢失，已经找了三十多年。我们的国王四处寻找不得，曾经说：'谁要能找到此宝，可以封他为丞相！'"魏生问胡人这石片有何用。胡人说，这石片叫宝母，如果将其放在海边，只需过一晚，海里的明珠等各色宝贝就会自动聚集在它的旁边，故而称之为宝母。

因为卖掉了宝母，魏生变得比以前还要富有。

此怪载于明代王世贞《艳异编》续集卷十

1035

报冤蛇

宋代，广东流行蛊毒诅咒，可以杀人，也可以救人。放蛊毒的人，如果无法杀死对方，有可能自己反受其害，因此毙命。

有个人游历广东，夏季的一天行走在树林里，看到一条长二尺多的青蛇，便用手杖打它，蛇很快消失不见。这人顿时觉得身体不舒服。晚上，他住在一家旅店中，店主问："你的脸上怎么会有毒气呢？"此人自己也说不清楚。店主说："你今天都干了什么？"他将在树林中的事情告诉店主，店主说："你碰到了报冤蛇。凡是打了它的人，不论走得多远，它都会尾随而至，将仇人杀死，吃掉人心。这条蛇今晚肯定会来。"这人十分害怕，向店主求救。

店主从供奉的鼋笼中取出一个竹筒，祷告一番，递给此人，说："你今晚不要睡着，把竹筒放在你的枕头旁边，通宵点灯，躺在床上等，听到有声音，就把竹筒打开。"此人照办。半夜，果然听到屋瓦上传来声响，接着似乎有东西掉在了桌子上，随即竹筒里也传出响声。此人举起竹筒，从里头爬出来一条一尺多长的大蜈蚣，在他身上爬了三圈，又爬到桌子上。过了一会儿，蜈蚣回到竹筒里。此人顿时觉得自己的病好了。

第二天早晨，他起床后见先前的那条蛇死在桌上，这才相信店主并没有欺骗他，重谢而去。

此怪载于宋代曾敏行《独醒杂志》卷九

1036
爆身蛇

爆身蛇，长一二尺，灰色。如果听到人的声音，它就会从林中飞出，仿佛枯枝一般落下，袭击行人。如果被它击中，人就会死去。

此怪载于五代杜光庭《录异记》卷五

1037
北海大鸟

北海有一种大鸟，身高千尺，头上长有"天"字斑纹，胸部长有"侯"字斑纹，左边翅膀上的斑纹是"鸴"，右边翅膀上的斑纹是"勒"。

这种大鸟头向正东，在海中央捕鱼。它们有时振翅而飞，羽翼扇动会发出风雷之声。

此怪载于汉代东方朔《神异经·北荒经》

1038
骍马

平定县东的大海中有一种名为骍马的怪物，长得像马，有牛的尾巴，只有一只角。

此怪载于晋代顾微《广州记》、南北朝沈怀远《南越志》

1039
背明鸟

三国吴黄龙元年（229 年），当时吴国的都城还在武昌，越嶲之南的人献来背明鸟。这种鸟形如鹤，不喜欢阳光，垒起的巢冲着北方。鸟多肉少毛，声音百变，听到钟磬笙竽之声就会展开翅膀摇头，人们认为吴国得到这种鸟是吉祥之事。

这一年，吴国迁都建业，各个地方进贡来许多珍奇之物。吴人以讹传讹，将背明鸟称为"背亡鸟"，认为这是妖怪，不到百年，定然会发生丧乱背叛灭亡之事，到时国破家亡，妻离子散，后来果然如此。吴国灭亡后，这种鸟不知道去了哪里。

此怪载于晋代王嘉《拾遗记》卷八

1040
背眼怪

清代，四川人费密跟随杨展将军征讨叛乱。经过成都时，杨展住在寓察院的一栋楼里。这栋楼传闻有妖怪，杨展不听劝说，拉着费密和一个姓李的副将同宿。费密心中有疑虑，便点亮灯盏，捧着宝剑，坐在屋里防备着。

三更过后，费密听到楼下传来声响，一个妖怪顺着梯子上到楼上。这个妖怪脸上没有五官，仿佛一段枯柴一般。费密拔剑砍过去，妖怪后退几步，转身而走。费密这才发现它的背上竖长着一只眼睛，长一尺多，发出闪闪金光。

妖怪来到杨展睡觉的地方，掀开帐子，用后背上的眼睛发出的金光照射杨展。杨展的鼻孔中冲出两道白气，和妖怪的金光争斗。很快，白气越来越大，金光越来越小。最终，那妖怪滚到楼下消失了。从始至终，杨展都没有醒来。

过了一会儿，妖怪又爬上来，来到李副将床前，也用金光照射李副将。费密认为李副将比杨展勇猛，定然也不会有事，所以没去管。可过了不久，李副将大叫一声，费密跑过去一看，李副将已经七窍流血而死。

此怪载于清代袁枚《子不语》卷十一

1041
鼻涕木人

宋代，临安光禄寺在漾沙坑坡下，寺中经常闹妖怪。一个叫吴信叟的人曾经一家住在寺中。吴信叟的妻子一天白天躺在床上睡觉，有沙子落在脸上，她用手拂去，沙子又落了下来。吴信叟妻子觉得奇怪，自言自语道："在屋子里怎么会有沙子呢？"屋梁上有声音说："这里叫漾沙坑，落沙子有什么稀奇的！"吴信叟妻子吓得要死，全家很快搬到别处。

后来，蒋安礼担任光禄丞，住在寺中。一次他打喷嚏，鼻涕落在桌子上，变成了很多小木人，雕工极其精细。蒋安礼将小木人收起来，小木人却都消失不见了，接着从屋梁上掉下来成百上千个小木人。不久之后，蒋安礼一病不起。

当地人说，这里原来是福国公的宅子，他杀了很多奴婢，都埋在宅子里，所以寺中才会多妖怪。

此怪载于宋代洪迈《夷坚志》乙志卷第十九

1042
毕方

章莪山中有一种禽鸟，外形像一般的鹤，但只有一只脚，长着红色的斑纹和青色的身子，还有一张白嘴巴，名为毕方，哪里出现哪里就会有怪火。

此怪载于战国《山海经》卷二

1043
獙獙

姑逢山上没有花草树木，有丰富的金属矿物和玉石。山中有一种野兽，形如一般的狐狸却有翅膀，发出的声音如同大雁鸣叫，名为獙獙，一出现天下就会发生大旱灾。

此怪载于战国《山海经》卷四

1044
壁怪

清代光绪年间，东武徐氏家中有面年月久远的墙壁，每到风雨之日，墙壁之中便会传来音乐声。这面墙不能妄动，哪怕钉个钉子，钉的人也会肚子痛上三天。

一天，徐家主人在这面墙上挖了个洞，接着他的眼睛痛得厉害，家里人都说是得罪了壁怪。徐某不信，晚上凑在洞口往墙里看，见七个奇形怪状的人围在一起像是在讨论什么，接着其中一个变成一只异兽钻进了儿子的房间。

第二天，徐家主人的眼病好了，他儿子的肩膀却斜了。徐某没办法，只得修补墙壁，儿子的病才好。

此怪载于清代吴友如《点石斋画报》

1045
壁龙

唐代开元年间，京师一带发生大旱，长安尤其严重。唐玄宗命令大臣到山泽之间虔诚祈祷却毫无效果，便在兴庆宫龙池旁建造了一座宫殿，让少府监冯绍正在四面墙壁上各画一条龙。

冯绍正先在墙壁上画了四条素龙。这四条龙，身体扭动，状貌奇特，做出要马上飞升的样子。冯绍正还没画完，人们就感觉风雨随着他的笔墨而生。

唐玄宗和随行官员也来到墙壁下欣赏，见龙的鳞甲已经湿了。等冯绍正用颜料给龙上色的时候，有白色的云气在殿堂中出现，进入龙池里。龙池波涛汹涌，雷电轰鸣闪烁。随即白龙从波浪中腾云而上，过了一会儿风雨大作。不到一天，京师附近全都降下了甘霖。

此怪载于唐代郑处诲《明皇杂录》卷下

1046
壁面

晋怀帝永嘉年间，有个叫刘峤的人住在晋陵，他的哥哥早亡，嫂子寡居。一天夜晚，嫂子和婢女在堂屋里睡觉，二更时分，婢女忽然大哭着跑到刘峤屋里，说他嫂子屋里有可怕的怪物。刘峤点上灯拿着刀跟着婢女来到嫂子屋里，只见四面墙上都有人脸，都有一丈多长，瞪眼吐舌。嫂子很快就死了。

咸阳县尉李泮有个外甥勇猛而且顽皮，曾经对人说自己不怕鬼神。有一天，他卧室里的南墙上出现一张脸，红色，有一尺多长，塌鼻梁，双目深陷，牙齿尖利，面目可憎。李泮的外甥大怒，挥拳打过去，那脸随之消失。不一会儿，它又出现在西墙上，变成白色的，接着又出现在东墙上，变成青色的，样子都像先前那样。后来，又有一张黑色的大脸出现在北墙上，样子更吓人，大小是先前那张脸的两倍。外甥更生气了，拔出刀就刺，那大脸竟然离开墙壁扑向他，钻进了他的脸中。外甥身体摇晃，一头栽倒在地上死掉了。死后他的脸色如黑漆，一直到出殡也没变过来。

此怪载于宋代李昉等《太平广记》卷三百五十九（引《广古今五行记》）、卷三百六十一（引《纪闻》）

1047
壁席

南北朝时，襄城人李颐的父亲不信世间有妖怪。当地有一座凶宅，无人敢居住，凡是住进去的人都会死掉。李颐的父亲将其买下，住了很多年，家里平安无事，子孙昌盛。

李颐父亲升任一个二千石俸禄的职位，要举家搬迁去赴任。临行之前，李颐父亲宴请自己的亲戚，在酒席上对大家说道："天底下所谓吉凶之事，虚无缥缈。这座宅院都说是凶宅，可我住进来之后，平安无事，还升了官，所以根本就不存在什么妖怪。"

说完后李颐父亲去上厕所，不一会儿看见厕所墙壁上出现一个东西，像卷成筒的席子那样大，约有五尺高，通体洁白。李颐父亲出来取了一把刀去砍那东西，那东西被从中间砍为两段，变成了两个人。李颐父亲又横着砍了一刀，两个人变成了四个人。它们夺下李颐父亲的刀，把他杀了，然后来到宴席上，砍杀李家的子弟。在场姓李的人全部死于非命，其他的人倒是没受到伤害。

当时李颐还在襁褓中。听到外堂的变故，奶妈抱着李颐逃出门，藏在别人家，这才让李颐幸免于难。李颐字景真，后来做官成为湘东太守。

此怪载于晋代陶潜《搜神后记》卷七

1048
避役

古代中国的南方有一种爬行动物名为避役，也叫十二辰虫、十二时虫，长得如同石龙子，四肢较长，颜色青红。夏天偶尔能在篱笆间或者墙壁上看到它。凡是看到它的人，都会发生好事。它的脑袋能随着十二时辰变化成不同的形状。

此怪载于唐代段成式《酉阳杂俎》前集卷十七、

明代李时珍《本草纲目》卷四十三

1049
臂龙

明代，长江边的金山寺中有个行者，性格旷达，不拘小节。一次，趁着行者睡觉，同伴戏弄他，在他的胳膊上画了一条龙，头角鳞鬣，逼真无比。行者醒来后开玩笑说："我睡醒了胳膊上出现一条龙，莫不是上天所赐？应该把它做成文身，以此成全它！"于是，行者取来针，加上墨，给自己做成了文身。

几个月后，文身逐渐变成了紫色。又过了几个月，文身竟然鼓了起来，比旁边的皮肤高出一粒黍米的高度。每到风雨天，这条龙蜿蜒欲动，行者的手臂也跟着摇晃，这让他很是不安。

一天，行者在长江里洗澡，江水自动分开好几丈。这条手臂上下摇晃，连行者自己都控制不住。行者觉得这条龙很神奇，后来他经常钻进水中，水中的鼋、鼍、鱼、鳖看得清清楚楚。

有一次，行者心里想："金山在江心，底下应该有山根，我要去看看。"他跳下去，真的来到了江底，看到山根仅仅有几人合抱那么粗，像是一根柱子撑起了一座山。行者抱着山根摇晃，金山震动，上面的屋舍晃动不止。金山寺的僧人以为发生地震，便焚香祷告。行者回到山上，听说僧人们的表现，窃笑不已。

十来天后，行者将此事告知同伴，说这些都是因为胳膊上这条龙。同伴禀告给寺里的长老，长老说："这是个妖人！"长老偷偷去镇江报告官府，请官府把这个行者杀了。官府觉得这事不可思议，没有搭理他。

寺里的僧人生怕被行者连累，就灌醉了他，将其勒死。行者死后，他手臂上的那条龙也消失不见了。

此怪载于明代陆粲《庚巳编》卷十

1050
汴河手迹

宋代，侍郎钱逊叔年轻时在汴河上坐船，船沉落水。他在河里漂了二十多里，最后才获救。之后十几天，他总感觉腰疼，不知道为什么。后来，他发现自己的腰上有个大如蒲扇的青色手印，五指和手掌的痕迹清清楚楚，好像是水中有东西抓着他的腰将他努力举起而留下的，这才明白自己活下来的原因。

此怪载于宋代陆游《老学庵笔记》卷四

1051
冰蚕

北冥蛮荒的员峤山上，有一种东西叫冰蚕，长七寸，黑色，有角，有鳞，性至阴，有剧毒，以柘叶为食。如果用霜雪覆盖它，它就会作茧，蚕茧长一尺，五彩斑斓。冰蚕的丝极为坚韧，刀剑砍不断，可以做琴弦，织出来的布放进水里不湿，遇到火不会烧焦。

冰蚕喜战好斗，两蚕相遇，不死不休。死者可化茧，茧破则复生，可以九死九生。它周围十丈之内，人都不能靠近，否则就会被它冻死。如果得到它，放在火里烧，可以得到冰蚕珠魄，乃是人间的至宝。

此怪载于晋代王嘉《拾遗记》卷十

1052
冰蛆

西域雪山有万古不融之雪，不管冬夏，始终白雪皑皑。雪中有一种长得如同蚕的虫，味道甘甜如蜜，名字叫冰蛆，能治积热之病。

此怪载于宋代周密《癸辛杂识》续集下

1053
并封

并封，是传说中的怪兽，住在巫咸国的东面，它的形态像普通的猪，却前后都有头，周身是黑色的。

此怪载于战国《山海经》卷七

1054
病毛怪

清末，程郁廷在北京南城闹市口的宅子，是座年月久远的凶宅。在他入住之前，有户姓蒋的人家住在里面。蒋某两个快要出嫁的女儿都死在其中。

程郁廷在这座宅子里头住了很长时间。他的奴仆和儿孙经常看见一个巨大的妖怪晚上出来。这个妖怪长得像人，身体高过屋檐，遍体长着白而坚硬的长毛，碰到人，人就会生病。

一年之中，程郁廷的夫人先死在宅子里，一个小妾和小女儿也接连死掉。朋友劝他北京城有很多宅子，别迷恋这么一个地方，程郁廷才搬出去。

后来有个人将宅子租了过去，住进去的当天，他的媳妇碰到这个妖怪差点死掉，没等天亮这家人也搬走了。

此怪载于民国郭则沄《洞灵小志》

1055
波儿象

清代，江苏布政司有个书吏叫王文宾，有天白日里打瞌睡，听到书房里传来布衣的摩擦声，看了看，发现有一个穿衣打扮像衙役的人。看到这个衙役，王文宾就昏迷了，接着他感觉自己灵魂出窍，跟着这个衙役往前走。

他们到了一个地方，殿堂楼阁森然，中间坐着两个官员，上首是一个白胡子老头，下首是一个满脸麻子、黑胡须的壮年男人。台阶下，一个金丝笼里面罩着一只怪兽，如同猪一般壮硕，尖嘴绿毛。

见到王文宾过来，那怪兽张开嘴扑上来要咬他。王文宾很害怕，赶紧向左躲闪，左边有个人穿得破破烂烂，状如乞丐，恶狠狠地瞪着他。

堂上那个白胡子老头对王文宾招了招手，让他跪到近前，问："五十三两的事情，你还记得吗？"王文宾不知道他说的是什么意思。壮年男人笑道："就是海船的案子，是你前世的事情了。"

王文宾恍然大悟，对方问的是明朝海运的案子。当时禁止海运，有数百艘海船要追价充公。王文宾前世也是江苏的书吏，专门办理这个案子，当时有人出不起钱，就凑了些银子想贿赂王文宾。结果中间人干了中饱私囊的事，旁边那个形如乞丐的人就是曾经想要向他行贿的人。王文宾想起前世的事情，如实相对。

　　两个官员听完，点了点头："既然问清楚了，那就应该惩罚中饱私囊的人，你可以回阳间了。"于是，官员命令衙役带着王文宾离开。

　　王文宾此时知道自己来到了阴间，就问那个衙役："笼子里那个似猪非猪想要咬我的东西是什么？"衙役回道："那个叫波儿象，不是猪。阴间养这种兽，等案件审查明白，罪重的人就丢给它，让它吃掉。"王文宾听了很害怕。他们来到一条大河旁边，王文宾被衙役推入水中。醒来后王文宾发现自己躺在床上，已经昏迷三天了。

此怪载于清代袁枚《子不语》卷五

1056
驳骡

汉代元封四年（前107年），修弥国进献驳骡。这种东西，身高十尺，毛色赤红斑驳，皮毛上的纹路呈现出日月的形状。汉武帝用金子做成笼头、绳索装饰它，用宝器装饲料给它吃。

此怪载于汉代郭宪《汉武帝别国洞冥记》卷二

1057
猼訑

基山的南坡阳面盛产玉石，北坡阴面有很多形态奇特的树木。山中有一种野兽，形状像羊，长着九条尾巴和四只耳朵，眼睛长在背上，名为猼訑。人穿戴上它的毛皮就不会产生恐惧心。

此怪载于战国《山海经》卷一

1058
馎饦媪

馎饦即汤饼，是古代一种汤煮的面食。

　　清代，有个韩秀才，在自家的庄园里刻苦读书，经常不回家。一天夜里，他的妻子在床上躺着，忽然听见脚步声，起来一看，见炉子里的炭火烧得很旺，照得屋里非常明亮。炉边坐着一个老太婆，年纪有八九十岁，苍老异常，满是皱纹，还驼着背，头上稀疏的白发可以数得清。她对韩妻说："你吃馎饦吗？"韩妻吓得不敢应声。

老太婆用铁筷子拨了拨炉火，把锅放到上面，又往锅里倒水。不一会儿就听见开了锅。老太婆撩起衣襟解开腰上的口袋，拿出数十个馎饦放进锅里，又自言自语："等我找筷子来。"说完就出了门。

韩妻趁她出去，急忙端起锅把馎饦倒在竹席的后面，再蒙上被子躺下。过了一会儿，老太婆回到屋里，见锅里的东西没了，便逼问韩妻。韩妻吓得大声呼喊，家里的人全醒了，老太婆才离去。大家拿开竹席用火一照，发现锅里面哪是什么馎饦，竟然是数十个土鳖虫。

此怪载于清代蒲松龄《聊斋志异》卷五

1059
駮

中曲山南边阳面盛产玉石，北边阴面盛产雄黄、白玉和金属矿物。山中有一种野兽，形态像普通的马，却长着白色身子和黑色尾巴，有一只角，长着老虎的牙齿和爪子，发出的声音如同击鼓的响声，名为駮，能吃老虎和豹子，饲养它可以抵御兵器伤害。

此怪载于战国《山海经》卷二

1060
不死草

传说不死草长得像菰苗，把不死草放在死人的身上，能够让人复活。

秦始皇时，宫廷里经常有人蒙冤身死。有长得像乌鸦的大鸟衔着不死草飞过，草从鸟嘴中坠下，落在死人身上，死人立刻坐起复生。秦始皇派人向鬼谷先生打探这种草的底细，鬼谷先生说："这种草产于东海亶洲的琼田之中。"

此怪载于南北朝萧绎《金楼子》卷十二

1061
不死民

不死民，长得都是黑色的，个个长寿，人人不死。

此怪载于战国《山海经》卷六

1062
不孝鸟

不孝鸟，长着人的身体、狗的毛、猪的牙，额头上的条纹组成了"不孝"两个字，嘴下的条纹则是"不慈"，鼻上则是"不道"，左胁是"爱夫"，右胁是"怜妇"，看来是上天特意创造这种怪物，来告诉人们要遵守忠孝之道。

此怪载于汉代东方朔《神异经·中荒经》

1063
彩衣小儿

清代，北京城有个少年，好吹横笛，每到傍晚则吹奏数曲，聊以自娱。

一天日暮，少年在院中坐着吹笛，忽然有一个身穿彩衣的小儿从外头跑进来，顷刻之间便有好几百个，衣着全都一样。一时之间，院子里的小儿密密麻麻，到处都是。

少年吓得躲避到屋子里，扯起被子蒙起头躺下。过了不久，外面静寂无声，他起来查看，发现那些小儿全都不见了。自此之后，少年再也不敢吹笛子了。

此怪载于清代王士祯《居易录》卷三十

1064
蔡京家怪

宋徽宗宣和二年（1120年），太师蔡京府上发生了奇怪的闹妖事件。蔡京的一个孙媳妇每天黄昏都会浓妆艳抹，穿着一身华服坐在外面，好像在等人。她回房后在里头嘀嘀咕咕，好像在跟什么人说话，欢声笑语，通宵达旦。接着，她经常昏昏沉沉，看到家里人甚至自己的孩子也表情淡漠，好像不认识一般，饮食俱废。

蔡京知道后很担心，找宝箓宫的道士来家中施法，可没有什么效果。后来又请了很多京城有名的术士、道士，前后有好几十个，都被妖怪羞辱，铩羽而归。听说虚靖先生张天师正好在京城，蔡京立刻禀明宋徽宗，将张天师迎到家里。

张天师刚到大堂，妖怪便在房梁间大声呼啸。张天师跟蔡京说："这妖怪法力甚高，看样子是生于混沌初分之际，不能轻易除掉。你给我两天的时间施展秘法，如果连我都除不掉它，那一般道士根本不是它的对手。"

蔡京问张天师作法都需要用到什么东西，张天师说："你只需要准备'香、花、茶、果'这四样东西。其他东西都不用。"

三天后，张天师又来到蔡府，还没坐下，一块大石头从房梁间掉下来，直接砸到地上，差点儿打中张天师的脸。过了一会儿，大家看到房梁上出现了一个像猿猴一样的东西。这妖怪不怕张天师，笑着说："蔡京老儿叫了那么多法师来，都不是我的对手，你又是从哪里冒出来的？"张天师不理它，只是在那儿焚香作法。

妖怪十分生气，左手第一个手指忽然喷出火来，喷向张天师。张天师端坐在火焰之中，岿然不动，掐诀念咒，火焰根本伤不了他。妖怪见状，又从第二个手指头里喷出火来，然后是第三、第四、第五根手指，火都喷完了，张天师还是安然无事。妖怪暴跳如雷，开始用右手喷火，最后两只眼睛里也冒出冲天的大火。大堂里烈焰熊熊，旁边人全被吓跑了，张天师却安然端坐，毫发无伤。

此时，张天师说："我看你的招数都使完了，快下来吧！"妖怪见自己不是对手，浑身战栗地下来了。张天师把妖怪缩小成一团，收进袖子里，站起来准备走。蔡京赶紧跑过来，说："我对这东西很好奇，你既然能将它变小，可不可以让它变大？"张天师说："它要变大，头能伸到天上去，会把人吓着的。"蔡京坚持说："你就让它变大吧！我看看！"于是张天师从袖子里把妖怪放出来，大喝几声，话音未落，这妖怪一下就长高好几十丈！蔡京吓坏了，命令张天师将妖怪杀掉。张天师说："不行，这妖怪上通于天，要是把它杀了，那就大祸临头了，最好把它流放到海外，让它永远回不来，这样的惩罚就足够了。"蔡京一看没办法，只能听任张天师把妖怪带走。

张天师一走，蔡京的孙媳妇马上恢复正常。当时蔡京七十四岁，很多人认为他欺君误国。蔡京府上出现这么件怪事，意味着蔡京就要倒霉了。

此怪载于宋代洪迈《夷坚志》支戊卷第九

1065
蚕马

江西余干润陂这地方有个人叫谭曾二。他是养蚕大户，每年都养上百竹箔的蚕。绍熙元年四月的一天，谭曾二妻子夜起喂蚕桑叶，忽然发现有个竹箔内的一只蚕比一般的蚕大好几倍。

这只蚕每一段身体的颜色都不一样，青红黑白分明，全不混杂，中间一段有着像黄金一样的颜色，透彻腹背。看到这"异蚕"，妻子感觉是个吉祥的征兆，于是拿出自己的香盒，在底部铺上细细的桑叶，把蚕装在香盒里，供到了自家佛堂。

第二天早晨起来，她忍不住打开香盒，发现这只蚕发生了变化，长出来两只耳朵。又过一天，蚕长出来一条尾巴并且渐渐长出四足，站立起来，像一匹小马，一会儿蹦一会儿跳，好像在逗人乐一样。又过了七昼夜，小马不见了，这只蚕变成了一尊入定的观音像，观音头部是蒙起来的，腿部双盘，像僧人打坐那样。

消息传出去后，周围的街坊邻里都来了，几乎踩破了谭家门槛，都想看看观音像。谭家看到这阵势很害怕，便把小观音像和香盒一起埋到了桑树下。

那年，谭家的蚕缫出来的丝比往常多了一倍，家里养的小蚕、寒蚕也都比往年好很多。随后的三年，谭家养的蚕出丝都特别多，但是接下来的两年，蚕做茧时一个蚕茧也没得到。

此怪载于宋代洪迈《夷坚志》支丁卷第七

1066
蚕王

宋代，宿州符离农民王友闻和弟弟王友谅住在蔡村。王友闻娶了同乡秦彪的女儿为妻。秦氏性格毒辣自私，成婚不久后撺掇王友闻和弟弟王友谅分了家。

一次，王友谅来哥哥家借蚕种。秦氏心坏，将蚕种用火烤了之后给他。王友谅不知道蚕种被嫂子做了手脚，回来交给妻子打理。王友谅妻子精心照顾蚕种，结果只孵化出来一只小蚕。小蚕慢慢长大，重几百斤。秦氏听说了，十分嫉妒，趁着王友谅夫妇外出，家中只有小女儿留守时，带着丈夫过去。秦氏支开王友谅女儿，然后径直进入蚕房。那只蚕躺在窗户下，发出牛一般的喘息声，正在吃桑叶。秦氏用大棍子打它，每打一下，蚕就吐出来好几斤蚕丝。秦氏吓得魂飞魄散，赶紧和丈夫回家。回家不久后秦氏心里开始难受，几天后便死了。等那只蚕成了茧，王友谅缫丝，得了一百斤的丝。这只蚕，便是传说中的蚕王。

此怪载于宋代洪迈《夷坚志》支甲卷第八

1067
藏珠

瀛洲有一种鸟，长得像凤凰，身体是红青色的，翅膀是朱红色的，名叫藏珠。这种鸟，每当它们飞起来鸣叫时，就会吐出许多珍珠。仙人们喜欢用这种珍珠做衣裳，大概因为这种珍珠轻而且异常闪烁。

此怪载于晋代王嘉《拾遗记》卷十

1068
曹公船

安徽无为有个地方叫濡须口。三国时，曹操为了报火烧赤壁之仇，起兵四十万与东吴大战，结果两次都无功而返。

据说，濡须口有一条大船，船身沉没在水中，水小的时候它就露出来了。当地的老人们都说："这是曹操的船。"因此，称其为"曹公船"。曾经有一个渔夫，把自己的船缚在这条大船上，夜里停宿在它的旁边，只听见那船上传来吹奏竽笛、弹拨丝弦以及歌唱的声音，又有非同寻常的香气飘来。渔夫刚睡着，便梦见有人驱赶他说："别靠近官家的歌姬。"传说曹操载歌姬的船就沉在这里。

此怪载于晋代干宝《搜神记》卷十六

1069
草上飞

忽鲁谟厮国有一种怪兽，名为草上飞，当地称之为"昔雅锅失"，如猫一样大，身上的斑纹仿佛玳瑁，两只耳朵又尖又黑，性格温顺，但是狮子、豹子这样的猛兽见了它，全都会匍匐在它的脚下，乃是当地的兽中之王。

此怪载于明代马欢《瀛涯胜览》

1070
草妖

汉灵帝光和七年（184 年），陈留郡的济阳县、长垣县，济阴郡和东郡的冤句县、离狐县地界上，路边的草长成人的形状，还拿着兵器弓箭，有的草长成牛马龙蛇鸟兽的形状，色彩逼真，羽毛、脑袋、足爪、翅膀齐全，几乎和真的一样。当地人说：

"这是草妖。"这一年，黄巾起义爆发，东汉国势开始衰落。

此怪载于晋代干宝《搜神记》卷六

1071
厕怪

古代人认为厕所里阴暗污秽，而且厕所往往位于家里偏僻的地方，所以其中经常会出现很多妖怪，其中一种称为厕怪。

唐代楚丘的主簿王无有新娶了妻子，妻子虽然漂亮但喜欢吃醋，嫉妒心很强。

一次，王无有病了，要去厕所，却浑身无力，想让侍女扶着去，妻子不答应。王无有只能一个人去厕所，看见厕所里面有个东西背对自己坐着，皮肤很黑，而且长得很健壮。王无有以为是家里的仆人，就没有在意。过了一会儿，王无有正在方便时，这个东西转过头，只见它眼睛深凹，鼻子巨大，虎口鸟爪，面目狰狞。妖怪对王无有说："把你的鞋给我。"王无有很害怕，还没来得及回答，那妖怪就直接拿掉了他的鞋，放在嘴里嚼，像吃肉那样，鞋被嚼得冒出了血。

王无有惊慌失措，回来赶紧告诉妻子，责怪她说："我生病要去厕所，仅仅想让一个侍女送我，你就坚决阻拦。一个人果真遇到了妖怪！"妻子不信，就拉着他一起去看，到厕所时，妖怪又出现了，夺了他的另一只鞋，丢进嘴里嚼。王无有的妻子也吓坏了，赶紧拉着丈夫跑了回来。

又过了一天，王无有到后院，妖怪出现了，对王无有说："来来来，我把鞋还给你。"说完，就把一双鞋扔在王无有旁边。奇怪的是，鞋并没有损坏。

王无有请巫师来，想搞清楚到底是怎么回事。巫师做了法事，和妖怪沟通，妖怪对巫师说："王主簿官禄到头了，还有一百多天活头，不赶紧回老家，就会死在这里。"王无有于是赶紧返回老家，到一百天的时候，果然死了。

此怪载于宋代李昉等《太平广记》卷三百三十三（引《纪闻》）

1072
厕神

厕神并不是神，而是指在厕所里出没的一种妖怪。

东晋时，有个叫陶侃的人，一次上厕所，看见有好几十人，都拿着大印。其中有个穿单衣系头巾的人，自称后帝，对陶侃说："你身份尊贵，所以我就来瞧瞧你。你如果三年内不说出见到我的事，就会有大富贵。"陶侃站起来，那人就消失了。再看茅坑里有大印作"公"字，《杂五行书》上说："厕神，后帝也。"

南朝宋时，宣城太守刁缅当初做玉门军使的时候，有个妖怪形状像大猪，全身都有眼睛，出入于厕所，游行在院内。刁缅当时不在家，看到这个妖怪的官吏兵卒有一千多人。过了几天，刁缅回家，举行了一场祭祀，厕神就消失了。十天后，刁缅升任伊州刺史，又调转做左卫率、右骁卫将军、左羽林将军，从此富贵了。

唐代，吴郡有个人叫陆望，寄住在河内这个地方，表弟王升和陆望住得很近。早晨王升拜会陆望，走到村庄南边已经死去的村民杨侃的宅院里，忽然看见一个妖怪，两手按着厕所，大耳朵，眼睛深凹，虎鼻猪牙，面容呈紫色而且斑斑点点，直看着王升。王升惊恐而逃，看见陆望就说了这事。陆望说："我听说看见厕神，可能会有不好的事情发生。"王升回家就死了。

天台县有个百姓王某，经常祭拜厕神。有一天他去上厕所，看到一个黄衣女子，女子说："我就是厕神，你想听懂蝼蚁说的话吗？"说完从怀中拿出一个小盒子，在王某右耳朵下点上一点儿盒子中的油脂，然后说道："你看到蚂蚁聚在一起就侧耳倾听，必有所得。"

第二天，王某看到柱子下有群蚂蚁在搬家，听见一只蚂蚁说："我们还是搬去暖和点的地方吧。"旁边的蚂蚁问为什么，这只蚂蚁说："下面的宝贝冰凉，住着不舒服。"等到蚂蚁全部搬走，王某在蚁巢的下方挖出来十个银元宝。

此怪载于南北朝刘敬叔《异苑》卷五、宋代李昉等《太平广记》卷三百三十三（引《纪闻》）、清代褚人获《坚瓠集》秘集卷一

1073
馋鱼

南中有一种鱼，身上肉少脂肪多。当地人用这种鱼的脂肪做灯油。烧这种灯油的灯，纺织时点着，昏暗不明，但是如果举办宴会、吃饭时点着，就会分外明亮，人们称之为馋鱼灯。

此怪载于五代王仁裕《开元天宝遗事》卷上

1074
蝉鱼

五代时，郫县一个姓侯的书生在沤麻池抓住一条蝉鱼，有一尺多长，煮熟了吃掉，原本花白的头发变得漆黑，掉牙齿的地方又生出新的牙齿，身轻体健。

此怪载于五代杜光庭《录异记》卷五

1075
产蛆

清代，天津静海西村有个农妇生下来一个怪物，形状如蛆，长六寸多，身体前面尖后面平。怪物有嘴，饿了就钻进母亲的怀里吃奶，吃饱了则躺在床上。这家人很讨厌怪物，但是刀斧不能伤害它分毫，只能将它丢在巷子里，任其自生自灭。

过了几年，这东西逐渐长大，长好几尺，粗如大葫芦，给食物它也能吃下。家里人见它没有做出伤害人的事情，逐渐接受了它，又把它接回家里。

后来，农妇又生下一个儿子，家里人每次出门，便让产蛆照顾小孩。产蛆在小孩旁边精心守护，从没出过意外。碰见有亲朋好友来，产蛆便会隐形不见，等人走了，它才会出来。

此怪载于清代李庆辰《醉茶志怪》卷四

1076
长臂大手

提辖张逊是四明人，担任常州晋陵县知县，任满回乡，夜泊在宜兴驿前。

当时是夏天。张逊有个儿子二十多岁，和张逊一起住在船舱里。那天晚上，月明如昼，四更天后，婢女们忽然喧哗起来，说感觉到暗中有手在船舱中摸索，又说甲板上有拉扯挣扎的声音。张逊惊起，大声呵斥婢女们，婢女们才安定下来。他怀疑有强盗，就把船夫们喊起来，巡查了一番，没发现什么异常，便回到了船舱中。

这时，仆人发现他的儿子不见了，赶紧点起灯笼寻找，但是没有找到。在此期间，也没人看到过他的儿子外出。出了这事，全船人惴惴不安。

天亮后，在对岸泊船的人远远地告诉他们："昨晚看到你们船的甲板上站着十几个身形高大的人，好像在找什么东西。不一会儿，有十多只长手大臂从水里伸出来，把一个人拖下了水。"张逊找人下水打捞，果然找到了儿子的尸体。

此怪载于宋代郭彖《睽车志》卷二

1077
长臂人

长臂国的人，双臂奇长，擅长将双手伸入海中捕鱼。

此怪载于战国《山海经》卷六

1078
长狄

长狄，是古代传说中的一种巨人。

晋文公十一年，有长狄三人来到中原。三人十分高大，向他们投掷瓦石是不能伤害他们的。他们被射死后倒下，身体能遮盖九亩地，砍掉他们的脑袋，车子都装不下。

秦始皇二十六年时，有十二个长狄人出现在临洮，每个都高五丈多，大家都认为是件吉祥的事。后来秦始皇收集天下兵器，铸造十二金人立于咸阳。

此怪载于春秋穀梁赤《春秋穀梁传·文公十一年》、南北朝郦道元《水经注》卷四

1079
长人

宋代建炎年间，泉州有个人驾船出海，遭遇暴风，大船漂到一座岛上。

这人带着徒弟们一起上岸，见岛上长满花草。一帮人往前走，进入一片森林，里头溪流密布，水石清浅。大家蹚过溪流，沿着道路进入一个山谷。过了一会儿，出现几十个长人，每一个身高一丈多，耳朵垂到肚子前，突然向他们冲过来，两手各抓一人，将他们带到山谷深处，用大铁笼罩住。

长人派一人看守他们，其他的躺在石头上，卷起耳朵当枕头睡觉。睡足了，长人从铁笼子中抓出来一个人，剥去衣服，撕裂了分吃。其中一个人偷偷地挖出地道，等长人睡着了，带领剩下的人逃到海边登上大船，才得以回来。

此怪载于宋代郭彖《睽车志》卷四

1080
长蛇

大咸山没有花草树木，山下盛产玉石，人不能攀登上去。山中有一种蛇叫长蛇，身上的毛与猪脖子上的硬毛相似，发出的声音像是人在敲击木梆子。

此怪载于战国《山海经》卷三

1081
长右

长右山中有一种野兽，外形像猿猴，却长着四只耳朵，名为长右，叫的声音如同人在呻吟。任何郡县一出现长右就会发生大水灾。

此怪载于战国《山海经》卷一

1082
鲑鱼

鲑鱼样子像鳢鱼，身上长着红色的斑纹，大的有一尺多长，大多长在污泥池里，有时一群鱼多达几百条。这种鱼能兴妖作怪，也能迷惑人，所以人们不敢侵犯。

有的人祭祀这种鱼，附近田里的庄稼就会产量倍增。如果隐瞒自己的姓名租种土地，三年以后舍弃土地离开，一定能免遭鲑鱼的祸害。

鲑鱼有时候祸害人，能改变人的面目，使人的手足反转，只有向鲑鱼祈祷并道歉才能解除灾祸。

鲑鱼夜间能在陆地上行走，经过的地方有湿泥的印迹，到达的地方能听到嗖嗖的声音。

此怪载于五代杜光庭《录异记》卷五

1083
沉明石鸡

东汉建安三年（198 年），胥图国贡献沉明石鸡，红色，大小像燕子一样。

石鸡长在地下，按时鸣叫，叫声能清楚地传到很远的地方。胥图国的人听到石鸡的叫声，就杀牲畜祭祀它。在它发出叫声的地方向下挖，就能得到这只石鸡。如果天下太平，石鸡就上下翻飞，人们把这种现象当成祥瑞，所以又把这种鸡叫作宝鸡。胥图国没有普通的鸡，人们听地下石鸡的鸣叫来计算时间。

有个道士说："从前仙人相君去采石料，入洞穴几里深，得到红色石鸡。捣碎了做药，服了能使人长寿。"

此怪载于晋代王嘉《拾遗记》卷七

1084

城嚎

清代，湖南武陵城的候潮门附近，每夜都有人能够听到城墙发出哭声，听起来十分悲伤，有知道底细的人，称之为城嚎。

此怪载于清代董含《三冈识略》卷二

1085

城隍主

唐代开元年间，滑州刺史韦秀庄有次到城楼上看黄河，忽然看见一个人，身穿紫衣头戴红帽，只有三尺高。这个人向韦秀庄参拜。韦秀庄知道他不是凡人，就问他是什么来头。对方回答说自己是城隍主。又问他来此有什么事，城隍主说："为了使黄河的河道畅通，河神打算摧毁这座城池。我坚决拒绝了。五天后，我与他将在河岸有一场大战。我担心打不过河神，特来向你求援。如果你能支援我两千名弓箭手，到时候帮助我，我就一定能打胜。这座城是你所管，命运如何就看你的了。"

韦秀庄答应他的要求后，这人就消失了。过了五天，韦秀庄率领两千名精壮的士兵登上城楼，看见河面上一团漆黑，然后冒出一股十多丈高的白气，同时城楼上冒出一股青气，和河上的白气缠绕在一起。这时韦秀庄命令弓箭手们向白气放箭，白气渐渐变小最后消失，只剩下青气。青气升腾而上，化入云端，后来又飘到望河楼里。

起初，黄河水已逼近城下，后来逐渐后退，一直退到离城五六里的地方。

吴地的人都怕鬼，所以都供奉城隍主。开元末年，宣州司户死了，死后被城隍主召去。城隍主住在很大的宫殿里，门外有很多侍卫，守卫十分森严。城隍主见到司户后，问他一生做了些什么，司户说自己没做什么坏事，不该死。

城隍主说:"你说得对,那就放你回去吧。不过,你认识我吗?"司户说:"我是凡人,怎能认识你呢?"城隍主说:"我叫桓彝,最近就要晋升为宣城内史,主管全郡了。"这些都是司户活过来以后说的。

此怪载于唐代戴孚《广异记》、宋代李昉等《太平广记》卷三百三(引《纪闻》)

1086
城灵

洪州城自马瑗置立后,一直没有修整过,相传修城的人一定会死掉。唐代永泰年间,都督张镐带人修城,城西北的大坑里出现两条蛇,一条白色,一条黑色,头长得如同牛,形如巨大的土瓮,长六十多尺,盘在坑里,旁边还有无数小蛇。

手下禀告给张镐,张镐命人用竹篾绑住蛇的脑袋,把它们牵出来。蛇很听话,被人牵了出来。士兵中有人伤了十几条小蛇。两条蛇被放入一个大池塘中,池水有几丈深。两条蛇进去后,池塘里的龟都爬上了岸,里面的鱼全都浮上来死掉了。过了七天,张镐暴亡。

此怪载于唐代戴孚《广异记》

1087
城门大面

清代,广西府的一个官差,夜里五更时分有公务着急出城去常宁。到了城门口,城门还没开。官差用手摸了一下城门,感觉城门又软又滑,像人的皮肤。他大惊,借着月光仔细看,发现有一张大脸塞满城门,五官和人一样,双眼大得如同簸箕。官差受惊逃走,等天亮跟着人一起出城,却见城门并没有什么异样。

此怪载于清代袁枚《子不语》卷十九

1088
乘黄

乘黄,是传说中的怪兽,外形像一般的狐狸,脊背上有角,人要是骑上它就能活两千岁。

此怪载于战国《山海经》卷七

1089

秤掀蛇

传说有一种秤掀蛇，人如果被它叫了名字，一定会死掉。

清代文学家朱翊清十六岁的时候，一天和弟弟一起从亲戚家探病返回，走到大悲桥，忽然听到身后传来一声响，回头看到一条蛇，全身的斑点如同秤杆上的星点一般。这条蛇离地四五尺，昂着头，飞快射过来，行动如风。朱翊清和弟弟吓得魂飞魄散，狂奔到一处荒坟，再回头，蛇不见了。

回到家中，二人询问母亲，母亲说那是秤掀蛇。后来过了不久，弟弟就生病夭亡了，才十二岁。

此怪载于清代朱翊清《埋忧集》卷四

1090

重明

尧在位七十年，有个祇支国贡献了一种叫重明的鸟，这种鸟的眼睛里有两个眼仁。重明的样子像鸡，叫声像凤鸣，经常脱落羽毛，用肉翅飞翔。它能追杀猛虎，使妖魔鬼怪和各种灾祸不能对人类造成伤害。重明鸟以美酒为食，有时一年来好几次，有时几年也不来一次。

有的老百姓雕刻木头，有的熔铸金属，制作成这种鸟的样子，放在大门和窗户之间，能使各种鬼怪自然退避躲藏起来。古代每年正月的第一天，人们都会在门窗之上刻鸡或画鸡，就是那时候流传下来的重明的形象。

此怪载于晋代王嘉《拾遗记》卷一

1091

鸱

三危山中有一种禽鸟，长着一个脑袋，却有三个身子，名为鸱。

此怪载于战国《山海经》卷二

1092

蚩尤旗

上古时，黄帝杀了蚩尤，蚩尤的坟就在高平寿张县，高七丈。当地人每年十月祭祀蚩尤的时候，坟上就会出现一道红色光气，大家都称其为蚩尤旗。

也有人说，在六月的傍晚，会看到两道一丈多高的白气，从东西两个方向飞来，光芒相交，半天才消失，这也是蚩尤旗。

此怪载于唐代李冗《独异志》卷中、清代董含《三冈识略》卷二

1093
痴龙

汉代时，洛阳附近有一个洞穴，深不可测。有个妇人要谋杀亲夫，就对丈夫说："从来没见过那么神奇的洞穴。"男人就带着妻子想去看个究竟。等男人走到跟前的时候，妇人猛地将他推了下去。

男人掉下去后，经过很长时间才到底，被摔得晕了过去，良久才苏醒过来。

妇人以为丈夫死了，后来从洞穴上方抛下来一些食物，装模作样地祭祀他。男人在底下吃了这些食物，稍稍恢复了力气，就慌里慌张寻找出路。洞穴里面崎岖曲折，男人有时要匍匐前行，走了数十里，洞穴变得越来越宽广，而且前面还露出光亮，竟然到了另外一个庞大的世界。

男人走了百余里，觉得自己脚下踩的尘土发出糯米般的清香，吃了之后，发现味道甘美而且能够充饥。他就以尘土为食，继续赶路。等尘土吃完了，发现有一种泥，味道和先前那尘土一样，他便以泥为食。

如此，他一直走，来到一座城市，只见城郭整齐，亭台楼阁鳞次栉比，都是以黄金、琥珀等珠宝为饰。即便没有太阳和月亮，这座城市也光芒万丈。这里的人都三丈多高，穿着羽毛做成的衣服，演奏着凡世听不到的美妙音乐。

男人哀求这些巨人，希望他们能给自己指条回家的路。一个巨人带他往前走，走了很远，看到一棵大柏树，枝叶繁茂，参天而立。

树下有一只羊。巨人让男人跪着捋羊的胡须，刚开始，得到一颗珠子，接着捋了两次，又得了两颗。巨人让男人把第三次得到的珠子吃了，男人就不饿了。

后来，巨人领着男人出了洞穴。男人好奇，问这人以及那大城的来由。巨人说："你出去问一个叫张华的人，就知道了。"

男人出了洞穴，发现竟然到了遥远的交州，走了六七年才回到洛阳。归家后，男人找到张华，将自己的故事讲给张华听。

张华说："你在洞穴里踩的那种如尘土的东西，是黄河下龙流出的龙涎，泥则是昆仑神山下的泥，都是神物。那地方，叫九处之地，当地的神灵名为九馆大夫。那羊，乃是一种名为痴龙的怪物，它吐出的第一颗珠子，如果吃了可以和天地同寿，吃下第二颗能延年益寿，吃下第三颗只能让你不饥饿而已。"

此怪载于南北朝刘义庆《幽明录》

1094
尺郭

大地东南有种怪物名叫尺郭，身高七丈，腰阔七丈，头戴一种叫"鸡父"的面具，赤蛇绕额。尺郭每天早上吞恶鬼三千，傍晚吞恶鬼三百，囫囵吞下，从不咀嚼。它以鬼为食，以露为饮，也叫黄父、食邪。

此怪载于汉代东方朔《神异经·东南荒经》

1095
赤光卵壳

军吏熊勋，家住在建康长乐坡的东面。一天晚上，熊勋看见屋顶上有两个东西，大若鸡蛋，赤色有光，往来相互追逐。家人惊慌失措。

有个亲戚向来勇猛，爬上屋顶抓住了其中一个，发现是个彩色的锦囊，里面包裹着一个鸡蛋壳。此人将其烧掉，发出的臭味飘散数里地。另外那一个没有再来，熊勋家里也安然无恙。

此怪载于五代徐铉《稽神录》卷四

1096
赤鱬

青丘山中有条河流名英水，向南流入即翼泽。泽中有很多赤鱬，形如普通的鱼，却有一副人的面孔，发出的声音如同鸳鸯鸟在叫，吃了它的肉能使人不生疥疮。

此怪载于战国《山海经》卷一

1097
赤眚

明代正德八年（1513 年）二月，有两颗火光四射的流星，陨落于浙江常山县官舍中，大如鹅蛋。

七月，浙江龙泉县，有两个赤色弹丸从空中陨落于县衙，形状也大如鹅蛋，接着飞入老百姓家中，跳跃着好像在相互争斗，良久消失不见。四天后，又有两个火块坠落，烧毁官房、民房四十多间。有一片怪气出现在河间的老百姓家中，死了二十人。

这东西，是赤眚。

此怪载于明代沈德符《万历野获编》卷二十九

1098
赤水神

唐代贞元年间，陈郡有个姓袁的人，曾在唐安担任参军，卸任后到四川游历，住在一家旅店里。忽然有个白衣人前来求见。

落座后，白衣人对袁某说："我姓高，家在本郡的新明县，曾在军队中任职，现在已经卸职，也是到这儿游历的。"谈话中，袁某觉得他聪慧博学，不同于常人，感到很奇怪。白衣人又说："我擅长算卦，能说出你的过去和将来。"袁某就问他。白衣人果然将袁某过去的事一一道来，无一不对。袁某更感惊奇了。

他们一直谈到深夜。白衣人说："我不是凡人，有一件事要对你说，可以吗？"袁某一听，害怕得站起来问："你不是凡人，难道是鬼？是不是要加害于我？"白衣人说："我不是鬼，也不会害你，我是来托你办一件事。我是赤水神，我的庙在新明县南边。去年连下了几个月的雨，我的庙坍塌了，郡里没有人管这事，使我遭受风吹日晒，平日樵夫、放牛娃也欺侮我，人们都把我看作一堆废土了。我请你帮忙，你觉得能办到就办，办不到我就走，不会怪你的。"袁某说："既然如此，没什么不可以的，你就说吧。"白衣人说："你明年将调补到新明县去当县令，上任后能为我重修祠庙并按时祭祀就行了。希望你不要忘了这件事。"袁某连声答应。白衣人又说："你到新明县上任后，我们该见上一面。然而我毕竟不是人，担心你的手下会侮慢我，希望到时你单独到庙里，我们才能谈得尽兴。"袁某说记住了。

这年冬天，袁某果然补任新明县令。上任后，他打听到县南数里有座赤水神庙。过了十多天，袁某带人去那里。离庙还有百余步时，他让车马仆从留下，独自一人进庙。

庙里破烂不堪，荒草丛生。一个白衣人走出来，正是先前的那个人。他高兴地拜过袁某，说："你不忘对我的许诺，今天来看我，我太高兴了。"

两人一起在庙里走，袁某见墙边有一个老和尚披枷戴锁被几个人押着，问怎么回事。白衣人说："他是县东寺庙里的道成和尚，因为有罪，我已经把他押在这里一年了，每天早晚都要拷问他。十几天后，我会放掉他的。"袁某问："这和尚是活人，怎么能把他押在这里呢？"白衣人说："我拘押的是他的魂魄，致使他生了大病，不过他本人并不知道是我干的。"又说："你既然答应为我修庙，望你快点办吧。"

袁某回到县里，立刻张罗修庙的事，但是县里太穷了，根本没有钱。袁某心想，赤水神说他拘押了道成和尚的魂魄使他生病，还说再过十几天就放他的魂魄，我不如就借此让道成和尚修庙。

袁某到县东的寺庙里去，一问，果然有一个道成和尚，已经重病一年了。

袁某见到道成和尚，对他说："你病成这样，怕快要死了。如果你愿意出资修建赤水神庙，我能使你痊愈。"道成和尚说："我的确快死了，从早到晚身上痛得不得了。如果病真能好，我不会在乎修庙的钱。"袁某撒谎道："我能见到非人之物。最近去赤水神庙，看到你的魂魄正披着枷锁捆绑在墙下，我就找来赤水神问怎么回事，他说你过去犯了罪，所以才被拘押。我请求他放了你的魂魄，并且说我会让这和尚为你修庙。赤水神高兴地答应了，并说再过十几天就会放了你的魂魄。我这次来，便是将事情告诉你，你赶紧去修庙，晚了可来不及了。"

道成和尚听后，假装答应了。过了十多天，他的病果真好了，就叫来了庙里的弟子们，对他们说："我小时出家入庙，一心向佛，已经五十年了，日前不幸大病一场。袁县令对我说我的病是赤水神作怪，让我病好后修缮赤水庙。修建庙宇是为了庇护人，而赤水神竟然让我生病，不除掉他怎么行！"于是，道成和尚率领徒弟和信众们来到赤水神庙，把庙拆毁，把神像也扔掉了。

两天后，道成和尚去见袁某。袁某高兴地说："你的病果然好了，我没说错吧。"道成和尚说："对，你救了我，我不会忘你的大恩大德。"袁某说："那就赶快修赤水神庙吧，不然怕会招来灾祸。"道成和尚说："修建庙宇是为民造福，而赤水神这样的家伙不但不造福于人反而还害人，怎么能给他修庙呢！我已经把他的庙拆了。"袁某一听，吓得够呛，责备道成和尚，道成和尚毫不在乎。

一个多月后，县里有个小吏有罪，袁某命人打他，结果把对方打死了。小吏的家人告到郡里，袁某被判流放到端溪。

过了三峡，袁某看到有个白衣人站在路边，是赤水神。赤水神说："之前我拜托你为我修庙，结果导致道成和尚拆了我的庙、毁了我的像，让我无所依归。这都是你的罪过。现在你被流放，是我报的仇。"袁某说："干这事的，是道成和尚，为何要把罪过归到我的身上？"赤水神说："道成和尚虽然是个僧人，但气运很盛，我没办法对他下手。现在你的气运已经衰败，又违背了诺言，我便如此了。"说完，赤水神消失不见。

袁某十分生气，过了几天，抑郁而死。

此怪载于唐代张读《宣室志》卷二

1099
赤蚁

赤蚁，也叫赤蛾，是古代传说中一种红色的大蚁。它大如巨象，浑身带火，力负万钧，以虎豹蛇虫为食，卵大如斗，当地人用卵做酱，称之为蚳醢。

此怪载于战国屈原等《楚辞》、宋代梅尧臣《赤蚁辞送杨叔武广南招安》、明代邝露《赤雅》卷下

1100
绸

大地西方的深山里有一种怪兽，名为绸，面目、手足、毛色都像猴子，身体大如驴，擅长攀爬大树，经常到百姓家偷盗五谷。这种怪兽只有母的，没有公的，在路上掠夺男子为丈夫，与人交配怀孕，十个月后生下后代。

此怪载于汉代东方朔《神异经·中荒经》

1101
触触

东海有种怪鸟，羽毛斑驳，嘴巴赤红，有一只爪子，只吃虫子，不吃稻粱。它的鸣叫声仿佛人啸，昼伏夜飞。有时它们白天出现，别的鸟就会齐声鸣叫。当地人称这种怪鸟为触触，也叫山噪。有人怀疑它们是传说中的商羊。

此怪载于明代朱国祯《涌幢小品》卷三十一

1102
船灵

唐代时，船工会在开船前一天的晚上杀鸡，用鸡骨占卜，然后用鸡肉祭祀船灵。船灵称为孟公孟姥。

又说，船灵名为冯耳，下船后三拜，叫它的名字三声，能祛除灾邪。也有人称其为孟父孟母或者孟公孟姥。孟父名为帧，孟母名为衣；孟公名为板，孟姥名为履。

此怪载于唐代段公路《北户录》卷二

1103
窗棂小妇

宋代，常州宜兴的僧人妙湍，负责掌管寺里僧人的度牒。一次，他和两个僧人一起拿着度牒交到县里审核。

晚上，妙湍和两个僧人睡在县衙的一间空房里，带来的两个仆人在门外。大家累了一天，灭灯睡觉。妙湍喜欢弹琴，黑暗中依然拨动琴弦，搞得其他两个僧人一直睡不着。过了一会儿，妙湍听到有人敲窗户，问对方是谁，对方也不回应，便以为是县衙里的小吏前来作弄。

很快，妙湍听到窗户纸被割开的声响，起来点灯，见窗户纸破的地方露出一个女子的小脸。接着，这个女子进入房间，站在桌子上，长得和一般人差不多，但身高只有一尺多。

妙湍暗中和同伴说："等她来到近前，我们两个人抓住她，另外一个开门叫仆人进来。我们五个男人，难道还抵挡不了一个女怪吗？"

说话间，女子从桌子上下来，身体已经变得和一般人差不多高了。她解开床帐，上了床。妙湍等人顿时觉得身体如坠冰窟，无法动弹，先前的计划也没法施行。女子又下了床，取来僧人的大钵往里头撒尿，然后退到蜡烛旁，大吼一声。只听得一声天雷响，女子和灯都消失不见了。

妙湍等人吓得要死，一直坐到天明。

此怪载于宋代洪迈《夷坚志》丁志卷第三

1104
床墙

凤阳人杨佑靠捐钱得了一个指挥的官职，经过临清时，结识一个名叫吴秋景的妓女，花了三百两银子替其赎身，将她带回家中。自此之后，杨佑和吴秋景形影不离，但奇怪的是，只要他产生和吴秋景同床共枕的念头，床之间就好像多了一堵墙，无法越过。哪怕是换到别的房间，更换新床，也是如此。

这件事让杨佑甚是苦恼，试了很多办法都无效。过了几年，吴秋景闷闷不乐而死。有的人说，这可能是因为杨佑的妻子施展了厌胜术。

此怪载于清代褚人获《坚瓠集》秘集卷三

1105
吹气水怪

清代，杭州人程志章从潮州启程，经过黄岗，坐船经过一处水湾。船到了水湾中间，突然刮起大风，一股黑气冲天而起。黑气中有个怪物，全身漆黑，只有两个眼眶和嘴唇洁白如粉。怪物跳上船头，对着船里的人吹气。船里共有十三个人，很多人皮肤顷刻变得漆黑无比，只有三个人没有变。过了一会儿，黑气散去，怪物也不见了。大船继续行驶，风浪大作，船倾覆而沉。那十个皮肤变色的人被淹死，三个没有变色的则活了下来。

此怪载于清代袁枚《子不语》卷二十二

1106
茈鱼

东始山上多出产苍玉，泚水从这座山发源，向东北流入大海。水中有很多茈鱼，形状像一般的鲫鱼，却长着一个脑袋十个身子。它的气味与蘼芜草相似，人吃了就不放屁。

此怪载于战国《山海经》卷四

1107
从从

枸状山上有丰富的金属矿物和玉石，山下有丰富的青石碧玉。山中有一种野兽，形状像一般的狗，却长着六只脚，名为从从。

此怪载于战国《山海经》卷四

1108
大面

唐代，户部尚书韦虚心有三个儿子，都不到成年就死了。每个儿子要死的时候，就有一张大脸从床下伸出来，瞪眼张口，很恐怖。儿子害怕逃跑，大脸就会变成一只猫头鹰，用翅膀遮拦推拥着他，让他自己投到井里去。等家人发现并救出来时，人已经变得愚傻了，但是还能说出他看到了什么，几天后就死了。三个儿子都是这样。

明代，周幼海晚年辞掉教书先生的工作，靠卖字为生，因为他作诗、书法都很好，所以手头逐渐有了钱，便在胥门内买了一处宅子。宅子园亭幽胜，水树回环，环境优美。

一天白天，忽然有妖怪出来。这个妖怪是一张如盘子大小的大白脸，眼睛滴溜儿转动，没有口鼻手足，出没不定。刚开始，周幼海很害怕，后来见得多了就习惯了。过了十来天，妖怪不见了，周家举家庆贺。有个朋友来做客，问周幼海："听说你家的那个妖怪不见了，是吗？"周幼海还没回答，就听见妖怪发出声音，说："我只是隐形在此！"二人回过头，果然看见那张大白脸。宾主愕然，赶紧离开。

后来，这处宅子被一个指挥使买了过去，妖怪便再也没有出现了。

此怪载于宋代李昉等《太平广记》卷三百六十二（引《纪闻》）、明代沈德符《万历野获编》卷二十八

1109
大傩十二兽

大傩十二兽是方相氏驱逐疫鬼的部属，是十二种怪兽的统称，也叫十二虫。

十二兽分别是甲作、胇胃、雄伯、腾简、揽诸、伯奇、强梁、祖明、委随、错断、穷奇、腾根，吃

殂、虎、魅、不祥、咎、梦、磔死寄生、观、巨、蛊十种疫鬼。

世间的疫鬼如果碰到十二兽，就会被掏心、挖肺、抽筋、扒皮，然后吃掉。十二兽都是狰狞之物，也许是以毒攻毒，疫鬼都很害怕它们。它们出现的地方，疫鬼都会望风而逃。

此怪载于南北朝范晔《后汉书》志第五

1110 大人国人

大人国里的人怀孕三十六年才能生下孩子。孩子生下来便是白头，等长大了，能够乘云却不能走，应该是龙一类的怪物。该国距离会稽四万六千里。

此怪载于晋代张华《博物志》卷二

1111 大圣

唐代，韩愈病得很重，家人请了很多名医，吃了很多药，依然不见好。

一天，韩愈白天觉得自己心惊肉跳，晚上睡觉直冒冷汗，被子都湿了。仆人们扶起韩愈，韩愈的儿子问他怎么回事。韩愈说："我刚才梦到一个身高一丈多的人，穿着金色的铠甲，拿着长戟，径直来到门外，我赶紧出去跪拜。此人自称大圣，瞪着我说：'睢鸷骨棁国和你有世仇，我想去讨伐他们，如何？'我回答说：'我愿意和你一起去。'"

过了十几天，韩愈病死，果然是死后跟着那个怪物去了。

此怪载于唐代皇甫枚《三水小牍》卷上

1112 大手

唐代永泰初年，有一个姓王的书生，住在扬州孝感寺北。夏天的一个晚上，书生喝完酒躺在床上，忽然有一只大手从床底下伸出来，把书生拽了进去。书生的妻子和婢女赶紧相救，发现书生的身体大部分已经被拉进了地下。妻子和婢女虽然死命拉扯，但书生最后还是消失不见了。家里人十分惊慌，拿来工具挖地，挖到两丈深的时候，挖到一具枯骨，像埋了几百年似的。

也是唐代，上元年间，临淮的将领夜晚举行宴会，炙烤猪羊，大快朵颐。正吃得高兴，忽然有一只大手从窗口伸了进来，说要块肉吃，众人都没给。大手连续要了四次，将领们想戏弄它，就暗中找绳子系了一个结，放在窗户那个有孔的地方，另一端打了一个圈套，笑着说："给你肉！"大手伸进来，就被绳圈套住，它想挣脱，但另外一端卡在窗户上，根本逃不了。天将亮的时候，大手掉在地上，原来是一根杨树枝。

宋代，太子少保马亮说他年轻时在庐州城外佛寺读书。一天晚上，突然有一只蒲扇大小的手从窗口伸到他面前，好像是在讨要什么东西。马亮不为所动，依然埋头看书。结果这妖怪每天晚上都来。

马亮将事情告诉朋友。一个道士说："我听说妖怪怕雄黄，你可以试一试。"马亮将雄黄水倒在砚台中，等晚上大手来了，用笔蘸上，在大手上写下了一个"草"字。写完，窗外传来大喊声："你赶紧给我洗掉，不然，我要让你倒霉！"马亮不搭理对方，熄灯睡觉。过了一会儿，那东西越发生气，急迫地让马亮赶紧帮它洗去。马亮不答应。天快亮时，怪物发出哀鸣，说："你以后是个大富大贵的人，我也没干什么坏事，只是想戏弄你而已，为何非得让我如此呢？再说，这种事对你也没什么好处。"马亮听罢，用水洗掉了大手上面的字，告诉对方不要再打扰他。妖怪拜谢而去。

清末，汪仲虎小时候跟着吴孙同读书。吴孙同在陆静观家租赁了一间房子居住。陆家大宅外头有条长长的巷子，夜里经常有只巨大的手从墙里伸出来抓人。知道这件事的人从来不敢晚上从巷子里经过。

这年中秋，陆静观的儿子邀请汪仲虎去赏月。吴孙同告诫汪仲虎，一定要早点回去。汪仲虎不信，一直待到三更后才从陆家出来。经过长巷时，走在前头的一个姓王的同学被大手拦住。这手大如芭蕉叶，长满了黄毛。王某吓得放声大哭。汪仲虎来到他跟前，看到大手上的手指，粗得跟人的手臂差不多，慢慢消失不见了。

此怪载于唐代戴孚《广异记》、唐代段成式《酉阳杂俎》前集卷十三、宋代张师正《括异志》卷三、民国郭则沄《洞灵小志》

1113
大小青面

唐代，长安有很多凶宅，无人敢居。有条街，街东有座宅子，屋里有个青面怪物，双目如火，它的脸可以充满五间堂屋，人称之为"大青面"；街西有座凶宅，屋子里也有个青面怪物，它的脸可以充满一间屋子，人称之为"小青面"。

孙安节当时还是个少年，寒食节时和一些朋友做了一个气球玩，不慎将气球踢到了街西宅子里，通过墙洞看到气球落于庭院草丛中。孙安节和朋友翻墙过去取球，走了几步，往屋里看了一眼，发现那张青面果然充满整个房间，睁着眼瞪着众人。孙安节一伙人狼狈逃出，再也不敢去拿球了。

此精载于五代尉迟偓《中朝故事》卷下

1114
大兴狱怪

宋代，太常寺的官衙以前曾经是大兴狱，里头有妖怪，往往能杀人。向在燕是太常令史，年轻胆大。一个秋天的晚上，他在官衙值班，只有一个仆人跟随。半夜，向在燕正睡着觉，听到开门的声音，惊醒之后，觉得胸间憋闷。他极力睁开眼，看到一个全身漆黑的人，缓缓来到自己跟前，又往后退去。

向在燕很害怕，马上坐起来，见房门关得严实，并没打开。过了一会儿，那个怪物又来了。等它靠近，向在燕抓起床前的一只皮靴扔了过去。怪物发出野鸡一般的叫声，用手拉开窗户逃了出去。

天亮后，向在燕查看窗户，见怪物拉扯窗户的地方，留下几十个圆圆的孔洞。

此怪载于宋代周密《癸辛杂识》续集上

1115
大眼睛

清代，有个叫双丰的将军，晚上在书房中读书，看见一个东西长得如同蝙蝠，对着灯扑了过来。双丰用手挡了一下，那东西被拍到了地上，变成一只大眼睛，几寸宽，黑白分明，在地上飞速旋转，过了很久才消失。

此怪载于清代和邦额《夜谭随录》卷五

1116
丹虾

有一种怪物叫丹虾，有十丈长，须子也有八尺长，长着两只翅膀，鼻子如锯。传说仙人马丹曾经折断丹虾的须子做手杖，后来丢掉手杖白日飞升，那手杖掉在地上，又变成了丹虾。

此怪载于汉代郭宪《汉武帝别国洞冥记》卷四

1117
丹鱼

龙巢山下有条河叫丹水，水中有一种鱼叫丹鱼。要捕这种鱼，一定要等它们浮出水面，可以看到如同火焰一般的赤色光芒，然后赶紧撒下网，就能抓住它们。把丹鱼的血涂在脚上，在水上走如履平地。

此怪载于南北朝任昉《述异记》卷下

1118
当扈鸟

上申山上没有花草树木，到处是大石头，山下榛树和楛树茂密，山里最多的禽鸟是当扈鸟，形状像普通的野鸡，却用髯毛当翅膀奋起高飞，吃了它的肉能使人不眨眼睛。

此怪载于战国《山海经》卷二

1119
当康

钦山中栖息着一种野兽，外形像猪，却长着大獠牙，名为当康。传说天下要获得丰收的时候，它就从山中出来吼叫，告诉人们丰收将至。

此怪载于战国《山海经》卷四

1120
倒寿

大地的西荒有一种名为倒寿的怪物，全身是毛，毛长三尺，长着人的脸、虎的腿，嘴里的牙有一丈八尺长。人如果吃了它，和猛兽争斗会不知退却，最后只有死掉。

此怪载于汉代东方朔《神异经·西荒经》

1121
灯面

清代，天津有个姓陈的人有事去北京，经过通州时在一家旅店住宿，晚上在灯下坐着，忽然听见灯火砰然作响，抬起头看，见灯光散开大如斗，露出一张人脸，面容愁苦，仿佛在啼哭的样子。

陈某吓得奔出屋子，睡在车上，天亮后赶紧离开了旅店。

此怪载于清代李庆辰《醉茶志怪》卷二

1122
邓巢黄天

邓巢黄天，长得像一只大龟，脑袋上有角，四只眼睛，喜欢游荡在水里，经常破坏河堤，冲坏河口，会从人的手心、脚心吸食人的脑髓，是一种水怪。

此怪载于宋代《太清金阙玉华仙书八极神章三皇内秘文》(收录于明代张宇初《道藏》)

1123
氐人

氐人国那里的人都长着人的面孔，却是鱼的身子，没有脚。

此怪载于战国《山海经》卷十

1124
堤鳞子

洛阳有种名叫堤鳞子的怪物，生活在黄河里。此物状如猫，颜色淡黄，长着坚硬的长毛，头尖平，牙像象牙那样露在嘴唇外。堤鳞子生活在堤坝上的洞穴之中，以鲤鱼为食，擅长挖掘、游水。

每到堤坝快要决口时，堤鳞子往往成群结队，奋力挖河堤。河堤很快出现无数小洞，接着溃塌，田地和房屋被淹没，人们死伤惨重。所以堤兵只要看见它们，便会将其赶入水中，用石头填住它们的洞穴。划船的人见了它们，会叩拜并且投喂食物，否则船底会被它们挖破。

此怪载于民国徐珂《清稗类钞》

1125
地狼

明代，长洲的官署之中，人们经常听到地下传来小狗的叫声，一连几个晚上都是如此。官员让人挖掘，却什么也没有找到。官员觉得奇怪，就翻书查阅，发现晋代时，富国将军孙无终家里的地下也传出狗叫声，让人挖掘，挖出两条小狗，都是白色的，一公一母，就在家里养着，但很快就死掉了。再后来，孙无终被桓玄所灭。《尸子》这本书里记载："地中有犬，名曰地狼。"看来孙无终挖出来的东西，还有长洲官署地下的东西，都是这种怪物了。

此怪载于战国尸佼《尸子》、晋代干宝《搜神记》卷十二、
明代谢肇淛《五杂俎》卷九

1126
地毛

唐代，左神策军护军中尉吐突承璀即将败亡的时候，家中发生了怪事。他家一间屋子的地上突然长出了二尺多高的毛。吐突承璀很生气，生怕被人知道，亲自拿着笤帚将地毛扫掉了。尽管如此，还是有不少人听说了这件事。第二年，吐突承璀依附澧王，意欲图谋不轨，事败后被杀，接着全家被流放。

此怪载于唐代高彦休《唐阙史》卷上

1127
地生羊

西域有人将羊脐种在土里，用水浇灌，雷雨之下，羊脐与地相连，长出羊来。这种羊听到木头的声响，受惊挣断脐带，便能正常行走吃草。也有的典籍记载，地生羊出自大秦国，当地人将羊的胫骨种在土里而长成。

此怪载于明代李时珍《本草纲目》卷五十上

1128
地脂

高展官任并门判官的时候，有一天看到房间地面的砖缝里有类似泡沫的油脂冒出来。高展用手撮下一点，涂抹在旁边的一个年老书吏脸上，发现对方原本满是皱纹的脸变得光滑无比，

转眼成了一个少年。

高展觉得这东西肯定稀奇，便去找道士问个究竟。道士说："这东西叫地脂，吃了可以长生不老。"高展赶紧回去掀开地砖，结果发现地脂踪迹全无。

此怪载于唐代冯贽《云仙杂记》卷二

1129
帝江

天山上有丰富的金属矿物和玉石，也出产石青、雄黄。英水从这座山发源，向西南流入汤谷。山里住着一个怪物，形貌像黄色口袋，发出的精光红如火，长着六只脚和四只翅膀，混混沌沌没有面目，却知道唱歌跳舞，名为帝江。

此怪载于战国《山海经》卷二

1130
帝流浆

凡是草木成精，都要吸取月华精气，而且必须是庚申这一晚的月华。因为庚申晚上的月华中有帝流浆。帝流浆的形状如同无数橄榄，顺着万道金丝，成串缓缓而下。

人世间的植物吸取帝流浆的精气就能成精，狐狸鬼魅吃了也能有神通。究其原因，大概是植物有性无命，而帝流浆有性，可以补命，狐狸鬼魅本来就有命，吃了大补。

此怪载于清代袁枚《续子不语》卷四

1131
顶目婴

唐代，严绶担任太原太守的时候，城中一个小孩在水里游泳，忽然看到有个东西顺流而下。小孩一把抓住，发现是个瓦瓶，上面裹着一层层的布。

小孩上岸将瓶子打破，里面有个婴儿，长一尺多，拔腿就走。小孩追它，婴儿脚下生出旋风，腾空而上。岸边撑船的人赶紧举起竹篙打死了这个婴儿，发现它的头发是朱红色的，眼睛长在头顶上。

此怪载于唐代段成式《酉阳杂俎》续集卷三

1132
钉官石

长安城里有一块钉官石，颜色青黑，坚硬如铁。凡是新考中进士的人，想求官，都会拿大铁钉往这块石头里钉。铁钉如果能够顺利钉进去，求官的人就能够很快得到称心如意的官职。这块石头上满满全是铁钉。

此怪载于宋代周密《癸辛杂识》续集下

1133
钉门怪

宋代时，有个叫孙俊民的人，家住在震泽。除夕这晚，孙俊民梦见一个比房屋都高的巨人，一手拿着牛角，一手拿着铁锤，看着他的家，想把牛角钉在他家大门上。孙俊民在梦中和这个巨人争辩，巨人就没钉他家大门，转身将牛角钉在了对面的姚家大门上。这年春天，姚家全家染上瘟疫，死了好几个人。

此怪载于宋代郭彖《暌车志》卷一

1134
定珠盘

衢州人毛某，精通医术。一天，他骑着驴子行进在深山中，童子背着药箱跟随，走到绝壁下，看到一千多只猴子奔过来。猴子们用藤条缠住毛某，夺下药箱，带着毛某钻入深山。童子没被抓住，牵着毛驴回到家，以为毛某肯定没命了。

毛某被猴子抬着，翻山越岭，来到一处山崖。山崖上面有几亩平地，平地上有一间用树枝搭建的屋子。屋子中有一只老猿猴躺在床上，好像生了病，拉着毛某的手放在自己的胳膊上。毛某为其诊脉，给它喂药，治好了它。

毛某在山上待了四天，恳求老猿猴让自己走。老猿猴从床下拿出来一个非木非石、四周都是洞的盘子，放在毛某的药箱里，似乎是作为此次治病的诊金，然后让猴子们送毛某下山。

毛某回到家，将事情告诉家人。大家惊叹不已，不知道那盘子到底是什么东西。

过了不久，太监郑和奉命出使西洋，毛某以医生的身份随行，将这个盘子献给了郑和。郑和见了，惊喜道："这是定珠盘，你从哪里得来的？"随即给了毛某三百两银子。

郑和出使西洋，晚上会将这个盘子放在海上。盘子发出璀璨的光芒，海里面的东西见到光，会吐出珠子放在盘子里。郑和再命人将盘子收回来，如此得到的珠子不计其数，其中甚至还有直径超过一寸的宝珠。

郑和从西洋回来后，特意召见了毛某，赐给他三升珍珠。毛某也因此成了富人。

此怪载于明代都穆《都公谭纂》卷上

1135
东昌山怪

东昌县有座山，山里有种精怪，长得像人，高四五尺，身体赤裸，披头散发，头发长五六寸，住在高山岩石之间，经常相互呼叫，隐没于幽昧之中。

有樵夫在山中伐木，夜里看见这种精怪拿着石头捕获溪流中的虾和螃蟹，偷偷跑到火堆旁边，烤熟虾蟹喂养幼崽。樵夫突然袭击，那帮精怪一哄而散，留下幼崽，其叫声如同人哭一般。过了一会儿，那帮精怪蜂拥前来，用石头砸樵夫，夺走幼崽，消失了。

此怪载于南北朝刘义庆《幽明录》

1136
东海鱼

传说东方最大的动物是东海鱼。出海的人在第一天遇见鱼头，航行到第七天才能看见鱼尾。东海鱼生产的时候，方圆百里的海水都是血红色的。

从前有条大船在东海航行，在海上遇到风暴。大船漏水，随着风浪漂了一天一夜，漂到一座孤岛上。船上的人以为得救了，都很高兴，走下船把缆绳拴在石头上，在孤岛上煮吃的。结果吃的还未煮熟，孤岛就沉没了。等他们登上船的时候，才发现刚才的小孤岛是一条大鱼，吞吐着波浪，游得像风一样快。

此怪载于汉代刘歆《西京杂记》卷五、晋代郭璞《玄中记》

1137
洞庭走沙

宋代乾道七年（1171年）十一月，谢巽卸任沣州太守，从陆路带着家人抵达岳阳，住在岳阳楼。起先谢巽买了三艘大船，两艘放置辎重，空着一艘计划用来载人，三艘船经过洞庭湖，三日后也抵达岳阳。

船只抵达那天，岳阳太守王习设宴招待谢巽。当地官员吕棐正好带着妻妾在山坡上游玩，看见洞庭湖里有一个全身黑色、身体极长的怪物，跟在谢家的船后。刚开始，吕棐以为是龙，当地人说："那怪物名叫走沙，江湖里虽有，但不常见。"船只靠岸时，酒宴正好结束，谢巽乘船离去。吕棐又看见那个怪物跟在谢家的船后。

大船行了三十里，到九龙浦，谢巽想去道人矶这个地方住宿。湖中的沙子突然上涌，很快逼近大船一半高的位置。船工大惊，赶紧告诉谢巽，让他躲避。谢巽带着全家人跳到岸上。过了一会儿，一只身长一丈多的巨鼋爬上大船，前后将装有辎重的两艘船压沉。

当时天寒地冻，丢失了辎重，谢巽只能向王习求助。王习让道人矶巡检招募兵卒下水打捞。水深不可测，往下几丈依然不见底，兵卒们只能不了了之。

此怪载于宋代洪迈《夷坚志》丁志卷第十二

1138
辣辣

空桑山上没有花草树木，冬天夏天都有雪。空桑水从这座山发源，向东流入滹沱水。再往北三百里是泰戏山，不生长花草树木，到处有金属矿物和玉石。山中有一种野兽，形状像普通的羊，却长着一只角一只眼睛，眼睛在耳朵的后面，名为辣辣。

此怪载于战国《山海经》卷三

1139
斗云

明代正德十四年（1519年），江西一地天空中出现两朵巨大的红云和黑云。两色云朵激烈打斗，不久分为两座大城，中间出现无数人马，气势汹汹，双方攻城、守城，打得不可开交。这一年，宁王叛乱，王阳明率兵平复。

此怪载于明代施显卿《新编古今奇闻类纪》卷一

1140
毒龙

从竭叉国西行到北天竺，走一个月，到达葱岭。葱岭冬夏有雪，又有毒龙，若是冒犯了它，它就会吐毒风、雨雪、飞沙、砾石。碰到这样的事，行人十死无生，万无一全。当地人自称雪山人。

此怪载于东晋法显《佛国记》

1141
独

有一种怪兽，名为独，长得像猿猴但是比猿猴大，能够吃猿猴。猿猴喜欢群居，独则喜欢独处。猿猴啼鸣时发声三响，而独只有一响。

此怪载于清代王士禛《香祖笔记》卷三（引《五侯鲭》）

1142
髑髅火

西晋永嘉五年（311年），有个叫张荣的人任高平郡守卫巡逻的主将。当时高平郡一带有曹嶷等贼寇作乱，当地人纷纷筑造坞垒自保。

有一天，张荣发现山中燃起大火，扬起的火焰和尘埃高达十几丈。大火吞噬树木，山谷响声震动。人们听到人马喧嚣、铠甲撞击之声，以为贼寇要打过来，十分惊慌，不敢出城。张荣带领手下前去迎敌，来到山下，不见一人，只见火焰飞扑而来，士兵的衣袍、盔甲以及马的鬃毛都被烧坏。张荣不得不领军回城。

第二天，张荣再带人过去，发现起火的地方有一百多个髑髅，分散在山里。

此怪载于晋代陶潜《搜神后记》卷八

1143
度朔君

东汉末年，袁绍占据了冀州。当时河东郡有妖怪出现，自称度朔君，百姓为其建了祠庙，并且让一个巫师担任祠庙的主簿，香火很旺。

陈留人蔡庸出任清河郡太守，路过祠庙来拜谒。他有个儿子叫蔡道，已经死了三十年。度朔君让人为蔡庸置办了酒席，说："令郎傍晚过来，想见你。"过了不久，蔡道就来了。

有一个书生姓苏，由于母亲生病，前往祠庙祈祷。主簿说："你运气好，正好度朔君回来了。"接着，苏书生听见西北方传来鼓声，度朔君果然回来了。过了不久，有一个客人来了，穿着黑色的单衣，头上长着五颜六色的毛发，有几寸长。客人和度朔君聊了一会儿天，走了。接着，又来了一个客人，穿着白色的单衣，戴着像鱼头的高帽子，对度朔君说："昔日我们到庐山游玩，一起吃白李，转眼已经三千年了。时光如梭，让人惆怅。"这人走后，度朔君对苏书生说："方才来的这位，是南海君。"度朔君通读五经，特别精研《礼记》，就和苏书生谈论礼仪，苏书生感觉自己不如度朔君。苏书生求度朔君救治母亲的病。度朔君说："你居住的地方往东走有一座旧桥，有人把它破坏了。桥灵被你的母亲冒犯过。如果你能够修复这座桥，那么你母亲的病就会痊愈。"

后来，曹操讨伐袁谭，派人到祠庙里借一千匹绸缎，度朔君不肯给。曹操就派张郃前来捣毁祠庙。张郃离祠庙还有一百里左右时，度朔君派出几万妖兵抵挡。张郃离祠庙还有二里时，有云雾罩住了张郃的军队，让他们找不到祠庙的位置。度朔君对祠庙里的主簿说："曹操气势旺盛，我打不过他，得出去躲避。"

后来，在家的苏书生听到了度朔君的声音，度朔君说："自从我迁入大湖中，和你已经分别三年了。"度朔君派人找到曹操，说："我想重修旧庙，但原来那片土地已经衰败，不适合再居住了，我想寄居在你这里。"曹操答应了，修筑了城北的城楼，让度朔君住在里面。

过了几天，曹操去打猎，捕捉到一个怪物。它和鹿的幼崽一样大，长着大脚，浑身洁白如雪，毛柔软滑爽，十分可爱。那天晚上，人们听见城楼上有声音哭着说："我的儿子出去，被人抓住，回不来了。"曹操听闻后，拍着手说："听妖怪这话，看样子它气运已尽，要完蛋了。"

第二天早晨，曹操带着几百条狗包围了这座楼。群狗闻到了妖怪的气息，冲进去咬死了一个大小如同驴子的怪物。

自此之后，这位度朔君再也没有出现过。

此怪载于晋代干宝《搜神记》卷十七

1144
短狐

东汉光武帝中元年间，永昌郡的江中出现了怪物。这种怪物名为蜮，也有人叫它短狐，能够含着沙子利用气息射击行人。凡是被它射中的人，身体立刻会出现不适的症状，轻则头疼发烧，重则死去。有时候，它也会射人的影子，距离人三十步远都能射中，凡是被射中的人，十有八九会死去。

据说这种东西长三四寸，宽一寸左右，颜色漆黑，背部长着甲片，甲片厚三分左右。它的头上有东西向前凸起，如同长着角。一般没人能看见它，不过鹅能吃了它。被它射中的人，将鸡肠草捣碎涂抹在伤口处，几天就会痊愈。

此怪载于晋代干宝《搜神记》卷十二、晋代郭璞《玄中记》

1145
短蓬

宋代，明州的高亭盐场在海边。有时天气晴朗，盐场里的人会看到有一个如同布匹的东西横在天上，颜色淡白。只要它出现，很快就会下雨。当地人称之为短蓬，应该是一种蜃气。

此怪载于宋代周密《癸辛杂识》续集上

1146
队队

云南有种小虫子，名叫队队。这种虫子形状像虱子，出来活动时必定雌雄相随。有人将队队抓来卖给富贵人家，可以卖出四五两银子。传说，如果将队队装进银匣里，放在枕下，就会使夫妻和睦美满。

此怪载于民国曹绣君《古今情海》卷二十（引《出草拾遗》）

1147
多角兽

清代，志定和尚居住在天目山。据他所言，天目山深处连续一二十里，草木丛生，没有道路。那里生长沙木，可以制作成坚硬的大木棍，所以木工常来。不过，山里的豪猪喜欢在树间做巢，让他们头疼不已。

有一年，不知为什么，豪猪们突然消失不见。木工们大喜，纷纷进山砍树。有个木工进入荒谷，看见一个怪物被藤蔓缠裹着，死在了树上。

这怪物长得像牛却比牛大多了，全身长满了二三寸长、灰黑色的角。这些角像羊角，足有几千个。怪物的脑袋上长的角，赤红如血，长二三尺。这东西十有八九是从山上跳下来，误入藤蔓中，被藤蔓缠绕，无法脱身而饿死的。

看到这怪物，大家才明白先前消失的豪猪便是被它吃掉的。

此怪载于清代袁枚《续子不语》卷八

1148 厕弹

永昌郡不韦县有条河流被当地人列为禁水。河里面有毒气，只有十一月、十二月两个月才能渡河，从正月到十月，人如果过河就会生病死掉。毒气里有怪物，看不见它的形体，只能听到它发出来的声音。这东西往往会从水中投射东西出来，打到木头上，木头会折断，打在人身上，人就会受到伤害。当地人称这种怪物为厕弹。

此怪载于晋代干宝《搜神记》卷十二、晋代魏完《南中八郡志》

1149 讹火

清代，浙江德清县新市镇有个姓陈的人开了一家名为源泰的商铺卖丝绸。一天，突然讹火（《山海经·西山经》里面记载过这种火，是一种妖火）大作，这里扑灭了，那里就燃起，烧毁了很多房屋，即便是昼夜扑救，火也不灭。

接着，有东西附在了陈某的小妾身上，说："屋西边的空地，可以盖三间楼。"陈某依言筑楼，盖好后又隆重祭祀，讹火才熄灭。不过经过这件事，他的买卖越来越不好，最后只能关门歇业，家里人也相继死亡，店铺转卖给了别人。

此怪载于清代俞樾《右台仙馆笔记》卷十四

1150 讹兽

大地的西南荒有一种叫讹兽的怪物，外形像兔子，但长着人的脸，而且能说话。讹兽经常欺骗人，说东其实是西，说恶其实是善。人如果吃了它的肉，以后就无法说真话了。

此怪载于汉代东方朔《神异经·西南荒经》

1151
耳边语

清代，李光久率领湘军和太平军作战于牛庄，大败，带着残军逃到一个村庄里歇息。他饿得厉害，吩咐手下做饭。饭好了，李光久刚拿起筷子，忽然听到太平军追来，赶紧上马奔出，却见四面都是敌人，不知道该向哪里逃跑。这时候，李光久突然听到耳边有低低的声音说："沿着河走！"李光久依言行事，沿着河奔驰而去。他顺利逃脱，而手下则全部被太平军抓住。

广东人李竹舫有一次被土匪绑架。土匪向他家里人勒索十万块大洋。李竹舫见土匪老巢有许多大树，打算放火然后趁机逃跑。他闭上眼睛假装睡觉，听到耳边有个声音低低地说："你这计划行不通！"李竹舫睁开眼，见周围根本没人，不禁愕然，心里默念道："若是您还在，请再指点一下我。"过了一会儿，那个声音又说："你这计划绝对行不通。你放心吧，等你到溪流旁边，会没事的。何必干放火这么冒险的事呢？"李竹舫便放弃了自己原先的计划。

第二天，有一队官军经过这里，和土匪遭遇。土匪一边和官军作战一边撤退，来到一条溪流的边上。当时情况混乱，很多人逃窜，李竹舫混在里面，果然成功逃脱。

此怪载于民国郭则沄《洞灵小志》

1152
耳翅兄

唐代叶县有一个人叫梁仲朋，家住汝州西郭的街南。渠西有个小庄子，他常常早晨去那里，晚上才回来。

大历初年，八月十五，夜空澄澈。距离庄子十五六里，有一个大家族的墓地，墓地周围栽种的全是白杨树。此时已经是秋天，落叶纷纷，梁仲朋骑马走到这里。

二更天，梁仲朋听到杨树林子里发出怪声，忽然有一个东西飞了出来。梁仲朋起初以为是惊起来的栖鸟，不一会儿，那东西飞到他怀中，坐到了鞍桥上。

月光之下，梁仲朋见它就像能装五斗米的箩筐那么大，毛是黑色的，头像人，身上有浓重的膻味，眼睛鼓起像个圆球。怪物对梁仲朋说："老弟不要怕。"并没有伤害他。一直跟着梁仲朋走到汝州城门外，怪物忽然向东南飞走了。

梁仲朋到家好多天，也不敢向家里人讲这件事。有一天夜里，梁仲朋和家人在院子里喝酒，喝得兴起，就讲了遇见那怪物的事。没想到，那怪物忽然从屋顶上飞下来，对梁仲朋说："老弟说我什么事啊？"一家老少吓得一哄而散，只有梁仲朋留了下来。

那怪物说："今天高兴，我就来做东吧。"嘴上这么说，可也没看到它拿出什么酒菜，反而不停地要酒。

梁仲朋仔细地看了看它，见它脖子下面有个瘤，像瓜那么大，飞起来的时候，两只耳朵就是两只翅膀。它的鼻子大如鹅蛋，长满了黑毛。怪物喝了很多酒，醉倒在桌子上。梁仲朋悄悄起来，拿了一把刀，狠狠砍向怪物，血流满地。

怪物起来，说："老弟，你会后悔的！"说完，就飞走了。

从那以后，梁家就开始死人，三年内三十口人全都死光了。

此怪载于宋代李昉等《太平广记》卷三百六十二（引《乾𦠆子》）

1153
耳鼠

丹熏山上有茂密的臭椿树和柏树，在众草中以野韭菜和野蕌菜最多，还盛产丹雘。熏水从这座山发源，向西流入棠水。山中有一种野兽，外形像一般的老鼠，却长着兔子的脑袋和麋鹿的耳朵，发出的声音如同狗嗥叫，用尾巴飞行，名为耳鼠。人吃了它的肉不会生腹部膨胀病，还可以辟百毒之害。

此怪载于战国《山海经》卷三

1154
耳中人

谭晋玄是县里的秀才，特别信奉道术，无论天气寒冷还是酷热，他都修炼不停。修炼了好几个月，他觉得似乎有点儿进展。

一天，他正在打坐的时候，突然听到耳朵里面有人说话，那声音就像苍蝇的嗡嗡声一样细微，说："可以看了。"一睁眼就听不到了，而再闭上眼又能听到，就像开始时那样。他以为是腹中的内丹就要修炼成了，心中暗暗高兴。从此之后，他每次打坐都能听到那个声音，因此，他决定等再听到的时候，回应那个声音并把话写下来验证。一天耳朵里面又说话了，他就轻轻地回答说："可以看了。"一会儿工夫，就感觉耳朵里面痒痒的，像有东西钻出来。他稍微斜着眼睛看了一下，是一个三寸高的小人，容貌狰狞，就像夜叉鬼一样，顷刻之后就转移到地上去了。他心中暗暗吃惊，屏气凝神观察那个东西的动静。忽然邻居来借东西，一边敲门一边叫他的名字。小人听到后，样子很慌张，绕屋子乱转，就像老鼠找不到洞一样。

谭晋玄感觉魂飞魄散，也不知道小人到什么地方去了。从此他就得了疯病，叫喊不停，请医吃药休养了半年，身体才渐渐康复。

此怪载于清代蒲松龄《聊斋志异》卷一

1155
发鳝

晋代义熙五年（409年），卢循自广州坐船到江西，当地有很多人因为染上瘟疫而死。瘟疫结束后，他到了蔡州，发现很多死人头发变成了鳝。有具棺材前面全是鳝，有人去拨开，发现全都是头发所化。

有人说，如果人生前用高粱水洗头，死后头发会变成鳝。还有人说，生前喜欢吃鳝的人，死后棺材里也会满是鳝。

此怪载于南北朝刘敬叔《异苑》卷三

1156
反生香

西海里有个聚窟洲，洲上有棵大树，有点儿像枫树，叶子发出的香气能够飘出百里，称为反魂树。敲击这棵树，树能发出牛吼一样的声音，让人听了心震神骇。将这种树的树根在玉锅里煮，收取汁水，再微火熟煎，得到一种黑色的东西，可以用来制作一种名叫惊精香的药丸，也叫震灵丸、反生香、鸟精香、却死香。这种香远飘百里，地下的死尸闻到了，甚至都会复活。

此怪载于汉代东方朔《海内十洲记》

1157
方蛇

广东近楚山有一种方蛇，身体如牛皮，高五寸，长宽都是二尺，方方正正。蛇的身体呈现黄黑色，移动时速度极快，好像射出的箭一样，能够吐出炊烟般的气息，腥不可闻。这种蛇见到人，就会从脊背上射出黑水，人一旦沾染上会立刻毙命。

此怪载于清代朱翊清《埋忧集》卷四

1158
飞骸兽

翕韩国进贡的飞骸兽，长得像鹿，全身青色。人们便用青色的丝做成缰绳系着它。

这个怪兽死了，汉武帝十分惋惜，没有埋葬它，而是将它挂在苑门。时间长了，它的皮毛烂朽，露出青色的骨头。人们知道它有神异之处，用绳子系住它的脚。后来再去看，发现先前系的地方还保留着，头、尾以及其他部位的骨头全部飞走了。

此怪载于汉代郭宪《汉武帝别国洞冥记》卷一

1159
飞狐

塞外有一种怪物，名为飞狐。飞狐长着深褐色的毛，脑袋很尖，嘴巴上有缺口，身体如兔，但是耳朵比兔子耳朵小。它的尾巴与身体差不多长，长着肉翅，肉翅中生有四只爪子，前面的两只爪子有四个趾头，后面两只爪子有五个趾头。飞狐每次飞，飞出的距离不过一丈多远。

此怪载于清代宋荦《筠廊二笔》卷下

1160
飞虎

自满剌加国开船，如果顺风，四昼夜可到哑鲁国。该国山林中有一种名为飞虎的怪物，如猫大，遍身长满灰色的毛，有肉翅，如蝙蝠一样，但是前爪的肉翅跟后面的爪子长在一起，所以飞不远。当地曾经有人捕获到过，这怪物不吃不喝，绝食而死。

清代，南昌人丁匡在说他曾经见到过飞虎。飞虎大如猫，长得也跟猫相似，皮毛有五种颜色，生有翅膀，生活在屋檐之间，被人驱赶便会离去。

此怪载于明代马欢《瀛涯胜览》、清代朱象贤《闻见偶录》

1161
飞空怪

明代正德年间，顺德、涿州、河间一带有一种怪物，颜色或者青色或者赤黑，有的长得如猫，有的如狗，迅疾如风，每到晚上从空中飞下，抓伤人的面额，咬伤人的手脚，人们试图捕获则不见踪迹。

此怪载于明代王鏊《王文恪公笔记》

1162
飞雷灯

唐代，范阳的张寅曾路过洛阳故城城南。当时天快黑了，张寅想到朋友家借宿，经过一条狭窄的道路时，马忽然惊惧地四顾，不肯前行。

张寅怀疑前面有异常情况，看到路边坟地上有根大石柱，顶上落着一个东西，看上去形状像个纱笼，渐渐变得极大，落到地上，迅速移动，飞如流星，声如雷霆。

怪物掠过林子，其中宿鸟惊散飞走。后来，怪物钻入百步远的一户人家，消失不见。

过了一个多月，张寅经过那户人家，询问邻人。邻居说那家的男女老少一个没剩，都死了。邻居还说，那家人的儿媳妇对婆婆不好，婆婆死后，就发生了这种祸事。

此怪载于唐代戴孚《广异记》

1163
飞廉

飞廉，也叫蜚廉，是中国古代神话中的怪兽，鸟头鹿身，长着角，尾巴如蛇，身上的斑纹如同豹纹。

黄帝蚩尤时期，飞廉是蚩尤的左膀右臂，精通致风、收风的奇术。黄帝和蚩尤之间爆发了华夏九黎之战，飞廉和雨伯施展法术，突然间风雨大作，使黄帝部众迷失了方向。黄帝布下出奇制胜的阵势，又利用风后制造的指南车，辨别了方向，才把蚩尤打败。被黄帝降伏后，飞廉就乖乖地做了掌管风的神灵，从妖怪变成了风神。

也有一种说法，说飞廉是商纣王的重臣，以善于行走而为纣王效力。周武王击败了纣王，飞廉殉国自杀，天帝为他的忠诚感动，用石棺掩埋他，并使他成为风神。

此怪载于战国屈原等《楚辞》、汉代司马迁《史记》卷一百一十七、南北朝《三辅黄图》卷五、南北朝郦道元《水经注》卷六

1164 飞人

天津有人乘船渡海，被风吹到一个地方，当地沙滩宽阔，远处是山岛。岸上有一棵树，高好几丈，上面有人结巢而居。这种人像小猿猴，全身漆黑，不穿衣服，背上生出一对翅膀，有的在地上捡拾贝壳，有的抱枝条，不计其数。它们说出的话像猫头鹰的叫声，听不懂在说什么，看到人就惊慌失措地飞到树上。后来碰到顺风船，这些人离开了这个地方。他们向人询问那种小怪物的底细，有人说是飞人国的人。

此怪载于清代李庆辰《醉茶志怪》卷二

1165 飞生

江浙一带有一种怪鸟名为飞生，长着狐狸的脑袋，有一对肉翅，四脚如兽，能够一边飞一边产子，小鸟一生下来就能跟着母鸟飞行。如果有妇人难产，将这种鸟的爪子放在妇人肚子上，妇人立刻就能顺利生下孩子。

湖广长阳县龙门洞里有种鸟，也叫飞生，四脚如狐狸，双翅如同蝙蝠，长着黄紫色的毛，经常攀崖而上。

此怪载于宋代李石《续博物志》卷八、明代陆容《菽园杂记》卷四

1166
飞鼠

天池山上没有花草树木，到处是带有花纹的美石。山中有一种野兽，外形像一般的兔子，却长着老鼠的头，借背上的毛飞行，名为飞鼠。

此怪载于战国《山海经》卷三

1167
飞天夜叉

宋代，丞相赵清宪的夫人郭氏有个侄子叫郭大，一年盛夏的夜里去城外，路上骑的马突然受惊，即便是用鞭子抽打也不肯前进一步。郭大觉得奇怪，转脸看了看，发现左边的瓜田中有个身高一丈多的怪物，长得像蝙蝠，头像驴，一双翅膀如席子大小，一只爪子蹲在地上，一只爪子抓住一个瓜正在吃，双目放光。郭大吓得魂飞魄散，调转马头就跑。跑了十几步远，回头再看，怪物已经消失不见。

有一天，郭大去寺庙，看到壁画上画的飞天夜叉和那晚见到的怪物一模一样，才知道自己碰到的就是这东西。

此怪载于宋代洪迈《夷坚志》甲志卷第十九

1168
飞涎鸟

会稽南去三千里的大海中，有一个国家叫狗国。狗国有种鸟名为飞涎鸟，长得如同老鼠，两只翅膀如鸟，爪子是红色的。每天早晨，这种鸟会各自占领一棵树，嘴里吐出如同黏胶一样的涎液结成网，其他的鸟撞进网中，就会被它们抓住吃掉。

此怪载于明代董斯张《广博物志》卷四十八

1169
飞绣鞋

清代，平定昌吉起事后，朝廷将乱党的子女分赏给诸位将领。有个乌鲁木齐参将齐某负责分赏事宜，自己私下挑选了最漂亮的四个女孩，让人教她们唱歌跳舞。这些女孩，脂香粉泽，彩服明珰，仪态万方，宛如仙子，凡是见到的人莫不为之倾倒。

　　后来，齐某升官为金塔寺副将。他即将启程赴任时，仆人收拾衣服，忽然从箱子里飞出四双绣鞋，如同一群蝴蝶，在厅堂里翩跹飞舞。仆人举起棍子将绣鞋击落在地，绣鞋依然蠕动不止，发出呦呦的声音。大家都说这是不祥之兆。

　　果然，齐某到任后不久被镇守大臣弹劾，发配伊犁，后来死在了那里。

此怪载于清代纪昀《阅微草堂笔记》卷十

1170
飞鱼

　　騩山上盛产味道甜美的枣子，正回水从这座山发源，向北流入黄河。水中生长着许多飞鱼，外形像小猪，浑身长满红色斑纹。吃了它的肉就能使人不怕打雷，还可以避开兵器。

此怪载于战国《山海经》卷五

1171
绯衣

　　清代康熙十一年（1672年）八月二十六日晚上，太仓、嘉定、宝山一带出现大雷暴的天气，有人看到空中有两盏灯作为前导，中间有个穿着红色衣服的人，骑着白龙，后面跟着十几个穿着盔甲、挑着灯笼的士兵，那些灯笼忽高忽低。第二天，凡是灯光照过的地方，树木花草和庄稼都被毁坏了。

此怪载于清代钱泳《履园丛话》丛话十五

1172
蜚

　　太山上有丰富的金属矿物和玉石，还有茂密的女贞树。山中有一种野兽，外形像一般的牛，却是白色脑袋，长着一只眼睛和蛇一样的尾巴，名为蜚。它行经有水的地方，水就干涸，行经有草的地方，草就枯死，一出现天下就会发生大瘟疫。

此怪载于战国《山海经》卷四

1173
肥怪

清末，李龠闇在朋友家喝完酒夜归，经过一家店铺，见门边有个东西像是棉花堆，走近一看，发现那东西上面有张脸。这东西长得像人但是特别肥胖，肚子高高鼓起。

李龠闇以为是店铺卖的瓷或者泥做的偶像，但是转念一想——已经晚上了，如果是卖的货品，早该收进屋子了。此时，刮来了一阵风，那东西晃了晃。李龠闇笑道："原来是纸扎的呀。"弯腰想去摸，那东西突然蠕蠕而动，接着站起身，摇摇晃晃地走开了。

李龠闇知道自己碰到了妖怪，也不害怕，跟着就追。那东西拐进一条小巷消失了。

此怪载于民国郭则沄《洞灵小志》

1174
肥蟥

太华山山崖陡峭如刀削而呈四方形，高五千仞，宽十里，禽鸟野兽无法栖身。山中有一种蛇，名叫肥蟥，长着六只脚和四只翅膀，一出现就会天下大旱。

明代万历十四年（1586年），建昌有个樵夫在山中看到一条巨蛇，头上生有一角，长着六只像鸡爪一般的脚，不咬人，见到人也不惊慌。当地人成群结队去看，不敢伤害它。过了一会儿，这条怪蛇缓缓进入山林。《华山记》说："蛇六足者，名曰肥蟥，见则近郊大旱。"后来当地果然发生了旱灾。

此怪载于战国《山海经》卷二、清代褚人获《坚瓠集》余集卷一

1175
朏朏

霍山到处是茂盛的构树。山中有一种野兽，外形像一般的野猫，却长着白尾巴，脖子上有鬃毛，名为朏朏。人饲养它就可以消除忧愁。

此怪载于战国《山海经》卷五

1176
分界山毛女

距离宁波两千里的海中，有一座分界山，与日本国相邻。这座山周长二三百里，生长着许多桃李竹橘。岛上的居民在大明立国时全部迁来中国。

宁波有人曾经去过那里，看到许多野人和毛女。毛女与寻常的女子差不多，十分美丽，只是两只耳朵长得像狗耳朵，而且不能说话，用藤条穿起树叶做衣服。

船上同行中有人生病，大家恐怕病会传染，就在山上搭建屋子，放下足够的粮食，将这个病人留在山上。过了一个多月，船再次经过这里，这个人病好了，回到船上，说他刚到山里时，一个毛女拿着两只山鹊过来，坐在他的旁边。毛女只喝鹊血，这人就把山鹊的肉煮着吃。毛女每天都给他带果子吃。过了一段时间，这人和毛女就成了夫妻。等病好了，这人上船，毛女跳入水中追过来，船工用船篙打沉了它。

此怪载于明代都穆《都公谭纂》卷上

1177
粪黄

明代万历二十九年（1601 年），仁寿一位姓李的县令述职途中经过郿城。孝廉谢玉斋家的粪堆里出现好几枚"粪黄"。李县令用棍子扒开粪堆，见其形状如冬瓜，而且是活物。据说当地但凡即将走运的人家，家中粪堆里就会出现这东西。果然，不久之后，谢玉斋的儿子也被举荐成了孝廉。

此怪载于清代褚人获《坚瓠集》秘集卷四

1178
风旗

清代时，某人坐船在长江上航行。一天，这人忽然看到江面上漂着一个东西，好像黄布包裹的一团衣服，随波摆动，但看不清楚是什么，就叫来船工。

船工看了大惊失色，说道："这东西出现一定会有船翻人亡的危险！怎么办？"说完，赶紧把船上的帆、船篷全都拆掉了，让大家都坐下等待。刚布置完，果然大风呼啸，浊浪滔天，小船漂泊于风涛之中，几次都差点儿翻掉，不过最终还是得以幸免。其他没有准备的船很多都沉了。

这人就问船工到底是怎么回事。船工说他的父亲曾经就因为看到那个东西死掉了，所以他知道，但是他也不知道那东西是什么。

后来，有人说那东西叫风旗，只要它出现，江面上肯定会有大风浪。

此怪载于清代袁枚《续子不语》卷八

1179
风生兽

风生兽，也叫风狸。南海有个炎洲，幅员两千里，距离大陆九万里。洲上有一种怪兽叫风生兽，长得如同豹子，青色，大如狸猫。如果用网抓住它，放火烧，柴火烧完了，它也不会死，站在灰烬里面，连毛都不焦；用针刺，刺不进去。如果用铁锤砸它的脑袋，砸十下，它就死了，不过它张嘴对着风，很快就能活过来。要想彻底弄死它，只有一个办法，就是用石头上长的菖蒲塞住它的鼻子。将它的脑子和菊花一起吞服，吃十年，可以活五百岁。

此怪载于汉代东方朔《海内十洲记》、汉代杨孚《异物志》、
晋代葛洪《抱朴子》内篇卷十一、唐代段成式《酉阳杂俎》前集卷十五

1180
风雨妇

清代同治十二年（1873年）七月，大运河一处河岸边上停泊着几十艘估舟、盐船。天气阴沉要下雨，船工们用苇席盖住船篷，避入船舱。有个船工看见对面突然波涛连天而来，有个穿着蓝色衣服的妇人站在水上，用衣服兜着三四个形状如同茄子的东西，颜色深紫，散发着闪电的光芒。很快雷电大作，暴风骤雨将这些船全部掀翻，淹死了很多人。只有这个船工侥幸活命，被人救起时已经漂出了百里地。

还有个人去河南，行舟黄河上，见岸边许多人抬头看天，指指点点。此人觉得奇怪，抬头见天上有一片大乌云，云端有一个拿着伞的妇人，露出半身，向东飞快行进，身后有雷电、龙火追逐。眼见被追上，妇人转身用伞格斗，雷电、龙火退去，妇人也消失不见。很快，天开云散，晴空万里。

此怪载于清代李庆辰《醉茶志怪》卷一

1181
凤凰

凤凰这种鸟是鸟中之长，如同龙一般，极为罕见。传说凤凰长着鸡头、燕颔、蛇颈、龟背、鱼尾，身体如同仙鹤，羽毛有五种颜色。它的身体上还长出五个字，脑袋上是"德"，翅膀上是"义"，背部是"礼"，胸脯上是"仁"，肚子上是"信"。凤凰出现，是天下安宁的象征。

唐代贞元十四年秋天，出现一只奇异的鸟，羽毛是绿色的，样子类似于斑鸠或喜鹊，在睢阳城郊飞翔，有时落在丛林之中。当时，有一大群鸟，种类有一千多种，由各个种类的头领率领着，排列在那只鸟的周围，每天都把各自衔来的虫子和谷物献给这只鸟吃。

这只鸟每次起飞，群鸟鸣叫，有的飞在它的前面做向导，有的飞在它的两旁，有的跟在它的后面，像仆从和警卫一样簇拥在它的周围。它落下来时，群鸟全都头朝它围成一圈，做出像是臣子侍奉天子般的礼节。

睢阳城的人全都到野外去观看，认为这只奇异的鸟是飞禽类中通灵的鸟。当时李翱在睢阳城做客，他说："这才是真正的凤鸟啊。"于是撰写了《知凤》这篇文章，详细地记载了这件事。

此怪载于战国《山海经》卷一、唐代张读《宣室志》卷十

1182
佛奴

清代，有个叫黄之骏的人喜欢读书，家里藏书很多，为了防止老鼠破坏书籍，就养了一只猫。这只猫颜色斑斓，如同老虎一样，大家都觉得不是凡物。黄之骏把它放在书架旁边。这只猫整天酣睡，嘴里有时嘀嘀咕咕，就像在念佛一样，有人说："这是念佛猫呀！"于是黄之骏就叫它佛奴。家里老鼠很多，刚看到佛奴的时候，老鼠还有些收敛。后来有老鼠从房梁上掉下来，佛奴抓住它，只是抚摸几下就离开了。自此老鼠肆无忌惮，甚至成群结队地环绕在它旁边。

此怪载于清代沈起凤《谐铎》卷二

1183
夫诸

敖岸之山的山南有很多琈琈玉，山北有很多黄金。山中有一种怪兽，长得像白鹿，却有四只角，名叫夫诸。它出现的地方会发大水。

此怪载于战国《山海经》卷五

1184
凫徯

鹿台山上多出产白玉，山下多出产银。山中有一种禽鸟，形状像普通的雄鸡，却长着人一样的脸面，名为凫徯，一出现天下就会有战争。

此怪载于战国《山海经》卷二

1185
浮尼

清代有一年，黄河河堤决口。河官带人修筑堤坝，见到水面上有一群绿毛鹅嬉戏玩耍，只要这群鹅出现，当天晚上修筑好的河堤肯定会再次决口。用鸟枪射击这群绿毛鹅，它们时聚时散，根本伤不着。这群绿毛鹅到底是什么东西，即便是老河工也不知道。

后来有人翻阅《桂海稗编》，上面记载明代末年，黄河上曾经有绿毛鹅作怪，认识的人称："这东西叫浮尼，是一种水怪，用黑色的狗去祭祀它们，再扔下五色的粽子，它们就会离开。"

河官赶紧带人按照这种说法去祭祀，那群绿毛鹅果然消失了。

此怪载于清代袁枚《子不语》卷二十二

1186
釜中白头公

东莱有一户姓陈的人家，全家有一百多口人。有天早上做饭，锅怎么烧也不开，家人很纳闷，揭开锅想看个究竟，结果一个白发老头从锅里跳了出来。

陈某赶紧跑去问巫师。巫师说："这是个大妖怪，你家将有灭门之灾。要想破解，你回去赶快多做一些武器，做好了就放在大门后的墙壁下，然后把大门关严。如果有大队的人马来叫门，千万不要开。"

陈某回来后，组织家人动手做了一百多根大棒子，放在大门下。不久之后，果然有东西叫门。见叫了半天也没人应声，领头的大怒，叫手下从门上翻过去。这时，有个手下看见堆在门内的大大小小的一百多根棒子，就告诉了领头的。领头的一听，又害怕又懊恼，对手下说："叫你们快点来你们不快点来，现在一个人都抓不回去，我们怎么赎罪呀？这样吧，从这儿往北走，再走八十里，那里有户人家，家里有一百零三口人，只好去抓他们顶替了。"

十天后，陈某听闻八十里外的那户人家果真全家死尽，而且那户人家也姓陈。

此怪载于晋代干宝《搜神记》卷十七

1187
釜中虫

宋代，太原有位会长老，到一个寺庙做客。掌管寺中斋粥的典座僧告诉他："我们寺庙的厨房里有一口大锅，做的饭可以供一千个僧人吃。不过，烧火的时候，这口大锅会发出巨大的声响，已经有两年了。大家认为锅发出声音是不祥之兆，所以就不敢用了。但是这样一来，很耽误大家吃饭。长老，你认为该怎么办呢？"会长老说："这件事交给我处理！"

会长老砸烂大锅，在锅底的一个孔洞中，发现了一只虫子。这只虫子大概有二寸长，全身赤红。锅能发声，应该就是这虫子的原因吧。若是一般的虫子，火一烧早就化为灰烬了，断然没有存活的可能。

此怪载于金代元好问《续夷坚志》卷一

1188
负版

湖广长阳县龙门洞有一种鹞鹰，长着狐狸的脑袋，头上生有肉角，喜欢咬掉箬竹含在嘴里，呱呱而鸣，名叫负版。人碰见了这种怪物，会发生凶祸之事。

此怪载于明代陆容《菽园杂记》卷四

1189
妇人面

唐代南郑县县尉孙旻，有一次赶路，途中在深山中的一家馆舍住宿，忽然房中柱子上露出一张美人脸来，对着他笑。孙旻赶紧叩拜祷告，过了好久，那张脸才消失。这件事孙旻不敢对别人说。后来过了好几年，孙旻在长安生了病，朋友过来看望。孙旻将这件事情告诉朋友，说完就死了。

此怪载于宋代李昉等《太平广记》卷三百六十一（引《纪闻》）

1190
甘虫

唐代大中年间，舒州有很多鸟共同筑了一个大巢，宽七尺，高一丈，不同种类的鸟都飞到里面，叽叽喳喳。其中有一只鸟，身上是绿色的毛，长着人的脸，嘴巴和爪子都是红色的，发出"甘虫、甘虫"的叫声，人们都叫这只怪鸟为甘虫。

此怪载于唐代苏鹗《杜阳杂编》卷下

1191
甘口鼠

清末，有个人去山东，租了一辆骡车，见车夫身体肥胖，却少了半个屁股，觉得奇怪，问他怎么回事。车夫说："是被老鼠吃掉的。"这人大笑："老鼠那么小的肚子怎么可能装得下你半个屁股？"

车夫说："不是一般的老鼠。我们老家的乡间有种怪兽，嘴巴很大，齿尖舌利，不管是人还是牲畜，它都吃，但是没人见过这东西具体长什么样。一年夏天，我晚上看守瓜田，躺在床上，看见来了一个大如羊的怪物，便侧身躺着，假装睡觉想逮住它。这东西走近了，向我吹了一口气，我便四肢瘫软，无法动弹。它转到我的背后，又对着我的屁股吹了一口气，屁股顿时奇痒难耐。过了一会儿，好像有东西在挠我的屁股，很舒服。紧接着，远处传来打更人的梆子声，那怪物听到声音，越过我的身体逃窜了。而我屁股痒的地方，瞬间痛得厉害，摸上去全是血，然后我就昏过去了。打更人救了我。我的那半个屁股便是被那怪物吃掉了。"

车夫说，那个怪物名字叫甘口鼠。

此怪载于民国郭则沄《洞灵小志》

1192
赶浪

明代弘治年间，寿春荆涂峡有水怪作祟，阻挡峡口，淮河的水无法流淌，导致堤坝崩溃，淹坏了很多房舍、田产。有商船经过时，这怪物就会兴风作浪，使船毁人亡。当地人称呼这个怪物为赶浪，不敢冒犯它。有人在月华朗照的晚上看到过这东西，如同一根巨大的木头躺在沙滩上，所以又叫它神木。这怪物如此作祟了四五年，正德年以后才平息。

此怪载于清代赵吉士《寄园寄所寄》卷五（引《墨谈》）

1193
高邮水怪

清代某年的八月，归德这地方河堤溃塌，淹没两县。接着高邮河发大水，浪头上出现一个怪物，长得如同妇女，头上两角，腋下有双翅，所到之处大水泛滥，淹死了无数人。

此怪载于清代董含《三冈识略》卷五

1194
阁山獠

宋代乾道七年（1171年），饶州很久都没有下雨，河流的水位降低许多。阁山有三个渔民到饶河中捕鱼，其中有一个人忽然感到双腿一阵冰凉，水中还涌出些黏液，担心是有獠藏在河底，便和另外一人急忙回到了岸上，而剩下的一人却不见了踪影。二人叫来他的家人，守在河边，直到天黑仍不见人，只好回去了。

两天以后，此人的尸首才在五里以外的河中被发现。他的左大腿上有一个拳头那么大的洞。他全身枯白，没有一丝血色，大概是被獠缠绕住身体，血都被吸干了吧。

獠的外形和鳗鱼一样，但能长到八九尺长，是蛟一类的动物。阁山村民李十曾抓到过一条。

此怪载于宋代洪迈《夷坚志》丙志卷第十七

1195
格

有种怪物名字叫格，长得如同猩猩，自己能够预测凶吉，碰到想伤害它的人，就会提前离开。

此怪载于清代褚人获《坚瓠集》秘集卷五

1196
葛陂君

费长房是东汉末年汝南一个管理市场的小官，结识了一个名叫壶公的术士。经过试炼后，壶公赐予他能够召唤鬼神、治疗疾病的"壶公符"，并把自己的一根手杖也给了他。费长房骑着手杖，转眼之间回到家后，将手杖丢进家附近的葛陂中，发现那手杖乃是一条青龙。这条青龙便是葛陂君。因为这个原因，葛陂君和费长房的关系很密切。

后来，汝南出现一个妖怪，经常变成太守的样子，来到府门的地方敲鼓，搞得整郡的人焦头烂额。有一天，费长房拜会太守，正好撞见这个妖怪。妖怪知道费长房法力高深，惶恐不安，脱下太守的衣服，磕头请求费长房放过它。费长房呵斥它，让它在院子里现出原形。妖怪依言行事，变成了一个大如车轮的老鳖。费长房交给老鳖一封手书，罚它到葛陂君那里报到。老鳖磕头流涕，然后拿着费长房的手书来到葛陂边，因为羞愧，脖子缠绕那封手书，自尽身亡。

再后来，东海神君来见葛陂君，淫乱葛陂君的夫人。费长房为葛陂君主持公道，严惩东海君，将其锁住三年，导致东海发生大旱灾。费长房来到海边，看见很多人求雨，就对大家说："东海君作恶，被我关在了葛陂君那里，现在让他出来给大家下雨吧。"这才放了东海君，让其行云布雨，解了东海的旱灾。

此怪载于三国曹丕《列异传》、晋代葛洪《神仙传》卷九、
南北朝范晔《后汉书》卷八十二下

1197
獦狚

北号山屹立在北海边上，食水从这座山发源，向东北流入大海。山中有一种妖怪，长得像狼，长着红脑袋和老鼠一样的眼睛，发出的声音如同小猪叫，名为獦狚，能吃人。

此怪载于战国《山海经》卷四

1198
鮯鮯鱼

跂踵山方圆二百里内没有花草树木，山上有一水潭，方圆四十里都在喷涌泉水，名为深泽。深泽中生长着一种鱼，外形像一般的鲤鱼，却有六只脚和鸟一样的尾巴，名为鮯鮯鱼。

此怪载于战国《山海经》卷四

1199
拱鼠

拱鼠长得和寻常的老鼠一般，在田野中遇到人就会拱手而立。人如果想抓它，它就蹦蹦跳跳逃走了。据说秦川这地方有拱鼠。

唐代元和末年，许昌人郗士美担任鄂州观察使。郗士美为人仁义，忠心朝廷，在他的治理下，鄂州政兴人和。一天早晨，郗士美起床，穿好衣服，左手拿起鞋，还没套上脚，看见一只大老鼠来到庭院，面向北，拱手而舞。郗士美身边的人大怒，厉声呵斥，那只老鼠一点儿都不害怕。郗士美将鞋子扔过去，老鼠才逃掉。接着又有一条毒蛇掉到他的鞋里，一尺多长，筷子粗细，蛇身斑斓，吐着芯子。有个叫参寥子的人说："枭鸣鼠舞，这种怪事不一定就是灾祸的预兆，君子看见了，会有吉祥的事情发生。"

此怪载于南北朝刘敬叔《异苑》卷三、唐代高彦休《唐阙史》卷上

1200
共工

共工是我国上古时代的神话人物，因善于治水，被认为可以掌控洪水，后来被神农氏击败，衍生出共工与祝融争斗，共工怒撞不周山，天柱折、地维缺的传说。因为这个原因，古代也有将共工视为妖怪的看法。传说共工生活在大地的西北荒，人面蛇身，长着人的手脚，头发火红色，以五谷和禽兽为食，贪婪，凶恶，愚蠢，顽固。

此怪载于汉代东方朔《神异经·西北荒经》

1201
沟

晚上看见堂下有小孩，披头散发，名为沟。如果撞见并冒犯了它，喊它的名字，就不会有事。

此怪载于宋代李昉等《太平御览》卷八百八十六（引《白泽图》）

1202
钩蛇

钩蛇这种怪物长七八丈，尾巴末端有东西如同钩子一般。钩蛇在山涧水中，能够甩出尾巴钩住牛，拖入水中将其吃掉。

此怪载于南北朝郦道元《水经注》卷三十六、
宋代李石《续博物志》卷二

1203
骨托

河州有种鸟名字叫骨托，叫声如雕，高三尺多，鸣叫时发出"骨托、骨托"的声音，因此得名，能够吃下铁矿石。

当地的郡守每次办酒宴，都会让骨托出来娱乐宾客。有的客人觉得铁矿石坚硬，不是可以吃的东西，质疑骨托的能力。郡守便让人取来一块三寸大的白色铁矿石，用丝绳系住，扔到骨托的跟前。骨托低下头，一边啄一边吃，过了一会儿再看，铁矿石早已稀烂如泥。

此怪载于清代赵吉士《寄园寄所寄》卷七（引《博物志》）

1204
蛊

蛊是用一种特殊方法长年累月精心培育而成的毒虫，传说可大可小。蛊术近乎一种巫术，而蛊也一向被认为是一种妖怪。

晋代时，河南荥阳有户姓廖的人家，辈辈以养蛊为生，并以此致富。后来廖家娶进来一个新媳妇，事先没告诉她家中养有毒虫。这天家里人都外出了，留新媳妇看家。她见屋里有个大缸，打开一看，见里面有大蛇，就跑去烧了一锅开水，倒进缸里把大蛇烫死了。等家里人回来，新媳妇说了这事，全家人又惊又惋惜。没过多久，这家人就染上了瘟疫，差点全都病死了。

有一个法名叫昙游的和尚，持戒很严，恪守清规。当时剡县有一家人专门养蛊，凡是到这家去的客人，吃了他家的饭，喝了他家的水，都会吐血而死。昙游和尚听说后到这家去看。主人给他端来食物，他就念起咒来。不一会儿，就见一对一尺多长的蜈蚣从饭碗中爬出来，和尚这才把饭吃了，结果什么事也没有。

清代时，云南几乎家家养蛊，蛊排泄出来的东西是金银，因此养蛊的人收获颇丰。每晚放蛊出去，蛊虫飞舞时，火光如电。如果人聚在一起大声叫喊，可以让蛊坠落。那些蛊有的是蛤蟆，有的是蛇，各种各样。很多人家会把小孩藏好，以防被蛊吃了。养蛊的人家里专门为蛊建造密室，让妇女去喂养。蛊如果见到家里的男人就会死掉。传说吃掉男人的蛊会拉出金子，吃掉女人的蛊会拉出银子。

也是在清代，有个叫朱依仁的书生，因为擅长书法，被广西庆远府的陈太守聘为幕僚。一年盛夏，太守召集大家一起喝酒。入席后，大家摘掉帽子。这时，有人看见朱依仁的头上蹲了一只大蛤蟆，就把它打落，掉在地上它就消失不见了。喝到半夜，蛤蟆又出现在朱依仁的头上，旁边的朋友又将它打落，它就吃掉了酒席上的佳肴，再次消失。

朱依仁回来睡觉，觉得头上发痒。第二日，他的头发全部脱落，头上长出一个红色的大瘤子，忽然皮开肉绽，一只蛤蟆从里面伸出头来睁着眼睛。蛤蟆前面两只爪子趴在朱依仁的头上，从身子到脚都在头皮内，用针刺都刺不死，想把它拽出来，朱依仁就痛不欲生，郎中也束手无策。

有个看门的老人见多识广，说："这是蛊，用金簪刺它，它就会死。"朱依仁试了一下，果然奏效，这才从头皮里取出了蛤蟆。这件事情发生后，朱依仁平安无碍，就是顶骨下陷，凹陷的地方像个酒盅。

此怪载于晋代干宝《搜神记》卷十二、晋代荀氏《灵鬼志》、

清代袁枚《子不语》卷十九

1205
蛊雕

鹿吴山上没有花草树木，但有丰富的金属矿物和玉石。泽更水从这座山发源，向南流入滂水。水中有一种野兽，名为蛊雕，形状像普通的雕鹰，却头上长角，发出的声音如同婴儿啼哭，能吃人。

此怪载于战国《山海经》卷一

1206
鼓

钟山山神的儿子叫作鼓，鼓的形貌是人的脸面，龙的身子。鼓也化为鵔鸟，形状像一般的鹞鹰，但长着红色的脚和直直的嘴，身上是黄色的斑纹而头是白色的，发出的声音与鸿鹄的鸣叫很相似，在哪里出现，哪里就会有旱灾。

此怪载于战国《山海经》卷二

1207
鼓妖

清代，纪昀的父亲纪容舒有天晚上和几个朋友借宿在纪昀舅舅家的书斋中。众人吹灭蜡烛上床睡觉，忽然听得一声巨响，仿佛一发炮弹落在床前，屋瓦震动。一帮人吓得连话都说不出来，更有人后来耳朵失聪好几天才恢复。

当时是十月份，天寒地冻，而且又没有电光冲击，不可能是打雷。纪容舒的朋友高尔旽说："这是鼓妖，有此一事，恐怕不是什么吉兆。"

果然，这一年，纪昀舅舅家里有人上吊而死。

此怪载于清代纪昀《阅微草堂笔记》卷八

1208
鼓乐细人

明代万历二十五年（1597年），河南巩县的一条大路旁，有个木匠去给人家干活，走得累了，在路旁一棵树下休息，忽然听到鼓乐之声，不知道是怎么回事。木匠仔细听了一会儿，发现声音出自树里面，便用斧头敲了树几下，听见里面传出声音："不好，不好，这家伙一定会砍进来。"

木匠听了便举起斧头砍树，这时有好多身高三四寸的小人各自拿着乐器，从树中出来跳到地上，竟然继续吹拉弹唱。

当时路上不少人停下车马观看。这些小人见人多了，钻入地下消失不见。

此怪载于清代赵吉士《寄园寄所寄》卷五（引《耳谈》）

1209
鼓杖

含洭县翁水口下游的东岸有一根鼓杖，传说是阳山的那根鼓杖，横在河流的旁边，无论河水怎么冲刷，它都不会移动分毫。周围的鸟从来不会落在上面。船夫如果用船篙触碰到它，就会生病。

此怪载于唐代段成式《酉阳杂俎》前集卷十

1210
乖龙

乖龙是一种行雨的龙，因为觉得行雨太辛苦，常常会藏到人的身体里或者古木、梁柱里面，雷神就要降雷捉拿。如果在野外没地方藏，乖龙就会钻进牛角里面或者牧童的身体里。受乖龙连累，很多人会被雷击杀。

此怪载于宋代黄休复《茅亭客话》卷五

1211
观音蚌

宋代宣和年间，溧水人俞集被朝廷任命为泰州兴化县尉，带着全家老小乘船赴任。淮河出产蚌蛤，船夫们每天都会捕捞一些吃。俞集心善，看到后往往会买下蚌，再放回河中。

有一天，这些船夫抓了一篮子大蚌，沉重无比，商量煮着吃。俞集又要出钱买下，船夫们坚决不答应，将蚌放进锅里，开始烧柴。过了一会儿，忽然有声音从锅里传出来，而且锅中光芒万道。船夫大惊，掀开锅盖，看见一个大蚌裂开，壳上出现了观音菩萨的像，像的旁边还有两根竹子。菩萨宝相庄严，冠衣璎珞，那两根竹子都是小珍珠集缀而成。俞集让这些船夫赶紧念佛忏悔，然后将蚌壳收藏了起来。

此怪载于宋代洪迈《夷坚志》乙志卷第十三

1212
棺怪

清代，有个姓王的人，坐着马车去汤阴，行至旷野，迎面刮来一阵旋风。旋风里有一条巨蟒，有梁柱那么粗，用尾巴击打马车，咣咣作响，差点儿把马车打翻。大风过后，巨蟒消失了，马车前出现一个怪物，一尺多高，长得像人，走路一瘸一拐。车夫追上去踢了它一脚，那东西一溜烟儿跑掉了。当天晚上，车夫的脚肿得厉害，痛得生不如死，医治了半年才好。王某询问当地人那怪物到底是什么，当地人说："是棺怪，擅长变化，经常出来祸害人。"

此怪载于清代李庆辰《醉茶志怪》卷二

1213
棺影

清代有个人在自己寿辰的前一天，在家里摆设灯烛、寿联之类的东西，准备第二天过寿，忽然看见玻璃屏风的影子中出现一具黑漆棺木，顿时吓得够呛。第二天传来不好的消息，因为旧案，这人被押入京城。这是乾隆六十年的事情。

此怪载于清代钱泳《履园丛话》丛话十四

1214
贯胸人

贯胸国的人，胸膛上都穿了一个洞。

此怪载于战国《山海经》卷六

1215
灌灌

青丘山中有一种禽鸟，形状像斑鸠，鸣叫的声音如同人在互相斥骂，名为灌灌。把它的羽毛插在身上，能使人不迷惑。

此怪载于战国《山海经》卷一

1216
光州兵马虫

宋代发生建炎之乱，光州损失最严重，当地百姓很多死于兵祸，只有百分之一二的人侥幸活了下来。过了几十年当地的人口也没恢复如初。

淳熙初年，朝廷任命上饶人郑人杰担任光州郡守，他邀请乐平书生李子庆和自己一起去。等到了官衙，郑人杰见一座仓库外面上了大锁，门窗上落了厚厚的尘土，问手下怎么回事。手下说："这是原来的甲仗库，里头闹妖怪，以前的好几任官员都没打开过。"郑人杰生性贪婪，觉得里头肯定有值钱的东西，让人砸掉了锁，进去查看。

仓库里面有不少弓箭、长刀，但都断裂破损，没有一件可用的。梁上挂了几十上百条绳子，材质看起来好像是麻或者绢。手下告诉郑人杰："当年战乱时，老百姓无处躲避，很多人在这座仓库里悬梁自尽，梁上的这些绳子便是他们的上吊绳。每到风雨晦冥的晚上，这里就会传出来鬼哭声。不光这里，整个光州随便找个地方往下挖一尺多，就能挖出来累累白骨。有一种妖怪，名字叫兵马虫，仅有一寸多高，上半身是人，下半身是马，穿着盔甲，拿着武器，喜欢在墙壁上走动，甚至会登上桌案，行动时摆出军阵。这些妖怪经常四五十个一群，里头有一个领头的，比一般的兵马虫要大。它们跑到人的卧室或者吃饭的地方，环绕不去。如果被它们手中的武器刺中，人会疼痛难忍。杀了它们，必招奇祸。"

李子庆在官衙待了半年，没看到什么妖怪。一天他搬开床榻，让几个士兵帮自己平整地面，往下挖了一尺不到就看见无数的白骨。接着，兵马虫也出现了，而且一天比一天多，闹得他晚上睡不着觉。后来，李子庆以自己的妻子得病为借口，辞职回家了。

此怪载于宋代洪迈《夷坚志》支癸卷第七

1217
光州墓怪

光州书生孔元举住在城外，每天早晨入城去州学，晚上出城回家，路上要经过一片乱坟岗。

一天，孔元举出城晚了，路上听到有人高诵"维叶萋萋，黄鸟于飞"这句诗，从声音判断，对方应该在道路上。等他走得近了，发现声音从墓地传来。孔元举转过头，看见一个怪物如蹲着的鹞鹰，全身长满了毛，双目赤红，嘴巴像猪嘴，厉声说："维叶萋萋！"孔元举吓得大步逃回家，很快得病死去。

此怪载于宋代洪迈《夷坚志》甲志卷第十六

1218
龟宝

有个叫徐彦若的人去广南，将要渡海的时候，有个手下在海边捡到一个小琉璃瓶，瓶子里有只小龟，有一寸多长，在瓶里爬来爬去，不知道是怎么装到里面的。手下觉得很好玩，就带上了船。

这天晚上，大家忽然发觉船的一侧十分沉重，船几乎都要倾斜了。大家出去一看，发现无数的龟层层叠叠地往船上爬。大家很害怕，就祈祷一番，将那个小琉璃瓶扔进海里，那些龟也就散去了。

后来有人说那是龟宝，是世间少有的珍宝，如果得到了放在家里，这个人就会变成大富豪。

此怪载于五代刘崇远《金华子杂编》卷下

1219
鬼车

传说，在江西的一些地方，人们晚上能看到闪闪发光的东西，当地人称之为鬼车。人如果碰到了这种妖怪，赶紧将秽物抹在眼睛上，再看过去，就能看到其中有男子或女子的形状。这种妖怪虽然叫鬼车，但并不是淮浙一带流传的九头鸟、姑获鸟，而是另外一种妖怪。

临川的刘彦立，晚上看到屋后松树上有一团圆光，好像太阳一样，离地二丈多，很快消失不见。刘彦立以为松树下面藏着宝贝，在那地方向下挖了很深，结果什么也没挖到。他家的邻居也看到了这团圆光，将秽物抹在眼睛上再看，见光里面有个女子，穿着衣裳，戴着帽子。

后来，黄齐贤来拜访刘彦立，和刘彦立聊天到深夜，外面下起了雨。黄齐贤的仆人跑进来，说他来的路上差点被吓死——前山之上突然升起一个"太阳"，三丈多高，比白天的太阳颜色要红，照得周围如同白昼，草木看得清清楚楚，等下起了雨才消失。刘彦立听了很害怕，没过多久便死了。

黄齐贤的邻居姓蔡，他家的仆人也看到过这个妖怪。据这个仆人说，这个妖怪晚上出现时就像太阳，光芒如火，有一次落在地上，村里的狗一边叫一边追赶。那团光跑到一户姓曾的人家门边，消失不见。蔡某第二天在那个地方下面挖出来一块石头，没过半年，曾家的老母亲去世了。

可见，这个妖怪出现，乃是不祥之兆。

此怪载于宋代洪迈《夷坚志》三志壬卷第三

1220
鬼蜮鸟

海南有种鸟，名字叫鬼蜮，生活在深谷之中。每到雌鸟即将生蛋时，雄鸟和雌鸟会折断树枝插在路口当标记，阻止人来往，并且在嘴里含着沙子。如果有人不小心闯入，鬼蜮鸟会用沙子喷对方。人一旦被击中，必死无疑。

此怪载于民国徐珂《清稗类钞》

1221
蜒

即公山中有一种野兽，形状像一般的乌龟，却是白色身子红色脑袋，名为蜒，人饲养它可以辟火。

此怪载于战国《山海经》卷五

1222
桂龙晚天

桂龙晚天，长得如同没有角的龙，擅长腾云驾雾，多出现在水塘，喜欢生吃人的脑髓，乃是西川龙移山的水怪所化。

此怪载于宋代《太清金阙玉华仙书八极神章三皇内秘文》（收录于明代张宇初《道藏》）

1223
郭多里兽

清代康熙五十七年（1718年）六月，四川有个名为郭多里的地方突然出现一个怪兽。此物无头，长得像人，脖子上长出手臂，腹部有眼，嘴巴长在肚脐眼上，跑到当地驻军军营，吃了好几斗米，并没有伤害生灵。士兵们提刀追赶，怪物发出一阵怪风，刀剑都不能靠近它的身体。士兵们一直追到哈喇忒这个地方，怪兽跳进一个几丈深的坑中。众人凑过去，发现里头像这样的怪物还有一百多个。

此怪载于清代朱象贤《闻见偶录》

1224
郭华小神

郭华小神，鬼形人面，穿着白衣，双目深凹，长带着一把小刀出现在山野，见到人就用刀刺人的脸，吞吃人的血肉，乃是不正之地的土地所化。

此怪载于宋代《太清金阙玉华仙书八极神章三皇内秘文》（收录于明代张宇初《道藏》）

1225
锅盖鱼

清代乾隆三十六年（1771年）春天，山阴人刘际云坐船经过镇江，看见一艘客船被风吹沉，船上的货物落入水中甚多。

江边有熟悉水性的人，当地人称之为"水鬼"，专门靠捞取沉没的货物为生。看见客船翻了，水鬼们前来，和船主谈好了价钱，一起入水。等到上岸，这帮人发现少了一个同伴，以为这家伙是隐匿在水下私藏金银，便下水寻找。众人在水下发现一个怪物，像鬼，通体赤红，大如浴盆，身体扁如簸箕，没有头，没有尾巴，也没有爪子。那个没出水的同伴被这个怪物咬住，任凭众人怎么用力都拉不上来。后来迫不得已，大家用大铁钩拽怪物上岸，发现它身上全是嘴，足足有好几百张，那个同伴的血已经被它吸干，依然死死咬着不放。大家用刀刺它，怪物浑然不觉，最后只能放火烧了它，臭味飘了几里地。

有人说："这东西是锅盖鱼里面最大的那种，严州江里特别多。"

此怪载于清代袁枚《子不语》卷八

1226
果然

交州这地方有种怪兽，名字叫果然，鸣叫时发出"果然、果然"的声音，因此得名。这种怪兽身体如同猿猴，长着狗的脸，通体白毛，身体不过三尺，尾巴却有四尺多长，肚子圆滚滚的，皮上有斑纹，用它的毛皮做成的褥子十分暖和。

此怪载于清代赵吉士《寄园寄所寄》卷七（引三国万震《南州异物志》）、清代方浚师《蕉轩随录》卷四（引三国万震《南州异物志》）

1227
海凫

晋惠帝时，有人得到一根鸟羽，长三丈。晋惠帝派人拿给张华看，张华叹道："这是海凫的羽毛，此毛一出，天下将大乱，分崩离析。"后来，世事果然如张华所说。

此怪载于南北朝刘敬叔《异苑》卷四

1228
海和尚

有个潘某是捕鱼的高手，有一天和同伴一起在海边撒网，往回拽的时候，觉得渔网似乎比往日要沉重许多。大家齐心协力往上拉，等到渔网露出水面，发现里头并没有鱼，而是有六七个小人坐在里面。

这六七个小人全身是毛，如同猕猴，头上没有头发，对着潘某等人双手合十跪拜，说的话他们也听不懂。潘某就把它们放了。小人出了网，在海面上行走了十几步就消失了。

当地人说："那东西叫海和尚，如果做成腊肉吃了，可以一年不饿。"

此怪载于清代袁枚《子不语》卷十八

1229
海井

宋代，华亭县市集里有个小卖铺，里头有个东西，状如没有底的小桶，材质不是木头，不是竹子，不是金属，也不是石头，没人知道这玩意叫什么、有什么用，放在店铺里好多年，无人问津。

一天，有个航海的老商人看到小桶，惊喜万分，拿起来摩挲不停，问店主多少钱。店主是个狡猾之人，心想这东西对老商人必然有用，开价五百贯。老商人还价三百贯，将小桶买下。

店主问这东西到底是什么。老商人说："此乃至宝，名叫海井。寻常航海，必须准备淡水。有了这东西，只需要在大缸里装上海水，将它放在里面，海水就能变成甘泉。我之前也是从外国商人那里听说，从未见过，今天能买到，实在是太幸运了！"

此怪载于宋代周密《癸辛杂识》续集上、明代朱国祯《涌幢小品》卷二十六

1230
海鹿

雷郡有一种鹿，肉腥而且没有味道，不能吃，当地人说是海鱼所化。雷郡曾经有个人看见还没有彻底变完身的海鹿，身体是鹿，脑袋却是鱼，这才相信。

此怪载于唐代房千里《投荒杂录》

1231
海驴

不夜城这个地方有座岛叫海驴岛。岛上有很多海驴，常在八九月产乳生子，毛长二分，皮毛入水不湿，所以可以用来挡雨。偶尔有人能猎获海驴，并因此发了财。

此怪载于宋代乐史《太平寰宇记》卷二十（引《郡国志》）

1232
海骡

清代，在台湾为官多年的翟灏有一天和友人在海边散步。当时正值落潮，海面后退三十里，沙平如掌。翟灏来到一个地方，见几艘渔船停靠，渔夫们皆在岸上。忽然他发现一头骡子，全身漆黑，皮毛光润，两耳如削，立在沙滩上岿然不动，看到有人后，惊慌地跃入海中不见。

翟灏一直听当地人说此地有海骡的存在，亲眼见到才知道传言非虚。

此怪载于清代翟灏《台阳笔记》

1233
海马

南宋绍兴八年（1138 年），广州西海壖有个叫上弓弯的地方，一天月夜中出现一只海兽，长得像马，蹄子和鬃毛都是红色的，进入附近的村民家，被村民杀死。天快亮时，忽然空中传来无数士兵行走的声音，都说要找马。村里有人觉得这事情怪异，就赶紧搬走了。第二天，海水滔天，淹没了这个地方，一百多户人都死了。

明代嘉靖四十二年，海盐县出现无数海马，其中一只比楼宇都大，沿着石塘跑了二十多里，然后进入海中，发出震天的响声。

此怪载于宋代洪迈《夷坚志》甲志卷第八、清代赵吉士《寄园寄所寄》卷五（引《海盐县图经》）

1234
海蛮师

北宋嘉祐年间，海州一个渔人捕获了一个怪物，长着鱼的身体、老虎的脑袋和爪子，身上也有老虎的花纹，有两只短爪在肩上，长八九尺。这怪物看到人就掉眼泪，几天才死。年纪大的人说："这东西叫海蛮师，早些年曾经见过。"

此怪载于宋代沈括《梦溪笔谈》卷二十一

1235
海宁县衙怪

相传，海宁县县衙有一个妖怪，经常化为一个女子，艳丽动人，自县衙的古井出入。

秦嘉系在这里当县令的时候，这个妖怪经常与他嬉戏。有时秦嘉系批阅文卷，它则在旁研墨。一天晚上，妖怪对秦嘉系说："这地方你待不久了，因为过一段时间你要升官。"不久，秦嘉系果真升官而去。

这个妖怪有时也和县衙里的差役说说笑笑。有人曾经伸手摸过它的身体，发现它的身体平滑无比，没有缝隙。

此怪载于清代董含《三冈识略》卷四

1236
海牛

齐地东莱有座牛岛，每年五月，岛上的海牛会产乳。

海牛这种怪物长得像牛，没有角，赤色，能发出老虎的叫声，爪子和牙也像老虎，脚长得如同鼍鱼，尾巴如鲇鱼，长一尺多。海牛能长到一丈多长，皮很软，有很多用处。海牛见到人会奔入水中，如果用木杖击打它的鼻子，就能够抓住它。

此怪载于宋代李昉等《太平御览》卷九百（引《齐地记》）

1237
海女

噶兰达这地方有人从海里捕获了一个女子样貌的怪物。它不能说话，给吃的就吃，给喝的就喝，时间长了，可以为人干活，见到神像也知道跪拜。这个怪物身上的皮下垂，盖住四肢，就像衣服一样，但是不可脱下。

此怪载于清代褚人获《坚瓠集》广集卷三

1238
海钱

南宋乾道二年（1166年）夏天，乐清县海门，一条一丈多长的蛟出现在海面上，吼叫了两天两夜。接着，海面上浮现了很多铜钱。当地一个老人见了，说："海送钱给人，必然会有大风！"说完，老人急忙将自己的小船系在屋上，周围的人都笑话他。到了八月十七日，海水暴涨，波浪滔天，全县的船都被冲走了，只有这个老人家中的船得以幸免。

此怪载于明代朱国祯《涌幢小品》卷二十六

1239
海鳅

传说海鳅是海中最大的动物，小的也有一千多尺。海鳅吞舟并不是荒谬的事。广州常年开出铜船到安南去进行贸易，路途遥远。有个北方人要求去走一趟，往来一年，头发便斑白了。

据这个北方人说，一天，船经过调黎这片海域，看见有十多座山，有时露出来，有时沉没下去。船工说："这不是山，是海鳅的脊背。"北方人果然看见海鳅的双眼在闪烁。过了一会儿，大晴天里忽然下起了小雨，船工说："这是海鳅喷气，水珠散在空中，顺风吹来像雨罢了。"等到靠近海鳅，人们敲着船大声乱叫，海鳅就沉了下去。

宋代，有一条十几丈长的海鳅搁浅在江浙滩涂上，有些无赖少年架梯爬到它的背上，割肉吃。过了不久，这里发生了大火，人们都说海鳅出现是大火的预兆。辛卯年十二月二十二、二十三日间，又有一条比之前那条还要大的海鳅死在沙滩上。人们哄传将有火灾。二十四日这天晚上，天井巷燃起大火，烧毁了几千家的房屋，连行省开元宫也毁于火中。

梧川一带有山川交叉于海面，上下五百里，横截海面，山谷非常深。每年二月，海鳅就会来这里生育。刚开始的时候，有云层翻滚而来，遮盖住山，当地人看到云层就知道海鳅来了。等到天晴的时候，就会有刚生下来的小海鳅浮出水面，身体赤红，眼睛还没张开。当地人会开船用长矛猎取小海鳅，长矛后端绑着绳子，等矛头扎入小海鳅的身体，当地人就会划船回来，在岸上拉绳子将小海鳅拖上岸。小海鳅也非常大，能供一家人吃很长时间。

清代乾隆年间，乍浦一带海潮不退，海水淹没了无数人家的田舍。潮退之后，有条海鳅搁浅在滩涂上，有十几丈长，当地人争相去割它的肉。海鳅觉得疼，跃起翻身，压死了数百人。

此怪载于唐代刘恂《岭表录异》卷下、宋代周密《癸辛杂识》续集上、明代顾玠《海槎馀录》、清代朱翊清《埋忧集》卷二

1240
海人

东州静海军姚某带着徒弟到海里捕鱼，天色已经很晚了，也没有捕到什么鱼，正在唉声叹气，忽然发现网里面有个人，黑色，全身长满长毛，拱手而立，问它也不说话。周围的人说："这东西叫海人，看到了必然会招来灾祸，赶紧杀了吧！"姚某说："杀了更不祥。"姚某放了海人，并且对它祈祷说："请你让我明天捕到很多的鱼，拜托了！"海人在海上走了十几步就消失了。第二天，姚某果然捕到了很多鱼。

南海经常有海人出现。这种怪物长得如同僧人，很小，从海中跳上船坐下来，告诫船上的人不要动，过一会儿就会跳回海里。如果船上的人动了，那就会有大风浪把船掀翻。

此怪载于五代徐铉《稽神录》卷四、明代叶子奇《草木子》卷一

1241
海兽

清代乾隆五十九年（1794年）六月初一，海盐八团这地方天降大雨，落下许多冰雹。海潮退后，一只怪兽搁浅在沙滩之上。怪兽长七八尺，全身漆黑，毛如海虎，尾巴长一尺多且没毛，四只脚如鱼刺，头如骆驼，眼睛和嘴巴赤红。有人用棍棒击打它，它一动不动；拿出刀给它看，它则默默流泪。当地几百人围观，都说这海兽杀不得，最后将其抬到海边，放归大海。

此怪载于清代钱泳《履园丛话》丛话十四

1242
海术

南海中有一种水族，左前脚长，右前脚短，嘴巴长在肋旁的背上，经常以左脚捉东西，放在右脚上，右脚中长有牙齿，嚼烂食物后放在嘴里。这种东西大的有三尺多长，叫唤时发出"术术"的声音，所以当地人称之为海术。

此怪载于唐代段成式《酉阳杂俎》续集卷八

1243
海童

海童传说居住在西海，骑着白马。海童如果出现，就会发生大水灾。

此怪载于汉代东方朔《神异经》

1244
海头陀

清代光绪年间，宁波有艘沙船停靠在石浦海面，突然有几十个怪物爬上船来，在甲板上来回奔跑。这些怪物形象模糊，仔细看，它们的头上长有蓬乱的头发，像头陀一般。船上的人无论如何也抓不到它们。此时，船开始慢慢下沉。人们惊慌呼救，忽然天空中霹雳一声，这些怪物消失得无影无踪。

此怪载于清代吴友如《点石斋画报》

1245
海鹘

薛嵩在魏地担任节度使时，邺郡有个人喜欢养鹰隼。一天，这人买了一只鹰隼。这只鹰隼极其神俊，他家虽然养了很多鹰隼，但是没有一只能比得上它，因此，这人经常将它放在手臂上，和它形影不离。

后来，有个东夷人看见了这只鹰隼，愿意用一百多匹丝绸买下。邺郡人说："这只鹰隼与众不同，我不知道它到底是什么来头，你能告诉我吗？"东夷人说："这东西叫海鹘，擅长对付蛟蛇、螭龙，你带着它到城南就知道了。"

邺郡人带着海鹘来到城南，放开它。海鹘飞入水中，过了一会儿出来，将一条小蛟扔在地上，然后将其吃掉。因为有了这只海鹘，邺郡再也没有出现过蛟。

有人将此事告诉了薛嵩，薛嵩让人去调查。那人便将海鹞献给了薛嵩。

此怪载于唐代张读《宣室志》卷十

1246
海蜘蛛

海蜘蛛生长在广东一带的海岛之中，如同车轮一样巨大，身上五彩斑斓，吐出的丝又粗又坚韧，老虎、豹子进入网中也不能挣脱，最终都会被它吃掉。

此怪载于清代王士祯《香祖笔记》卷八

1247
海中黑孩

南通州边海镇有一个叫台迈的人，家里有两百多匹马，派人在青海口放牧。牧者经常看到马群受惊跳跃不止，认为有人盗马，便早晚留意，暗自守候。结果发现有个小黑孩，从海里面钻出来。马见了它便四散奔跑。牧者将其抓住，献给台迈。台迈让牧者豢养，嘱咐牧者千万别让小黑孩跑了。

刚开始的时候，小黑孩不吃东西，时间长了饿得够呛，开始吃粥饭，天气冷了，知道穿衣服，也渐渐学会了语言，能和人说话。

这个怪物的五官和人一样，只是皮肤黝黑，眼珠是绿色的，牙齿特别黄。四年之后，趁着看守的人没留神，它逃到海中，消失不见。

此怪载于清代褚人获《坚瓠集》秘集卷六

1248
醯石

段成式的一个仆人说，自己年少时曾经毁了一个鸟窝，从里面得到一块雀卵大小的黑石，圆滑可爱。有一次，他将这块石头放在醋碟里，石头竟然动了，仔细观看，发现石头露出了四条长长的腿。他将石头拿起来，那四条腿便缩了回去。

此怪载于唐代段成式《酉阳杂俎》前集卷十

1249
寒号虫

五台山有种鸟，名叫寒号虫，长着四只爪子，身上有肉翅，不能飞，粪便就是中药中的"五灵脂"。盛夏时分，这种鸟身上的羽毛五彩炫目，十分美丽，鸣叫说："凤凰不如我！"等到了深冬严寒，这种鸟羽毛脱落，像只光溜溜的雏鸟，便鸣叫道："得过且过！"

此怪载于元代陶宗仪《南村辍耕录》卷十五、明代谢肇淛《五杂俎》卷九

1250
合窳

剡山有丰富的金属矿物和玉石。山中有一种野兽，形状像猪，却是人的面孔，黄色的身子上长着红色尾巴，名为合窳，发出的声音如同婴儿啼哭。这种合窳兽是吃人的，也吃虫和蛇，一出现天下就会发生水灾。

此怪载于战国《山海经》卷四

1251
何罗鱼

谯明水从谯明山发源，向西流入黄河。水中生长着很多何罗鱼，长着一个脑袋，却有十个身子，发出的声音像狗叫，人吃了它的肉就可以治愈痈肿病。

此怪载于战国《山海经》卷三

1252
河伯

传说西海中有一种妖怪，骑着长有红色鬃毛的白马，白衣玄冠，身后跟着十二个童子，行走如风，名为河伯。有时候，它会来到岸上，马到什么地方，水就到什么地方，所到之地雨水滂沱，傍晚就会返回西海里。河伯是水中的妖怪，后来成了河神的代名词。日本的河童，传说就来源于河伯。

此怪载于汉代东方朔《神异经·西荒经》

1253
荷舟人

明代，广西有个人叫宋君佐，说曾经在大水中看见一艘船载人而来，船上有二三十人。那些人上了岸，船就变成了大荷叶。人们都很吃惊。船上下来的这些人来到一户名门大家中讨要食物和钱，那户人家不给，他们就毁掉了对方的楼舍房屋。人们和他们打斗也打不过，只是自己受伤。这群人四处要钱，骚扰四方，连官府都没办法。过了一个多月，这帮人才消失。

此怪载于清代谈迁《枣林杂俎》

1254
鹤鼓

会稽城有个城门名曰雷门，门旁的大鼓宽二丈八尺，敲响可以声闻百里。有次兵乱，大鼓被士兵砍破，从里面飞出一对大鹤。自此之后，鼓便再也敲不响了。

此怪载于明代朱国祯《涌幢小品》卷四

1255/1256
鹤民／鹄民

西北海戌亥之地，有个鹤民国，其中的鹤民身高三寸，但日行千里，步履迅疾如飞，却常被海鹤吞食。他们当中也有君子和小人。君子天性聪慧、机变灵巧，为防备海鹤这种祸患，而经常用木头刻成自身的样子，有时数量达到数百，把它们放置在荒郊野外的水边上。海鹤以为木人是鹤民，就吞了下去，结果被木人卡死。海鹤就这样上当千百次，以后见到真鹤民再也不敢吞食了。

鹤民大多数在山涧溪岸凿洞建筑城池，有时相隔三五十步就有一座城，像这样的城不止千万。春夏时他们就吃路上的草籽，秋冬就吃草根。他们到了夏天就裸露着身体，冬天就用小草编衣服穿，也懂得修炼气功的养生之法。

还有一种说法：四海的外面有个鹄国，国中男女都只有七寸高，为人泰然自若，很有礼貌，喜欢经书，懂得跪拜之礼。那些人都能活三百岁，能走千里路，各种东西都不敢侵犯他们，唯独害怕海鹄。但如果海鹄把他们吞到肚里去，海鹄也能活三百年。被吞下肚的人不死，而海鹄也能一飞千里。

此二怪载于汉代东方朔《神异经·西荒经》、
宋代李昉等《太平广记》卷四百八十（引《穷神秘苑》）

1257
黑毛人

清代光绪年间，广东肇庆开平县出现一种怪物，人身，高七八尺，头如斗大，爪子尖如利刃，遍体黝黑，从头到脚如刺猬一般生有黑毛刺，枪炮都无法击穿。这种怪物专门吃新埋葬的尸体，导致很多坟场骸骨狼藉。当地人设法驱逐，怪物行走如风，转眼就不见踪影。

此怪载于清代吴友如《点石斋画报》

1258
黑魔白魔

北京宣武南城椿树下三巷李尚书的宅子，是座百年老宅，里面住着很多妖怪，尤其是长着藤萝的一个院子，简直是怪窟。其中有个"黑魔"，身高到人的肩膀，身体上下一样粗，每到风清月朗的晚上就会摇摆而出。和人当面碰到时，它会穿过人的身体，在人的身后再次现身，然后四处乱跑，在藤萝旁边的小院消失不见，但是从来不伤害人。

一个叫张麟生的人说，他家旁边有座宅子，深邃广大，里头有个"白魔"，身高和人差不多，不常见，一旦出来就会有祸事发生。张麟生的侄子曾经埋伏起来，对着白魔开了一枪，结果打中台阶上的石头，被碎石击中眼睛，医治了一个多月才痊愈。

此怪载于民国郭则沄《洞灵小志》

1259
黑煞将军

宋代刚刚建立的时候，有个东西降临在凤翔府老百姓张守真家里，说："我乃黑煞将军！"张守真便出家为道士，供奉它。每次这东西来到家里，屋中便会起风。这东西声音如同婴儿，只有张守真能听到。每次有人向其询问吉凶，它都能预测中。

开宝九年（976 年），宋太祖听说了这事，召来张守真，在滋福殿见了他，然而并不相信这事。十月十九日，宋太祖命内侍王继恩将张守真带到建隆观，请他让黑煞将军降临。黑煞将军果然来了，而且留下了"晋王有仁心"等话。第二天，宋太祖驾崩，晋王即位，便是宋太宗。

宋太宗下诏，在终南山下建造上清太平宫，封黑煞将军为翊圣将军，以此供奉它。

此怪载于宋代邵博《邵氏闻见后录》卷一

1260
黑眚

清代，诸城有个叫丁宪荣的人，他家在城外的殷家村有很多田地，那地方有很多古坟。

传说那些古坟里面有一个怪物，长着人脸，没有形体，只有一团黑气，有一丈多高，晚上出来，白天就不见了。当它出来的时候，人在距离很远的地方就能听到它的叫声，如同霹雳，让人心惊胆战。这怪物经常会用黑气害人，黑气闻起来十分腥臭，人吸一下就会晕倒。当地人都很惧怕这个怪物，太阳一落山就没人敢从那地方走。

一次，有个盐贩因为喝多了酒，忘记了这件事，走到了这个地方，晚上碰到它。当时月华朗照，已经是二更天。怪物突然出现，挡住道路，大声尖叫。盐贩用木扁担砸它，它没有受一点儿伤。盐贩十分害怕，不知道怎么办是好，慌乱之下抓起盐朝它撒去。那怪物十分害怕，退缩钻入了地下。盐贩就把筐里所有的盐都撒在了它消失的地方。第二天早上去看，发现地上的盐全都变成了红色，腥臭难闻，旁边还有很多血。从此之后，那怪物就再也没有出现过。

此怪载于清代袁枚《续子不语》卷八

1261
黑柱

清代，浙江绍兴有个姓严的人，在王家做上门女婿。

一次，严某回自己家，老丈人派人来报严某的妻子生了急病，他赶紧返回。当时天色已晚，严某挑着灯笼匆忙行路，看到前面有一道黑气，好像厅堂里的柱子一样，过来遮挡他的灯笼。严某往东，它便往东，严某往西，它便往西，拦住严某不让他往前走。严某很害怕，跑到一个老熟人那里，借来老熟人的一个仆人，二人一起回去，黑柱才消失不见。

等到了家，老丈人出来见到严某，道："你回来了这么长时间，怎么又从外面进来了？"严某说："我刚回来呀。"全家大惊，冲进严某妻子的房间，看见一个和严某一模一样的人坐在床上握着严某妻子的手。严某走过去，那人消失了，严某的妻子也气绝身亡。

此怪载于清代袁枚《子不语》卷十

1262
红柳娃

在新疆乌鲁木齐附近的深山老林之中，牧马人经常会看到一种奇怪的东西。此物如同小人，高只有一两尺，有男有女，有老有少。它们在林中嬉戏，红柳开花时会折下柳条编织成柳圈戴在头上，唱歌跳舞，舞姿翩翩，歌声婉转。

有时，它们会偷偷溜进牧马人的帐篷中偷吃食物，如果被抓住了，就会双膝跪地哭泣。牧马人如果捕获了它们，它们就会不吃东西活活饿死。如果放了它们，它们刚开始不敢马上跑掉，而是一边走一边往后看，如果此时大声呵斥它们，它们就会重新跪倒哭泣。直到走出很远的距离，估计人们追赶不上，它们才会一溜烟儿跃入高山深林之中。

没人知道它们的巢穴在什么地方，也没人知道它们的名字。因为它们长得像小娃娃，而且喜欢戴红柳，所以牧马人称之为红柳娃。

此怪载于清代傅恒等《钦定皇舆西域图志》卷四十七、
清代纪昀《阅微草堂笔记》卷三

1263
虹怪

东晋义熙初年，晋陵有个叫薛愿的人，有一次一道虹伸到他家的锅里饮水，发出一阵吸水的声音就把水吸干了。薛愿又拿来酒倒进里面，结果是边倒酒边被吸干，虹还吐出黄金装满了锅。于是薛愿变成了富豪。

南朝宋时，长沙王刘道怜的儿子刘义庆在广陵生了病，卧床休息，正在喝粥时，忽然有一道白虹进入屋子，吃光了他的粥。刘义庆把碗扔在地上，发出当的一声响，虹怪受到惊吓，发出风雨之声，消失不见。

唐代时，韦皋在四川出任节度使，有一天在西亭宴请客人，忽然下起了暴雨。不一会儿，有彩虹当空而下，一头落在酒桌上，将上面的酒菜吃得干干净净。虹怪的脑袋像驴，颜色五彩斑斓。韦皋很害怕，赶紧结束了宴会。少尹豆卢署对他说："虹蜺这种东西出现在不正直的人面前，就会有坏事发生；如果出现在公正的人面前，那就会有好事来了。我提前祝贺你。"过了一段时间，朝廷传来消息，韦皋当上了中书令，升职了。

宋代时，润州出现了一道彩虹，光彩夺目。前面看像一头驴，几十丈长。它环绕着官府的厅堂而行，绕了三圈之后才消失。占卜的人说："这厅中将要出现哭声，但不是州府的灾祸。"过了不久，皇太后死了，在这间厅堂中发了丧。

古代传说，曾经有对夫妻，饥荒之年只能采摘野菜充饥，后来饿死了，变成青色的虹蜺，俗称美人虹。

此怪载于南北朝刘敬叔《异苑》卷一、五代徐铉《稽神录》卷四、宋代李昉等《太平广记》卷三百九十六（引《祥验集》）

1264
鸿鹅

蓬莱山也叫防丘，又名云来，高二万里，广七万里。山上有一种鸟，名鸿鹅，颜色似鸿雁，形状像秃鹙，肚子里没有肠子，没有皮肉，羽毛长在骨头上。雄鸟和雌鸟相互注视着对方，就能够受孕并生出小鸟。

此怪载于晋代王嘉《拾遗记》卷十

1265
吼

明代弘治年间，西番上贡一人、一狮，晚上人和狮子住在一个木笼里，又养了两只小兽，名为吼，长得如同兔子，两只耳朵尖尖的，全身只有一寸多长。狮子发威时，驯养狮子的人就把吼牵出来，狮子就害怕得不敢动。究其原因，是吼如果撒尿到狮子的身上，狮子的身体就会被腐蚀。

此怪载于明代陈继儒《偃曝谈馀》卷上

1266
吼船

宋代，越中荣邸的两艘船突然发出牛吼一般的叫声，好久才停歇，人们都说是不祥之兆。不久之后，果然发生了船沉人亡的事件。

庚寅年十一月，西兴渡这地方有船工不细心，将乘船人早早带到滩涂上，不久大潮涌来，淹死了近百人。当时，王筱竹、孙小隐也在场，看到这样的情景，雇了一艘船施救，只救下三个人。孙小隐将此事报告官府，官府将两个监渡官每人打了一百零七下大板，判那个船工死刑。之后，渡口的船再次发出吼声。

此怪载于宋代周密《癸辛杂识》续集上

1267
吼柱

宋代庆元元年（1195 年），建昌城内食巷的刘侁家发生火灾，房屋被烧毁。第二年的夏天，刘侁重新盖好了房子。一天，东边屋子的一根柱子忽然发出黄牛的吼声，接连三天不绝。刘侁找来二十多个人，围着这根柱子念《金光明经》，柱子还是吼叫不止。又过了三天，柱子才安静下来。

过了不久，刘侁的儿子死了，最后家里只剩下刘侁一个人孤苦伶仃。

此怪载于宋代洪迈《夷坚志》三志壬卷第二

1268
犼

犼是我国古代传说中的一种怪兽，吃人，特别喜欢和龙打斗。传说东海就有犼，能吃龙脑，在天上闪转腾挪，十分骁勇。每次和龙打斗，口中可以喷出几丈长的大火，连龙都不是它的对手。

清代乾隆二十五年的夏天，平阳县有犼把龙从海中一直追到空中，接连打了三天三夜。当地人看到三条蛟、两条龙联合起来对付一只犼，结果那只犼杀了一龙二蛟，最后自己也死了，坠落在山谷中。有人去看，发现这只犼长一两丈，形状如同马，但是有鳞片和鬃毛，死后鳞片和鬃毛中依然发出一丈多高的光焰。

清代，江苏崇明县乡村，秋收后田地里无缘无故就会有大火喷出，烧了很多人家的房屋。当地有一座孤坟，一天，风雨如晦，从坟冢中跳出来一个怪物，形状如同猰貐，全身冒火，所到之处草木皆成灰烬。有好几条龙从空中飞下来，和这个怪物打斗，双方一边打一边走，最后打到了海里，海水都沸腾了起来。有人说，这就是金毛犼。

关于犼的来源，有"僵尸化犼"一说。传说尸体先是变成僵尸，僵尸会变成旱魃，旱魃时间长了就能变成犼。犼有神通，口吐烟火，能和龙打斗，所以佛祖将其收为坐骑。

此怪载于清代东轩主人《述异记》卷中、清代袁枚《续子不语》卷三、
清代许奉恩《里乘》卷七

1269
后眼民

后眼民曾经在鞑靼出现过，不知道他们出自何处。他们穿的衣服、戴的帽子和鞑靼人的相同，脖子后面有一只眼睛，性格狠戾，鞑靼人都怕他们。

此怪载于元代周致中《异域志》卷下

1270
狐灯

清末，诗人刘樵山说他曾经两次看到过狐灯。

第一次是在桂林，晚上他看到院子里非常明亮，觉得十分奇怪，因为当时根本没有月亮。他出门抬头见半空中有十几盏灯，最大的如盘子，依次渐小，像是项链一般。这些灯在数里之外，过了一会儿倏然而落，周围变得一片昏暗。当地人说："这是狐灯，这里经常能看到。"

刘樵山第二次看到狐灯，是在洛阳。他出门看见院子里微微明亮，像是月

亮渐渐隐去。朋友说："刚才狐灯悬于空中，这是余光。"听了朋友的讲述，他觉得和自己在桂林看到的狐灯一模一样。

此怪载于民国郭则沄《洞灵小志》

1271
鹄苍

《徐偃王志》里记载：西周时，徐国宫廷中有宫女生下来一枚蛋，以为不祥，丢在水边。有个叫独孤母的妇人，养了一条名为鹄苍的狗，在水边捕猎时看到了这枚蛋，将其衔了回来。独孤母用被子盖住蛋，孵出一个孩子，取名偃。徐国国君听到这件事，将孩子带回宫中抚养。孩子长大后继承君位，便是徐偃王。后来，鹄苍临死之时头上生角，长出九条尾巴，人们才知道它原来是黄龙。

此怪载于晋代张华《博物志》卷七、晋代干宝《搜神记》卷十四

1272
湖州水怪

清代嘉庆九年（1804年），浙江湖州山中突发大水，水中有个怪物，长得像牛，头上有一只角，踏波而行，速度极快。有个千总见了，拿着刀跳入水中要将其杀掉。怪物张口喷出火来，将千总及周围的树木、房舍烧得灰飞烟灭。接着，雷雨大作，一条龙凌空飞出，抓住怪物潜入水中，掀起的波涛淹没了数百户人家。

此怪载于清代吴友如《点石斋画报》

1273
虎蛟

浪水从祷过山发源，向南流入大海。水中有一种虎蛟，长着普通鱼的身子，却拖着一条蛇的尾巴，声音如同鸳鸯鸣叫。吃了它的肉就能使人不生痈肿疾病，还可以治愈痔疮。

此怪载于战国《山海经》卷一

1274
虎毛红管笔

有个姓马的书生，家里很穷。有一天，有个人送给他一支虎毛红管笔，叮嘱他道："你需要什么东西，对着这支笔吩咐一声便会出现，但这事除了你们夫妻之外，不能让别人知道，否则就不管用了。"

书生得到这支笔之后将信将疑。当时社会上流行凝烟帐、风篁扇，书生拿起笔对着吩咐，果然这些东西凭空出现在家里。一天晚上，书生想吃兔头羹，拿出笔接连吩咐了几声，桌子上出现了好几盘。夫妻二人吃不完，将其中的一盘送给了邻居，自此之后，这支笔彻底失灵，不管怎么吩咐，再也变不出所需之物了。

此怪载于唐代冯贽《云仙杂记》卷三

1275
虎头人

唐代天宝末年，安禄山叛乱，潼关失守，梨园子弟中有个吹笛子的人逃进了终南山，寄居在一座庙宇里。

有天晚上，这人正在吹笛，忽然有个怪物，人身虎头，从外面进来。这人很害怕，虎头人说："你的笛子吹得真是动听！可以为我再吹一曲吗？"这人就接连为它吹了五六支曲子，怪物听得十分惬意，呼呼大睡。这人害怕，趁机爬上了大树。怪物醒来后发觉这人不见了，就懊悔地说："应该早一点儿吃掉，就不会让他逃跑了。"说完，虎头人站起来长啸，过了一会儿，有十几只大老虎前来，虎头人说："刚才有个吹笛子的人，在我睡觉的时候逃跑了，你们赶紧去寻找！"说完，虎头人带着老虎们消失了。

此怪载于唐代戴孚《广异记》

1276
虎啸蛇

清代文学家朱翙清在合溪山时，一个夏天的晚上听到老虎的叫声，第二天问别人，别人问："虎啸时，房子上的瓦片震动吗？"朱翙清说没有。这人说："那就不是老虎，而是蛇发出来的。这种蛇倒挂在树上鸣叫，发出的声音和虎啸一模一样。蛇身不超过一丈长，遍体黄斑，在夏天出现，山里人经常会碰到，只要它叫，一定会下大雨。"

此怪载于清代朱翊清《埋忧集》卷四

1277
花果五郎

庆元二年（1196年）八月保义郎赵师炽从封州岳祠归来，去肇庆看望父亲，途中在江西南城县停留了几天。

赵师炽在临安时买了一个小妾，十分宠爱。一天，小妾忽然得了病，胡言乱语，而且不时学市井小贩叫卖。赵师炽十分尴尬，找来巫师、道士作法，毫无效果。

过了半个月，小妾才清醒过来，说："我之前到了一个地方，大门巍峨，楼阁金碧辉煌，里面的用具只有王侯之家才有。大厅上有五个美男子，有的站着，有的坐着，周围有很多美丽的女子服侍他们。然后我上楼，见栏杆外挂了一块大匾，上写着'花果五郎'四个大字。五个美男子的其中一个指着我问：'这女子是谁？为什么来这里？'随后让我唱歌跳舞，还让我学小贩叫卖。我说我不会，他再三强迫，我只能照做。过了许久，他们才让人送我出门。"

所谓的花果五郎，南城县当地有很多祠堂供奉它们。这东西不是正神，而是妖怪。赵师炽怀疑是小妾在家时不幸沾染上了它们。

此怪载于宋代洪迈《夷坚志》三补

1278
花娘子

徐州有个书生生病躺在床上，忽然听到一个细微的声音，道："花娘子让我来接郎君，赶紧跟我走吧。"书生抬起头，看见枕头旁边站着一个身高只有三寸多的女子，彩衣鲜洁，美丽无比。书生吓了一跳，认为她是妖怪，对着这女子吐唾沫。小女子道："你不听我的话，我等会儿让青儿来，不容你不去。"书生急忙叫来妻子，两个人见小女子转过身，走到床后消失了，留下来的脚印只有麦粒那么小。

发生了这种事，全家慌乱，为了防止意外，家里人让书生的妻子守护他。过了良久，家里做饭的老妇被什么东西附上了身，说："我是青儿，花娘子邀请你并无恶意，为什么拒绝？"妻子解释说："我们和你们并无冤仇，为什么这么苦苦纠缠呢？"做饭老妇说："花娘子只不过想请郎君去吃雪藕而已。"妻子说："我丈夫病了，不能远行，如果有雪藕，可以拿来，我代丈夫谢谢花娘子。"说到这里，附在做饭老妇身上的东西离开了。

第二天早晨，书生见枕头旁边放着一段藕，洁白晶莹，问家里人，都不知道从哪里来的。妻子打算扔掉，书生没有同意，拿过来吃了，味道甘美，病也很快好了。书生希望那个小女子再来，可惜自此之后，对方再也没有现身。

此怪载于清代李庆辰《醉茶志怪》卷二

1279
花上小人

唐代，东都洛阳尊贤坊里有个姓田的人，家中内院里长着一株紫牡丹，繁茂如树，能够开出一千朵花。花开正盛时，每到月夜，会有五六个身高一尺多的小人在花朵上游玩。如此过了七八年。后来，察觉到有人想要捕捉它们，它们就消失了。

此怪载于唐代段成式《酉阳杂俎》续集卷二

1280
花蹄牛

汉代元封三年（前108年），大秦国进贡花蹄牛。这种怪物毛色斑驳，高六尺，尾巴能够环绕身体一周。它的角顶端有肉，蹄子如同莲花，擅长行走，力气很大。汉武帝让它拉铜石建造望仙宫，干活时，它在石头上留下了状如花朵的蹄印。

此怪载于汉代郭宪《汉武帝别国洞冥记》卷二

1281
华芙蓉

南北朝时，有个叫梁清的人居住在一座老宅里面。元嘉十四年二月，宅子里老是出现一种奇怪的光芒，而且会有怪响。梁清让仆人去查看，发现院中有一个人。这人自称华芙蓉，在宅子里流连不去。

这人有时候鸟头人身，满脸是毛，到处抛撒粪便。梁清开弓射中他，他就会消失。有时候，他变成猴子的模样，挂在树上。梁清让人用长矛刺，刺中他后他从树上掉下来消失不见，过了几天，一瘸一拐地向仆人要东西吃，能吃二升米。

后来梁清实在受不了，就问他到底要干什么。他说："我到处抛洒粪便，那是因为粪便是钱财的象征，你很快就要升官了。"果然，过了不久梁清就升官做了扬武将军、北鲁郡太守。

此怪载于南北朝刘敬叔《异苑》卷六

1282 猾

猾是传说中的一种海兽，没有骨头。老虎吃猾，入口而不能啃咬，这东西到了老虎的肚子里，反而能吞吃老虎的内脏，让老虎死掉。猾的骨髓滴入油中，两者互溶，一旦点着，用一般的方法无法扑灭，只有用酒喷洒才能让火熄灭。

此怪载于明代徐树丕《识小录》卷一、明代李时珍《本草纲目》卷五十一下

1283 猾褢

尧光山中有一种野兽，形状像人，却长有猪那样的鬃毛，冬季蛰伏在洞穴中，名为猾褢，叫声如同砍木头时发出的响声。哪里出现猾褢哪里就会有繁重的徭役。

此怪载于战国《山海经》卷一

1284 鲭鱼

桃水从乐游山发源，向西流入稷泽。这里到处是白色玉石，水中还有很多鲭鱼，外形像普通的蛇，却长着四只脚，能吃鱼类。

此怪载于战国《山海经》卷二

1285
化民

化民，靠吃一种叶子为生，三到七年身体就会变化，能够如同蚕一样作茧，九年生出翅膀来，十年就死了。它们居住的地方距离琅琊四万里。

此怪载于晋代郭璞《玄中记》

1286
化蛇

阳山上到处是石头，没有花草树木。阳水从这座山发源，向北流入伊水。水中有很多化蛇，形状是人的面孔，却长着豺一样的身子，有禽鸟的翅膀，像蛇一样爬行，发出的声音如同人在呵斥，在哪里出现哪里就会发生水害。

此怪载于战国《山海经》卷五

1287
讙

翼望山上没有花草树木，到处是金属矿物和玉石。山中有一种野兽，形状像一般的野猫，只长着一只眼睛，却有三条尾巴，名为欢，发出的声音好像能赛过一百种动物的鸣叫。饲养它可以辟凶邪之气，人吃了它的肉就能治好黄疸病。

此怪载于战国《山海经》卷二

1288
讙头人

讙头国的人都是人的面孔，却有两只翅膀，还长着鸟嘴，能用鸟嘴捕鱼。

此怪载于战国《山海经》卷六

1289
臛疏

带山上盛产玉石，山下盛产青石碧玉。山中有一种野兽，形状像普通的马，长的一只角有如粗硬的磨石，名为臛疏，人饲养它可以辟火。

此怪载于战国《山海经》卷三

1290

驩兜

驩兜，又叫驩头。传说在大荒中，有个人名叫驩头。鲧的妻子是士敬，士敬生的儿子叫炎融，炎融生了驩头。驩头长着人的面孔、鸟一样的嘴，生有翅膀，吃海中的鱼，凭借着翅膀行走。

也有一种说法，说驩兜长得像狗，人脸鸟嘴，双翅，虽然有翅膀，但不能飞，手和脚扶着翅膀行走，靠吃海里的鱼为生，十分凶恶，不畏风雨，和禽兽争斗，不死不休。

此怪载于战国《山海经》卷十五、汉代东方朔《神异经·南荒经》

1291

环狗

环狗长着人的身体、野兽的脑袋。还有一种说法，环狗长得如同刺猬，黄色，形体像狗。

此怪载于战国《山海经》卷十二

1292

獂

乾山上没有花草树木，山南阳面蕴藏着金属矿物和玉石，山北阴面蕴藏着铁，但没有水流。山中有一种野兽，形状像普通的牛，却长着三只脚，名为獂。

此怪载于战国《山海经》卷三

1293

䍺

泑山山南阳面盛产金属矿物，山北阴面多出产玉石。山中有一种野兽，形状像普通的羊，却没有嘴巴，不吃东西也能活着而不死，名为䍺。

此怪载于战国《山海经》卷一

1294

唤人蛇

唤人蛇有一丈多长，生活在广西的交趾山中，潜伏在草丛里，碰到有行人经过会大呼："何处来？哪里去？"它们只会说这六个字，发音清楚，音调如同中原一带的人说话。如果不知道这种怪物底细的人听到呼唤，答应了，即便走出去几十里，唤人蛇也会跟踪而至，带着腥风而来，冲进房间，将人吃掉。

此怪载于清代陈鼎《蛇谱》、清代俞樾《茶香室丛钞》卷二十三

1295
患

汉武帝东巡走到函谷关时，被一个怪物挡住了道。怪物身长好几丈，形状像牛，黑色的眼睛闪闪发光，四只脚深深陷进土中，谁也挪不动它，官员们又惊又怕。

东方朔出了一个主意，让人拿酒灌那怪物。灌了几十斛酒后，那怪物终于消失。汉武帝问是什么怪物，东方朔说："这怪物叫'患'，忧气所生。此地必然是秦监狱的所在地，罪犯们在这里聚在一起，怨念就产生了这个怪物，只有喝醉了酒才能忘忧，所以我才让人用酒消除这怪物。"

汉武帝听了，赞叹说："东方朔，你可真是比谁都博学多才啊！"

此怪载于晋代干宝《搜神记》卷十一

1296
黄颔蛇

黄颔蛇，长一二尺，全身色如黄金，居住在石缝里，快要下雨之时就会发出牛吼一般的叫声，被它咬中的人很快就会死掉。四明山有这种蛇。

此怪载于五代杜光庭《录异记》卷五

1297
黄陵玄鹤

陕西黄帝陵有两只玄鹤，所谓的玄鹤，指的是羽毛为黑色的鹤。相传这两只玄鹤是上古之鸟，经常飞起来鸣叫，一般人可望而不可即。乾隆初年，又有两只小鹤和它们一起飞，羽毛也是黑色的。

一天，天空中忽然飞来一只大雕，直扑小鹤，差点儿把小鹤抓伤。大鹤知道了，双双飞出来啄那只雕，在天空中搏斗了很长时间。忽然阴云密布，雷霆齐下，将大雕击死在悬崖上。那只雕体形巨大，尸体可以覆盖好几亩地。当地

人用雕的翅膀当屋瓦，可以遮蔽数百户人家。

此怪载于清代袁枚《子不语》卷十五

1298
黄腰

甘肃平凉静宁县一带有一种怪物，长得像猫，只是头比猫大，黄色，所以人都称之为黄妖。家猫见了它，就会跟着它一起离开。家猫先到河边喝水，洗干净肠胃，然后来到黄妖跟前。黄妖伸出舌头舔食猫，猫就皮肉脱落，最终被黄妖吃掉。

翻阅典籍，郭璞曾经对这种怪物有过注解："似鼬而大，腰以后黄，一名黄腰。"想来黄妖的"妖"，是"腰"的误写。

此怪载于清代刘献廷《广阳杂记》卷三

1299
蚘虫

南方有甘蔗之林，甘蔗高达百丈，粗三尺八寸，多节多汁，汁水甜如蜜，咀嚼后喝下它的汁水，可以让人感到滋润并且不燥热，还可以治疗蚘虫。人肚子里的蚘虫形状如蚯蚓，这种东西是消化谷类之虫，肚子中虫多了则伤人，虫少了则谷类不得消化。这种甘蔗能灭除多余，增益亏少，大凡蔗物也都如此。

此怪载于汉代东方朔《神异经·南荒经》

1300
蜠

蜠是古代传说中的一种蛇，身子上长有两张嘴巴，喜欢相互撕咬，相互厮杀。

此怪载于战国韩非《韩非子》、南北朝颜之推《颜氏家训》卷三

1301
混沌

混沌是我国古代的著名妖怪，"四凶"之一。传说混沌生在昆仑山的西面，身体像狗，长毛，四足，长得像熊却没有爪子，有眼睛却看不见，有双耳却听不见，有肚子却没有五脏，有肠子却

直直的不扭曲。碰到有德行的人，它就会去顶撞；碰到品行恶劣的，它却去亲近。

此怪载于汉代东方朔《神异经·西荒经》

1302
活儿犬

南京水西门外王宝石家中来了一条大黑狗，怎么赶也不肯走。几天后的一个清晨，有人抬着一具小棺材经过。大黑狗突然跳起来，咬抬棺人的手，致使棺材摔在地上，破裂了。棺材中的婴儿醒了过来。当时很多人围过来看热闹，而那条大黑狗消失不见了。人们都说这条狗是专门来救这个婴儿的。

此怪载于清代褚人获《坚瓠集》秘集卷一

1303
活马猴

晋代，有个叫赵固的人，骑的马突然死掉了，就去问郭璞怎么回事。郭璞说："可以派十几个人，拿着竹竿往东走三十里，山里有许多树木，举起竹竿打，会有一个怪物跑出来，把它抱回来。"

赵固按照郭璞说的去办，果然抓住了一个长得如同猴子的怪物。这怪物一进门看到死马就抱起马头，用嘴吸马的鼻子，马立刻活了过来，而那个怪物则消失不见了。

此怪载于晋代干宝《搜神记》卷三

1304
火车

唐代开元年间，李令问在秘书监当官，后来升为集州长史。李令问喜好吃喝玩乐，以奢侈闻名天下。他烧烤驴肉、腌制鹅肉之类，味道香浓。天下讲究吃喝的人没有不效仿他的，并把这件事传为美谈。李令问到集州后患了病，过了很久，病重了。刺史因为他是名士，同时又是同一宗族，经常派人夜间打开城门，放李令问家人出入城门。刺史的儿子夜间会和仆人偷偷出去游玩。一天晚上，刺史的儿子到了城门，很远便看见几百名卫士跟着一辆带火焰的车，正当街行进，便惊讶地问道:"没听说有兵事,为什么来了这些人?"那辆车不久到了护城河前,从水上经过,不曾被浸灭,刺史的儿子才知道是鬼。

刺史的儿子没有回家,跑到了李令问家里。进去以后,带火的车也到了李令问家的中门外,刺史的儿子虽然恐惧,仍然偷偷看外面。忽然听到屋里十多人念诵经书。有一个穿红衣服的鬼一直踢那个门闩,声如雷霆。接着,带火的车移上堂前的台阶。穿红衣服的鬼又戳坏了窗棂,发出巨大的声音。李令问左右的人都逃跑了,鬼从门那儿带着李令问的尸体出来,把他放到带火的车中,群鬼簇拥着离去了。刺史的儿子回到家中,向父亲说了这件事。

刺史第二天派人问李令问的病情,李令问家里人没有敢站出来的。刺史使者叫喊他们才出来,说:"昨夜被惊吓到,到现在还在害怕呢,李令问的尸体被鬼扔掉,停放在堂屋西北角的床下。"家人聚集而哭。

此怪载于宋代李昉等《太平广记》卷三百三十(引《灵怪录》)

1305
火道士

吕师造担任池州刺史时,喜欢聚敛财物。他的女儿嫁到扬州,吕师造为其准备了丰厚的嫁妆,让家人乘船送过去。晚上船停江上,岸边忽然有个道士,如同疯子一样,来回奔走。他跳到船上,所到之处大火腾然而起。船上装载的物品被烧得一干二净,人和船倒是安然无恙。事后,道士消失不见。

此怪载于五代徐铉《稽神录》卷四

1306
火幡

东晋义熙十一年(415年),京师经常发生火灾,吴地一带尤其多,即便防备得再严密,依然有地方失火。当时王弘担任吴郡太守。一天白天,他在官署办公,忽然看见天上有一个赤色的东西掉下来,状如信幡,远远地落在一户人家的屋顶上,过了一会儿,那边便火势大起。王弘知道这是天灾,所以并没有怪罪失火的人家。有人说,这是晋朝衰落的预兆。

此怪载于南北朝刘敬叔《异苑》卷四

1307
火夫

建康江宁县的县衙后面有个卖酒的王氏，做生意诚实守信，童叟无欺。癸卯年二月的一天晚上，店里的伙计正要关门，忽然有几个穿着紫色衣服的人前来，仆从众多，车马华丽，对着伙计大声说："开门！我们要在这里住下！"

伙计告诉王氏，王氏说："赶紧出迎！"这帮人进来后，王氏奉上美味佳肴，又犒劳那些仆从，对方表示十分感谢。过了一会儿，这帮人带来的仆从拿出长绳，还有个人拿着几百个木橛子，走到一个紫衣人面前请示。紫衣人点头许可。这些仆从出门，用绳子围住许多户人家，并且在地面上敲下了木橛子，然后禀告紫衣人说："事情做完了！"

紫衣人站起来，走到酒店门外。仆从说："王氏这家酒店也在绳圈里。"紫衣人说："主人好意款待我们，把她的店空出来，如何？"仆从说："只此一家，应该没什么事。"紫衣人命令仆从移动绳子，把王氏的酒店移到了绳圈的外面。紫衣人对王氏说："感谢你厚待我们，我们以此相报。"说完，这帮人消失不见。王氏看了看之前他们留下的绳圈，也没有了。

过了一会儿，巡夜的官员欧阳进来到店前，问王氏："为什么深夜开门还不熄灯？"王氏将事情告诉欧阳进。欧阳进不信，将王氏丢进了大牢，而且说王氏装神弄鬼。

一天后，江宁发生了大火，从朱雀桥西到凤台山，无数房屋被燃烧殆尽。王氏酒店周围的邻居家房屋全部被烧毁，只有她家屋舍无事，幸免于难。

此怪载于五代徐铉《稽神录》卷六

1308
火鸽

清代同治八年（1869年）夏天，天津城中一户人家不小心失火，烈焰中有一群鸽子飞舞。片刻后，鸽子振翅向南飞去。每一只鸽子的翅膀上皆有火焰，看上去如同火炬一般。

此怪载于清代李庆辰《醉茶志怪》卷二

1309
火怪

清代长洲县北乡有个叫屈家漾的地方。嘉庆年间的一个冬天，忽然有火怪从荒坟里面跑出来，如同一团烟雾，滚在地上，枯枝败叶全都被烧了。老百姓害怕它跑到家里，跪在地上苦苦哀求。这个妖怪在空中笑道："我喜欢看戏，如果你们能请来戏班唱戏给我看，我就离开。"于是老百姓请来戏班，连唱了三天，那妖怪才消失。

此怪载于清代钱泳《履园丛话》丛话十六

1310
火光兽

南海中的炎洲有火林山，山中有火光兽，大如鼠，毛长三四寸，有的是红色，有的是白色。火林山周围三百里，晚上能够看到山林，就是因为火光兽发出光芒照亮。用火光兽的兽毛做成衣服，穿脏了，用火烧，再甩一甩，上面的灰垢会自动脱落，变得干干净净。

此怪载于汉代东方朔《海内十洲记》

1311
火金车

刘建封作乱攻占豫章时，有个叫十朋的僧人和徒弟们逃到澄心僧院。晚上，十朋见窗户外有光，爬起来走到窗户边，看到外头有一团火，高好几尺，中间有辆金车子，与火一起行进，车轮发出吱嘎吱嘎的声响。

十朋很害怕，告诉寺里的方丈。方丈说："这怪物已经出现好几年了，每天晚上会从西屋西北角的地下钻出来，绕屋好几圈后消失在地下。除此之外，没有发生过其他的怪事，所以我们也没有去那地方挖掘。"

此怪载于五代徐铉《稽神录》卷四

1312
火鲤

明代万历二十九年（1601年）十一月初五，晚上初更时分，赵吉士的曾祖父在仪真春字旗喝酒，忽然看到一个长得像鲤鱼的赤红色东西，头大尾小，约莫三尺长，外围有红色的光晕，出现在天空中。不久之后，附近的丰家巷失火，烧毁了一百多户人家的房子，这怪物才消失不见。

此怪载于清代赵吉士《寄园寄所寄》卷五（引《先曾祖日记》）

1313
火鸟

宣州节度田頵即将反叛朝廷时，一天傍晚，一只如同野鸡大小的鸟，全身赤红，尾巴带着火光，从外头飞入他家，落到戟门上后消失不见。第二天，田頵家里发生大火，房屋被烧光，只剩下铠甲、武器。第二年，田頵事败被杀。

此怪载于五代徐铉《稽神录》卷三

1314
火齐镜

传说周灵王的时候，渠胥国进贡来火齐镜，直径二尺六寸，能将黑夜照得如同白昼。人如果对着镜子说话，镜子就会回应。

此怪载于晋代王嘉《拾遗记》卷三

1315
火鼠

大地的南荒之外有火山，山中火昼夜燃烧。火山中生长着烧不坏的树木，里面生长着火鼠。据说它们在火中时身体是赤红色的，出来后是白色的。它们的毛有二尺多长，细如丝，可以用来织布。它们的毛皮火烧不毁，所以很多人千方百计地寻找火鼠。

此怪载于汉代东方朔《神异经·南荒经》

1316
火鸦

儋州有一种乌鸦，能吃火。它们有时衔着火，放在人家的屋子上，再用翅膀扇火，引起大火，然后集体鸣叫飞舞。当地人称之为火鸦，经常用食物供养它们。

此怪载于民国徐珂《清稗类钞》

1317
火殃

唐代开元二年（714 年）五月，衡州频频发生火灾。有人看见有个怪物，大如陶瓮，赤红如灯笼，所到之处就会起火，百姓称之为火殃。

此怪载于元代陶宗仪《说郛》卷二（引《朝野佥载》）

1318
祸斗

祸斗是我国古代传说中的一种怪兽，长得似狗，以火为食物，排泄物也是火，能够烧人房屋，是不祥之兽。

此怪载于明代邝露《赤雅》卷下、明代方以智《通雅》卷四十六

1319
饥虫

宋代，有个人叫陈朴，母亲高氏已经六十多岁了，得了一种名为"饥疾"的怪病。病发作的时候，就如同有虫子在咬她的心脏，必须赶紧吃东西才行。这种病已经持续三四年了。

高氏养了只猫，很喜欢，平时一直放在身边。猫如果饿了，她就取来鱼肉和饭喂它。一年夏天，高氏坐着乘凉，猫又叫起来。高氏就拿来鹿脯一边嚼一边喂猫，忽然她觉得喉咙里有东西爬了出来，赶紧伸出手抓住，取出来丢在地上。

那东西只有拇指大小，头又尖又扁，有点儿像塌沙鱼，身体如同虾，壳长八寸。高氏用刀子剖开那东西，它的肚肠和鱼一样，肚子里还有八个幼崽，蠕动着跟小泥鳅一样。这东西弄出来之后，高氏的病就好了。

此怪载于宋代洪迈《夷坚志》丁志卷第六

1320
鸡冠蛇

鸡冠蛇头长得如同公鸡一般，有冠，身长一尺多，能有好几寸粗，咬中人，人就会死去。会稽山下有这种蛇。

此怪载于五代杜光庭《录异记》卷五

1321
鸡脚人

清代康熙年间，福建商人杨某出海做生意，大船被旋风吹到一处海湾。海湾四面水势较高，中间很低。大船进入水下，人和船都安然无恙。来到底部，里头的山川草木、田畴蔬谷和人间一模一样，就是看不到房屋。

岸边有船，里头有十几个人，都是中国人，见到杨某等人都欢喜无比。据这帮人说，此处的水只有闰年时有一天与周边的海水齐平，船才能浮上去离开。不过，这机会稍纵即逝，一旦错过了又得等好多年。他们被困在这里已经六年了。

杨某的船上一共有四十个人。大家将携带的种子种下，这里土地肥沃，不需要灌溉，所以温饱不成问题。众人在这里无事可做，只是等待离开的那一天。

一日，杨某出去散步，见溪流对岸有个怪物，身高一丈多，赤身裸体，身上长毛，脚如同鸡爪，小腿如牛。看到杨某，怪物啾唧作语，但是它说出的话，杨某听不懂。

六年之后，杨某等人抓住了机会，驾驶大船离开了那里。

此怪载于清代袁枚《子不语》卷十八

1322
鸡头人

宋代，有个叫徐吉卿的人，居住在衢州北面三十里的地方。一个大白天，徐吉卿看到有个东西站在墙下，长着人的身体、鸡的脑袋，有一丈多高。他的小妾也看见了，吓得要死。家里的仆人拿瓦片、石头击打，那怪物似乎没什么反应，过了一会儿就消失了。

徐吉卿的二儿子在秀州当官，过了几天就传来消息说他死了。二儿子死的那天，正好是鸡头人出现的那天。

此怪载于宋代洪迈《夷坚志》丁志卷第十三

1323
鸡旋风

清代，有个姓塔的护军校尉，一天夜里从官署中经过，看到院子月影中有一段黑色的东西，长七八尺，宽三四尺，陡然收缩，发出啾啾的叫声，化为几十只鸡雏。塔某想走近观察，那些东西振翅飞起。塔某拿起石头扔过去，怪物四散而开，化成一股黑色的小旋风，到屋檐下消失不见。

此怪载于清代和邦额《夜谭随录》卷五

1324
———
屐人

前秦皇始四年（354年），有个巨人出现，身高五丈，对一个叫张靖的人说："今后一定会太平。"新平的县令上报此事，苻健以为是妖言惑众，就找到张靖，把他抓进了监狱。那一个月，雨水连绵，河水猛涨。有人在河里找到一只大鞋，长七尺三寸，这才明白张靖没有说谎。

此怪载于南北朝祖冲之《述异记》

1325
———
计蒙

光山上到处有碧玉，山下到处是流水。计蒙居住在这座山里，形貌是人的身子、龙的头，常常在漳水的深渊里畅游，出入时一定有旋风急雨相伴随。

此怪载于战国《山海经》卷五

1326
———
鯎鱼

鯎鱼，也叫暨鱼，是一种两丈多长的大鱼，脊背如同刀的利刃一般，曾经出现在南海庙前。它们有的时候一年来好几次，有的时候十年才来一次。如果它们出现，就会发生瘟疫。鯎鱼有黑色和白色两种，来的时候会狂风大作，所以也叫风鱼。

此怪载于清代李调元《南越笔记》卷十

1327
———
夹坝野人

清代，乌鲁木齐有两个人去西藏做生意，各自骑着一头骡子，行于山路中，迷了路。忽然有十几个人从悬崖上跳下来，两人以为是夹坝（当地人称强盗为夹坝）。

这些人身高七八尺，有的身上长满黄毛，有的长满绿毛，面目似人非人，说出来的话不是人言。两人知道碰见了妖怪，以为死定了，跪倒在地，战战兢兢。这些人大笑几声，将二人夹在胳膊下，驱赶骡子来到山坳，抽出刀割骡肉一边烤一边吃，而且也将骡肉分给二人。

两人见妖怪并无恶意，加上自己也饿坏了，便一同吃喝。妖怪吃饱了，摸着肚子长啸，声如马嘶，仍然用胳膊夹着二人，飞越崇山峻岭，一直到官道上才将他们放下，并且给了他们每个人一块石头。石头大如西瓜，是上等的绿松石。二人带着石头回去卖掉，赚了不少钱。

此怪载于清代纪昀《阅微草堂笔记》卷十五

1328 猳国

四川西南的高山峻岭之中，有一种妖怪长得和猴子很像，身高七尺，能像人一样直立行走，而且十分擅长追逐人，名为猳国，也有人称其为马化或者玃。

这种妖怪经常会躲在道路旁边，等看到年轻貌美的女子就将她们抢走。猳国能够闻出男女身上的不同气味，只抢女子，不抢男人。一旦抢了女子，猳国就会娶女子为妻。女子如果没有生下孩子，一辈子都无法回到自己的家；如果跟随猳国超过十年，就会被它迷惑，形体也越来越像妖怪，再也不想回家了。如果女子为猳国生下了孩子，猳国就会把孩子送到女子原先的家中。如果女子的家人不愿意抚养孩子，猳国就会杀死女子，所以发生这类事情的家庭都会老老实实把孩子抚养长大。猳国的孩子长大了和普通人没什么不同，都以"杨"为姓，据说四川西南很多姓杨的人都是猳国的子孙。

此怪载于晋代干宝《搜神记》卷十二

1329 嘉氏二怪

嘉佑和嘉应是我国古代传说中的两个海怪，并称"嘉氏二怪"。它们本是兄弟，长相相似，形影不离，时常出没于海上，主要活动范围在东海海域。这二怪颇有神通，每出现则天昏海暗，它们或兴风作浪，或施术惑人，后被海神妈祖降服，成为其座前护法神，民间亦俗称之为千里眼、顺风耳。

这两个妖怪袒胸，全身棕色，鬼头狰狞，腰间围兽皮，耳戴金环，手戴金镯。手指耳朵者为嘉佑，手搭凉棚瞭望者为嘉应，都用长柄斧作为兵刃。

此怪载于清代照乘《天妃显圣录》

1330 建安竹人

建安这地方有一种篦笛竹，竹节中有一种怪物，长得像人，高一尺多，有头有脚。

此怪载于南北朝刘敬叔《异苑》卷二

1331 交胫人

交胫国的人，总是互相交叉着双腿双脚。

此怪载于战国《山海经》卷六

1332 骄虫

从平逢山上向南可以望见伊水和洛水，向东可以望见谷城山。平逢山上不生长花草树木，没有水，到处是沙子石头。山中有一怪物，形貌像人，却长着两个脑袋，叫作骄虫，是所有螫虫的首领。

此怪载于战国《山海经》卷五

1333 鸡

蔓联山中有一种禽鸟，喜欢成群栖息，结队飞行，尾巴与雌野鸡相似，名为鸡，人吃了它的肉就能治好风痹病。

此怪载于战国《山海经》卷三

1334
蛟

蛟是水中之怪，古人认为蛟属龙种，经常随大水而出。

长沙有一户人家住在江边，家中一个女子到江边洗衣服，忽然觉得身子里有异样的感觉，后来就怀孕生下三个东西，都像鲮鱼。因为是自己生的，她特别怜爱它们，把它们放到澡盆里养着。过了三个月，三个东西长大了，原来是蛟的孩子。不久，天降暴雨，三个蛟子顺水而走。后来每到天降大雨的时候，三个蛟子就会回来看望母亲。几年后，这个女子死了，埋葬的时候，人们听到三蛟在墓地里哭泣，哭声如同狗嚎，很是伤心，一整天才离去。

传说汉昭帝经常在九月的时候，坐上一只小船在淋池游玩。有一次，他在季台之下，用香金做成钓鱼的钩，拴上钓丝，用船上带来的鲤鱼为饵，钓上来一条三丈长的白蛟。白蛟像大蛇，但是没有鳞甲。汉昭帝把白蛟交给厨师，制成了佳肴。根据记载，那条白蛟的肉是紫青色的，又香又脆，鲜美无比。

江夏有个人叫陆社儿，平常在江边种稻。有一天夜里回家，路遇一个女子。这女子很有几分姿色，她对陆社儿说："我昨天从县里来，今天要回浦里，想到你家借住一宿。"她说话时神色忧伤，令人心生怜悯，所以陆社儿就把她带回了家。半夜，急风暴雨袭来，电闪雷鸣。那个女子十分害怕，瑟瑟发抖，忽然惊雷大震，有一个什么东西打开了陆社儿的家门。趁着电光，陆社儿看见有一只毛茸茸的大手将那女子捉拿而去。陆社儿吓得倒地昏死过去，好长时间才醒过来。等到天明，有渡江来的乡里人说，村北九里的地方，有一条大蛟龙掉了脑袋，身体有一百多丈长，血流满地，看来死前十分痛苦，被它盘绕的庄稼地有好几亩。它死了之后，成千上万的鸟雀前来啄食。

此怪载于晋代陶潜《搜神后记》卷十、晋代王嘉《拾遗记》卷六、宋代李昉等《太平广记》卷四百二十五（引《九江记》）

1335
狡

玉山是西王母居住的地方。山中有一种野兽，形状像普通的狗，却长着豹子的斑纹，头上的角与牛角相似，名为狡，发出的声音如同狗叫，在哪个国家出现就会使哪个国家五谷丰登。

此怪载于战国《山海经》卷二

1336
叫蛇

叫蛇又称人首蛇，广东西部常有，能够呼喊人的名字，人如果答应它就会死掉。叫蛇害怕蜈蚣，所以荒山野岭中的旅店的主人都会养蜈蚣。客人来投宿，店主就会把蜈蚣放在木盒里，交给客人，让他们放在枕头旁边，叮嘱他们如果半夜听到外面呼喊他们的名字，一定不能答应，只需要打开盒子，蜈蚣就会飞出去，吃掉叫蛇的脑子，然后返回木盒中。

此怪载于清代王士禛《池北偶谈》卷二十二、清代青城子《志异续编》卷三

1337
絜钩

碰山中有一种禽鸟，形状像野鸭子，却长着老鼠一样的尾巴，擅长攀登树木，名为絜钩，在哪个国家出现哪个国家就会频频发生瘟疫。

此怪载于战国《山海经》卷四

1338
解形之民

晋武帝的时候，因墀国的东边有解形之民，能让头飞到南海，左手飞东山，右手飞西泽，到了傍晚，头飞回来落到脖子上，两只手碰到大风，没回来，漂泊到了海外。

此怪载于晋代王嘉《拾遗记》卷九、唐代段成式《酉阳杂俎》前集卷四

1339
金蚕

五代时，有个叫王文秉的人，家里世代擅长刻石。王文秉的祖父曾经为浙西廉使裴璩开采碑石，在堆积的石块中发现一块自然形成的圆形石头，形状像皮球，像是人工削磨的样子，外面层层叠叠好像包着一层壳。把外壳都削掉，剩下的石球像拳头那样大。打破之后，里面有一条蚕，像金龟子的幼虫，能蠕动。王文秉的祖父不认识这虫是什么，就扔掉了。

几年之后，浙西发生动乱，王文秉的祖父出逃到四川。有一天晚上，和别人喝酒聊天，说到借钱还钱的事时，有人说："人要寻求富贵，不如得到石中的

金蚕畜养，财宝金钱就会自然来到。"王文秉的祖父问过金蚕的形状后，才知道就是石头中的那种怪虫。

此怪载于五代徐铉《稽神录》卷一

1340
金姑娘娘

康熙四十二年（1703年）夏天，苏州久旱无雨。有个人从江北过来，说他看到一个女子乘坐小船，对船夫说："我不是人，是驱蝗使者金姑娘娘。今年江南会有蝗灾，天帝不忍你们缺乏食物，让我渡江收取麻雀等鸟以驱离蝗虫。你告诉乡亲们，如果蝗虫来，大家书写我的名字便可以将其驱除。船费百文我放在了你家门上，你自己去取。"说完，这女子消失不见。

过了一段时间，蝗虫果然从常州那边飞了过来。大家赶紧书写金姑娘娘的牌位，举起来祭祀，蝗虫便离开了。

此怪载于清代褚人获《坚瓠集》余集卷四

1341
金虎

西蕃托诺山上有种怪物名字叫金虎，身体如鼠，头如老虎，毛的颜色如同沉香，性格灵巧而彪悍。晚上，金虎会躲在暗处，等天鹅、大雁睡觉了，偷偷钻入它们的翅膀，咬住它们的脖颈。天鹅、大雁高飞在空中，被金虎咬死后坠落地上，金虎便随之吃掉它们。

有时，金虎也会躲在松枝中，等麋鹿经过时，跳到它们的两角中间，吃它们的脑子。麋鹿无论如何也抓不到金虎，只能被咬死。

此怪载于清代宋荦《筠廊二笔》卷下

1342
金目怪

清代，孟东园出远门到冀州，晚上在旅店里休息。忽然屋里面刮起一阵旋风，有个怪物长如一匹白色的绢帛，随风旋转飞舞。过了一会儿，怪物从窗棂中飞出去，接着又飞进来，露出一双金色的眼睛，闪烁如灯，直直往孟东园的床上飞来。孟东园将枕头丢过去，怪物受惊逃走。

此怪载于清代李庆辰《醉茶志怪》卷二

1343/1344
金牛 / 银牛

长沙西南有个地方叫金牛冈。汉武帝的时候，有一个老头牵着一头红色的牛，对渔人说："麻烦你把我送到江对岸去。"渔人说："我的船小，哪能装得下你的牛？"老头说："放心吧，能装得下。"于是，人和牛都上了船。到了江中央，牛在船上拉屎，老头对渔人说："牛屎就送给你吧。"把老头和牛送到对岸后，渔人很生气，就用船桨泼水，想把牛屎冲进水里，忽然发现船里头的牛屎竟然是金子，再抬头看那老头和牛，已经走入山中，杳无踪影。

增城县东北二十里的地方，有个大潭深不见底，北面有块石头，周长三丈多。有个渔人看见一头金牛从潭水里出来，在石头上歇息。东晋义熙年间，周围的老百姓经常能在潭水里见到纯金的链子，都觉得很奇怪。有个人等那头金牛从水中上岸，就用刀砍掉了一段金链，成了暴发户。还有个人叫周灵甫，看到金牛在石头上歇息，就上去牵，金牛挣脱逃掉了。周灵甫捡到了一段两丈长的金链子，从此变成了富豪。

太原县北面有座银牛山。汉代建武二十四年，有个人骑着一头白牛从田里经过，农民很生气，就呵斥他不应该骑牛踩踏庄稼。这人说："我是北海使者，想看天子封禅，所以骑着牛上山。"农民后来上山找这个人，只看到那头牛的蹄印，而拉下来的牛屎全都变成了银子。第二年，果然皇帝封禅。

此二怪载于晋代罗含《湘中记》、唐代段成式《酉阳杂俎》前集卷十六、宋代李昉等《太平广记》卷四百三十四（引《十道记》）

1345
金吾

金吾属于龙种，头和尾巴似鱼，有两只翅膀，性格谨慎灵敏，可以整晚不睡觉，所以古代巡警的侍卫被称为金吾卫。

此怪载于明代张岱《夜航船》卷十七、清代刘廷玑《在园杂志》卷四

1346
金小车

饶州刺史崔彦章在城东为客人送行，正举行宴会。忽然有一辆小车，颜色赤黄如金，高一尺多，绕着桌子行走，好像在找什么东西，来到崔彦章的跟前停了下来。崔彦章立刻昏倒在地。手下人将其带回城中，很快他便死了。

此怪载于五代徐铉《稽神录》卷四

1347
晶鸟

清代，有个姓郝的人在湖北某地当推官，一天在驿站里住宿，夜里对灯打瞌睡，恍惚间看见一个白衣女子用针刺他的额头。郝某吓了一跳，睁开眼，发现对方不见了。等到躺下来准备睡觉，又感觉到有东西刺入自己的大腿。郝某急忙唤来仆人点亮蜡烛，果然见左大腿上插着一根银针。

郝某怀疑是刚才的白衣女子所为，但查遍了房间也没有见到此人。房间角落里立着一道蒿草编织的帘子，郝某凑过去，透过帘子的缝隙看到有个东西长得如同大鸟，像人一般站在地上，通体仿佛水晶一样晶莹剔透，里面的五脏六腑看得清清楚楚。见郝某发现了自己，怪物径直走出来，要抓郝某。郝某拿起棍子抵挡，同时呼喊仆人，主仆二人刀棒齐下，打死了怪物。

此怪载于清代王士禛《池北偶谈》卷二十一

1348
鲸鱼瞳

传说南海出产一种极为珍贵的宝珠，名叫鲸鱼瞳，夜间可以照出人影，又叫夜光珠。

宝珠之中，有龙珠，就是龙吐出来的；有蛇珠，就是蛇吐出来的。南海有这样的俗语："蛇珠千枚不及玫瑰。"

这是说蛇珠不值钱。"玫瑰"是一种宝珠的名称。越人有这样的俗语："种千亩木奴，不如一龙珠。"越人有以珠为上宝的习俗，生女孩叫"珠娘"，生男孩就叫"珠儿"。吴越一带的俗语说："明珠一斛贵如玉者。"合浦有专门买卖珍珠的集市。

此怪载于南北朝任昉《述异记》卷上

1349
井龙

贵溪县仁福乡有口圣井。相传宋代初年，一个姓郭的巫师在井边祈雨，不小心弄掉了自己的白牛角。巫师弯腰想捡起来，却掉进了井里。落水后，巫师看见井下有楼台殿阁，一个老头坐在中间，旁边有很多侍卫。那个白牛角被放在窗户下面。巫师向老头讨要白牛角。老头说："发生旱灾，乃是天数，不是我能决定的。你这家伙，不祭拜感动上天，反而日夜跑到井边聒噪，所以我才夺了你的白牛角。"巫师再三恳请，承诺以后再也不会来打扰，老头才将白牛角还给他。巫师从井里出来，衣服都没湿。

后来，当地又遭受旱灾。巫师违背承诺，再次在井上吹牛角，白牛角又掉进了井里。巫师跳下去捞，结果沉入水下没再上来。五天后，巫师的尸体从山前的神潭中浮出，僵硬地坐着不倒。有个渔夫将他的尸体推到河里，回头发现他的尸体又回到了当初的地方，如是再三。尸体不仅没有离去，而且也不腐烂。

当天晚上，乡亲们梦到巫师。巫师说："我是郭巫师，这一次跳进井里看到井龙，井龙说我的死是命中注定，不让我出来，又命我掌管祠堂，怕你们不信，让我的尸体出现作为证据。我为你们效劳而死，现在井龙有这样的命令，我也没办法。"

乡亲们便为这个巫师建了一座祠堂，后来发现祠堂灵验无比。

此怪载于明代朱国祯《涌幢小品》卷十九

1350
井泉童子

清代，苏州有个孝廉叫缪涣，他的儿子喜官十二岁，十分顽皮，和一帮小孩对着井口撒尿，当天晚上就生了病，大喊大叫，说自己被井泉童子抓去，被城隍打了二十大板。天亮后家里人查看，发现他的屁股又青又紫。刚好一点儿，过了三天又严重了，喜官大叫："井泉童子嫌城隍罚得太轻，到司路神那里告状，司路神说：'这个小孩竟然敢朝大家喝水的井里面撒尿，罪过严重，应该取了他的性命！'"当天晚上，喜官就死了。

也是清代，在杭州紫阳山，林氏早晨起来到井中打水，忽然觉得水桶十分沉重，提不上来，低头一看，发现井里面有个红色身体的小孩，两尺多长，双手抓着绳子要爬上来。林氏大惊，跑回来告诉家人，家人去看，并没有发现有什么小孩。林氏很快生了病，躺在床上起不来，经常喃喃自语，说："我是金井神童，你刚才为什么要偷看我！"自此之后，家中出了很多怪事，东西经常被这个小孩毁坏。

林氏家有个邻居，姓秦，是个书生，听闻这件事后，对林氏的丈夫说："太过分了，我给你写状子去向关二爷告状！你买好香烛，拿状子去吴山关帝庙前烧了。"林氏丈夫按照书生的话去办了。

过了几天，林氏忽然下床，跪倒在地，说："关二爷要杀我，赶紧去求秦书生给关二爷写封信求情，只要如此，我立刻离开林氏的身体。"

林氏丈夫和秦书生商量，秦书生说："既然称自己是金井神童，却毫无缘故地干坏事，就应该受责罚！"过了不久，林氏的病就好了。秦书生专门写了一篇文章，答谢关二爷。

此怪载于清代袁枚《子不语》卷十七、清代俞樾《右台仙馆笔记》卷九

1351
井中根

陕州西北白径岭上逻村有个姓田的村民，打井时挖出来一块根，大如手臂，有节，皮像茯苓，气味闻起来有点儿像白术。田某家信奉佛教，供奉了几十尊佛像，就把这块根放在了佛像前面。

田某有个女儿，叫登娘，十六七岁，长得很美丽，田某经常让她去佛像前

供奉香火。过了一年多，登娘经常看到一个白衣少年出入佛堂。时间长了，登娘和少年好上了，登娘的精神举止渐渐变得和常人不一样。这块根每年到春天会发芽。后来，登娘怀了孕，将事情告诉母亲。母亲很奇怪。

有个僧人经过家门，田家将僧人请进门供养，僧人要进入佛堂时，好像被什么东西阻止了。一天，登娘和母亲外出，僧人进入佛堂，开门时，有一只鸽子飞出门外。这天晚上，登娘精神恢复正常，再看那块根，已经腐烂了。

登娘怀孕七个月，生下一个东西，跟之前的根差不多，有三节。田家人用火烧掉了，在此之后，再也没有发生怪事。

此怪载于唐代段成式《酉阳杂俎》续集卷二

1352 警恶刀

杨贵妃的父亲杨玄琰年轻时曾经有一把刀，每次出远门都会带在身边。如果前方有恶贼、强盗，这把刀就会发出声音，像是在示警。杨玄琰对这把刀甚是珍惜。

此怪载于五代王仁裕《开元天宝遗事》卷上

1353 镜目

三国魏文帝黄初年间，河南顿丘县有个人骑马夜行，看见大道当中有个像兔子般大的东西，两只眼睛像镜子一样灼灼放光，蹦跳着挡在马前，那人被吓得掉下马来。怪物见了，就上去捉住那人。那人惊恐过度，晕了过去。过了好久他苏醒过来，发现怪物消失了，就赶紧翻身上马逃命。

往前走了几里地，遇见一个行人，那人就向这个行人说了刚才的事，两个人谈得很融洽。

行人对这个顿丘人说："刚才你遇见的东西长什么样子，让你害怕成这样？"顿丘人说："那怪物身子像兔子，眼睛像镜子，形貌非常丑恶。"

行人就说："你回头看看我，是不是长得像我这个样子？"顿丘人回头一看，行人和他之前看到的怪物一模一样，顿时又吓得晕了过去。

此怪载于晋代干宝《搜神记》卷十七

1354
镜天官

清代，有个叫章雨北的人，有两个儿子，年纪五六岁，每次到院子里玩耍，回来时手里就都拿着十来枚铜钱。刚开始，章雨北以为是自家兄弟给侄子的，并不在意，后来和兄弟们谈到此事，兄弟们说没给过，这才有所怀疑。他把两个儿子叫过来问，大儿子说："有个头戴乌纱帽、身穿大红袍的人，每天早晚坐在院中，见到我俩就掏出钱给我们。"

当天晚上，章雨北让儿子们出去，自己偷偷观看，果然发现儿子们没说谎。趁着那妖怪掏钱，章雨北突然跑出来抓对方。那妖怪仓皇跑进屋里，爬上凳子，扑入镜子中消失了。章雨北捧起镜子，发现镜子的玻璃里画了一张天官像。他毁掉了镜子，有血从中流出，而这个妖怪自此再也没有出现。

此怪载于清代吴炽昌《客窗闲话》

1355
九尾龟

明代，海宁有个叫王屠的人，和儿子一块出行，看见一个打鱼的人，抓到一只几尺长的大龟，就买下来，拴在柱子上。有个商人看见了，就来找王屠，愿意高价买下。王屠觉得奇怪，就问对方为什么出这么多钱。商人说："这东西是九尾龟，如果买了放走，以后会有大富贵。"王屠不信，商人就踩在龟的背上，龟尾巴旁边露出了另外八条小尾巴。商人拿出钱，请王屠把龟卖给他。王屠不愿意，将龟煮了，和儿子一起吃掉。当天晚上，海中掀起滔天巨浪，席卷而来。第二天有人去王家看，发现王屠父子不知去向。人们都说这是报应。

此怪载于明代陆粲《庚巳编》卷十

1356
九尾狐

青丘山山南阳面盛产玉石，山北阴面多出产青䨼。山中有一种野兽，形状像狐狸，却长着九条尾巴，叫声与婴儿啼哭相似，能吞食人，吃了它的肉能使人不中妖邪毒气。

此怪载于战国《山海经》卷一

1357
九尾蛇

清代，有个叫茅八的人，到江西的山里贩纸。一天晚上到户外散步，看见一群猴子哭泣而来，爬上一棵大树。茅八见了，也赶紧爬上另一棵树。过了一会儿，看见一条大蛇从林子里出来，身体如同梁柱一样粗，全身长满鱼鳞一样的甲片，长了九条尾巴。大蛇来到树下，摇起九条尾巴，旋转而舞。大蛇尾端都有小孔，从那些小孔中喷出液体，朝树上射击，被射中的猴子纷纷落地。大蛇一连吃了三只猴子才离开。

此怪载于清代袁枚《续子不语》卷八

1358
九真牛

九真这地方有一种牛，栖息在大溪中，夜晚出来打斗，则海水沸腾，白天出来打斗，岸上人家的牛都吓得要死。如果有人想去捕获，这种牛就会放出霹雳，因此当地人称之为神牛。

此怪载于晋代张华《博物志》卷三

1359
酒魔

元载，字公辅，是中唐时期的一位宰相，不擅饮酒。有一次元载出席酒宴，周围的同僚就以各种理由强迫他喝酒。元载推辞，说自己闻到酒，哪怕是不喝，都觉得有醉意了。座中有一个人说："这可以用方术来治。"这个人取来一根针，挑元载的鼻尖，从里面弄出一条如同小蛇的青色虫子。那人说："这东西叫酒魔，你闻到酒就觉得醉了，都是因为它。"这一天，元载喝了一斗酒，酒量是平日的五倍。

此怪载于唐代冯贽《云仙杂记》卷八

1360
狙如

倚帝山上有丰富的玉石，山下有丰富的金子。山中有一种野兽，形状像獙鼠，长着白耳朵白嘴巴，名为狙如，在哪个国家出现哪个国家里就会发生大战争。

此怪载于战国《山海经》卷五

1361
居暨兽

梁渠山不生长花草树木，有丰富的金属矿物和玉石，脩水从这座山发源，向东流入雁门水。山中的野兽大多是居暨兽，形状像刺猬，却浑身长着红色的毛，发出的声音如同小猪叫。

此怪载于战国《山海经》卷三

1362
鞠通

明代，有个叫孙凤的人有一张古琴，经常不弹自鸣。有个道士指着琴背后的蛀孔，对孙凤说："这里面有虫，不除掉的话，琴就坏了。"说完，道士从袖子里掏出一个竹筒，倒出一些黑乎乎的细屑在孔的旁边。过了一会儿，从琴里面出来一条背上有金钱纹路的绿色小虫。道士拿走了小虫，那张琴自此之后就不再自己响了。有知道底细的人说："这虫名为鞠通，如果有耳朵聋的人把它放在耳边，很快就能恢复听力。这种虫喜欢吃古墨。"孙凤这才知道那个道士倒出来的黑屑就是古墨的细屑。

此怪载于明代张岱《夜航船》卷十七

1363
橘中叟

唐代，四川巴邛这地方有个人，家里有座橘园，霜后树上的橘子都收了，唯独一棵树的顶上还有两个大橘子在。这人就摘下来，剖开，发现每个橘子里都有两个老头，须发皆白，皮肤红润，对坐着下象棋，身体只有一尺多高，谈笑自若，也不害怕。

老头们一边下象棋，一边赌博。赌完了，有一个老头说："这地方很快活，不比商山差，就是不稳妥，被人摘了下来。"另有一个老头说："饿死了，吃龙根脯吧。"说完，从袖子里抽出长一寸多的草根，形状宛转如龙，一边削一边吃。吃完了，老头又拿出一个草根，对着它喷了一口水，那草根就变成了一条龙。四个老头坐上去，很快风雨大作，消失不见。

此怪载于唐代牛僧孺《玄怪录》卷八、明代张岱《夜航船》卷十八

1364 ── 举父

崇吾山雄踞于黄河的南岸，山中有一种野兽，形状像猿猴而臂上却有斑纹，有豹子一样的尾巴，擅长投掷，名为举父。

此怪载于战国《山海经》卷二

1365 ── 巨人

明代正德十三年（1518年）六月四日黄昏时，陕西会城原本阴暗的天空忽然变得明亮无比。有个身高三丈多的巨人出现在抚台东面。巨人衣袂飘摇，胡发如丛戟，脚长四尺多。接着风雨大作，巨人便消失了。

嘉靖三十四年（1555年）十二月十二日，咸宁人王濯和两三个朋友晚上经过秦邸时，看见一个巨人从东蹒跚而来，高三丈多，穿着百结衣，像个乞丐一般。巨人来到宅子东南角的墙边，扶着墙往里看，叹息了几声，消失不见。

万历三十五年（1607年），一个皇家宗室之人出门，看见一个穿着白衣、戴着白帽子、耳朵上有耳坠的巨人，高两丈多，双目炯炯，火光射地，向南而去。

此怪载于明代朱国祯《涌幢小品》卷二十七

1366 ── 飓母

唐代时，南海每当夏秋之间，有时云雾笼罩，天色暗淡，同时人们会看到像彩虹一样的光彩出现，有六七尺长。出现这种天象时，一定会有飓风发生，因此，人们称那长虹为飓母。行船的人常常以飓母为飓风预兆，看到它，就会做好防备。

此怪载于唐代刘恂《岭表录异》卷上

1367
聚宝竹

宋代，温州有个巨商名叫张愿，家里世代出海做生意。张愿出海几十年，从来没出过事，但是绍兴七年，商船在海上遇到了风暴，偏离了航线。漂泊了五六天，船抵达一座山，山上到处是巨大的竹子，遮天蔽日。张愿登上岸，砍了十根竹子，想拿回船上当作船篙用。刚砍完，见一个白衣老翁走过来。老翁说："这里不是你待的地方，赶紧走！"张愿施礼道："我等迷了路，还请老翁你给我们指明归途，否则我们就要葬身鱼腹了。"老翁指了指东南，大家按照他指示的方向开船，总算是顺利回来了。

到了港口，岸上有一些日本商人和一些昆仑奴。当时从山上砍来的那十根竹子已经用去了九根，这些人看到之后连声说可惜，等看到唯一剩下的那根时争相求买。张愿说："我不论价，给两千贯，我便卖！"商人们立刻同意。张愿见状，觉得不对劲，改口说："这肯定是个宝贝，不给我五千贯，我不卖。"商人们又一口答应，并且很快给了钱。

张愿越发好奇，问那些商人："咱们既然做完了生意，我不会反悔。这东西我不清楚底细，你们竞相要买，而且还出了这么高的价钱，到底是为什么？"一个商人说："这东西乃是宝伽山的聚宝竹，如果将它立在水中，各色宝贝自动聚集在它周围，有了它人就能不劳而获。我这辈子四处漂泊，为的就是得到它，但是从来只是听说，没见过。想不到这次在你这里发现了。这样的宝贝，价格再高，我也一定要得到。"张愿听完了，叹息而去。

此怪载于明代王世贞《艳异编》续集卷十

1368
蕨草蛇

晋代，太尉郗鉴出镇丹徒，带领大军打猎为乐。当时是二月份，蕨草刚刚长出来。有个士兵摘下一片蕨草吃了，觉得恶心欲吐，归营后肚子疼得厉害。过了半年，士兵突然大吐，吐出一条红色小蛇，长一尺多，还能活动。士兵将这蛇挂在屋檐下，小蛇的身体里流出许多汁水，逐渐缩小。过了一晚再去看，发现竟然是早先吃下的那片蕨草。自此之后，士兵肚子疼的毛病便好了。

此怪载于晋代陶潜《搜神后记》卷三

1369
玃如

皋涂山中有一种野兽，形状像普通的鹿，却长着白色的尾巴、马一样的蹄子、人一样的手，有四只角，名叫玃如。

此怪载于战国《山海经》卷二

1370
菌人

在大荒当中有座山叫盖犹山，山上生长有甘柤树，枝条和茎干都是红色的，叶子是黄色的，花朵是白色的，果实是黑色的。在这座山的东端还生长有甘华树，枝条和茎干都是红色的，叶子是黄色的。山上有一种十分矮小的人，名叫菌人。

传说菌人数量稀少，早上出生，傍晚就死了。它们生活的地方有银山，银山上有树，树上能结出小人，日出就能行走了。

传说大食国西临大海，大海中有一块大石，石头上长了一棵树，树干是红色的，叶子是青色的。那棵大树也能结出小人，小人长六七寸，看到人就笑。若是从树上把小人摘下来，小人就死了。

清代康熙年间，顺德有个樵夫到德庆山里砍柴，忽然听到头顶上有小孩啼哭，抬头看见大树上有一缕缕的气息冒出，鸟在上面飞，碰到气息就立刻坠下。樵夫爬上去看，发现树干里面有小人，长得如同凝脂，问它不说话，抚摸它就笑。樵夫的一个同伴说："这恐怕不是什么坏东西。"两个人就将小人蒸着吃了，吃完之后，觉得身体极为燥热，就到溪中洗澡，结果二人皮肉全部溃烂而死。

此怪载于战国《山海经》卷十五、唐代段公路《北户录》卷一、清代朱翊清《埋忧集》卷八

1371
开明兽

昆仑山方圆八百里，高一万仞。山顶有一株像大树似的稻谷，高达五寻，粗细需五人合抱。昆仑山的每一面都有九眼井，每眼井都有用玉石制成的围栏。昆仑山的每一面都有九道门，而每道门都有叫开明兽的怪兽守卫着，是众多天神聚集的地方。

开明兽身体如同老虎，长着九个脑袋，每个脑袋上都长着一张人脸。

此怪载于战国《山海经》卷十一

1372
空中妇人

文登有个书生叫毕梦求，九岁时有一天在庭院中玩耍。当时临近中午，天空万里无云，忽然他看见天空中出现一个骑着白马、着白色长裙的女子，一个小奴牵着马的缰绳，从北往南而行，徐徐而没。

永清县有个人，也曾经在晴天看见空中有个少女，艳妆美丽，穿着红色上衣、白色裙子，手里摇着团扇，自南而北行走，良久才消失不见。

此怪载于清代王士禛《池北偶谈》卷二十六

1373
口中人

清代，新安有个姓汪的人，天资聪慧，过目不忘，八岁能文，但是这家伙恃才自傲，对老师冒犯无礼。一天，汪某打哈欠，从嘴里跳出一个东西，长得像人，指着汪某说："你本来应该是个状元，但是因为你不尊敬老师，上天已经取消了你的功名，我也不愿意跟着你了！"言罢消失不见。自此之后，汪某一个字都不认识了，一辈子穷困潦倒。

此怪载于清代梁恭辰《北东园笔录》续编卷六

1374
脍虫

唐代永徽年间，有个叫崔爽的人，喜欢吃生鱼片，每次都要吃三斗才能吃饱。有一天，鱼脍还没做好，崔爽饿得受不了，吐出一个长得像蛤蟆的东西。自此之后，他再也不能吃鱼脍了。

此怪载于唐代张鷟《朝野佥载》卷一

1375
脍蝶

进士段硕认识一个姓南的孝廉，这个人擅长切鱼脍。他切出的生鱼片薄如丝缕，轻得可以吹起来，而且他刀技出众，切脍时动作轻盈，仿佛在跳舞。有一次聚会，南孝廉想要展示一下自己的神技，刚把鱼脍切好，忽然狂风暴雨大作，只听得一声霹雳，生鱼片全部变成蝴蝶飞去。南孝廉又惊又怕，自此之后再也不切脍了。

此怪载于唐代段成式《酉阳杂俎》前集卷四

1376
脍骨珠人

和州有个刘录事，大历年间罢官，住在和州邻近的县里。刘录事吃得很多，饭量是别人的好几倍，尤其能吃脍，曾经跟别人说他吃脍从来没吃饱过。

有一次，有人捕到了几百斤的鱼，宴请他，看他如何吃脍。刘录事一连吃了好几碟鱼脍，突然好像被噎住了，接着吐出一个黄豆大小的骨珠子。刘录事将其放在茶杯里，用碟子盖住，继续吃鱼脍。还没吃到一半，刘录事觉得茶杯和碟子被什么东西顶得倾斜，掀开盖子，发现之前的骨珠子已经长到好几寸高，形状像人一样。

大家围过来看热闹，这珠子很快长得跟人一样高，竟然抓住刘录事，和他殴打起来，双方鲜血直流。这珠子和刘录事打了很久，分开后一个沿着屋子西边走，一个沿着屋子东边走，在后门撞到一起，合成了一个人。人们扶起这个人，发现是刘录事。刘录事神情恍惚，过了半天才能言语。问他之前发生了什么，他本人也说不清楚。

自此之后，刘录事再也不吃鱼脍了。

此怪载于唐代段成式《酉阳杂俎》前集卷十五

1377/1378
馗馗 / 頮頟

清代，有个人早晨起来看见台阶下躺着一个东西。这东西长得像个人，但是有两个头，睡得很熟，呼噜打得震天响。这人赶紧叫来家人，用木棒击打那东西。那东西跳起来，耳目口鼻和寻常人一样，但是一张脸衰老、一张脸年轻，衰老的脸露出愁苦的表情，年轻的脸则喜笑颜开。大家都觉得奇怪，那怪物说："我这还不叫奇怪，落瓠山有个叫馗馗的，那才叫奇怪呢，我把它带来给你们看！"说完跳上屋顶不见了。

过了半天，这东西带来一个怪物。怪物长着人的身体，肩膀上却长着九个头，每个头大如拳头，脸上表情也不一样，有的嘻嘻哈哈，有的欢天喜地，有的怒气冲天，有的愁眉苦脸，有的闭目养神……见到人也不害怕。众人越发觉得奇怪。长着九张脸的名叫馗馗的怪物说："我这还不叫奇怪，你们稍等，等我把頯頯请来，你们就知道了。"说完就走了。

过了一会儿，馗馗拉来一个怪物。这怪物脑袋之多，多到根本数不清，每个脑袋大如核桃，而且变化多端。整个村的人都来看热闹。

就在这时，忽然从走廊下露出一双脚，跳出一个怪物来，脑袋比水缸还大，但是没有五官七窍。原先的那三个怪物见了，十分害怕，赶紧逃跑，怪物跟着就追，很快全都消失了。

此二怪载于清代乐钧《耳食录》初编卷六

1379
夔

东海之外七千里，有一座流波山。山上有一个怪物，名为夔，形状似牛，全身都是灰色的，没有角，只长了一只脚。这个怪物全身上下闪耀着如同日月一般的光芒，吼声如雷，震耳欲聋，每次出现都会有狂风暴雨。后来，黄帝杀死了它，用它的皮制成鼓，并用雷兽的骨头做槌，敲击这面鼓，鼓声响彻五百里之外，威慑天下。

此怪载于战国《山海经》卷十四

1380
夔州异虫

河南少尹韦绚年少时曾经在夔州的江岸见到过一只异虫。韦绚起初以为是一段荆棘，侍从惊道："这种虫子十分灵验，不能冒犯它，否则会招来风雷。"

韦绚不信，让人用脚猛踩地面吓唬虫子。那只虫子趴在地上，慢慢沉入土里。韦绚仔细观看，发现它消失的地方好像是石头的脉络一般。过了好长时间，虫子又渐渐冒出来。这只虫子身上有很多刺，每根刺上都有一只爪子，接着迅疾飞入草丛之中，消失不见。

此怪载于唐代段成式《酉阳杂俎》续集卷三

1381

昆邪天神

琼州临高县四十里外有座昆邪山。建武二年，村民王祈、王律兄弟俩与同村的王居杰一起在山上打猎。三个人累了，躺在一块石头上休息，王祈突然被石头吞了进去。王居杰拔出刀，对着石头连砍了三刀，也没将王祈救下来。王祈还没被石头完全吞掉时，突然说："我乃昆邪天神，在这块石头里隐居，你们可以用纯白三牲祭祀我。"说完，王祈便被完全拽进了石头里。

靖康年间，王文满作乱，攻打临高，荼毒生灵，没人能够阻止。当地人没办法，跪倒在这块石头前虔诚祭拜。过了一会儿，天空中出现无数马蜂，将那些乱军蜇得抱头鼠窜。

此怪载于明代朱国祯《涌幢小品》卷十九

1382

鲲鹏

鲲鹏是传说中的怪鱼与大鸟。鲲生于北冥之中，身体之大，不知有几千里。鲲变成鸟，名为鹏，鹏的背部面积广大，不知有几千里，振翅而飞，翅膀如同垂天之云。

楚文王年轻的时候喜好打猎。有个人献上一只鹰，楚文王十分喜欢，就在云梦泽布置好猎网行猎。众多猎鹰、猎犬相互搏斗，只有这只鹰没有斗志。楚文王很奇怪，献鹰的人说："如果是一般的鹰，我怎么敢献给大王您呢？"过了一会儿，天上有一个东西出现，巨大无比，颜色雪白。这只鹰振翅而飞，快如闪电，和那东西搏斗，雪白的羽毛纷纷扬扬落下，如同下雪。接着有只大鸟坠落下来，两只翅膀足有十里长！众人都不知道是什么东西，有认识的人说："这是大鹏的雏鸟。"

此怪载于战国庄周《庄子》、南北朝刘义庆《幽明录》

1383
獚

宋代宣和年间，皇宫之中出现了一个名为獚的怪物，没有头眼，手足有黑漆漆的毛，夜里发出雷霆般的叫声。宫中的人都不得不躲避，宋徽宗也很害怕。这怪物不但跑到大殿里睡觉，有时候还到嫔妃的床上睡觉。嫔妃的手摸到它的毛，就知道是这怪物。后来，没人知道它跑哪里去了。

此怪载于宋代张端义《贵耳集》卷中、宋代赵溍《养疴漫笔》

1384
懒妇

有种怪兽名字叫懒妇，长得如同小山猪，喜欢吃庄稼。农夫碰见了，将纺织机轴轮之类的劳作用具放在地里，它们就不会靠近。这种怪兽安平、七源等州有。

此怪载于清代褚人获《坚瓠集》余集卷一

1385
郎巾

段成式小时候经常听人说起"郎巾"这种东西，以为是狼的筋。武宗四年，官市上出现了郎巾。段成式一天夜里招待宾客，席间大家都不知郎巾是何物，有人也以为就是狼的筋。

老僧人泰贤说："泾原节度使段祐的宅子在昭国坊，家中曾经丢失了十几个银器。那时候，贫僧还是个小沙弥，经常跟随师父到他家。段祐给了我一千文铜钱，让我去西市找商人买郎巾。我到了西市修竹南街金吾卫的驻地，向一个名为朱秀的士兵询问。朱秀说：'这东西很容易得到，但是一般人根本不认识。'他拿出三个给我，我看了一下，郎巾如巨虫，两头光，身体是黄色的。我拿回来交给段祐，段祐让家里的奴婢聚集到庭院里，然后将郎巾放在火上烤。虫子在火上痛苦蠕动，奴婢中有一人的脸和嘴唇也跟着抽搐起来。段祐立刻让人训问她，发现果然是此人偷了东西。"

此怪载于唐代段成式《酉阳杂俎》续集卷八

1386
狼军师

清代，有个姓钱的人赶集回来，经过山脚，突然有几十只狼跑过来，将其包围。

钱某吓坏了，见道路旁边有个柴火垛，高一丈多，急忙爬到上面躲避。狼爬不上柴火垛，无计可施。其中几只狼转身而走，过了一会儿簇拥着一只野兽来，如同轿夫抬着当官的那样，让野兽坐在中间。

来到近前，野兽与众狼嘀嘀咕咕了一番。说完了，那群狼开始从柴火垛下抽树枝。随着底下的树枝越来越少，柴火垛摇摇欲坠，钱某惊慌失措，大声呼救。正好有一帮樵夫经过，见钱某如此，大声呼喊。狼群一哄而散，将那个野兽留了下来。

钱某和樵夫们走到跟前仔细观察，见那野兽似狼非狼，长嘴尖牙，后腿很长但是软弱无力，站不起来，发出的叫声好像猿啼。钱某说："我和你无冤无仇，你竟然当狼的军师谋害我！"野兽对着钱某连连磕头哀叫，做出一副很后悔的模样。

钱某和樵夫们将这野兽带到村里酒肆，烹煮后吃掉了。

此怪载于清代袁枚《续子不语》卷一

1387
浪鸟

真腊国这个地方有座葛浪山，高万丈，半山腰有洞。先前有一只浪鸟，长得如同鹞鹰，但是比骆驼还大。人如果经过这座山，就会被浪鸟叼走吃掉，当地百姓为此十分苦恼。后来真腊王拿来一大块牛肉，肉里面放一柄两头都是尖锋的小剑，让人顶在脑袋上到山下去。浪鸟见了，飞过来叼走肉吞下，就被刺死了。自此之后，这种鸟就绝种了。

此怪载于宋代李昉等《太平广记》卷四百六十三（引《朝野佥载》）

1388
老更官

东三省的乳头山上有种怪兽，皮似猫，形状像狗，身长只有一尺多。山里的野兽没有不惧怕它的，它的尿能害百兽。百兽的蹄子如果沾染上它的尿会立刻溃烂，但是人碰上了不会有事。

猎人有幸得到这种怪兽，会喂养并随身带着，晚上即便是在山里露宿，野兽也不敢近前。这种怪兽，当地人称之为老更官。

此怪载于民国徐珂《清稗类钞》

1389
勒毕人

有个国家叫勒毕国，国中的人只有三寸高，长着翅膀，能说会道，所以也叫善语国。勒毕人经常飞到阳光下晒太阳，等身体晒热了就飞回来。勒毕人靠喝丹露为生。所谓的丹露，指的是太阳刚出来时的露珠。

此怪载于汉代郭宪《汉武帝别国洞冥记》卷二

1390
雷媪

宋代，南丰县有个人叫黄伸。一天下大雨，有个"雷媪"掉在了他家院子里，惊慌失措，四处乱撞。雷媪长着赤色的短发，两只脚，每只脚长三个脚趾，和人差不多大。过了一会儿，乌云密布，雷电闪烁，雷媪就消失不见了。

此怪载于宋代洪迈《夷坚志》丁志卷第八

1391
雷部三爷

清代，杭州有个姓施的人，家住在忠清里。六月的一天雷雨过后，他在树下撒尿，刚解开裤子，就看到一个长着鸡爪、脸尖尖的妖怪蹲在旁边，吓得赶紧跑回来。当天晚上他就生了病，大叫道："我冒犯了雷神！"家里人赶紧跪在旁边，求雷神饶命。姓施的突然说："赶紧拿酒给我喝，杀羊给我吃，我才能饶了他！"家人一看，这是雷神附身，赶紧按照他说的准备。

　　刚好有龙虎山的天师路过这里，天师听说之后大笑说："哪里是什么雷神，乃是雷部里面的一个小妖怪，名为阿三，经常仗势欺人，讹诈人的酒菜。如果是雷神，还能这样上不得台面？"

　　　　　　　　　　　　　　此怪载于清代袁枚《子不语》卷八

1392
雷长人

　　宋代绍兴十六年（1146年）夏天，镇江天降大雨，电闪雷鸣，摧毁房屋，席卷树木。几十个火球滚落在地，接着很多身高一丈多的长人，穿着红色的衣服，袖子是绿色的，手持巨斧，进入一个屠夫的家中，杀死屠夫，又接连进入好几户人家，问巡辖递铺石保义在什么地方。最终，这些人在军营里找到正抱着孩子的石保义，挥动大斧杀了他。

　　　　　　　　　此怪载于宋代洪迈《夷坚志》甲志卷第十二

1393
雷车

　　唐代上元年间，滁州全椒人张须弥被县里委派，送牲口到州城。日暮暴雨，山路艰险，张须弥带领大家避雨。同行中有个叫王老的人，冒着雨牵驴进院，突然听到从云层中有东西坠落在地，发出很大的声响，然后看见九个村女，一起扶着一辆车子。

　　王老的女儿阿推已经死去半年了，竟然也在其中。见到王老，阿推又悲又喜，向王老询问家里的情况。同行的人见状，催促阿推赶紧离开。阿推和那些人扶车升空，被云覆盖，很快雷声轰鸣。

　　大家这才知道，方才那辆车子就是传说中的雷车。

　　　　　　　　　　　　　　此怪载于唐代戴孚《广异记》

1394
雷公

　　古人认为，雷霆威力巨大，其中隐藏着妖怪，称之为雷公，后来将其升格为神灵。本条的雷公，取妖怪之说。

　　唐代开元末年，在雷州发生了雷公与鲸格斗的事。鲸的身体跃出水面，雷公有好几十个，在天空中上下翻腾。有的雷公施放雷火，有的雷公边骂边打，战斗经过七天才结束。海边的居民都前去观看，不知它们谁取得了胜利，只是看到海水都变成了红色。

唐代时，代州西面十多里处有一株大槐树，被雷所击，中间裂开好几丈长的口子，雷公被夹在中间，疼得它吼声如雷。当时狄仁杰任都督，带着宾客和随从前去观看。快要到达那地方时，众人都纷纷惊退，没有敢向前走的。狄仁杰独自骑马前行，走到大树前，问雷公这是怎么回事，雷公回答说："树里有条孽龙，上司让我把它赶走。但因我击下雷的位置不佳，自己被树夹住了，如果能将我救出来，我一定重重地报答你的恩德。"狄仁杰让木匠把树锯开，雷公得以解脱。从此之后，凡有吉凶祸福之事，雷公都会预先向狄仁杰报告。

也是在唐代，信州有个人叫叶迁韶，小时候上山砍柴，在大树下避雨。那棵树被雷劈中，雷公也被树夹住，飞不起来。叶迁韶取来石头，支开树杈，雷公才飞走。走之前，雷公对他说："明天你再来这里。"第二天，叶迁韶到了树下，雷公也到了，给了叶迁韶一卷写满篆文的书，告诉他："你按照上面写的修炼，就能够呼风唤雨，而且能够给乡亲们治病。我有兄弟五人，若是需要打雷下雨，你叫雷大雷二雷三雷四，都会答应，雷五脾气暴躁，没有大事不要叫他。"

从此之后，叶迁韶修习那卷书，果然能呼风唤雨，十分灵验。

有一天，叶迁韶在吉州喝醉了，闯了祸，太守把他抓住，要惩罚他。叶迁韶在院子里大声喊着雷五的名字，让他来帮忙。当时吉州这地方正闹旱灾，好几个月都不下雨。叶迁韶喊了雷五之后，忽然天降霹雳，风雷大作。太守见了，赶紧出来赔不是，并请叶迁韶求雨。叶迁韶呼唤雷五，当天晚上天降甘霖，缓解了旱情。

叶迁韶路过滑州时，当地下了很长时间的雨，黄河泛滥，官员和民众都十分苦恼。叶迁韶拿来一根铁杆，长二尺，立在河边，在上面贴了一张符咒。洪水来到铁杆跟前，掉头转向，不敢超出那符咒半分。叶迁韶如此的能耐，都是拜雷公所赐。

明代末年，到处都在闹土匪。在南丰这个地方，土匪鱼肉乡里，有个姓赵的人十分勇敢，带领乡亲们抵挡土匪。土匪痛恨他，每到打雷的时候就摆好祭品，祷告说："把那个姓赵的给劈死吧！"

有一天，姓赵的人在花园里施肥，看到有个全身长毛的尖嘴妖怪从天而降，轰隆一声响。他知道自己被土匪诅咒了，拿起手里的尿壶砸向雷公，骂道："雷公！雷公！我活了五十多岁，从来没见过你去劈老虎，光看见你劈百姓家的耕牛！你是典型的欺软怕硬，怎么能这样呢？你要是能说清楚，就算是劈死我，我也不冤枉！"雷公被他说得惭愧无比，又因为被尿壶砸中，无法飞回天上，就掉到了田里面。那帮土匪知道了，都说："哎呀呀，是我们连累了雷公。"土匪赶紧为雷公超度，它才飞走。

此怪载于唐代戴孚《广异记》、清代袁枚《子不语》卷二

1395
雷鸟

崔本智住在一个叫牛头里的地方，一天下大雨，有只乌鸦落在台阶上。他的一个书童用鸡笼将乌鸦罩住，很快雷电环绕房子，轰隆作响。崔本智说："这肯定是雷鸟。"说完，急忙找来道士。道士手持乌鸦跪在雨中祷告，只听得一声响雷，乌鸦消失不见。

此怪载于清代褚人获《坚瓠集》续集卷三

1396
鸓鸟

翠山上是茂密的棕树和楠木，山下到处是竹丛，山南面盛产黄金、玉，山北面有很多牦牛、羚羊、麝。山中的禽鸟大多是鸓鸟，形状像一般的喜鹊，却长着红黑色羽毛和两个脑袋、四只脚，人养着它可以辟火。

此怪载于战国《山海经》卷二

1397
类

亶爰山多水，没有草木，人无法上去。山上有一种怪兽，形状如同狐狸，长着又长又密的毛，名为类，雌雄同体，吃了它的肉人就会不嫉妒。

此怪载于战国《山海经》卷一

1398
冷蛇

唐玄宗时，申王患有肉疾，长得很胖，肚子垂到了大腿处，出行需要用腰带捆住肚子，到了夏天暑月，经常热得难过。唐玄宗下令让南方进献两条冷蛇，赐给申王。这种蛇长好几尺，颜色纯白，不咬人，拿在手里如同握着寒冰一样。夏天，申王将其缠在肚子上，一点儿都不觉得热了。

此怪载于唐代段成式《酉阳杂俎》前集卷十七

1399
狸力

柜山中有一种野兽，形状像普通的小猪，长着一双鸡爪，叫的声音如同狗叫，名为狸力。哪里出现狸力哪里就一定会大兴土木。

此怪载于战国《山海经》卷一

1400
离地草

兔床国出产离地草。人将这种草放在脚下，不用迈开步子便能前行。当年达摩祖师见梁武帝，来去自由，便是使用了这种草。离地草的叶子如同芦苇，所以达摩祖师渡江时，脚下踩的不是芦苇，而是离地草。

此怪载于清代褚人获《坚瓠集》广集卷一

1401
李冰祠炬

蜀国庚午年夏天，天降大雨，岷江泛滥，即将冲破京江灌口。

一天晚上，人们听到江堤上传来无数人的呼叫声，看见成百上千个火把闪烁，即便是狂风暴雨，火把也没有熄灭。等到天明，江边的大堰移动数百丈，洪水流入新津江，江堤安然无恙，当地百姓性命无忧。事情过后，人们发现李冰祠中原先树立的旗帜已全部湿透。导江令黄璟及镇静军同时将事情禀告朝廷。

这一年，岷江沿岸很多地方都遭遇水灾，只有京江这一带没有溃堤。

此怪载于五代杜光庭《录异记》卷四

1402
栎

天帝山中有一种禽鸟，形状像一般的鹌鹑，但长着黑色的花纹和红色的颈毛，名为栎，人吃了它的肉可以治愈痔疮。

此怪载于战国《山海经》卷二

1403
梁间小人

王士禛的三堂兄叫王士襄。一个夏天的傍晚，王士襄的妻子张氏躺在榻上，突然发现榻离开原来的地方一尺多远。当时四下无人，她忽然看见房梁间有个二寸高的小人，低头往下偷窥。小人头戴小冠，身穿缁衣，眉眼清清楚楚，过了良久飞走了。小人留下来的头冠用木头做成，色黑如漆。

此怪载于清代王士禛《池北偶谈》卷二十六

1404
梁渠

历石山上的树木以牡荆和枸杞最多，山南阳面盛产黄金，山北阴面盛产细磨石。山中有一种野兽，形状像野猫，却长着白色的脑袋、老虎一样的爪子，名为梁渠。它在哪个国家出现，哪个国家就会发生大战争。

此怪载于战国《山海经》卷五

1405
两头蛇

韶州这地方有很多两头蛇，喜欢跑到蚂蚁窝里避水。苍梧也有很多两头蛇，长不过一二尺，有的人说是蚯蚓变化而成。

唐代天宝四载（745年），广州有人用笼子装着一条两头蛇，长二尺，身体两端各有一个头。有个以弄蛇为业的卖艺人，见到这条两头蛇就伸手去捉，结果被蛇咬了一口。卖艺人十分痛苦，赶紧用药，但也无济于事，最后骨肉化水而死，后来尸体和两头蛇都不见了。

此怪载于宋代李昉等《太平广记》卷四百五十六（引《异物志》）、

卷四百五十七（引《纪闻》）

1406
獜

依轱山上有茂密的杻树和橿树，柤树也不少。山中有一种野兽，形状像普通的狗，长着老虎一样的爪子而且身上有鳞甲，名为獜，擅长跳跃腾扑，吃了它的肉就能使人不患风痹病。

此怪载于战国《山海经》卷五

1407
軨軨

空桑山北面临近食水，在山上向东可以望见沮吴，向南可以望见沙陵，向西可以望见湣泽。山中有一种野兽，形状像普通的牛，却有老虎一样的斑纹，发出的声音如同人在呻吟，名为軨軨，一出现天下就会发生水灾。

此怪载于战国《山海经》卷四

1408
领胡

阳山上有丰富的玉石，山下有丰富的金铜。山中有一种野兽，形状像普通的牛而长着红尾巴，脖子上有肉瘤，像斗的形状，名为领胡，人吃了它的肉就能治愈癫狂症。

此怪载于战国《山海经》卷三

1409
流钱

清代，沂水人刘宗玉的仆人杜和，在园子里忽然看到一大片铜钱，如同溪流一样奔涌而出，深、宽有二三尺。杜和大喜过望，伸出手慢慢地捧了一把，再想取，发现钱流已经消失，只有先前取得的那一捧还在手中。

此怪载于清代蒲松龄《聊斋志异》卷五

1410
瘤蚕

建业有个妇人，背上长了一个瘤子，大如数斗，里头有东西，好像裹着很多小米一样，走路时能发出声音。妇人在集市上乞讨，对人说她当年在村里和妯娌一起养蚕，自己每年都亏钱，便把妯娌的蚕蛹一把火烧掉了，接着背上生疮，逐渐长成了这个瘤子。如果穿上衣服，她就会觉得气闷，只能裸露身体，才会觉得舒服一点。

此怪载于五代徐铉《稽神录》卷四

1411
柳鱼

河阳城城南有个姓王的人，他家旁边有个小池塘，池塘边长着几棵巨大的柳树。开成末年，柳树的叶子落入池塘，全部变成了鱼。这些鱼如柳叶大小，吃起来一点儿味道都没有。这年冬天，王某便惹上了官司。

此怪载于唐代段成式《酉阳杂俎》前集卷四

1412
六縴

清代，山东莱州有个人叫戈二，依山而居。一天他在荒山中砍柴，腥风乍起，看见山林中跳出一只斑斓猛虎，吓得他趴伏在地，不敢动弹。

老虎并没有吃戈二，而是叼着他的脖子，带着他翻过两重山岭，来到一个山沟。山沟中满是落叶，足足有四五尺厚。老虎扒开树叶，将戈二放在里面，又用树叶将他盖上后离去。戈二估计老虎跑远了，从叶子里爬出来，见旁边有大树，赶紧爬上树藏起来，用携带的绳子将自己的身体绑在树上。

过了一会儿，戈二看见刚才那只猛虎背着一只怪兽前来。那怪兽遍体斑纹，长得和老虎有些相像，头像马，长着一只独角。老虎背着怪兽来到先前覆盖戈二的落叶处，似乎是想将戈二献给这只怪兽。怎料到没有了戈二的踪影，老虎立刻战战兢兢，仓皇失措，对着怪兽跪倒在地。

怪兽大怒，用那只独角狠狠地撞击老虎的额头，老虎顿时脑浆迸裂而死。戈二等怪兽走了，赶紧从树上下来，捡了一条性命。

有种怪兽名为六繻，如马，黑尾，一角，锯齿，能食虎豹。戈二所见到的，应该就是它了。

此怪载于清代钮琇《觚剩》续编卷四

1413
龙

在古代，龙被认为是鳞虫之长，能幽能明，能小能大，能短能长。春分而登天，秋分而入渊。在古代典籍中，龙也有妖性，故而本书收录其中。因龙的分类十分庞杂，所以本条概而言之，一些特殊的龙分条述说。

传说在南国这个地方，有暗藏在洞穴中的水源，下边通向地脉，其中有毛龙和毛鱼。毛龙和毛鱼时常蜕骨在水泽之中，在一个洞穴里相处。上古时，南国曾经向舜献过一条毛龙。大禹治水时，四海汇合到了一起，就把那条毛龙放到洛水里了。上古时，专门设有养龙的官职，到夏代这种官职还存在。

唐代时，东都洛阳留守判官、祠部郎中卢君畅做官前曾经住在汉水边上。有一天，卢君畅独自一人骑马在野外闲逛，看到两条白色的大狗，腰很长，长得雄健无比，奔走在田野中。卢君畅觉得它们和一般的狗不一样，就下马观看。过了一会儿，那两条白狗跳入一个深潭。很快潭水翻腾，有两条白龙腾空而出，天空阴云密布，风雷大震。卢君畅很害怕，骑上马就逃，不一会儿下起大雨，被淋成了落汤鸡，这才明白那两条大白狗是龙。

清代，杭州有个叫姚三辰的人，以外科医术出名，而且是家传的秘术。据说，姚三辰的爷爷有次半夜采药归来，路过西溪，因为喝醉了酒，从山崖上掉了下去，落入水中。他慌忙中抓住了一块石头，但很快觉得不对劲，因为那块石头不仅软滑有黏液，而且在蠕动，心想恐怕是抓住了一条大蛇。过了一会儿，那东西背着他缓缓往上爬，两只眼睛如同灯笼一样灼灼放光，借着光亮，可以看到它头上长角，还有须子。这东西把姚老头送回原地就腾空飞去了。姚老头这才知道是龙。回到家中，姚老头发现自己双手碰到龙的黏液的地方，闻起来很香，数月不散。他这双手撮的药，都能药到病除。人们听说了，都称姚老头为"摸龙阿太"。

此怪载于晋代王嘉《拾遗记》卷一、宋代李昉等《太平广记》卷四百二十三（引《宣室志》）、明代胡爌《拾遗录》、清代袁枚《子不语》卷三

1414
龙耳李

有个叫崔奉国的人，家里有一棵李树，结出来的李子很奇怪，果肉厚而且中间没有核。有知道底细的人说："上天惩罚乖龙的时候，一定会割掉它的耳朵。乖龙的耳血坠地，就会生成这样的李树。"

此怪载于唐代冯贽《云仙杂记》卷一

1415
龙护

唐玄宗天宝三载（744 年）五月十五日，扬州进献水心镜一面，长宽各九寸。镜面青莹净亮，可耀日月。镜的背面盘着一条龙，龙身长三尺四寸五分，形态生动，像真龙一样。玄宗观赏后，觉得它是不同一般的镜子。

进献这面镜子的扬州参军李守泰向玄宗说："我们铸造这面镜子时，来了一位老人，说自己姓龙名护。这位老人须发花白，眉毛如丝，下垂到肩上，身着白衫。有一个小童跟随老人左右，年十岁，身穿黑衣，老人叫他'玄冥'。这一老一少是在五月初一这天突然来到铸镜现场的。他们的神态跟一般人不一样，所有在场的人都不认识他们。那位老人对镜匠吕晖说他家就住在附近，听说吕晖要铸镜，特来观看。又说他知道在镜上铸造真龙的方法，愿意为吕晖制作一条，来取得皇上的喜欢。之后就让随他来的那个叫玄冥的小童，进到安放镜炉的院子里，并让人从外面将大门关好，不让任何人进入院里。过了三天三夜，大门洞开。吕晖等二十人在院子内搜查寻找，不见这位老人和小童的踪影，只在镜炉前边找到一纸素书，是用小篆写的，内容如下：'镜龙长三尺四寸五分，是效法天、地、人三才，春温、夏热、秋冷、冬寒四气，金、木、水、火、土五行。镜长宽各九寸，是类似天下九州的分野。镜鼻呈明月珠状。开元皇帝圣明通达神灵，我才降福。这面镜子可以避邪祟、鉴万物，秦始皇的镜子也比不上它啊！'吕晖等看罢这纸素书后，就将镜炉移到船上，于五月五日午时，在扬子江上铸镜。未铸镜前，天地清明安静。铸镜当中，左右的江水忽然高涨三十多尺，如一座雪山浮在江面上。又听到龙吟声，如笙簧吹鸣，传到几十里地以外。我们问遍了所有的老年人，都说自打铸镜以来，从未见过这样怪异的事情。"

玄宗命人将这面水心镜单独放置在一个地方。到了天宝七载（748年），秦中大旱。从三月起没有降雨，一直旱到六月。玄宗亲自到龙堂祭祀祈雨，但是老天一点儿反应也没有。玄宗问昊天观的道士叶法善："现在大旱如此，我特别忧虑，亲自到龙堂祈雨，老天为什么还不降雨呢？道长你见过真龙吗？"叶法善道长说："贫道也未曾见过真龙。贫道听说画龙的四肢骨节，有一个地方得似真龙，就会立即有感应。用它来祈祷，雨立即就会降下来。之所以皇上你亲自祈雨未获灵验，大概是龙堂上画的龙不像真龙吧。"

玄宗听了叶法善道长这番话，立即诏令中使孙知古，带领叶法善道长去皇宫内库各处查看。叶法善道长忽然看见这面水心镜，立即返回向玄宗说："宫内水心镜背面是真龙啊！"玄宗亲临凝阴殿，同时召见叶法善道长祭祀镜龙。顷刻间，只见殿栋间有两道白气降下来，接近镜龙，镜龙的鼻子上也升出白气向上接近梁栋。刹那间，云气充满殿庭，遍布京城。大雨倾盆而降，下了七天才停。这年秋天，秦中获得大丰收。

此怪载于宋代李昉等《太平广记》卷二百三十一（引《异闻录》）

1416 龙驹石

宋代，有个人收藏了一块石头，一直没当回事，有个胡人见了，惊叹不已，愿意用万贯的价钱来买这块石头。这人觉得胡人给这么多钱，说明石头肯定非同寻常，犹豫不决。胡人守着石头不肯离去，最后开出了十万贯的高价，这人便答应卖了。

卖完后，这人问胡人："这块石头有什么特异之处吗？"胡人将石头放在水盆里，让这人看。这人见一匹马出现在石头之中，做出飞动的样子，便问："即便是这般奇异，又有什么用呢？"胡人说："这块石头是龙驹石，浸泡在水中，然后让马喝下这水，马可以生下龙驹，乃是无价之宝。"

此怪载于宋代施德操《北窗炙輠录》卷下

1417
龙魅

南北朝时，刘甲住在江陵。元嘉年中，他的女儿十四岁，端庄秀丽，没有读过佛经，却忽然能背诵《法华经》。女儿住的屋里，不久便出现奇异的光。她说，她已经得了正觉，应该做二十七天的斋戒。刘甲就为女儿设置了宝座和宝帐。她登上宝座，讲的话都很深奥。又讲人的灾祥祸福，各种事都很灵验。远近的人都很敬佩她。解衣投宝的，不可胜数。连衡阳王都亲自率领僚属来观看。

十二天之后，有一个叫史玄真的道士听说了这件事，说："这恐怕是妖怪作祟。"于是，他急急忙忙赶来。刘甲的女儿已经提前知道了，派人守住门，说："不久将有妖邪之类到来，凡是穿道服的，全都不让进来！"

史玄真见有人阻拦，就换了衣服进入，直接走到刘甲的女儿面前，把法水泼到她身上。刘甲的女儿顿时气绝，过了许久才醒。醒后人们再问她各种事情，她什么都不记得了。史玄真说："这是被龙魅所惑。"从此以后她恢复正常，嫁给了宣氏为妻。

此怪载于唐代余知古《渚宫旧事》补遗

1418
龙蜕

横海清池县县尉张泽，住在郓州东城。一天晚上，张泽从自家的庄园回城。当时月色昏暗，看不清道路，他突然发现路边的一根树枝发出耀眼的光芒，便折断了当作蜡烛照路。到家后，张泽随手将这根树枝插在了墙壁上，接着脱衣睡觉。

第二天早晨起来，回想起昨晚的事，张泽觉得很蹊跷，去看那根树枝，发现树枝间有个龙蜕，看起来跟蝉蜕差不多，头、角、爪、尾一应俱全，里头空空如也，但十分坚硬，敲一敲发出金石之声，光彩夺目，放在黑暗中，灼灼发光，跟灯盏一般。张泽将其当成宝贝珍藏在家里。

沈中老说，绍圣年间，他的一个堂兄在青州当幕官，因为修理院子中的葡萄树，也得了个龙蜕，形状和张泽的那个差不多，但是不能发光。

此怪载于宋代何薳《春渚纪闻》卷二

1419
蠱蚳

昆吾山上有丰富的赤铜。山中有一种野兽，形状像一般的猪，却长着角，发出的声音如同人号啕大哭，名为蠱蚳，吃了它的肉就会使人不做噩梦。

此怪载于战国《山海经》卷五

1420
蠱侄

㑊丽山上有丰富的金属矿物和玉石，山下盛产箴石。山中有一种野兽，形状像一般的狐狸，却有九条尾巴、九个脑袋、虎一样的爪子，名为蠱侄，发出的声音如同婴儿啼哭，能吃人。

此怪载于战国《山海经》卷四

1421
卢江乌巾

唐代贞元年间，卢江郡有个樵夫，一天在山里砍柴，傍晚时分看到一个身高一丈多的胡人，从山谷里走出来，穿着黑色衣服，拿着弓箭。

樵夫惊恐万分，赶紧藏在古树中偷看。那个胡人站了一会儿，向东射了一箭。樵夫往东看了看，见百步之外有个东西，长得像人，全身长满好几寸长的黄毛，头上扎着黑头巾，站在那里。胡人的箭射中了它的肚子，它一动不动。胡人见状，笑道："我果然不能制服它。"说完就离开了。

时候不大，又来了一个胡人，也有一丈多高，比先前的那个魁梧，也拿着弓箭，射中了那个怪物的胸膛。怪物中箭，还是一动不动。这个胡人说："看来非得将军前来才行。"也离去了。

又过了一会儿，有几十个胡人，穿着黑衣，拿着弓箭，领着一个几丈高的巨人前来。巨人身穿紫衣，样貌极其怪异，缓步而来。樵夫见了，吓得要死。巨人看着那怪物，对胡人们道："射那家伙的喉咙！"胡人们争相要开弓放箭，巨人道："非得雄舒才行！"叫雄舒的胡人走出来，开弓射中了怪物的喉咙。怪物丝毫不畏惧，缓缓将身上的三支箭拔掉，举起一块巨石往西来。

胡人们大惊失色，对巨人道："事情看来有些严重，不如投降吧！"巨人便大声说："我愿意投降！"

怪物丢掉巨石，解开头巾，看模样长得像女子，没有头发。它来到胡人跟前，将他们的弓箭全部收缴、折断，让巨人跪在地上，使劲扇巨人的耳光。胡人连连求饶，怪物才放过他。其他胡人拱手而立，不敢妄动。

怪物慢慢系上头巾，向东离去。胡人们相互说："幸亏今日是甲子之日，不然我们全都要死！"说完，他们拜倒在巨人跟前，巨人点了点头，带着他们消失在山谷中。

此时，天已经快黑了。樵夫吓得汗如雨出，赶紧下山回家。

此怪载于唐代张读《宣室志》卷七

1422
甪端

甪端是传说中的一种怪兽，角在鼻上，出自瓦屋山，不伤人，以虎豹为食，能够日行一万八千里，通晓各种语言，知道各种事情。

元太祖的军队行至西印度的时候，有一只高几十丈的巨兽，长着一只如同犀牛角一样的角，对元太祖说："这里不是你的世界，还请速速离开。"元太祖的臣下都很惶恐，只有耶律楚材知道这只怪兽的底细，禀告元太祖说："这只怪兽名为甪端，如果明君在位，就会奉书而来，能日行一万八千里，灵异如鬼神，不可侵犯。"元太祖听了，就撤军归来。

元代至正年间，江浙举行乡试，八月二十二日的夜晚，贡院里有一物疾驰而过，长角，所以当年就以"甪端"为试题。

此怪载于南北朝沈约《宋书》卷二十九、元代陶宗仪《南村辍耕录》卷五、
清代王士禛《陇蜀馀闻》

1423
陆吾

昆仑山是天帝在下界的都邑，由陆吾主管。陆吾长着老虎的身子和爪子，却有九条尾巴和一副人的面孔，主管天上的九部和天帝苑圃的时节。

此怪载于战国《山海经》卷二

1424
陆舟

扬州宝应县西边十里有个地方名叫黎城镇，传说是古代的黎王城。黎城镇西北七十里是张公铺，属于天长县。康熙四年二月二日，张公铺的老百姓看到平地上忽然出现数十艘官舰，帆樯楼橹齐全，船头插着羽旗大纛，仪仗森然，在陆地上行进，迅如飞鸟，所过之地，草木全部倒伏，没人能说清是怎么回事。

此怪载于清代王士禛《池北偶谈》卷二十三

1425
鹿蜀

杻阳山上有一种野兽，形状像马，白头，通身是老虎的斑纹，尾巴是红色的，鸣叫起来像是有人在唱歌，名为鹿蜀。据说将它的皮毛披在身上，可以使子孙昌盛。

此怪载于战国《山海经》卷一

1426
鹿子鱼

鹿子鱼，赤色，尾巴和小鳍上都长着赤黄色的鹿的斑纹。南海中有一大洲，每年春夏，鹿子鱼跳出洲，落地就变成了鹿。曾经有个人捡到一条鹿子鱼，头已经变成了鹿，尾巴还是鱼。这种鱼变成的鹿，肉很腥，不能吃。

此怪载于唐代刘恂《岭表录异》卷下

1427
鲑

柢山这地方多水，没有草木。有一种怪鱼，形状像牛，长着蛇的尾巴，而且有翅膀，居住在洞穴里，名为鲑，叫的声音如同留牛，冬天死了夏天就可以活过来，吃了它的肉，身体不会发肿。

此怪载于战国《山海经》卷一

1428
驴鼠

郭璞是我国历史上一个非常了不起的人，不仅是著名的文学家、训诂学家，还精通风水和占卜。

西晋末年，郭璞被宣城太守殷祐招揽，担任参军一职。不久，当地出现了一个妖怪。此怪全身灰色，大如水牛，前胸与尾巴都为白色，长着粗短似象的腿，动作迟缓。突然来了这样的怪物，众人都很惊慌。

殷祐下令追捕妖怪，追捕之前，他让郭璞占了一卦。郭璞从卦象上推断出此妖怪乃是所谓的"驴鼠"。

殷祐带着衙役去向当地的女巫请教，女巫说："它是驴山君的使者，在前往荆山的途中路过此地，你们切莫触犯。"大家听到女巫的话后，再也不敢轻举妄动，目送这个妖怪离去。而这个妖怪，从此再也不曾出现。

此怪载于晋代干宝《搜神记》卷四

1429
律毕香

清代，婺州有个怪物，经常发出声音和人应答，但是没人看见过它的形体，喜欢偷盗财物，凡是有些姿色的妇女都会被它奸淫。每次它出现时，被迷惑的妇女都会觉得如同梦魇一般无法动弹，询问它的名字，它说："我叫律毕香。"

当地官府很是头疼，派人去请龙虎山天师的符咒也对付不了它。当时有个姓林的书生，擅长降妖除魔，他设立法坛作法，三日后，空中传来阵阵喊杀战斗的声音，之后那妖怪就再也没有出现。

此怪载于清代董含《三冈识略》卷二

1430
率然

大地西方的山里有一种蛇，身上有五种颜色。如果打它的头，它的尾巴就会打过来；打它的尾巴，它的头就会咬过来；触到中间那段，头和尾巴就会一起过来。这蛇名为率然。会稽附近的常山上，这种蛇最多。

此怪载于战国孙武《孙子兵法》、汉代东方朔《神异经·西荒经》

1431
栾侯

汉中郡有个叫栾侯的妖怪，常常住在室内棚顶上或帐幕后，喜欢吃腌制的鱼类，能卜吉凶。甘露年间，汉中郡闹起了蝗灾，蝗虫经过之处，庄稼全被吃光了。郡守派人将这件事告知栾侯，并祀奉上不少腌制的鱼类。栾侯对来人说："小小蝗虫，算不了什么，应当把它们除掉！"说罢，翕然扇动翅膀飞出窗外。

来的小吏看见它仿佛是一只鸠鸟，还发出水鸟的叫声。小吏回去后，将此事禀报了郡守。后来果然有成千上万只鸟来吃蝗虫，顷刻就把它们全除尽了。

此怪载于三国曹丕《列异传》

1432
鸾鸟

女床山南面多出产黄铜，山北面多出产石涅。山里有一种禽鸟，形状像野鸡，却长着色彩斑斓的羽毛，名为鸾鸟，一出现天下就会安宁。

此怪载于战国《山海经》卷二

1433
嬴鱼

濛水从邽山发源，向南流入洋水。水中有一种嬴鱼，长着鱼的身子，却有鸟的翅膀，发出的声音像鸳鸯鸣叫，在哪里出现哪里就会有水灾。

此怪载于战国《山海经》卷二

1434
络新妇

络新妇是一种蜘蛛，体形巨大，肚子圆如球，有黄、白、黑色的环纹。它们在大树上结出车轮一般的大网，捕昆虫为食。

此怪载于民国徐珂《清稗类钞》

1435
麻娘娘

清代，有个叫陈洪书的人，因为出痘疹死了，尸体放置在东厢房。他的母亲坐在旁边哭，哭累了，就捂着脸睡着了。恍惚中，看见三个穿着麻衣的女子走进屋子，看到陈洪书的尸体，惊道："哎呀，错了错了！这个人将来会成为望都县的县令，不能死，赶紧把他放了吧。"说完，三个女子就走了。母亲惊醒过来，急忙查看儿子，发现儿子已经活了过来。后来，陈洪书果然当上了望都县的县令。而那三个女子，就是传说中专门掌管痘疹之病的麻娘娘。

此怪载于清代乐钧《耳食录》初编卷四

1436
马鞑

遵义城向东七十里有片大水，名上龙塘，旱时不干涸，涝时不满溢，三面都是悬崖峭壁，阴气森森。当地人传说，水中有种水怪名叫马鞑，只要行人经过，它就会出来，如同毯子一样裹住人，钻入水里。

此怪载于清代郑珍、莫友芝《遵义府志》卷四

1437
马腹

蔓渠山上有丰富的金属矿物和玉石，山下到处是小竹丛。伊水从这座山发源，向东流入洛水。山中有一种野兽，名为马腹，长着人的面孔、虎的身子，发出的声音如同婴儿啼哭，能吃人。

此怪载于战国《山海经》卷五

1438
马见愁

西域有一种怪兽，叫马见愁，长得如同狗，嘴里含着水喷在马的眼睛上，马就会头脑眩晕昏昏然欲死，所以马都很惧怕它。宣宗时，有人献上它的皮，宣宗赐给群臣，编成马鞭，只需要扬起来这马鞭，马就吓得疾驰而去。

此怪载于宋代《致虚杂俎》

1439
马皮婆

传说峡江中有怪物，脑袋长得像猰貐却没有脚，脖子以下又扁又宽，如同一匹白布一样，流出的黏涎仿佛胶水一般，喜欢吃马。当地人称之为马皮婆。

如果它发现有人在江里给马洗澡，就会等人走了之后用尾巴缠住马，拽入水中。如果把马拴在岸上，这东西同样会甩出尾巴缠住马，因为它的黏液黏性强，尾巴粘在马身上无法摆脱，所以这时候就能抓住它，进而杀了它。

此怪载于宋代郭彖《睽车志》卷四

1440
马首鱼

扶南象浦有很多深潭，里面有种鱼，颜色漆黑如墨，长五丈多，长着马的脑袋，等人入水的时候，就去害人。

此怪载于南北朝郦道元《水经注》卷三十六

1441
马头人

明代，有一艘大船从海外漂到崇明岛，船上有七个人，当地的巡检以为他们是海盗，将其抓住。七个人说："我们是广东的海商，船进入西洋，被飓风吹到这里，并不是海盗。"巡检将他们送到官府检验，发现他们没有说谎，便将他们放了。

其中一个人说，在海上时，他们曾经停靠在一座岛边，想上岸做饭，发现有四五个怪物，长着人的身体、马的脑袋，从岛上跳到水中，游过来，把头靠在船舷上，发出吁吁的声响。船上的一个人举起刀砍掉了其中一个怪物的脑袋，剩下的逃走了。这帮人估计那些怪物会叫来同伴复仇，赶紧准备开船。时候不大，几百个马头人出现，游过来想抓他们。这些人急忙把船开走，再晚一会儿，恐怕就要落入那群怪物手中。

此怪载于明代陆粲《庚巳编》卷七

1442
脉望

唐代建中年间，有个叫何讽的书生买了一卷黄纸古书，读的时候，发现其中有一缕卷起的头发，如同圆环一样，直径有四寸。何讽扯断头发，从断口处滴出清水来。何讽将这件事情告诉道士，道士说："书中的虫，如果三次吃掉'神仙'二字，就会变成这东西，名为脉望。夜里拿着这东西可以获得仙丹，用这种清水和着仙丹服下，可以脱胎换骨，成为仙人。"何讽听了，回去翻那卷古书，发现古书里面凡是"神仙"二字都被虫吃了。

唐代，有个尚书叫张褐，他的儿子也听说如果有书虫吃掉书中"神仙"二字，身上就会长出五种色彩，能让人成仙。这家伙就写了很多"神仙"二字，剪碎，和书虫一起放在瓶里面，等虫子把纸吃完了，正要拿起来吃掉虫子，忽然心疼无比，自此之后，每月都犯病。

此怪载于唐代段成式《酉阳杂俎》续集卷二、五代孙光宪《北梦琐言》卷十二

1443
蛮甲

江宁溧阳县有一种蛇，长四五尺，名为蛮甲，能够隐形，经常出入百姓家里，寻常人奈何不得。如果驱逐它，一定会发生祸事。有时候，这种蛇也做好事，能让贫穷的人变得富裕起来。

此怪载于清代董含《三冈识略》卷二

1444
蛮蛮

崇吾山中有一种禽鸟，形状像一般的野鸭子，却只长了一只翅膀和一只眼睛，要两只鸟合起来才能飞翔，名为蛮蛮，一出现天下就会发生水灾。

此怪载于战国《山海经》卷二

1445
满洲魅

满洲这地方多魅。这种妖怪经常会在婴儿的身上作祟，长得如同小黑狗，能够潜入土中，只有当地的巫师能够看到。巫师驱除此物，会潜伏在草丛中，等到它进入地下，就用纸糊住洞口，再用毛毡蒙住，并在外面点上灯，手中拿着刀等待。魅知道巫师在外面有所防备，往往会用尽全力冲出。此时巫师赶紧用刀砍杀，魅被除去，它所作祟的婴孩便会醒来。也有妇女被魅迷惑，看上去面如死灰，嘴里喃喃自语。白天出门，前面有小狗引路，巫师也能将其除掉。

此怪载于清代方式济《龙沙纪略》

1446
邙山大蛇

邙山上有一条大蛇，樵夫经常能看到。这条蛇头如丘陵，入夜则吸取露水之气。

一次不空法师上山，遇见此蛇。蛇作人语说："弟子之恶业，大师可有度化之法？弟子常压抑不住欲望，想鼓动黄河之水淹没洛阳城，似乎只有如此，才能称心如意。"不空法师为它讲经受戒，说道："你因嗔心之故堕入畜生道，如今空自愤恨管什么用？我也无力让你解脱。你应当把我刚才所说想清楚，舍却此身，以求轮回。"

十来天后，有樵夫在山涧之内发现大蛇的尸骸，臭气弥漫数十里。

此怪载于唐代段成式《酉阳杂俎》前集卷三

1447
蟒树

唐代会昌、开成年间，含元殿要更换一根主柱，皇上命令右军负责采伐和制作，要选择合乎尺寸的木材。士兵们来到周至一带的山场，整整一年也没采伐到这样的树，便悬重赏广泛征集。有个人贪图重赏，不惜探幽历险，在人迹不到、猛兽成群的地方见到一棵大树。大树有将近一丈粗，一百余尺高，正符合要求。这人先把它砍倒，等到三伏天山洪暴发，洪水将树冲到山谷出口处，他又找来成百上千个人将其牵拉到河床平坦的地方。

两岸的士兵为终于成功地找到并运下这棵大树而欢呼庆贺，并且奏禀了皇上。在锯掉丫杈加工成材以备主管人员挑选的时候，突然来了一个狂士，长得好像是一个懂得法术的人。他绕着大树叹息感慨，嘟嘟囔囔地没完没了。守卫人员厉声呵斥并想用绳子绑他，他却一点儿也不惧怕。过了一会儿，这里的头头儿便把他抓起来，报告了皇上。

狂士说，这棵树必须从中间锯开，锯到二尺左右时，就会知道这棵树非同一般。众人不信，就找来锯子锯树，当锯到一尺八寸深时，飞出来的木屑竟是深红色的。再往下锯二寸，便见流出来的全是血了。于是，皇上急忙命令千百个人把树推到渭水里面，任它顺水漂去。那个狂士说："在深山大泽里面生长着龙和蛇，这棵树中生长着一条巨蟒，再过十年它就会从树梢飞出去，没听说有长久长在这里面的。如果拿这棵树来做殿堂的柱子，十年之后，它必定会驮载着这座殿堂飞到别的地方去。"说完，此人就不见了。

此怪载于唐代丁用晦《芝田录》

1448
蟒旋风

清代，河北武强有个姓张的人，一天正在长堤上耕作，忽然刮起旋风，遮天蔽日而来。张某见旋风扬起的沙尘之中有黑色、白色两条巨蟒，粗如水桶，相互缠绕。张某很害怕，想要躲开，旋风已经来到跟前，将他卷起，裹挟而去。旋风中张某上下颠倒，地上的荆棘刺到张某皮肤，疼痛难忍。慌乱中，张某抱住一棵树才幸免于难。他抬起头，见风已消失，自己则被刮离了长堤好几里地。

此怪载于清代李庆辰《醉茶志怪》卷二

1449
猫将军

安南有座庙，叫猫将军庙，供奉的是一个人身猫头的主尊，十分灵异。凡是中国人，只要到那个地方，一定会去祭拜。据说这座庙是为纪念中国明代的一位平定安南的毛尚书所建。

此怪载于清代黄汉《猫苑》卷上

1450
猫王

福建布政使朱彰是交趾人，景泰初年被贬为陕西庄浪驿丞。

有一年，西蕃使臣向朝廷进献一只猫，经过朱彰负责的驿站。朱彰听说他们进贡了一只猫，甚是奇怪，问使臣这猫有什么稀奇之处。使臣说："你要想知道它的奇异，今天晚上可以试试看。"那只猫被关在两重铁笼中，使臣将铁笼放在一间空屋里。

第二天早晨大家去看，发现有几十只老鼠死在笼子外面。使臣说："这只猫所在的地方，方圆几里的老鼠都会过来，趴伏在地，最后全部死掉。"

这应该就是猫王了。

此怪载于明代陆粲《庚巳编》卷九、明代谢肇淛《五杂俎》卷九

1451
猫魈

宋代，住在临安丰乐桥旁的周五家中有一个女儿容貌秀美。一次，周五女儿听到外面传来卖花声，出门见卖花人手中的花比寻常的花格外娇艳，便多给了一些钱，全部买下，插在房间里欣赏。自此之后，她似乎被什么东西迷惑上了，白天睡觉，晚上则通宵达旦不休息，而且每到晚上必定梳洗打扮，换上新衣，半夜嘀嘀咕咕好像和人聊天。

女儿变成这样，周五和妻子心中忧虑，偷偷请来法师。女儿看到法师，面色如常，一点儿也不害怕。

有个卖面的老头叫羽老，住在候潮门外，碰到周五，问他："听说你家有妖怪而且法师降服不了，是吗？"周五说："是的。为这事我头疼得不得了，但是没办法。"羽老说："那妖怪是猫魈，明天我去你家，把它杀了。"

第二天，周五备好酒菜、香烛，请羽老来。羽老作法，过了一会儿，周五女儿惊恐不安。羽老挥剑砍向周五女儿的脖子。周五女儿回到房间，睡醒后恢复神志。

周五问女儿怎么回事。女儿说："黄昏后，有个样貌奇特的少年，穿着皮衣，带着仆人和乐师骑马而来。问我有什么需要的，他会置办好。他的言谈举止和一般人没什么不一样。现在，这个人消失了。"

过了一段时间，周五女儿生了病，好像怀孕一般。周五请来羽老。羽老写了一张符咒，让周五女儿吃了。自此之后，一切恢复如常。

此怪载于宋代洪迈《夷坚志》支丁卷第八

1452
毛民

毛民国的人，全身长满了毛。

此怪载于战国《山海经》卷九

1453
茅将军

浙西僧人德林年轻时游历舒州，看见路边有个人拿着锄头在平整一小片土地，周围几十里没有人烟。

德林觉得奇怪，问这个人为何如此。此人回答："之前我从舒州去桐城，来到这里突然得了病，无法行走，昏倒在草丛里。等我醒来，已经是黄昏了，四下无人，只听到虎豹的吼叫声，估计自己肯定死路一条。这时候，有一个人，带着一帮手下来到这里，下马坐在胡床上，对两个手下说：'你们守护这个人，明天把他送到桐城去。'说完，这人上了马，消失不见，那两个手下留了下来。我勉强爬起来询问，两个手下说：'这是茅将军，夜里在这里狩猎老虎，怕你被伤，让我们护送你。'我累得够呛，重新躺下来，一直到第二天早晨。那时候，我的病好得差不多了，茅将军的两个手下也消失了。我一路走到桐城，病也好了。所以我想在这个见到茅将军的地方，建一座小祠堂来感谢他。"

德林在舒州待了十年，等他再次回来的时候，周围的村落里全都建起了供奉茅将军的祠堂。

此怪载于五代徐铉《稽神录》卷六

1454
貌

狗缨国曾经献过一种怪兽，名叫貌，三国东吴孙权时还能看到。这种怪兽十分擅长隐匿，跑入人家偷吃东西，人过去，它就消失了。所以现在吴地一带有这样的习俗——大人空拳戏弄小孩，说："你猜猜里面有什么？"等伸开手时，大人会大喝一声："貔！"

此怪载于清代赵吉士《寄园寄所寄》卷七（引《异物汇编》）

1455
门头沟怪

清代，北京门头沟煤矿开采了很多年。挖煤的矿工大多是本地人，住在附近。

一年快要过年时，几个矿工买了白菜、猪肉回来，将白菜放在篮子里挂在房梁上，又将猪肉放在桌案上后，坐在土炕上赌钱。过了一会儿，突然有个怪物掀开帘子进来。怪物身上长着垂到地上的长毛，双目赤红，看见篮子里的白菜，发出怪笑声，伸出爪子拿出白菜吃，吃完见到桌子上的猪肉，又发出怪笑，也吃完了。

吃完了白菜和猪肉，怪物看了看矿工，怪笑连连，径直来到跟前想吃掉他们。危急之际，又来了一个怪物。这个怪物也是白毛红眼，但是比之前的那个怪物大好几倍，手里拿着一根大木棍，敲了敲门。前面那个怪物似乎很害怕，赶紧往后退。后面这个怪物愤怒异常，用棍子击中前面怪物的肚子，又打中它的屁股。前面的怪物用爪子摸了摸被打的地方，好像知道疼，逃出门。后面的那个怪物也跟着追了出去，消失不见。矿工们趴在土炕上，吓得要死。

第二天，矿主来了，众人将事情告诉矿主。矿主说："我们没有祭祀山神，所以山神派来妖怪警示我们。"矿主率领矿工赶紧郑重祭祀了一番，之后怪物没有再来。

此怪载于民国郭则沄《洞灵小志》

1456
虹

崇丘山中有一种鸟，只有一只爪子、一只翅膀、一只眼睛，成对而飞，名字叫虹。看到它的人会发生吉祥的事，如果有幸乘坐它，则寿命能够达到一千岁。

此怪载于晋代张华《博物志》卷三

1457
猛兽

汉武帝时,大苑之北的胡人进贡了一个怪物,似狗,却能发出惊人的声音,鸡犬听到了吓得四散而走。这种怪物名叫猛兽。

汉武帝见到了,觉得这东西太小了,不以为意。有一次,汉武帝来到上林苑,让人将猛兽牵来,想让虎狼吃掉这东西。不料老虎见到猛兽,低着头,很是害怕。猛兽见到老虎,十分欢喜,舔着嘴,摇着尾巴,径直跑到虎的脑袋上,按住老虎的脸,老虎匍匐在地不敢动。猛兽按着老虎的鼻子跳下去,老虎才抬起头。猛兽听到动静,回头看了一下,老虎吓得赶紧闭上眼睛。

此怪载于晋代张华《博物志》卷三

1458
孟槐

谯明山中有一种怪兽,形状像豪猪,却长着柔软的红毛,叫声如同用辘轳抽水的响声,名为孟槐,人饲养它可以辟凶邪之气。

此怪载于战国《山海经》卷三

1459
孟极

石者山上没有花草树木,但到处是瑶、碧之类的美玉。泚水从这座山发源,向西流入黄河。山中有一种野兽,形状像普通的豹子,却长着花额头和白色身子,名为孟极,善于伏身隐藏。

此怪载于战国《山海经》卷三

1460
孟津大鱼

晋文王的时候,有大鱼出现在孟津,有几百步长,高五丈,头在南岸,尾巴在黄河中。后来当地人修建祠堂祭祀它。

此怪载于南北朝郦道元《水经注》卷五

1461
孟舒国人

孟舒国人，人头鸟身。他们的先代君王叫雪氏，曾驯服百鸟。夏朝的时候，他们开始吃鸟的蛋。后来，孟舒人离开夏朝，离开时，有凤凰跟随他们。

此怪载于晋代张华《博物志》卷二

1462
觅石

宋代的通远军驻地，原本是古代的渭州，渭水从这里发源。当地河里有一种水虫，长得像鱼，能发出"觅觅"的叫声。看到这种水虫的人，用木棒或者兵器击打它，它就会变成石头。这种石头可以做成磨刀石，人们称之为觅石。一尺多长的觅石，能卖一两千文钱。经过它研磨的兵器，能够发出青色的光芒而且不生锈。

此怪载于宋代张师正《倦游杂录》

1463
缅甸怪鸟

明代隆庆、万历年间，缅甸出现了一种怪鸟，长着四条腿，背上生有肉翅，大如鹅，鸣叫的声音像鹤，能飞但是飞不远。这种鸟，胎生。大鸟飞时，将小鸟背在背上。它们不糟蹋庄稼，也不吃生虫。人如果杀了它们，会发生不祥之事。

此怪载于明代朱国祯《涌幢小品》卷三十一

1464
苗民

大荒的西边有一种人，面目手足和常人差不多，肋下生有翅膀，但不能飞，性格贪婪淫逸而无礼，名之为苗民。传说他们是当年蚩尤战败后被流放的三苗后裔。

此怪载于汉代东方朔《神异经·西荒经》

1465
鸣鸿刀

一次，汉武帝解下随身佩带的鸣鸿刀，赐给东方朔。这把刀，长三尺。东方朔说："此刀是黄帝当年采集首山上的铜铸造的。铸造完成时，有两把刀，雄刀飞走，雌刀留了下来。黄帝怕别人得到这把刀，想毁掉它。刀从黄帝手中变成红色的鹊鸟，飞入云中。"

此怪载于汉代郭宪《汉武帝别国洞冥记》卷三

1466
鸣蛇

鲜山上有丰富的金属矿物和玉石，但不生长花草树木。鲜水从这座山发源，向北流入伊水。水中有很多鸣蛇，形状像一般的蛇，却长着四只翅膀，叫声如同敲磬的声音，出现在哪里哪里就会发生大旱灾。

此怪载于战国《山海经》卷五

1467
鸣彝

义兴人王子明，家里十分富有，收藏了夏商周三代的彝鼎以及六朝以来的书法、名画，整个浙江无人能比。王子明每年都会去烈帝庙求签，以卜吉凶。有一年，王子明求的签上写道："开沟凿井，当得古鼎。"王子明不以为意。

王子明有个仆人到汴州做生意，碰到一位夹谷郎中。夹谷郎中收藏了一尊商代喝酒用的彝，精妙绝伦。他对王家的仆人说："即便是你家主人，恐怕也未必有这般的好东西。"仆人回来将事情告诉了王子明。王子明花重金将那尊彝买了回来，发现果然比自己收藏的那些要好。

至正二年（1342年），蕲黄发生战乱，乱军进入浙江。王子明将自己的所有收藏埋了起来，那尊彝也在里面。埋下之后，这尊彝在地下发出牛吼一般的叫声，整整七天七夜不休。王子明没办法，只能把它挖出来藏在别人家。后来，他埋收藏的地方被人盗掘，丢了所有的收藏，只有这尊彝保留了下来。

此怪载于元代陶宗仪《南村辍耕录》卷十

1468
鸣蚓

浑瑊在洛阳有处宅子，宅子的戟门内长着一棵小槐树。树上有个铜钱大小的洞，每到晚上月亮出来，就会有一条二尺多长、粗如胳膊的蚯蚓爬出来。这条蚯蚓白脖子，身上长着红色斑纹，带领一百多条小蚯蚓，顺着树向上爬。到了早晨，这些蚯蚓才返回树洞。有时，它们发出美妙的鸣叫声，听起来像乐曲一样。

此怪载于唐代段成式《酉阳杂俎》续集卷二

1469
茗瘕

东晋，桓温还活着的时候，有个督将生病后因为身体虚热突然特别能喝茶，每次必须喝一斛二斗才觉得正好，少一点儿就觉得没喝到位。这样过了很多年，在茶上的花销让他家负担不起，变得贫穷起来。

一次，有个客人来拜访，正好碰见督将在喝茶。客人曾经听说过这样的怪病，便让督将一口气喝下了五升的茶，这个量已经远大于他平时喝的一斛二斗了。

喝完五升茶后，督将大吐，吐出一个东西。那东西有一升大，有嘴，皱皱巴巴，看起来像个牛肚一样。客人将这东西放入盆里，用一斛二斗的茶浇它，它张嘴全部喝掉。客人又倒了五升，这东西便将茶全部吐了出来。

督将吐出此物后，病就好了。有人问督将得的是什么病，懂行的人说："这病叫斛二瘕。"

此怪载于晋代陶潜《搜神后记》卷三

1470
墨猴

四川阳朔县出产一种怪物，名叫墨猴。这种猴子只有拳头大小，一身金毛，两目熠熠有光，能缩在笔筒里睡觉。人们喜欢将它放在案头，想要让它磨墨的话，只需要敲几下桌子，它听到声音便会迅速跑出来，跪倒在砚旁，用两只前爪抓住墨锭磨墨，让它停止，它便停止。

看到案头上有蚂蚁，墨猴会捉住吃掉，而且能够在花盆里拔草捉虫。墨猴喜欢喝水，等长大了，只能用水果喂养。有个人曾经把辛辣的东西混在水里，墨猴喝了之后，张嘴吐舌，躁扰不宁，再给它水，它便闭目摇头，不敢再喝。

康熙、雍正年间，苍梧太守永常曾经养了一只墨猴，发现它能干的事，和传说中的一模一样。

此怪载于清代况周颐《续眉庐丛话》、民国徐珂《清稗类钞》

1471
墨蛇

清代，有一年，广东信宜的大人山下起了瓢泼大雨。山忽然裂开了一个几丈宽的大口子，从里面窜出一条大墨蛇。接着，山中出现一道瀑布，流了三十里，水依然浓黑如墨。

当地有很多人患有麻风病，相传有墨蛇潜伏其中的水可以医治，所以当地人纷纷前去取水。麻风病人喝下这道瀑布淌下来的水后，很快就痊愈了。

此怪载于民国徐珂《清稗类钞》

1472
獏㺒

传说在西荒之中，有一种名为獏㺒的妖怪，高矮胖瘦和人一模一样，穿着破旧的衣裳，匍匐于隐蔽之处。它长着一双老虎的爪子，舌头伸出来，盘在地上能有一丈多长。

獏㺒是一种吃人的妖怪，会耐心地等待行人，从中寻找形单影只的下手，吃掉他的脑子。在动手之前，它会发出巨大的声响。

对付这种妖怪是有方法的。当行走在暗夜中的孤独旅人，听到身后传来巨大声响并看到獏㺒时，可以将煅烧得炙热的石头放到它的舌头上，这样獏㺒就会气绝而死。

此怪载于汉代东方朔《神异经·西荒经》

1473
貘

貘是我国古代传说中的一种怪兽，据说生在铜坑之中，以铜和铁为食物，用它的排泄物可以锻造出削铁如泥的兵器，它的尿可以溶解金属。

清代，北京附近的房山出现了貘兽，喜欢吃铜铁，但是不伤人。它看到老百姓家里犁子、锄头、刀斧之类的东西，就馋得流口水，吃起来就像吃豆腐一般，连城门上包裹的铁皮都被它吃光了。

古人认为貘是辟邪之物。白居易曾经专门写过一篇赞扬貘的文章，其中有这么两句："寝其皮辟瘟，图其形辟邪。"

此怪载于清代王士祯《居易录》卷十六、清代袁枚《子不语》卷六

1474
木狗

木狗生活在广东的江山中，长得像黑狗，能够爬树。用它的皮做衣服、被褥，能让人气血充沛。元世祖曾经患有足疾，便让人用木狗的皮做裤子。

四川有玄豹，大如狗，黑色，尾巴也似狗，它的皮做成的衣服、被褥，十分暖和。人们冬天出门远行，用它的皮包肉和其他食物，一连好几天都能保持温度，所以当地人以之为贵。其实这也是木狗。

此怪载于元代熊太古《冀越集》、明代李时珍《本草纲目》卷五十一下

1475
木客

木客是传说中山里的妖怪，它们的形貌和说话的声音，和人很相似，只是手脚的爪子锐利得像钩子。

木客在悬崖峻岭上住，也能砍木柴，用绳索把木柴绑在树上，家就安在树顶。有人想买它们的木柴，就先把要给木客的物品放在树下。如果木客觉得满意，就把木柴给人。它们从不多拿，也不会侵犯人，但始终不跟人见面，也不到街上和人做交易。

木客死后也是装进棺木埋葬，曾有人看见过木客的殡葬仪式，用酒、鱼和生肉招待宾客。它们葬棺的坟常常在高岸的树上，或者把棺木放在石洞里。南康当地人说，曾亲眼看见木客的葬仪，听到它们在丧礼上唱歌，虽然不同于人类，但听起来像风吹过树林的声音，好像是唱歌和音乐演奏都融合在一起了。

此怪载于宋代李昉等《太平广记》卷三百二十四（引《南广记》）

1476
木龙

凡是海船，船上一定会有条大蛇，名为木龙。从船被造好那一天开始，这东西就有了。平时人们看不见它，也不知道它躲在什么地方。如果木龙离开了，这艘船一定会沉没。

此怪载于清代许奉恩《里乘》卷九、清代郁永河《海上纪略》

1477
木仆

有一种妖怪叫木仆，尾巴长得像乌龟尾巴，有几寸长，栖息在树木上，吃人。

此怪载于唐代段成式《酉阳杂俎》前集卷四

1478
木中少女

清代时，有个叫汪舟次的人奉命出使琉球，刚出海，就看见一根一丈多长的浮木，两头用铁皮包裹着。汪舟次让人将木头取上来，剖开，发现有个赤裸的女子躺在里面。这女子头发又黑又长，皮肤很白，右手捂着脸，左手遮住私处，站起来，随波而去。过了一会儿，狂风大作。

此怪载于清代钮琇《觚剩》卷七

1479
墓牛

南北朝时，武昌有个人叫戴熙，家里很穷，死后葬在樊山。有风水先生经过墓地，说这里有王气。后来，北魏宣武帝西下，在武昌停留，听说了这件事，就命人挖开戴熙的墓。结果挖出来一个东西，大如水牛，青色，没有头也没有脚，刀枪不入。士兵们将这东西放入江里面。怪物入水之后，江面沸腾，发出雷霆一般的巨响。戴熙的后嗣之后几乎死亡殆尽。

此怪载于南北朝刘敬叔《异苑》卷七

1480
那父

灌题山上生长着茂密的臭椿树和柘树，山下到处是流沙，还多出产磨石。山中有一种野兽，形状像普通的牛，却拖着一条白色的尾巴，发出的声音如同人在高声呼唤，名为那父。

此怪载于战国《山海经》卷三

1481
襰襶

清代时，有个人在沈阳当官，传闻官衙之中闹妖精，之前吓死了很多人。

这个当官的听说之后，格外留意，一天晚上，果然看到有个东西，通体乌黑，没有头没有脸，也没有手脚，只有两只雪白的眼睛，嘴又尖又长，如同鸟嘴。当官的刚开始看了这妖精觉得害怕，但是它每天晚上都出现，时间长了，当官的和它也就熟悉了，成为朋友，招之即来，挥之即去。因为这东西浑然一体，所以当官的给它取名"襰襶"。

一天晚上，天寒地冻，当官的想喝酒，但周围的人都睡了，没人去买。正好襰襶在旁边，当官的就戏弄它说："你能为我买酒去吗？"妖精发出嗷嗷的声音，似乎答应了。当官的把一些铜钱和一个酒瓶放在它的脑袋上，襰襶就晃晃悠悠去了。过了一会儿回来，脑袋上的铜钱没有了，只有酒瓶，取来打开，里面装满了好酒。当官的很高兴，自此之后，很多事都交给襰襶去办。

随后，周围的人家都说丢失了东西，当官的觉得可能是襰襶干的，但也没有说明。就这么过了很多年，当官的接到了去福建上任的命令，只能收拾行装，襰襶依依不舍，当官的也很难过。

离开沈阳来到福建，过了一年多，当官的思念襰襶，整日闷闷不乐。有一天，襰襶突然出现了，当官的大喜，把它介绍给家人，家人都很惊慌，当官的把先前的事情说了一遍，家人才放心。等到时间长了，周围的人都很喜欢它。

又过了一年多，襰襶突然不见了。不管所有人怎么思念它，它最终都没有出现。

此怪载于清代和邦额《夜谭随录》卷九

1482
南海大蟹

唐代，有一个波斯人说，自己乘船前往天竺国六七次。在最后一次航行时，船只漂入大海，不知道行了几千里，来到了一座海岛，岛上有一个人，以草叶为衣服。这个人说自己以前和同伴一起出海，只有自己漂流至此，靠采摘野果、草根为食。波斯人和同伴都很可怜他，就带他上了船。这个人还说，岛上的大山上都是砗磲、玛瑙、玻璃等各种宝贝，大家就赶紧将这些东西搬上了大船。装满船后，这个人说："马上起航，这些都是山神的宝贝，它若是来了肯定会发怒追讨。"这帮人立刻开船离去，走了四十多里，遥遥看见岛上出现了一个巨大的红色怪物，模样如同一条大蛇，越来越大。

这个人说："不好，山神来了。"大家都很害怕。这时海中出现两座大山，高有几百丈。这人大喜，说："这两座山是大螃蟹的两只螯，这只大螃蟹喜欢和山神争斗，山神打不过，很害怕它，它出现，我们就没事了。"果然，大螃蟹和大蛇争斗，大螃蟹夹死了大蛇，这船人也得救了。

此怪载于唐代戴孚《广异记》

1483
南海大鱼

岭南节度使何履光是朱崖人，住的地方靠近大海。附近海中有两座山，相距六七百里，晴朗的早晨远远地望去，山上一片青翠，好像就在眼前。

开元末年，海上出现了大雷雨，雨中有泥，样子像吹出的泡沫，天地晦暗，持续了七天。有个从山边来的人说，有条大鱼，顺着水流进入海中两座大山之间，被夹住了，进退不能。时间一长，鱼鳃挂在山崖上，七天以后，山崖裂了，鱼才得以离开。雷声就是鱼的叫声，雨泥是鱼口中吹出的水沫，天地晦暗是鱼吐出的水汽造成的。

宋代，漳州漳浦县，海边有个敦照盐场。盐场有个叫陈敏的人，曾经从渔民手里买过一条鱼，长两丈多，重几千斤，剖开它的肚子，里面有个人，应该是刚刚被大鱼吞下的。绍兴十八年（1148年），有一条大鱼进入海港，潮落之后搁浅，人们拿来长梯登上它的背，光背部就有一丈多宽。那一年正闹饥荒，周围的百姓争相前来割鱼肉，割走了几百担。第二天割鱼眼的时候，大鱼才觉得疼，拼命挣扎，周围的船全部被它打翻了。老百姓一连割了十几天，才把它的肉割完，后来还有人用它的脊骨做米臼。

此怪载于唐代戴孚《广异记》、宋代洪迈《夷坚志》甲志卷第七

1484
南海蝴蝶

有人乘船至南海，将船停泊在一座孤岛旁，看见有东西如同巨大的船帆一样飞过大海。等到这东西靠近船的时候，这人就拿起东西击打，怪物破碎落下，走上去一看，竟然是蝴蝶。那人摘掉了蝴蝶的翅膀，用秤称，光肉就有八十斤，烤熟了吃，味道极为鲜美。

有人说，南海蝴蝶又叫百幻蝶，形态变化万端。

此怪载于汉代杨孚《异物志》

1485
南陵蜂王

宋代，宣州南陵县有座蜂王祠，没人知道其来由。祠里的巫师鼓动民众，说蜂王灵验，大家便虔诚供奉，每到节日，还抬着蜂王出来游街。

绍兴初年，临安人钱说担任南陵县令。刚上任不久，当地大旱，他想祈雨，有人告诉他："可以去找蜂王，它十分灵验。"

钱说让人将蜂王抬到县衙，焚香致敬，看见神龛里没有其他的神像，只有一只蜂，大如拳头。钱说看出来它是妖怪，大声道："你区区一只小虫，应该安心栖息于巢穴之中，竟然出来作祟，受人供奉！你如果真的有灵，那就蜇我，我死不关你事，否则我将你烧成灰！"说完，蜂王好像没听见一样。

钱说命人找来柴火，将神龛放入火中。蜂王在里头咆哮冲撞，发出哀怨的声音，最终被烧死。之后，钱说将蜂王祠也烧了。

此怪载于宋代洪迈《夷坚志》支乙卷第五

1486

南山独骑郎君

临川村民张四，买了一把扫帚，打开后，发现里面有把小镰刀，以为是扎扫帚的人不小心将其夹在里面，便将小镰刀挂在了墙上。

这天晚上，小镰刀发出声音。家里人想把它丢掉，张四说："这东西不是杀人之物，肯定不是冤魂，估计是什么东西附在了上面，看看再说。"说完，张四把小镰刀放在神堂里，虔诚供奉。

刚开始，小镰刀发出的声音很小，过了十来天，声音越来越大，又过了几天，竟然发出人声。张四问它是谁，它说："我是南山独骑郎君，山神觉得我能言善辩，又知道人间的事情，所以让我来为人预测吉凶。"果然，这东西预测的事情十分准确。

周围的乡亲们听说了，纷纷拿着酒、带着钱前来询问。半年之后，张四家门庭若市。张四请来画师，将小镰刀画在布上，挂起来敬之为神。

一天，张四同族的弟弟张天祐前来拜访，也向南山独骑郎君问事情，结果过了很长时间它也没反应。张天祐坐在旁边等待，听到天井里传来声音。张四埋怨南山独骑郎君让张天祐等这么久，它说："不好意思，我刚才去刘汉王那里赴宴，回来晚了。"刘汉王是当地读书人祭祀的小神，并不是刘邦。

张天祐当时正在和人打官司，问南山独骑郎君结果会如何，它说："你会打赢的，而且能得到不少钱。"张天祐又问了一件事，它说："不能做，否则一定会倒霉。"问完了，张天祐拿出一百文钱放在案头，转身要走，南山独骑郎君说："你这铜钱里有五枚钱是铸造不合格的带沙眼的钱，赶紧给我换了！"张天祐只得把钱换了，说："听说你唱歌唱得很好听，能不能给我唱一曲？"南山独骑郎君说："你给我钱，我才能唱！"张天祐给了它三文钱，南山独骑郎君唱了一首歌。张天祐说："你能送我吗？"它说："这个容易。"说完，它在半空中发出嘤嘤的声音，送张天祐出门。走了一里多路，张天祐说："你可以回去了。"南山独骑郎君说："行，那你慢慢走。"说完，它又回来了。

南山独骑郎君在张四家住了四年，因为它，张四家变得很富有。后来，它突然告别，之后小镰刀静寂无声，变得和寻常的镰刀没什么两样了。

此怪载于宋代洪迈《夷坚志》三志壬卷第四

1487
能言龟

元封三年（108年），鄨过国献来一只能言龟，长一尺二寸，盛在青玉匣里。匣子长、宽各一尺九寸，上面钻有一个小孔用来通气。东方朔说："必须用桂露喂龟，而且要将其放在通风的台子上。"每次汉武帝想占卜，便让东方朔去问能言龟，这只龟言无不中。

此怪载于汉代郭宪《汉武帝别国洞冥记》卷四

1488
泥

南海有种虫子，全身无骨，名字叫泥，放在水中则活，一旦离开了水，就像喝醉了一般瘫软。所以，大家将喝醉酒的人形容为烂醉如泥。

此怪载于清代赵吉士《寄园寄所寄》卷七（引《杜诗注》）

1489
泥儿

宋代，永嘉人叶正则担任湖北安抚参议官，他家有个做饭的婢女，忽然怀孕。叶正则怀疑她和手底下的仆人私通，但是这个婢女平时为人正直，守身如玉，不会干出这种事，便不再过问。

过了十个月，婢女生下一个孩子。孩子出生后，一声不哭。接生婆摸了摸孩子的身体，发现冰冷无比，而且没有气息。大家取来灯火一照，发现竟然是个泥塑！众人大惊，正要将这个泥孩子扔掉，忽然一个老头跟跄而至，大声道："这是我的儿子，不可杀！"说完，老头抱起孩子，掉头而去。

大家这才明白，那个老头是土地祠中的怪物。

此怪载于宋代洪迈《夷坚志》支乙卷第四

1490
溺器黑人

清代，广州城甜水巷住着一个姓丁的旗人，此人从集市上买了一个尿壶，让仆人带回来，放在床旁边。晚上起来小便，丁某见尿壶的壶口堵上了，拎起来，感觉还挺沉，拿到月光下看了看，见壶口用黄蜡封得严严实实。

丁某用石头将尿壶敲碎，从里头蹦出来一个三寸多高的小黑人，转眼之间长到了八九尺高。黑人穿着黑色布袍，手持利刃，跑到房间里，要杀丁某的妻子。丁某拔剑和黑人格斗，打到鸡叫时，黑人才消失不见。第二天晚上，黑人又来，丁某不得不和它再次交战。这样的事情，一直持续了十几天。

邻居有个书生的妻子告诉丁某的妻子："我听说五仙庙的法师擅长驱妖降怪，你何不去找来？"当天晚上，黑人径直来到邻居家，大声骂道："我和丁某妻子有三世的仇怨，我已经上告到阎罗王那里。他的父母、兄弟全死了，只剩下她。不杀她，难以洗刷我的冤屈！这事情和你没关系，为什么让她请来法师对付我？"说完，黑人将邻居家的日用器具全部砸碎，愤愤出门，消失不见。

自此之后，丁某的妻子安然无恙。

此怪载于清代张潮《虞初新志》卷十七

1491

鸟屐

汧阳郡有座张女郎庙。唐代上元年间，一个姓韦的读书人在汧阳游历时，来到庙里，下马休息。韦某见庙宇的地上有两只鞋子，用细草编制而成，制作精巧，便收起来放在行囊里。

等到了汧阳城，太守安排韦某在旅店休息。当天晚上，韦某将那两只鞋子放在床前，第二天起来时，发现鞋子不见了，怎么找也找不到。过了一会儿，有人在旅店的瓦屋上发现了那两只鞋。仆人惊愕，告诉韦某，韦某命他爬上屋子拿了下来。晚上，韦某将鞋子再次放在床前，可第二天鞋子又消失无踪，而且同样出现在瓦屋上。接连三天都是如此。

韦某对仆人说："难道是妖怪？你偷偷看下。"这天晚上，仆人偷偷潜伏下来观看，发现半夜时两只鞋子变成白鸟，飞到了屋上。

韦某听到仆人说明情况后，让他把鞋子烧了，结果鞋子振翅飞去。

此怪载于唐代张读《宣室志》卷四

1492
聂耳人

聂耳国在无肠国的东面，那里的人使唤着两只花斑大虎，在行走时用手托着自己的大耳朵。

此怪载于战国《山海经》卷八

1493
啮马怪

清代，有个叫方桂的人，是流放到乌鲁木齐的罪人的后代。一次，他在山里放马，一匹马突然跑掉。方桂顺着马的声音来到一个山谷，看到几个怪物，像人又像野兽，全身长满松树皮那样的鳞片，头发蓬乱得好像人们送葬时放在棺材上的羽葆，两只眼睛突出，眼眸纯白，仿佛镶嵌着两只鸡蛋。这几个怪物将马生吞活剥，大快朵颐。

当时放牧的人一般都会随身带有鸟铳。方桂爬上树，居高临下，对着怪物放了一枪，几个怪物逃入森林，再看马，已经被吃了一半。

此怪载于清代纪昀《阅微草堂笔记》卷二

1494
啮铁

大地的南方有一种怪兽，角和蹄子大小形状如同水牛的，皮毛乌黑如漆，吃的是铁，喝的是水。它的粪便可以用来锻造兵器，削铁如泥。这种怪兽，名为啮铁。

此怪载于汉代东方朔《神异经·中荒经》

1495
凝血

江南军使王建封，骄奢淫逸，在淮河的南边建了一座大宅子。一日无聊，他坐在临街的窗下，看见一个老妇人带着一个少女经过。少女虽然衣衫褴褛，但长得很漂亮。

王建封叫二人过来询问，老妇人说："我们母女贫苦无依，乞讨到这里。"王建封道："我娶你的女儿，为你养老，如何？"老妇人答应了。王建封让人取来新衣服给二人穿。母女二人脱下衣服，竟然变成了凝血，落在地上。

一个多月后，王建封被诛杀。

此怪载于五代徐铉《稽神录》卷四

1496
牛癀

蒙山人陈华封，在盛暑的一天，因为天气炎热，他来到野外的一棵大树下躺下乘凉。忽然，一个人奔跑过来，头上戴着围领，匆匆忙忙地跑到树荫下，搬了一块石头坐下，挥动着扇子扇个不停，脸上汗流如雨。陈华封坐起来，笑着说："如果把围领解下来，不用扇也可以凉快。"这人说："脱下容易，再戴上就难了。"二人便攀谈起来。这人言词含蓄文雅，说："现在没有别的想法，如能得到冰浸的好酒，一道清冷的芳香直入咽喉，炎热的暑气就可消去一半。"陈华封笑着说："这个很容易，我可以满足你。"接着，他握着这人的手，说："我家就在附近，请赏光。"这人笑着跟他走了。

到了家，陈华封从石洞中拿出藏酒，酒凉得震牙，客人高兴极了，一口气喝了十杯。这时天快黑了，忽然下起雨来，陈华封便在屋里点上灯。客人也解下围领，二人开怀痛饮。说话间，陈华封看见客人脑后不时漏出灯光，心中疑惑。不多会儿，客人酩酊大醉，倒在床上。陈华封移过灯来偷偷一看，见客人耳朵后边有一个洞，有酒杯大小，里面好几道厚膜间隔着，像窗棂一样，棂外有软皮垂盖，中间好像空空的。陈华封害怕极了，暗暗从头上拔下簪子，拨开厚膜查看。里面有一物，形状像小牛，冲破窗户飞走了。陈华封更加害怕，不敢再拨动，刚想转身走，客人已经醒了，吃惊地说："你偷看我的秘密了。把牛癀放了出去，这可怎么办？"陈华封询问缘故，客人说："既然已经这样，我还隐瞒什么。实话告诉你，我是六畜的瘟神。刚才你放跑的是牛癀，恐怕方圆百里内的牛都要死绝了。"陈华封本来以养牛为生，听了非常害怕，向客人恳求解救的办法。客人说："只有苦参散最有效了，你要广传这个方子，不存私念就可以了。"说完，客人向陈华封拜谢，又捧了一把土堆在墙壁的龛中，说："每次用一合便有效。"客人拱拱手就不见了。

过了不久，牛果然病了，瘟疫蔓延开来。陈华封想自己专有，把治病的方子秘藏起来，不想传给别人，只传给他弟弟。弟弟按方子一试，很灵验，但陈华封自己照方子给牛吃药，却一点儿效果也没有。他有四十头牛，都快死光了，只剩下四五头老母牛，也奄奄一息。他心中懊恼，无法可施，忽然想起龛中的那捧土，心想也未必有效，姑且试试吧。过了一夜，牛便都起来了。他这才醒悟到，药之所以不灵，原来是神对他私心的惩罚。几年以后，母牛繁育，又渐渐恢复到原来的规模。

此怪载于清代蒲松龄《聊斋志异》卷七

1497 牛豕瘟团

清代文学家乐钧十六岁的时候，在涂坊村读书，拜族叔松岩先生为师。一天晚上，松岩先生参加完一场宴会，出门闲逛。当时是秋天，月华朗照，凉爽宜人。松岩先生来到私塾附近时，看到田野里有一个大黑团，如同气球一样大。刚开始以为是荆棘，走得近了，发现那东西左右转动，然后旋转着滚入林地里消失了。

松岩先生觉得很奇怪，就跟别人说了，大家谁也不知道是什么。几天后，听说附近林子里有个小村，牛和猪都闹瘟疫，几乎死绝了，看来是这东西作祟。

此怪载于清代乐钧《耳食录》初编卷二

1498 牛头大王

溧阳有个村民叫庄光裕，晚上梦见一个脑袋上长角的妖怪敲门而入，说："我是牛头大王，上天让我来到这里。你赶紧为我塑像，让大家祭祀我，必有福报。"

庄光裕醒来后，将这件事告诉了乡亲们。当时村子里正在闹瘟疫，大家都说："宁可信其有，不可信其无。"于是，众人出资盖了三间草屋，塑了一尊牛头人身的泥像，祭祀了一番，结果村子里得瘟疫的人竟然全好了。自此之后，此地香火大盛，特别是前来求子的人，可谓有求必应。

过了好几年，有个叫周蛮子的人，儿子得了天花。周蛮子准备了很多祭品，来到草庙，跪拜后抽签，显示大吉。周蛮子很高兴，说："如果儿子病好了，我一定招揽戏班，唱大戏相谢！"不承想，几天后，周蛮子的儿子一病不起，最终夭折。周蛮子大怒，说："我还指望着自己老了儿子能够养我。现在儿子死了，我也不想活了！"他带着妻子用锄头砸掉了牛头大王的脑袋，弄碎了它的身体，毁掉了草屋。村子里的人十分吃惊，以为周蛮子定然会遭到牛头大王的报复，可之后什么事也没发生，牛头大王再也没有显现。

此怪载于清代袁枚《子不语》卷十三

1499
牛头人

清代，杭州有个姓徐的老头，家住在清波门水沟巷，每年年末祭祀神灵的时候，他都会献上一个猪头、一只鸡、一条鱼三种祭品。只是每次祭祀完了，东西就会丢失。刚开始，徐老头怀疑是家中的仆人偷了去，又怀疑是猫、狗吃掉了，可每年都这样，徐老头就觉得奇怪。

有一年，祭祀完毕后，徐老头亲自将祭品装在一个大篮子里，悬挂在房梁上，然后在旁边放了一张床，躺下来要看看到底是谁拿了去。半夜，忽然有奇怪的声音从厨房的地底下传出来，过了不久，出现一个怪物，人身，牛头，长着一对长长的犄角，用头挑起篮子，走到厨房消失了。

第二天，徐老头召集家人在厨房地上开挖，挖了几尺后，看见有台阶。徐老头走进去，看到前方隐隐有光，接着看到里头房屋森然，放着一具红色的棺材，用粗粗的绳索悬挂着，周围有很多陪葬的器物。徐老头拿了一个铜爵放在怀里，正在打量周围时，忽然看到左边的门开了，那个牛头人走了出来。

徐老头吓得够呛，赶紧往上跑，牛头人跟着就追。留在上面的人见徐老头出来，赶紧用土把坑道掩埋了。徐老头面色苍白，满头冷汗，拿出那铜爵，上面锈迹斑斑，像是年代久远之物。

此怪载于清代俞樾《右台仙馆笔记》卷七

1500
牛鱼

东海有一种鱼，名为牛鱼，形状长得像牛，把它的皮挂起来，潮水来的时候，它的毛就会竖起，潮退的时候，毛就会垂下。这种鱼大如牛犊，毛色青黄，喜欢睡觉，如果发现有人来，会大叫一声，声音能传出好几里远。

此怪载于晋代张华《博物志》卷三、三国沈莹《临海异物志》

1501
女叉

女叉，模样如同粗恶妇人，穿着青色的衣服，喜欢在夜里钻进小孩的肚子里，夺去小孩的魂魄，导致小孩夜里啼哭。

此怪载于宋代《太清金阙玉华仙书八极神章三皇内秘文》

（收录于明代张宇初《道藏》）

1502
女树

传说海中有座银山，上面长着女树，天快亮的时候生下婴儿，等太阳出来婴儿就能行走，接着长成少年，中午的时候成为壮年，到傍晚衰老，日落时分死去，第二天又会生出来。

此怪载于明代莫是龙《笔麈》

1503
呕丝女

呕丝之野，有女子跪倒在地，倚着树从嘴里吐出蚕丝。此地在北海外。

此怪载于晋代张华《博物志》卷二

1504
盘古三郎

广都县有座盘古三郎庙，十分灵验。经过这座庙的人，稍有不敬，盘古三郎就会显灵，让其被人胖揍一顿，或者出行不顺。所以大家对盘古三郎很是敬畏。

当地的知县杨知遇学过道教的法术，一天晚上，喝醉了酒，往家里走，经过庙门，大声喊道："我是道教正一派的弟子，喝醉了酒，天又黑，没有伙伴一起回去，你若是有灵，给我指引下道路。"

过了一会儿，一团火从庙门里飘出，在前面引路。杨知县的家距离庙二十多里，虽然曲折蜿蜒，但是杨知县还是顺利到家。等他进入家门后，那团火也消失了。县里的人听说这件事，惊讶无比。

此怪载于五代杜光庭《录异记》卷四

1505
盘古以前人

相传，阴沉木是盘古开天辟地之前的世界中的树，沉在大江大河的沙浪之中，经过了天翻地覆的无限劫数才重新出现在世上，所以可以万年不坏。

阴沉木颜色深绿，纹路如同织锦，有它的地方，百步之内没有蚊子、苍蝇之类的东西。

清代康熙三十年（1691年），天台山发生山崩，从沙土中涌出一具棺材。这具棺材形制诡异：头尖尾宽，高六尺多。有认识的人说："这是用阴沉木制作的棺材，里头必然有异常之物。"

大家将棺材打开，发现里面躺着一个人。这个人眉目口鼻和阴沉木一样的颜色，手臂、腿和阴沉木的纹理相同，而且没有腐烂。他忽然睁开眼睛，看着天，问："上面这个蓝色的东西，是什么？"大家说："是天空呀。"这人大惊，说："我当初在世的时候，天并没有这么高！"说完这人闭上眼睛，不再说话。

大家将这个人抬出来，周边的老百姓都跑过来看盘古开天辟地之前的人是什么样子的。过了一会儿，刮起了大风，这个人瞬间变成了石人。

此怪载于清代袁枚《子不语》卷九

1506
蟠龙

蟠龙，身长四丈，青黑色，身上长着赤色的条带、五彩的纹路，经常顺流而下浸入海中，有剧毒，伤人，人会死掉。

此怪载于南北朝沈怀远《南越志》

1507
旁不肯

宋代元丰年间，庆州出现一种虫子，名叫子方，糟蹋庄稼。突然又出现一种名为旁不肯的虫子，形如土狗，嘴巴上有钳子，从地底下出来，碰到子方，用钳子将其夹为两段。过了十几日，子方被旁不肯消灭干净。这一年，当地庄稼大获丰收。

此怪载于清代褚人获《坚瓠集》秘集卷一

1508
狍鸮

钩吾山上盛产玉石，山下盛产铜。山中有一种野兽，羊的身子，人的面孔，眼睛长在腋窝下，有老虎一样的牙齿和人一样的指甲，发出的声音如同婴儿啼哭，名叫狍鸮，能吃人。

此怪载于战国《山海经》卷三

1509
皮脸怪

清代，有个大将军叫赵良栋，平定吴三桂等三藩后，路过四川成都，当地官员迎接，挑选了一处百姓住宅供其休息。但是赵良栋想住在城西的衙门里。

当地官员说："万万不可，我听说那个衙门已经关门上锁一百多年了，里面有妖怪，属下不敢让您住进去呀。"

赵良栋说："我一生杀人无数，即便是有妖怪，恐怕也会怕我。"于是，他派人打扫那衙门，搬了进去，自己住进了正房，用长戟这种兵器当枕头。

半夜时，赵良栋听到床帐之外传来声响，只见一个穿着白色衣服、身材巨大、挺着大肚子的怪物走了过来。赵良栋爬起来，严厉训斥，那怪物后退数步，这时赵良栋才看清楚它的形貌：一张龇牙咧嘴的脸，生有四只眼睛。赵良栋抓起长戟刺它，那怪物急忙躲在房梁后面，再刺，那怪物窜入夹道里，消失不见了。

赵良栋转身回房，觉得身后有东西跟着，一回头，发现那怪物一边笑着一边跟在后面。赵良栋十分生气，骂道："世上哪有这么不要脸的东西！"手下的家丁听到声响，纷纷拿着兵器前来帮忙，那怪物跑进一个空房间里，屋里顿时飞沙走石。随后它又来到中堂，昂首挺立，家丁吓得没人敢上前。

赵良栋大怒，上前一戟刺中怪物肚子，怪物身体和脸都不见了，只有两只闪闪发光的眼睛留在墙壁上，大如铜盘。家丁纷纷拿起刀砍，那两只眼睛化为满屋的火星，最后也消失了。

第二天，满城的人听说这件事，都为之惊讶。

此怪载于清代袁枚《子不语》卷一

1510
狴狚

南荒有种怪兽，名字叫狴狚，看见穿着光鲜亮丽的人，就会跪拜跟随，便是遭受驱打也不肯离去。这种怪兽，身上散发奇臭，膝盖骨却十分脆，可以做成美味佳肴，称之为"媚骨"。人们说世间谄媚之人都有媚骨，这些爱拍马屁的家伙是人中的狴狚。

此怪载于清代褚人获《坚瓠集》八集卷一

1511
琵琶亭怪

明代，嘉兴有个孝廉叫沈昭明，为人很有德行，一天晚上在九江的琵琶亭露宿。当时月华朗照，周围有五六十个人一同躺下。夜深人静时，沈昭明看到有个撸起袖子的男人，手里拿着一个印章，挨个往睡着的人脸上盖印，唯独不盖自己。那印章闻起来十分腥臭。

第二天，沈昭明藏刀等待。第三天晚上，那男人又来了，沈昭明挥刀砍中男人的手臂，男人捂着伤口跑走了。过了不久，凡是被盖上印章的人，都得了重病。

此怪载于明代谈迁《枣林杂俎》

1512
罴九

伦水从伦山发源，向东流入黄河。山中有一种野兽，形状像麋鹿，肛门却长在尾巴上，名为罴九。

此怪载于战国《山海经》卷三

1513
貔貅

貔貅，别称辟邪、天禄、百解，是我国古籍中记载的与龙、凤、龟、麒麟并称的五大瑞兽之一。

《史记·五帝本纪》记载，貔貅是有六只脚的猛兽。《清稗类钞》中称，貔貅的外貌形态像老虎，或者说像熊，毛色是灰白色的。貔貅身形如虎豹，首尾似龙状，其色亦金亦玉，肩上长有一对羽翼却不可展，头生一角并后仰。貔貅在古时有一角或两角之分，一角称为"天禄"，两角称为"辟邪"。

四川峨眉山经常会有貔貅出现，它们生活在木皮殿以上的林木中，形状像狗，身体黄色而有白色的斑纹，性格温顺迟钝，见人不惊，当地的狗群经常欺负它们。貔貅发出的声音好像是在念佛，看样子并非猛兽。《毛诗》陆疏说："貔似虎，或曰似熊，一名执夷，一名白狐。辽东人谓之白罴。"与峨眉山上的貔貅有所差别。

此怪载于汉代司马迁《史记》卷一、清代王士祯《陇蜀馀闻》、民国徐珂《清稗类钞》

1514
辟疟镜

明代，吴县有户姓陈的人家，祖传一面古镜，直径八九寸。凡是得了疟疾的人，拿着镜子照自己，一定会看到有个东西趴在自己背上，那东西披头散发，满脸乌黑，看不清面貌。举起镜子，里面的怪物看到了就会吓得逃掉，病也就好了。这面镜子，陈家视若至宝。弘治年间，兄弟分家，将镜子一分为二，就再也无法发挥作用了。

此怪载于明代陆粲《庚巳编》卷十

1515
辟蛇龟

唐明皇时，有个方士献上一只小龟，一寸多大，通体金色，十分可爱。方士说："此龟灵异，从来不吃东西，放在枕头里，可辟巨蛇之毒。"唐明皇听了，便将其放在衣服箱子里。

有个小黄门，唐明皇很喜欢他，但是他犯了罪，按律要流放到南方。唐明皇将小龟赐给他，对他说："南方多巨蟒，你把这只龟带在身边，可以免受蛇害。"小黄门跪拜着收下。

到了象郡的一个地方，小黄门在驿站投宿。晚上，月华如水，小黄门听到外面有风雨声传来，而且越来越近，觉得不妙，将龟放在台阶上。良久，龟伸长脖子吐气，气大如船，往上升腾，高三四尺，徐徐散去。然后，龟恢复如常，而之前的风雨声也随之消失。

等到天明，驿站的小吏来了，拜见小黄门，说："昨天听说天使你来了，理应前来迎接，但是我们杀了一条大蛇，知道其他的蛇晚上会来报仇，所以大家都逃到三五十里外，躲避毒气。我不敢远去，栖身在附近的山洞中，现在才敢来。看到天使你安然无恙，定然是有神明护佑。"又过了很久，有行人前来，说："路上有十几条巨蛇，全部死掉了，尸身糜烂不堪。"自此，当地再没有毒蛇为祸。

第二年，小黄门回到长安，将小龟还给皇帝，跪着哭道："这只小龟不仅救了我，也救了当地很多人，这都是陛下的恩赐呀！"

此怪载于五代杜光庭《录异记》卷五

1516
凭鸟

沛国的戴文谋，在阳城山中隐居。一天，他在客厅吃饭，忽然听见有个声音说："我是天帝的使者，想下凡来依靠你，可以吗？"戴文谋听了后很吃惊，那声音继续说："你怀疑我吗？"戴文谋便跪下来说："我很穷，恐怕不值得您依靠。"

戴文谋把家中打扫干净，为其设立牌位，天天进献食物，态度虔诚恭敬。后来他偷偷地把这件事告诉了妻子，他妻子说："这恐怕是妖怪吧。"戴文谋说："我也怀疑是这样。"

等到他再进献祭品的时候，那声音对他说："我跟随你，刚想帮你的忙，想不到你对我还有疑心。"戴文谋急忙向其道歉，厅堂上忽然发出像几十个人在呼叫的声音。他出去一看，只见几十只白鸠跟随着一只五色大鸟，飞进东北方的云中不见了。

此怪载于晋代干宝《搜神记》卷四

1517
凭霄雀

舜帝死后，葬于苍梧之野。有一种鸟，长得如同麻雀，从丹州飞来，吐五色之气，成群结队，衔土为舜帝堆成坟丘，名叫凭霄雀。这种鸟能够改变颜色和形体，在树林里变成鸟，在地上则变成野兽，变化无常。

此怪载于晋代王嘉《拾遗记》卷一

1518
屏风窥

有个叫毕修的人，他的外祖母郭氏有一次夜晚独自睡在屋里，有事召唤婢女，但喊了几声，婢女也不来。

郭氏听见有很重的脚踏床板的声音，接着突然看见屏风后面出现一张大脸，在窥视自己。那张脸有四只眼睛，獠牙突出，两眼如同铜盆，发出的光芒照得屋子如同白昼，怪物的手像簸箕，手指有好几寸长。

郭氏一向修炼道术，这时心中专注地默念道经，那怪物就消失了。不久婢女来说："我刚才就想来服侍您，但觉得有个很重的东西压着我，根本起不来。"

此怪载于南北朝刘义庆《幽明录》

1519
屏风山怪

明代成化二十三年（1487年），浙江景宁县屏风山出现了一群怪物。这种怪物长得像马，大如羊，全身洁白，数以万计，首尾相衔，在西南石牛山浮空而去，从午时一直到申时才消失。当地的男女老少全都看见了。一个叫梁秉高的老人说，正统年间，这种怪物也曾现身过，只要它们出现，这些地方就会不宁。

当时，景宁县连年旱灾，民力耗竭，又出现这样的怪物，老百姓十分害怕。

此怪载于明代朱国祯《涌幢小品》卷二十七

1520
鄱阳湖怪

南安太守孔兴训，有一天渡鄱阳湖，看见一个怪物身长十几里，长有双翅，自空中飞入湖中，通体漆黑有黄色的斑纹，于水波中摇头摆尾，船行了几里远还能看见。当时晴空万里，周边的船舶也并没有发生倾覆之事。

此怪载于清代王士祯《池北偶谈》卷二十五

1521
朴父

传说世界东南的大荒之中，有朴父这种怪物，夫妻俩都有一千里高。天地初开时，天神让朴父夫妇二人疏导江河，二人懒惰。天神就罚他们站在世界的东南角，不能喝水，也不能吃饭，只能靠喝天上的露水为生。什么时候黄河变清了，他们二人才能重新去疏通江河。

此怪载于汉代东方朔《神异经·东南荒经》

1522
奇肱人

奇肱国在一臂国的北面，那里的人都是一只胳膊和三只眼睛，眼睛分为阴阳，阴在上阳在下，骑着名叫吉良的马。那里还有一种鸟，长着两个脑袋，红黄色的身子，栖息在奇肱人身旁。

此怪载于战国《山海经》卷七

1523
跂踵

复州山的树木以檀树居多，山南面有丰富的黄金。山中有一种禽鸟，形状像一般的猫头鹰，却长着一只爪子和猪一样的尾巴，名为跂踵，出现在哪个国家哪个国家就会发生大瘟疫。

此怪载于战国《山海经》卷五

1524
鵸雀

北号山中有一种禽鸟，形状像普通的鸡，却长着白色脑袋、老鼠的脚和老虎的爪子，名为鵸雀，能吃人。

此怪载于战国《山海经》卷四

1525
鵸鵌

翼望山中有一种禽鸟，形状像普通的乌鸦，却长着三个脑袋、六条尾巴，喜欢嬉笑，名为鵸鵌。人吃了它的肉就能不做噩梦，还可以辟凶邪之气。

此怪载于战国《山海经》卷二

1526
麒麟

麒麟是我国古代最为出名的瑞兽，公的叫麒，母的叫麟，长着马的身子、羊的脑袋、牛的尾巴，一只肉角。只有仁义的帝王当政，它才会出现。

鲁哀公十四年（前481年）的春天，鲁哀公在荒野里狩猎，有人得到了一只麒麟，鲁哀公以为是不祥之物准备送人。孔子看到了，说这是麒麟，鲁哀公就带走了。

孔子有一次晚上梦见丰沛之间有红色的烟雾升起，就让颜回等人去打探。后来，孔子赶车到楚，在范氏的庙里，见到一个小孩捶打麒麟，伤了它的左角，还用柴火把它盖上。孔子走过去问："小孩，你过来，我问你，你叫什么？"小孩说："我叫赤松子。"孔子问："你刚才有没有看到什么东西？"赤松子说："我看到一个怪兽，羊头，头上有角，角端还有肉，往西走了。"孔子掀开柴火，发现了下面的麒麟。麒麟看到孔子，吐出三卷书，孔子就拿回去，认真研读。

汉武帝时，五柞宫前面有座梧桐楼，楼下有两只石麒麟，上面刻有文字，是从秦始皇骊山陵墓弄来的，头高一丈三尺，东边的一只前脚断了，断的地方赤红如血。

此怪载于春秋左丘明《左传·哀公十四年》、汉代许慎《说文解字》第十上、汉代《尔雅》第十八、宋代李昉等《太平广记》卷四百六（引《西京杂记》）

1527
气袄血著

气袄血著，形状如同火焰，仿佛灯笼一般相互照耀，或三或五，凑在一起行进，多在黄昏时出现在时间久远的坟地之中，道路、旷野中也有。它们变化不定，或大或小，人看见了如果去追逐，它们则时隐时现，人称其为鬼火。

这种妖怪，其实是空宅、街市、山崖处的生人的血、死人的血、禽兽的血，在地上三天不化，得到了阴阳灵气变成的。如果是生人的血，火焰呈红色；如果是死人的血，火焰为绿色而且有烟。

此怪载于宋代《太清金阙玉华仙书八极神章三皇内秘文》(收录于明代张宇初《道藏》)

1528
泣宅

五代时，有个叫顾全武的人，在江浙一带广泛搜集年代久远的巨木，用来修建一座大宅。宅子即将完工之时，梁柱流出水来，把房间都弄湿了，顾全武还没等住进去就死了。人们都说，那是泣宅。

此怪载于五代陈纂《葆光录》卷中

1529
千人行

宋代绍兴年间，在建昌新城县永安村，半夜村里人听到有成百上千人行走发出的声音，有的哭有的笑，有的窃窃私语，有的号啕大哭，不知道是怎么回事。

村里人十分害怕，有胆大的人开门偷看，发现外面大雪纷飞，什么也看不见。第二天，打开家门，地上雪有一尺多厚，雪地上有兵马经过时留下的痕迹，其中有人、牲口、鸟、兽的脚印以及污血，一直绵延了几十里，到深山就消失了。

此怪载于宋代《异闻总录》卷一

1530
千岁鸦

宋代，鄱阳一个姓包的人，住在蟆洲门内，买了一匹马，交给仆人程三喂养。程三每天带着马去放马渚洗澡，每次去，都会有一只白脖子乌鸦落在马背上拉屎。程三将乌鸦赶跑了，它又飞回来，甚是苦恼。

一天，程三用针做了一个钩子，穿上长线，绑在马背上，在钩子上挂上麦粒作为诱饵。给马洗澡时，乌鸦又来，啄吃麦粒，被钩子挂住。程三抓住乌鸦，摘掉它的双眼，喝了一口酒将乌鸦的双眼吞下。自此之后，程三的视力越来越好，而且能够看到鬼。

人们都说千年乌鸦的眼睛能够看到鬼，程三吃的应该就是这样的眼睛。

此怪载于宋代洪迈《夷坚志》支甲卷第三

1531
钱龙

湖州城外十八里，有个村子叫大钱村。南宋乾道年间的春天，村里的农民朱七为人耕田，一天，天气阴晦，朱七看到一个青色的东西从东北方向乘风飞过，形状像竹席，掉下很多铜钱，如同下雨一般。当地人称这种怪物为钱龙。

此怪载于宋代洪迈《夷坚志》支景卷第三

1532
潜牛

唐代时，勾漏县的大江里有潜牛，这种怪物长得如同水牛，经常上岸和农民养的水牛争斗，双角变软了就会回到水里，等牛角重新变得坚硬，就再次出来和牛打架。

唐代咸通四年（863年）的秋天，洛阳发大水，淹没田舍无数。大水过后，香山寺的一个和尚说："发大水那天黄昏的时候，我看到大水从龙门川而来，水势翻江倒海，波浪之中，有两头大黑牛摇头摆尾，很快洪水就冲进了城里。我们当时爬到高处，看到定鼎、长夏两座城门下，有两头青牛跑出来，冲上去和黑牛打架，赶走了黑牛，洪水就退去了。"

清代，西江这个地方也出现了潜牛，牛身，鱼尾，常常上岸和牛打架。

此怪载于唐代康骈《剧谈录》卷上、唐代段成式《酉阳杂俎》续集卷八、
清代屈大均《广东新语》卷二十一

1533
枪鸟

唐代开元初年，范阳人卢融生病了，卧床在家，忽然看到一只怪鸟从远处飞来，落在院中的大树上。这只怪鸟高四五尺，模样长得像猫头鹰，眼睛很大，如同茶杯，嘴有一尺多长。

怪鸟从树上飞下来，进入房间，跳上了床，两只翅膀高高举起，翅膀上生有小手，拿着小小的矛枪，要刺卢融。卢融吓得直冒冷汗。这时候，有人突然从后门进来，大声对怪鸟喝道："这家伙是个好人，别伤害他。"怪鸟听了，振翅飞去，那人也跟着出去，消失不见。没过多久，卢融的病也好了。

此怪载于唐代戴孚《广异记》

1534
墙影

清代，陇西有个读书人晚上睡觉时，见墙上出现了一个小人影，高只有一尺多，过了一会儿，这个小人影竟然在墙上款款而行。小人影的后面，跟着几十个人影，从墙角出来，扛着旗子、戟等物品，有的骑马，有的步行，最后还有四个人影抬着一顶轿子，轿子大小如竹筒。这些东西从墙的东面走到西面，隐隐而没。一连几个晚上，它们都会出现。

读书人很害怕，急忙搬到了别的房间。

此怪载于清代李庆辰《醉茶志怪》卷三

1535
窃脂

江水从崌山发源，向东流入长江，水中生长着许多怪蛇。崌山的树木以楢树和杻树居多。山中有一种禽鸟，形状像一般的猫头鹰，却是红色的身子、白色的脑袋，名为窃脂，人饲养它可以辟火。

此怪载于战国《山海经》卷五

1536
钦原

昆仑山中有一种禽鸟，形状像一般的蜜蜂，大小与鸳鸯差不多，名为钦原。钦原刺蜇其他鸟兽就会使它们死去，刺蜇树木就会使树木枯死。

此怪载于战国《山海经》卷二

1537
青鹳

幽州一带，羽山北面有一种善于鸣叫的鸟，人面鸟嘴，八只翅膀一只爪，毛像野鸡，行走时不踩地面，名叫青鹳。它的叫声像乐器发出的声音。当时有句俗语："青鹳鸣，时太平。"它在沼泽上鸣叫，叫声符合音律。它只飞而不行走。大禹治水之后，它便栖息在高山大地上。青鹳聚集的地方，必能出圣人。上古铸造各种鼎器，都用青鹳的形象做图案，鼎器上铭文中的赞美之词流传至今。

此怪载于晋代王嘉《拾遗记》卷一

1538/1539
青尻/旱渴

乌程山间有一种小青蛙，名叫青尻，飞走于竹子、树上，如履平地，颜色与叶片的颜色一般无二，每次鸣叫就会下雨。还有一种褐色、生活在水中的蛙类，名叫旱渴，它鸣叫天就会晴朗。当地人以此来推断天气情况。

此怪载于宋代方勺《泊宅编》卷七

1540
青蚨

在我国南方，有一种昆虫名叫青蚨，也叫蟟蜗或者鱼伯，形状和蝉差不多，但比蝉大，可以吃，味道很好。

青蚨产子的时候，一定依附在草叶上，生下来的幼虫大如蚕子。捕捉幼虫，它们的母亲就会飞来，不管有多远。如果抓住幼虫的母亲，幼虫也会飞来。

有的人用青蚨母亲的血涂在铜钱上，再用幼虫的血涂在另外的一批铜钱上，到了赶集的时候，有时候花掉母钱，有时候花掉子钱，不管花掉什么，第二天，钱都会自动飞回来。

此怪载于晋代干宝《搜神记》卷十三、唐代段成式《酉阳杂俎》续集卷八

1541 青面大玃

宋代，邵武人黄敦立年轻时不喜欢读书，游荡乡里，因为皮肤黝黑、性格狡黠，被乡亲们称为"乌乔"。

黄敦立家十里外有座大庙，当地人虔诚供奉，施舍了很多东西，由庙祝看管。黄敦立想取庙里的丝帛来当女儿的嫁妆，庙祝知道他能言善辩，对他说："你卜卦问神，如果神灵答应送给你，你可以拿走。"黄敦立到庙里跪拜后，对神灵说："这么多丝帛放在庙里也没用，不如送给我得了。"说完，他打了一卦，发现神灵竟然允许了。庙祝信守承诺，将这些丝帛送给了黄敦立。

一天，乡里举行庙会，有人戏弄黄敦立，说："我们知道你胆子大，如果你能在晚上的时候将铜钱放在庙里每一个土偶的手上，我们请你喝酒吃肉。"黄敦立答应了。乡里两个少年悄悄潜伏在庙里，看这家伙到底会不会去。

晚上，黄敦立来到庙里，对神灵拜了拜，说："我黄敦立前来送钱，让大王你先知道。"拜完，黄敦立拿着铜钱来到那些土偶前，在每个土偶手中放了一枚。等到了少年跟前，少年突然伸出手臂。黄敦立以为对方是鬼，大叫道："大王你管教不严，我来送钱，你的手下太无礼！"接着，他若无其事继续放钱。忙完了之后，黄敦立才慢悠悠离开。大家都叹服他的胆气。

庙旁有条小溪，溪北有个妖怪，喜欢晚上来到岸边，见到过水的人就将其背到南岸。有人问妖怪为什么这么做，妖怪说："这是我当年许下的一个承诺。"黄敦立听说了，接连几个晚上来到溪边，被妖怪背了好几次。

三天后，黄敦立对妖怪说："礼尚往来，我老是让你背，怪不好意思的，这一次，我背你吧。"妖怪连连拒绝。黄敦立不管三七二十一，抱起妖怪就走，等来到岸边，将妖怪扔到石头上。妖怪连声求饶，变成一个青面大玃。黄敦立将

其杀了扔进火中，青面大玃散发出来的臭气方圆几里地都能闻见。自此之后，妖怪便彻底消失了。

此怪载于宋代洪迈《夷坚志》丙志卷第十四

1542
青苗神

青苗神这种东西其实是一种怪物，之所以称之为神，是民间祭祀将其视为神。

据纪昀所说，他的家乡每当田间长满青苗时，晚上青苗神就会出现。看不清它的样子，只能看到它后退着行走，行走时发出的声音如同杵声，农民习以为常，觉得不足为奇。有的人说，青苗神是庄稼的守护者，专门驱鬼，只要它出现，祸害人间的恶鬼就会逃跑，而不敢游荡于田野。青苗神很少被记载在典籍中，但应该不是邪恶的妖怪。纪昀的堂兄纪懋园曾经亲眼见过，青苗神行走于月光之下，长得如同一个巨大的布袋，看不清脑袋和双脚，行走如同翻滚一般，而且动作很慢。

据柴小梵所说，青苗神是驱蝗的妖怪，每当禾苗青青、蝗虫肆虐时，农民们就会举办青苗会，祭祀它。据说它的形象如同一个孩子，生前因为捕捉蝗虫而不幸死亡。北京城西广安门外，还有青苗神庙，除了青苗神，还供奉着虫王、冰雹神等神像。

综合看来，柴小梵所说的青苗神形状如同孩童，恐怕是后人为了祭祀，将其形状塑造成孩子，反而纪昀记载的"形如布囊"，更像是青苗神的真实本体。

此怪载于清代纪昀《阅微草堂笔记》卷六、民国柴小梵《梵天庐丛录》卷十七

1543
穷奇

穷奇是我国古代著名的妖怪，"四凶"之一。传说穷奇存在于大地的西北方，身体像老虎，长着翅膀能飞。它能够听懂人的言语，碰到争斗的人，它会吃掉对的一方；听到人讲忠信之言，它就会吃掉这人的鼻子；碰到做坏事的人，它就会杀死野兽送给这人，鼓励这人多做坏事。

此怪载于战国《山海经》卷十二、汉代东方朔《神异经·西北荒经》

1544

酋耳

唐代武则天时，涪州武龙县界内虎暴为患。有一个野兽像虎但是比虎大，一天正午追一只虎，直追到人家中，把虎咬死，也不吃。从此以后，武龙县界内不再有虎了。当地官员查阅《瑞图》，发现这怪兽叫酋耳，不吃别的动物，只有老虎肆虐时才会出现，吃掉作恶的老虎。

宋代，建安这地方，在山中种植粟米的人都会将家里的篱笆修得高高的，用来抵御老虎。有一个人上了屋顶，忽然看到一只老虎垂头耷耳地逃跑了，过了一会儿，有一个体形比老虎小的怪兽，跟随老虎的足迹追去，接着树林中传来惊天动地的吼声。第二天，那人去看，发现老虎被吃了，只剩下少量的骨头。

此怪载于唐代张鷟《朝野佥载》卷二、五代徐铉《稽神录》卷二

1545

驱除大将军

东晋义熙年间，虞道施乘车出行，忽然看到一个人穿着鸟衣径直上了自己的车子，并且对他说："请让我搭车十几里便可。"这个人头上有光，嘴巴和眼睛都是红色的，脸上长满了毛。

虞道施不敢拒绝，只得答应。过了十几里地，那人离去，临别时对虞道施说："我是驱除大将军，感谢你让我搭车。"说完，送了一对银铎给虞道施，然后就消失不见了。

此怪载于南北朝刘敬叔《异苑》卷五

1546

驱鹅妇

明代，华容县有个村妇，夏天的一个晚上在外面乘凉，看到一个打扮如同大户人家婢女模样的女子，手里拿着根小竹竿，赶着一群鹅。

村妇觉得奇怪，心里想："三更半夜的，怎么可能有人现在赶鹅呢？肯定是这个人偷了别人家的鹅。"村妇站起来大嚷，说那女子偷鹅，并且要求分给自己，否则就告诉别人。

女子没办法，给了村妇一只鹅。村妇觉得少，又要了一只。女子将两只鹅

给了村妇，赶着鹅群一溜烟儿离开了。

第二天，村妇起来，发现昨晚要的鹅，竟然是两个死于天花的婴儿的尸体。

不久后，当地天花盛行，死了很多小孩。

此怪载于明代王同轨《耳谈》卷十五

1547
驱云使者

清代，宣化把总张仁接到任务让他稽查私盐，经过一座古庙时，想投宿，僧人说庙里有妖怪。张仁自恃勇猛，不听劝说，坚持进屋歇息。二更时分，张仁被炫目的光芒惊醒，睁开眼发现屋子里亮如白昼，来到外面，发现有无数的灯盏飘浮于空中，慢慢地在一棵大松树下消失了。

第二天早上，张仁命令手下的士兵在松树下挖掘，挖出一条大锦被，里头裹着一具尸体。尸体口吐白烟，三只眼睛，四个手臂，看起来像僵尸却又和僵尸不同。张仁知道这是妖怪，命人堆起柴火将其烧掉。

三天后，张仁大白天在院子里坐着，有个穿着华丽服装的美少年走过来，道："我是驱云使者，因为行雨太多，老天把我贬到这里，等期限一到，我便可以回归天上。前两天，我晚上出游，碰到了你，的确是我的不对，可你不该把我的身体一把火烧了。没办法，我只能借来别人的身体和你见面。你赶紧去召集道士，为我念《灵飞经》四十九天，这样我的身体可以重新凝聚。你本来可以做到一品提督，因为烧了我的身体，一辈子也只能是个把总了。"张仁依言听命，美少年腾空而去。

后来，张仁果然始终是个把总，再也没有升官。

此怪载于清代袁枚《子不语》卷十二

1548
屈佚草

尧帝时，有一种屈佚草，长在尧帝的庭院之中。如果有奸邪小人来拜访，它就会弯曲叶子，指向他们，所以又名指佞草。

此怪载于晋代张华《博物志》卷三

1549
鸱鸺

马成山里有一种禽鸟，形状像一般的乌鸦，却长着白色的脑袋、青色的身子和黄色的足爪，名为鸱鸺。人吃了它的肉就不会感觉饥饿，还可以医治老年健忘症。

此怪载于战国《山海经》卷三

1550
瞿如

祷过山上盛产金属矿物和玉石，山下到处是犀、兕，还有很多大象。山中有一种禽鸟，形状像鸡，却有白色的脑袋，长着三只脚、人一样的脸，名叫瞿如。

此怪载于战国《山海经》卷一

1551
瞿塘怪

卫公李靖十一岁的时候，有一次经过瞿塘，看到水浪之中有个东西，状如婴儿，长着鹦鹉一般的翅膀。卫公知道它是妖怪，没有说话。晚上，大风刮起，卫公方才告诉别人。

此怪载于唐代段成式《酉阳杂俎》续集卷八

1552
衢州三怪

张握仲曾从军在衢州驻防，说："衢州夜深人静后，没人敢在街上独自行走。传言钟楼上有妖怪，头上长角，相貌狰狞凶恶。它听到人的走路声，就从钟楼上飞扑而下。行人惊骇地逃走后，妖怪也随之离开。但见过妖怪的人就会得病，很多都死了。城中还有个水塘，夜里会从水中悄悄伸出一匹白布，像白练一样横在地上。行人如果捡拾，就会被白布卷入水中。水塘中还有鸭子鬼，夜深后，水塘边什么东西也没有，一片死寂。行人如果听到鸭子叫，就会得病。"

此怪载于清代蒲松龄《聊斋志异》卷十一

1553
犬火

唐代宝历二年（826 年），范璋在梁山读书。夏天的深夜，他听到厨房中传出拉扯东西的声响，一开始并没有在意。第二天，范璋发现有一束柴火长五寸多，整整齐齐放在灶上，地上还有五块蒸饼。

有一天晚上，有东西敲门后，很快跑到屋里，发出婴儿一般的笑声。接连两个晚上都是如此。范璋向来胆大，等这个东西再来发出笑声的时候，拿起柴火就追逐过去。那东西状如小狗，范璋打过去，怪物变成了满山的火花，很久才消失。

此怪载于唐代段成式《酉阳杂俎》续集卷二

1554
却尘犀

却尘犀是一种海兽，它的角可以辟尘，放在家里就没有尘埃。

此怪载于南北朝任昉《述异记》卷上

1555
却火雀

唐顺宗即位的那一年，拘弭国进贡了一雄一雌两只却火雀。这东西身体纯黑，大小似燕，叫声清脆，和一般的鸟不同。将其放在火中，火自散去。唐顺宗觉得它们十分奇异，让人养在水晶做成的鸟笼中，挂在寝殿。晚上，有宫人用蜡烛烧它们，发现火焰根本损伤不了它们的羽毛。

此怪载于唐代苏鹗《杜阳杂编》卷中

1556
蚒蛇

交趾金溪究山有大蛇，名为蚒蛇，可以长到十丈多长，七八尺粗，经常躲在树上，等鹿经过时，低头缠绕鹿，一口吞下。

传说蚒蛇性淫，见到妇女的衣裳，就会戴在头上蹁跹起舞。要想捕捉这种大蛇，则要在它经常出没的地方，在地上打许多木桩，仅仅能容纳它通过。一个人扬起妇女的衣裳引诱它，其他人埋伏在左右。蚺蛇看见衣裳，就会昂起头来追，引诱的人退到木桩这头，蚺蛇也会跟着来。因为蚺蛇身子很粗，到了木桩的狭窄处会移动不便，埋伏的人一拥而上，就能杀了它。蚺蛇的牙和胆都是珍贵之物，尤其是蛇牙，长六七寸，是难得的辟邪之物，一枚蛇牙可以换来几头牛。

此怪载于南北朝郦道元《水经注》卷三十七、清代吴震方《岭南杂记》卷下、
清代朱翊清《埋忧集》续集卷一

1557
髯公

八荒之中有种毛人居住在那里。毛人高七八尺，形体像人，身子和头上都有毛，所以又像猕猴。毛人的毛长一尺多，短而蓬松，见到人就闭上眼睛，张开口伸出舌头，上嘴唇能盖上脸，下嘴唇能盖上胸，喜欢吃人。它们之间常用舌鼻相拉一起游戏，如一方不伸舌头，另一方就马上走了。这种毛人名叫髯公，俗称髯丽，又名髯狔。幼年的髯公是很吓人的。

此怪载于宋代李昉等《太平广记》卷四百八十

1558
冉遗鱼

英鞮山上生长着茂密的漆树，山下蕴藏着丰富的金属矿物和玉石，禽鸟野兽都是白色的。涴水从这座山发源，向北流入陵羊泽。水里有很多冉遗鱼，长着鱼的身子、蛇的头和六只脚，眼睛长长的像马耳朵。吃了它的肉就能使人睡觉不做噩梦，也可以辟凶邪之气。

此怪载于战国《山海经》卷二

1559
热河行宫怪

热河境内，白草黄沙，如同塞外戈壁，一入行宫，则山水明秀，好像江南水乡一般。自从咸丰帝驾崩于此之后，同治、光绪两位皇帝再也没来过。

时间长了，珠帘甲帐落满尘埃。

姜翰卿担任热河都统时，在行宫办公，招募了一个叫孙则周的人为自己的幕僚。一天晚上，孙则周从丽正门出来，想去上厕所，突然看见从地上钻出一张大脸，大如栲栳，浑然一体，没有五官，吓得他一溜烟儿往回跑。那张大脸跟着就追，一直追到宫门才消失。孙则周心悸成疾，躺了几个月病才好。

此怪载于民国郭则沄《洞灵小志》

1560
人蜂

东都洛阳龙门附近，有个地方相传广成子曾经居住过。天宝年间，北宗的雅禅师在此建造了一座寺院。

寺院的院子里有很多古桐，枝干拂地。有一年，桐树刚开花，引来了异蜂，发出的声音如同人在咏唱。雅禅师仔细看了一下，发现异蜂长得跟人一样，翅膀有一寸多长。雅禅师甚是惊讶，用网抓住了一只，放在纱笼中。雅禅师认为它们喜欢桐花，便采来桐花放在笼子里。过了几天，将笼子放在屋子一角，雅禅师听到里面传来了叹息声。

又有一天，几百只这种异蜂前来，其中有一只乘坐着车辇，大小和纱笼里面的那只一样，挤在笼子外面，说出的话声音很小，也不怕人。雅禅师躲在旁边偷听，这些异蜂有的说："之前孔升翁给你算了一卦，说你有不祥之事发生，你还记得吗？"有的说："你已经被从死亡簿上除名了，又有什么害怕的？"有的说："我和青桐君下棋，赢了十张琅玕纸，等你出来，可以在上面书写礼星子的词。"它们说的事，都不是人间的事。它们围在纱笼边，过了一整天才离去。

后来，雅禅师打开笼子，将里面的异蜂放掉了。第二天，有个身穿黄色罗衣、高三尺的人来到雅禅师面前，说："我是三清使者，师伯让我来道谢。"说完消失不见。

自此之后，这种异蜂再也没有出现。

此怪载于唐代段成式《酉阳杂俎》续集卷二

1561
人虹

南北朝时，太原有个叫温湛的人，他的一个奴婢看到一个没有五官的老太婆对着自己哭泣，很害怕，就把这件事告诉了温湛。温湛抽出刀去追那个老太婆，老太婆变成一道紫虹，伸展到云层里，消失了。

此怪载于南北朝刘敬叔《异苑》卷一

1562
人狐

清代，钱某从黑龙江归来，告诉郭则沄，当地有一种名为人狐的妖怪。

人狐长得像狐，但是性格像人，一旦有了伴侣，终生不渝。

有人抓住了雄人狐，雌人狐哭号着跟从，又衔来野兔、野鸡之类的东西，好像是要赎自己的丈夫一般，所以当地人不会伤害它们。

有个猎人，在山中碰到了一只雄人狐，以为是普通的狐狸，将其射死，带了回来。晚上，雌人狐蹲在猎人的门外，悲啼不绝。天亮后，猎人将雄人狐的皮扔出去，雌人狐抱着丈夫的皮，一头撞死在石头上。那个猎人将两只人狐合葬在一起，自此之后再也没有打猎。

此怪载于民国郭则沄《洞灵小志》

1563
人马

人马这种怪物，长着鳞甲，模样如同大鲤鱼，手足耳目以及鼻子和人一模一样。如果看到人，它就会跳入水中。

此怪载于晋代崔豹《古今注》卷中

1564
人面豆

清代，保阳有个老农，以种瓜为生。家里种有几亩地的甜瓜，亲自浇灌，等瓜熟了，发现瓜上长出了一张人脸，口眼耳鼻都有，而且表情十分悲伤。老农觉得不祥，就把瓜扔进了河里，这一年，他的一个儿子和一个侄子到山东去，结果被盗贼杀了。后来，有个客商从南面过来带着十几粒黄豆，上面也长着人脸，经常拿出来给人看，听说出产黄豆的地方也遭受兵灾，很多人都死了。据说上谷的一户人家，家里的黄豆也突然长出了人脸，有男有女，有老有少，表情悲苦。

明代时，南京城胡惟庸的丞相府有棵五谷树，这树上会长出麦、黍等五谷。后来胡惟庸被处死的那年，树上长出了黄豆，黄豆上全都长出了人脸。传说五谷如果长出人脸，就意味着会发生血光之灾。

此怪载于清代李庆辰《醉茶志怪》卷二、清代朱翊清《埋忧集》卷七

1565
人面鸟

《虞山杂记》记载，顺治三年（1646年）正月，苏州出现了人面鸟，鸣叫声有的如同钟鼓声，有的则如牛吼。这种鸟生活在芦苇中，苏州各个县都有。

这种怪物，天津人称之为土牤牛。光绪十八年（1892年），这种怪物也曾出现在北京。当时北京南门外下洼，烟水空阔，芦苇很多，这年的春夏之间，人面鸟发出牛吼声，在陶然亭能够听得清清楚楚。人们都说人面鸟生活在水里，有的人还想将水排干抓这东西。老百姓中有人画下了它的肖像，称之为大老妖。

此怪载于清代况周颐《餐樱庑随笔》

1566
人面猪

清代时，杭州云栖寺放生的地方有人面猪，平湖人张九丹曾经亲眼见过。这头猪长着人的脸，羞于被人看见，它如果看到人就赶紧低下头，人去拉它的时候，它就消失了。

此怪载于清代袁枚《子不语》卷二十四

1567
人蛇

人蛇，长七尺，漆黑如墨，长着人的脚，可以像人一样站着走路，成群结队出行，看到人就会嬉笑，笑完了，就把人吞吃掉。不过这种蛇走得很慢，听到它的笑声迅速奔跑就能逃脱。

宋代靖康年间，成忠郎张珏在京师禁军当兵，当时金兵攻

破汴梁，京师失守，他们这些人溃败为盗。一日，张珏一帮人经过金州的一座山寺，寺中的僧人早已逃走，却听到僧房后面传来女子的笑声。张珏觉得奇怪，顺着声音找过去，看到一条大蛇盘结在地，随后消失不见。

此怪载于宋代郭象《睽车志》卷六、清代陈元龙《格致镜原》卷九十九

1568 人神

有个胡秀才手指上长了肉瘤，想用艾草烧掉，有人告诉他："今天人神在你的指头里，不能烧，改天吧。"胡秀才不听，就找来艾草灼烧，过了七天，肉瘤发作，皮剥去一层，看到一张人脸在里面。胡秀才不久就死去了。

此怪载于宋代洪迈《夷坚志》丙志卷第八

1569 人同

清代，在漠北蒙古喀尔喀河附近，有一种怪兽长得似猴非猴，名为人同，当地人称之为噶里。这种怪兽常常窥视居民的蒙古包，向人讨要食物，有的还讨要小刀、烟具一类的东西。如果被人呵斥，它就丢下这些东西跑掉。

有一位将军曾经养过一只人同，使唤它干活，居然干得很好。过了一年，将军任期满了，要回去，这只人同站在将军的马前，泪如雨下，跟了十几里，也不愿意离开。将军说："人也罢，兽也罢，都有自己的故乡，你不能跟我回去，就如同我不能跟着你住在这个地方一样。天下没有不散的筵席，送君千里，终须一别，咱们就在这里分别吧。"

人同听了，悲伤地叫喊，离开了，走远后还频频回头看。

此怪载于清代袁枚《子不语》卷六

1570 人头鸟

清代光绪年间，广东归善县出现了一种怪鸟，大如鹅，高二尺多，脑袋长得如同婴儿，当地人称之为人头鸟。每到夜里四五更时，这种鸟叫号不绝，声音很难听。每次这

种鸟出现，此地必定有人死亡。这种鸟不怕人，即便人离得很近，它们也不会飞走。

此怪载于清代吴友如《点石斋画报》

1571
人形兽

腾越这地方有个猎人，经常扛着一个小木箱入山打猎。一天，猎人经过磨盘山，忽然看见山脚下一群狐狸、兔子狂奔而出，接着是熊虎豿象这样的猛兽也都仓皇逃命，好像后面有东西追逐一般。

猎人觉得奇怪，潜伏在道路边偷偷查看。过了一会儿，一个长得像猩猩、身高不满四尺的怪物摇摇晃晃地走过来，全身长满白毛，眼眸金黄色。猎户躲在木箱后面，对着怪物的脸开了一枪。怪物顶着烟扑到跟前，用两只爪子抓木箱，许久才离开。

猎人见怪物走远了，起来看箱子，发现箱子差一点儿就被它抓通了，吓得够呛，赶紧离开，自此之后再也不来这地方了。

此怪载于清代朱翊清《埋忧集》卷四

1572
人言石

明代弘治年间，庆阳这地方突然从天空中落下很多石子，大的如鹅蛋，小的如鸡头，一个个像人那样说话。

此怪载于明谢肇淛《五杂俎》卷九

1573
仁鱼

大海中有一种仁鱼，曾经背着一个小孩上岸，结果不小心用鳍伤了小孩，小孩因此而死。仁鱼十分悲痛，自己也撞到石头上死掉了。

此怪载于清代张潮《虞初新志》卷十八

1574
日及

传说大月氏有一种牛名为日及，今天割肉三四斤，明天就会痊愈重新长出来。汉人来到大月氏，当地人就会牵出这种牛，像展示珍宝一样。

此怪载于晋代郭璞《玄中记》

1575
戎宣王尸

大荒之中有座山叫融父山，山上有种赤色的怪兽，长得像马，却没有脑袋，名为戎宣王尸。

此怪载于战国《山海经》卷十七

1576
猱

明代，有个叫陈贞的人，父亲在宝鸡当县令时，曾经在集市上看到有人卖一张皮子，像是猿猴，但是尾巴很长，尾巴的毛是红色的，就问对方，对方说是猱。卖皮子的人说，山林之中，猿猴千百成群，采拾山里的核桃吃。当猱出现的时候，猿猴们一个个俯首帖耳，不敢看它。猱观察一下猴群，看到长得肥的，就拿来小石头或者落叶放在它的头顶上。被挑中的猿猴就会自己走出来，被猱吃掉。

四川有很多的猱，鼻孔翻着朝天，看到云层聚集，听到雷声，就会躲到隐蔽处，用树叶盖住鼻子，如果雨水掉进鼻孔里，它们就会死掉。

此怪载于明代徐树丕《识小录》卷三、清代刘献廷《广阳杂记》卷三、清代钮琇《觚剩》续编卷四

1577
柔利人

柔利国在一目国的东面，那里的人长着一只手和一只脚，膝盖反长，脚弯曲朝上。

此怪载于战国《山海经》卷八

1578
肉翅虎

肉翅虎这种怪物出自石抱山，也有说在广西峒谿，早晨潜伏，晚上出现，比虎小，胁下生有双翅，翅膀如同蝙蝠，飞的时候吃人，人很难抓到。肉翅虎的皮，传说可以辟鬼。

此怪载于清代王士祯《居易录》卷十六、清代陆祚蕃《粤西偶记》

1579
肉蝶

宋代，大奸臣童贯即将垮台的这一年，他的厨子做饭时，忽然听到锅里发出声响，随后，煮的肉全部变成了蝴蝶。蝴蝶有好几万只，蹁跹飞舞，一直飞到大堂上。

童贯觉得奇怪，让仆人抓，一只也没抓住。过了一会儿，两条狗穿着女子的衣服，手里拿着棍棒站起来，口作人言，说："这个容易！"说完，它们挥舞大棒，将那些蝴蝶击落在地。蝴蝶从空中坠下，变成了鲜血，狗也随之不见了。

没过多久，童贯被杀。

此怪载于宋代洪迈《夷坚志》补卷第二十一

1580
肉蛤蟆

司马休派遣一千多人去接自己的家人。这帮人到达南郡时，碰上大风，停船上岸砍柴，发现有一块几百斤的肉，便割取回船。他们架起锅准备把肉煮着吃，结果水还没烧热，那块肉就变成几千只蛤蟆跳跃而起。

此怪载于南北朝刘敬叔《异苑》卷三

1581
肉球

清代，广西镇安府只有一个通判，衙门十分清冷，通判每次办公，都会看到有两只大肉脚从屋檐上伸下来，接着有个巨大的肉球滚到案前。通判后来实在忍不住，就去捉肉球，那东西跳跳闪闪，消失不见。

此怪载于清代钮琇《觚剩》卷八

1582
蠕蛇

灵山上有种蛇，全身赤色，栖息在树上，名为蠕蛇，吃草叶，不吃禽兽。

此怪载于战国《山海经》卷十八、清代陈鼎《蛇谱》

1583
入脑蛇

有个叫秦瞻的人，住在曲阿彭皇的野地里。忽然有个妖怪，长得像蛇，钻入他的脑袋里。蛇来的时候，秦瞻先闻到臭气，接着感觉那东西从鼻子钻进自己的脑袋里。妖怪入脑后，秦瞻觉得闹哄哄的，能够听到它在里面吃东西发出的声响，过了几天才钻出去。

等蛇再来时，秦瞻用毛巾裹住鼻子、嘴巴，发现没用，蛇照样能钻进他的脑袋里。这样过了好多年，秦瞻并没有生病，只是头痛得厉害。

此怪载于晋代干宝《搜神记》卷十七

1584
三都

从前，广东某地有姚、汪、王三家人，吃都树的皮，饿死后他们就变为了鸟都，皮和骨头变成猪都，妇女变成了人都。

三都皆栖息在大树上，模样像人但是很小。这些怪物男女自行配偶，猪都住在树根处，鸟都住在树梢，在树梢可攀爬者为人都。它们左腋下有形似印章的印痕，宽二分。

有人吃过它们的巢，味道很好，如同木芝。

有个叫周元大的术士，施展法术，砍倒了三都栖息的树，劈开树干，抓住它们煮了吃掉。

此怪载于清代王士禛《池北偶谈》卷二十三

1585
三脚猫

道光二十六年（1846 年）夏秋之间，浙江杭州、绍兴、台州一带，老百姓传言有妖怪作祟。作祟的怪物是一只三脚猫。每到黄昏之时，人们就会闻到一阵腥风，它便进入老百姓家里迷惑人。于是，当地家家在屋里挂上一面铜锣，一旦感觉到了腥风，立刻用力敲打铜锣。这怪物害怕锣声，听到了便会逃跑。这件事情闹腾了几个月才慢慢停歇。

此怪载于民国徐珂《清稗类钞》

1586
三身人

三身国在夏后启所在之地的北面，那里的人都长着一个脑袋、三个身子。

此怪载于战国《山海经》卷七

1587
三首国人

三首国的人，都是一个身子、三个头。

此怪载于战国《山海经》卷六

1588
三头人

清代康熙年间，吴三桂作乱，湖州张氏兄弟三人从云南逃归故里，经过蒙乐山，往东步行十天十夜，迷了路，只能采集木叶草根为食。

一天早晨，他们在旷野中行走，忽然有大风从西边吹过来，听起来仿佛海潮江涛。三个人害怕，爬上土丘，见一头比大象都要大的黑牛迅疾而过，所过之处，草木倒伏。

傍晚，三个人没找到可以投宿的地方，见前方大树下好像有房屋，便去敲门。从屋里走出一个大汉，身高一丈多，脖子上长着三个脑袋，一说话，三张嘴巴齐齐发出声音，听口音像是中原人。大汉问三人从哪里来，三兄弟如实相告。大汉说："你们迷了路，饿了吧？"三兄弟连连称是。大汉让他的妹妹给三兄弟准备晚饭，他的妹妹也长着三个脑袋。见了三兄弟，妹妹对大汉说："这三个人，老大高寿，这两个弟弟恐怕不能幸免于难。"吃完了饭，大汉折了一根树枝递给三兄弟，说："你们可以凭借树枝的影子辨别方向，就像指南车一般。记住，路上经过庙宇可以住宿，但是不能撞钟。"三兄弟拜谢，离开了。

第二天，三人进入深山，住在一座古庙里。他们坐在屋檐下，乌鸦齐飞，来啄他们的脑袋。张家老大生气，捡起一块石头扔过去，结果不小心击在钟上，顿时"当"的一声响。从钟里突然跳出两个夜叉，抓住张家老大的两个弟弟就吃掉了，正要吃老大时，风涛声传来，那头大黑牛出现，低头用牛角抵那两个夜叉，夜叉败走，张家老大才得以逃脱。又走了十几天，张家老大最终回到了家乡。

此怪载于清代袁枚《子不语》卷二

1589
三足鳖

从山上到处是松树和柏树，山下有茂密的竹丛。从水发源自这座山的山顶，潜流到山下，水中有很多三足鳖，长着叉开的尾巴，吃了它的肉就能使人不患疑心病。

《尔雅》称，鳖三足为能，所以三足鳖又叫能鳖。

明代，太仓一户人家抓到了一只三足鳖，丈夫让妻子烹煮，丈夫吃后就睡觉了，结果化为一摊血水，只剩下了头发。邻居以为是妇人谋害了丈夫，将妇人告到官府。知县黄廷宣听了妇人陈述后，让死刑犯吃下三足鳖，发现同样化为血水，这才释放了她。

此怪载于战国《山海经》卷五、明代陆粲《庚巳编》卷一、
明代李时珍《本草纲目》卷四十五

1590
三足乌

三足乌被认为是太阳之精，之所以长了三足，是因为阳是奇数。

汉章帝元和二年（85年），三足乌云集沛国；元和三年（86年），代郡高柳这个地方有乌鸦生下三足乌，大如鸡，红色，头上长着一寸多长的角。

北周明帝二年（558年）秋七月，顺阳献三足乌，群臣上表，认为是大祥瑞，于是大赦天下。

此怪载于汉代刘珍等《东观汉记》卷二、南北朝范晔《后汉书》志第十
（注引《灵宪》）、宋代李昉等《太平御览》卷九百二十

1591 丧门

宋代有个叫杨国宝的人，元祐年间担任开封府的推官。杨国宝有个妹妹，是个寡妇，住在杨国宝的家里。妹妹有个丫鬟，有天忽然好像得了丧心病，整天胡言乱语，有时候把土堆成坟墓的形状哭泣，人们都觉得不祥，让杨国宝把她赶走。杨国宝不听。一天，杨国宝做了一个梦，梦见一条蛇，脑袋上戴着帽子。传说蛇头戴冠，名为"丧门"，大不祥。果然，过了不久，杨国宝一家十几口全都死了。

宋代时，有个叫范迪简的人看中一座宅子，想买下来。人们都说那宅子里面有妖怪，不能买。范迪简就带着仆人埋伏在屋子里，看到一个怪物，人头蛇身，往来穿梭。众人一拥而上，抓住它，煮了。宅子也就平安了。有人说，那东西就是丧门。

崇祯十六年（1643年）春天，北京有个巡捕在棋盘街值守，半夜，一个老头叮嘱他说："夜半子时，如果有个穿着孝服的女子哭哭啼啼从西边朝东边来，一定不能让她经过，如果经过了，那就会带来祸害。我是此处的土地神，特意来告诉你。"半夜，果然看到一个像老头说的那样的女子过来，巡捕阻拦，不让这女子过，女子就返回了。没想到巡捕太困了，睡着时，女子穿过，去了东边，等返回来的时候，踢醒巡捕，说："我是丧门，奉命要惩罚这里的人，你竟然听老头的话不让我过！等着吧，我一定给你好看！"说完，女子就消失了。巡捕害怕，回家告诉家人，还没说完就死了。不久，北京就发生了瘟疫。

此怪载于宋代张耒《明道杂志》、宋代方勺《泊宅编》卷三、清代赵吉士《寄园寄所寄》卷五（引《绥史》）

1592 扫晴娘

扫晴娘是古代民间祈祷雨止天晴时，挂在屋檐下的剪纸妇人像或者娃娃像，流行于北京、陕西、河南、河北、甘肃、江苏等地。元代李俊民所作《扫晴妇》一诗写道："卷袖褰裳手持帚，挂向阴空便摇手。"明清两代，扫晴习俗在民间盛行。实际上，这是一种古代民间止雨的巫术活动，如同贴龙王像祈雨一样，为的是止断阴雨，以利晒粮、出行。

扫晴娘的形象是一个手提扫帚的女子或者娃娃，也有头上长出莲花、双手拿着笤帚的形象。

清代时，每到六月的雨季，如果雨天连绵不晴，北京的妇女就会用纸剪出扫晴娘，贴在门楣上，以祈求它能够扫去阴霾，迎来晴天。

此怪载于清代富察敦崇《燕京岁时记》

1593
沙船

扬州，官府组织人员清理港口时，从沙子里露出一艘船，桅杆高二丈多，相传是隋朝大业年间征辽时留下来的东西。每逢阴雨，人们就能听到从船下传来鼓吹声。

万历二十五年（1597 年），守备翟绍先命令士兵们将船挖出来，结果铲子还没碰到船，天空便下起倾盆大雨，将船埋上了。再挖，又是如此。翟绍先很害怕，赶紧让人停了下来。

后来，船的桅杆被雷击得粉碎，鼓吹声出现的次数也逐渐减少。

此怪载于明代朱国祯《涌幢小品》卷三十二

1594
沙海巨兽

西域有片沙海，占据要地，海水热如沸水，人不可靠近。

一天，忽然有个巨兽浮出，骨头长几十里，横在水面上，好像桥梁一般，连接两岸。骨头中有髓窍，可以容得下两匹马并排而走，自此之后，西域那边才和中原相通。往来的人，经过时会用膏油涂抹骨头，让它滋润，生怕它枯朽之后无路可走。

此怪载于宋代周密《癸辛杂识》续集上

1595
沙虎

清代光绪年间，宁波有艘船从象山返回，经过东渡口的时候，忽然波涛汹涌，巨浪之中出现了一个怪物，兽首鱼尾，窜到沙滩上，滚跳数次，变成一只老虎。船上的老者见了，急忙让人赶紧将船驶离此地。老头说："这东西叫沙虎，在水里行动迅速，在岸上也是，如果不避开，恐有不测。"

此怪载于清代吴友如《点石斋画报》

1596
沙魇

在湖南益阳州，有人半夜爬起来自己打自己，这种情况当地人认为是一种名为沙魇的妖怪在作祟，需要用冷水对着这个人劈头盖脸浇下去，然后让其喝下汤水，才能徐徐醒来。醒来之后，这个人两三天都像喝醉了酒一样。

此怪载于元代杨瑀《山居新语》卷二

1597
沙屿巨龟

大海中的沙屿之间生有一种巨龟。巨龟背上长有树木，远远望去像是林木苍郁的岛屿。曾经有商人登上龟背砍木取材，坐下来烧火做饭时，巨龟被火灼烧，沉入海中，商人们来不及逃出，死了数十人。

此怪载于南北朝萧绎《金楼子》卷五

1598
鲨虎

广东有种海鲨能够变成老虎，海边的人会将海岸改造成坡地，等这东西生出前面两条腿顺着坡地上岸时，袭击捕获它。如果等它四条腿都长出来，它便能吃人而人就不容易抓到它了。

此怪载于明代陆容《菽园杂记》卷五

1599
山大人

宋代时，福建沙县西北一百二十里有座剑山，山中有种妖怪，长得像人，全身长毛，黑色，一丈多高，看到人就会笑，上嘴唇盖住眼睛，下嘴唇盖住胸脯，当地人称之为山大人。

清代，长山县有个孝廉叫李质君，一次去青州府时，路上遇到六七个人，听口音像是燕地人，这些人的两颊上都有瘢痕，像铜钱大小。李质君觉得奇怪，询问原因，这帮人说了一个关于山大人的故事——几年前，这帮人在云南行路，天黑迷失了方向，走进了大山里。绝壁悬崖，崇山峻岭，一帮人兜兜转转，见山谷中有一棵大树，枝叶繁茂，又困又累，只得拴住马，解下行李，依傍在这棵大树下休息。

夜幕降临，周围传来猛兽吼声，几个人抱着腿面面相觑，不敢睡下。忽然，他们看见一个巨人走过来，有一丈多高，来到跟前，用手抓住这帮人的马就吃，六七匹马顷刻就被它吃光了。接着它又折下树上的长枝条，抓住这帮人，用枝条穿破他们的脸颊，像串鱼一样串成一串，拎着他们走，结果走了几步，枝条断裂。这个巨人只得用一块巨石压住枝条，离开了。

等巨人走远，这帮人用刀砍断枝条，躲到旁边，看见那个巨人领来一个比它更大的家伙。更大的巨人看到先前被抓的人逃跑了，很生气，抡起手臂扇之前那个巨人耳光，对方不敢反抗，很恭敬地挨打，然后两个巨人都消失了，这帮人才得以逃走。

他们走了很远，看见山岭上有光，跑过去发现是间石屋，有个男人住在里面。这帮人将事情告诉了男子，男子说："这东西特别可恨，但是我也没有办法制服它。等我妹妹回来，再同她商量。"过了一会儿，一个女人挑着两只老虎从外面进来，听完这帮人的诉说之后，说："早就知道这两个东西为害，没料到凶顽到这个程度！应当马上除掉它们。"说完，女子拿出一柄铜锤，足有三四百斤重，走出门去。男人煮老虎肉招待这帮客人，肉还没熟，女子已经回来了，说："它们看见我想逃，我追了数十里路。打断了它们一根指头就回来了。"说完，女子将巨人的指头扔到地上，那截指头有平常人的腿骨那么粗。这帮人又惊又怕，问女子的姓名，女子没说。

女子取来一种药，涂在这帮人的伤口处，又招待了他们，将他们送走。他们经过之前的那棵大树下，发现石洼里还有巨人的血。

此怪载于宋代乐史《太平寰宇记》卷一百、清代蒲松龄《聊斋志异》卷六

1600
山㹠

新昌这个地方的山洞里有山㹠，长得如同关中的牛，经常和蛇待在同一个山洞。当地人经常双手抹上盐巴，夜里走到山洞，伸手去摸，如果舌头是滑的，那就是蛇，如果舌头干燥，就是山㹠，找到它，就可以牵回家了。

此怪载于汉代杨孚《异物志》

1601
山膏

苦山中有一种野兽，名为山膏，形状像普通的小猪，身上红得如同丹火，喜欢骂人。

此怪载于战国《山海经》卷五

1602
山和尚

清代，有个李某到河南，碰到大水，爬到山上躲避。水势很大，不断上涨，李某就往更高的地方爬。当时已经日暮，李某看见一间低矮的草房，是种地的山民夜里巡视时居住的地方，里头铺着稻草，放着一个竹子做成的梆子。李某住在里面，半夜时听到踏水声，爬起来，看见一个又黑又矮的胖和尚划着水往这边游来。李某大喊一声，那和尚退却了，过一会儿又出现，李某很害怕，就敲响了梆子。山里的山民聚集过来，问怎么回事，李某如实相告。山民说："那是山和尚，碰到孤身一人的旅客，就会吃掉他的脑子。"

浙江於潜县岩峦纵错，有很多怪异的事发生。有个叫谭升的人，住在县城百里外，有天入城探亲，回来时天黑了，就住在路边的一间茅屋里。半夜时，谭升在月光中看到山腰有个妖怪，穿着僧人的衣服，光着脑袋，青面獠牙，飞奔而下。来到茅屋前，那妖怪通过墙上的小孔看到里面有人，就咬开栅栏想冲进屋子。危急关头，恰好有几个行人路过，那妖怪就跑了。行人告诉谭升："这个山和尚盘踞山里有一百多年了，最喜欢吃人的脑子。"

此怪载于清代袁枚《子不语》卷十八、清代慵讷居士《咫闻录》卷四

1603
山臊

大地的西方，深山中有一种妖怪，高一尺多，赤裸身体，以捕捉虾蟹为生。它们不怕人，喜欢靠近人的居所，晚上对着火烤虾蟹，看到人不在，就偷盗人家的盐。这种怪物叫山臊。

人们经常把竹子投入火中，火烧之后，会发出爆裂之声，山臊很害怕这种声音。如果冒犯了山臊，它会让人生忽冷忽热的病。

南朝宋元嘉年间，富阳王某在溪流里下蟹笼捉螃蟹，天亮去看，发现有根二尺多长的木头插在蟹笼中间，蟹笼裂开，螃蟹都跑了出去。王某把蟹笼修好，将木头扔到岸上。第二天又去看，发现情形和第一天一模一样，就怀疑那根木头是妖怪。于是王某就挑着这根木头回家，一边走一边说回去用斧头劈开烧火。还没到家，就觉得背后有动静，转头一看，那木头变成了一个妖怪，人面猴身，一手一足。它对王某说："我喜欢吃螃蟹，昨天是我破坏了你的蟹笼，实在是不好意思。希望你能饶恕我，把我放了，从今以后，我一定帮助你，把大螃蟹都赶到你的蟹笼里。"

王某很生气，说："你干了坏事，应该去死。"那妖怪连连乞求，王某就是不答应。

妖怪说："你既然不放我，能不能告诉我你的名字？"屡屡相问，王某也不说。到了家中，王某将妖怪烧死，从此之后再也没有发生怪事。后来有人告诉王某，那怪物就是山臊，如果将自己的名字告诉它，它就会把这个人害死。

此怪载于汉代东方朔《神异经·西荒经》、南北朝祖冲之《述异记》

1604
山魈

山魈是岭南的一种怪物，独脚，脚后跟长在脚前，手有三根指头，脚也有三根趾头。雌性的山魈喜欢涂脂抹粉。它们在大树洞里筑巢，用木头制成屏风幔帐之类的东西。南方人在山里走路，大多都随身带些脂粉以及钱币什么的，用来对付山魈。雄性的山魈被称作山公，遇上它，一定会向你要金钱。雌性的山魈叫山姑，遇上人，肯定会向人要脂粉，给它脂粉的人可以得到它的庇护。

唐代天宝年间，有个在岭南山中行路的北方人，夜里怕虎，想要到树上睡，忽然遇上了雌性的山魈。这个人平常总揣些可以送人的小东西，于是就下树跪拜，称它为山姑。山姑在树上远远地问："你有什么货物？"这个人就把脂粉送给它。它特别高兴，对这个人说："你就放心地睡吧，什么也不用担心！"这个人睡在树下。半夜的时候，有两只老虎走过来。山魈下树，用手抚摸着虎头说："斑子，我的客人在这里，你应该马上离开！"两只老虎就走了。第二天辞别，它向这个人道谢，很是客气。难弄明白的是，山魈每年都和人联合起来种田，人只出田地和种子，剩下在田地里种植的、忙碌的全都是山魈，谷物成熟的时候，它们来喊人平分。它们的性情耿直，和人分，从来不多拿。人也不敢多拿，传说多拿了会招来天灾。

唐代天宝末年，刘荐是岭南判官。有一次，他走在山中，忽然遇上山魈，喊它是鬼。山魈生气地说："我没招惹你，你竟然喊我是鬼，这不是骂我吗？"于是它跳下来站在树枝上，喊："斑子！"过了一会儿，来了一只老虎。山魈让老虎捉住刘荐。刘荐特别害怕，打马就跑，但还是被老虎捉住了。山魈笑着说："刘判官，还骂我不？"刘荐急忙求它饶命。山魈慢慢地说："可以走啦！"老虎这才把刘荐放开。刘荐吓得要死，回去就病了，很久才好。

清代，湖州有个叫孙叶飞的人，在云南教书，非常喜欢喝酒，酒量也大。有一年中秋，孙叶飞招呼学生们喝酒，忽然看到门外站着一个怪物，头戴红色帽子，黑瘦如猴，脖子下长着绿色的长毛，只有一只脚，蹦蹦跳跳进来。

看到大家在喝酒，怪物放声大笑。旁边的人都说那是山魈，不敢靠近。山魈闯入厨房，厨子看到了，举起木棍打它，山魈也做出搏斗的样子。厨子向来很勇猛，抱着山魈的腰在地上和它厮打，周围的人都来帮忙。打了很长时间，山魈抵挡不过，身体逐渐缩小，变成了一个肉团。

大家把肉团绑在柱子上，本来打算天亮了扔进江里，可半夜那东西就不见了，只在地上留下了红帽子。那顶红帽子是书院一个姓朱的学生的，先前丢失了，看来是被山魈偷去了。

也是在清代，婺源有个叫齐梅麓的人，和同学一起在古寺读书。一天晚上，他们听到窗户外面有声响，过了一会儿，声响进入屋子，越来越大，不知道是什么东西。庆幸的是，卧室房门紧闭，那东西没进来。天亮后，齐梅麓起来一看，卧室外面的书籍、字画、桌椅、器具被弄得乱七八糟，寺里的僧人说："这肯定是山魈干的坏事！"

清代，苏州有个叫张渌卿的人，跟父亲到福建，听说某个县衙后头有怪物，没人敢靠近。张渌卿胆子很大，晚上爬到梁上偷看。三更时分，果然有几个长得似人非人、似兽非兽的怪物出现，张渌卿暗道："这肯定是山魈。"第二天，张渌卿将五六串鞭炮和三四斤火药布置在山魈出没的地方，等晚上山魈出现时，张渌卿点燃引线，鞭炮齐鸣，火药爆裂，怪物吓得跳跃逃去，从此再也不敢来了。

此怪载于唐代戴孚《广异记》、清代钱泳《履园丛话》丛话十六、
清代袁枚《子不语》卷六

1605
陕西怪鼠

明代天启年间，陕西出现了一种怪鼠，长得如同抓鸡的狸子，长一尺八寸，宽一尺，身体两旁有肉翅，肚子下没有脚，爪子长在肉翅上，前爪有四根脚趾，后爪有五根脚趾，毛细长，颜色和鹿毛有些相像，尾巴特别大。人驱赶它，它会迅速逃跑。这种怪物专门吃谷米和豆子，有人抓住过一只，剖开它的肚子，从里面倒出来一升多的小黄米。

此怪载于明代张岱《夜航船》卷十八

1606
蟺

钦州的海滨有一种穴处水族，名字叫蟺，模样长得像没有角的龙，长五尺多。生活在当地的蜑人抓到后，拿到集市上贩卖，被管界巡检刘昂买了下来。刘昂想将它放在锅里煮着吃，同僚们觉得这东西看起来非同寻常，劝他放回到江中。刘昂觉得有道理，便带着它来到江边。这东西长时间脱水，看起来快死了，可刚放入水里，立刻奋迅蹴踏，掀起巨大的波浪，一闪而没。

此怪载于宋代周去非《岭外代答》卷十

1607
上方山寺怪

房山县上方山有座寺院，寺院分上院和下院，相距不远，上院已经被遗弃，封闭多年。有两个无赖强迫僧人打开查看，结果没有发现什么异常。僧人说："上代的师父就叮嘱，说这里有妖怪。"无赖说："胡说八道，哪有什么妖怪！今天晚上我们就住在这里。"

于是，两个无赖带来酒肉，大吃大喝，正要睡觉的时候，忽然听到有敲门声。无赖以为是僧人，没有搭理。过了一会儿，听到有东西拆窗户，只见一只如大伞的黑手伸了进来。两个无赖拿起剑就砍，对方发出痛苦的哀号声。无赖吓得够呛，赶紧跑到下院，藏在僧人的房间里。僧人说："你们两个，真是害苦我了！"

夜里，只听见上院雷霆作响，传来金戈交鸣之声。第二天去看，整个上院片瓦不存。

此怪载于清代赵吉士《寄园寄所寄》卷五（引《宿海手抄》）

1608
鵂鵂

基山中有一种禽鸟，形状像鸡，却长着三个脑袋、六只眼睛、六只脚、三只翅膀，名为鵂鵂，人吃了它的肉就不会感到瞌睡。

此怪载于战国《山海经》卷一

1609
奢比尸

奢比尸，长着野兽的身子、人的面孔、大大的耳朵，耳朵上穿挂着两条青蛇。

此怪载于战国《山海经》卷十四

1610
蛇鼓

一天，穆天子东游，在留祈饮酒，在丽虎射猎，在莿丘读书。莿丘人向穆天子献酒，又奏起了广乐。穆天子丢失了的灵鼓，变成了黄蛇。这一天，穆天子击鼓，黄蛇所在的地下发出了鼓声，就在那里栽上桐树。穆天子认为用这桐树做成鼓，就会发出神奇的声音，有利于战事；用它做成琴，就有利于调和音乐。

此怪载于战国《穆天子传》卷五

1611
蛇藤

晋代孝武帝太元十二年（387 年），苏州有个人临水而居，一天看到水中出现一个奇怪的东西，状如青藤，但是没有枝叶，没几天就长得很粗很大。于是，这个人就用斧头砍伐，砍了几下，藤里面流出血，还发出公鹅一般的叫声，藤里面有一枚卵，长得像鸭蛋，一端像蛇的脸。

此怪载于南北朝刘敬叔《异苑》卷八

1612
身中龙

明代，河东人薛机说他家乡有个人患有耳鸣病，耳朵里很痒，用东西去掏，掏出来一个虫蜕，又轻又白，好像鹅翎管中的薄膜。

一天，这人和妻子一起耕作，雷电交加，他对妻子说："今天耳鸣特别厉害，不知道为什么。"话音未落，霹雳一声，天雷击下，二人栽倒在地，妻子无事，他则脑袋迸裂而死。人们这才明白是龙潜伏在他的耳朵里，刚刚离去。

松江人戴春说他的家乡有个姓卫的书生，大拇指的指甲里有一根红筋，有时候弯弯曲曲，有时候蜿蜒而动。有人告诉他："这恐怕是你接雨水洗手时，龙钻进了你的指甲里。"因此，书生称其指甲为赤龙甲。

一天，书生和朋友泛舟湖上，突然雷电绕船，水波震荡。书生跟朋友开玩笑，说："难道我的这条赤龙要离去吗？"说完，他伸出手指到船窗外，龙果然裂甲而去。

此怪载于明代陆容《菽园杂记》卷二

1613
身中鸟

唐代，有个姓李的书生，家在陇西，他的左乳处长着一个巨大的囊肿，化脓溃烂，十分痛苦。有一天，这个大囊肿破掉了，有一只小鸟从中飞出，很快不见了。

唐代，有个叫李言吉的人，左眼长着一个大瘤，切开之后，有一只黄鹂鸣叫着从里面飞了出去。

清代，内阁学士札郎阿曾经亲眼看到亲戚家的一个婢女，脖子上长疮，一天，一只白色的蝙蝠从里面飞了出来。

此怪载于宋代李昉等《太平广记》卷二百二十（引《宣室志》）、
清代纪昀《阅微草堂笔记》卷十六

1614
深目人

深目国的人总是举起一只手，手上长着一只眼睛。

此怪载于战国《山海经》卷八

1615
神獒

清代时，北京宣武门外传说有神獒，经常在夜里出现，后面跟着成百上千条狗。如果有人碰到，就会被它吃掉。这个传说已经有很长时间了。

有个叫储惺甫的人，一个冬天的晚上在朋友家喝酒，喝醉了挑着灯笼回家，经过菜市口的时候，看见一条巨大的狗趴在地上舔东西。那天，菜市口正好处决犯人，那大狗舔的正是人血。储惺甫大声呵斥，那狗抬起头，但见双目如炬，根本就不是一般的狗，过了一会儿，腾空而去。储惺甫吓得够呛，回来就生了病，不久就死掉了。他碰见的，正是那只神獒。

此怪载于清代俞樾《右台仙馆笔记》卷九

1616
蜃气

山西平遥有个姓陶的商人，贩卖货物去巴里坤，路过青海湖。当时大雨刚刚停下，青海湖上浓雾笼罩，看不清山色。陶某喜欢这景色，就停下来站在树下欣赏。过了一会儿，隐隐看到湖中并列出现两座山，中间有一抹云气。云气逐渐变宽，里面出现一座佛塔，金光四射，数一数，一共五层，不久变成了九层，然后变成了十三层，那座塔周围有无数的亭台楼阁，千层万叠，颜色如同五色玻璃，出没隐现，快速变化。

陶某是个做买卖的，不知道有蜃气这回事，等碰到当地人询问才搞清楚。

此怪载于清代和邦额《夜谭随录》卷二

1617
升藻鸭

汉武帝时，有一种升藻鸭，红色，栖息在芙藻上，不吃五谷，只吃叶子上的垂露，因此得名垂露鸭，也叫丹毛凫。

此怪载于汉代郭宪《汉武帝别国洞冥记》卷三

1618
声风木

太初二年（前103年），东方朔从西那汗国归来，献给了汉武帝十枝声风木。此物长九尺，粗如指头，原本长在因桓河岸边，树上有紫燕、黄鹄栖息云集，结出的果实如同油麻风，树枝吹动能发出如玉般的悦耳声响，故而得名。

汉武帝将此物赐给大臣。得到声风木的大臣发生了凶事，声风木便会流汗；得到声风木的大臣死掉，声风木就会折断。当年老子活了七百岁，手中的声风木还没有流汗。生于尧时代的偓佺，活了三千岁，手里的声风木一个枝条都没折断。

汉武帝向东方朔询问声风木的底细，东方朔说："臣见过此木枯死三次而又三次复生，何止看过它流汗、折断呀。当地人有句俗语：'年未半，枝不汗。'此物五千年一湿，万年不枯。"

此怪载于汉代郭宪《汉武帝别国洞冥记》卷二

1619
圣

西南大荒中，有妖物像人，高一丈，肚子周围九尺，踩着鬼蛇，头戴朱鸟的羽毛，右手拿着青龙，左手拿着白虎，知道山石有多少，知道河海里的水有多少，知道天下鸟兽的语言，知道百

谷草木的咸苦，名为圣，也叫哲、先、无不达。如果人看到了，跪拜它，就会
变得聪明。

此怪载于汉代东方朔《神异经·西南荒经》

1620
圣铁

有种东西名为圣铁，凡人佩戴能够刀枪不入。有人曾经用
羊做过实验，发现的确是真的。有人说，圣铁大如黄豆，割破
皮肉塞进身体里，效果更好。

此怪载于宋代周密《癸辛杂识》续集下

1621
胜遇

玉山中有一种禽鸟，形状像野鸡却通身红色，名为胜遇，
能吃鱼类，发出的声音如同鹿在叫，出现在哪个国家哪个国家
就会发生水灾。

此怪载于战国《山海经》卷二

1622
什方院怪

北京什方院的一处宅子，原本是某位尚书的家产。
后来，尚书的后代没落，家道衰败，将宅子卖给了天津
的王姓富商。

王某家在天津，所以什方院的这处宅子很久以来无
人居住。王某的亲戚张定生、张实生兄弟二人在北京当官，便向王某借了这处
宅子居住。兄弟二人都没带家眷，只有一个仆人跟随在身边。

住进去几天后的一个晚上，兄弟俩饿得厉害，听到外面隐约传来卖烧饼的
声音，让仆人出门去买，结果仆人睡着了，没回应他们。张定生只得自己拿着
手电筒出去，买了烧饼往回走，看见一个人迎面走来。此人身穿黑衣，身高而
瘦削，和他擦肩而过。

张定生忍不住看了他一眼，发现他的脸五彩斑斓，嘴巴巨大，嘴角一直延伸
到耳边，头发蓬乱好像乱草。张定生吓得狂奔而回，连手电筒和烧饼都弄丢了。

等到了家，张定生倒在床上，昏死过去。张实生忙活了一晚上，天亮时分才救醒张定生。张定生将事情告诉弟弟，二人很是害怕。

第二天晚上，他们找了很多人前来陪伴。半夜，大家听到张定生大叫，问他怎么回事。张定生说："昨天那个妖怪又来了，伸出大手掐我的脖子，痛死我了！"大家围坐在旁边，不敢离开。等到早晨，张定生的脖子上红肿不已，长出了一个大疽。大家找来医生，医生说："这玩意很危险，我要是晚点来，恐怕就要出人命了。"

当晚，众人依然没有离去，守着张定生。有个朋友的仆人睡在外面的屋子，半夜，发出惊叫声。众人问他怎么了，这个仆人说有个簸箕大的手，从炕洞里伸出来，抓住他的大腿。众人掀开那个仆人的衣服，果然见他的大腿上赫然有五根手指头的痕迹。

大家认为这宅子里闹妖怪，不能再住下去了。第二天天亮，张氏兄弟离开这里，找了家旅馆重新安身。

张定生调理了半年才恢复健康。此后，这处宅子便彻底荒废了。

此怪载于民国郭则沄《洞灵小志》

1623 石姑

山西翼城县北十五里的龙女村有个水潭，传说有对张老夫妇在水潭旁边捡到一枚鸟蛋，拿着回家，鸟蛋变成了一位女子。女子和张老夫妇居住在一起，让他们衣食无忧。后来，女子走入石姑山的石缝中，消失不见。当地人称之为石姑。

此怪载于清代储大文《山西通志》卷一百六十四

1624 石掬

从湖南往道州去，途经一座山，高几百丈，千峰环列，中间有个濂溪讲堂，是个书院。

山上猴子很多，经常出来骚扰人。山脚有十几户居民，都是漆户。山里面有漆树，长出的红芽如同香椿，不知道的人误食就会死掉，官府特意立了一块石头写明禁止采摘。沿着漆林往里走，树木葱茏，山路高远。

有个自称爱堂居士的人到这座山游玩，远远看到悬崖上有很多枯松，枝条晃动，走近一看，发现都是猴子，数目达六七万，老少公母都有，叫声凄惨，仿佛在啼哭。过了一会儿，有两只猴子从上面的悬崖过来，冲众猴招手，下面的猴子纷纷起来，扶老携幼，沿着悬崖往上爬，来到一个石台前。

忽然有大风刮过，石台后面出现一个怪物。这个怪物长得像猴子，但是比猴子小多了，只有一尺多高，猴子们见到它，纷纷伏身在地。这怪物跳上石台，站起来，身体忽然变大，足有一丈多高。过了一会儿，这怪物冲猴群招了招手，一只猴子来到它的跟前跪倒，怪物就伸出手，将猴子的头皮揭开，津津有味地吃起猴脑。

爱堂居士想继续观看，他的仆人却气愤不已，点燃了一个大爆竹朝那怪物扔去。轰隆一声响，猴子们吓得惊慌失措，很多掉下了山崖。那怪兽听到声音，纵身一跃，消失在山里。

有人说，那怪物叫石掬，长得像猴，专门吃猴脑。

此怪载于汉代杨孚《异物志》、清代袁枚《续子不语》卷十

1625 石鸟

唐代，崔玄亮在洛阳时，有一次在河边的沙滩上散步，看到一个石子，大如鸡蛋，黑润可爱，便拿起来盘玩。结果走了一里多地，那个石子轰然破开，一只长得如同巧妇鸟的怪鸟从中飞去。

此怪载于唐代段成式《酉阳杂俎》前集卷四

1626 石鼍

私诃条国的金辽山寺中有一个石鼍，寺里的僧人吃的喝的快要用完了，就会向它行礼，之后，吃喝之物会自然出现。

此怪载于唐代段成式《酉阳杂俎》前集卷十

1627
石像佛

李正己本名李怀玉，是侯希逸的小舅子。侯希逸担任淄青节度使时，任命李怀玉为兵马使。有人诬陷李怀玉，侯希逸暴怒，将李怀玉抓入牢房，想要杀了他。

李怀玉一肚子冤屈无法诉说，在监狱里用石头垒砌佛像，心中默默祈祷。时近腊日，李怀玉羡慕同僚能够自由在外，叹息着躺下来睡觉，忽然听到有声音在自己头上说："李怀玉，你富贵的时候到了。"李怀玉惊醒，见周围并没有人，诧异无比，重新躺下来，又听到声音："你听墙上有乌鸦鸣叫，便是你富贵之时！"等他醒了，依然没看到有人。过了一会儿，忽然数十只乌鸦聚集在墙上鸣叫。接着，大量的士兵涌进来，原来他们杀了侯希逸，共推李怀玉为主。

此怪载于唐代段成式《酉阳杂俎》续集卷三

1628
石鱼

宋代，青城县有个打鱼的叫李克明，一天打鱼回来，把竹篓里面的鱼倒进盆里，一条鱼忽然变成了石头，长四寸多，上面的鱼鳞如同真的一样。李克明的妻子很喜欢，就拿出来给儿子玩。儿子把鱼放在盛满水的碗里，鱼就活了。这条鱼放在水里面就变成正常的鱼，捞出来就变成石头，看到的人都觉得惊奇。后来有人把这条石鱼敲断了，鱼就再也没有活过来。

此怪载于宋代黄休复《茅亭客话》卷九

1629
食鸡虫

安吉人朱元之说，他的一个族人特别喜欢吃鸡，所以亲戚朋友招待他，只需要端上来一盘鸡就好。

一天，这人经过佃户家。天将晌午，佃户知道他喜欢吃鸡，赶紧去准备。此人忽然觉得困得厉害，想趴在桌子上眯瞪一会儿，对佃户说："我要睡觉，你别吵醒我。鸡做熟了之后放在桌子上，我醒了自己吃。"

佃户做好了鸡，见他睡得正香，将鸡放在桌上，站在一边等待。过了一会儿，佃户看见有个东西从这人的鼻孔中钻出来，爬到了做好的鸡上。这东西长得像蜈蚣，但是比蜈蚣短，身体漆黑，有很多爪子。佃户赶紧用碗盖住了这只怪虫。

时候不大，此人醒了，看到眼前的鸡，让佃户赶紧拿走，并且说："这味道闻起来臭得要死，我才不吃呢！"佃户将事情告诉此人，此人见了虫子，说："给我丢得远远的！"他让佃户再做一只鸡。佃户将做好的鸡放在他跟前，他皱起眉头，说："还是臭不可闻！"

自此之后，此人再也不吃鸡了。

此怪载于元代孔克齐《至正直记》卷三

1630
食象巨兽

安南有个猎人，善于用毒箭，技艺超群，凡是被他射中的猎物必死。开元年间，猎人入深山，在一棵树下睡着了，突然觉得有东西在推自己，睁开眼，发现是一头大白象。

安南人崇敬白象，称其为"将军"。见到这样的白象，猎人赶紧跪拜。大白象用自己的鼻子卷起猎人，将其放在背上，又将他的弓箭带上，然后在密林中奔驰百里，进入一个山谷，来到一块巨石前。

这里人迹罕至，两边皆是参天大树。大象来到这里似乎很畏惧，它放下猎人，伸出鼻子，指着大树。猎人会意，飞快地爬上大树，接着大象也急忙离开了。

猎人晚上在树上过夜，天亮时，发现巨石上有两只眼睛，灼灼放光。过了一会儿，出现一只巨兽，高十几丈，全身黑毛。接着，那头大白象率领着一百多头大象，来到巨兽跟前，趴伏在地，战战兢兢。巨兽选择了其中的两头，吃掉了，其他的大象才敢离去。

看到这情景，猎人才明白白象为何带自己过来，便对着巨兽开弓放箭。巨兽中了两支毒箭，愤怒异常，大声咆哮，张开大嘴来到树下想吃掉猎人。猎人不慌不忙，对着巨兽的大口不停射箭，巨兽很快便死掉了。

那些大白象小心翼翼地从巨石后过来，一步一停，来到巨兽跟前，确认巨兽的确死掉后，仰天大吼，吼声响彻丛林。大白象来到树下，屈膝跪拜。猎人下树后，大白象又带着猎人来到一个地方，刨开泥土，露出象牙万枚，又护送猎人来到了之前睡觉的地方。

猎人回去后，将事情禀明地方长官，地方长官带人将象牙取走。大家来到巨石前，发现巨兽只剩下了骨头。地方长官取了巨兽的一节骨头带回去，十个人才能勉强扛起来。这节骨头中间有孔洞，一个成年人在里头行走毫无障碍，足见巨兽之大。

此怪载于唐代戴孚《广异记》

1631
矢魔

清代时，蒲阴这个地方有妖怪，名为矢魔，形状如同一个大布袋子，经常晚上出来，臭气熏天。人们闻到臭味，就知道它会过来，赶紧躲避。这个妖怪不会害人，如果躲闪不及，衣服上就会被浇上屎尿，臭不可闻。当地人都说是粪壤为怪，时间长了就习以为常了。

此怪载于清代李庆辰《醉茶志怪》卷三

1632
豕怪

清代道光年间，沈葆桢去北京参加科举考试，经过河南某县时，天色已晚，只得找地方住宿。

当地的旅舍已经被参加科举考试的书生住满。见沈葆桢无处可去，店主说："我们这里实在没房间了，不过还有间屋子，但一直闹妖怪，你愿意住吗？"沈葆桢本来就不相信鬼神之说，马上答应了。

住进去之后，沈葆桢心里还是有些不安，点上蜡烛，假装睡觉。刚开始还挺平静，可到了半夜，从床底地里钻出来一个怪物。怪物身体很大，通体漆黑，外形如猪，顶着沈葆桢的床，吱吱作响。沈葆桢坐在上面，使劲往下按。那怪物坚持了一会儿，缓缓缩入地下，发出猪的哼哼声。沈葆桢怕怪物再出来，坐在床边，整晚没睡。不过，直到天亮，对方也没再出现。

此怪载于民国徐珂《清稗类钞》

1633
视肉

视肉，是传说中的一种怪兽。郭璞记载其形状像牛肝，有两只眼睛，割去它的肉，不长时间肉就又重新生长出来，完好如故。

此怪载于战国《山海经》卷六

1634
收香鸟 / 倒挂鸟

倒挂鸟，大如雀，绿色，晚上会将身体倒挂起来休息。养的人将其放在笼子里，用香薰它，它就会展开羽毛吸收香气。等客人来了，主人把它放在桌案旁边，用香引它，它就会伸展羽毛，释放香气，满屋芬芳。

交趾国进贡中原的贡品中，有一种名为收香鸟的怪鸟。这种鸟的羽毛能够吸收熏香的烟气。燃香之时，将这种鸟放在旁边，它能够吸纳香气。将鸟放到另外的房间，它张开翅膀，释放香气，氤氲四达。

此怪载于明代李诩《戒庵老人漫笔》卷一、清代董含《三冈识略》卷三

1635
守饭童子

清代，慈溪人袁玉梁擅长扶乩，附在他身上的是个姓汪的严州秀才。汪秀才因为参加科举考试，不幸淹死在七里泷，魂魄飘摇，找上了袁玉梁。

据汪秀才所说，成为鬼后，经常挨饿，会进入寻常人家偷食饭气。富裕人家的饭，肉脂多，吸了这种饭气之后耐饱；贫穷人家的饭，饭气稀薄，往往吃不饱。

鬼偷食饭气时，锅上会有守饭童子看着。守饭童子是灶王爷的手下，每次看到鬼来偷食饭气，就会追逐鬼，将其赶跑。

此怪载于清代袁枚《续子不语》卷三

1636
执湖

崦嵫山中有一种野兽，马的身子却长着鸟的翅膀，人的面孔却有蛇的尾巴，很喜欢把人抱着举起，名为执湖。

此怪载于战国《山海经》卷二

1637
蜀馆怪

山南步奏官马举，奉调入蜀。当时四川刚刚发生战乱，人烟稀少。晚上，马举进了一个驿馆，想借宿，听到东边厢房里有人说话，便去搭讪。那人说："堂屋有床，你自己去歇息吧。"

马举来到堂屋，见只有冷冰冰的土榻，就回去向那人求火。那人说："没有火。"马举向那人要席子。那人从屋子里扔出来一张席子，重十几斤。马举人高马大，身材强壮，不以为意，拿着席子回去躺下。半夜，有个怪物长得如猴，闯进马举的房间，跳上床榻。马举拿起大铁锥捶对方，怪物鬼哭狼嚎，抱头鼠窜。

天明，马举向那人告辞，那人十分生气，说："昨晚我见你孤身一人，让儿子去给你做伴，结果差点被你打死！"马举听后，觉得蹊跷，推门想进去，发现门推不开，从门缝里往里看，见里面空无一人，满是尘埃。

马举后来当上了太原大将，官至淮南节度使。

此怪载于五代徐铉《稽神录》补遗

1638
鼠粪虫

登封有个读书人，在外游学十几年后回到故乡。晚上，读书人还没睡着，忽然有星火从墙根处出来。星火刚开始像是萤火虫，慢慢变大，大如弹丸，在房间里飞来飞去，逐渐降低，距离读书人的脸只有一尺多远。

读书人仔细看了一下，发现光亮中有个女子，穿着红衫绿裙，头上插着钗子，甚是可爱。读书人伸手去抓，发现是一粒老鼠屎，里头有条小虫子，头是红色的，身体是青色的，便将其杀死了。

此怪载于唐代段成式《酉阳杂俎》续集卷二

1639
鼠狗

唐代，奸相李林甫的宅子里屡屡出现妖怪。家中南北边的沟里，常有火光大起，有时候有小孩举着火把出来。李林甫很讨厌这些事，在宅子里建了一座道观，名为嘉猷观。

一天早晨，李林甫起来要去上朝，命人取来书袋，里头装着记载上朝需要处理的政事的折子。接过书袋，李林甫觉得袋子比以往要重得多，便让仆人打开，从里面出来两只老鼠。两只老鼠掉在地上后变成了两条大黑狗，怒目圆睁，龇牙咧嘴，昂着头盯着李林甫。李林甫命人用弓箭射击，两条黑狗倏忽消失。

发生这种事，李林甫谎称自己不舒服，没有去上朝。当天，他果真得了病，没过一个月就死了。

此怪载于唐代郑处诲《明皇杂录》卷上

1640
鼠兽

武仙县这个地方有一种怪物名为鼠兽，长四尺，马蹄牛尾，形状如同猿猴，有两个乳房，声音好像婴儿。它把尿排泄在地上，就能成为一只幼崽。这种东西出现，会招来天灾。

此怪载于宋代乐史《太平寰宇记》卷一百六十五

1641
树下老头

晋代时，永康人舒寿夫和朋友在山里打猎，听见猎狗对着树林深处狂叫，觉得蹊跷，赶去看。见树下有个老头，高三尺，须发皆白，脸上满是皱纹，牙齿脱落，穿着一身黄衣服。

舒寿夫问他是什么人，从哪里来。老头说："我有三个女儿，长得十分美丽，而且多才多艺，能歌善舞，精通琴棋书画，对典籍深有研究。"舒寿夫和伙伴们将老头绑起来，让他将女儿叫来。老头说："我的这些女儿，住在洞庭湖里，需要我亲自前往，才能让她们来。麻烦你们给我松绑。"众人没有答应。

过了一会儿，老头变成了一只怪兽，皮毛黄色，四条腿，长得像狐狸，头长三尺，脑袋顶上长着一只角，耳朵高于头顶，脸和先前一样。

众人大惊，急忙放开了老头。老头倏忽不见。

此怪载于南北朝刘敬叔《异苑》卷八

1642
数斯

皋涂山中有一种禽鸟，形状像鹝鹰，却长着人一样的脚，名为数斯。人吃了它的肉就能治愈人脖子上的赘瘤病。

此怪载于战国《山海经》卷二

1643
双髻青衣

广陵有个书生，有次半夜睡醒，见一个扎着双髻的青衣女子，姿色美丽，在自己的脚边熟睡。书生知道她是妖怪，不敢接近，只好躺下来继续睡，早晨发现这个女子不见了，但是门和窗户都是关着的。自此之后，夜夜如是。

有个术士给了书生一张符咒，让他放在自己的头发里，用来抵御妖怪。当天晚上，书生假睡，见女子自门而入。女子径直来到书生跟前，解开书生的头发，取出那张符咒，笑着看了看，然后重新放到书生头发里，爬上床和往常一样睡觉，一点儿都不害怕。

后来，书生听说玉笥山有个道士符禁神妙，便去拜访。经过南昌，夏夜月下行船，因为太热，书生打开船窗睡觉，半夜见那个女子又睡在自己床上。书生悄悄爬起来，抓住她的手脚，扔到了江里，发出巨大的声响。

自此之后，那个女子再也没有出现。

此怪载于五代徐铉《稽神录》卷四

1644
水底小儿

传说，夜深人静的时候，用火照水底，便能够看见鬼神。东晋时，温峤等人平定了苏峻的叛乱，来到江西的溢口，他试着照了一次，果然看见一座寺庙显耀盛大，里面有很多人，又看见不少小孩子，每两个为一伙，乘坐轻便小车，让黄羊拉着，睁大眼睛向上看，十分骇人的样子。温峤当夜就梦见神人发怒道："应该让你知道知道厉害。"不久，温峤便病了。

此怪载于宋代李昉等《太平广记》卷二百九十四（引《志怪》）

1645
水孩儿

清代光绪年间，湖北沔阳新堤镇的一处河道，有一天水面上浮出一个小孩。一家茶馆的老板陈某将其收养，并且请来奶妈悉心照顾，不料几天后，小孩又不见了。大家四处寻找，发现他仍然浮在水面。陈某让人去救，小孩沉入江中，消失无踪。

此怪载于清代吴友如《点石斋画报》

1646
水猴

宋代时，有个叫陈森的人夜里在无锡住宿，忽然得病，儿子陈充得知后急忙找来大船，去接父亲。夜晚，陈充担心父亲的病情，在船里辗转反侧。船中有同行的人，吃肉喝酒，闹腾得很。

三更时分，有人看到有个怪物长得如同猕猴，从水中跳出来落到船上，大船顿时下沉，船里的人都很害怕，呵斥那怪物。怪物向他们要肉，有人扔给了它，它接住肉跳进水中消失了。

此怪载于宋代郭彖《暌车志》卷三

1647
水虎

汉水里面有一种叫水虎的妖怪，长得如同三四岁的小孩，全身满是坚硬的鳞甲，刀枪不入。七八月间，水虎喜欢在河滩上晒太阳。它的膝盖长得和老虎的膝盖很像，爪子常常沉在水里，把膝盖露出水面引诱人，小孩不知道，过来玩弄，就会被它拖入水中吃掉。

如果人能够抓住它，割掉它的鼻子，就能够使唤它。

此怪载于宋代钱易《南部新书》卷十（引《襄沔记》）、
明代张岱《夜航船》卷十七

1648
水马

求如山上蕴藏着丰富的铜，山下有丰富的玉石，但没有花草树木。滑水从这座山发源，水中生长着很多水马，形状与一般的马相似，但前腿上长有花纹，拖着一条牛尾巴，发出的声音像人的呼喊声。

此怪载于战国《山海经》卷三

1649
水脉

三国吴赤乌八年（245年），有个叫陈勋的校尉开凿句容的河道，挖河底时发现一个奇怪的东西，没有头，也没有尾巴，长一百多丈，蠢蠢而动，过了一会儿，全部变成了水。有认识的人说这种怪物名为"水脉"。

从此之后，每次大旱，其他的地方都干涸了，唯独水脉消失的这个地方始终都有水。

此怪载于南北朝刘敬叔《异苑》卷一

1650
水犀

水犀生活在平定县周围的大海里，似牛，它出没的时候身体放光，如果走入水中，水会随之分开。

此怪载于晋代顾微《广州记》、南北朝沈怀远《南越志》

1651
水魒

水魒，大如喜鹊，身体漆黑，双翅洁白，脑袋如燕子，尾巴很长，它出现的地方，会发生大水。

道州这地方有很多水魒，它们喜欢吃鱼。当地人有时看到溪涧中有磷火，明明灭灭，之后，水中鱼虾一扫而空。

此怪载于唐代王冰《玄珠密语》卷十六、清代黄如谷《道州志》卷十二

1652
水中虎

人们都知道老虎生活在陆地上，却很少知道水中也有老虎，名之为水中虎。

清代康熙年间，有个叫朱鹿田的人，曾在松江提督家里看见过这种妖怪。提督将水中虎养在池子里，用铁栅栏围上。这头水中虎只吃鱼虾，不吃生肉。

《象山志》记载，有个当地渔民在海里打鱼，用网抓住过一头水中虎，在网里时还活着，出水即死。渔民剖开它的肚子，里头有三头小虎。

此怪载于清代袁枚《续子不语》卷五

1653
司夜鸡

汉武帝时，有一种司夜鸡，能够从夜里到早晨，跟着鼓的节奏而啼叫，一更时叫一声，五更时叫五声，又叫五时鸡。

此怪载于汉代郭宪《汉武帝别国洞冥记》卷三

1654
虦

虦是传说中的一种怪兽，长得像老虎，但是有角，能够行于水中，有时也生活在地上。据说四川的汶川县，汉代叫绵虦县，便是因为出现虦而得名。

此怪载于汉代许慎《说文解字》第五上，宋代陈彭年、丘雍《广韵》卷一，
明代曹学佺《蜀中广记》卷五十一

1655
四老太

清代，云南大理赵州西门外十八里，有个深潭，那里塑有一个女子的像，当地人都称之为四老太。

每到发生干旱的时候，官府就写下文牒送往城隍庙，

然后到四老太跟前祭祀。祭祀时，会有一个巨大的瓢浮现于水面，然后出现一条鱼，状如蜥蜴，鱼鳞鱼尾，四腿五爪。

官府让老百姓敲锣打鼓将这条怪鱼抬到城隍庙，放置在几案上，很快大雨就会瓢泼而下。求雨成功后，官府还会祭祀，并将鱼送回深潭。

此怪载于清代东轩主人《述异记》卷下

1656 兕

兕的长相似牛，头上长有一只角，又叫独角兽，象征文德。古人经常将兕的形象刻在青铜器上作为装饰。还有一种说法，说兕长得像老虎，但是比老虎小，不吃人，夜间喜欢独自站在山崖绝顶，听泉水的声响，直到天亮禽鸟鸣叫才返回巢穴。

商末，姜子牙为西周的司马，带领军队伐纣王，到黄河孟津渡的时候，对手下大声说："仓兕！"所谓的仓兕，是水中的怪兽，过河的时候一定要快，慢了，仓兕就会把船打翻。

此怪载于战国《山海经》卷十，明代王圻、王思义《三才图会》鸟兽卷四，明代张岱《夜航船》卷十七

1657 竦斯

灌题山中有一种禽鸟，形状像一般的雌野鸡，却长着人的面孔，一看见人就跳跃，名为竦斯。

此怪载于战国《山海经》卷三

1658 宋掖庭怪

宋代元丰末年，有一个长得如同席子的怪物，出现在宋神宗寝殿之中，很快宋神宗就驾崩了。元符末年，怪物又数次出现，接着宋哲宗驾崩了。

到大观年间，这个怪物白天也开始出现。政和之后，怪物只要听到人讲话便会出来，出来时往往伴随着墙倒屋塌一般的声响。

怪物长得像鱼，一丈多长，金眼，全身冒着黑气。它的黑气所到的地方，

腥血四洒，让前来的士兵无法使用兵器。怪物有时变成人形，有时变成驴，多出现在掖庭之中。因为接触得多了，宫里人也便不觉得害怕了。

宣和末年，怪物突然消失了。不久后，汴梁被金兵攻破，宋徽宗、宋钦宗被俘虏到北方。

此怪载于明代谢肇淛《五杂俎》卷一

1659
诵经颅骨

唐代贞观年间，玉润山悟真寺有个僧人，晚上经过蓝溪，听到有人念诵《法华经》，声音小而且听起来距离遥远。当时满天星斗，月华朗照，几十里荒芜人烟，僧人有些害怕，急忙回到寺里，将这件事告诉了其他的僧人。

第二天，这些僧人一起去蓝溪，听到诵经声从地下传出来，于是做好标记，第二天往下挖，挖出来一个颅骨。骨头已经快要腐朽了，但是嘴唇和舌头却跟活人的一样。僧人们将其带回寺中，装在石盒里，放在千佛殿的西屋。

从此之后，每到晚上这个颅骨便在石盒子里念诵《法华经》。长安男女老少有几千信众都亲耳所闻。

后来，有个新罗的僧人来到寺里住下。一年多后，一天寺里的僧人全都下山了，新罗僧人偷走了石盒。寺里的僧人急忙追赶，发现这个新罗僧人已经上船逃掉了。

此怪载于唐代张读《宣室志》卷七

1660
搜山大王

宋代，温州瑞安有个道士叫王居常，后来还俗，去山东做生意，犯了事被捉拿，后逃脱跑到了开封，晚上梦到有人对他说："你明天应当死，如果遇到一个骑着白马、带着弓箭的人，就是杀你的人，赶紧叫他'搜山大王'，求他饶你一命。如果他笑，你就能活命；如果他发怒，你必死无疑。这是因为你前世曾经杀过人，是你的报应。"

第二天，王居常在深山中行走，果然看到一个带着弓箭、骑白马的人，赶紧跪拜喊搜山大王饶命，那人大笑而去。王居常因此活命，回到家乡，让人画了那人的像，虔诚供奉。

此怪载于宋代洪迈《夷坚志》甲志卷第七

1661
嗽金鸟

汉明帝即位的第二年，建了一个园子专门饲养禽鸟，远方的异国进贡来的珍禽都养在里面。当时，昆明国进献来一种名为嗽金鸟的鸟，他们说："距离燃洲九千里的地方，出产这种鸟。鸟长得如同麻雀，羽毛黄色且柔密，经常翱翔在海上，捕鸟的人得到了，会认为是极其吉祥的事。所以我们越山过海，来献给大汉。"汉明帝得到此鸟后，养在灵禽之园，食之以珍珠，饮之以龟脑。这种鸟经常吐出粟米大小的金屑，收集起来可以铸造器皿。

汉武帝时，有人献来神雀，应该也是这种鸟。这种鸟畏惧霜雪，汉武帝专门为它们盖了小屋子，名曰"辟寒台"，并且特意用水晶做窗户，让内外通光。当时宫里的人争相用鸟吐出来的金子打造头钗、佩饰，取名"辟寒金"，而且说："不服辟寒金，哪得帝王心？"所以那些想要得到君王宠爱的人，争相用这种金子做装饰。

后来，曹魏代汉，饲养嗽金鸟的房舍毁于战火，这些鸟也飞走了。

此怪载于晋代王嘉《拾遗记》卷七

1662
嗽月

岱舆山，也叫浮析，山中有一种怪兽，名为嗽月，形状如豹，喝金泉里的水，吃银石的石髓，在夜里喷出的白气，光芒灿烂如月，可以照亮周围几十亩的地方，传说黄帝的时候曾经捕获过这种怪兽。

此怪载于晋代王嘉《拾遗记》卷十

1663
肃

新莽时，南阳集市中出现了一个肉块，刀砍不破，针扎不进。王莽命人向费长房询问，费长房说："这东西，叫肃，又叫伏，中间藏有铁卷，长二尺六寸，写着'王家衰，刘家当兴'。必须用七岁女童的尿浇在上面，才能打开。"王莽让人按照费长房所说去办，果然如此。

三国公孙渊时，襄平城北面的集市上也出现了肉块，长、宽好几尺，有头、眼和嘴巴，但是没有手脚，兀自乱动。巫师占卜后，说："有形不成，无体无声，其国灭。"后来，公孙渊果然败亡。

前赵昭武帝建元元年（315年）正月，平阳发生地震，当地的崇明观塌陷成为一个大池，池中的水赤色如血，散发出来的红色雾气直冲天际，一条红龙迅疾腾空而去。当时，流星从牵牛星划过，进入紫微星，然后坠落于平阳城北十里之处。有人去查看，发现流星落地，变成一个大肉块，长三十步，宽二十七步，臭不可闻。肉块的旁边经常有哭声，昼夜不止。几天后，刘聪的皇后生下一条蛇、一头怪兽，伤害了不少人后逃掉了。刘聪派人寻找，在肉块的旁边找到了它们。后来刘聪的皇后死掉，肉块旁的哭声才消失。这种肉块出现，往往都是亡国之兆。

此怪载于晋代陶潜《搜神后记》卷七、清代褚人获《坚瓠集》秘集卷六

1664
酸与

景山上向南可以望见盐贩泽，向北可以望见少泽，山北阴面多出产赭石，山南阳面多出产玉石。山里有一种禽鸟，形状像一般的蛇，却长有四只翅膀、六只眼睛、三只脚，名为酸与，在哪里出现哪里就会发生使人惊恐的事情。

此怪载于战国《山海经》卷三

1665
碎蛇

传说云南孟艮这个地方，有一种怪物叫碎蛇，每天都会爬上树，掉下来就会摔得粉碎，不过很快就又会聚合成一条蛇，蜿蜒爬走。如果得到这种蛇，用它治疗跌打损伤、断骨效果很好。

此怪载于清代赵翼《檐曝杂记》卷三

1666
笋根稚子

清代，河南西华县黄湾寨有个叫李泰真的人，他家门前有一片竹子，稀稀疏疏，不是特别浓密。村里的孩子在竹林里玩耍，纷纷大声说看到竹子根部有个三寸高的小人，往来跳跃。李泰真跑到跟前，见小人已经没入泥土，便取来工具往下挖，果然挖出一个小人，眉目口鼻都有，手和脚长得好像鸟的爪子，皮肤又白又嫩。

此怪载于清代钮琇《觚剩》卷五

1667
梭龙

晋代，陶侃在钓矶山下钓鱼，在水中得到一个织梭，回家后挂在墙壁上。过了一会儿，风雨大作，雷电交加，那个织梭变成一条红色巨龙，腾空而去。

此怪载于南北朝刘敬叔《异苑》卷一、明代张岱《夜航船》卷十七

1668
锁锁

回纥野马川有种树名为锁锁树，点火焚烧，火经年不灭，而且不产生灰烬。这地方的女子用其树根制作的帽子，放在火里同样不会被烧毁，如同传说中的火鼠布一般。

此怪载于元代陶宗仪《南村辍耕录》卷二十三

1669
太公

宋代，永嘉这个地方，有户姓项的人家，家中闹妖怪。经常有一个东西，长得像人，披头散发，自称太公，出现在家里。时间长了，家人也就不觉得奇怪了。凡是想要什么东西，只需要在厨房里叫一声太公，东西就会出现。项某的妻子怀孕，想吃馒头，就叫了一声太公。二更时分，太公果然捧着一笼馒头前来，还冒着热气呢。

过了几天，外头传闻有人在七尺渡的渡口做水陆法事时，丢了一笼馒头。

后来，项某的妻子生下孩子，长得如同冬瓜，没有眉毛和眼睛，只长着嘴。项某和妻子觉得是妖怪，就想溺死儿子，忽然听到太公的声音从空中传来："这

孩子不能溺死，你们好好喂养他，我定当重谢。"过了两个多月，项某的妻子抱着孩子在床上，太公拿了很多银子放在她的面前，然后抱起孩子就走了。自此之后，太公再也没来。

此怪载于宋代《异闻总录》卷三

1670
太社

宋代宣和七年（1125 年），相州有个读书人来京城，接到调任的命令，从封丘门出去赴任，看见一个穿着红衣服、戴着头帘的女子在马前赶路，相距十几步，没有仆人跟随。读书人很奇怪，就打马追赶，那女子并没有加速赶路，但始终追不上。

到了陈桥镇，女子停下来，回头对读书人说："我是太社，你这家伙真是无理！"说罢，一阵风吹过，女子的头帘掀开，但见其面大如盘子，没有口鼻，脸上有十只眼睛，闪闪放光。读书人吓得怪叫一声，昏倒坠马。

也是宋代，有个叫吕文靖的人，晚上在月光下散步，看到一个穿着红衣服、戴着头帘的女子。吕文靖没搭理对方，女子就说："官人，你怎么不看我？"吕文靖依然没理。女子几次三番说，吕文靖掀开女子的头帘，见上面全是眼睛，就骂道："你长着这副嘴脸，还让人看呀！"女子一声不吭，过了一会儿，赔礼道："官人你真是有宰相的器量！"然后就消失了。后来，吕文靖果然做了宰相。

此怪载于宋代《异闻总录》卷四

1671
太岁

中国人有句话，叫"太岁头上动土"，比喻那些不知深浅、行事胆大妄为的人。太岁的厉害，可见一斑。

唐代时，晁良贞以善于判案而知名。他性情刚烈勇猛，不怕鬼。有一年，他家盖屋子的时候，从地下挖到一块肉，很大。晁良贞知道它是太岁，乃是不祥之物，就打了它几百鞭子，然后把它丢在大路上。那天夜里，晁良贞派人偷瞧。三更之后，有很多乘车骑马的人来到路上，笑着问："太岁兄一向厉害，为什么今天受到这样的屈辱？你难道不想报仇吗？"太岁说："没办法呀！晁良贞这家伙是个狠人，而且正春风得意，我拿他没办法呀。"天亮的时候，那块肉就不见了。

也是在唐代，上元年间，有一户姓李的人家，挖地挖出来一块肉。民间传说得到太岁，打它几百鞭子，就能免除祸患。李氏打了它九十多鞭子，太岁忽然腾空而起，不知跑哪儿去了。自那以后，李氏家里七十二口人，差不多都死光了，只剩一个小儿子，因为藏了起来，才侥幸留了一命。宁州有一个人，也挖到了太岁，大小像写字的方板，样子像赤菌，有几千只眼睛。家里人不认识，把它丢了出去。有一位胡僧听说了，吃惊地对他说："那是太岁，应该赶快埋起来！"那人急忙把太岁送回原处，可一年之后，这一家人几乎死光了。

宋代时，怀州有个人带着仆人挖地，挖到了一个大肉块，大三四升，用刀割，跟羊肉一样。仆人说："土中肉块，那是太岁，挖出来会招来灾祸的！"这人说："我不知道什么太岁！"又继续挖，挖到了两块。不到半年，这户人家家破人亡，连牛马都死光了。

此怪载于唐代戴孚《广异记》、金代元好问《续夷坚志》卷一

1672 太液炼形女

浙江嘉兴府某县有个沈尚书坟，坟的墓道后来变成了路。明代万历十九年（1591年），行人从上面走时，听到从地下传来空谷之声。周围的人以为其中有好东西，便一起前去挖掘。

墓道上方一丈多，是坚固的青砖。众人挖开后，见一个摆满祭品的石案，上面的器皿皆用金子制作，精巧异常。石案后头是石椁，高九丈五寸，宽七尺二寸。有人用斧头敲了敲，石椁里传来人声，说："石椁里没有值钱的东西，案上的那些金器，你们拿走吧。"大家十分惊奇，觉得石椁里头肯定有好东西，打开石椁，见里头有具木棺。棺材中有人叹息道："我是太液炼形女，在此修炼了二百多年，还有十八年就能功德圆满，你们不要伤害我，否则我又要坠入轮回。"

众人不信，打开木棺，看见一个年轻女子闭目盘腿而坐，肌肤如玉，颜色如生，指甲长得缠住了身体。这帮人觉得女子是妖怪，用锄头打死了她。当时围观的人很多。

后来，这帮人因为分财不均，被官府知道。官府以盗墓罪处罚了他们，并将棺木原地安葬。

此怪载于清代褚人获《坚瓠集》余集卷一

1673
泰逢

和山上不生长花草树木，到处是瑶、碧一类的美玉，是黄河中的九条河流所汇聚的地方。这座山盘旋回转了五层，九条河水从这里发源，然后汇合起来向北流入黄河，水中有很多苍玉。泰逢主管这座山，它的形貌像人，却长着虎一样的尾巴，出入时都会闪光。

此怪载于战国《山海经》卷五

1674
唐永鸣

唐永鸣，人身，长着骆驼的脑袋，穿着红衣，光脚，手持小刀，多出现在锅灶旁边，偷盗食物，能够让食物变凉。人吃下这种食物，便会生病。

此怪载于宋代《太清金阙玉华仙书八极神章三皇内秘文》（收录于明代张宇初《道藏》）

1675
饕餮

饕餮是我国古代著名的妖怪，"四凶"之一。关于它的形象说法很多，有的书中记载，饕餮有头无身，贪吃，吃人囫囵下咽，后来太饿，连自己的身体都吃掉了。所以，常用饕餮比喻贪婪的人。

还有的典籍记载，饕餮生长在大地的西南方，全身长毛，长着猪的脑袋，贪婪如狼，喜欢搜集积累财物，不吃人类的五谷杂粮，强壮的吃掉老弱的，看到成群结队的人就畏惧，看到孤身的人就会袭击。

此怪载于秦代吕不韦《吕氏春秋》卷十六、汉代东方朔《神异经·西南荒经》

1676
梼杌

梼杌是我国古代著名的妖怪，"四凶"之一。梼杌生长在大地的西荒，体格像老虎而毛像狗，毛很长，长着人的脸、老虎的腿，嘴巴长有像野猪一样的獠牙，尾长一丈八尺，在西方称霸，能斗不退，也叫傲狠、难驯。

此怪载于汉代司马迁《史记》卷一、汉代东方朔《神异经·西荒经》

1677
嚏出

徐州有个叫梁彦的人，患了一种鼻塞打喷嚏的病，很长时间也没治好。有一天，他正在睡觉，感到鼻子特别痒，急忙坐起身来打了一个大喷嚏。有个东西突然被喷出来落到地上，形状像屋脊上的瓦狗，有指头那么大。他又打了一次，又喷出一个。一共打了四次，就喷出来四个。这四个小东西蠢蠢爬动，聚集到一起互相嗅闻。片刻之间，只见一个强健的吃了其中一个体弱的，吃下后身子顿时见长。一会儿的工夫，互相吞吃后只剩下一个，身子比老鼠还大。它伸出舌头去舔自己的嘴唇。

梁彦非常吃惊，用脚去踩，而它却沿着梁彦的袜子向上爬，逐渐爬到他的大腿上。梁彦抓着衣服用力抖动，可这东西黏在上面不下来。一会儿它钻入衣襟下，爬到梁彦腰侧时，就用爪子抓搔。梁彦非常害怕，赶忙解开衣服脱下扔到地上。一摸，那个东西已贴伏到腰上，用手推，推不动；用指甲掐，却很痛，竟然成了附在皮肤上的肉瘤。它的嘴和眼已经闭上，好像一只趴着的老鼠。

此怪载于清代蒲松龄《聊斋志异》卷五

1678
天朝神

天朝神不是神仙，而是一种迷惑人的妖怪。淮海一个姓朱的人家，有个女儿还没出嫁，被一个妖怪作祟，称呼对方为"韩郎"。家里人从来没见过它，只能听到它的声音，自称天朝神。朱某觉得很奇怪，就禀告给了太守高燕。高燕用朱砂将"天朝神"三个字写在纸上，然后贴在朱某女儿屋子的门上。那妖怪再来的时候，看到那张纸，连连叹气，就消失了。

此怪载于五代孙光宪《北梦琐言》卷九

1679
天狗

天狗是古代较为出名的妖怪之一，又叫天犬，出现意味着天下将会有刀兵之灾。

《山海经》记载，天狗住在阴山，形状像野猫，却是白脑袋，发出的叫声与"猫猫"的读音相似，人饲养它可以辟凶邪之气。

古代典籍中，天狗除了是怪兽，还有另一种形象，那就是流星。《汉书》记载，天狗状如大流星，长得如同狗，坠下来的时候，火光冲天，千里破军杀将。

传说天狗坠落的地方，会有伏尸流血。

古代行军打仗的时候，军队上方有时会出现牛、马形状的黑气，逐渐融入军队中，称之为"天狗下食血"。如果出现这种情况，这支军队一定会败散。

陕西有白鹿原，周平王的时候，有白鹿出现在原上，故此得名。原上有座堡，叫狗枷堡，秦襄公时，有一只天狗来到堡里，凡是有流贼过来，天狗就会吠叫保护堡里民众的安全。

元代至正六年（1346年），天狗坠地，云南玉案山忽然生出无数的红色小狗，群吠于野。

明代，国子监祭酒、文渊阁大学士宋讷的墓在苏州沙河口。清代乾隆年间，坟墓旁边住着一个姓陆的老太太，晚上看到一个长得像狗一样的怪物从空中跳下来，到河里捕鱼，一连几个月都是这样，不知道是怎么回事。后来，守墓的人看到墓前华表上少了一只天狗，过几天，天狗又回来了，这才知道是它在作怪。守墓人打碎了华表，以后就再也没有怪事发生。

清代康熙年间，钱塘有个孙某，邻居从他家门前过，看到他家屋脊上蹲着一个怪物，长得像狗，却如同人一样站立，头尖嘴长，上半身是红色，下半身是青色，尾巴如同彗星，几尺长。邻居赶紧叫孙某，一开门，那东西就飞入云端，发出巨大的声响，如同霹雳一样，向西南飞去，尾巴上火光崩裂，很久才熄灭。

传说天狗不仅吃月亮，还会吃小孩，所以妇女、儿童很怕它。

此怪载于战国《山海经》卷二、汉代辛氏《三秦记》、汉代班固《汉书》卷二十六、南北朝沈约《宋书》卷七十九、宋代曾公亮等《武经总要》后集、明代郎瑛《七修类稿》卷四、明代王兆云《白醉琐言》卷上、明代谢肇淛《五杂组》卷一、清代钱泳《履园丛话》丛话十六、清代东轩主人《述异记》卷中

1680
天鸡

传说大地的东南方有座桃都山，山上长着一棵叫桃都的大树，树冠伸展三千里。树上面有一只天鸡，当太阳照到大树的时候，天鸡鸣叫，天下的公鸡都会跟着叫。

此怪载于晋代郭璞《玄中记》等

1681
天马

马成山上多出产有纹理的美石，山北有丰富的金属矿物和玉石。山里有一种野兽，形状像普通的白狗，却长着黑脑袋，一看见人就腾空飞起，名为天马。

此怪载于战国《山海经》卷三

1682
天魔

唐玄宗时，洛阳有个妇人患魔魅之症，前后请许多术士治疗都没治好。

妇人的儿子拜见叶法善道士，求他为母亲作法除邪。叶法善说："让你母亲得病的，是一种叫天魔的妖怪。它犯了罪，被玉帝谴责，暂时留在人间，不过刑罚已满，不久将自动离去，不必特意打发它。"

妇人的儿子认为这是推脱的话，所以一个劲儿地恳求。叶法善只得答应，带人深入阳翟山中，来到绝岭上的一个水池边，在池边做禁妖邪的法术。过了不久，水中出现一个头髻，像三间屋子那么大，慢慢头露出来。怪物露出两眼，闪烁如电光。不一会儿，云雾四起，怪物就消失了。

此怪载于唐代戴孚《广异记》

1683
天投蜺

汉灵帝时，有黑气从温德殿上坠下，大小如同车盖，发出隆隆的巨响，升腾不止，五种颜色，有头，身体长十几丈，长得像龙。汉灵帝问蔡邕这是什么东西，蔡邕回答说这东西名字叫天投蜺，不见足尾，所以不能称之为龙。

汉灵帝后来找巫师占卜，巫师称："天子对内迷恋于女色，朝廷里又没有忠臣，此物出现，预示着天下将乱，兵戈将起。"

此怪载于明代张岱《夜航船》卷一

1684
天吴

天吴，是传说中的水伯，住在朝阳谷，有着野兽的形状，长着八个脑袋、人的脸面，八只爪子、八条尾巴，背部是青中带黄的颜色。

此怪载于战国《山海经》卷九

1685
天虾

天虾，颜色洁白，广东的西江里有很多，长得如同蛱蝶。每年四五月间，它们从空中飞入水里，变成一种虫子，黄鱼特别喜欢吃这种虫子，因此称之为黄鱼虫。当地的渔夫喜欢抓住那些还没来得及变化的天虾，烤着吃，味道十分鲜美。韶州相江，有一年从天上掉下来许多天虾，大如灯蛾，比灯蛾多了两只翅膀，当地人觉得特别怪异。

此怪载于清代屈大均《广东新语》卷二十四

1686
天医

传说天雷惩罚击毙人，一定会有一种名为天医的妖怪跟随，如果天雷误杀了人，它则会将那个倒霉蛋救活。

有两个人，同行遇雷，都被劈死，其中一人恍惚看到一个长得像僧人的家伙坐在他旁边，用手抚摸他的脑袋，说："抱歉，劈错了，你们不应该死，不要害怕，你们的家人很快就会来找你。"周围有看到二人惨状的人，立刻回去告诉他们的家人。家人哭号着赶来，发现那二人死而复生，而天医则消失不见。

此怪载于清代王士禛《池北偶谈》卷二十三

1687
天坠草船

明代松江城的西面有个人叫董仲頮，为人敦厚老实。

成化年间的一天，天空晴朗，万里无云，很多人看到空中有只小船，从东飞到西，又从西飞到东，最后坠入董仲頮家里。看到这景象的人很多，大家纷纷去他家，发现那是一只用茭草扎的小船。当时，董仲頮正患病，听了之后并不惊讶，只是说："这船是来接我的。"过了不久，董仲頮就死了。

此怪载于明代祝允明《志怪录》卷一

1688
鯈鱼

彭水从带山发源，向西流入芘湖之水。湖水中有很多鯈鱼，形状像一般的鸡，却长着红色的羽毛，还长着三条尾巴、六只脚、四只眼睛，它的叫声与喜鹊的鸣叫声相似，吃了它的肉就能使人无忧无虑。

此怪载于战国《山海经》卷三

1689
铁马甲士

盛八，名挺，字特夫，是开封尹盛章的族孙，寄居在金坛县的小曲观。盛八有三个儿子，大儿子叫盛木，考中了进士，二儿子叫盛粟，三儿子叫盛果。

绍兴十九年（1149年）十一月十九日傍晚，盛八家里出现了妖怪——一百多个身高仅三寸、穿着盔甲、骑着铁马的士兵，分为两队，在他家院子里厮杀作战，而且之后每天增加几十个，一直持续了半个月。这些士兵敲响战鼓，喊杀声震耳，吵得要死。盛八难以忍受，气得拿起大砖头扔过去，这些士兵则散走于门堂庖厕之间，然后再次集结。它们有时丢下的弓箭刀矛，非常小，但是形制和真正的武器一模一样。

半个月后的一天傍晚，这些士兵突然消失不见。当年年底，盛八病故。盛八的大儿子盛木，很快也死去。二儿子盛粟突然失踪，怎么也找不到。盛八的妻子徐氏害怕再发生祸事，带着家人去常州投奔表叔，才安然无恙。

此怪载于宋代洪迈《夷坚志》支丁卷第二

1690
铁蛆

北方有座古寺，寺中有口大铁锅，做出来的饭可以供几百人吃。一天晚上，铁锅忽然发出牛吼之声。早晨人们去看，发现锅已经破了。铁锅的洞里，有几百只虫子，颜色赤红，还能蠕动。

此怪载于宋代周密《癸辛杂识》续集下

1691
铁塔神

辽代，蔚州城内有座佛寺，里面有尊铁像，十分灵验，城里的人尊称其为铁塔神，供奉得十分虔诚。辽快要灭亡的时候，有人看见铁塔神奔走于城外，寺庙里的和尚听说了去查看，发现神像全身流汗。

当天晚上，寺里的方丈梦见铁塔神前来说："我接到了命令，让我拘拿城里的灵魂。明天午时，女真的军队会来破城，城里会有一千三百多人死掉，寺里有四十多个僧人也应该死，你也在其中。长久以来，得到你的照顾，我已经想了办法，替你换了个灵魂，你赶紧走。"

方丈梦醒之后，赶紧告诉寺里的僧人，僧人都觉得这是胡说八道。方丈觉得不对劲，就自己一个人去后山躲避，走了约莫五里，忽然发现自己把白金盂忘在寺里面，就回到寺里取。结果女真军队果然围住了城池，攻打了进来。后来人们发现，城中死了一千三百多人，寺里的僧人死了四十多个，那个方丈也没幸免。

此怪载于宋代洪迈《夷坚志》甲志卷第一

1692
铁小儿

唐代，长孙绎有个亲戚姓郑，为一郡的太守，别人尊称其为郑使君。郑使君有两个儿子，他十分疼爱他们。其中一个儿子十五岁，郑使君派了十几个仆人服侍他。

一天夜里，仆人们正在吃饭，郑使君的儿子独坐于院中，忽然听见窗户东面有什么东西走过来，脚步声很重，每走一步都发出很大的声响。不一会儿，那东西走到郑使君的儿子跟前，原来是一个小铁孩，三尺高，特别粗壮，红眼睛，大嘴巴。它对郑使君的儿子说："喂，你妈叫你去吃奶！"郑使君的儿子吓得惊叫不止，仆人们急忙报告给郑使君。

郑使君领着十几个人，拿着大棒击打这个怪物，发现就像打在石头上一样。怪物慢慢地下了台阶，向大门南面走出去。众人用刀斧砍它，没用，这家伙毫毛都没被伤到一根。后来，有人用火烧它，怪物开口大叫，声如霹雳，逃出衙门，抬脚踩进车辙里，消失了。

此怪载于宋代李昉等《太平广记》卷三百六十二（引《纪闻》）

1693
铁云罗耶

铁云罗耶，善施云雾，形态如同小孩，脑袋后面长着眼睛，眼睛能够发出雷电之光，手脚像鸟爪，夜里能够冒出火光，经常躲在妇女的肚子里。它出现的人家，家里会衰落不昌盛。这种妖怪是还未修成正果的乖龙所化。

此怪载于宋代《太清金阙玉华仙书八极神章三皇内秘文》（收录于明代张宇初《道藏》）

1694
听笛怪

清代，宜兴有个姓沈的书生，一边耕种一边读书，在所住的地方三里外，依山建起一座石灰窑，借此赚钱养家。

一天晚上，书生乘着月色带着横笛去石灰窑检查工作，对窑工们说："你们辛苦了，赶紧回去休息休息，喝点酒放松下，我在这里吹笛等你们。"窑工们高兴地离开。

书生吹笛，笛音清亮婉转，引得林间群鸟应和鸣叫。突然，有个身高数丈的怪物从山下来到窑前。书生吓了一跳，笛子掉在地上。怪物从地上捡起笛子，递给书生。书生稍稍平静了下来，知道这怪物想听自己吹笛，便吹奏新学的曲子取悦它。怪物像人一样坐着，似乎很高兴，随着音乐的节拍点头、拍手。书生一边吹笛一边想办法，为了防止怪物吃掉自己，悄悄用脚将铁钳踢到燃烧的窑火里，因为这个动作，搞得好几次笛子掉在地上，怪物没有发现，屡次为书生捡起。趁着怪物松懈，书生急忙从火中拔出铁钳，用力钳住怪物的脚。怪物大吼一声，声震岩谷，跑掉了。

书生掉头往家里赶，快到家碰见一帮窑工前来。他将事情告诉了窑工们，坚决阻止窑工们回去干活。

第二天，大家一起到石灰窑，发现窑毁屋塌，树木倒伏，一片狼藉。

此怪载于清代赵吉士《寄园寄所寄》卷五（引《宿海手抄》）

1695
狪狪

泰山上盛产玉，山下盛产金。山中有一种野兽，形状与一般的猪相似而体内却有珠子，名为狪狪。

此怪载于战国《山海经》卷四

1696
铜神

衡阳唐安县东边有个池塘，名叫略塘。塘中有铜神，经常发出声音，卷起水浪，此时池塘里面的水会变成绿色，发出铜的腥气，让里面的鱼全部死掉。

此怪载于唐代段成式《酉阳杂俎》前集卷十

1697
瞳人

长安书生方栋天资聪慧，颇有才名，然而率性风流，举止轻佻，一见了年轻貌美的姑娘，便心思蠢动，忍不住要跟上去，偷偷摸摸很是猥琐。

清明节的前一天，他在城郊偶然见到一队华美车仗，几个小婢各自骑马缓缓相随，其中一个骑小马的婢女尤其漂亮。他一时飘飘然，不由自主跟了过去。走近一些，发现车帘子竟是拉开的，里面坐着一位红装女郎，年纪十五六岁，貌若天仙，比刚才马上的婢女美丽多了。只看了一眼，方栋便觉魂灵早已飘在半空，一时瞻恋不舍，或前或后，不知不觉跟着马车跑了好几里路。

女郎忽然停车，将一婢女唤到车前道："还是将帘子放下吧。不知哪里来的书生，讨厌死了，快将他赶走。"婢女听了，忙将帘子放下，转而对方栋斥道："此乃芙蓉城七公子新娘子回娘家车仗，岂容贼眼亵渎！"说完抓起一把尘土向他扬去。

方栋一不留神，立时被沙子迷了眼睛。待到忍痛勉强睁开眼时，路上车马早已消失无迹了。惊奇之余，颇感遗憾，但也只好作罢回去。

回来后他的眼睛一直不舒服，让人扒开眼皮一看，才发现两眼各长了一层翳子。到第二天，翳子越发大了，堵在眼睛里极为痛苦，直惹得眼泪肆意横流。数日之后，左眼翳子已经厚如铜钱，而右眼竟长成了螺旋状，像个田螺。虽已请郎中治疗，无奈百药无效。方栋懊闷欲绝，每每回想起当日之事，便自责忏悔不已。

后来听说《光明经》能化解苦难，方栋便寻来一卷，请人日夜教授念诵。一开始极不适应，每一念诵，便觉烦躁不安，但久而久之，也渐渐习惯了。之后他每天什么也不做，只是趺坐念经。如此过了一年，万缘俱净，尘念皆空，一切都看得开看得淡了。

一日，方栋忽闻左眼中一个很小的声音说道："如此漆黑一片，真是烦死人了。"随即右眼中有小语应道："不如一同出去散散心，出此闷气。"话音刚落，只觉鼻孔里奇痒难耐，似乎有两个小东西爬了出去。过了很久又回来，仍从鼻孔进入，一直回到眼眶里。一个声音说："许久不见园子，不想满园兰花竟都枯死了。"

方栋素爱兰花，园中多有种植，以前自己每日浇灌，自失明后，力不从心，也就只好听之任之了。此时听到小瞳人的话，不觉一阵感伤，忙将妻子唤来责问。妻子听了诧异，问他怎么知道。他遂将小瞳人之事告之。

妻子想知道方栋眼瞳里的小人是什么东西，于是藏在屋角窥伺。等了许久，见两个小人从丈夫鼻孔中飞下来，出门扬长而去，过了一会儿，又一起回来，如蜜蜂进巢般飞进了鼻孔，一时惊骇不已。

如此过了三两日，忽又听见左边小人说："每次都要走那隧道太不方便，不如将这已经堵上的门再重新打开吧。"右边小人说："我这边皮太厚了，打不开。"左边小人说："我这还好，打开后，你我不妨同住。"话音未落，方栋只觉左眼皮内侧隐隐似有抓裂之感，随即豁然一亮，左眼复明。一时喜不自胜，忙唤来妻子一同分享喜悦。妻子细看其左眼，翳子已被打开一个小洞，瞳仁茨茨泛着幽光。

到第二日，左眼中翳子尽消。仔细一看，左眼眶里竟有两个瞳仁，而右眼则仍像个田螺。方栋回想昨日听到的对话，知道是两个小瞳人已合居一处。右眼算是彻底瞎了，但有此重瞳之目，眼神却比双目完好之人还要好上几倍。

方栋自此收束检点，以其才学，渐渐德名远扬，声望甚高。

此怪载于清代蒲松龄《聊斋志异》卷一

1698
秃尾巴老李

山东文登县南边的柘阳山有一座龙母庙，相传山下有个姓郭的人，妻子到河崖边打水，回来就怀了孕，三年不生。一天晚上忽然雷雨大作，电光绕室，生下来一个东西，每天晚上来吃奶，长得如同巨蛇，盘在梁上，全身长鳞，头生双角。妻子觉得奇怪，就告诉郭某。等它下次再来的时候，郭某拿起刀砍去，那东西被砍掉了尾巴，腾跃而去。后来，妻子死了，葬在山下，一天云雾缭绕，当地人看到一条龙盘旋在山顶。等到天晴之后，看到妻子的坟被移到了山上，巨大无比，当地人都认为是那条龙为母亲迁坟。这条龙被称为"秃尾巴老李"。后来，只要秃尾巴龙出现，那年就会大丰收，它出现时，肯定雨雾缭绕。当地人就修建庙宇供奉它。

有一次，柘阳山的僧人取龙母墓的石头修建庙宇，结果风雨大作，天降冰雹，大如斗，寺中全是黑气，周围几里的麦子都被砸毁，唯独龙母庙内的花草树木毫发无损。

此怪载于清代《文登县志》卷十、清代袁枚《子不语》卷八

1699
荼苜机

荼苜机出自永昌郡，长得像鹿，有两个脑袋。南县也有这种怪物，两头，能吃毒草。武陵郡西的阳山，有一种两头兽，长得像鹿，它的脑袋长在身体的一前一后，一个吃草，一个看路而行。

此怪载于南北朝范晔《后汉书》卷八十六、宋代李昉等《太平御览》卷九百一十三（引《荆州记》）、明代李时珍《本草纲目》卷五十一上

1700
荼首

荼首这种怪物，出现在边远的少数民族地区，长得像鹿，却有两个脑袋，以香草为食，行走如飞，鸣叫时发出"蔡茂、蔡茂"的声音。也有人说，长有五六个脑袋的荼首，叫元仙，尊敬它、祭祀它，就会带来吉祥的事，如果射杀它，射杀它的人就会死掉。

此怪载于明代邝露《赤雅》卷下

1701
土地主

襄阳郡汉江边的西村，有座庙极为灵验，里面住着"土地主"。南朝齐永元末年，龚双在冯翊郡任郡守。他平时不信鬼神，一次路过这座庙前，便带人把它烧了。忽然间，一阵旋风搅动起冲天大火，只见有两个东西从大火中腾然而出，随即化作一对青鸟，钻进了龚双的眼睛里。顿时，他感到双目疼痛难忍，全身奇热无比，到第二天，便死去了。

此怪载于宋代李昉等《太平广记》卷二百九十六（引《汉沔记》）

1702
土饭

明代，滋阳县有一年发生了大饥荒，当地人扶老携幼逃难。有个头戴七星冠、腰佩宝剑的道士，指着一片土地对大家说："地下有土饭可以吃。"说完，道士消失不见。

众人觉得蹊跷，向下挖一尺多，看到全是碧绿色的、散发着米饭香气的土壤。人群中有人饿得不行，捧起来吞吃，觉得这东西腻滑像面条，味道很好。于是，大家争相食用，数千人因此活命。这地方因此成了一个大坑，深两丈多，但奇怪的是，坑里从来都不会有水。

第二年，麦子快成熟的时候，那个道士又来了，弯腰在地，好像在捡什么东西。等人再过去看时，那个大坑已经被填满，再往下挖，全是沙土。

此怪载于明代朱国祯《涌幢小品》卷二十九

1703
土和尚

清代，浙江奉化桐礁乡，有个人挖地数尺，挖出来一个大如狗的怪兽。怪物遍体长毛，脑袋像是受了戒的僧人，头上的火烧戒点还历历可见。怪物双手合十，好像在诵经，发出的声音跟猫相似。

这人吓得够呛，抓住它献给了乡里的一个大户人家，结果这怪物接连几天不吃不喝，死掉了。当地人称之为土和尚。

此怪载于清代吴友如《点石斋画报》

1704
土窟异兽

清代，福建有个姓陈的商人，和朋友一起出海做生意，碰到飓风，船漂流到一座山的山脚下。陈某见山崖平坦，和大家一起上岸砍柴，走了一二里路，眼前豁然开朗。当时天色将晚，海风萧飒，林鸟啾唧，大家不敢深入，只得回来。

第二天，刮起大风，无法开船。众人想起昨天的事，相约一起去探险。走了八九里，大家来到一条溪流边，见旁边一座土山，不太高，山上有个洞，里头传来剧烈的喘息声。

众人害怕，赶紧跑回船。陈某素来胆大，一个人爬到树上想看看究竟。过了一会儿，一个怪物从洞里跑出来，这东西比水牛大好几倍，长得和大象有点相似，但是头顶上长着一只角，晶莹剔透。它蹲在石头上长啸，很快虎豹猿鹿各种野兽纷纷赶来，匍匐在怪兽跟前。怪兽从兽群中挑选了一些肥美的吞吃，其他的野兽都不敢动。怪兽吃了三四个野兽，似乎是吃饱了，晃晃悠悠回到了洞穴中，那帮野兽才散开。陈某翻身下树，回到船里，将所见告诉了朋友，大家都吓得要死。

此怪载于清代袁枚《子不语》卷十八

1705
土龙

湖北江陵有个姓赵的老太太以卖酒为生。晋安帝义熙年间，老太太屋里的土地忽然鼓了起来。她觉得很奇怪，就早晚用酒祭洒土地。一天，从土里钻出一个怪物，头像驴。后来老太太死了，邻居听见屋中地下总有声音像在哭。老太太的儿女们掘开地面，把那个怪物挖了出来，它的身体一会儿大一会儿小，不一会儿就消失不见了。有人说那怪物叫土龙。

楚王马希范修长沙城，刚刚挖好护城河，忽然看见一个怪物，长十几丈，没有头尾手脚，状如土山，从北岸出现，在水上游泳，过了很久，在护城河的南岸消失。怪物出现和消失的地方，没有留下任何痕迹。有人说这怪物叫土龙。不久之后，马氏便败亡了。

此怪载于南北朝刘敬叔《异苑》卷三、五代徐铉《稽神录》卷四

1706
土蝼

昆仑山中有一种野兽，形状像普通的羊，却长着四只角，名为土蝼，能吃人。

此怪载于战国《山海经》卷二

1707
土蛴

土蛴这种怪物，形状如同鲤鱼，灰黄色，生长在山石井坎之间，有两只耳朵耸立在脑后。土蛴善于偷水，虽然生活在高山顶上，也能招水。传说凡是洪水暴发的地方，都会有这种怪物存在，天快要下大雨的时候，有人能看见它吐出云气。

此怪载于清代乾隆官修《续通志》卷一百七十八（引《物类相感志》）

1708
土肉

有个将领叫陶璜，有一次在地洞中挖出一个东西。这东西白色，外形像蚕，有好几丈长，十几围粗，还不断地蠕动。切开它的肚子，里面像猪的脂肪。陶璜让人用它做了肉羹，味道很好。陶璜先吃了一碗，然后就让手下的将士也来吃。

有人说，这怪物名为土肉。《临海异物志》记载，土肉大多像小孩手臂那样大，五寸长，里面有肠子，没有眼睛，有三十只像女人发钗样子的脚，它的肉很鲜美。

此怪载于三国沈莹《临海异物志》、晋代刘欣期《交州记》、宋代李昉等《太平广记》卷三百五十九（引《感应经》）

1709
吐火兽

清代康熙二十九年（1690年）八月，上虞有个西华村，距离海边不远。当地有个姓顾的人，在楼上远远看见晴空中有条青色的巨龙追逐一只怪兽。怪兽遍体赤红色，形状如同巨狗。青龙飞舞而上，这怪兽吐火迎斗，青龙就喷出雪花抗拒。双方打斗纠缠，过了很长时间，一起消失在海里。

此怪载于清代钮琇《觚剩》续编卷四

1710
吐气龟

史论这个人当将军的时候，突然发现妻子住的房子里发出光芒。他觉得很奇怪，和妻子一起在房间搜索，并无所获。一天，妻子早起梳妆，打开盒子，发现里头有一只金色的乌龟，铜钱大小，吐出五种颜色的云气，充满整个房间。这只龟，史家一直养着。

此怪载于唐代段成式《酉阳杂俎》前集卷十五

1711
吐蚊鸟

《尔雅》里记载，鹠，又叫蚊母，相传此鸟能吐蚊。陈藏器说，这种鸟的叫声如同人呕吐时发出的声音，每次能吐出一二升的蚊子。李肇的《唐史补》称，江东有蚊母鸟，也叫吐蚊鸟，夏天的晚上会在芦苇丛里面一边叫一边吐出蚊子，湖州最多。

端新州有种鸟，长得像青鹠，嘴巴特别大，在池塘捕鱼，每叫一声，蚊群就会从它的嘴里出来，当地人称之为吐蚊鸟，用它的羽毛做扇子可以让蚊子离开。

此怪载于宋代周密《齐东野语》卷十

1712
象

象长得像犀牛，但是角比犀牛角要小，是一种能知道吉凶的瑞兽，耳大如掌，双目含笑，生长在广东、广西。广东的象称为茅犀，广西的象称为猪神，看到的人会发生吉祥的事。

此怪载于明代杨慎《丹铅续录》卷十六、清代王士禛《居易录》卷十六

1713
蜕豕

康熙四十年（1701 年）二月，肇庆府北门王道士家养了一头公猪，五十多斤重。一天晚上这头猪躺在墙底下，给东西它也不吃，怎么打也不起来。王道士仔细观察，发现猪的脖子上有一道红色的痕迹，细若丝线，以为猪病了，打算将其杀了卖肉。

当时天色已晚，第二天王道士早早起床，叫屠夫来家里。屠夫还没到，这头猪突然身体变成粉红色，像蚕蜕壳那样，将皮蜕在地上，大声叫着，爬起来就跑。

王道士觉得蹊跷，将猪逮住连同它蜕下来的皮一起送给了福田的一个和尚。和尚将酥油涂抹在猪的身上，新肉逐渐坚硬。那张蜕下来的皮，则挂在了寺庙的墙壁上。

此怪载于清代钮琇《觚剩》续编卷四

1714
橐蜚

瑜次山中有一种禽鸟，形状像一般的猫头鹰，长着人一样的面孔，只有一只脚，名为橐蜚，常常是冬天出现而夏天蛰伏，把它的羽毛插在身上能使人不怕打雷。

此怪载于战国《山海经》卷二

1715
鼍

晋代时，一个大雨天，鄱阳人张福行船时，在水边看见一个女子，长得很美丽，驾着一艘小舟。张福对她说："你姓什么？你的船太小，没有乌篷，如果你愿意，可以来我的船里避雨。"女子来到张福的船中，和他同床共枕。夜里三更，雨停了，张福看了看那个女子，发现竟然是一只大鼍，想抓住它，它快速爬入水里消失了。它的那艘小船，不过是一截一丈多长的树段。

建康的大夏营有个严寡妇，南北朝元嘉初年，有人说有个叫华督的人与严寡妇相好。巡逻的士兵晚上看见一个男子走到护军府，就呵斥询问，对方回答说："我是华督，要回府里去。"说着他就沿着西墙准备进入府里，巡逻的士兵因为他违背了夜里禁止通行的命令，就叫来人捉拿，那男子竟变成了一只鼍。观察它出入的地方，莹洁光滑，一直通到府中的水池。水池里先前有个鼍洞，想不到那家伙在很久以前就变成了妖怪，士兵杀了它。以后就再也没有发生奇怪的事。

南海有一种怪物叫鼍鱼，砍掉它的脑袋，风干，拔去它的牙齿，能够自动再长出新牙。听闻广州人说，鳄鱼能够在岸上追逐牛马，在水中打翻船只吃人，生下的卵成百上千，卵中有龟、鳖、鱼，还有鼍鱼。鼍鱼的灵魂能兴风致雨，应该算是一种龙了。

此怪载于晋代张华《博物志》卷三、南北朝刘敬叔《异苑》卷八、
宋代李昉等《太平广记》卷四百六十四（引《感应经》）

1716
蛙鹑

宋代至道二年（996年）夏秋间，京师有卖鹌鹑的人，聚集在集市门口，等开门了，将装有鹌鹑的大车拉进来贩卖，每只鹌鹑才卖两文钱。当时京师下了很多雨却听不到青蛙的叫声。

有人在水里面抓住一个东西，身体一半是鹌鹑，一半是青蛙。《列子·天瑞》里记载"蛙变为鹑"，看来的确是这样。

此怪载于宋代杨亿《杨文公谈苑》卷三

1717
瓦剌

西海中有种鱼名叫瓦剌。这种鱼，眼睛入水则暗，出水则明。一般来说，动物会动下颚，唯独这种鱼动上颚。瓦剌很狡猾，远远看见有人来，发出哭声引诱，等人靠近了，将人吃掉。所以西域称假慈悲的人叫瓦剌。

能制服瓦剌的鱼，只有仁鱼。因为瓦剌遍体鳞甲，刀箭不能入，只有肚子下面一寸多是肉。而仁鱼的鳍最锋利，能刺破瓦剌的身体。

此怪载于清代梁绍壬《两般秋雨盦随笔》卷一

1718
剜目怪

清末，北京西山山谷之中，姚某和两个儿子以挖煤为生。父子们住在一间破屋里，相依为命。一天，姚某暴卒，儿子们将尸体放在床上，大儿子去集市买棺材，留下小儿子看守。

小儿子深夜独坐，心里忐忑不安，即将睡着，忽然听到耳边有人说："有难！有难！"小儿子惊醒，听到外面隐约传来哭声。哭声逐渐靠近，来到门口，

接着门突然开了，进来一个怪物。怪物脸上长满了长毛，双目发出红光，披麻戴孝，抱着尸体痛哭。

小儿子很害怕，蜷缩在屋角，不敢直看。过了一会儿，怪物站起身，哭着出去了。声音渐走渐远，引起一阵狗叫声。小儿子抬起头，见大门和之前一样，是关着的。

天快亮时，大儿子带着几个人抬着棺材回来。小儿子将事情告诉哥哥，大家一起来到床边，见姚某的尸体没了双眼，好像被剜掉了一般。

兄弟两个见状，十分心痛，却也无可奈何。

此怪载于民国郭则沄《洞灵小志》

1719
宛渠民

秦始皇痴迷于长生之术，有宛渠民乘坐着螺舟现身。这种船形状如同螺壳，沉入海底而水不会进入船中，十分奇异。宛渠民身高都有十丈，知道天地初开时候的事情，能够摄虚而行，日游万里。宛渠国以一万年为一天，经常阴天，升起云雾。遇到晴天，天空就会豁然开裂，有黑龙、黑凤飞下。

此怪载于晋代王嘉《拾遗记》卷四

1720
王于寨怪

宋代绍兴年间，贾说担任歙县王于寨巡检。王于寨的官衙在山岭下，士兵们居住在山头。到任半年后，一天一个士兵的妻子来到贾宅，跟贾说的妻女说："今天早晨，有个高二尺的怪物，全身长满黄毛，形状像人，突然出现。我们追打它，它一点儿都不害怕，拿着手里的木棒，四处指了指，然后消失了，特别可怕。"

当天晚上，王于寨燃起大火，烧坏了所有的屋子，贾说只把自己的任命书抢救出来，其他的物品被烧得干干净净。

此怪载于宋代洪迈《夷坚志》三志壬卷第六

1721
旺神

宋代，乐平人余六七郎，娶了程氏的女儿。结婚刚满一年后的一个白天，余六七郎看见一条一丈多长、脑袋宽三寸多的大蛇躺在床上，急忙招呼家人拿着木棒击打。大蛇从床上下来，出了房门，消失不见。

当地人说，山林里有种名为旺神的怪物，虽然能力有限，一般村里的巫师都能对付得了，但是变化多端，能变成人，与妇女私通；有时还会变成蛇。

听说这事后，余六七郎怀疑妻子跟旺神有关系，但是不能确定。蛇被赶走后，妻子精神萎靡，若有所失，和平时不一样。一个多月后，妻子死了。余六七郎和家人正在为妻子入殓，那条蛇又来了，盘踞在妻子的肚子上。众人举着棍子追赶，蛇溜出门，消失不见。这种蛇，当地人称为猪豚。

这是庆元元年（1195年）二月发生的事。

此怪载于宋代洪迈《夷坚志》支景卷第二

1722
蜼

又高又深的大山之中，有一种怪兽长得如同豹子，经常抬头看天，如果下雨，就用尾巴遮住鼻子，所以南方的人称之为倒鼻鳖。如果人捕捉到这种怪兽，用它的皮当褥子，十分温暖舒适。这种怪兽就是冕服上所画的"蜼"。

此怪载于宋代周去非《岭外代答》卷九

1723
喂枣小儿

太原王仲德年少的时候，遭遇盗贼作乱，藏在草丛里，三天没吃饭，快要饿死时，有人扶着他的头说："起来吃枣。"王仲德起来，看见一个小孩，高四尺，很快消失不见了。他再看时，有一包干枣放在自己面前。王仲德吃了枣子，身体有了气力，就赶紧起来逃命了。

此怪载于南北朝刘义庆《幽明录》

1724
文马

文马，通体雪白，长着红色的鬃毛，双目如黄金，又名吉黄之乘、复蓟之露犬，能飞食虎豹。

此怪载于晋代张华《博物志》卷三

1725
文鳐

文鳐是传说生活在南海中的一种怪物，它的头和尾巴长得像鸟，鸣叫声如同石磬声，可以生下美玉。

此怪载于晋代顾微《广州记》、南北朝沈怀远《南越志》

1726
文文

明水从放皋山发源，向南流入伊水，水中有很多苍玉。山中有一种野兽，形状像蜜蜂，长着分叉的尾巴和倒转的舌头，擅长呼叫，名为文文。

此怪载于战国《山海经》卷五

1727
文犀

吠勒国进贡了四头文犀，这种怪兽长得如同水牛。它们的角表面有光，所以又叫明犀，放在昏暗的地方，可以看到光影，因此又叫影犀。

此怪载于汉代郭宪《汉武帝别国洞冥记》卷二

1728
文鳐鱼

观水从泰器山发源，向西流入流沙。观水中有很多文鳐鱼，形状像普通的鲤鱼，长着鱼一样的身子和鸟一样的翅膀，浑身是灰绿色的斑纹，却是白脑袋和红嘴巴，常常在西海行走，在东海畅游，在夜间飞行。它发出的声音如同鸾鸡啼叫，它的肉酸中带甜，人吃了它的肉就可治好癫狂病，它一出现天下就会五谷丰登。

安徽歙州的赤岭山有条大溪水，世人传说从前有人在溪水上架设了捕鱼的鱼梁，鱼不能顺流而下，半夜时从这个山岭飞过去，那个架设鱼梁的人就在岭上架网来捕捉鱼。有的鱼越过网飞过山岭，有的鱼飞不过去变成了石头。现在每当下雨时，那些石头就变成红色，因而叫它赤岭，浮梁县也因此而得名。《吴都赋》上说"文鳐夜飞而触纶"，大概指的就是这件事。

此怪载于战国《山海经》卷二、宋代李昉等《太平广记》卷四百六十六
（引《歙州图经》）

1729
闻獜

杏山往东三百五十里有座山，山中有一种野兽，形状像普通的猪，却是黄色的身子、白色的脑袋、白色的尾巴，名为闻獜，一出现天下就会刮起大风。

此怪载于战国《山海经》卷五

1730
乌衣鸭

王机任广州刺史的时候，有次上厕所，看见两个穿着黑衣服的人进来，和自己打架。王机花了好长时间才将两个人抓住，发现这两个家伙变成了像黑色鸭子一般的东西。

王机赶紧去向鲍靓讨教，鲍靓说："这可是不吉祥的东西！"王机将这两个东西放在火上烧，结果它们径直飞到了空中。没过多久，王机便被诛杀了。

此怪载于晋代陶潜《搜神后记》卷八

1731
无肠人

无肠国那里的人，身材高大而肚子里却没有肠子。

此怪载于战国《山海经》卷八

1732
无路之人

大地西北海外有一个人，高两千里，两脚中间距离一千里，腰围一千六百里，不吃五谷鱼肉，靠喝甘露为生，每天要喝五斗。这个人喜欢在山海间游荡，不侵害百姓和万物，寿命极长，和天地同生，名为无路之人，也叫仁、信或神。

此怪载于汉代东方朔《神异经·西北荒经》

1733
无启民／录人／细人

无启民没有子嗣，住在洞穴中，吃土。无启民死了埋葬后，心脏不烂，经过一百年又变成人。

录人埋葬后膝盖不烂，一百二十年又变成人。

细人埋葬后肝脏不烂，八年又变成人。

此怪载于战国《山海经》卷八、晋代张华《博物志》卷二、
唐代段成式《酉阳杂俎》前集卷四

1734
无腮鲤鱼

荆州有个道士叫王彦伯，医术高超，特别擅长诊脉，能够根据病人的脉象来判断对方的病情，极为准确。

一次，尚书裴胄的儿子突然得了急病，很多郎中束手无策，有人向裴胄推荐了王彦伯。裴胄将其请来。王彦伯给他的儿子诊脉后，说："并不是生病所致。"他开了药给裴胄的儿子吃，药到病除。

裴胄问怎么回事，王彦伯说："你的儿子是中了无腮鲤鱼的毒。"裴胄想了想，儿子的确是吃了生鱼片之后才不舒服，便让人将吃剩下的鲤鱼拿来，发现鲤鱼果然没有腮。他让手下人去吃这条鲤鱼的肉，发现这些人的病情和他儿子的一模一样，这才相信王彦伯的话。

此怪载于唐代段成式《酉阳杂俎》前集卷七

1735/1736
无手／无颈

南北朝梁时，杨思达任西阳郡太守，正赶上侯景作乱，又加上旱灾歉收，饥民就偷盗田里的麦子。杨思达派一个家兵去看守，抓到偷麦子的人就截断他的

手腕，一共截了十多个人的手腕。这个家兵后来生下一个男孩，天生就没有手。

隋炀帝大业年间，京兆有个狱卒，不知道他叫什么名字。这个人残酷凶暴地对待囚犯，囚犯不能忍受这种痛苦，而狱卒却以此为乐。后来他生了一个儿子，腮下肩上好像有肉枷，没有脖子，都好几岁了也不能行走，后来就死掉了。

此二怪载于南北朝颜之推《冤魂志》、
宋代李昉等《太平广记》卷一百二十（引《广古今五行记》）

1737
无损之兽

大地的南方有一种怪兽，长得似鹿，却有猪的脑袋，獠牙尖利，喜欢找人要五谷，名为无损之兽。割掉它身上的肉，肉会自动长出来。它的肉可以用来做鲊的调料，放入的肥肉不会腐烂变质，吃完了再添肥肉，味道更鲜美。

此怪载于汉代东方朔《神异经·南荒经》

1738
无足妇人

宋代，有个女子在京师集市上乞讨，衣衫褴褛，没有两足，用手行走，但姿色绝美。有个书生见了，很喜欢她，问："你有父母吗？"女子说没有。书生问："你成亲了吗？"女子说没有。书生又问："你会缝纫吗？"女子说会。书生说："与其这般乞讨，怎么不去做人的小妾呢？"女子说："我这副模样，生活不能自理，连做奴婢都没人要，又怎么可能去给人做小妾呢？"

书生回来告诉妻子，妻子也觉得这个女子很可怜，让仆人将其接回家，沐浴更衣。女子干活细致，书生全家人都很喜欢她。时间长了，书生和女子也有了关系。

过了一年多，书生游览相国寺，碰到一个道人。道人看了看书生，大惊，道："你身上为何妖气如此旺盛？"书生以为对方骗自己，没搭理。几日后，书生又碰到这个道人。道人说："事情紧急，关乎你的性命，你赶紧如实相告。我无求于你，不会害你。你家里有断了腿的古代铛鼎之类的东西吗？"书生说没有。道人再三询问，书生没办法，只得把无足女子的事告诉了他。道人说："是了是了！你得赶紧躲避！明天，你骑马奔驰到百里之外，睡觉时关上门窗，任何人叫门你都不要开门。只有这样，或许你能够捡回一条性命。否则，便是我也没办法。"

书生大惊，来不及回家，骑着一匹骏马奔驰而走。跑了一天，晚上书生住在一个酒馆里，刚坐下，见道路上烟尘四起，一个骑着黑马的大汉前来拜访。书生将大汉迎进门，大汉并不怎么说话，只是端坐。书生关上房门，不敢睡，躺在床上辗转反侧。

半夜，书生听到外面有人说："你家有人死了，让我前来报丧，快开门！"书生从门缝里往外看，见正是那个无足女子，身上长着两个青色的肉翅。书生吓得冷汗直冒。这时，房间里的大汉走出门，挥剑砍向女子，女子长啸一声，逃之夭夭。

第二天，书生向大汉致谢，问对方是谁。大汉说："你认识我，我便是那个道人。实际上，我是你的本命神，因为你平生虔诚供奉我，所以特来救你。"说完，大汉消失不见。

此怪载于宋代洪迈《夷坚志》丙志卷第八

1739
五道将军

北齐时，有个人叫崔季舒，官至侍中、特进，位高权重。

有一天，他家池子里的莲花全变成了戴着帽子的鲜卑人的模样。他妻子睡觉时，还梦见一个身高一丈多、全身黑毛的怪物，前来逼迫自己。崔季舒赶紧请来巫师，请对方想办法。巫师说："那个怪物是五道将军，家里出现的怪异都和它有关，它出现在家里，很不吉祥。"

没多久，院子里忽然流出血水，有一个像斛那么大的白色东西，从天而降。崔季舒还看到他家的内厅中有一只大手，一丈多长，从地里伸出来，满屋光亮。他问左右的人看见什么了，左右都说什么也没看见。

不久，崔季舒就被杀了。

此怪载于宋代李昉等《太平广记》卷三百六十一（引《北史》）

1740

五台山小龙

宋代，登州黄县人宗立本，世代经商，年纪很大了还没有孩子。

绍兴二十八年（1158年）盛夏，宗立本和妻子贩卖丝绸，抵达潍州，想去昌乐，晚上住在一座古庙中。第二天早晨起来，一个六七岁的小孩跪拜在宗立本面前，伶俐可爱。宗立本问他是谁家的孩子，从哪里来。小孩说："我是昌邑县一个小吏的儿子，亡父叫王忠彦，母亲也死去了。收养我的人，把我丢弃在这里。我没有地方可去，若是留下来，必然死于豺狼虎豹之口。"宗立本说："你愿意跟着我吗？"小孩很是感激，说愿意。

宗立本将小孩收为养子，取名神授。这孩子聪慧机敏，读书过目不忘，擅长用巨笔写大字，篆隶草不学而成，见到书法名家的字帖，稍加临摹就能学到精髓。

宗立本很爱这个孩子，放弃做生意，带着他四处游历，增长学识。两年后的一个春天，他们来到济南章丘，碰到一个胡僧。胡僧摸着孩子的头对宗立本说："这孩子你从哪里捡来的？"宗立本生气地说："我妻子生的！"胡僧笑道："他是我五台山的五百小龙之一，跑了三年，现在才找到。你不能留下他，否则必有大祸。"说完，胡僧喷水在孩子身上，孩子立刻变成了一条小红蛇，盘旋于地。胡僧拿出净瓶，叫了一声神授，蛇便跳进了瓶里。胡僧戴上斗笠，转身离开。

宗立本夫妇思念这孩子，久久不忘。

此怪载于宋代洪迈《夷坚志》甲志卷第二

1741

五足兽

晋代时，因墀国向朝廷进献五足兽。这种怪兽，状如狮子，爪子如人。

晋武帝问因墀国的使者这种怪兽的来由，使者说："东方有解形之民，能够让头飞到南海，左手飞到东山，右手飞到西泽，自肚脐之下，两腿孤立而存，等到黄昏时，飞出去的肢体会重新回到身体上。有时候碰到大风，两只手漂泊到海外，落在玄洲上，就变成了五足兽。"

此怪载于晋代王嘉《拾遗记》卷九

1742
西北荒小人

大荒的西北，有小人，身高仅一寸。它们的首领穿着红色的衣裳，戴着黑色的冠冕，乘坐车马玉辂，很有威仪。当地有人会在它们乘车出行的时候捕获吃掉。这种小人吃起来味道辛辣，吃了之后人一生不会被猛兽吃掉，而且能够识别万物，又能杀掉肚子里的"三虫"。据说"三虫"死掉后，人就可以吃下仙药，长生不老了。

此怪载于汉代东方朔《神异经·西北荒经》

1743
西江水怪

清代，徐汉甫在江西看到有人用咒术抓鱼鳖——这个人来到水边，踩着禹步，念诵咒语，很快波涛汹涌，鱼鳖游到跟前，任由这人捕捉。这种法术不可多取，每天只能抓固定数量的鱼鳖卖了维持生活而已。

一天，这人刚作法，从水里跳出一个怪物，大如猕猴，金眼玉爪，牙齿从嘴里龇出，想要抓他。这人急忙蒙住脑袋。那妖怪走过来，跳到他的肩上，抓他的脑袋。这人倒在地上，鲜血淋漓。旁边的人赶紧去营救。怪物见众人过来，发出乌鸦一般的叫声，跳跃着跑掉了。

这人说："这是水怪，鱼鳖是它的子孙。我伤害了它的子孙，所以它才会前来复仇。这东西爪子特别锋利，如果不是大家救我，这一次我定然命丧它手。"

此怪载于清代袁枚《子不语》卷十六

1744
吸气獒

清代，萍乡人叶紫封年轻时租住在南昌的一座宅子里。这座宅子里经常闹妖怪。叶紫封刚住进去时还没什么事，只是觉得每天早晨起来喘气急速而且嘴里特别臭，不知道怎么回事。

一天晚上，叶紫封累了，早早上床睡觉，半夜感觉有毛乎乎的东西趴在自己脸上。他用手去摸，手很疼，惊醒了一看，竟然有个如同獒的怪物，对着自己的脸吸气，而自己的手正被它咬住。叶紫封奋力挣脱，将怪物逼退到墙角，想叫家人，又怕怪物觉得自己胆怯，便大声背诗。家里的老仆人听见了，趴在窗口瞅了一眼，没看到怪物便离开了。叶紫封和怪物继续对峙，时间长了，昏倒过去，等醒来，怪物已经消失不见。

第二天，叶紫封搬到了别的屋子住，早晨起来依然觉得气短、口臭。一天，岳父和小舅子来拜访、留宿。半夜，叶紫封听到小舅子大呼，赶过去，发现他也被那个怪物吸气。

后来，叶紫封还是搬离了这座宅子。

此怪载于民国郭则沄《洞灵小志》

1745 希有

昆仑山上有一根铜柱，高耸入天，称为天柱。天柱周长三千里，周围都是悬崖峭壁，下面有房舍，方圆百丈。天柱上有一只大鸟，名叫希有，面南而坐。它张开左翅覆盖东王公，张开右翅覆盖西王母，背上有一小块地方没有羽毛，方圆一万九千里。西王母每年都要到它的背上，和东王公相会。

此怪载于汉代东方朔《神异经·中荒经》

1746 犀渠

厘山的山南面有很多玉石，山北面有茂密的茜草。山中有一种野兽，形状像一般的牛，全身青黑色，发出的声音如同婴儿啼哭，能吃人，名为犀渠。

此怪载于战国《山海经》卷五

1747 犀犬

晋代元康年间，吴郡娄县怀瑶家的地下能隐隐听到小狗的叫声，声音是从一个小洞传上来的，洞口有蚯蚓那么粗。怀瑶用棍往下试探，深入几尺后，觉得碰到个东西，就把地挖开，挖出了一公一母两只小狗，眼睛尚未睁开，身形和平常的狗一样，于是就喂它们吃食。

邻居都跑来看，其中一位老人说："这东西叫犀犬，得到它的家里就会富裕兴旺，应该好好喂养它。"怀瑶看它们眼还没睁开，就又放回洞里，用磨石盖上。第二天揭开看，犀犬却不见了。不过怀瑶家之后多年也没有什么大福大祸的事发生。

此怪载于晋代干宝《搜神记》卷十二、清代袁枚《子不语》卷十八

1748

溪洞长人

宋代德兴士人李扶，曾担任过宜州司理参军。庆元初年，李扶任期满后回到家乡，告诉别人，他曾经在宜州碰到过一个妖怪。

宜州某个溪洞中出现了一个怪物，外形像人，一丈多高，浑身长满了鳞甲，不穿衣服，身上只缠着些布帛。怪物独自住在一座野庙里，没人知道它从哪里来。刚开始，它只是抓牲畜和野兽吃，后来就逐渐吃人，而且是将人生吞活剥。

村民不胜其苦，多次聚集起来想要杀掉它。但是这个怪物看见村民成群结队前来，立即爬到山顶，举起石头向下砸，砸得村民四散奔逃。当地人尝试用毒箭射击，可箭头根本射不透它的鳞甲，只好将它居住的地方封闭起来，并在它出没的路上设下陷阱。

怪物越来越放肆。村民外出时，很多人不得不聚在一起，拿着长矛，敲着锣，以此防备它。倘若人少了，就会被它偷袭。这个怪物长得高，迈的步子又大，行动敏捷，抓起队伍后面的人就走，村民根本来不及搭救。平时村民在田里劳作，一不留神，也会有性命之忧。村中上千口人，被它吃掉的几乎快有一半了，剩下的人只好躲进了城里，禀明官府，希望官府能够发兵消灭怪物。官府也无计可施。

监狱中有一个死囚，名叫马超，本是一个巡检，为人凶悍勇猛，因为杀了人而被关进了大牢。他毛遂自荐，说："我想要杀掉这怪物将功赎罪，只要一个重三十斤的大铁锤就好。"郡守想派他去，但又担心他是故意撒谎想要逃走，便将他的妻儿留作人质，之后才让人打造了一个大铁锤交给他，派了五十名士兵做他的帮手。

马超带着人来到村中，不见怪物踪影，走到一座寺庙前，见小路上依稀有大脚印的痕迹，料定它一定就在寺里。马超大吼一声，为自己壮胆，也是为了吸引巨人，然后迈步进庙，径直走进僧房，见房间里堆满了野兽的皮毛和骨头，室中没有床榻几席，只在编织的蓬草上堆着些败絮破布，完全像狗窝一样，大概就是巨人睡觉的地方。

马超藏在屋中等着怪物回来，想到它回来时必定会从僧房三扇门之中的一扇进来，便起身关上了其中两扇，只留下了一扇，潜伏在门后，聚精会神地听着外面的动静。

不多时，他听到山下传来一阵轰隆隆的响声。那个怪物扛着两只鹿，穿过树林跑向寺中。在它一只脚迈进门的一刹那，马超猛然将门关上，将它的脚卡住，接着举起大铁锤猛砸下去。怪物吃痛倒在地上，抬头看见马超，咬牙切齿想要反击，但被两只鹿压在身上，一时爬不起来，只见它反手抓向马超大腿，从马超大腿上扯下一大片肉。马超挥起大铁锤砸向怪物脑袋，一连砸了许多下，才将其砸死，然后拔出剑砍下它的头颅，喊来同伴，让众人抬着怪物的尸首前往郡中报捷。

村民们听说了，欢欣雀跃。郡守将马超击杀怪物的事情上奏朝廷，皇帝下诏免除了马超的死罪，官复原职。

此怪载于宋代洪迈《夷坚志》补卷第九

1749
磎鼠

大地的北方冰原万里，冰层的厚度可以达到一百多丈，磎鼠就生活在冰下的土壤中。磎鼠形状如同老鼠，以草木和肉为食，往往可以长到千斤重。用它的肉做腊肉，吃了可以治疗热病。磎鼠的毛有八尺长，做成的被褥可以抵御寒冷。磎鼠的皮可以用来做鼓，敲击的声音能传到千里之外。它的毛也可以引来老鼠。

此怪载于汉代东方朔《神异经·北荒经》

1750
—
谿边

天帝山上是茂密的棕树和楠木树，山下主要生长茅草和蕙草。山中有一种野兽，形状像普通的狗，名为谿边。人坐卧时铺垫上谿边兽的皮就不会中妖邪毒气。

此怪载于战国《山海经》卷二

1751
—
席帽人

唐代，有个叫独孤叔牙的人，有次让家人去井里打水。打水的人觉得水桶很重，转不动井绳，在好几个人的帮忙下才提了上来。众人一看，原来水桶上坐着一个人。这个人戴着草帽，攀着井栏大笑，又坠到井中。

打水的人钩上来他的草帽，挂在庭院里的树上。每当下雨时，草帽上被雨水滴到的地方，就会生长出黄色的菌子。

此怪载于唐代段成式《酉阳杂俎》前集卷十五

1752
—
鳛鳛鱼

嚣水从涿光山发源，向西流入黄河。嚣水中生长着很多鳛鳛鱼，形状像一般的喜鹊，却长有十只翅膀，鳞甲全长在羽翅的尖端，发出的声音与喜鹊的鸣叫声相似。人饲养它可以辟火，吃了它的肉就能治好人的黄疸病。

此怪载于战国《山海经》卷三

1753
—
喜日鹅

汉武帝时，有一种喜日鹅，每当日出时，便会振翅而舞，又叫舞日鹅。

此怪载于汉代郭宪《汉武帝别国洞冥记》卷三

1754
—
细鸟

汉代元封五年（前106年），勒毕国进贡细鸟，在小小的玉做的笼子里装了几百只。这种鸟小如大苍蝇，长得好似鹦鹉，鸣叫声能传出好几里远，声音像黄鹄鸣叫。勒毕国的人经常凭借此鸟查看时间，所以又叫候日虫。汉武帝将其放在宫中，没过几天它们全飞走了。汉武帝十分惋惜，但求而不得。第二年，它们又出现了，有的聚集在床帐上，有的钻进人的衣袖里。宫内的妃子、宫女都喜欢它们，有的人收集它们的羽毛做成衣服，得到了汉武帝格外的宠爱。

此怪载于汉代郭宪《汉武帝别国洞冥记》卷二

1755
—
夏佳毒

夏佳毒，形若白蛇，脑袋上长着一只角，多藏在妇女的肚子里，让妇女面黄脱发，也会让孕妇难产，并在孕妇难产时化为白蛇之光飞去。这种妖怪是腐烂尸体的阴毒之气所化。

此怪载于宋代《太清金阙玉华仙书八极神章三皇内秘文》（收录于明代张宇初《道藏》）

1756
—
县神

建州浦城县的山里有一种怪兽，名为县神，长着猪的身体、人的脑袋，长相丑恶，经常从水潭出来，在岸边的石头上休息。有个叫张平子的人带着笔墨前去描绘，那怪兽就跳进水潭不出来了。有人说，这个怪兽不喜欢画，所以不出来。张平子就把笔墨丢掉，果然，那怪兽又出现了。

此怪载于明代陈继儒《珍珠船》卷四（引《历代名画记》）

1757
—
项面

三国时，有个著名的将领叫毌丘俭，曾经东征沃沮，让人探查当地的地界。当地的老人说，曾经有一艘破船随波逐流，船工在海边岸上看到一个像人的怪物，脖子上长着一张脸，就逮住了这个怪物。人跟怪物说话，它不搭理，不吃东西活活饿死了。还有一个人，从海里出来，穿的衣服如同中原人，只是两只袖子很长，足有三丈长。

此怪载于南北朝刘敬叔《异苑》卷一

1758 枭獍

枭獍，是一种生下来就能吃掉生母的怪物。

宋代政和年间，济州有户村民，家里母马生下一匹马驹，七天就长得和母马一样大，额头上多了一只眼睛，鼻子和嘴巴长得如同龙，嘴边和蹄子上有斑纹，如同老虎，全身火红。一天它吃掉母马，跑到田间。村民害怕它为患，聚众追杀，这东西就是枭獍。

此怪载于南北朝任昉《述异记》卷上、宋代洪迈《夷坚志》丁志卷第七

1759 枭阳人

枭阳国那里的人，长着长长的嘴唇，黑黑的身子有长毛，脚跟在前而脚尖在后，一看见人就张口大笑，左手握着一个竹筒。

此怪载于战国《山海经》卷十

1760 消面虫

唐代，吴郡这个地方，有个叫陆颙的人，自幼喜欢吃面条，奇怪的是，越吃越瘦。后来一个胡人特意前来拜访，说："我之所以来你家，是有事相求，希望你能答应我。这件事对你没有什么害处，但是对我来说，却是大好事。"陆颙很奇怪，说："那我洗耳恭听。"胡人说："你是不是特别喜欢吃面？"陆颙说是。胡人笑道："那么喜欢吃面，其实不是你喜欢，而是你肚子里有一只虫子。我给你一粒药，你吃了，虫子就会被吐出来，到时候，我愿意以高价买这只虫子，行不行？"陆颙说："如果真的是这样，那我答应你。"

于是，胡人拿出一粒紫色的药，让陆颙吃了。吃下去没多久，他果然吐出一只虫子来。这虫子长二寸多，全身青色，长得如同一只青蛙。

胡人告诉陆颙："这种虫子名叫消面虫，可是天下难得的宝贝。"陆颙问："你是怎么发现它的呢？"胡人回答说："我从你家里看到了宝气呀。这种虫子是天地中和之气凝结而成，喜欢吃面，为什么呢？是因为麦子这种东西，秋天种下去，到夏天才成熟，完全接收到了天地四季的精华，所以它才喜欢吃。"陆颙不信，端出一斗面放在虫子跟前，顷刻之间就被它吃光了。

陆颙问胡人："这虫子能干什么用呢？"胡人说："这是天下奇宝，妙不可言。"说完，胡人取走了虫子，第二天拉来十辆大车，上面装满了金银珠宝、绫罗绸缎，全都送给陆颙。

陆颙从此大富大贵，成了长安城里有名的富豪。

过了一年多，胡人又来了，对陆颙说："我带你去海里走一趟吧，找些宝贝。"于是，陆颙和胡人一起到了海上。

这一天，胡人拿出一个银鼎，往里面倒了油膏，在鼎下面升起火，把那消面虫放在了滚烫的油锅里。一连烧了七天，忽然看到一个穿着青色衣服的小孩从海里面出来，捧着一个大盘子，上面有很多珍珠，献给胡人。

胡人很不满意，大骂了小孩一顿。小孩很害怕，捧着盘子沉入水中，过了一会儿，又有一个长得很好看的女孩从海里出来，捧着一个玉盘，里面装着很多珠宝。胡人还是不满意，大骂一通。

时候不大，有个仙人捧着一颗珍珠出来献给胡人。那珍珠直径三寸多，天下罕见。胡人大笑着收下了。

得了宝贝之后，胡人从鼎里面取出消面虫，收好了。胡人将那颗珍珠吞下，拉着陆颙走入海中，海水豁然而开，海里的各种生物都远远躲避。二人到了龙宫，里面无数的宝贝想拿多少拿多少，最终二人满意而归。

后来，胡人屡次拜访陆颙，给了他许多财宝。而这，都是因为消面虫呀。

此怪载于唐代张读《宣室志》卷一

1761
消食怪

东晋隆安年间，江夏郡安陆县有个人叫郭坦，他的大儿子生病之后，突然变得特别能吃，一天能吃光一斛多的米。家里供养他五年，眼见没有粮食了，家人就对大儿子说："以后你自己找东西吃吧。"大儿子没办法，只能四处讨饭。有一天，他来到一户人家乞讨，站在前门要到了饭吃完后，跑到后门要，并且对人家说："我实在不知道你家有两个门，不好意思，我这个人太能吃，总觉得饿。"这家人可怜他，转身去盛饭。

后门有三畦韭菜、一畦大蒜，郭坦的大儿子饥饿难忍，吃了两畦，觉得胸口沉闷倒在地上，不久呕吐不止，吐出一个奇怪的东西，长得像龙，而且慢慢变大。主人盛饭出来，见郭坦的大儿子如此，甚是震惊。这时候，郭坦的大儿子已经不能吃东西了，他将饭倒在那怪物身上，发现饭全都变成了水。吐出怪物之后，郭坦大儿子的怪病便好了。

无独有偶，有户姓周的人家，家中一女，也沾染上了消食怪。周女喜欢吃生鱼做成的鱼脍，每次都吃得特别多，周家因此变得贫穷起来。有一次，家里人带着她到长桥，见到有人挫鱼作鲊，便拿出一千文钱，让她吃个饱。周女吃了五斛便大吐，吐出来一只大蟾蜍，旁边的奴婢将鱼片放在蟾蜍口中，发现鱼片变成了水。自此之后，周女再也不吃鱼脍了。

此怪载于南北朝东阳无疑《齐谐记》

1762
嚣（鸟）

梁渠山中有一种禽鸟，形状像夸父，长着四只翅膀、一只眼睛、狗一样的尾巴，名为嚣，它的叫声与喜鹊的鸣叫声相似，人吃了它的肉就可以止住肚子痛，还可以治好腹泻病。

此怪载于战国《山海经》卷三

1763
嚣（兽）

漆水发源于羭次山，向北流入渭水。羭次山上有茂密的棫树和橿树，山下有茂密的小竹丛，山北有丰富的赤铜，山南有丰富的婴垣玉。山中有一种野兽，形状像猿猴而双臂很长，擅长投掷，名为嚣。

此怪载于战国《山海经》卷二

1764
小都郎

宋代有个人嘴里长了蛀牙，一天牙疼，腮帮子肿得很高，只能张着嘴躺下。正晕晕乎乎中，他忽然听到牙龈处传出来声音，如同车马喧闹一般，逐渐跑出嘴外，牙疼也跟着减轻了。

到了半夜，这人又听到声音传来，说："小都郎回活玉巢了！"然后，这人就觉得有东西钻进自己嘴里，很快牙又疼得要命。

此怪载于宋代陶穀《清异录》卷下

1765
小棺

明代，宁夏修城，城基往下挖得很深，结果挖出来几千具小棺材。这些小棺材长只有一尺多，打开后，里头有男有女，有的穿着官员的绯袍，戴着进贤冠，衣服都是明代时的风格。

隆庆年间，一段古长城塌陷，露出无数小棺材，都只有几寸长，里头的人衣冠俨然。有一个僧人的小棺，里头有一卷梵字小经；一个妇人的小棺，上面写着"某王某妃之柩"。

万历二年（1574 年），甘肃筑城，挖出一千多具小棺材，长一尺多。棺材里的人尸体没有腐烂，衣服颜色一一可辨。衣服有一寸多长，和常人的衣服样式没什么不同。

此怪载于明代沈德符《万历野获编》卷二十八、明代于慎行《谷山笔麈》卷十五

1766
小龙

宋代崇宁年间，淮河发洪水，河水暴涨，汴河口大船小船都无法进入。一天，一条小龙出现在一艘船上。船工的老婆不认识，以为是蜥蜴，用柴火猛击它的脑袋，结果天降霹雳，聚集在周围的船附近，不管是官船还是私船，相互撞击、破碎，死了好几百人。

朝廷听闻这件事，派官员前去抚慰，结果小龙再次出现。负责的官员点香祷告，说："我带你去面见天子，行不行？"小龙很是喜悦，钻进了香柜中不动。官员将其带回汴梁，献给蔡京，由蔡京最终呈献给宋徽宗。宋徽宗命人摆

下酒宴，以示庆祝。

　　酒宴上，小龙从香柜里出来，两只爪子抓着宋徽宗赏赐的酒杯，低头喝酒，接连喝了好几杯。宋徽宗觉得很神奇，命人取来大玻璃缸装小龙，亲自贴上了封条，将其送到了汴梁城外的小龙祠中。一天，宋徽宗来到大玻璃缸跟前，见上面的封条原封不动，可里面的小龙不见了。宋徽宗欣喜异常，加封小龙，并且扩建小龙祠。

　　大观末年，蔡京去东南公干，船行到汴河口，小龙出来迎接他。政和年间，蔡京在钱塘，住在凤山下的私宅中，正月初七，小龙出现在佛堂里，蔡家举家惊叹。第二天，蔡京被宋徽宗召回京城。

　　后来，靖康初年，蔡京被贬官岭南，原打算走陆路，但是因为蔡京怕热，所以改乘船。到了江陵后，船停靠在渚宫沙头的一个驿站，小龙又出现了。蔡京见了小龙，潸然泪下，觉得小龙没有忘记彼此之间的情谊。

此怪载于宋代蔡絛《铁围山丛谈》卷六

1767
———
小毛人

清代，深州有个人拆房子，在房子下方挖出一个土坑，方方正正，宽、深各一尺多，里头躺着两个小毛人，全身红褐色，双目赤红，长不到一尺。这人捉住了其中的一个，另外一个跑掉了。

此怪载于清代李庆辰《醉茶志怪》卷二

1768
———
小俳优

宣州盐铁院官彭颙，病了几个月，精神恍惚，心情郁闷。一天，他走出屋外，看到有几十个演滑稽杂耍的艺人，身高只有几寸，衣服颜色鲜艳，光彩夺目，在那里演戏，哭笑喜怒，不避他人。这些小怪物，除了彭颙，别人看不到。彭颙后来病好了，也看不见这些小怪物了。

此怪载于五代徐铉《稽神录》卷四

1769
小人

清代，澳门地区有个人叫仇端，经常跟着海船外出做贸易。有一次，遇到飓风，大船搁浅在一座岛上。仇端到岛上散步，发现上面有很多枯树，树上有很多孔洞，里面住着小人。这些小人只有七八寸高，有男有女，有老有少，皮肤的颜色如同栗子皮色，身上带着小小的腰刀、弓箭。它们看到仇端，齐声呐喊，说的话仇端完全听不懂。

仇端肚子疼，解开裤子蹲在地上拉屎，然后端着烟袋锅抽烟，忽然听到人声嘈杂，转过头，发现枯树的最高处，有个黑石垒砌的小城，只到人的膝盖处那么高，城门大开，从里面走出来一千多个小人，举着旗子，大声呼喊，还有一个如同将军的小人在指挥，然后浩浩荡荡举着兵器朝仇端杀过来。

仇端刚开始有点儿害怕，但觉得他们那么小，并不当回事，就继续蹲着拉屎。那个将军就指挥小人开始攻击仇端。小刀、小箭刺入身体后很疼，仇端觉得对方很讨厌，就举起烟袋锅，敲死了那个将军。小人一哄而散，抬起将军的尸体回到城中。

仇端回到船里，半夜听到小人们又来了，对着他扔泥沙。仇端觉得如果能抓一些回去，别人会觉得很稀奇。于是，他第二天借口去砍柴，从一棵树里面抓了一家小人，回到船上好生喂养他们。正要再去，看见岸上无数小人聚集在一起，放箭如雨。船上的人都埋怨仇端，解开缆绳，开船离开了。

回到澳门后，仇端做了一个小盒子，将小人放在里面，到市场上展览。看的人很多，仇端因此赚了不少钱，后来将小人高价卖给了一个商人。

商人用紫檀木雕刻成房屋，在里面布置了家具，让小人们住在里面。等过了一两年，小人们熟悉环境了，经常跑出来玩，很是可爱。

此怪载于清代宣鼎《夜雨秋灯录》卷七

1770
小神子

夔州有一种怪物，名为小神子，高只有一尺多，往往一二十为群，依人而居，据说出现于明代景泰年间。

此怪载于清代王士祯《池北偶谈》卷二十二（引《月山丛谈》）

1771
小虾

清代，有个人去象郡做生意，夏天独自行走于山林之间，走累了就坐在树根上休息。正要睡觉，他忽然听到头顶树梢传来蜜蜂、苍蝇之类发出的声响，抬起头，看见树上有东西长得如同婴儿，头只有小豆子那么小，身体不足一寸，相互牵引着，百八十为一群，嬉戏玩耍。这人觉得很奇怪，站起来去看，那帮小人纷纷逃窜。这人伸手去抓，抓了男女老幼十五个小人，放在竹笼里。

这人从山里出来，在一家店里住宿，店主认识，说这东西叫都，又叫小虾，可以煮着吃。这人十分喜欢，不忍伤害，就用米饭和水喂养它们。其中有一两个年老的，不吃东西死掉了。一个月之后，小人陆陆续续死去，只剩下一个男的和两个女的。后来，这人把它们带回老家，冬天给它们做衣服，它们却将衣服都咬碎，冻死了。

此怪载于清代曾衍东《小豆棚》卷十五

1772
小夜叉

清代，保阳有个读书人，早晨起来到书房整理文具，见墨床上躺着个小怪物，长得如同夜叉，红色的头发，蓝色的身体，光着上半身，穿着红色的裤子，枕着墨锭睡得正香。读书人惊愕不已。小怪物发觉有人，翻身一跃，变成蝴蝶，破窗翩翩飞去。

此怪载于清代李庆辰《醉茶志怪》卷二

1773
笑妇

临川郡南城县县令戴詧，当初在馆娃坊买了一处宅子。闲暇之日，他和弟弟坐在厅堂里，忽然听到外面有妇人聚到一起哄笑的声音，有的近有的远。戴詧觉得很奇怪。笑声渐渐地近了，戴詧忽然看到几十个妇人站在厅前，忽然又不见了。如此一连几天，戴詧不知为什么会这样。

厅堂边上有一棵枯梨树，粗可合抱。戴詧认为它是不祥之兆，于是就把它砍了，结果在树根下发现一块石头，刚露出来时有拳头大小，向下挖便变大，样子像个煎饼的錾子。戴督就在它上面点上烈火烧，浇上醋，再凿。凿了五六尺深，也没凿透。忽然看见一个妇人绕着坑拍掌大笑。过了一会儿，她拉着戴督一起进到坑里，把他扔到石头上。戴家人又惊又怕。妇人又回来了，她放声大笑。戴督也跟着她走出来。戴督刚走出来，他的弟弟不见了。家人悲伤地大哭，只有戴督不哭。他说："他也很快活，何必要哭呢？"戴督一直到死，也不肯说出实情。

此怪载于唐代段成式《酉阳杂俎》前集卷十五

1774
獬豸

传说獬豸生在东北的大荒之中，长得像牛，一只角，青色的毛。古代审判时，会牵来獬豸，谁作奸犯科，獬豸就会用角顶谁，所以也叫任法兽。

此怪载于汉代东方朔《神异经》

1775
狌狌

䧿山上有一种怪兽，形状如同猿猴，长着白色的耳朵，跑的时候四肢着地，走路的时候直立如人，名为狌狌。吃它的肉，就会变得善于行走。

此怪载于战国《山海经》卷一

1776
猩猩

唐代，安南武平县封溪县境内，有猩猩，像美人，能理解人语，知道往事。因为猩猩嗜酒，人们用木鞋把它们捉来，成百地关在一个牢笼里。要宰吃的时候，猩猩自己挑选身体肥胖的送出来，洒泪告别。当时有人送一只猩猩给封溪县令，用手帕盖着，县令问是什么东西，猩猩就在笼子里说道："只有我和一壶酒罢了。"县令笑了，很喜欢它，就把它养起来。它能传达语言，比人都强。

猩猩喜欢喝酒，爱穿木鞋。人想要捉它们的时候，就把这两样东西放在那里引诱它们。猩猩刚发现的时候，一定会大骂："这是引诱我们呢！"于是便很快跑开。但是它们会去而复返，穿上木鞋，互相劝酒，顷刻间就全都喝醉，因为它们的脚被木鞋绊住了，很容易被抓住。

此怪载于唐代张鷟《朝野佥载》卷六、唐代李肇《唐国史补》卷下、
清代朱翊清《埋忧集》续集卷一

1777 刑天

刑天是我国古代神话传说人物之一，和黄帝争位。据《山海经·海外西经》记载："刑天与帝争神，帝断其首，葬之常羊之山。乃以乳为目，以脐为口，操干戚以舞。"后来，刑天升格为神，不在本书的范畴之内。但在古典文献中，有一类妖怪，因为形象和刑天相像，被冠以"刑天"的名字，特收录。

纪昀曾记载了这个妖怪，他是听他阿公亲口说的。清代，科尔沁有个人叫达尔玛达都，在漠北深山看到一只鹿带箭飞奔，他十分高兴，将其杀死，正要收取，忽然看到有个人骑着马飞奔而来。这人有身无头，以两乳当作眼睛，嘴巴长在肚脐上，虽然听不清他说的是什么，但根据他的比画可以推断，他说那只鹿是他射的。随从都很惊慌，达尔玛达都向来胆子大，告诉对方，鹿他也有一份，应该把鹿分为两半，大家都有份。对方听懂了，答应下来，带着半只鹿离开了。

清代，温州有个叫王谦光的人，经常随船出海做生意，有一次，大船遇到风暴，漂到一座岛上。岛上生活着男女千人，个个肥短无头，以两乳为眼睛，以肚脐做嘴巴，吃饭时捧饭到近前，吸溜着吃下去，开口讲出的话，听不出是什么意思。这些人见到王谦光等人有头，很是诧异，走过来，从肚脐中伸出三寸多长的舌头，争相舔王谦光等人。王谦光一帮人跑到山顶，对着那些人一个劲儿扔石子，对方才散开。有认识的人说，这些人便是《山海经》里面记载的刑天氏。

此怪载于清代纪昀《阅微草堂笔记》卷十九、清代袁枚《续子不语》卷一

1778 胸中人

清代，天津有个盐商，得了一种怪病，觉得自己的胸里面好像被什么东西卡住了。时间长了，盐商知道有个小人在里面，能说话，只有他自己能听到。小人如果说想吃什么东西，就得给它。如果有食物，小人说不吃，就不能吃。

盐商十分痛苦，四处求医也没用。后来，听说有个人医术高超，盐商就将他请来。那人取来十几张大蜘蛛网，一层一层贴在他的胸前、背后，在上面敷药。过了一会儿，小人喊："绑我绑得太紧了！"蛛网渐渐嵌入皮肉，那人说："小人如果能活着抓住，是一件至宝。"

很快，盐商觉得肚子鼓胀，那人就让他喝了一种药。排泄下来之后，那小人身体都没有了，只剩一个脑袋，长一寸多，看上去是个面容不错的小孩。

此怪载于清代姚元之《竹叶亭杂记》卷七

1779
脩辟鱼

橐山中的树木大多是臭椿树，山南面有丰富的金属矿物和玉石，山北面有丰富的铁，还有茂密的萧草。橐水从这座山发源，向北流入黄河。水中有很多脩辟鱼，形状像一般的蛙，却长着白色嘴巴，发出的声音如同鹍鹰鸣叫，人吃了它的肉就能治愈白癣病。

此怪载于战国《山海经》卷五

1780
嗅石

瀛洲有一种怪兽，名字叫嗅石，长得如同麒麟，不吃生的东西，不喝浑浊的水，闻石头能够知道里面有金玉，张开嘴吹一吹，石头便会裂开，里头的金子和玉石粲然而出。

此怪载于晋代王嘉《拾遗记》卷十

1781
须龙

关羽的髭须长而美，其中有一缕胡须，二尺多长，漆黑无比，遒劲有力，如果突然震动，一定会有大战发生。

关羽在襄阳时，梦见一个青衣人来向他告别，说："我是乌龙，附在你的身上以壮威武。如今你大事不妙，我先走了。"说罢，这人变成一条乌龙，腾云驾雾而去。关羽醒来后，觉得很奇怪。夜走麦城，和吴兵对战，天明时关羽捋了捋胡须，发现那一缕二尺多长的胡须不见了。不久之后，关羽兵败身亡。

到了晋代太始年间，樊城这地方大旱，人们祈雨无效。当地官员梦见一个自称须龙的黑衣人，说："你们为我立庙，我下雨拯救百姓。"官员焚香祷告，中午果然天降大雨。大雨停歇之时，有人看到云里有一条黑龙现身。官员便让人修庙，挖土时挖出来一缕长须，觉得就是那条须龙，便将长须装在了塑像上。这座庙，就是后来的须龙庙。

此怪载于清代褚人获《坚瓠集》广集卷二

1782
轩辕人

轩辕国在穷山的旁边、女子国的北面，轩辕国的人长着人的面孔，却是蛇的身子，尾巴盘绕在头顶上，那里的人就是不长寿的也能活八百岁。

此怪载于战国《山海经》卷七

1783
宣城怪

李遇担任宣武节度使时，手下有个将军叫朱从本。朱从本家的马厩里，养了一只猴子。马夫晚上起来喂马，见一个怪物长得像驴，身体漆黑有毛，手脚像人，蹲在地上抓着那只猴子吃。看到马夫，怪物丢开猴子跑掉了。马夫看了下，猴子已经被它吃掉了一半。第二年，朱从本举族被杀。

当地的老人说："郡里常有此怪，每次发生兵乱，它都会出现。只要它出来，满城都散发着臭气。当年田頵作乱，快要失败的时候，这怪物出现在街道上，巡夜的人不敢上前捕捉。过了一个月，田頵就被杀了。"

此怪载于五代徐铉《稽神录》卷四

1784
玄狐

唐代，宰相李林甫有次退朝回到家里坐在堂前，看到一只玄狐，个头很大，长得如同牛马，毛色黝黑发光。它从屋中走到院子里，四下张望。李林甫命人用弓箭射它，还未等人开弓，那只玄狐便消失了。自此之后的好几天，每次李林甫白天端坐在家，那只玄狐就会出现。

这一年，李林甫病死。他死后，被削官改葬，抄没家产，子孙也被流放。

此怪载于唐代张读《宣室志》卷十

1785
玄鹿

传说千年的鹿称为苍鹿，再过五百年为白鹿，再过五百年会变成玄鹿。汉成帝的时候，中山国有人曾经抓住过一只玄鹿，煮了之后，发现它的骨头都是黑色的。《仙方》里写过，把玄鹿的肉做成脯，吃了可以活两千岁。余干县有白鹿，当地人说，那只白鹿已经活了一千年了，晋成帝派人捕获，发现白鹿的角后面有个铜牌，上面写着"元鼎二年，临江县献上苍鹿一头"。

唐代开元二十三年（735年）秋天，唐玄宗在长安近郊打猎，来到咸阳郊原的时候，出现了一只大鹿，十分雄健。唐玄宗命人开弓，一箭射中。回宫之后，让人将鹿肉做成食物，当时正巧张果老来，唐玄宗便让人把鹿肉赐给张果老。张果老拜谢了唐玄宗，对唐玄宗说："陛下，你知道这鹿的来头吗？"唐玄宗自然不知道。张果老说："这鹿已经有千年了。"唐玄宗不信。张果老说："汉元狩五年的秋天，我跟随汉武帝在上林苑打猎，就曾经捕获这只鹿。当时汉武帝问我，我说这是仙鹿，赶紧放了吧。"唐玄宗不信，说："汉武帝到现在，已经有八百年了，即便这鹿很长寿，可八百年中为什么没人抓住它？"张果老说："当时，汉武帝命令东方朔刻了一个铜牌，系在左角下，陛下如果不信，可以派人去检验。"

唐玄宗让高力士去检验，并没有发现铜牌。唐玄宗认为是张果老骗自己。张果老起身，从鹿头下找出了铜牌，大概是因为年代久远，被毛皮遮盖住了。上面锈迹斑斑，文字已经看不清了。这件事让唐玄宗大为惊奇，对高力士说："张果老果然是仙人呀！"

此怪载于南北朝任昉《述异记》卷上、唐代张读《宣室志》卷八

1786

玄冥使者

唐代景云元年（710年），萧志忠任晋州刺史，按照惯例，准备在腊祭之日打猎，因此大设罗网。

在打猎即将开始的前一天，有个樵夫在霍山砍柴，突然发了疟疾不能回家，就住在山洞里，夜间难受得呻吟不止，睡不着觉。天快亮时，樵夫突然听到有人说话，以为是盗贼，赶紧藏起来。

此时山中月光明亮，樵夫看到树林里走出来一个身高一丈多的怪物。这个怪物鼻子上长了三只角，身披豹皮，目光炯炯。它向着山谷发出长啸，不一会儿，许多虎、兕、鹿、猪、狐、兔、雉、雁等动物赶过来，在周围的山林中挤得密密麻麻。

这个怪物大声说："我是玄冥使者，受北帝之命前来。明天是腊祭日，萧使君按惯例要来打猎。你们中有的应死在鹰爪之下，有的要死在弓箭之下。"说完后，群兽都低下身子发抖，好像是请求救命的样子。

一只老虎和一只老鹿对着怪物跪下来，说："虽然死于这次狩猎是我等命中注定，但萧公是一位仁者，他不是有心杀害我们这些动物，只是顺应时令按照规矩办事而已。如果可以做些事情阻止他打猎，那么我们还能够活命。希望您想办法救救我们。"怪物说："不是我想杀死你们。我只不过是奉北帝的命令来告诉你等而已。任务我完成了，之后怎么做，全靠你们自己。不过，我听说东谷中的严四兄是个有主意的人，你们可以去找他帮忙。"动物们听了，十分高兴。怪物带着动物们往东走。樵夫这个时候病也好得差不多了，觉得好奇，跟在那帮动物的后面。

来到东谷，樵夫看到有几间茅草屋，屋内架子上挂着虎皮，有一个道士正在呼呼大睡。道士被动物们惊醒，他看到怪物，有些吃惊，道："我们分别很长时间了，你这次来，是不是宣布这些动物在腊月受罚的事情？"怪物说："正是如此。不过它们十分可怜，想活命，还希望你能给它们出个主意。"老虎、老鹿也屈膝跪下，诚恳请求。道士说："萧使君每次使人服役，一定会关心服役者的饥寒，如果请求司雪之神滕六下一场雪，司风之神巽二刮一阵风，他就不会再打猎了。我昨天接到滕六的一封信，知道他已死了妻子。又听说他要了泉家的五女儿作为歌姬，但是因为她妒忌心特别强，滕六把她休了。如果你们能找到个美女送给他，那么雪马上就会下来。巽二喜欢喝酒，你们如果能找到美酒送他，他肯定乐于刮起狂风。"有两只狐狸自称它们善于迷惑人，能够找到美女和美酒。狐狸说："河东县尉崔知之的三妹长得美淑娇艳。绛州的卢思由善于酿酒，他的妻子生产，一定准备下了美酒。这事儿，我们去办。"说完它们就走了，动物们高兴得齐声欢叫起来。

道士对怪物说："想当年我在天上时，何等惬意，想不到千年来成为兽身，悒悒不得志，我写了一首诗，你听听。"接着，他吟道："昔为仙子今为虎，流落阴涯足风雨，更将斑毳被余身，千载空山万般苦。"吟完后，道士又说："我受罚的期限已满，再有十一天，我就能回到天上去。在这里住了很长时间，要离开这里，多少有点儿留恋，因此，我还是在石壁上留几行字，让后人知道我曾在此居住过。"于是，他在北面的石壁上提笔写道："下玄八千亿甲子，丹飞先生严含质。谪下中天被班革，六千甲子血食涧饮，厕猿狄，下浊界，景云元祀升太一。"

躲在一旁偷看的樵夫认得字，暗中将道士的吟诗、题壁默记了下来。

过了一段时间，一只狐狸背着一个美女回来了。美女只有十几岁，穿着红衣，妩媚妖艳。另一只狐狸背着两瓶美酒，酒香扑鼻。道士将美女和酒各自放在一个布囊里，各写了一道符贴在上面，然后向布囊喷了一口水，两个布囊便飞走了。

樵夫担心被发现，赶紧下山回来。

还没到天亮，风雪呼啸而下，整整下了一天才停。萧志忠原本计划的打猎因此取消，动物们终于保全了性命。

此怪载于唐代牛僧孺《玄怪录》卷七

1787 玄女

上古时期，黄帝梦见一个女子，长着鸟的身体、人的脑袋，自称玄女，传授给黄帝《三官秘略》《五音权谋》以及阴阳之术，又传了《阴符经》。

此怪载于宋代张君房《云笈七签》卷一百

1788
玄武湖水怪

清代，南京玄武湖以出产菱藕鱼虾闻名，当地有一百多户老百姓以此为业。光绪年间，湖中的水产突然大不如前，大家都不明白是怎么回事。一天晚上，有人看到湖中有一个怪物，长七尺多，头似羊但是没有角，身如龟，双目炯炯，生四爪，张着血盆大口，翻腾时掀起风浪，大家这才知道湖中水产减少的原因。

此怪载于清代吴友如《点石斋画报》

1789
旋风缤

工部员外张周封说，一年春天，他度假回来，经过湖城时，听人说去年秋天有个河北军将经过此地，在郊外几里地，忽然刮起一阵大旋风，径直来到军将的马前。军将用马鞭抽了旋风一下，不料旋风变得更大，旋转到马头处，让马的鬃毛直直竖起。军将害怕，下马查看，见马的鬃毛里有宛若红线的细布条。马立身嘶鸣，军将大怒，抽出刀砍向旋风。旋风随即消失，马也死了。军将割开马肚子，发现马肚子并没有受伤，也不知道那是个什么怪物。

此怪载于唐代段成式《酉阳杂俎》前集卷十五

1790
旋龟

杻阳山的水中，有一种怪物叫旋龟，其体貌与普通的乌龟类似，但颜色为红黑色，长着鸟的头、毒蛇的尾巴。据说它的叫声像剖开木头时的声音，将其佩带在身上，耳不聋，还可以治疗足底的老茧。

此怪载于战国《山海经》卷一

1791
血萤

晋怀帝永嘉年间，有个叫丁祚的人渡江来到阴陵这个地方。当时天色昏暗，丁祚来到道路旁边的神社，看见有个东西长得像人，倒立在地，双眼流血，从头上流下，聚集在地上，各有一升多。丁祚和弟弟齐声呵斥，那东西消失不见了。而那两摊血变成几千个萤火，纵横飞散。

此怪载于晋代祖台之《志怪》

1792
驯龙

驯龙这种精怪生活在高山的深潭之中。女孩子穿着盛装，唱着歌谣，它就会出现。驯龙全身五彩斑斓，十分好看。如果女孩子歌唱得宛若天籁，驯龙就会欢喜地跳跃，留下鳞片而去。这种鳞片，唱歌的女孩子往往会珍藏起来，视之为宝。

此怪载于明代邝露《赤雅》卷下

1793
压油

盖州有种名为"压油"的虫子，长得像水鸟，每年暮春时从水中出来，发出"压油、压油"的叫声。人抓到了它们，将重物压在它们身上，就会流出很多油。油流完了，它们只剩下空空的皮。如果将它们的皮扔到水里，它们又可以复活。

此怪载于清代褚人获《坚瓠集》秘集卷五

1794
鸭人

传说海外有鸭人国，其人长着人的身体、鸭脚，碰到大雨，就会伸出一条腿，展开脚掌当伞。

此怪载于清代陆次云《八纮荒史》

1795
鸭砖

明代弘治年间，有个叫夏杰的人，到尹山走亲戚，夜里经过夹浦桥的时候，看到水里有个东西，叫声如同鸭子一般。夏杰以为是附近村民丢的鸭子，就追上去抓住了，结果发现是块砖头。夏杰觉得奇怪，就丢下了砖头。结果那砖头又变成了活物，一摇一摆，如鸭子那样叫唤着跑走了。

此怪载于明代侯甸《西樵野记》

1796
哑樵蛇

会稽东南有座平水山。康熙初年，有个樵夫从山下过，见一条大蛇在山涧的泥浆中翻滚，过了良久，全身涂满了泥。樵夫放下柴火担子站着观看，见山涧旁有个洞，大蛇带着泥进去，并用身上的这些泥封住了洞口。樵夫回到家中便不能说话，变成了哑巴，和人交流只能用手比画。

过了三年，樵夫又到那个山涧旁，见乌云密布，大雨滂沱，接着一声霹雳，一条龙从洞中冲出，腾空而起。樵夫不禁大声喊道："把我舌头卷起来不让我说话的，就是这东西！"

自此之后，樵夫能言如初。

此怪载于清代钮琇《觚剩》续编卷三

1797
猰㺄

传说兽里面最大的叫猰㺄，龙头马尾虎爪，长四丈，非常善于行走，以人为食。如果遇到有道之君，就会隐藏，否则就会出来吃人。

此怪载于南北朝任昉《述异记》卷上

1798
窫窳

少咸山上没有花草树木，到处是青石碧玉。山中有一种野兽，形状像普通的牛，却长着红色的身子、人的面孔、马的蹄子，名为窫窳，发出的声音如同婴儿啼哭，是能吃人的。

此怪载于战国《山海经》卷三

1799
盐龙

龙生三卵，其中之一叫吉吊。吉吊这种东西上岸和鹿交配，或者在水边留下精液，被枯枝、漂浮的木头沾裹，就会生成盐龙，可以壮阳。

宋代时，萧注跟随狄青大败云南土人，收缴了很多稀奇珍宝，其中就有一条龙，长一尺多，当地人称之为盐龙，放在银盘里，会从鳞片中渗出盐，如果泡酒喝，可以壮阳。

此怪载于宋代何薳《春渚纪闻》卷四、明代徐应秋《玉芝堂谈荟》卷三十三

1800
偃月堂怪

唐代，平康坊南街的废蛮院是李林甫的旧宅第。李林甫在正堂的后面另造一堂，形如弯月，得名偃月堂，建筑华美，雕刻精巧，世上无双。李林甫每次要让人家破人亡时，就进到偃月堂，一番思虑，想出对策后才喜悦地走出来。接着，和他作对的那人很快便会身死家破。

等到李林甫要完蛋的时候，他在堂上看到一个怪物，长得像人，遍身长着猪毛，牙齿和爪子十分锋利，都有三尺多长，目光如电，愤怒地盯着李林甫，然后跳起来袭击他。李林甫连声呵斥，命人用弓箭射这个怪物。怪物笑着跳到前面的屋子里。屋子里有个侍女，碰到了这个怪物，当即死去。怪物经过马厩，厩中的马也死了。

这事情发生后不到一个月，李林甫就死了。

此怪载于唐代郑綮《开天传信记》

1801
鼤鼠

如同牛一样大的老鼠，被称为鼤鼠。扬州曾经有个怪物渡江而来，长得像老鼠，大如牛，人们都不知道名字。一个有见识的人听说了，就说："这是鼤鼠。我听说一百斤的老鼠，打不过十斤的猫，为什么不试验一下呢？"于是，大家找了一只十几斤的大猫，那只鼤鼠看到猫，吓得趴在地上，不敢动，最后被猫咬死了。

这种老鼠并不常见。有人说："老鼠吃巴豆，可以长到三十斤。"但是没人试验过。

此怪载于明代谢肇淛《五杂俎》卷九

1802
厌光国人

厌光国的人，嘴里能吐出光来，身体像猿猴，浑身黑色。

此怪载于晋代张华《博物志》卷二

1803
厌火人

厌火国的人都长着野兽一样的身体，而且是黑色的，他们的口中能吐出火。

此怪载于战国《山海经》卷六

1804
燕巢赤龙

五代时，有一户人家的燕子窝里，忽然发出红色的光芒，而且隐隐有声，就像在地下敲鼓一样，日夜不停。晚上，城里的巡警经过，责怪这家人不熄灯，进了他家却发现的确没有灯光，那光是从燕子窝里发出来的。过了十几天，这件事很多人都知道了。大家纷纷凑到这家看热闹。

家里的老人惊恐万分，用拐杖捅了捅燕子窝，有条小赤龙从窝里掉下来。老人很害怕，将小赤龙放在被子里，焚香祷告。时候不大，一条一丈多长的火龙从屋檐下飞进来，全身放光。这家人惊慌失措地逃出去。火龙抱着小赤龙进入卧室，冲破屋顶，飞天而去。

几年后，这户人家便衰败了。

此怪载于五代刘崇远《金华子杂编》卷下

1805
燕巢凤

有个叫杨琢的人说，当年他在淄青的时候，看见一户老百姓家中的燕子窝很大，宽超过三尺。燕子哺育雏鸟飞走后，一天忽然有很多野鸟飞到院子里，过了一会儿聚集在屋梁上，一点儿都不怕人。

这家人正在吃饭，手中的盘子和食物被这些鸟抢夺一空。家中的老人见状，不知道是吉是凶，用手杖打破燕子的窝，有只几尺长的白凤雏鸟，从窝里掉下来，还没落到地上，便飞出屋外，朝西南冲天而去，那些鸟也跟着消失了。

此怪载于五代刘崇远《金华子杂编》卷下

1806
羊毛妇

明代万历年间，金台集市上有个妇女背着羊毛售卖，忽然消失不见了。过了不久，金台很多人身上长了巨大的泡瘤，很多人活活疼死，挑开泡瘤，里面只有羊毛。有个道士听说了，传下一个药方——用黑豆、荞麦的粉末涂抹，羊毛脱落，病就好了。

此怪载于清代赵吉士《寄园寄所寄》卷五（引《名医类案》）

1807
仰鼠

钦州有一种鼠，形状如猪，黑身白腹，仰面生于土中，能够拱土而行，不管是顺行还是逆行，运动自如，速度极快，很难捕获。当地人见地面隆起，形成长条，便知道仰鼠在下面，赶紧用镢头在它的前后挖掘，夹击而擒。否则，这东西一听到声响，便逃跑了。

此怪载于宋代周去非《岭外代答》卷九

1808
恙

大地的北方有一种怪兽叫恙，长得像狮子，吃人。人如果被它的气息吹到，就会得病。恙喜欢跑进人住的村子，钻进人的房舍，给人带来疾病，百姓为之苦恼。黄帝派人将它流放到了北方的荒野中，所以人们把没有疾病称为无恙。

此怪载于汉代东方朔《神异经·中荒经》、汉代应劭《风俗通义》佚文

1809
妖马

曹魏齐王嘉平初年，白马河中出现了一匹妖马，半夜从河中来到了官方的牧场边嘶鸣，牧场里的马也纷纷附和着嘶叫。第二天，牧场主管看到了马蹄印，大如斗。牧场主管跟着马蹄印走，发现那匹马又走了几里地，重新进入水中，消失在了河里。

此怪载于晋代干宝《搜神记》卷六

1810
姚江灯

姚江这地方每年初春黄昏没有风雨时，有几点灯火远远地从大黄山东岳庙前升起，跨越江面之后，散为几百个。转眼间，多到不可计数，粲若群星，明明灭灭，然后逐渐向西移动，到半夜时，隐没在白山。

当地人传说，三月十六这天是东岳大帝的诞辰，出现这些灯火，是大帝下降的预兆。但是在龙山上读书的人说这些灯火不光春季有，只要空气湿度很大，往往就会出现。这种灯火，低矮之处的人是看不见的，如果爬上山顶，可以看到山腰到处都是，将江南的无数房舍映照成红色。有人坐在树下，看到这些灯火聚集在树枝上，甚至跑到人的衣服上，用手掸拂也不去。

此怪载于明代朱国祯《涌幢小品》卷十九

1811
摇牛

移风这个地方有一种怪物叫摇牛，生长在大水之中，经常相互争斗，水面都为之沸腾。有时候，摇牛会从水里来到岸上，家牛见了怕得急忙躲避。人如果捕获摇牛，很快就会招来霹雳，当地人称之为神女牛。

此怪载于晋代魏完《南中八郡志》

1812
药叉鱼

海南有一种鱼，名为药叉鱼，蓝脸，胸部以上是人，胸部以下是鱼。

此怪载于民国徐珂《清稗类钞》

1813
药兽

传说上古神农氏的时候，有人进献了一头药兽。人如果生病，告诉药兽，它就会跑到野外，衔回药草。人们将药草捣碎了，喝下汁水，病就好了。神农氏就让风后这个人记载是什么草，治什么病，时间长了，人们就知道如何治疗疾病了。

此怪载于明代张岱《夜航船》卷十七

1814
野狗子

清代顺治年间，于七在山东一带领导了一次颇具规模的农民起义。乡下人李化龙从山中逃回来，晚上正碰上一支军队经过。他很害怕，便僵卧在死人堆里佯装死人。军队过完后，李化龙还没敢爬起来，睁眼一看，忽然看见周围掉了头、断了胳膊的尸体都站了起来，像小树林一样。其中有一具尸体，已经断了的头仍连在肩膀上，嘴里说道："野狗子来了，怎么办？"其他尸体也一起乱糟糟地问："怎么办？"过了一会儿，这些尸体都扑通扑通倒下了，随即一点儿声音也没了。

李化龙战战兢兢地想爬起来，就见一个兽头人身的怪物正趴在死尸堆里吃人头，挨个吸人的脑子。他害怕被吃，便把头藏在尸体底下。怪物来拨弄他的肩膀，想吃他的头，李化龙就用力趴在地上。怪物几次都没能弄到他的头，就推去盖在他头上的尸体，使他的头露了出来。李化龙害怕万分，慢慢用手摸索腰下，摸到一块石头，有碗那样大，握在手里。怪物找到了李化龙的头趴下就想啃。李化龙突然跳起，大喊一声，用石头猛击怪物的头，结果打中了它的嘴。怪物像猫头鹰那样大叫了一声，捂着嘴负痛跑了。它路上吐了一些血，李化龙就地查看，在血里找到了两颗牙齿，中间弯曲，末端锐利，长四寸多。

此怪载于清代蒲松龄《聊斋志异》卷一

1815
野婆

邕州、宜州的西边有很多悬崖峭壁、深山幽谷，其中有一种名为野婆的妖怪。这种妖怪也叫野蟠，黄色的头发，披散缭乱，光着身子，光着脚，如同一个老太婆一样，腰部以下的皮肤耷拉得老长，能遮住膝盖，上下山谷飞檐走壁，动作灵敏。

野婆力气很大，能抵住上好几个壮汉，而且喜欢偷老百姓家的小孩。当地人知道孩子被野婆偷了，就会聚集村里的人一起破口大骂。野婆经受不住，就会把孩子还回来。野婆只有母的，没有公的，因此经常抢劫男人做配偶。

曾经有个野婆被人杀死，一直都双手护住腰间，剖开后，从她的身体里得到一枚印章，材质如同碧玉，上面刻着符篆一类的文字，但是没人认得。

此怪载于宋代周密《齐东野语》卷七、明代朱国祯《涌幢小品》卷三十一

1816
夜光

清代康熙三十四年（1695 年）四月，陕西蓝田有个叫瞿修龄的人，一天傍晚跟随主人到山中为人看风水。晚上二更时分，原本的黑夜突然变成了白天，有红色的光芒出现在山岭上，将山林照得如同白昼。他们走了三四里地，光芒才渐渐消失，恢复黑暗。

这样的事情，海南也曾出现过。三更时分，夜空中光芒万道，好像太阳刚刚升起，接着恢复如初。有人看见光芒是由海中浮出的大金鳌所放，当时岭南很多地方都如此。

蓝田与大海相隔万里，这夜光恐怕不是金鳌所发，想一想，应该是深山大泽中的龙蛇之类的妖怪所为吧。

此怪载于清代钮琇《觚剩》续编卷三

1817
夜郎侯

汉武帝的时候，夜郎这个地方有个女子，在一条名为豚水的河流边洗衣服，一根三节的大竹子漂到她的脚下，推也推不走，然后听到里面有哭声。竹子破开后，她发现里面有个小男孩。小男孩长大之后，文武双全，当地人就推举他为夜郎侯，以竹为姓。那根大竹子被抛弃的地方，生长出一片树林。

此怪载于南北朝刘敬叔《异苑》卷五

1818
夜明兽

清代，有个商人去南海做生意。一天晚上三更时分，突然觉得船外光亮刺眼，爬起来往外看，见一个巨大的怪兽露出一半的身体漂浮在海上，简直跟大山一样。怪兽的两只眼睛如同两个初升的太阳，光芒四射，照得附近亮如白昼。商人吓坏了，问船里的同行人，大家都不知道这怪兽的底细。过了一会儿，怪兽逐渐没入水中，周围才重新恢复黑暗。

后来，商人来到福建，当地人也在议论某天夜里天突然变亮又复暗的事。商人算了一下，发现正好是在船上看见怪物的那晚。

此怪载于清代蒲松龄《聊斋志异》卷八

1819
夜明杖

隐士郭休有一根拄杖，通体赤红，敲击有声。晚上出去，此杖会发出光芒，照亮十步之内的地方。郭休经常登高涉险，从未跌跟头、摔倒，全是靠着这根拄杖。

此怪载于五代王仁裕《开元天宝遗事》卷下

1820
夜游神

夜游神并不是神，而是传说中在野外游荡的莫名怪物。

清代，有个王某一天晚上夜行，看见城墙的阴影中有个如同包裹一样的东西，走到跟前，发现是一只巨大的靴子，有三尺多长，旁边还有一只。抬起头，发现有个几丈高的巨人，跷着二郎腿坐在屋檐上。这时候，有个人提着灯笼走过来，到了巨人下面，巨人抬起脚，那人仿佛看不见一样，就过去了。王某也跟着想过去，发现巨人的脚挡住了自己，僵持了一会儿，巨人才消失不见。王某回家后，过了几天就死掉了。

也是清代，河北有个人正月里到朋友家里赌钱，回来的时候已经三更了。路上，他看到有个巨人坐在屋檐上，几丈高，戴着纱帽，穿着大袍，很有气势。那巨人过了一会儿就不见了，这人吓得够呛，不过回来之后，并没发生什么不幸的事。

此怪载于清代李庆辰《醉茶志怪》卷四

1821
一臂人

一臂国在三身国的北面，那里的人都是一条胳膊、一只眼睛、一个鼻孔。

此怪载于战国《山海经》卷七

1822
一目人

一目国在钟山的东面，那里的人是在脸的中间长着一只眼睛。

此怪载于战国《山海经》卷八

1823
一足蛇

清代贵州的一个村子，百姓家里悬挂着一个东西，长着闪亮的鳞甲，已经风干了。

村民说，离村子五里地有座山，大家经常去那里砍柴。山脚下是行人来来往往的大路，旁边有一棵极大的枯树。树里面藏着一条蛇，长着人的脑袋、驴的耳朵，耳朵能扇动发出声响，鳞甲如同松树皮，而且只有一只脚，如同龙爪，吐着长长的芯子，跳跃着行走，速度极快。这条蛇平时藏在树洞里，靠近行人时就会喷出毒气，行人就会昏倒，然后蛇就将芯子伸入人的鼻子里吸血。

村里面愿意花重金请人帮忙除掉这条蛇，但没人敢来。过了好几年，有两个乞丐答应帮忙，向村里的人索要了很多金银。乞丐用唾液涂满身体，赤裸着身体去引诱蛇。蛇果然出现了。两个乞丐急忙跑到道路旁边的田地里，蛇追过去，陷入泥中，无法动弹。两个乞丐跳起来，在长木杆上绑上刀，砍掉了它的脑袋。

蛇死后，凡是被它害过的村民人家，都争相去分割蛇的肉，并且做成腊肉，挂在屋里。

此怪载于清代袁枚《子不语》卷十八

1824
移池民

传说员峤山这个地方有个移池国，这个国家的人都高三尺，可以活一万年。他们用茅草制作衣服，穿着长长的裤子、袖子宽大的上衣，可以凭借风到达烟霞之上。移池民都长着双瞳，眉毛修长，耳朵也很大，以九天正气为食，可以死而复生。

此怪载于晋代王嘉《拾遗记》卷十

1825
蚁鱼

宋代，广陵有个姓陈的书生，一次去孝感寺拜访僧人，傍晚回家时，碰到一个樵夫。樵夫说："我早晨在砍的树上得到了一枚石头做的鱼，形状可爱。我一个村野农夫，要这东西没用，送给你吧。"陈某接受了，将石鱼放在袖子里，带了回来。

当天晚上，月白风清，陈某将石鱼放在石盆里，又放了一些水，拿来酒和妻子同饮。忽然看见石盆里的水直往外冒，一家人为之惊异，取来蜡烛照了一下，发现盆里的水没了，石鱼的身上干干的。

书生觉得这东西是妖怪，留着迟早会带来灾祸，拿起一块石头砸了过去。只听见一声巨响，石鱼碎成四片，从里头飞出来几百只白蚁，扇动翅膀消失了。

此怪载于宋代洪迈《夷坚志》三志己卷第一

1826
义仓怪

清代，天津城内的义仓里传闻有妖怪。这地方被湘军借用存放军饷，有人住在里面，每到月明之夜，会看到东厢房房顶上有个大如麻袋的怪物。因为经常能看见，所以大家并不在意。

一天晚上，一个武官住在西厢房，半夜感觉有东西掀自己的蚊帐。武官爬起来，见一个怪物几乎和蚊帐一样高，双目如炬，尖牙利齿，脸上长满了半尺多长的白毛。武官挥拳打去，怪物一口咬住武官的手指。武官大声呼号，怪物又咬住他的手臂，鲜血直流。见武官昏倒在床，怪物转身离去。

第二天，有人救醒了武官，见怪物已经咬伤了他的骨头。武官调养了几个月才痊愈。

此怪载于清代李庆辰《醉茶志怪》卷三

1827
异床

清末，有个姓于的妇女，路过杞县西边的韩冈村，晚上住在村中一家旅店里。刚躺到床上，于氏突然感觉床晃晃悠悠上升，逐渐抵达房屋上方，而且像秋千那样摇晃。于氏吓得睁开眼睛，见床又晃晃悠悠下降，恢复原状。于氏坐起来，念诵《金刚经》，整晚没敢再睡。这家店门口有棵老槐树，于氏记得很清楚，回来将事情告诉了家里人。

二十多年后，于氏丈夫的侄子曼石从汴州到杞县，经过韩冈村碰到大雨，住在村中一家旅店，看到门口的那棵大槐树，想起这家旅店就是当年于氏住的那家。晚上，曼石早有戒备，但是觉得事过多年，应该不会再有怪事了。他躺在床上，刚合眼，也感觉床升了起来，等睁开眼，床又降下来，跟当年于氏所遇一模一样。曼石不管这些，躺下来呼呼大睡，之后并没有什么其他离奇的事情发生。

此怪载于民国郭则沄《洞灵小志》续志卷二

1828
异萤

明代嘉靖年间，颍州人黎鹤任山东乐平县县令。黎鹤性情豪放，一举将当地的响马盗贼抓捕殆尽，因为太过严酷，被朝廷解职。

七夕这一天，黎鹤在院子里纳凉，月色朦胧之中，看到有萤火虫飞过来，很快有成千上万只，盘旋不已。黎鹤说："你们能变成半月形状吗？"萤火虫聚拢，呈现出上弦月的形状。黎鹤说："你们能变成满月形状吗？"萤火虫随即呈现出一轮满月。黎鹤又说："你们能散开成为星斗那样吗？"萤火虫听了，散布开去，犹如满天繁星。黎鹤见了，大为恐惧，赶紧关上门窗睡觉。

第二天，官府派人来抓黎鹤。他百般辩护，才被释放出来。没到一年，黎鹤就死了。

此怪载于清代褚人获《坚瓠集》余集卷二

1829
易头腹怪

宜兴人周立五刚成年时，颧骨很低，是个秃子，而且面色不好，经常被乡里人嘲笑，不过他则不以为意，只是一直到三十二岁，还没考中秀才。

一次，周立五和父亲去荆南，住在南城外仓桥的旅馆中。晚上，周立五梦见一个戴着雉冠的黑衣人，右手拎刀，左手提着一个长满胡须的人头，来到床前，将他脑袋换了下来。周立五惊醒，抱着父亲的脚大叫，点灯查看，见自己的脑袋和以前一样，这才安下心来。过了不久，周立五的颧骨逐渐突出，并且长出了浓密的胡须。

又过了一年多，周立五梦见一个戴着缁冠、手中拿着拂尘的白胡子老头，身后跟着一个金甲人。老头对周立五说："让我来给你换肚子吧。"说罢，金甲人抽出佩刀，割开周立五的肚子，拉出他的五脏六腑，清洗一番，然后又塞回去，接着将竹子做成的斗笠放在他的腹部，用钉子钉上。周立五即便是在梦中，也能听到钉钉子发出的清脆响声。钉完了，老头说："清虚似镜，原本无尘。"

周立五醒来后，变得聪慧无比，学业精进，很快科举高中，官任侍讲学士。

此怪载于清代褚人获《坚瓠集》续集卷六

1830
驿舍怪

宋代元丰八年（1085 年），有个叫侯元功的人和三个同乡去考试，在道路旁边的一家驿舍借宿。

屋子四角都有床榻，四个人就各自选择了一个休息。跟随的两个仆人围着火堆坐着烤火，忽然听到屋子西北角传来声响，一个长得像猪的东西跑出来，爬到床榻上，从头到脚地闻一个读书人，很快那人就抽搐不止。过了一会儿，那东西又跑去闻另一个人，接着又是下一个人，最后来到侯元功的床榻前。还没来得及闻，那东西突然像是受到了驱赶，仓皇下床逃窜而去。侯元功这时也醒来了，赶紧叫醒另外三个人，三个人都说梦见一个怪兽压着自己的身体，不知道是什么。仆人这时将刚才所见诉说了一遍。

侯元功听了，心中暗喜。后来，侯元功考取了功名，而另外三个人都没有考中，病死在了京师。

此怪载于宋代洪迈《夷坚志》甲志卷第四

1831
鮨鱼

诸怀水从北岳山发源，水中有很多鮨鱼，长着鱼的身子和狗的脑袋，发出的声音像婴儿啼哭，人吃了它的肉就能治愈疯癫病。

此怪载于战国《山海经》卷三

1832
隐形蛇

安徽舒州有个人在灊山遇到一条大蛇，将蛇杀死了之后，发现大蛇长着脚，觉得十分奇怪，就背了回来，想给人看看。

这人在路上碰到几个县吏，就对他们说："我刚才杀的这条蛇，长着四只脚。"县吏却没看到蛇，问他："哪里有蛇？"这人说："就在我背上，怎么会看不见呢？"说完，这个人就把蛇扔在地上，大家才看到。但是如果把蛇背在身上，就看不见。大家都觉得很奇怪。

此怪载于五代徐铉《稽神录》卷二

1833
英招

丘时水从槐江山发源，向北流入泑水，山上蕴藏着丰富的石青、雄黄，还有很多的琅玕、黄金、玉石，山南面到处是粟粒大小的丹砂，而山北阴面多产带符采的黄金白银。槐江山由英招主管，英招的形状是马的身子、人的面孔，身上长有老虎的斑纹和禽鸟的翅膀，巡行四海，传布天帝的旨命，发出的声音如同用辘轳抽水声。

此怪载于战国《山海经》卷二

1834
婴勺

涓水从支离山发源，向南流入汉水。山中有一种禽鸟，名为婴勺，形状像普通的喜鹊，却长着红眼睛、红嘴巴、白色的身体，尾巴与酒勺的形状相似。

此怪载于战国《山海经》卷五

1835
鹰背狗

北方凡是皂雕筑巢的地方，官府一定会让人仔细观察巢里面雕蛋的情况。如果发现一个巢里面有三枚雕蛋，就会让士卒日夜守护，等雕蛋孵化后，其中一定会有一只小狗。官府将狗取出，精心饲养，然后进献给皇帝。这种狗看起来和一般的狗没什么不同，只是耳朵、尾巴上多了几根羽毛。打猎时，大雕飞入天空，狗在地上，一起袭击猎物，十分勇猛。这种狗，名字叫鹰背狗。

此怪载于元代陶宗仪《南村辍耕录》卷七

1836
瀛洲渊鱼

瀛洲也叫魂洲，又曰环洲，东边有渊洞，里面生长着一种鱼，长千丈，颜色斑驳，鼻子顶端有角，喜欢聚在一起舞蹈。当地人远远望见水上有五色云朵，走过去，发现是这种鱼喷水为云。这种云十分美丽。

此怪载于晋代王嘉《拾遗记》卷十

1837
影壁

高邮县有座寺庙，讲堂西边的墙壁靠近道路。每天从早到晚，人、马、车子的影子会透过墙壁，被人看见，只有在辰午之时例外。行人的衣服颜色都能够看得清清楚楚。这面墙壁有好几尺厚，不知道怎么会发生这种事。相传这样的事情已经持续二十多年了，有时候会一年半载地看不见。

此怪载于唐代段成式《酉阳杂俎》前集卷十

1838
瘿梁

清代，刘廷玑家有很多仓库，其中一个已经封闭一年多。一日，家人开仓卖米，见房梁上有一个人，垂着头向下倒挂，下半身在梁内，身体赤裸。家里人大惊，大声呼喊，此人赶紧闭上双眼，等人出去了，他两眼又睁开。全家人惶恐，很快邻居们纷纷前来观看。

官府派巡检带着兵器前来，先用长枪猛刺，那人血流如注，淌下好几斗血。他的头、两臂、胸、背没有骨头，尽是血肉。官府的人把仓库拆掉，用斧头劈开房梁，见里头的空洞里装满了血块。

刘家人告诉巡检："当年建造这个仓库的时候，一个工匠误伤了同伴，致使其脚面差点被砍断，血流不止。那人的血全都淌在了一根木头上。木头上原来有个树瘿，血几乎将树瘿注满。当时忙着救人，众人并没留意，依然用这根木头做了房梁。没想到时间长了，这房梁变成了妖怪。"

此怪载于清代刘廷玑《在园杂志》卷四

1839
应龙

应龙属于龙的一种，传说曾经帮助黄帝打败蚩尤，帮助大禹治水。《广雅》记载，应龙长有翅膀。

明代成化二十一年（1485年），莘里的一个农民王兴，左手大拇指指甲里长出一条红纹，只有一寸多长，弯弯曲曲五六折。每到雷雨天，这条红纹就摇动不安宁，搞得王兴心烦意乱，想把指甲剪掉。

一天晚上，王兴梦到一个样貌奇特的男子，对他说："我是应龙，被上天惩罚，钻进你的指甲里。别担心，你不会发生什么祸事。三天后的中午，你把手伸到窗户外面，我就会离开。"三天后的中午，雷雨大作。王兴将手伸出窗外，指甲裂开，一条应龙腾飞而去。

此怪载于明代朱国祯《涌幢小品》卷二十五

1840
应声虫

永州有个人叫毛景，得了怪病，每当说话的时候，喉咙里就会有东西跟着说话。有个道士让他读中药药物的名字。当毛景读到"蓝"这个字的时候，那东西就不跟着说话了。于是，道士让毛景取来这种药物榨汁喝下。很快，毛景吐出了一个二寸多长的肉块。这个肉块长得跟人一模一样。

此怪载于唐代张鷟《朝野金载》卷一、宋代张杲《医说》卷五、宋代洪迈《夷坚志》甲志卷第十五

1841

雍和

丰山中有一种野兽，形状像猿猴，却长着红眼睛、红嘴巴、黄色的身子，名为雍和，出现在哪个国家哪个国家就会发生大动乱。

此怪载于战国《山海经》卷五

1842

颙

令丘山没有花草树木，到处是野火。山的南边有一峡谷，叫作中谷，东北风就是从这里吹出来的。山中有一种禽鸟，形状像猫头鹰，却长着人的面孔和四只眼睛，有耳朵，名为颙，一出现天下就会大旱。

此怪载于战国《山海经》卷一

1843

幽鴳

春山上到处是野葱、葵菜、韭菜、野桃树、李树。山中有一种野兽，形状像猿猴而身上满是花纹，喜欢嬉笑，一看见人就假装睡着，名为幽鴳。

此怪载于战国《山海经》卷三

1844

峳峳

从碙山上向东可以望见湖泽。山中有一种野兽，形状像普通的马，却长着羊一样的眼睛、四只角、牛一样的尾巴，发出的声音如同狗叫，名为峳峳。它出现在哪个国家，哪个国家就会有很多奸猾的政客。

此怪载于战国《山海经》卷四

1845

游神

游神并非神灵，而是一种四处游荡的精怪。

清代，有个士兵叫伊五，长得又矮又丑，上司很不喜欢他。伊五十分贫穷，无法养活自己，一天晚上，独自出城，想上吊自杀。这时候，他看到一个老头飘然而来，老头问他："你为什么要轻生呢？"伊五如实相告，老头笑着说："我看你神气不凡，可以学习道术。我给你一本书，你好好学，可以一辈子衣食无忧。"伊五跟着他，走了几里地，蹚过一条大溪，钻进芦苇荡，曲曲折折，来到一间矮屋子前，住在里面跟着老头学道术。七天之后学成，老头和屋子都消失不见，伊五从此过上了富足的生活。

同辈的人都让伊五请客，一天在酒楼吃喝，五六个人花了七千两百文。大家都没有这么多钱，正在为难时，忽然看见一个黑脸大汉拱手出现在旁边，说："得知伊五爷在此请客，我的主人让我来送酒钱。"言罢，黑脸大汉拿出钱袋就离开了。伊五打开钱袋，数了数，正好七千两百文。

又有一天，伊五与朋友在街道上行走，看见一个骑白马的人疾驰而过。伊五追上去，呵斥说："你身上的包裹赶紧给我！"那人惶恐不安，赶紧下马，从怀里掏出一个皮袋，交给伊五就跑了。旁边的朋友不解，问伊五。伊五说："这里面装着的是小孩的魂魄，那个骑马的人是过往的游神，专门偷抓人的魂魄，如果不碰到我，恐怕又有小孩要死掉了。"

说话间，伊五等人进入一条街道，有户人家哭声震天。伊五拿出那个皮袋，解开，袋口对着门缝，从里面冒出来一股浓烟，飘入这户人家。过了不久，听见里面有人喊："孩子醒过来了！"一家人破涕为笑。伊五的朋友都觉得伊五真是神了。

此怪载于清代袁枚《子不语》卷十五

1846
游奕将

有个叫陈尧咨的人，停船在三山矶歇息。有个年老的官吏前来，说明天有大风，如果开船一定会船毁人亡，应当避开。第二天，天气晴好，万里无云。船工要解开缆绳开船，陈尧咨阻止了船工。其他很多船都离岸而去，过了一会儿，黑云四起，很多船沉没了。陈尧咨很惊讶。当天晚上，这个年老的官吏又来了，说："我实际上不是人，而是江里的游奕将，因为他日您将会成为宰相，所以特来相告。"

此怪载于宋代周应合《景定建康志》卷十九

1847
鱼骨

南方人传说，在秦汉之前，有个姓吴的洞主，当地人就叫他吴洞。他娶了两个老婆，其中一个老婆死了，留下一个女儿叫叶限。叶限从小温柔贤惠，擅长淘金，吴洞非常宠爱她。几年后，吴洞也死了，叶限被后母虐待，经常让她到高山上砍柴，去深潭边汲水。

叶限有次打水的时候得到一条鱼，两寸来长，长着红色的脊鳍、金色的眼睛。叶限很喜欢这条鱼，就小心地把鱼喂养在自己的脸盆里。鱼长得很快，叶限换了好几件器物，很快都容不下了，叶限就把它放到院子后面的池塘里，每天都把节省出的一些饭食投进去。

每次叶限过去，这条鱼就会游到岸边，露出头来，其他人过去就沉在水底。她后母察觉到这件事，每次到池塘边偷看，总是见不到鱼，就骗叶限说："你最近累了吧，我为你做了件新衣裳。"于是，后母脱下她的旧衣服，又让她到另外的泉水那里去汲水，来回有好几里路。叶限走了之后，后母穿上叶限的衣服，袖子里藏着锋利的刀子，走到池塘边呼唤鱼。那鱼露出了头，就立刻被她砍死了。鱼已经长到一丈多长，后母把它煮熟吃了，味道比平常的鱼要鲜美。吃剩下的鱼骨，后母藏在了粪坑里。

到了第二天，叶限到池塘边上，怎么也见不到鱼，大哭。忽然一个披散着头发、穿着粗布衣服的人从天而降，安慰她说："你别哭了，你的后母杀死了你的鱼！鱼的骨头被扔在粪坑里，你回去，把骨头取出来藏在屋里，需要什么只管向它祈祷，都可以如愿的。"叶限照着他的话做，果然吃的穿的想要什么都能够得到。

到了洞节的时候，后母带着她自己的女儿去，让叶限在家里看守门户。叶限等她们走远了，穿上翠鸟羽毛编纺的衣服，金银丝线做成的鞋子，也跟着去了。后母的女儿认出了她，就告诉她母亲："那个人很像姐姐。"后母看了也很怀疑。叶限看到后母和妹妹，匆忙赶回去，丢了一只鞋子，被洞人得到了。后母回来，只见叶限抱着院子里的树睡觉，也就不再怀疑她了。

姓吴的这个洞邻近有座海岛，岛上有个叫陀汗的国家，兵力强盛，统治着附近几十座海岛，面积达数千里。洞人把那只金线鞋子卖给陀汗国的人，后来国王得到了，让手下的人穿上它。鞋子很小，全国上下哪怕是脚最小的人也穿不下。那鞋子轻得像羽毛，踩在石头上也没有声音，陀汗王猜测那个洞人是通过不正当的途径得到这只鞋的，就拘禁并拷打他，最终也不知鞋是从哪里来的。国王认为是谁丢在路边的，于是到此洞的各户人家搜查同样的鞋子，如果谁家有相同的鞋子，就逮捕上告，结果抓到了叶限。

国王让叶限试穿鞋子，叶限一下子便穿上了，又穿上翠羽衣，美得像天上的仙女。她将所有的事都告诉了国王，国王很喜欢她，将她和鱼骨都带了回去。后来，叶限的后母和妹妹都被飞石打死了，洞人可怜她们，就挖了个石坑把她们埋起来，叫作懊女冢。

国王把叶限带回国后，封为第一夫人。有一年，国王起了贪念，求鱼骨给他宝玉，得到无数珠宝，结果第二年再求鱼骨，什么也得不到了。国王就把鱼骨埋到了海边，并且用一百斛的珍珠同它一起藏起来，用金子做标记。再后来，陀汗国有叛军作乱，国王要把珍珠挖出来奖赏军队，结果当天晚上，埋藏鱼骨的地方就被海潮淹没了。

此怪载于唐代段成式《酉阳杂俎》续集卷一

1848
鱼火

清代，会稽有个叫曹崟山的人，在集市上买了一条大鱼回来，用刀一劈两半，一半做了菜，一半放在橱柜里。到了晚上，厨房忽然发出光，整个屋子都亮如白昼。曹崟山走进去查看，发现光是从那半条鱼的鱼鳞上发出来的，十分明亮。曹崟山很害怕，将那半条鱼放在盘中，送入河里。那光散在水里，随波漂动，原先的半条鱼变成一条整鱼，游走了。

曹崟山回来，家里发生了大火，这边浇灭了，那边就重新燃起，最后衣服、蚊帐、被子都被烧毁，房舍、梁柱却没事。大火一连烧了好几个晚上。说来也奇怪，吃鱼的人都安然无恙。

此怪载于清代袁枚《子不语》卷二十四

1849
鱼王石

灵鹫寺桥东一户姓陆的人家，宅子靠近湖岸的地方，有一块鱼王石。每年三月，桃花盛开时，成百上千的鲤鱼前来朝拜那块石头。当地人设下网打捞，收获颇丰。这里水很浅，又不挨着江湖，人们不明白这些鲤鱼是从什么地方过来的。

后来陆家人打算在宅子附近修一个冰窖，重修湖岸的时候挖出来一块石头。石头一半在水中，一半在岸滩上，形状像大鹅卵石，便是传说中的鱼王石了。因为陆家人掘地泄漏了地气，鱼王石不再灵验，鱼群也不来了。

此怪载于清代褚人获《坚瓠集》九集卷四

1850
羽民人

羽民国的人都长着长长的脑袋，全身生满羽毛。

此怪载于战国《山海经》卷六

1851
雨龙

唐代，中书舍人韦颜的女婿崔道枢，屡次科举不中。乾符二年（875 年）春天，落榜的他回到老家，在家里的一口水井中，抓住一条大鲤鱼，长五尺，鱼鳞和鱼鳍金光灿灿。

大家觉得这条鱼不一般，让仆人放到江里去。崔道枢和他的表弟韦某，暗地里却将大鲤鱼煮着吃掉了。

过了两晚，韦某突然得病死去。死后，他被一个碧衣人领到一处庄严肃穆的府邸，看到一个头戴金翠冠、身穿紫绣衣的女子坐在堂上，左右有许多穿黄衣的侍者，服饰打扮如宫里面的人。一个小吏拿着记载韦某杀鱼的罪状，放在那个女子的案头，开始审讯他。

韦某将责任推到崔道枢身上，说："这不是我的罪过。"

小吏说："你们杀掉的可不是鲤鱼，而是雨龙！如果它在江河湖海里被人抓住杀了，那是人们察觉不到它的异常，情有可原。可是你们从井里面捞上来，你和崔道枢又不是蠢笨之人，自然该知道它非同寻常，却有了杀心，罪孽深重。你回去和崔道枢一定要多做佛事，减轻自己的罪过，十几天后，我再召唤你。"

韦某活了过来，将事情告诉家人。崔道枢虽然有些害怕，但是不相信韦某说的话，没有举办佛事。十几天后，韦某果然死掉了。

过了几天，韦某托梦给崔道枢的母亲，说："姑姑呀，因为我杀掉了雨龙，现在死后进入了水府，过些日子要受到重罚，希望姑姑你赶紧为我举办佛事，还能减轻我的罪责。这事儿表兄也有份儿，你也告诉他。"崔道枢的母亲醒来，哭着将事情告诉崔道枢。

崔道枢晚上睡觉时，梦见被那个碧衣人带走了，所见如同表弟当初描述的那样。

那个小吏递给崔道枢一张纸，上面写着："崔道枢，登四品，年至七十二。"后面接着是判词，写道："崔道枢杀了雨龙，事关天府，无法原谅，所有官职，一律剥夺，寿命也减去一半！"

当时崔道枢三十五岁，从梦中醒来后，悲伤哭泣，后悔不已。时值冬天，他的母亲为他举办了很多佛事，不过第二年春天，他还是病死了。

此怪载于唐代康骈《剧谈录》卷下

1852/1853
雨师 / 云师

雨师、云师是古代行云布雨的神灵，在一些地方，有些妖怪也会有此名。

传说，广东霍山这地方有雨师、云师。雨师长得像刺猬，长七八寸。云师长得像蚕，长六寸。每当它们出现的时候，很快就有云有雨，当地人经常凭借它们来预判天气。

霍山南岳有云师和雨虎。云师长六七寸，身子像蚕，脑袋像兔子。雨虎长七八寸，长得像蚂蟥，尝起来味道很甜。这两种东西，可以煮熟了吃。

此怪载于清代褚人获《坚瓠集》续集卷四、清代屈大均《广东新语》卷二十四

1854
雨师妾

雨师妾在汤谷的北面，那里的人全身黑色，两只手各握着一条蛇，左边耳朵上挂有青色蛇，右边耳朵上挂有红色蛇。

此怪载于战国《山海经》卷九

1855
玉龙子

有一次，武则天召集诸位皇孙到宫中，看着他们嬉戏玩耍，命人取来竺西国进贡来的玉环、钏、杯、盘等物，摆在桌子上，让皇孙们争取，以此来检验他们的志向。结果，这帮皇孙争相夺要，所获甚丰，只有李隆基坐在那里，不为所动。武则天大为惊奇，抚着李隆基的后背说："这孩子以后会成为太平天子。"说完，她命人取来玉龙子赐给李隆基。

玉龙子这东西，是唐太宗李世民从晋阳宫里得到的，文德皇后常放在衣箱里。唐高宗李治生下来三天时，李世民将衣物以及此物一起赐给了他，再后来，此物就藏在了皇宫的内府中。

玉龙子不大，宽只有几寸，但温润无比，做工精巧，看上去不是凡间之物。等到李隆基继位，每次京师缺雨，他就会取出玉龙子虔诚祈祷。只要玉龙子鳞甲、鬣毛张开，一定会降下甘霖。

开元年间，京师附近大旱，唐玄宗又对着玉龙子祈祷，结果很长时间没下雨，他便将玉龙子扔到了兴庆宫的龙池中。过了一会儿，云雾大起，狂风暴雨席卷而来。

安史之乱中，唐玄宗逃往四川，抵达渭水即将渡船的时候，在岸边休息，有个侍从在沙子里发现了玉龙子。唐玄宗听后，十分惊喜，看着玉龙子，潸然泪下，说："这是我当年的宝贝玉龙子呀！"唐玄宗将玉龙子带在身边，每到晚上，玉龙子都会散发出璀璨光芒，照亮房间。

安史之乱平定，唐玄宗回到长安，玉龙子被一个小黄门偷去，献给了李辅国。李辅国将玉龙子放在柜子里。李辅国后来在被诛杀前，听到柜子里发出奇怪的声响，打开柜子后，发现玉龙子不知所终。

此怪载于唐代郑处诲《明皇杂录》卷上

1856
郁林郡石牛

郁林郡有座山，山东南有一池，池边有一个石牛，当地人十分尊敬它，经常祭祀。每到旱灾时，百姓杀牛祈雨，用牛血和泥，将泥涂抹到石牛的背上，然后举行仪式。仪式完毕，往往大雨如注。若是清洗牛背，将先前涂抹的泥清洗掉，大雨立刻停止，晴空万里。

此怪载于晋代顾微《广州记》

1857
寓鸟

虢山上是茂密的漆树，山下是茂密的梧桐树和楛树，山南阳面盛产玉石，山北阴面盛产铁。伊水从这座山发源，向西流入黄河。山中有一种鸟名为寓鸟，形状与一般的老鼠相似，却长着鸟一样的翅膀，发出的声音像羊叫，人饲养它可以辟兵器。

此怪载于战国《山海经》卷三

1858
爰居

爰居，也叫鶃鶌，是一种海鸟，大如马驹，长得像凤凰，又叫杂县，汉元帝时曾出现，它一出现则预示着大灾祸即将到来。

此怪载于春秋左丘明《左传·文公二年》、南北朝萧统《文选》
卷五、五代马缟《中华古今注》卷下

1859
原武白气

河南龙门寺僧人法长，是郑州原武人。唐代宝应年间，法长从龙门寺回到原武老家。

法长家中有好几顷的田地，庄稼成熟了还没收割。

一天晚上，法长骑马经过田间，马忽然停下不动，即便用鞭子打也不肯前行，眼睛看着东方。月华朗照，法长向东望去，见百步之外有个怪物，颜色如同古木，径直而来。他有些害怕，赶紧牵着马离开道路十几步远躲避起来。那怪物越来越近，竟是一股白气，高六七尺，腥臭无比，而且发出呻吟声，向西而去。

法长策马跟在后面，走了一里多远，白气进入了一户姓王的人家。法长下马，听到王家人高呼："车棚下的牛快要死了，赶紧来看！"过了一会儿，又听王家人高呼后屋的驴倒在地上，也死了。再过一会儿，听到王家传出哭声，有个仆人出来。法长过去询问，仆人说："我家主人有个十来岁的孩子，刚才突然死

了。"这人话还未说完，又听到王家传来哭声、惊叫声，连绵不绝，一直到天明。

法长害怕极了，赶紧告诉王家的邻居。大家一起进入王家，见他家十几口人全部死掉，鸡犬无存。

此怪载于唐代张读《宣室志》补遗

1860 蚖

南朝梁时，南郡临沮人邓差在麦城耕田，挖出了好几斛古铜，因而大富。

有一次，他走路遇雨，在一棵皂荚树下避雨，遇见一个老者。老者对邓差说："你虽然富了，但明年你家会出现妖怪，很快就会衰败下去，而且家里还会发生火灾。"邓差认为这老人是在吓唬他，想用邪术骗他的钱，就没理睬。

第二年，邓差在家里看见一个东西，有点儿像鳖，青黑色，有二尺多长，爬进爬出，时隐时现，伸头缩脑。狗看见后，都围着它狂叫。狗一叫它就缩头，家里人都不敢碰它。

这样过了一百多天后，有一个农人看见了那怪物，说是蚖。邓差用镰刀砍伤了它的脚，然后把它扔到稻草堆下，后来怪物就不见了。接着家里就着了火，损失惨重。不久，邓差的儿子和侄子先后死去，官府又接连向邓差派劳役，家里果然衰败了下去。

此怪载于宋代李昉等《太平广记》卷三百六十（引《广古今五行记》）

1861 圆蛇

云南、贵州一带产一种蛇，名为圆蛇，状如鹅卵石，斑斓可爱，不知道底细的人捡起来，它会因为接触到人气变成蛇，咬人，人立刻会被毒死，方圆五里地之内，人不敢经过，否则接触到蛇发出的秽气，便会全身肿胀而死。当地人会等待三天后，将竹箭插在人被毒死的地方，七天后取出，便成了毒箭，被这种箭射中的人无药可救。这种蛇变化多端，剧毒无比。

此怪载于清代朱翊清《埋忧集》卷四

1862
圆珠壳

昆山一个姓田的老婆婆，家里有个祖辈传下来的簸箕，大得如同能装下五斗麦子的盘。老婆婆平时用它来筛米。这个簸箕很轻，但是很坚硬，像是牛皮，可是上面有耳朵、眼睛的痕迹，不知道是个什么东西。

一天，来了一个商人，愿意出高价购买这个簸箕。老婆婆说："不行，这簸箕我家已经传了六七代了。"商人最终还是用一石米，换走了簸箕。得了簸箕之后，商人自己把玩，以为是蛤蟆皮，也不知道终究做什么用。

后来，商人带着这东西去秦王府。秦王见了，大惊，出价一千两银子。商人要五千两，秦王答应了。买下簸箕后，秦王哈哈大笑，说："你虽然卖了个高价，可知道这是个什么宝贝？"商人说不知道。秦王说："这叫圆珠壳，能圆珠。凡是珍珠，大部分都会凸凹不平，如果放在这里面滚动，形状就能变成正圆。这等稀世珍宝，你从哪里得来的？"商人如实相告。

此怪载于清代褚人获《坚瓠集》续集卷三

1863
远飞鸡

汉武帝时，有一种远飞鸡，傍晚飞回来，天亮则飞往四海，曾经衔着桂树的果实到南山。果实落地而生，长出七八尺高的桂树，南山上的仙人十分喜爱，用其酿酒，称之为桂醪。这种酒，人哪怕喝下一滴，身体就会变成金色。

有个叫祝鸡公的人，擅长养鸡。他得到了远飞鸡的蛋，孵出的小鸡取名翻明鸡，如鹄大，紫色，翅膀下有眼睛，因此也叫目羽鸡。

此怪载于汉代郭宪《汉武帝别国洞冥记》卷三

1864
㺪胡

尸胡山上有丰富的金属矿物和玉石，山下有茂密的酸枣树。山中有一种野兽，形状像麋鹿，却长着鱼一样的眼睛，名为㺪胡。

此怪载于战国《山海经》卷四

1865
岳阳楼怪

宣统三年（1911年）的秋天，岳阳人江永春登岳阳楼游玩。当时是黄昏，雾霭沉沉，烟凝栋宇。江永春忽然看到一个绿色的灯笼从外面进来，转瞬之间，变成了一个巨人。江永春赶紧从楼上下来，感觉那个巨人尾随他而来。他走出楼就昏倒在地，回家病了好几天，神志不清，好像看见了什么怪物，后来他还是死掉了。

此怪载于民国徐珂《清稗类钞》

1866
越巂国牛

越巂国有一种牛，割掉它身上的肉，它不会死掉，第二天，被割掉肉的地方就会重新长出肉来。

此怪载于晋代张华《博物志》卷三

1867
云虫

清代，中州的山岭间，有种怪物长得如同蜥蜴，每当天快下雨的时候，就会从石缝里出来，密密麻麻地来到高处，昂起头，张开嘴，呼出来的气息如同珠子，有的青色，有的白色，能涌出几丈高，逐渐变大，如同陶瓮，很快就能变成密云。山里的人都将这种怪物称为云虫。

此怪载于清代钮琇《觚剩》卷五

1868
云虎

塞外有一种虫子，名叫云虎，赤鳞金色，它们吐出来的气能够变成彩云。

此怪载于清代宋荦《筠廊二笔》卷下

1869
云林山怪

临川人徐彦长住在金溪县云林山下。一天，徐彦长妻子的娘家人倪某来访，晚上在外面的客房歇息。这天天降大雨，昏暗无比。半夜过后，有个怪物推门进来，坐在炉子边烤火。倪某从床帐里偷偷看了一下，见这怪物长得像羊有胡须，遍体湿透。倪某从床上爬起来，呵斥怪物。怪物跳起来，扑到倪某身上。倪某大叫，逃了出去。

此怪载于宋代洪迈《夷坚志》丁志卷第三

1870
在子

在子这种怪物，鳖身人首，用藿草熏烤它，它就会发出"在子、在子"的叫声。

此怪载于唐代段成式《酉阳杂俎》前集卷十六

1871
凿齿

凿齿是传说中居住在南部沼泽地带的怪兽或巨人，长有像凿子一样的长牙，手中持有盾和矛。据说凿齿掠食人类，黄帝命令后羿前往讨伐，经过激烈的搏斗，后羿在昆仑山追上了凿齿并将其射杀。

此怪载于战国《山海经》卷六、汉代刘安《淮南子》卷八

1872
灶下铜人

有个叫张缜的人，擅长弹琴，技艺高超。张缜的妻子很早就在江陵亡故，他纳了一个小妾，十分美丽。一天，厨师在锅灶下发现一个铜人，长一寸多，赤红如火。这个铜人很快变大，高一丈多，样貌很吓人，走入张缜的房间，抓住那个小妾，把她吃掉了。吃掉小妾后，铜人又逐渐变小，走入锅灶下面消失不见了。

此怪载于宋代李昉等《太平广记》卷三百六十六（引《闻奇录》）

1873
乍浦海怪

清代，乾隆三十七年（1772 年）八月的一天，黎明时分，风雨大作，平湖、乍浦一带有怪物从海中飞出，自东南往西北，所过之地，无数大树被连根拔起，居民房子上的瓦片大多破碎，留下圆桌子大小的脚印。还有的人家，房子被移动了好几尺，不过没有倒塌。

此怪载于清代袁枚《子不语》卷二十四

1874
掌面

五代时，有人在海上捕鱼，从渔网中捞出来一个东西，看上去是一个人的手，但是掌心却有一张脸，七窍俱全，能动，却不能说话。这人把玩了很久，将其放在水上。那东西顺水而去，然后大笑几声，跳跃着消失了。

此怪载于五代徐铉《稽神录》补遗

1875
瘴母

唐代，岭南的百姓中，有人看到有怪物从天而降，刚开始如同弹丸，慢慢变大如同车轮，然后四散开去，人如果接触到它，就会得病。所以，大家管这种怪物叫瘴母。岭南一带的山川盘郁结聚，空气不容易流通，所以有很多瘴气，人染上就会肚子鼓胀，如同中蛊一般。

此怪载于唐代刘恂《岭表录异》卷上

1876
招财镜

明代，嘉州渔人王甲，世代以捕鱼为业，每天和妻子驾着小船，出没于风波之中，所获只能勉强维持每日所需。

一天，王甲看见水底下有个东西，形状如同太阳，发出炫目光彩，撒下网将其拖上来，竟然是一面直径八寸多的古铜镜，上面雕刻着花纹、文字，他也看不懂，便拿着回家。自此之后，王甲的日子过得越来越好，即便是不怎么干活，也能有意外之财。

过了两年，王甲家里简直像天运鬼输，得来的钱放满了屋子。王甲花不了这么多钱，很是忧虑，对妻子说："我家世代以打鱼为生，以前赚得再多也不过每日一百文钱。自从得了这面铜镜，每天的收获比以前简直多了千百倍。这是暴富呀。无劳受福，老天肯定会降下灾祸。我粗衣粗食惯了，要这么多钱干吗？这面镜子不能留，我打算到峨眉山白水禅寺，将它献给佛祖作为供奉，你觉得怎么样？"妻子同意了。

王甲沐浴斋戒一番，来到寺中，将事情告诉长老，并将镜子送给了长老。长老说："这是天下至宝，我怎么敢私吞，施主你还是放在佛祖面前，跪拜之后就离去吧。"等王甲下山后，长老偷偷叫来一个能工巧匠，铸造了一面几乎一模一样的铜镜，把原来的那面私藏了。

自打送出镜子后，王甲的日子越过越难，又遭遇偷盗，两年后，贫困如初。夫妻两个觉得是因为放弃了那面镜子的原因，跑到白水禅寺，请求长老把镜子还给他们。长老说："我是出家人，要外物没用。镜子放在这里，也经常担心落入盗贼之手，现在你索要，我没什么说的。"长老把那面假镜子给了王甲。

王甲不知道镜子被长老做了手脚，拿回去之后，生活没有丝毫起色。而白水禅寺的长老，因为拥有这面镜子，赚了很多钱，又是买地又是买奴仆，日子过得很滋润。渐渐地，人们都知道他将真镜子藏了起来。

当地的提点刑狱使是个贪心之人，听说了这件事，命手下把长老绑过来，索要铜镜。见长老不肯给，提点刑狱使便找个借口把他关进了监狱。长老经受不住严刑拷打，死于狱中。提点刑狱使派人去搜长老的财物，依然没找到那面镜子。

原来，长老入狱后，他的一个亲信偷走了镜子。此人准备去黎州，走到溪边，出现一个巨人，身穿金甲，手持长戟，大声呵斥他说："还我宝镜！"此人没应声，快步走入树林，还没走多远，一头猛虎跳了出来，上来就要撕咬他。他很害怕，将宝镜扔掉，跑回了寺里。回到寺中，此人将事情告诉了同伴。再后来，没人知道那面宝镜去了哪里。

此怪载于明代朱国祯《涌幢小品》卷四

1877

昭义驿怪

东平这地方还未发生战争的时候，有个叫孟不疑的人，经过昭义。一天夜里，他来到一个驿站，刚要洗脚，有一个自称淄青张评事的人来到这里，有几十个仆从。孟不疑想要去拜见他，见他刚喝过酒，就退到了西间。张评事连喊驿站里的官吏，要他们拿煎饼来。孟不疑在一旁默默地看着，对他的傲慢态度很生气。过了一会儿，驿站的官吏拿来了煎饼。孟不疑看到一个黑色的怪物，长得像猪，随着盘子来到灯影之下，张评事居然没有察觉。

孟不疑有些害怕，没敢睡。张评事不一会儿就发出鼾声。到了三更，孟不疑刚睡着，听见外面传来声响，睁开眼，见一个黑衣人与张评事打斗，而且相互扯着打到了东边的厢房，他们互殴时发出的声响如同舂米的棒槌声。

过了一会儿，张评事披散着头发、露着双臂回来了，回到床上继续睡觉。到了五更，张评事就喊仆人点灯，然后梳头、缠上头巾，到孟不疑这里说："我之前喝醉了，都不知道和你同住在一起！"于是张评事让人摆下酒饭。二人说说笑笑很高兴，张评事不时小声说："昨晚上很对不住你，昨晚发生的事，请你不要对别人讲。"孟不疑点头答应。张评事又说："我有点事儿，不能早出发。你可以先走。"他探手到靴子里拿出一块金子，送给孟不疑说："这点小意思，请你笑纳。昨晚发生的事，你一定要为我保密。"孟不疑不敢推辞，就提前离开了。

离开驿站，走了几天，孟不疑听到官府在四处抓捕杀人的盗贼。孟不疑向路人打听，路人说："淄青张评事从那驿站早早出发，天亮后，忽然不见了踪影，只留下骑乘的马匹。驿站的官员回到驿站搜索，在西厢房的一张席子下发现了一堆白骨，上面皮肉皆无，地上也没有血，只留下张评事的一只鞋。"

相传，这个驿站一直不安宁，但是谁也不知道里面的妖怪是何来头。

此怪载于唐代段成式《酉阳杂俎》前集卷十五

1878

赵氏宗

赵氏宗，形态像男子，衣着不定，能够让人夜里睡觉似梦非梦，或者让人发生梦魇，凡是见到它的人，都会生病。

此怪载于宋代《太清金阙玉华仙书八极神章三皇内秘文》

（收录于明代张宇初《道藏》）

1879
照海镜

清代，宜兴西北乡有个新芳桥，当地农民耕地的时候，挖出来一个东西，圆如罗盘，直径有二尺多，外围呈现红青色，似玉非玉，中间镶嵌着一块白色的石头，晶莹剔透。农民把这东西卖给了镇子东边的药店，卖了八百文铜钱。

后来，有个商人用十吊钱买下，到崇明以一千七百两银子卖了。有个做海上生意的商人说："这东西叫照海镜。海底黝黑，用它照，可以看见怪鱼还有礁石，百里外就能够躲避。"

此怪载于清代袁枚《续子不语》卷九

1880
鸩

邕州溪峒的深山中有鸩鸟，形状如同乌鸦，但是没有乌鸦大，黑身红眼，鸣叫的声音如同敲响羯鼓时发出的声音，只以毒蛇为食。遇到毒蛇，鸩就会在毒蛇的洞外徘徊，迈出禹步，不久石头崩碎，便抓住毒蛇吃掉。

凡是有鸩的山，草木都会枯萎。鸩落在石头上，石头也会崩裂。有人说，鸩在秋冬脱毛，人用银子做爪钩取羽毛，放在银瓶里，如果想害人，只需要放入一根鸩的羽毛在酒里，给人喝下，人立刻就会死去。成语"饮鸩止渴"中的鸩，指的就是加入鸩鸟羽毛做成的毒酒。

此怪载于宋代周去非《岭外代答》卷九

1881
狰

章莪山上没有花草树木，到处是瑶、碧一类的美玉。山中有一种野兽，形状像赤豹，长着五条尾巴和一只角，发出的声音如同敲击石头的响声，名为狰。

此怪载于战国《山海经》卷二

1882
郑大王

许州长葛县县令严郜，出身名门望族，性格直爽质朴，虽然当了官，但是经常想辞职。

咸通年间，严郜被罢官，就在长葛县西北的陉山上建造了一处庄园，良田万顷，桑树成荫，庄园中种满奇花异草，松竹交错，更引来泉水做成水塘，垒起假山，时常登临。

严郜的妻子出身河东裴氏，和严郜育有三个女儿。大女儿嫁给了荥阳郑氏，二女儿嫁给了京兆杜氏，小女儿名叫阿珊，十五岁，尤其长得端庄美丽。

这一年清明节，严郜带着全家登陉山。山的西边有座郑大王祠，严郜便在祠中供上祭品，带着三个女儿游览，等到了晚上才下山。他们刚走到山腰，忽然道路旁边刮起了一阵旋风，围着三个女儿打转。三个女儿惊慌失色，阿珊昏倒在地，脸色苍白，头上的金钗也不见了。家里人将阿珊扶回来后，找来巫师到郑大王祠寻找金钗，只见金钗出现在神座之上。巫师再三向郑大王求问原因，郑大王一言不发。

第二天，阿珊莫名其妙地死去了。巫师说，阿珊做了郑大王的妻子。严郜便按照巫师的吩咐，将阿珊的衣服、饰物送到了祠中。自此之后，阿珊有什么需要的，便通过巫师告诉严家。

此怪载于唐代皇甫枚《三水小牍》卷下

1883
支提人

汉武帝太初四年（前 101 年），东方朔从支提国回来。听他说，支提国的人高三丈二尺，三只手、三条腿，每只手、每只脚上分别有三根手指、三根脚趾，力大无穷，善于奔跑行走，能够移动国内的小山，一口气喝光溪流里面的溪水。它们用海苔做衣服，拿着大象、犀牛抛来抛去为乐。

此怪载于汉代郭宪《汉武帝别国洞冥记》卷二

1884
蜘蛛珠

宋末，福建有个村妇，以织麻为业，每天晚上都要将麻泡在一个大水缸里。一天起来，她发现水缸中的水没有了，奇怪的是水缸根本没有破裂的地方，不可能漏水，而且一连几天都是如此。

村妇觉得蹊跷，晚上躲起来偷偷查看，到了半夜，看到一个东西跑到水缸里喝水。怪物的身体如同月亮，发出的光照亮了整个房间。村妇仔细观察，发现是一个大如五斗栲栳的白蜘蛛，急忙用大鸡笼罩住，然后割开它的肚子，从里面得到一颗弹丸大小的珠子。

这天晚上，当地巡察的军士见她家里光芒万丈，怀疑是失火了，第二天抓住妇村妇审问，软硬兼施，以十五贯钱的价格，买下了村妇的珠子。一个千户知道了此事，杀了那个军士，夺下了珠子。后来，这颗珠子落到了一个蒙古人的手中。那个蒙古人用此物行贿，做了大官。

此怪载于宋代周密《癸辛杂识》续集下

1885
鸡鹊

汉安帝永宁元年（120年），条支国来进贡异瑞，献上一种鸟，名叫鸡鹊，身高七尺，能够听懂人的话。条支国人说，如果他们的国家太平无事，鸡鹊就会成群结队地出现。

此怪载于晋代王嘉《拾遗记》卷六

1886
执旗蛇儿

唐代乾符年间，神仙驿出现了一条巨蛇，黑色，高三十余丈。跟随它的蛇，粗如梁柱，有数百条像可以装五石、十石粮食的陶瓮那么粗，自东向西，成群结队地行进。队伍从辰时开始出现，一直到酉时才全部过完，没人知道这队伍有多长。队伍的最后，有个小孩拿着红色的旗子，站在蛇的尾巴上，跳跃舞蹈而过。

这一年，山南节度使阳守亮败亡。

此怪载于五代杜光庭《录异记》卷五

1887
鸷兽

唐代天宝年间，凉州有户人家的大牛产下一头牛犊。这头牛犊长大之后，力大无穷，不服管教，逃逸在外，州里很多牛紧跟其后，在城西十里，成群作乱，搞得百姓苦不堪言。

当地的都督正为这群牛发愁时，一个胡人进献了一头鹙兽，状如大狗，毛色正青。都督问胡人："你进献的这异兽有什么用？"胡人说："可以用来对付猛兽。"都督听了，大喜，将本地那群牛作乱的事情跟胡人说了。胡人听罢呵呵一笑："如果有赏钱的话，我把这事办了。"都督很高兴，给了他三百贯赏钱。

胡人贴着鹙兽的耳边嘀嘀咕咕了几句，鹙兽振奋跳跃起来。胡人解开了绳索，鹙兽径直来到了那群牛的栖息之地。那群牛见到鹙兽，排成三列。那头领头的狂牛在那群牛中央。鹙兽与狂牛搏斗，打得十分激烈，尘土飞扬。围观的老百姓见鹙兽变得如同马那么大，勇猛异常，毫不费力地折断了狂牛的脖子。胡人见鹙兽胜利了，来到狂牛尸体前，割开牛肚子，取出牛的五脏，装在盆里放在鹙兽面前。鹙兽吃完了之后，身体变小，恢复如初。

此怪载于唐代戴孚《广异记》

1888
掷怪

武翼郎戴世荣，家住建昌新城，富甲地方，居所极为华丽。绍兴三十二年（1162年），戴世荣家中闹妖怪，每次开门，会看到杯盘碗筷散落在地，一群狗拱立在旁；箱子里经常冒出火来，衣服被烧坏了箱子却未伤分毫。戴世荣的妻子赵氏睡觉时，感觉床边有人敲着破瓦，叮当作响，整个房间都震动起来，很快便病了。妖怪将砖头、石块从空中抛下，而且敲击门窗梁柱，敲击的地方出现了蚕茧大小的痕迹。

大夫黄通理来戴世荣家给赵氏看病，药箱被妖怪夺走，黄通理惊慌失措逃跑时，被妖怪用飞石砸中脑袋，立刻死去。戴世荣请来的巫师汤法先，作法时被两颗圆石砸中脚踝，只能爬着狼狈离开。僧人志通结坛施法，被妖怪扔下的好几斗沙子埋住，差点儿死掉。赵氏的亲戚朋友前来探病，害怕被妖怪砸伤，只能面对墙壁而行。

戴世荣尝试了很多办法，都无效，请来了龙虎山张天师的符咒，铺在床帐顶部，被妖怪撕碎扔在地上。时隔不久，戴世荣的脚上也生了小疽。

因为家里闹腾得太厉害，戴世荣没办法，命人将渔网挂在屋子里，以躲避妖怪扔下来的砖头、石块。

附近二三十里地之内的百姓家里，碗碟陶器经常凭空消失，应该是被妖怪拿去砸人了。

戴世荣病重快死时，看到一个妖怪站在院子里，长着马的脑袋，脖子下生有红色的鬃毛，身高一丈多。过了一会儿，妖怪低下头，大吼一声，腾空而去。几天后，戴世荣疽溃而死。戴家也逐渐衰败了。

此怪载于宋代洪迈《夷坚志》丁志卷第四

1889
掷枣小儿

清代，直隶河间府献县有个崔庄，广种枣树成林，当地人称之为枣行。

一天，几个女子挑菜从枣树下经过，见一个小孩坐在树梢上，摘下红熟的枣子扔在地下，大家纷纷去捡。这个小孩大声道："周二姐长得漂亮，我喜欢她，这些枣子都是给她的，你们这帮黑鬼不要抢！"他这一说，搞得其他几个女子很生气。周二姐觉得这孩子说话轻薄，捡起石头扔过去，小孩跳到别的树上，像鸟一样飞走了。村子里根本没这个孩子，大家觉得定然是妖怪所化。

此怪载于清代纪昀《阅微草堂笔记》卷十三

1890
窒怪

宋代，吴江蠡泽村村民朱三有个儿子十三四岁，在应天寺的僧人子孚手下做小童。淳熙五年（1178年）九月，子孚到张湾桥黄家做佛事，朱三的儿子站在门外，见一帮小孩在水里面捡螺蚌，便走过，忽然听到一个白衣人叫他的名字。朱三的儿子与白衣人一起来到水边，白衣人坐在地上，把泥团成一团，逼迫朱三的儿子吃下，然后又用泥糊住朱三的儿子的鼻子和耳朵，让其窒息昏迷。

恍惚中，朱三的儿子感觉有人击打他的背部，糊在自己脸上的泥也随之脱落，睁开眼睛，看到一个金甲巨人。金甲巨人让他骑上一条狗，往南跑回家。狗将朱三的儿子放置在篱笆旁，然后离去。朱三听到儿子的呻吟声，出来查看，见状惊诧不已。过了一会儿，朱三的儿子醒来，才将事情一五一十地告诉父亲。

一直以来，朱三一家供奉真武大帝，极为虔诚。大家都说朱三儿子幸免于难，是得到真武大帝的护佑。

也是在宋代，参政王绹的儿子王陜，有一座宅子在平江昆山。家里妻妾婢女众多，安全起见，到了晚上，王陜就把院门锁上。

一天晚上，有个年老的奶妈像是做噩梦一般，刚开始发出很小的声音，后来旁边人叫她，她竟然没了动静。婢女们惊起，走到奶妈睡觉的地方，发现她不见了。

王家人拿着火把四处寻找，但一无所获，开了门锁到外面搜索，终于在西边花园的亭子里找到了她。奶妈坐在胡床上，耳朵、眼睛、鼻子、嘴巴全部被糊上了泥巴。王家人赶紧给她洗漱，除掉这些泥。奶妈昏迷不醒，即便是灌下药汤，最终还是死掉了。

此怪载于宋代郭彖《睽车志》卷二、卷三

1891
彘

在浮玉山上向北可以望见具区泽，向东可以望见诸山。山中有一种野兽，形状像老虎，却长着牛的尾巴，发出的叫声如同狗叫，名为彘，能吃人。

此怪载于战国《山海经》卷一

1892
雉蛇

宋代，抚州金谿县项山寺，离大江不远。有一年，当地突然出现一只大野鸡，和一般的野鸡迥然不同，碰见了人，也不跑走。当地人认为这只大野鸡有灵异，不敢去骚扰。有个樵夫，为人贪婪，想用弓箭射这只大野鸡，结果刚靠近，大野鸡就飞走了。有一天，大野鸡突然死在了草丛里。第二天，它的头变成了蛇，眼睛还没睁开，逐渐全身变成了蛇。它被人们追赶，钻进一个洞里后，洞像泉眼一样往外冒水。

第二年，洞变得比以前要大。这条蛇从洞里爬出来，跑到葛林中吃葛叶。又过了两年，它的洞大得可以容下一个人。

一天，雷雨大作，山洪滚滚而下，流到了项山寺前面的大江里。寺里的僧人看见波浪之中，有条粗如梁柱的蛇，随波进入江中。山洪淹死了很多人。水退之后，僧人们去看那个蛇洞，发现已经坍塌了。

此怪载于宋代洪迈《夷坚志》三志壬卷第二

1893 瘐狗

传说瘐狗这种怪物咬人，会让被咬的人肚子里生出小狗，因为不能弄出来而死掉。

明代，某地跨塘桥有户姓周的人家，家里有一条狗，一天趴在地上舔什么东西，突然发疯，四处咬人。周家有个入赘的女婿，才十五岁，被咬之后，不久就死了。死后焚烧，尸体的肚子里生出了小狗。那条狗也死了，死后剖开肚子，发现它的肚子里有泥，泥里面有一团小蛇，拇指粗细。

此怪载于明代陆粲《庚巳编》卷六

1894 钟离王

遂州东岸有个唐村，传说当年曾有一个人，穿着宽袖的袍子，戴着头巾，站在道旁，对村里人说："我是钟离王，我的庙在河的下游十几里处，因为大水把庙冲毁，我的神像逆流而上，马上就要到这里了。你们可以在这里给我盖座庙。"村里人跑到河边去看，果然水中有一尊木头神像，有几尺长。大家就在钟离王现形的地方盖了一座庙，叫作唐村神庙。到现在，这个神仍十分灵验。

此怪载于五代杜光庭《录异记》卷四

1895 貁鼠

明代，有一个人叫唐若虚，博学多才，在陇西任职时，当地有人捕获了一只奇怪的老鼠，长着豹子的脑袋，身上的毛皮似老虎的纹路。唐若虚的朋友说这应该是鼮鼠，唐若虚曰："非也，这应该就是许慎在《说文解字》中说的貁鼠，豹文而形小。"大家听了，皆是叹服。

《悬笥琐探》的作者刘昌当年在四川进贡的诸多兽皮中，发现有一种当地人称为石虎的东西，似猫而小，似鼠而大，长得和老虎几乎一模一样，皮毛赤黄而且有黑色斑纹，觉得应该就是传说中的鼫鼠。

此怪载于明代刘昌《悬笥琐探》

1896
朱鳖

朱鳖，传说中一种赤色的鳖，能吐珠，又称珠鳖。这种鳖生在南海，形状如同人的肺，大如铜钱，肚子赤红如血，长着六只脚，只要它出现，天下就会大旱。

此怪载于秦代吕不韦《吕氏春秋》卷十四、晋代顾微《广州记》、宋代李昉等《太平御览》卷九百三十二、明代李时珍《本草纲目》卷四十五

1897
朱獳

耿山上没有花草树木，到处是水晶石，还有很多大蛇。山中有一种野兽，形状像狐狸，却长着鱼鳍，名为朱獳。它在哪个国家出现，哪个国家就会有恐怖的事发生。

此怪载于战国《山海经》卷四

1898
朱厌

小次山上盛产白玉，山下盛产黄铜。山中有一种野兽，形状像普通的猿猴，但头是白色的，脚是红色的，名为朱厌，它一出现就会起大战事。

此怪载于战国《山海经》卷二

1899
朱衣人

会稽人盛逸，一天早上出门，因为起得早，当时路上还没有行人。盛逸看到门外柳树上有个高二尺多的人，穿着红色的衣服，戴着红色的头冠，弯下腰用舌头舔树叶上

的露珠。那东西看到盛逸，十分惊慌，消失不见。

此怪载于晋代陶潜《搜神后记》卷七

1900
珠鳖鱼

葛山的末端没有花草树木，到处是粗细磨石。再往南三百八十里就是葛山的首端，这里也没有花草树木。澧水从此发源，向东流入余泽，水中有很多珠鳖鱼，形状像动物的肺，有四只眼睛、六只脚，能吐珠子。这种珠鳖鱼的肉酸中带甜，人吃了它的肉就不会染上瘟疫。

此怪载于战国《山海经》卷四

1901
诸怀

北岳山上到处是枳树、酸枣树和檀、柘一类的树木。山中有一种野兽，形状像一般的牛，却长着四只角、人的眼睛、猪的耳朵，名为诸怀，发出的声音如同大雁鸣叫，能吃人。

此怪载于战国《山海经》卷三

1902
诸犍

单张山上没有花草树木。山中有一种野兽，形状像豹子，却拖着一条长长的尾巴，还长着人一样的脑袋和牛一样的耳朵，一只眼睛，名为诸犍，喜欢吼叫，行走时就用嘴衔着尾巴，卧睡时就将尾巴盘蜷起来。

此怪载于战国《山海经》卷三

1903
猪龙

清代，潞河有一次发大水，有个打鱼的人在河中央看见一个怪物，脑袋大得如同一座小山丘，形状像猪头，头浮在水面上，顺流而下。认识它的人说，那怪物是猪龙，它出现的地方，肯定会发生洪水。

此怪载于清代李庆辰《醉茶志怪》卷三

1904

猪婆龙

江西这地方有一种名为猪婆龙的怪物，长得像龙，但是身体很短，能横飞而走，经常在江边捕食鸭鹅。有的人抓住它，就卖给当地姓陈的和姓柯的人家。传说这两个姓的人都是陈友谅的后代，世代吃猪婆龙的肉。这种肉别人是不敢吃的。

曾经，有个客商买下一颗猪婆龙的头，放在船里面。一天在钱塘江停船休息的时候，那颗头突然跳进江里，过了一会儿，波涛汹涌，船毁人亡。

此怪载于清代蒲松龄《聊斋志异》卷二

1905

猪星

唐代时，秀才李鹄去颍川拜见官员，夜间住在一个驿站里，才躺下，看见有个像猪的怪物冲上房间的台阶。李鹄吓得够呛，急忙从后门跑出去，藏在马厩的草堆里，屏住呼吸观察。怪物也跟随而来，绕着草堆跑了几圈，瞪着眼睛看着李鹄藏身的地方，接着忽然变为巨大的星星，发出耀眼的光芒，腾空而去。

李鹄的仆人听到动静后，举着火把在草堆中找到了李鹄，发现他已经昏死过去。过了半天，李鹄才苏醒过来，说出了事情的经过，十几天后就死了。

此怪载于唐代段成式《酉阳杂俎》续集卷一

1906

猪嘴镇怪

甘肃人张佩青，乾隆四十六年（1781年）考中进士，后来做官做到了翰林学士。

张佩青还未高中时，和朋友王元堂带着两个仆人在兰州皋兰书院读书。一次二人经过猪嘴镇，想借宿，可这一天有官员经过，镇里大小旅店住满了人，只有西口一家小铺子有三间空房。店主告诉张佩青，房子里有妖怪，所以一直不敢让人住。张佩青和王元堂实在没有去处，只能住下。

三更时分，四个人睡着了。忽然有一声巨响，王元堂先醒了，看见一个妖怪，身高七八尺，猪头人身，全身长满了蓝毛，脸上脏兮兮的，摇摇晃晃走过来。王元堂极为害怕，身体无法动弹。接着张佩青也醒了，大声喊仆人，仆人没有回应。店主听到呼救声，急忙赶来，见其中的一个仆人已经死掉了。

此怪载于清代钱泳《履园丛话》丛话十六

1907
鵁

柜山中有一种鸟，形状像鹞鹰，却长着人手一样的爪子，啼叫的声音如同痹鸟鸣叫，名为鵁。哪里出现鵁哪里就一定会有众多的士人被流放。

此怪载于战国《山海经》卷一

1908
竹长人

南北朝时期，临川县的陈臣，家里十分富有。宋武帝永初元年（420年），陈臣在书房里端坐，突然看见从院子竹林中走出来一个一丈多高、面如方相的妖怪，对陈臣说："我在你家里已经很多年了，可你还不知道。今天我要走了，特来告知。"这个妖怪走了一个多月后，陈臣家里起了大火，烧死了很多奴婢。又过了一年，他家变得一贫如洗。

此怪载于晋代干宝《搜神记》卷十七

1909
竹中人

建安有种箽篁竹，竹节里有人，高只有一尺多，头足一样不少。

鄜延这地方有一根大竹子，高可凌云。有人将其剖开，发现里头有两个老翁坐着下棋。

此怪载于清代褚人获《坚瓠集》余集卷三

1910
烛阴

烛阴，睁开眼睛便是白昼，闭上眼睛便是黑夜，一吹气便是寒冬，一呼气便是炎夏，不喝水，不吃食物，不呼吸，一呼吸就生成风，身子有一千里长。它的形貌是人一样的面孔，蛇一样的身子，全身赤红色，住在钟山脚下。

此怪载于战国《山海经》卷八

1911
柱僧

明代崇祯十七年（1644年）夏季的五月，浙江嘉兴角里街有个叫徐圃臣的人和三五个好友在堂屋避暑闲聊，忽然听到柱子中传来响声，接着柱子裂开，从里面跳出一个穿着缁衣的年轻僧人，身高只有二寸多，背着一个黄色包裹绕地快走。

大家吓了一跳，将其团团围住并抓了起来。这个僧人不断发出细小的声响。为了防止它逃跑，徐圃臣将它装在了漆盒中。过了一会儿，人家听里头寂静无声，打开，发现小僧人变成了燕子窝，残泥零落。

徐圃臣觉得柱僧的出现很是蹊跷，叫来了一个姓黄的术士占卜。姓黄的术士皱着眉头说："这是不祥之兆呀。僧人是没有头发的，是剃发之兆；背着包裹走，意味着无家可归；燕泥零落，则象征着国家灭亡，覆巢之下无完卵。我们嘉兴，要有大灾难了。"

果然，过了不久，嘉兴发动了起义，遭到了清军的镇压。清军攻陷城池后，很多百姓被杀，验证了姓黄的术士的话。

此怪载于清代钮琇《觚剩》卷一

1912
鱄鱼

鸡山上有丰富的金属矿物，山下盛产丹腹。黑水从这座山发源，向南流入大海。水中有一种鱄鱼，形状像鲫鱼，却长着猪毛，发出的声音如同小猪叫，它一出现就会天下大旱。

此怪载于战国《山海经》卷一

1913
鼢犬

鼢犬传说是周成王时渠搜国进献的一种怪物，也称露犬，能飞食虎豹。

此怪载于五代马缟《中华古今注》卷下

1914
自缢虫

汉光武帝建武六年（30 年），山阴这地方出现了无数小虫，长得都像人一样，第二天全部悬在树枝上，自缢而死。

此怪载于明代张岱《夜航船》卷十七

1915
宗彝

贵州思南这个地方有座山叫甑峰，处于群山之中，形状如同甑，故而得名。方圆百里没人居住在这座山中，山中的草木都和别的地方不一样。

山里有怪兽，名为宗彝，长得如同猕猴，在树上做巢，年老的住在高处，子孙住在下面。年老的不会出去，子孙找到了果实，就会往上传，供给年老的吃。年老的不吃，下面的子孙是不敢吃的。古代的帝王们将宗彝的形象绣在衮服上，看中的就是它的孝道。

此怪载于清代赵吉士《寄园寄所寄》卷七（引《侯鲭录》）

1916
驳吾

林氏国有一种珍奇的野兽，大小与老虎差不多，身上有五种颜色的斑纹，尾巴比身子长，名为驳吾，骑上它可以日行千里。

此怪载于战国《山海经》卷十二

1917
驺虞

驺虞是传说中的一种怪物，形如长着黑色条纹的白虎，尾巴比身体还要长，不吃人，只吃已死的野兽的肉，有至德之信。

周文王被囚禁在羑里的时候曾经抓住这种怪兽，献给纣王。晋代隆安年间，新野这个地方曾经出现过驺虞。南朝宋元嘉二十六年（449 年），琅琊有一只白色的驺虞出现，后面跟着两头红色的老虎。

此怪载于春秋《诗经·国风·召南》、汉代伏胜《尚书大传》卷二、汉代许慎《说文解字》第五上、南北朝沈约《宋书》卷二十八、明代彭大翼《山堂肆考》卷二百一十七

1918
——
足蚓

唐代太和三年（829 年），段成式的三伯父在庐州当官。他的院子里钻出来一只蚯蚓，粗如食指，长三尺，脖子是白色的，下面长着两条腿，腿跟雀爪一样，在墙下面走来走去，好几天才死。

段成式侄女的奶妈阿史，是荆州人，说她小时候看到邻居孔谦家的篱笆下出现一只蚯蚓，嘴里面长着两颗牙齿，肚子下长着像马陆一样的脚，长一尺五，行走起来要比一般的蚯蚓快得多。孔谦杀了它，这一年，孔谦的母亲和兄长都死了，后来他本人也没能活命。

此怪载于唐代段成式《酉阳杂俎》续集卷三

1919
——
足訾

蔓联山上没有花草树木。山中有一种野兽，形状像猿猴，却长着鬣毛，还有牛一样的尾巴、长满花纹的双臂、马一样的蹄子，一看见人就呼叫，名为足訾。

此怪载于战国《山海经》卷三

部分参考文献

1　《白泽图》（敦煌残卷，法国国家图书馆藏）

2　春秋《诗经》（中华书局，2011）

3　春秋左丘明《左传》（中华书局，2012）

4　战国《管子》（中华书局，2019）

5　战国《山海经》（中华书局，2011）

6　战国《周礼》（中华书局，2014）

7　战国榖梁赤《春秋榖梁传》（中华书局，2016）

8　战国韩非《韩非子》（中华书局，2010）

9　战国屈原等《楚辞》（中华书局，2010）

10　战国尸佼《尸子》（华东师范大学出版社，2009）

11　战国孙武《孙子兵法》（中华书局，2011）

12　战国庄周《庄子》（中华书局，2007）

13　战国《穆天子传》（上海古籍出版社，1990）

14　先秦《孔子家语》（中华书局，2011）

15　秦代吕不韦《吕氏春秋》（上海古籍出版社，2014）

16　汉代《尔雅》（上海古籍出版社，2015）

17　汉代《礼纬》（见安居香山、中村璋八辑《纬书集成》，河北人民出版社，
　　1994）

18 汉代《尚书中候》（见安居香山、中村璋八辑《纬书集成》，河北人民出版社，1994）

19 汉代班固《汉书》（中华书局，2007）

20 汉代伏胜《尚书大传》（商务印书馆，1937）

21 汉代东方朔《海内十洲记》（上海古籍出版社，1990）

22 汉代东方朔《神异经》（见程荣辑刻《汉魏丛书》，吉林大学出版社，1992）

23 汉代董仲舒《春秋繁露》（上海书店出版社，2012）

24 汉代郭宪《汉武帝别国洞冥记》（见程荣辑刻《汉魏丛书》，吉林大学出版社，1992）

25 汉代刘安《淮南子》（中华书局，2011）

26 汉代刘向《列仙传》（上海古籍出版社，1990）

27 汉代刘歆《西京杂记》（上海古籍出版社，2012）

28 汉代刘珍等《东观汉记》（中华书局，2008）

29 汉代司马迁《史记》（中华书局，1982）

30 汉代辛氏《三秦记》（三秦出版社，2000）

31 汉代许慎《说文解字》（中华书局，2013）

32 汉代杨孚《异物志》（中华书局，1985）

33 汉代应劭《风俗通义》（中华书局，1981）

34 汉代赵晔《吴越春秋》（江苏古籍出版社，1999）

35 三国曹丕《列异传》（文化艺术出版社，1988）

36 三国沈莹《临海异物志》（中华书局，1991）

37 晋代《太上洞渊神咒经》（见《道藏》，上海书店，1988）

38 晋代崔豹《古今注》（中华书局，1985）

39 晋代戴祚《甄异传》（见鲁迅校录《古小说钩沉》，齐鲁书社，1997）

40 晋代干宝《搜神记》（中华书局，2012）

41 晋代葛洪《抱朴子》（中华书局，2011）

42 晋代葛洪《神仙传》（中华书局，2017）

43 晋代葛洪《枕中书》（中华书局，1991）

44 晋代郭璞《玄中记》（见鲁迅校录《古小说钩沉》，齐鲁书社，1997）

45　晋代皇甫谧《帝王世纪》（齐鲁书社，2010）

46　晋代江微《陈留风俗传》（见陶宗仪《说郛》，中国书店，1986）

47　晋代罗含《湘中记》（见陶宗仪《说郛》，中国书店，1986）

48　晋代陶潜《搜神后记》（上海古籍出版社，2012）

49　晋代王嘉《拾遗记》（中华书局，1981）

50　晋代魏完《南中八郡志》（见王叔武辑著《云南古佚书钞》，云南人民出版社，1996）

51　晋代荀氏《灵鬼志》（中华书局，1985）

52　晋代张华《博物志》（上海古籍出版社，2012）

53　晋代祖台之《志怪》（见鲁迅校录《古小说钩沉》，齐鲁书社，1997）

54　晋代邓德明《南康记》（北方文艺出版社，2021）

55　晋代法显《佛国记》（长春出版社，1995）

56　南北朝《录异传》（见鲁迅校录《古小说钩沉》，齐鲁书社，1997）

57　南北朝《三辅黄图》（中华书局，2012）

58　南北朝《周地图记》（见王谟《汉唐地理书钞》，中华书局，1961）

59　南北朝东阳无疑《齐谐记》（见鲁迅校录《古小说钩沉》，齐鲁书社，1997）

60　南北朝范晔《后汉书》（中华书局，2007）

61　南北朝雷次宗《豫章古今记》（见陶宗仪《说郛》，中国书店，1986）

62　南北朝郦道元《水经注》（中华书局，2007）

63　南北朝刘敬叔《异苑》（中华书局，1996）

64　南北朝刘义庆《幽明录》（文化艺术出版社，1988）

65　南北朝任昉《述异记》（中华书局，1991）

66　南北朝沈怀远《南越志》（见陶宗仪《说郛》，中国书店，1986）

67　南北朝沈约《宋书》（中华书局，1974）

68　南北朝萧子开《建安记》（见王谟《汉唐地理书钞》，中华书局，1961）

69　南北朝吴均《续齐谐记》（上海古籍出版社，2012）

70　南北朝颜之推《冤魂志》（《〈冤魂志〉校注》，巴蜀书社，2001）

71　南北朝颜之推《颜氏家训》（中华书局，2011）

72　南北朝杨衒之《洛阳伽蓝记》（中华书局，2012）

73   南北朝宗懔《荆楚岁时记》（山西人民出版社，1987）

74   南北朝祖冲之《述异记》（见鲁迅校录《古小说钩沉》，齐鲁书社，1997）

75   南北朝盛弘之《荆州记》（武汉大学出版社，1992）

76   南北朝萧统《文选》（上海古籍出版社，1986）

77   南北朝殷芸《殷芸小说》（上海古籍出版社，1984）

78   南北朝萧绎《金楼子》（中华书局，2011）

79   隋代智者大师《释禅波罗蜜次第法门》（宗教文化出版社，2005）

80   唐代《会昌解颐录》（《中华野史》第二册，泰山出版社，2000）

81   唐代戴孚《广异记》（中华书局，1992）

82   唐代丁用晦《芝田录》（见陶宗仪《说郛》，中国书店，1986）

83   唐代段成式《酉阳杂俎》（上海古籍出版社，2012）

84   唐代段公路《北户录》（中华书局，1985）

85   唐代房千里《投荒杂录》（见陶宗仪《说郛》，中国书店，1986）

86   唐代房玄龄《晋书》（中华书局，1996）

87   唐代冯贽《云仙杂记》（西南师范大学出版社，1990）

88   唐代谷神子《博异志》（中华书局，1980）

89   唐代皇甫枚《三水小牍》（中华书局，1958）

90   唐代康骈《剧谈录》（四库全书本）

91   唐代李大师、李延寿《北史》（中华书局，1974）

92   唐代李公佐《古岳渎经》（见鲁迅校录《唐宋传奇集》，齐鲁书社，1997）

93   唐代李冗《独异志》（中华书局，1983）

94   唐代李泰《括地志》（中华书局，1980）

95   唐代李延寿《南史》（中华书局，1975）

96   唐代李肇《唐国史补》（古典文学出版社，1957）

97   唐代刘恂《岭表录异》（广陵书社，2003）

98   唐代柳祥《潇湘录》（见《春渚纪闻》，中华书局，1985）

99   唐代莫休符《桂林风土记》（广西师范大学出版社，2014）

100   唐代牛僧孺《玄怪录》（中华书局，1982）

101   唐代牛肃《纪闻》（中华书局，2018）

102 唐代裴铏《传奇》(上海古籍出版社，1980)

103 唐代丘悦《三国典略》(东大图书公司，1987)

104 唐代释道世《法苑珠林》(中华书局，2003)

105 唐代苏鹗《杜阳杂编》(见《笔记小说大观》，江苏广陵古籍刻印社，1984)

106 唐代苏辑《苏氏演义》(中华书局，2012)

107 唐代魏徵《隋书》(中华书局，1997)

108 唐代薛用弱《集异记》(中华书局，1980)

109 唐代余知古《渚宫旧事》(湖北人民出版社，1999)

110 唐代袁郊《甘泽谣》(见《笔记小说大观》，江苏广陵古籍刻印社，1984)

111 唐代张读《宣室志》(上海古籍出版社，2012)

112 唐代张鷟《朝野佥载》(中华书局，1979)

113 唐代郑常《洽闻记》(见陶宗仪《说郛》，中国书店，1986)

114 唐代郑处海《明皇杂录》(中华书局，1994)

115 唐代郑綮《开天传信记》(中华书局，2012)

116 唐代唐临《冥报记》(中华书局，1992)

117 五代陈纂《葆光录》(见傅璇琮编《五代史书汇编》，杭州出版社，2004)

118 五代杜光庭《录异记》(中华书局，2013)

119 五代耿焕《野人闲话》(见傅璇琮编《五代史书汇编》，杭州出版社，2004)

120 五代何光远《鉴戒录》(见傅璇琮编《五代史书汇编》，杭州出版社，2004)

121 五代刘崇远《金华子杂编》(山东人民出版社，2018)

122 五代孙光宪《北梦琐言》(中华书局，2002)

123 五代王仁裕《玉堂闲话》(见傅璇琮编《五代史书汇编》，杭州出版社，
2004)

124 五代徐铉《稽神录》(中华书局，1996)

125 五代王仁裕《开元天宝遗事》(中华书局，2006)

126 五代尉迟偓《中朝故事》(中华书局，2014)

127 五代严子休《桂苑丛谈》(中华书局，1960)

128 宋代《采兰杂志》(见陶宗仪《说郛》，中国书店，1986)

129 宋代《异闻总录》(见《笔记小说大观》，江苏广陵古籍刻印社，1984)

130 宋代《致虚杂俎》（见陶宗仪《说郛》，中国书店，1986）

131 宋代蔡絛《铁围山丛谈》（中华书局，1983）

132 宋代程大昌《演繁露续集》（中华书局，2019）

133 宋代范成大《吴船录》（中华书局，2002）

134 宋代方勺《泊宅编》（中华书局，1983）

135 宋代郭彖《睽车志》（上海古籍出版社，2012）

136 宋代洪迈《夷坚志》（中华书局，1981）

137 宋代黄朝英《靖康缃素杂记》（中华书局，2014）

138 宋代黄休复《茅亭客话》（上海古籍出版社，2012）

139 宋代乐史《太平寰宇记》（中华书局，2007）

140 宋代李昉等《太平广记》（中华书局，1961）

141 宋代李昉等《太平御览》（中华书局，2000）

142 宋代李石《续博物志》（中华书局，1985）

143 宋代廉布《清尊录》（见陶宗仪《说郛》，中国书店，1986）

144 宋代鲁应龙《闲窗括异志》（中华书局，1985）

145 宋代马纯《陶朱新录》（中华书局，1991）

146 宋代梅尧臣《梅尧臣集编年校注》（上海古籍出版社，2006）

147 宋代庞元英《文昌杂录》（中华书局，1958）

148 宋代彭乘《墨客挥犀》（中华书局，2002）

149 宋代钱俨《吴越备史》（见傅璇琮编《五代史书汇编》，杭州出版社，2004）

150 宋代钱易《南部新书》（中华书局，2002）

151 宋代邵博《邵氏闻见后录》（中华书局，1983）

152 宋代沈括《梦溪笔谈》（中华书局，2016）

153 宋代苏轼《苏轼诗集》（中华书局，1982）

154 宋代陶穀《清异录》（上海古籍出版社，2012）

155 宋代王明清《投辖录》（上海古籍出版社，2012）

156 宋代邢凯《坦斋通编》（上海古籍出版社，1992）

157 宋代曾公亮等《武经总要》（商务印书馆，2017）

158 宋代张杲《医说》（中医古籍出版社，2012）

159 宋代张君房《云笈七签》（中华书局，2003）

160 宋代张耒《明道杂志》（中华书局，1985）

161 宋代张师正《括异志》（中华书局，1996）

162 宋代章炳文《搜神秘览》（中华书局，1985）

163 宋代赵溍《养疴漫笔》（中华书局，1991）

164 宋代周密《齐东野语》（中华书局，1983）

165 宋代周去非《岭外代答》（中华书局，1999）

166 宋代周应合《景定建康志》（南京出版社，2009）

167 宋代赵令畤《侯鲭录》（中华书局，2002）

168 宋代刘斧《青琐高议》（上海古籍出版社，1983）

169 宋代罗大经《鹤林玉露》（中华书局，1983）

170 宋代龚明之《中吴纪闻》（上海古籍出版社，1986)

171 宋代王得臣《麈史》（上海古籍出版社，1986)

172 宋代张邦基《墨庄漫录》（中华书局，2002）

173 宋代周密《癸辛杂识》（中华书局，1997）

174 宋代何薳《春渚纪闻》（中华书局，1983）

175 宋代岳珂《桯史》（中华书局，1981）

176 宋代曾敏行《独醒杂志》（上海古籍出版社，1986）

177 宋代陆游《老学庵笔记》（中华书局，1979）

178 宋代张端义《贵耳集》（上海古籍出版社，2012）

179 宋代张师正《倦游杂录》（上海古籍出版社，2012）

180 宋代陈彭年、丘雍《宋本广韵》（江苏教育出版社，2008）

181 宋代杨亿《杨文公谈苑》（上海古籍出版社，1993）

182 金代韩道昭《五音集韵》（明刻本）

183 金代元好问《续夷坚志》（中华书局，1986）

184 元代《湖海新闻夷坚续志》（中华书局，1986）

185 元代林坤《诚斋杂记》（见陶宗仪《说郛》，中国书店，1986）

186 元代陶宗仪《南村辍耕录》（中华书局，2004）

187 元代陶宗仪《说郛》（中国书店，1986）

188　元代杨瑀《山居新语》（上海古籍出版社，2012）

189　元代周致中《异域志》（四库全书本）

190　元代孔克齐《至正直记》（上海古籍出版社，1987）

191　明代陈继儒《偃曝谈馀》（中华书局，1985）

192　明代陈继儒《珍珠船》（中华书局，1985）

193　明代董斯张《广博物志》（上海古籍出版社，1992）

194　明代方以智《通雅》（中国书店，1990）

195　明代顾玠《海槎馀录》（中华书局，1991）

196　明代侯甸《西樵野记》（清刻本）

197　明代胡爌《拾遗录》（四库全书本）

198　明代邝露《赤雅》（中华书局，1985）

199　明代郎瑛《七修类稿》（上海书店出版社，2001）

200　明代李时珍《本草纲目》（人民卫生出版社，2005）

201　明代刘玉《巳疟编》（明刻本）

202　明代陆粲《庚巳编》（中华书局，1987）

203　明代陆容《菽园杂记》（上海古籍出版社，2012）

204　明代闵文振《涉异志》（中华书局，1985）

205　明代莫是龙《笔麈》（商务印书馆，1936）

206　明代彭大翼《山堂肆考》（上海古籍出版社，1987）

207　明代钱希言《狯园》（文物出版社，2014）

208　明代沈德符《敝帚轩剩语》（中华书局，1985）

209　明代田艺蘅《留青日札》（上海古籍出版社，1992）

210　明代王圻、王思义《三才图会》（上海古籍出版社，1988）

211　明代王圻《稗史汇编》（北京出版社，1993）

212　明代王兆云《白醉琐言》（明刻本）

213　明代吴敬所《国色天香》（吉林文史出版社，2006）

214　明代谢肇淛《滇略》（四库全书本）

215　明代谢肇淛《五杂俎》（上海书店出版社，2015）

216　明代徐树丕《识小录》（商务印书馆，1916）

217　明代徐应秋《玉芝堂谈荟》（上海古籍出版社，1993）

218　明代杨慎《丹铅续录》（中华书局，1985）

219　明代杨慎《滇程记》（四库全书存目丛书本）

220　明代杨仪《高坡异纂》（明刻本）

221　明代张岱《夜航船》（中华书局，2012）

222　明代郑仲夔《耳新》（中华书局，1985）

223　明代朱孟震《浣水续谈》（明刻本）

224　明代朱孟震《西南夷风土记》（广文书局，2005）

225　明代祝允明《语怪四编》（见《祝允明集》，上海古籍出版社，2016）

226　明代祝允明《志怪录》（上海古籍出版社，2016）

227　明代都穆《都公谭纂》（清刻本）

228　明代叶子奇《草木子》（中华书局，1959）

229　明代李诩《戒庵老人漫笔》（中华书局，1997）

230　明代曹学佺《蜀中广记》（上海古籍出版社，1993）

231　明代于慎行《谷山笔麈》（中华书局，1997）

232　明代黄瑜《双槐岁钞》（上海古籍出版社，2012）

233　明代张宇初《道藏》（九州出版社，2016）

234　明代朱国祯《涌幢小品》（中华书局，1959）

235　明代王世贞《艳异编》（上海古籍出版社，2014)

236　明代王同轨《耳谈》（中州古籍出版社，1990）

237　明代冯梦龙《情史》（岳麓书社，2003）

238　明代马欢《瀛涯胜览》（海洋出版社，2005）

239　明代沈德符《万历野获编》（中华书局，1989）

240　明代施显卿《新编古今奇闻类纪》（明刻本）

241　清代采蘅子《虫鸣漫录》（见《笔记小说大观》，江苏广陵古籍刻印社，1984）

242　清代长白浩歌子《萤窗异草》（人民文学出版社，2006）

243　清代陈恒庆《谏书稀庵笔记》（小说丛报社印本，1922）

244　清代陈梦雷《古今图书集成》（中华书局，1985）

245　清代陈祥裔《蜀都碎事校注》（西南交通大学出版社，2017）

246　清代陈元龙《格致镜原》（上海古籍出版社，1992）

247　清代储大文《山西通志》（四库全书本）

248　清代褚人获《坚瓠集》（上海古籍出版社，2012）

249　清代东轩主人《述异记》（上海书店，1994）

250　清代董含《三冈识略》（辽宁教育出版社，2000）

251　清代富察敦崇《燕京岁时记》（北京古籍出版社，2000）

252　清代龚自珍《龚自珍全集》（上海人民出版社，1975）

253　清代傅恒等《钦定皇舆西域图志》（清刻本）

254　清代和邦额《夜谭随录》（上海古籍出版社，1988）

255　清代黄汉《猫苑》（浙江人民美术出版社，2016）

256　清代纪昀《阅微草堂笔记》（中华书局，2014）

257　清代解鉴《益智录》（人民文学出版社，1999）

258　清代乐钧《耳食录》（齐鲁书社，2004）

259　清代李鹤林《集异新抄》（文物出版社，2017）

260　清代李庆辰《醉茶志怪》（齐鲁书社，2004）

261　清代李调元《南越笔记》（广陵书社，2003）

262　清代梁恭辰《北东园笔录》（中华书局，1985）

263　清代梁绍壬《两般秋雨庵随笔》（上海古籍出版社，2012）

264　清代刘献廷《广阳杂记》（中华书局，1957）

265　清代陆次云《八纮荒史》（中华书局，1985）

266　清代陆祚蕃《粤西偶记》（中华书局，1985）

267　清代钮琇《觚剩》（重庆出版社，1999）

268　清代蒲松龄《聊斋志异》（中华书局，1962）

269　清代乾隆官修《续通志》（浙江古籍出版社，2000）

270　清代钱泳《履园丛话》（中华书局，1979）

271　清代青城子《志异续编》（见《笔记小说大观》，江苏广陵古籍刻印社，1984）

272　清代屈大均《广东新语》（中华书局，1997）

273 清代沈起凤《谐铎》（重庆出版社，2005）

274 清代沈云骏、刘玉森《光绪归州志》（海南出版社，2001）

275 清代谈迁《枣林杂俎》（中华书局，2006）

276 清代汤用中《翼駉稗编》（文物出版社，2017）

277 清代王士禛《池北偶谈》（中华书局，1982）

278 清代王士禛《居易录谈》（齐鲁书社，2007）

279 清代王士禛《陇蜀馀闻》（齐鲁书社，2007）

280 清代王士禛《香祖笔记》（齐鲁书社，2007）

281 清代吴之振、吕留良、吴自牧《宋诗钞》（中华书局，1986）

282 清代吴炽昌《续客窗闲话》（文化艺术出版社，1988）

283 清代吴震方《岭南杂记》（商务印书馆，1936）

284 清代徐时栋《烟屿楼笔记》（清刻本）

285 清代许奉恩《里乘》（齐鲁书社，2004）

286 清代许缵曾《东还纪程》（中华书局，1985）

287 清代宣鼎《夜雨秋灯录》（重庆出版社，2005）

288 清代薛福成《庸盦笔记》（重庆出版社，1999）

289 清代姚元之《竹叶亭杂记》（中华书局，1982）

290 清代慵讷居士《咫闻录》（重庆出版社，2005）

291 清代俞樾《右台仙馆笔记》（上海古籍出版社，1986）

292 清代郁永河《海上纪略》（清刻本）

293 清代袁枚《子不语》（上海古籍出版社，1986）

294 清代曾衍东《小豆棚》（齐鲁书社，2004）

295 清代张澍《蜀典》（清刻本）

296 清代赵吉士《寄园寄所寄》（黄山书社，2008）

297 清代赵翼《檐曝杂记》（上海古籍出版社，2012）

298 清代照乘《天妃显圣录》（见《台湾文献汇刊》第五辑，九州出版社，2004）

299 清代朱翊清《埋忧集》（重庆出版社，2005）

300 清代黄如谷《道州志》（清刻本）

301 清代陈鼎《蛇谱》（清刻本）

302 清代翟灏《通俗编》（东方出版社，2012）

303 清代吴炽昌《客窗闲话》（时代文艺出版社，1985）

304 清代朱象贤《闻见偶录》（清刻本）

305 清代宋荦《筠廊二笔》（上海古籍出版社，2012）

306 清代方浚师《蕉轩随录》（中华书局，1997）

307 清代俞樾《茶香室丛钞》（中华书局，1995）

308 清代刘廷玑《在园杂志》（中华书局，2005）

309 清代郑珍、莫友芝《遵义府志》（巴蜀书社，2013）

310 清代方式济《龙沙纪略》（黑龙江教育出版社，2014）

311 清代张潮《虞初新志》（上海古籍出版社，2012）

312 清代况周颐《餐樱庑随笔》（山西古籍出版社，1995）

313 清代梁绍壬《两般秋雨盦随笔》（上海古籍出版社，2012）

314 清代吴友如《点石斋画报》（上海画报出版社，2001）

315 清代况周颐《眉庐丛话》（山西古籍出版社，1995）

316 民国郭则沄《洞灵小志》（东方出版社，2010）

317 民国曹绣君《古今情海》（上海文艺出版社，1991)

318 民国徐珂《清稗类钞》（中华书局，2010）

319 民国柴小梵《梵天庐丛录》（故宫出版社，2013）

320 当代徐华龙《中国鬼文化大辞典》（广西民族出版社，1994）

321 《汉魏六朝笔记小说大观》（上海古籍出版社，1999）

322 《唐五代笔记小说大观》（上海古籍出版社，2000）

323 《宋元笔记小说大观》（上海古籍出版社，2001）

324 《明代笔记小说大观》（上海古籍出版社，2005）

325 《清代笔记小说大观》（上海古籍出版社，2007）

跋

我自幼在乡村长大，那时娱乐不多，所以闲谈盛行。

直到如今，我还能清楚记得，停电的夜晚躺在床上听奶奶给我讲的妖怪故事，抑或是农闲时节的桥头、墙根边那些须发皆白的老者说的奇谈怪论。

那时，我不过是个大脑袋的小儿，听得津津有味，想入非非。

从这些奇妙的故事里，我懂得了许多做人的道理，比如要讲诚信，要善良，等等。

后来年岁渐长，上学读书，正史典籍之外，格外喜欢那些志怪笔记、稗官野史。那是一个有趣的世界，里面时不时会蹦出让我喜欢的妖怪。

中国的妖怪文化源远流长，五千年从未断绝。古人写妖、写怪，除了博物、志趣，其实更关注的是人的世界。

我从小熟悉很多妖怪，很多年后才开始研究它们，当作个人的爱好。除此之外，别无他想。

促使我完成本书的是一件小事——好多年前，我去参观一个动漫展，看到一群孩子穿着各式各样的漂亮衣服，兴高采烈，其中就有不少打扮成妖怪的。我问其中一个孩子，知道他装扮的是什么妖怪吗？他说："当然知道，这是日本的妖怪，叫姑获鸟。我们装扮的都是日本的妖怪。"

那一刻，我如遭雷击，愣在原地。

那群孩子装扮的除了姑获鸟，还有天狗、饕餮等，几乎全是我们的祖先创造并且书于典籍的妖怪。而在孩子们的眼里，这些全是日本的。

妖怪学在日本是一门显学，经过水木茂等人的努力，成为日本文化的一张名片，广受世界人民喜爱，也影响到了中国。

这是好事，但不知道为什么，那一刻，当看到这群孩子把中国妖怪认定是日本妖怪时，我的心被刺痛了。

也是那一次，让我萌生了撰写本书的想法。从那时起，我开始有意识地搜集妖怪故事。

这个搜集过程漫长而艰苦。我就像一个淘金者，从无数的典籍中，一点一点淘取那一颗颗金沙，积土成山。

我已经记不清自己翻阅了多少资料，为了寻找一个妖怪，奔波于各家图书馆之间。一旦有所得，欣喜若狂。

搜集本书的1080种妖怪花费了我七八年的时间，然后我把文言文翻译成白话文，分类整理，修改近20稿，可以说字字皆是心血。

写作本书的日夜，我始终都觉得这些妖怪熙熙攘攘来往于我身边。它们中的很多已经被人遗忘得太久，它们看着我，看着我把它们的名字写下来，盼望着我把属于它们的故事告诉更多的人。

前后差不多10年，本书终于完成。当我敲完最后一个字的时候，仿佛听到它们在我身后的欢呼声。

我希望，中国有越来越多的人关注我们的妖怪文化，把其发扬光大。

我希望，我的孩子有一天会把这些妖怪的故事娓娓道来，并且告诉伙伴："这是我们中国人的妖怪，我们的祖先创造的妖怪。"

是的，五千年文明源远流长，它们一直都活着，活在我们的血液中。

张　云

2019 年 4 月 20 日于北京搜神馆

增订版跋

开灯，从累积如山的典籍中，抽出一本未读完的典籍，或者打开众多的资料文档，抑或奔波于图书馆之间，揉着通红的眼睛一点点翻阅影印件……

浩瀚的典籍，烦琐的文字，极大的工作量，飞快运转的大脑，已经不堪重负的腰椎、颈椎、眼睛……

和十多年前相比，这项工作似乎没什么变化。

但也有一些新的气象。

十多年前，《中国妖怪故事（全集）》未出版前，中国妖怪没有像如今这样在社会上反响热烈，很多人不了解中国妖怪，更不知道妖怪学。

随着这本书的出版以及后续关于中国妖怪的一系列书籍的推出，越来越多的人开始了解中国妖怪文化，喜欢上中国妖怪文化。

这些年，我收到了很多专家、读者的反馈。只要有机会，我也会竭尽全力地在不同的场合和平台，以各种形式积极为中国妖怪发声，把它们介绍给更多的人。

我感觉到了中国妖怪文化开始蓬勃发展的好势头！

这是一件多么值得欢喜的事情呀！

毕竟，我们中国妖怪被遗忘的时间太久了！它们孤零零地身处故纸堆中，忐忑不安，担心自己会随风飘去。

夏日的一天，我做了一个梦。

我梦见在广袤的天地间，茫茫的雾气之中，密密麻麻站着无数个身影。这些面孔，我全都认识，有老朋友，也有新朋友。

它们对我说："没想到，几千年了，还有人记得我们。"

我说："不会忘记的，看，你们多美！"

它们便笑。笑容温暖。

"帮我们向大家说声谢谢！"领头的那两个家伙说。

"嗯。不过我们也要谢谢你们。谢谢你们滋养了一代代中国人，谢谢你们让我们的世界那么精彩！"我说。

醒来，看着文稿，我也笑了。

穿越几千年时光，我们和它们，会愉快地邂逅。

在文字里，在想象里，在生活中，在梦里。

它们从来没有离开过，从来没有。

亲爱的读者，请允许我代表中国妖怪对您说声谢谢！

谢谢您的支持，谢谢您的关注。

未来的路，请和我们一起，向前！

张 云

2023 年 12 月 29 日于北京搜神馆